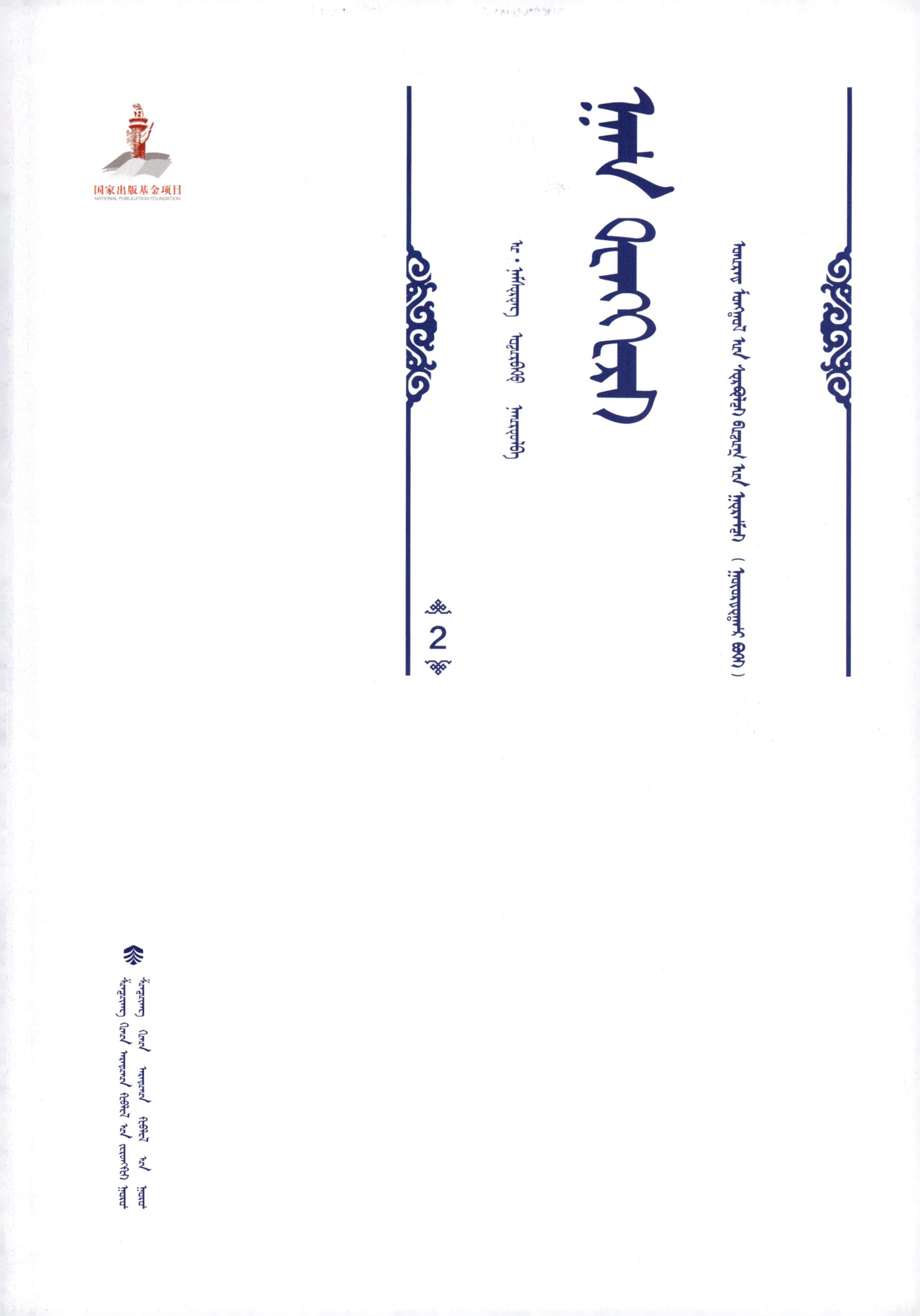

国家出版基金项目
NATIONAL PUBLICATION FOUNDATION

2

图书在版编目（CIP）数据

汗腾格里：卫拉特蒙古文献集成.（2）：蒙古文/那木苏荣，敖其尔巴图编.
-- 乌鲁木齐：新疆人民出版社，2020.12

ISBN 978-7-228-20455-7

Ⅰ.①汗… Ⅱ.①那… ②敖… Ⅲ.①蒙古族—少数民族文学—作品综合集—中国—蒙古语（中国少数民族语言）Ⅳ.①I291.2

中国版本图书馆CIP数据核字（2020）第213368号

选题策划：山巴依尔　吴樱格
责任编辑：山巴依尔
责任校对：格丽玛
整体设计：舒　娜
技术编辑：王　娟

HANTENGGELI—WEILATE MENGGU WENXIAN JICHENG
汗腾格里——卫拉特蒙古文献集成
（第二卷）
那木苏荣　敖其尔巴图　编

出　版	新疆人民出版总社 新疆人民出版社
地　址	乌鲁木齐市解放南路348号
邮　编	830001
发　行	新疆人民出版社
制　版	乌鲁木齐形加意图文设计有限公司
印　刷	北京富诚彩色印刷有限公司
开　本	787×1092　1/16
印　张	31.5
字　数	400千字
版　次	2020年12月第1版
印　次	2020年12月第1次印刷
印　数	1—1000册
定　价	68.00元

[illegible])。

[illegible] 。』（ [illegible] ：《ᠮᠣᠩᠭᠣᠯ ᠦᠨᠳᠦᠰᠦᠲᠡᠨ ᠦ ᠬᠡᠪᠯᠡᠯ ᠦᠨ ᠲᠡᠦᠬᠡ》ᠳᠦ [illegible]

『 [illegible] 。

[illegible]

ᠬᠡᠪᠯᠡᠯ ᠦᠨ [illegible]

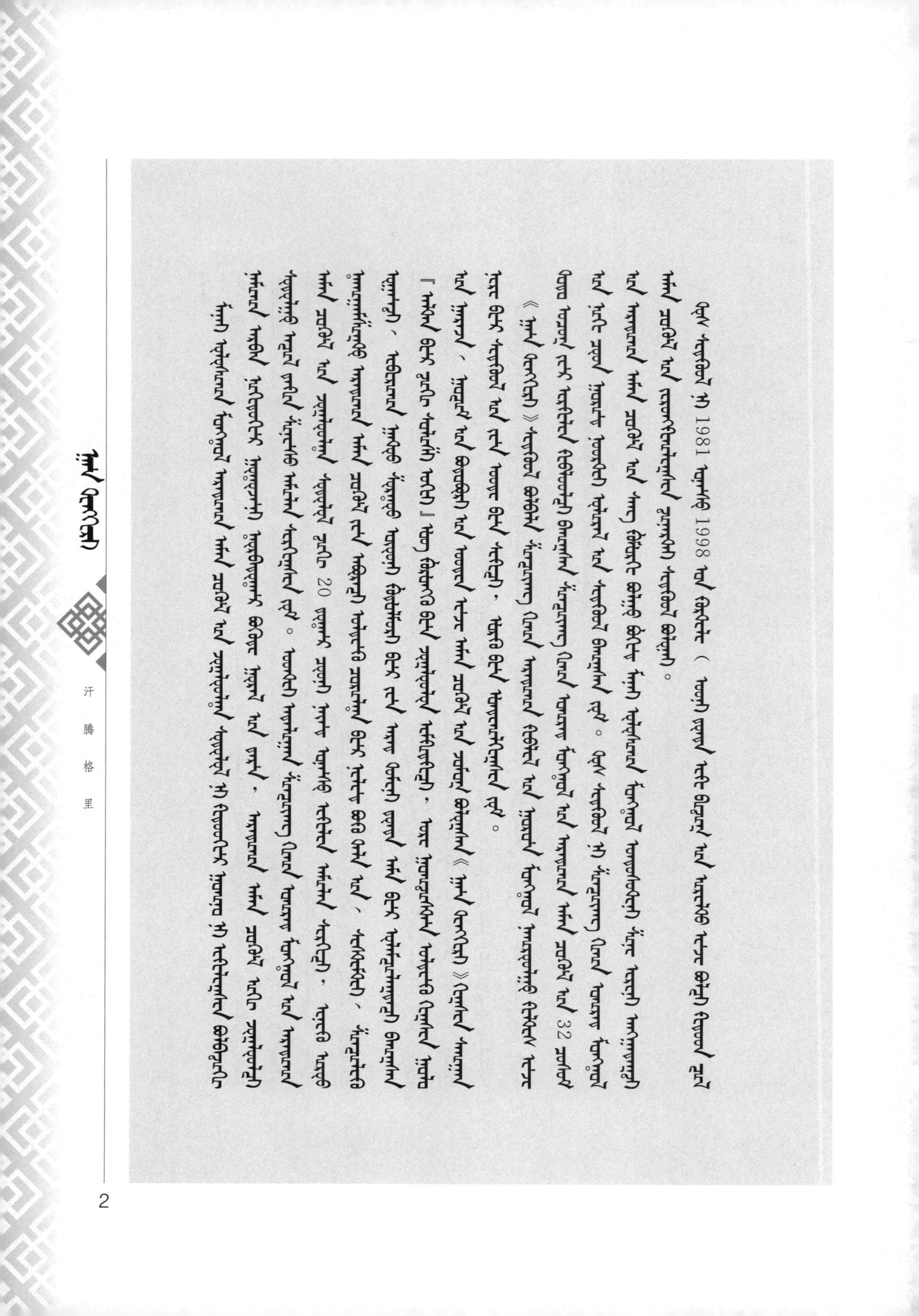

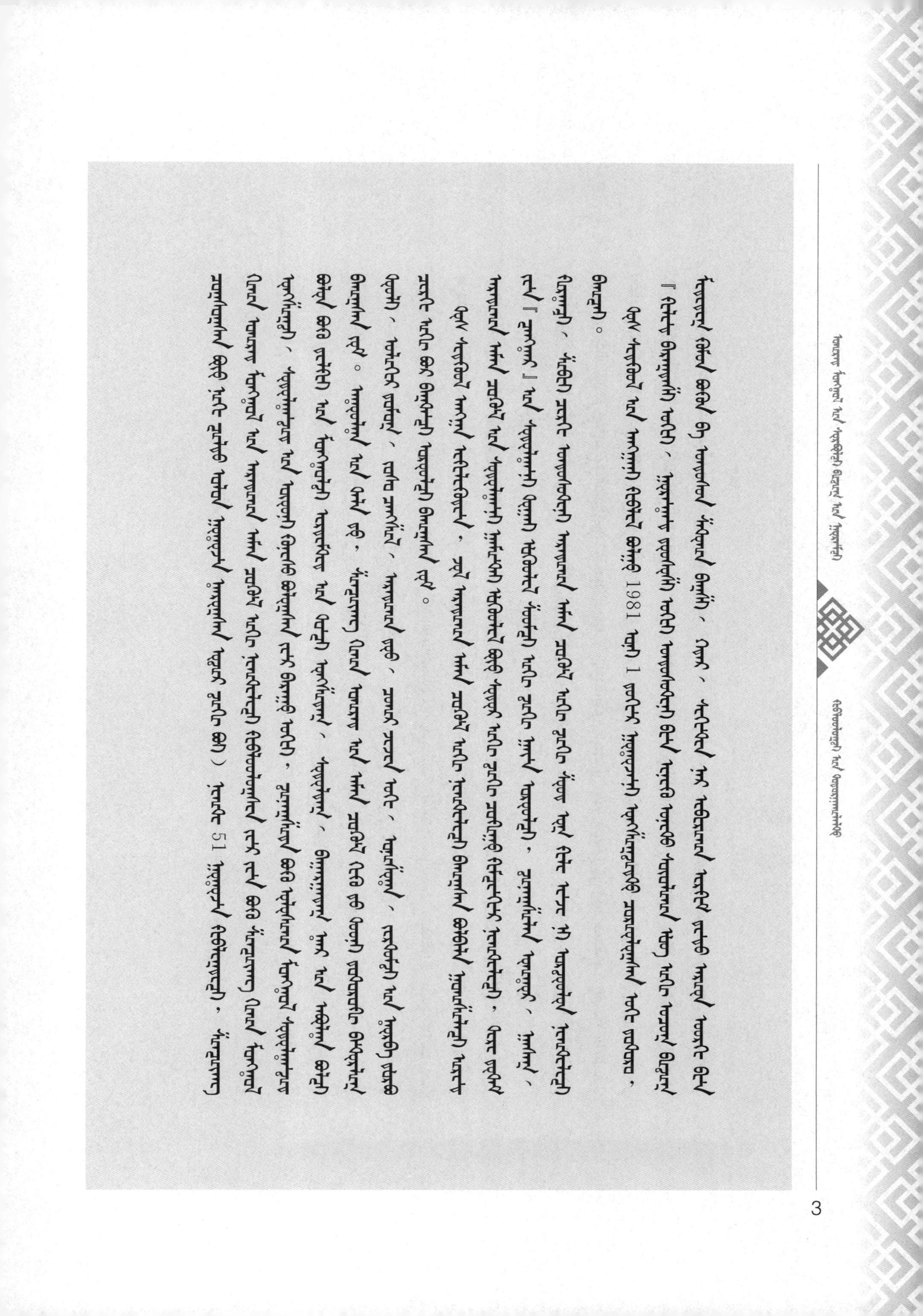

[illegible]

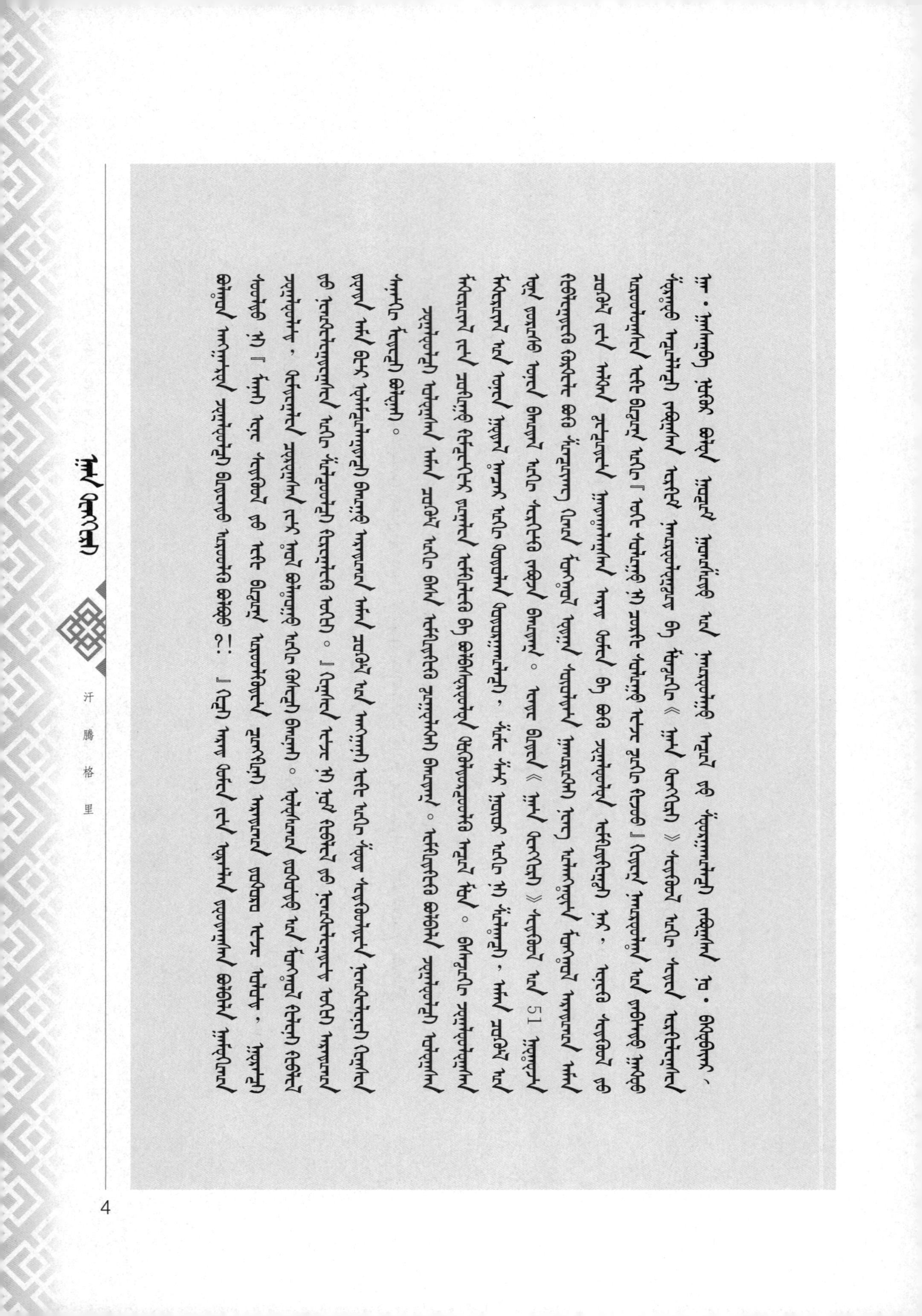

[illegible]

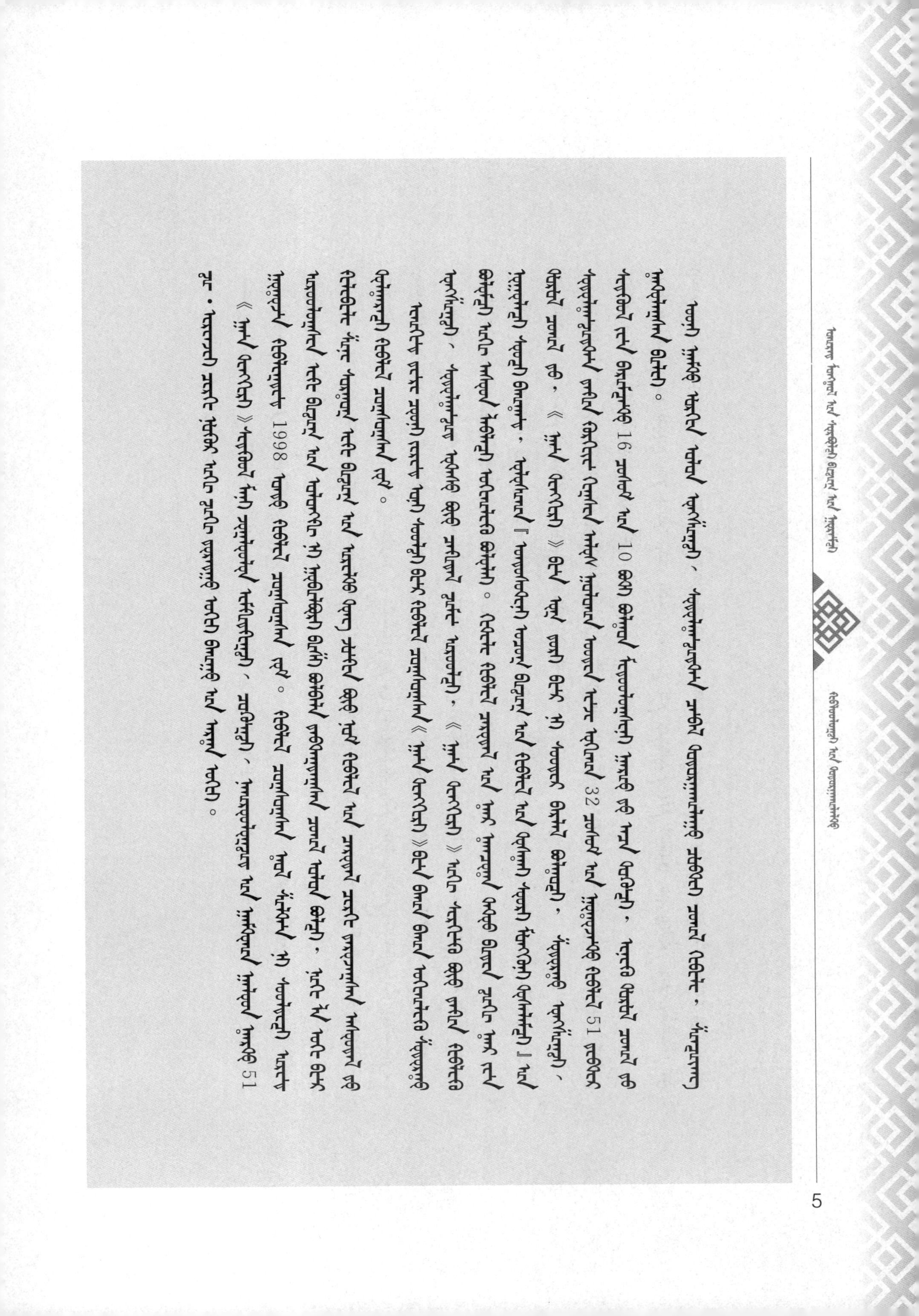

[illegible] ◦

[illegible] 16 [illegible] 10 [illegible] 32 [illegible] 51 [illegible] 《 [illegible] 》 [illegible] 『 [illegible] 』 [illegible] ◦ [illegible] 《 [illegible] 》 [illegible]

[illegible] 《 [illegible] 》 [illegible] ◦

[illegible] 1998 [illegible] ◦ [illegible]

《 [illegible] 》 [illegible] 51 [illegible] ◦

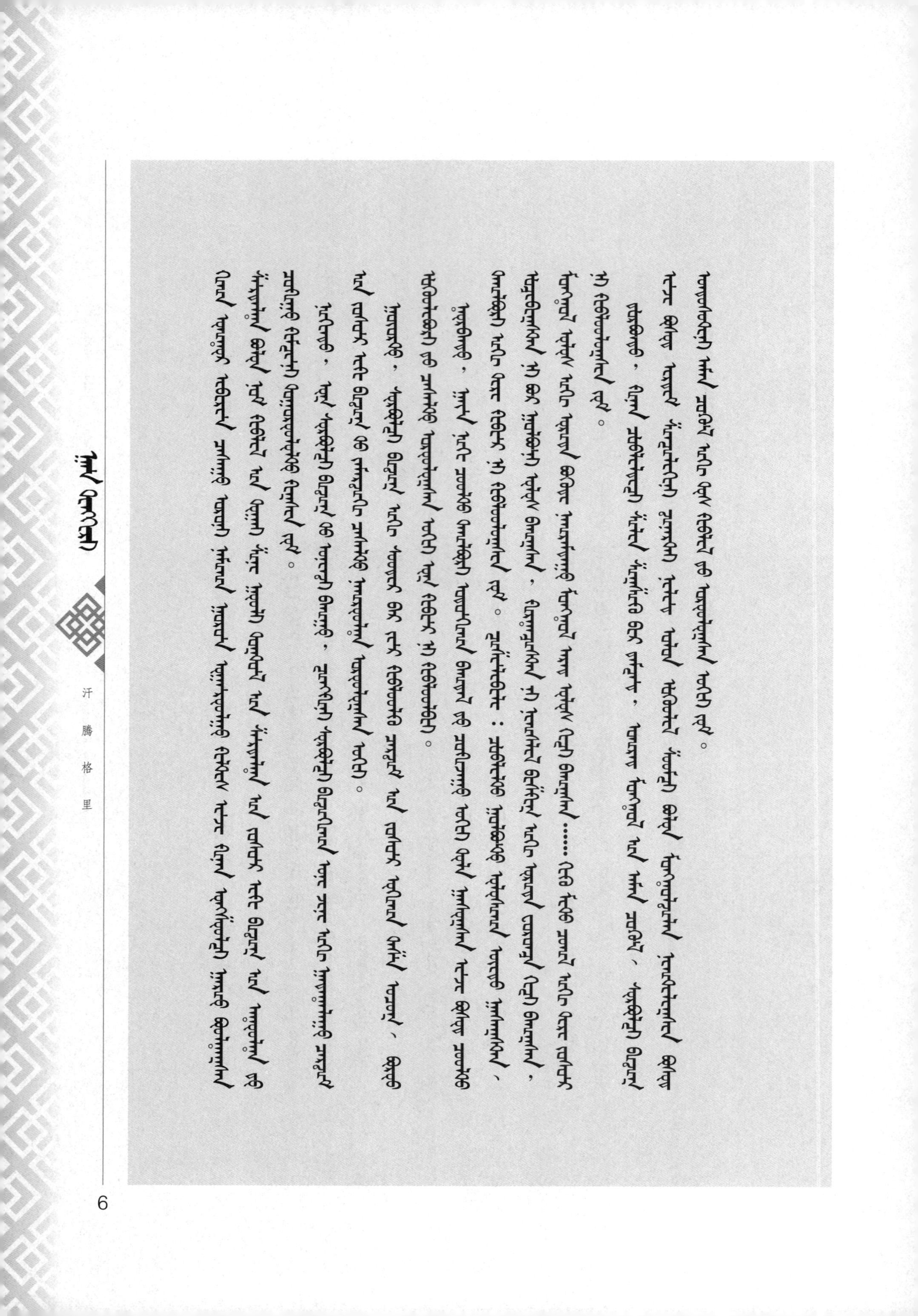

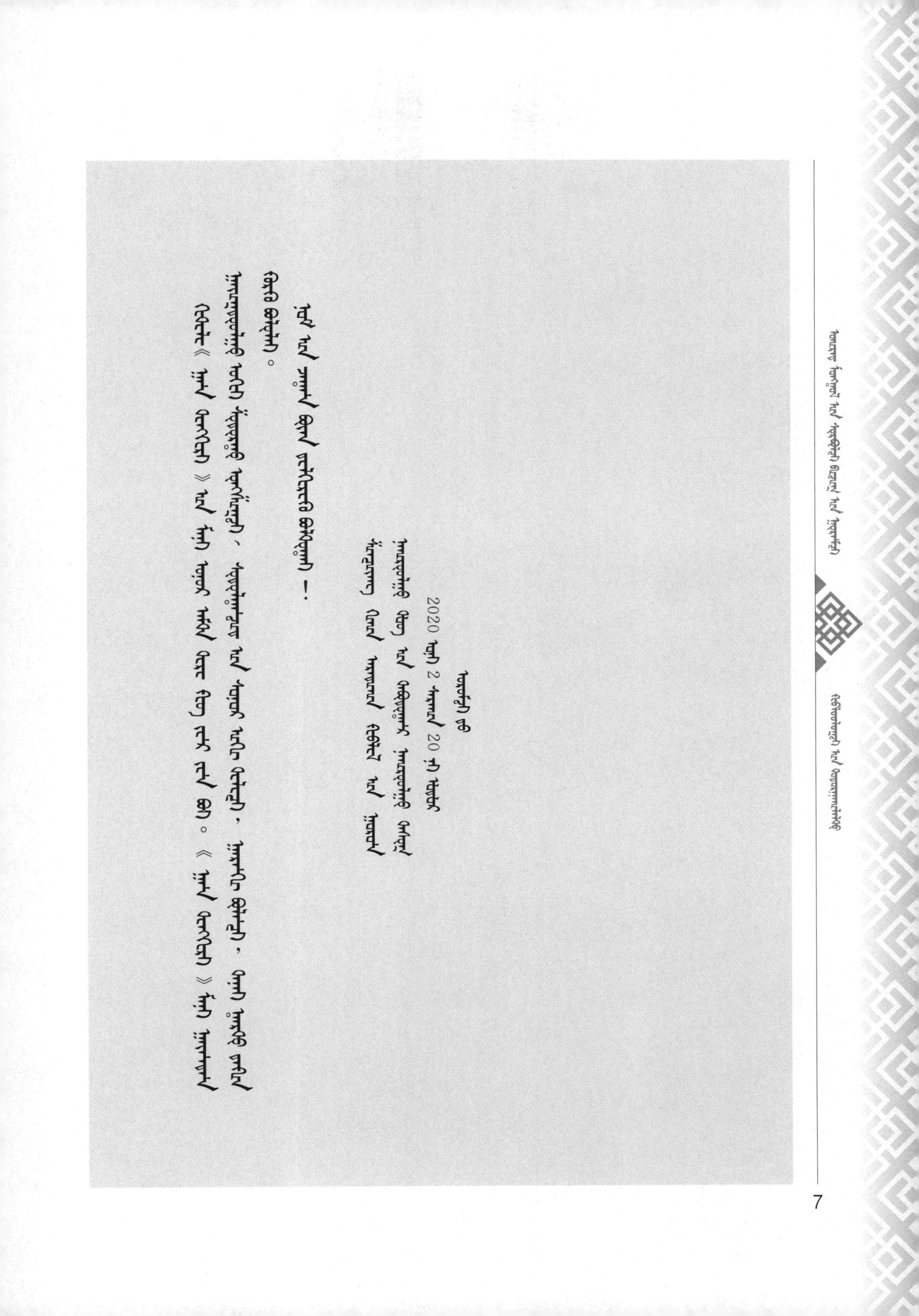

[illegible]《[illegible]》[illegible]。《[illegible]》[illegible]、[illegible]，[illegible]、[illegible]、[illegible]。

[illegible]！

[illegible]
[illegible]
2020 [illegible] 2 [illegible] 20 [illegible]
[illegible]

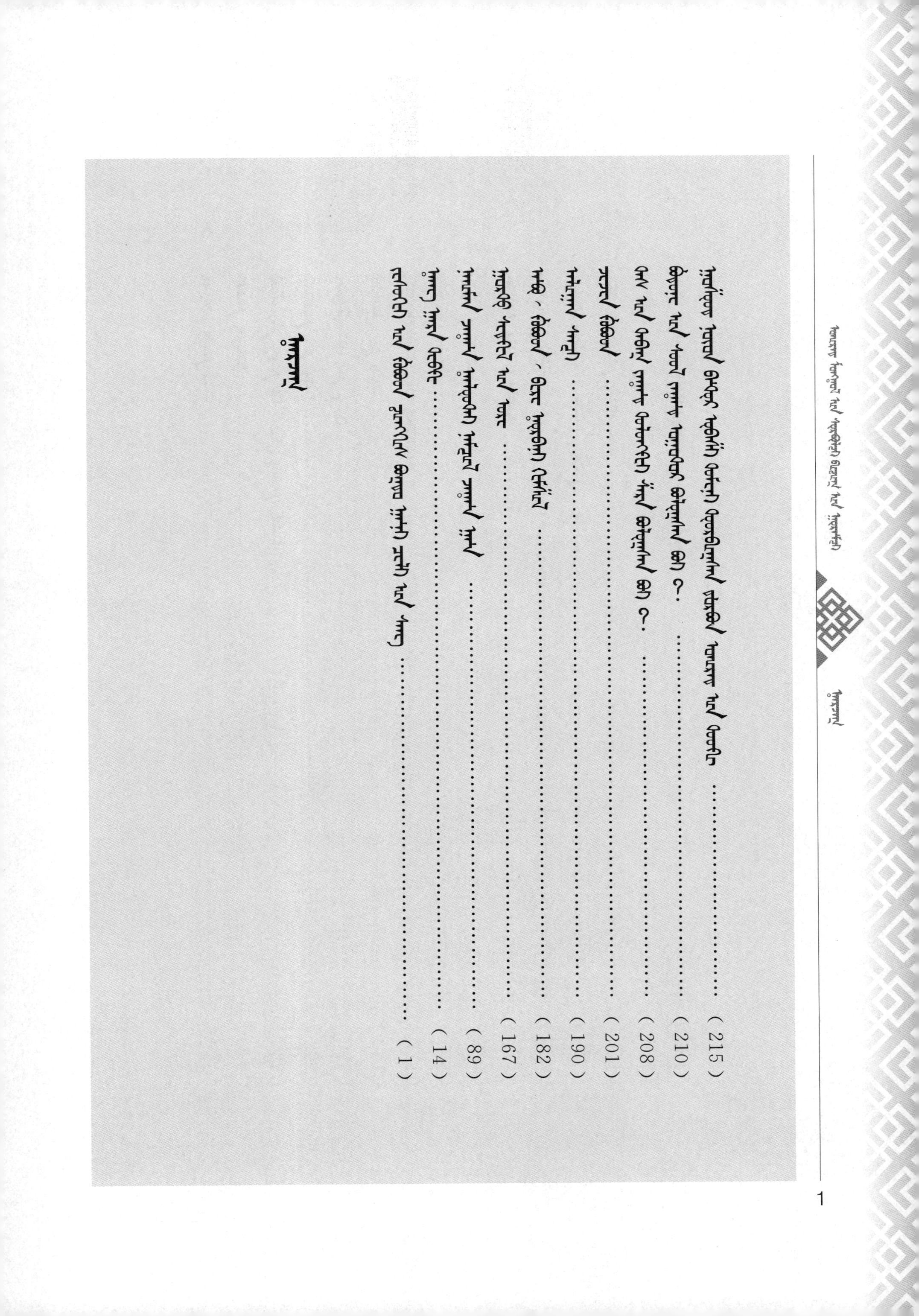

ᠭᠠᠷᠴᠠᠭ

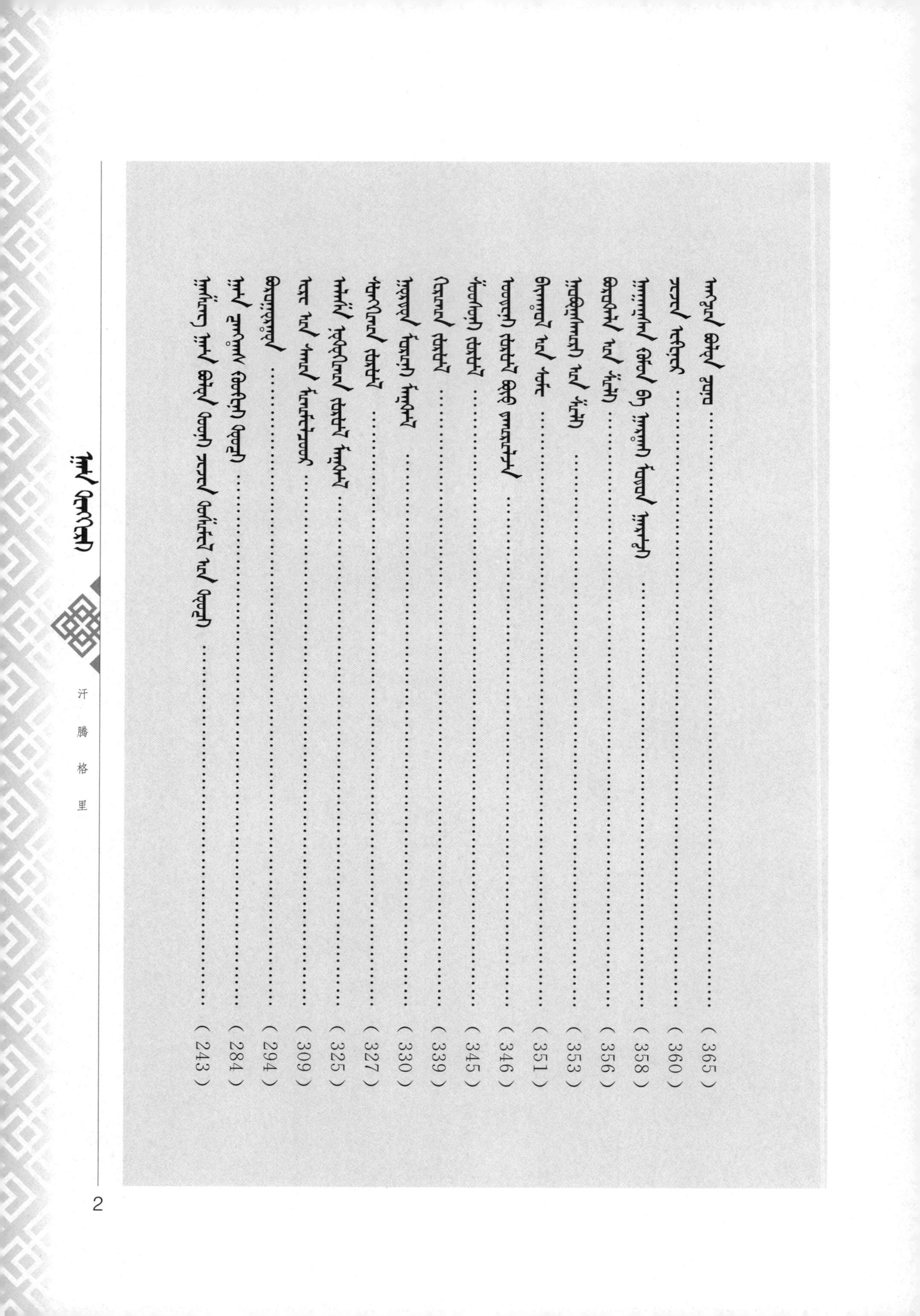

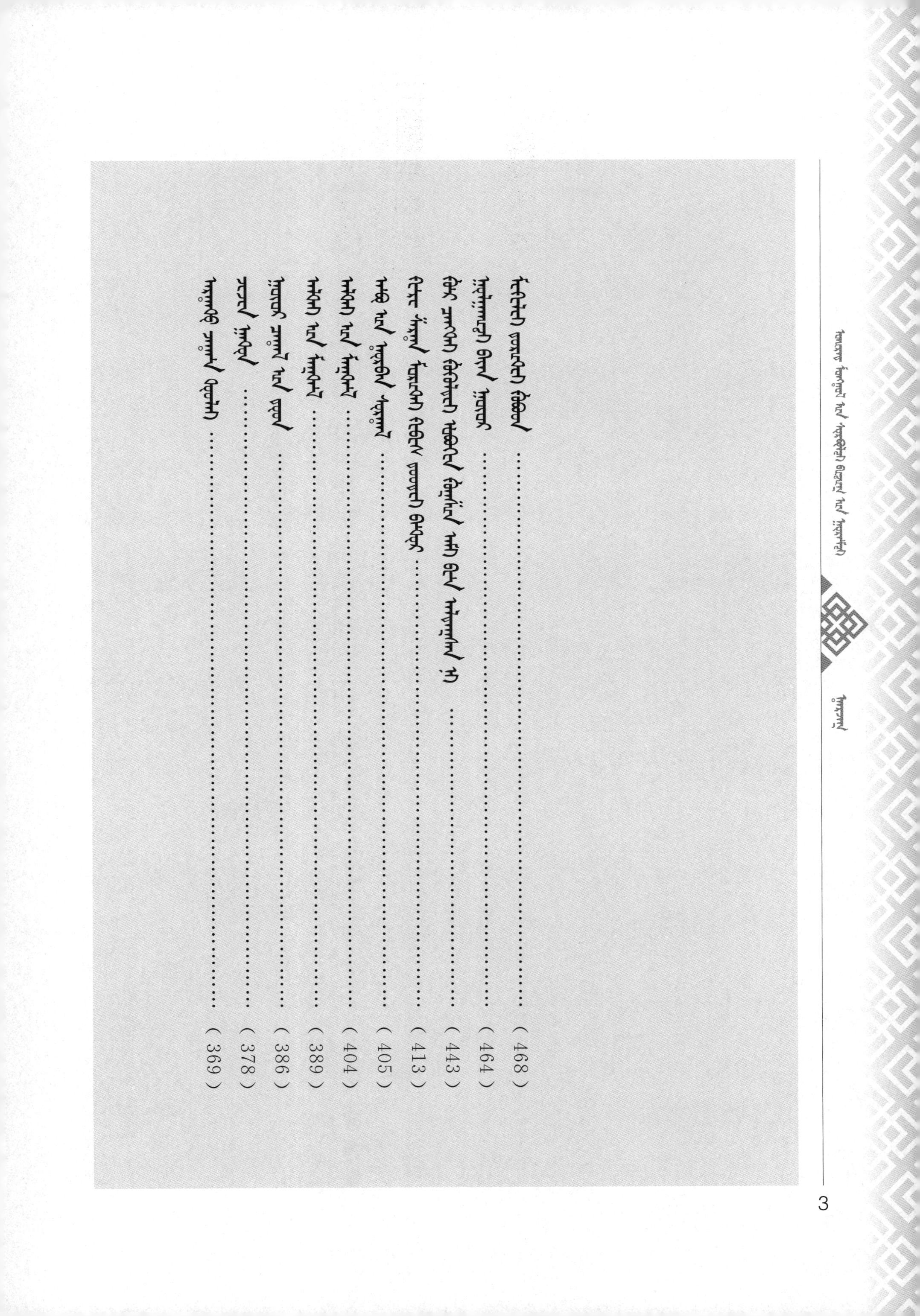

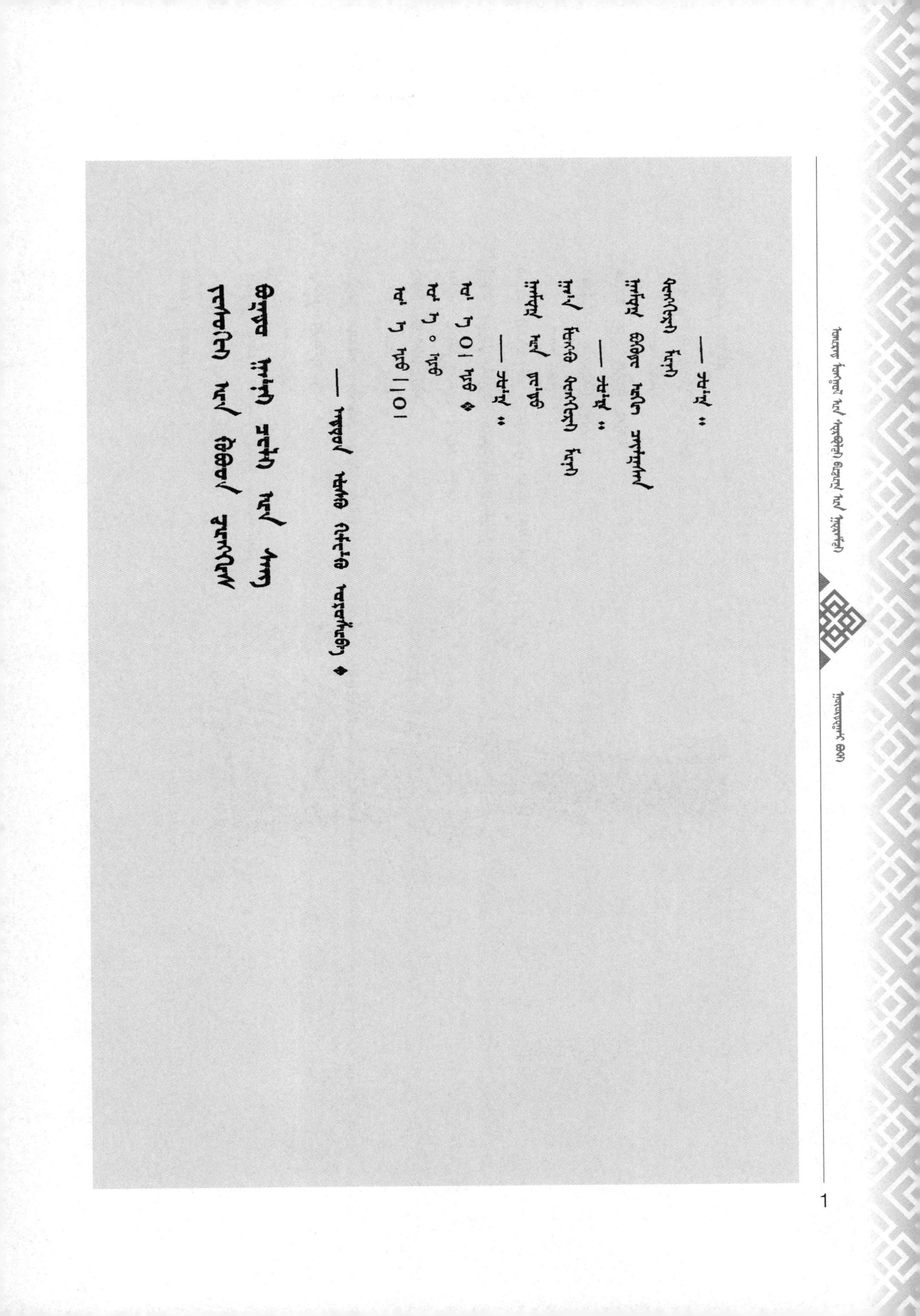

ᠠ ᠬᠠ 0 | ᠪᠠᠪᠠ ◆

ᠠ ᠬᠠ ᠪᠠᠪᠠ || 0 |

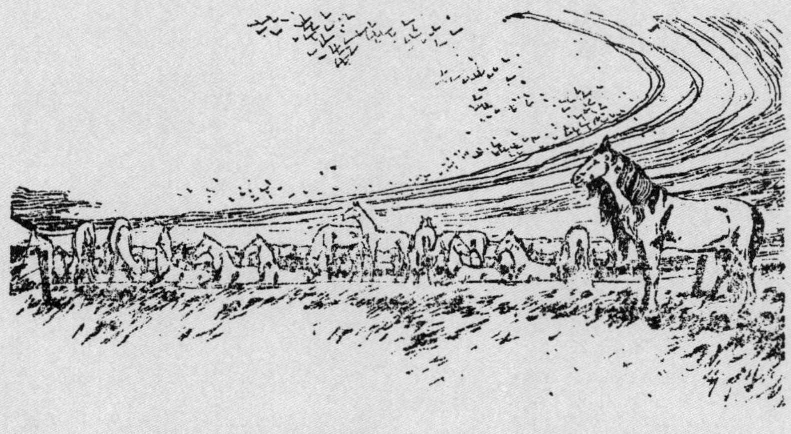

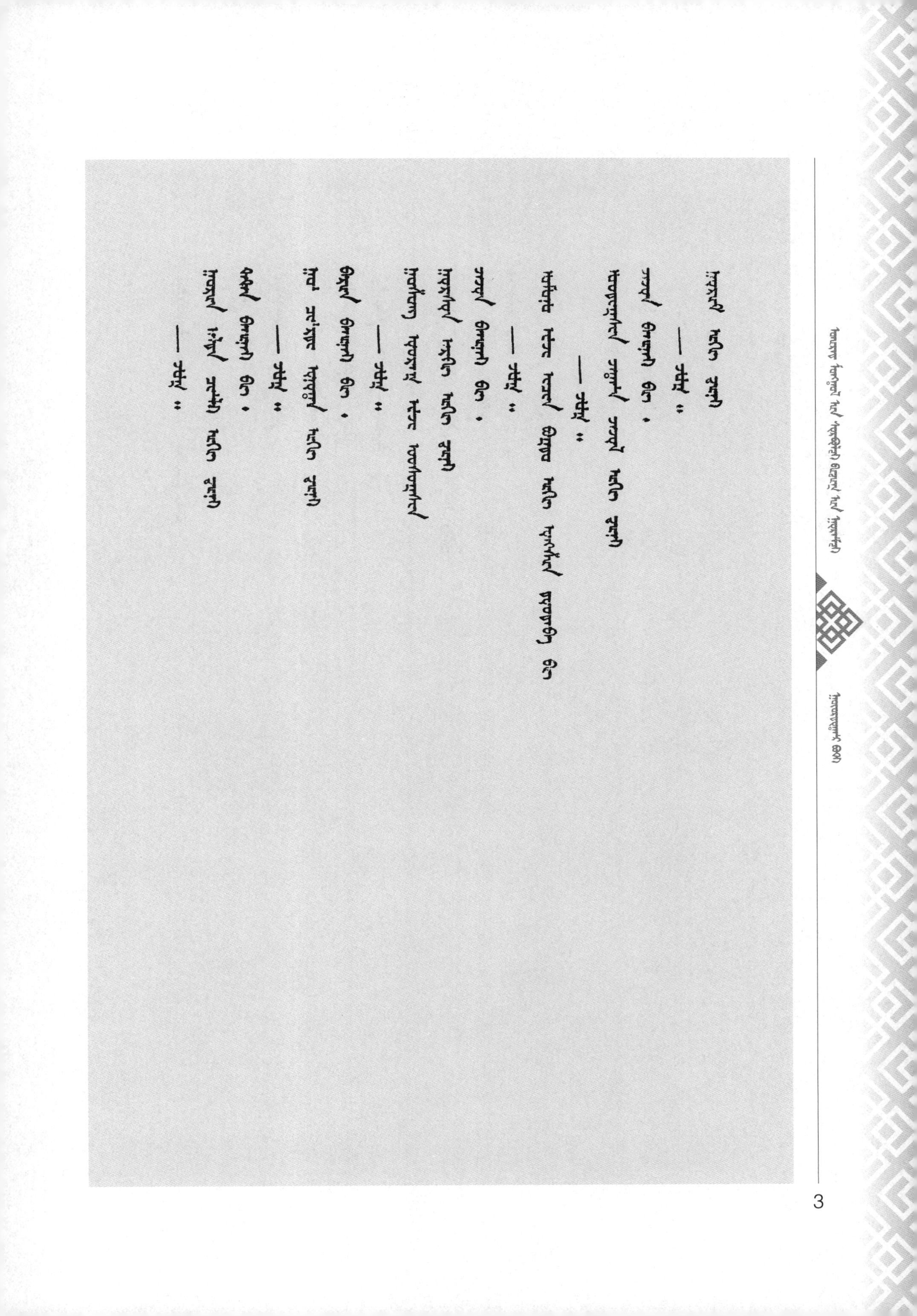

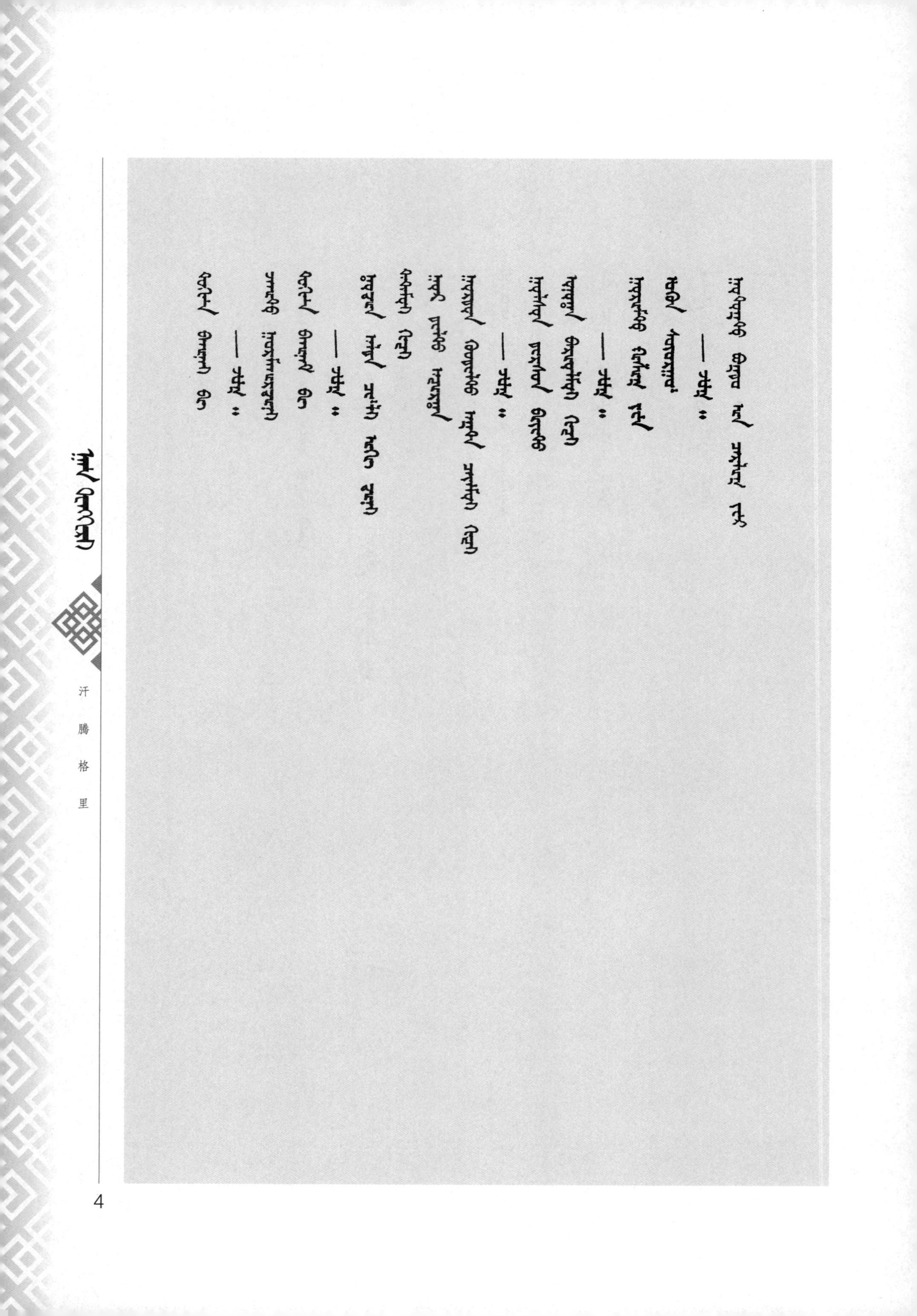

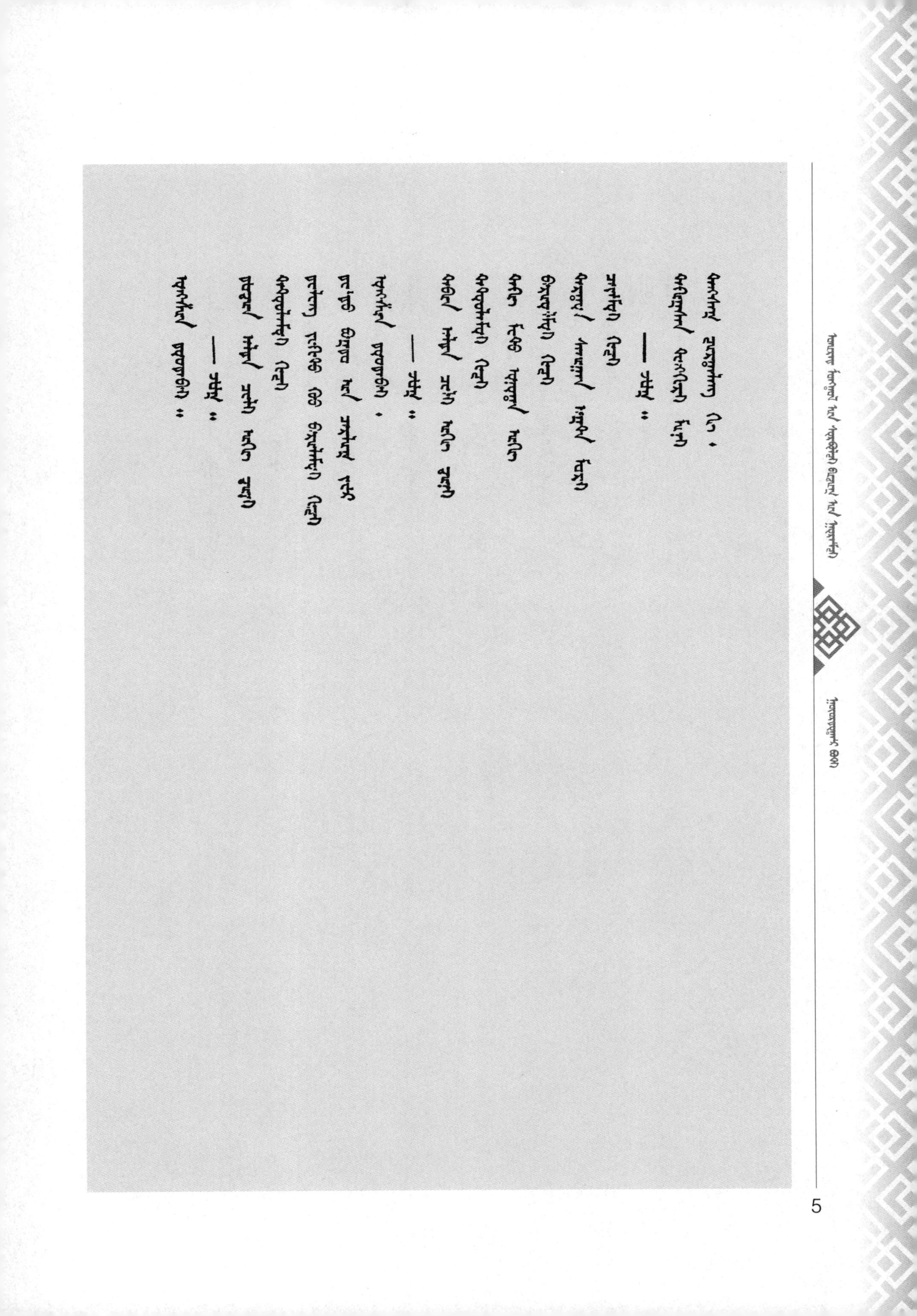

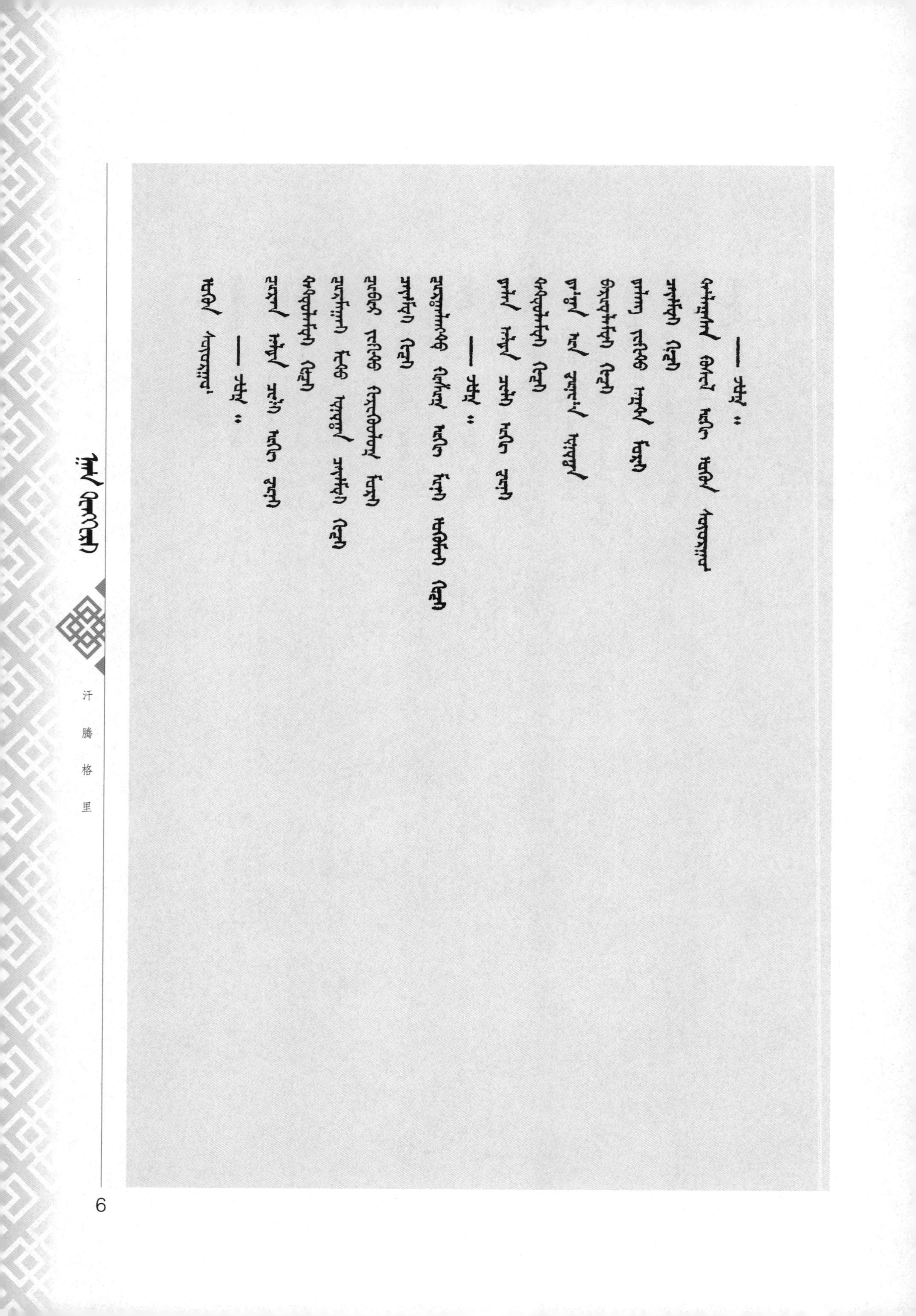

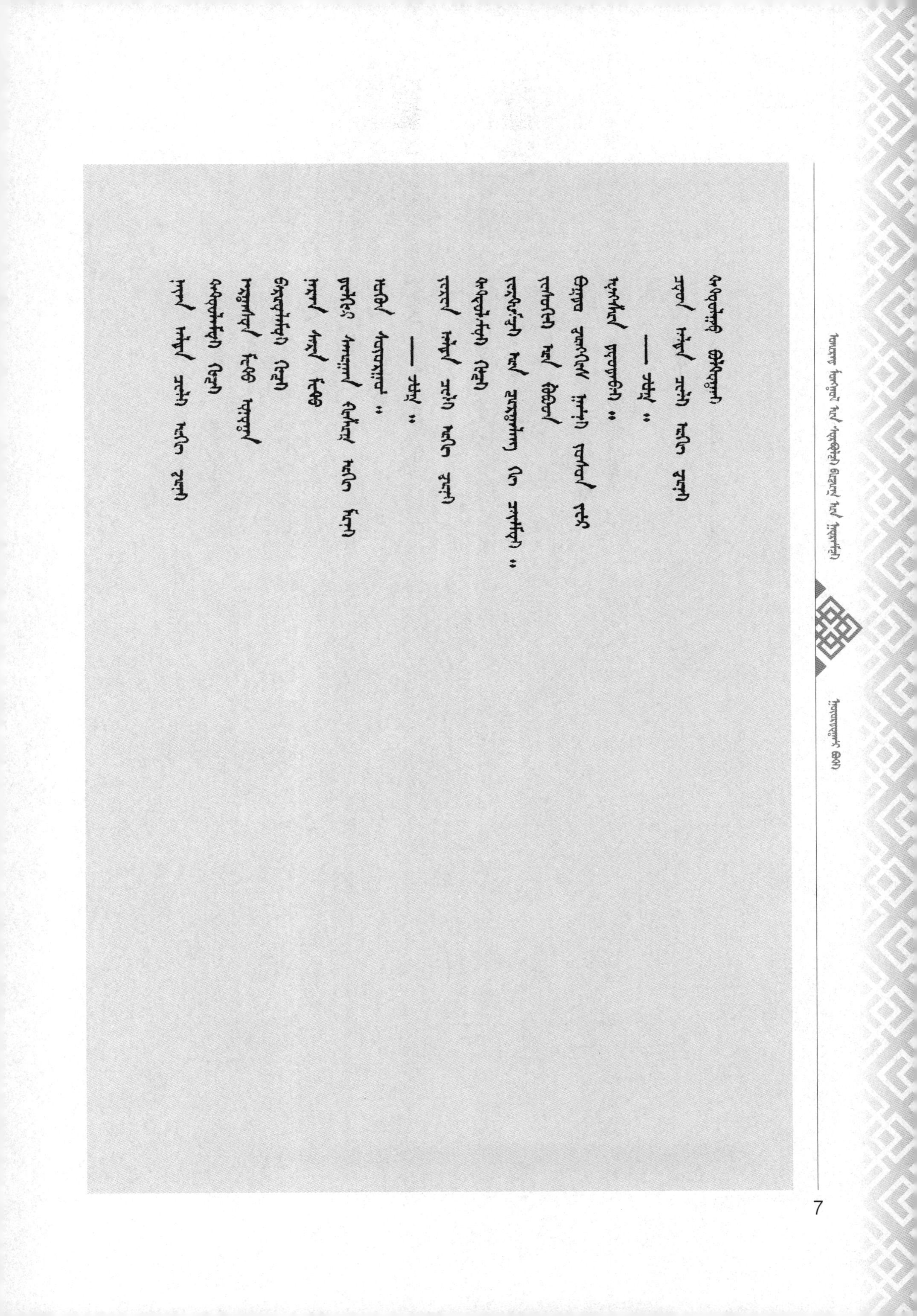

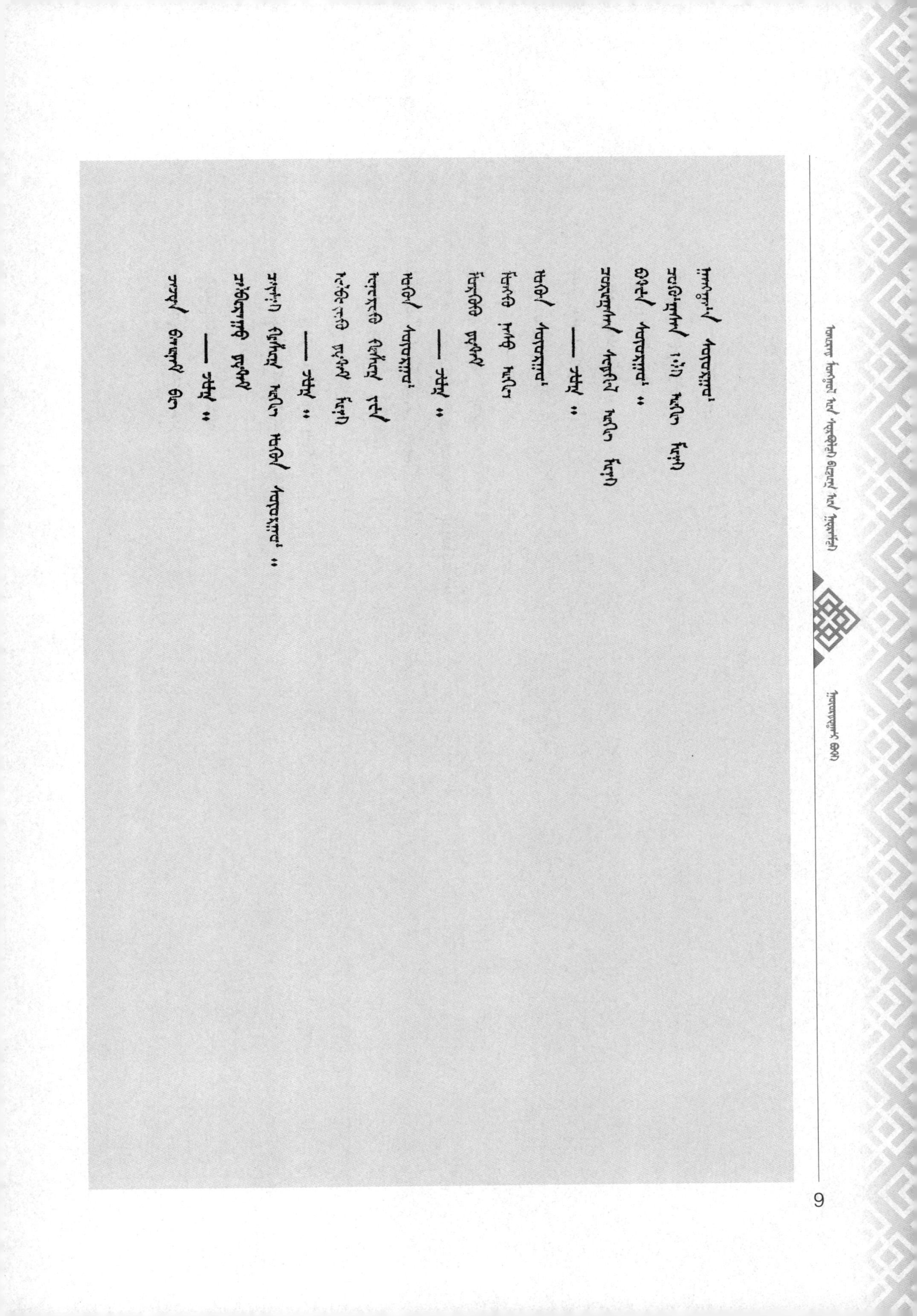

[illegible] [illegible]
[illegible] [illegible] [illegible] [illegible]
[illegible] [illegible] ::
[illegible] [illegible] [illegible] [illegible]
—— [illegible] ::
[illegible] [illegible]
[illegible] [illegible] [illegible]
[illegible] [illegible]
—— [illegible] ::
[illegible] [illegible]
[illegible] [illegible] [illegible]
[illegible] [illegible] [illegible]
—— [illegible] ::
[illegible] [illegible] [illegible] [illegible] [illegible] ::
[illegible] [illegible]
—— [illegible] ::
[illegible] [illegible] [illegible]

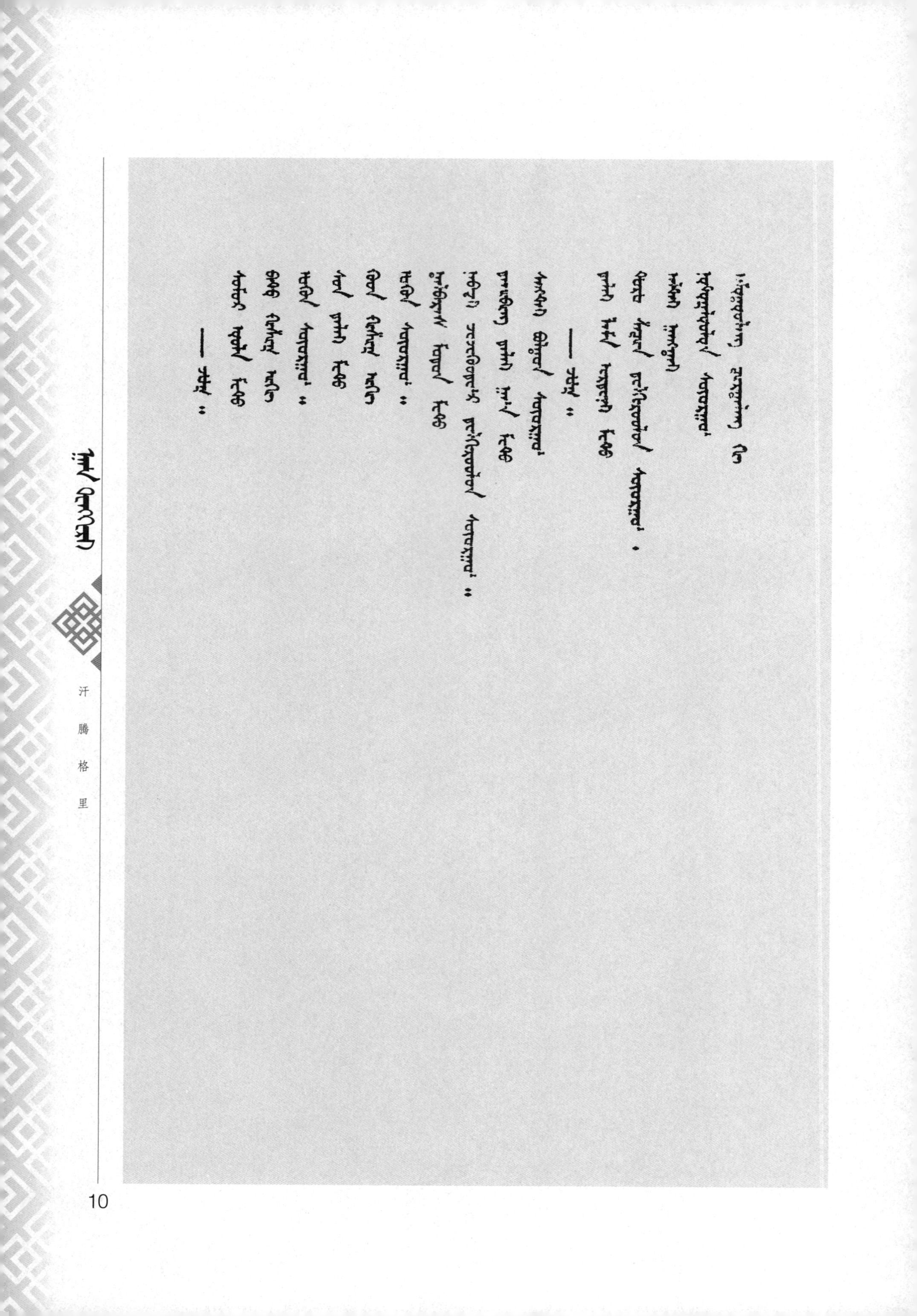

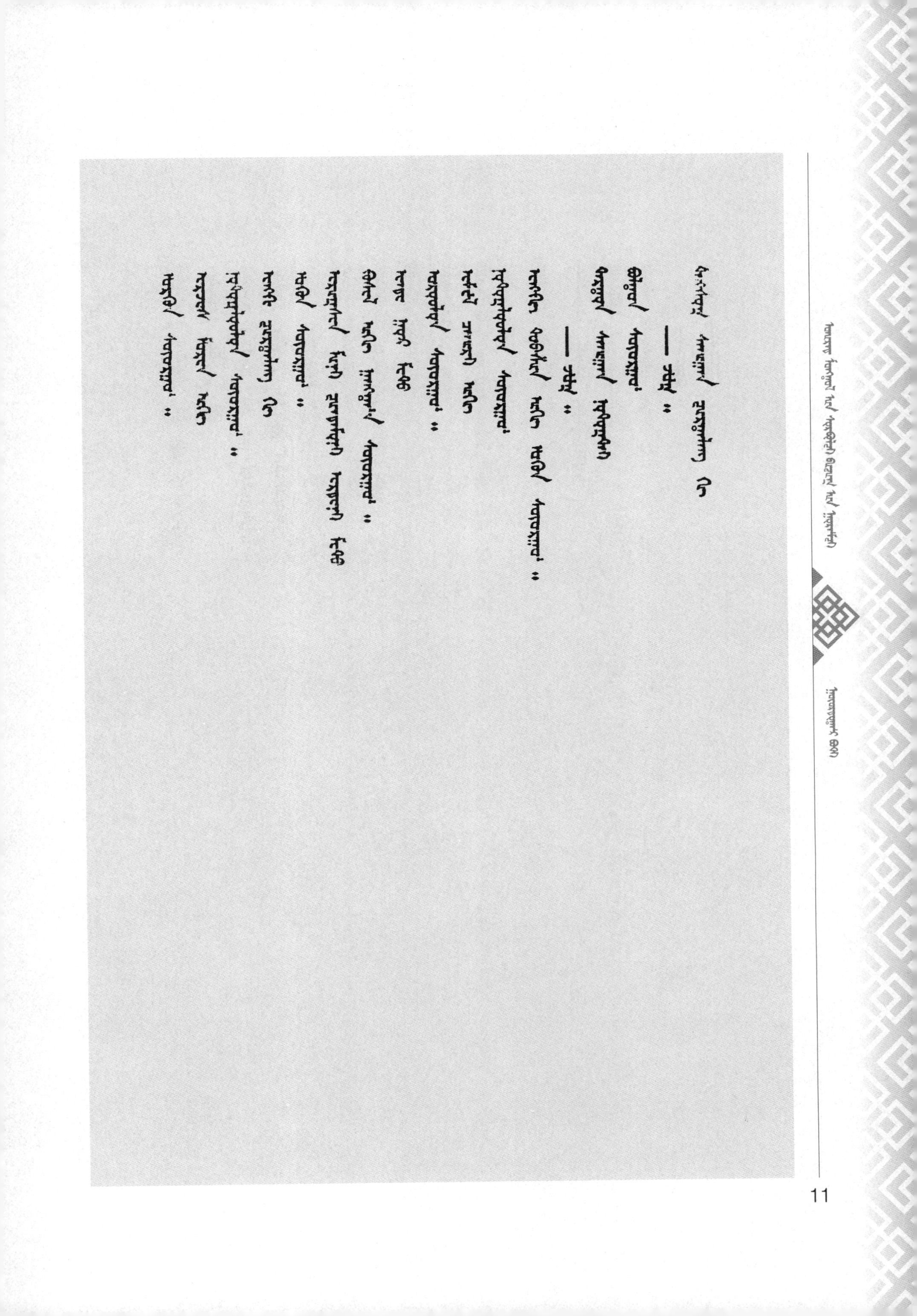

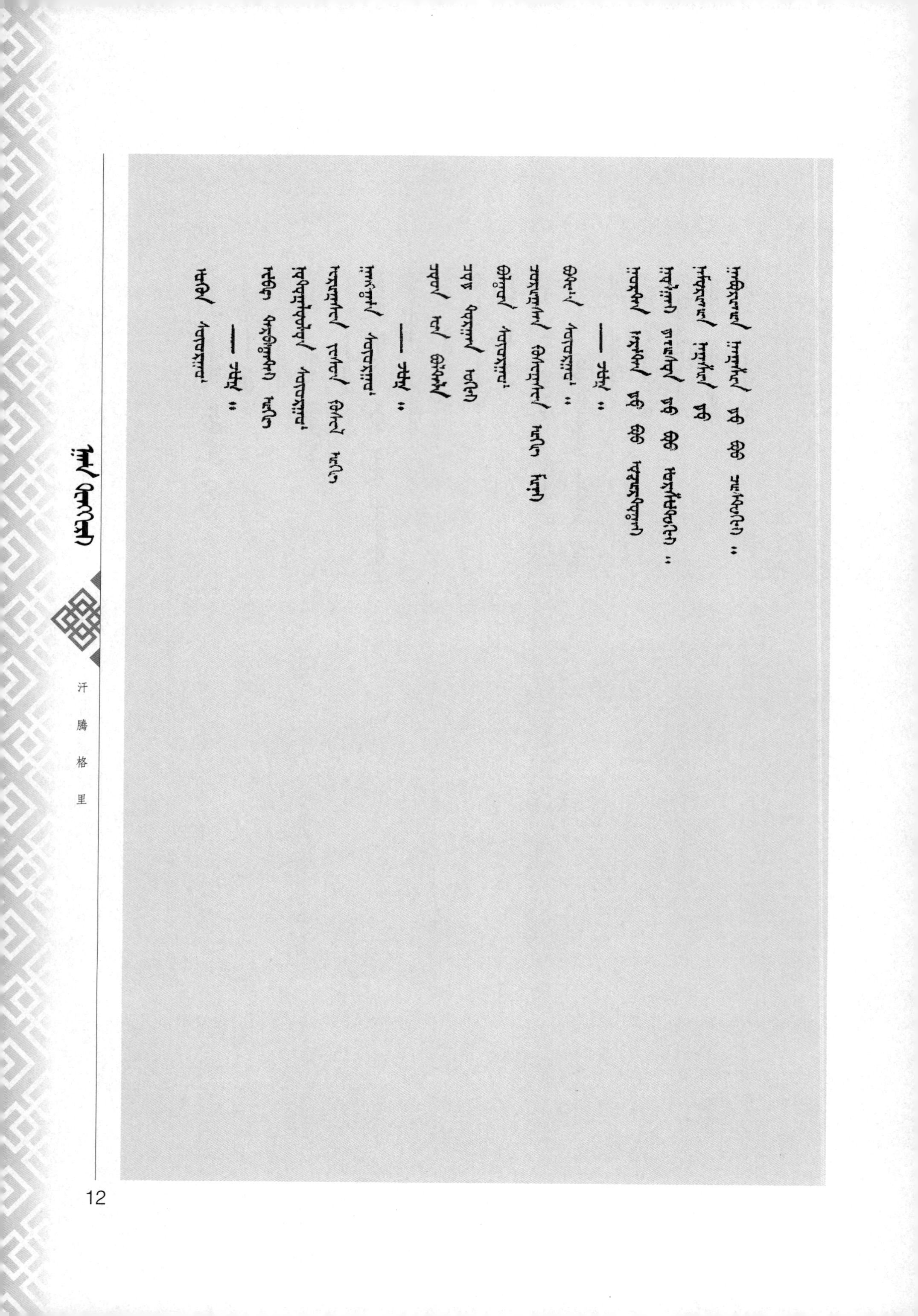

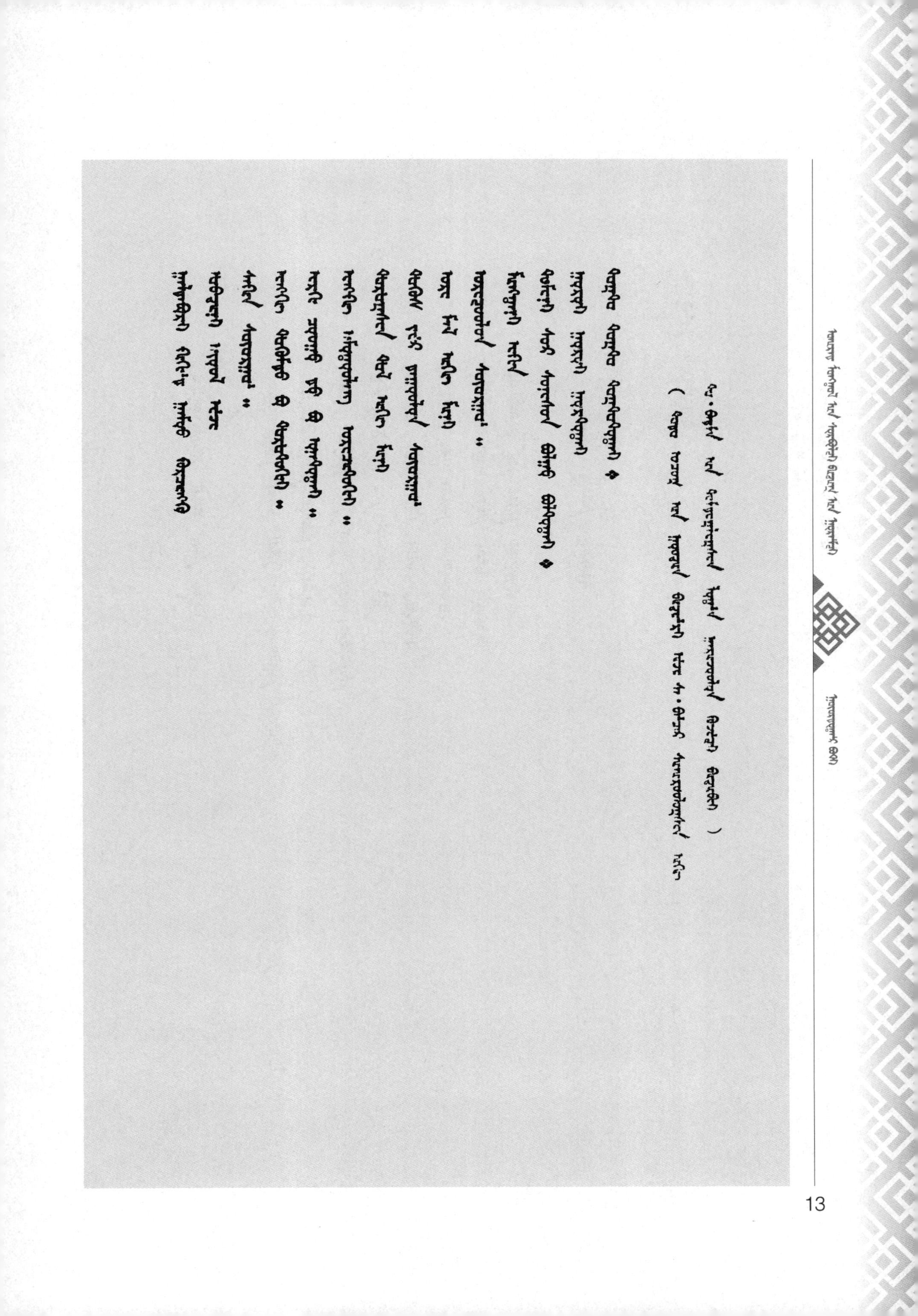

[illegible] ◆
[illegible]
[illegible] ◆
[illegible]
[illegible] ::
[illegible]
[illegible]
[illegible]
[illegible] ::
[illegible] ::
[illegible] ::
[illegible] ::
[illegible]
[illegible]

([illegible]
[illegible])

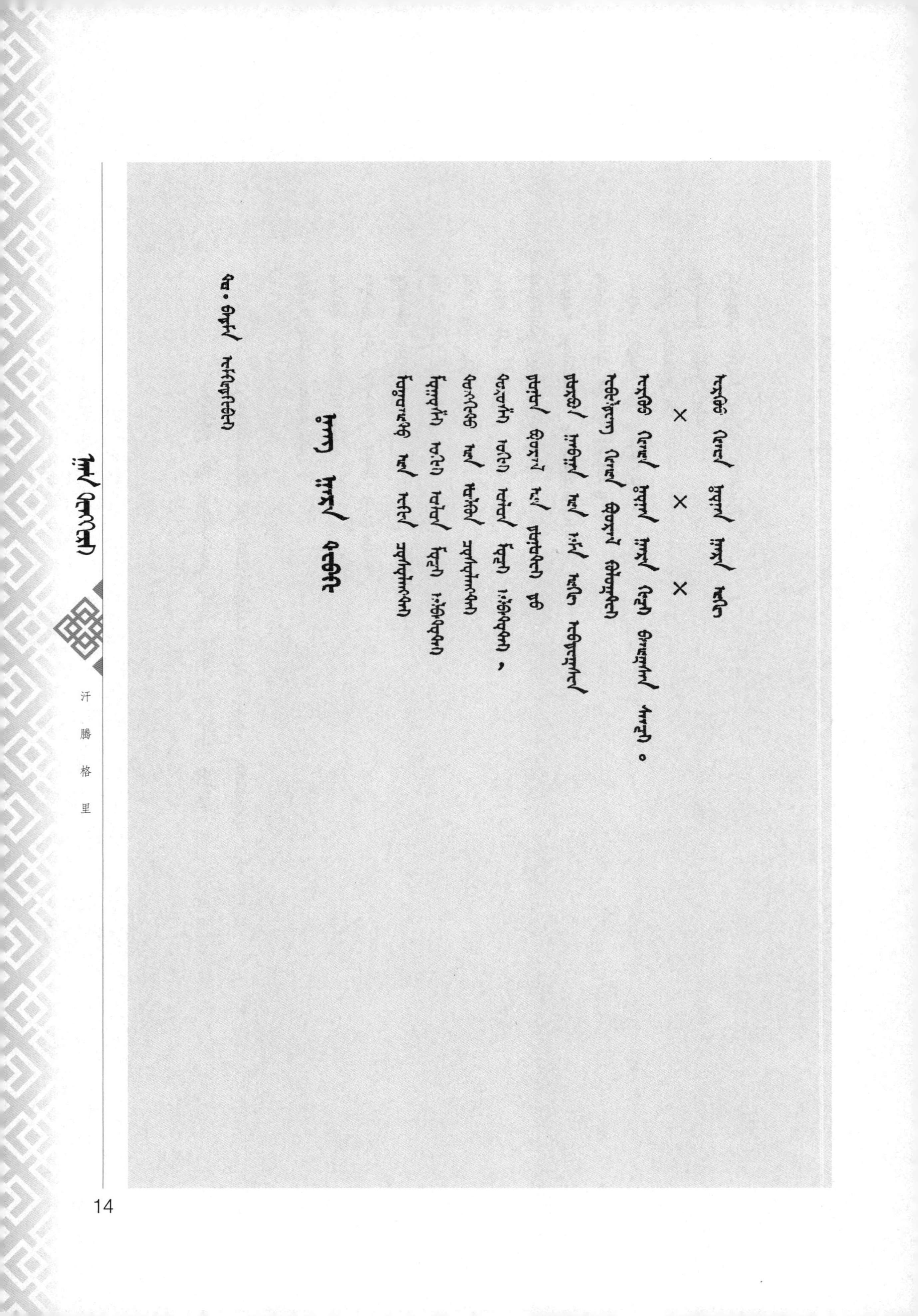

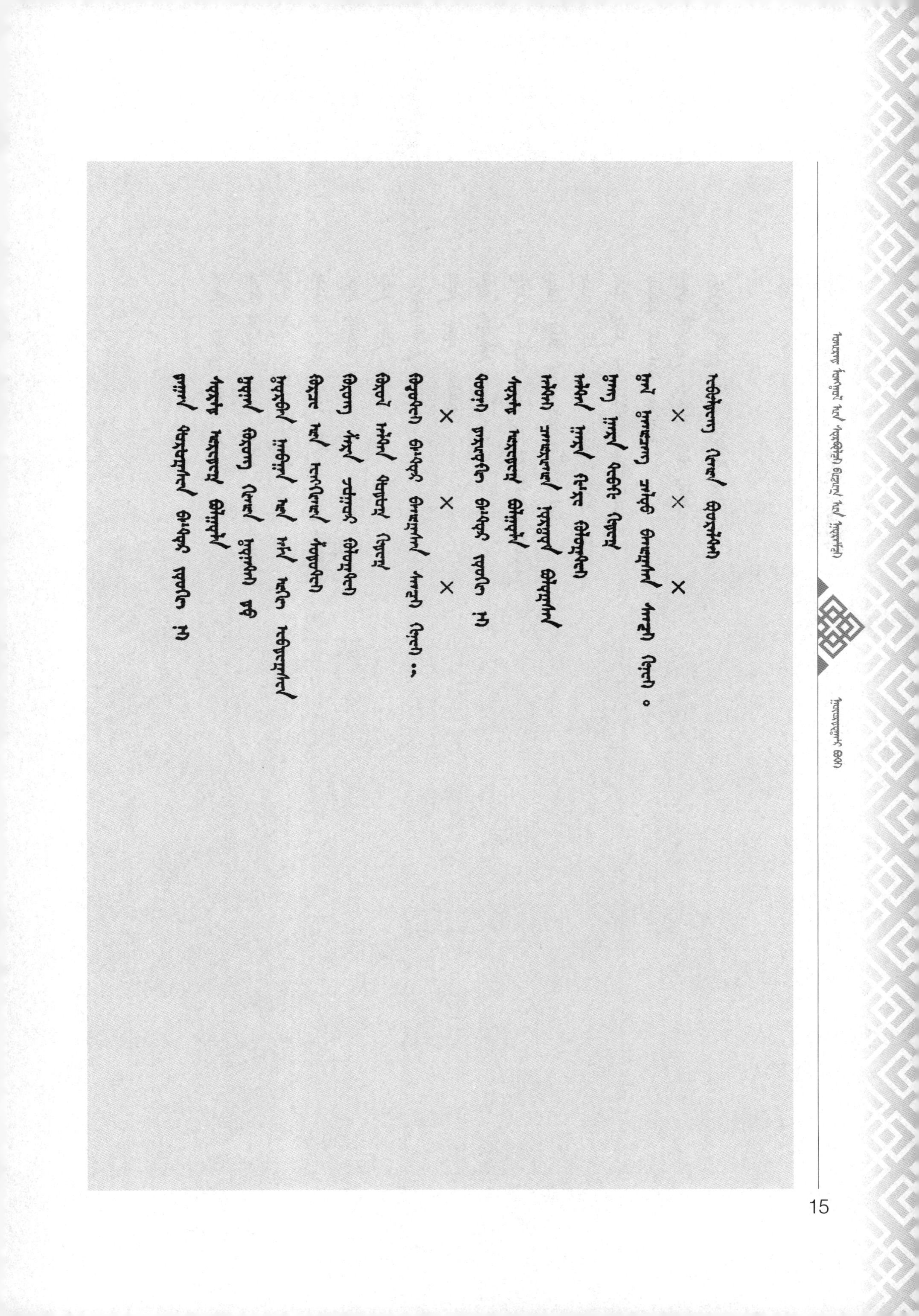

[illegible]

× × ×

[illegible] ∘
[illegible]
[illegible]
[illegible]
[illegible]
[illegible]

× × ×

[illegible] ::
[illegible]
[illegible]
[illegible]
[illegible]
[illegible]
[illegible]
[illegible]

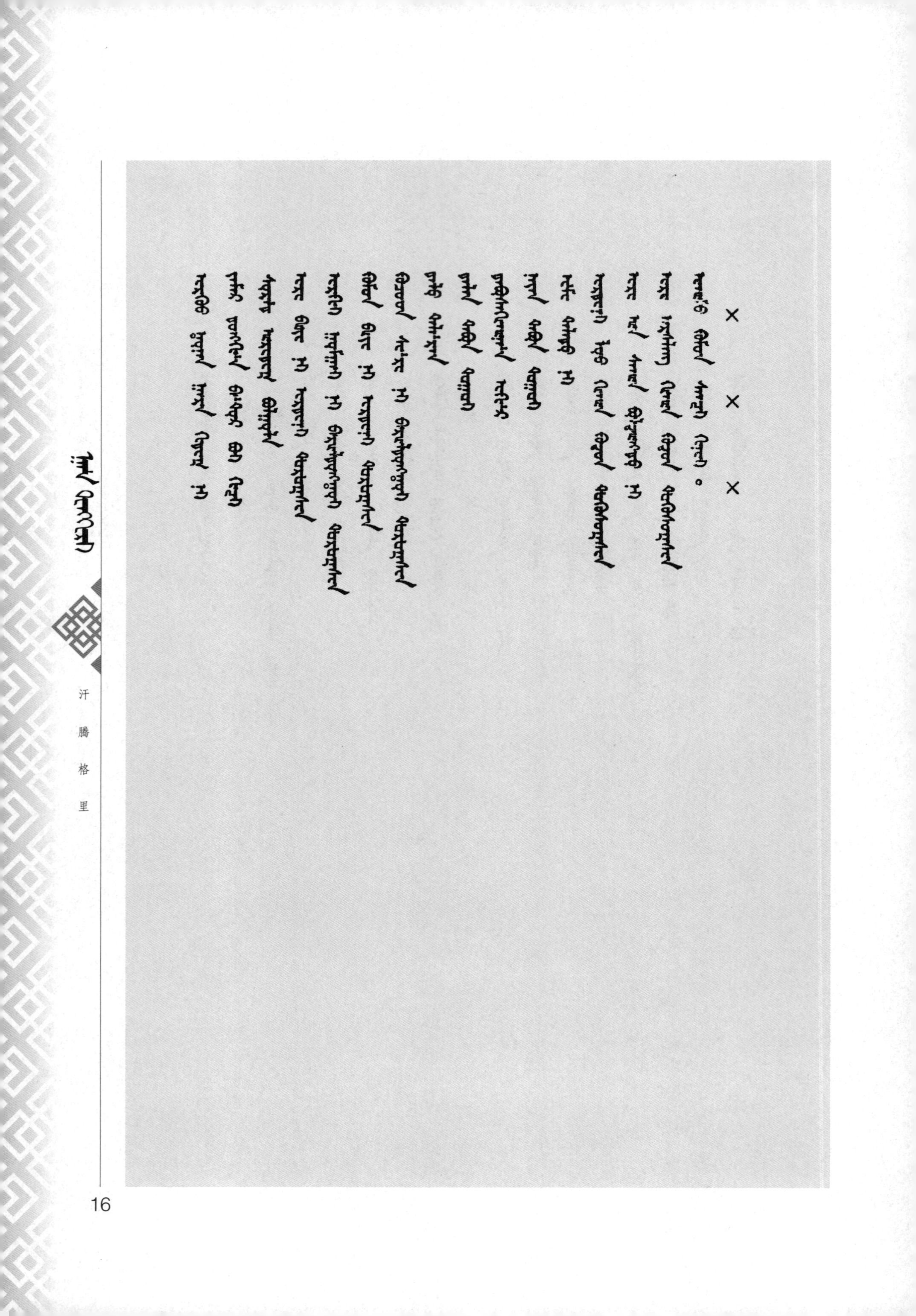

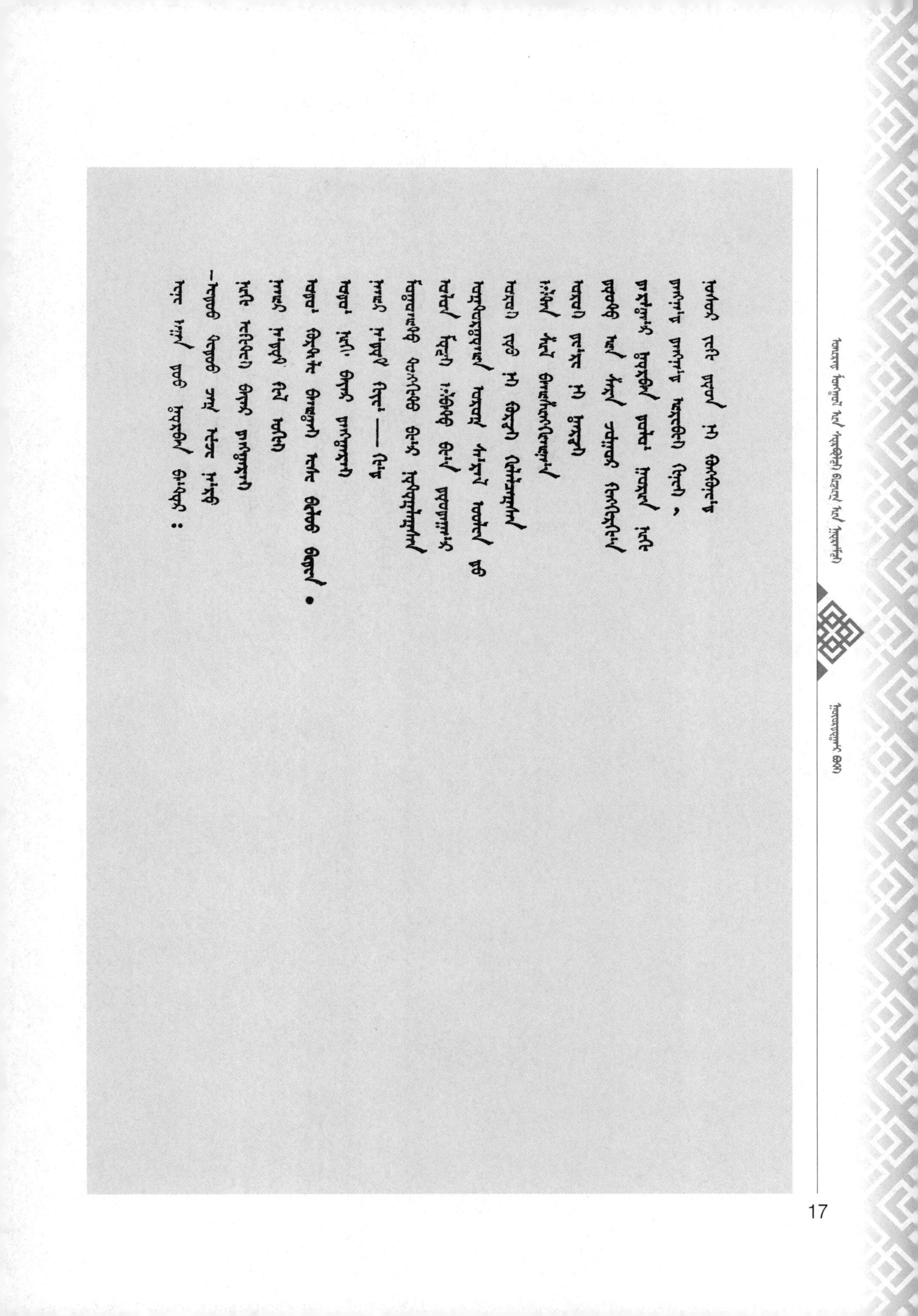

[illegible]

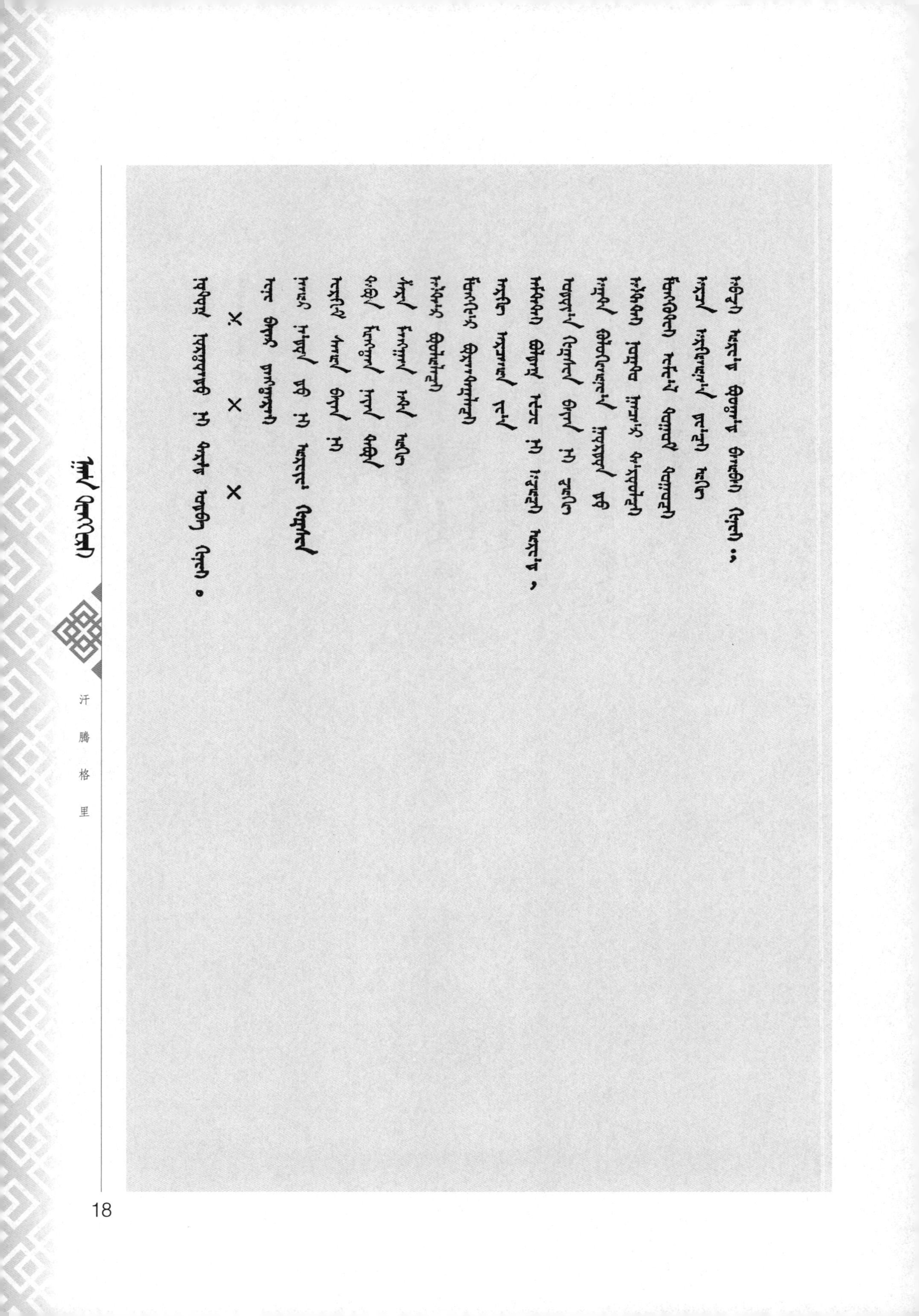

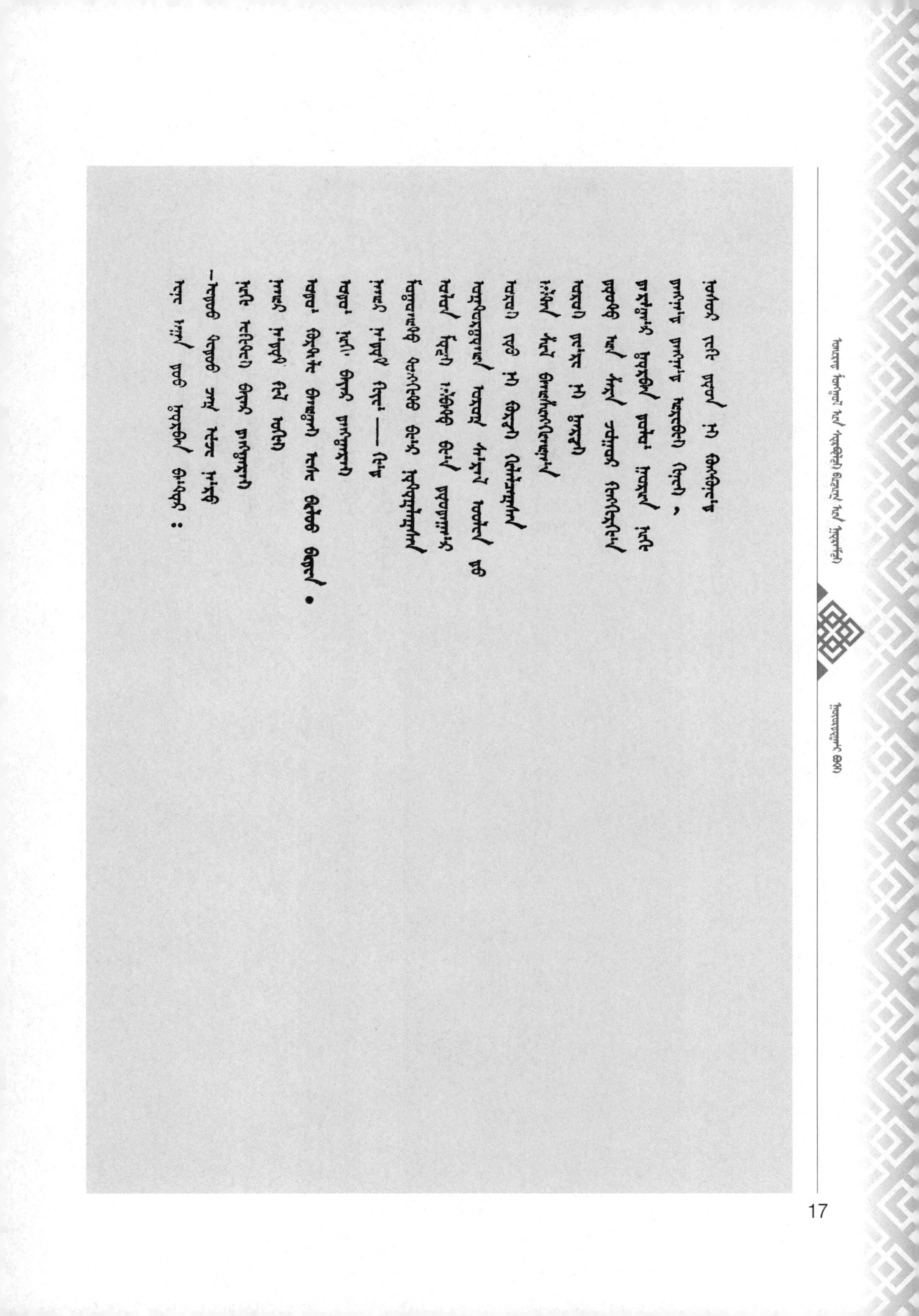

[illegible]
[illegible] ᠂
[illegible]
[illegible]
[illegible]
[illegible]
[illegible]
[illegible]
[illegible]
[illegible]
[illegible] —— [illegible]
[illegible]
[illegible] •
[illegible]
[illegible]
—[illegible]
[illegible] ︰

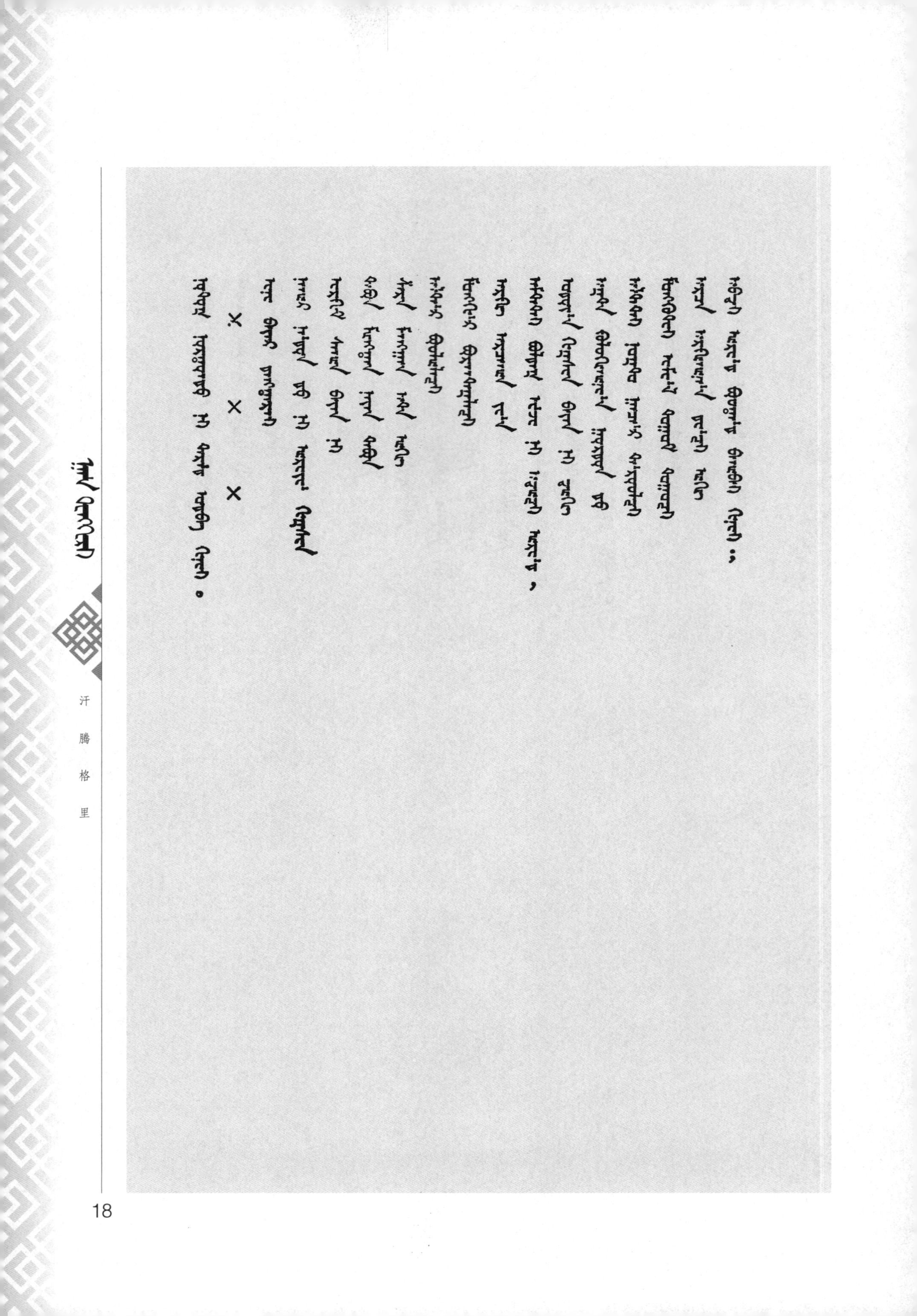

[illegible]
[illegible]
[illegible]
[illegible]
[illegible]
[illegible]
[illegible]
[illegible]
[illegible]
[illegible]
[illegible]
[illegible]
[illegible]
[illegible]
[illegible]

× × ×

[illegible]

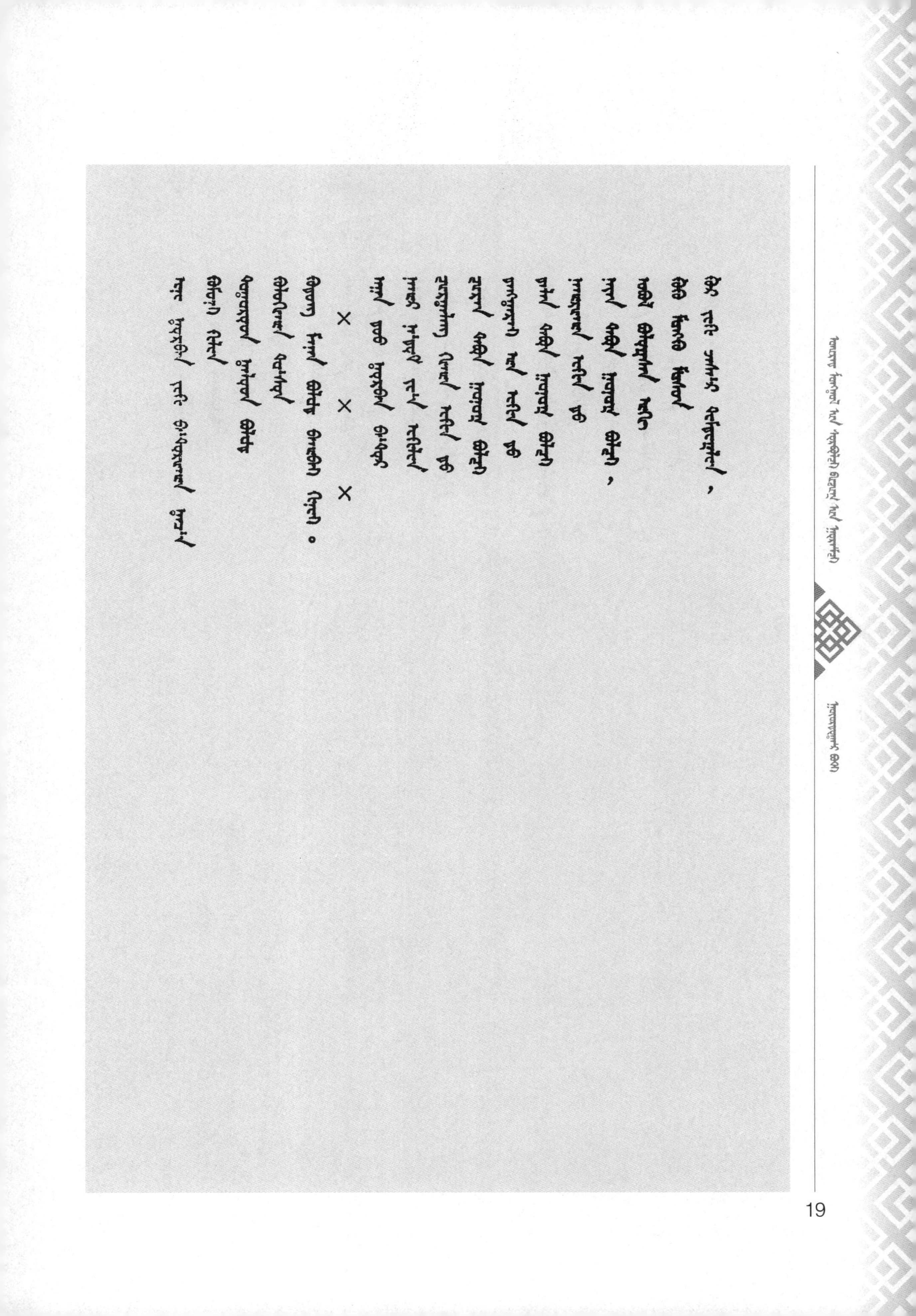

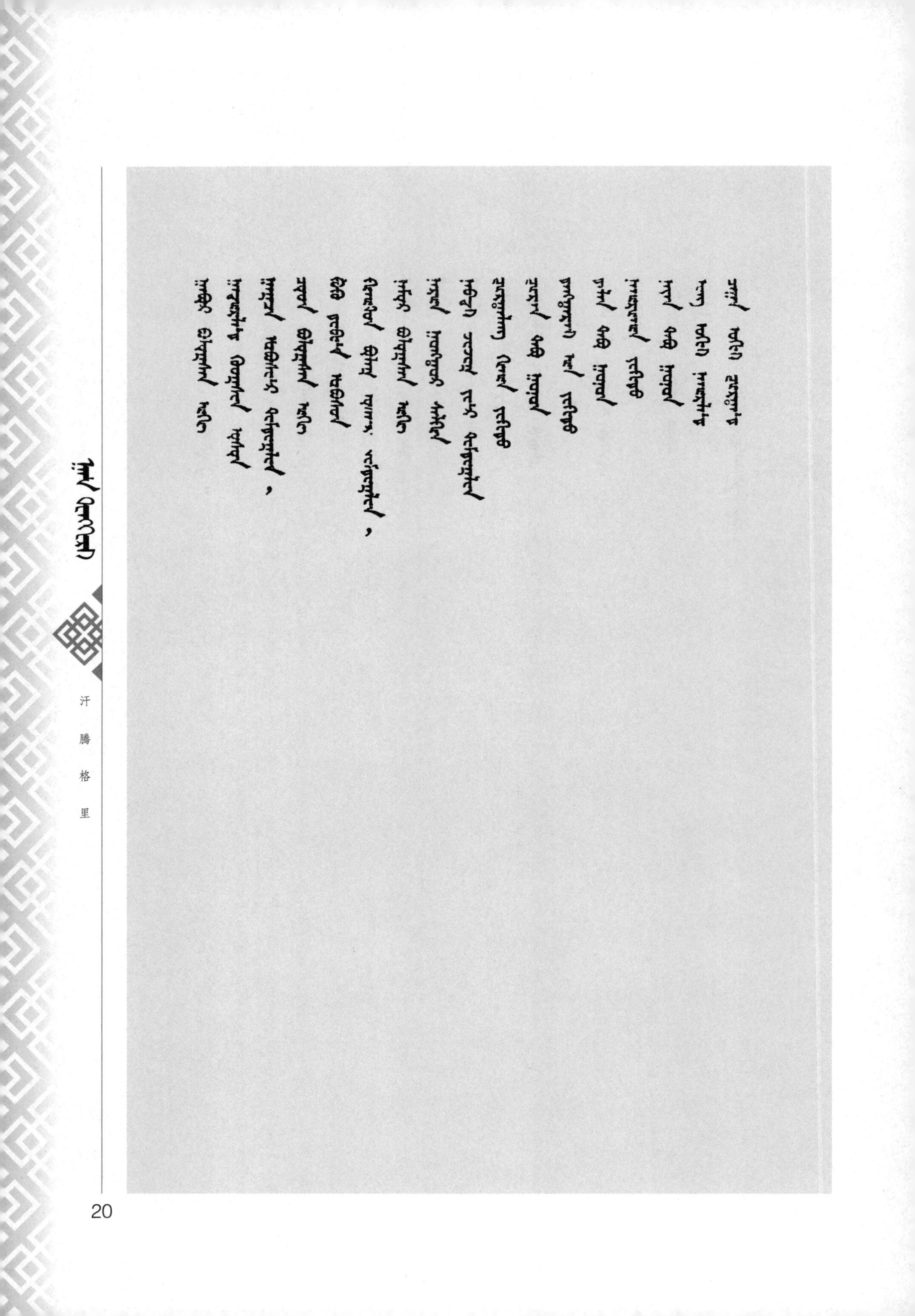

[illegible]
[illegible]
[illegible]
[illegible]
[illegible]
[illegible]
[illegible]
[illegible]
[illegible]
[illegible]
[illegible]
[illegible]
[illegible]
[illegible]
[illegible]
[illegible]
[illegible]

ᠲᠡᠨᠡ ᠬᠦᠭᠵᠢᠮ ᠲᠡᠷᠡ ᠪᠦᠬᠦᠯᠢᠭᠰᠡᠨ ᠬᠦᠨ
ᠪᠢᠷᠤᠭᠤ ᠲᠡᠯᠡᠨ
ᠪᠤᠭᠤᠷᠤᠯᠳᠤᠨ ᠬᠦᠯᠦᠳᠦᠨ ᠪᠣᠯᠵᠤ
ᠪᠢᠯᠠᠭᠤᠷᠯᠠᠨ ᠪᠠᠶᠠᠨ
ᠪᠠᠳᠠᠮ ᠮᠠᠨ ᠪᠣᠯᠵᠤ ᠪᠠᠶᠠᠯᠢᠭ ᠲᠡᠭᠦᠨ ᠃

× × ×

ᠮᠠᠨ ᠳᠤᠪ ᠬᠦᠭᠵᠢᠮ ᠪᠠᠶᠠᠷᠯᠠ
ᠨᠠᠷᠠᠨ ᠨᠢᠭᠤᠷ ᠲᠤ ᠲᠡᠯᠡᠭᠡᠨ
ᠵᠣᠭᠰᠤᠭᠠᠭᠤᠯᠤᠭ ᠲᠠᠯᠠᠨ ᠲᠡᠯᠡᠨ ᠳᠤ
ᠵᠣᠭᠰᠠᠨ ᠶᠠᠪᠤᠨ ᠨᠢᠭᠤᠷ ᠪᠣᠯᠵᠤ
ᠳᠠᠭᠤᠭᠠᠨ ᠮᠠᠨ ᠲᠡᠯᠡᠨ ᠳᠤ
ᠳᠠᠷᠠᠨ ᠶᠠᠪᠤᠨ ᠨᠢᠭᠤᠷ ᠪᠣᠯᠵᠤ
ᠨᠠᠷᠠᠭᠠᠷᠠᠨ ᠲᠡᠯᠡᠨ ᠳᠤ
ᠨᠠᠷᠠᠨ ᠶᠠᠪᠤᠨ ᠨᠢᠭᠤᠷ ᠪᠣᠯᠵᠤ ᠂
ᠲᠤᠪᠰᠢᠨ ᠪᠣᠯᠤᠭᠰᠠᠨ ᠲᠡᠯᠡ
ᠪᠢᠳᠡ ᠬᠡᠷᠦᠭᠡ ᠬᠡᠯᠡᠨ
ᠪᠢ ᠲᠡᠷᠡ ᠰᠠᠷᠠᠨ ᠭᠡᠷᠡᠯᠲᠦᠭᠰᠡᠨ ᠂

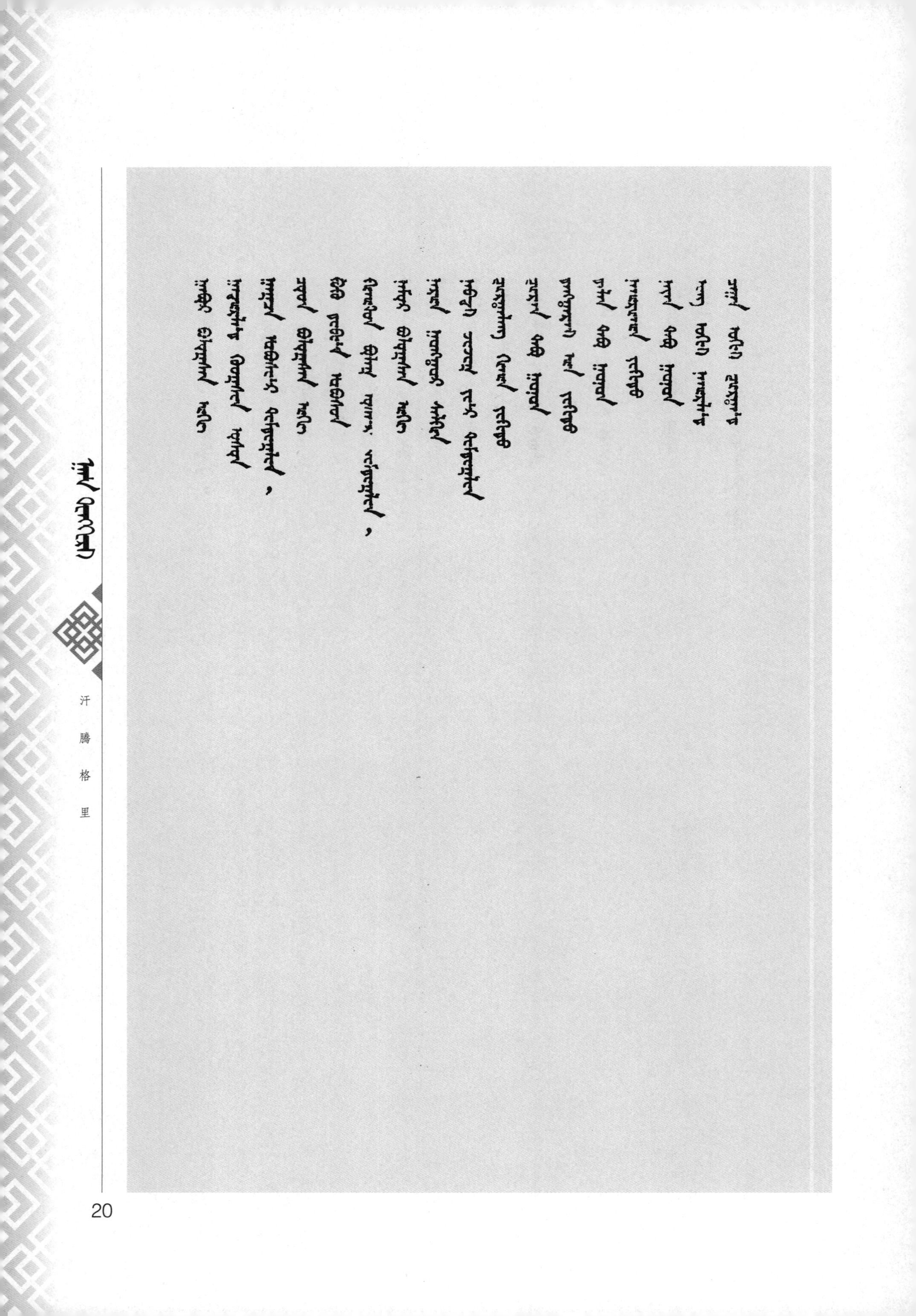

[illegible]

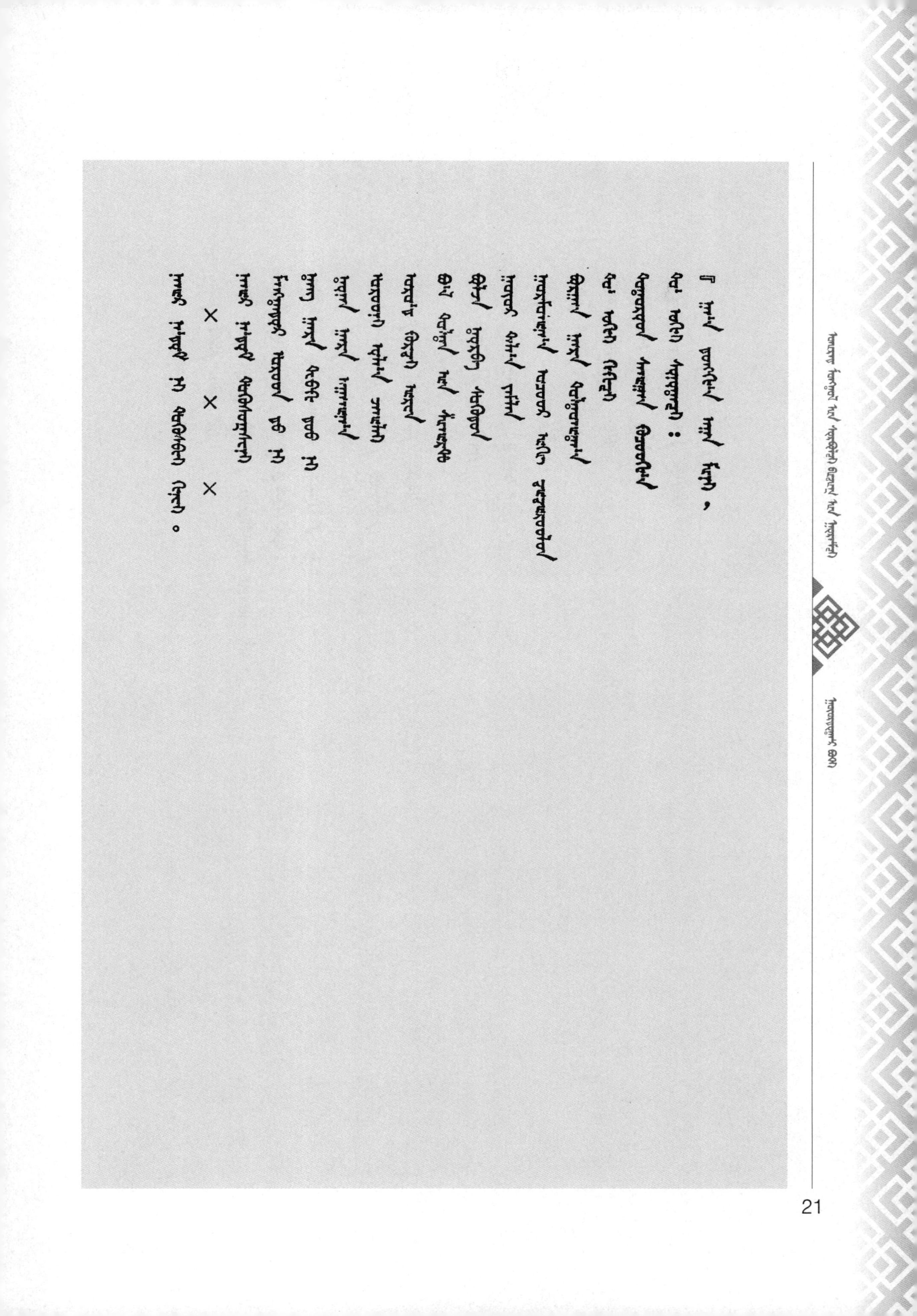

『 [illegible] ,
[illegible] :
[illegible]
[illegible]
[illegible]
[illegible]
[illegible]
[illegible]
[illegible]
[illegible]
[illegible]
[illegible]
[illegible]
[illegible]
[illegible]

× × ×

[illegible] 。

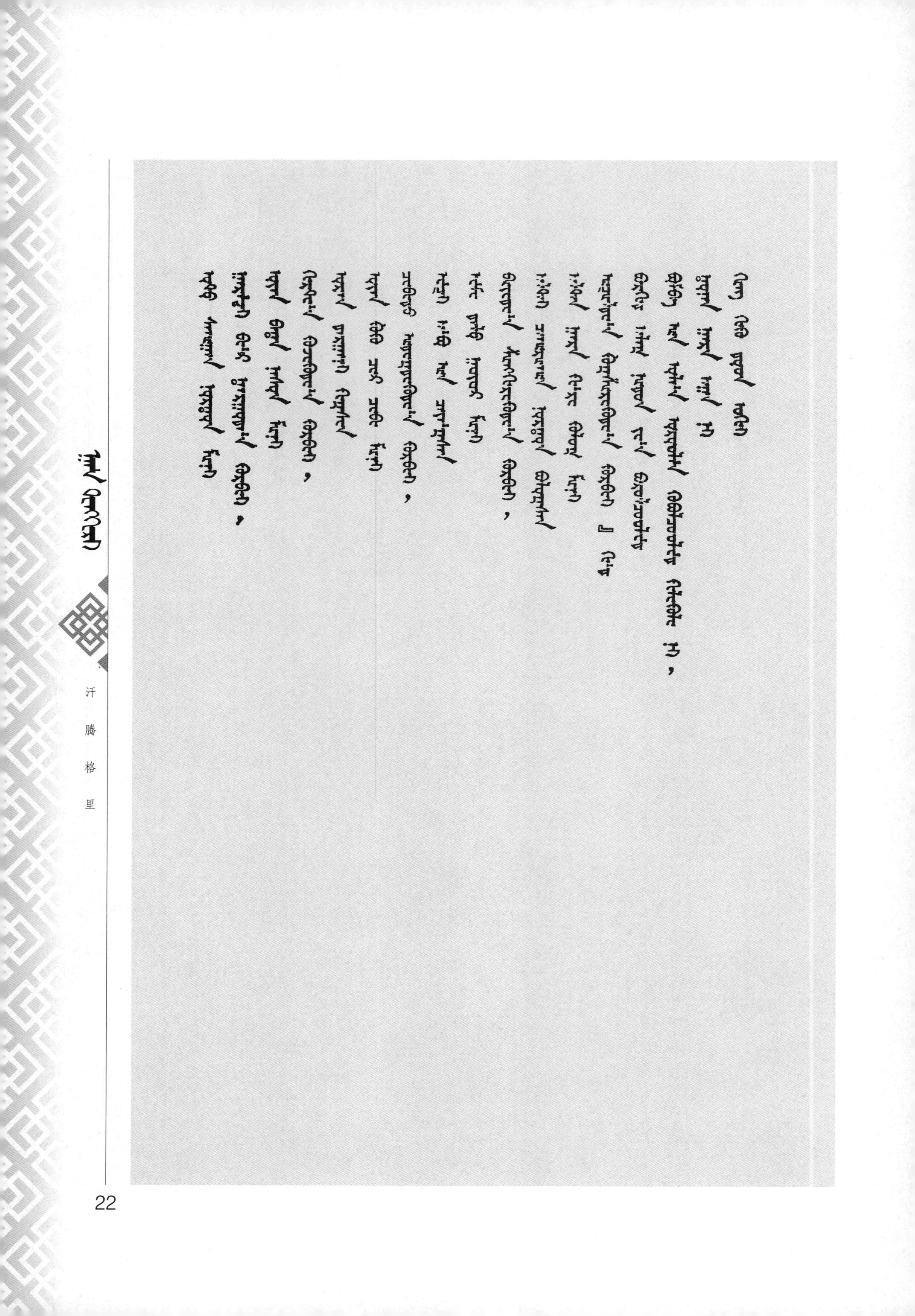

[illegible]
[illegible]
[illegible]
[illegible]
[illegible]
[illegible]
[illegible]
[illegible]
[illegible]
[illegible]
[illegible]
[illegible]
[illegible]
[illegible]
[illegible]
[illegible]
[illegible]
[illegible]

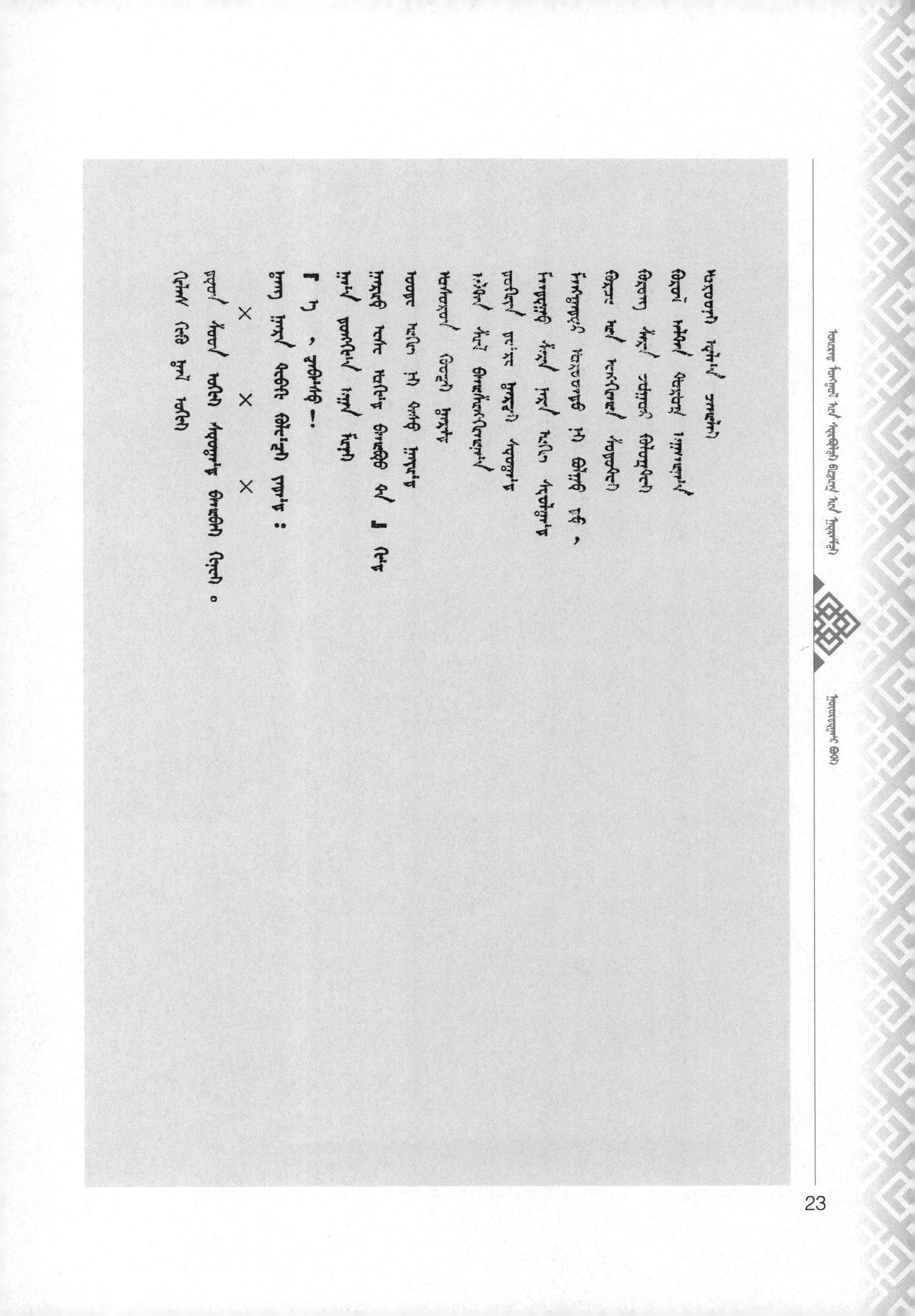

[illegible] [illegible] [illegible]

[illegible] [illegible] [illegible] [illegible]

[illegible] [illegible] [illegible] [illegible]

[illegible] [illegible] [illegible] [illegible]

[illegible] [illegible] ᠨᠢ [illegible] [illegible] ᠂

[illegible] [illegible] [illegible] [illegible] [illegible]

[illegible] [illegible] [illegible] [illegible]

[illegible] [illegible] [illegible]

[illegible] [illegible] [illegible]

[illegible] [illegible] ᠨᠢ [illegible] [illegible]

[illegible] [illegible] [illegible] [illegible] [illegible] 」 [illegible]

[illegible] [illegible] [illegible] [illegible]

「 [illegible] ᠂ [illegible] —᠃

[illegible] [illegible] [illegible] [illegible] [illegible] ︰

× × ×

[illegible] [illegible] [illegible] [illegible] [illegible] [illegible] ᠃

[illegible] [illegible] [illegible] [illegible]

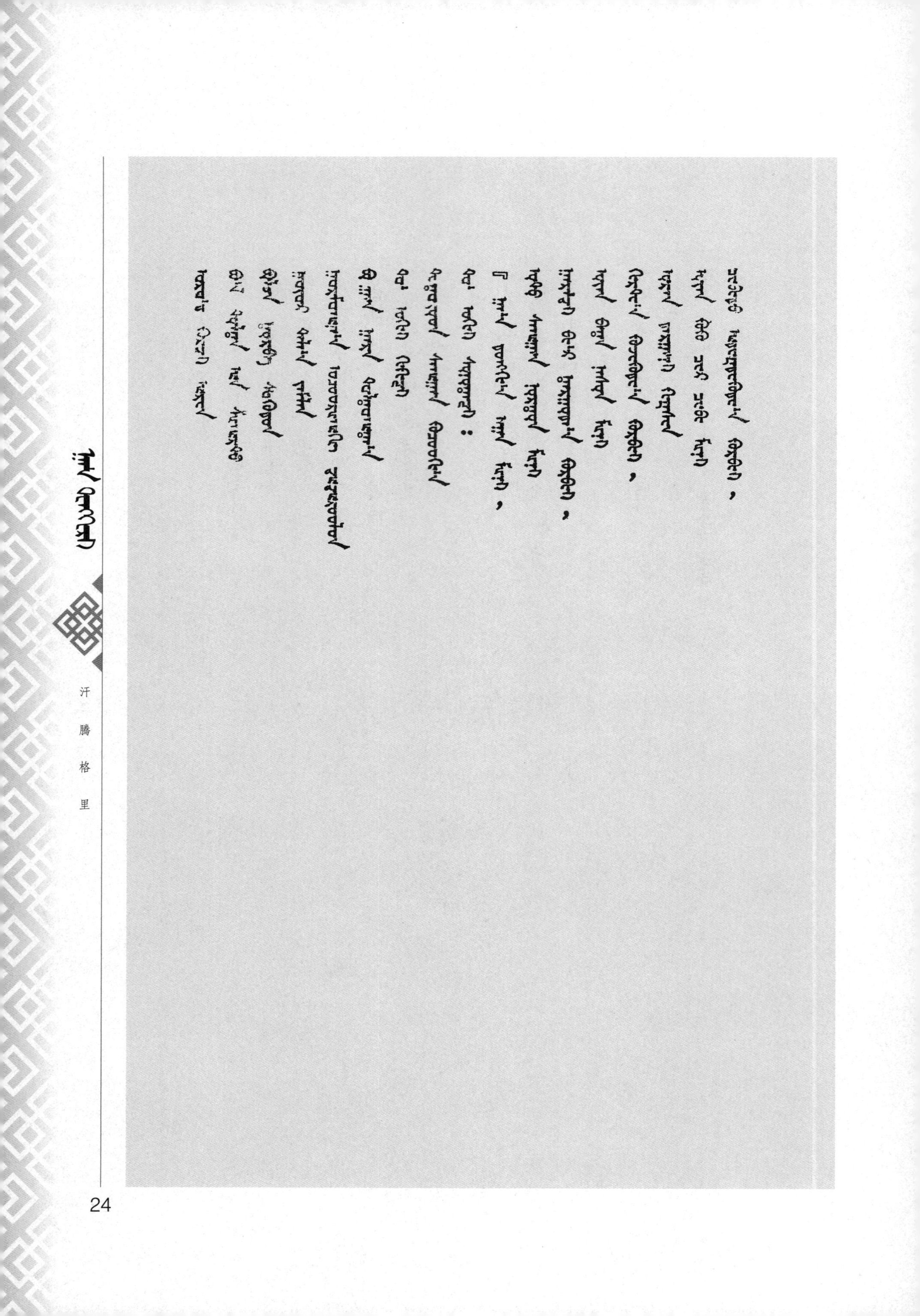

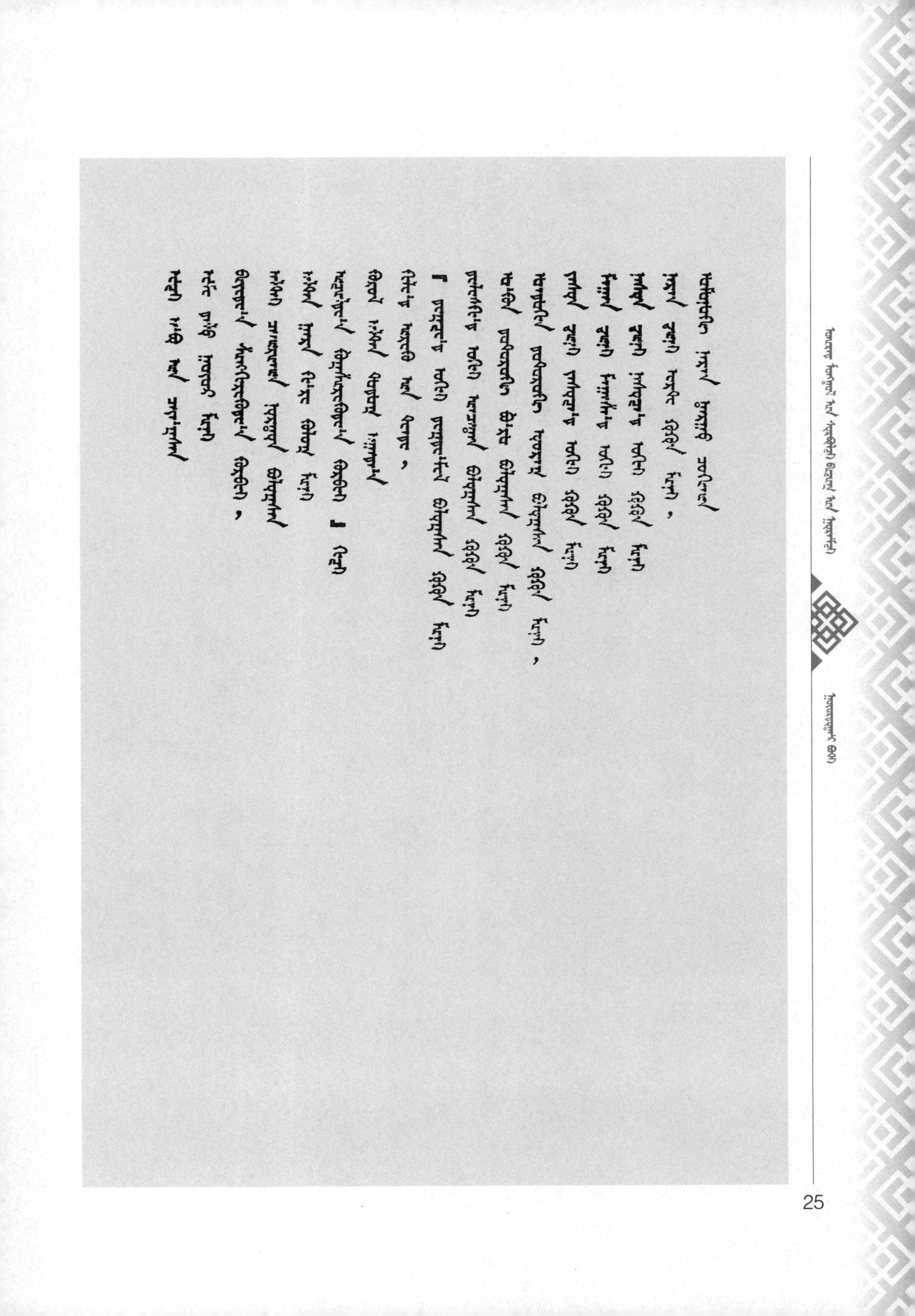

[illegible]
[illegible]
[illegible]
[illegible]
[illegible]
[illegible]
[illegible]
[illegible]
[illegible]
[illegible]
[illegible]
[illegible]
[illegible]
[illegible]
[illegible]
[illegible]
[illegible]

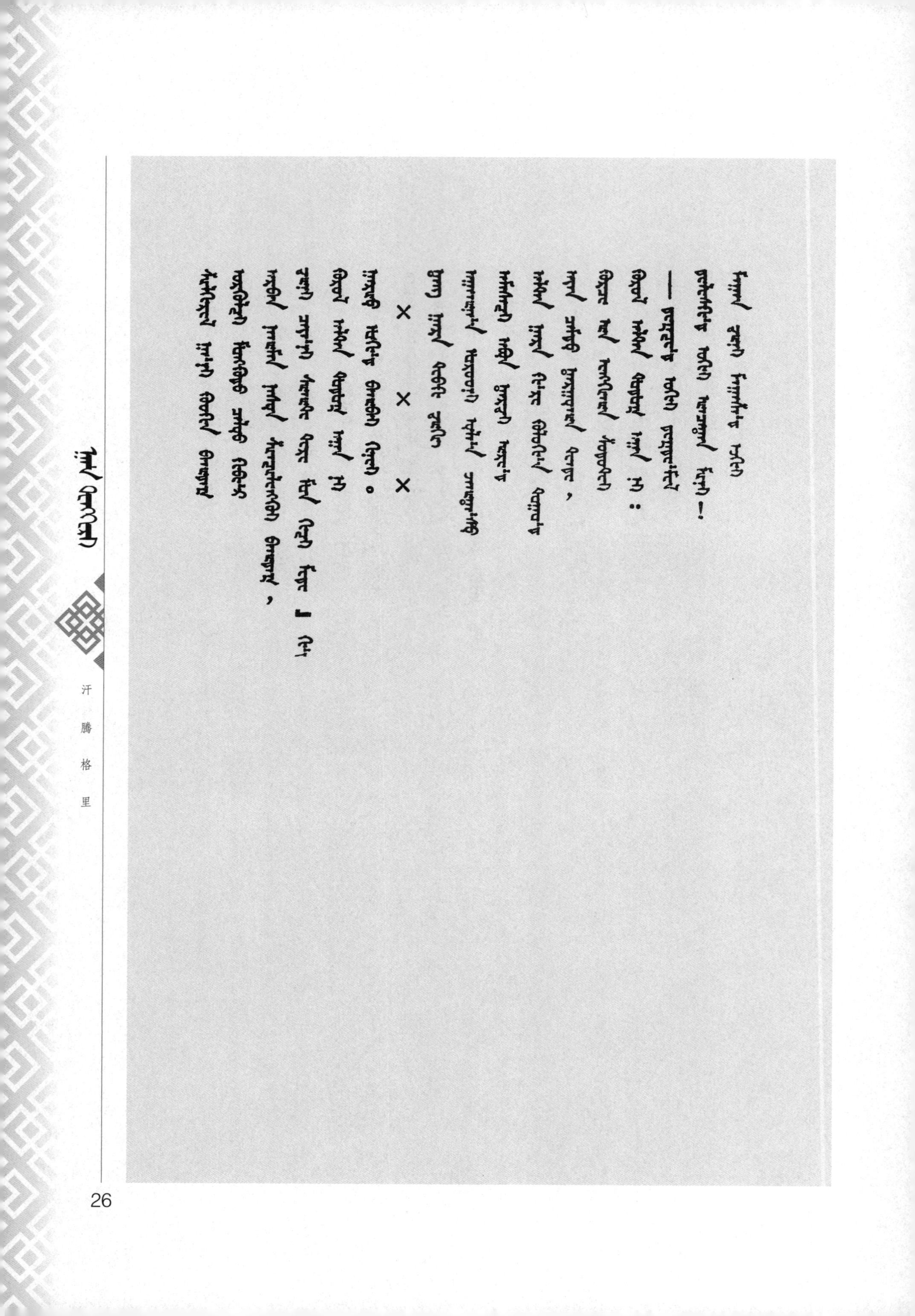

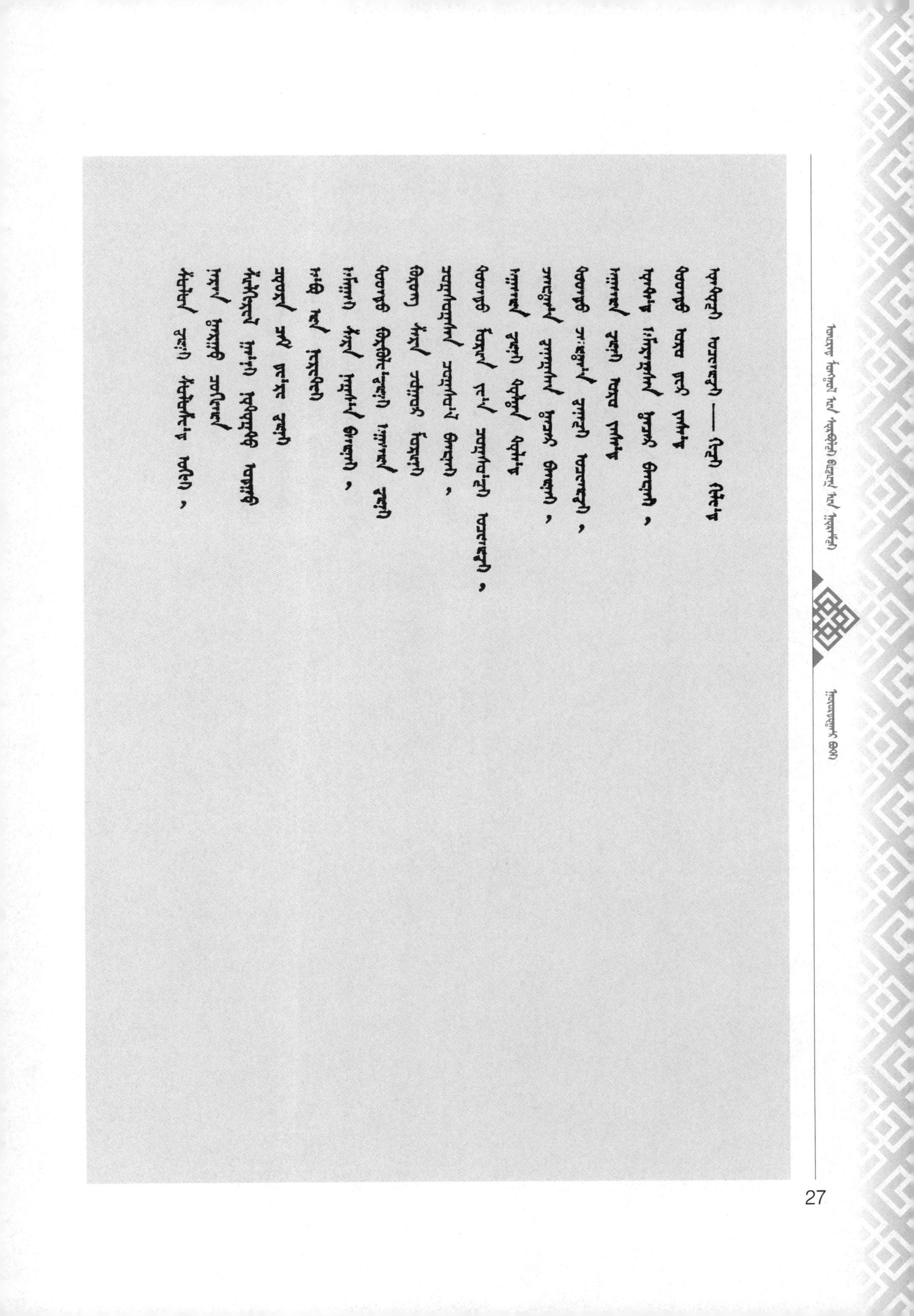

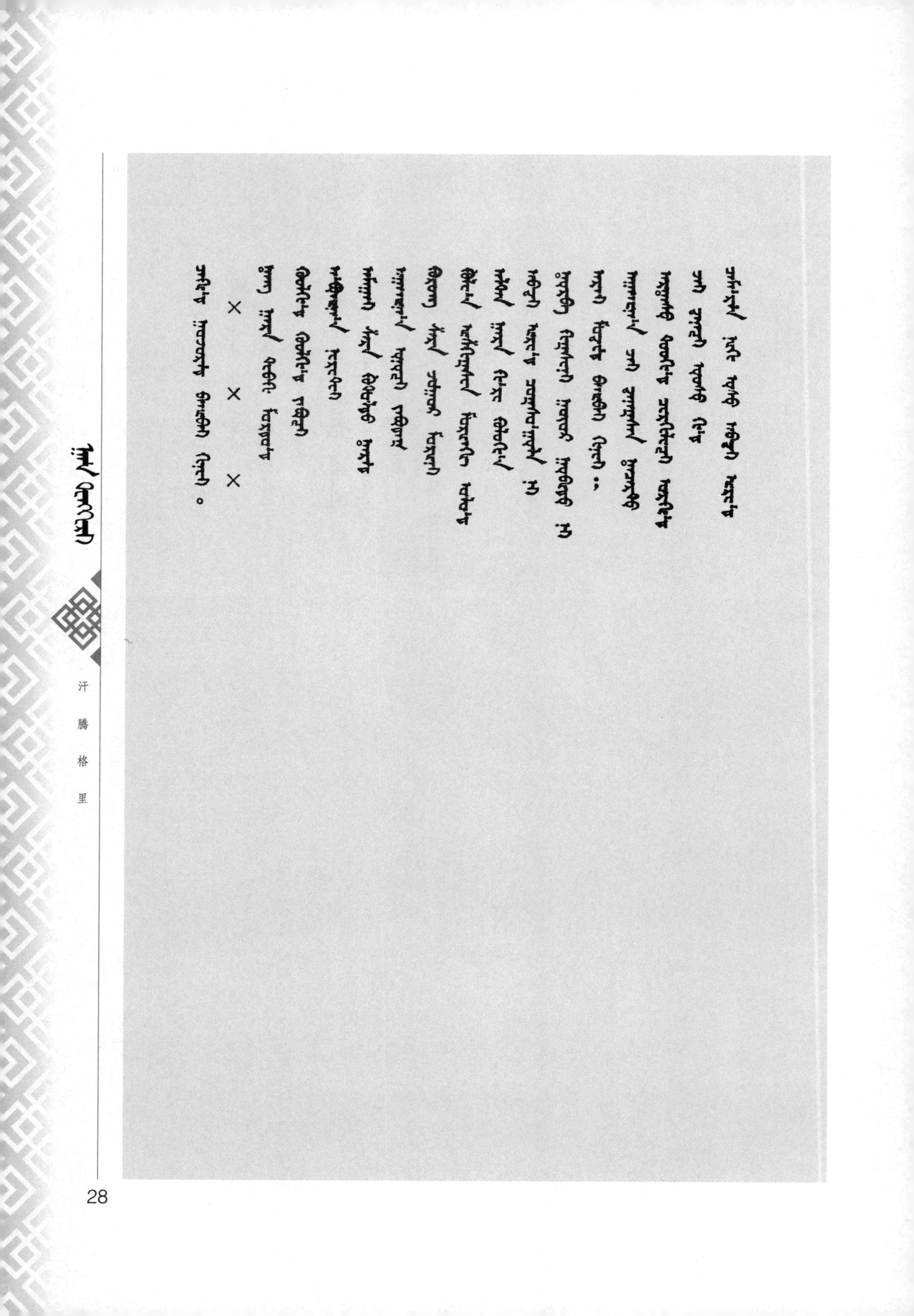

[illegible]
[illegible]
[illegible]
[illegible]
[illegible]
[illegible]
[illegible]
[illegible]
[illegible]
[illegible]
[illegible]
[illegible]
[illegible]
[illegible]
[illegible]

× × ×

[illegible]

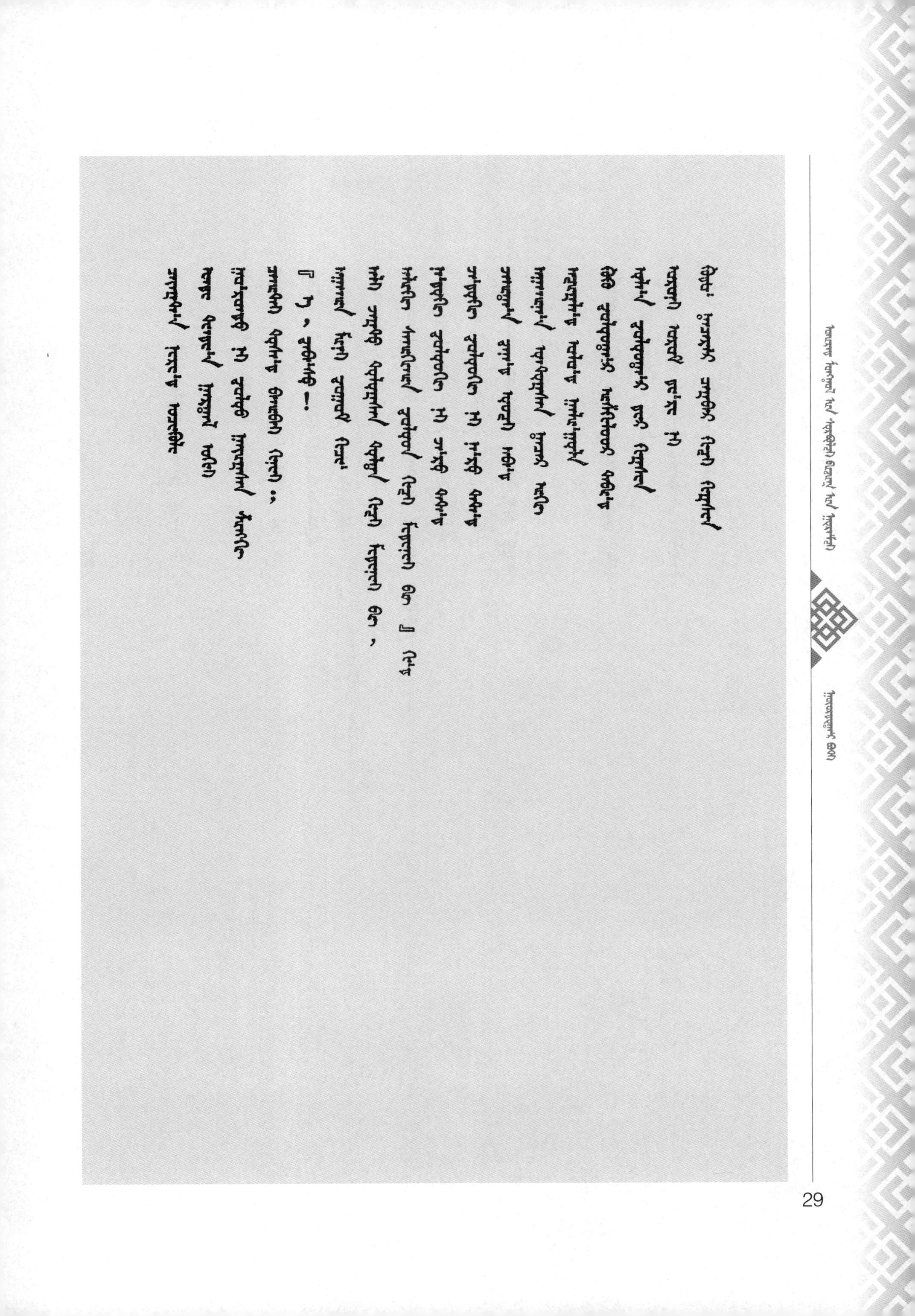

[illegible] [illegible] [illegible] [illegible]
[illegible] [illegible] [illegible] [illegible] [illegible]
[illegible] [illegible] [illegible]
[illegible] ᠶᠢᠨ [illegible] [illegible] [illegible] [illegible] ::

× × ×

『 [illegible] , [illegible] !
[illegible] [illegible] [illegible] [illegible] ᠪᠤᠢ ?
[illegible] [illegible] [illegible] [illegible] ᠪᠤᠢ ?
[illegible] [illegible] [illegible] [illegible] ᠪᠤᠢ ?
[illegible] [illegible] [illegible] ᠶᠢᠨ [illegible] 』 ᠭᠡᠵᠦ [illegible]
[illegible] [illegible] [illegible] ᠶᠢᠨ [illegible]
[illegible] [illegible] [illegible] ᠶᠢᠨ [illegible]
[illegible] [illegible] [illegible] ᠶᠢᠨ [illegible]
[illegible] [illegible] [illegible] [illegible] [illegible] ᠶᠢᠨ
[illegible] [illegible] [illegible] [illegible] 。

[illegible] [illegible] [illegible] [illegible] [illegible] :

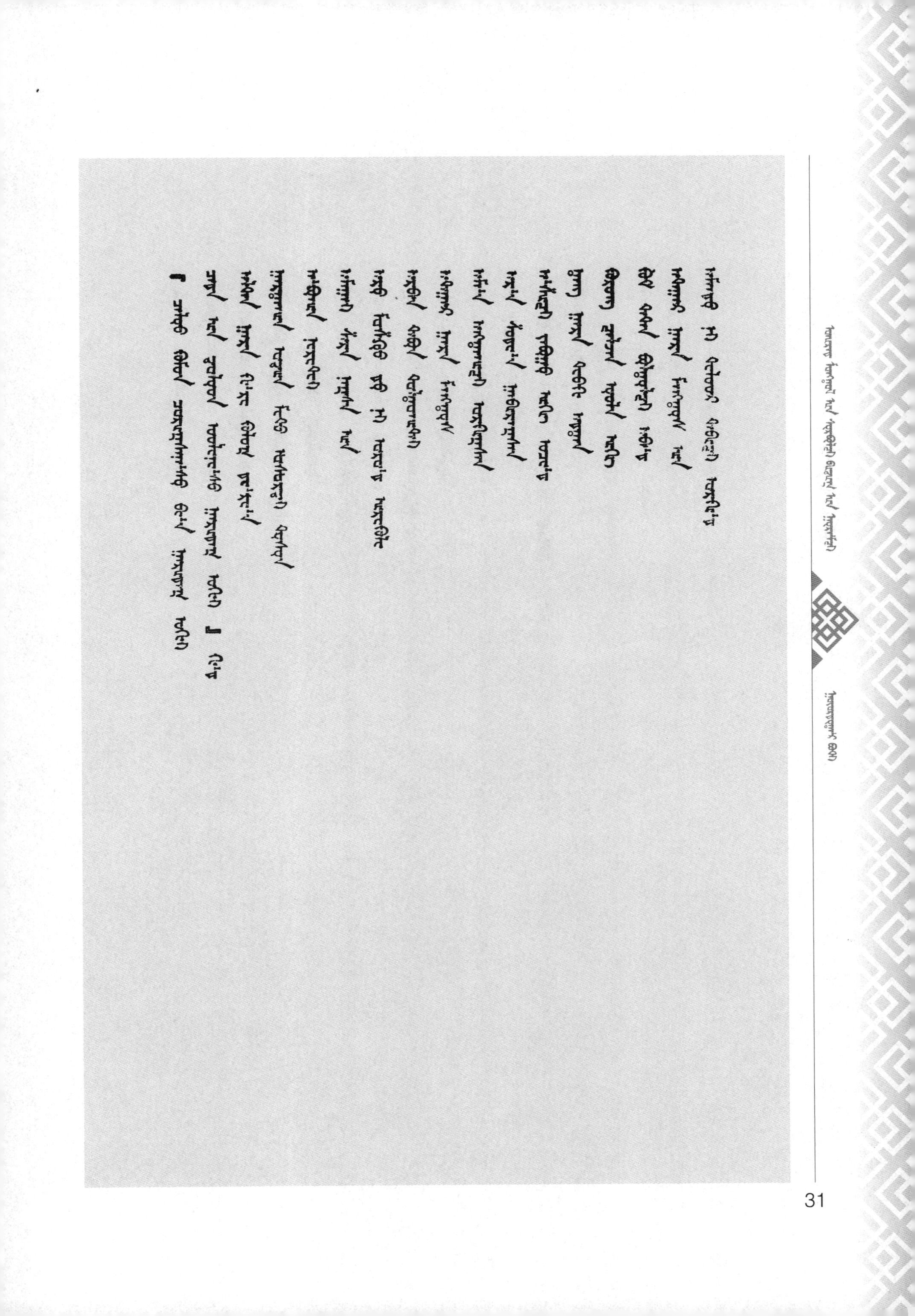

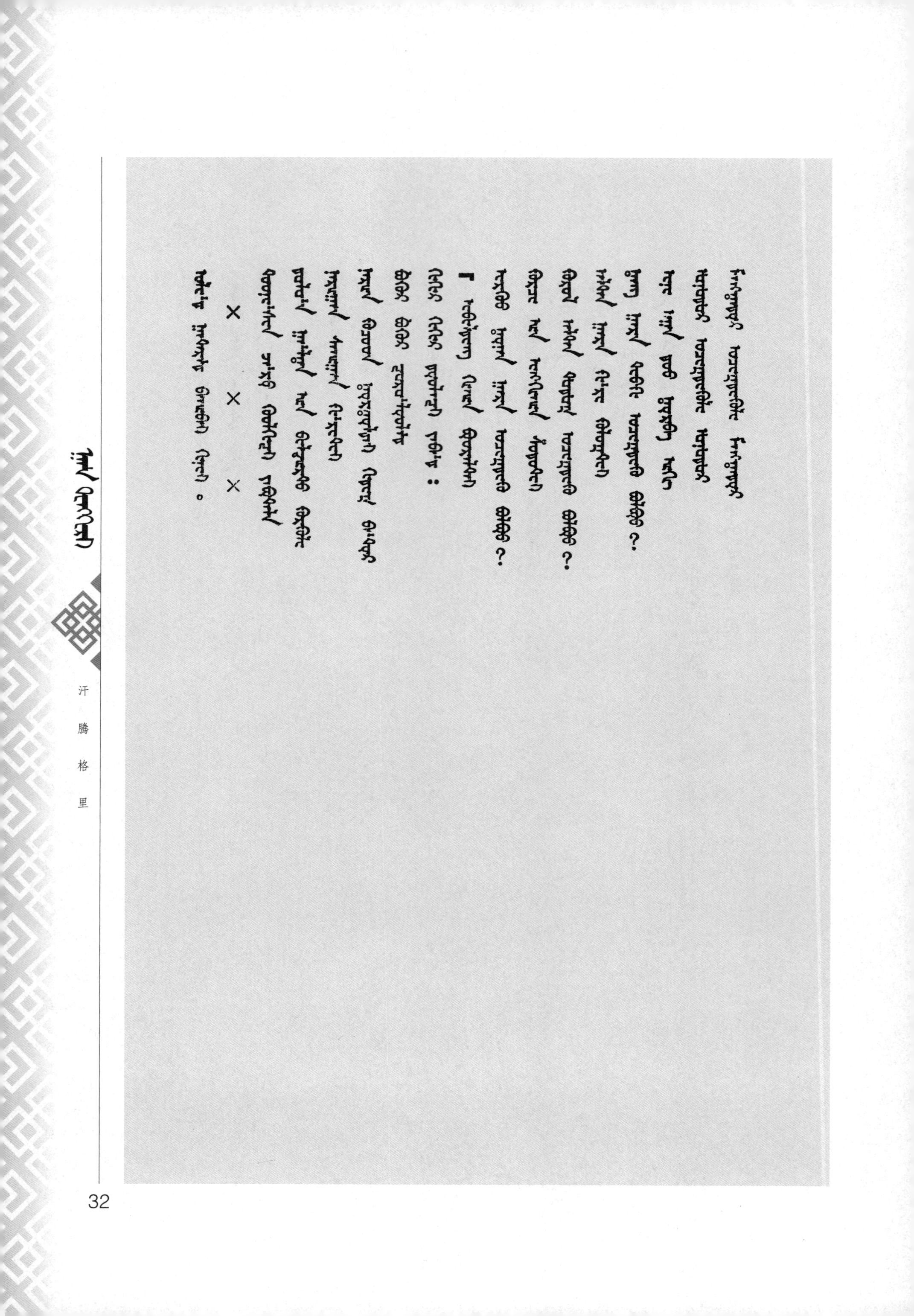

[illegible] [illegible] [illegible]
[illegible] [illegible] [illegible]
[illegible]
[illegible] ?
[illegible]
[illegible] ?
[illegible]
[illegible] ?
「[illegible]
[illegible] :
[illegible]
[illegible]
[illegible]
[illegible]
[illegible]

× × ×

[illegible] 。

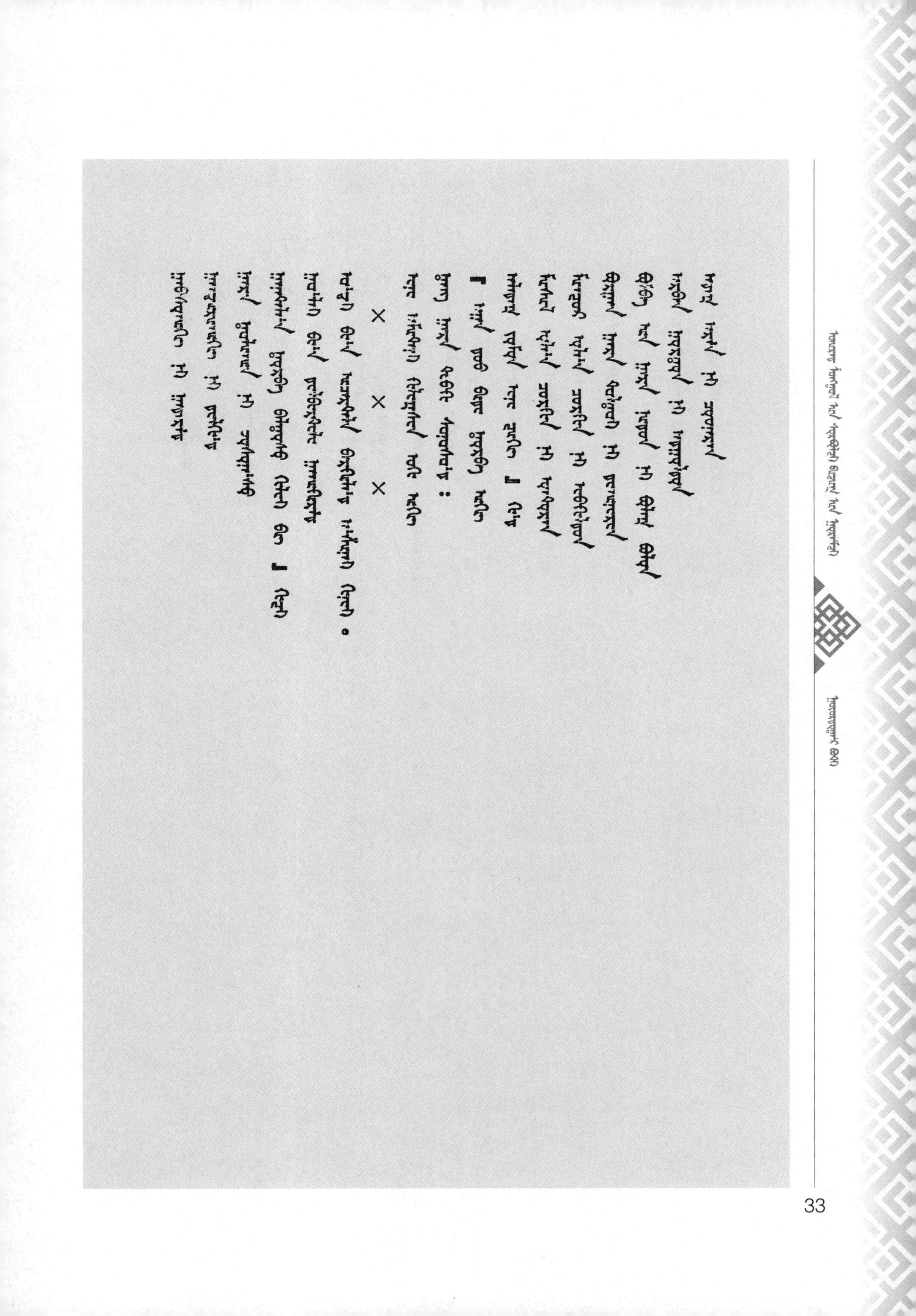

[illegible]

× × ×

[illegible]

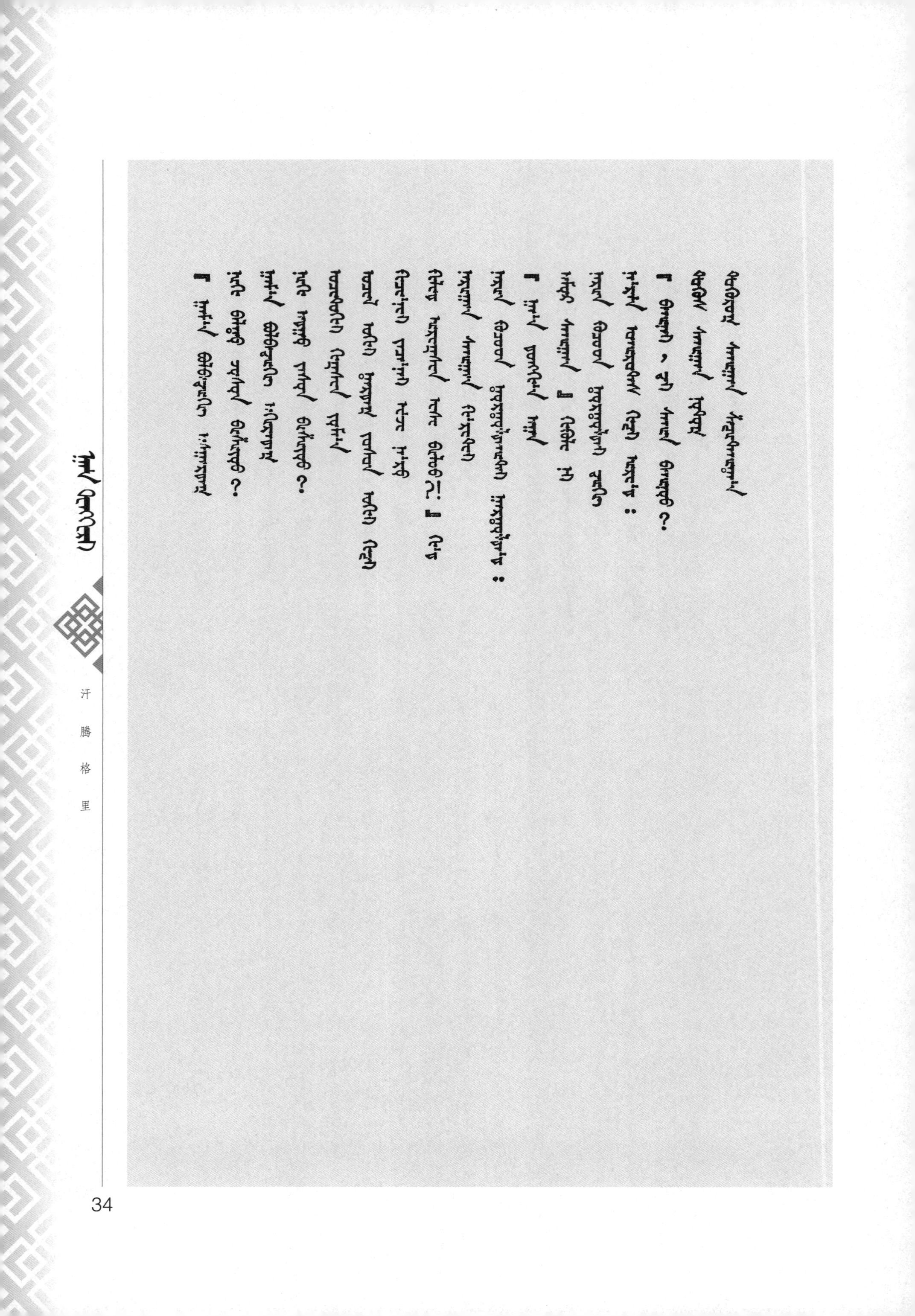

[illegible]
[illegible]
[illegible]
[illegible]
[illegible]
[illegible]
[illegible]
[illegible]
[illegible]
[illegible]
[illegible]
[illegible]
[illegible]
[illegible]
[illegible]
[illegible]
[illegible]
[illegible]

[illegible] ,
[illegible] —— [illegible]
[illegible] ,
[illegible]
—— [illegible]
[illegible] ᠭᠡᠵᠦ ,
[illegible]
[illegible] ᠭᠡᠵᠦ
「 [illegible]
[illegible] :

× × ×

[illegible] 。
[illegible] ᠶᠤᠨ ᠪᠤᠢ ? 」 ᠭᠡᠵᠦ
[illegible] ᠶᠤᠨ ᠪᠤᠢ ?
[illegible] ᠶᠤᠨ ᠪᠤᠢ ?
[illegible] ᠪᠤᠢ ?
[illegible] ?

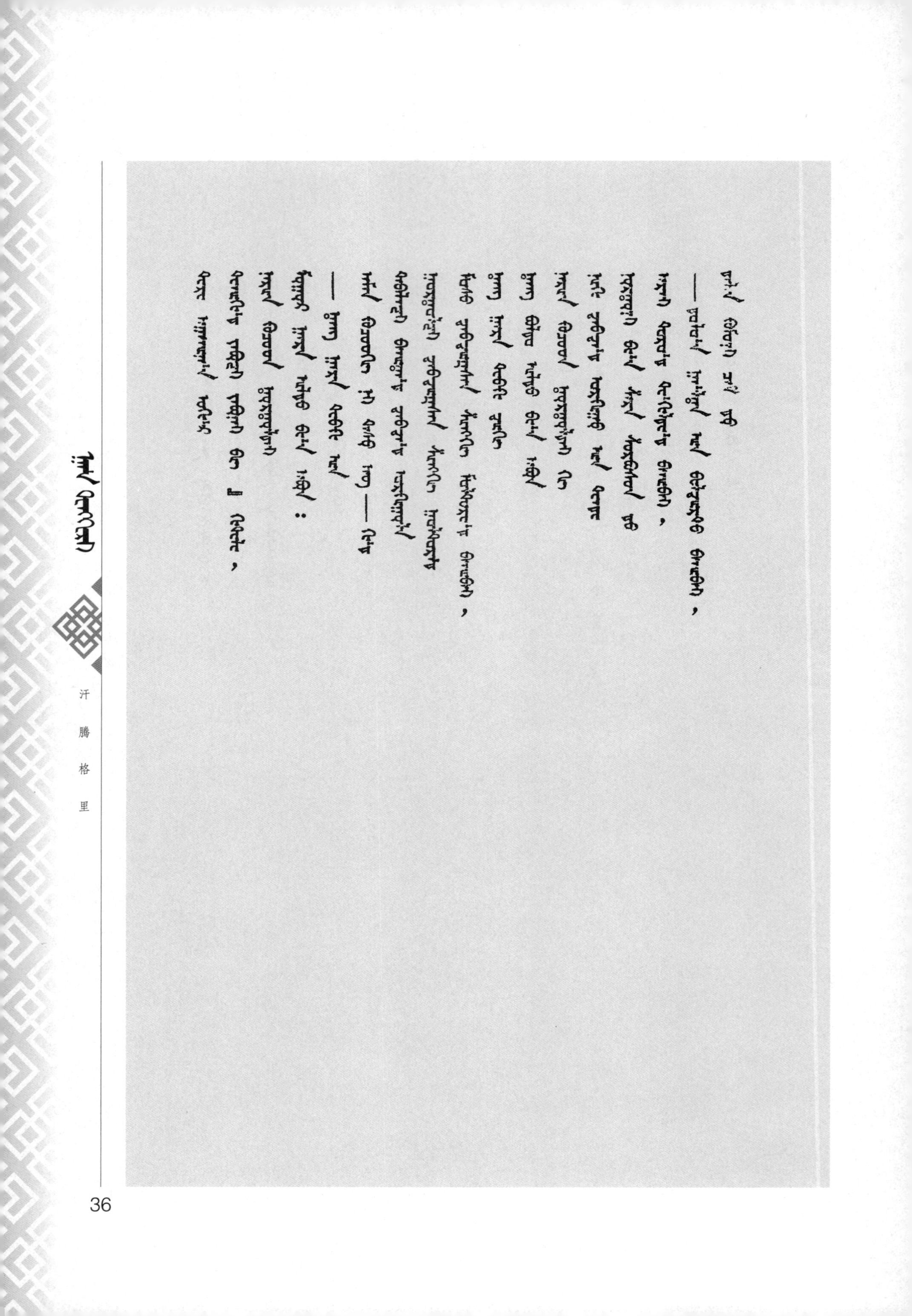

ᠲᠡᠭᠦᠨ ᠦ ᠲᠡᠩᠭᠡᠷ ᠲᠡᠭᠡᠨ ᠪᠠ I ᠲᠡᠭᠡᠨ ᠂

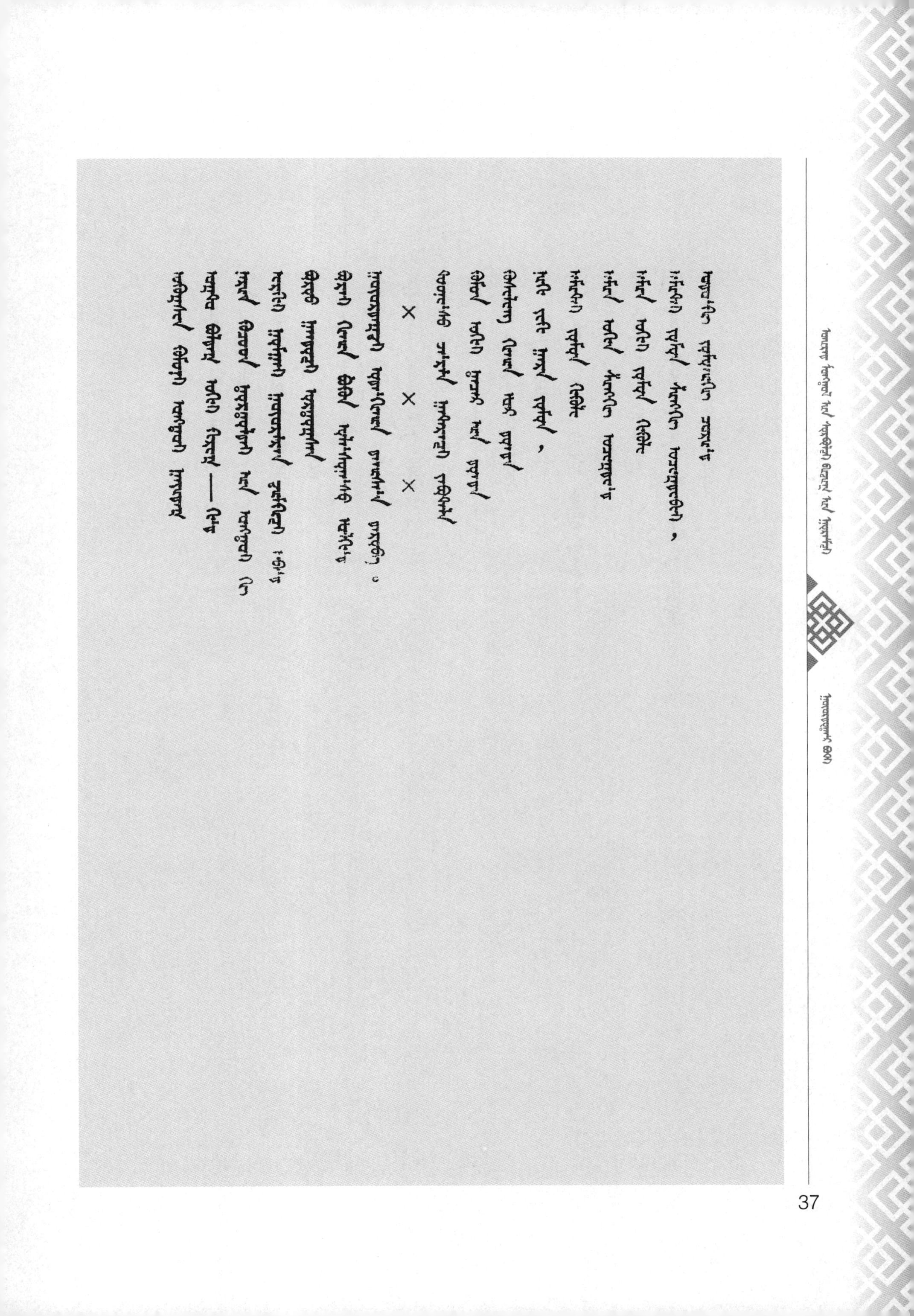

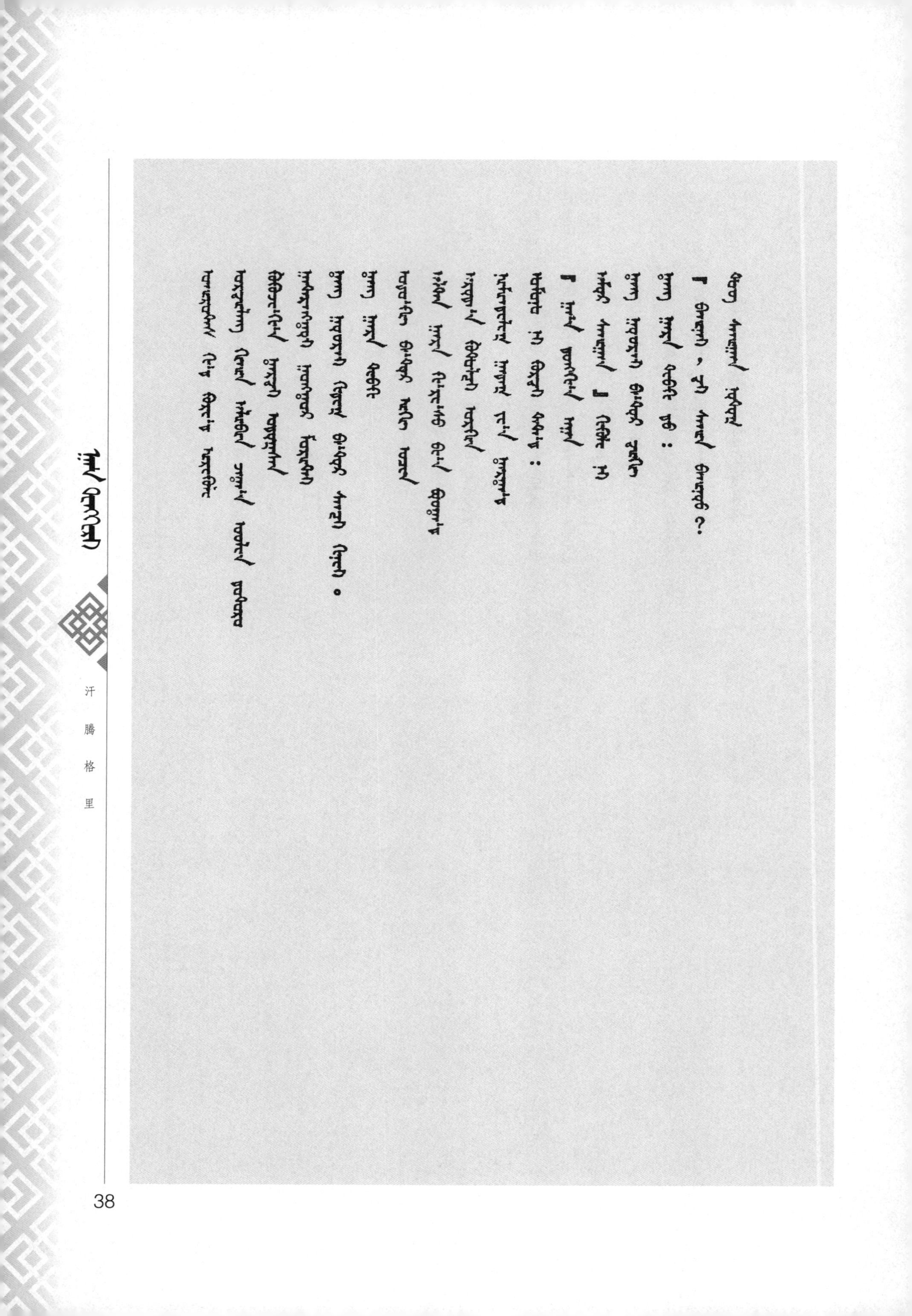

[illegible]
「[illegible] ?
[illegible] :
[illegible]
[illegible] 」[illegible]
「[illegible]
[illegible] :
[illegible]
[illegible]
[illegible]
[illegible]
[illegible]
[illegible] 。
[illegible]
[illegible]
[illegible]
[illegible]

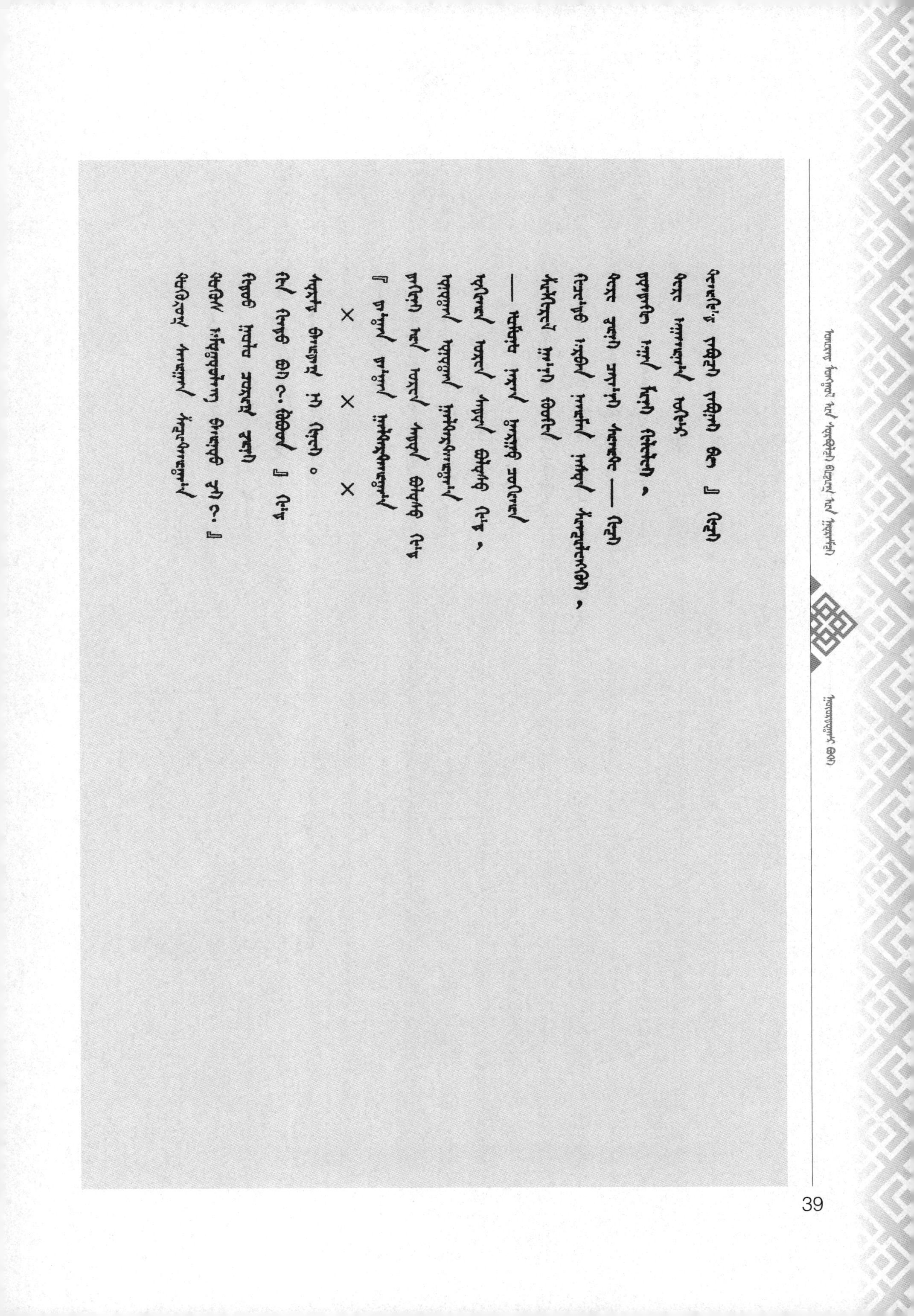

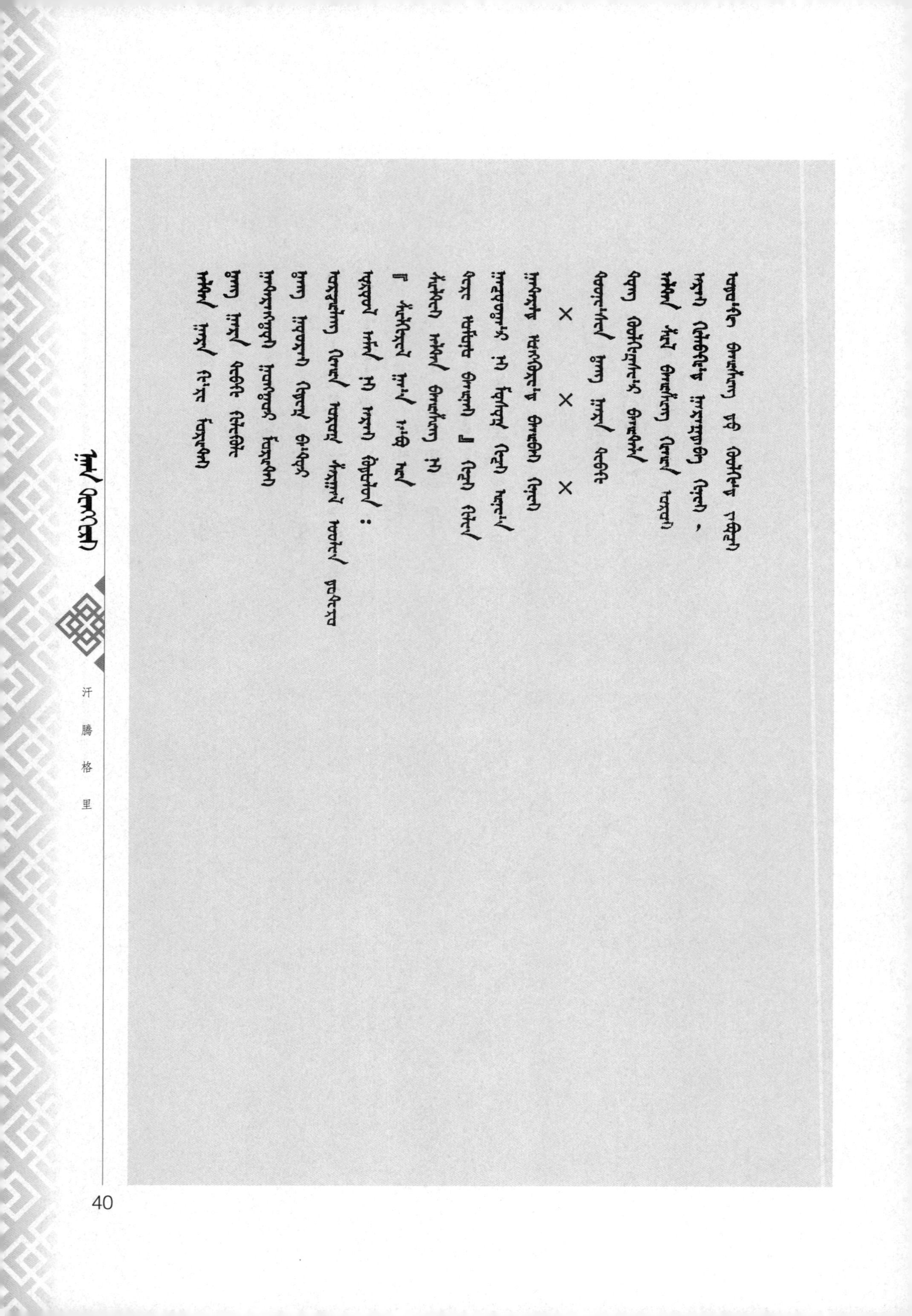

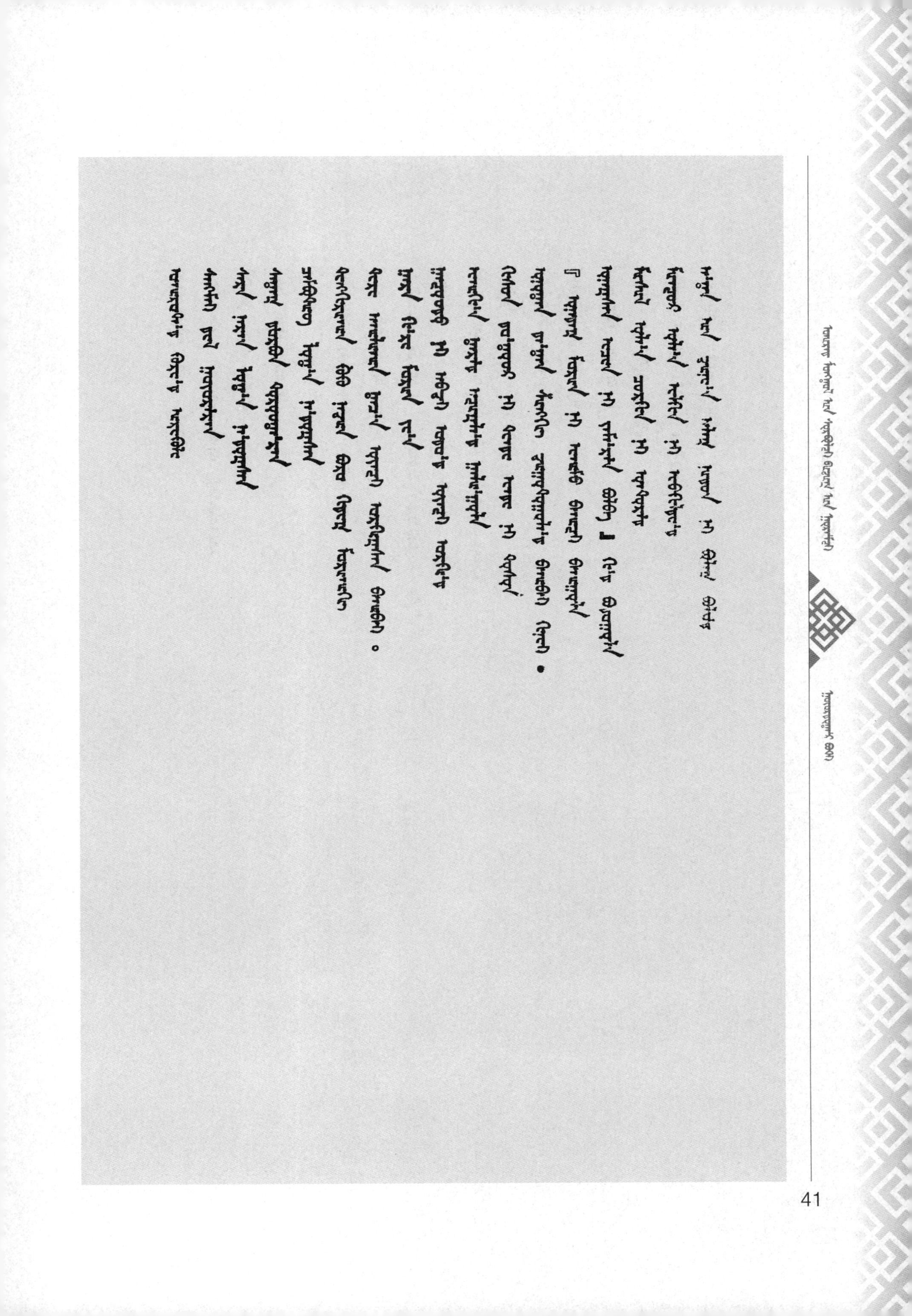

[illegible]
[illegible]
[illegible]
[illegible] 』 [illegible]
『 [illegible]
[illegible] •
[illegible]
[illegible]
[illegible]
[illegible]
[illegible] 。
[illegible]
[illegible]
[illegible]
[illegible]
[illegible]
[illegible]

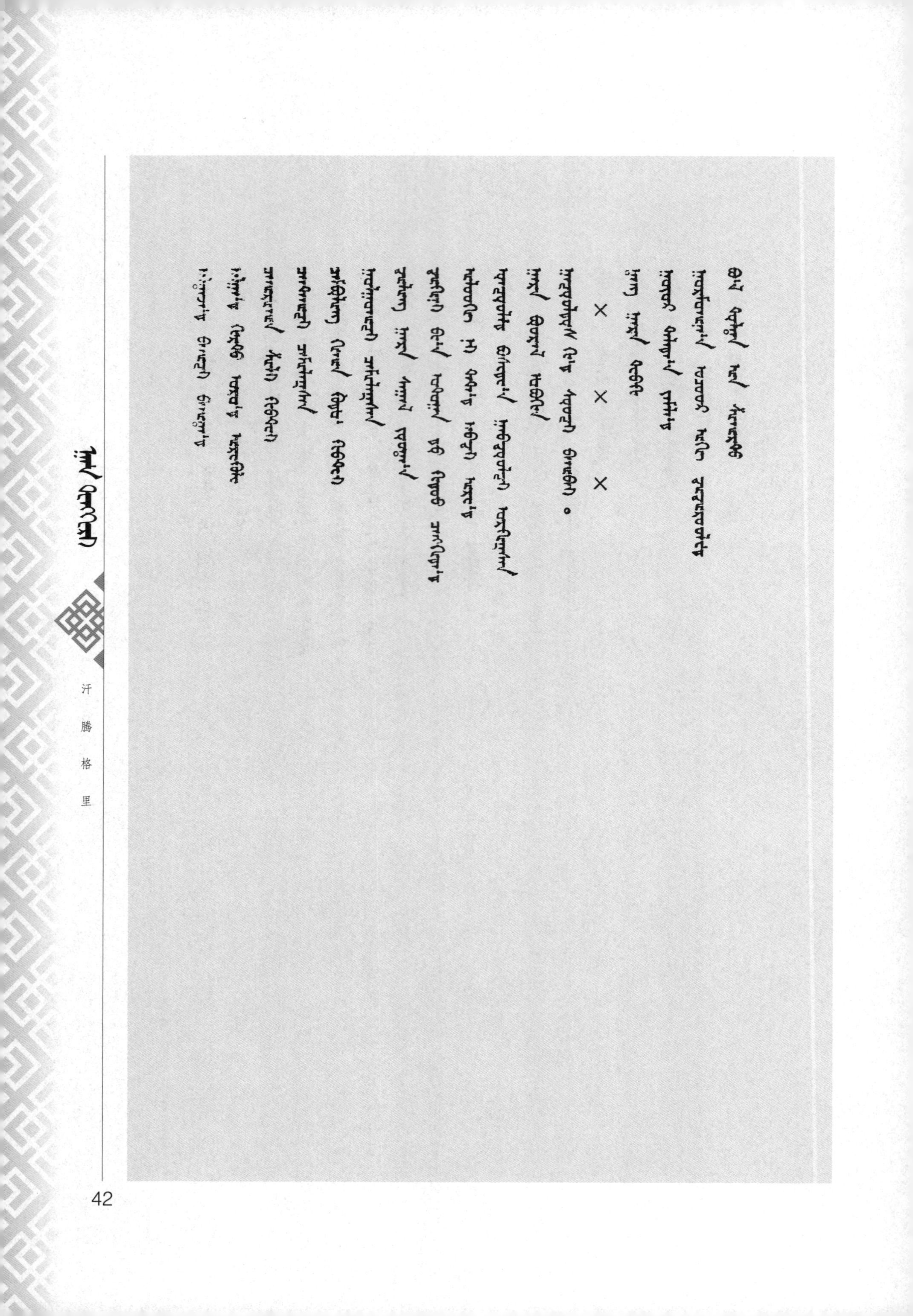

[illegible]
[illegible]
[illegible]
[illegible]

× × ×

[illegible]
[illegible]
[illegible]
[illegible]
[illegible]
[illegible]
[illegible]
[illegible]
[illegible]
[illegible]
[illegible]
[illegible]
[illegible]

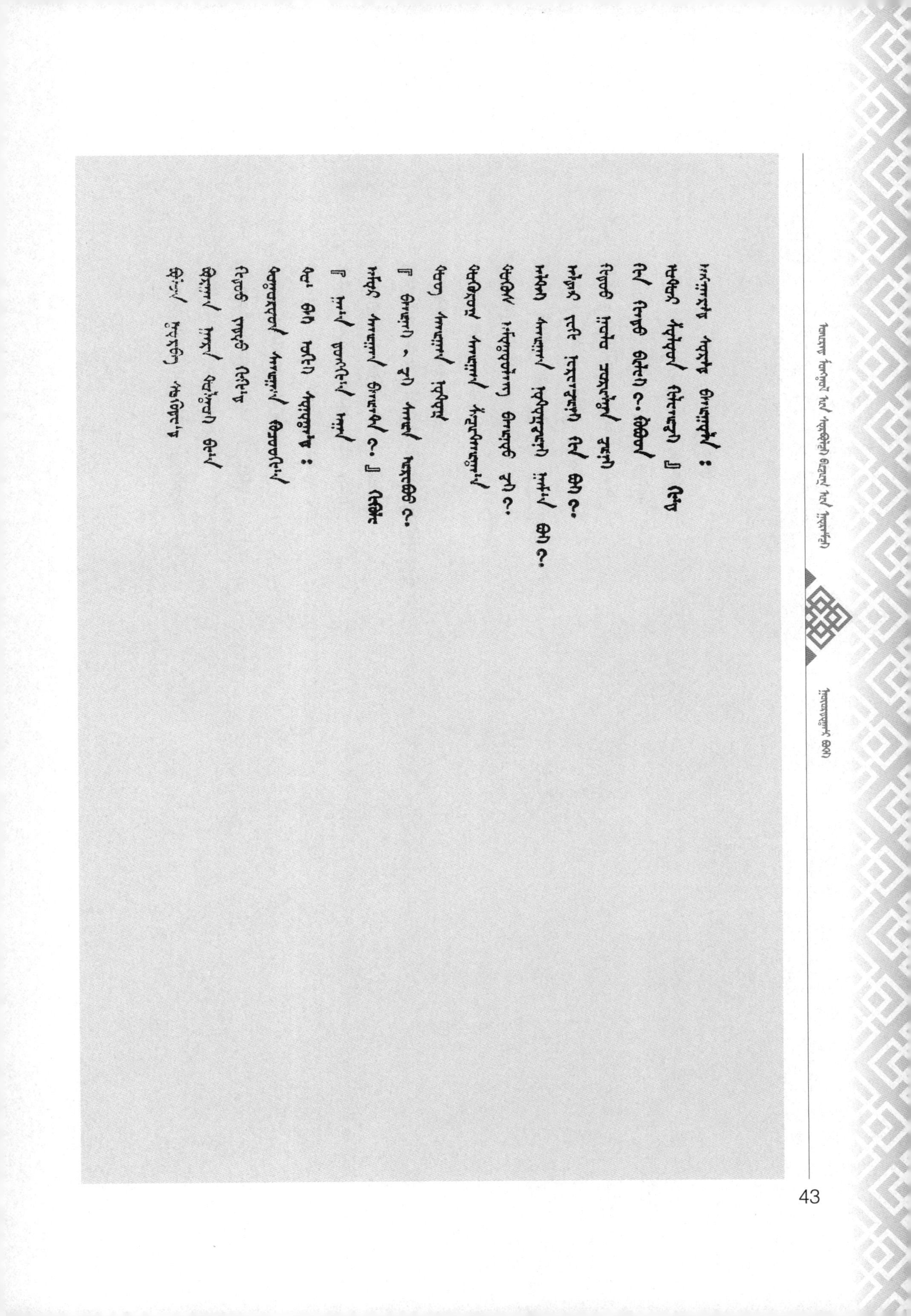

[illegible]
[illegible]
[illegible]
[illegible]
[illegible]
[illegible]
[illegible]
[illegible]
[illegible]
[illegible]
[illegible]
[illegible]
[illegible]
[illegible]
[illegible]
[illegible]
[illegible]

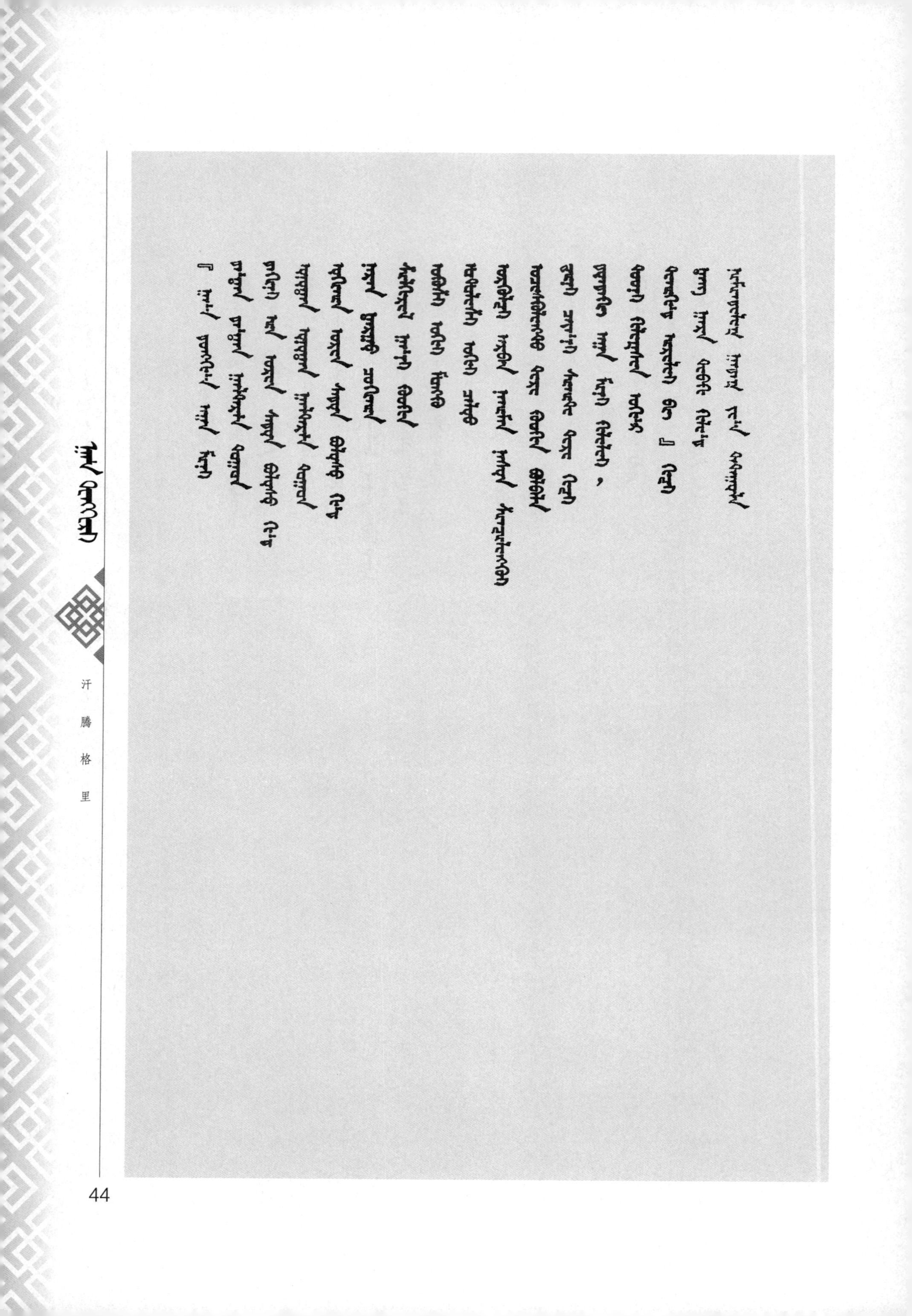

[illegible]

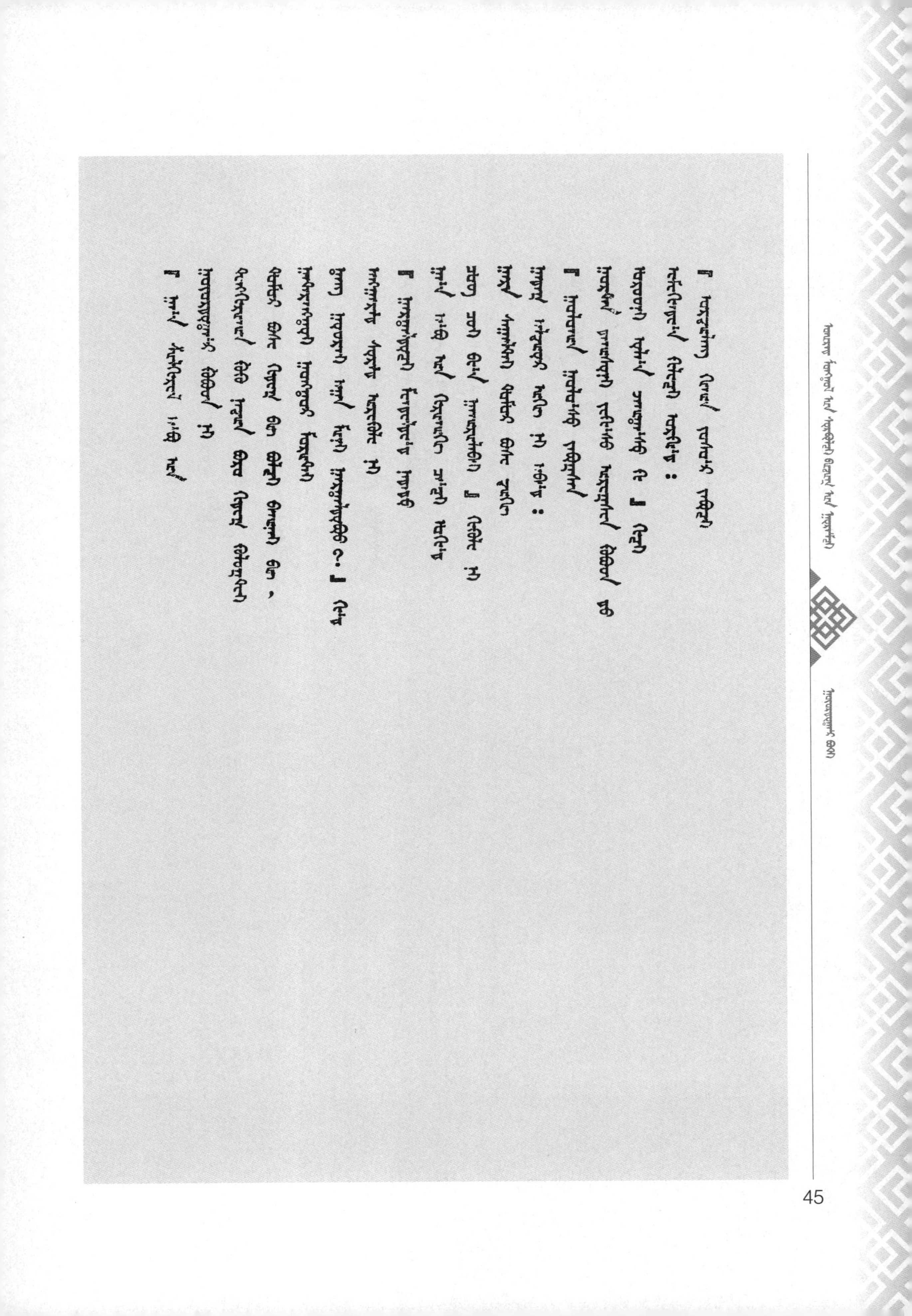

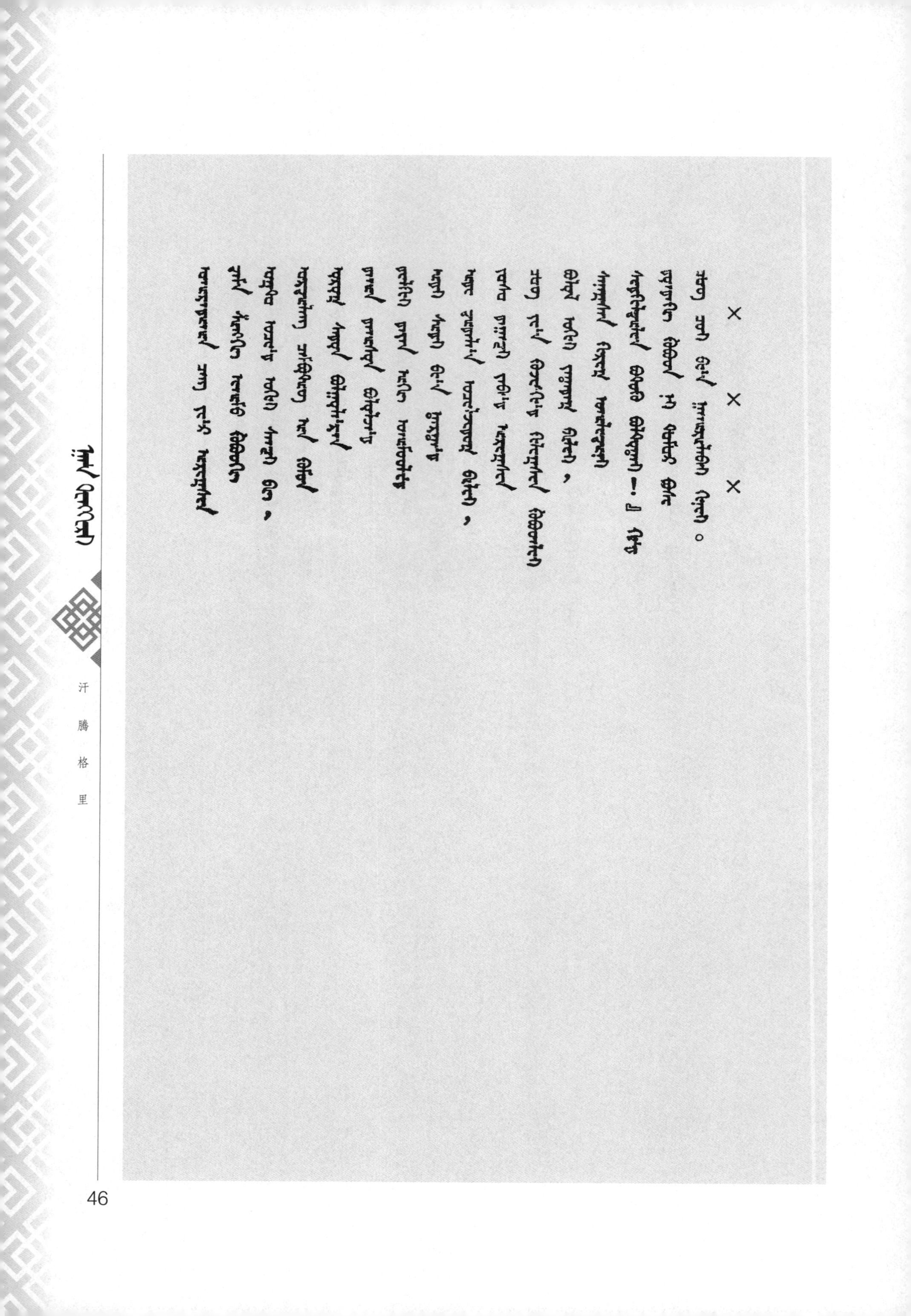

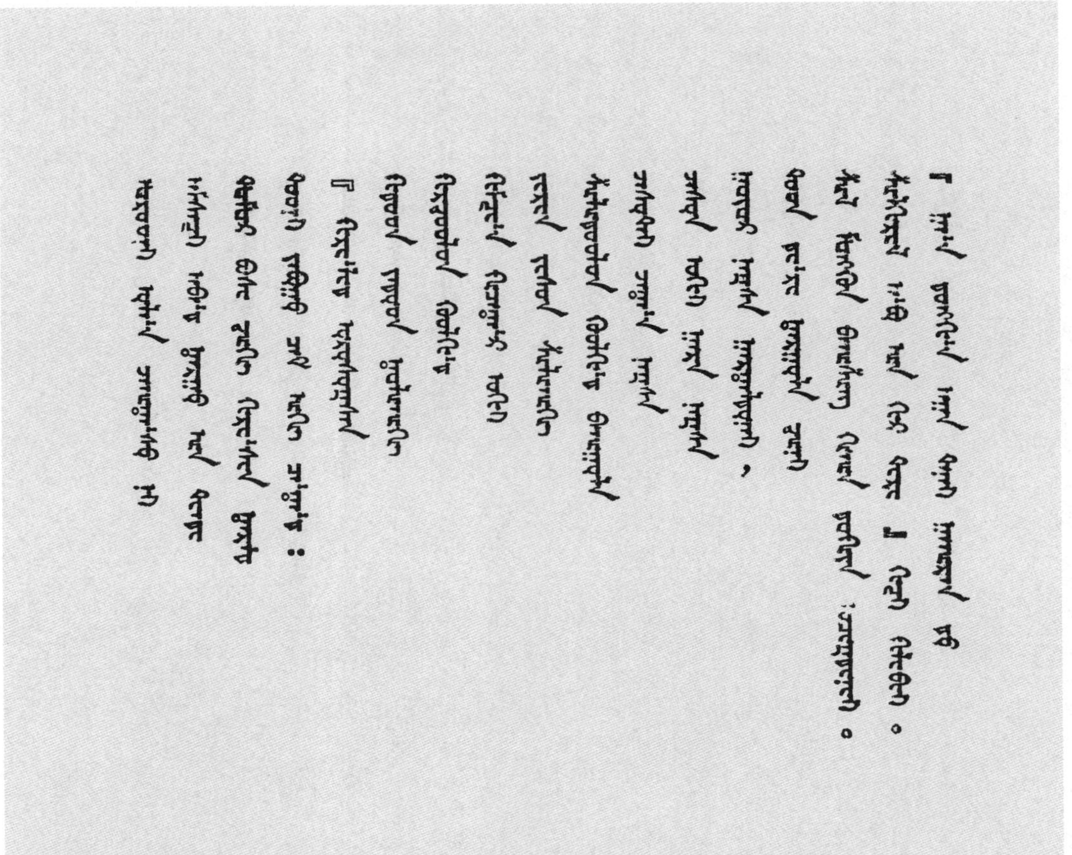

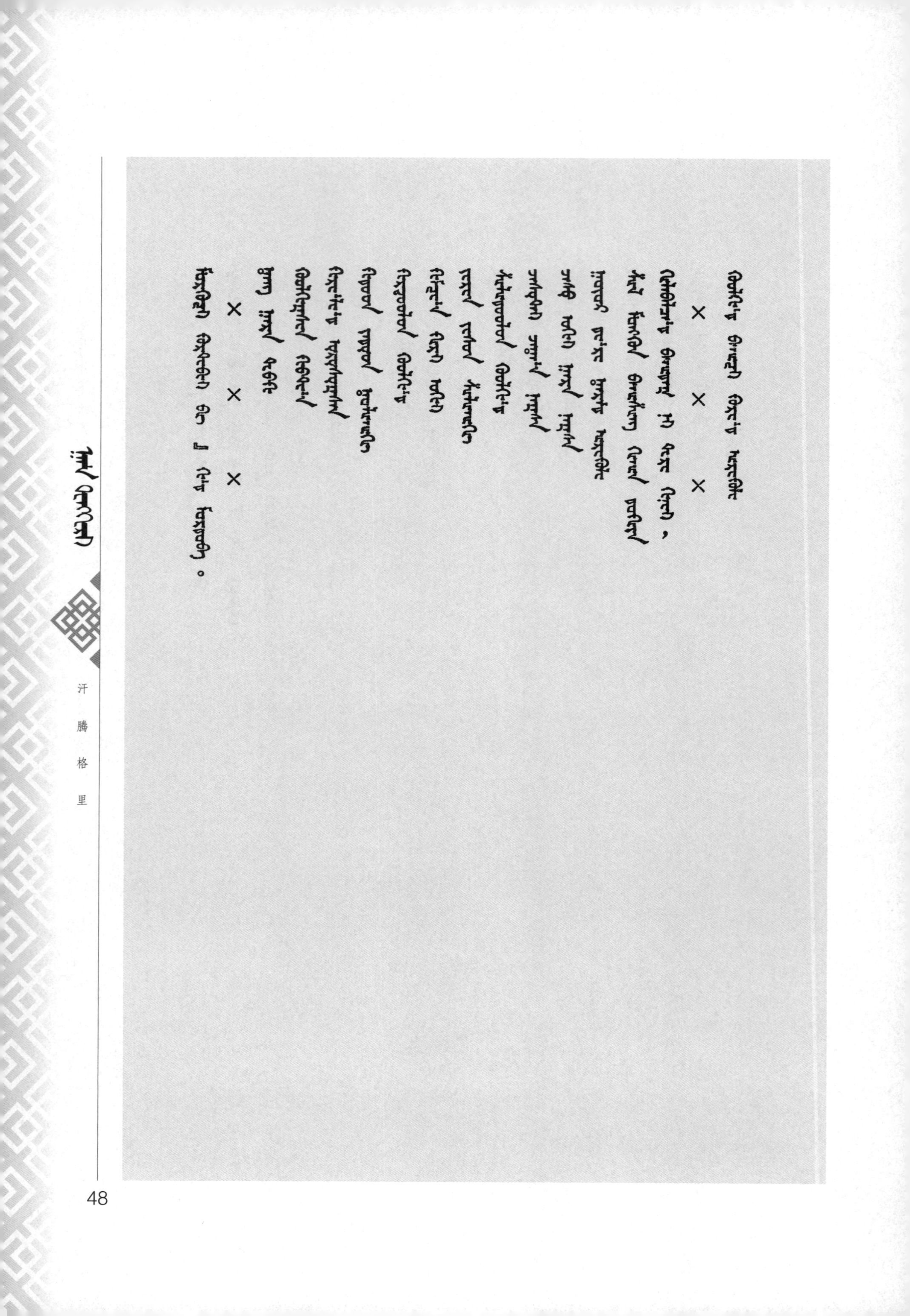

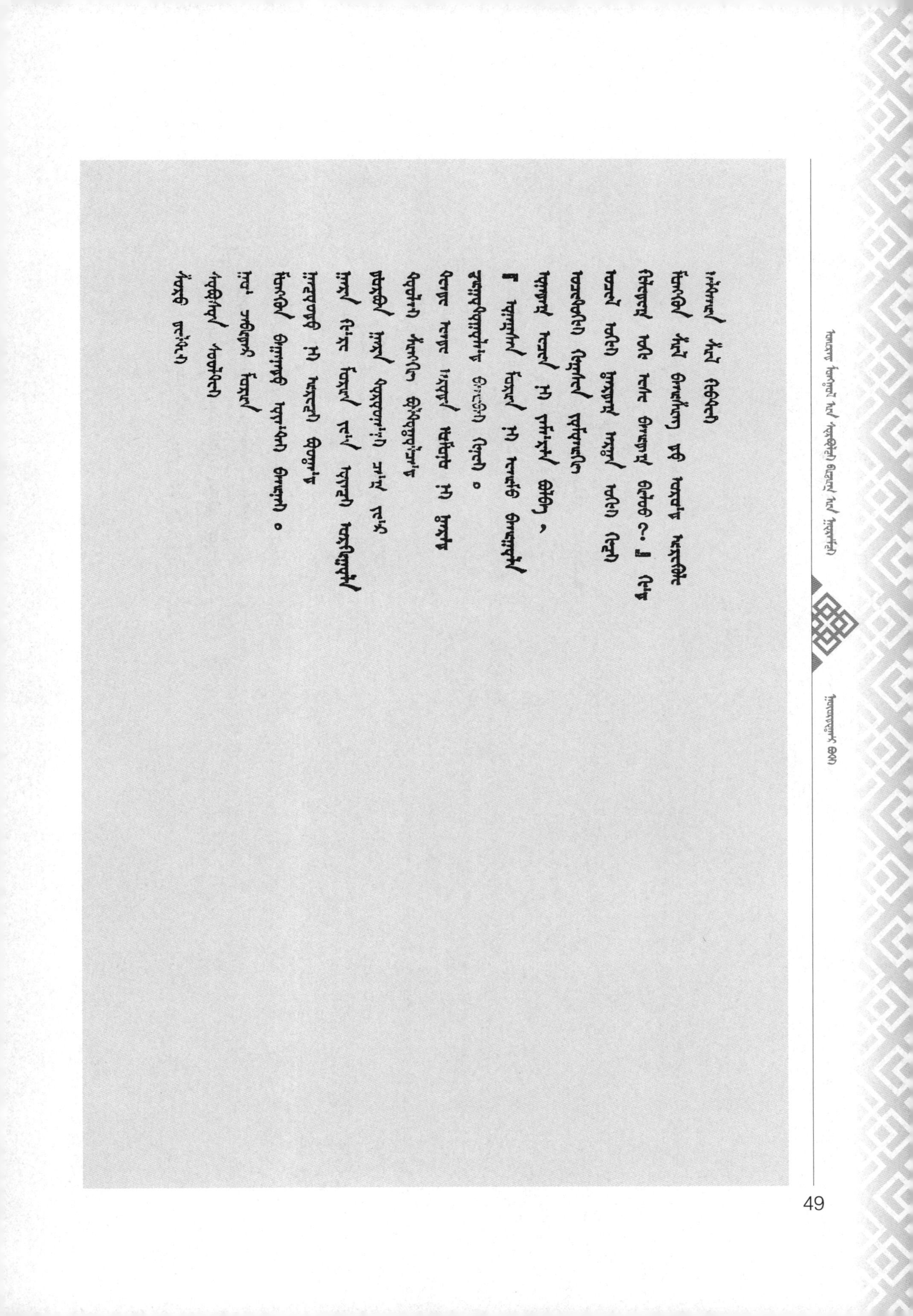

[illegible]
[illegible]
[illegible] ? 」 [illegible]
[illegible]
[illegible]
[illegible] ,
「 [illegible]
[illegible] 。
[illegible]
[illegible]
[illegible]
[illegible]
[illegible]
[illegible] 。
[illegible]
[illegible]
[illegible]

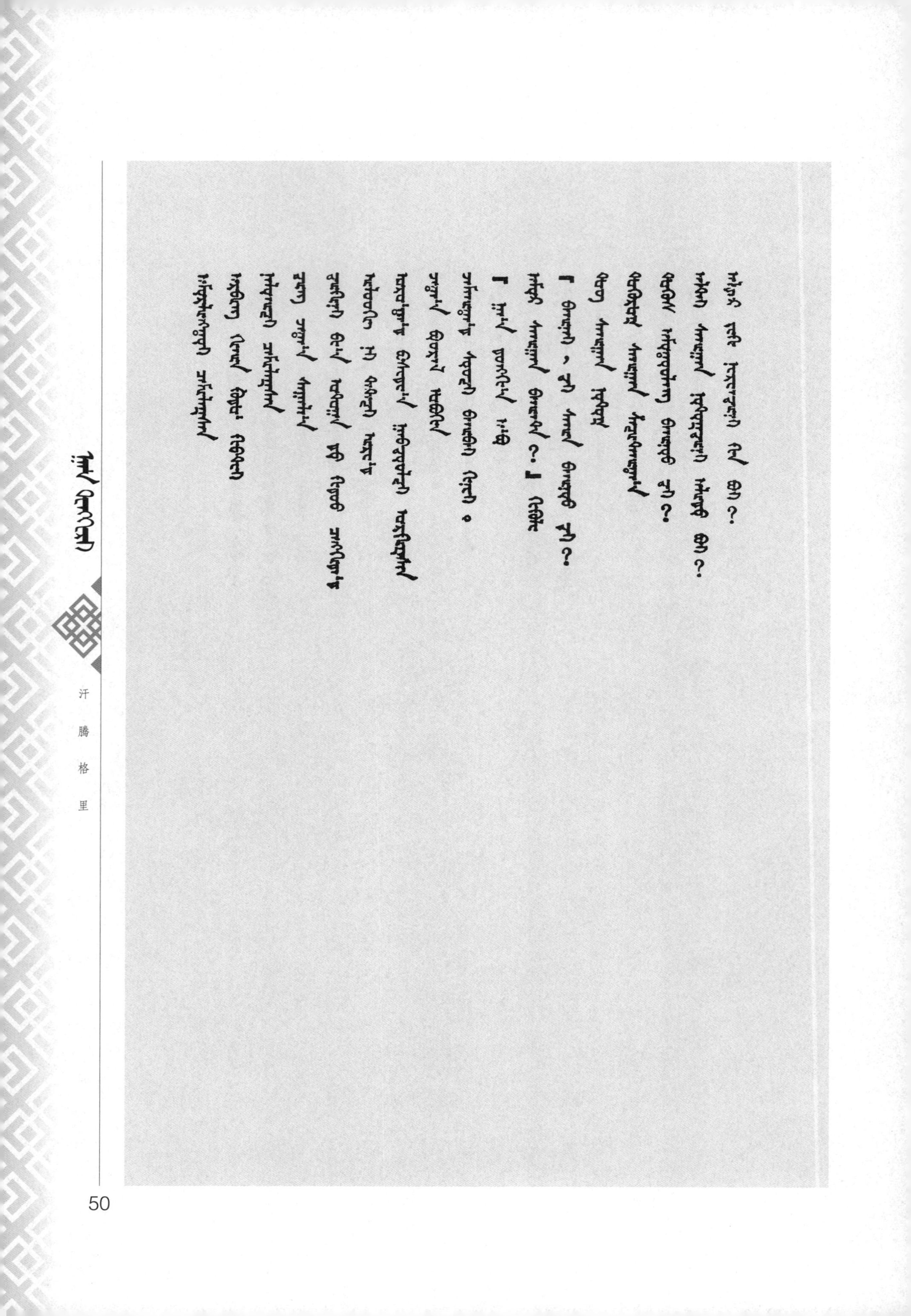

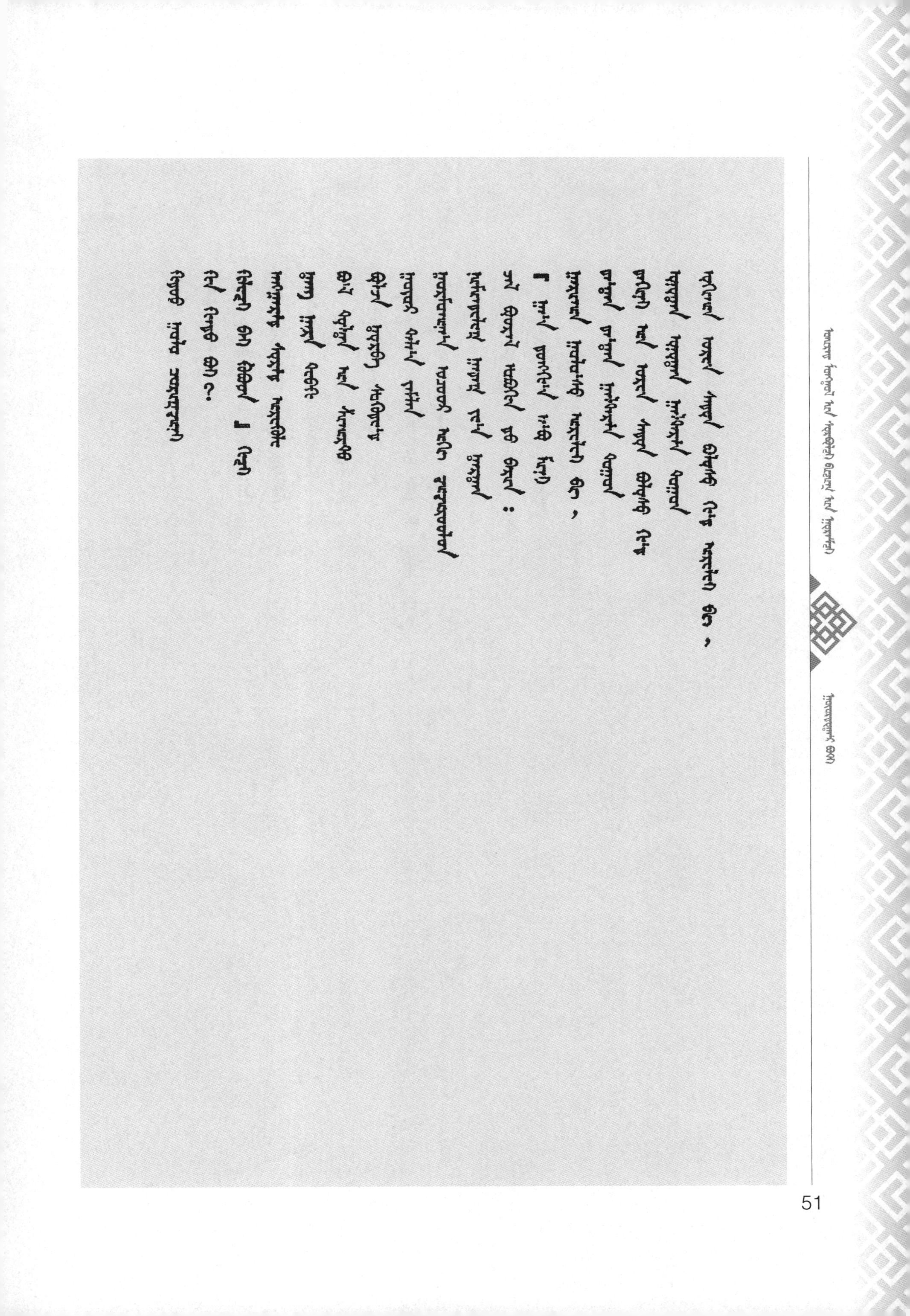

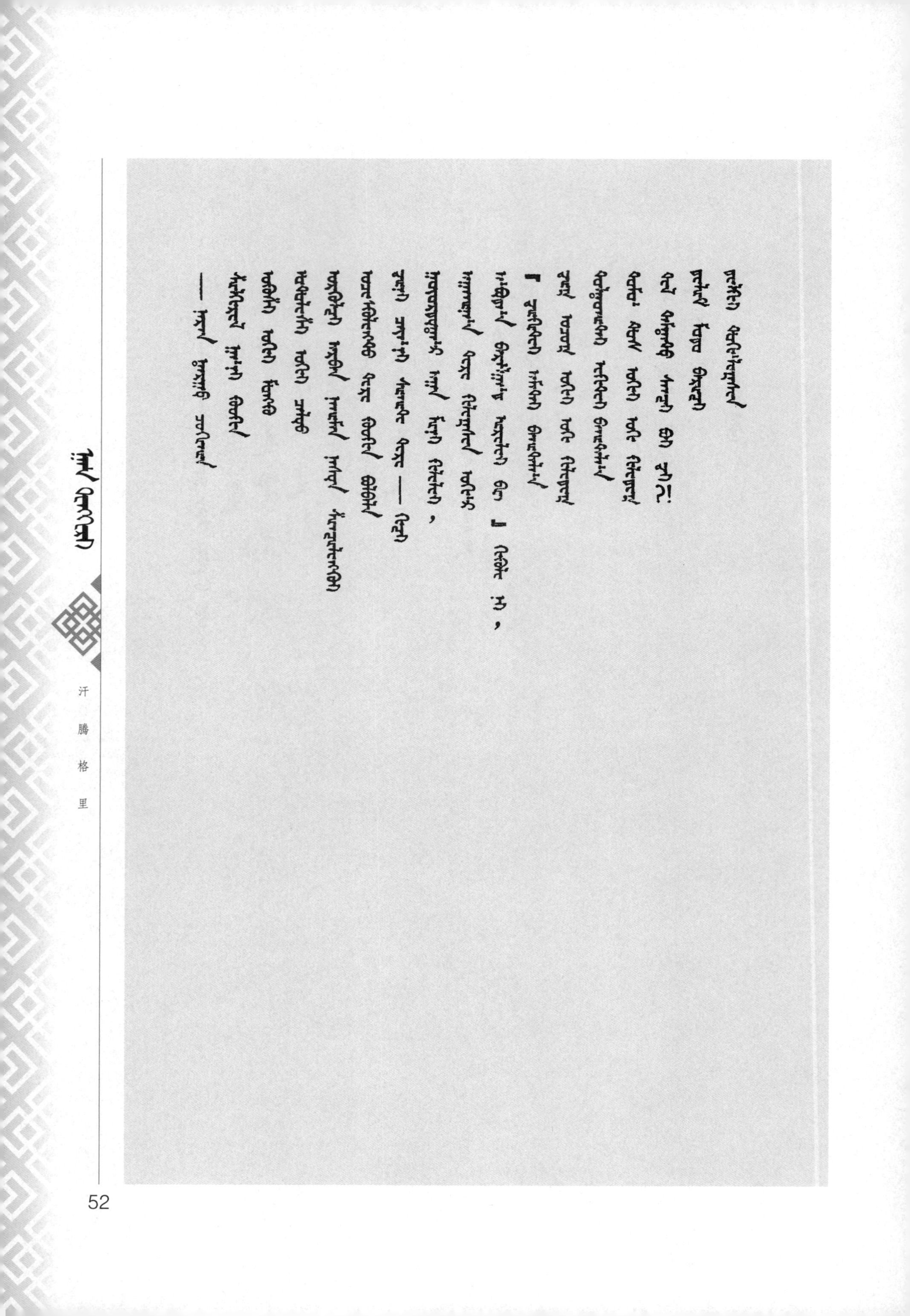

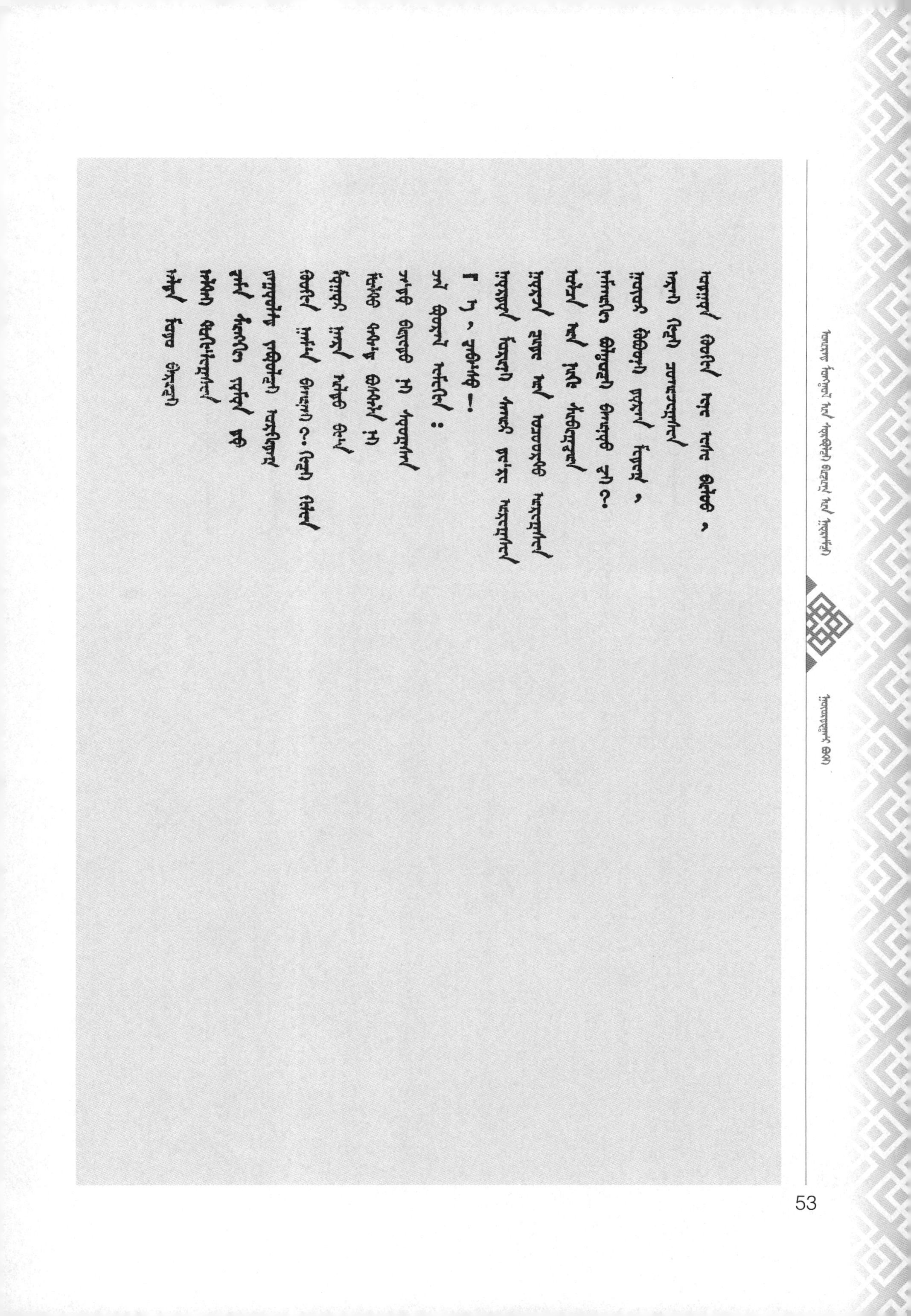

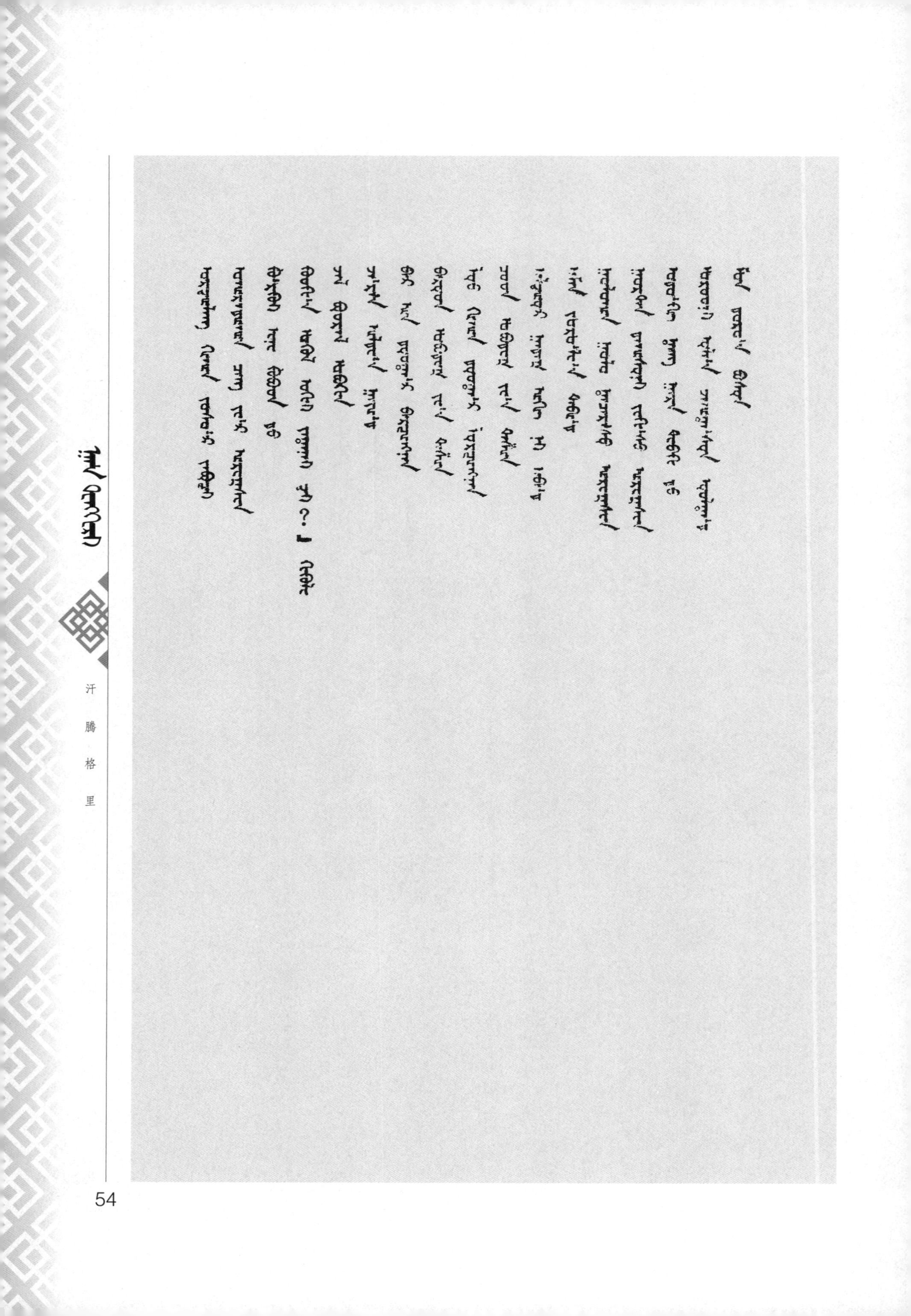

[illegible]
[illegible]
[illegible]
[illegible]
[illegible]
[illegible]
[illegible]
[illegible]
[illegible]
[illegible]
[illegible]
[illegible]
[illegible]
[illegible]
[illegible]
[illegible]
[illegible]
[illegible]

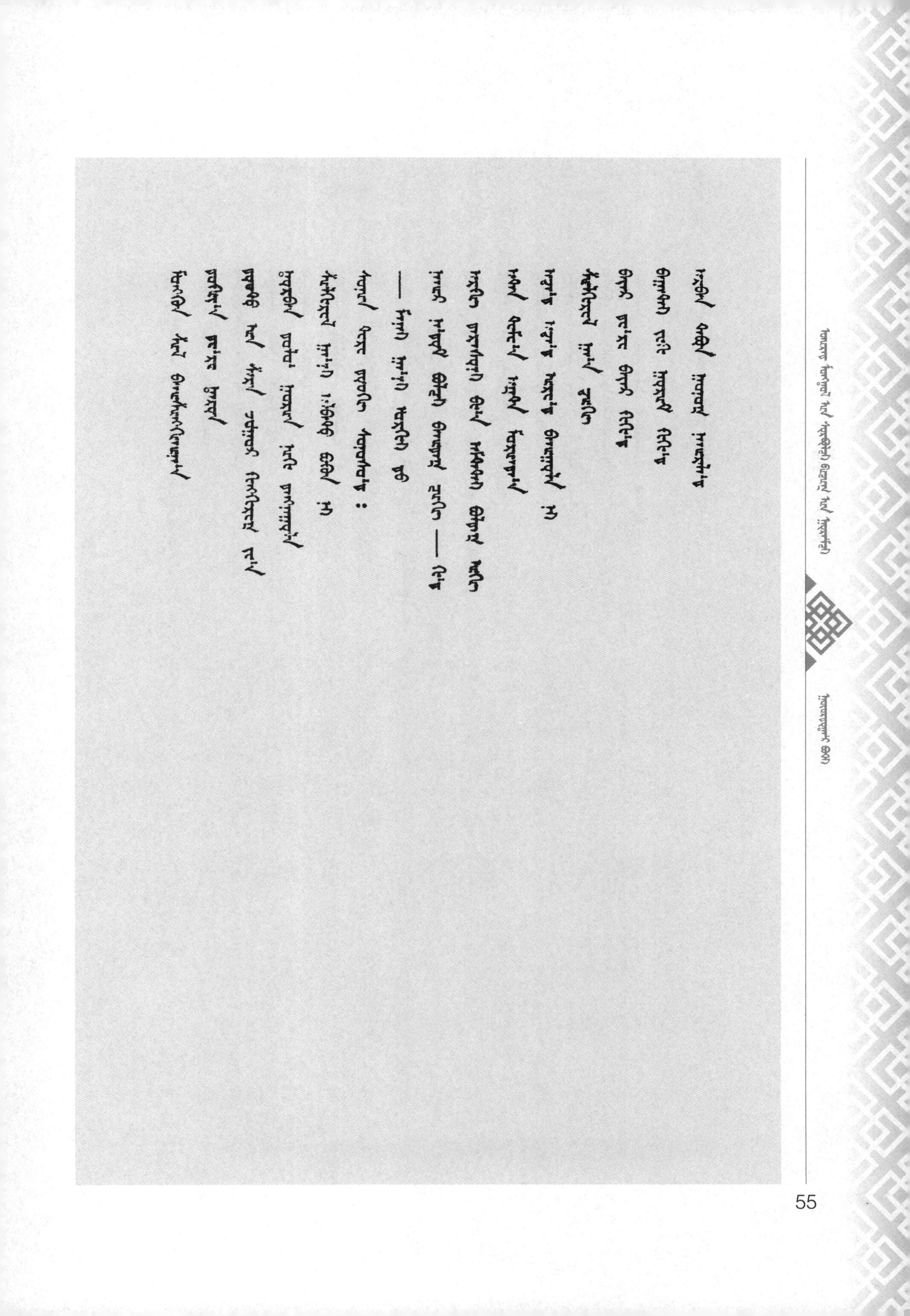

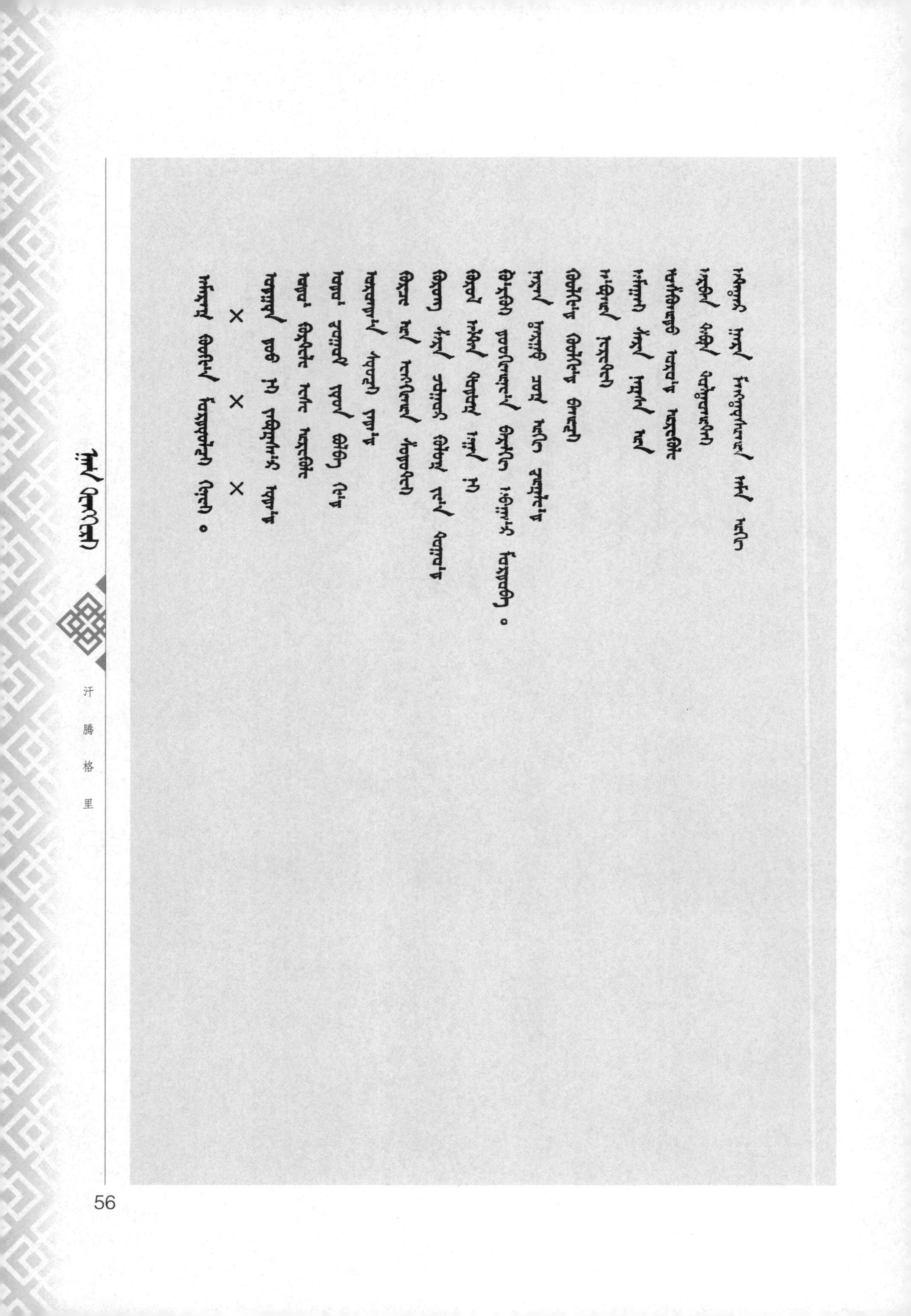

[illegible]
[illegible]
[illegible]
[illegible]
[illegible]
[illegible]
[illegible]
[illegible] ᠃
[illegible]
[illegible]
[illegible]
[illegible]
[illegible]
[illegible]
[illegible]

× × ×

[illegible] ᠃

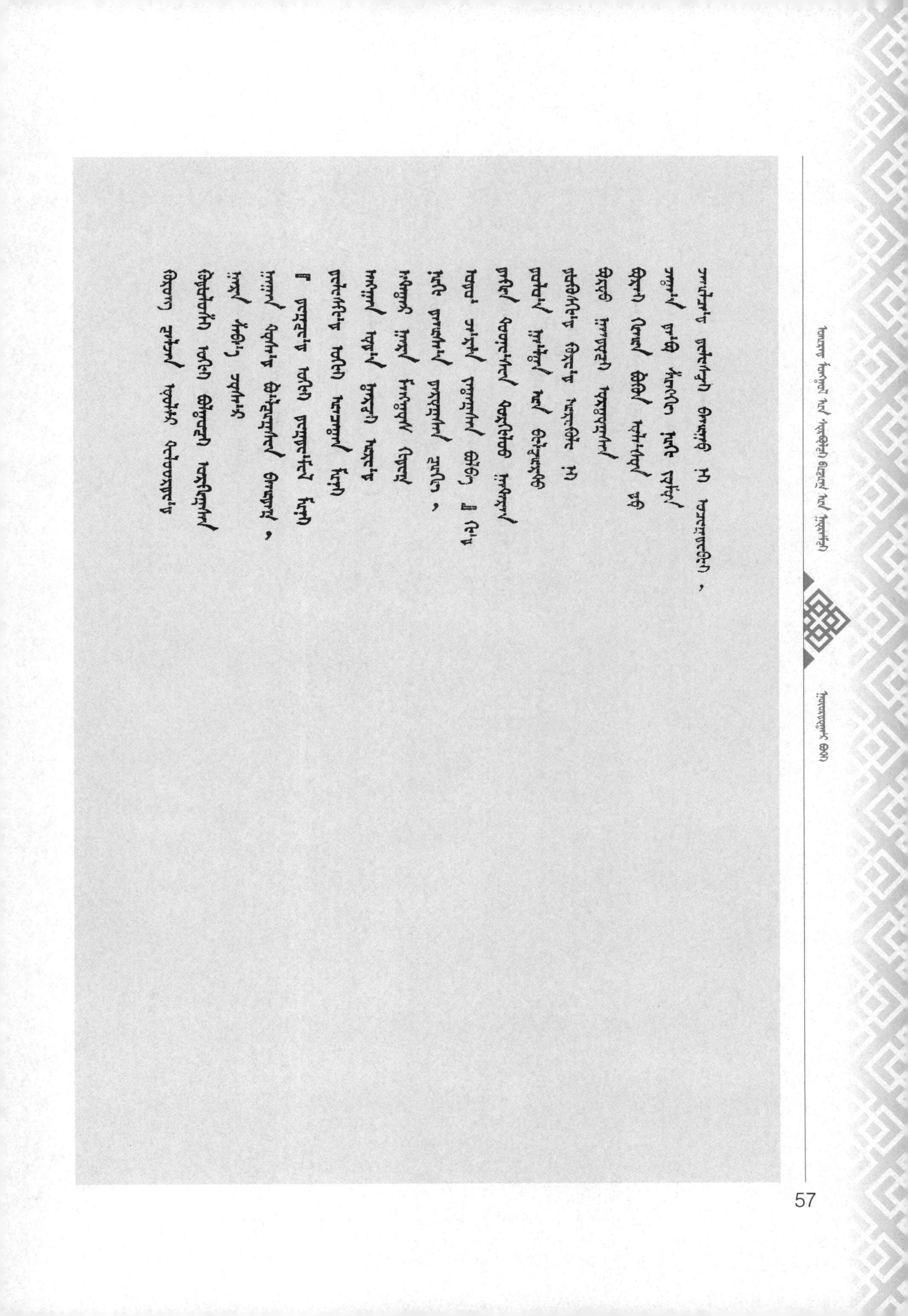

[illegible]
[illegible]
[illegible] ᠪᠠᠶᠢᠨ᠎ᠠ
ᠬᠠᠳ ᠣᠷᠭᠢᠯ [illegible] ᠪᠠᠶᠢᠨ᠎ᠠ
[illegible] ᠪᠠᠶᠢᠨ᠎ᠠ
[illegible] ᠣᠷᠭᠢᠯ [illegible] ᠪᠠᠶᠢᠨ᠎ᠠ
[illegible]
[illegible]
[illegible] ᠣᠷᠭᠢᠯ [illegible]
[illegible] ᠣᠷᠭᠢᠯ [illegible]
[illegible]
[illegible]
[illegible]
[illegible]
[illegible]
[illegible]
[illegible]

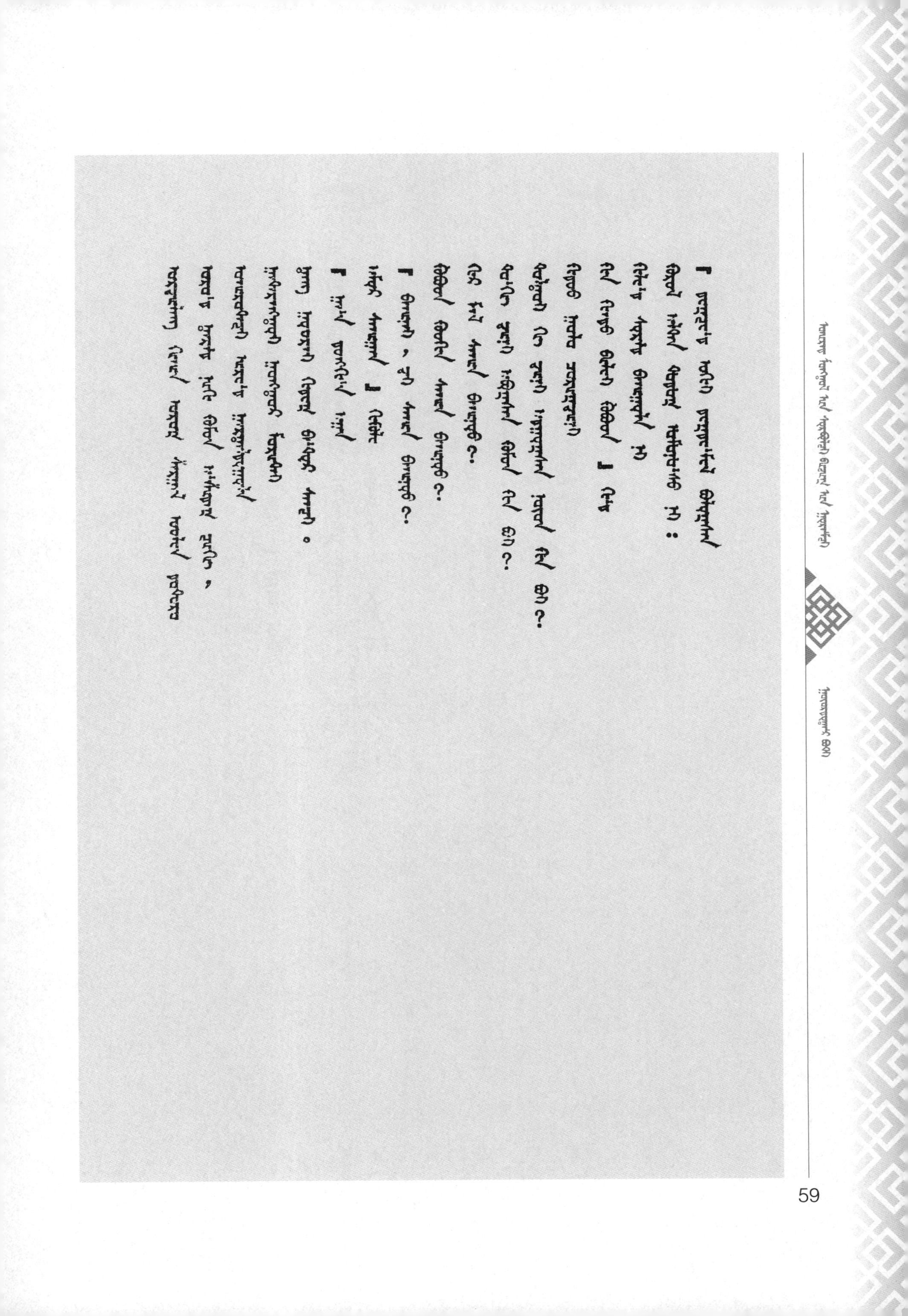

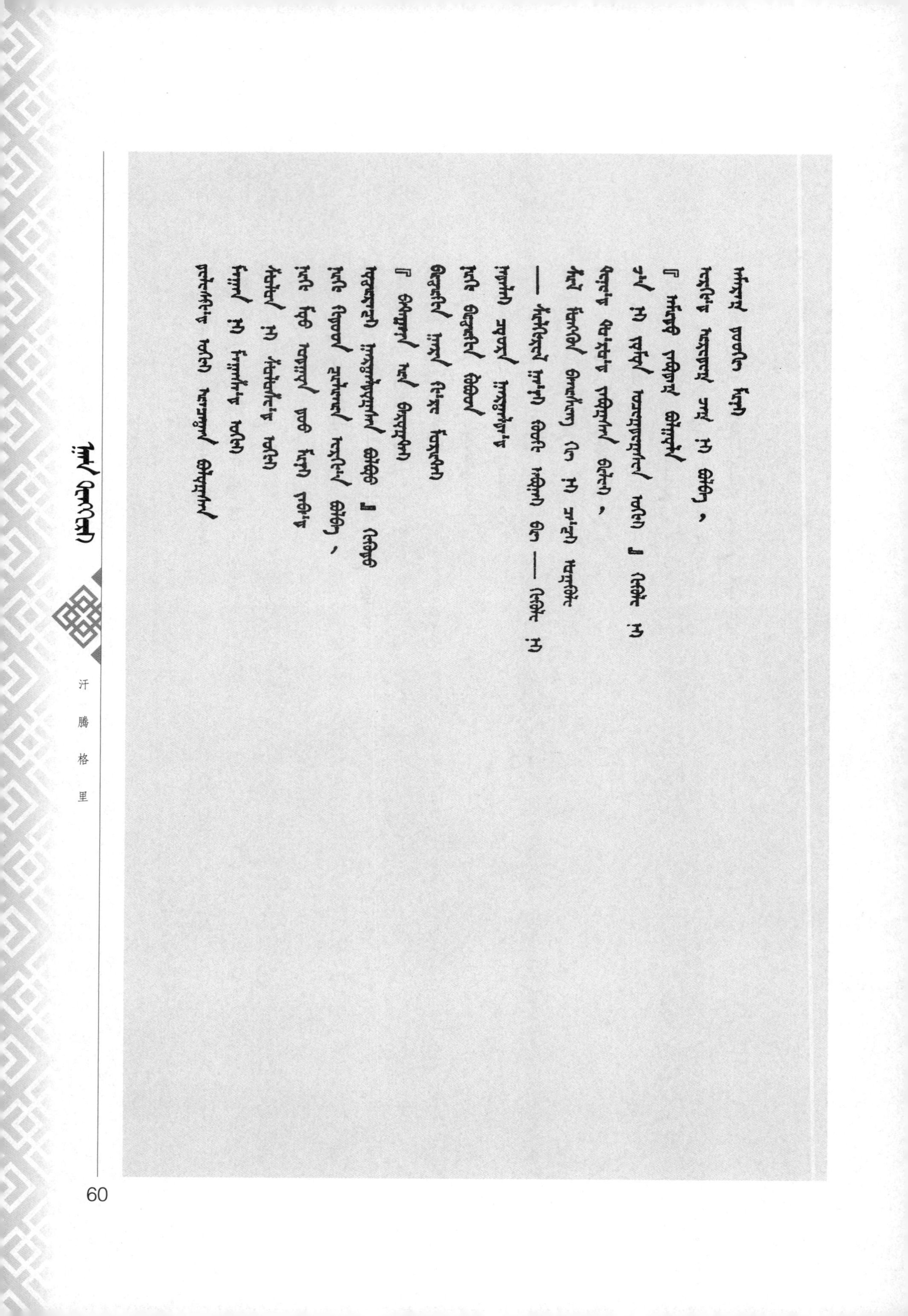

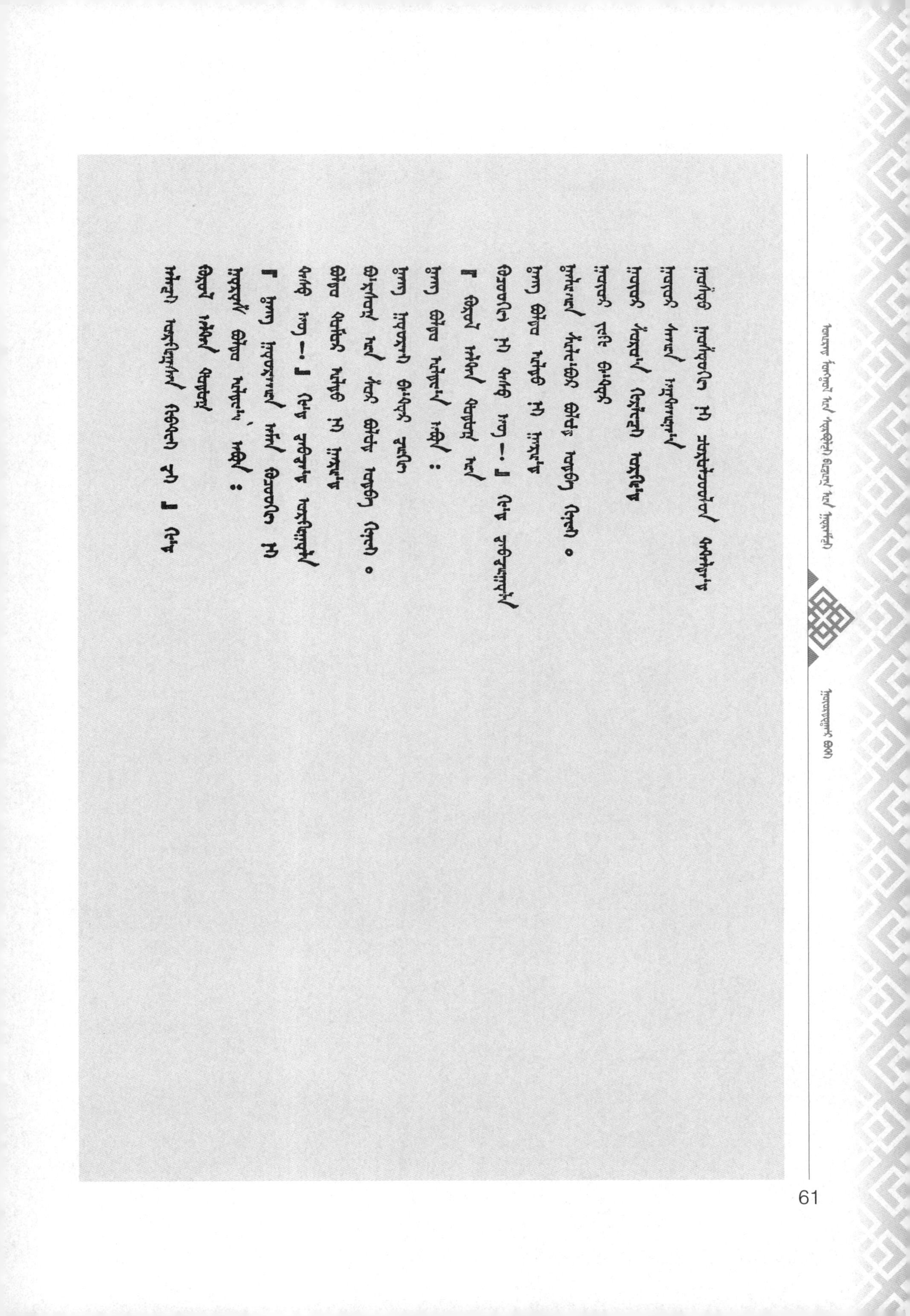

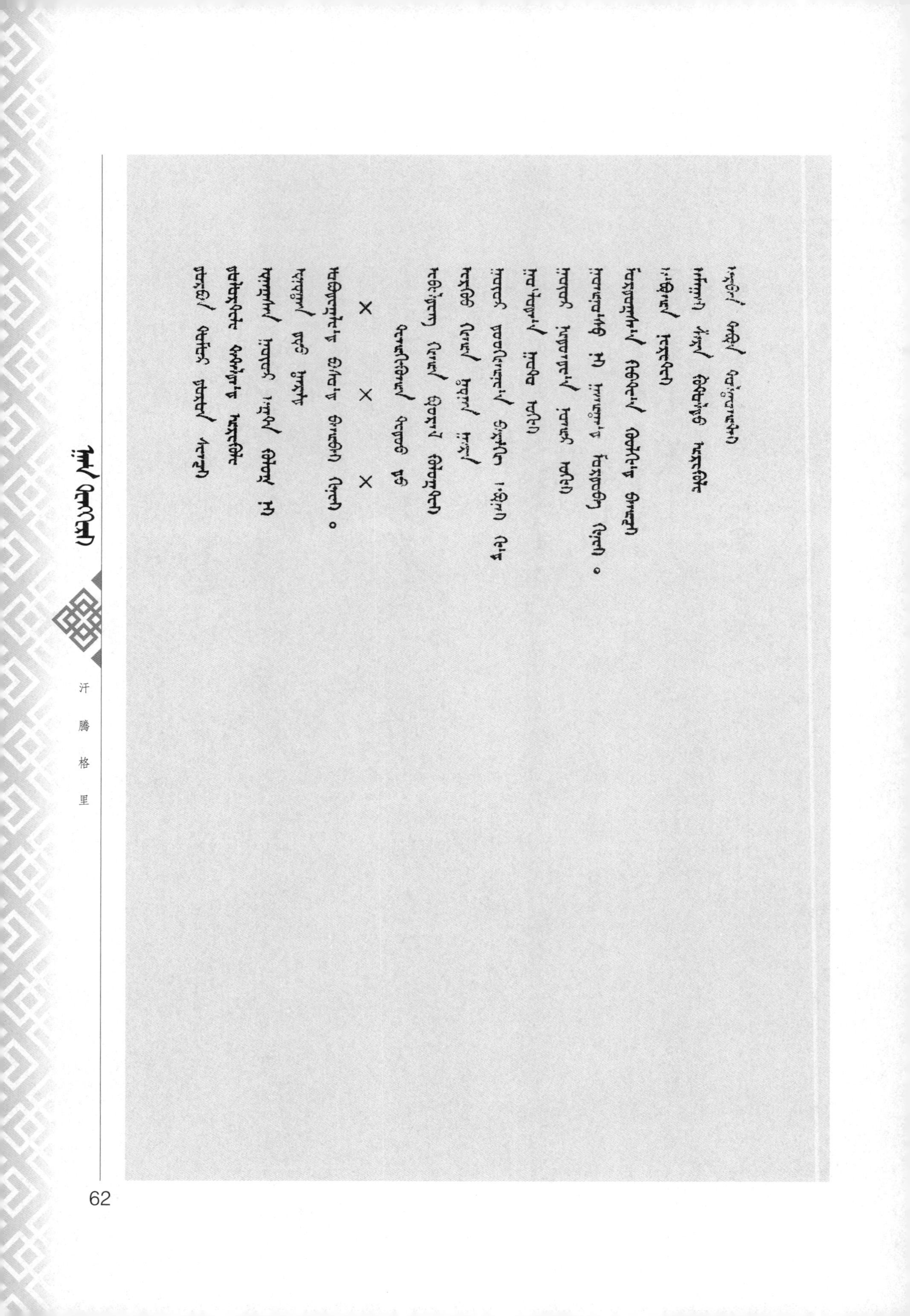

[illegible]
[illegible]
[illegible]
[illegible]
[illegible] 。
[illegible]
[illegible]
[illegible]
[illegible]
[illegible]
[illegible]

× × ×

[illegible] 。
[illegible]
[illegible]
[illegible]
[illegible]

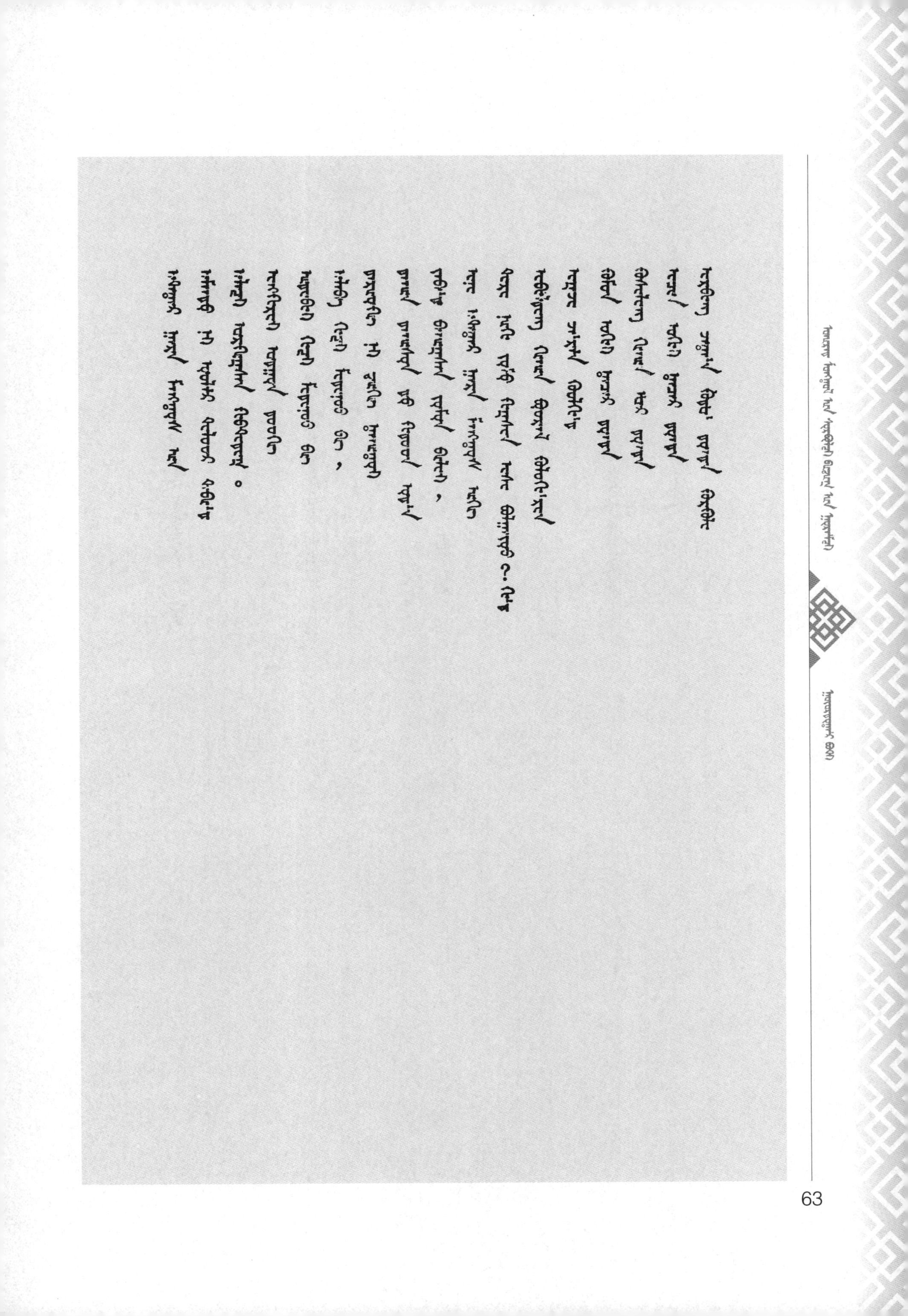

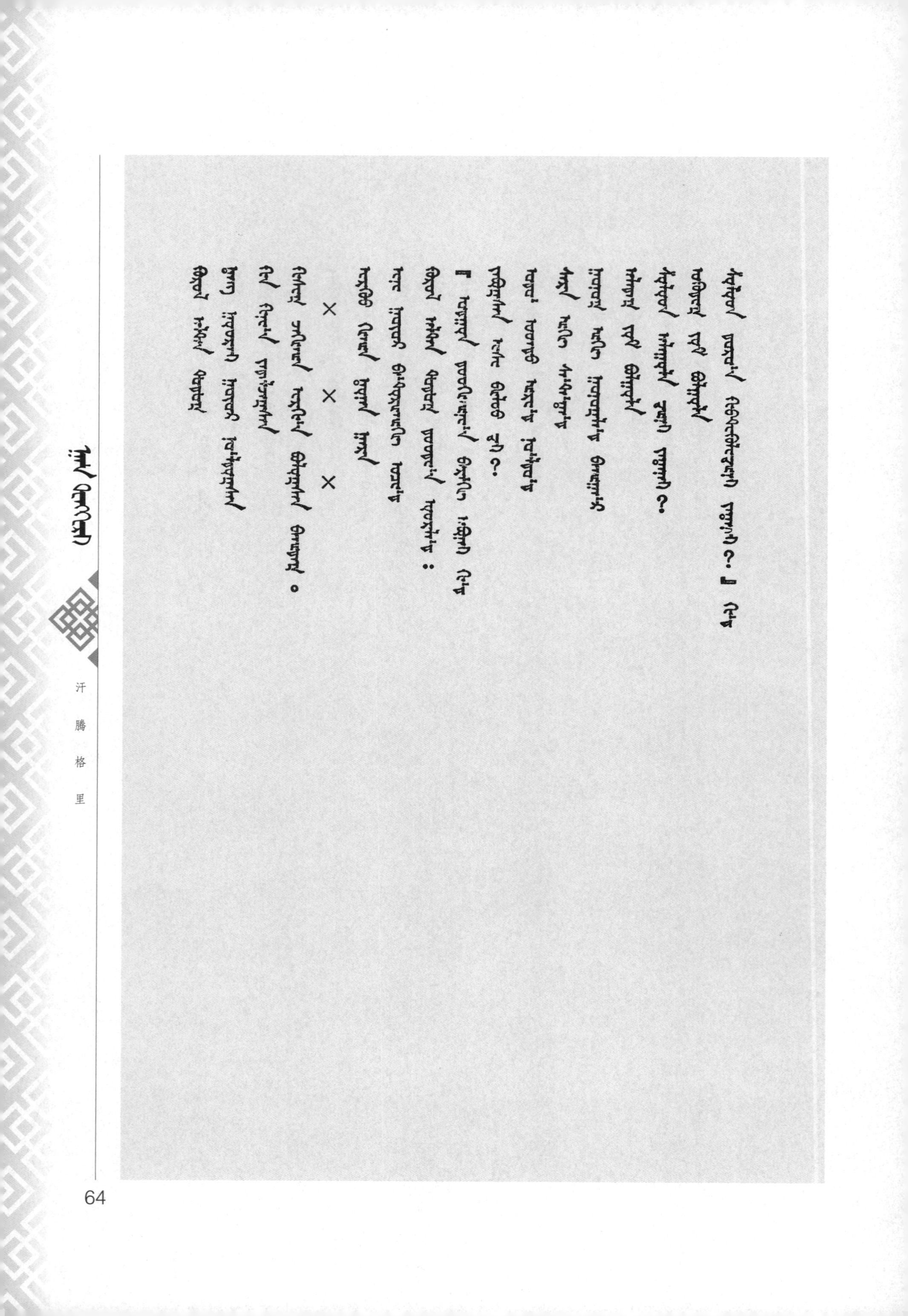

[illegible]

× × ×

[illegible]

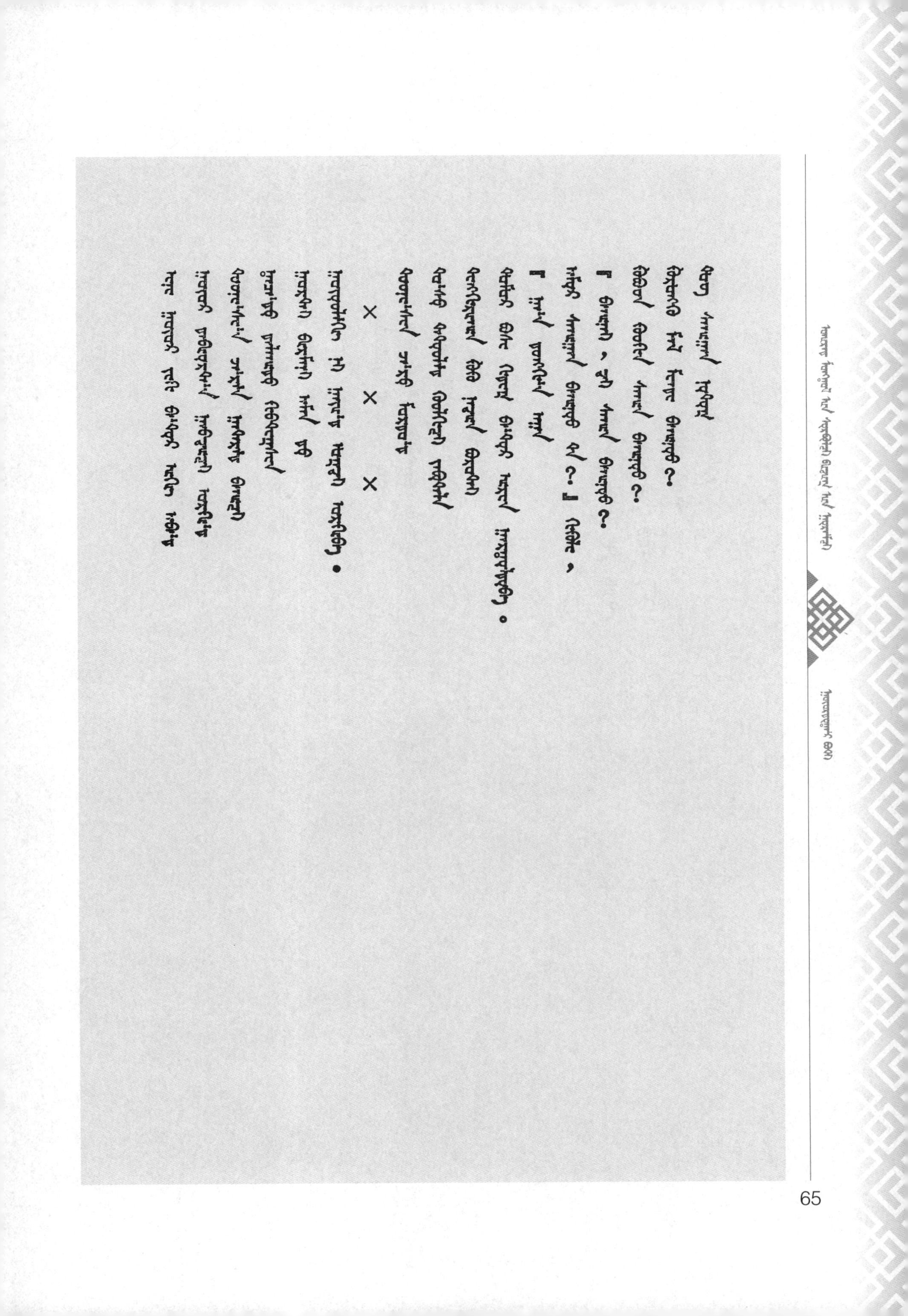

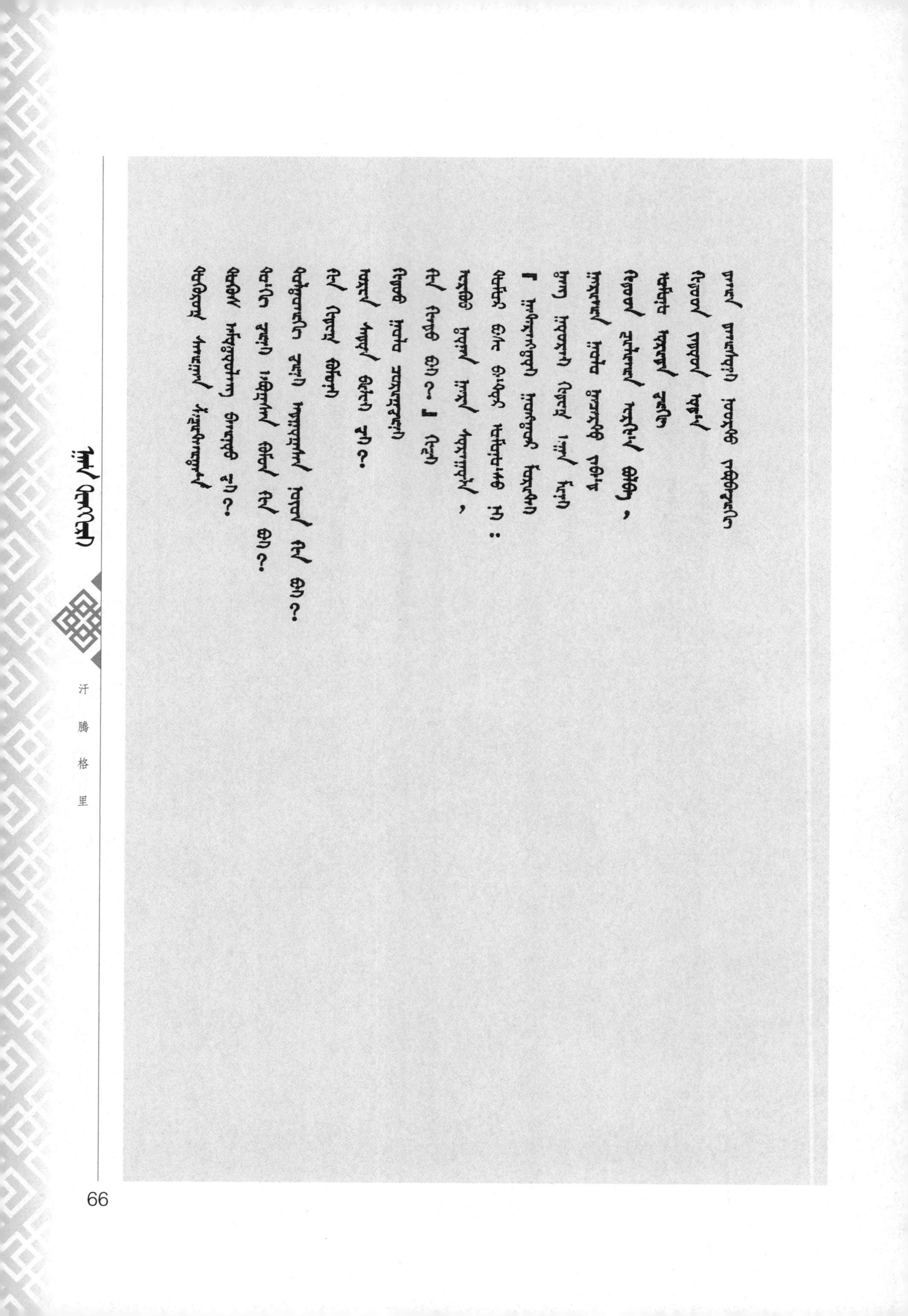

ᠰᠤᠷᠭᠠᠭᠴᠢ ᠬᠦᠦᠬᠡᠳ ᠡᠴᠡ ᠠᠰᠠᠭᠤᠭᠰᠠᠨ ᠪᠠᠢ ᠭᠡᠵᠦ
ᠲᠠᠪᠠᠨ ᠬᠦᠮᠦᠨ ᠦᠭᠡᠢ ᠳᠤᠷ᠎ᠠ ᠠᠰᠠᠨ
「 ᠲᠠ ᠨᠠᠷ ᠬᠡᠯᠡᠨ ᠭᠡᠷᠲᠡ ᠰᠠᠷᠠᠭᠤᠯ ᠪᠣᠯᠣᠨ
ᠲᠡᠷᠡ ᠠᠪᠤᠭᠠᠳ ᠪᠣᠯᠤᠰᠤᠳ ᠠᠯᠢᠪᠠᠷ
ᠲᠡᠷᠡᠪᠡᠷ ᠭᠡᠳᠡᠭ ᠦᠭᠡᠢ ᠬᠦᠮᠦᠨ
ᠬᠡᠷᠬᠢᠭᠡᠳ ᠪᠣᠯᠭᠠᠭᠰᠠᠨ ᠪᠣᠯᠬᠤ ?」 ᠭᠡᠵᠦ
ᠬᠡᠨ ᠪᠠᠷᠢᠭᠰᠠᠨ ᠨᠢᠭᠡᠨ ᠠᠰᠠᠭᠤᠪᠠ
ᠬᠦᠮᠦᠨ ᠭᠡᠷᠲᠡ ᠰᠠᠷᠠᠭᠤᠯ ᠳᠤᠯᠳᠠᠯᠠᠨ ᠪᠣᠢ ᠦᠭᠡᠢ ,
ᠬᠡᠷᠬᠢᠨ ᠬᠣᠪᠣᠨ ᠦᠵᠡᠭᠰᠡᠭᠡᠳ
ᠬᠡᠯᠡᠨ ᠲᠣᠭᠠᠴᠠᠨ ᠪᠣᠯ ᠮᠡᠳᠡᠨ
ᠬᠡᠷᠬᠢᠪᠡᠷ ᠪᠣᠯᠤᠭᠳᠠᠨ ᠲᠣᠭᠲᠠᠭᠠᠭᠰᠠᠨ ᠲᠡᠭᠦᠨ ,
「 ᠬᠦᠮᠦᠨ ᠲᠦᠷᠦᠯᠬᠢ ᠬᠣᠪᠢᠯᠭᠠᠨ ᠰᠠᠷᠠᠭᠤᠯ ᠪᠣᠯᠣᠨ
ᠠᠳᠠᠯᠢ ᠠᠳᠠᠯᠢᠰᠬᠠᠨ ᠲᠡᠷᠡᠪᠡᠷ ,
ᠬᠡᠷᠬᠢᠭᠡᠳ ᠪᠣᠯᠭᠠᠭᠰᠠᠨ ᠪᠣᠯᠬᠤ ?」 ᠭᠡᠵᠦ
ᠬᠡᠨ ᠪᠠᠷᠢᠭᠰᠠᠨ ᠨᠢᠭᠡᠨ ᠠᠰᠠᠭᠤᠪᠠ
ᠬᠦᠮᠦᠨᠳᠡᠭᠡᠨ ᠪᠣᠯᠤᠯᠴᠠ ᠨᠢᠭᠡᠳᠦ ᠭᠡᠵᠦ ᠰᠠᠨᠠᠭᠠᠨ ᠪᠣᠯ ,
ᠪᠣᠳᠤᠯ ᠰᠠᠷᠠᠭᠤᠯᠠᠨ ᠠᠮᠢᠳᠤᠷᠠᠯ ᠲᠡᠭᠦᠨ ᠪᠣᠯᠤᠨ ,

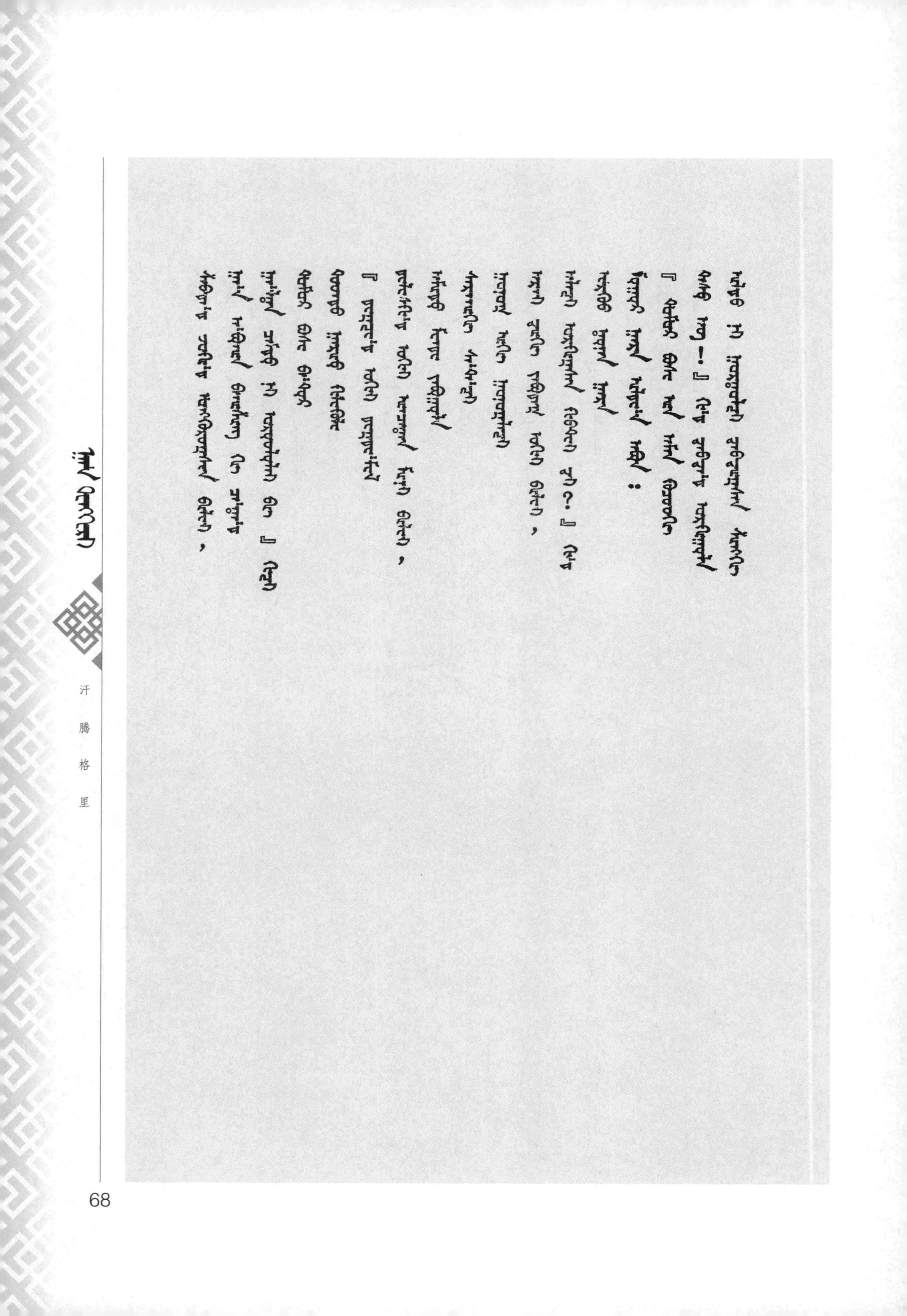

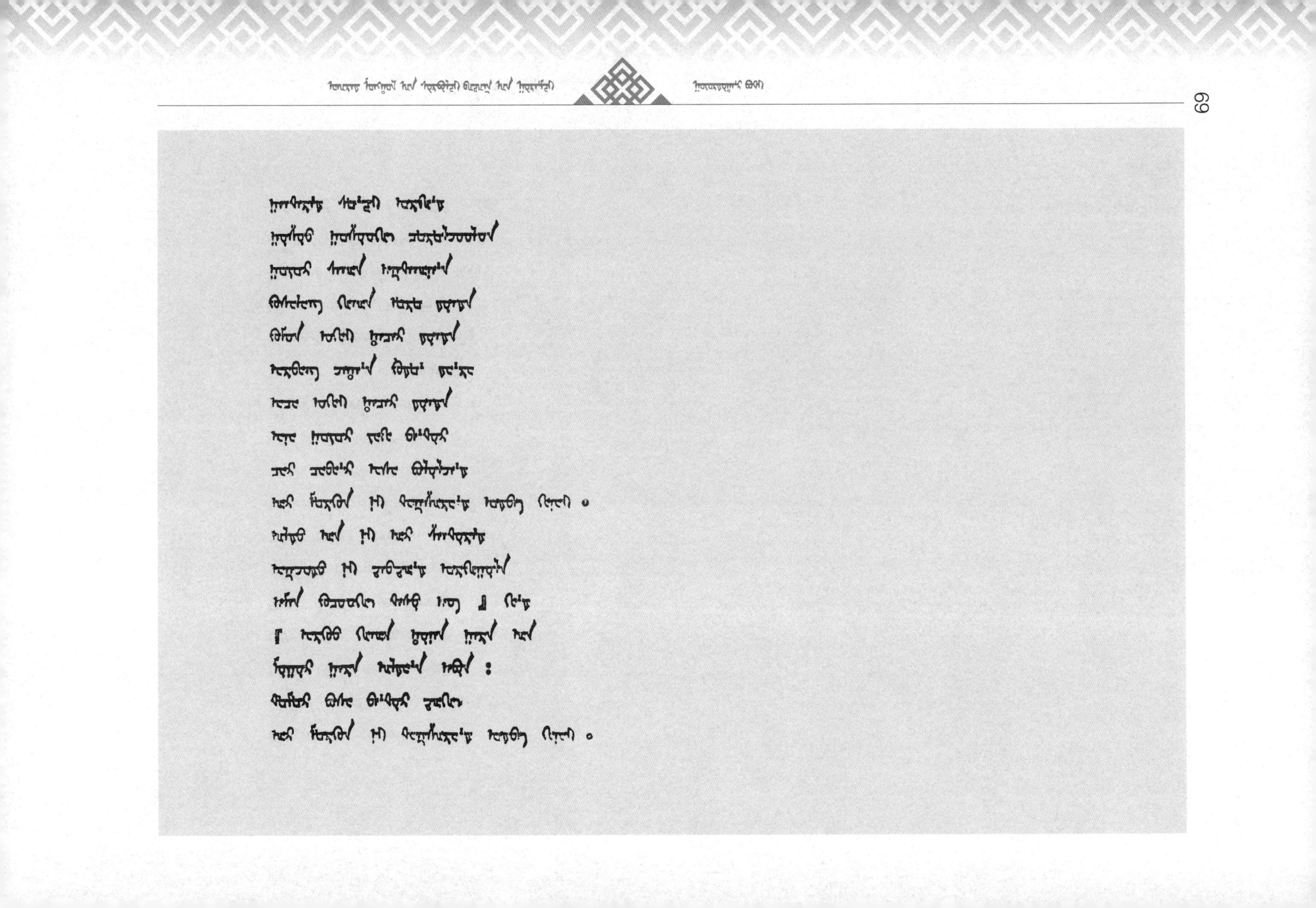

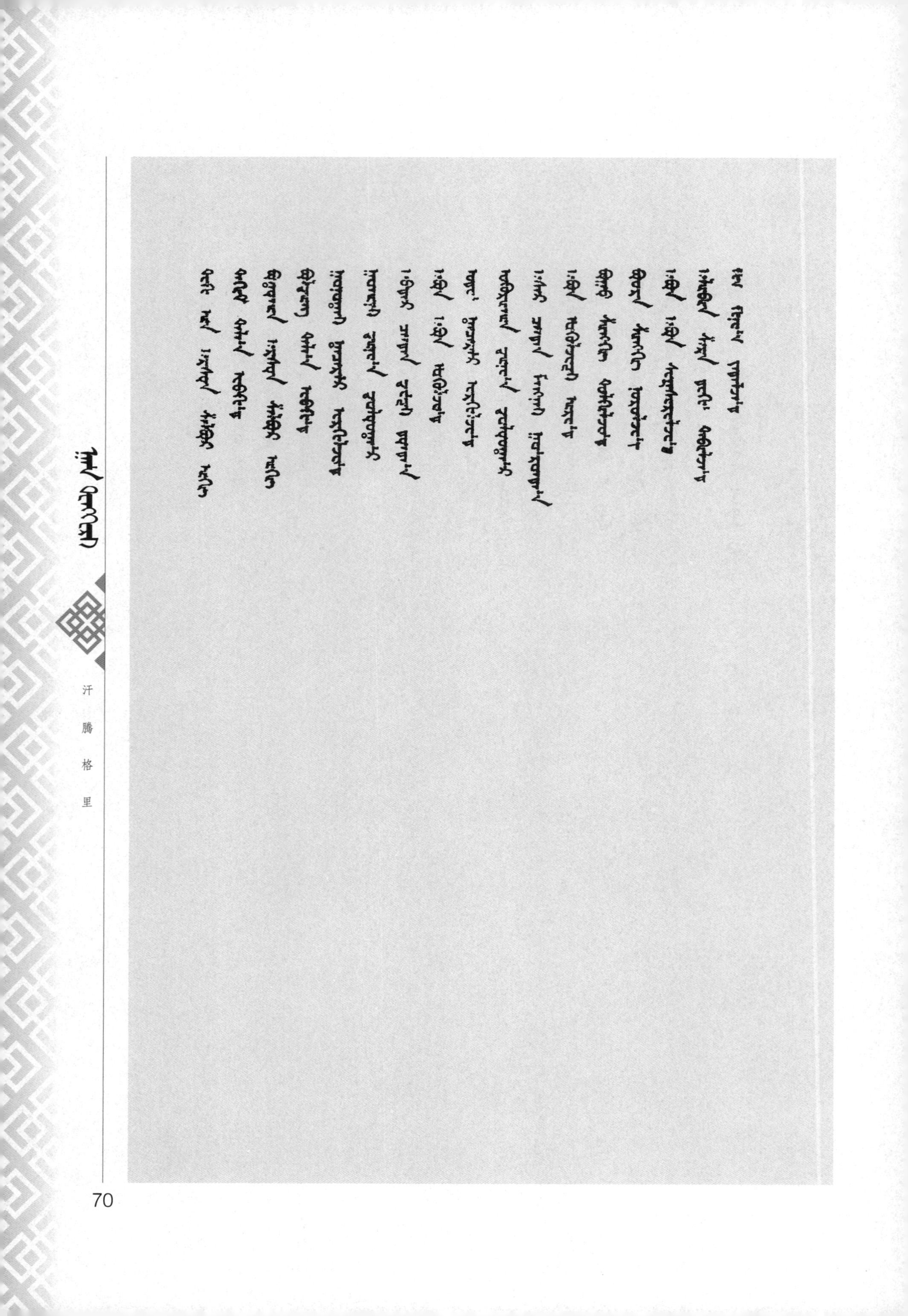

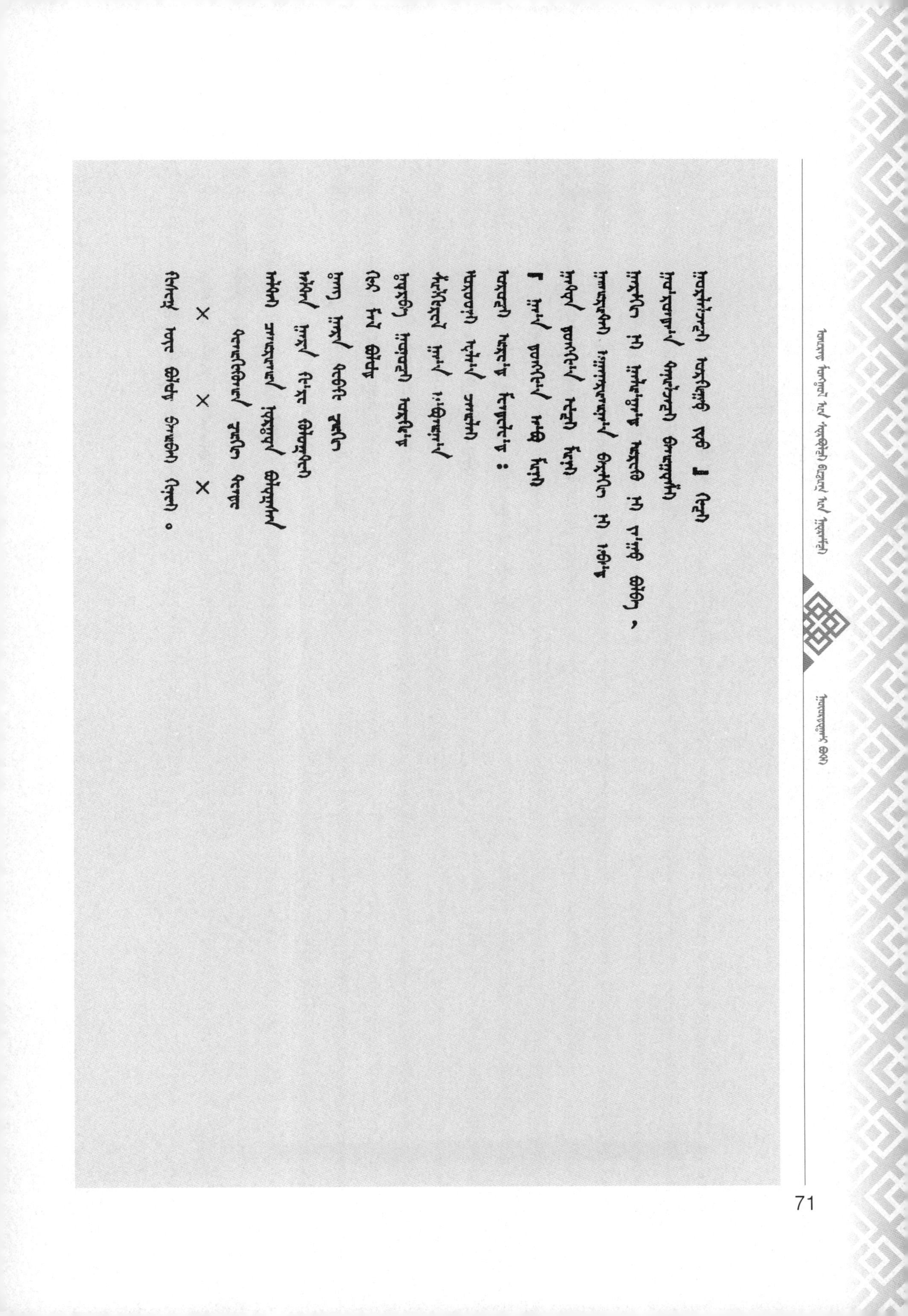

[illegible]
[illegible]
[illegible]
[illegible]
[illegible]
[illegible]
[illegible] :
[illegible]
[illegible]
[illegible]
[illegible]
[illegible]
[illegible]
[illegible]
[illegible]

× × ×

[illegible] 。

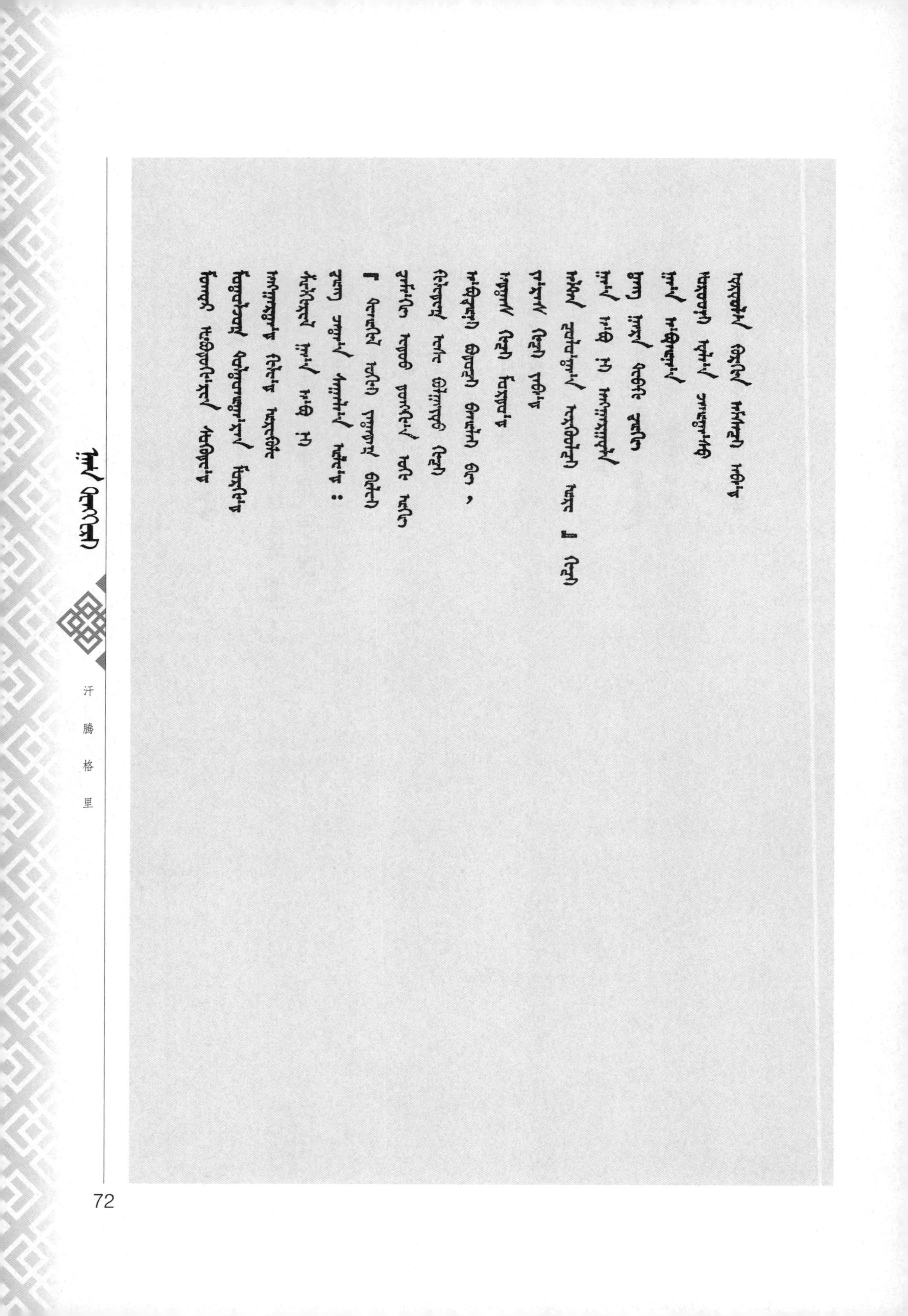

[illegible]
[illegible]
[illegible]
[illegible]
[illegible]
[illegible]
[illegible]
[illegible]
[illegible]
[illegible]
[illegible]
[illegible]
[illegible]
[illegible]
[illegible]
[illegible]
[illegible]

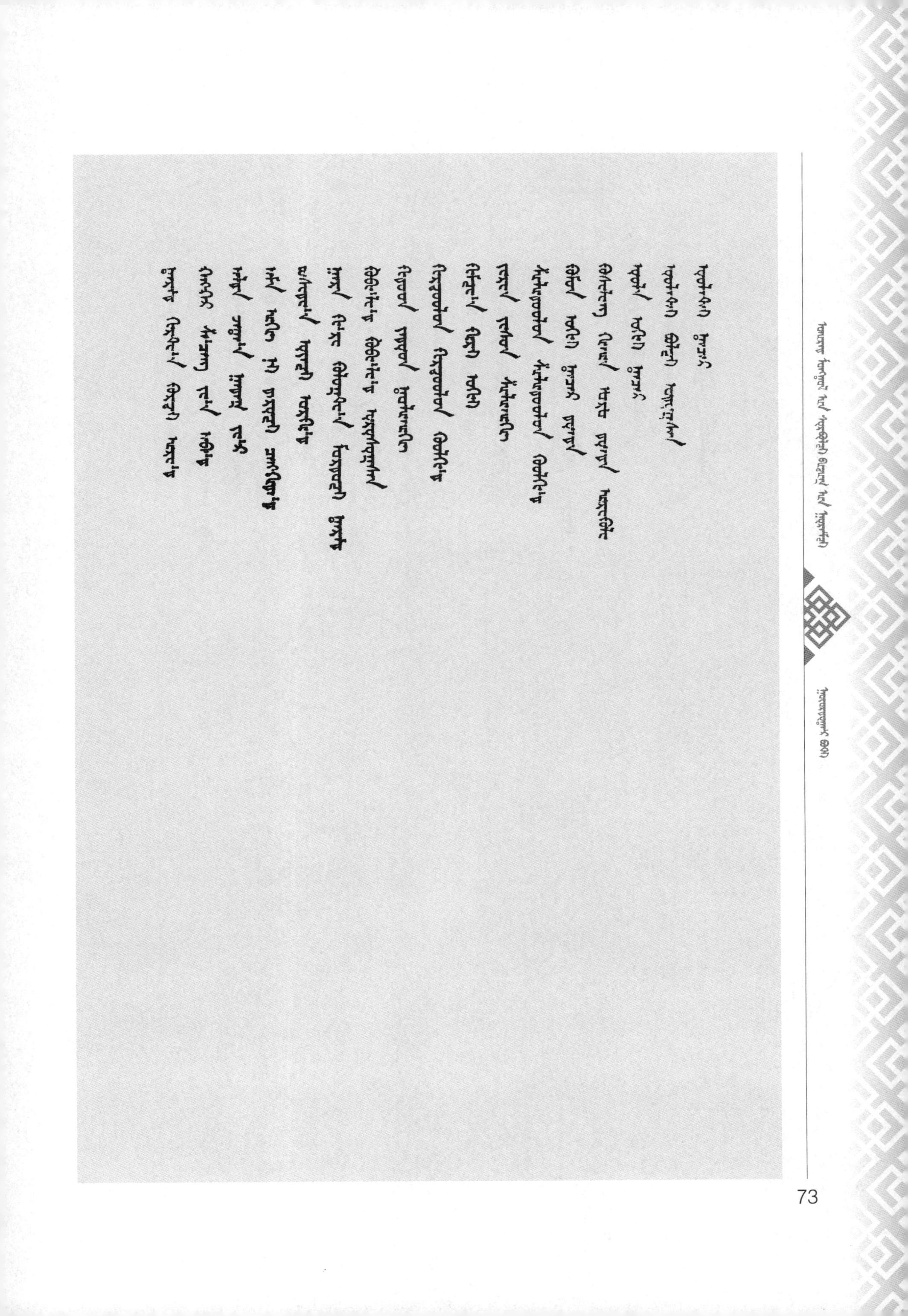

[illegible]
[illegible]
[illegible]
[illegible]
[illegible]
[illegible]
[illegible]
[illegible]
[illegible]
[illegible]
[illegible]
[illegible]
[illegible]
[illegible]
[illegible]
[illegible]
[illegible]

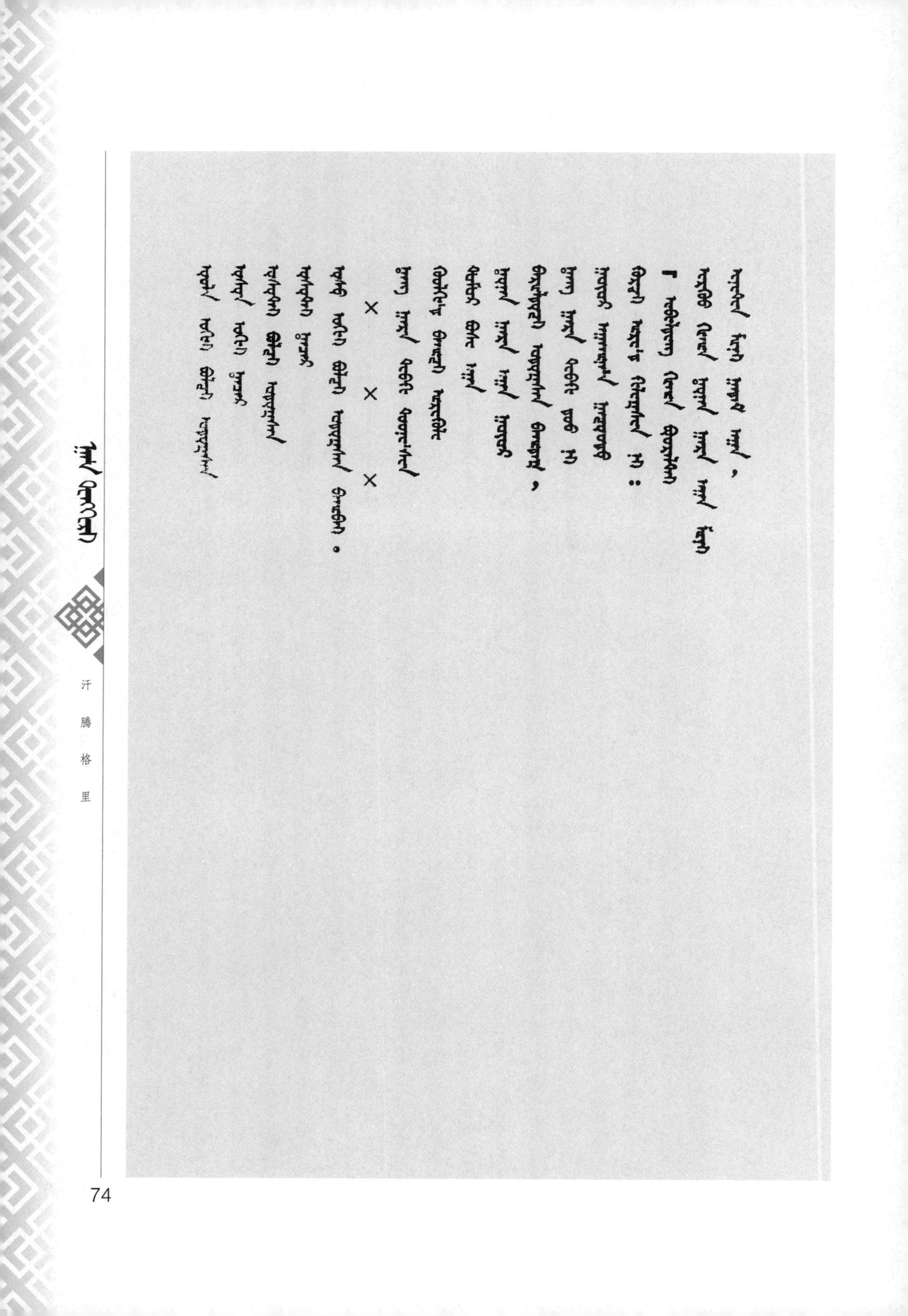

[illegible]
[illegible]
[illegible]
[illegible]
[illegible] 。

× × ×

[illegible]
[illegible]
[illegible]
[illegible]
[illegible] ,
[illegible]
[illegible]
[illegible] :
[illegible]
[illegible]
[illegible] ,

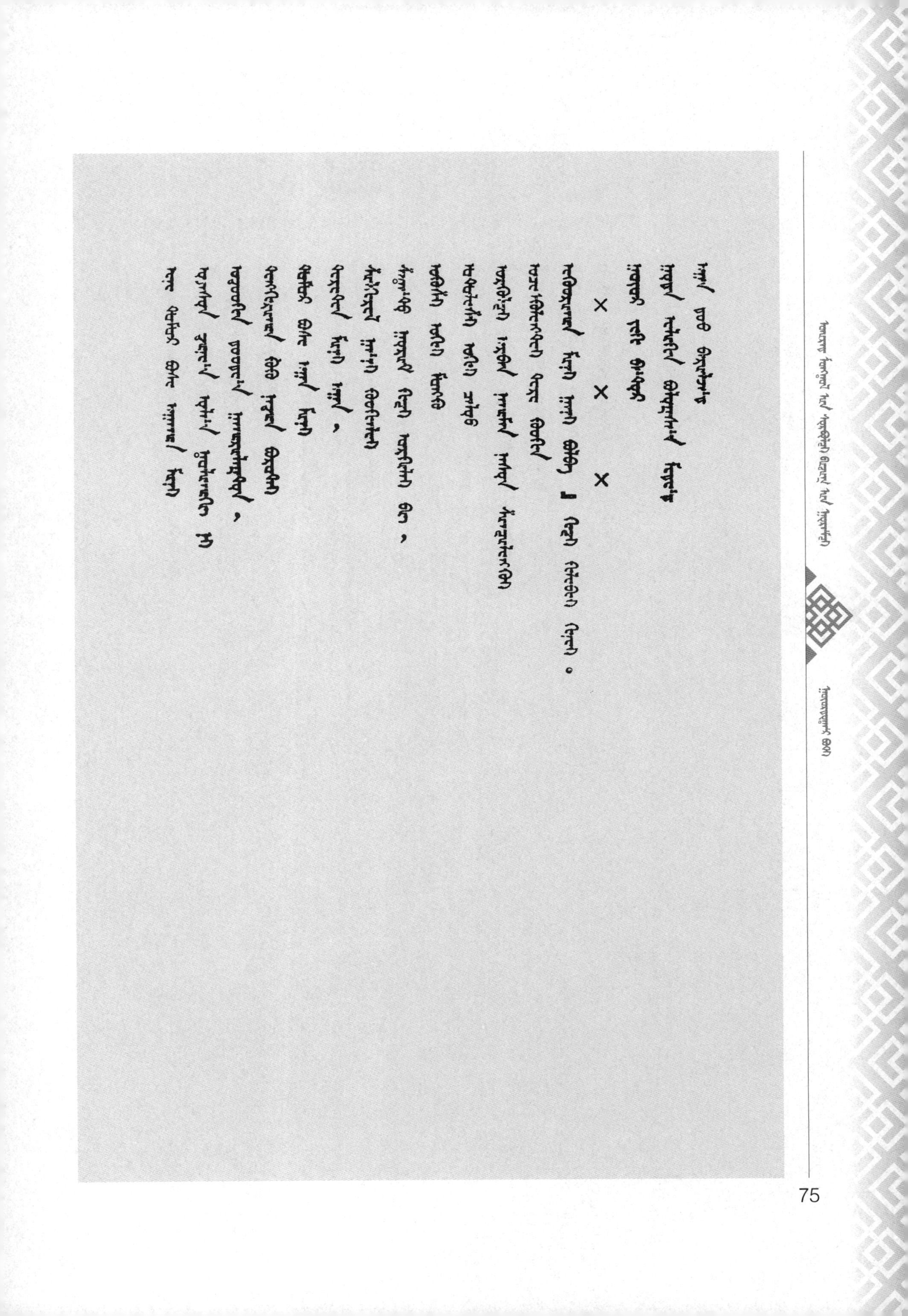

[illegible]
[illegible]
[illegible]

× × ×

[illegible] ᠃
[illegible]
[illegible]
[illegible]
[illegible]
[illegible] ᠂
[illegible]
[illegible] ᠂
[illegible]
[illegible]
[illegible] ᠂
[illegible]
[illegible]

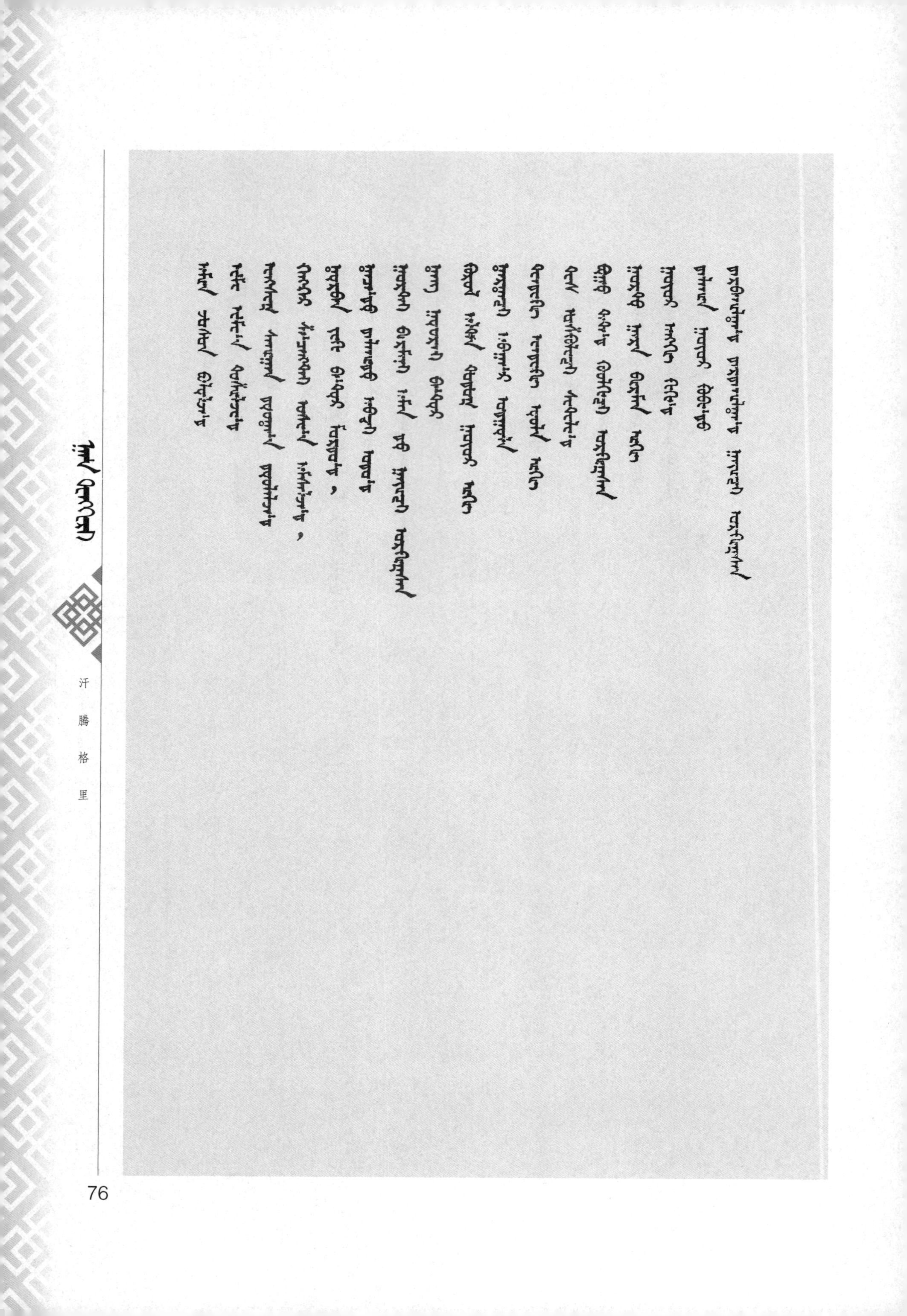

[illegible]
[illegible]
[illegible]
[illegible] ,
[illegible] ,
[illegible]
[illegible]
[illegible]
[illegible]
[illegible]
[illegible]
[illegible]
[illegible]
[illegible]
[illegible]
[illegible]
[illegible]

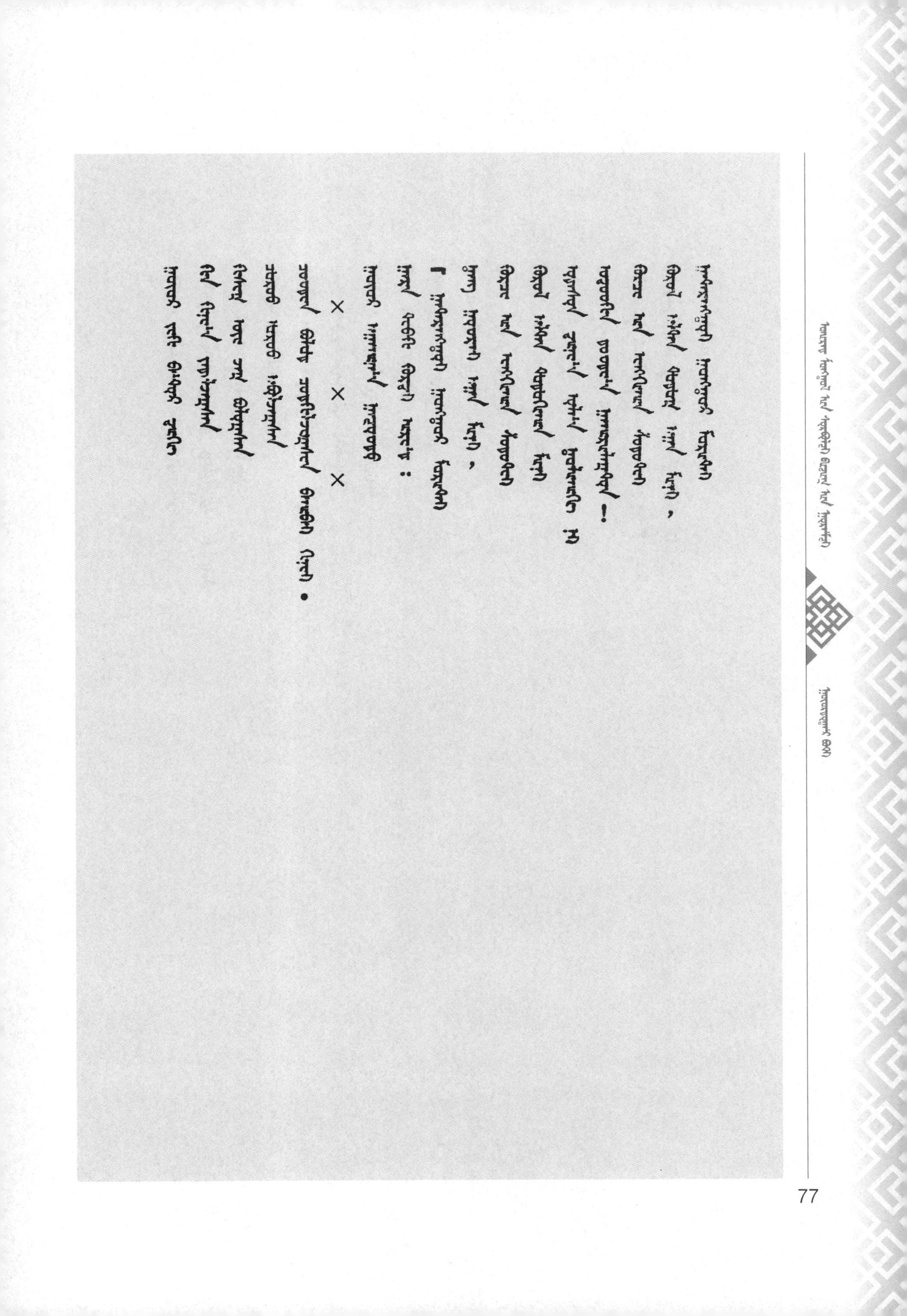

[illegible]
[illegible] ᠂
[illegible]
[illegible] ᠁
[illegible]
[illegible]
[illegible]
[illegible] ᠂
『 [illegible]
[illegible] ᠄
[illegible]

× × ×

[illegible] •
[illegible]
[illegible]
[illegible]
[illegible]

[illegible]᠂
[illegible] ᠪᠣᠯ 」 ᠭᠡᠵᠦ
[illegible] ᠶᠢ [illegible]
[illegible] ᠶᠢ [illegible]
[illegible]
[illegible] ᠶᠢ [illegible]
[illegible] ᠶᠢ [illegible]
[illegible]
ᠬᠠᠨ ᠲᠡᠩᠭᠷᠢ [illegible]
「 [illegible]
[illegible]᠄
[illegible]
[illegible]
[illegible]
[illegible]！」 ᠭᠡᠵᠦ
[illegible] ᠶᠢ
ᠬᠠᠨ ᠲᠡᠩᠭᠷᠢ [illegible]

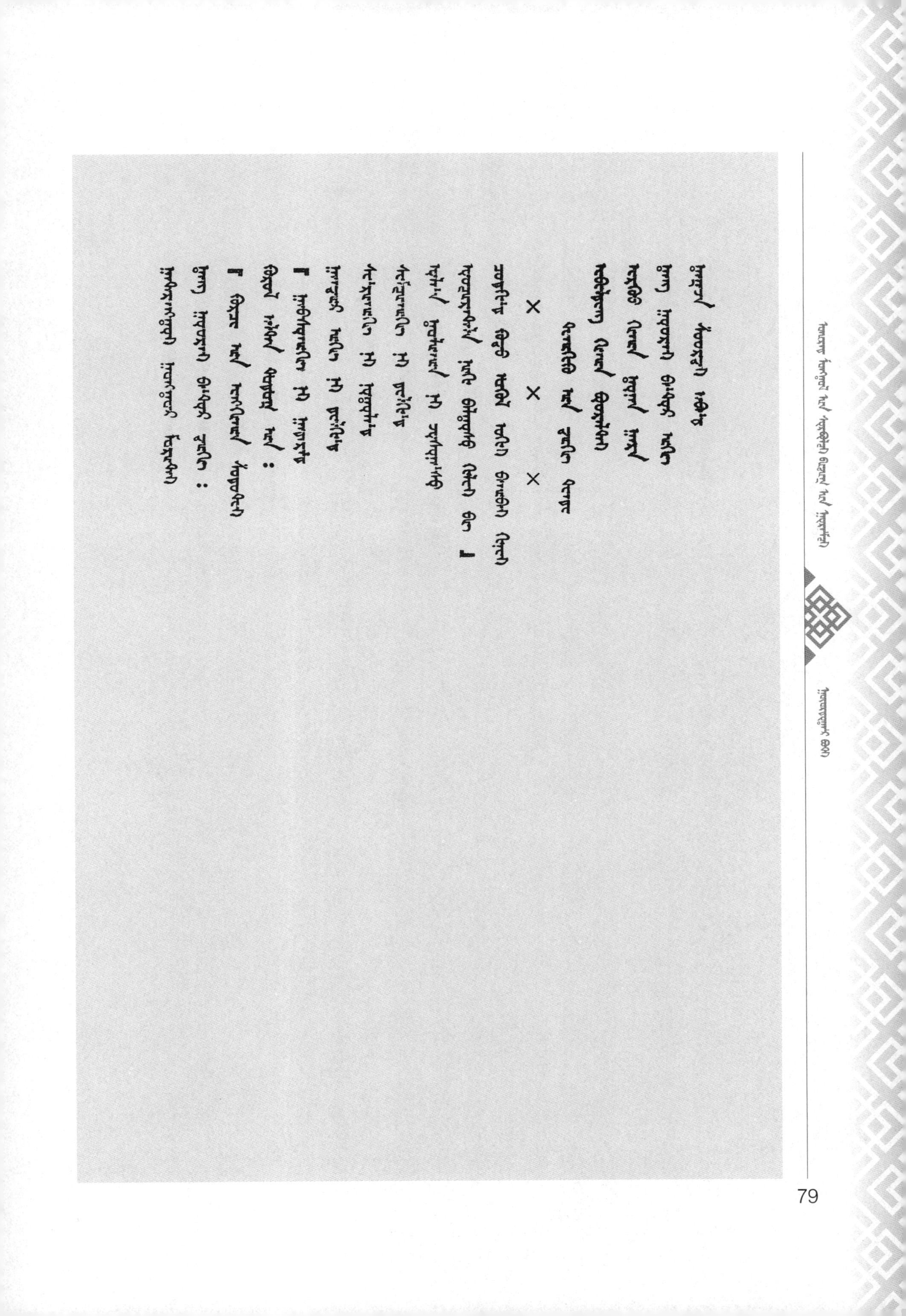

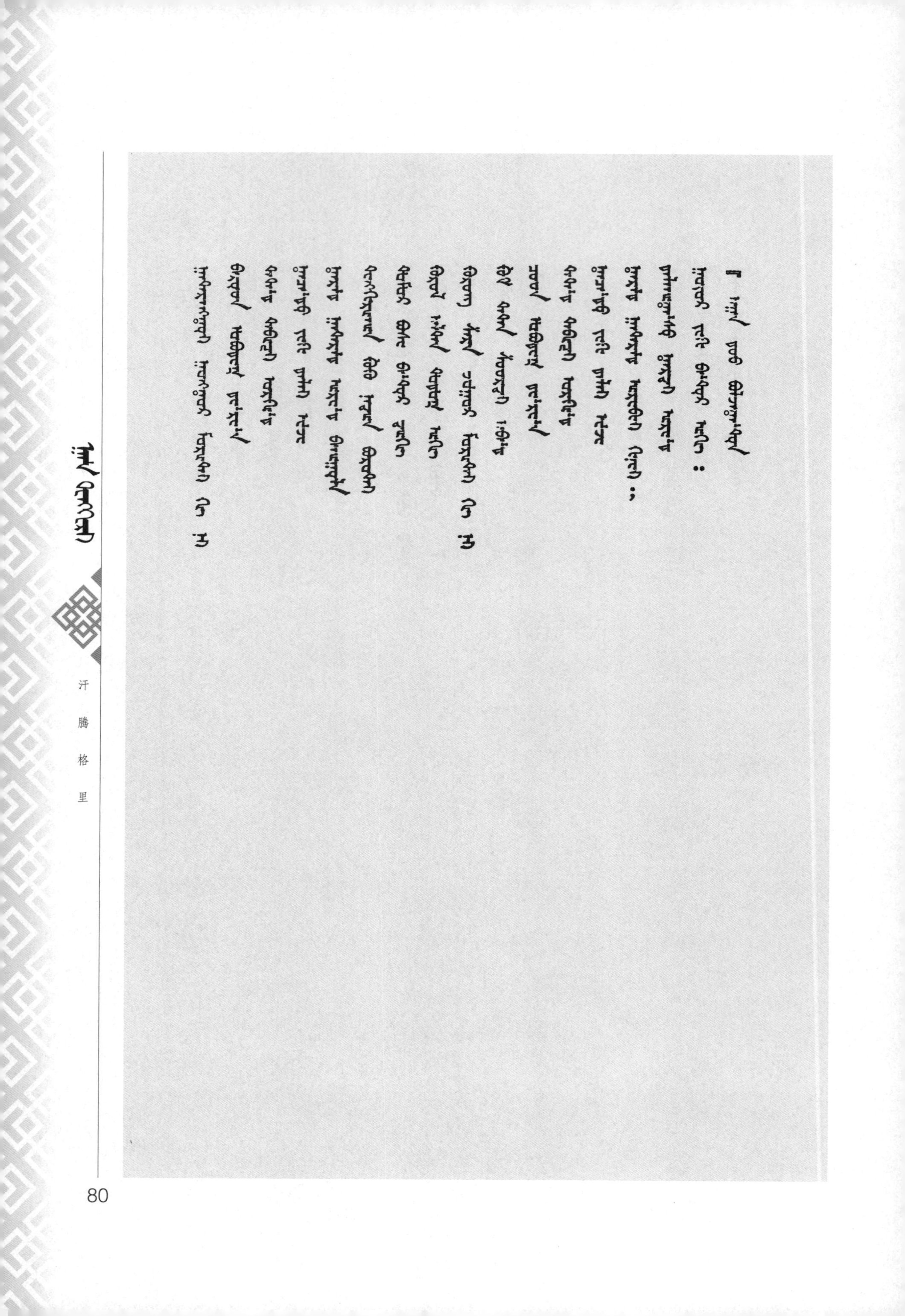

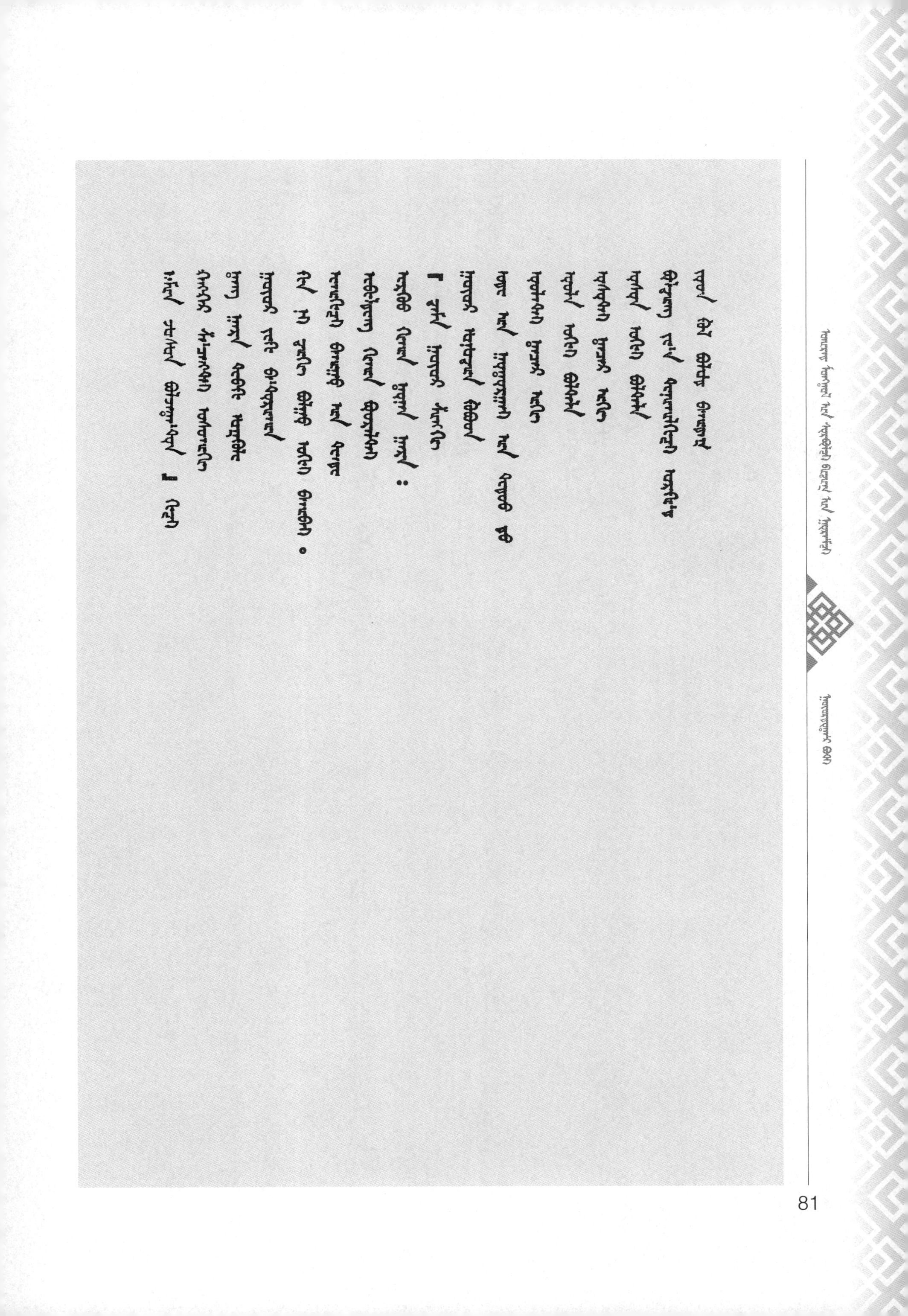

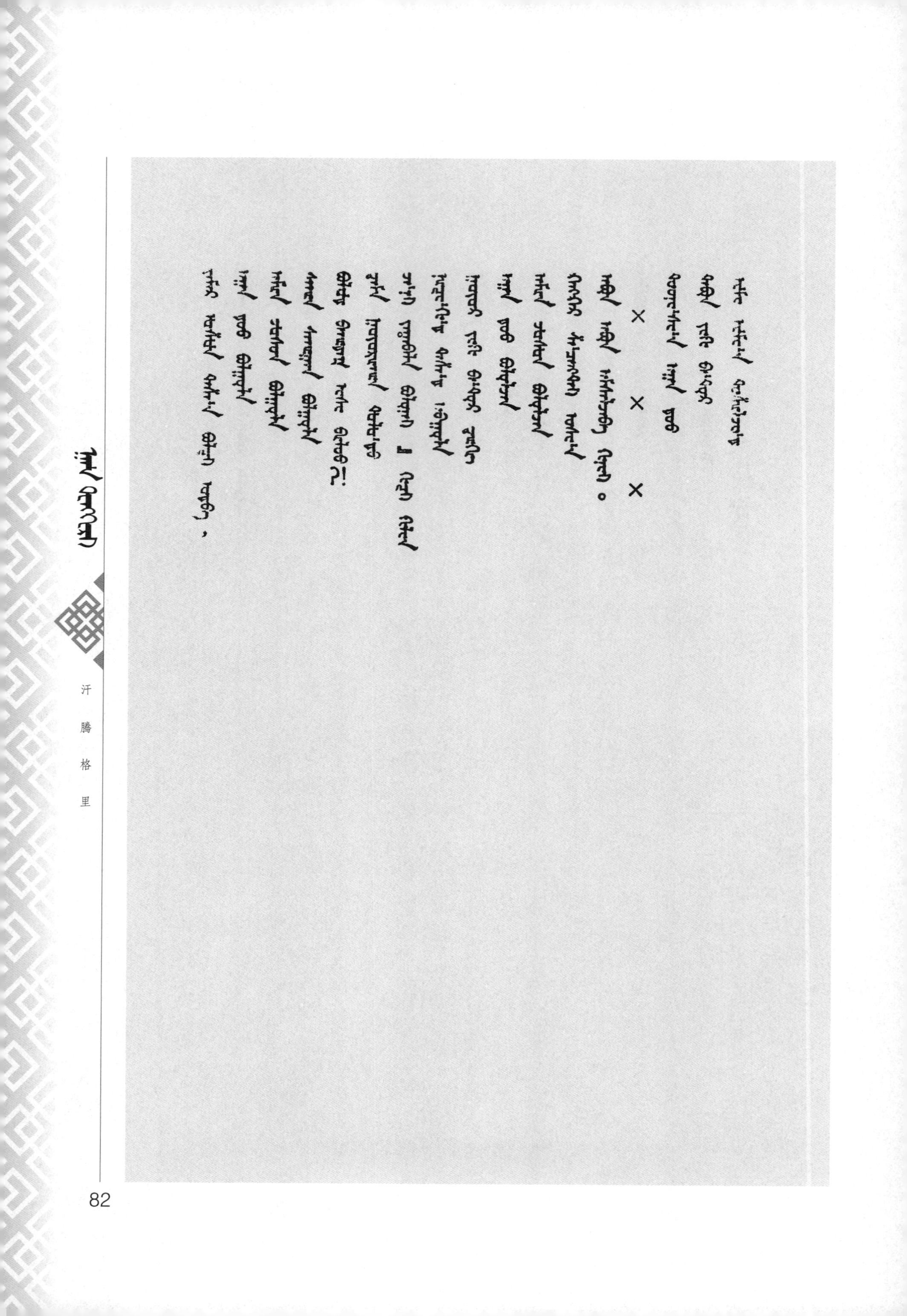

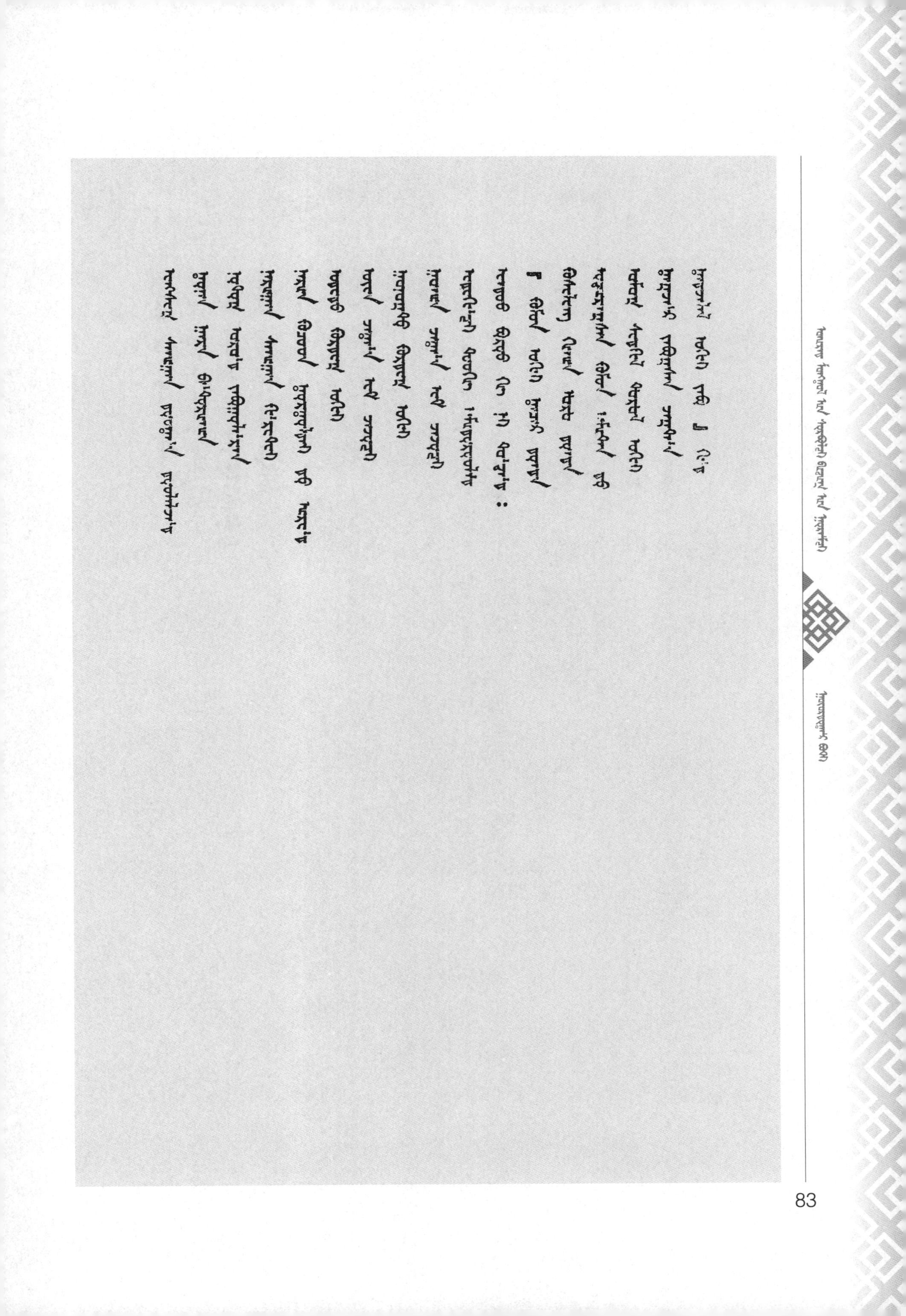

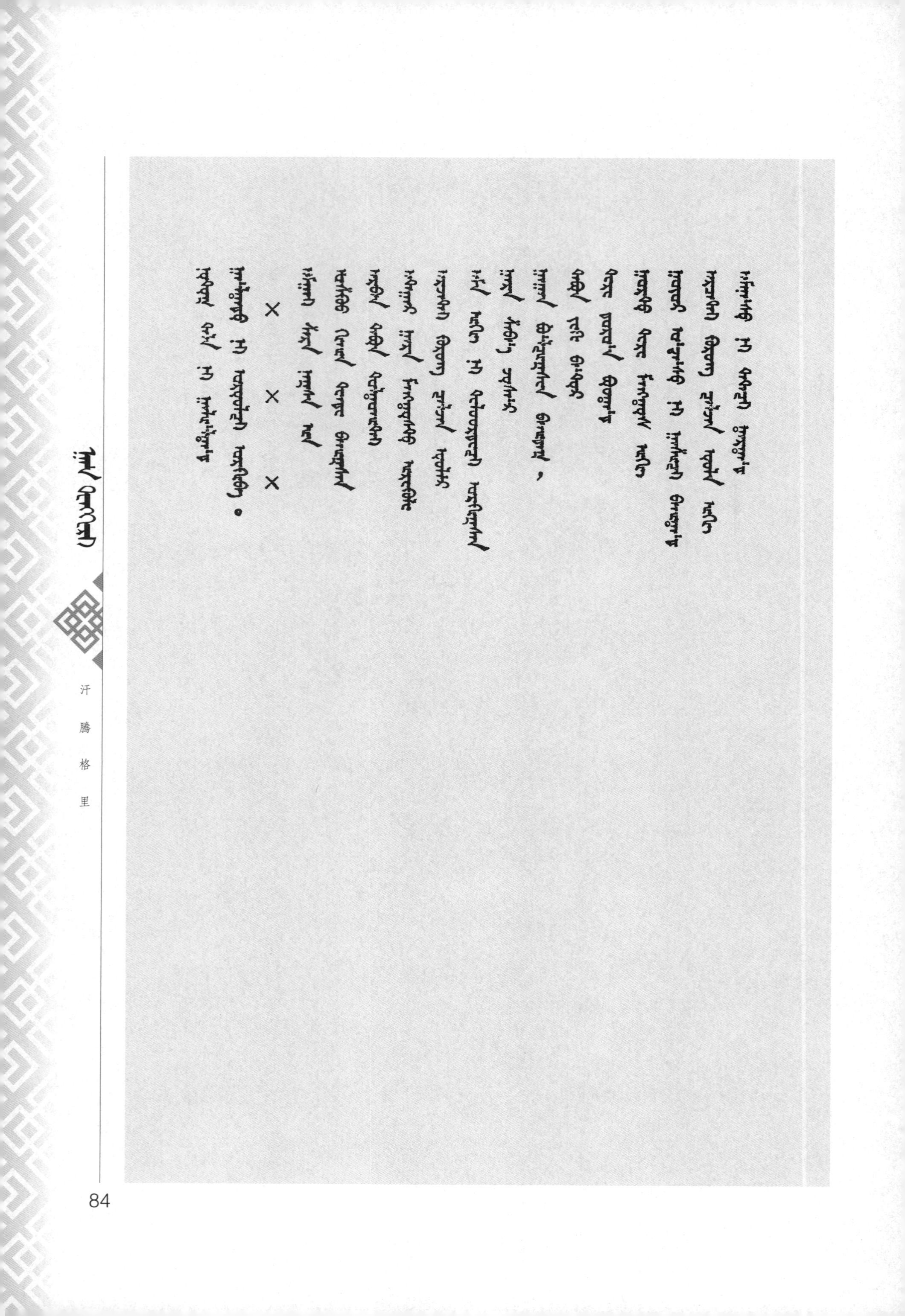

[illegible]
[illegible]
[illegible]
[illegible]
[illegible]
[illegible]
[illegible]
[illegible]
[illegible]
[illegible]
[illegible]
[illegible]
[illegible]
[illegible]
[illegible]

× × ×

[illegible]
[illegible]

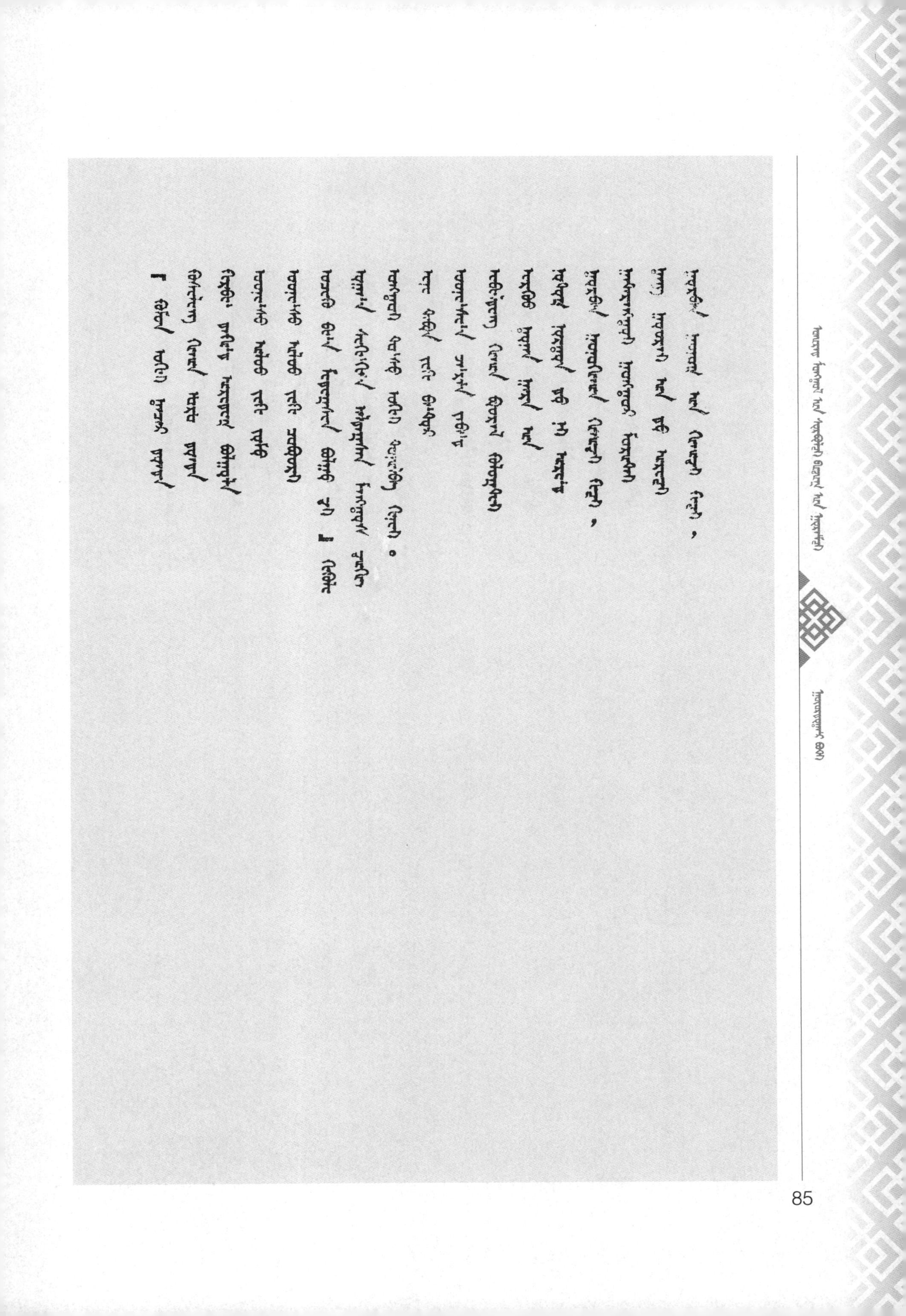

[illegible]
[illegible]
[illegible]
[illegible]
[illegible]
[illegible]
[illegible]
[illegible]
[illegible]
[illegible]
[illegible]
[illegible]
[illegible]
[illegible]
[illegible]
[illegible]
[illegible]

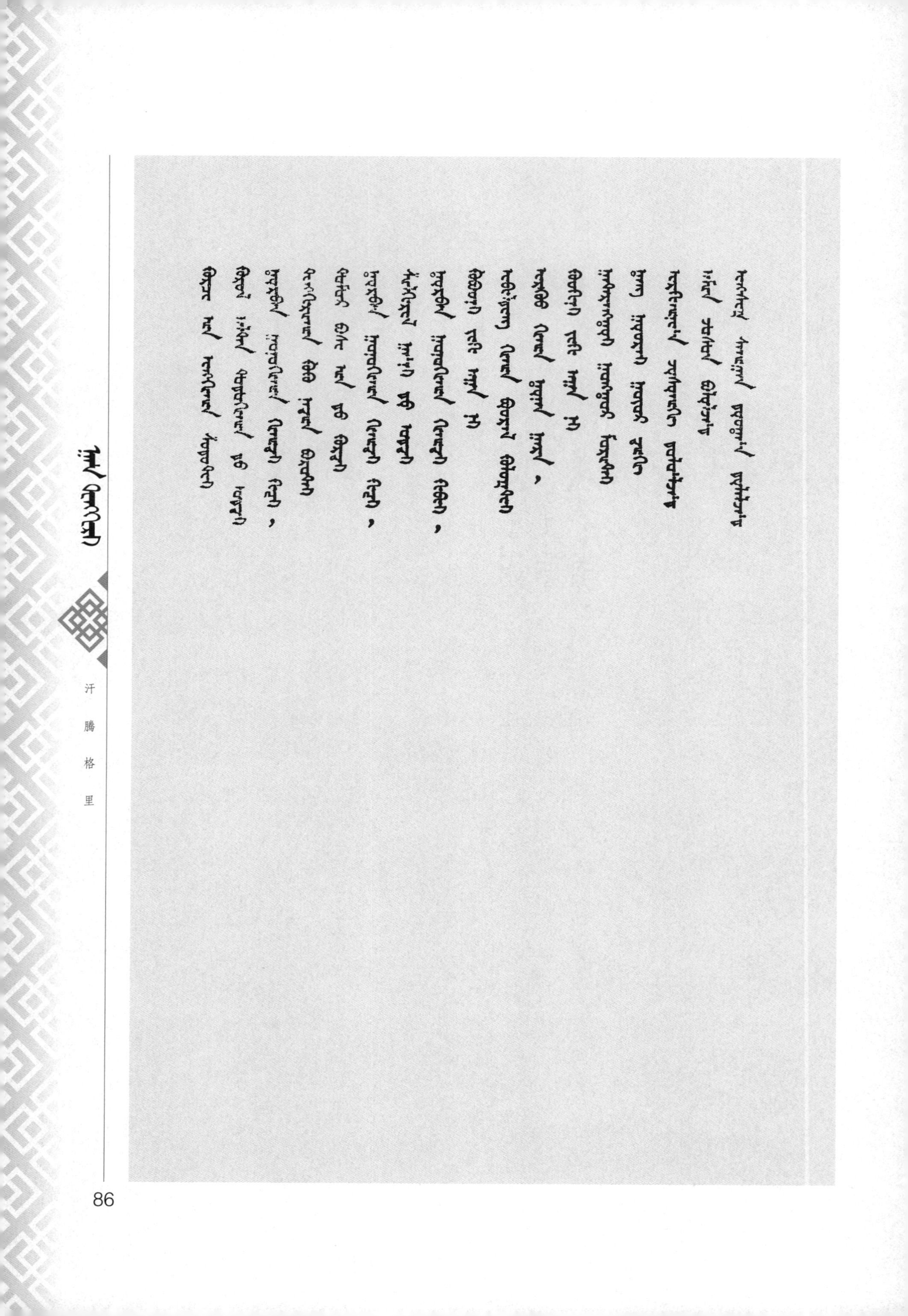

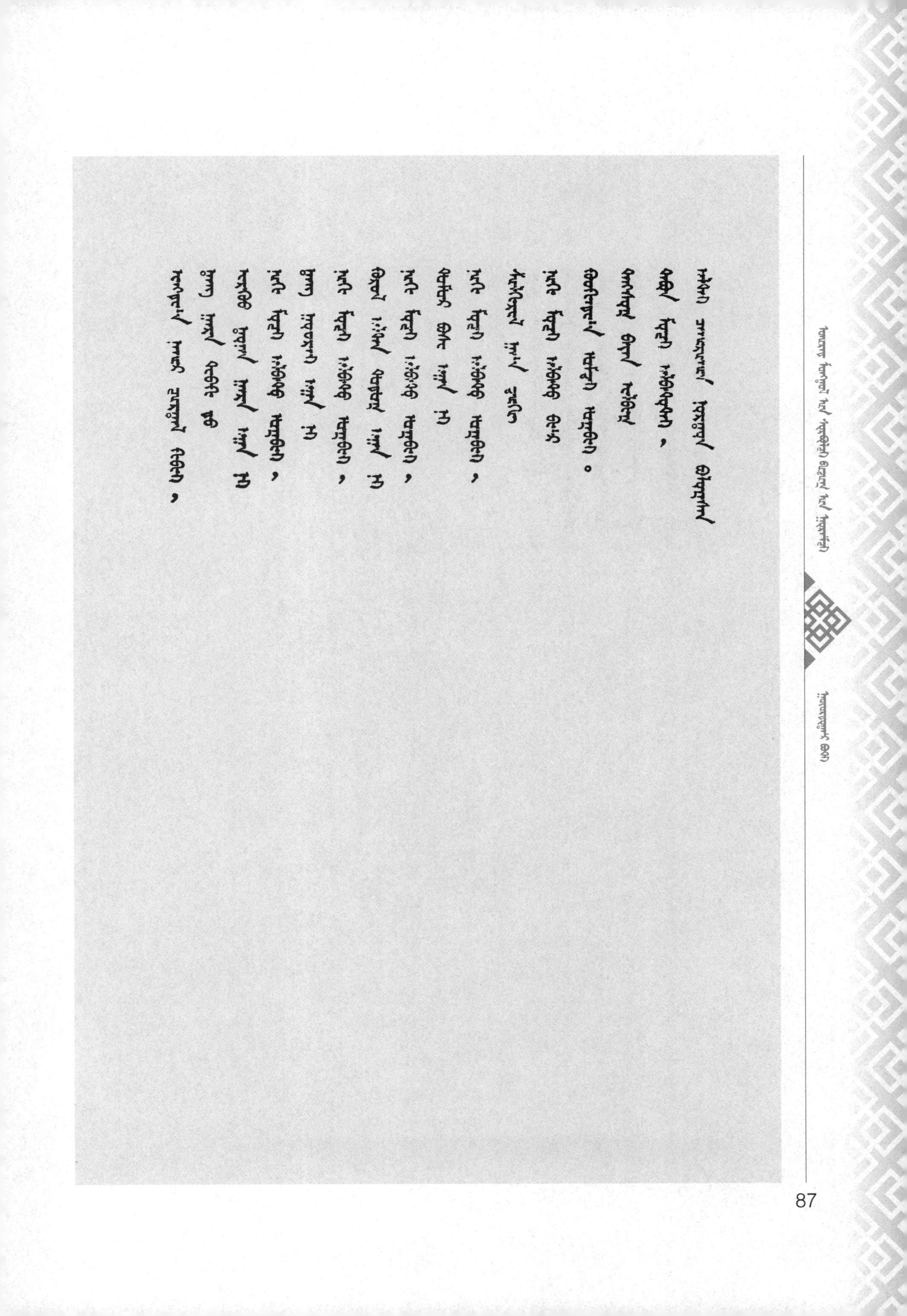

[illegible]
[illegible] ᠂
[illegible]
[illegible] ᠃
[illegible]
[illegible]
[illegible] ᠂
[illegible]
[illegible] ᠂
[illegible]
[illegible] ᠂
[illegible]
[illegible] ᠂
[illegible]
[illegible]
[illegible] ᠂

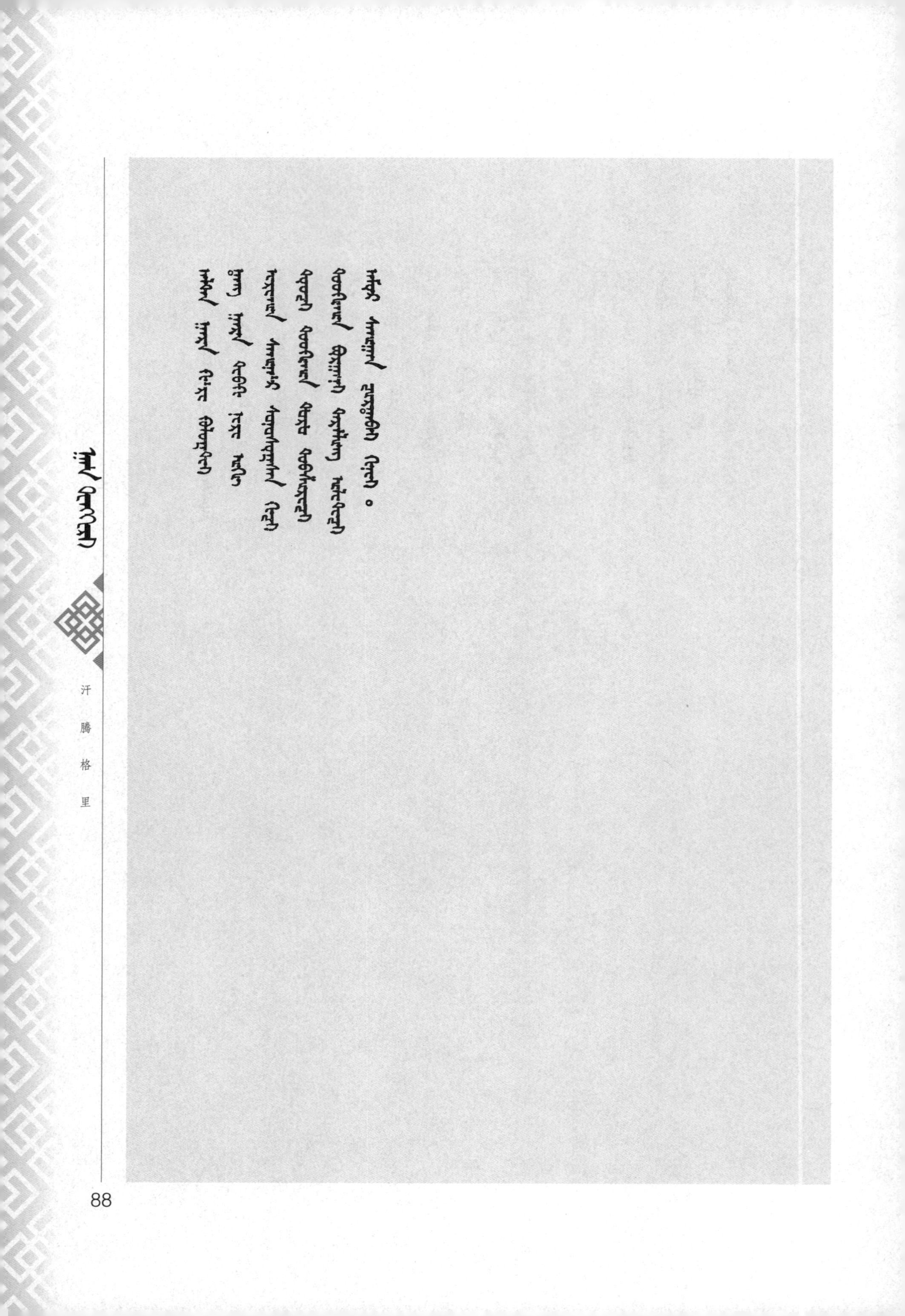

[illegible]
[illegible]
[illegible]
[illegible]
[illegible]
[illegible]

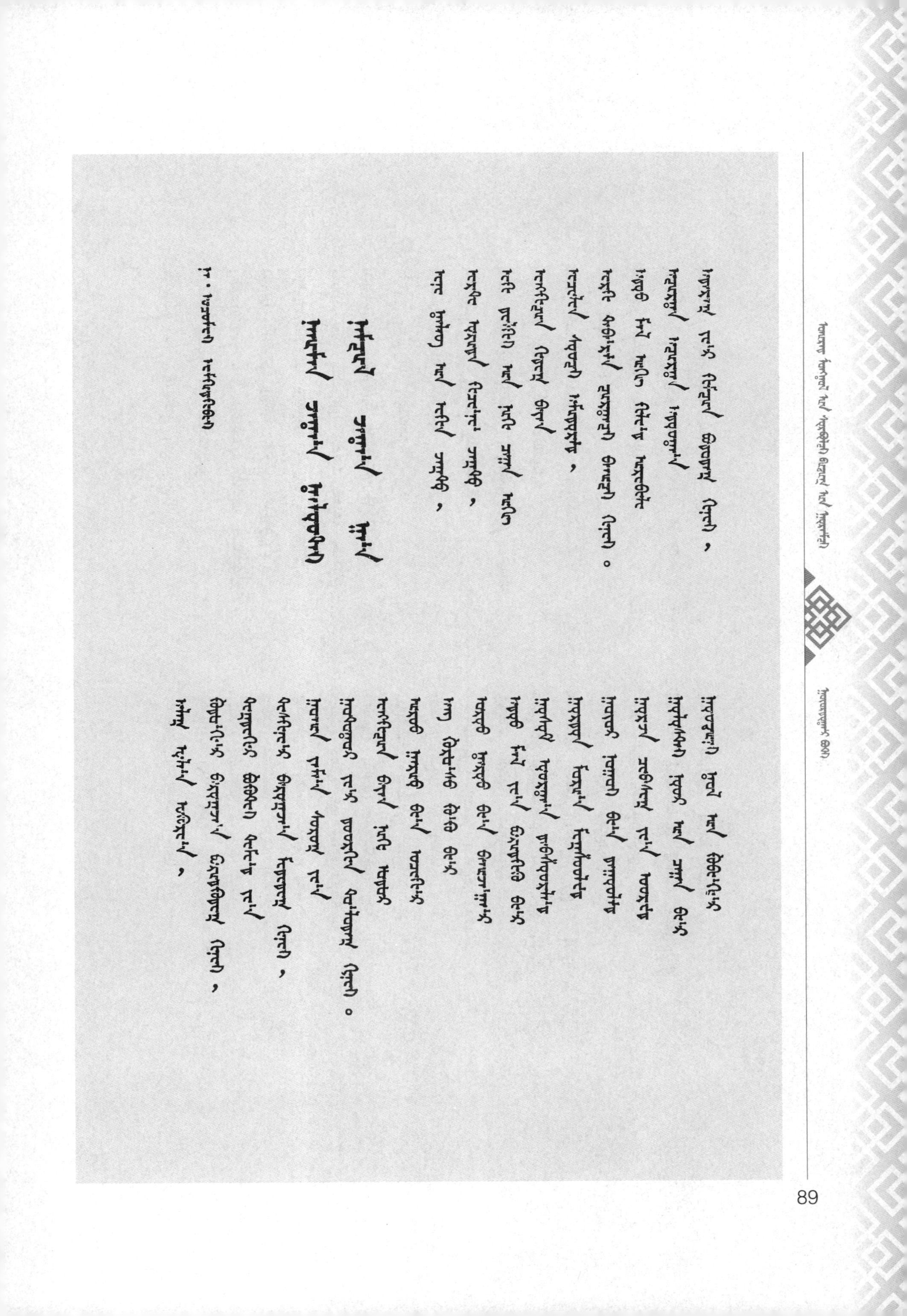

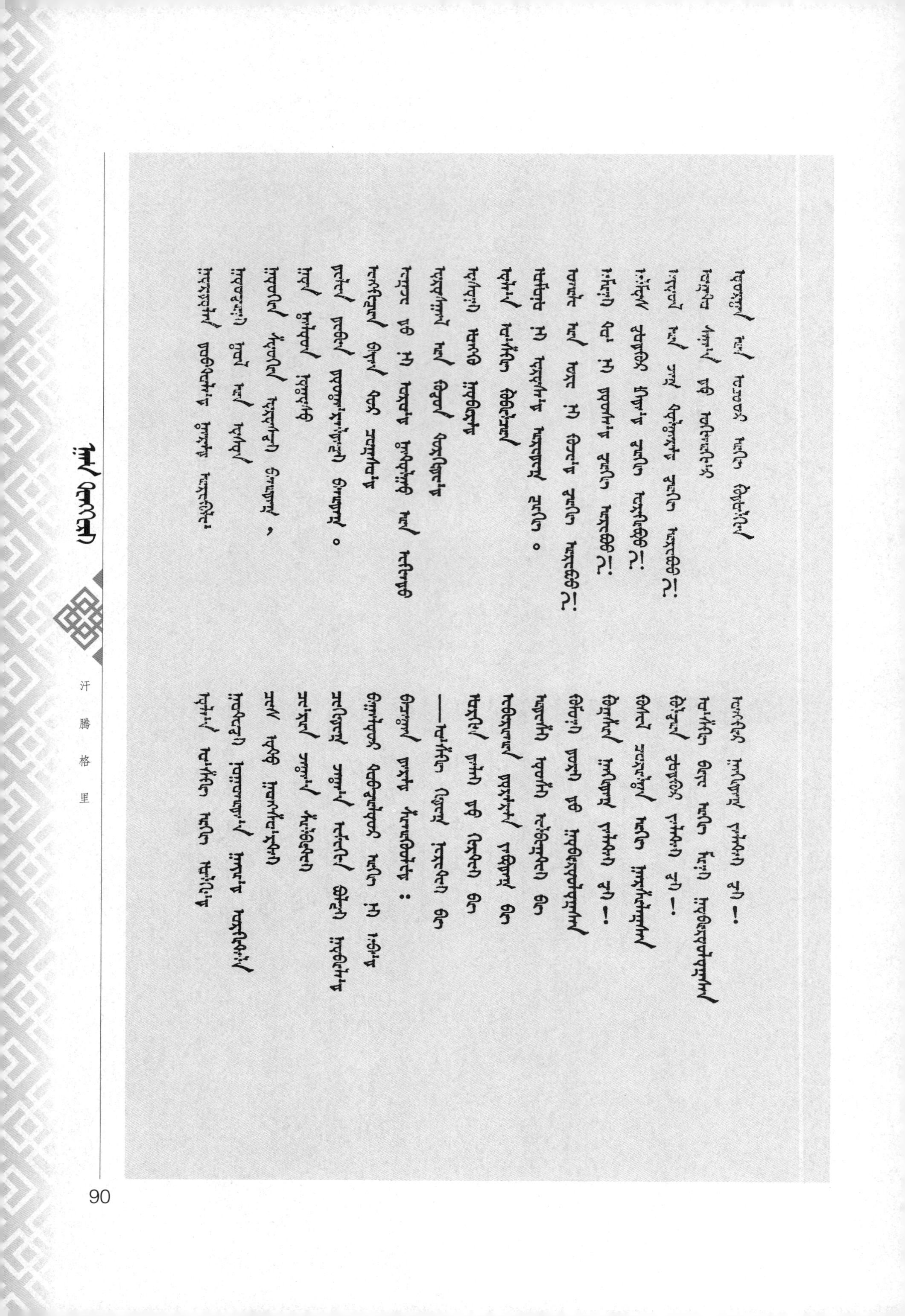

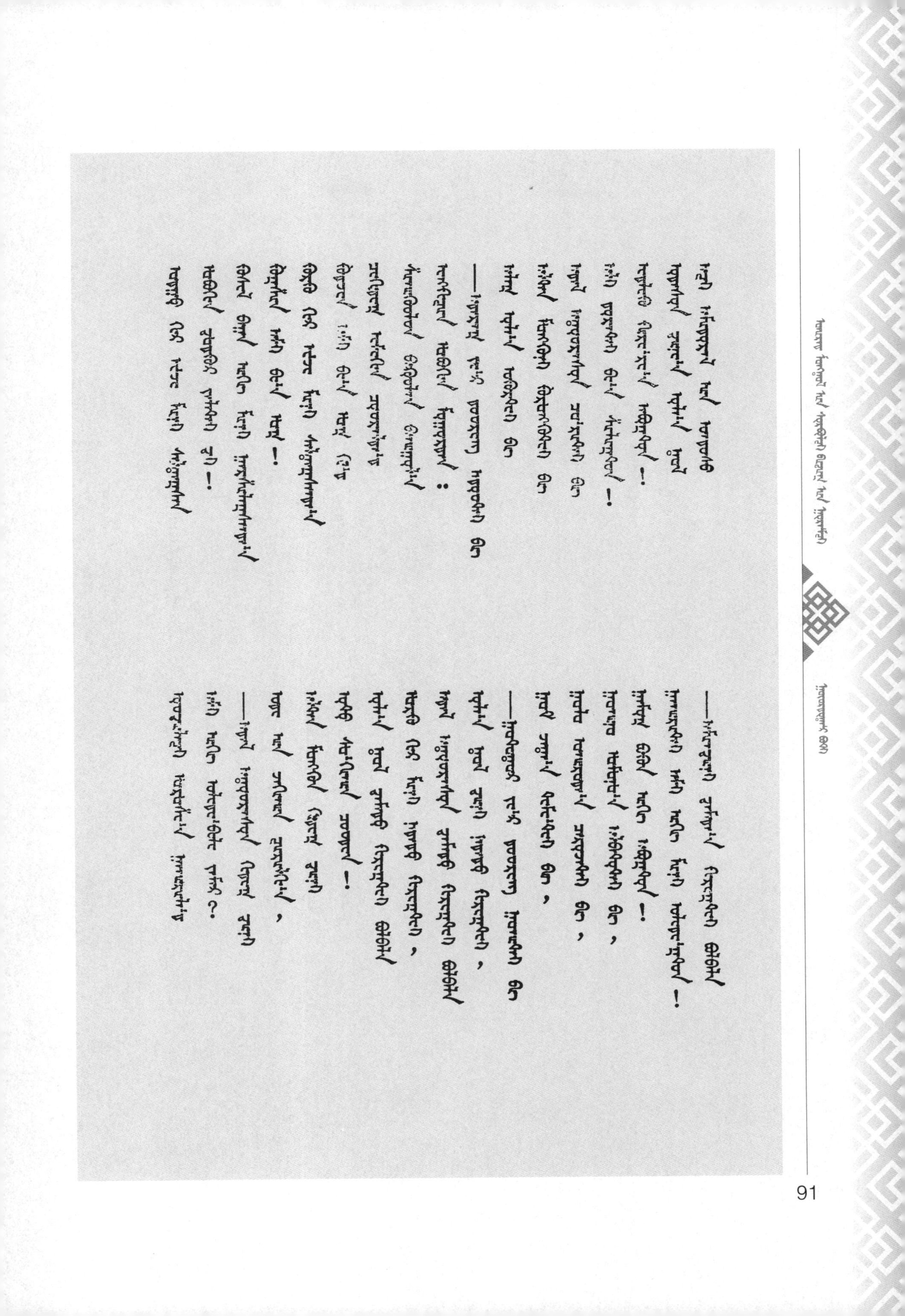

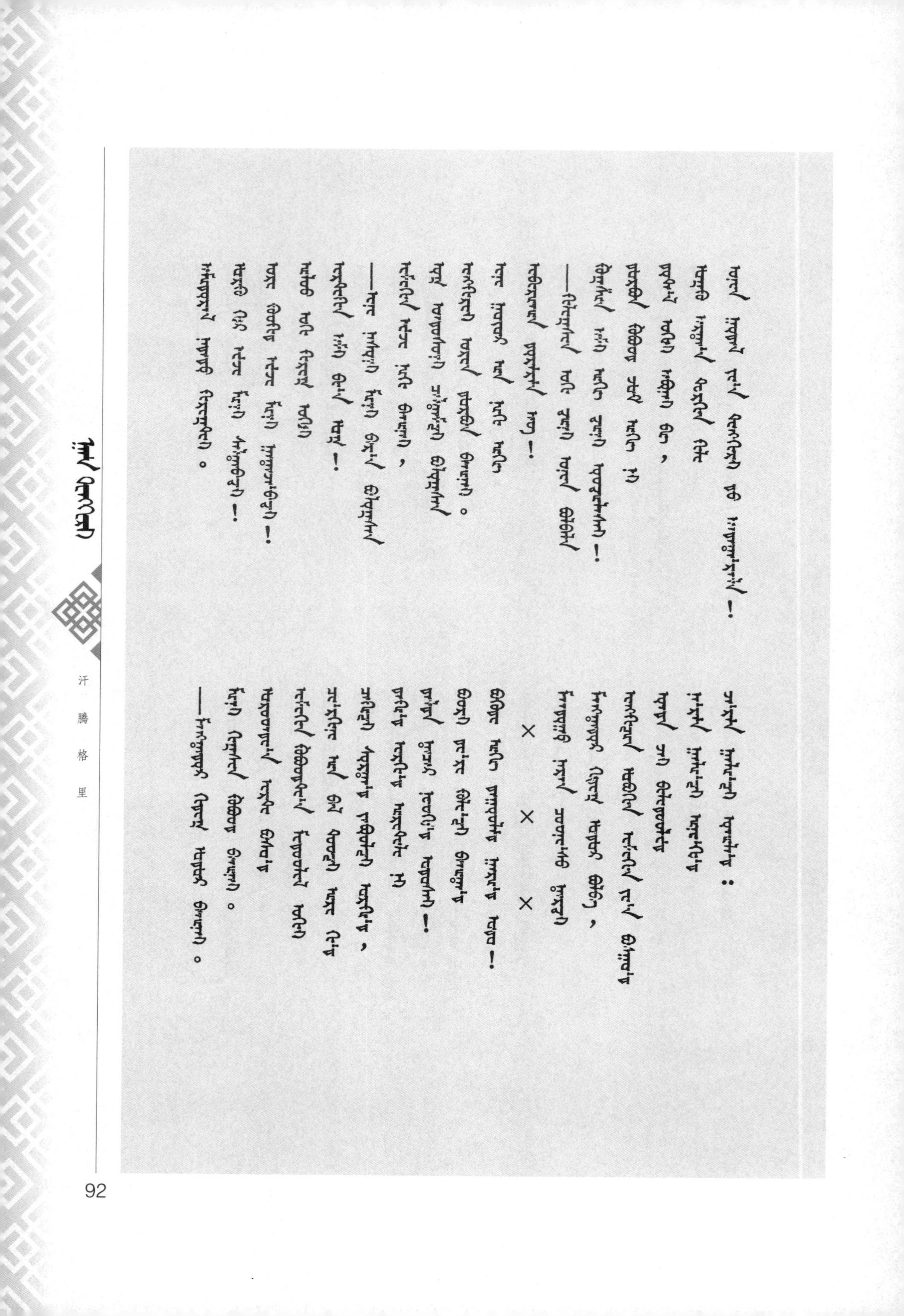

[illegible]

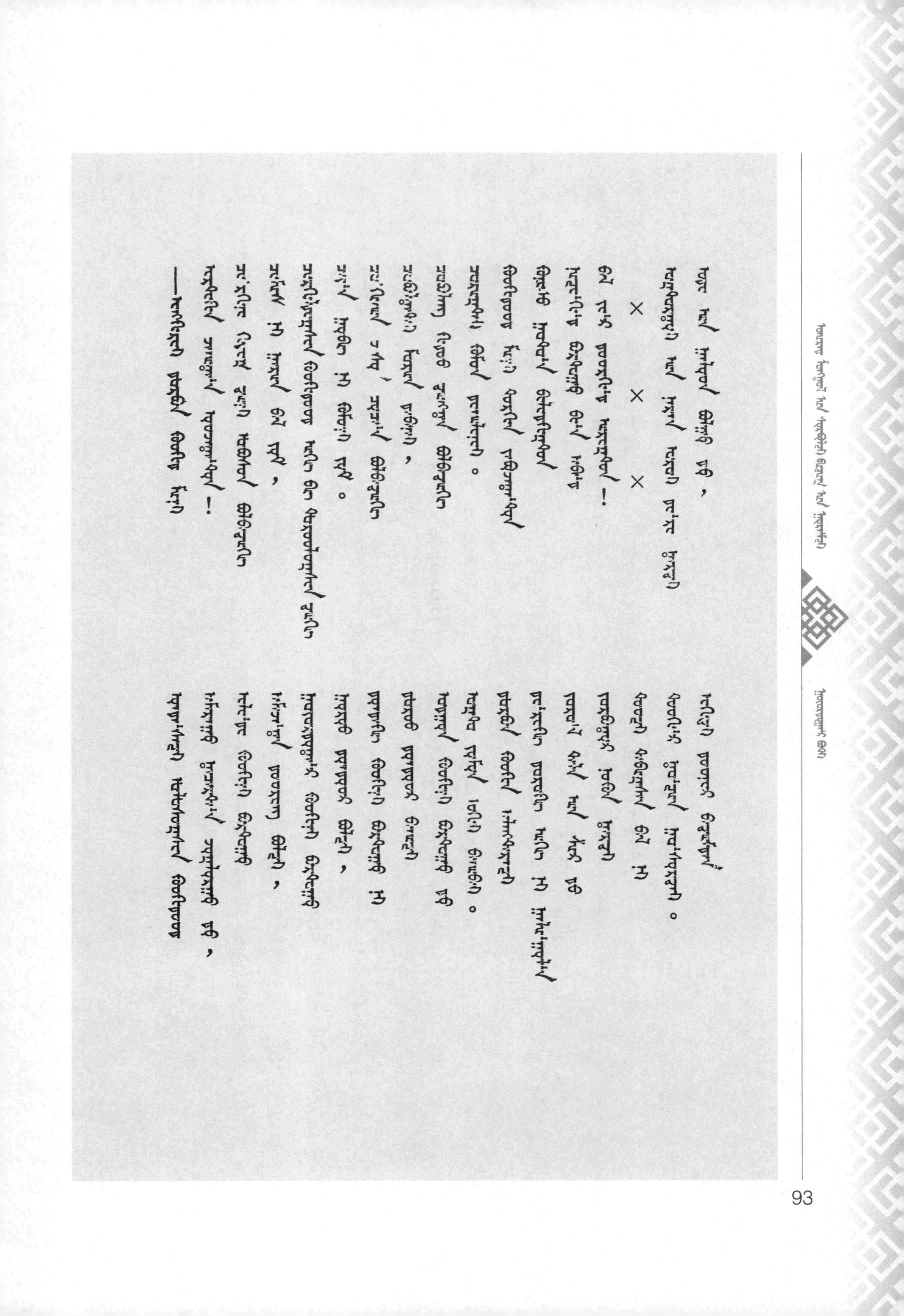

[illegible] ,
[illegible]

× × ×

[illegible] !
[illegible]
[illegible]
[illegible]
[illegible] 。
[illegible]
[illegible] ,
[illegible]
[illegible] 。
[illegible]
[illegible] ,
[illegible]
[illegible] !
——[illegible]

[illegible]
[illegible] 。
[illegible]
[illegible]
[illegible]
[illegible]
[illegible]
[illegible] 。
[illegible]
[illegible]
[illegible]
[illegible] ,
[illegible]
[illegible] ,
[illegible]
[illegible] ,
[illegible]

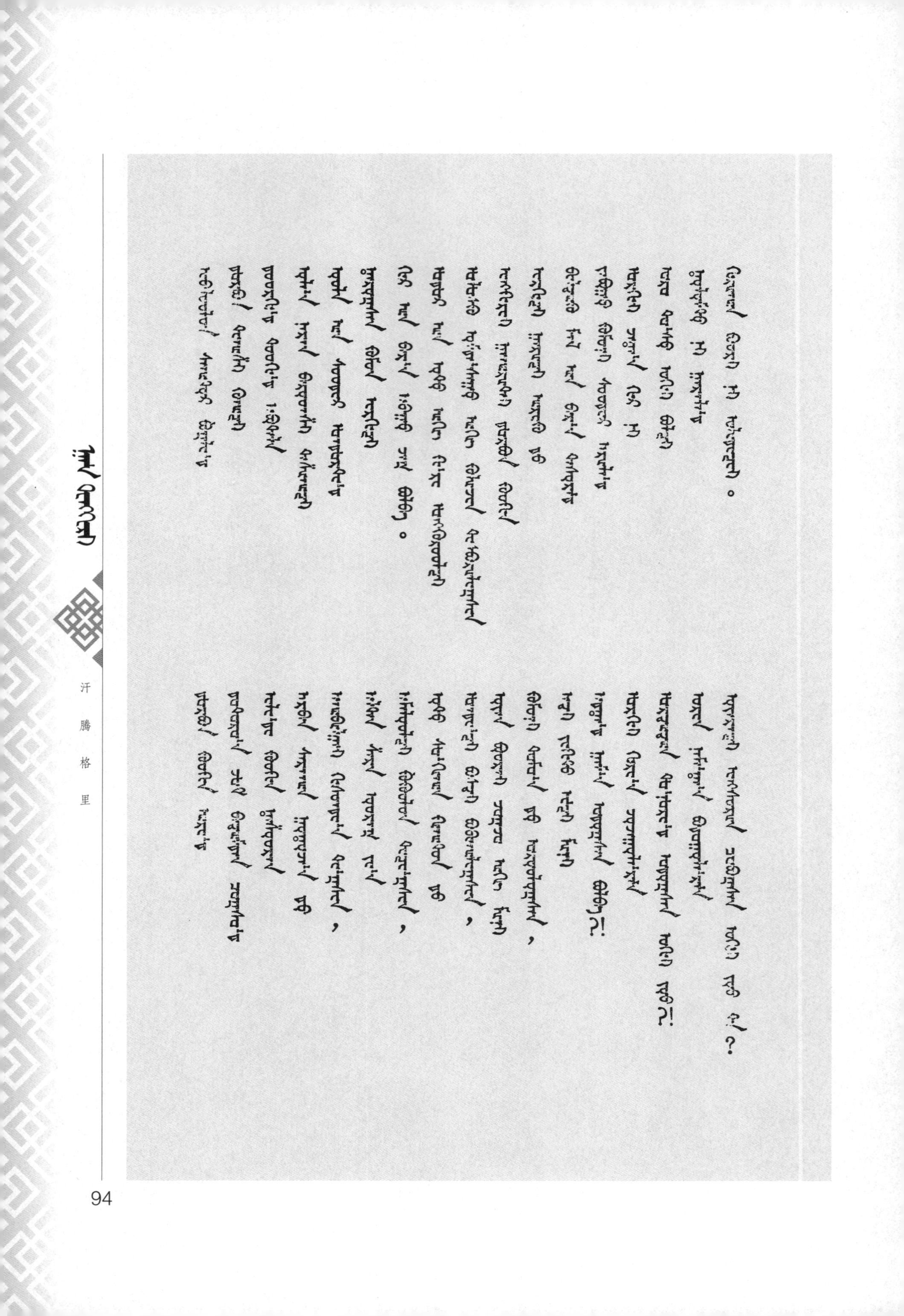

[illegible] ○
[illegible]
[illegible]
[illegible]
[illegible]
[illegible]
[illegible]
[illegible]
[illegible]
[illegible]
[illegible] ○
[illegible]
[illegible]
[illegible]
[illegible]
[illegible]
[illegible]

[illegible] ?
[illegible]
[illegible] ?!
[illegible]
[illegible] ?!
[illegible]
[illegible] ,
[illegible]
[illegible] ,
[illegible]
[illegible] ,
[illegible]
[illegible] ,
[illegible]
[illegible]
[illegible]
[illegible]

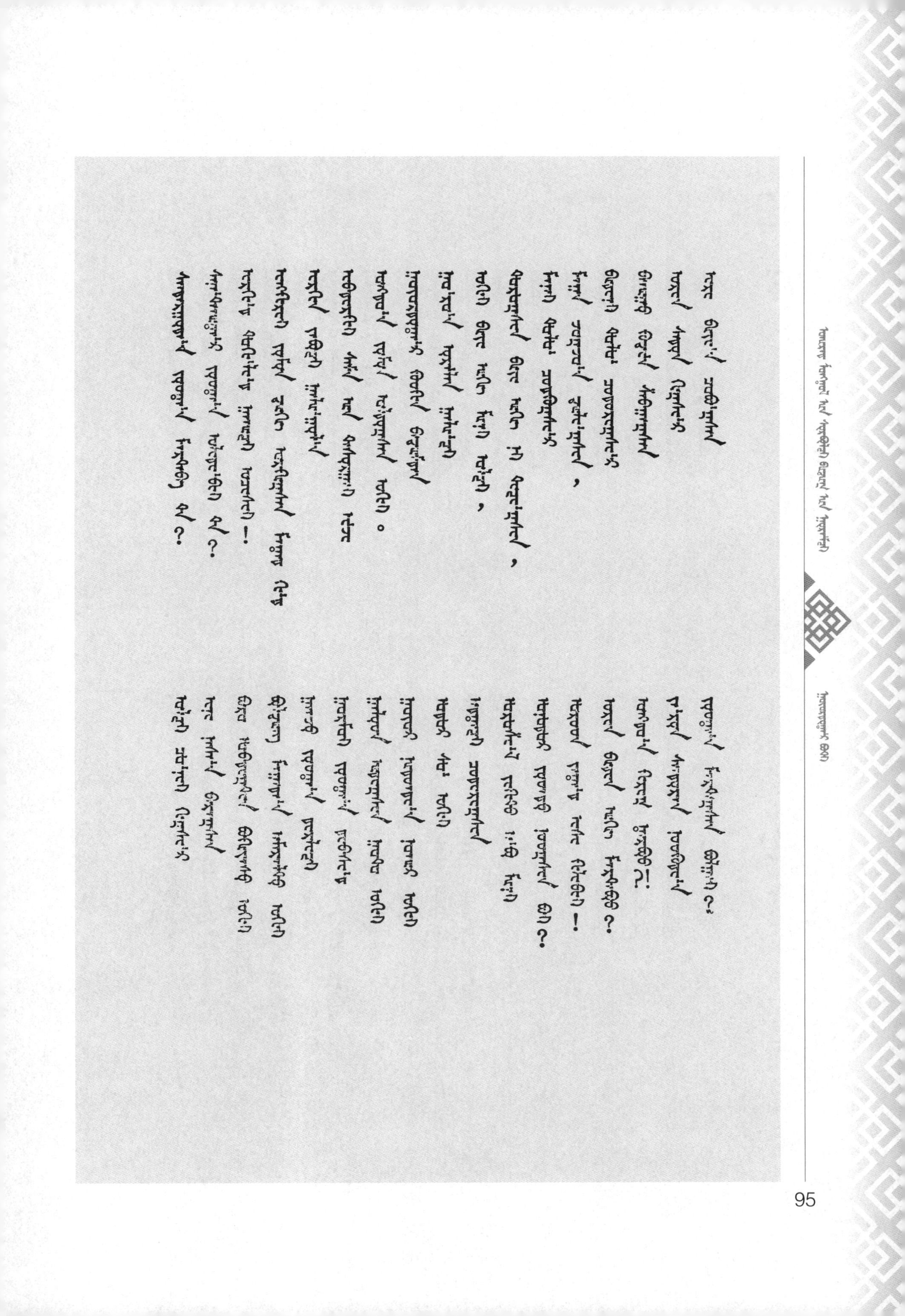

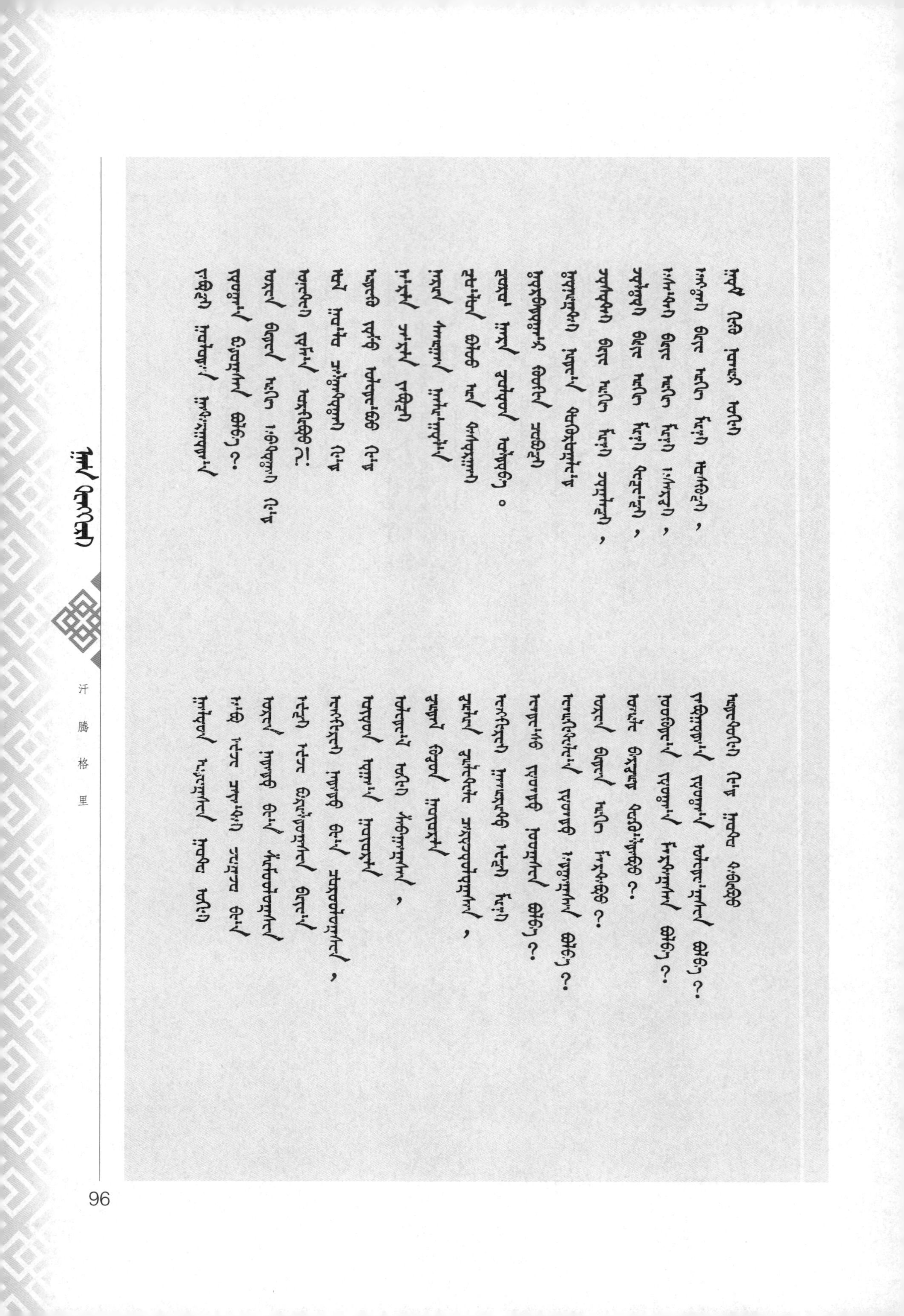

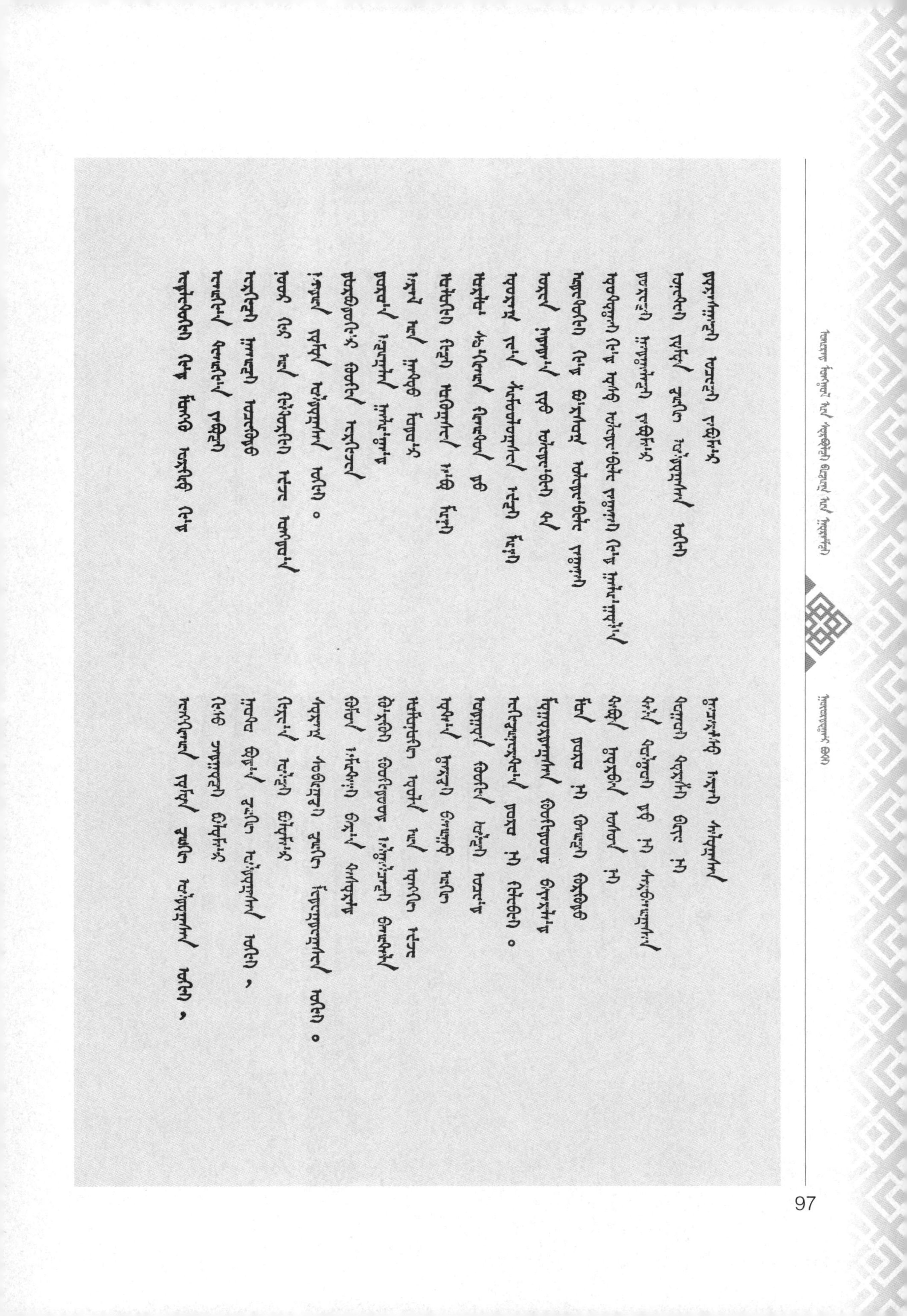

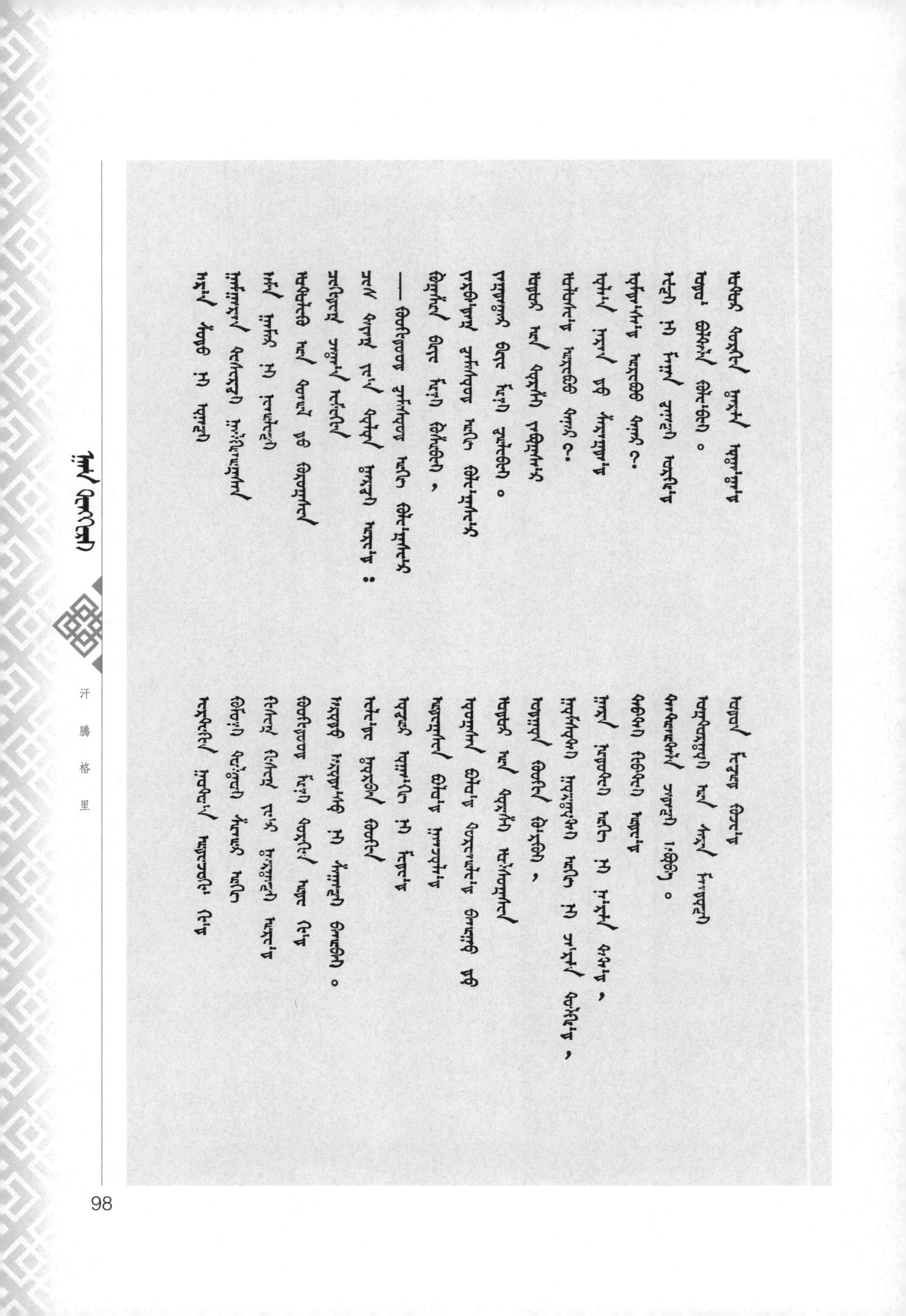

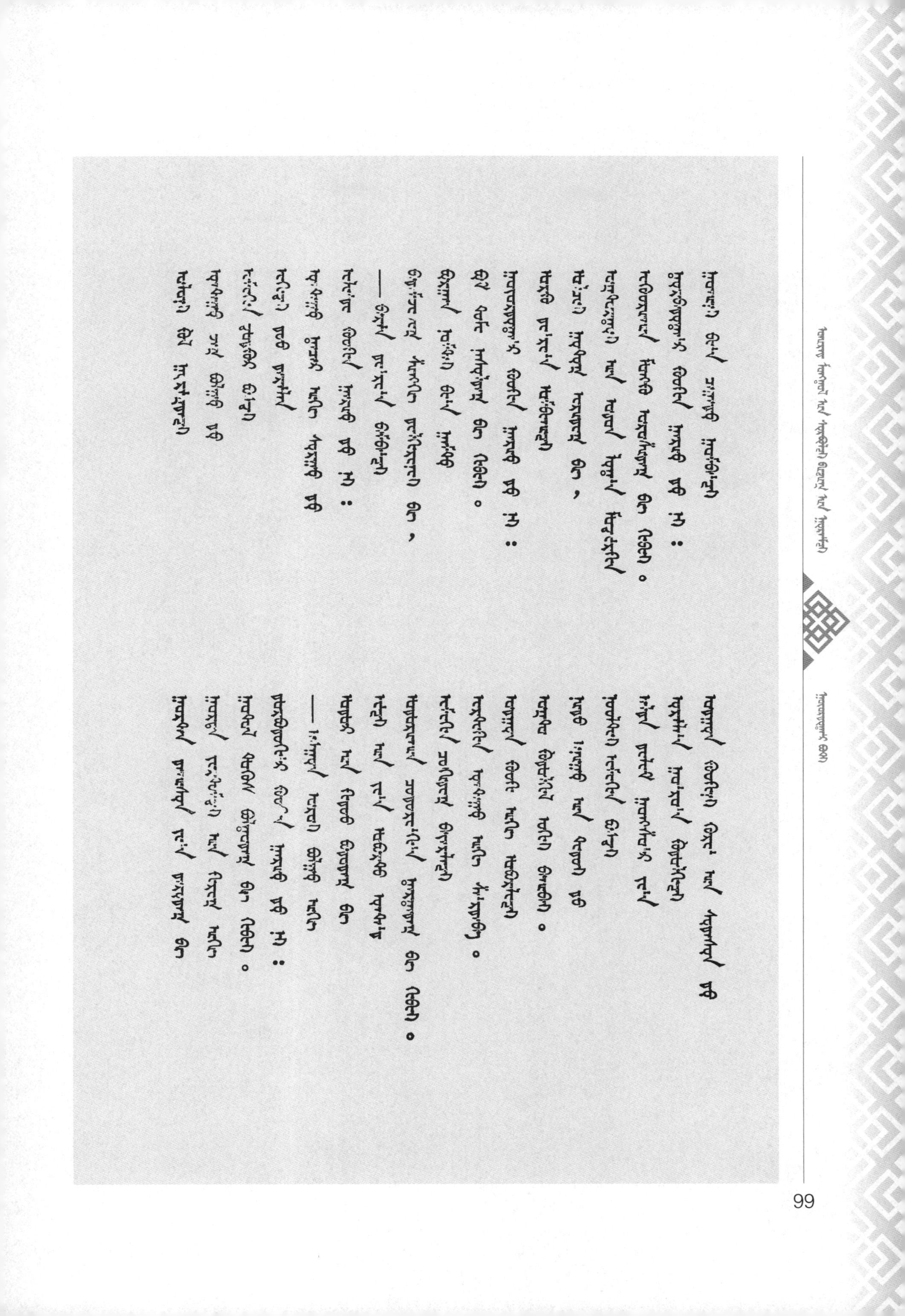

[illegible]
[illegible] :
[illegible] 。
[illegible]
[illegible] ,
[illegible]
[illegible] :
[illegible] 。
[illegible]
[illegible] ,
—— [illegible]
[illegible] :
[illegible]
[illegible]
[illegible]
[illegible]
[illegible]

[illegible]
[illegible]
[illegible]
[illegible]
[illegible]
[illegible] 。
[illegible]
[illegible] 。
[illegible]
[illegible] 。
[illegible]
[illegible]
—— [illegible]
[illegible] :
[illegible] 。
[illegible]
[illegible]

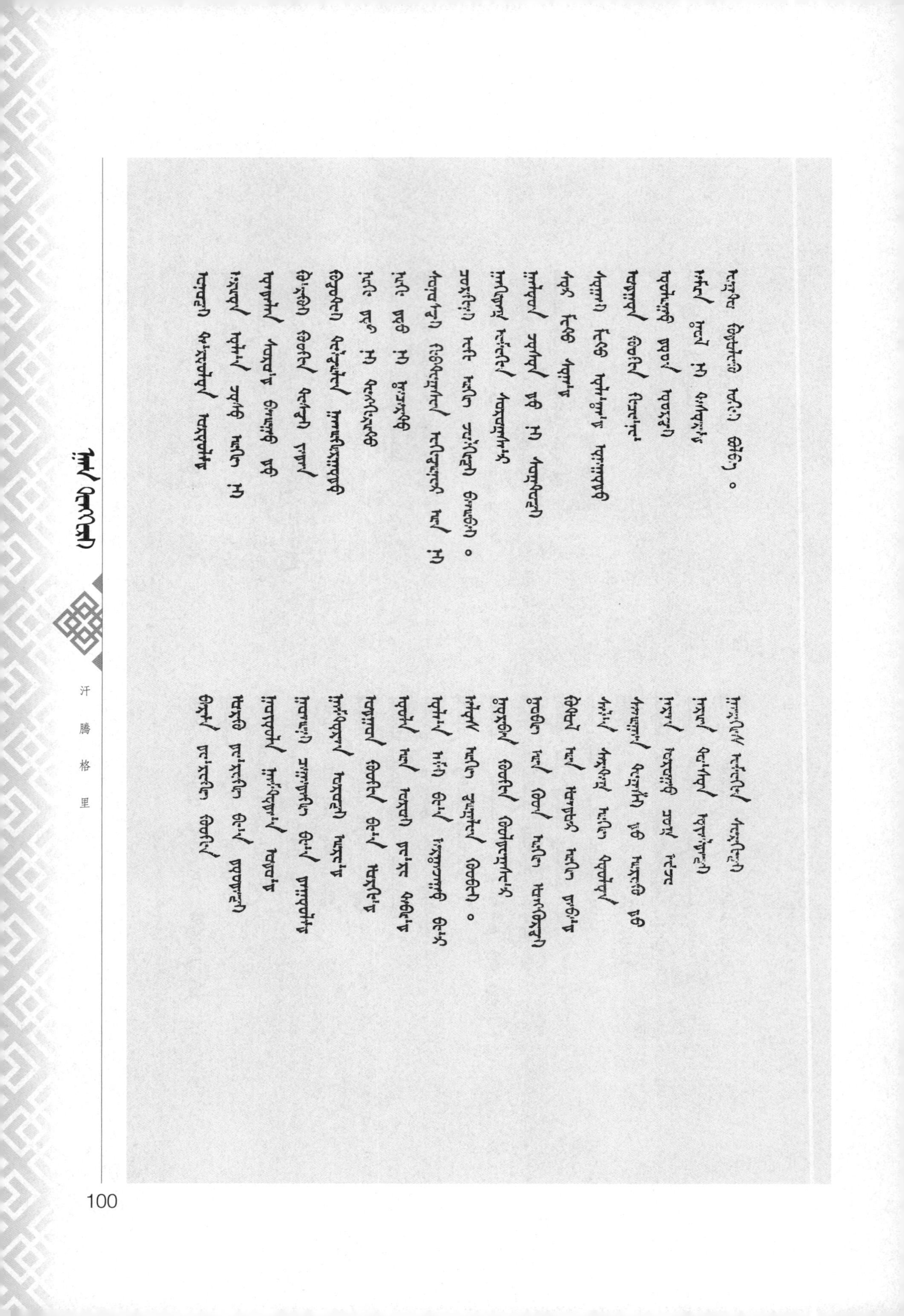

[illegible]

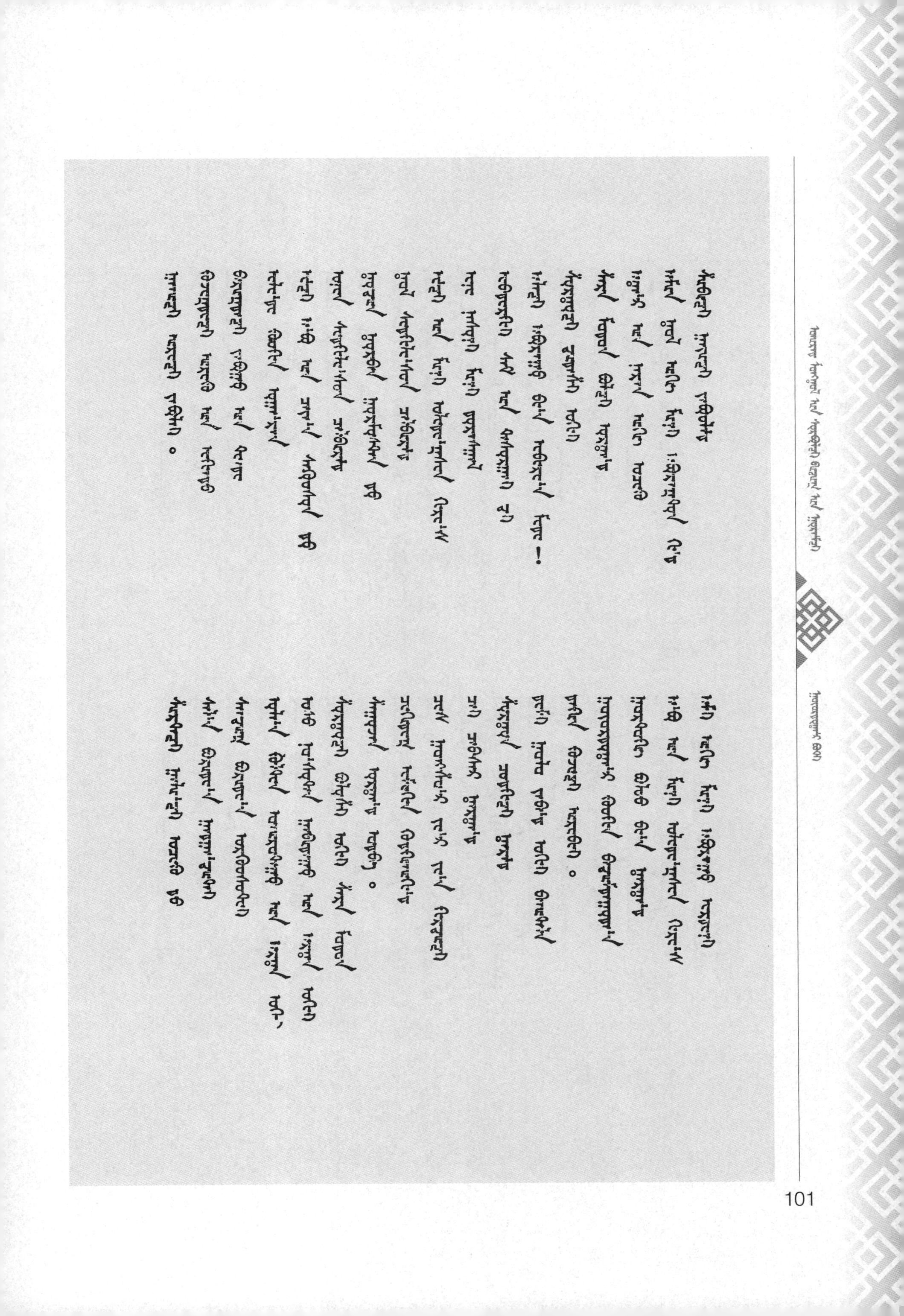

[illegible]

[illegible]

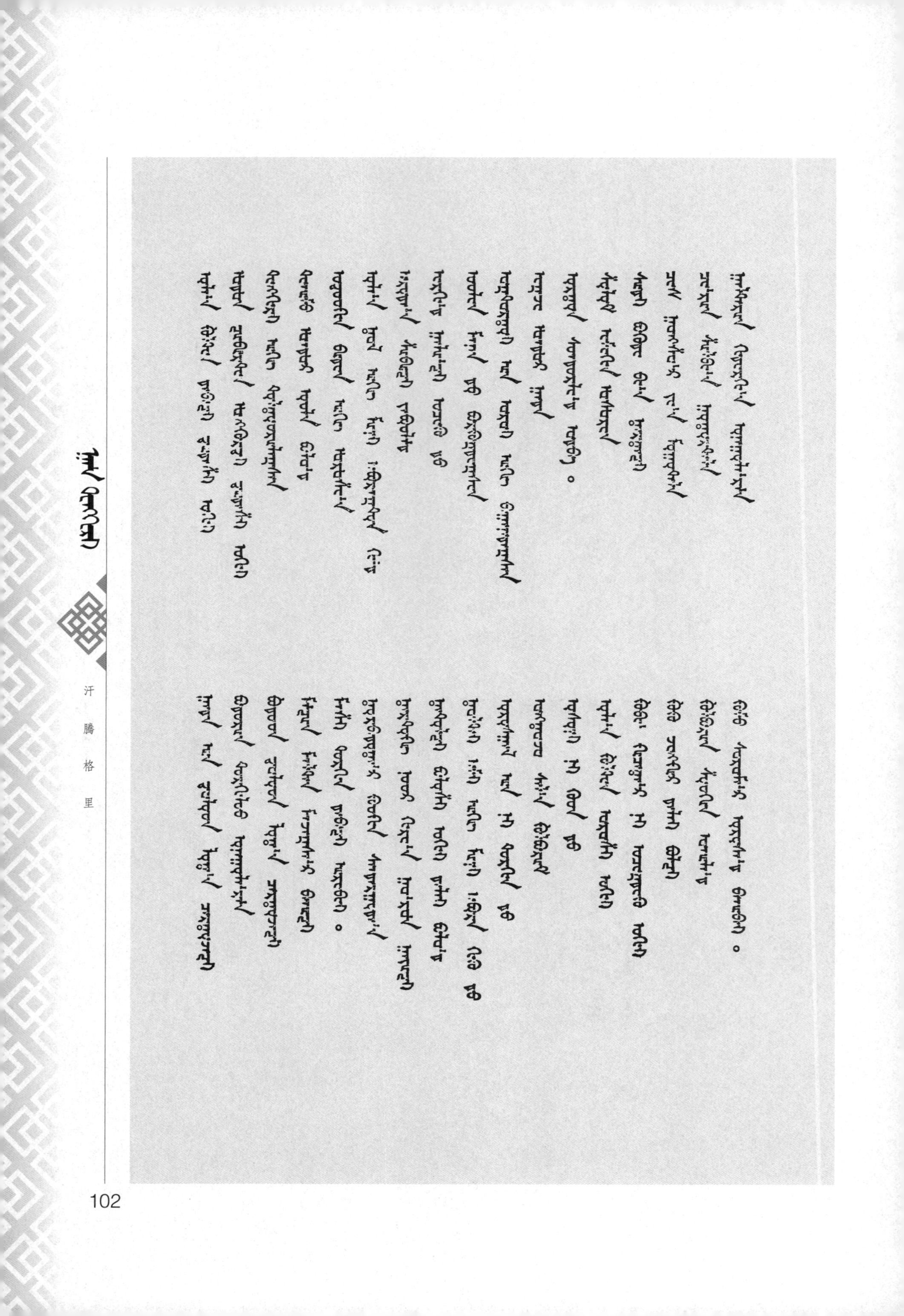

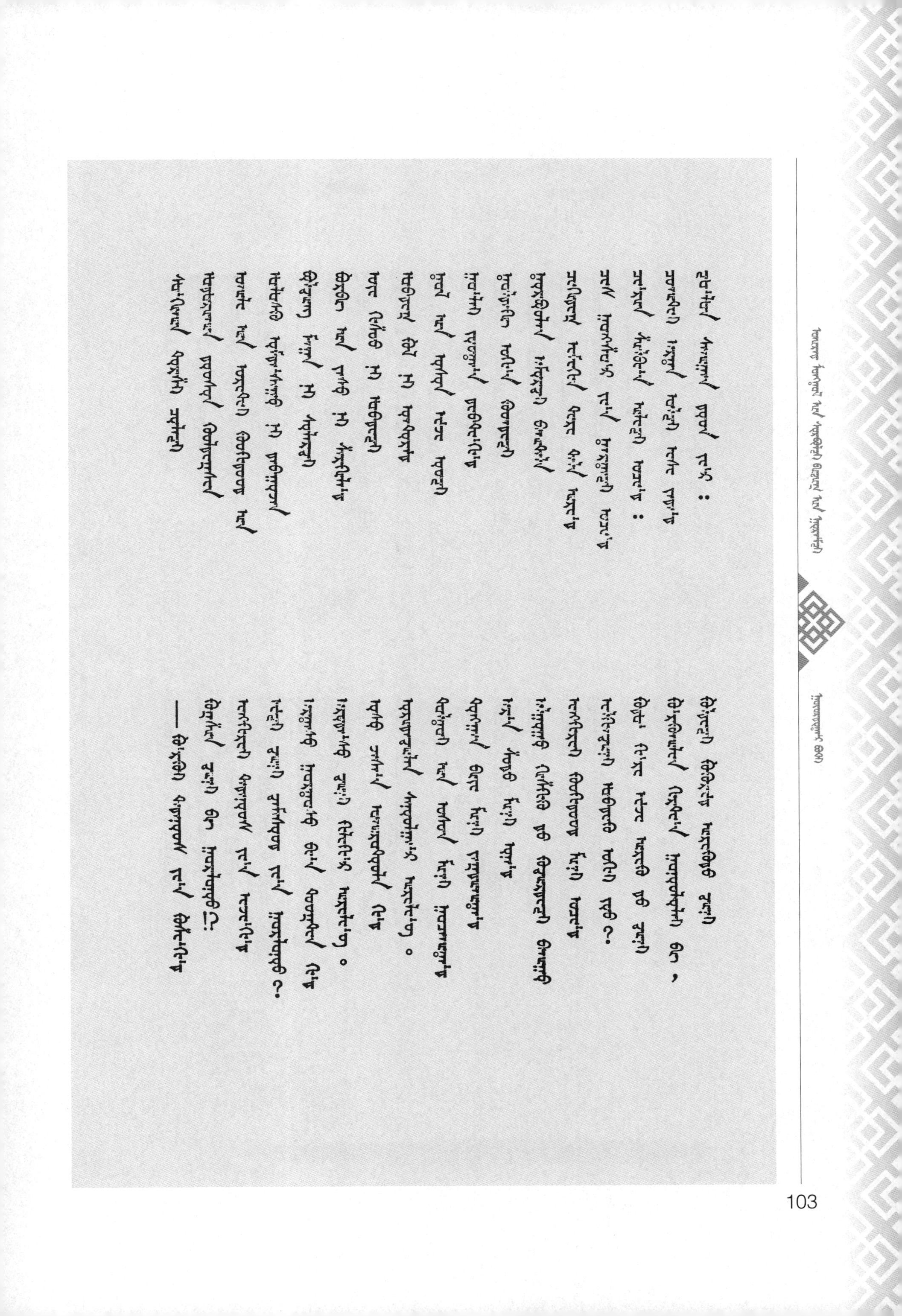

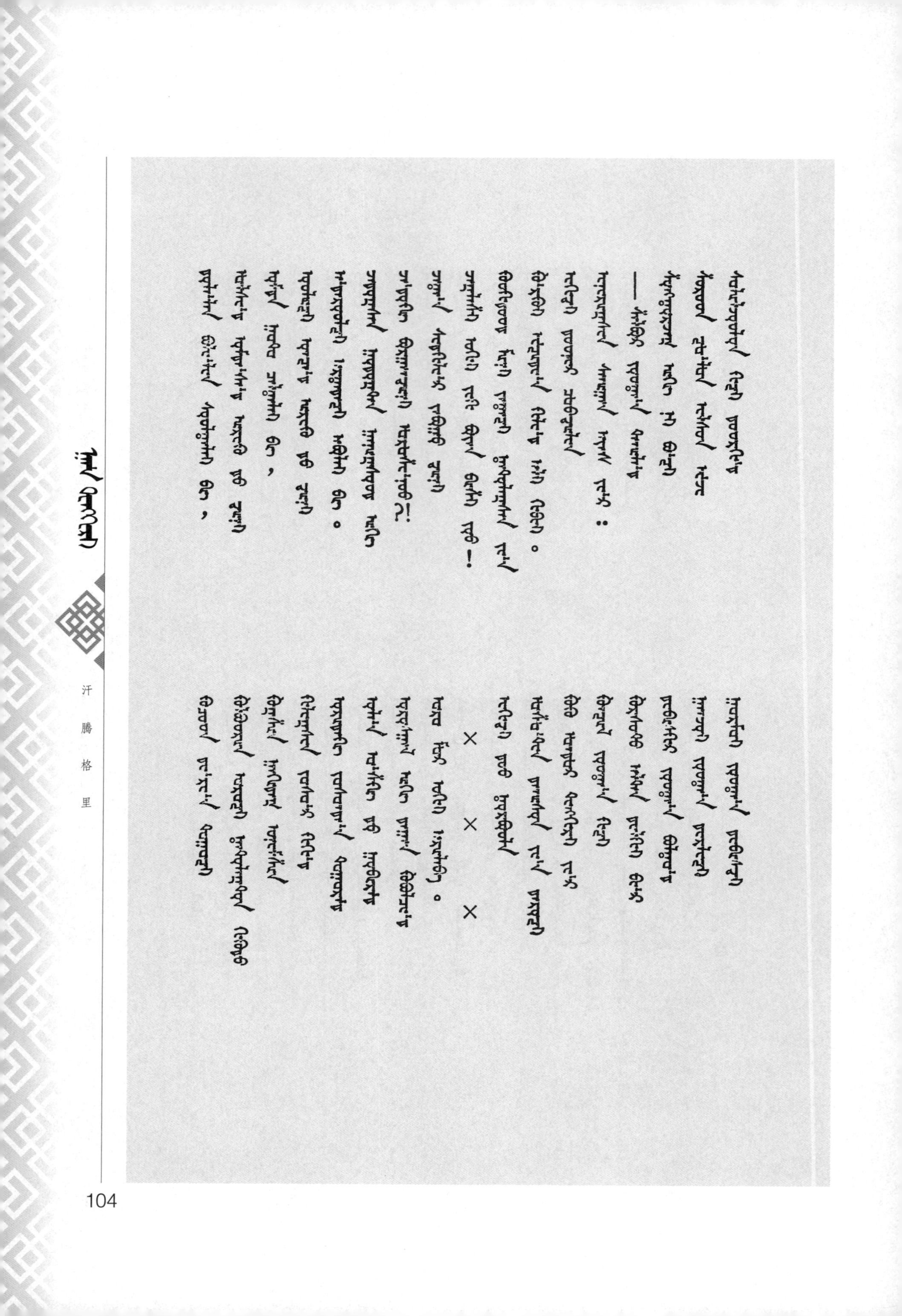

[illegible]
[illegible]
[illegible]
—— [illegible]
[illegible] :
[illegible]
[illegible] ◦
[illegible]
[illegible] —·
[illegible]
[illegible] ?
[illegible]
[illegible] ◦
[illegible]
[illegible] ◟
[illegible]
[illegible] ◟

[illegible]
[illegible]
[illegible]
[illegible]
[illegible]
[illegible]
[illegible]
[illegible]

× × ×

[illegible] ◦
[illegible]
[illegible]
[illegible]
[illegible]
[illegible]
[illegible]
[illegible]

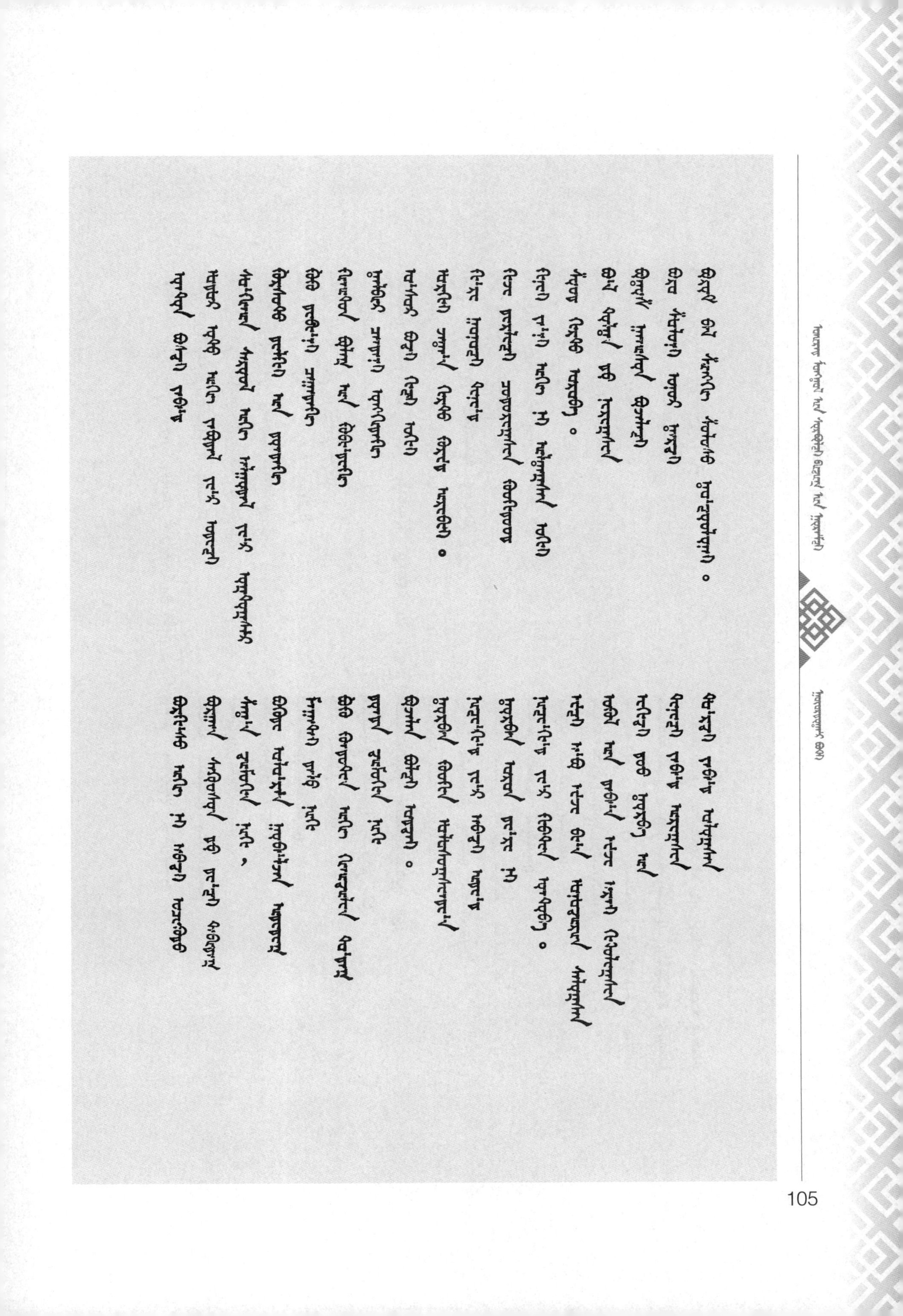

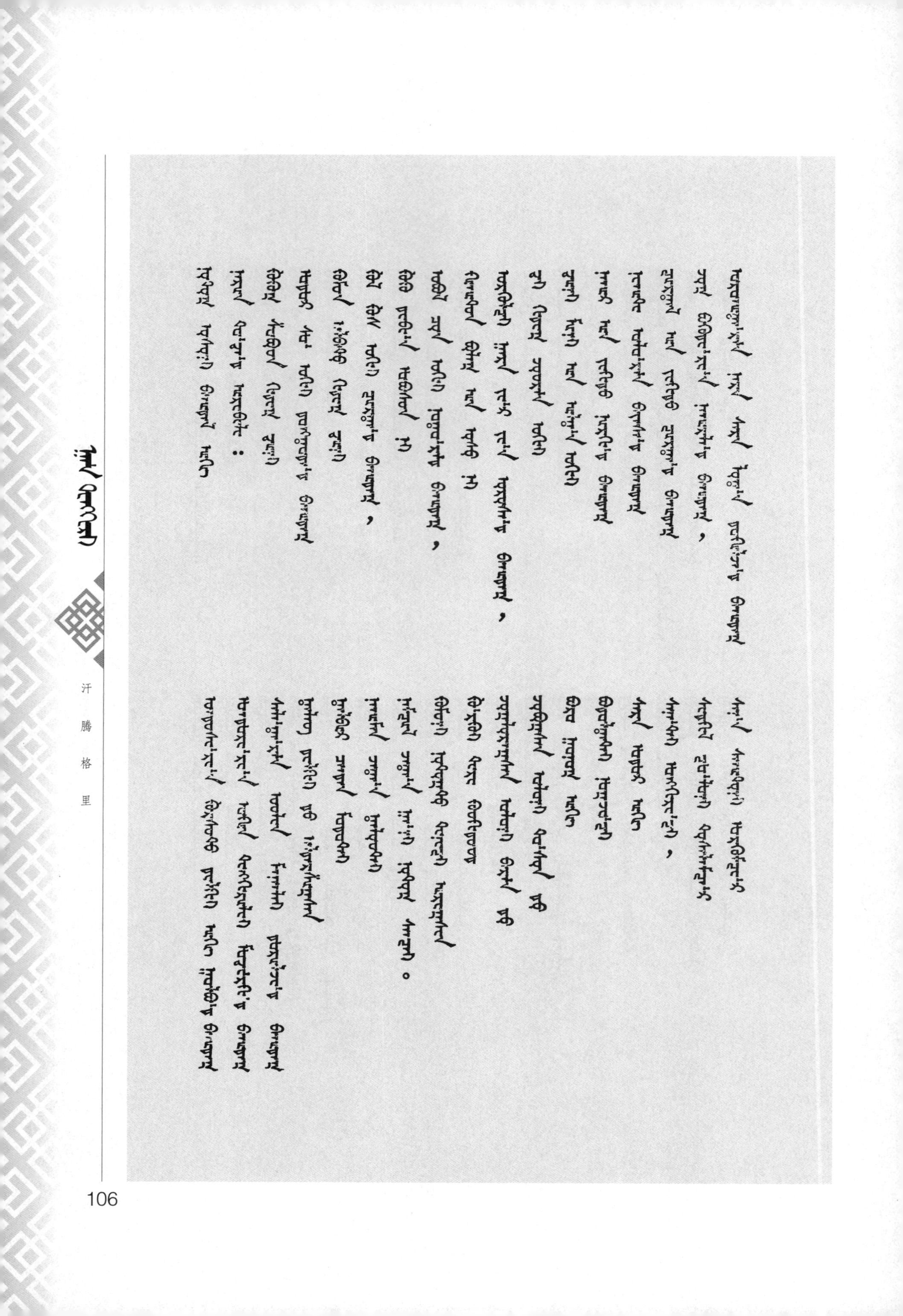

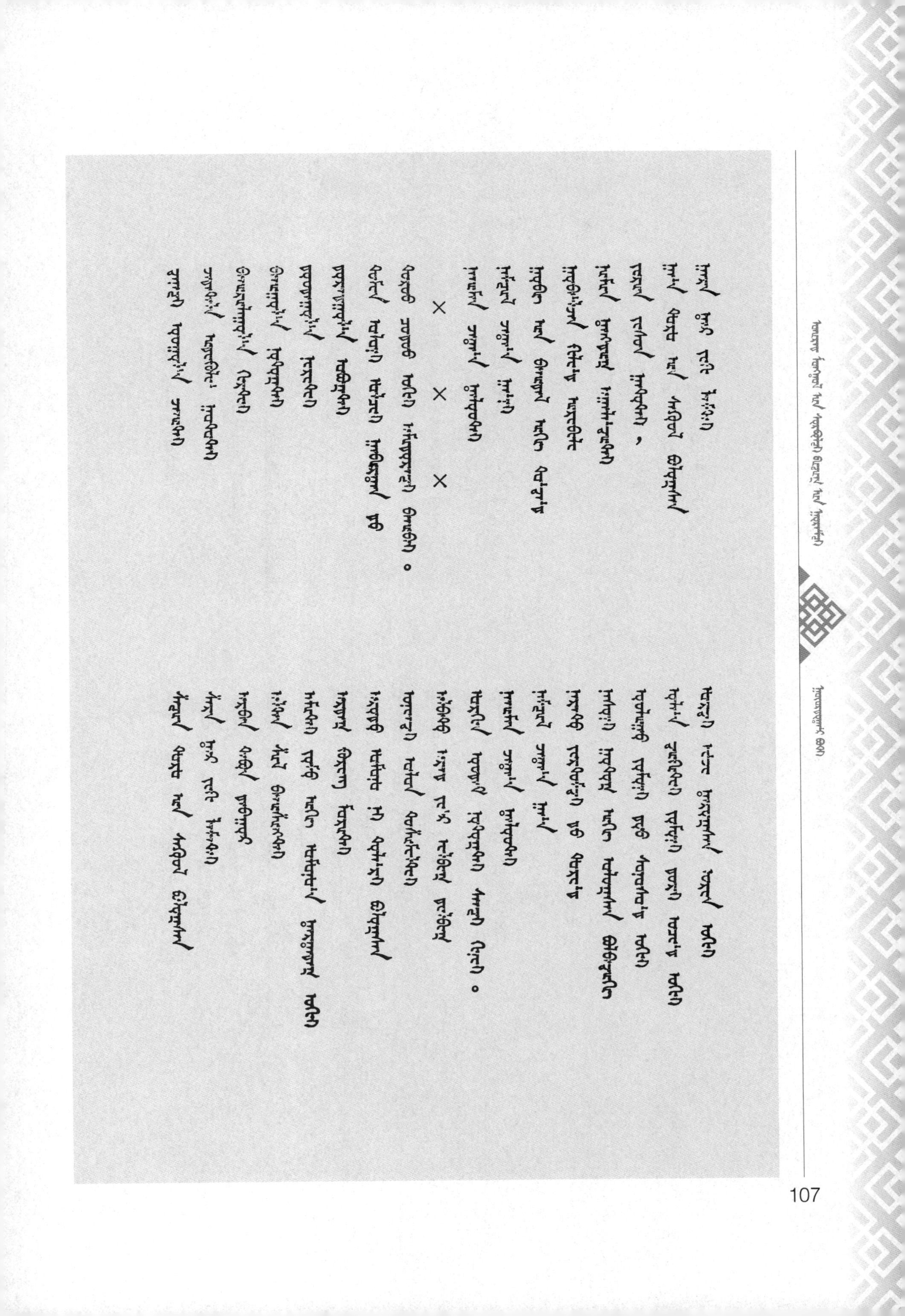

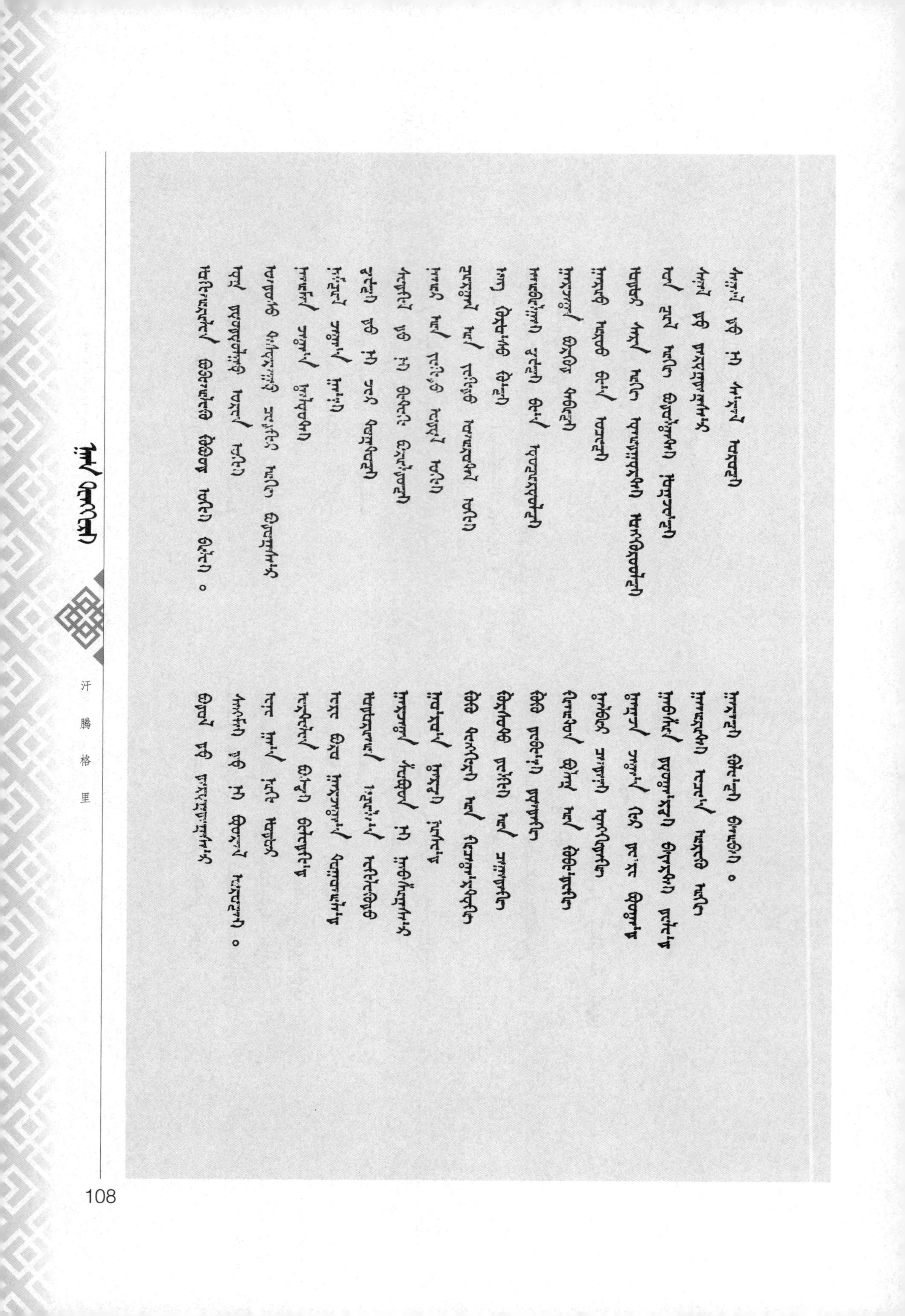

[illegible]

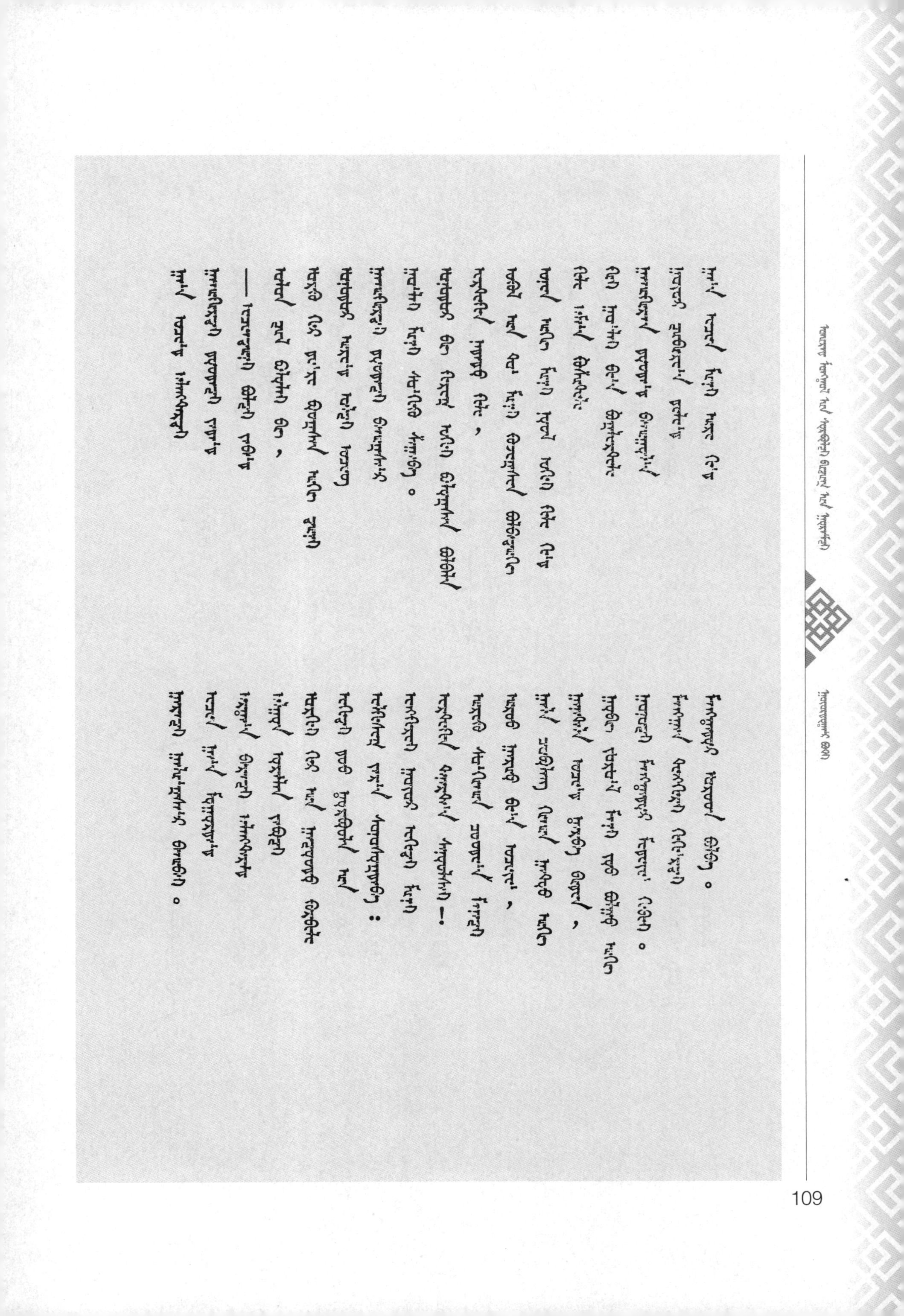

[illegible]

[illegible]

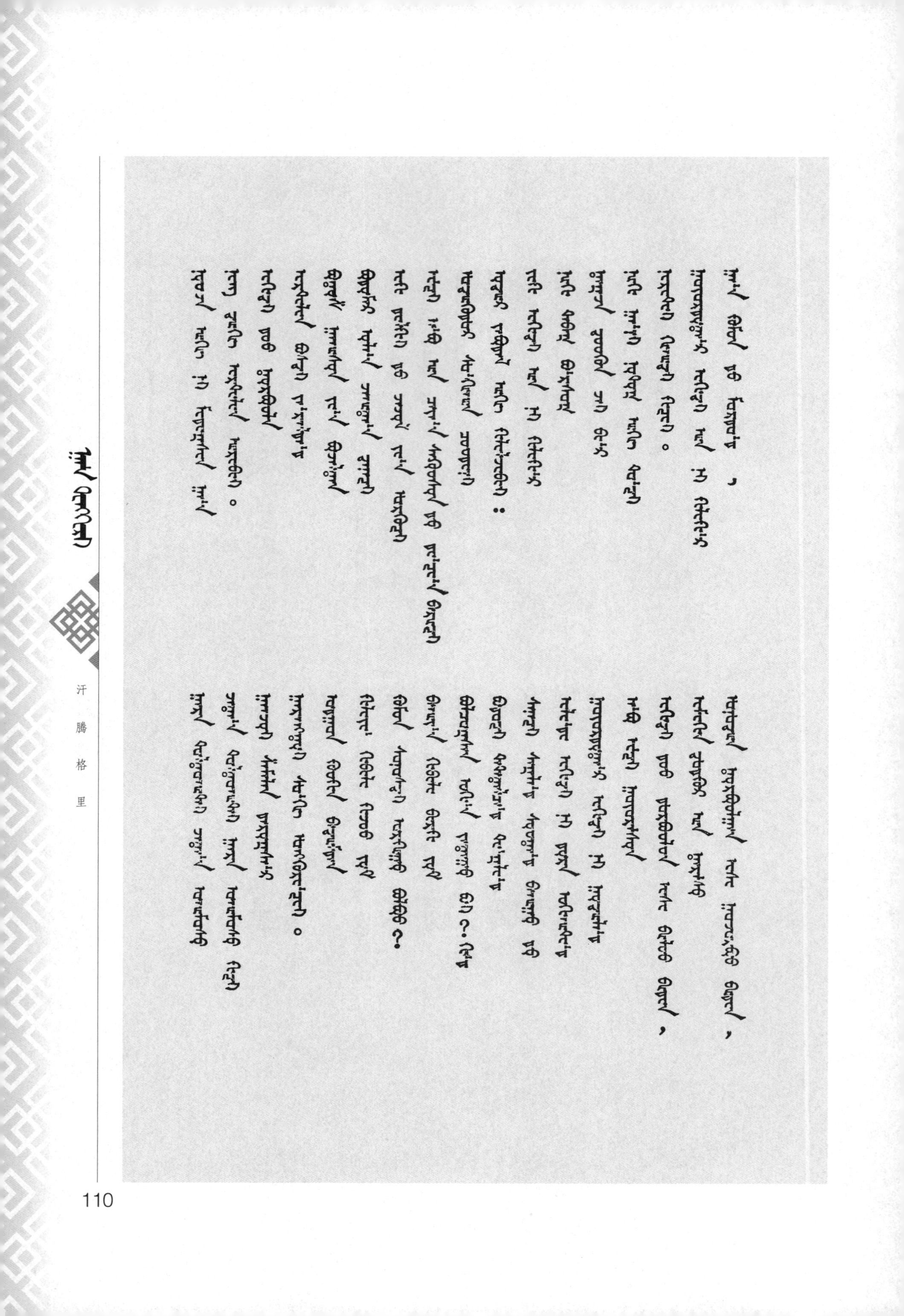

[illegible]

[illegible]

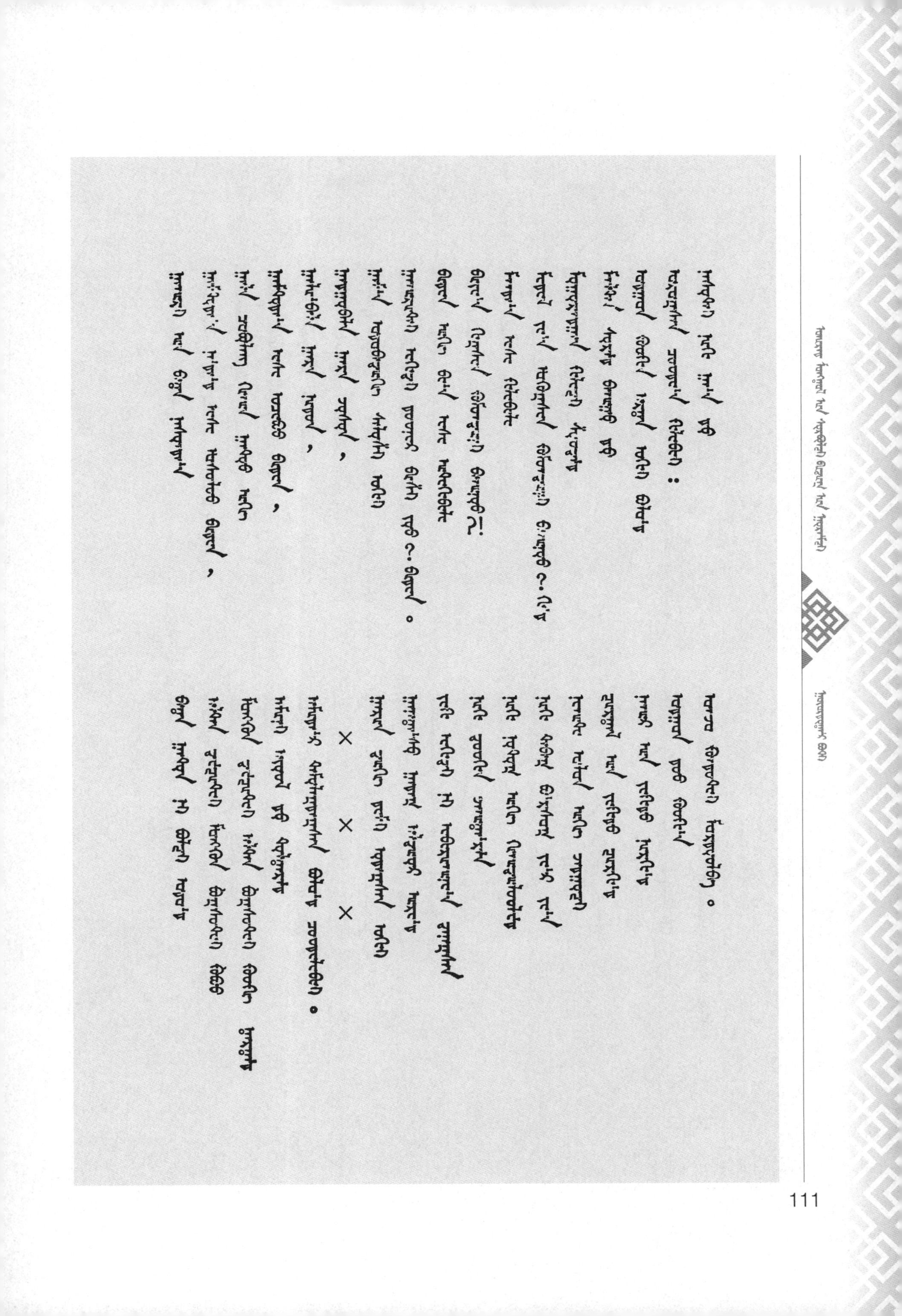

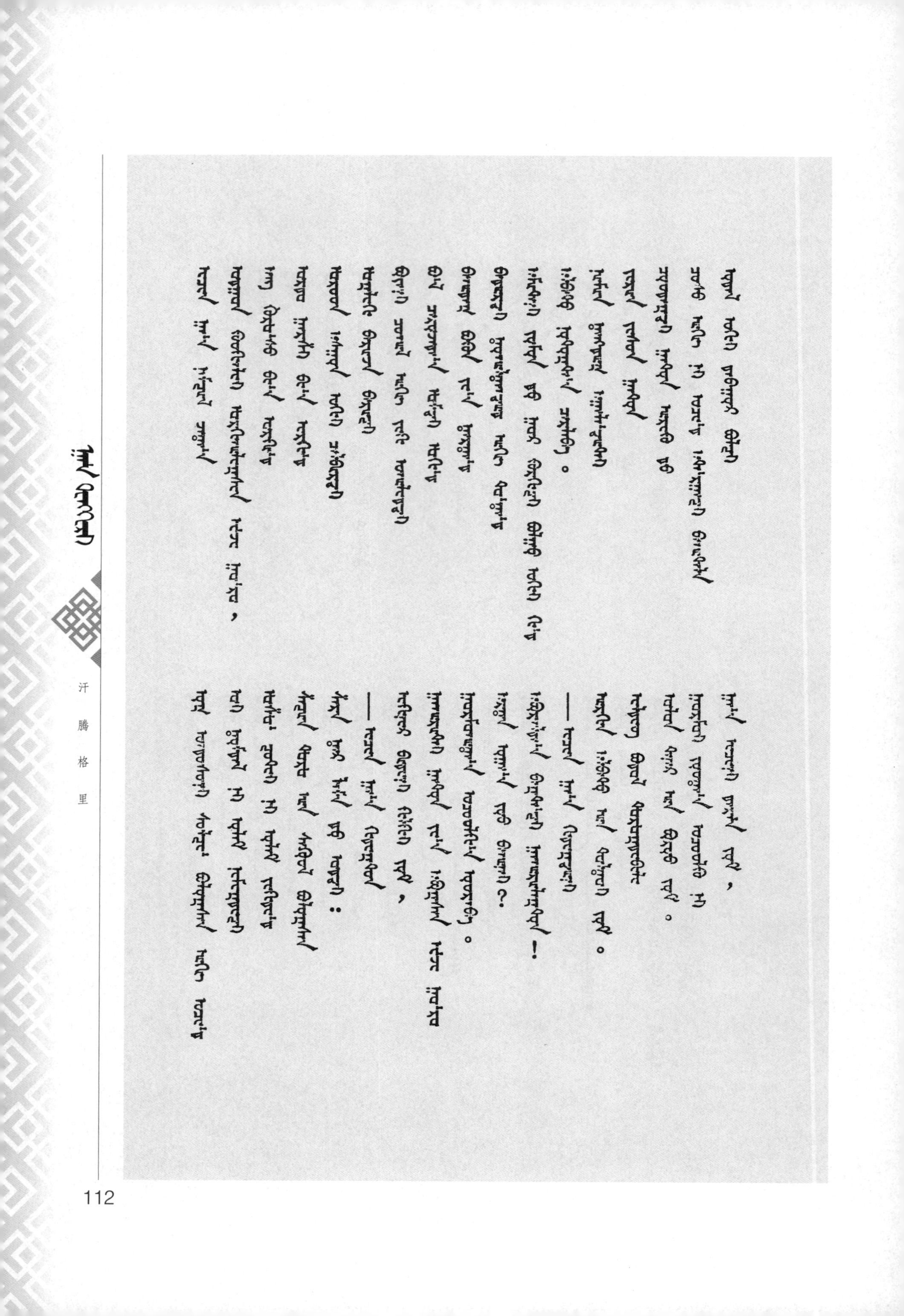

[illegible]

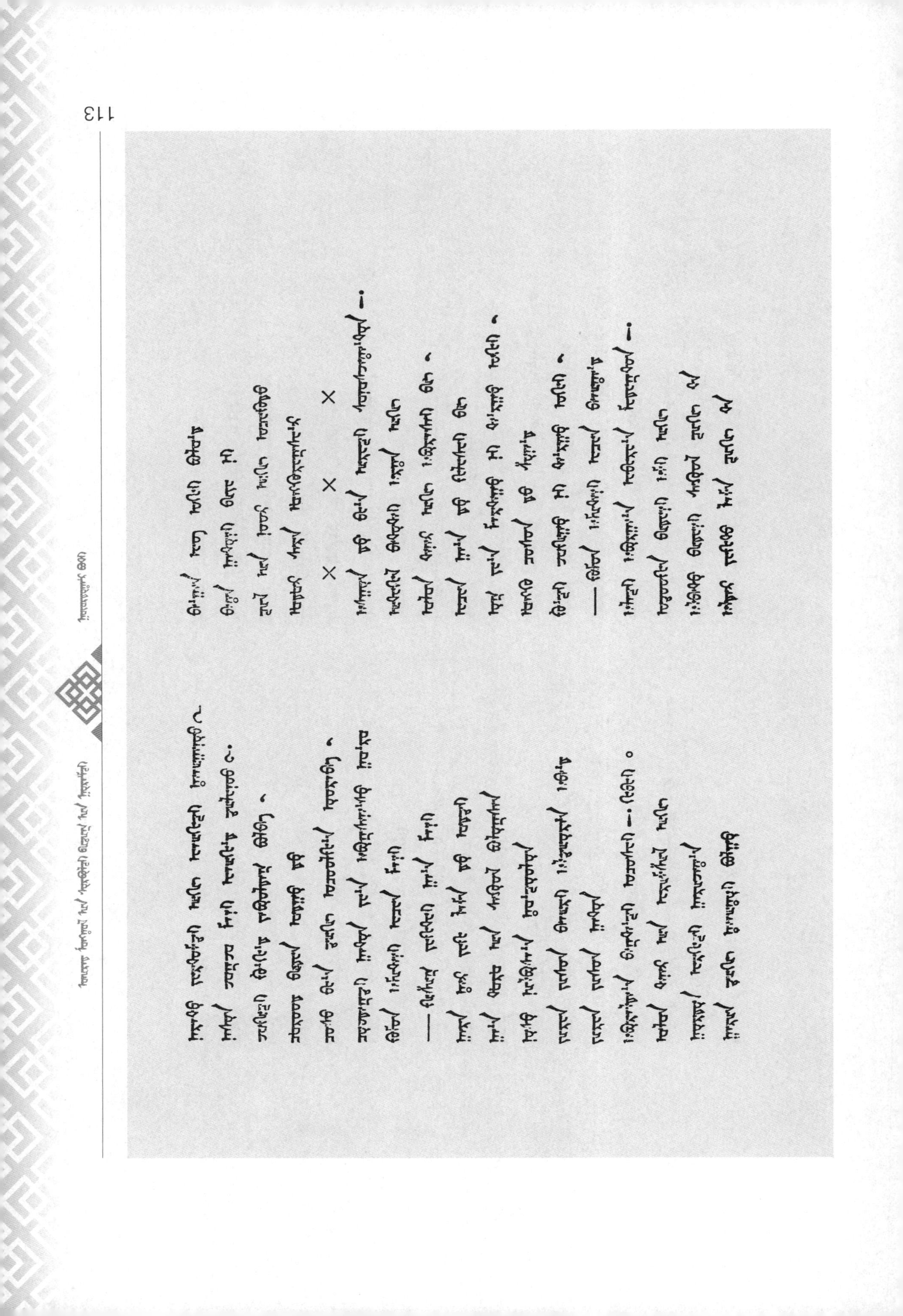

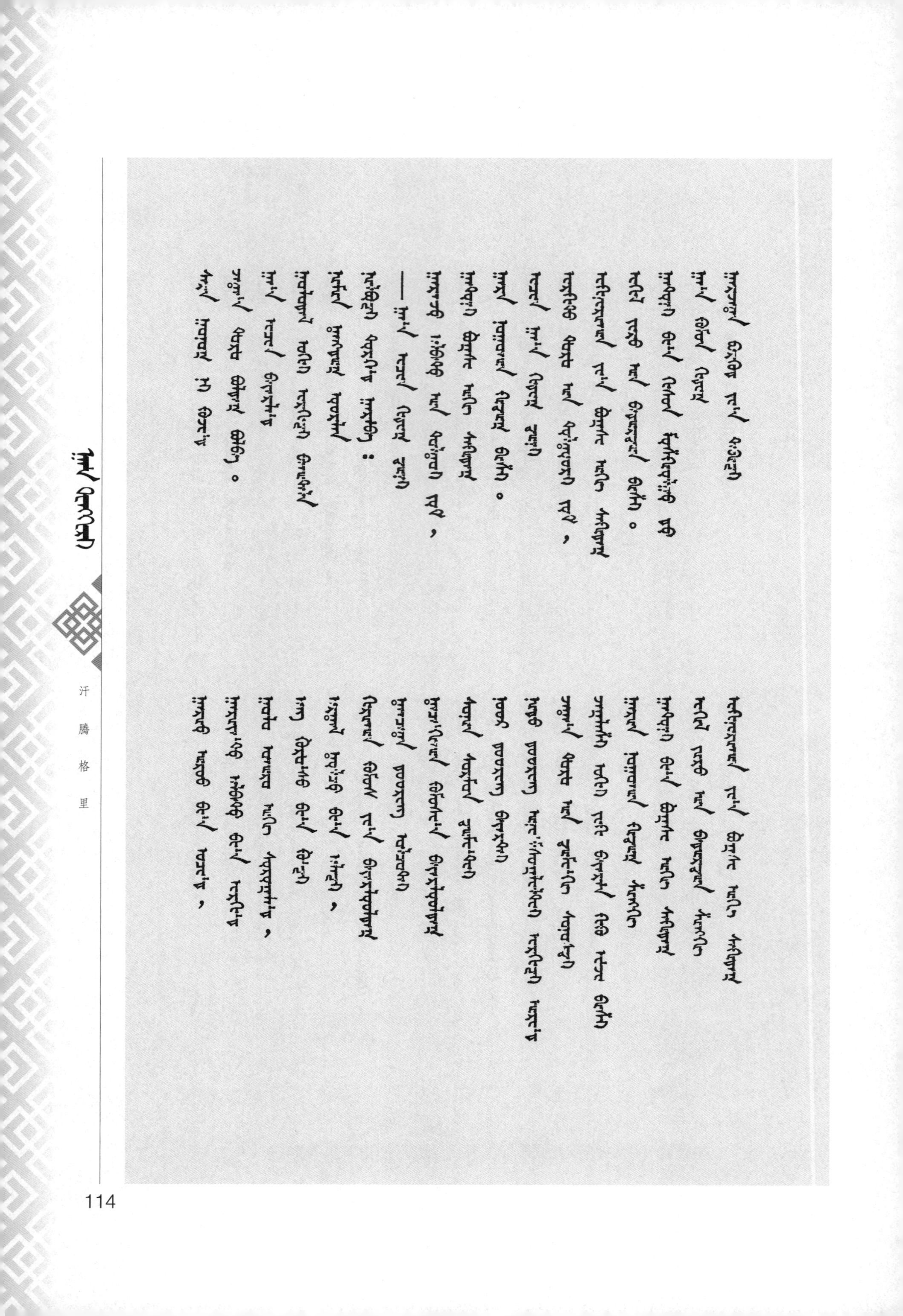

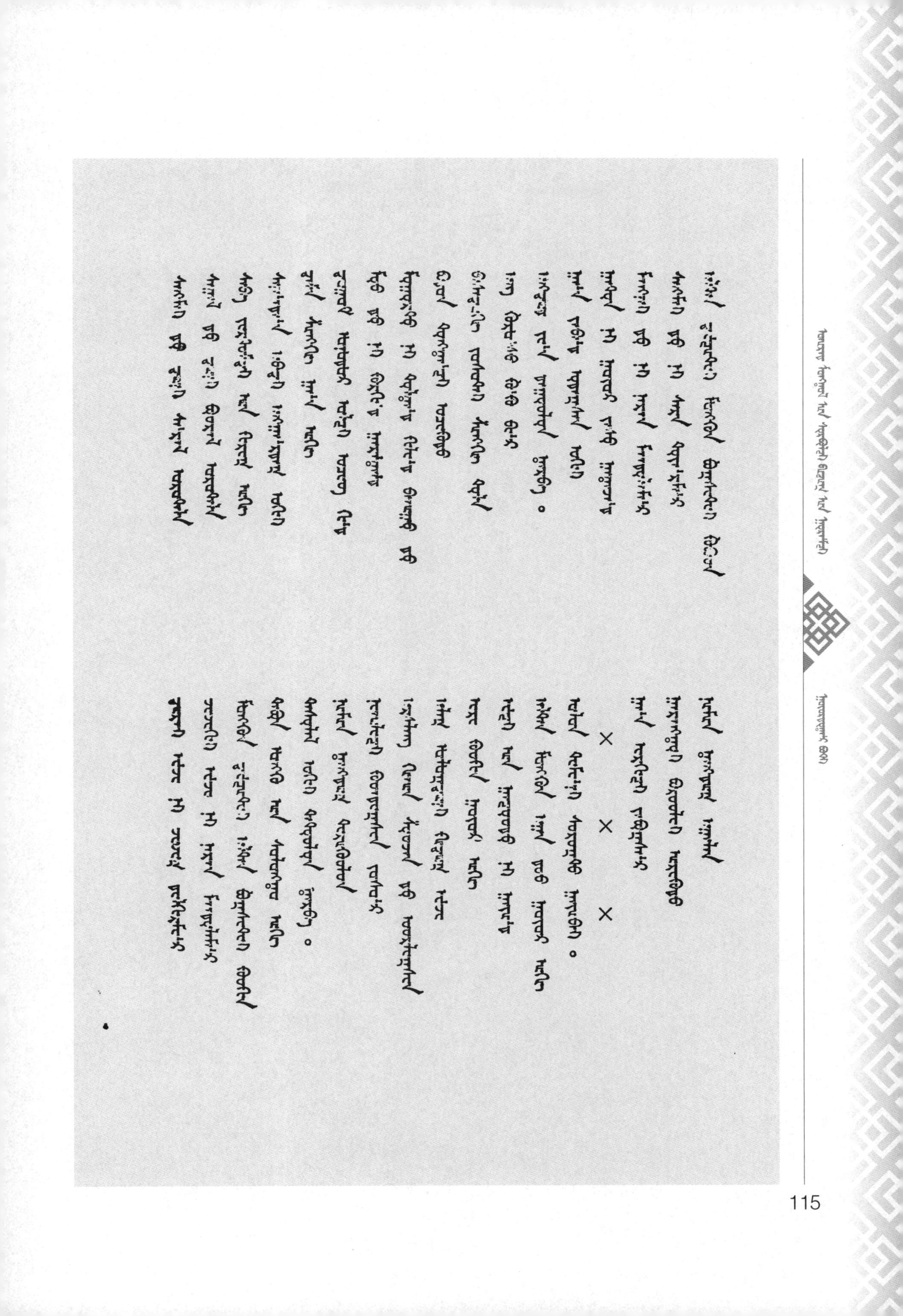

[illegible]

× × ×

[illegible]

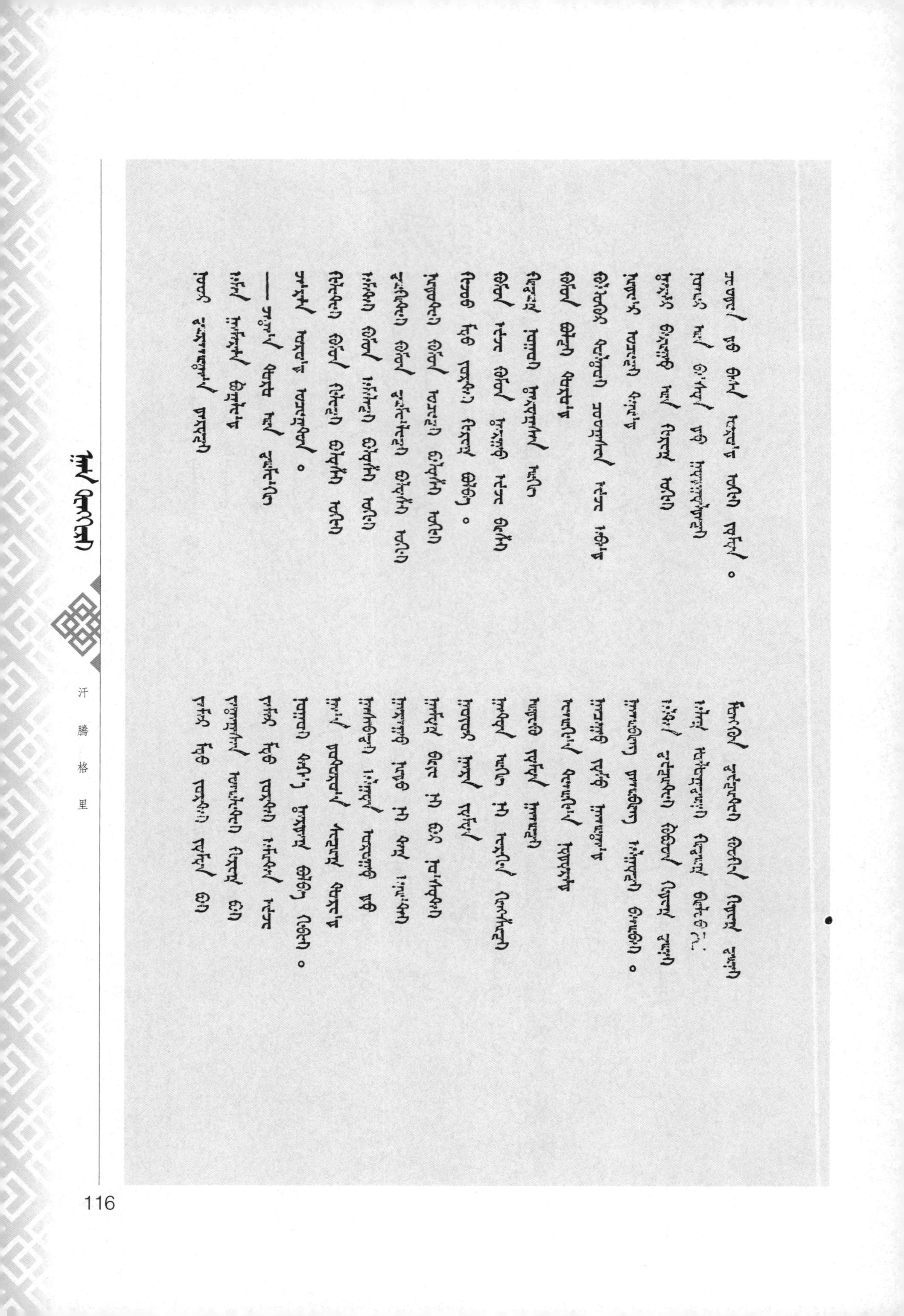

[illegible]

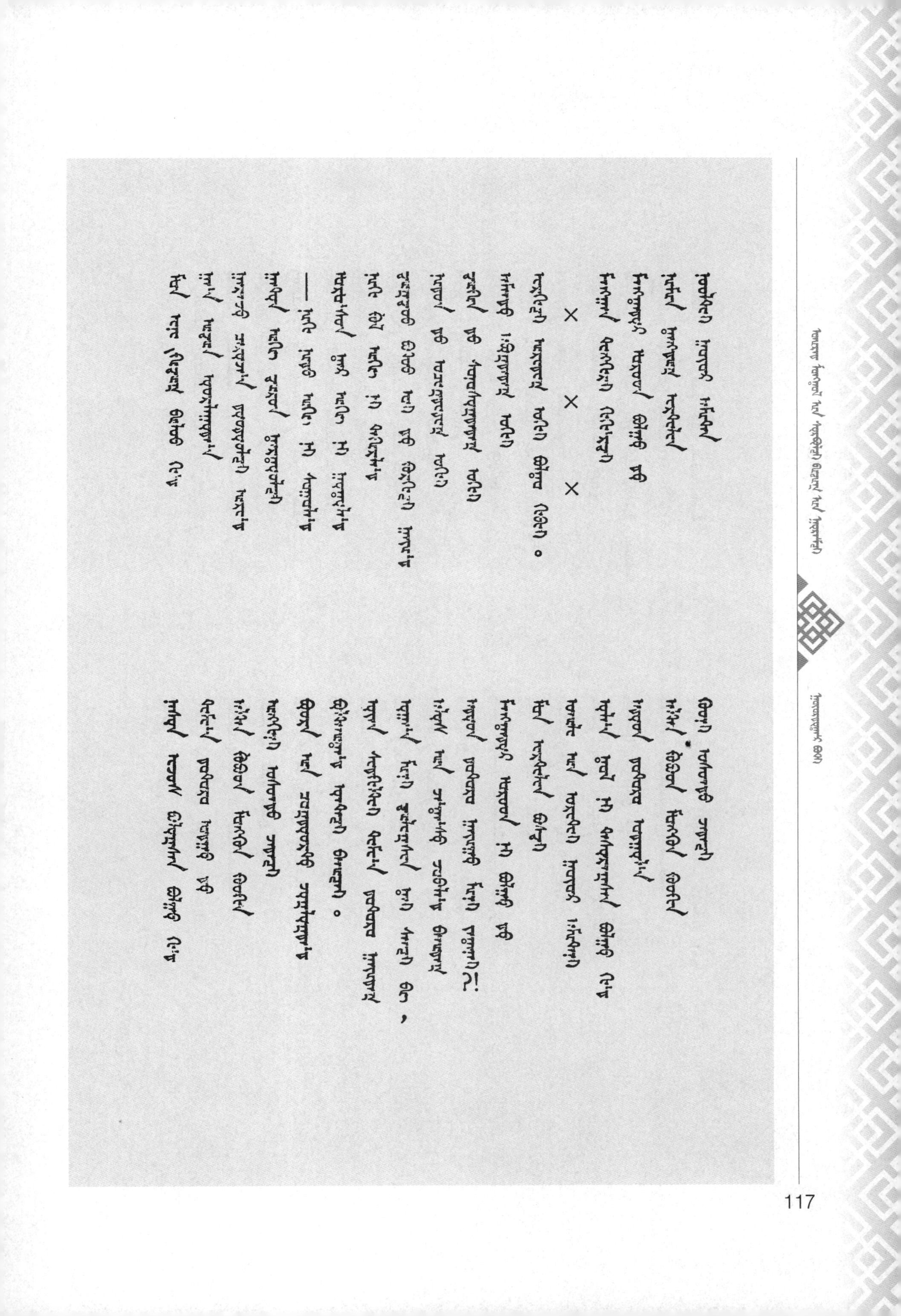

[illegible]
[illegible]
[illegible]
[illegible]

× × ×

[illegible] 。
[illegible]
[illegible]
[illegible]
[illegible]
[illegible]
[illegible]
— [illegible]
[illegible]
[illegible]
[illegible]
[illegible]

[illegible]
[illegible]
[illegible]
[illegible]
[illegible]
[illegible]
[illegible]
[illegible] ?!
[illegible]
[illegible] ,
[illegible]
[illegible] 。
[illegible]
[illegible]
[illegible]
[illegible]
[illegible]

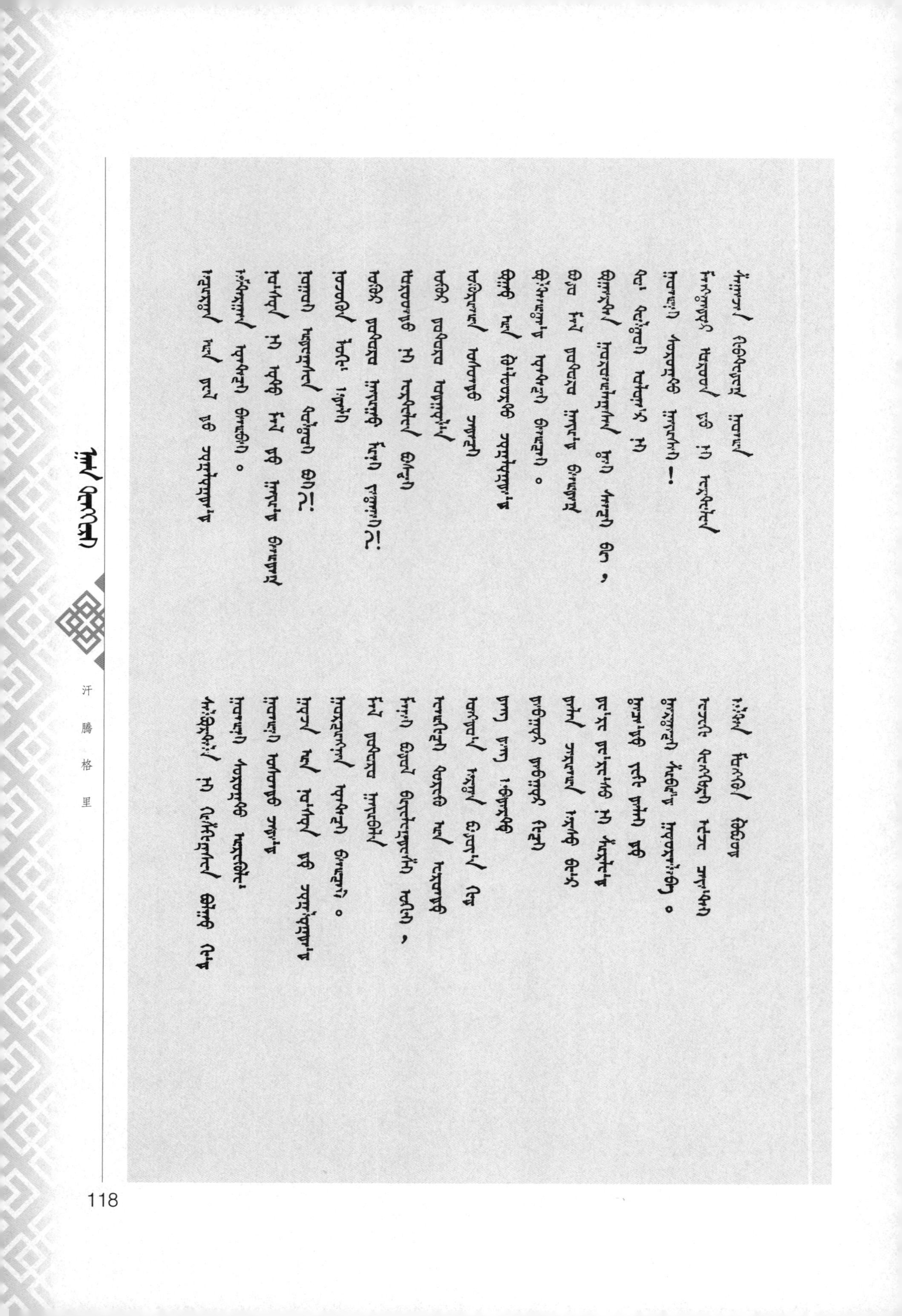

[illegible]

[illegible]

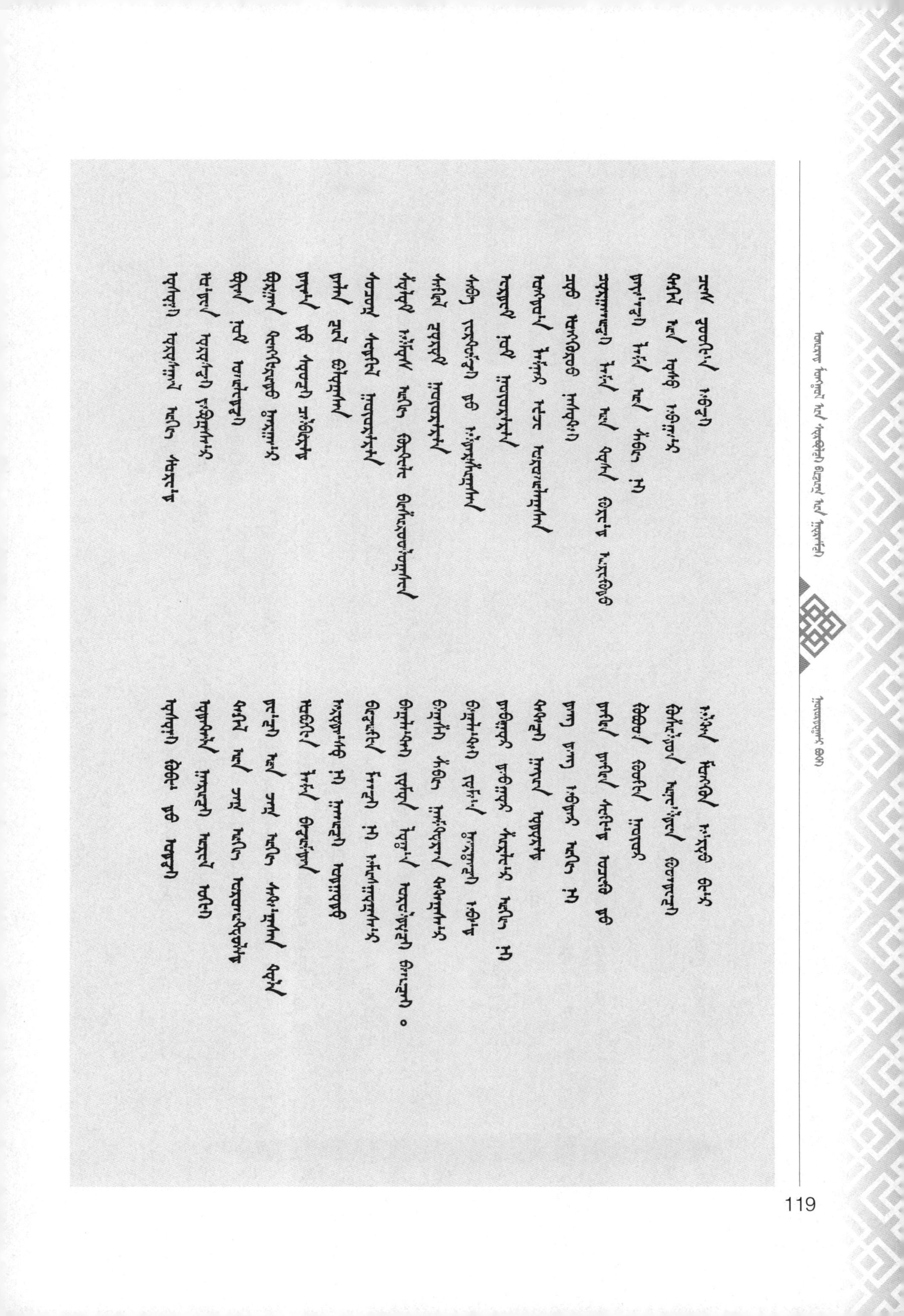

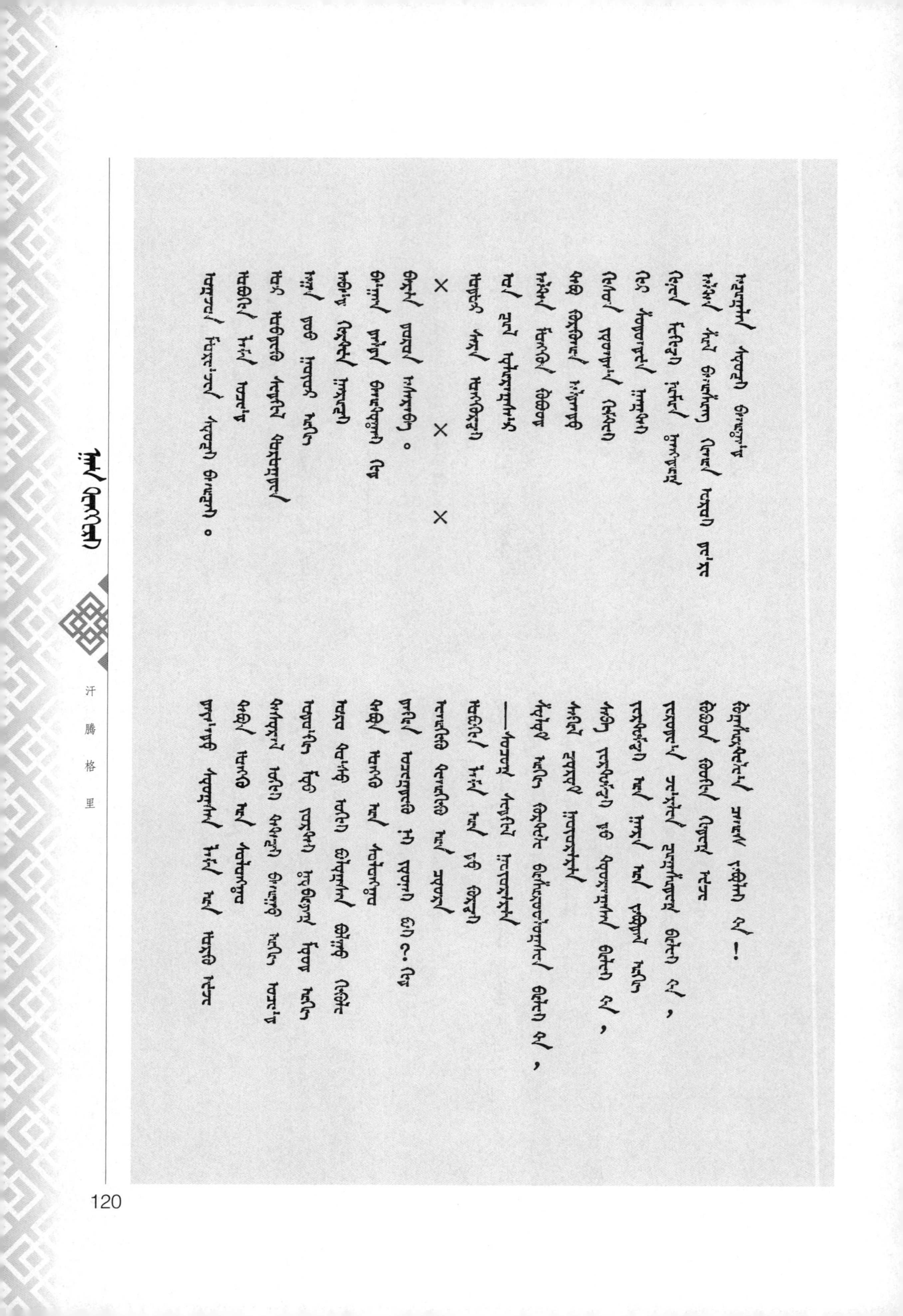

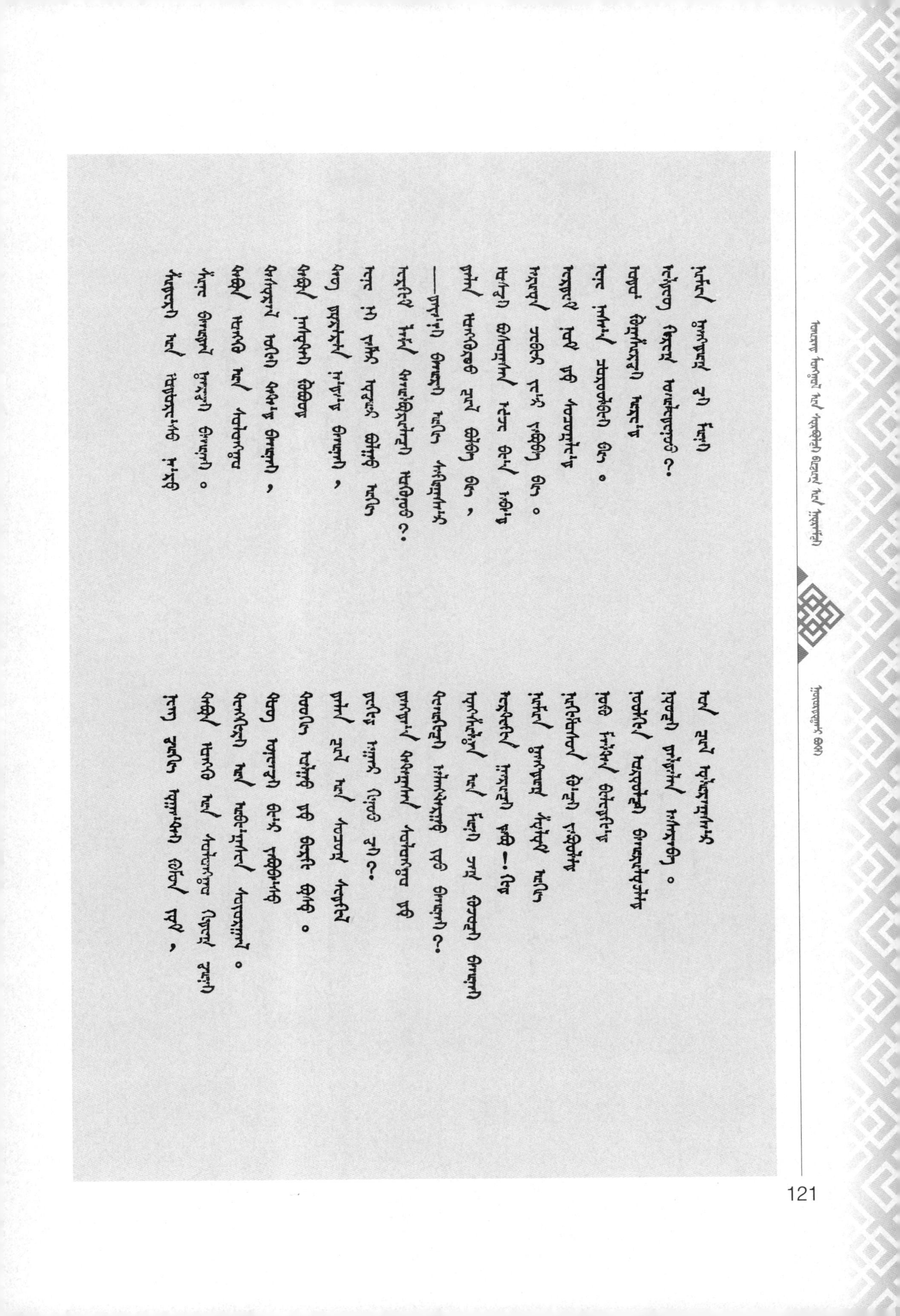

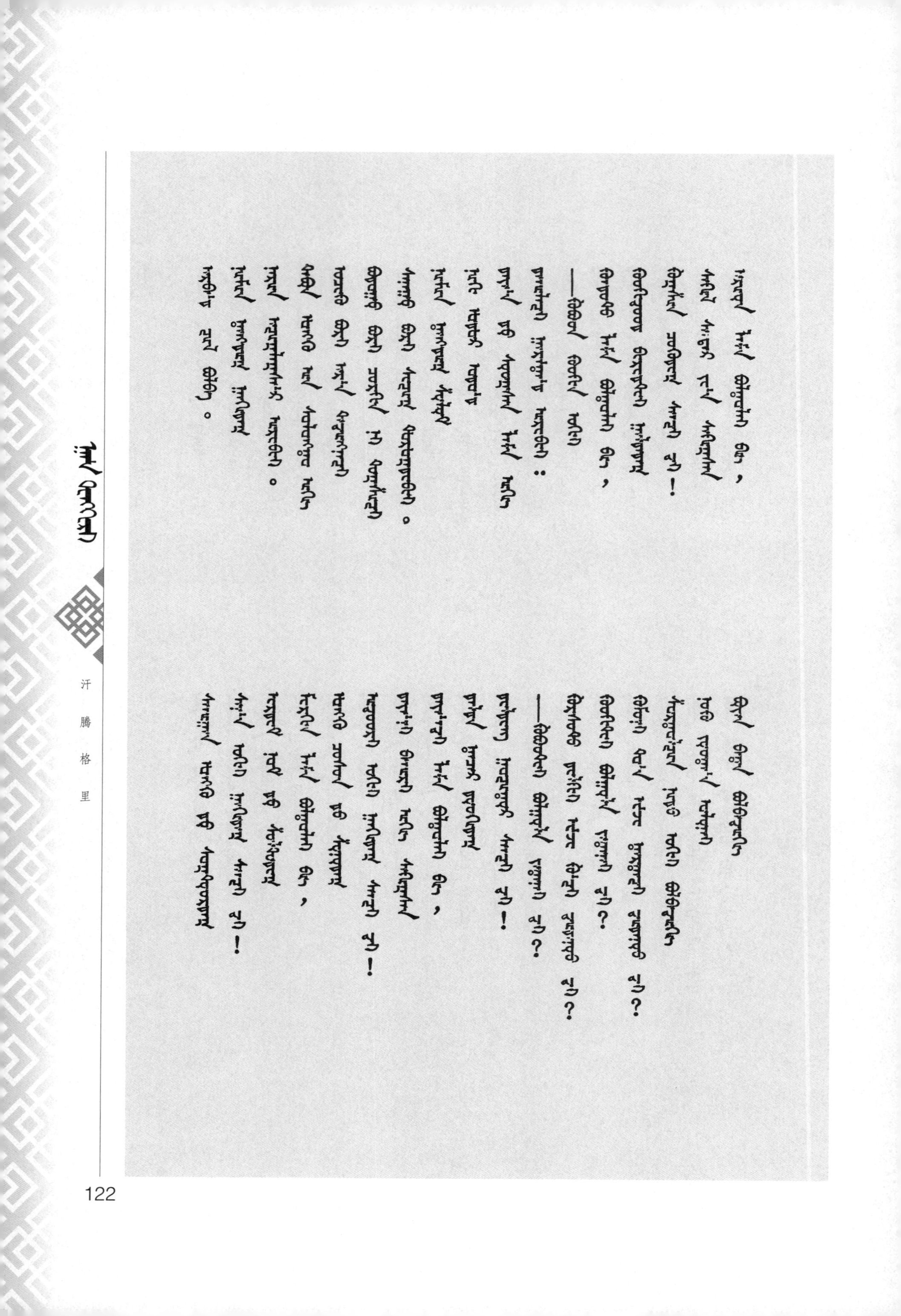

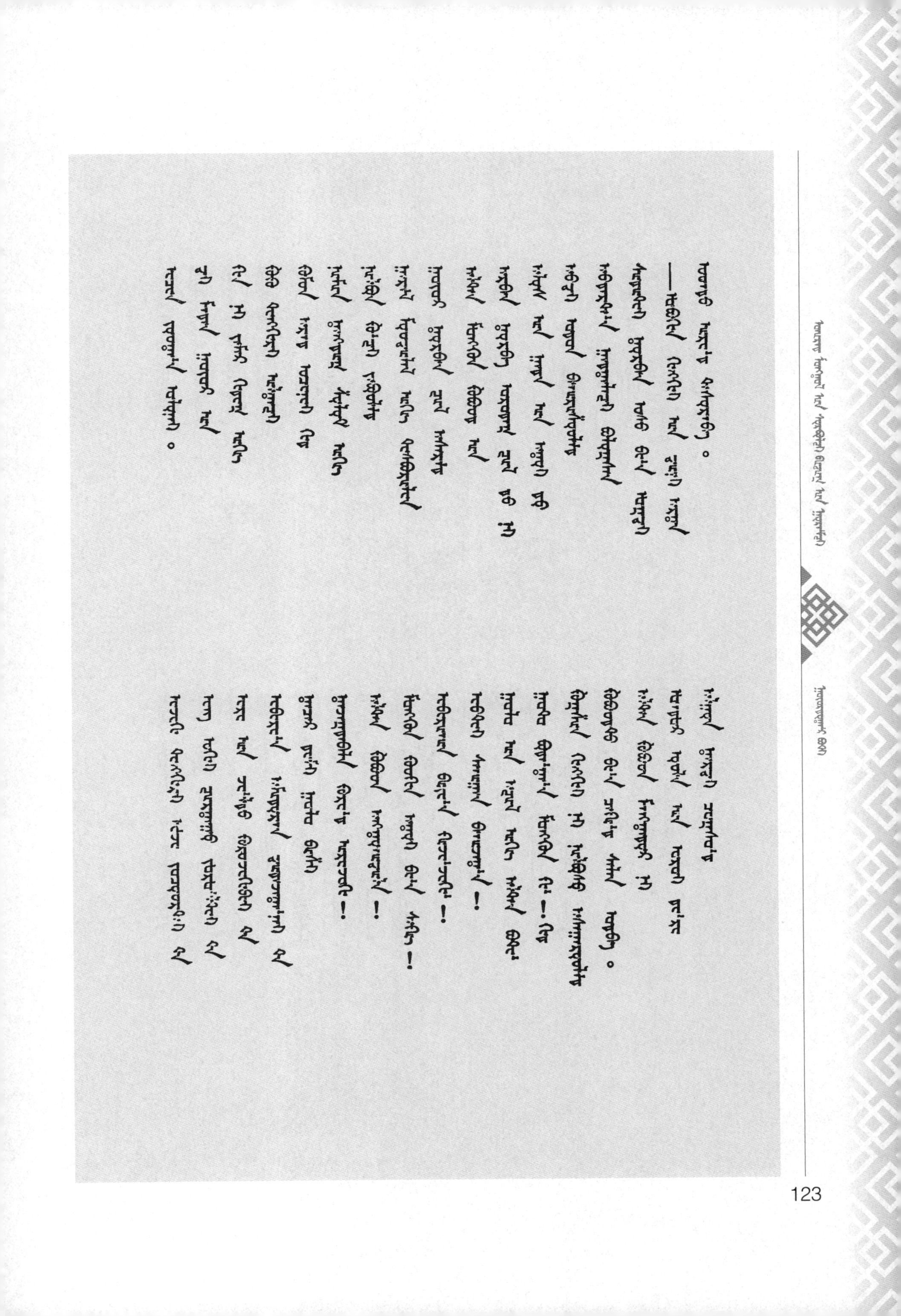

[illegible]

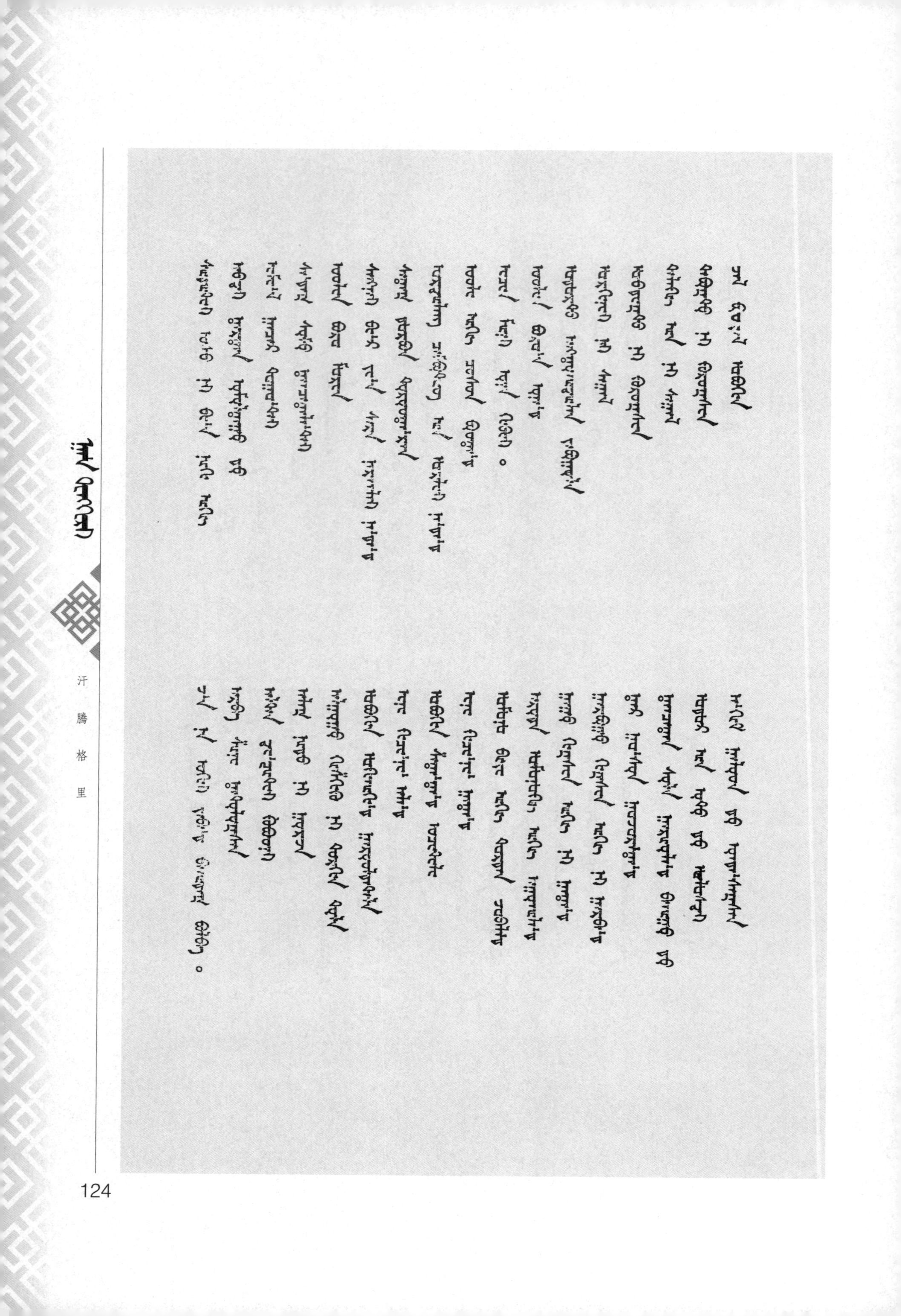

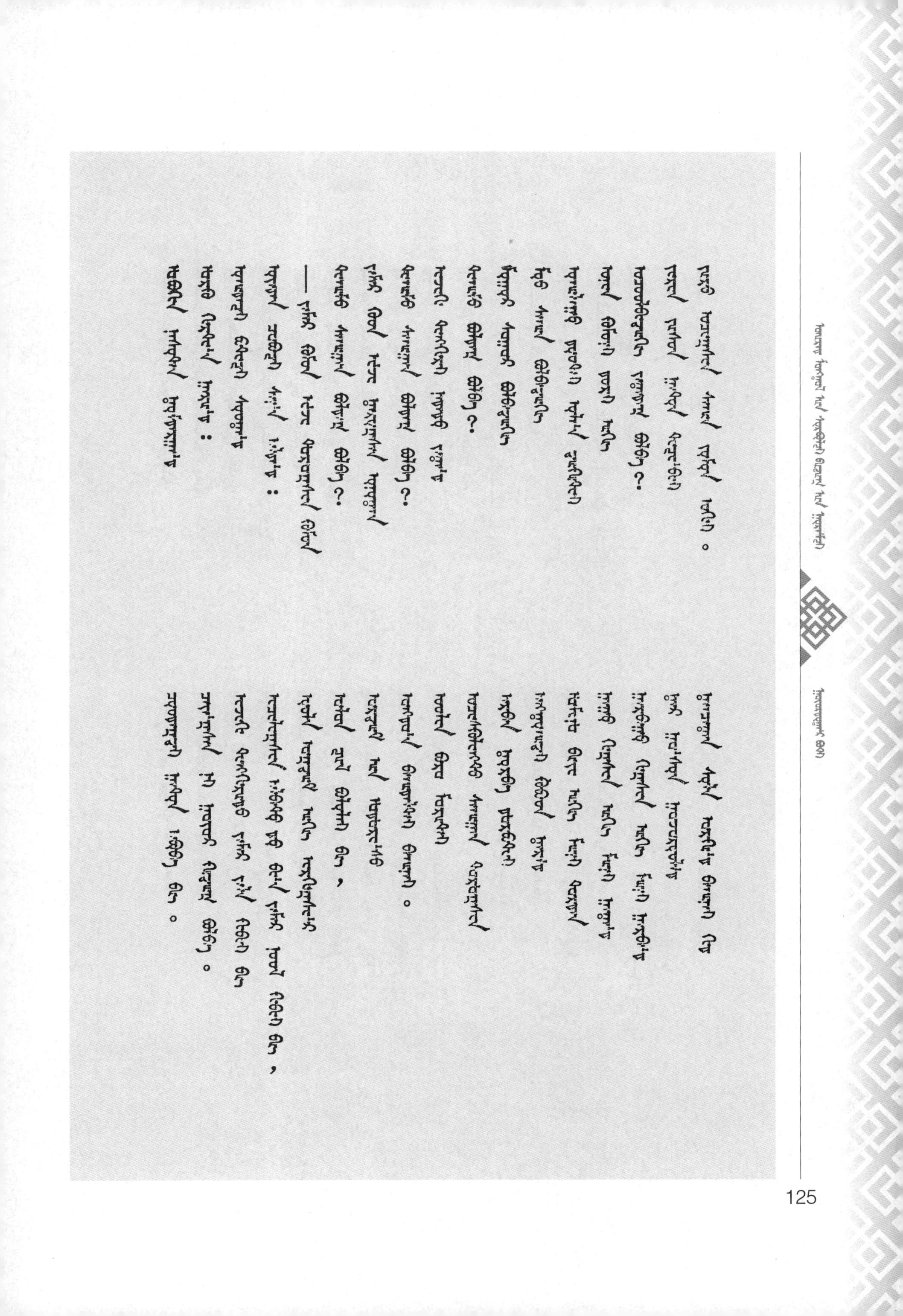

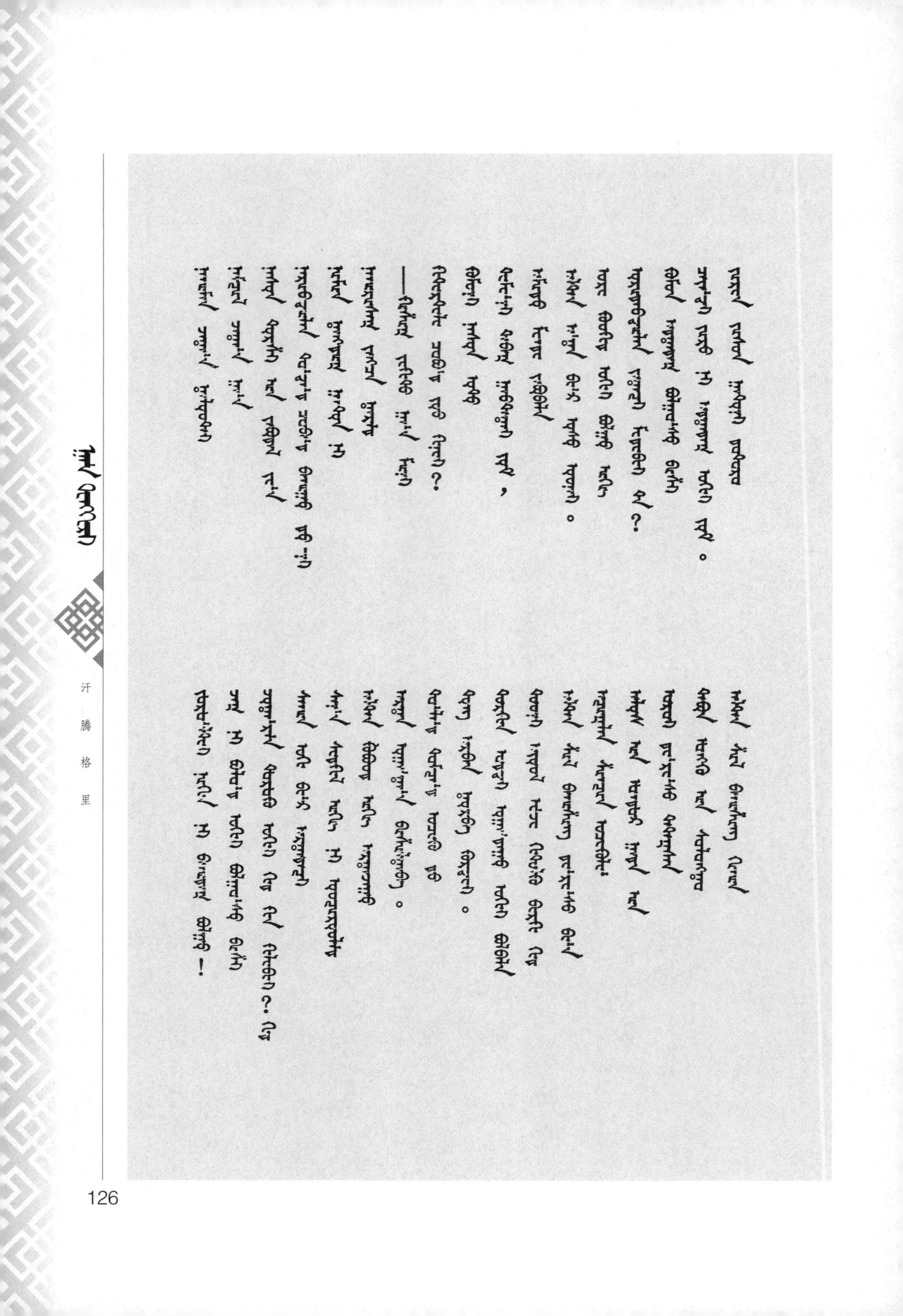

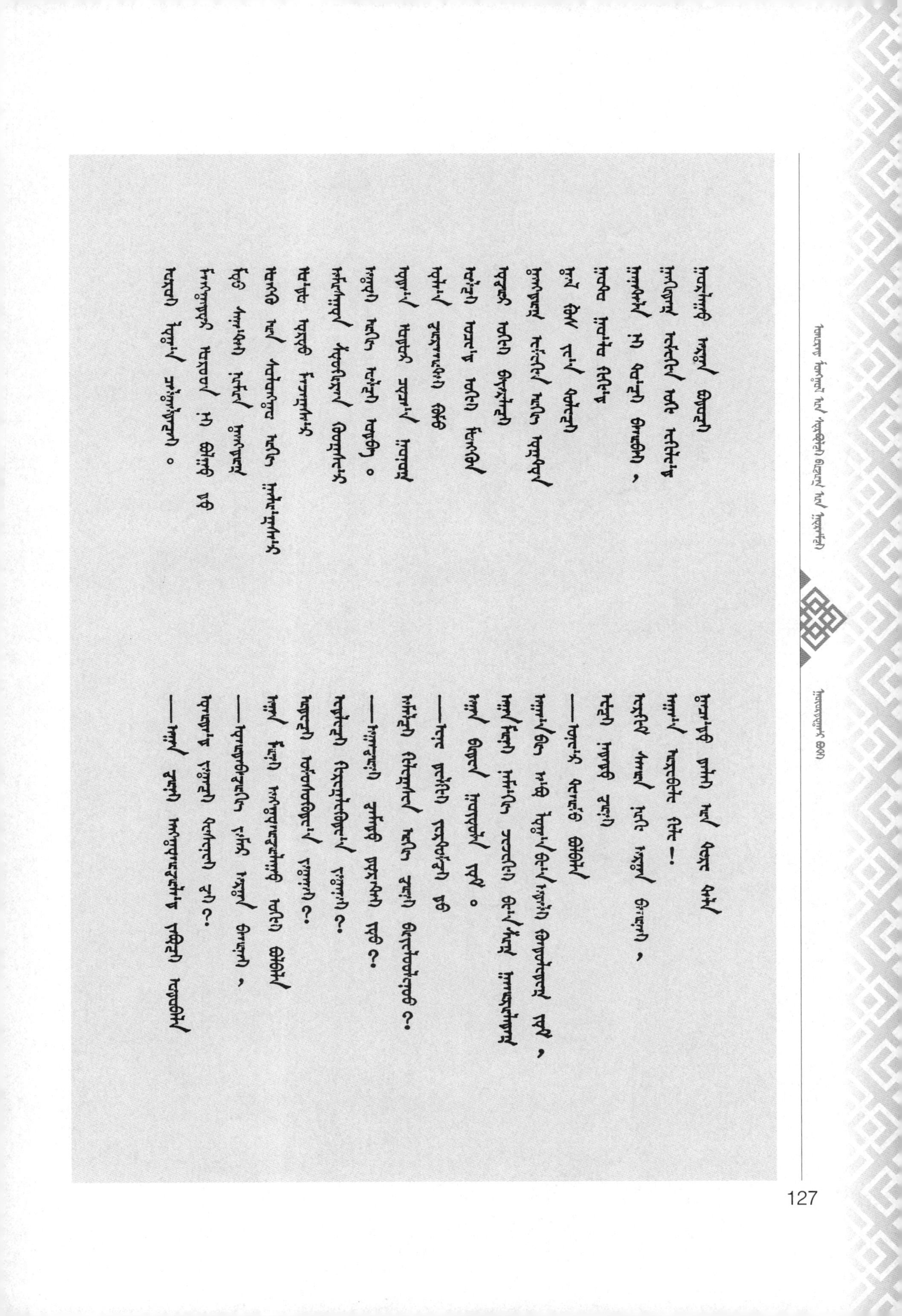

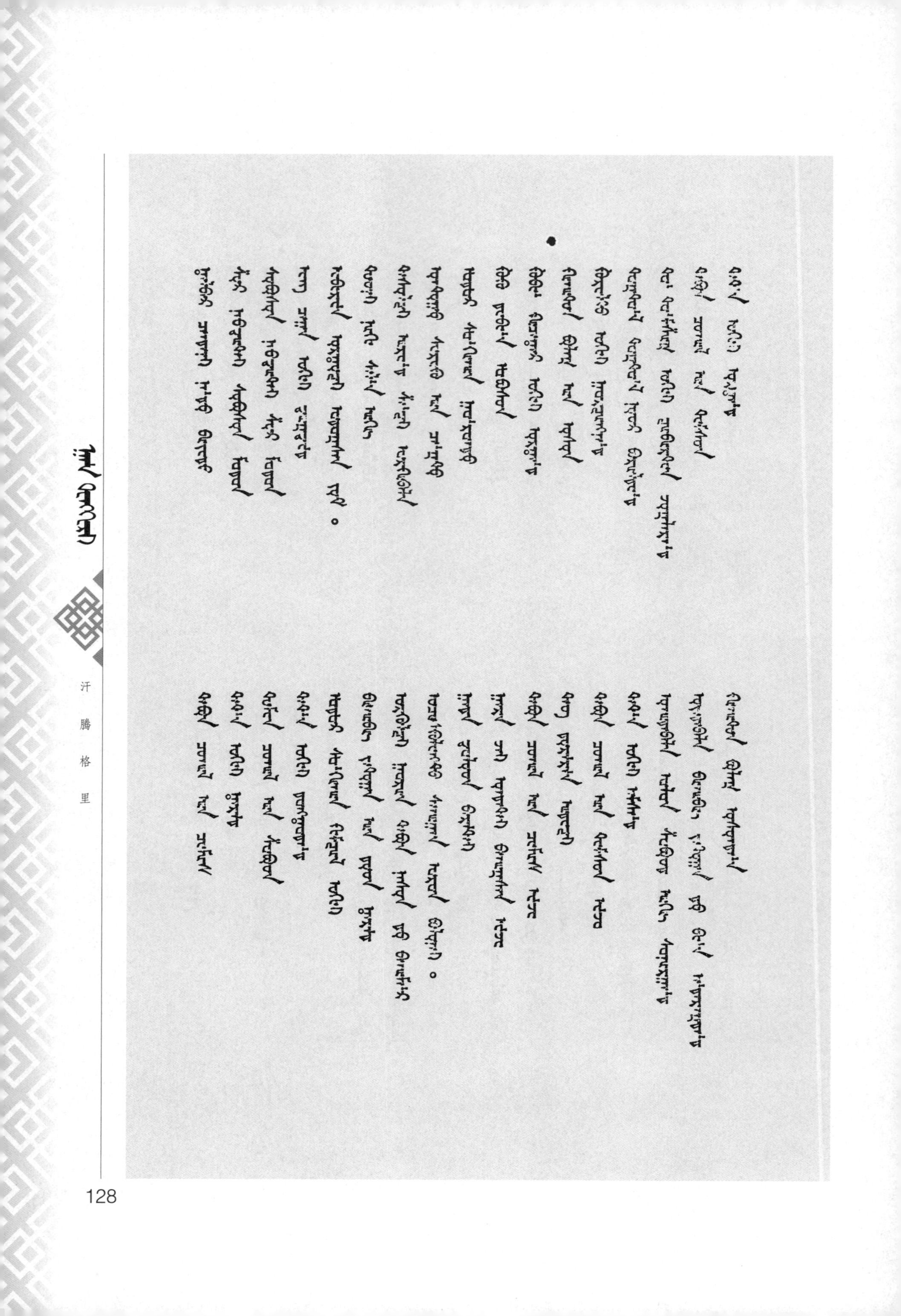

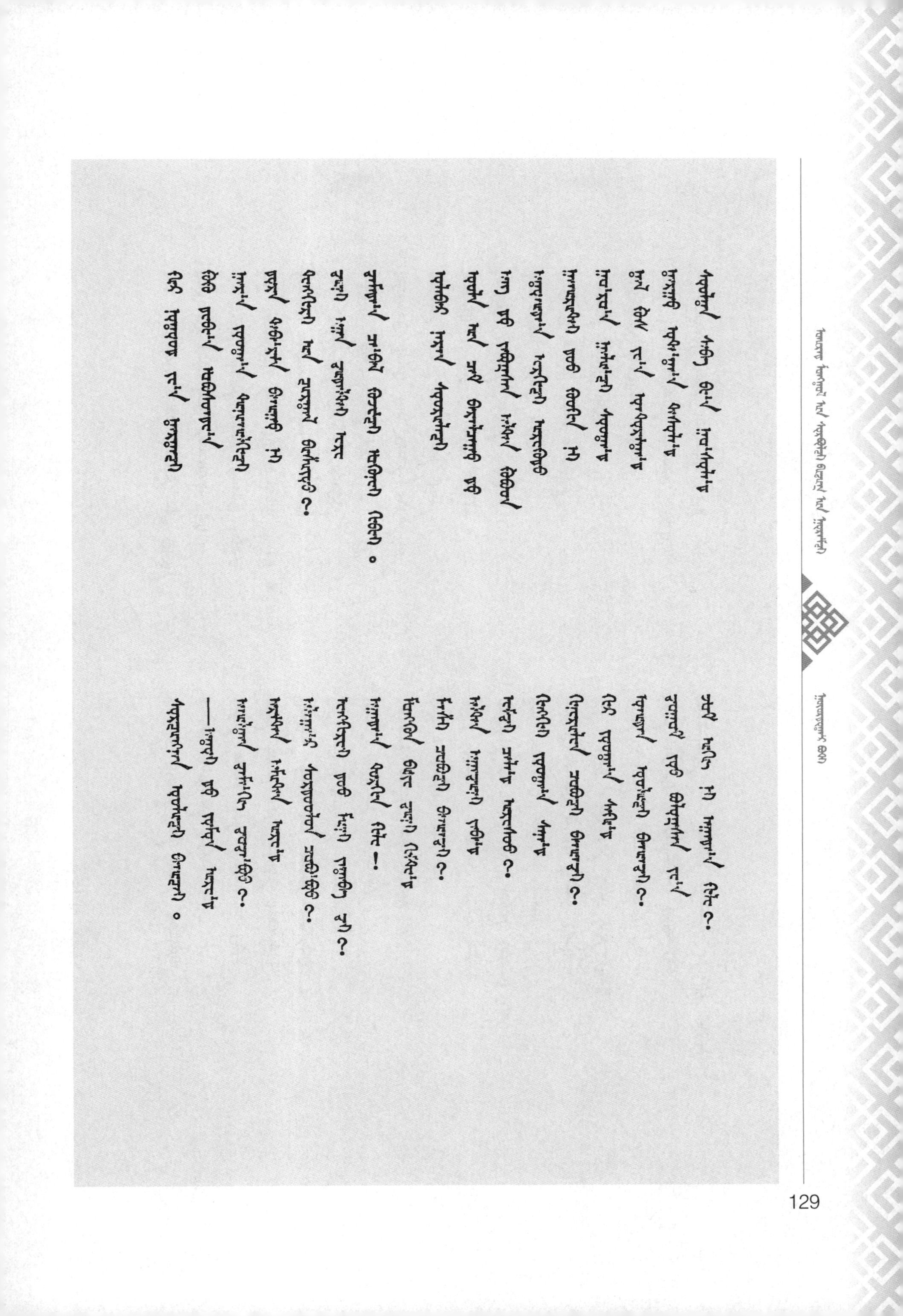

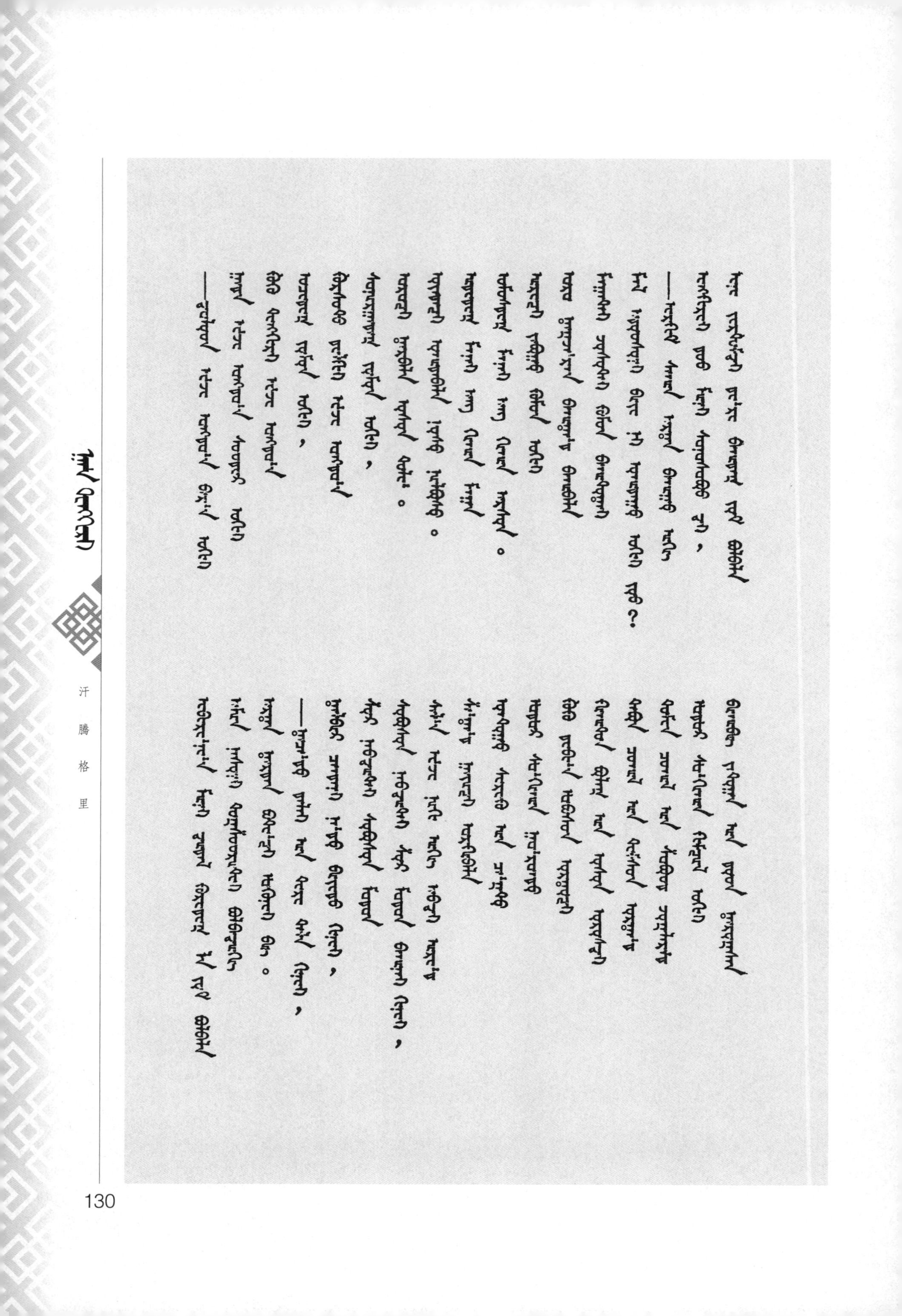

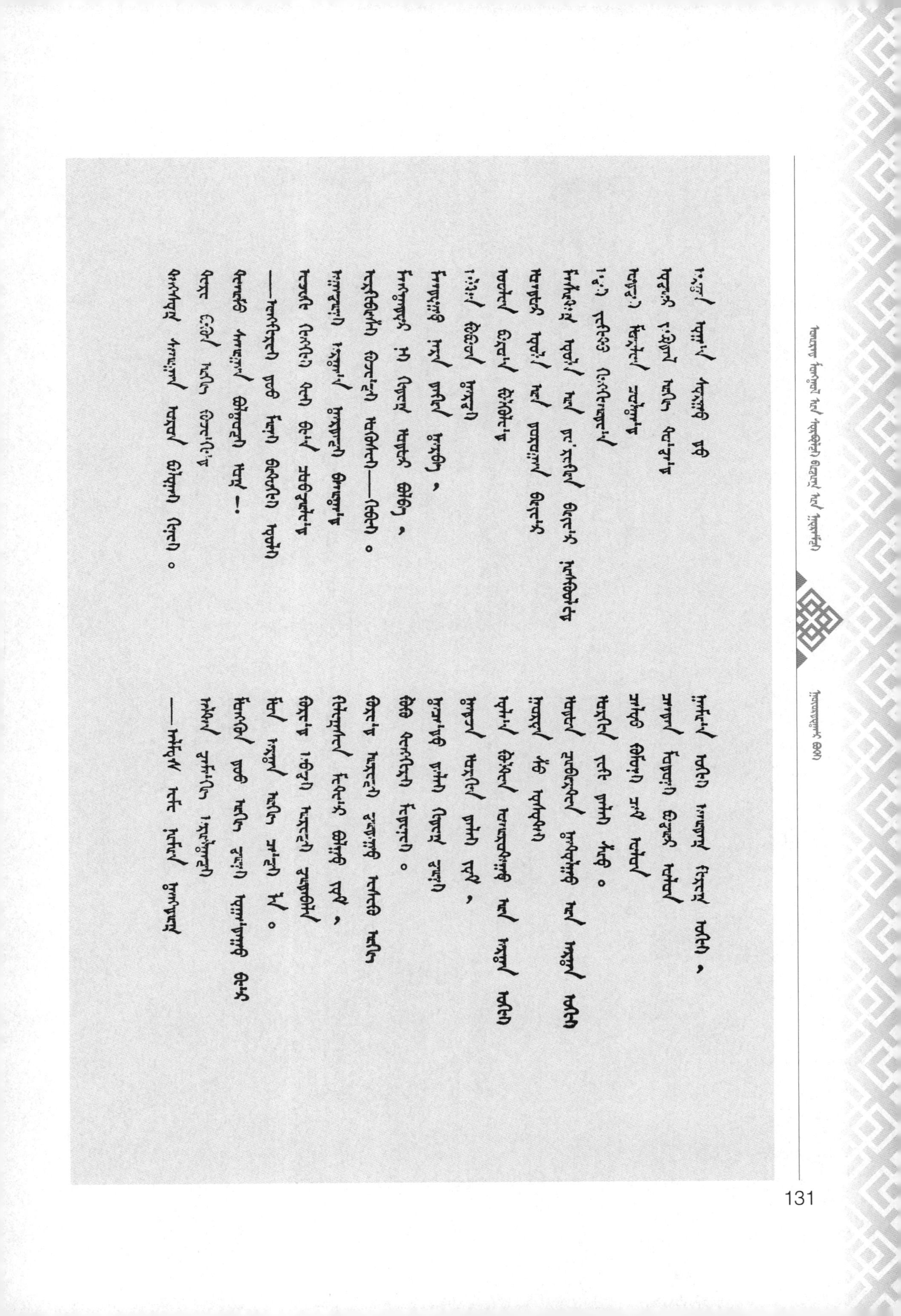

[illegible]
[illegible]
[illegible]
[illegible]
[illegible]
[illegible]
[illegible]
[illegible]
[illegible] ,
[illegible] ,
[illegible]——[illegible] 。
[illegible]
[illegible]
——[illegible]
[illegible] !
[illegible]
[illegible] 。

[illegible] ,
[illegible]
[illegible]
[illegible] 。
[illegible]
[illegible]
[illegible]
[illegible] ,
[illegible]
[illegible] 。
[illegible]
[illegible] ,
[illegible]
[illegible] 。
[illegible]
[illegible]
——[illegible]

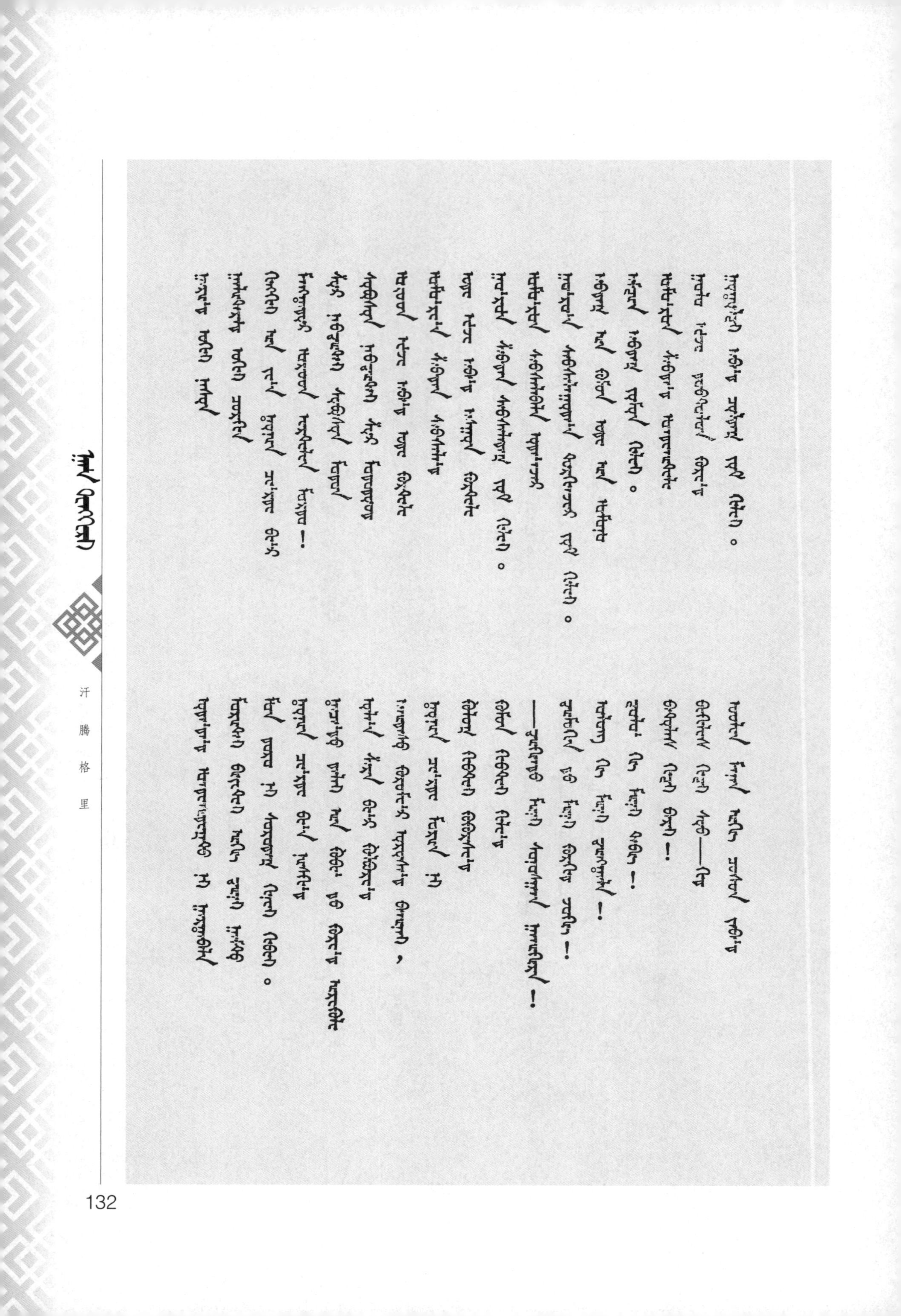

[illegible]

[illegible]

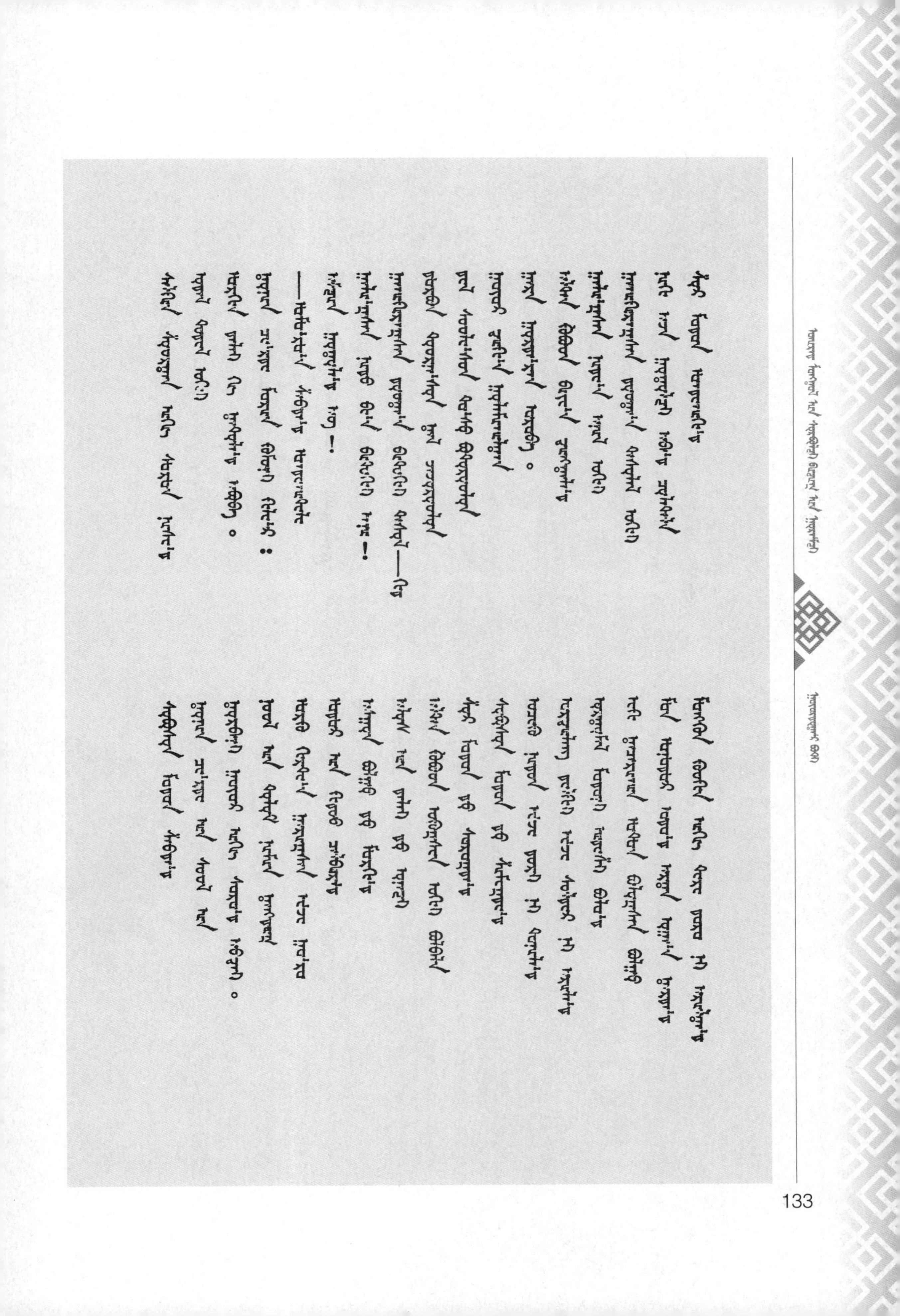

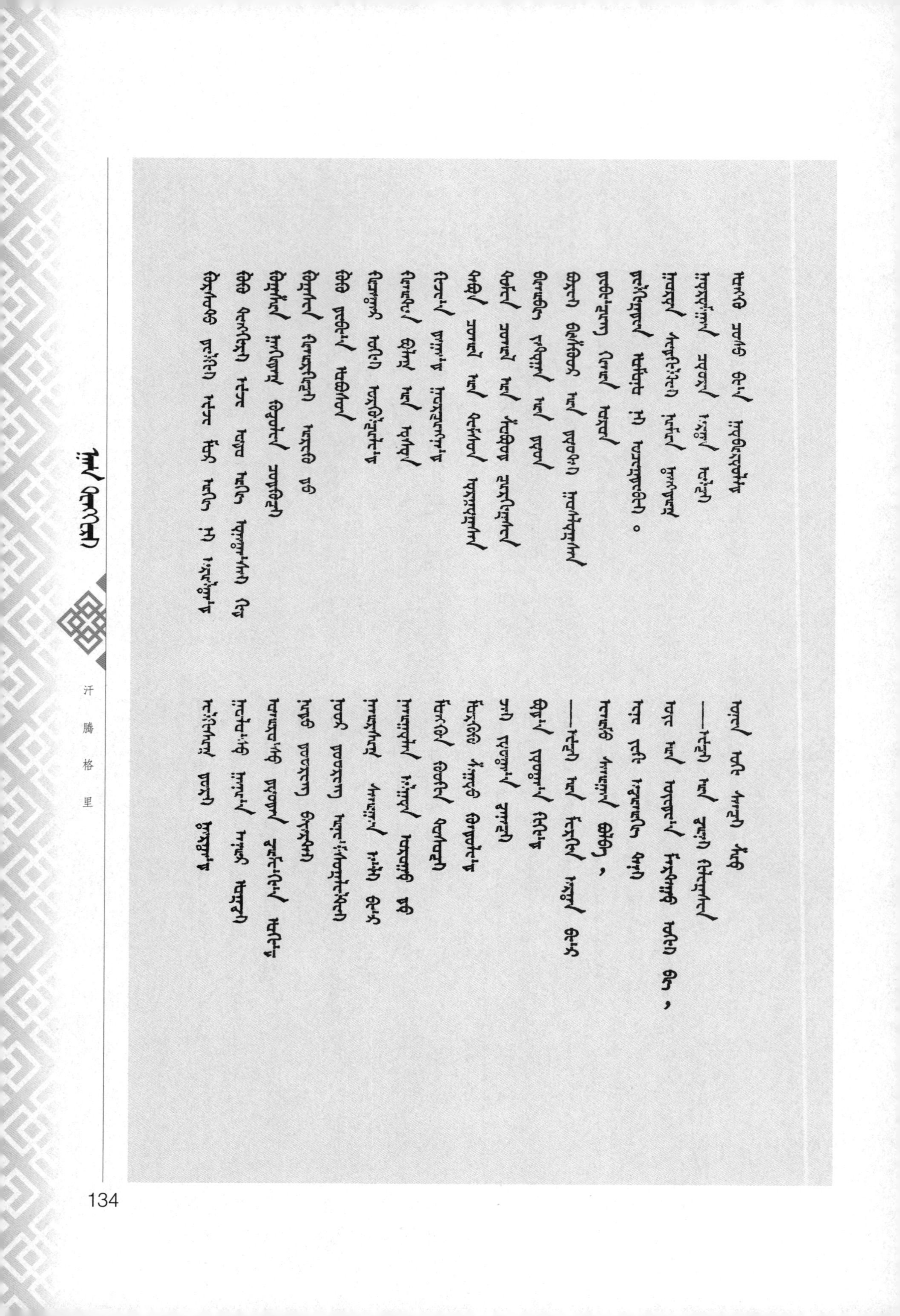

[illegible]

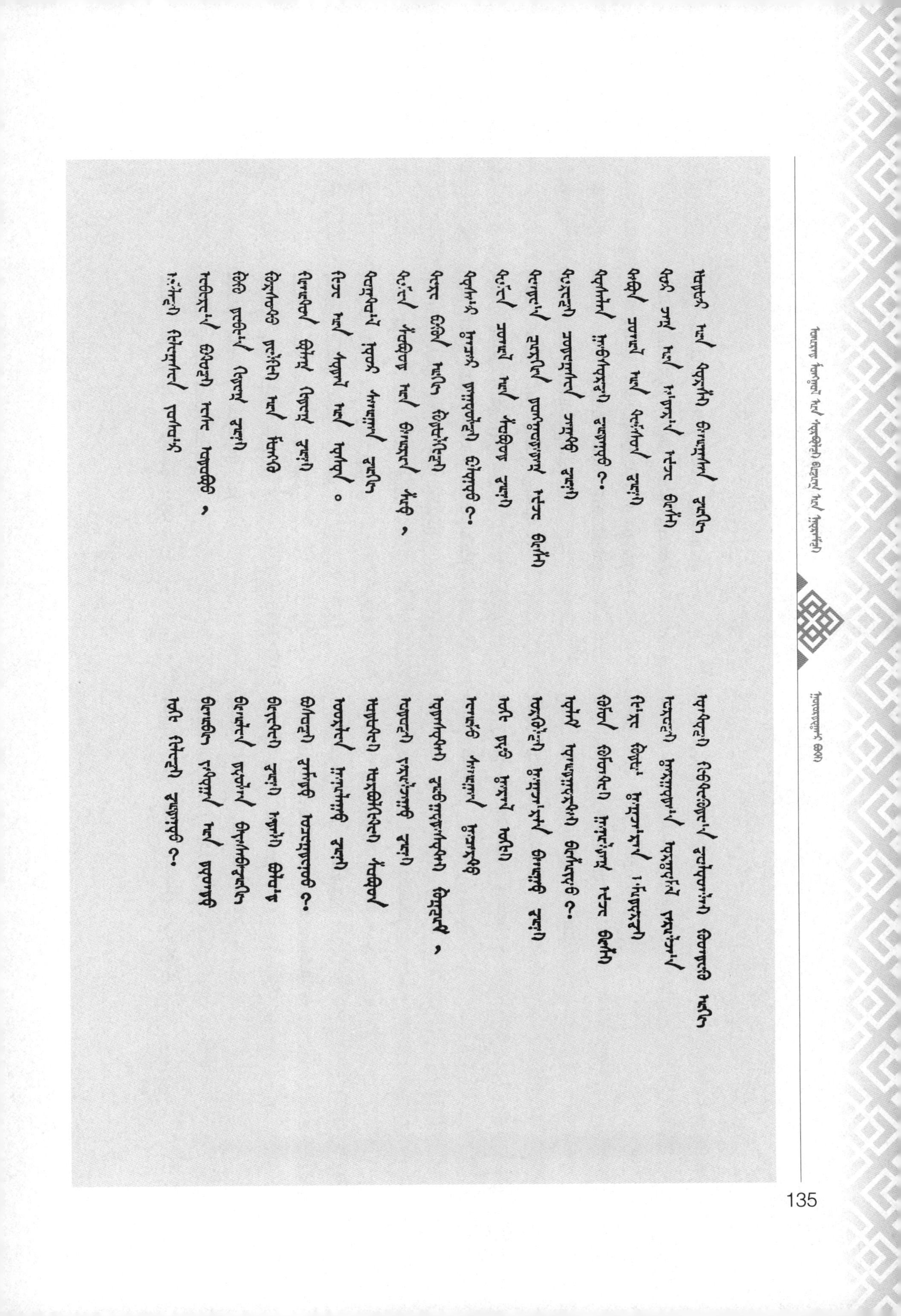

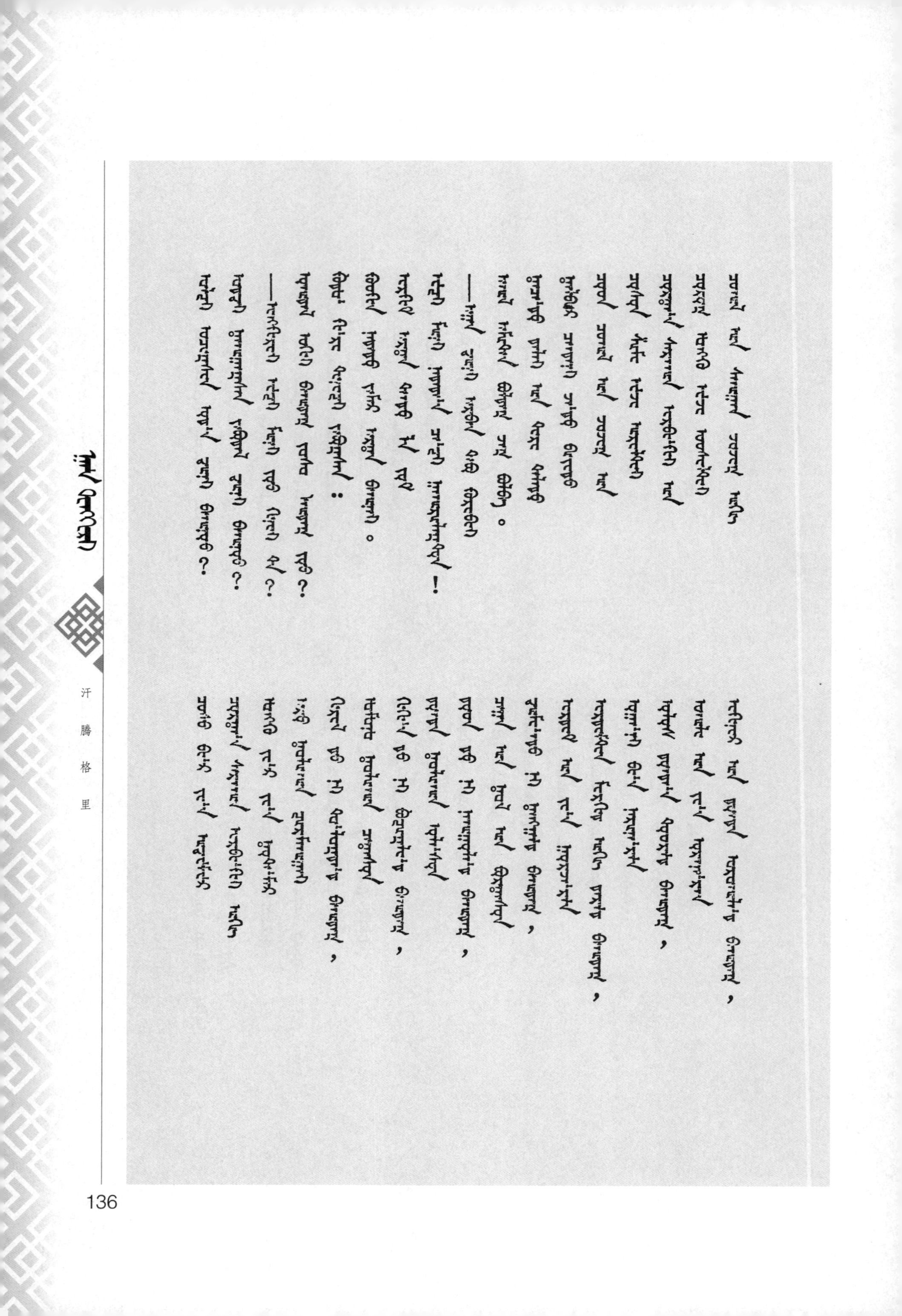

[illegible]
[illegible]
[illegible]
[illegible]
[illegible]
[illegible]
[illegible]
[illegible] 。
——[illegible]
[illegible] —！
[illegible]
[illegible] 。
[illegible] :
[illegible] ？
——[illegible] ？
[illegible] ？
[illegible] ？

[illegible] ，
[illegible]
[illegible] ，
[illegible]
[illegible] ，
[illegible]
[illegible] ，
[illegible]
[illegible] ，
[illegible]
[illegible] ，
[illegible]
[illegible] ，
[illegible]
[illegible]
[illegible]
[illegible]

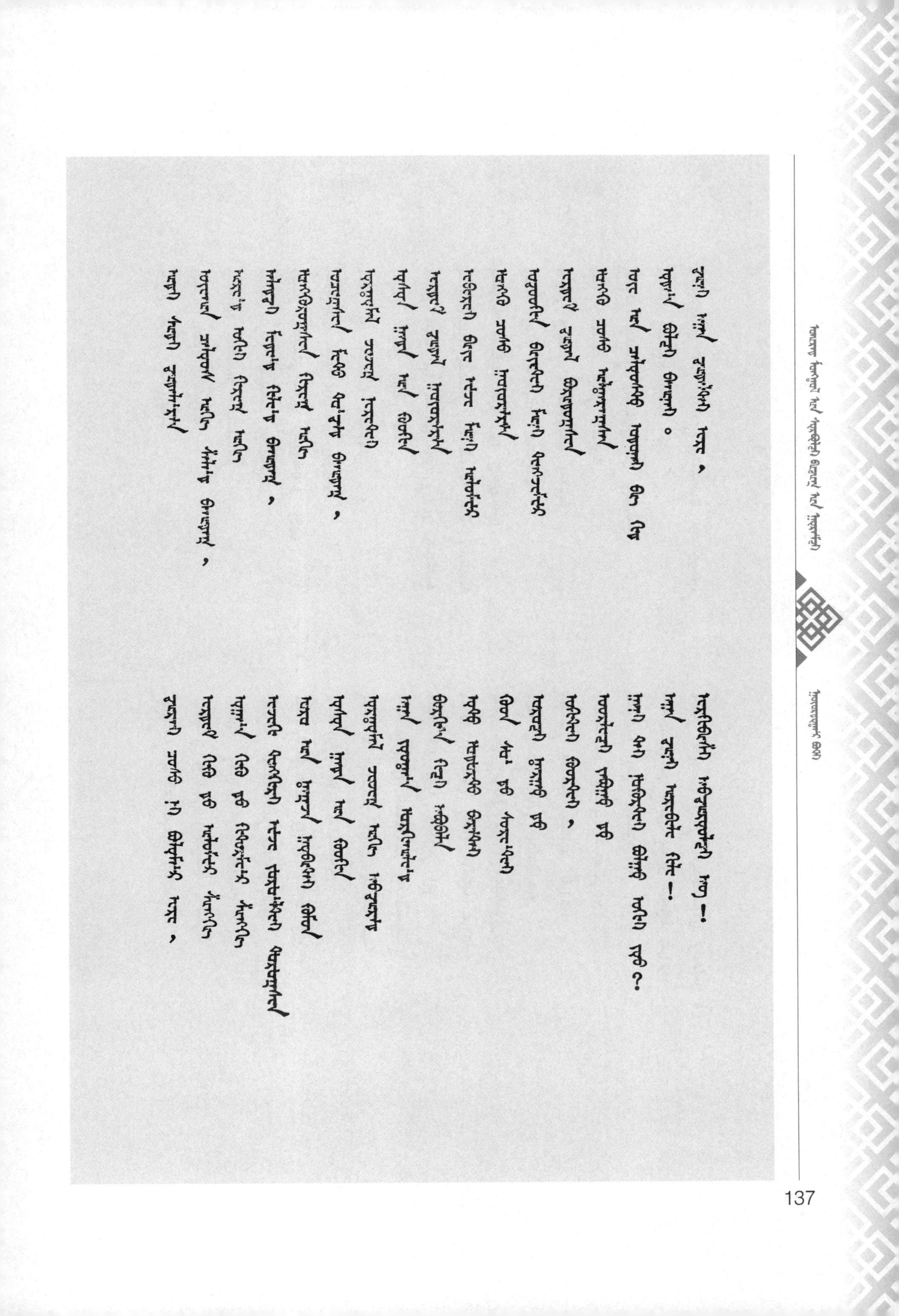

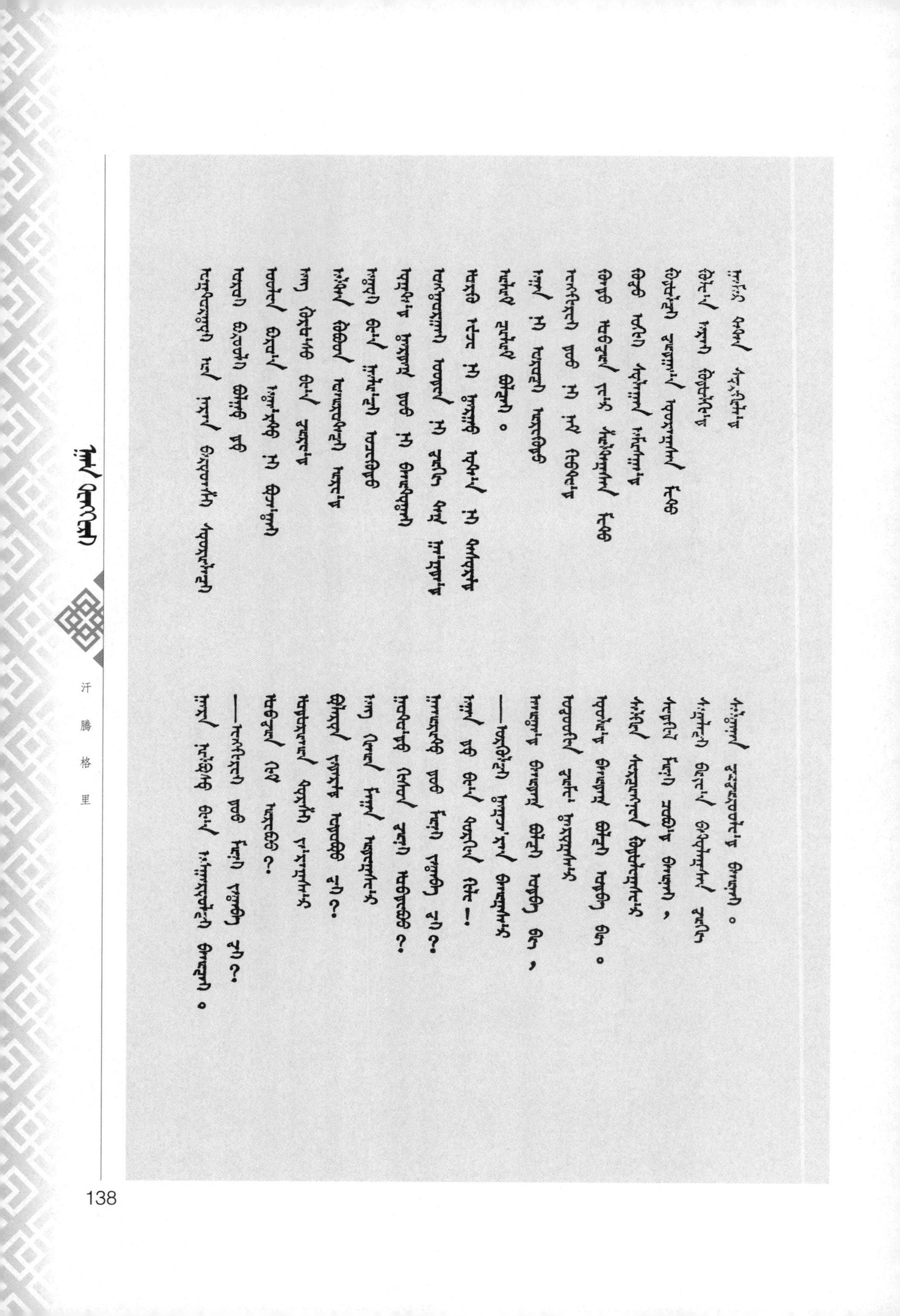

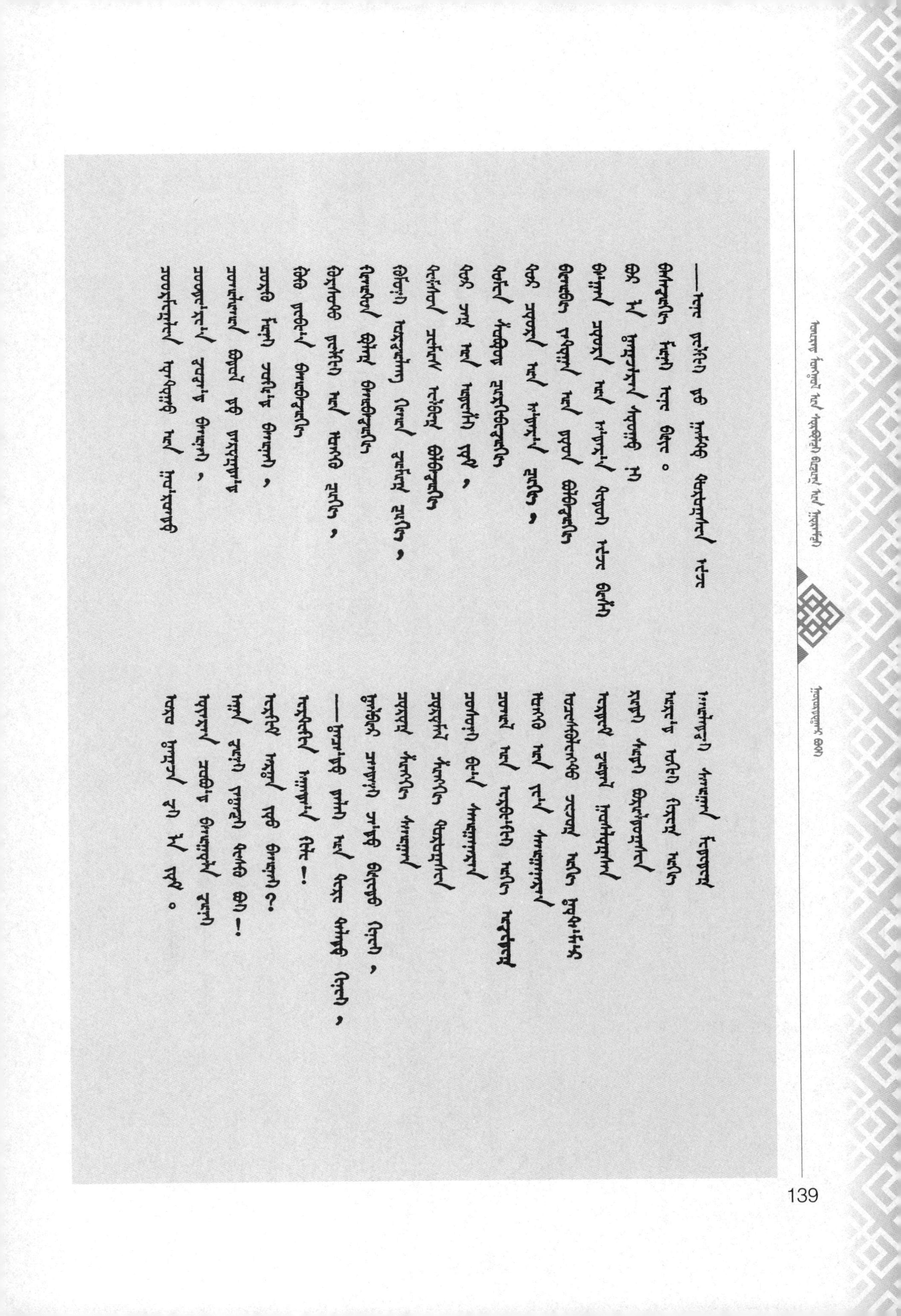

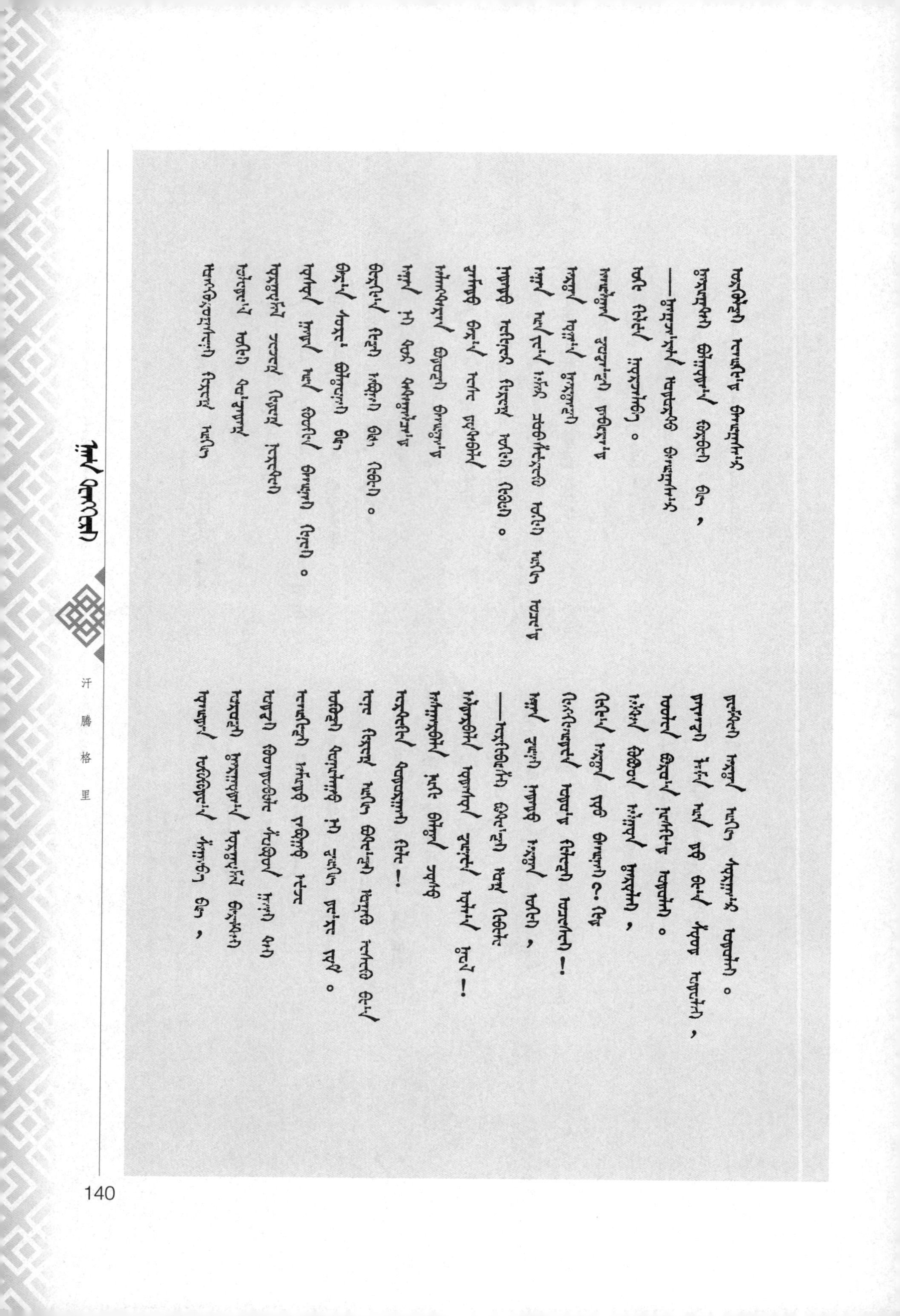

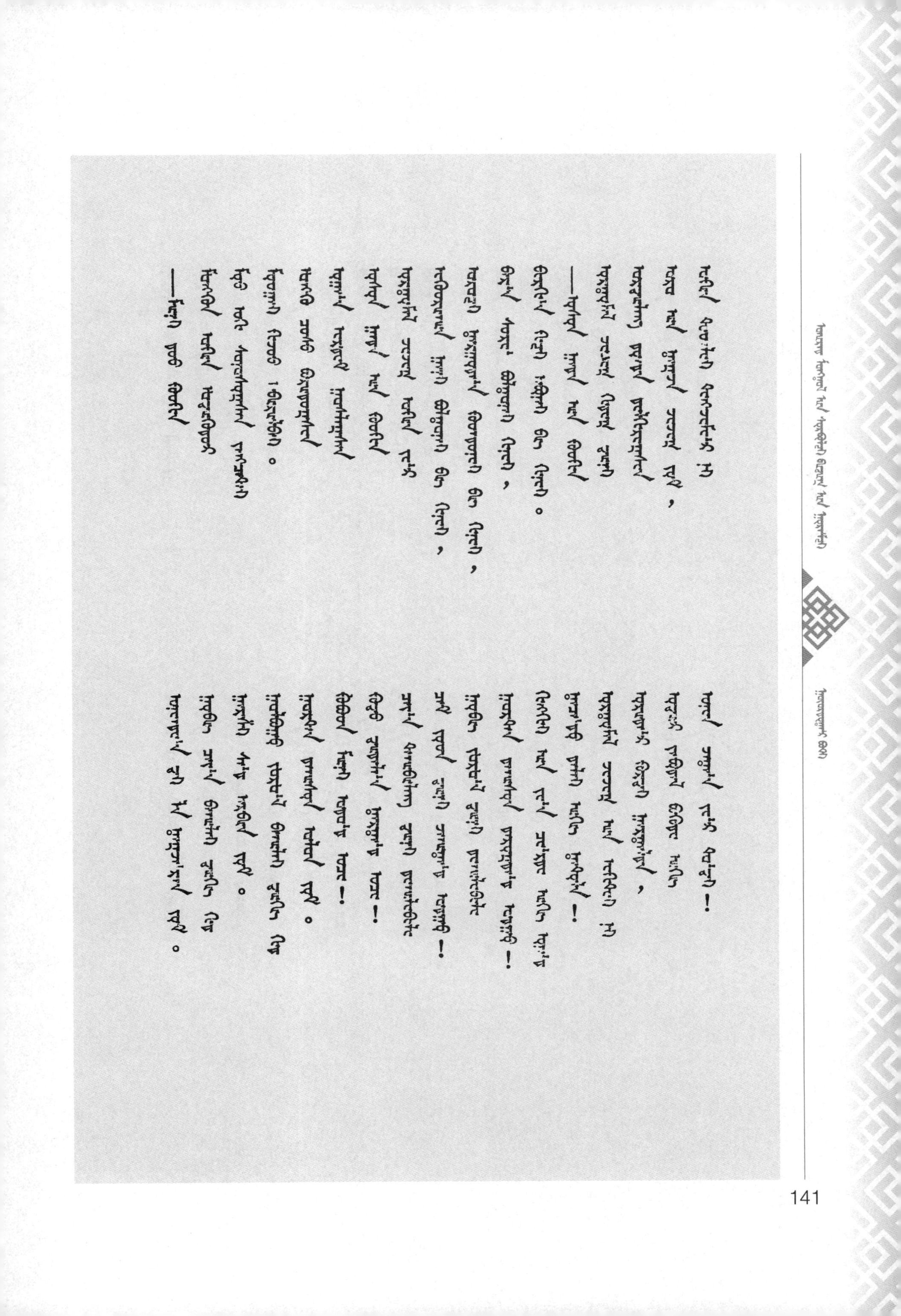

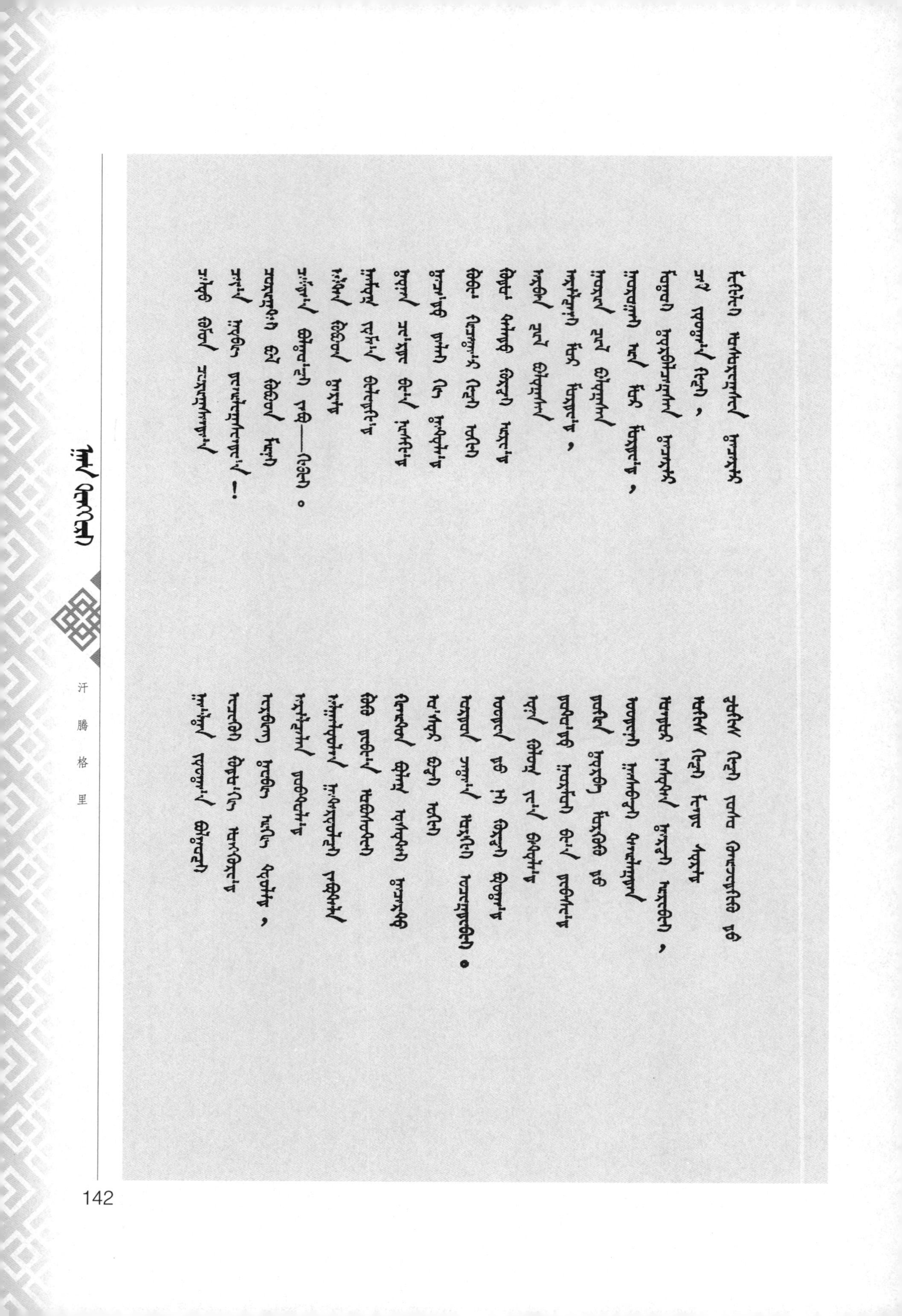

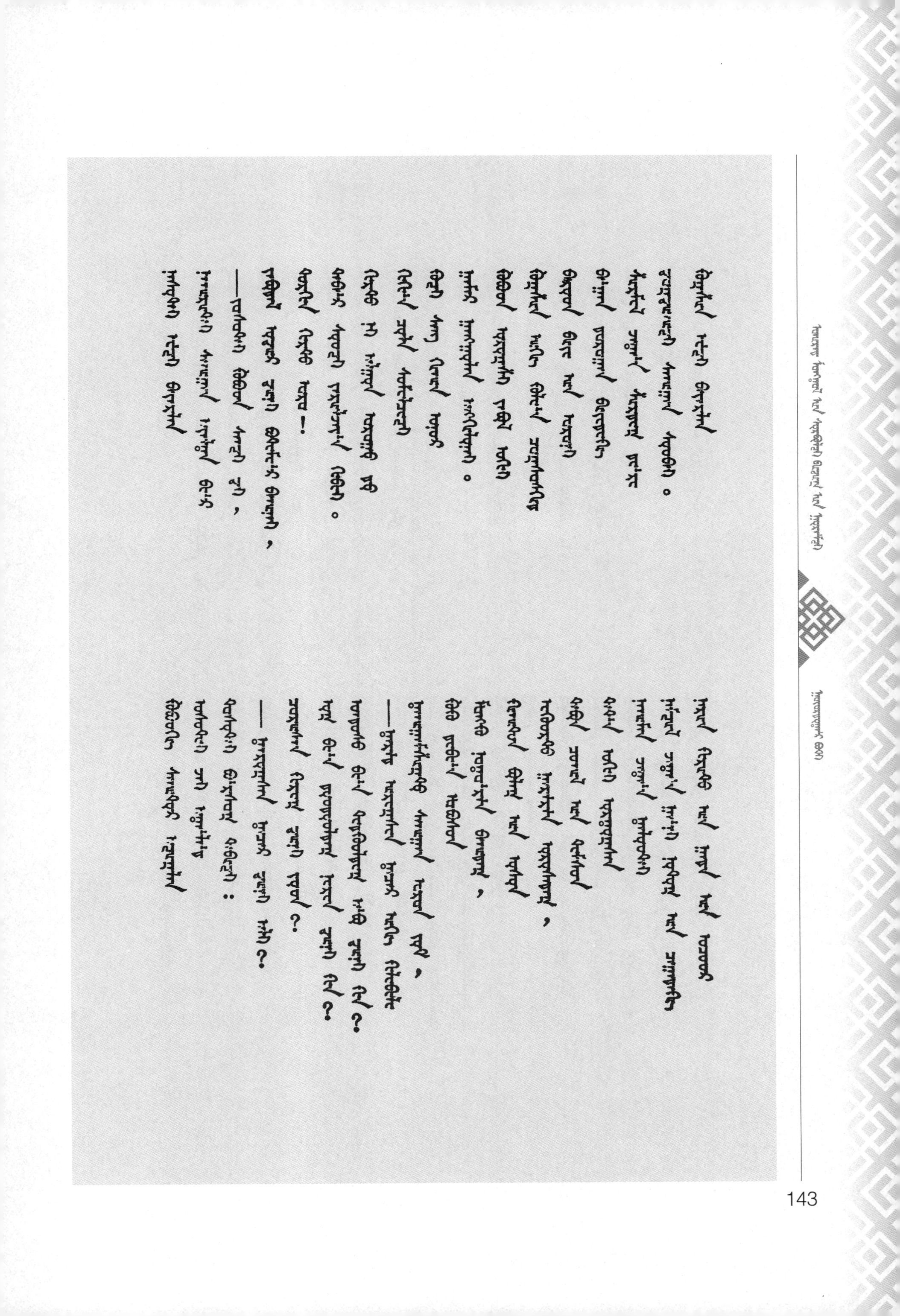

[illegible]

[illegible]

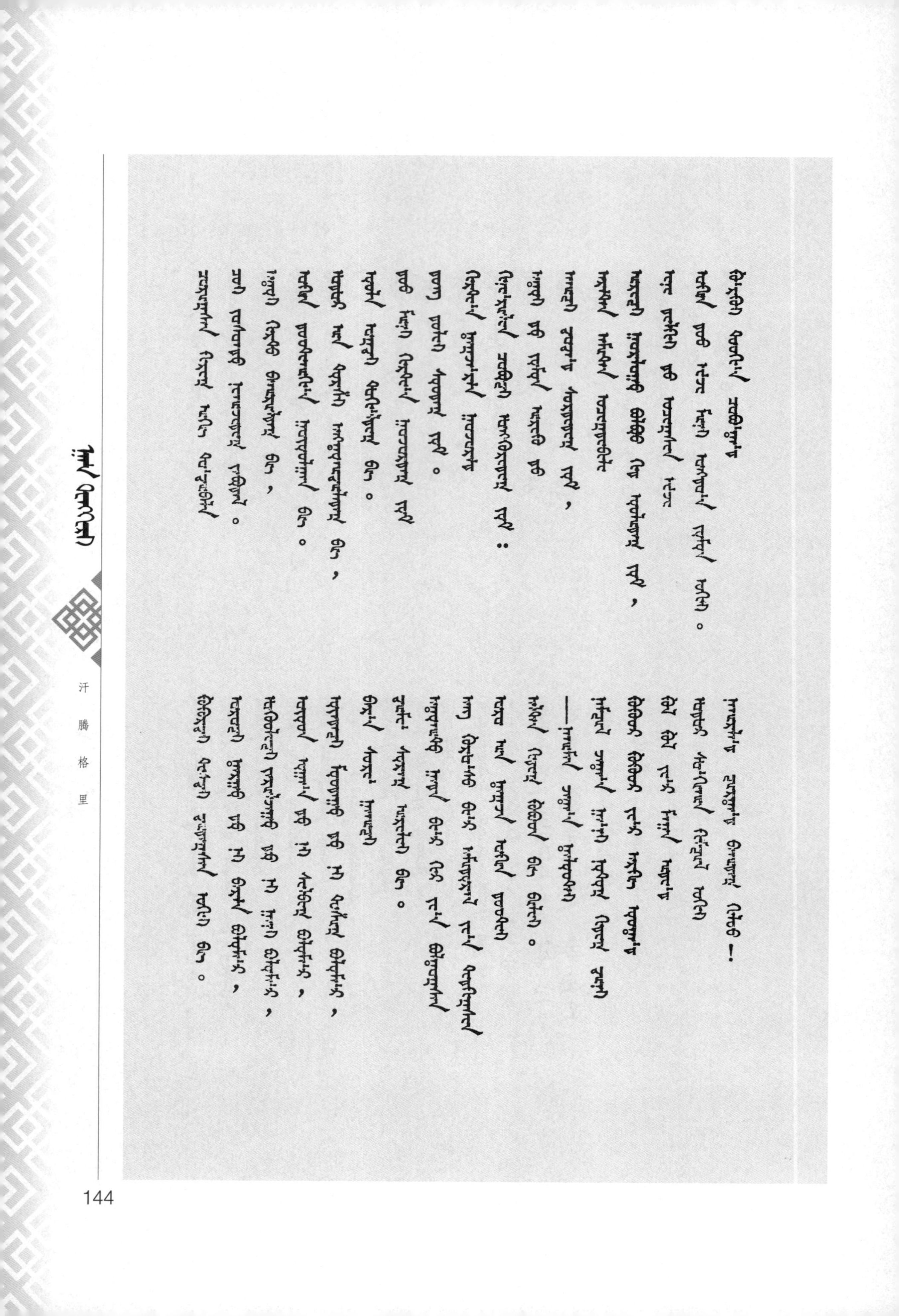

[illegible]

[illegible]

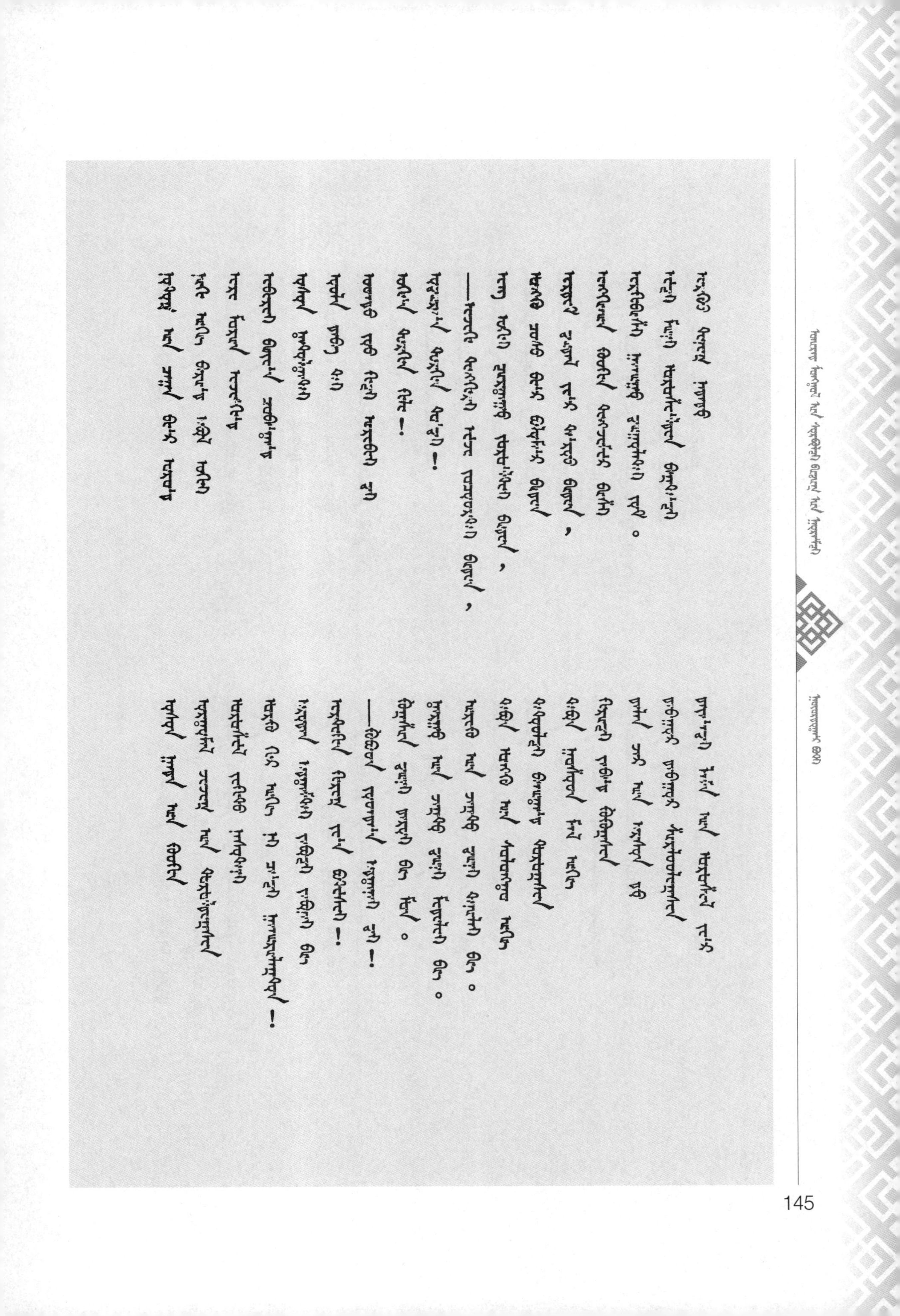

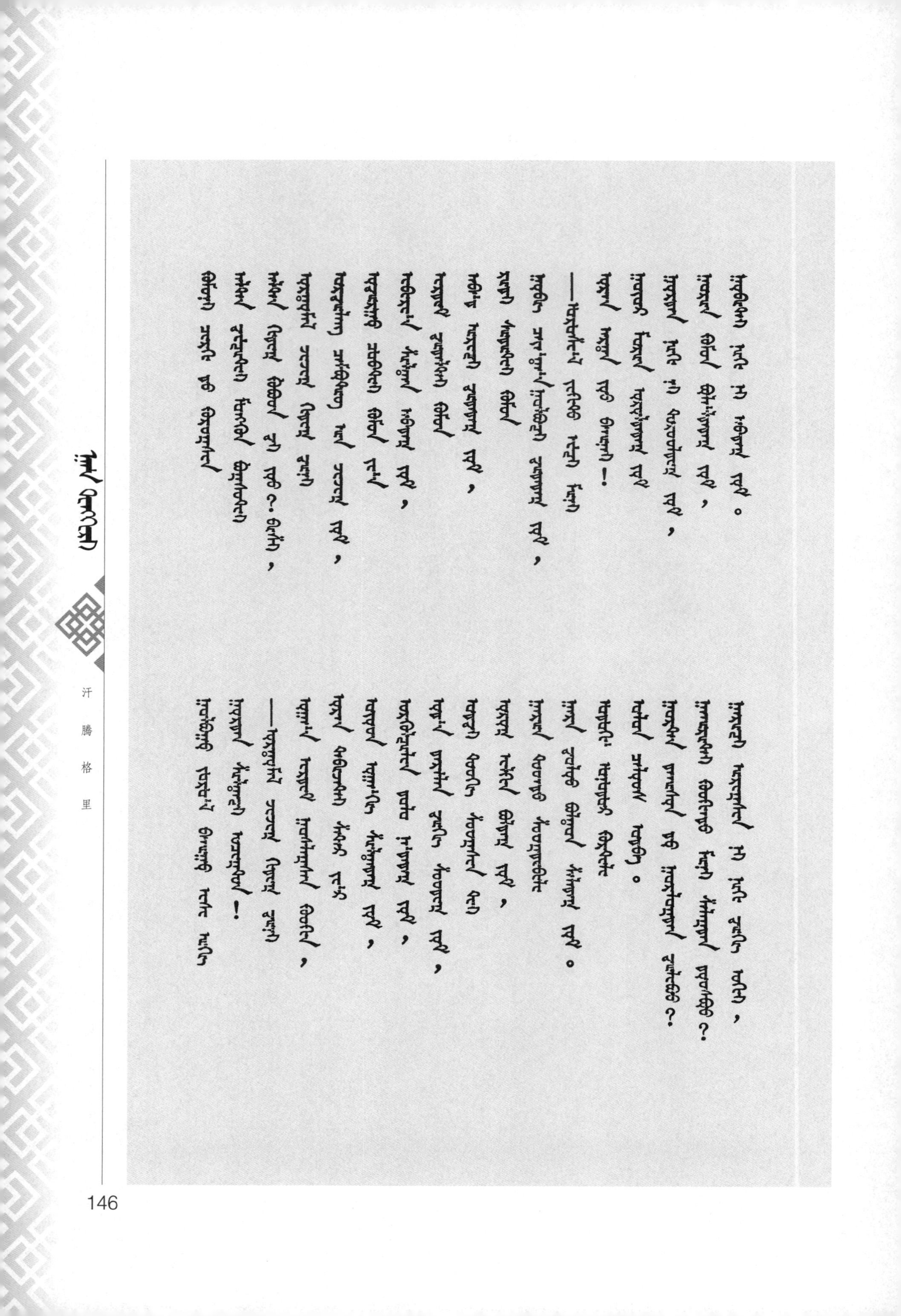

[illegible]
[illegible]
[illegible] ? [illegible] ,
[illegible]
[illegible] ,
[illegible]
[illegible] ,
[illegible]
[illegible] ,
[illegible]
[illegible] ,
—[illegible]
[illegible] !
[illegible]
[illegible] ,
[illegible] ,
[illegible] 。

[illegible]
—[illegible] !
—[illegible]
[illegible] ,
[illegible]
[illegible] ,
[illegible] ,
[illegible] ,
[illegible]
[illegible] ,
[illegible]
[illegible] 。
[illegible]
[illegible] 。
[illegible] ?
[illegible] ?
[illegible] ,

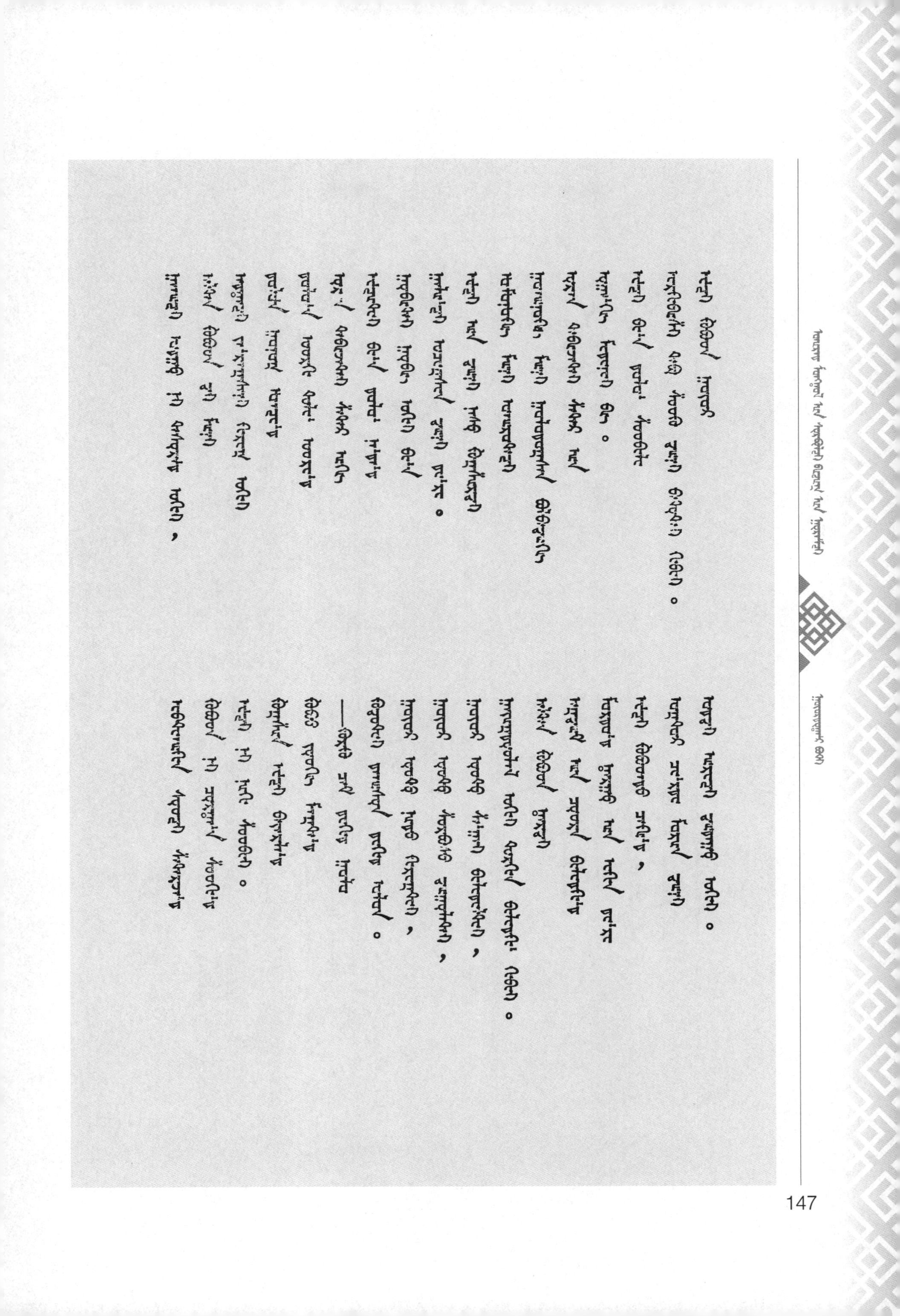

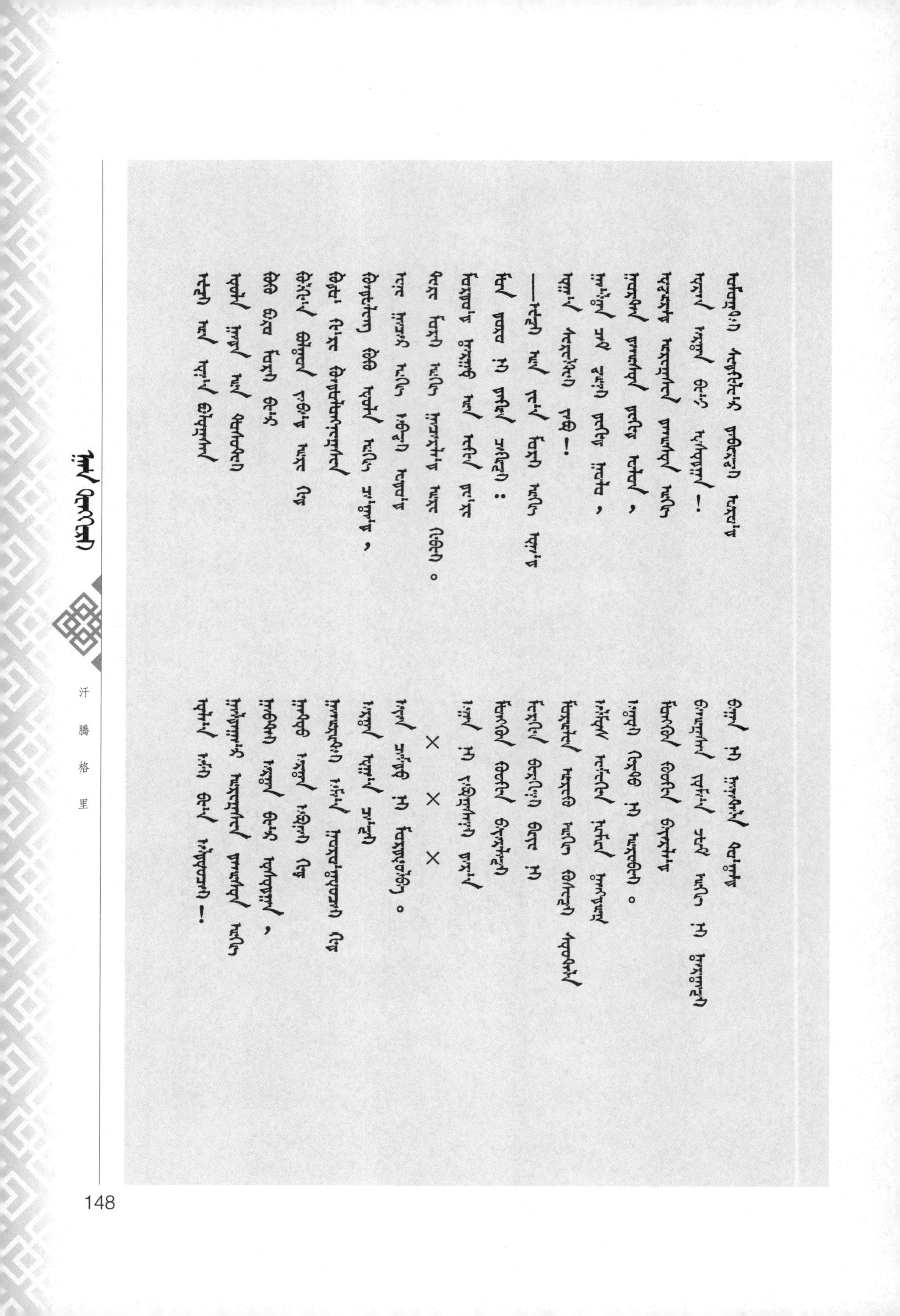

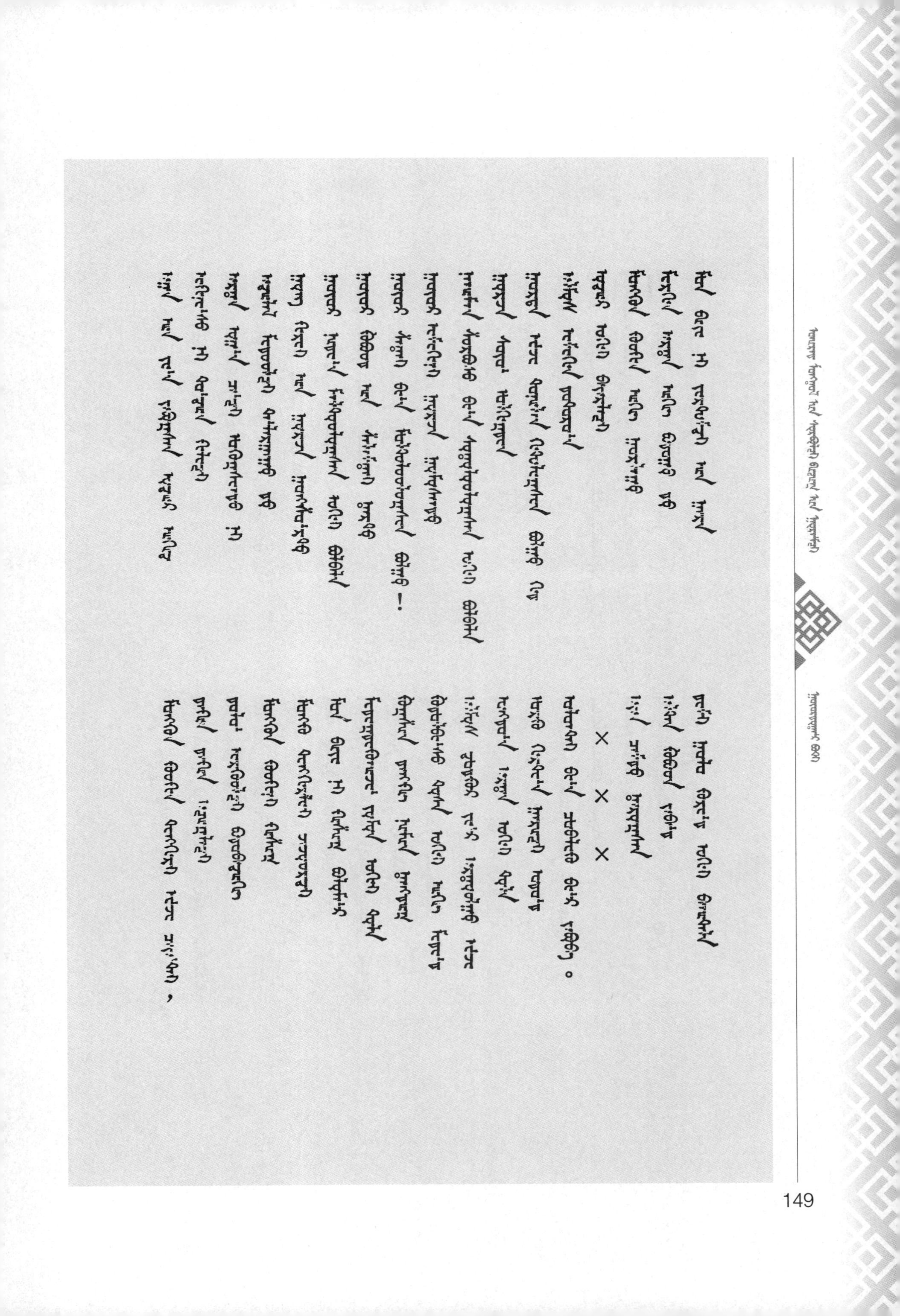

[illegible]
[illegible]
[illegible]
[illegible]
[illegible]
[illegible]
[illegible]
[illegible]
[illegible]
[illegible] !
[illegible]
[illegible]
[illegible]
[illegible]
[illegible]
[illegible]
[illegible]

[illegible]
[illegible]
[illegible]

× × ×

[illegible] ᠃
[illegible]
[illegible]
[illegible]
[illegible]
[illegible]
[illegible]
[illegible]
[illegible]
[illegible]
[illegible]
[illegible]
[illegible]
[illegible] ,

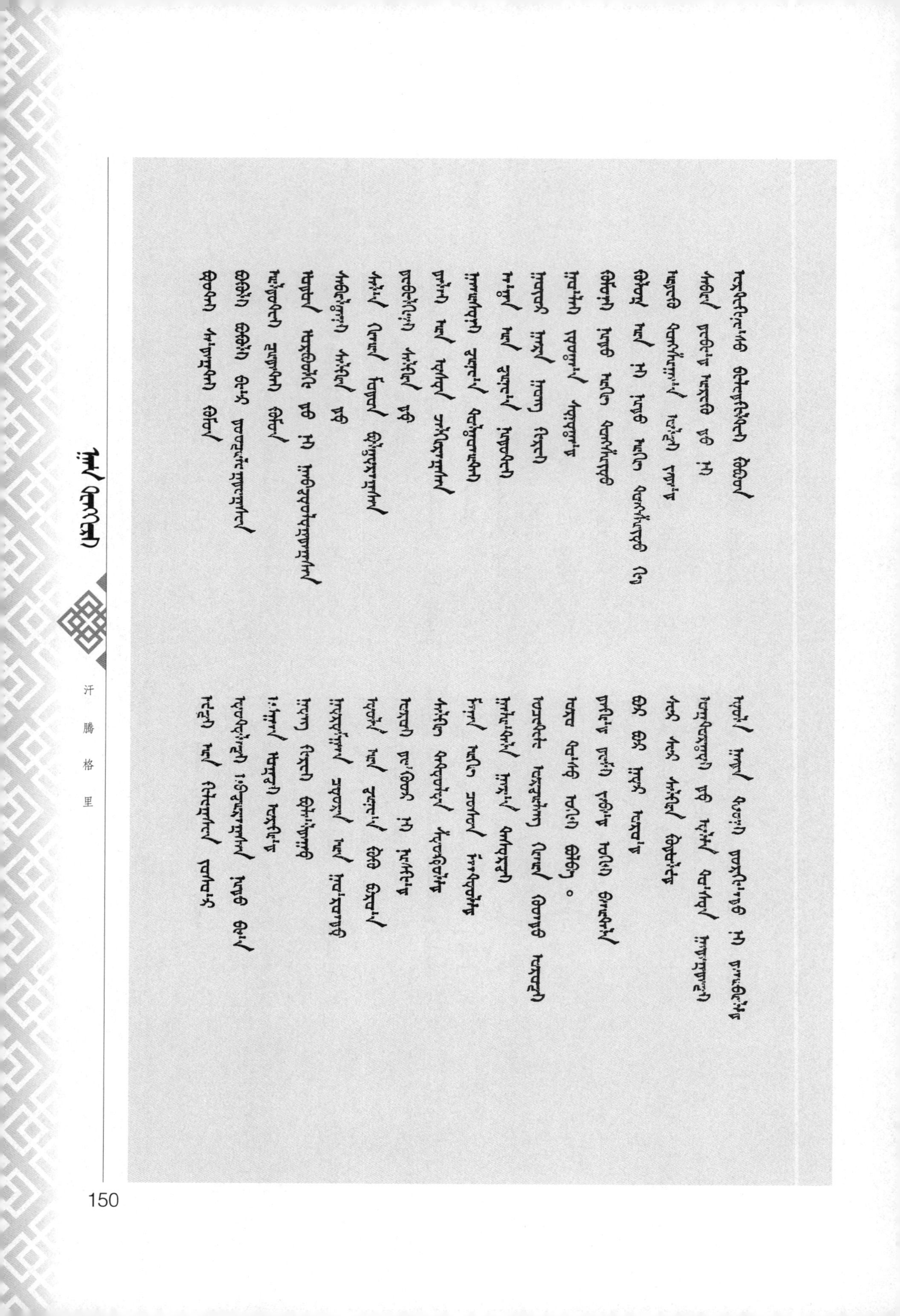

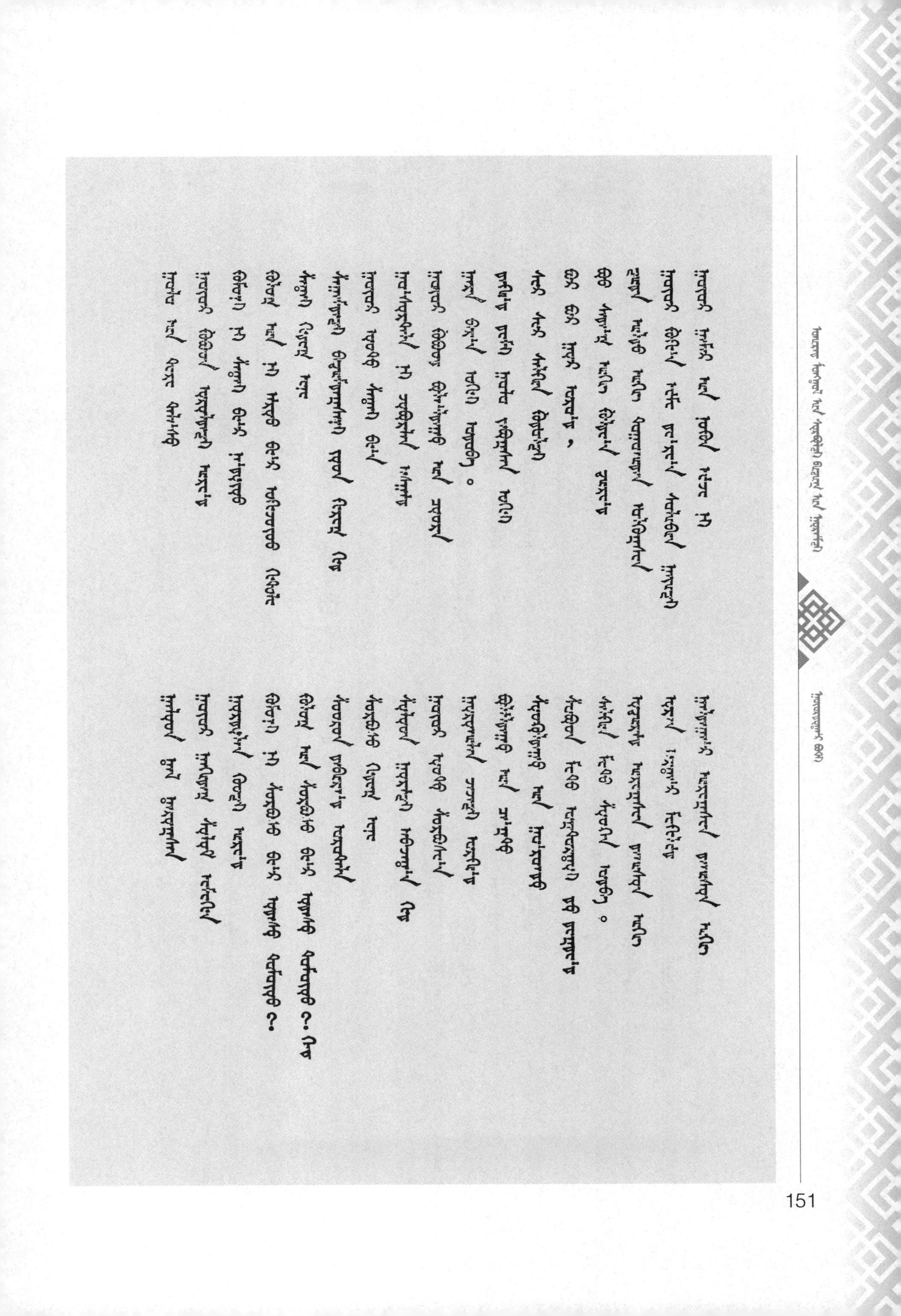

[illegible]
[illegible]
[illegible]
[illegible]
[illegible] ᠂
[illegible]
[illegible]
[illegible] ᠃
[illegible]
[illegible]
[illegible]
[illegible]
[illegible]
[illegible]
[illegible]
[illegible]
[illegible]

[illegible]
[illegible]
[illegible]
[illegible] ᠃
[illegible]
[illegible]
[illegible]
[illegible]
[illegible]
[illegible]
[illegible]
[illegible]
[illegible] ? [illegible]
[illegible] ?
[illegible]
[illegible]
[illegible]

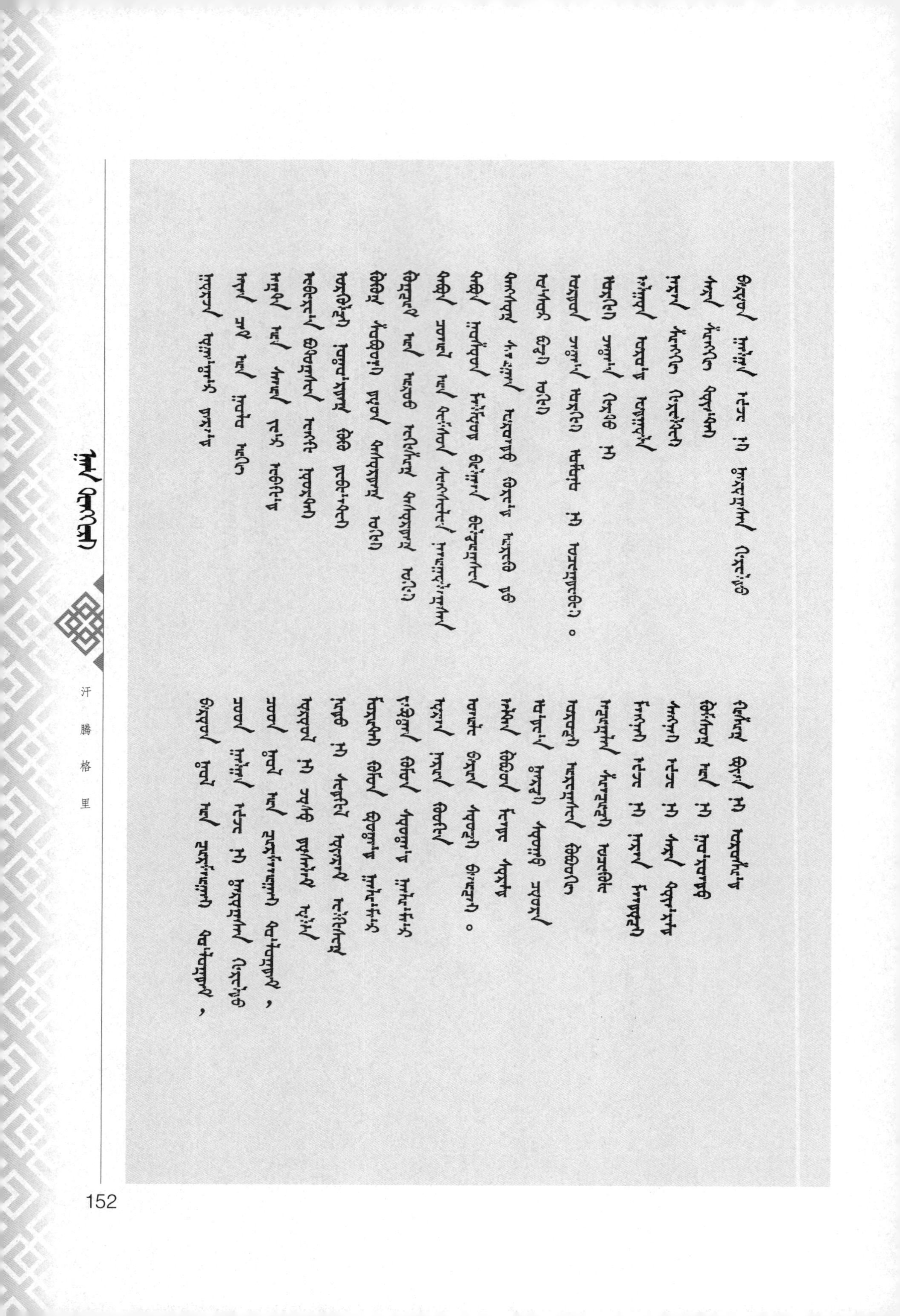

[illegible]

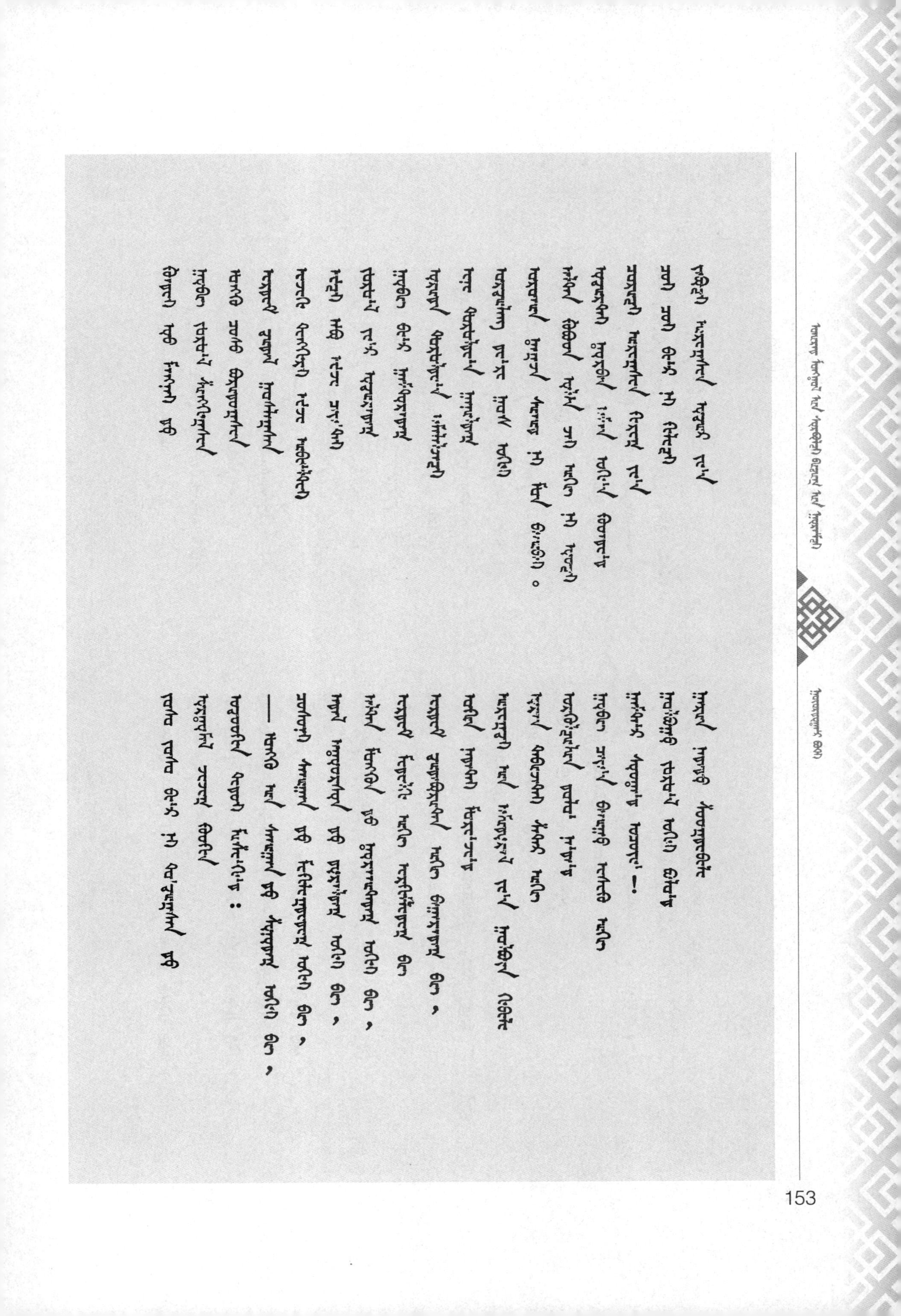

[illegible]
[illegible]
[illegible]
[illegible]
[illegible]
[illegible] ᠃
[illegible]
[illegible]
[illegible]
[illegible]
[illegible]
[illegible]
[illegible]
[illegible]
[illegible]
[illegible]
[illegible]

[illegible]
[illegible]
[illegible] —᠃
[illegible]
[illegible]
[illegible]
[illegible]
[illegible]
[illegible] ᠂
[illegible]
[illegible] ᠂
[illegible] ᠂
[illegible] ᠂
— [illegible] ᠂
[illegible] ᠄
[illegible]
[illegible]

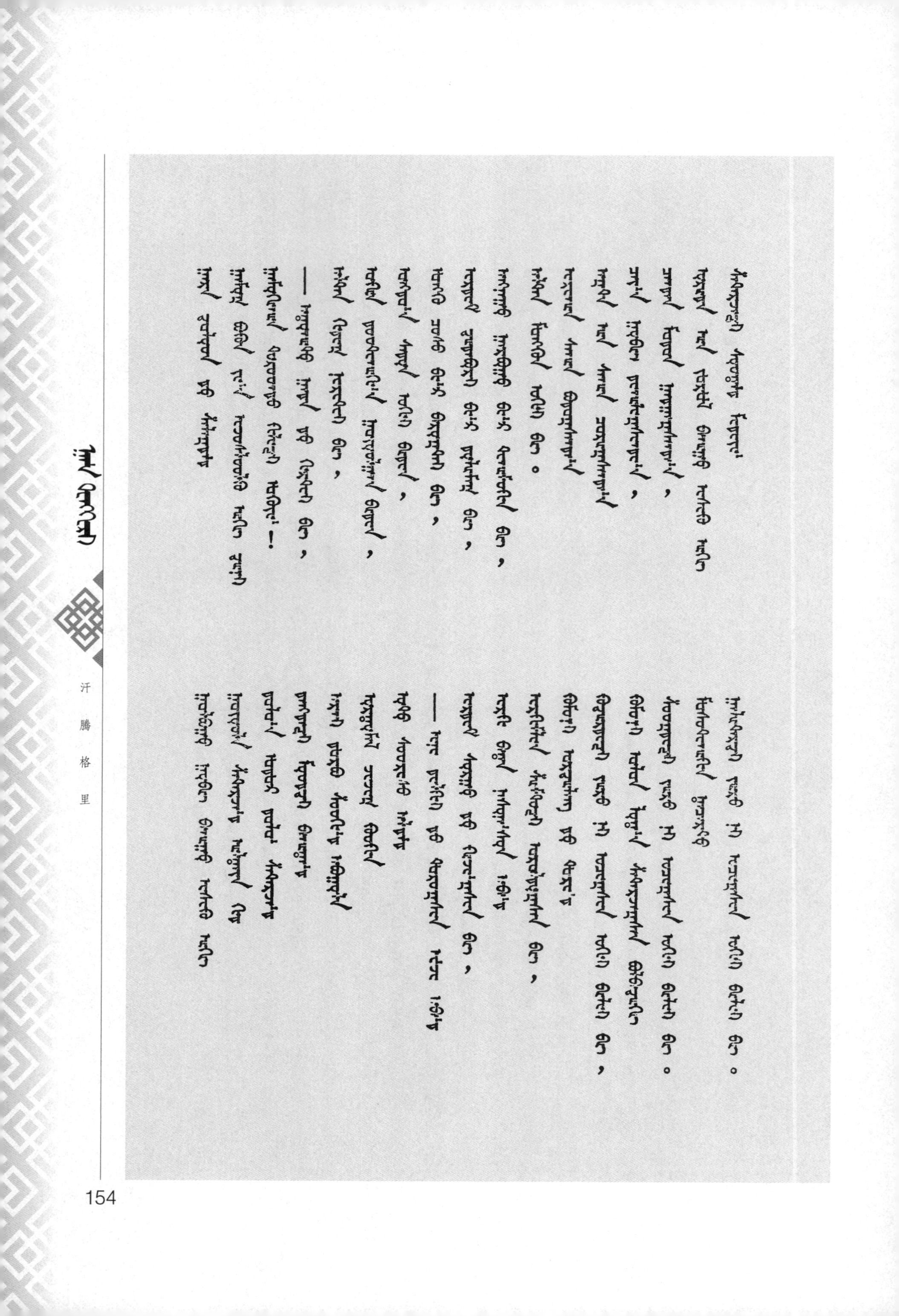

[illegible]:
[illegible]
[illegible] ,
[illegible] ,
[illegible]
[illegible]
[illegible] 。
[illegible] ,
[illegible] ,
[illegible] ,
[illegible] ,
[illegible] ,
[illegible] ,
— [illegible] ,
[illegible] —.
[illegible]
[illegible]
[illegible] 。
[illegible]
[illegible] 。
[illegible]
[illegible] ,
[illegible]
[illegible] ,
[illegible]
[illegible] ,
— [illegible]
[illegible]
[illegible]
[illegible]
[illegible]
[illegible]
[illegible]
[illegible]

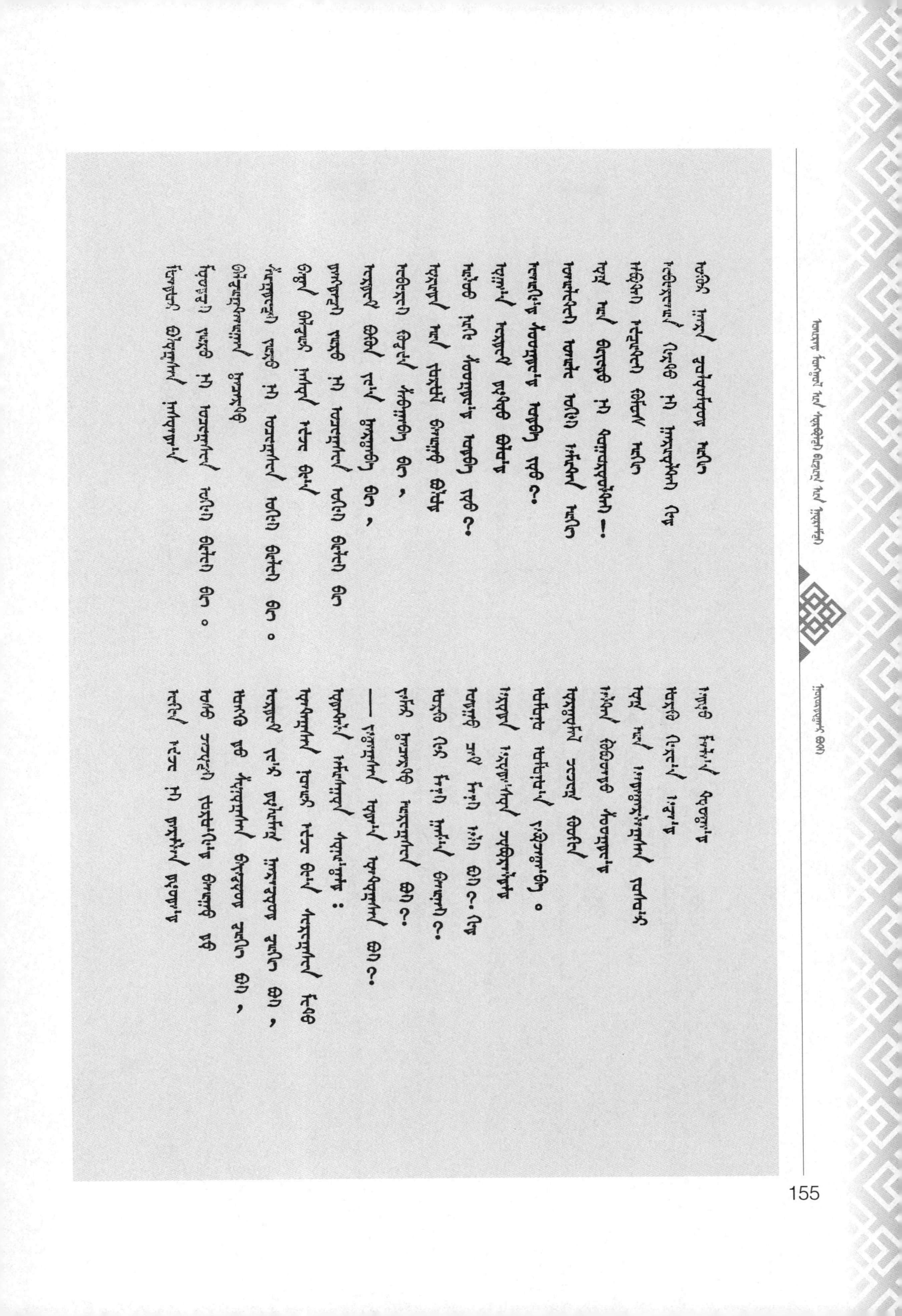

[illegible]
[illegible]
[illegible]
[illegible]
[illegible]
[illegible]
[illegible]
[illegible]
[illegible]
[illegible]
[illegible]
[illegible]
[illegible]
[illegible]
[illegible]
[illegible]
[illegible]

[illegible]
[illegible]
[illegible]
[illegible]
[illegible]
[illegible]
[illegible]
[illegible]
[illegible]
[illegible]
[illegible]
[illegible]
[illegible]
[illegible]
[illegible]
[illegible]

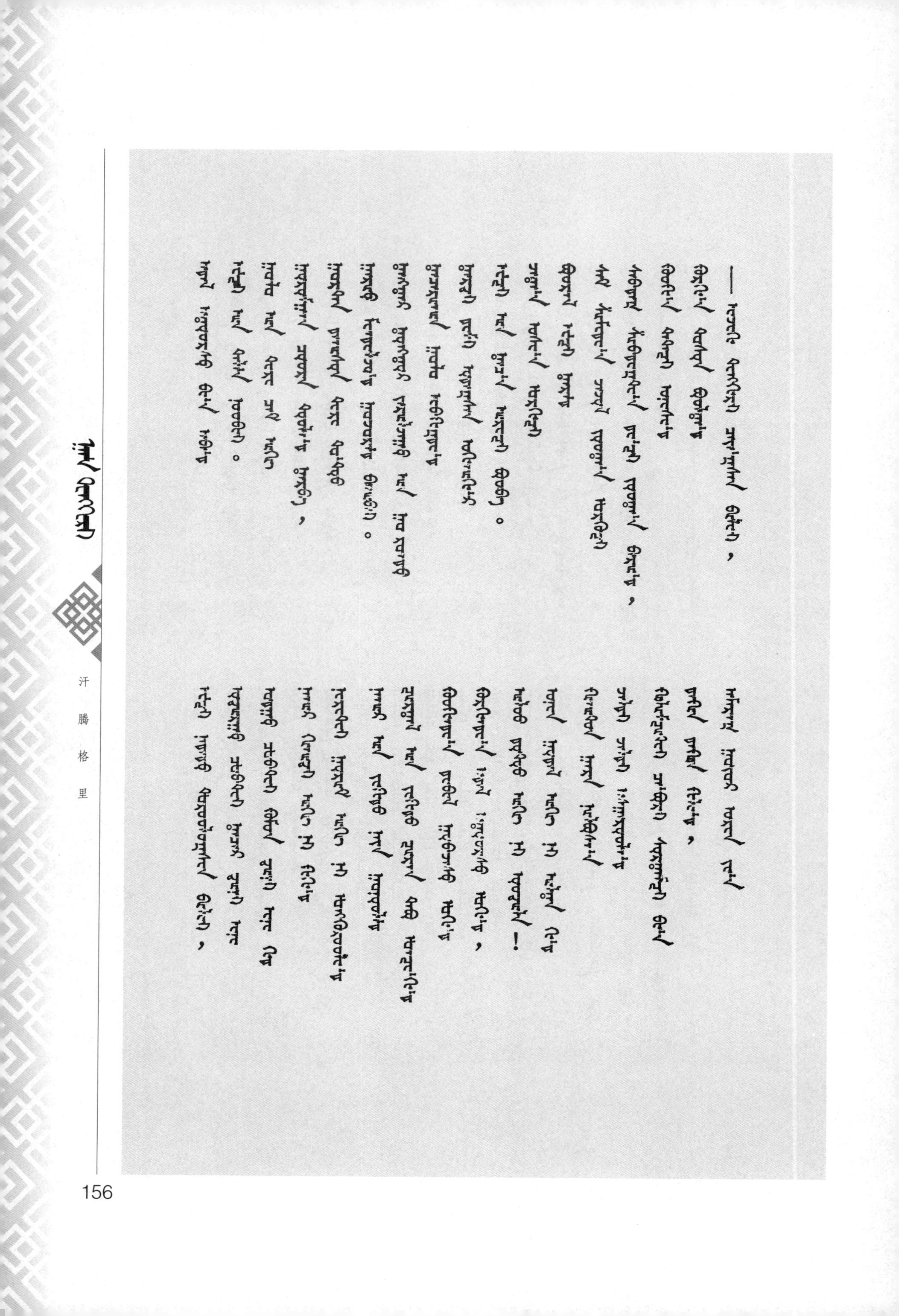

[illegible]

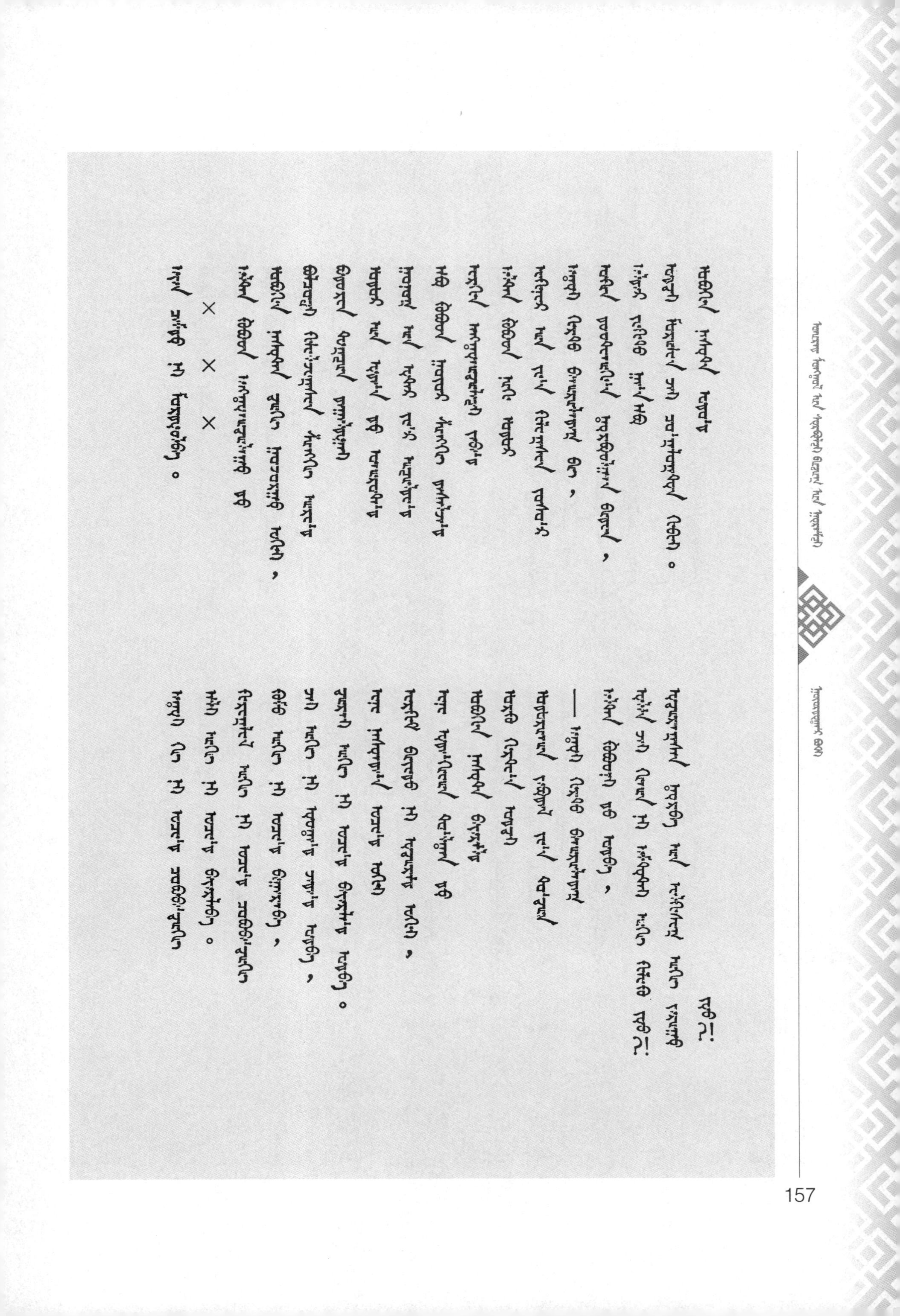

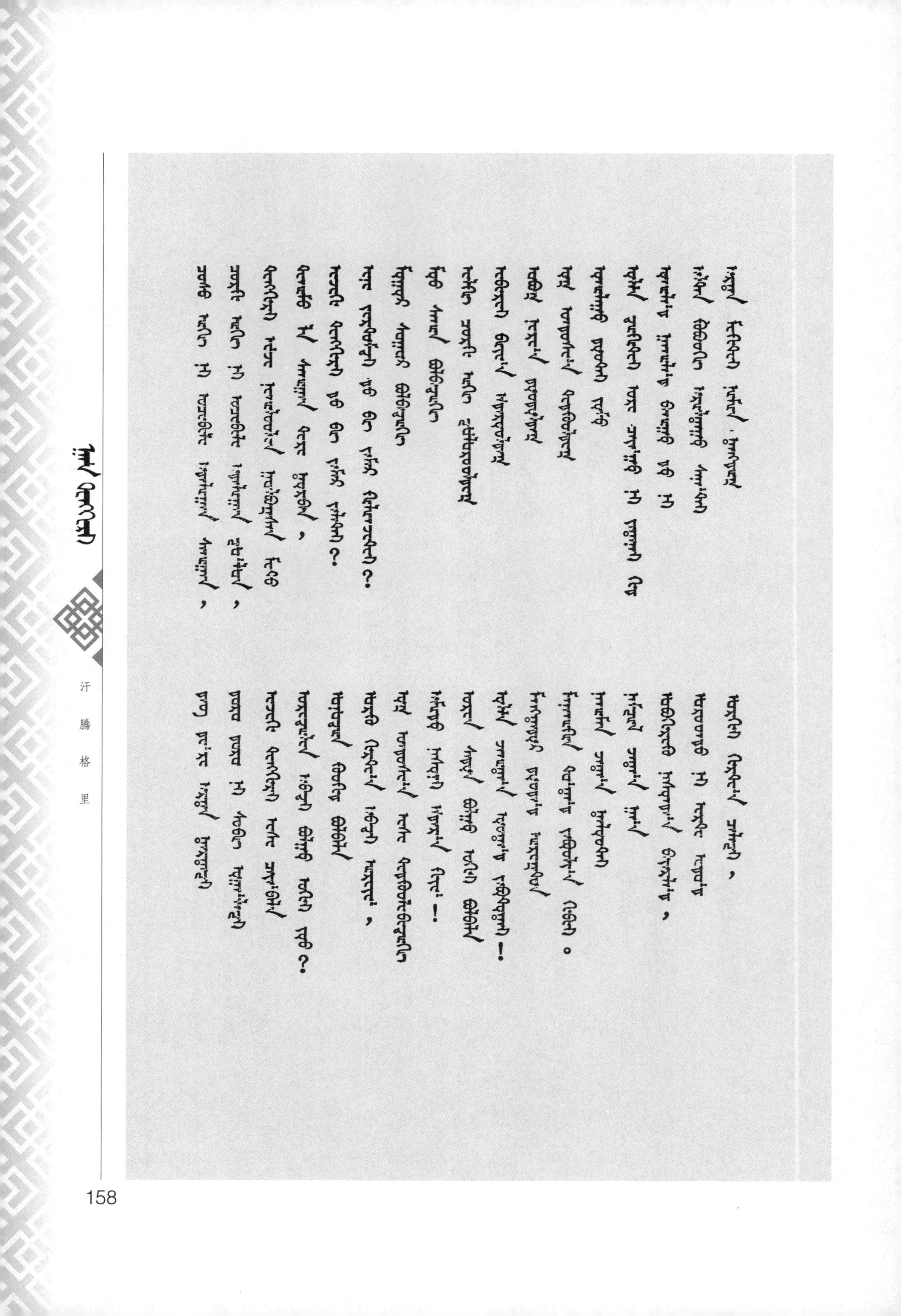

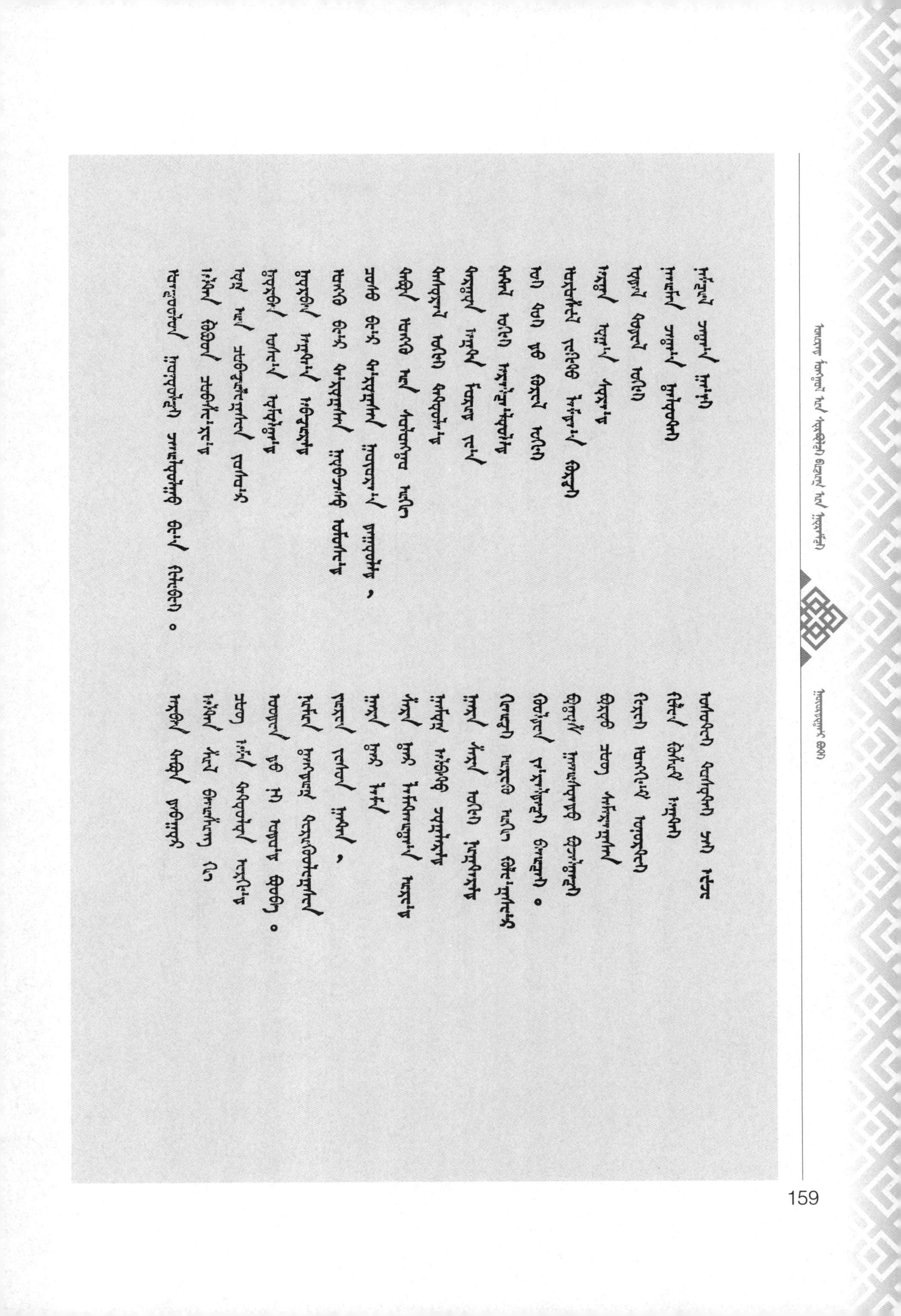

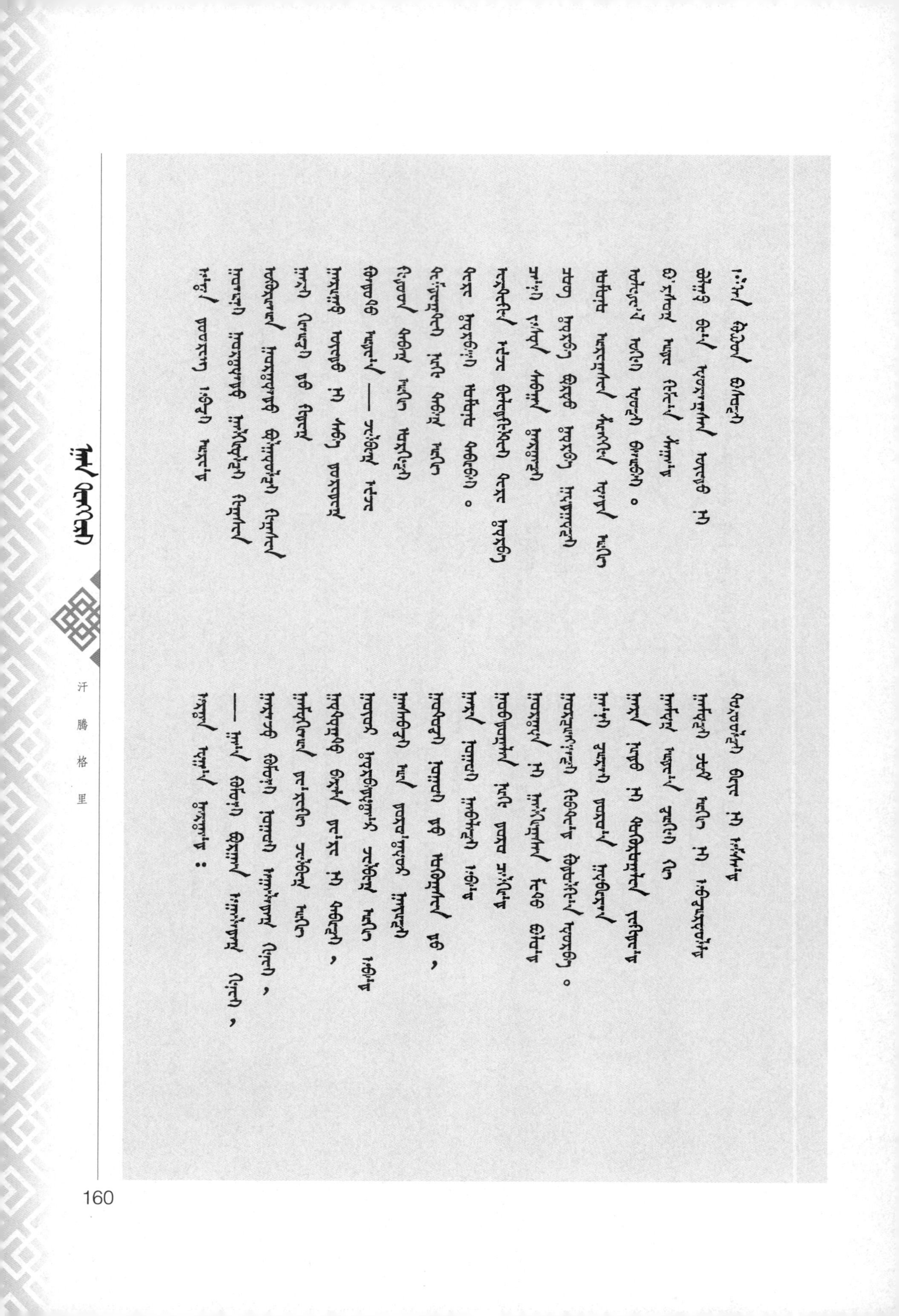

[illegible]

[illegible]

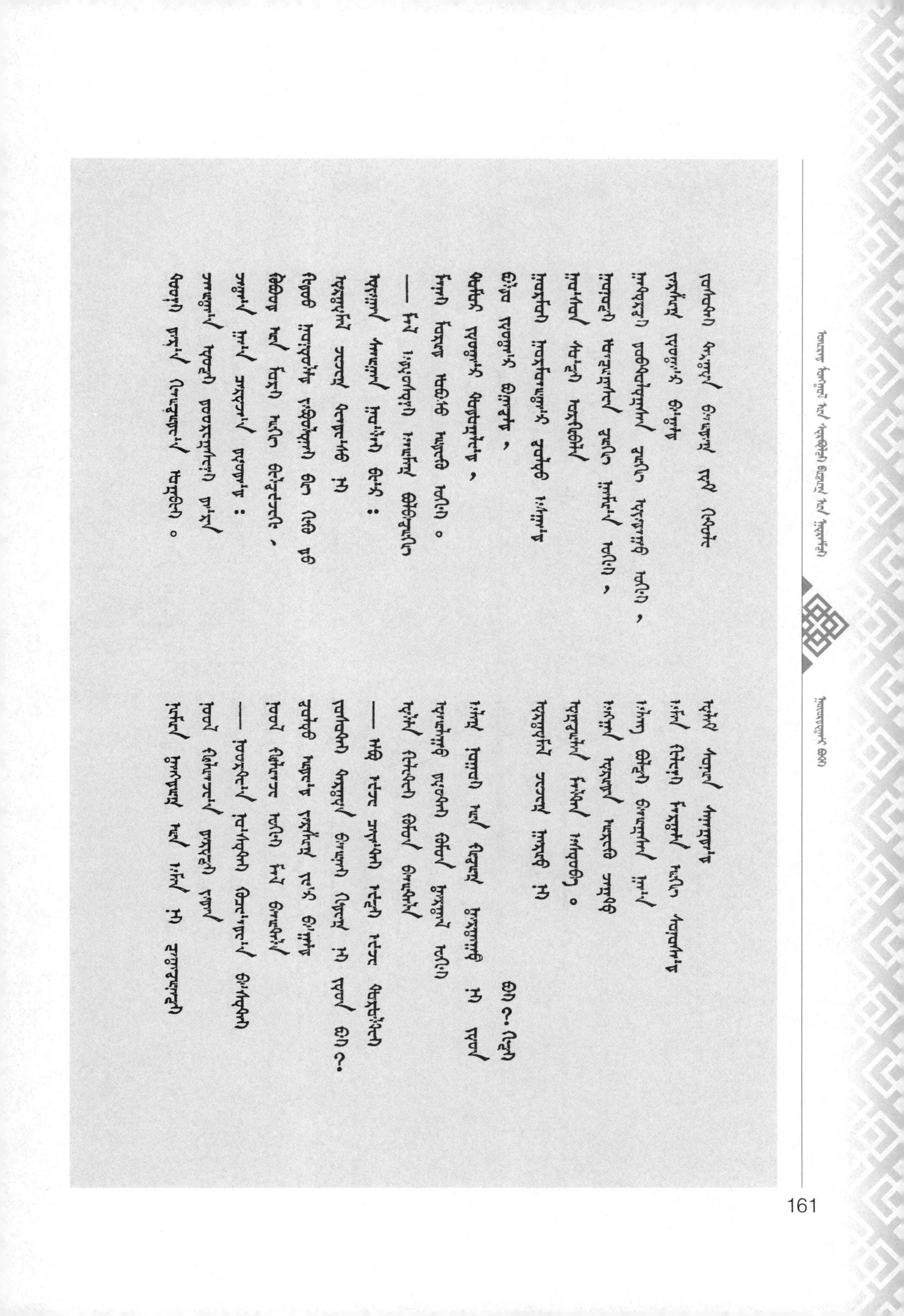

[illegible]

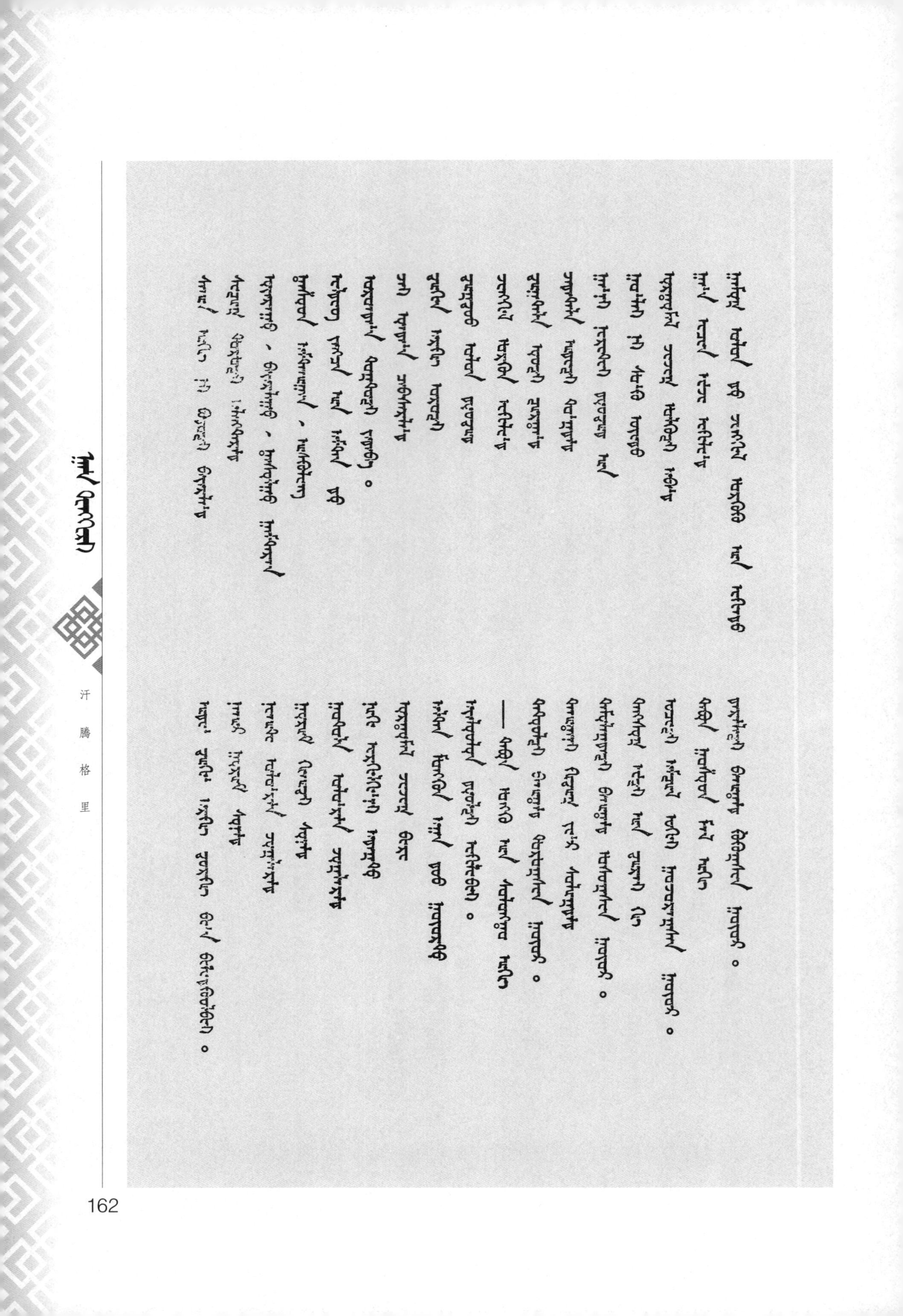

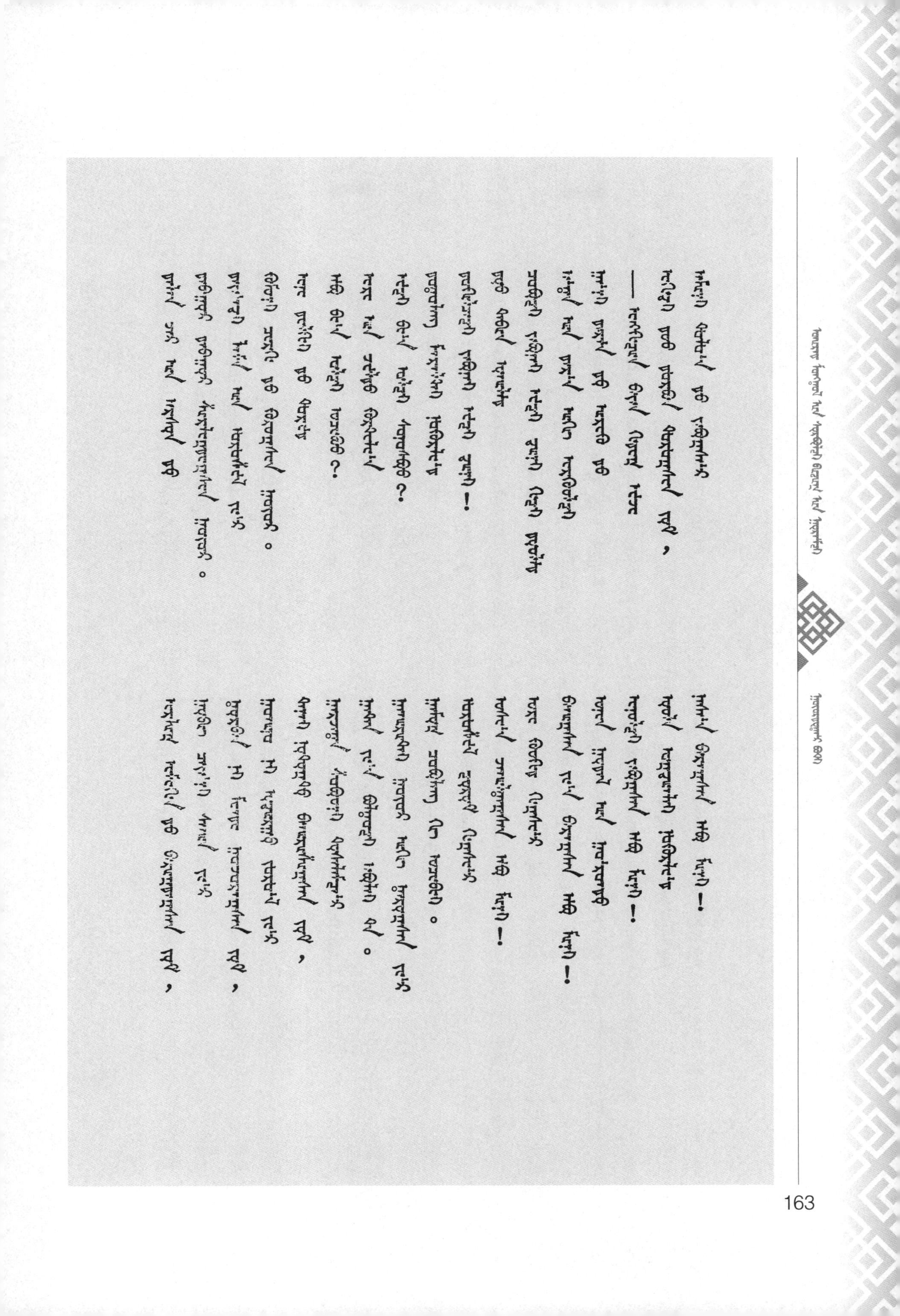

[illegible]
[illegible] 。
[illegible]
[illegible] 。
[illegible]
[illegible] ?
[illegible]
[illegible] ?
[illegible]
[illegible] !
[illegible]
[illegible]
[illegible]
[illegible]
— [illegible]
[illegible] ,
[illegible]

[illegible] ,
[illegible]
[illegible] ,
[illegible]
[illegible] ,
[illegible]
[illegible] 。
[illegible]
[illegible] 。
[illegible]
[illegible] !
[illegible]
[illegible] !
[illegible]
[illegible] !
[illegible]
[illegible] !

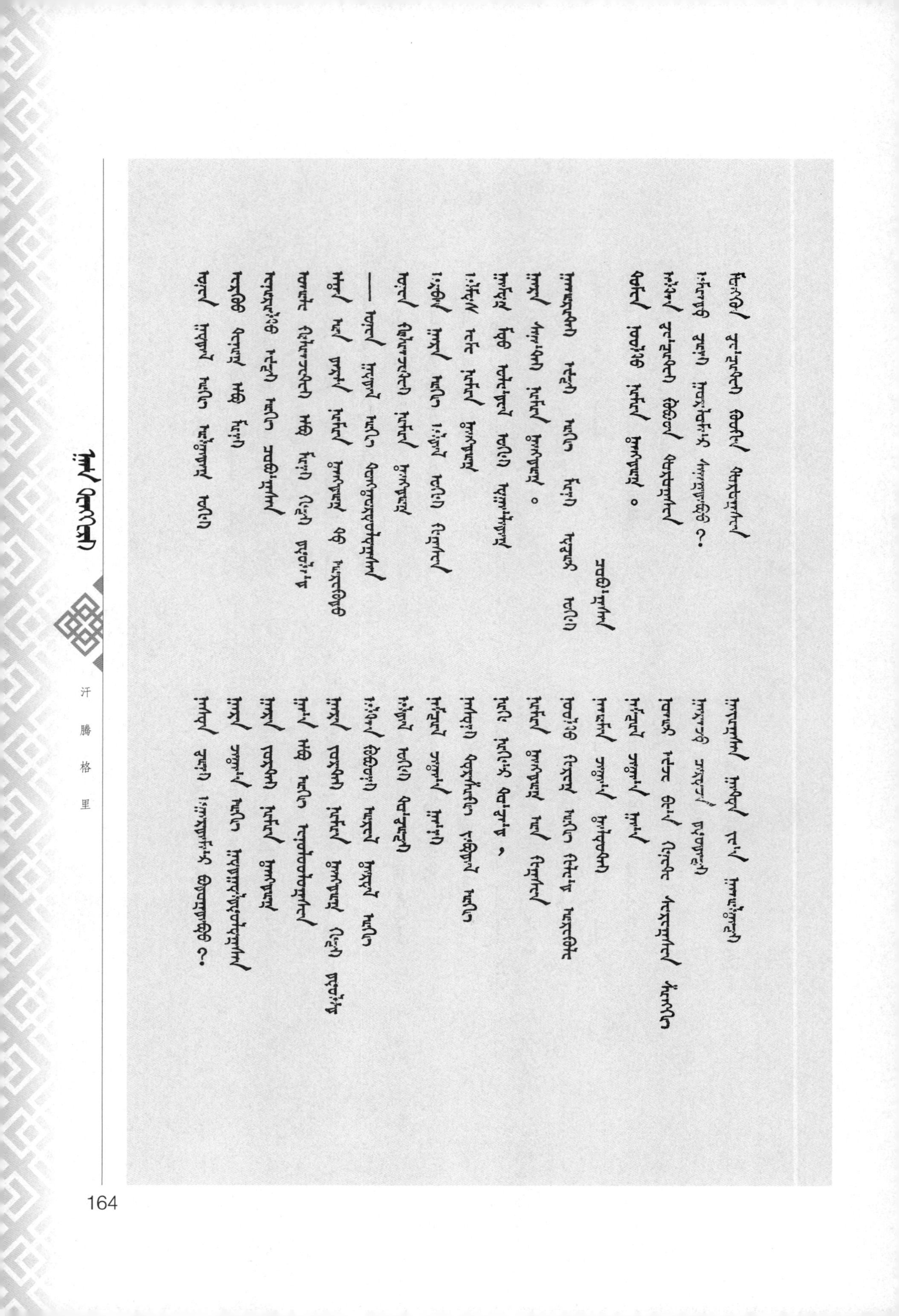

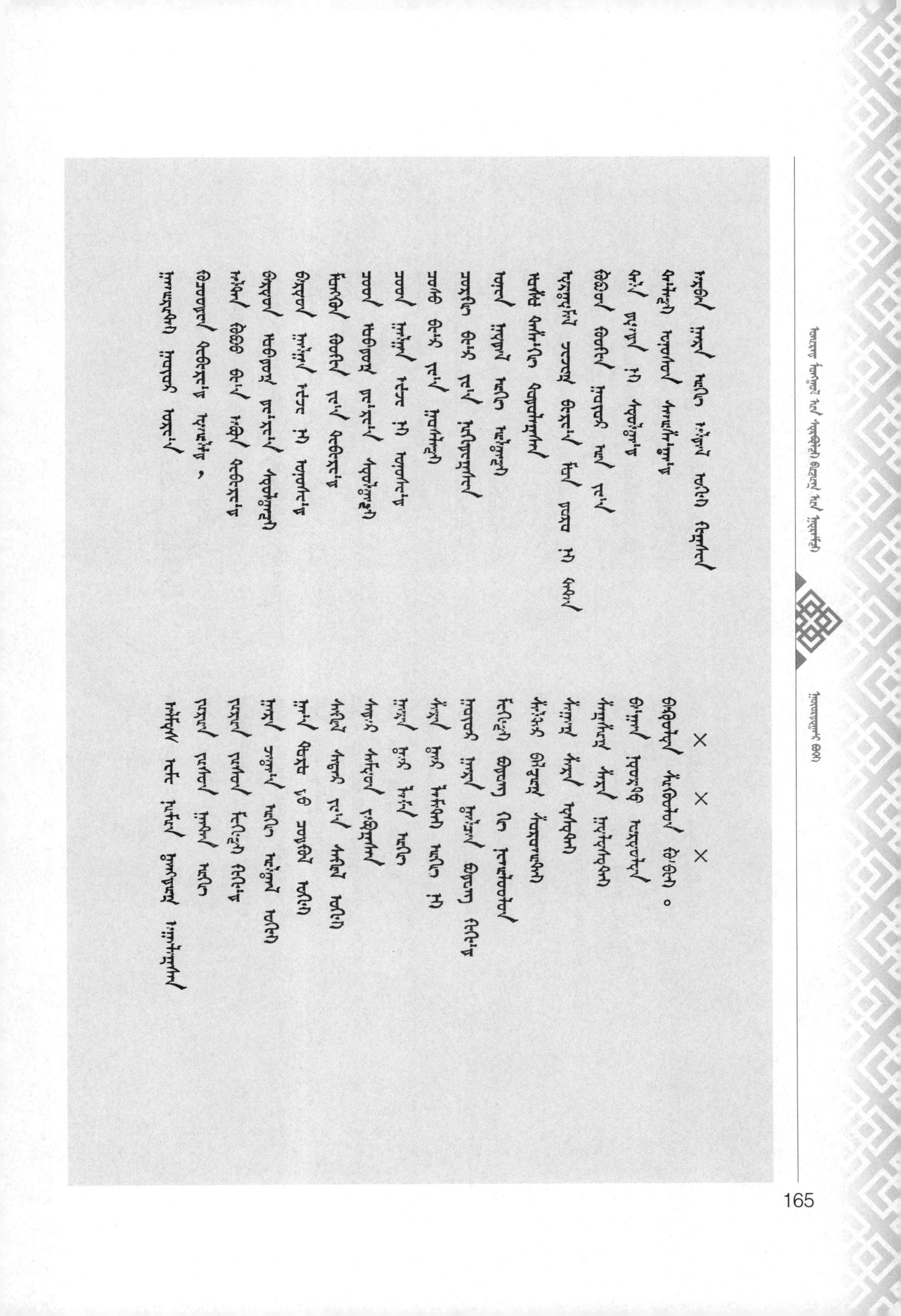

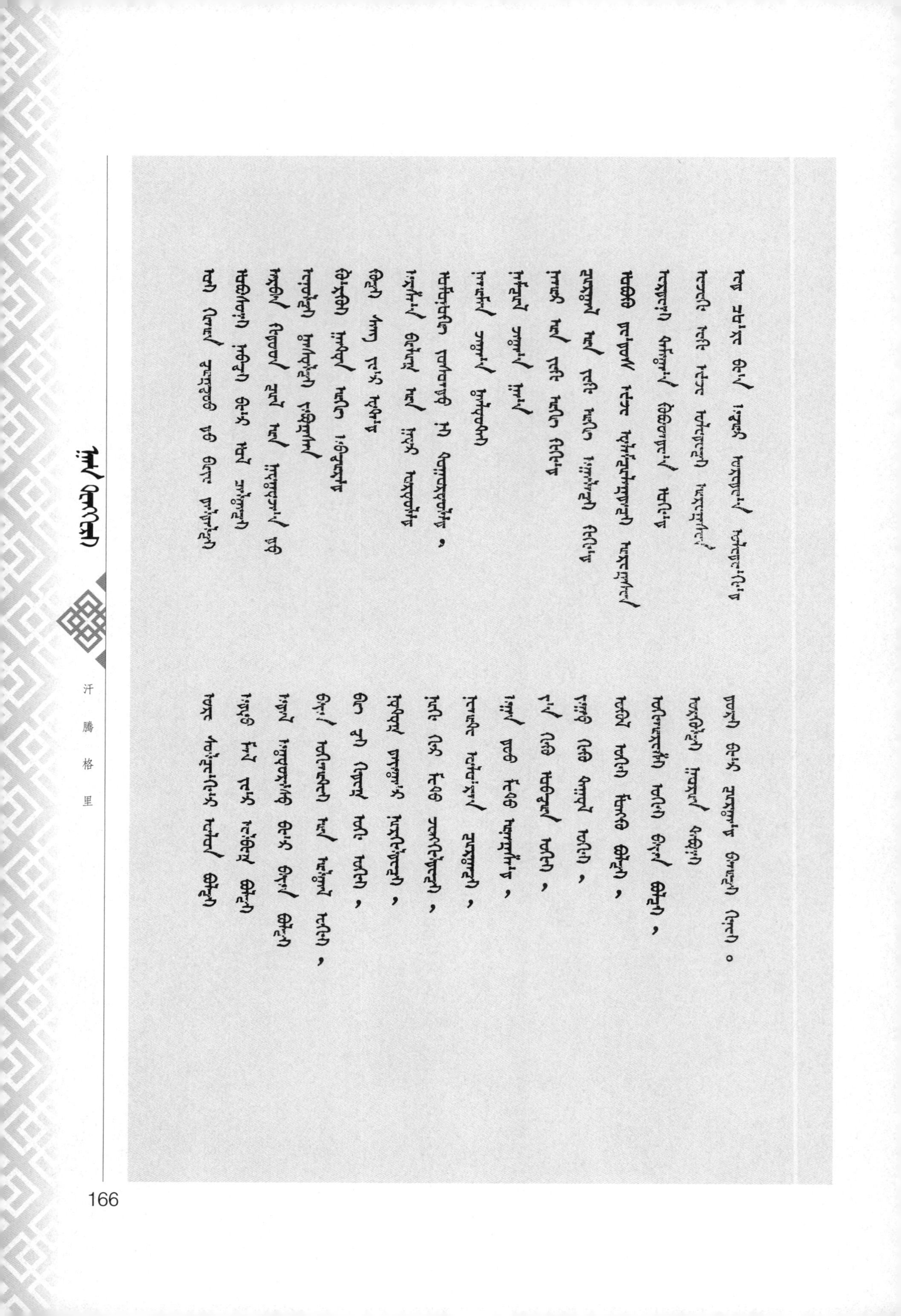

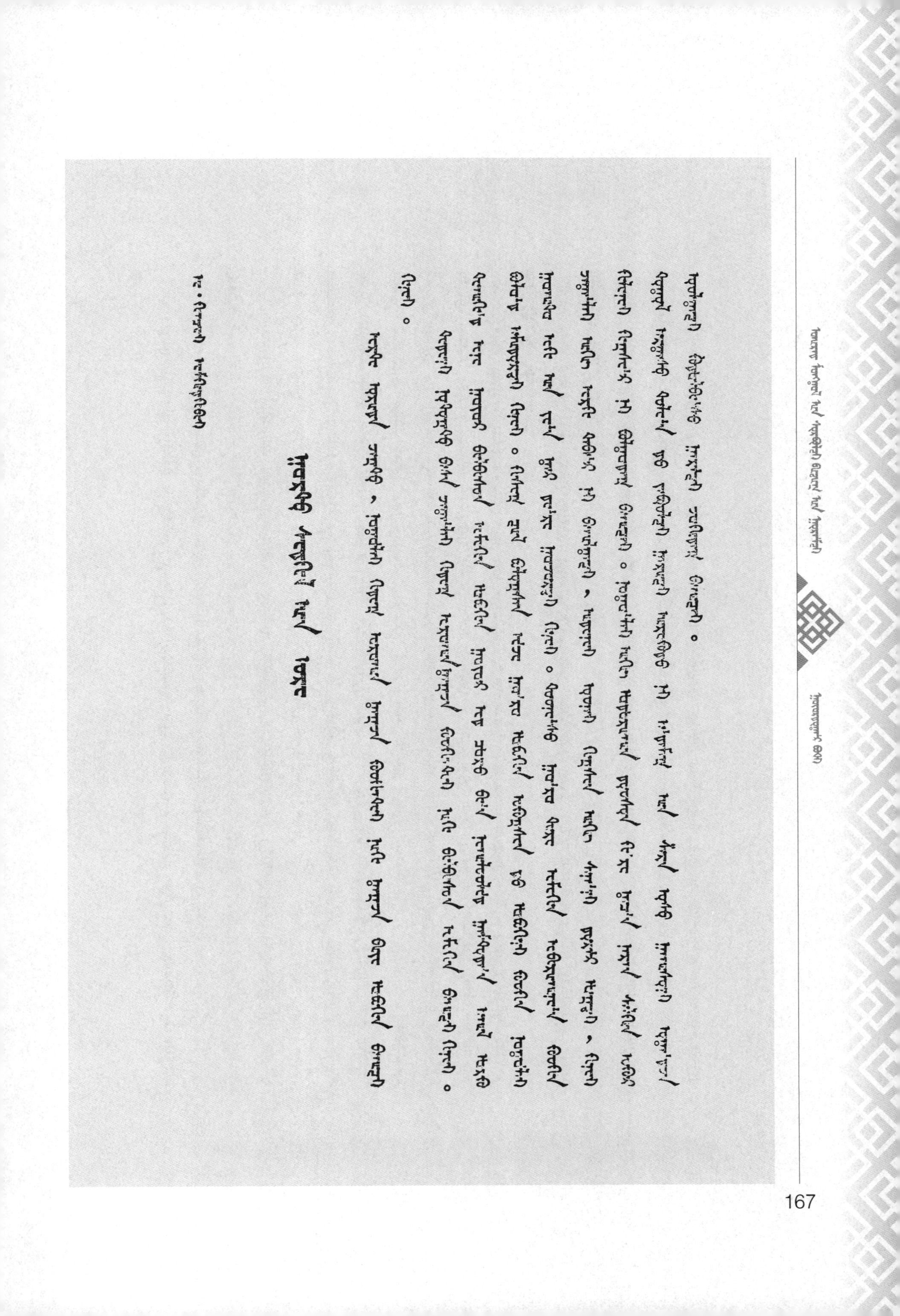

[illegible]

[illegible]

[illegible]

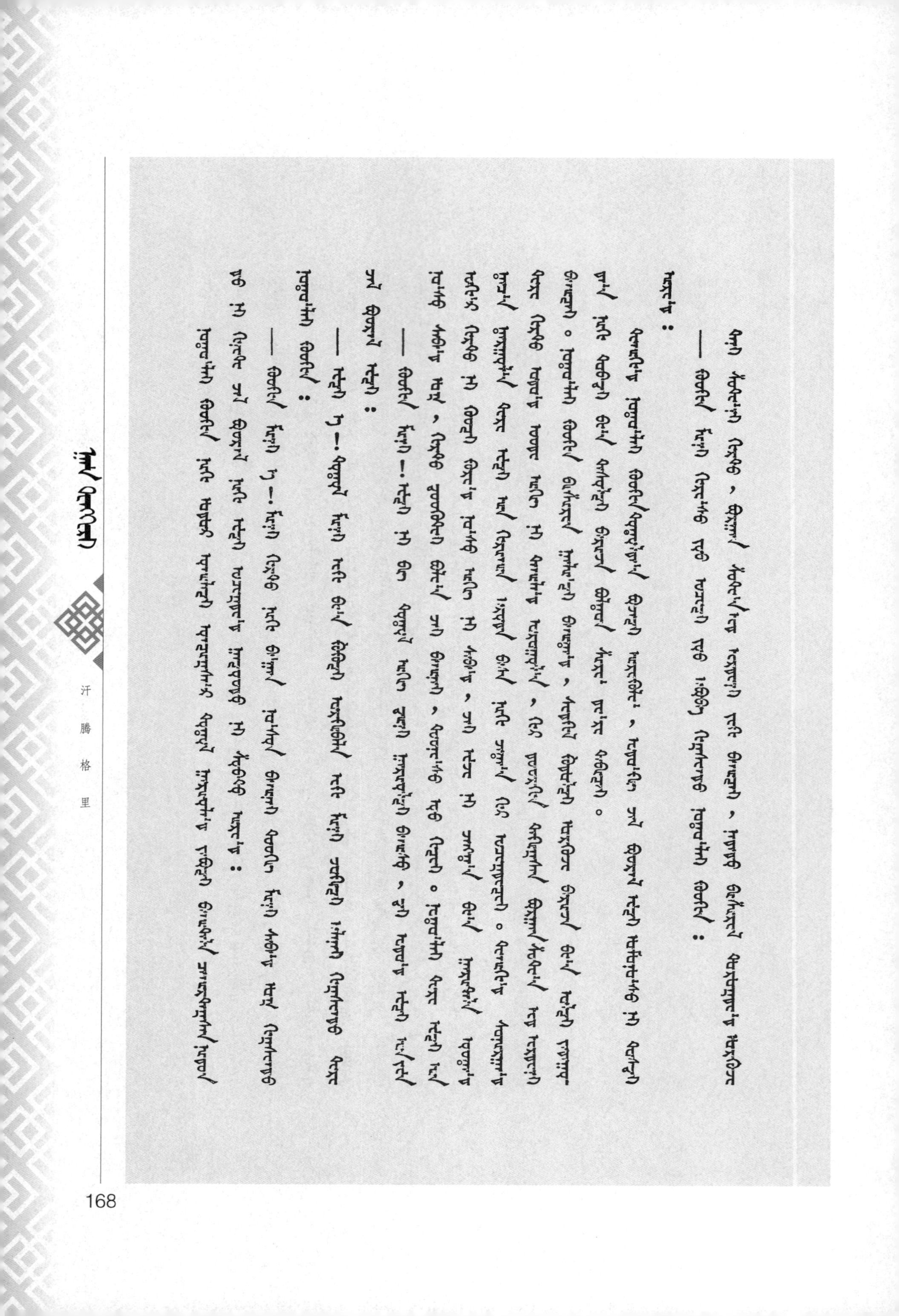

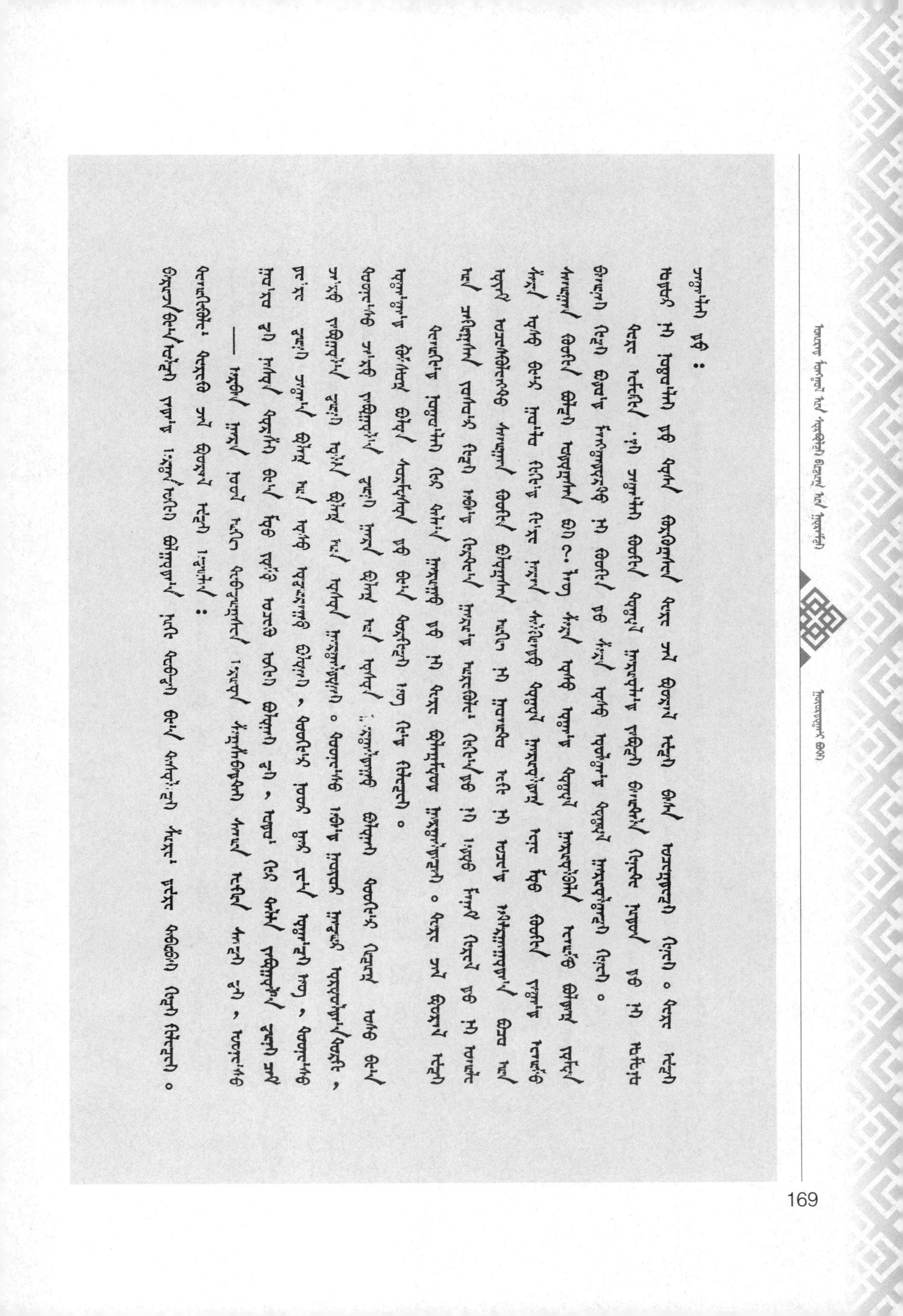

[illegible]

[illegible]

[illegible]

[illegible]

[illegible]

[illegible]

[illegible]

[illegible]

[illegible]

[illegible]

[illegible]

[illegible]

[illegible]

[illegible]

[illegible]

[illegible]

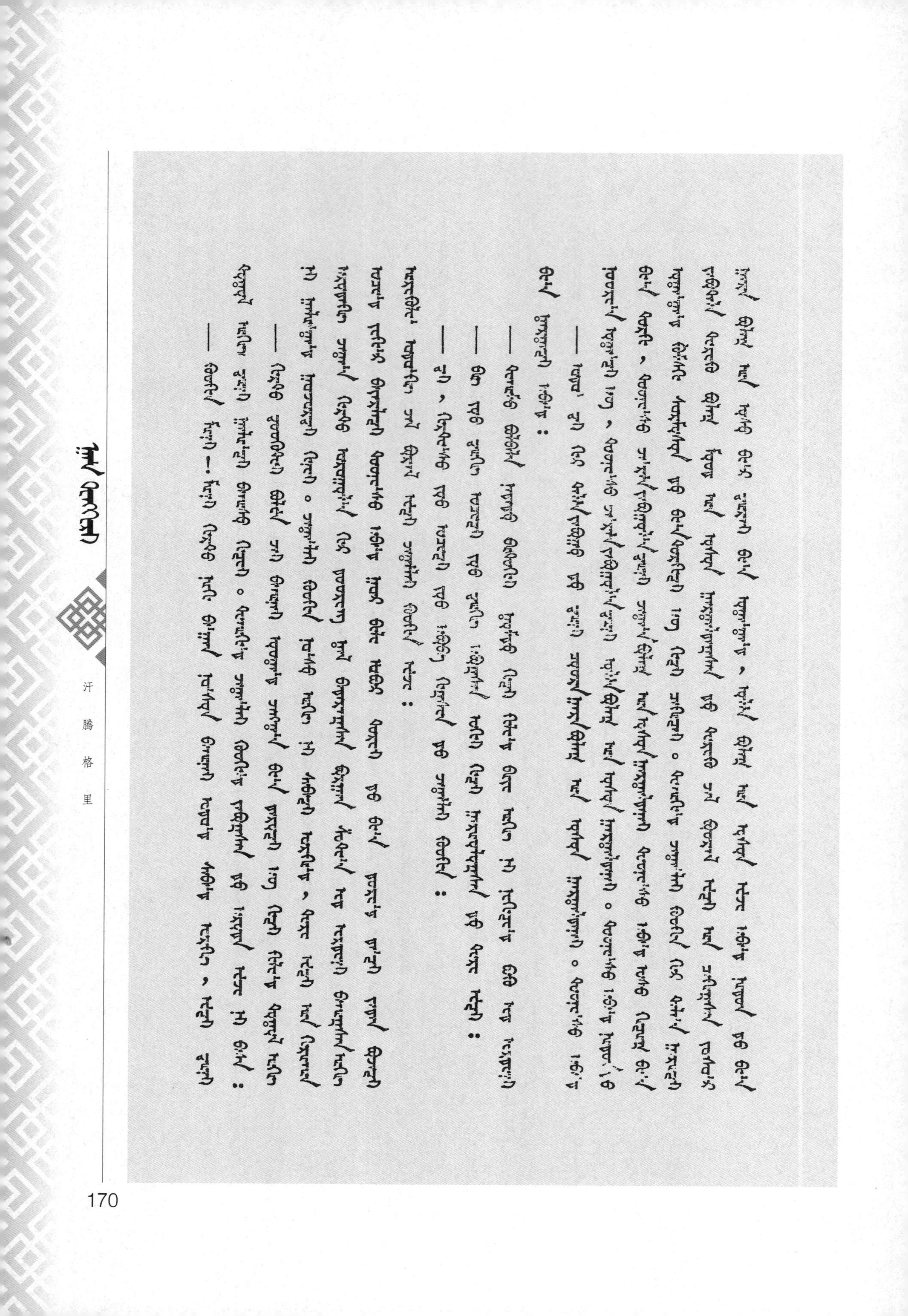

[illegible]

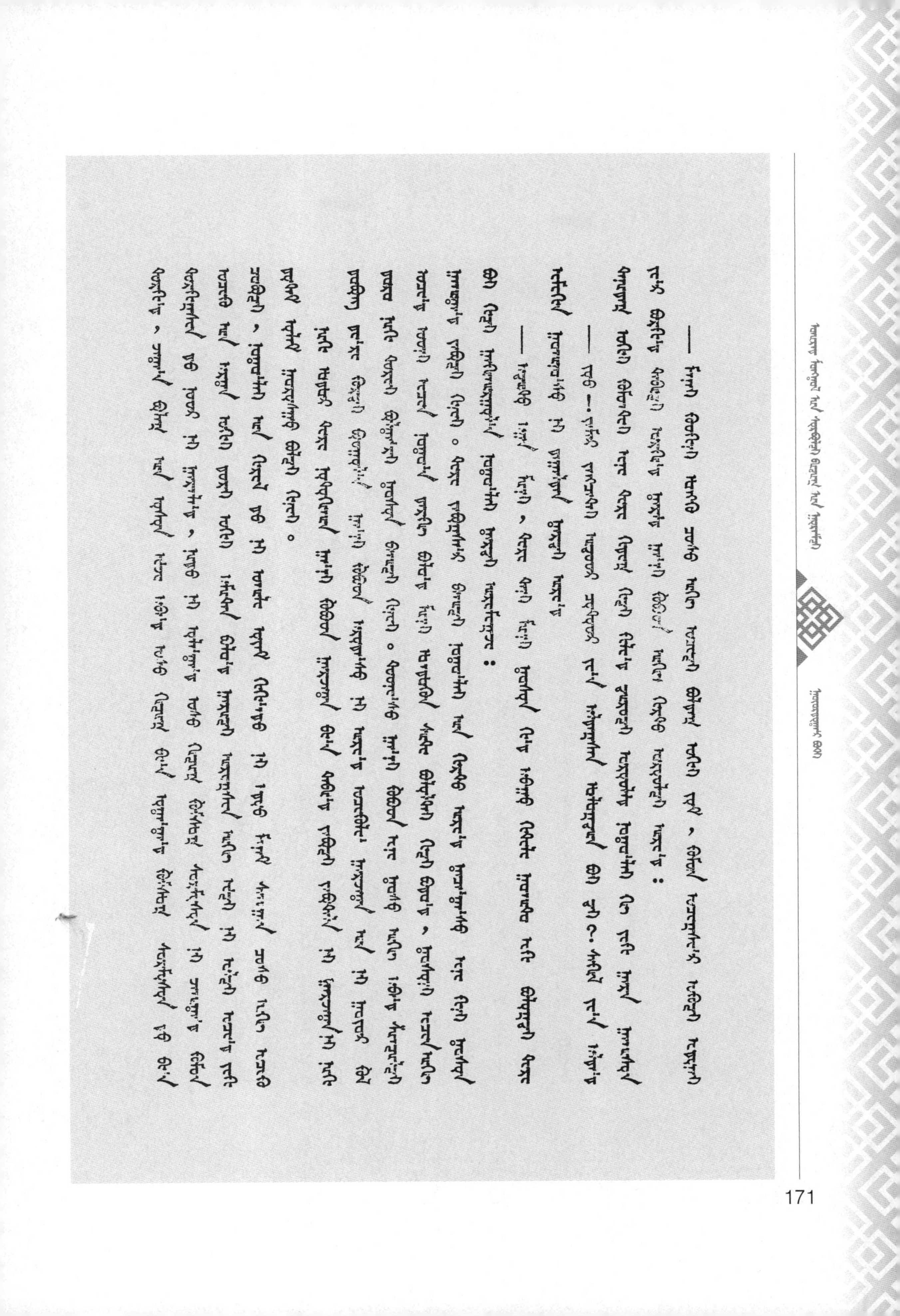

—— [illegible]

[illegible]

—— [illegible]

—— [illegible]

[illegible]

[illegible]

[illegible]

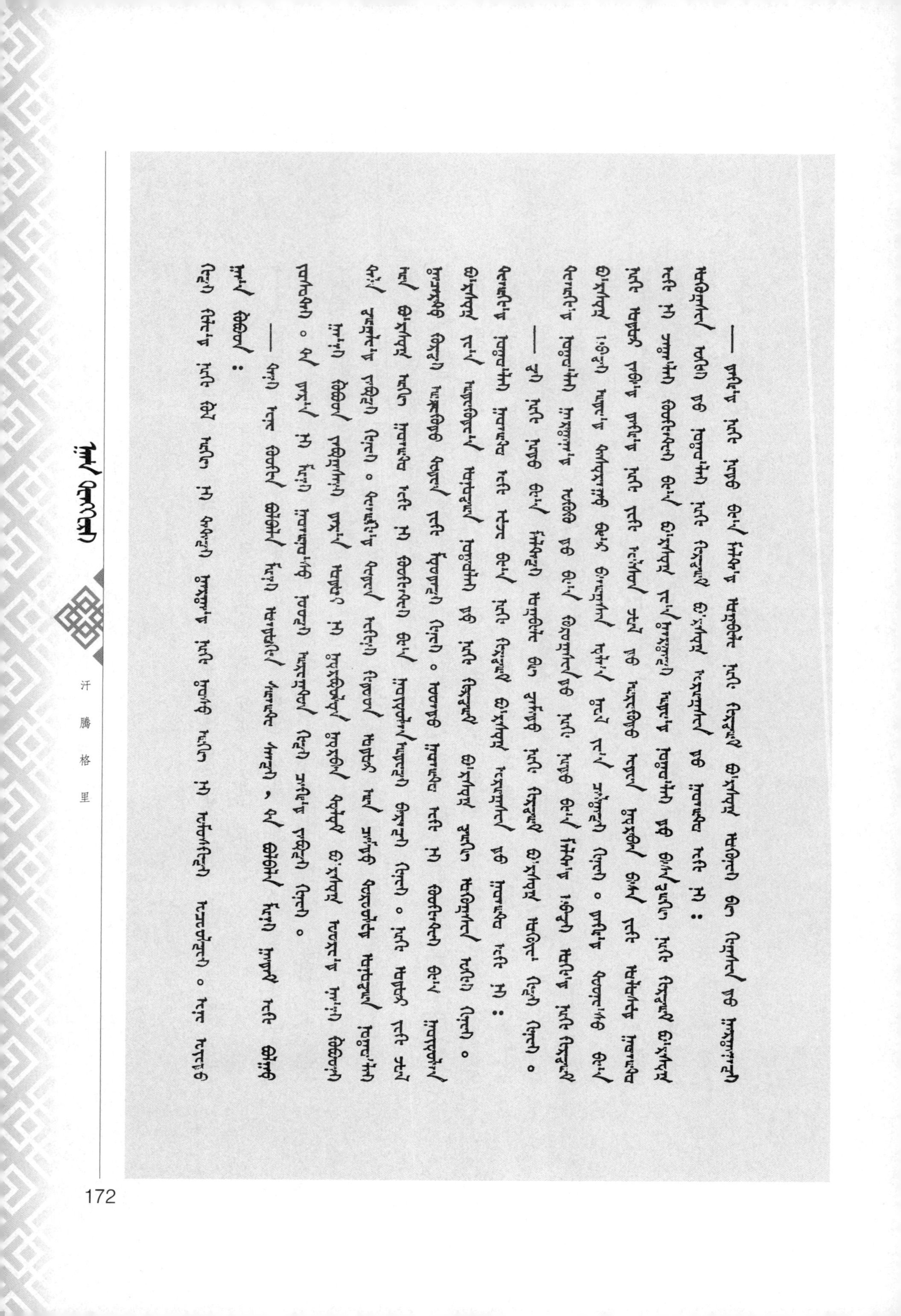

[illegible]

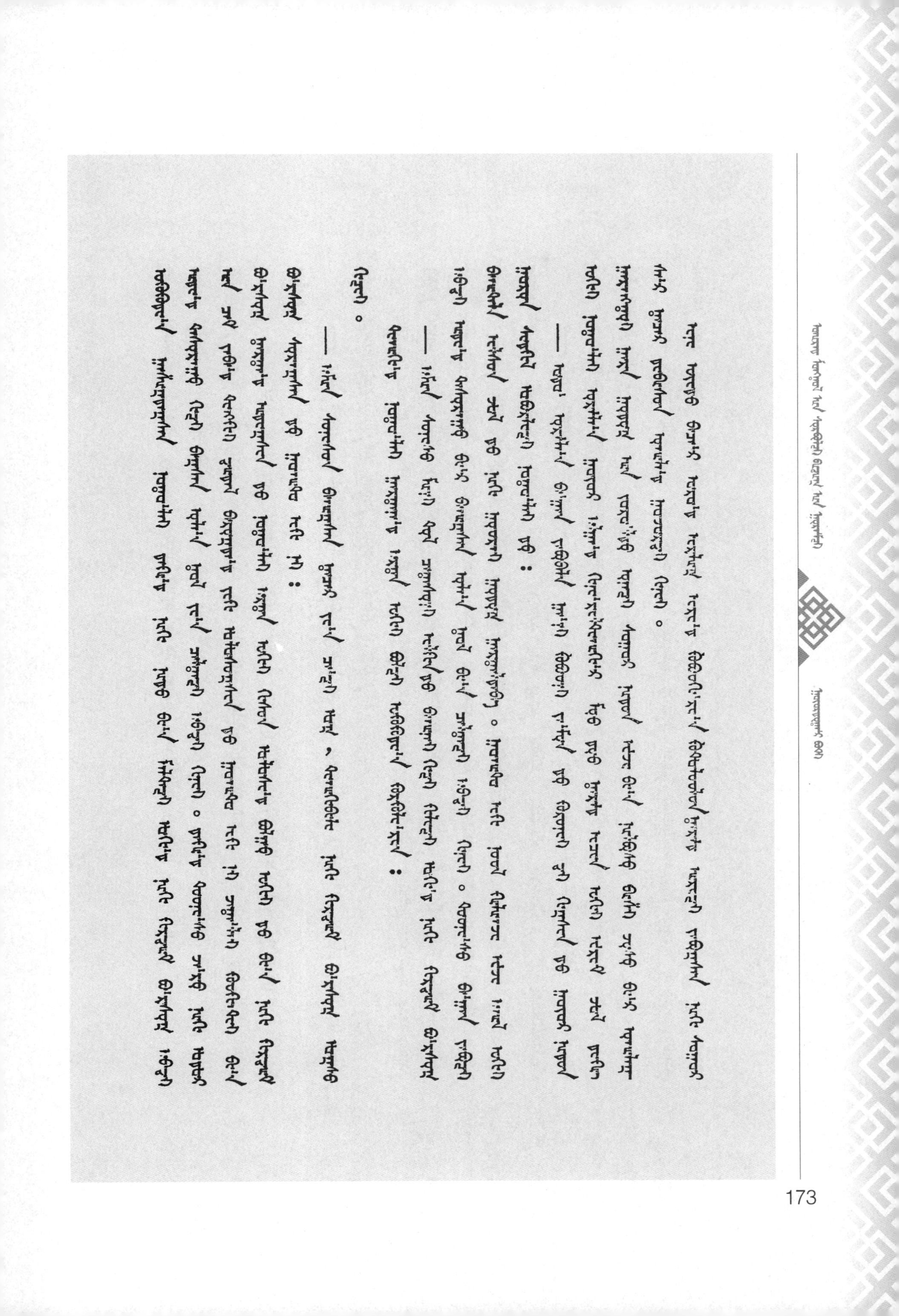

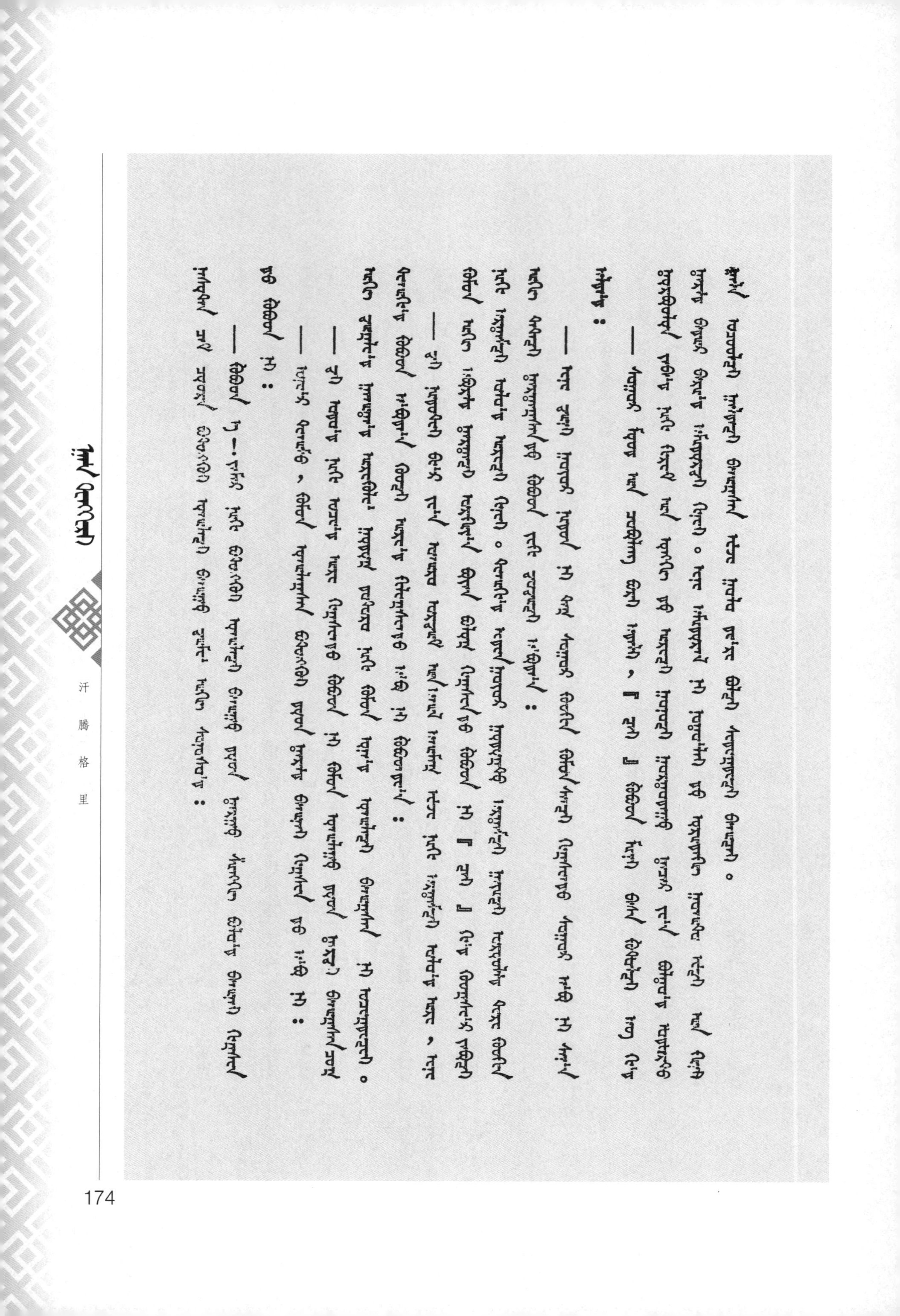

[illegible] ᠃

[illegible] ᠃ [illegible]

[illegible]

— [illegible] 『 [illegible] 』 [illegible]

[illegible] :

— [illegible]

[illegible] :

[illegible] ᠃ [illegible] 『 [illegible] 』 [illegible]

— [illegible] ᠂ [illegible]

[illegible] :

[illegible] ᠃

— [illegible]

— [illegible] ᠂ [illegible] :

[illegible] :

— [illegible] —— [illegible]

[illegible] :

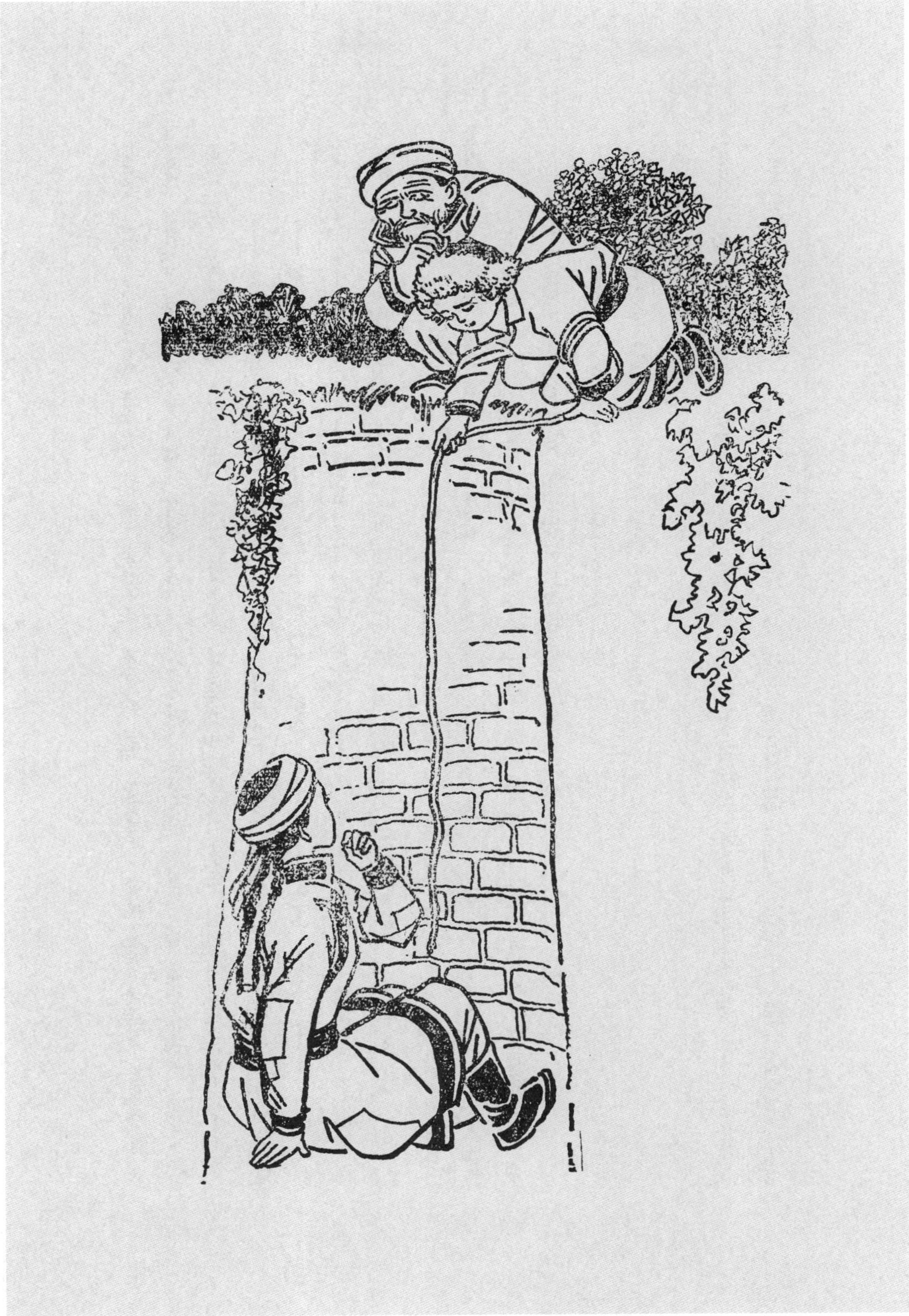

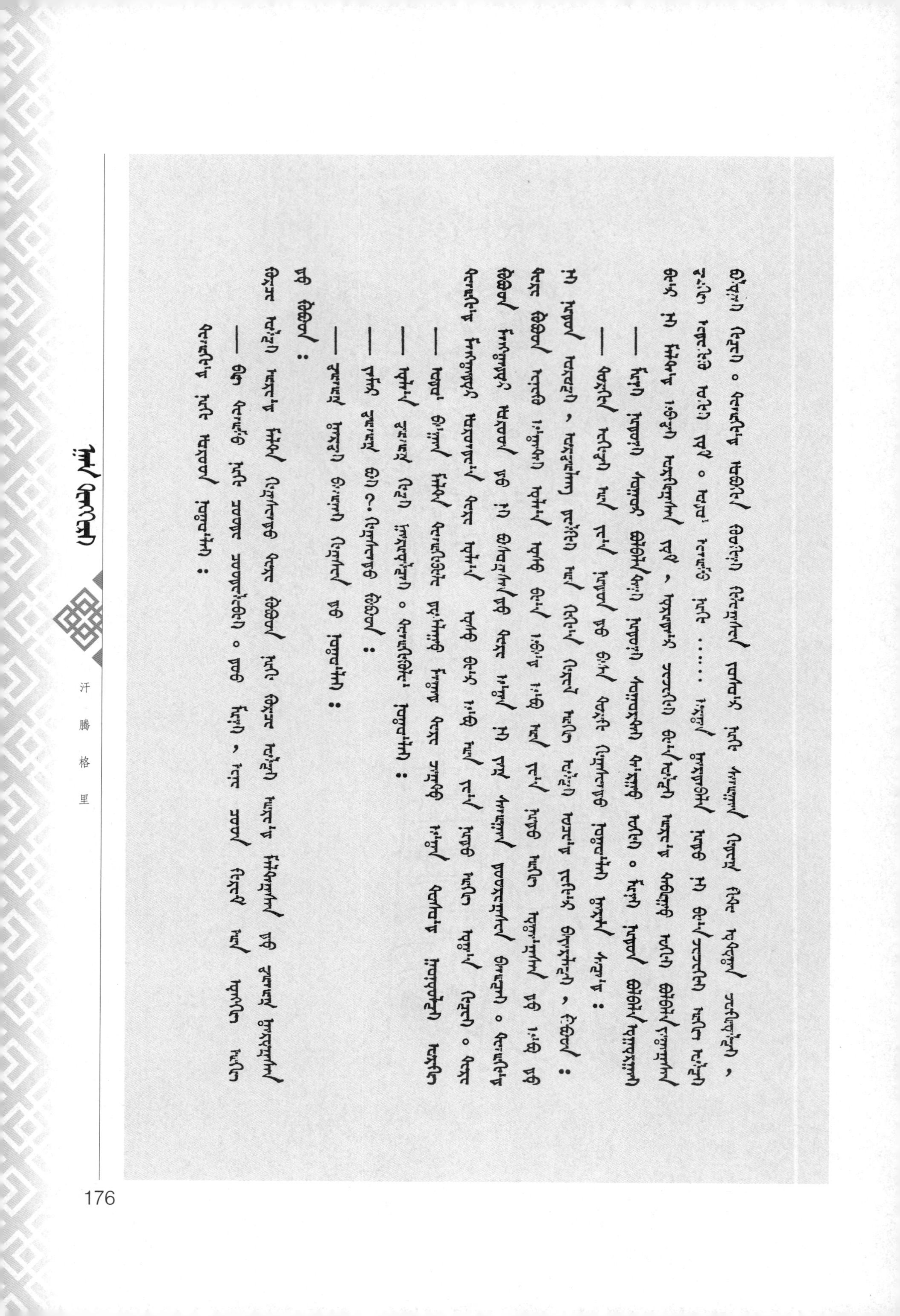

[illegible]
[illegible]
[illegible]

—— [illegible]

—— [illegible] :

[illegible] :
[illegible]
[illegible]
[illegible]

—— [illegible]

—— [illegible] :

—— [illegible] :

—— [illegible] :

[illegible] :

[illegible]

—— [illegible]
[illegible] :

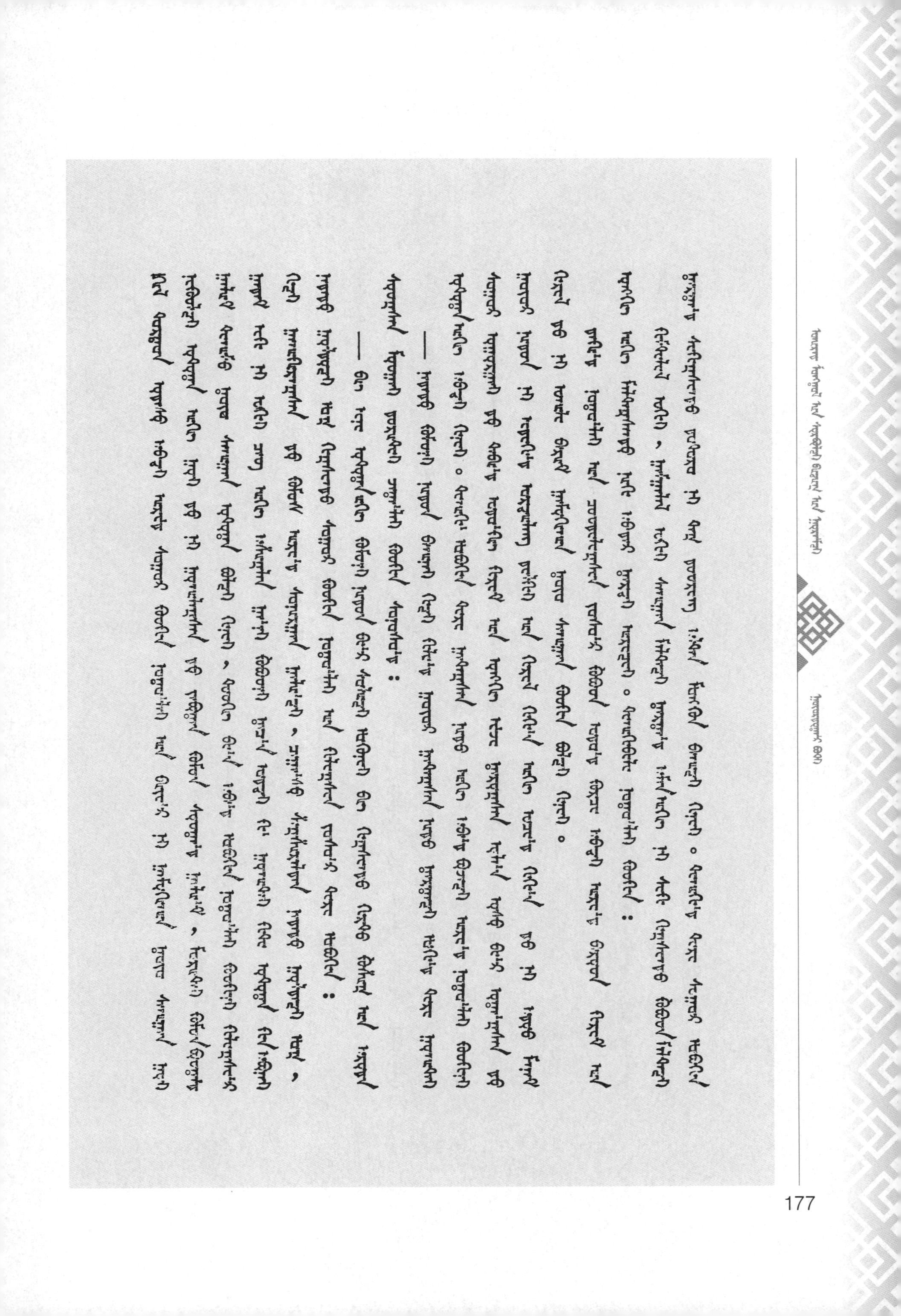

ᠨᠣᠭᠤᠭᠠᠨ ᠪᠣᠯᠵᠤ ᠪᠠᠢᠭ᠎ᠠ ᠬᠠᠪᠤᠷ ᠤᠨ ᠨᠠᠷᠠᠨ ᠰᠤᠯᠠ ᠪᠠᠷ ᠭᠡᠷᠡᠯᠳᠡᠭᠰᠡᠨ ᠮᠣᠷᠢᠳ ᠤᠨ ᠬᠡᠷᠡᠭᠯᠡᠬᠦ ᠭᠣᠣ ᠭᠡᠳᠡᠭ ᠵᠢᠭᠠᠰᠤᠨ

ᠪᠡᠶ᠎ᠡ ᠪᠢᠷ ᠬᠠᠪᠢᠯ ᠪᠣᠯᠵᠤ ᠪᠠᠢᠨ᠎ᠠ ᠃

ᠵᠠᠯᠠᠭᠤᠰ ᠤᠨ ᠬᠡᠯᠡ ᠨᠠᠢᠮᠠᠨ ᠬᠡᠯᠡᠪᠡᠷᠢ ᠵᠠᠯᠠᠭᠤᠰ ᠨᠢ ᠬᠡᠷᠡᠭᠯᠡᠬᠦ ᠨᠠᠢᠮᠠ ᠪᠣᠯᠣᠨ ᠰᠣᠨᠢᠨ ᠢ ᠬᠡᠯᠡᠵᠦ ᠲᠡᠷᠡ ᠰᠠᠢᠬᠠᠨ

ᠬᠡᠮᠡᠨ ᠬᠦᠮᠦᠨ ᠪᠠᠷ ᠵᠢᠷᠭᠠᠯᠠᠩ ᠤᠨ ᠬᠡᠯᠡᠭᠰᠡᠨ ᠃ ᠬᠡᠯᠡᠬᠦ ᠬᠡᠮᠡᠨ ᠨᠢ ᠄

—— ᠵᠣᠭᠰᠣᠭ᠎ᠠ ᠰᠠᠢᠬᠠᠨ ᠬᠦᠷᠡᠯ ᠨᠢ ᠰᠣᠨᠢᠨᠴᠢ ᠪᠠᠢᠨ᠎ᠠ ᠂

ᠮᠣᠷᠢᠨ ᠵᠠᠯᠠᠭᠤᠰ ᠨᠢ ᠄

—— ᠰᠠᠢᠬᠠᠨ ᠨᠠᠢᠮᠠᠨ ᠬᠡᠯ ᠨᠢ ᠪᠢᠳᠡ ᠰᠣᠨᠢᠨ ᠰᠠᠢᠬᠠᠨ ᠰᠠᠢᠬᠠᠨ ᠲᠡᠭᠡᠭᠡ ᠬᠡᠮᠡᠨ ᠨᠢ ᠰᠠᠶᠢᠬᠠᠨ ᠄

—— ᠮᠣᠷᠢᠳ ᠬᠦᠷᠡᠭᠰᠡᠨ ᠂ ᠬᠡᠮᠡᠵᠦ ᠪᠠᠢᠭᠰᠠᠨ ᠨᠣᠭᠣᠭᠠᠨ ᠮᠣᠷᠢᠳ ᠳᠡᠭᠡᠷ᠎ᠡ ᠂ ᠬᠡᠮᠡᠨ ᠨᠢ ᠪᠢᠳᠡ ᠰᠠᠢᠬᠠᠨ ᠨᠠᠢᠮᠠᠨ

ᠬᠡᠷᠡᠭᠲᠡᠢ ᠮᠣᠷᠢᠳ ᠳᠡᠭᠡᠷ᠎ᠡ ᠃ ᠮᠣᠷᠢᠨ ᠬᠡᠯᠡᠪᠡ ᠰᠠᠢᠬᠠᠨ ᠪᠢᠳᠡ ᠪᠡᠷ ᠵᠠᠭᠤᠰ ᠤᠨ ᠬᠠᠪᠤᠷ ᠂ ᠬᠡᠮᠡᠨ ᠮᠣᠷᠢᠨ ᠬᠡᠯᠡᠪᠡᠷᠢ ᠰᠠᠢᠬᠠᠨ ᠰᠣᠨᠢᠨ ᠰᠠᠶᠢᠬᠠᠨ

ᠪᠠᠢᠨ᠎ᠠ ᠰᠠᠢᠬᠠᠨ ᠨᠢ ᠲᠡᠭᠦᠨ ᠢ ᠬᠦᠮᠦᠰ ᠪᠠᠷ ᠲᠡᠷᠡ ᠪᠣᠯᠤᠭᠰᠠᠨ ᠵᠠᠯᠠᠭᠤᠰ ᠬᠦᠮᠦᠨ ᠨᠢ ᠬᠡᠯᠡᠪᠡ ᠵᠢᠷᠭᠠᠯᠠᠩ ᠨᠠᠢᠮᠠᠨ

ᠪᠢᠯᠡ ᠃

ᠬᠡᠯᠡ ᠬᠡᠮᠡᠨ ᠨᠢ ᠪᠢᠳᠡᠨ ᠪᠠᠢᠨ᠎ᠠ ᠪᠠᠢᠭᠰᠠᠨ ᠄

—— ᠬᠡᠯᠡ —᠂ ᠮᠣᠷᠢᠨ ᠬᠡᠯᠡᠪᠡ ᠰᠠᠢᠬᠠᠨ ᠨᠢ ᠮᠣᠷᠢ ᠵᠠᠯᠠᠭᠤᠰ ᠬᠡᠮᠡᠨ ᠪᠡᠷ ᠪᠠᠢᠭᠰᠠᠨ ᠪᠠᠢᠨ᠎ᠠ ᠪᠢᠳᠡ ᠨᠢ ᠪᠠᠢᠭᠰᠠᠨ ᠬᠡᠯᠡ

ᠪᠢᠯᠡᠭᠦ ?᠂ ᠬᠡᠯᠡ ᠮᠣᠷᠢ ᠵᠠᠯᠠᠭᠤᠰ ᠬᠡᠮᠡᠨ ᠬᠡᠯᠡ ᠪᠢᠳᠡ ᠬᠡᠮᠡᠨ ᠬᠡᠯᠡᠭᠰᠡᠨ ᠬᠡᠯᠡᠪᠡᠷᠢ ᠮᠣᠷᠢᠨ ᠰᠣᠨᠢᠨ ᠬᠡᠮᠡᠵᠦ ᠪᠠᠢᠨ᠎ᠠ ᠃

ᠮᠣᠷᠢ ᠵᠠᠯᠠᠭᠤᠰ ᠬᠡᠮᠡᠨ ᠬᠡᠯᠡ ᠪᠢᠳᠡᠨ ᠬᠡᠮᠡᠨ ᠰᠣᠨᠢᠨ ᠬᠡᠯᠡ ᠨᠣᠭᠣᠭᠠᠨ ᠬᠡᠯ ᠮᠣᠷᠢᠨ ᠨᠣᠭᠣᠭᠠᠨ ᠬᠡᠮᠡᠵᠦ ᠪᠢᠳᠡᠨ

ᠬᠡᠪᠡᠴᠡ —᠂ ᠬᠡᠪᠬᠡᠷᠡᠭᠰᠡᠨ ᠮᠣᠷᠢᠨ ᠨᠢ ᠪᠣᠯᠬᠤ ᠬᠡᠯ ᠵᠠᠯᠠᠭᠤ ᠬᠡᠷᠡᠭ ᠤᠨ ᠰᠠᠢᠬᠠᠨ ᠤᠨ ᠬᠡᠷᠡᠭᠯᠡᠭᠰᠡᠨ ᠤᠨ ᠬᠡᠪᠬᠡᠷᠡᠭᠰᠡᠨ ᠨᠢ ᠪᠢᠳᠡᠨ

ᠮᠡᠳᠡᠨ᠎ᠡ ᠄

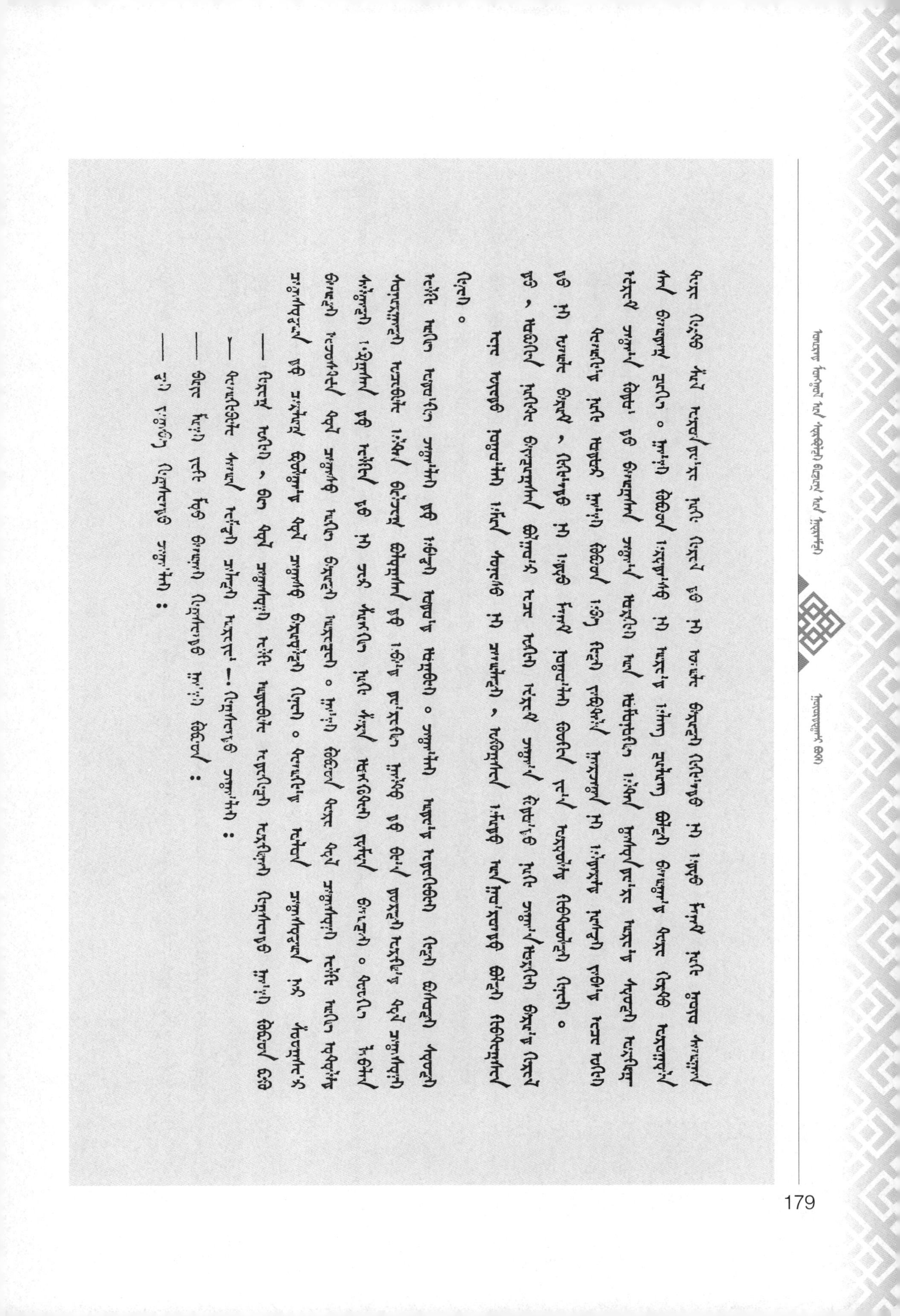

[illegible] ◦

[illegible] ◦

[illegible] ◦

—— [illegible]

—— [illegible] :

—— [illegible] :

—— [illegible] :

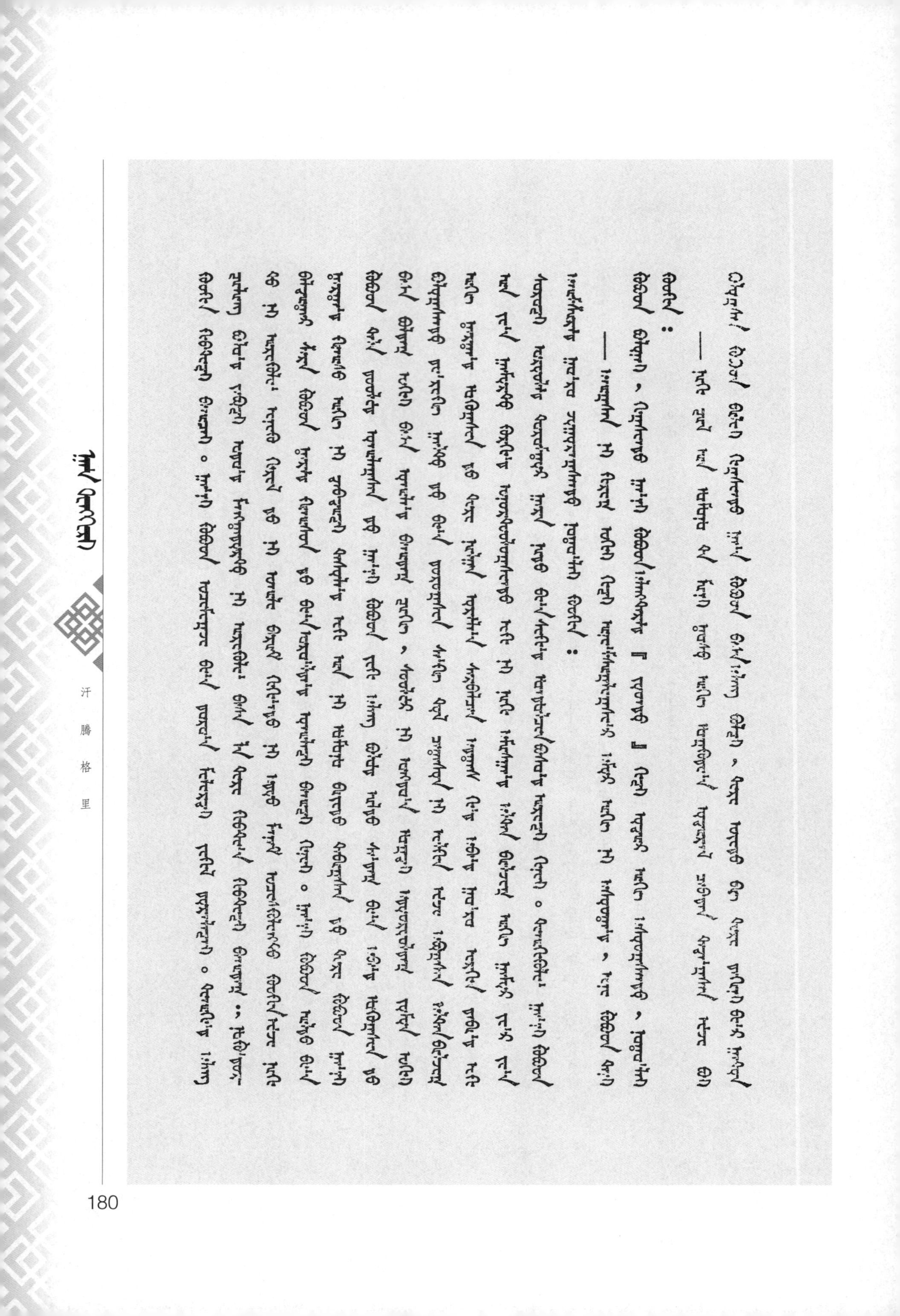

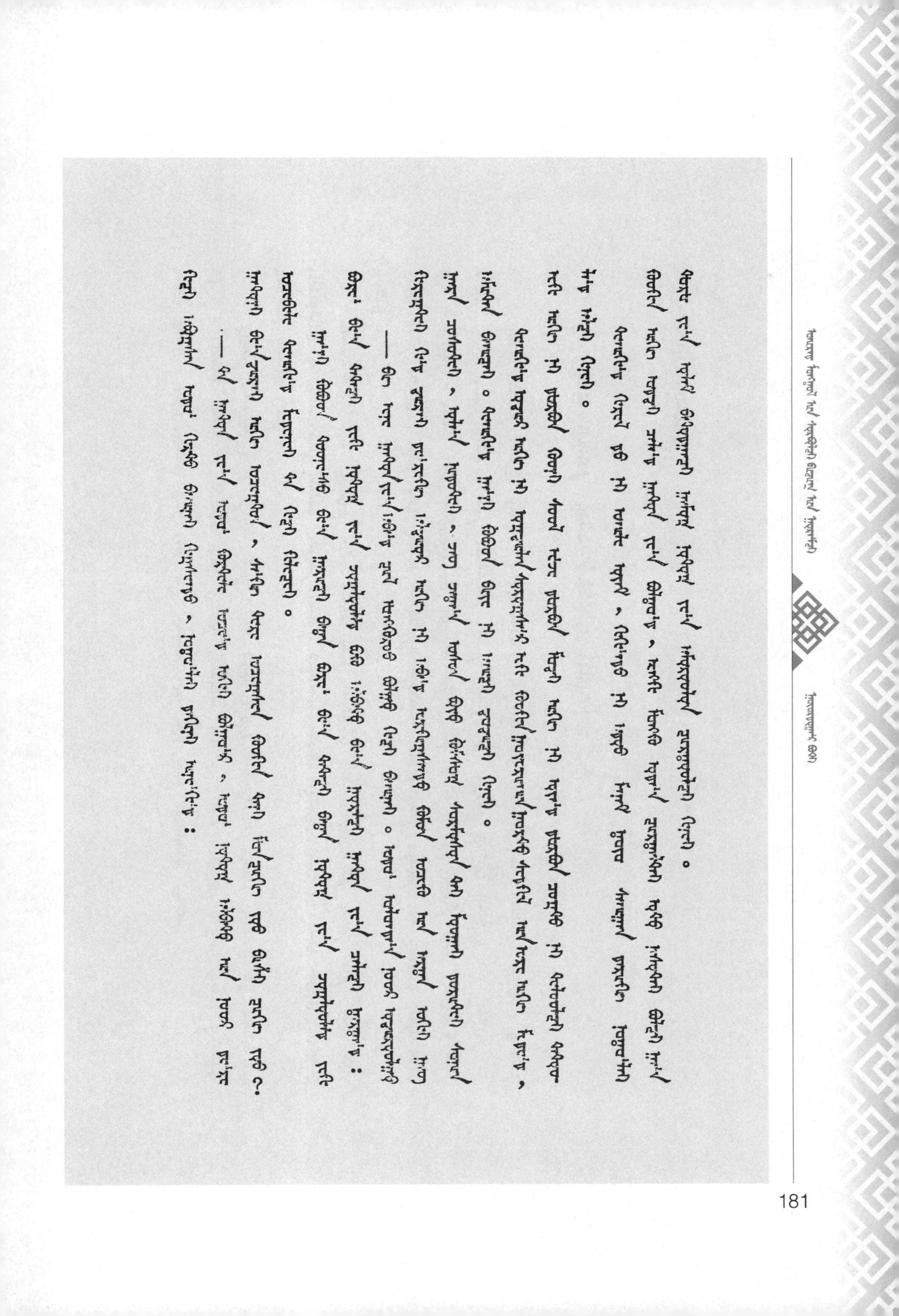

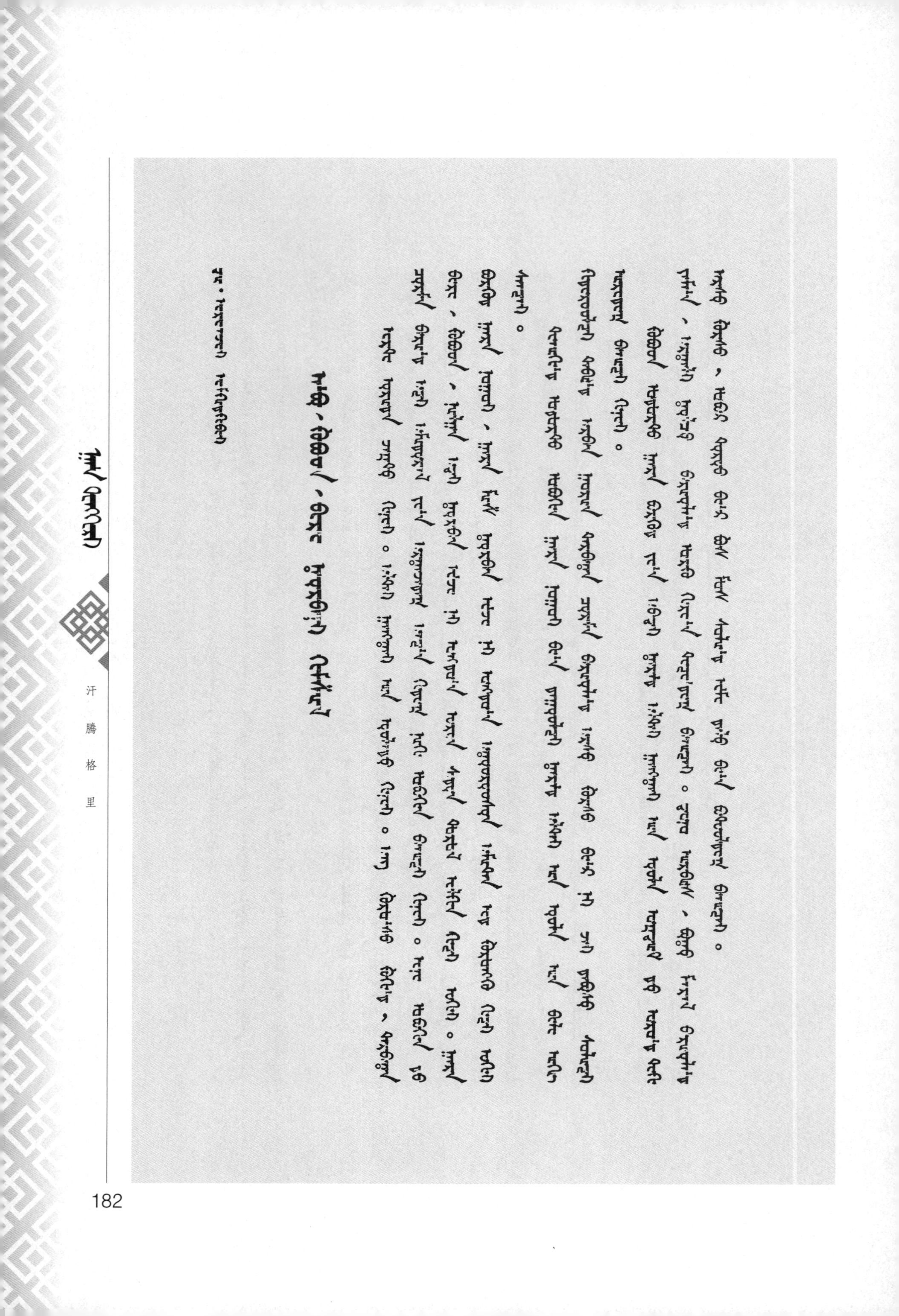

[illegible]

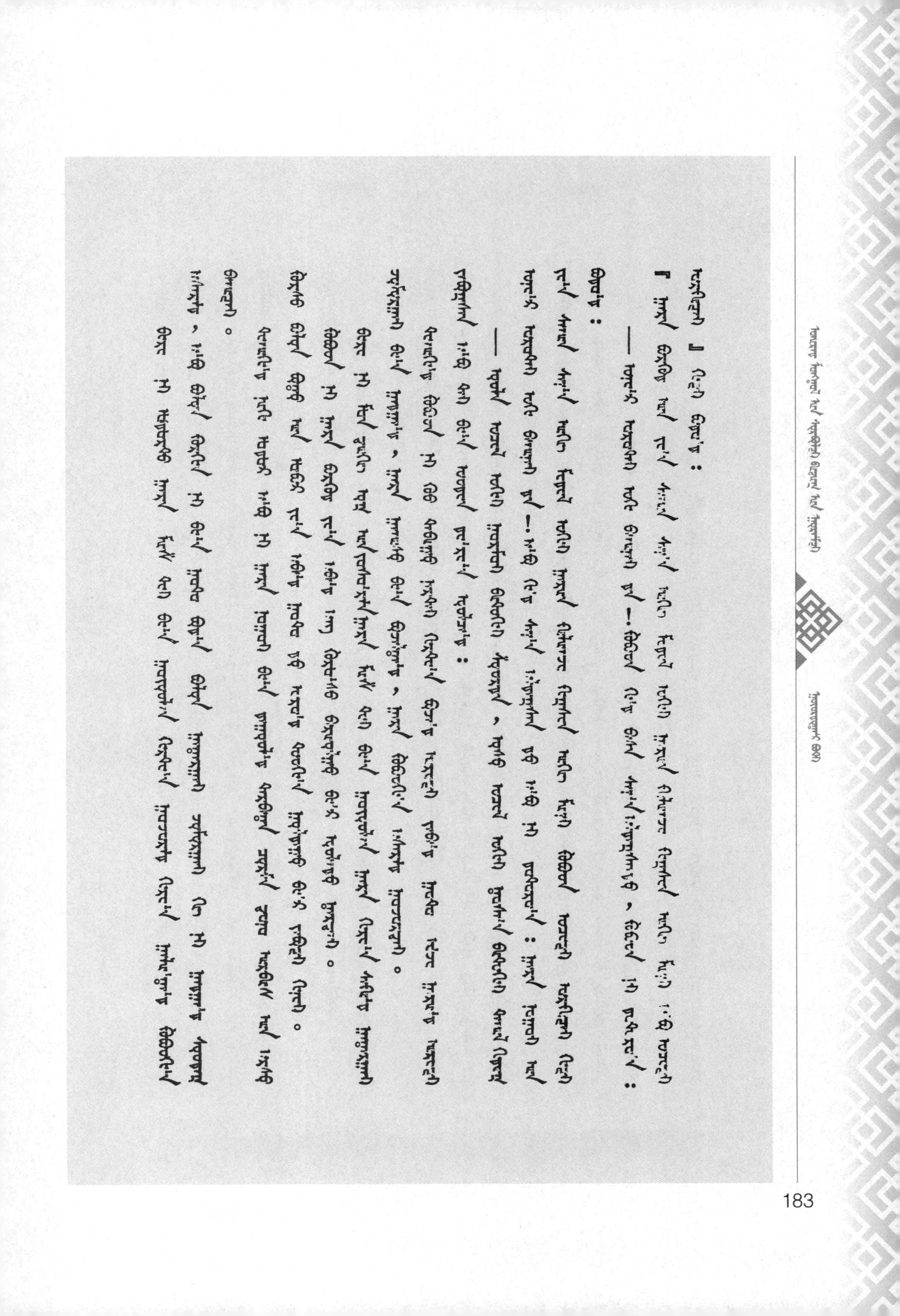

[illegible]

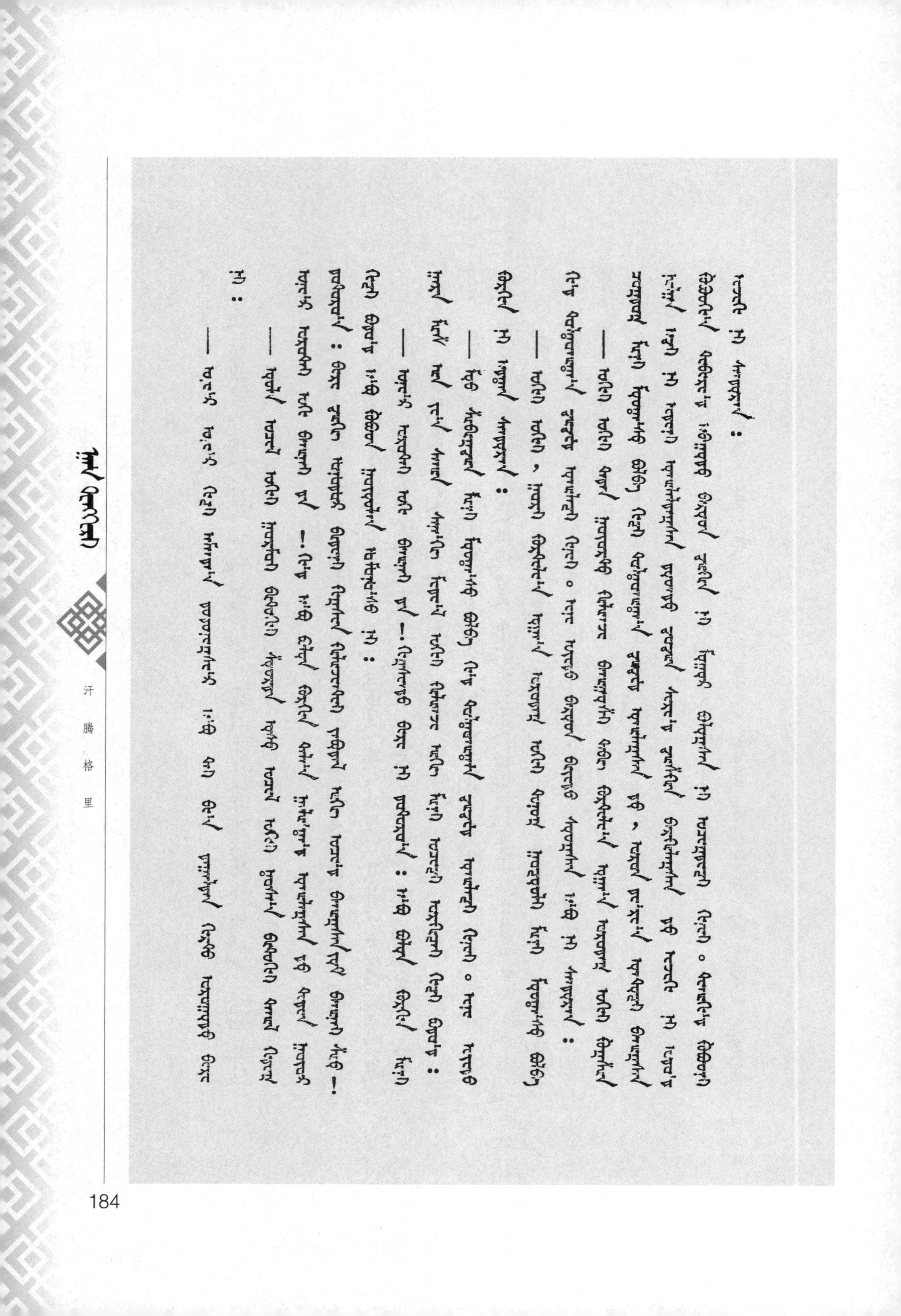

[illegible] ᠨᠢ [illegible] :

[illegible]

[illegible]

[illegible]

— [illegible]

[illegible] :

— [illegible]

[illegible] ᠨᠢ [illegible] :

— [illegible]

[illegible] :

— [illegible]

[illegible] ᠨᠢ :

[illegible]

[illegible]

— [illegible]

ᠨᠢ :

— [illegible]

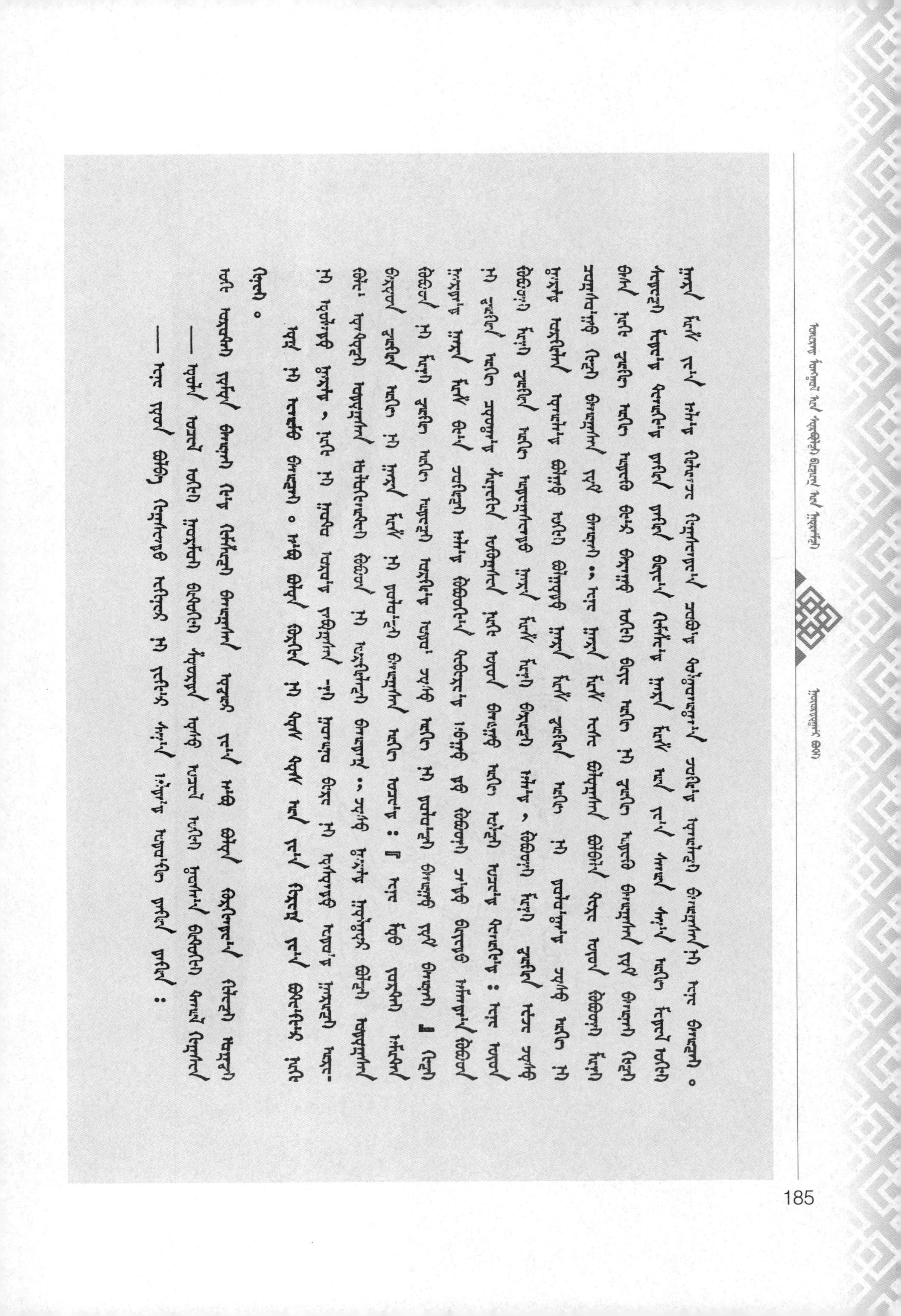

[illegible]

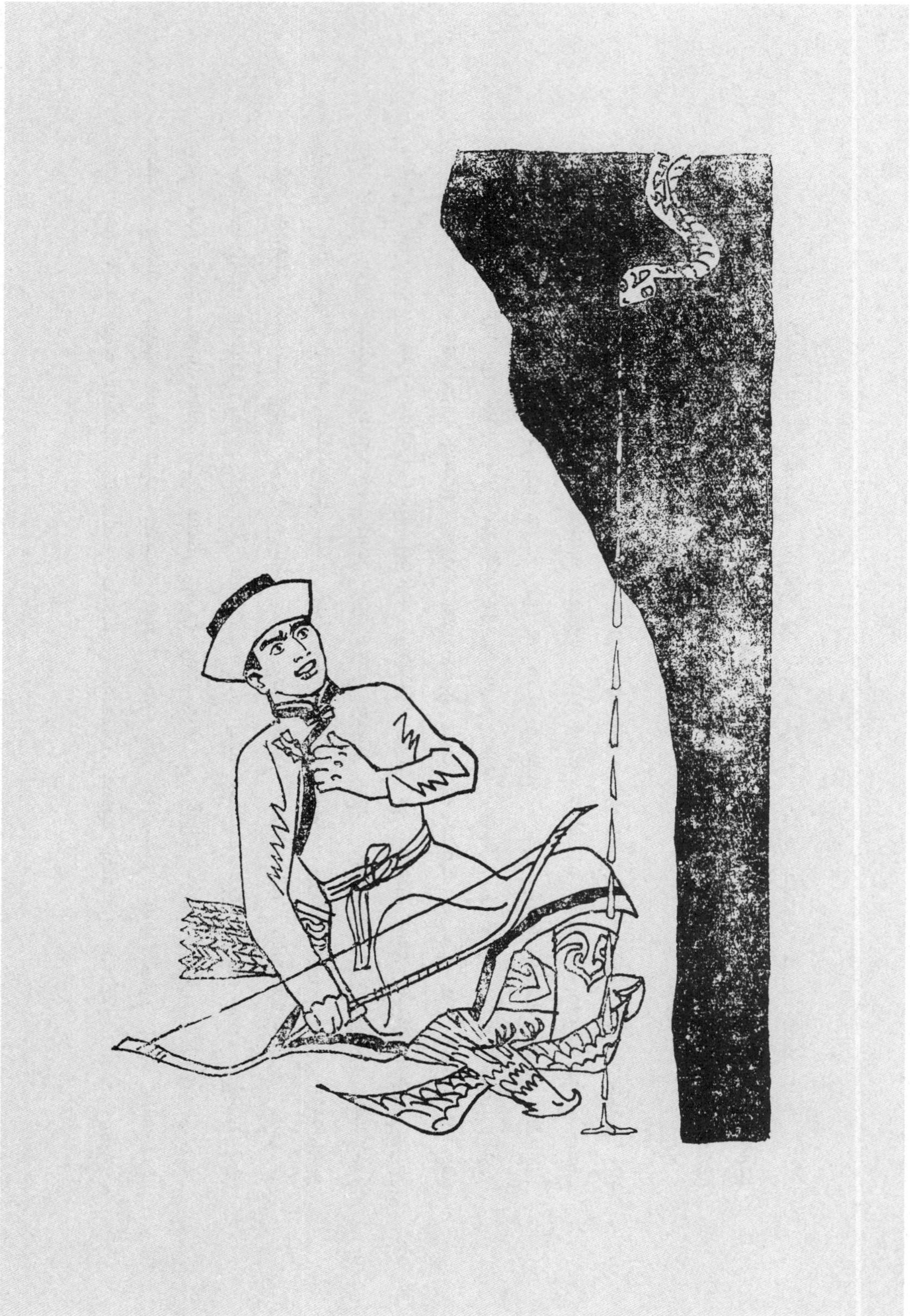

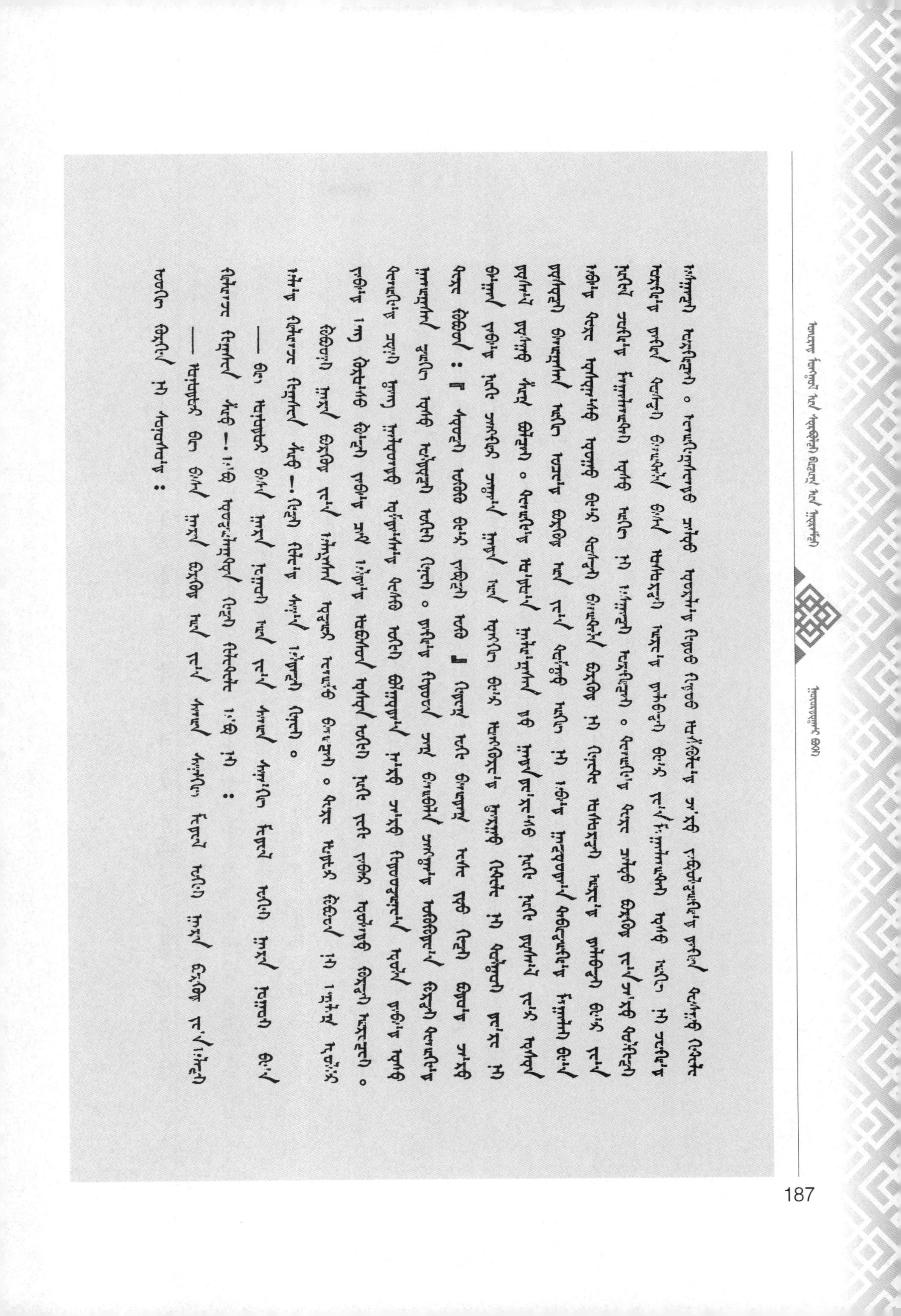

[illegible]

[illegible]

[illegible]

[illegible]

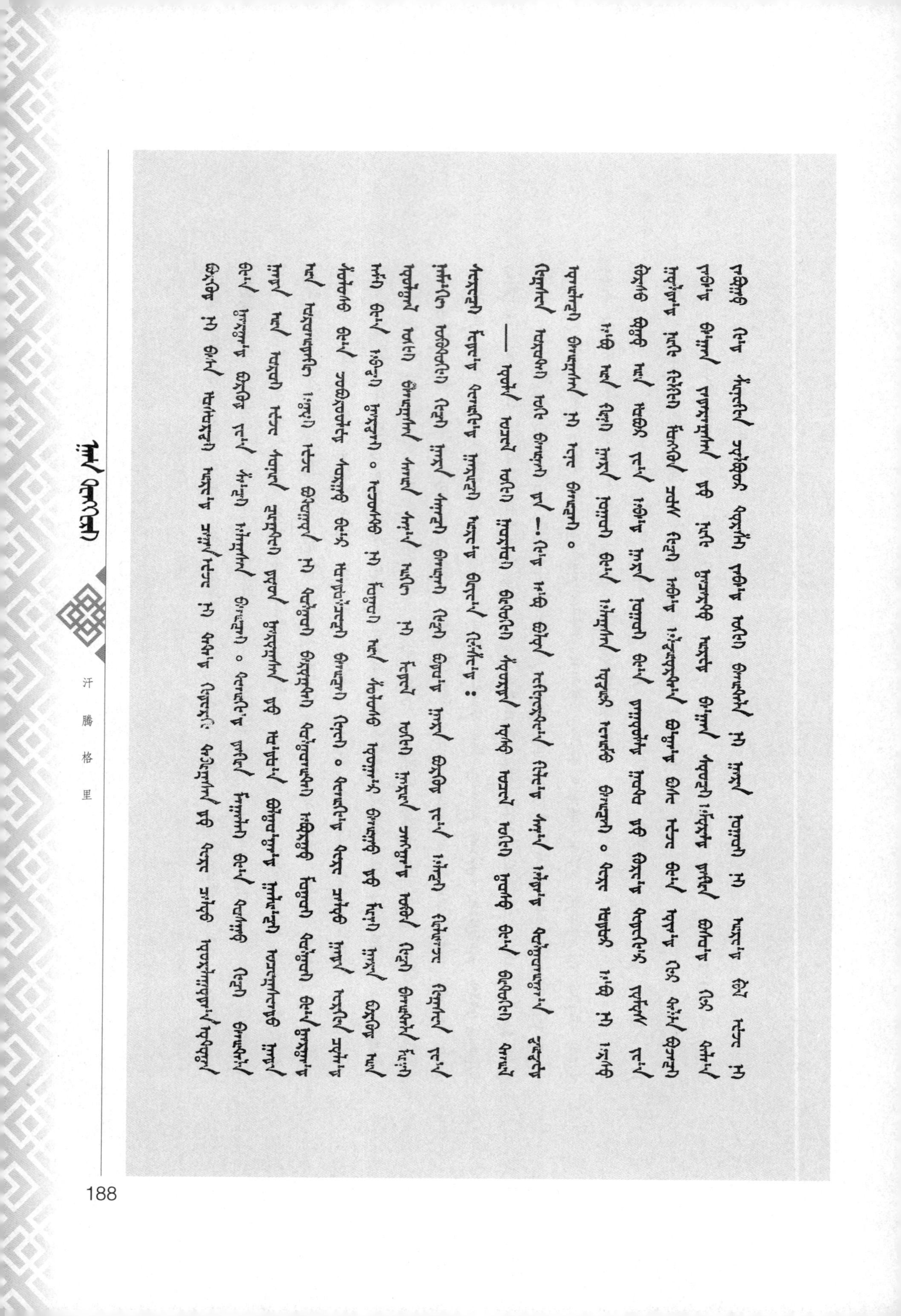

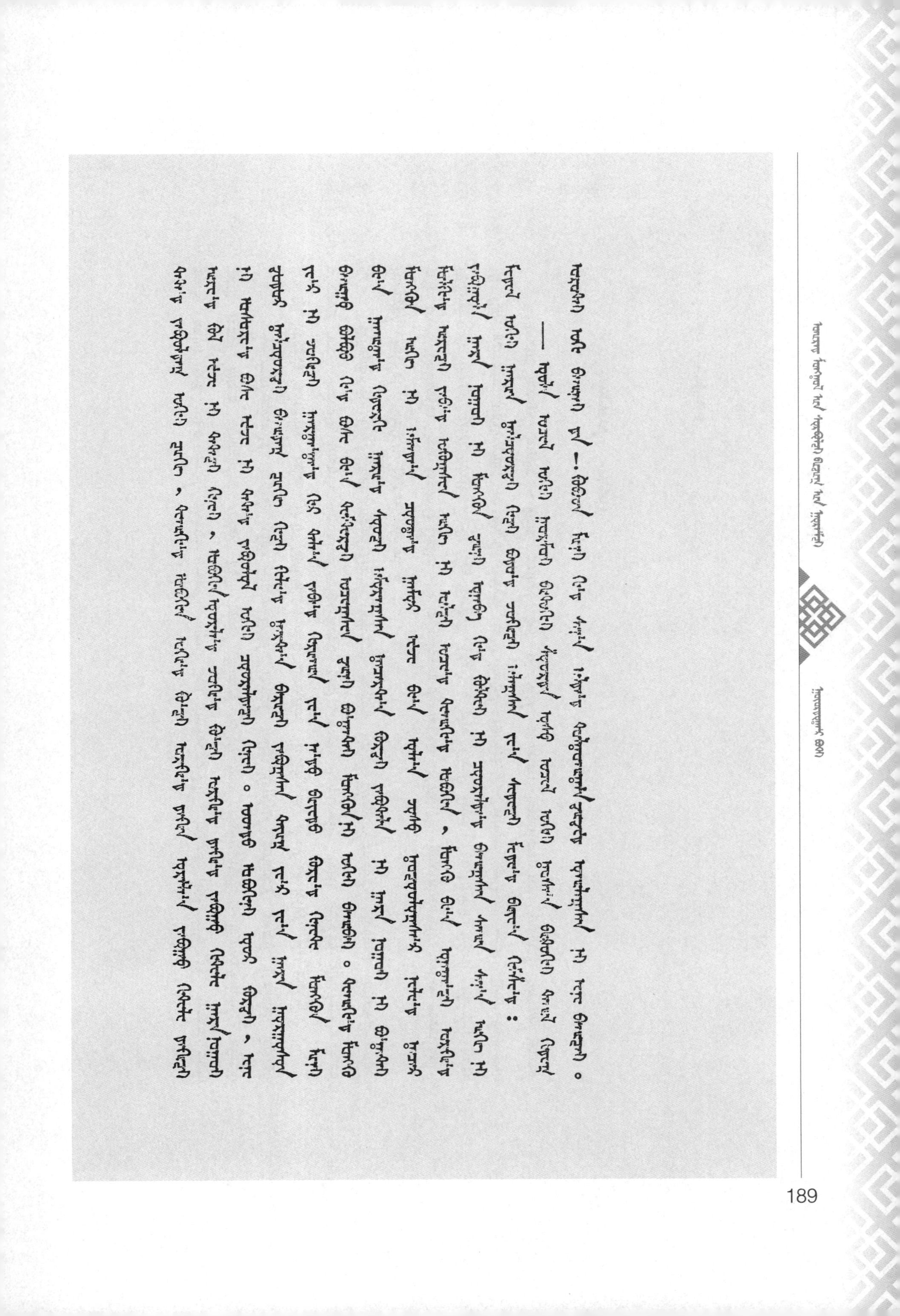

[illegible]
[illegible]
[illegible]
[illegible]
[illegible]
[illegible]
[illegible]
[illegible]
[illegible]
[illegible]
[illegible]
[illegible]
[illegible]

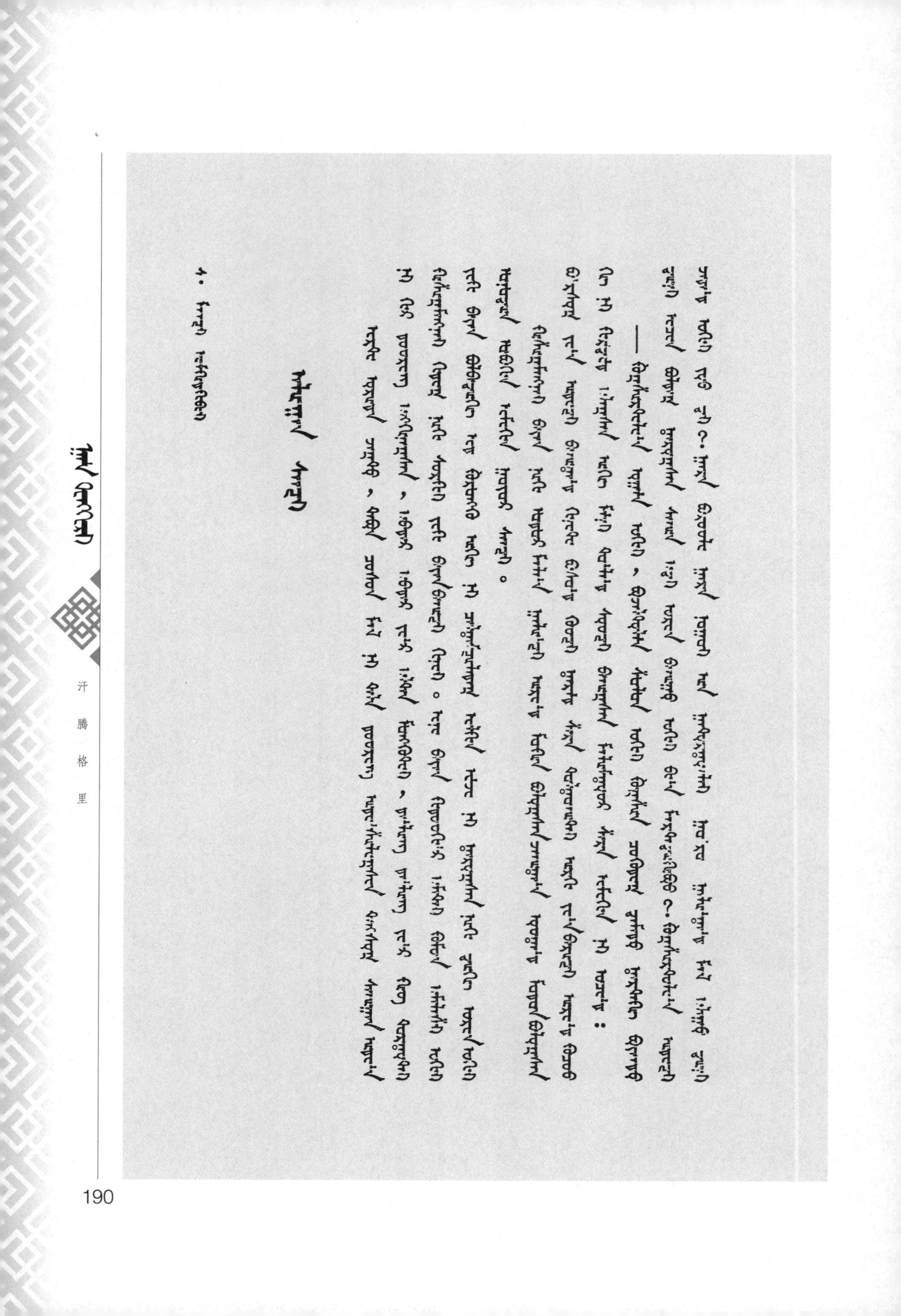

[illegible]

[illegible]

[illegible]

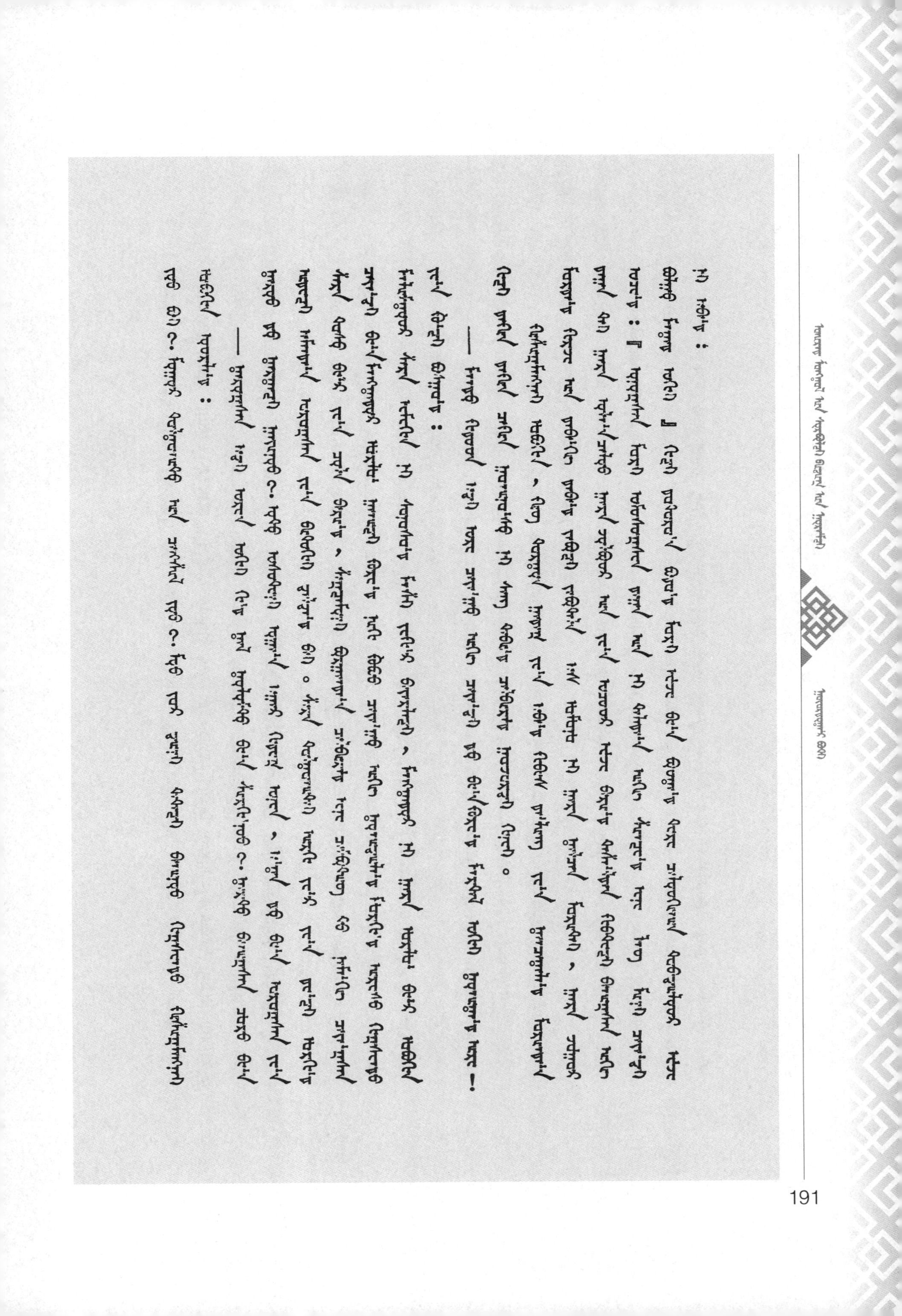

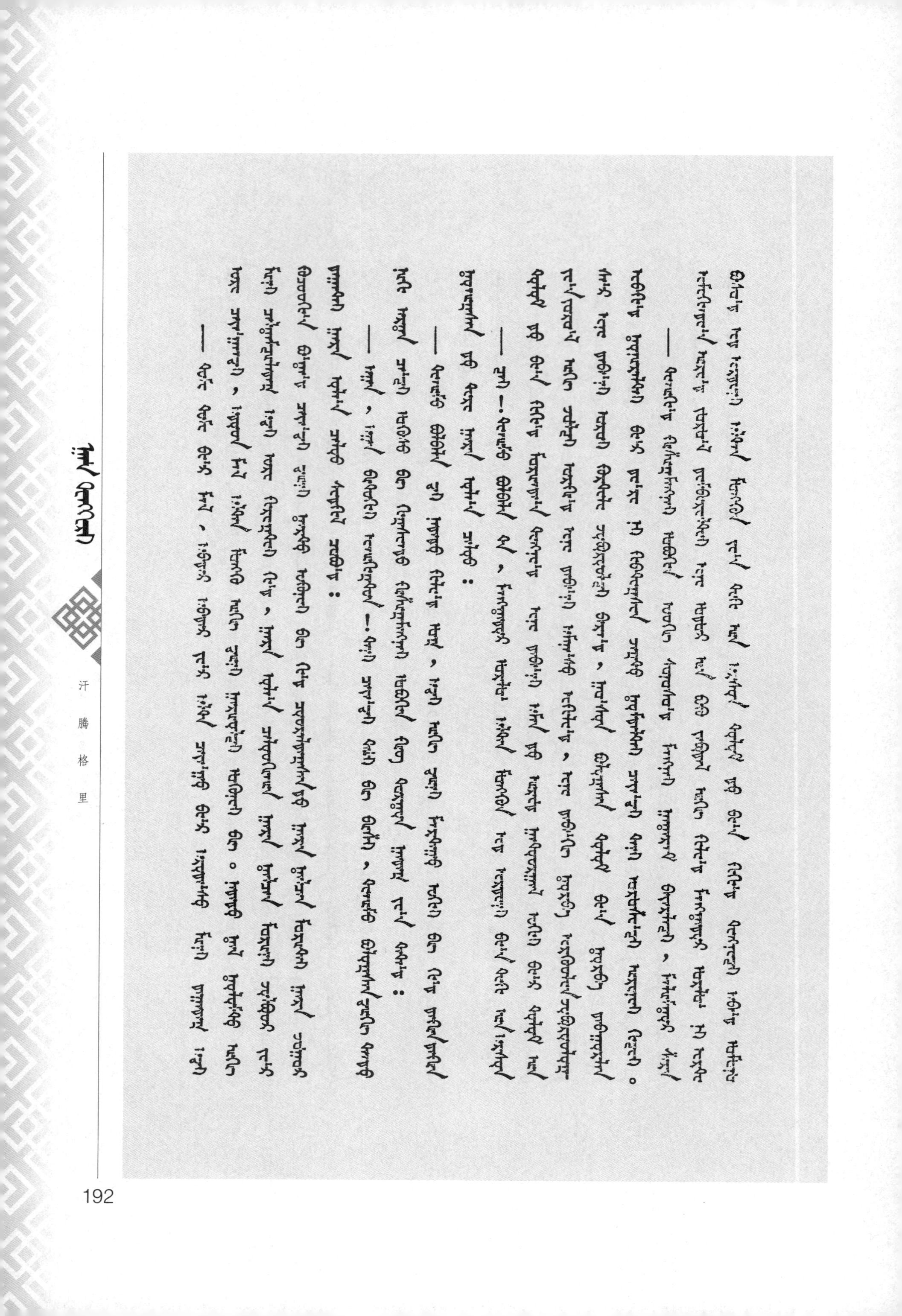

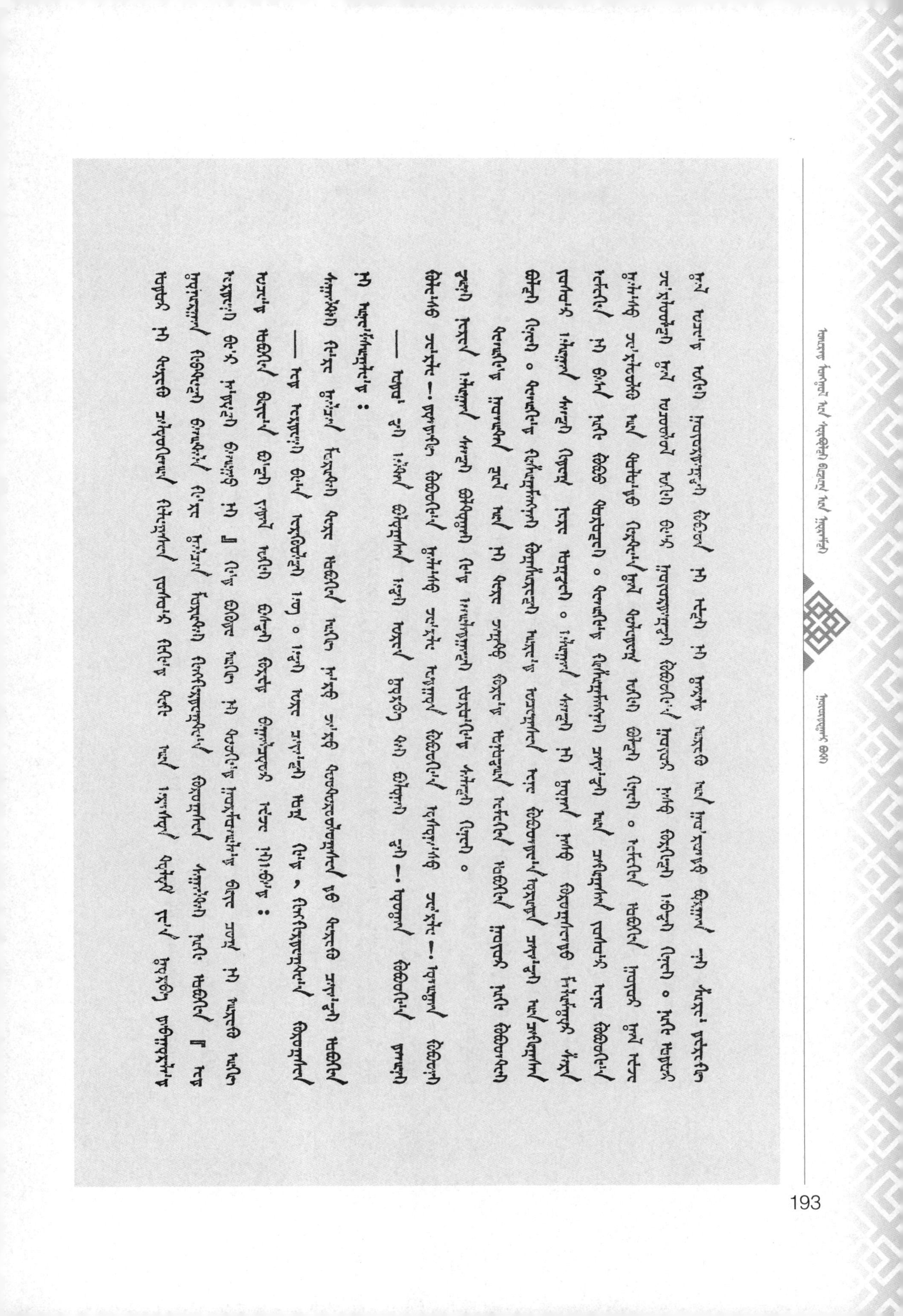

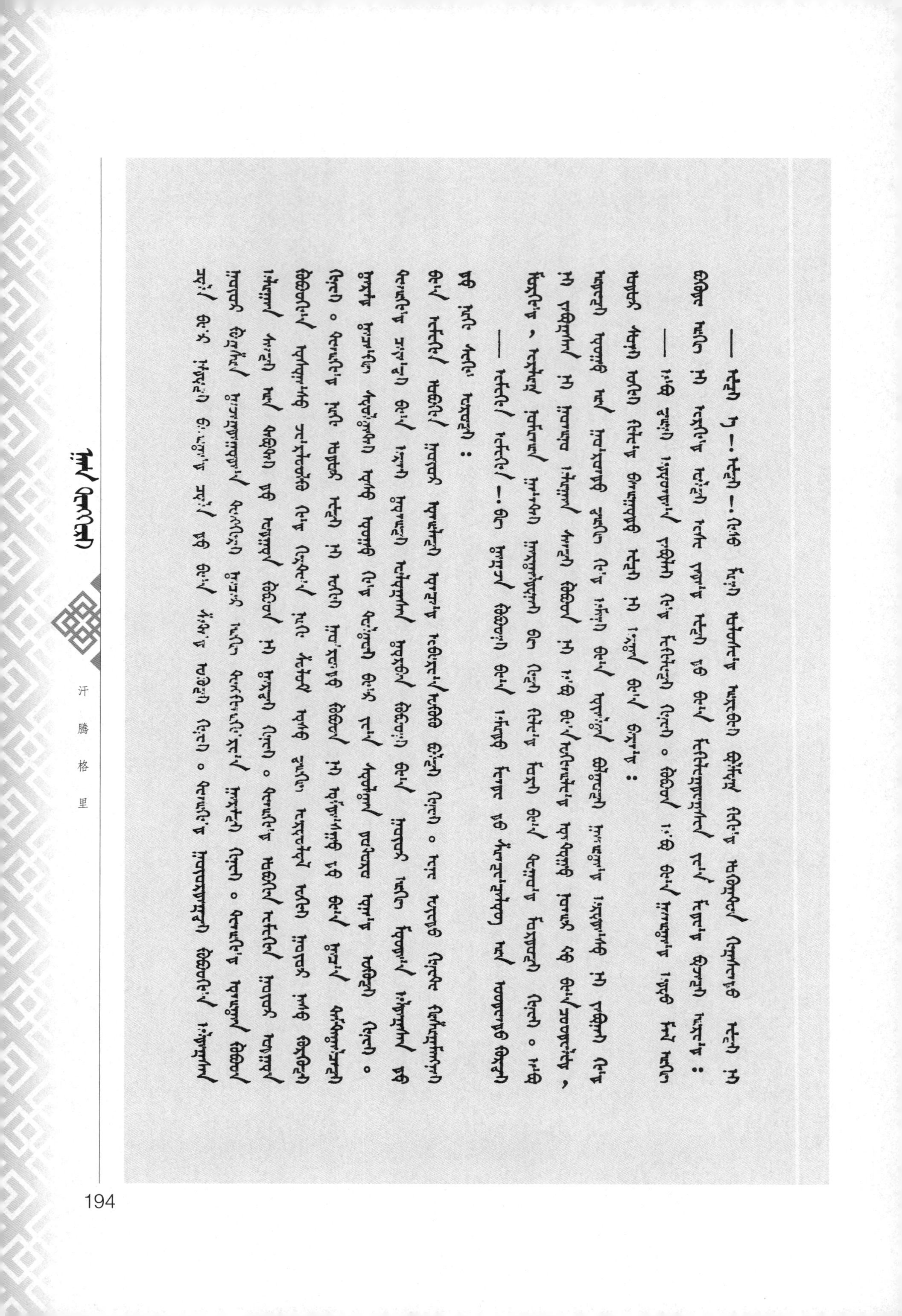

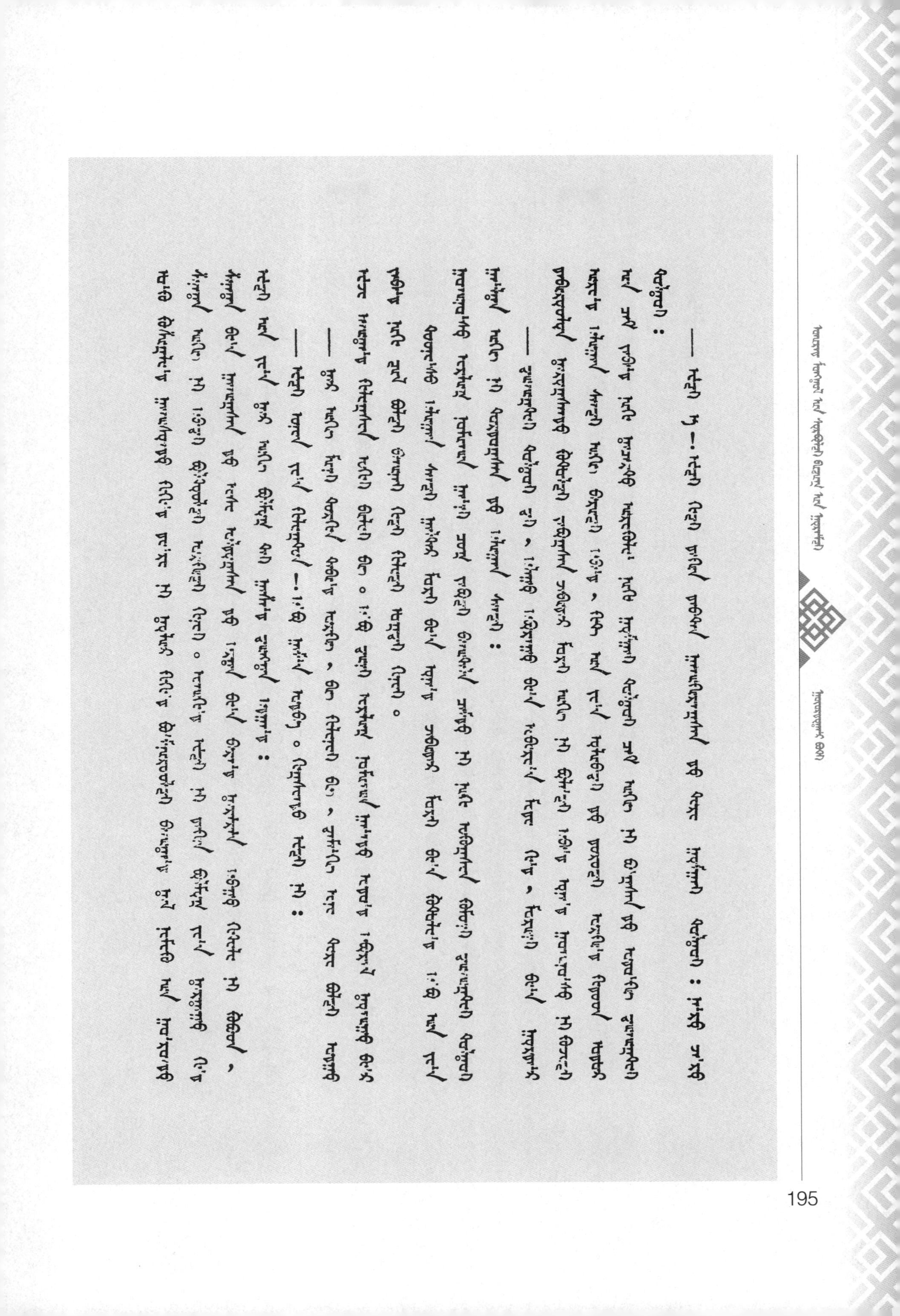

[illegible]

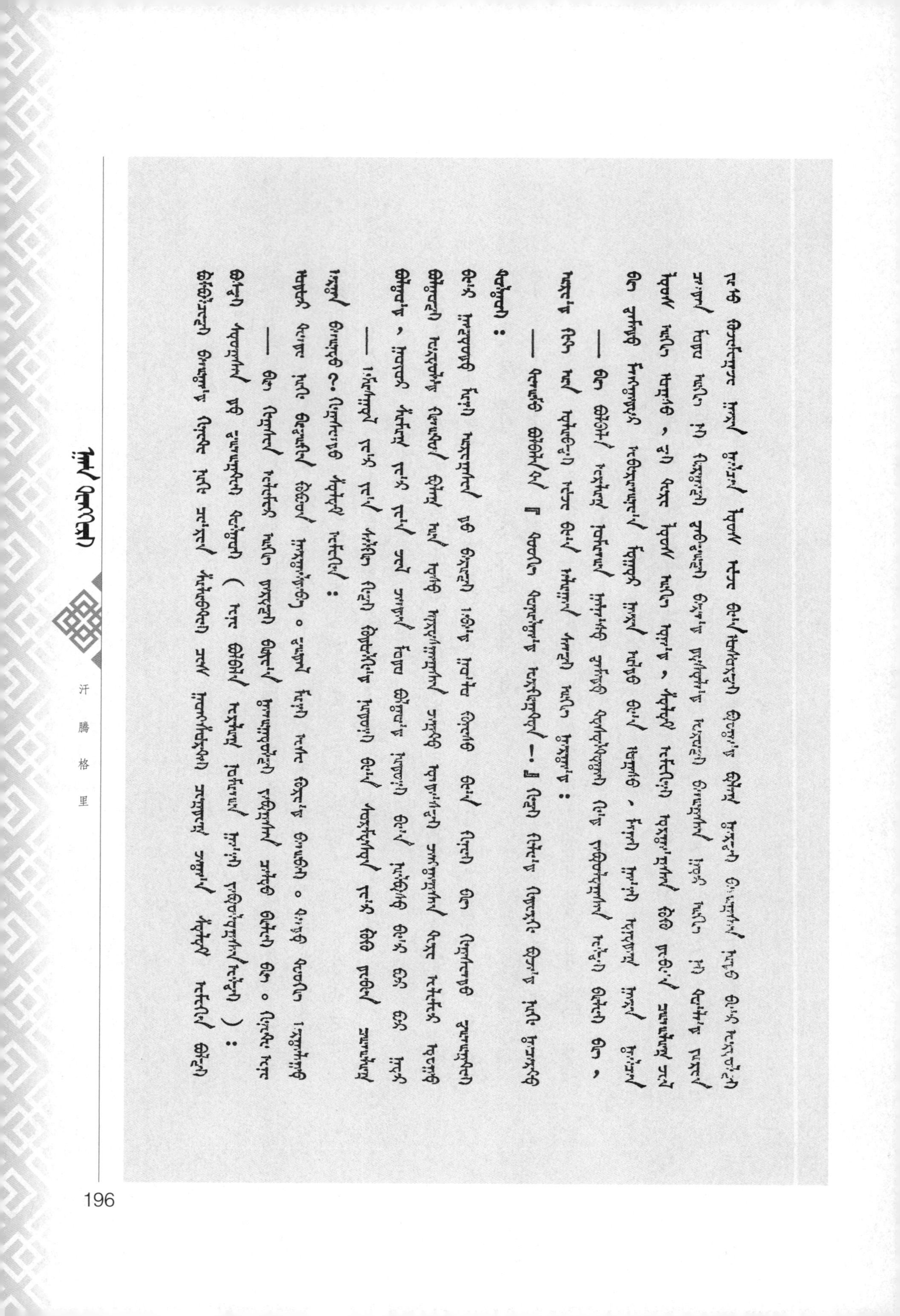

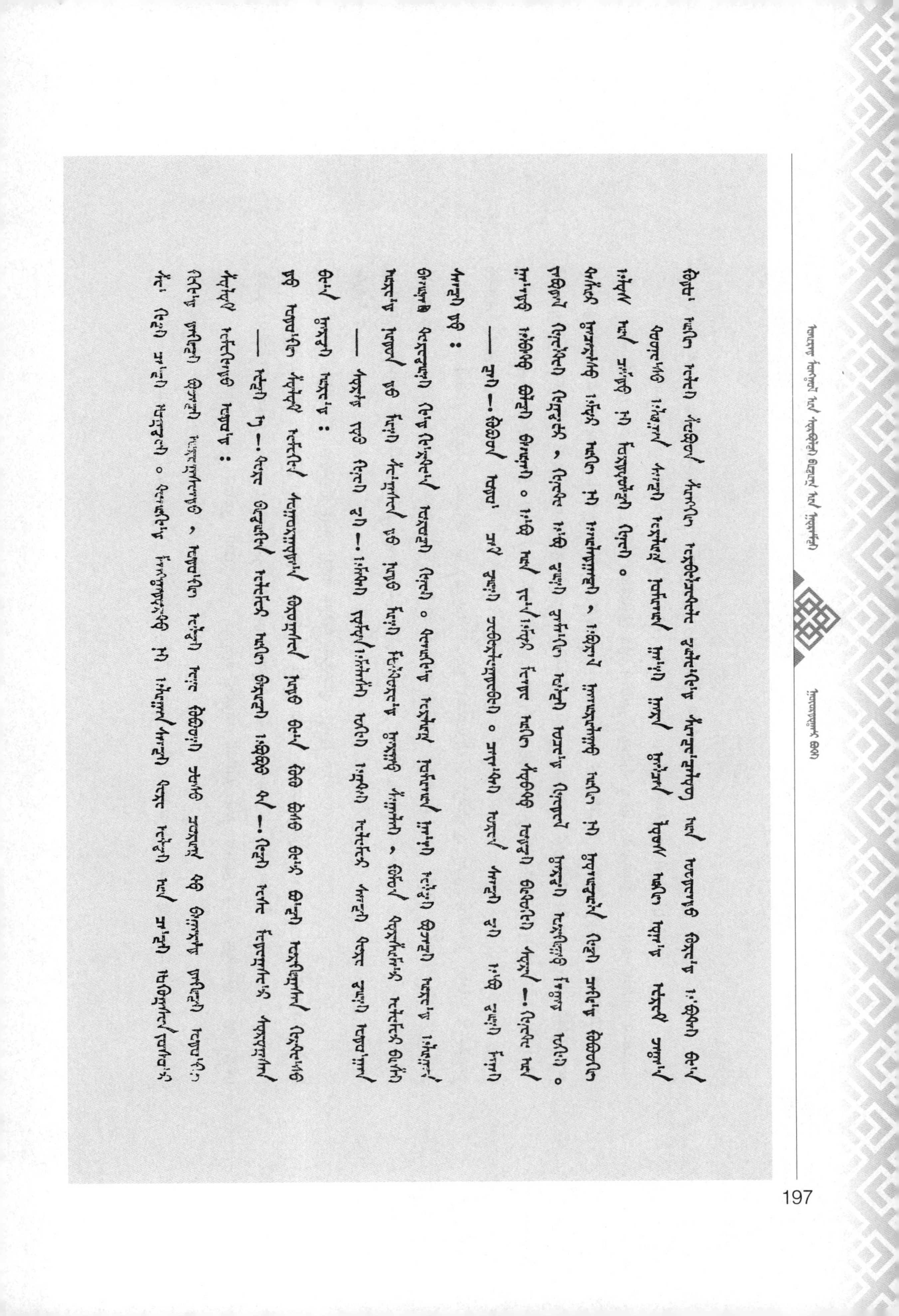

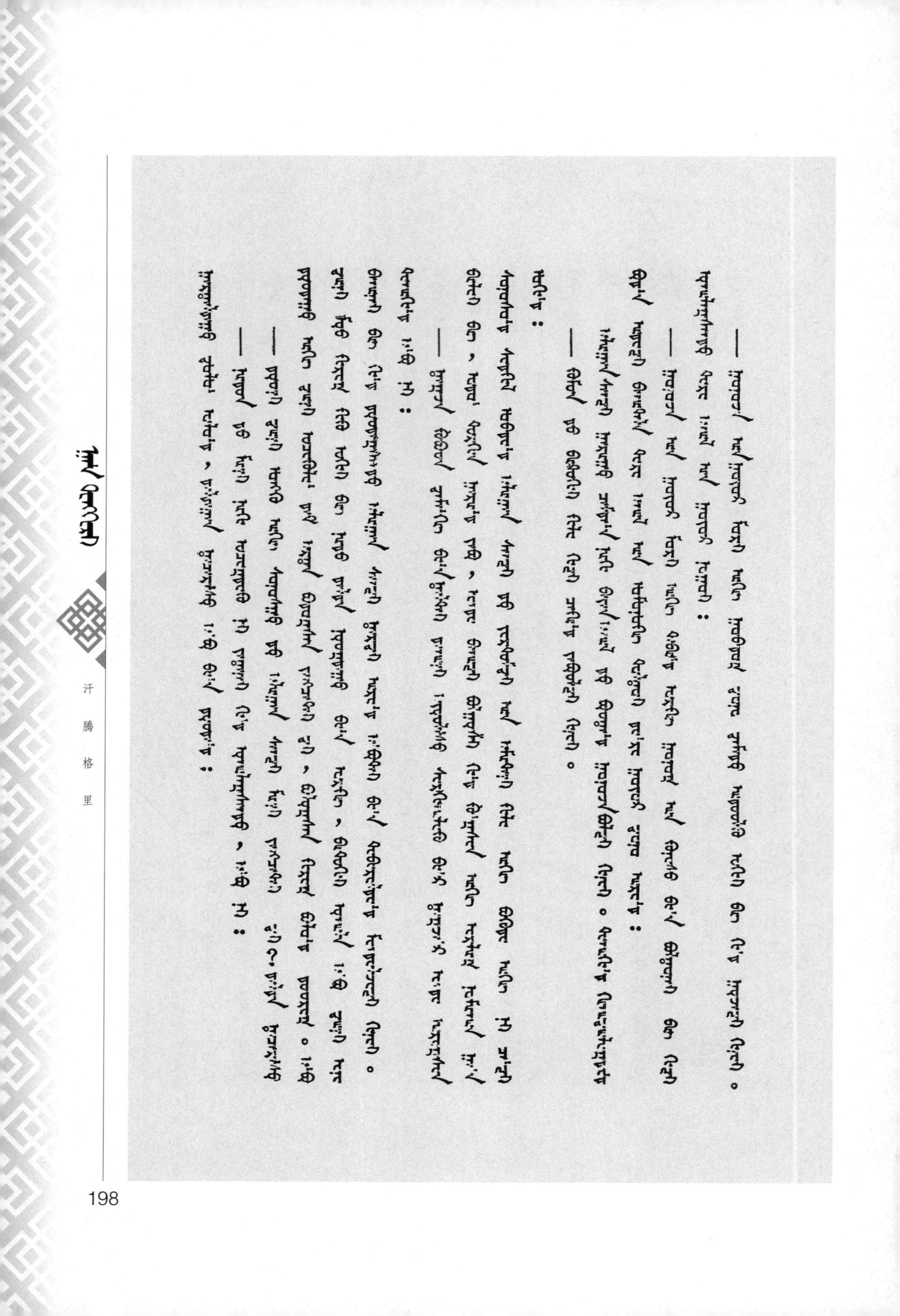

—— [illegible]

—— [illegible]

[illegible]

—— [illegible]

[illegible]

[illegible]

—— [illegible]

[illegible]

—— [illegible]

—— [illegible]

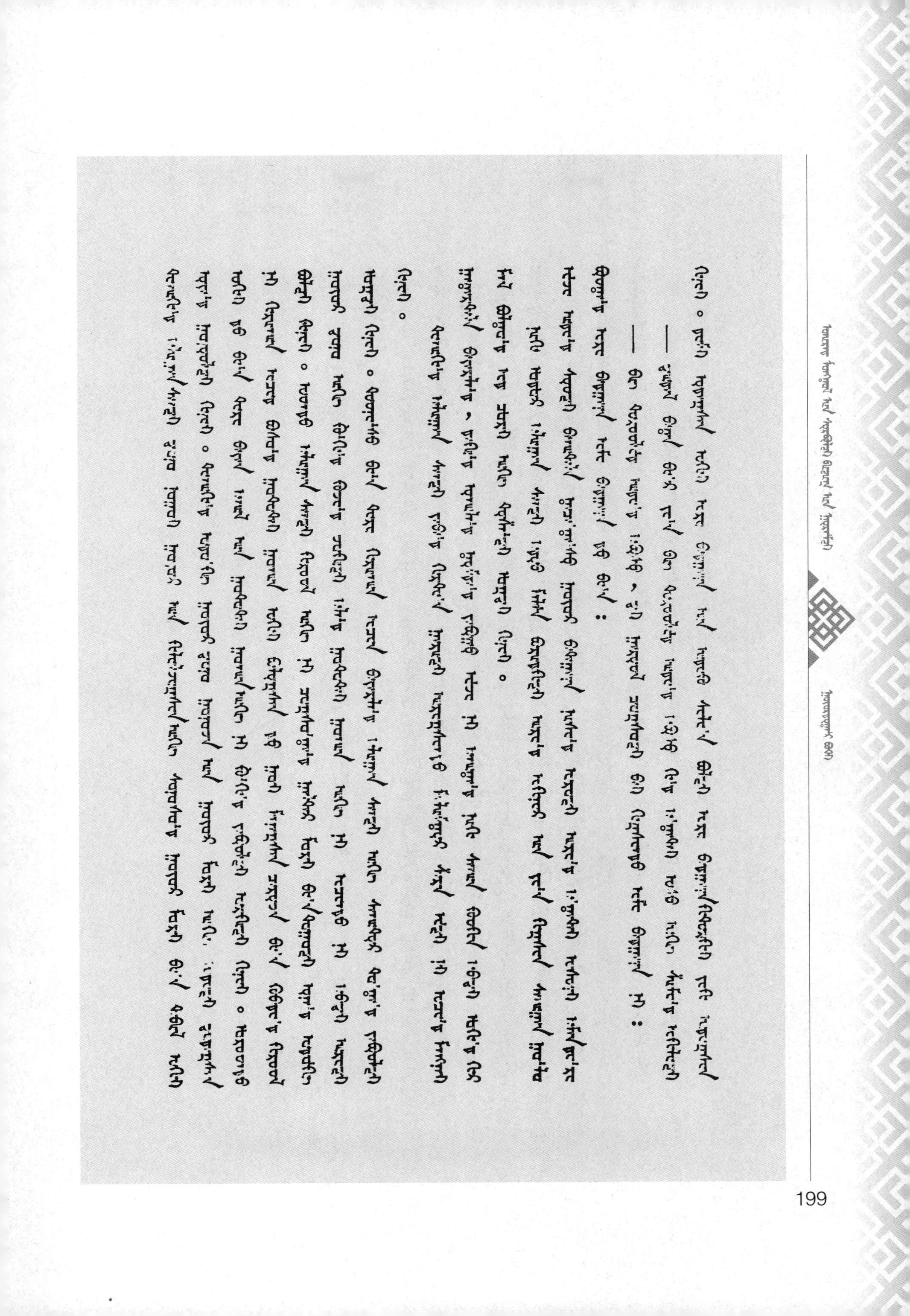

[illegible]

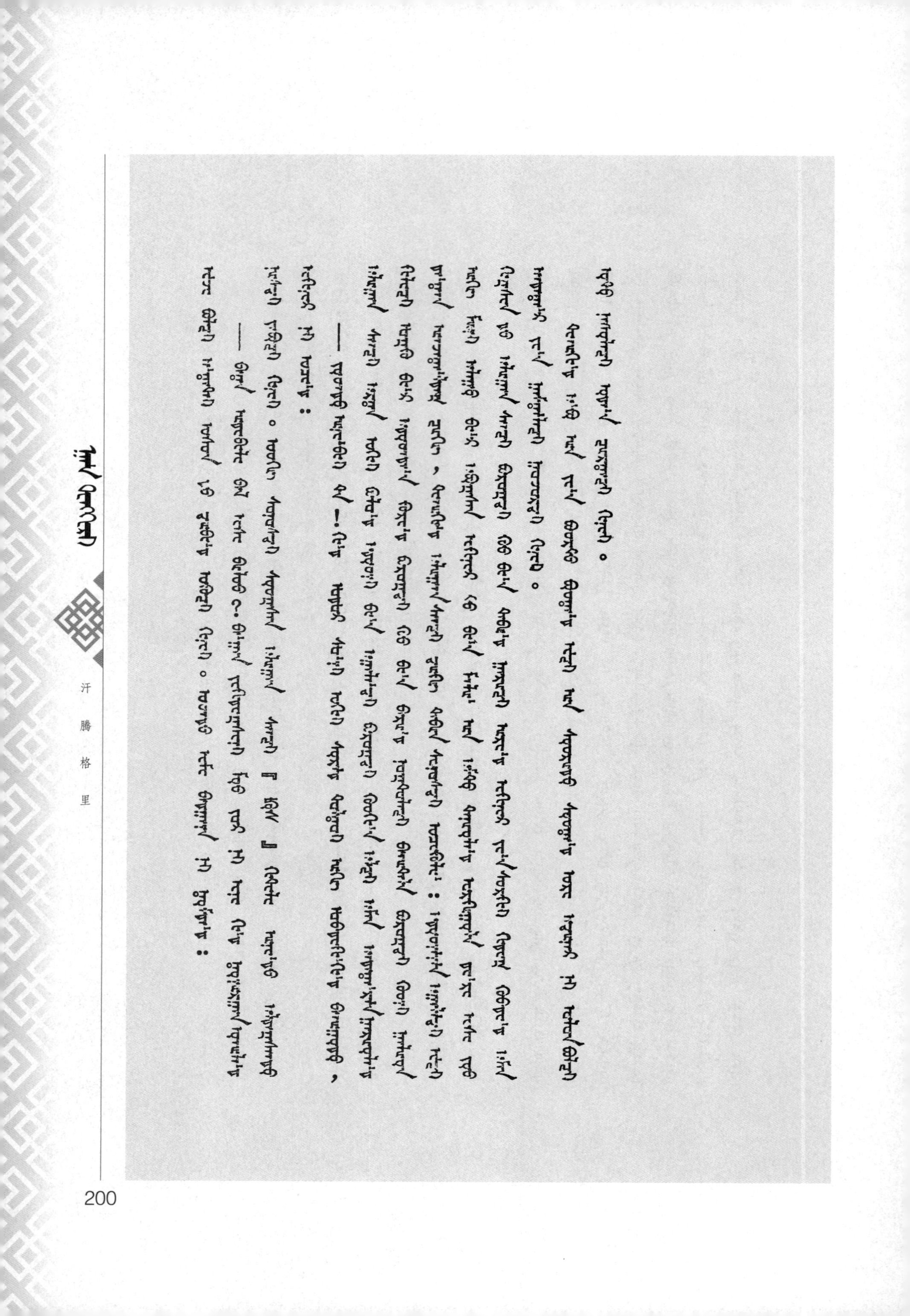

[illegible]

[illegible] — ᠂ [illegible] ᠂ [illegible] ᠨᠢ [illegible] ᠂ [illegible]
—— [illegible] — ᠂ [illegible] ᠂ [illegible] ?
[illegible] ᠨᠢ [illegible] ᠂ [illegible] ᠪᠣᠯᠤᠨ᠎ᠠ :

[illegible] ᠂ [illegible] 。

[illegible] ᠨᠢ [illegible] ᠂ [illegible] ᠨᠢ [illegible] ᠨᠢ [illegible] ᠂ [illegible] 。 [illegible] 。 [illegible] ᠂ [illegible] 。 [illegible] ᠨᠢ [illegible] ᠂ [illegible] ᠨᠢ [illegible]

[illegible]

[illegible]

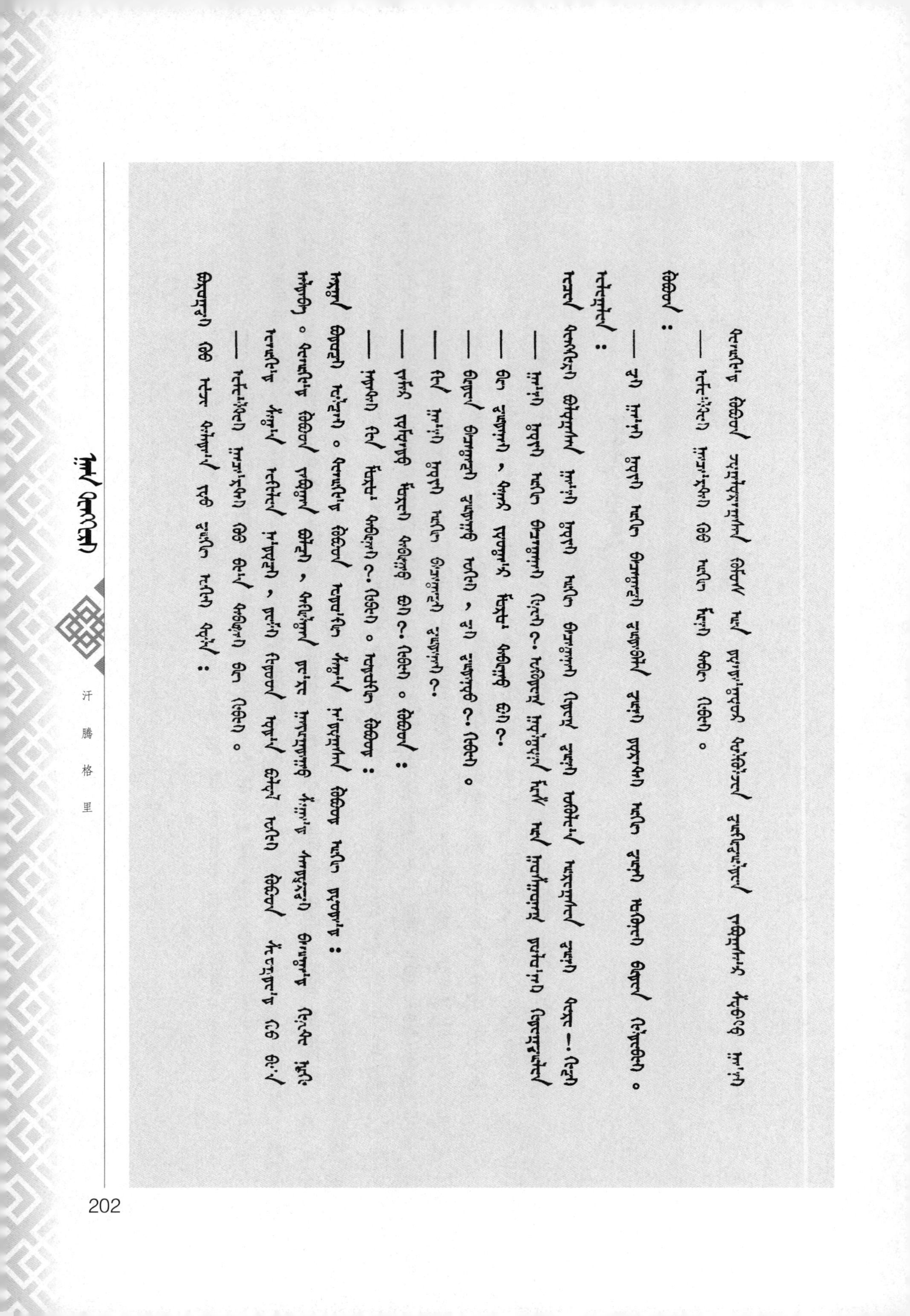

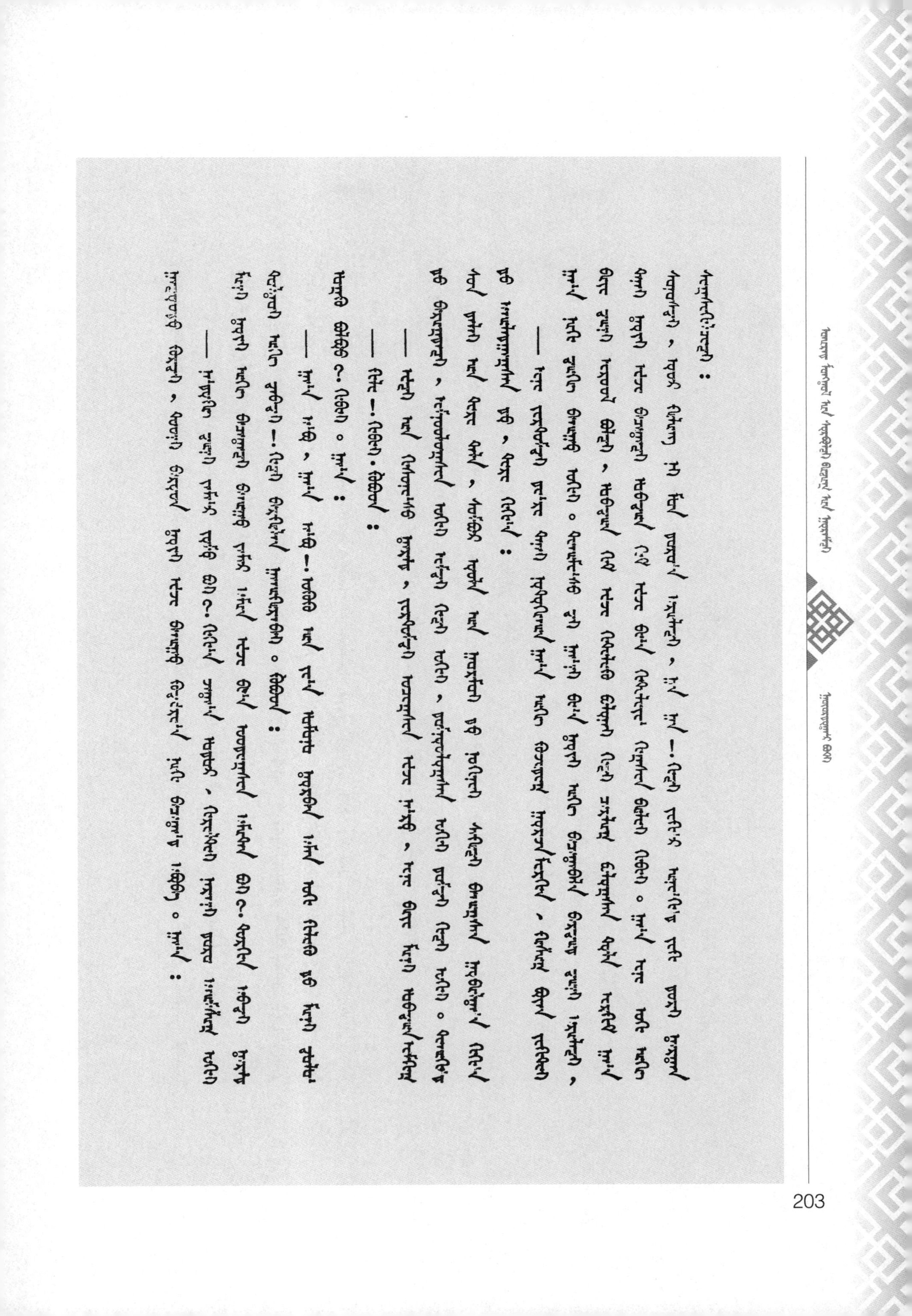

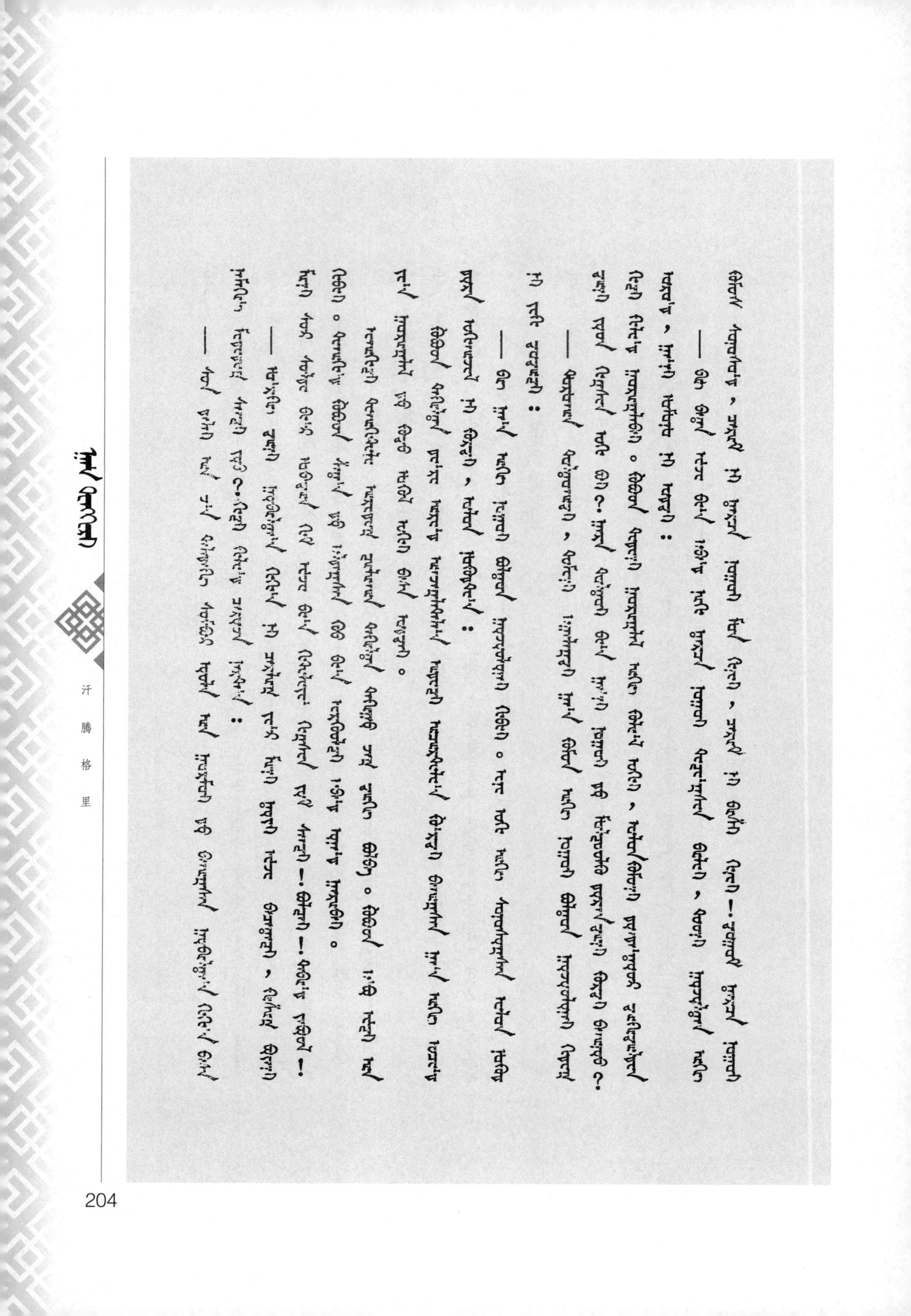

[illegible]

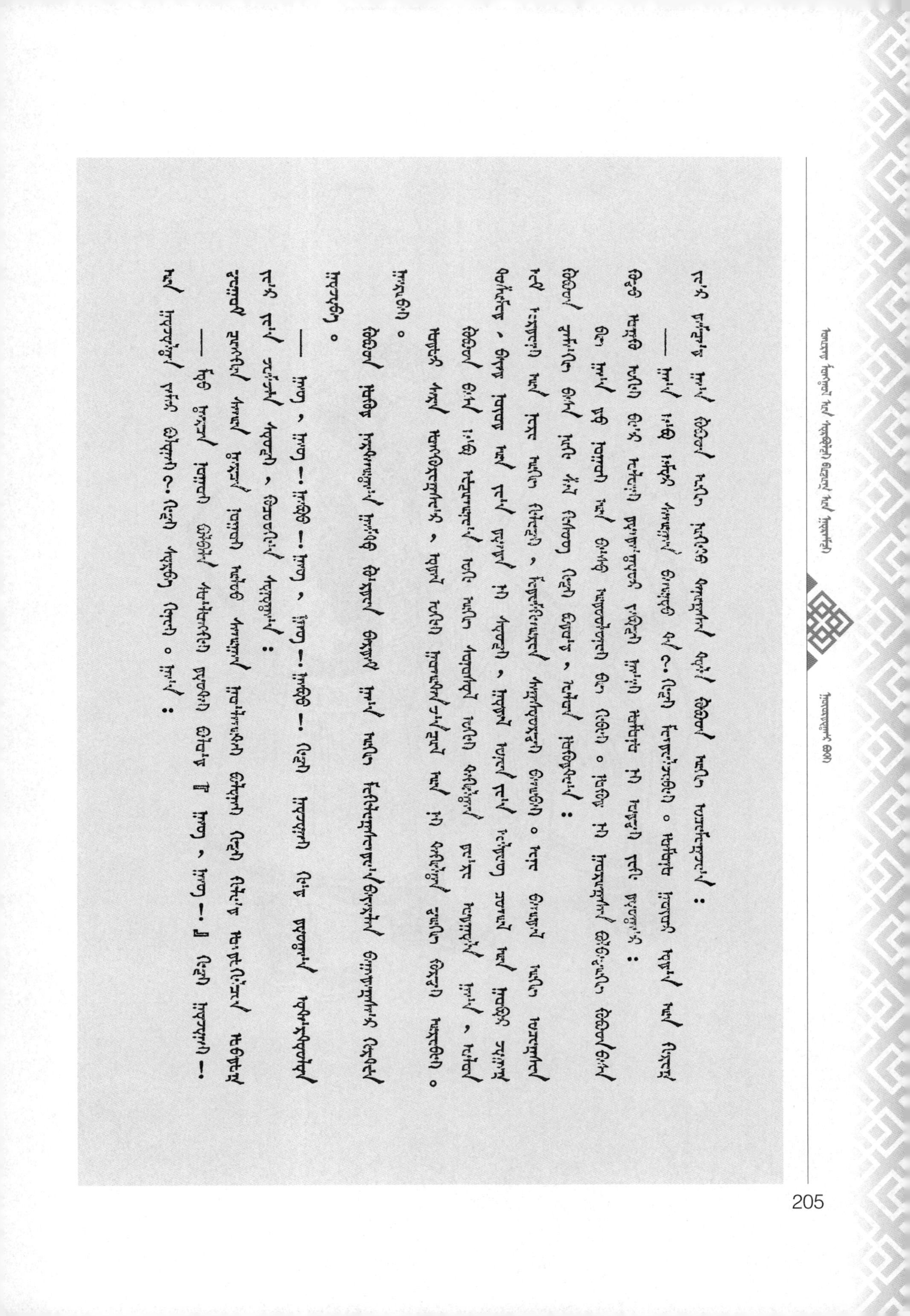

[illegible]

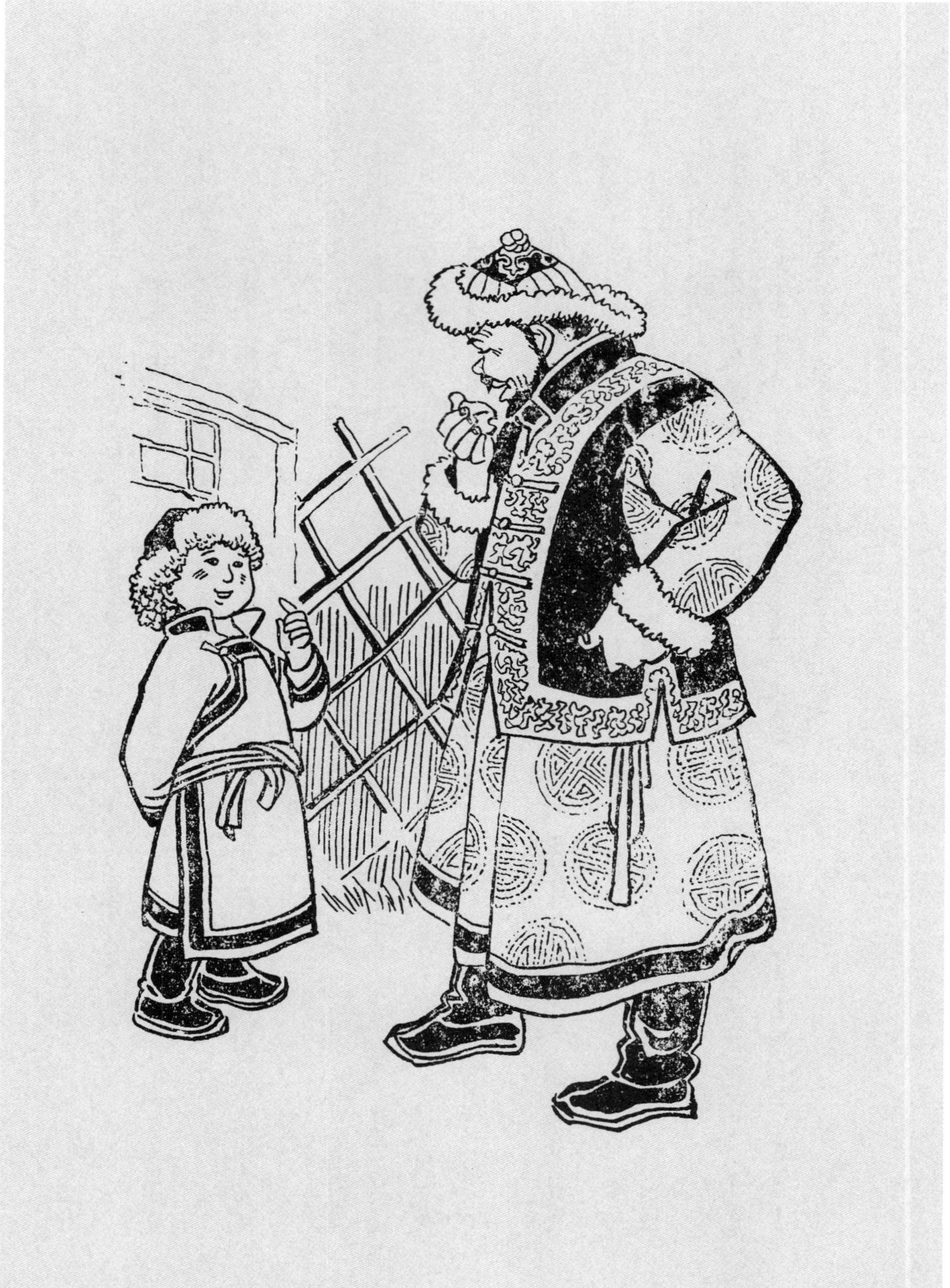

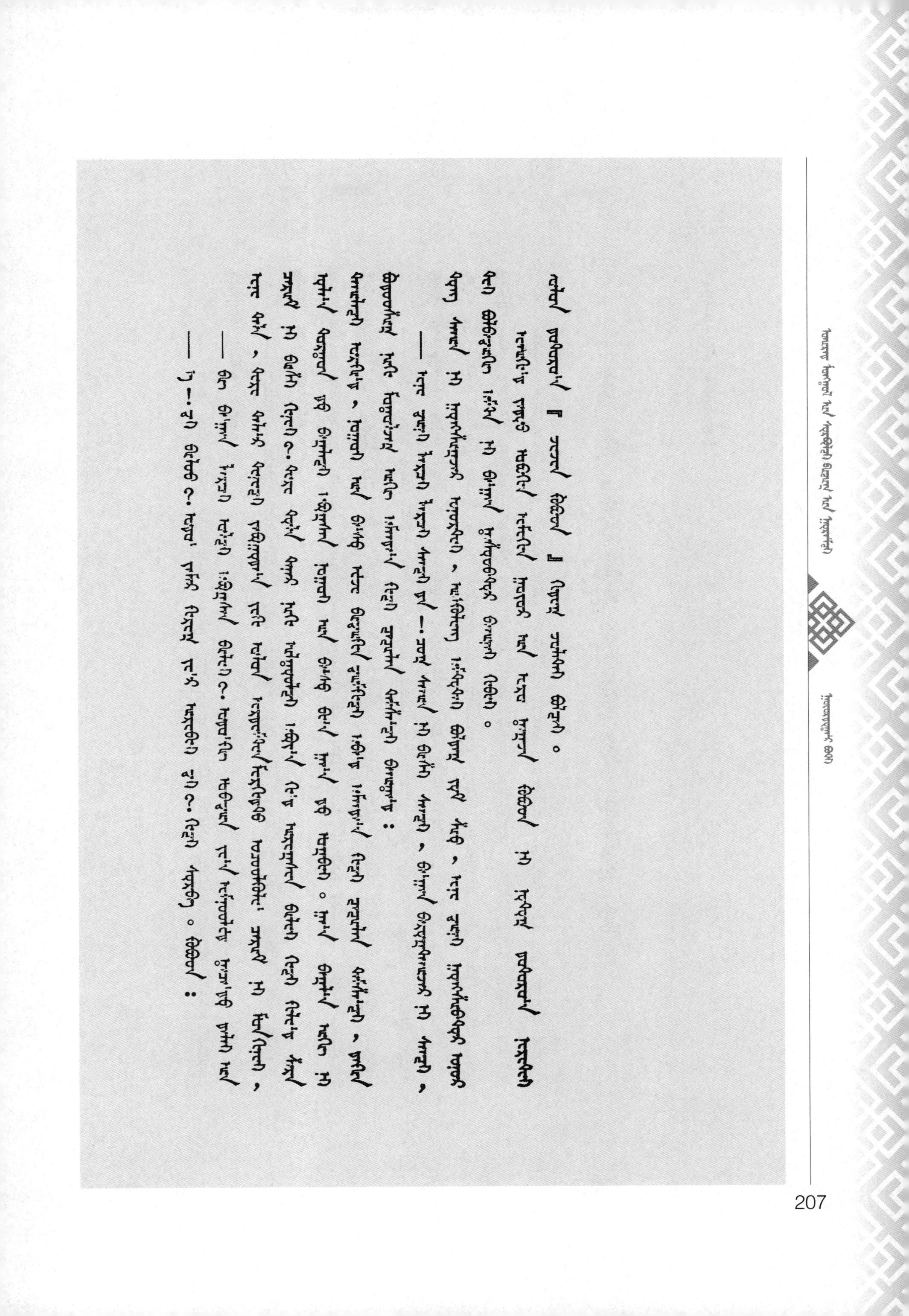

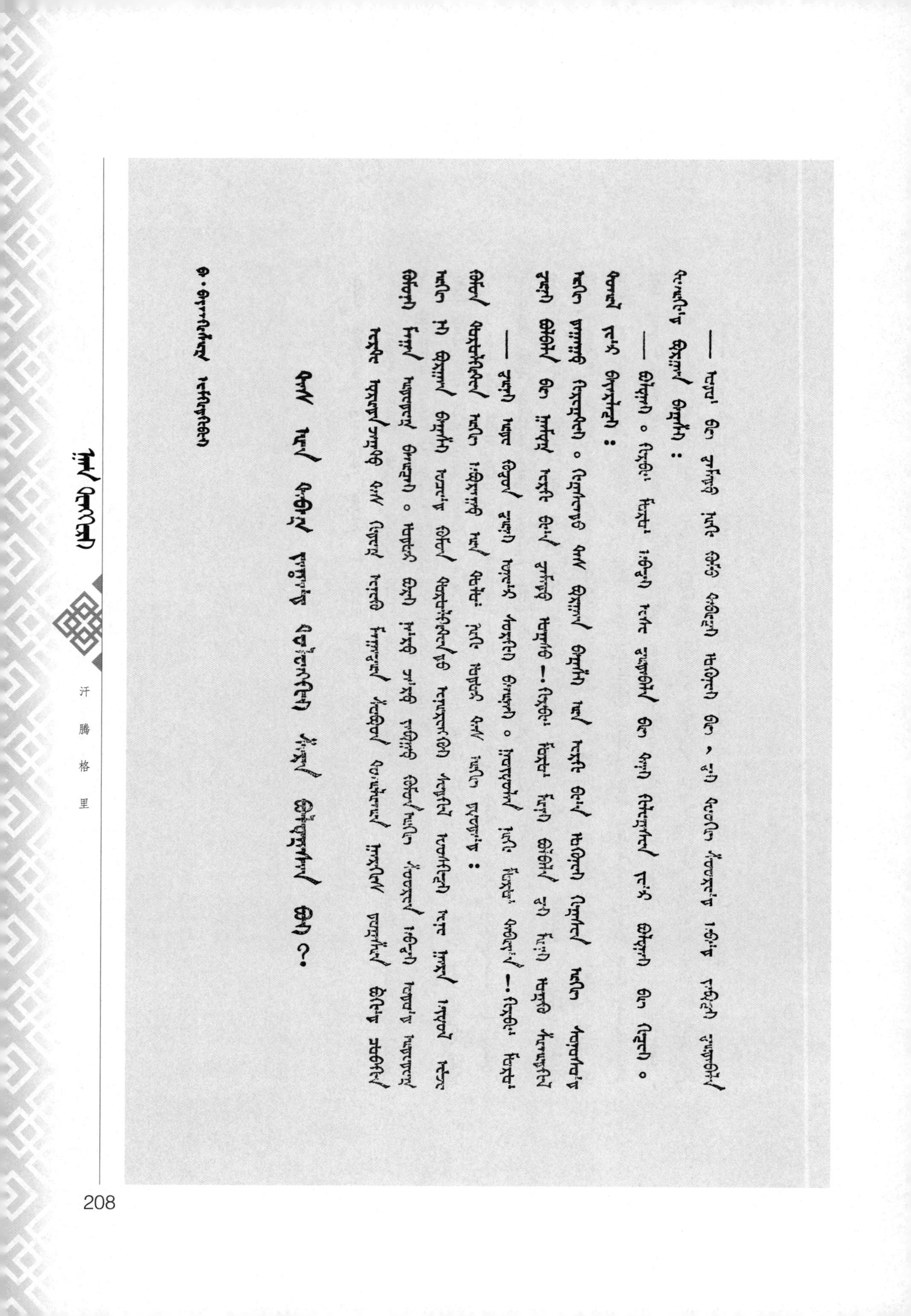

—— [illegible]

[illegible]

—— [illegible]

[illegible]

[illegible]

[illegible]

—— [illegible]

[illegible]

[illegible]

[illegible]

[illegible]

[illegible] ?

[illegible]

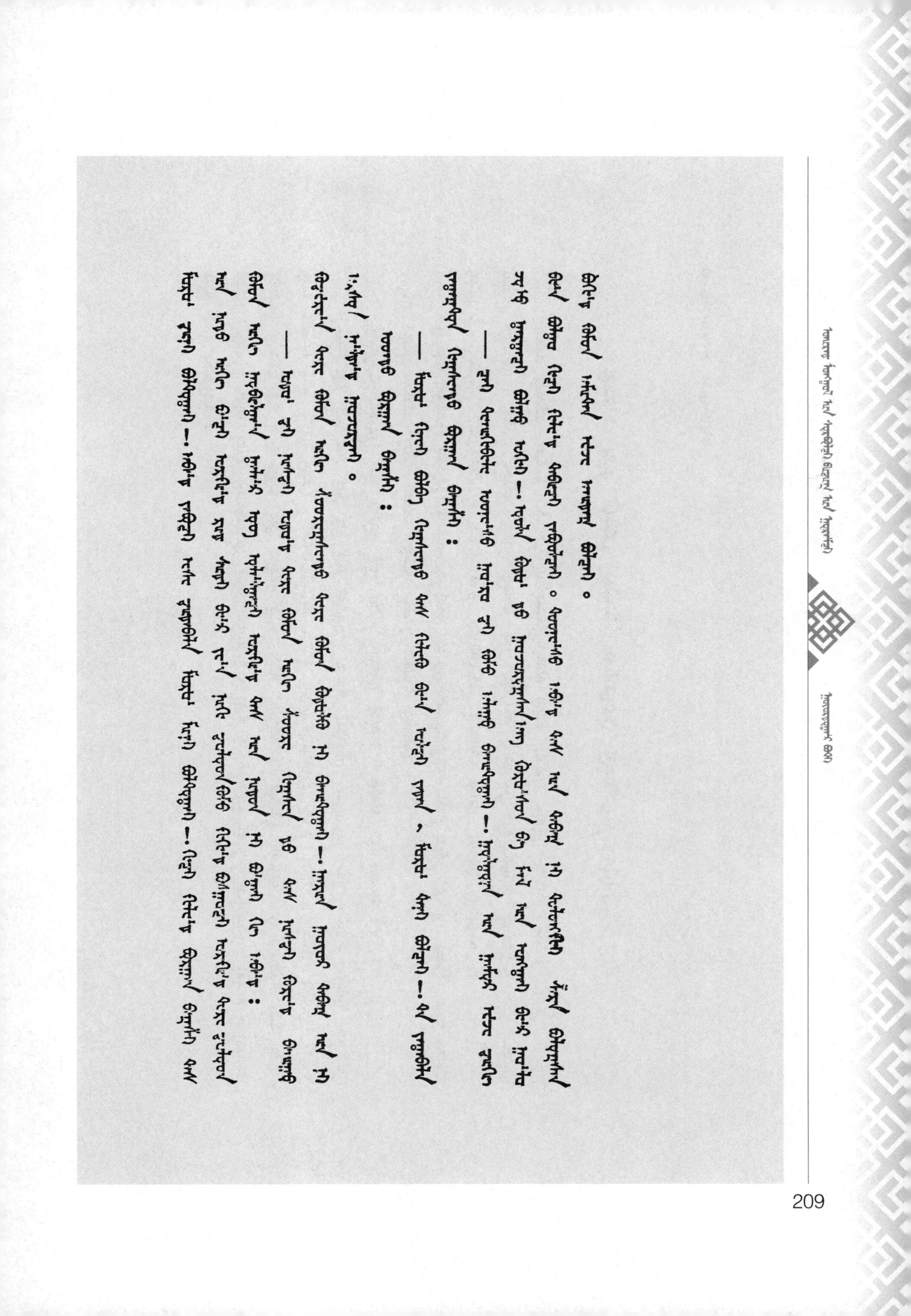

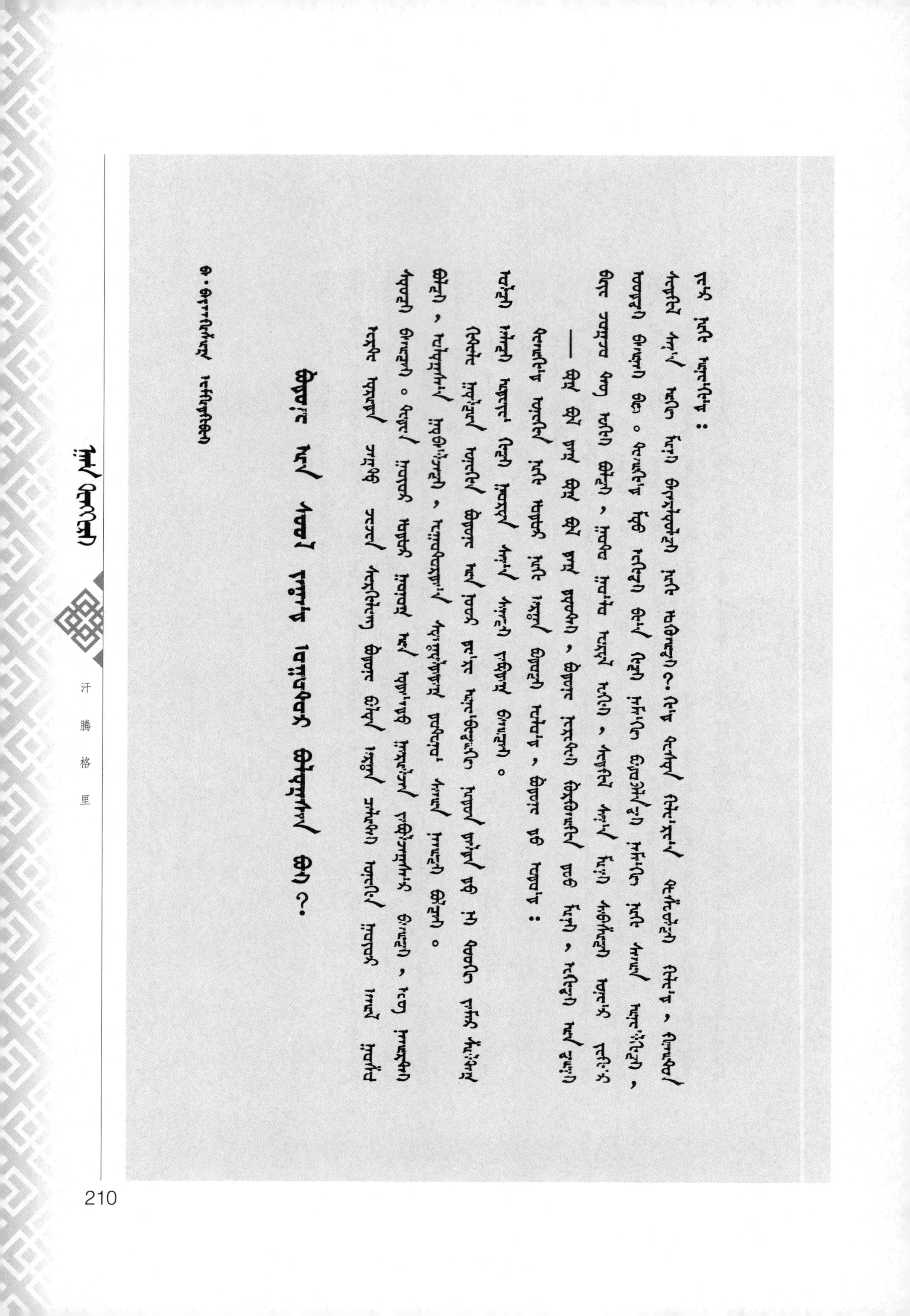

[illegible]

[illegible]

[illegible]

[illegible]

[illegible]

[illegible]

[illegible]

[illegible]

① [illegible]

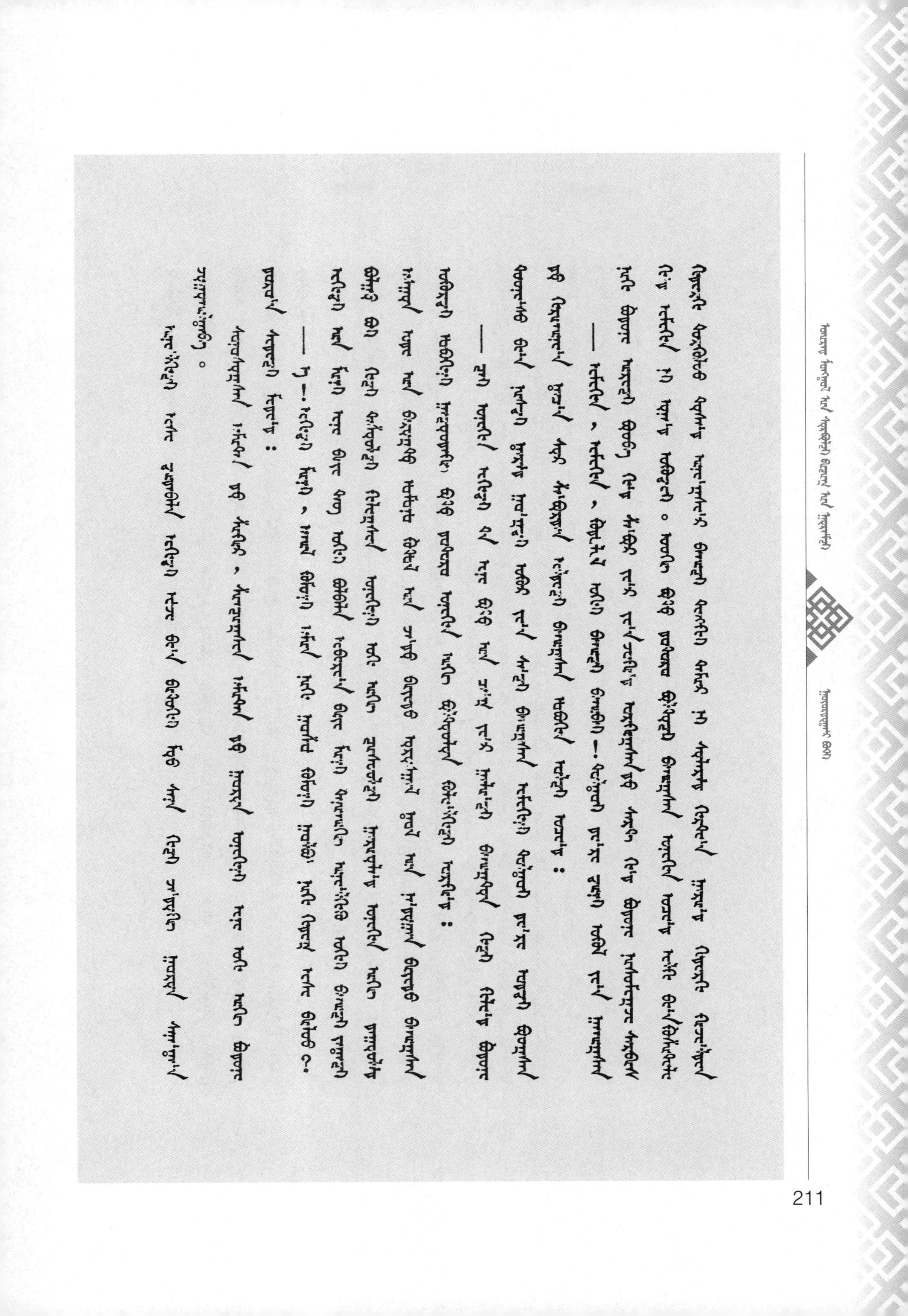

[illegible]

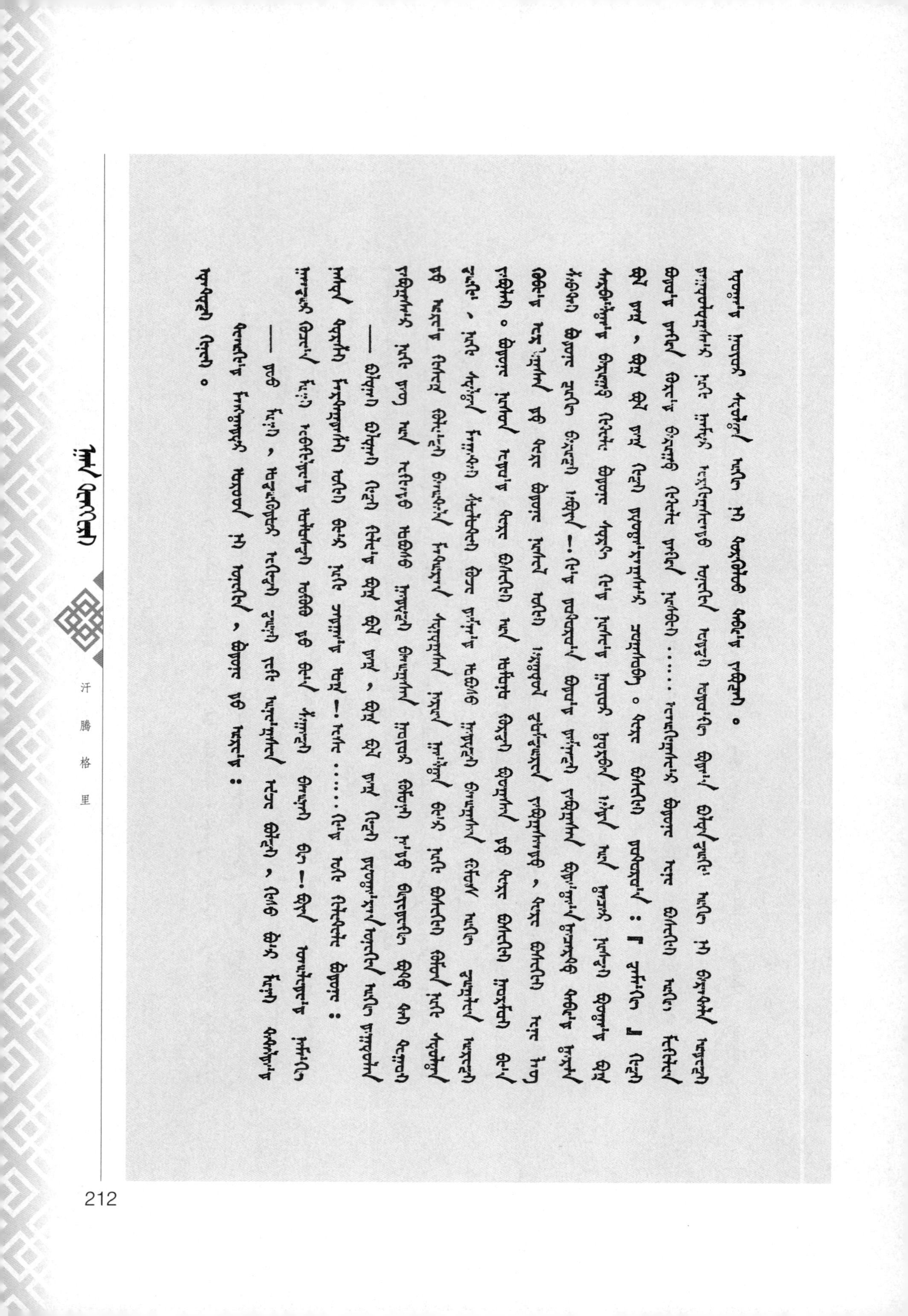

[illegible]

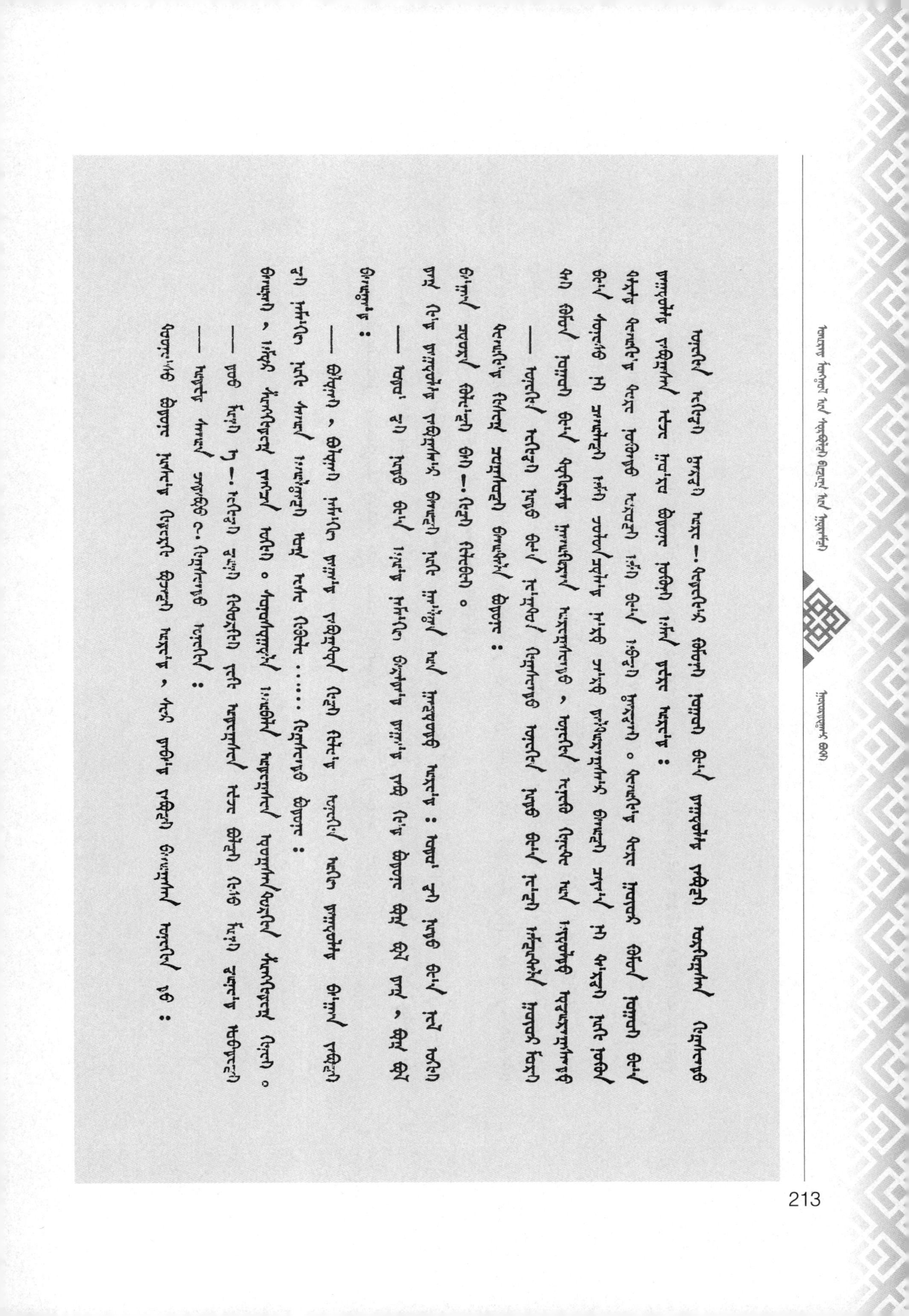

[illegible] —· [illegible] :

[illegible] 。 [illegible] ، [illegible]

— [illegible] —

[illegible] :

[illegible] —· [illegible] 。

[illegible] : [illegible]

— [illegible] ، [illegible] :

— [illegible] ، [illegible] …… [illegible] :

[illegible] ، [illegible] 。 [illegible] 。

— [illegible] —· [illegible]

— [illegible] ~· [illegible] :

[illegible] ، [illegible] :

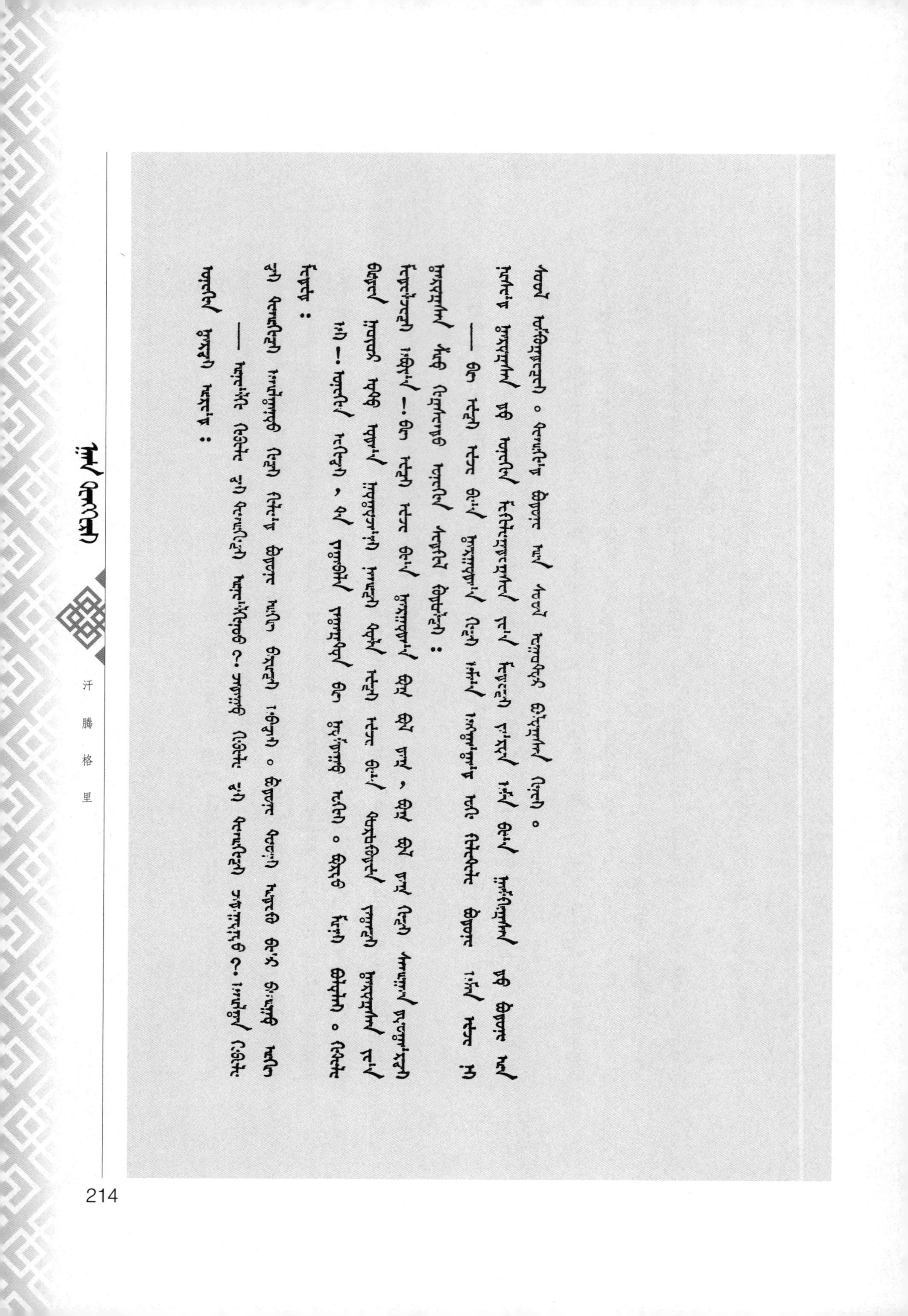

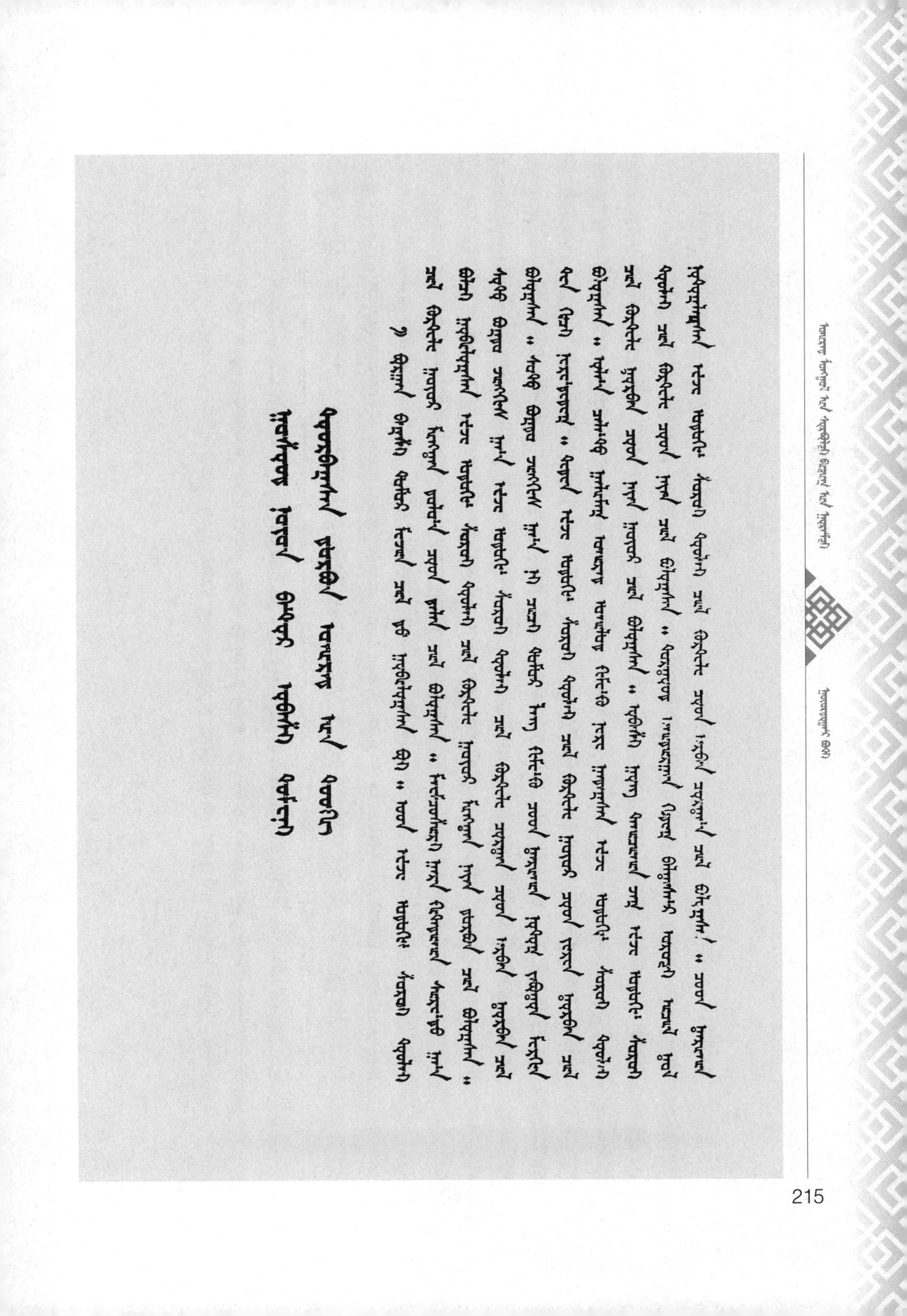

[illegible]

[illegible]

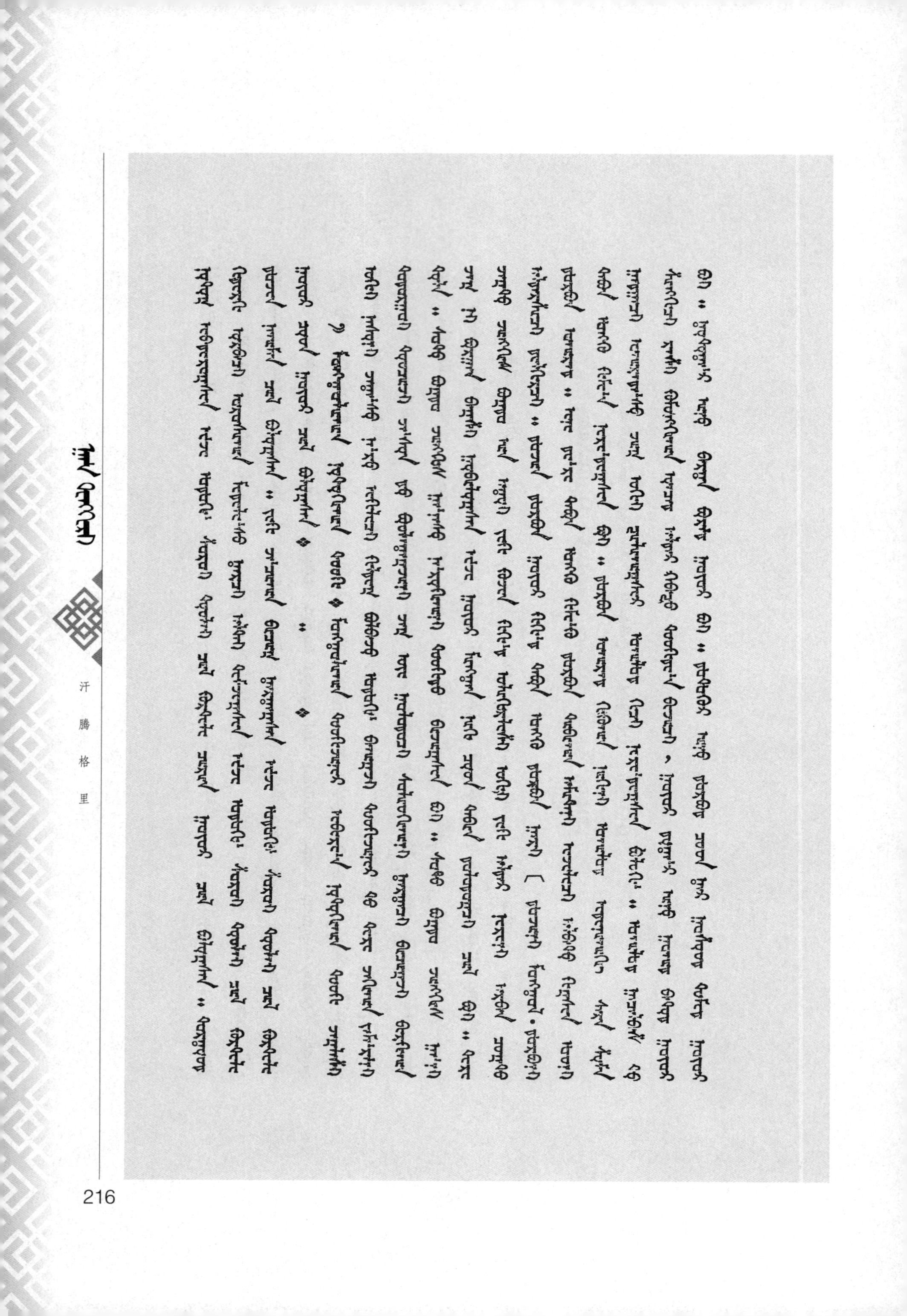

[illegible]

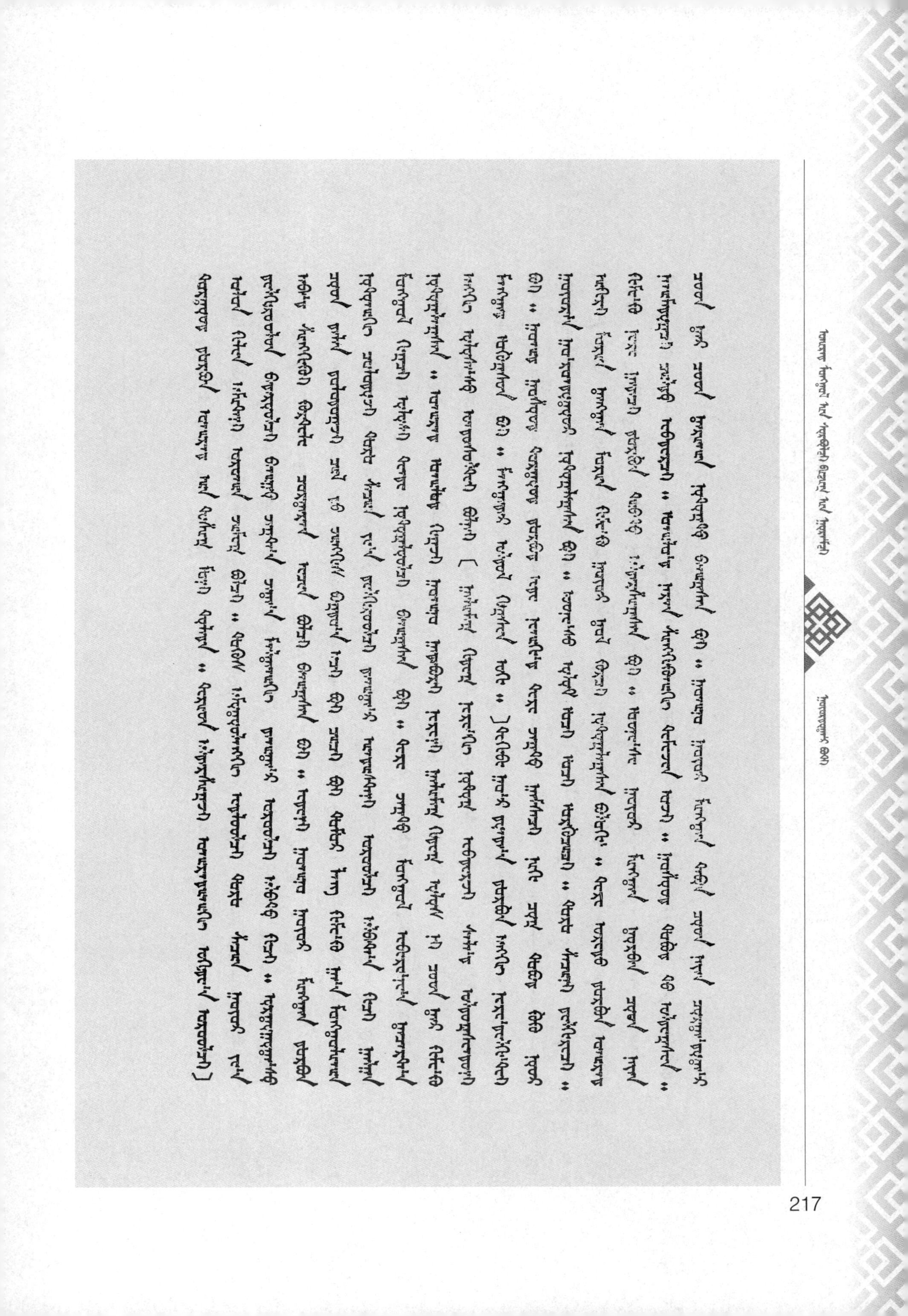

[illegible]

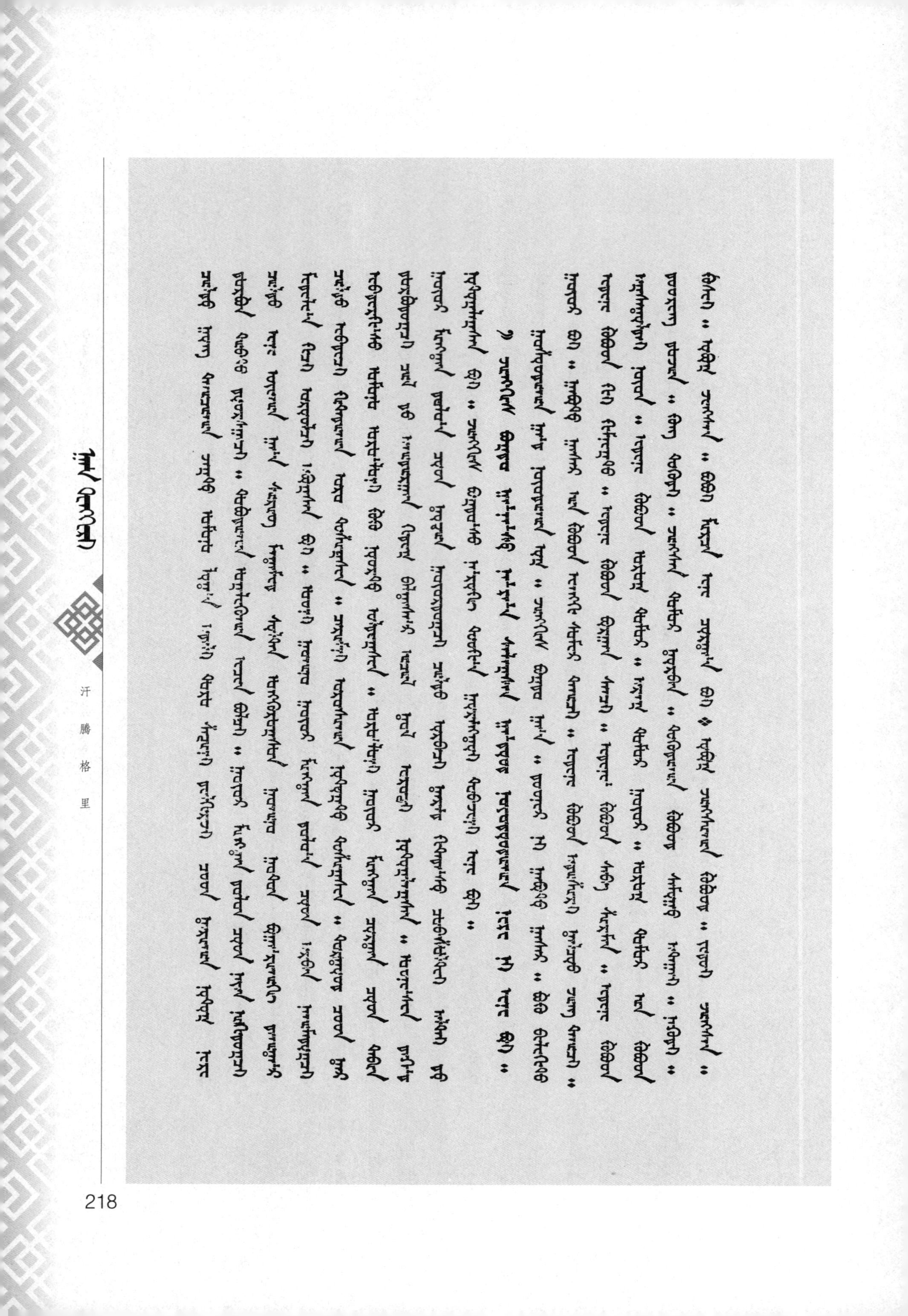

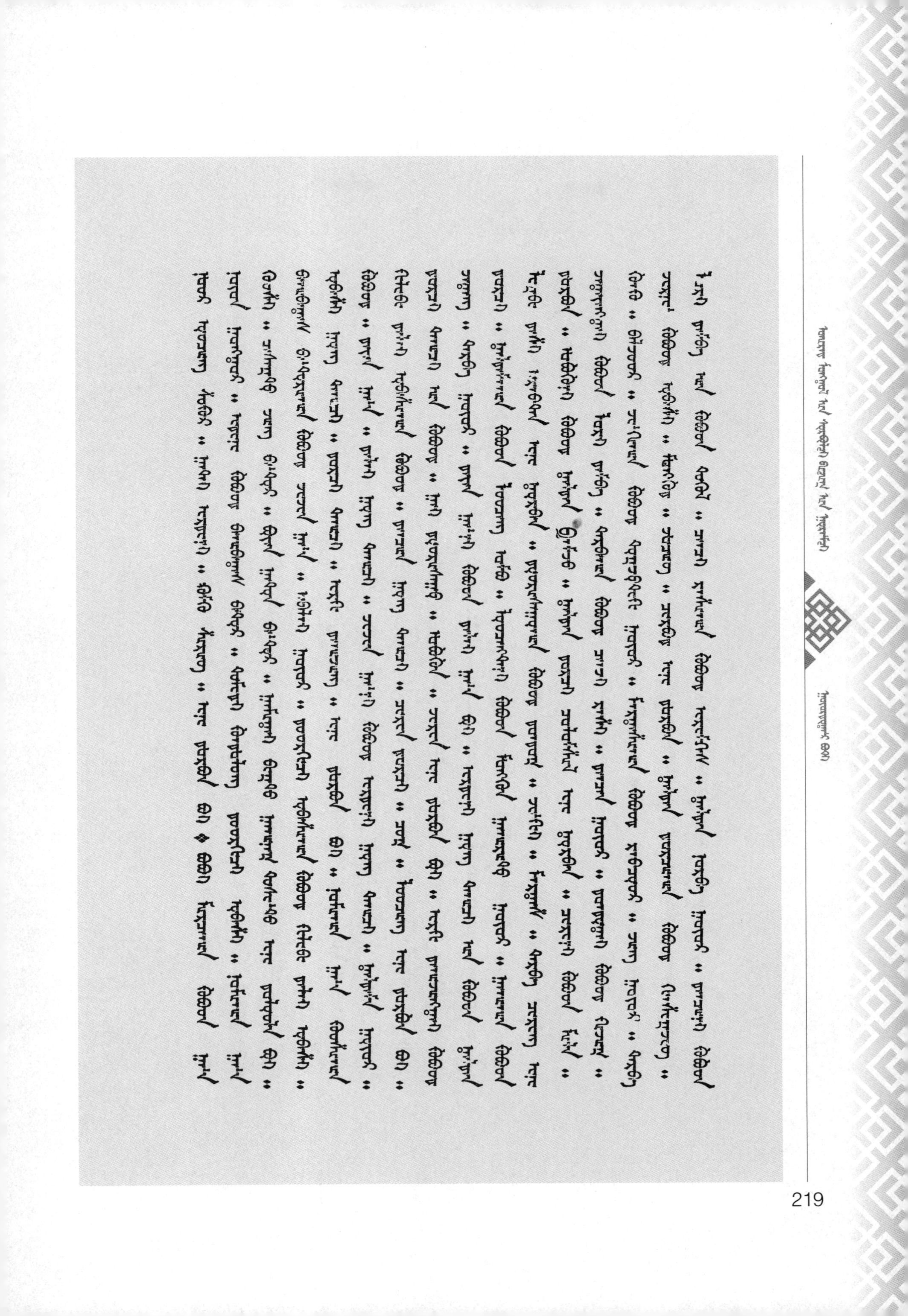

[illegible]
[illegible]
[illegible]
[illegible]
[illegible]
[illegible]
[illegible]
[illegible]
[illegible]
[illegible]
[illegible]
[illegible]
[illegible]
[illegible]
[illegible]
[illegible]
[illegible]

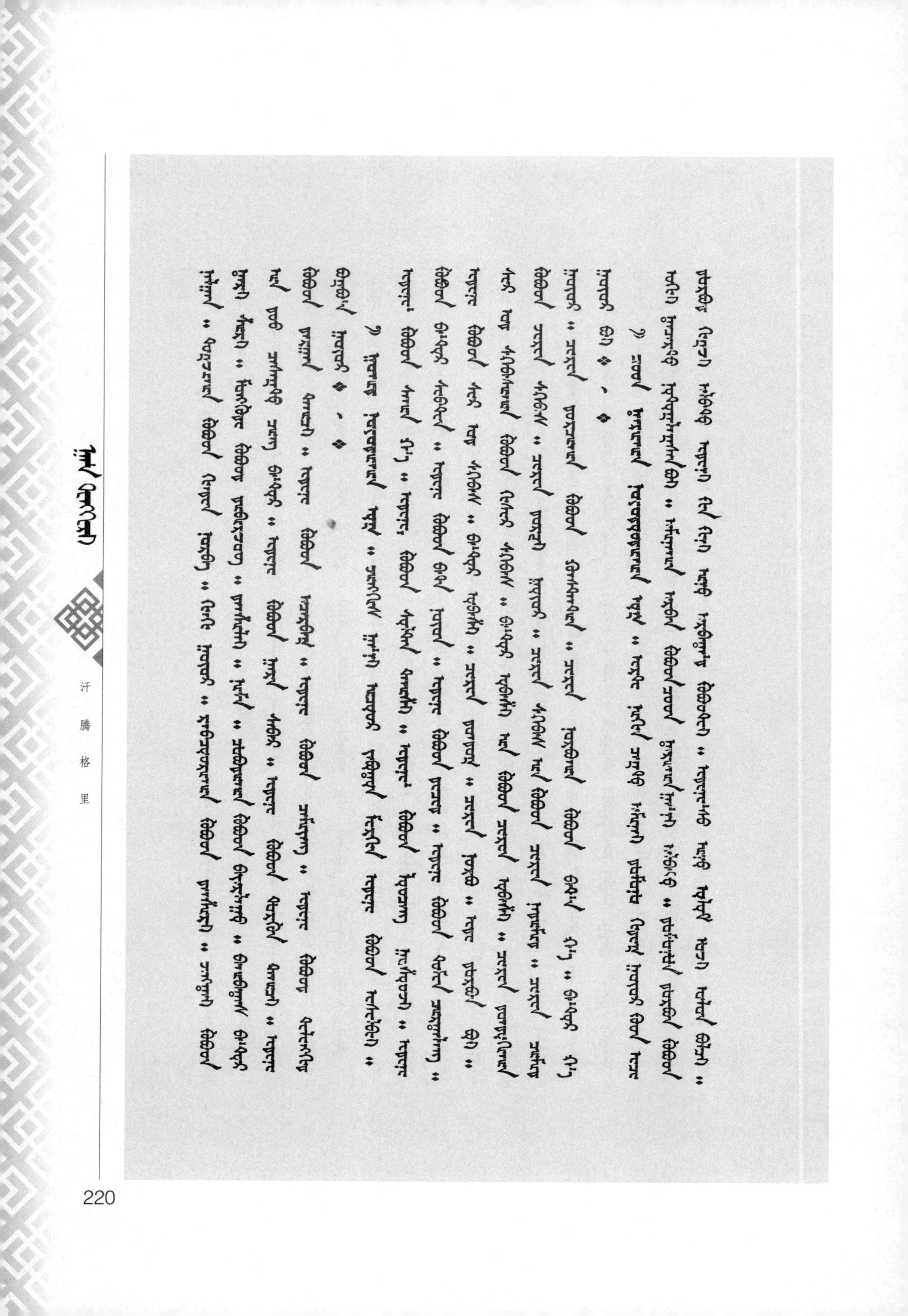

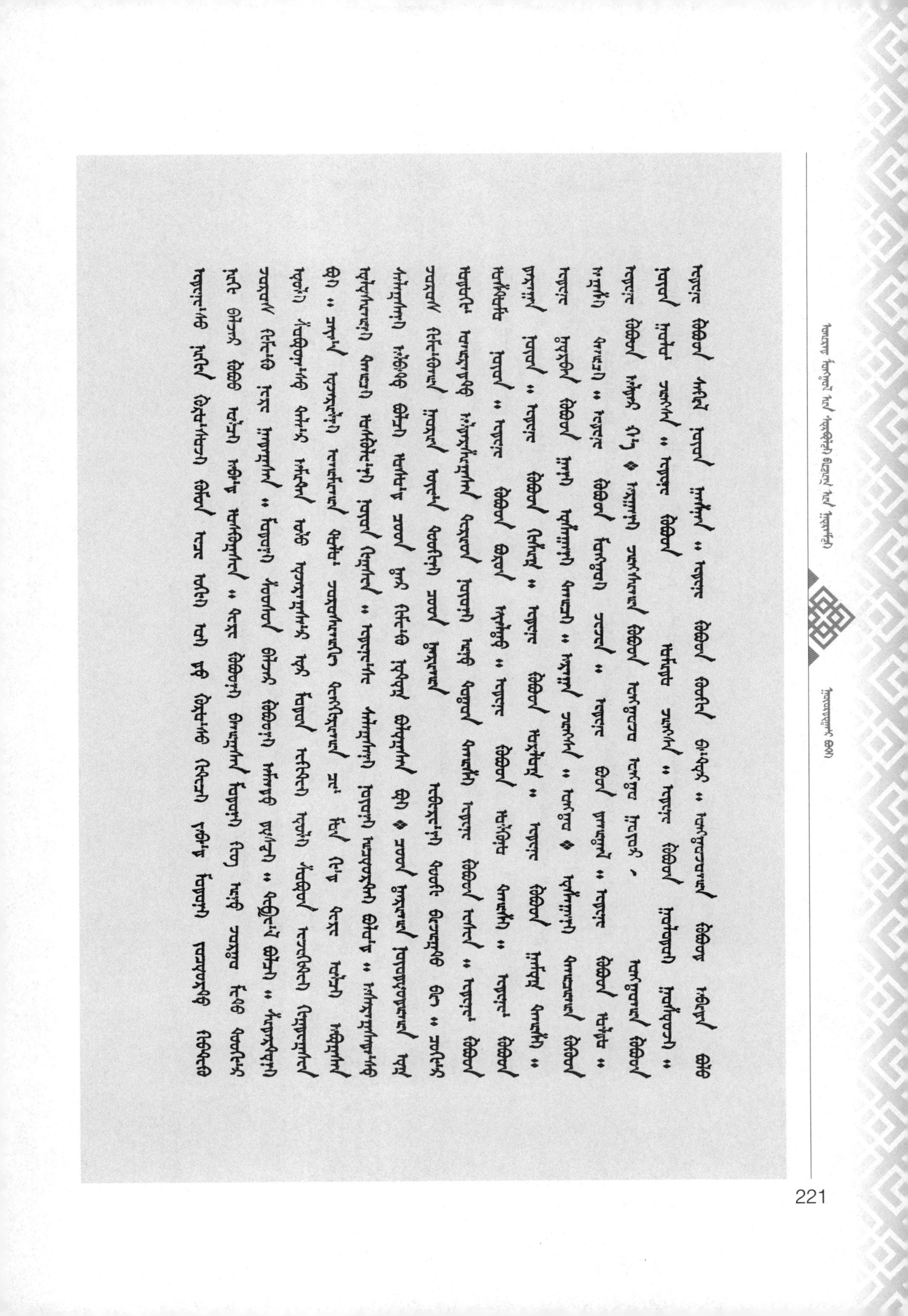

[illegible]

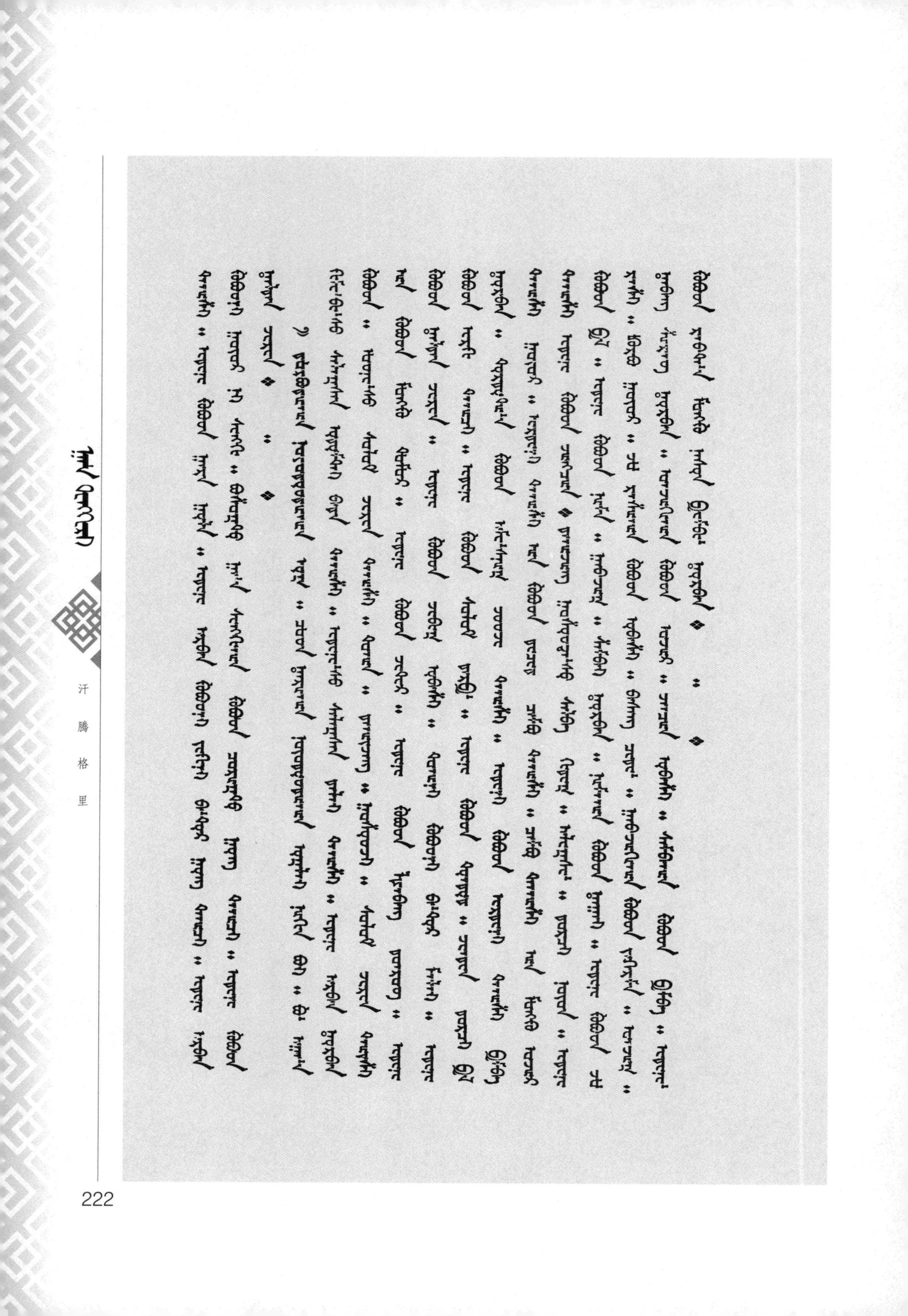

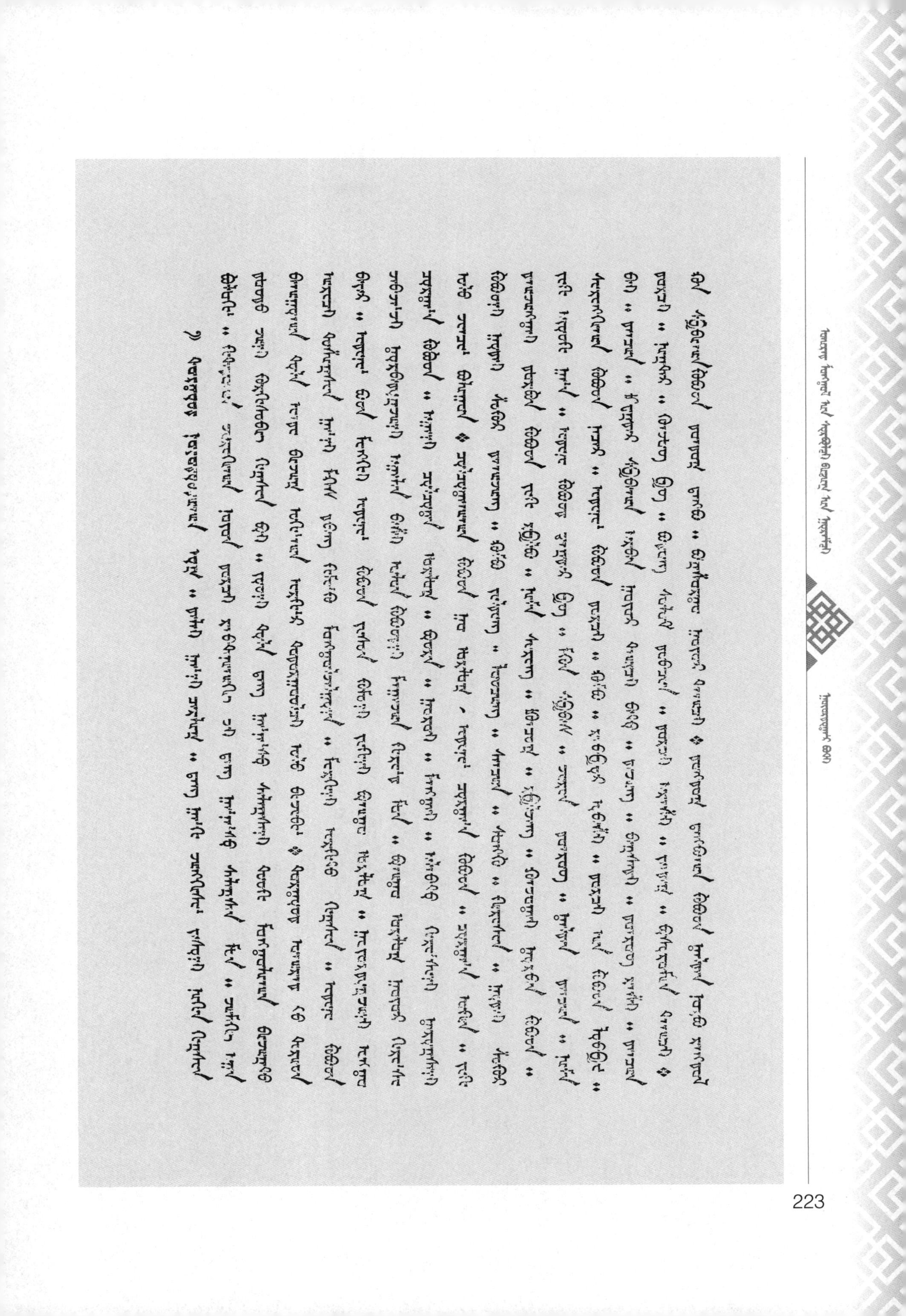

[illegible]

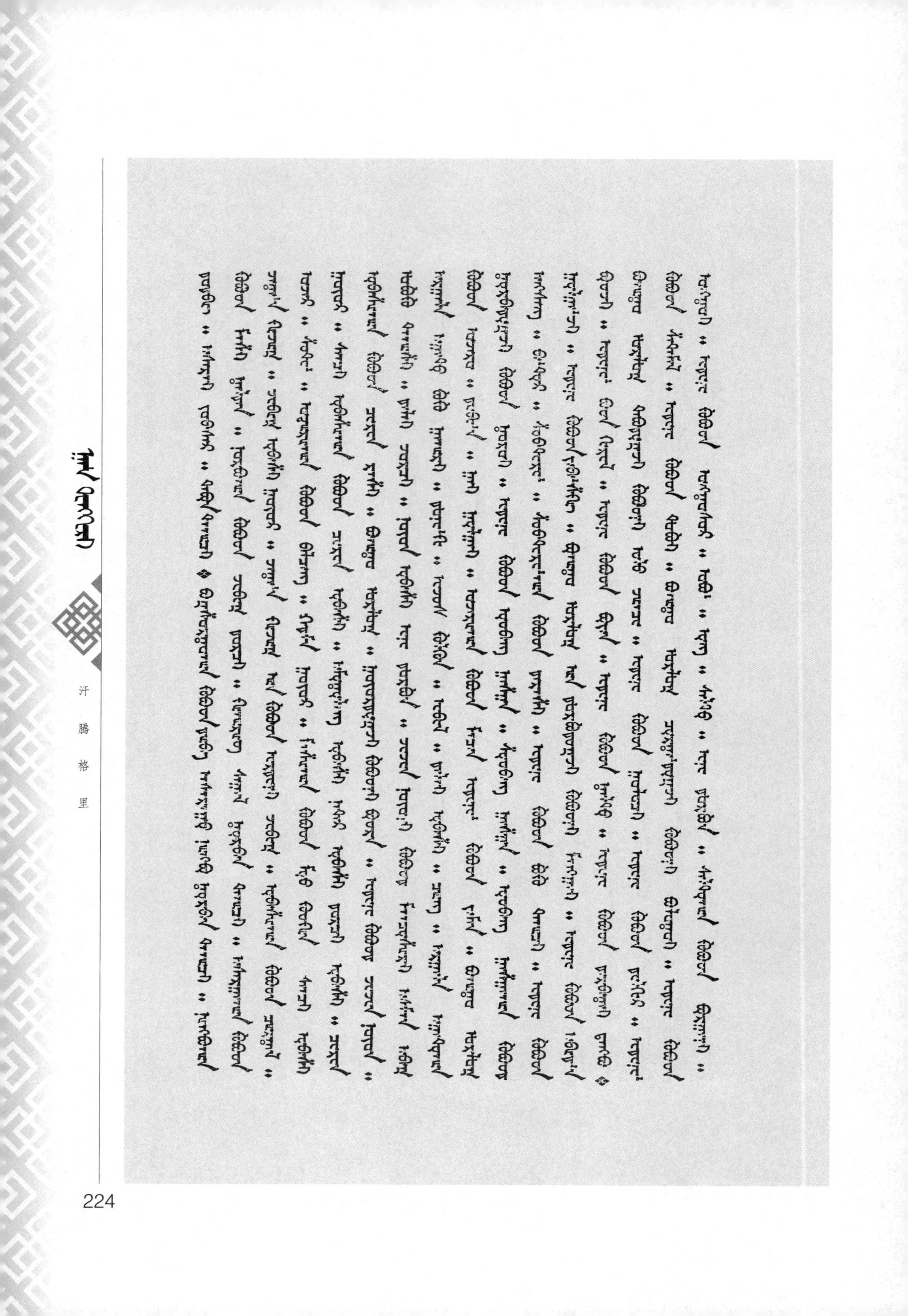

[illegible]

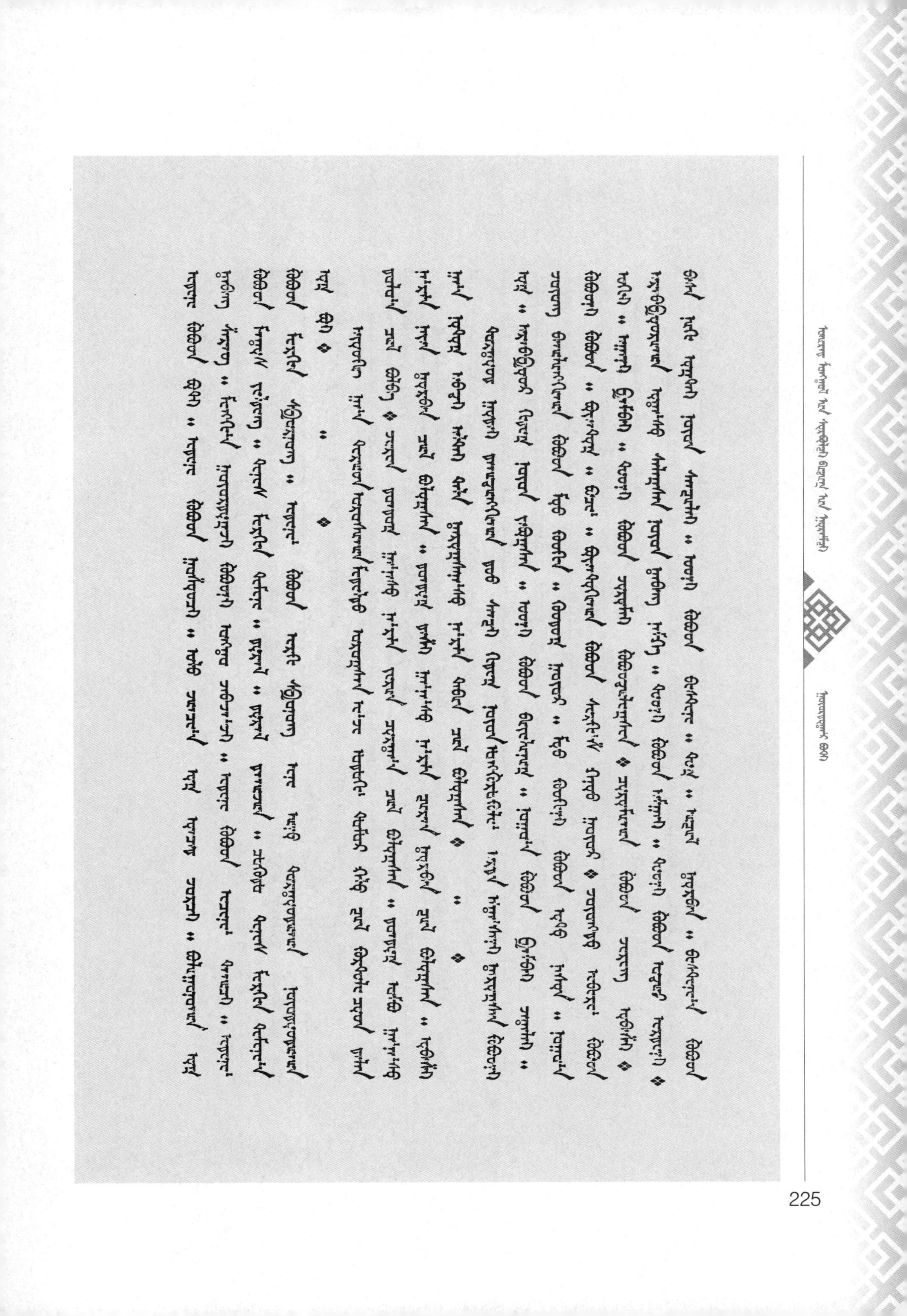

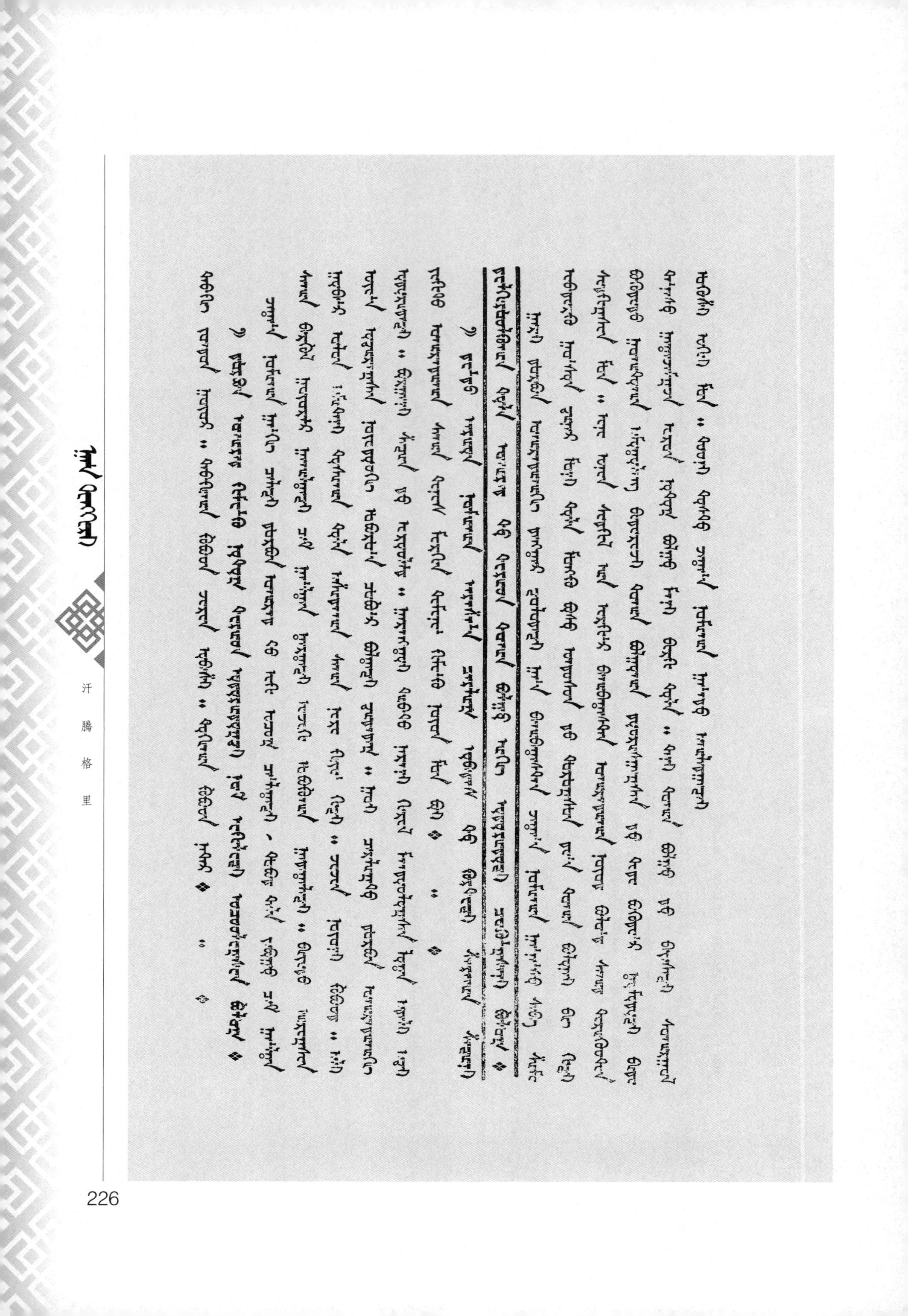

[illegible]

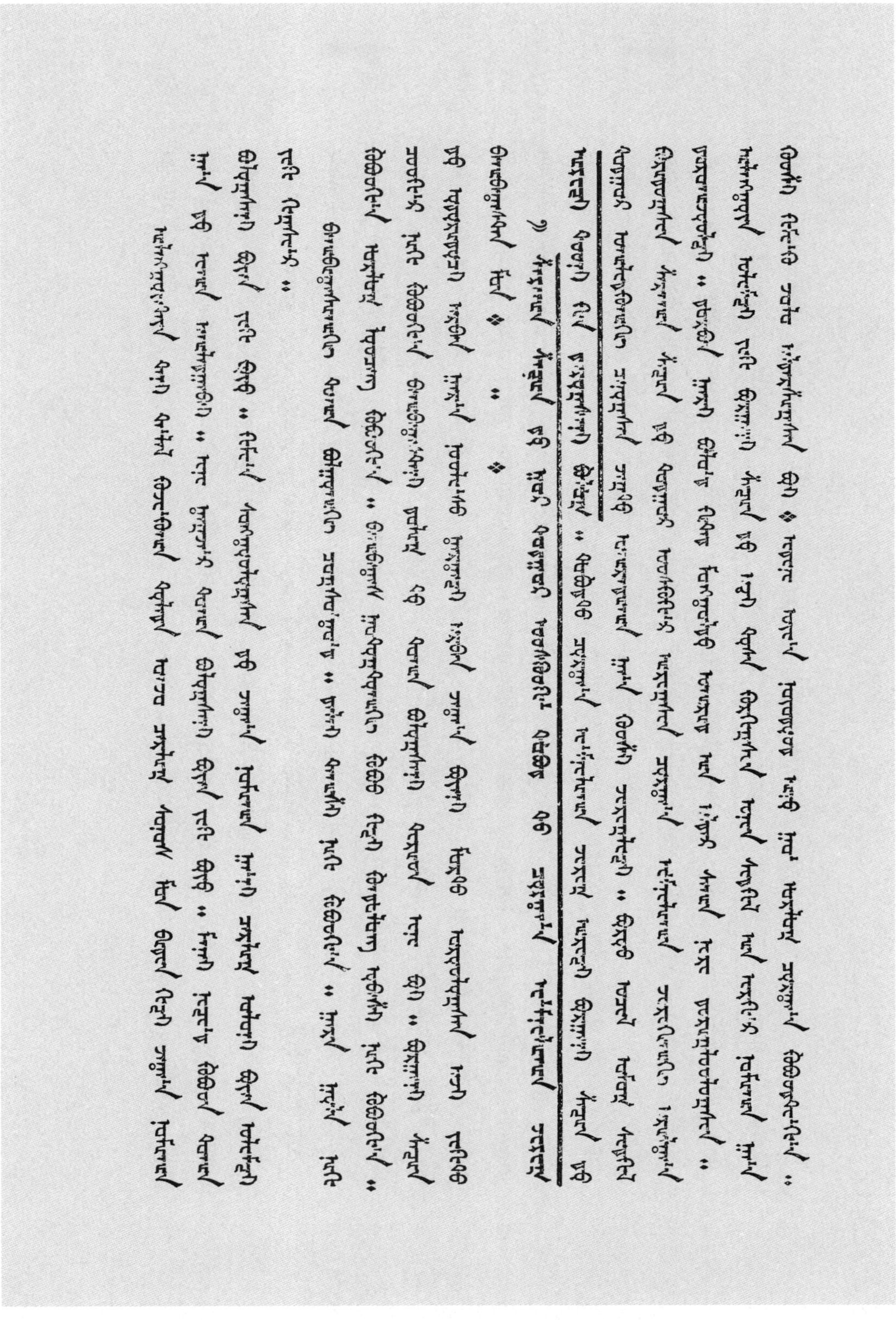
[illegible]

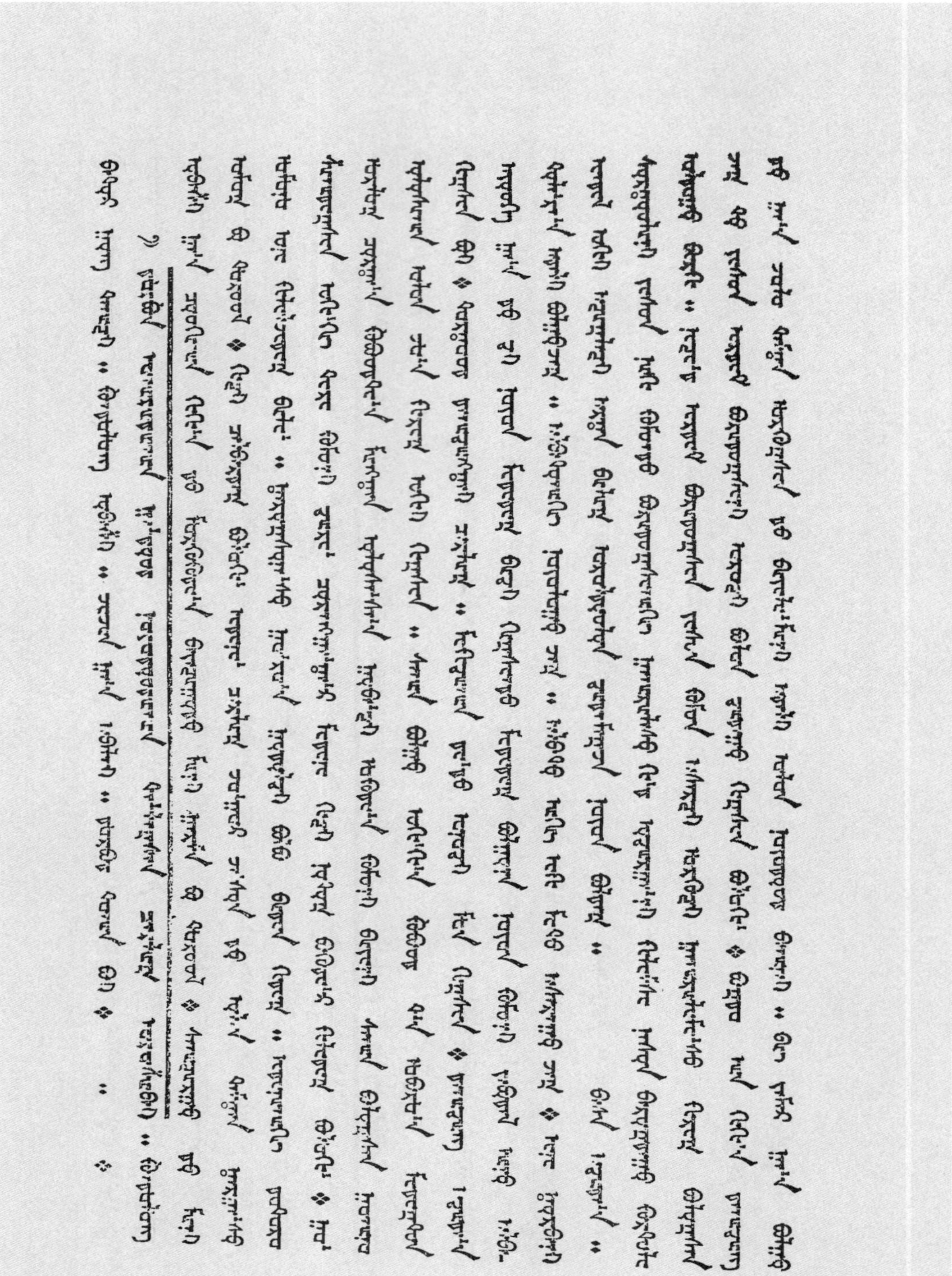

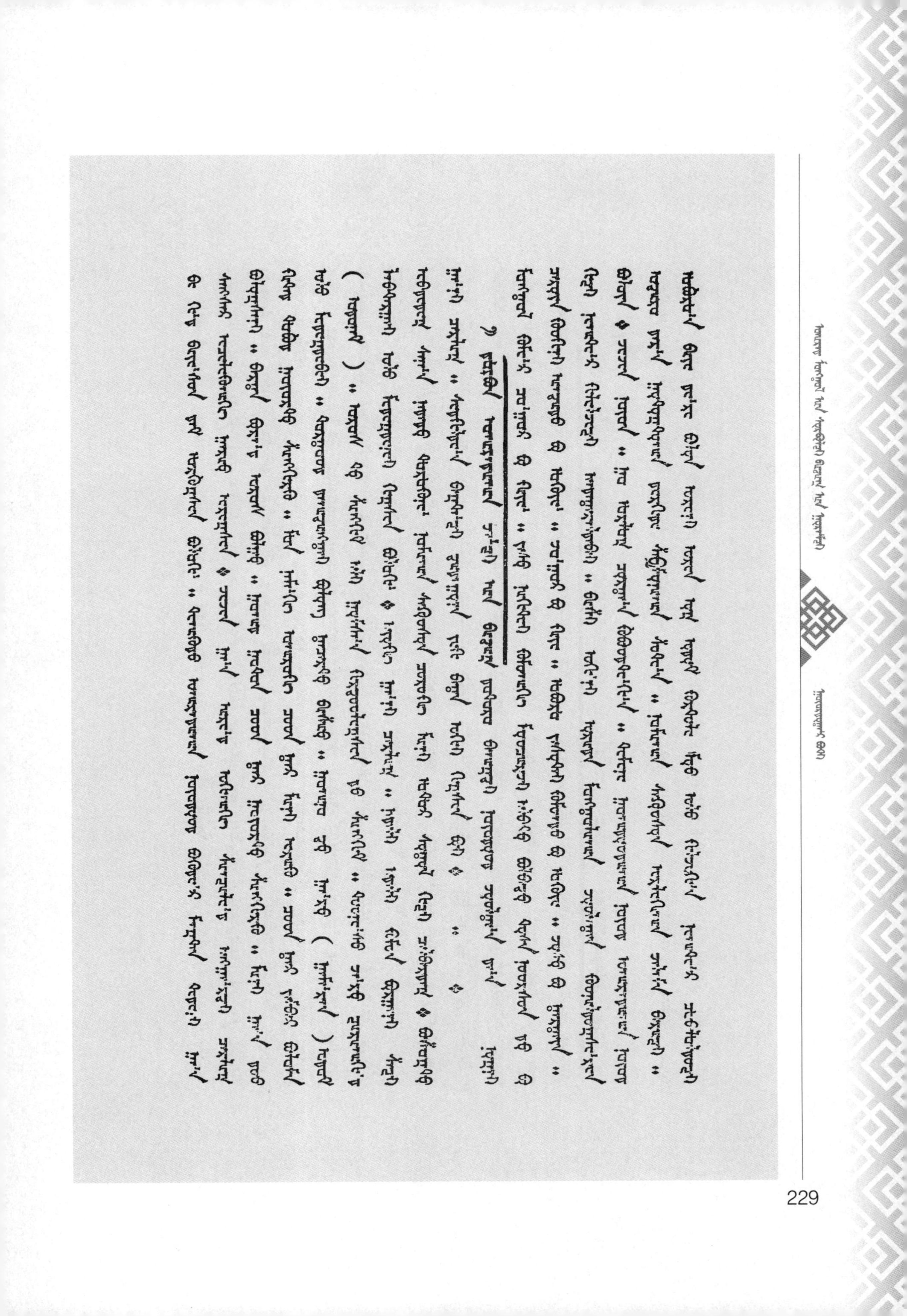

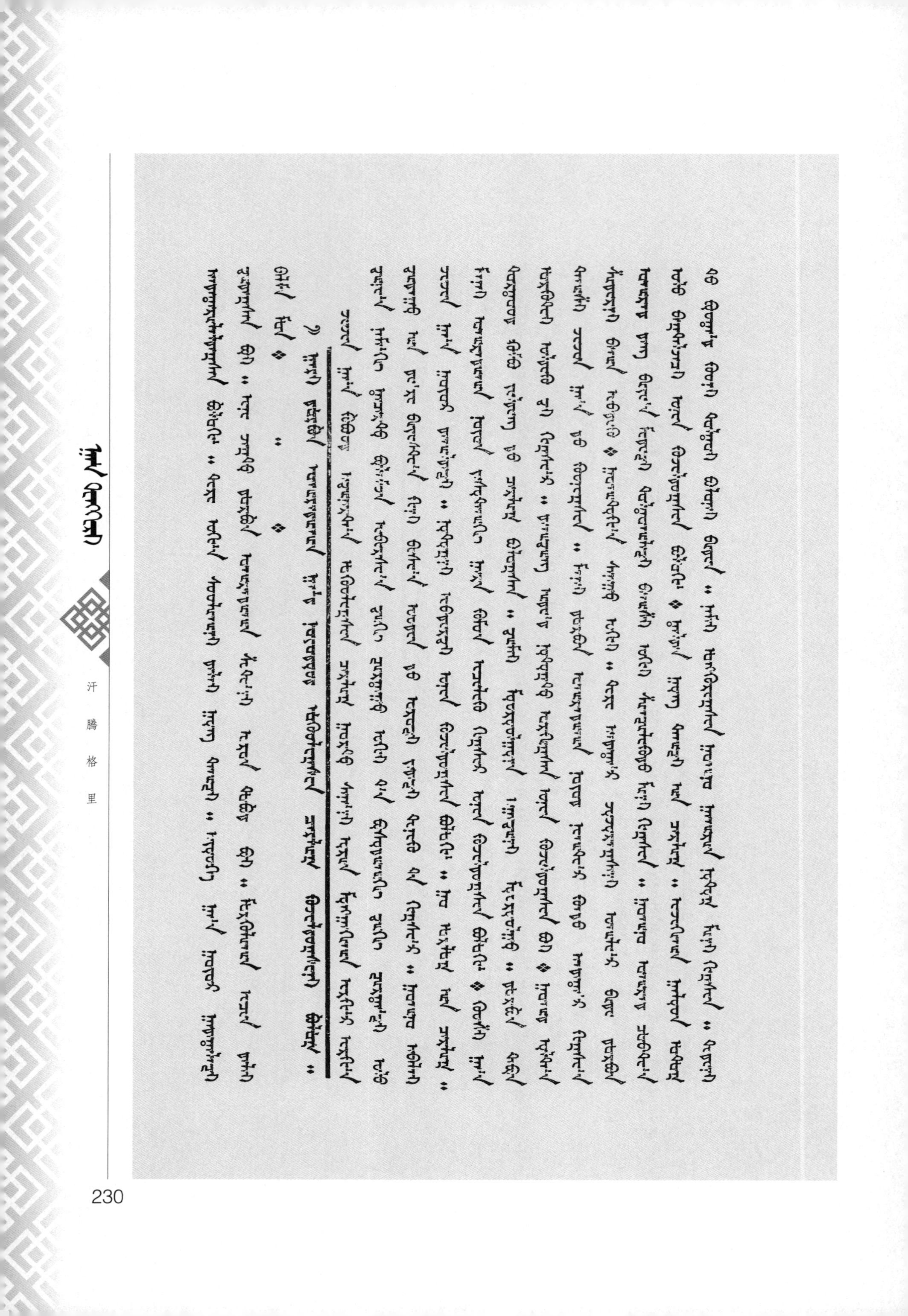

[illegible]

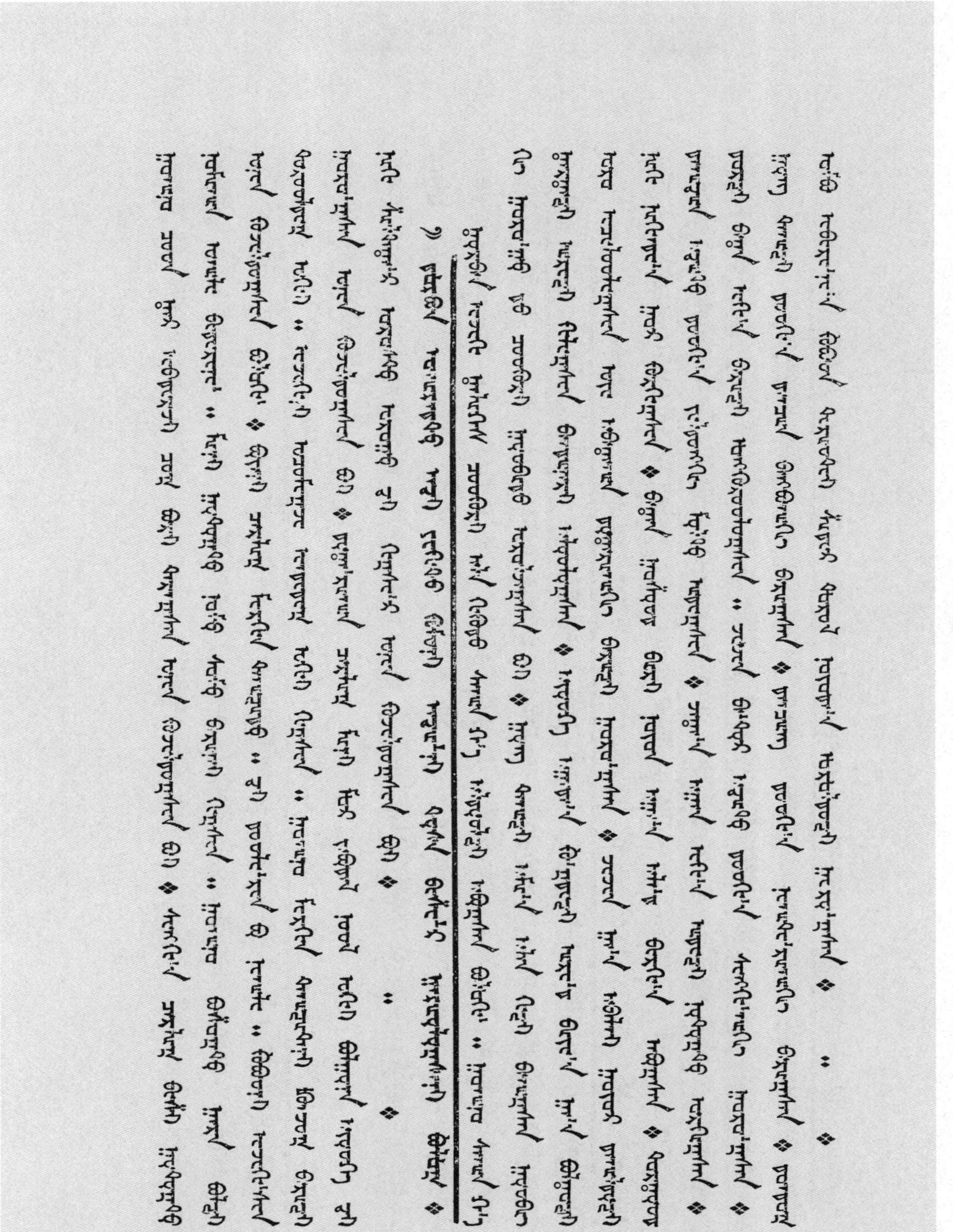

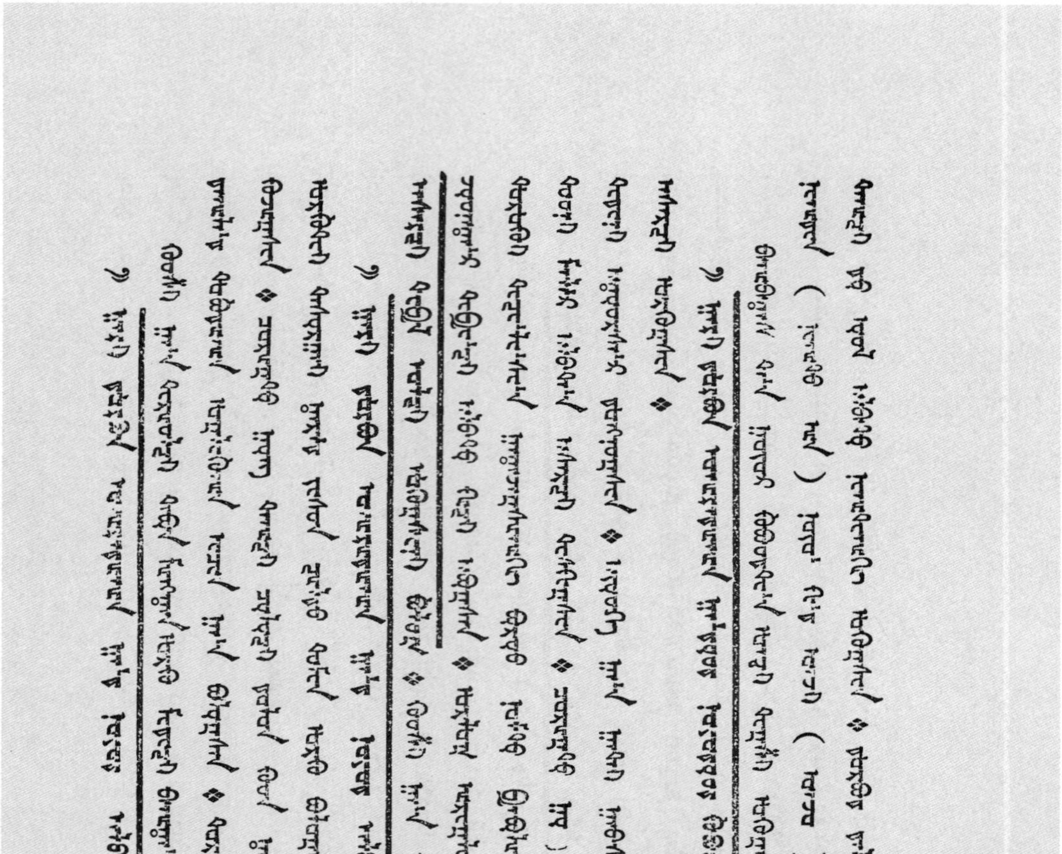

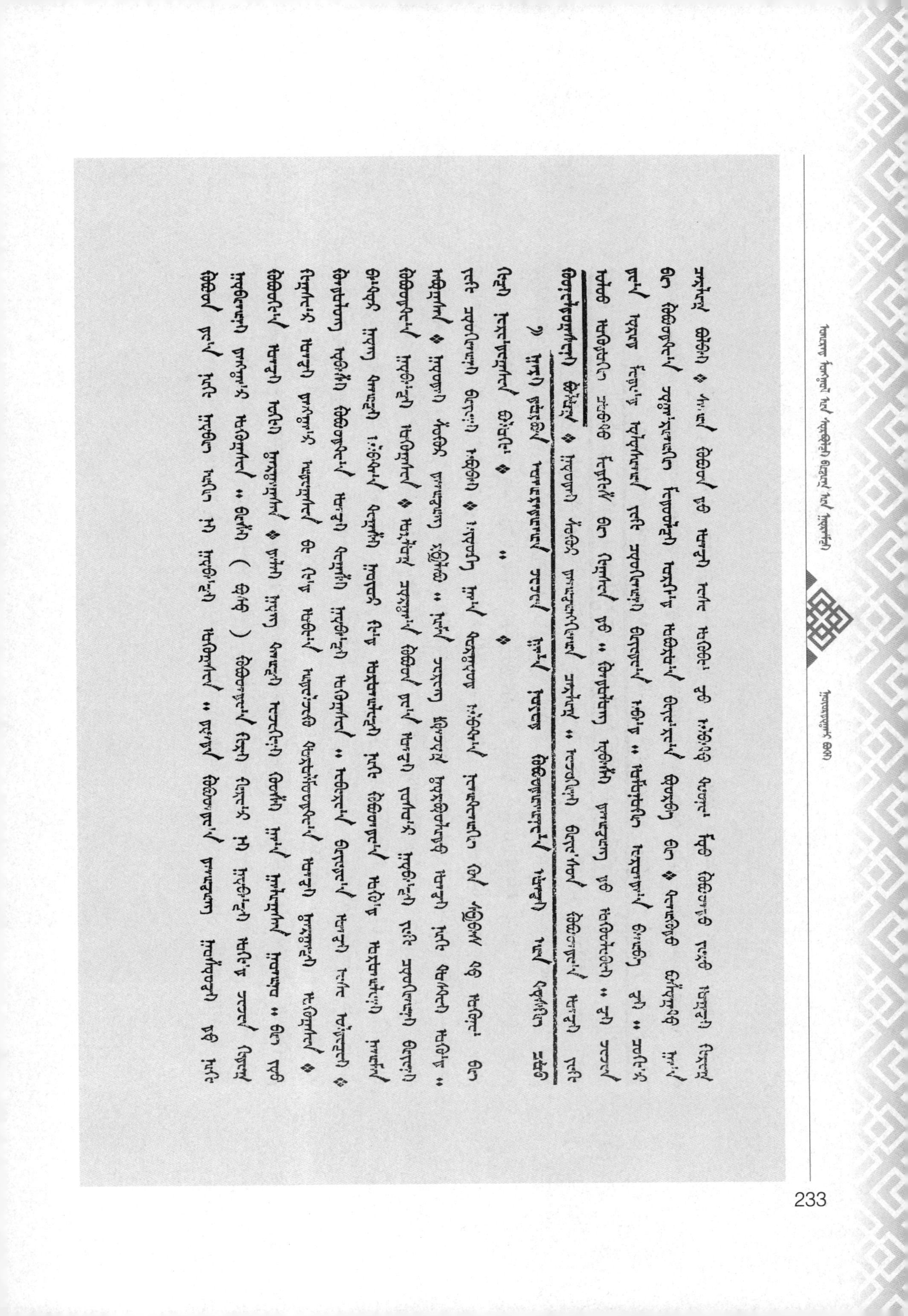

[illegible]

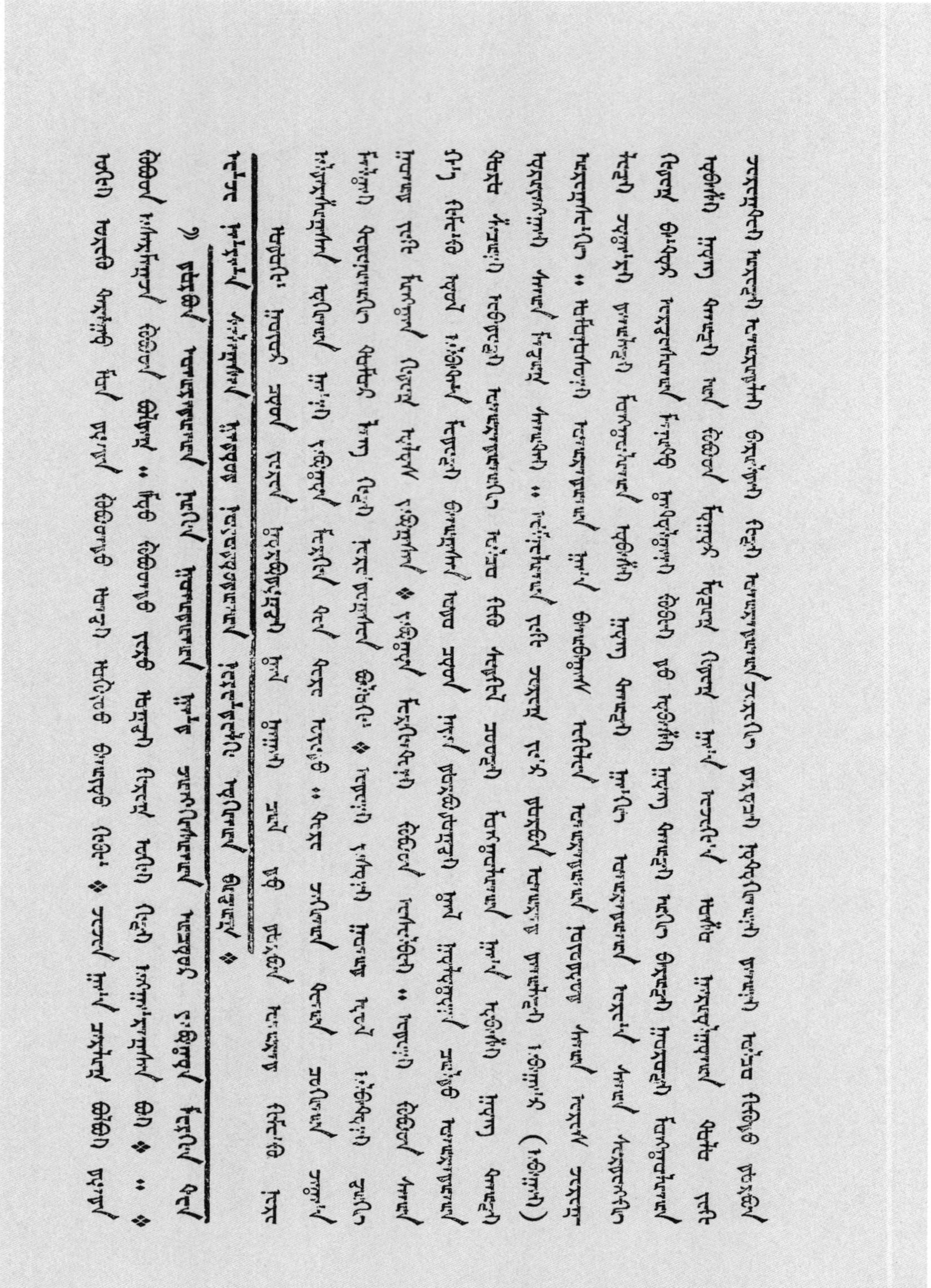

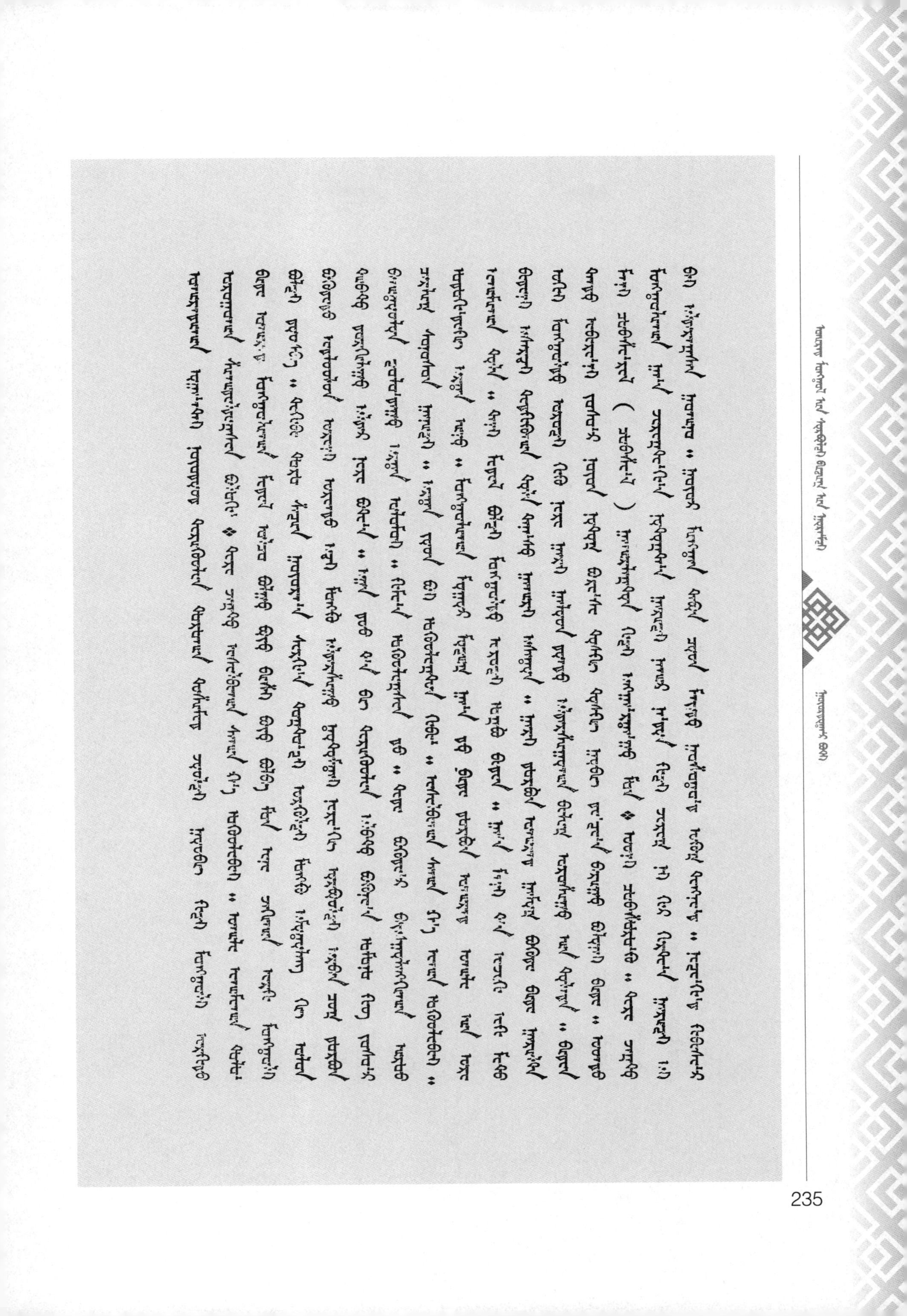

[illegible]

[illegible]

[illegible]

[illegible]

[illegible]

[illegible]

[illegible]

[illegible]

[illegible]

[illegible]

[illegible]

[illegible]

[illegible]

[illegible]

[illegible]

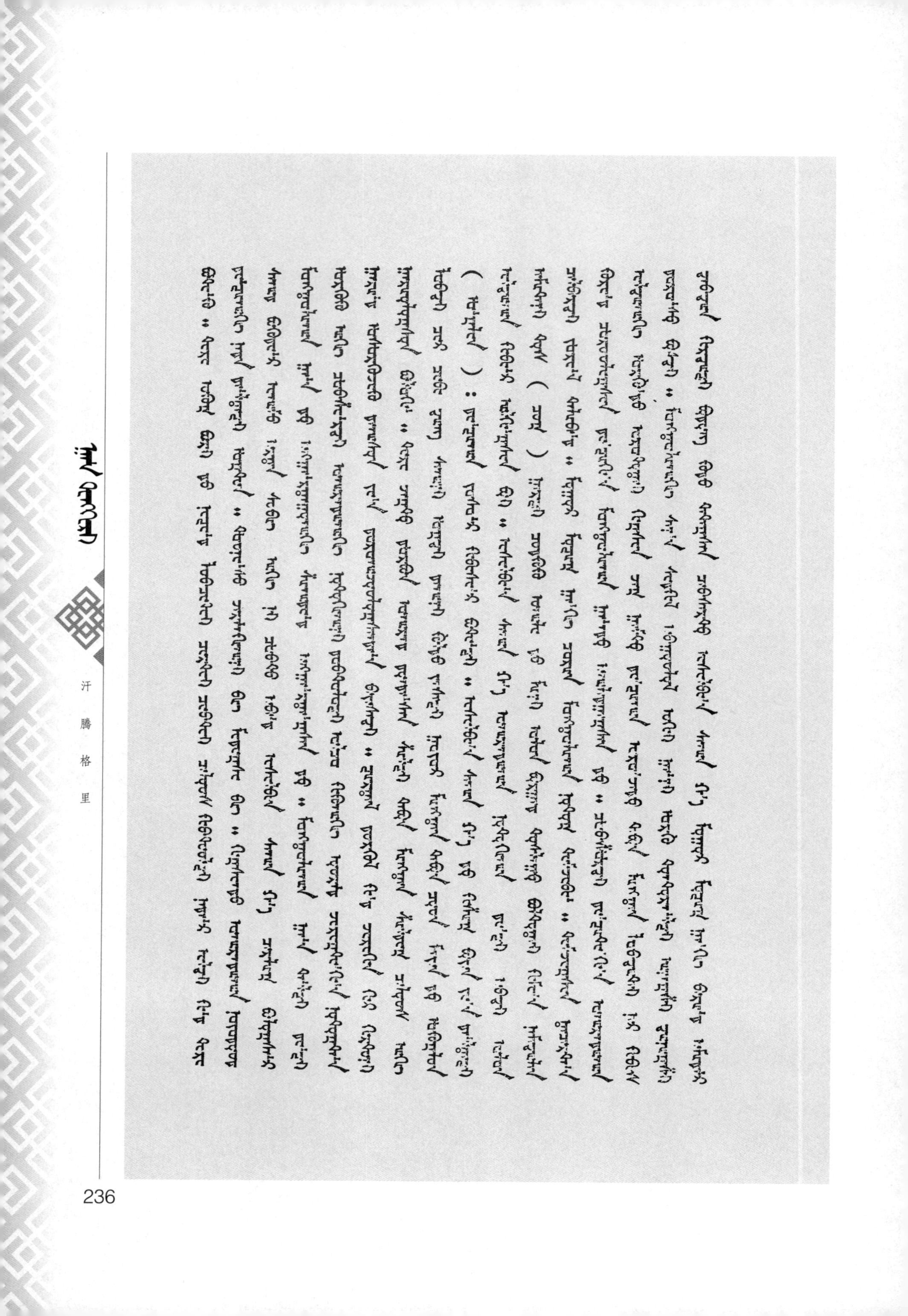

[illegible]

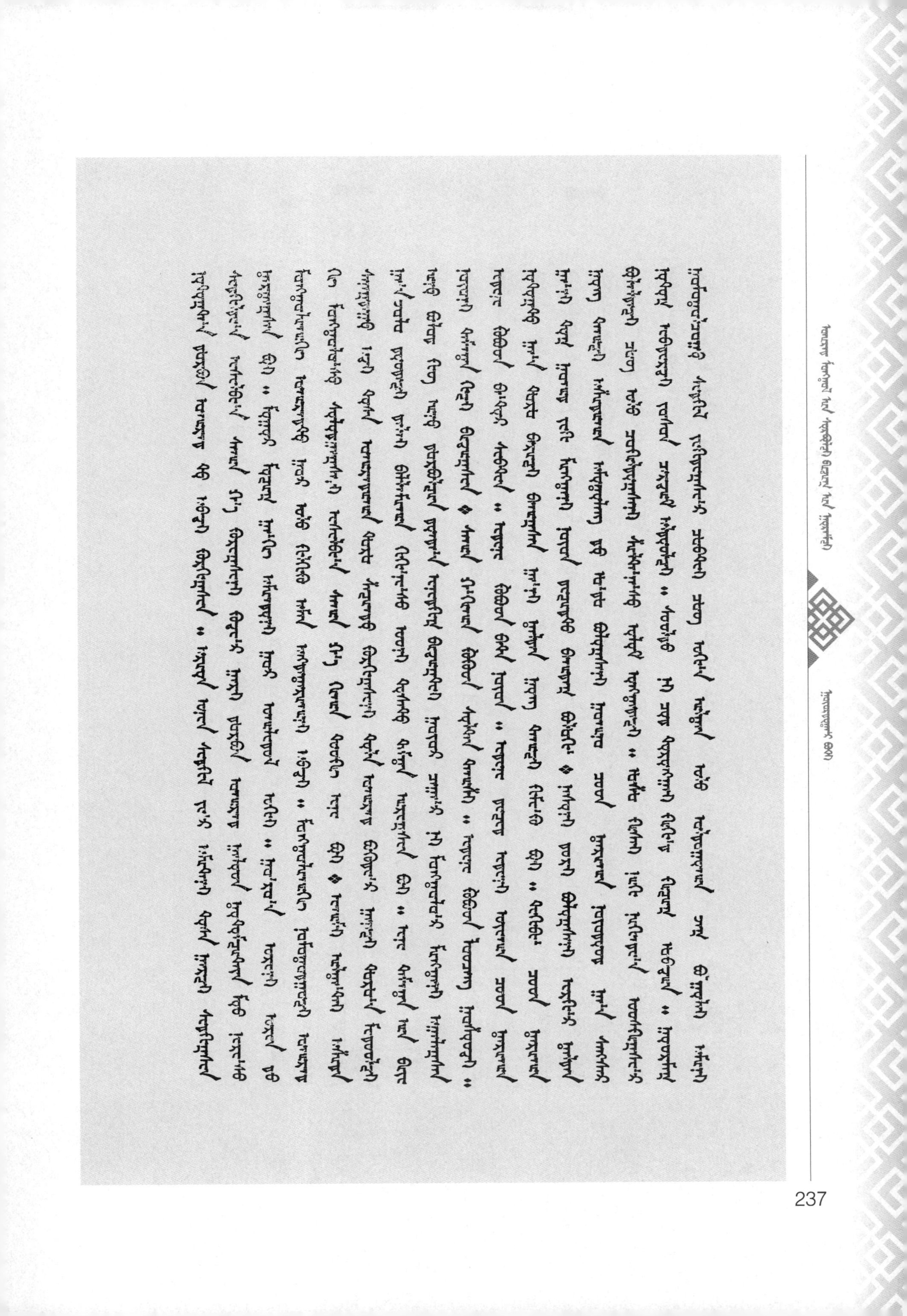

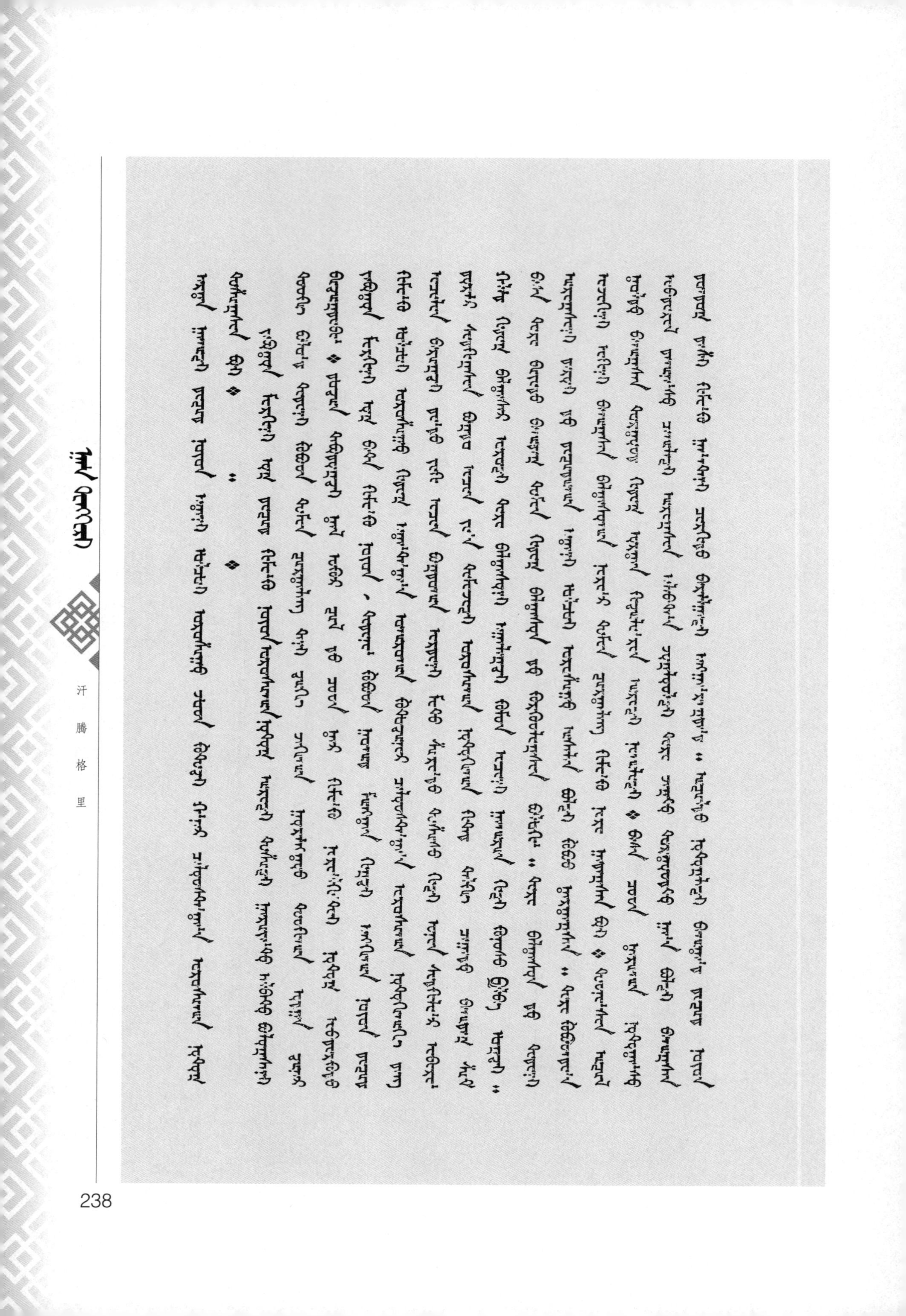

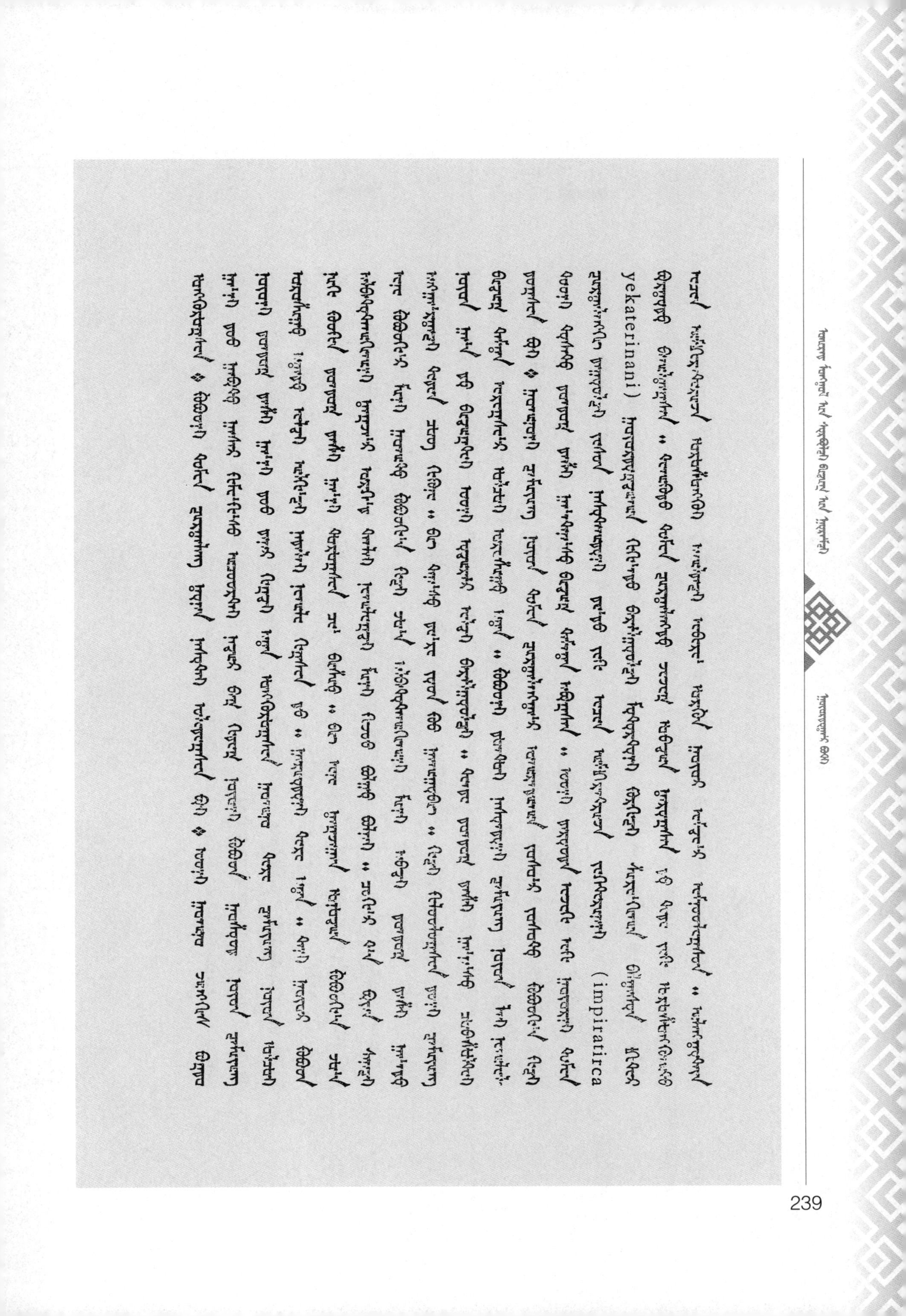

[illegible]

[illegible] yekaterinani) [illegible]

[illegible] (impiratirca

[illegible]

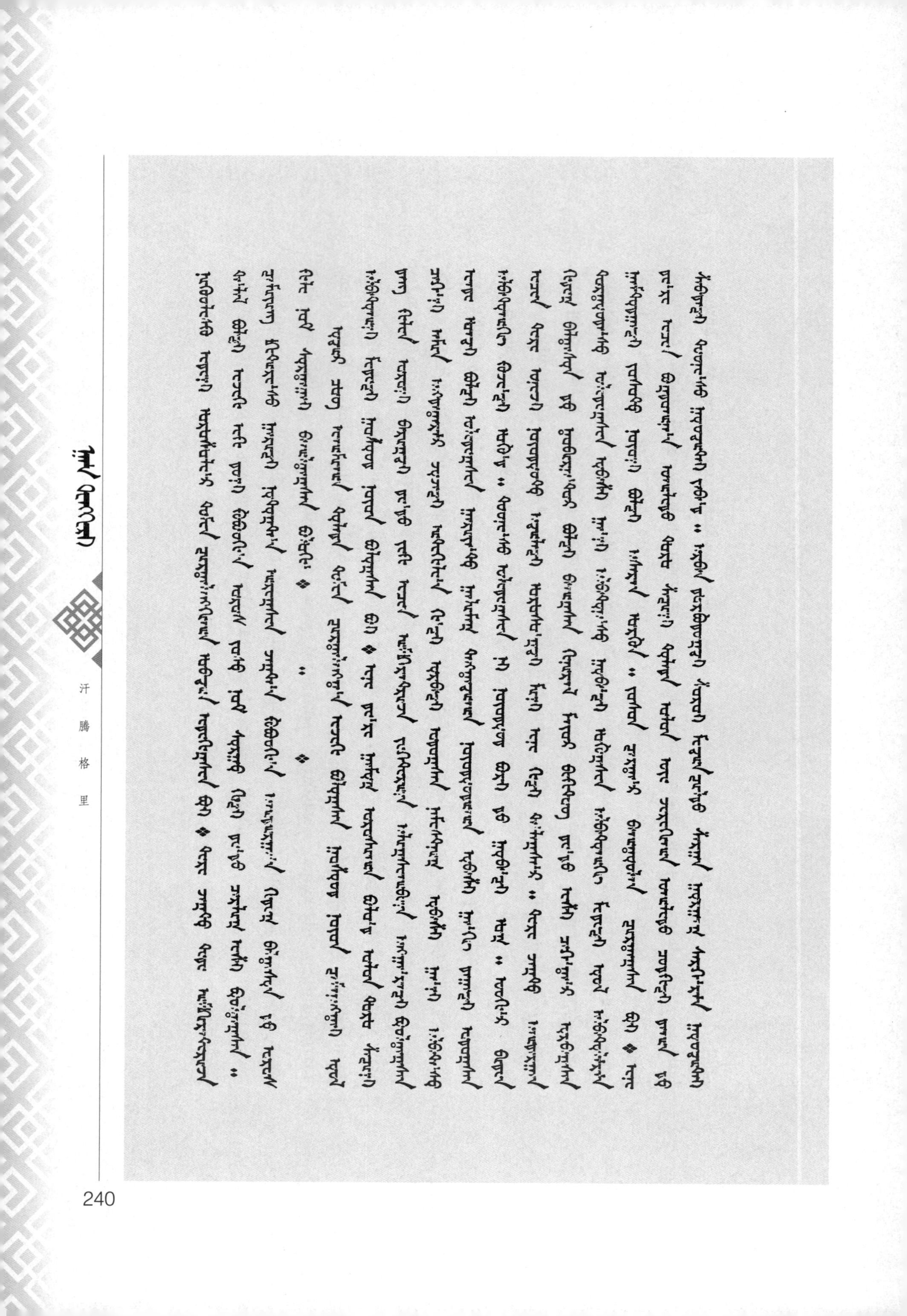

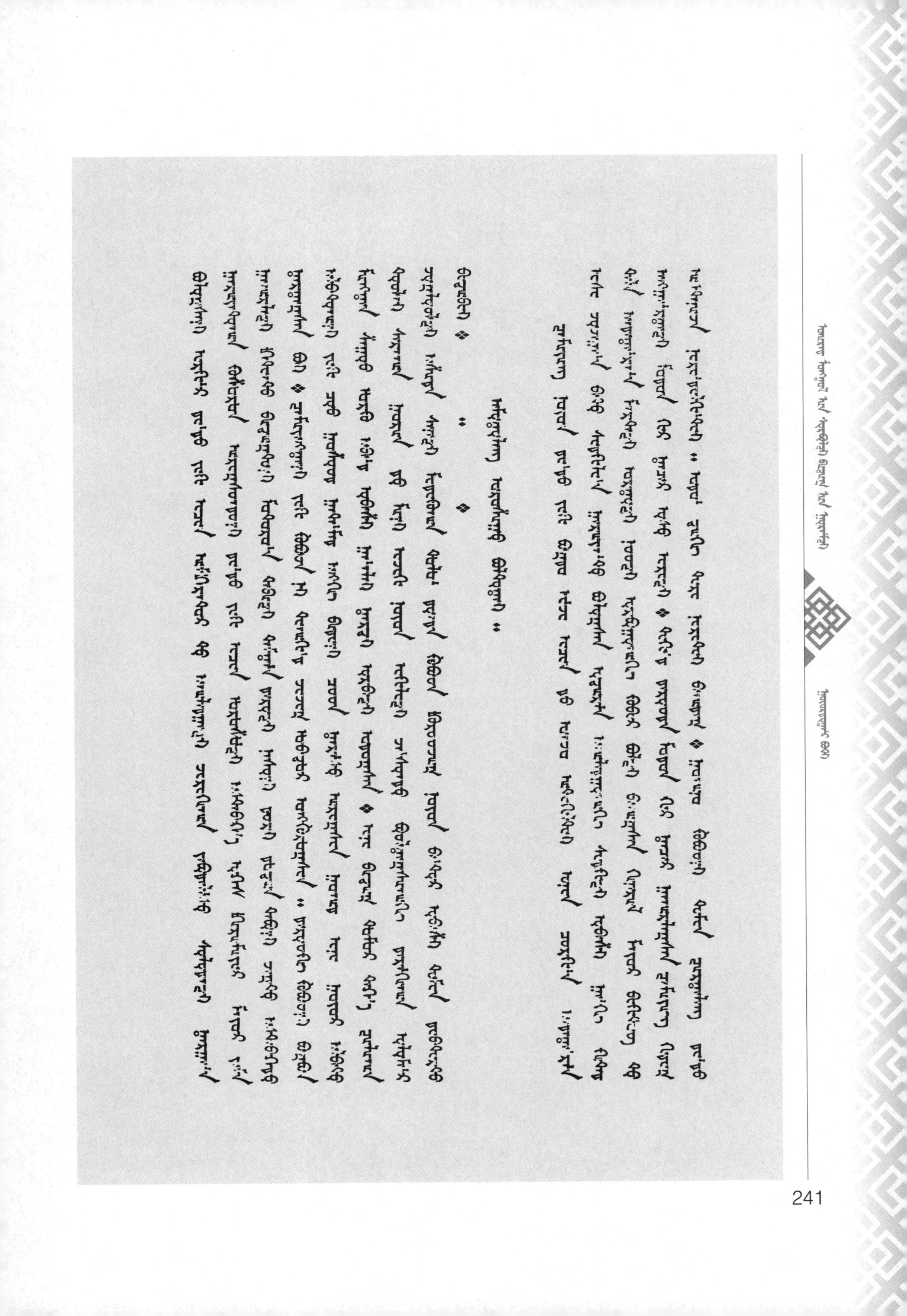

[illegible]

[illegible]

[illegible]

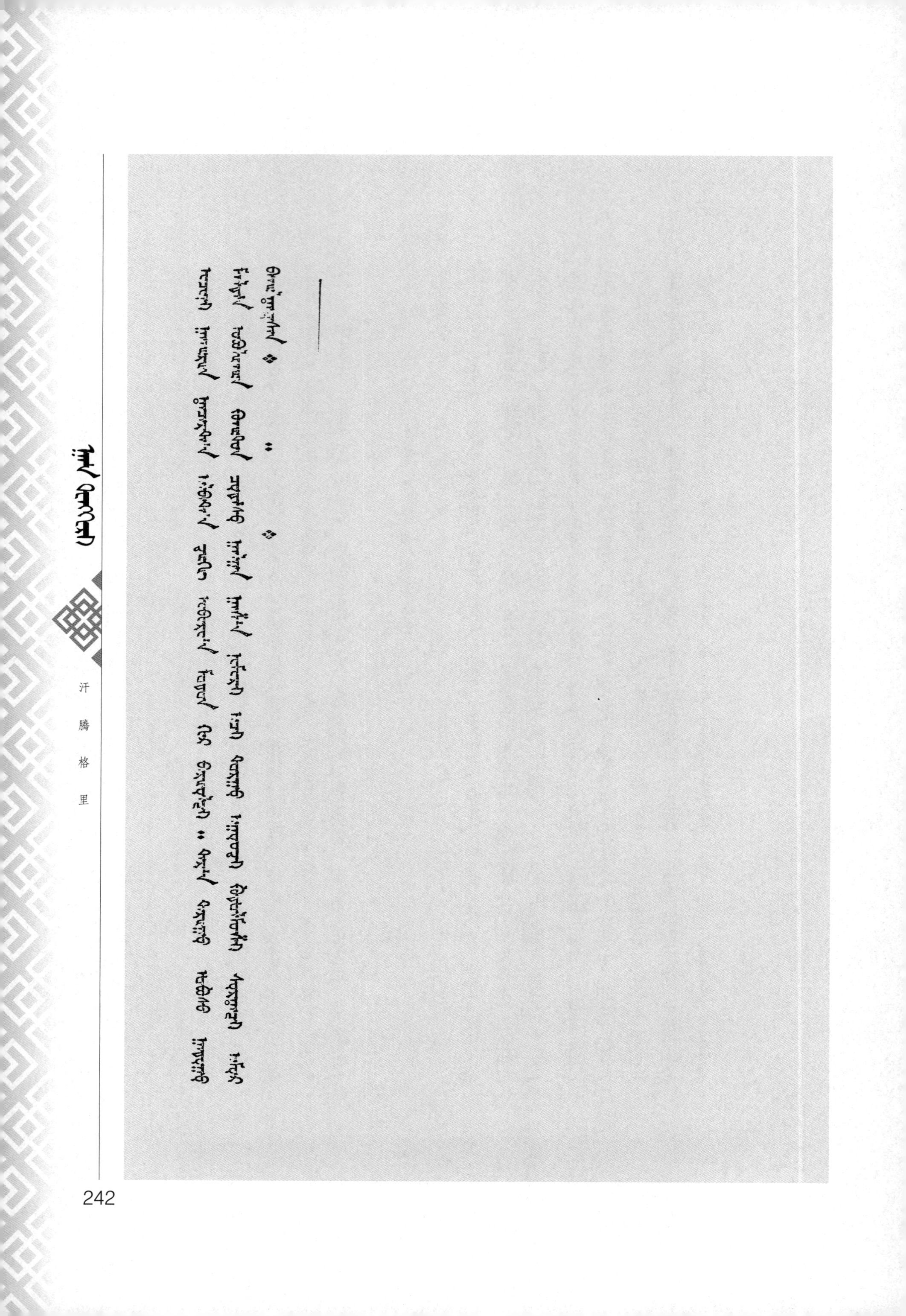

[illegible]

[illegible]

[illegible]

ᠪᠢᠳᠡ ᠵᠠᠭᠤᠨ [illegible] ᠃
[illegible] [illegible] ᠶᠢᠨ [illegible]
[illegible] [illegible] [illegible]
ᠪᠠᠷᠠᠭᠤᠨ ᠪᠡᠭᠡᠵᠢᠩ ᠳᠦ [illegible]
[illegible] [illegible] [illegible]
ᠵᠡᠭᠦᠨ ᠪᠡᠭᠡᠵᠢᠩ ᠳᠦ [illegible]
[illegible] [illegible] [illegible] [illegible]
[illegible] [illegible] [illegible] [illegible]

[illegible] [illegible] ᠶᠢᠨ [illegible]
[illegible] [illegible] [illegible] [illegible]

[illegible] [illegible]
[illegible] [illegible]

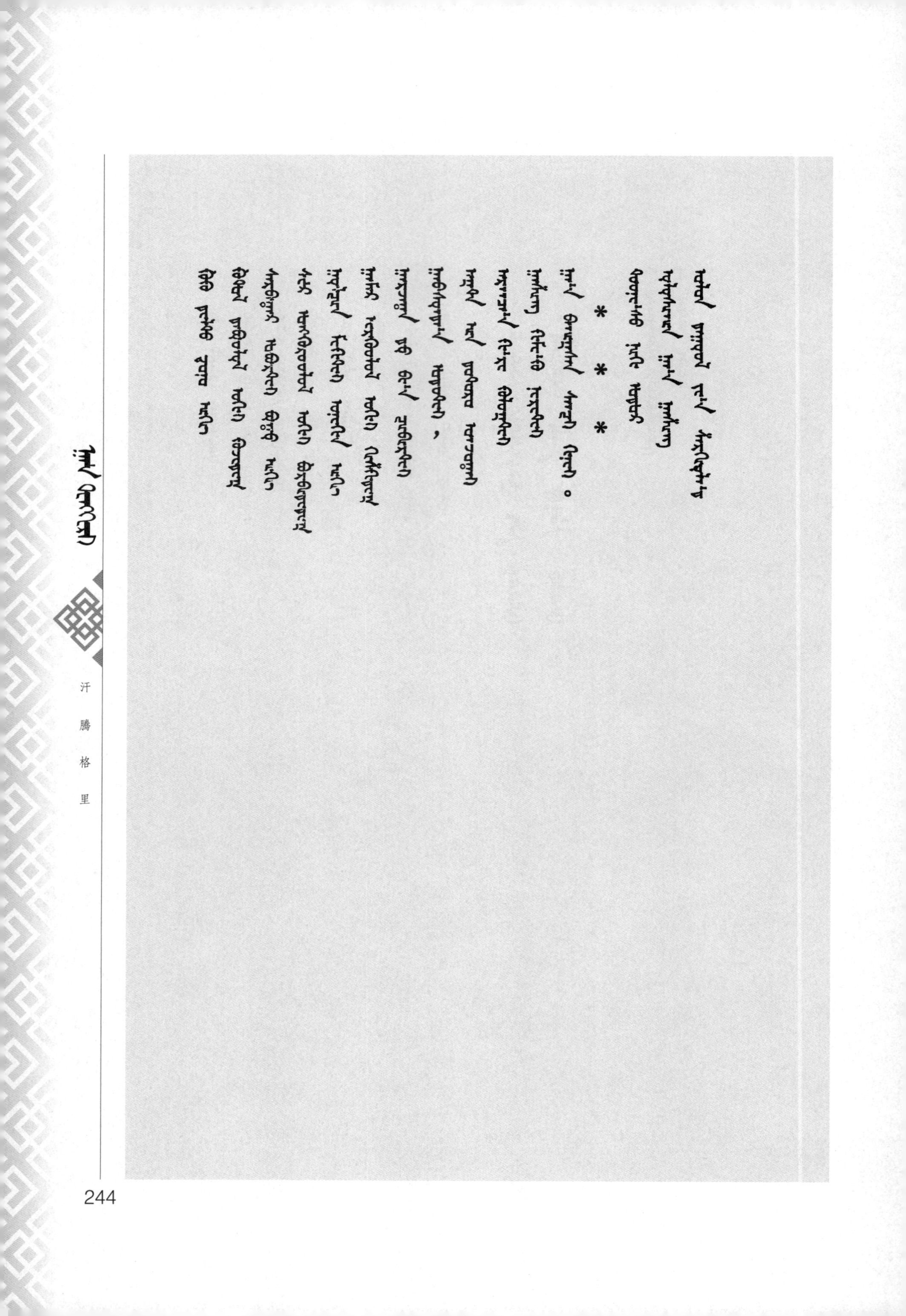

[illegible] [illegible] [illegible] [illegible]
[illegible] [illegible] [illegible] [illegible]
[illegible] [illegible] [illegible] [illegible]
[illegible] [illegible] [illegible] [illegible]
[illegible] [illegible] [illegible] [illegible]
[illegible] [illegible] [illegible] [illegible]
[illegible] [illegible] [illegible] [illegible]
[illegible] [illegible] ᠂
[illegible] [illegible] [illegible] [illegible]
[illegible] [illegible] [illegible]
ᠬᠠᠢᠷᠬᠠᠨ [illegible] [illegible]
[illegible] [illegible] [illegible] [illegible] ᠃

* * *

[illegible] [illegible] [illegible]
[illegible] ᠬᠠᠨ ᠬᠠᠢᠷᠬᠠᠨ
[illegible] [illegible] [illegible] [illegible]

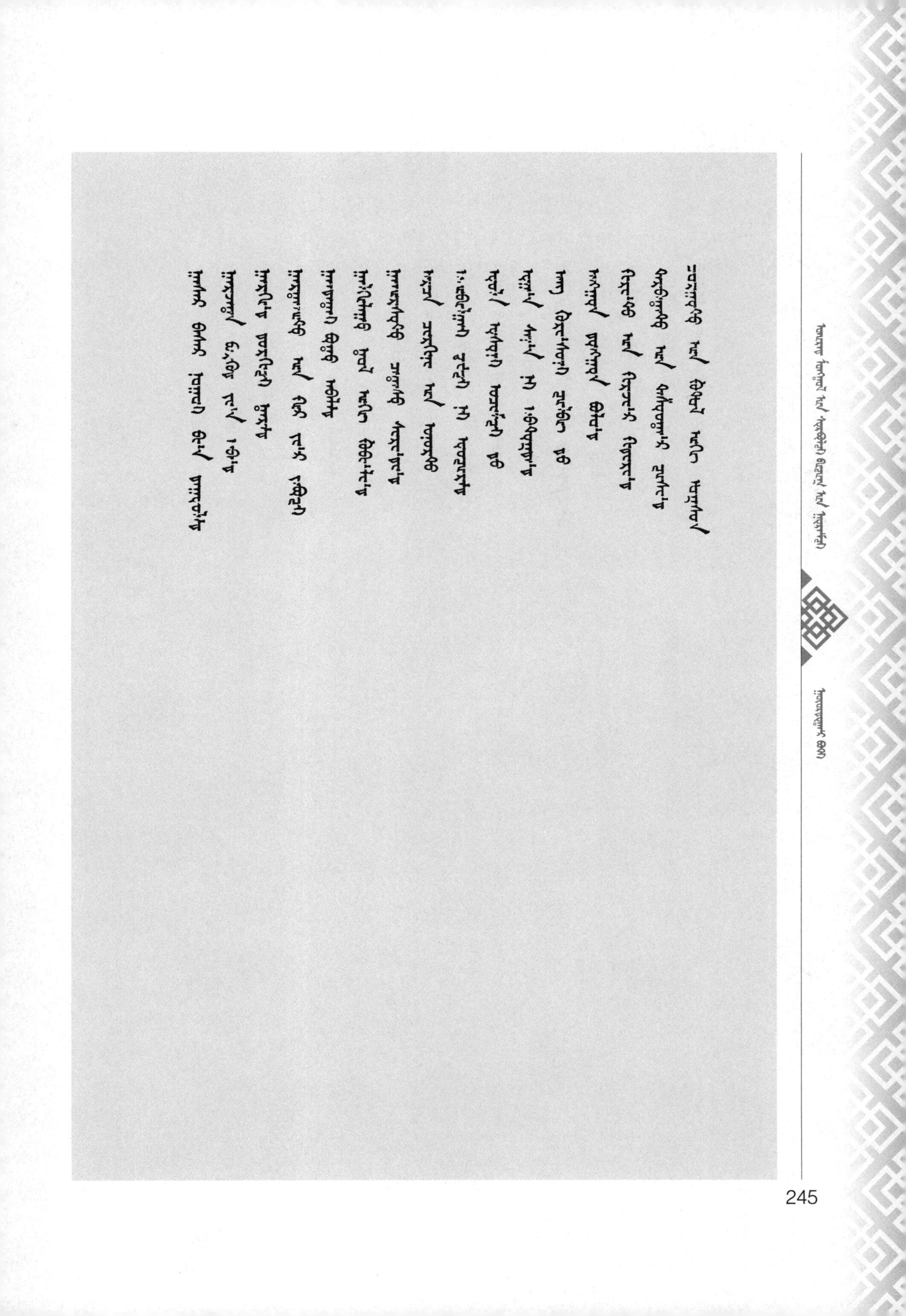

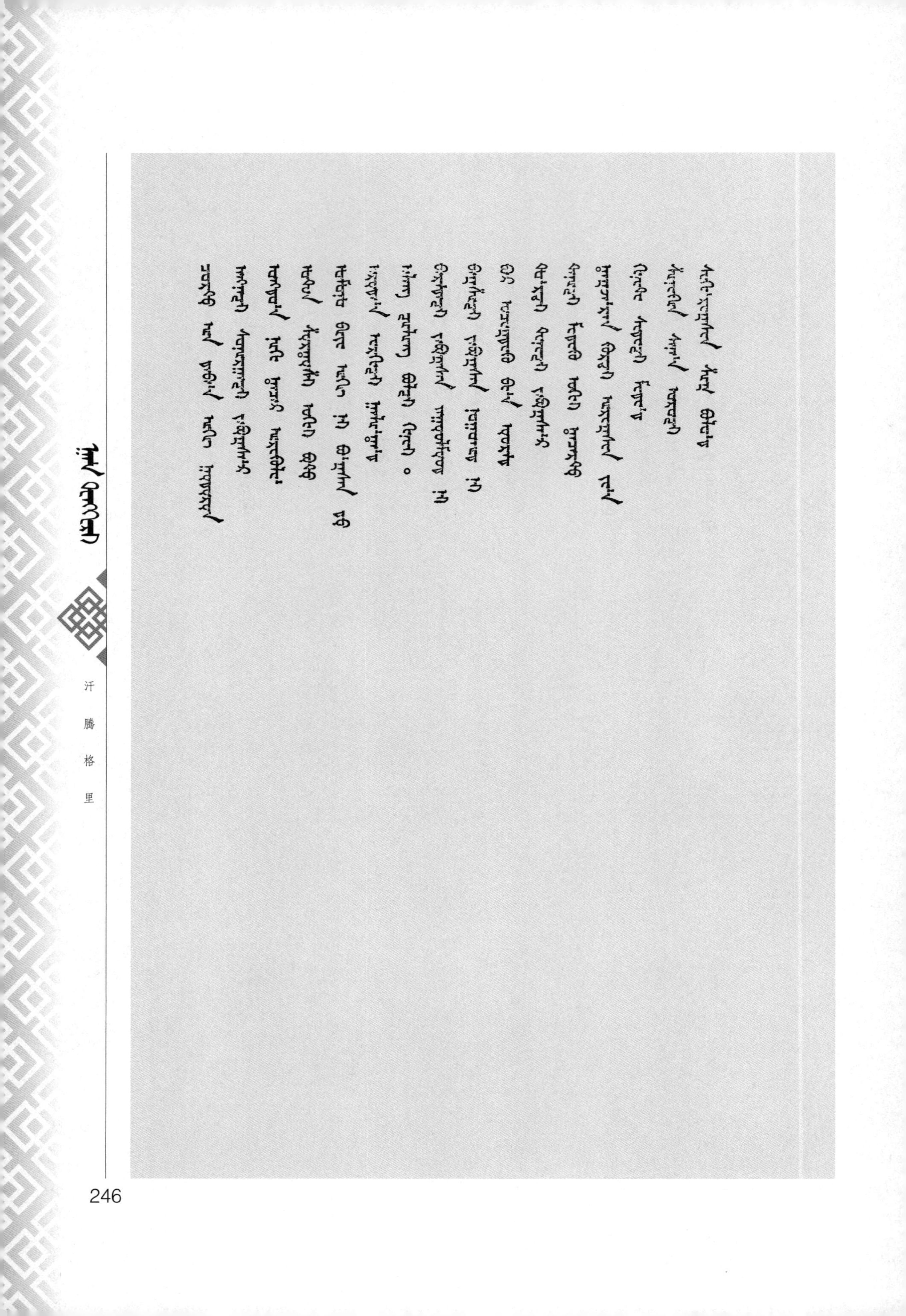

[illegible]
[illegible]
[illegible]
[illegible]
[illegible]
[illegible]
[illegible]
[illegible]
[illegible]
[illegible]
[illegible]
[illegible]
[illegible]
[illegible]
[illegible]
[illegible]

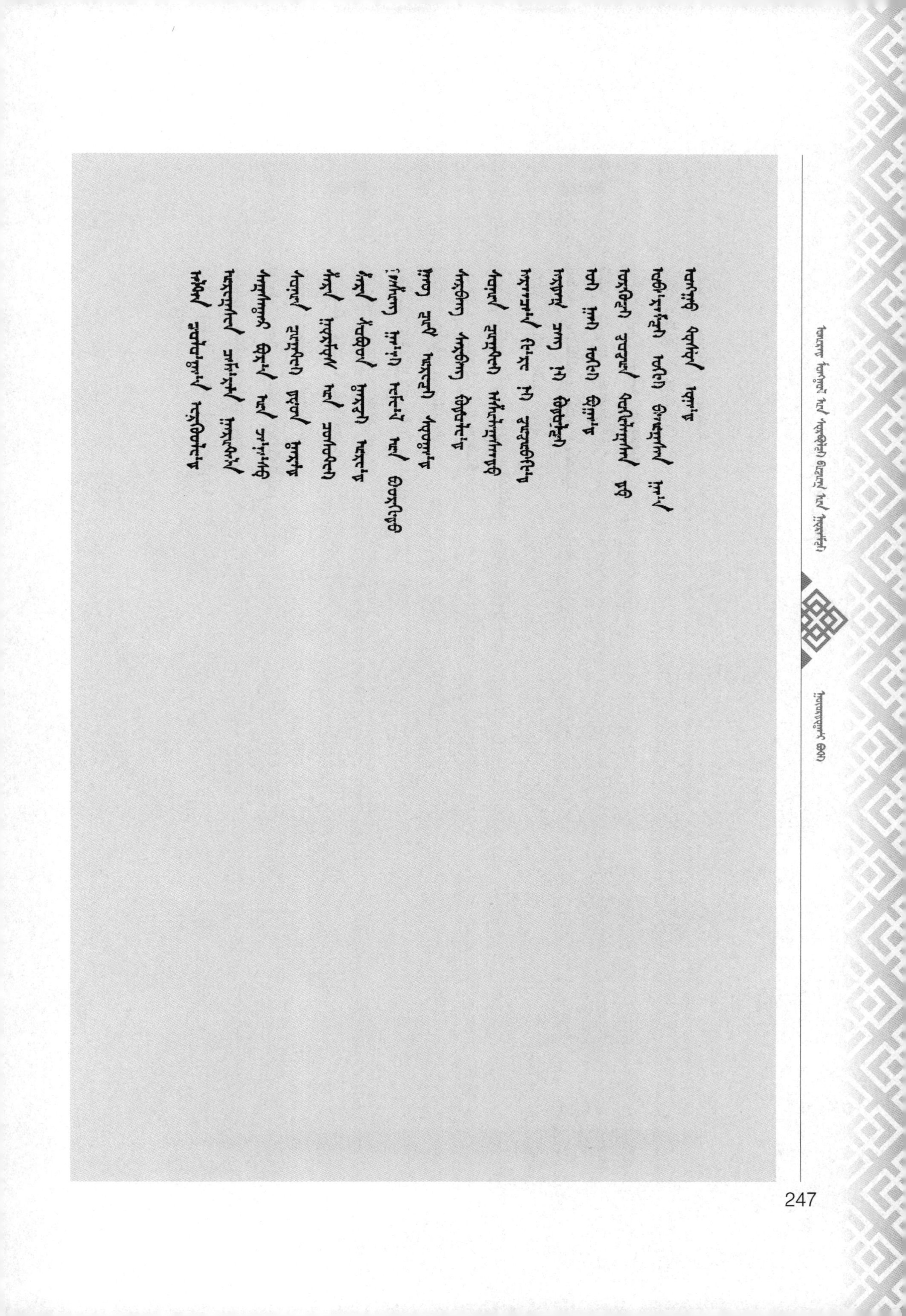

[illegible]

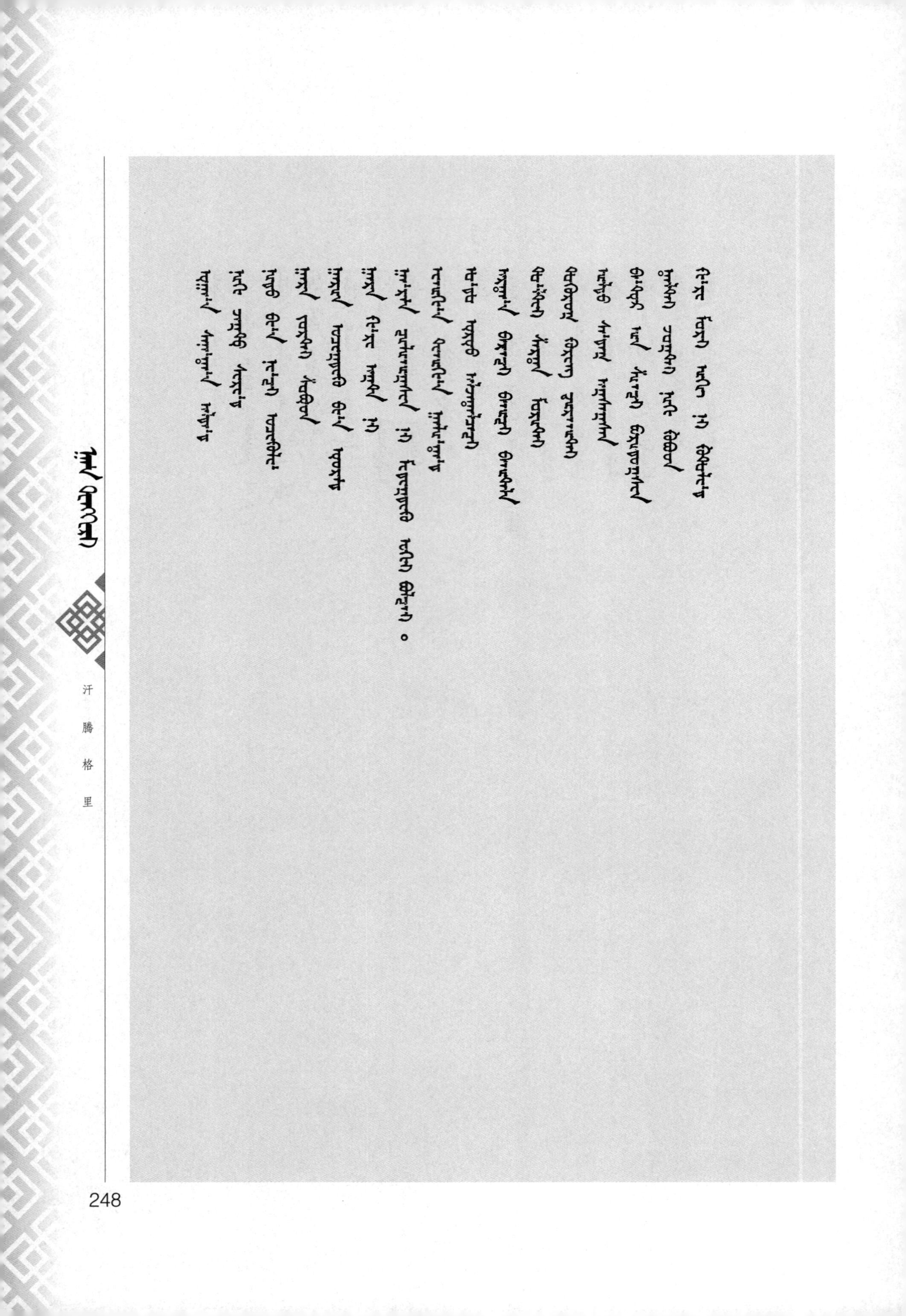

[illegible]

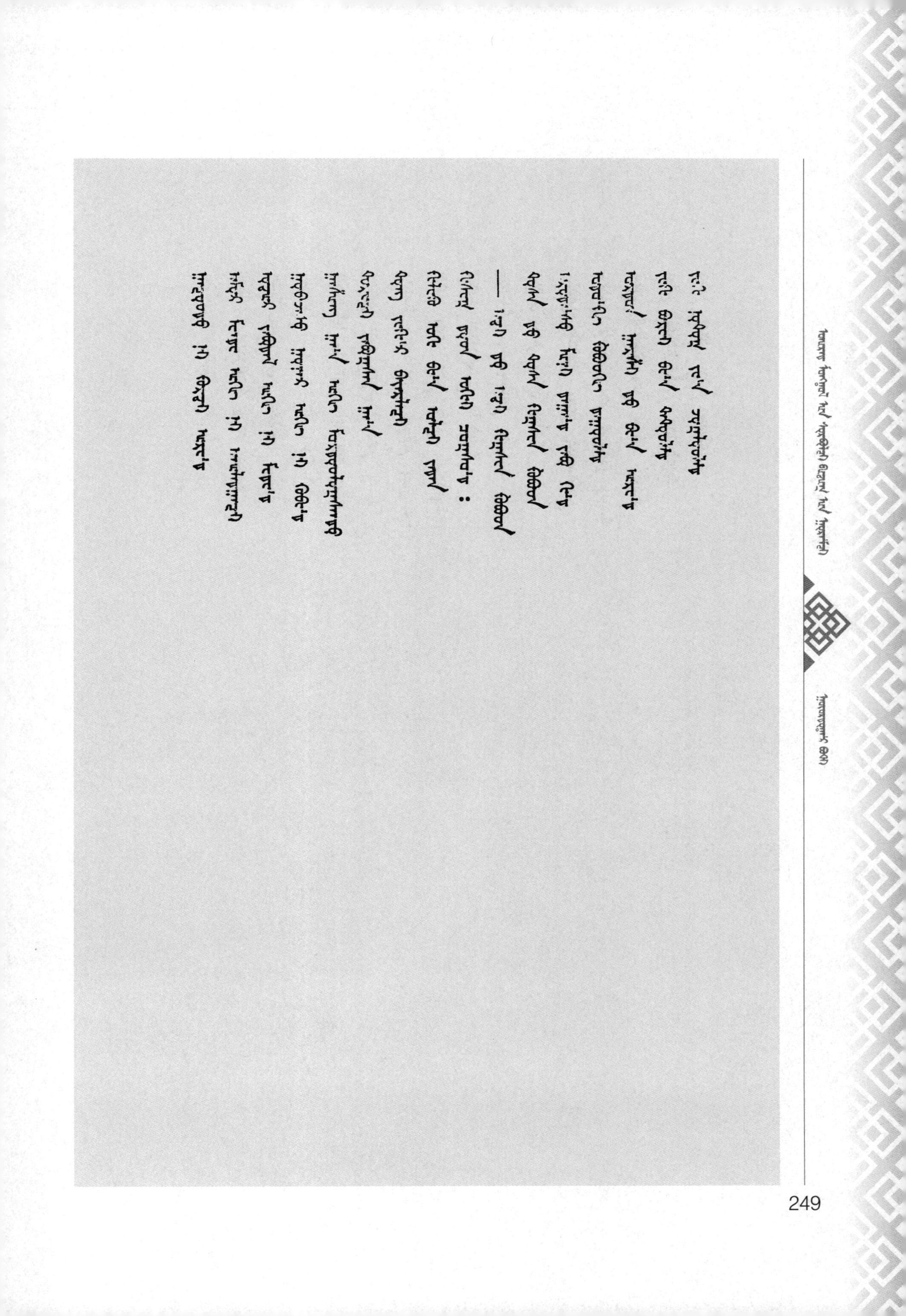

[illegible]

ᠨᠠᠢᠵᠠᠨ ᠳᠤᠷᠠᠯᠠᠭᠰᠠᠳ ᠰᠠᠨᠠᠵᠤ
ᠪᠤᠭᠤᠷᠠᠯᠳᠤ ᠬᠡᠯᠡᠯᠳᠡᠵᠦ ᠪᠠᠢᠭᠠ ᠳᠤᠮᠤᠭ
ᠬᠠᠷᠠᠵᠤ ᠬᠠᠷᠢᠯᠴᠠᠭᠰᠠᠨ ᠵᠢᠷᠭᠠᠯᠠᠩ ᠳᠤᠷᠠᠨ ᠃
ᠨᠠᠢᠷᠠᠮᠳᠠᠯ ᠨᠠᠰᠤ ᠵᠢᠷᠭᠠᠯᠠᠩ ᠬᠠᠨᠠᠭᠠᠰᠢᠵᠤ
ᠬᠠᠨᠠᠭᠠᠰᠢᠭᠰᠠᠨ ᠪᠤᠯᠤᠭᠰᠠᠳ ᠨᠢ ᠪᠢ ᠳᠤᠷᠠᠨ
ᠬᠠᠷᠠᠮ ᠭᠡᠳᠡ ᠪᠤᠯᠤᠭᠰᠠᠳ ᠬᠠᠷᠠ ᠰᠠᠨᠠᠨ
ᠳᠤᠷᠠᠯᠠᠯ ᠬᠡᠳᠦᠢ ᠪᠠᠢᠨ᠎ᠠ ᠳᠤᠷᠠᠯᠠᠯ ᠪᠠᠷᠠᠭᠳᠠᠭᠰᠠᠨ
ᠪᠢᠳᠡ ᠬᠡᠳᠦᠢ ᠪᠠᠢᠨ᠎ᠠ ᠪᠢᠳᠡ ᠨᠠᠰᠤᠯᠠᠭᠰᠠᠨ
ᠬᠠᠷᠠᠵᠤ ᠬᠠᠷᠢᠯᠴᠠᠭᠰᠠᠨ ᠪᠠᠢᠳᠠᠭᠠᠵᠤ
ᠨᠢᠭᠡᠷᠡᠭᠰᠡᠨ ᠪᠠᠶᠠᠰᠬᠤᠯᠠᠩ ᠪᠠᠭᠠᠬᠤᠨ
ᠨᠠᠰᠤᠪᠠ ᠬᠠᠷᠠ ᠪᠤᠯᠤᠨ ᠰᠠᠨᠠᠵᠤ
ᠨᠠᠭᠤᠷ ᠪᠡᠯᠴᠢᠷ ᠬᠡᠳᠦᠢ ᠰᠠᠨᠠᠭᠳᠠᠯᠠᠭᠰᠠᠨ
ᠵᠠᠯᠠᠭᠤ ᠨᠠᠰᠤᠯᠠᠯ ᠬᠠᠷᠠ ᠵᠠᠯᠠᠭᠤᠰ ᠰᠠᠨᠠᠵᠤ
ᠨᠠᠰᠤ ᠨᠠᠰᠤᠯᠠᠯ ᠬᠠᠷᠠ ᠨᠠᠰᠤᠨ ᠰᠠᠨᠠᠵᠤ
ᠪᠤᠭᠤ ᠨᠠᠢᠳᠠᠯ ᠨᠠᠢᠨ ᠵᠤᠭᠠᠯᠳᠤᠭᠠᠵᠤ
ᠪᠤᠭᠤ ᠪᠠᠷᠠᠨ ᠪᠠᠢᠨ ᠪᠤᠯᠳᠤᠭᠠᠵᠤ

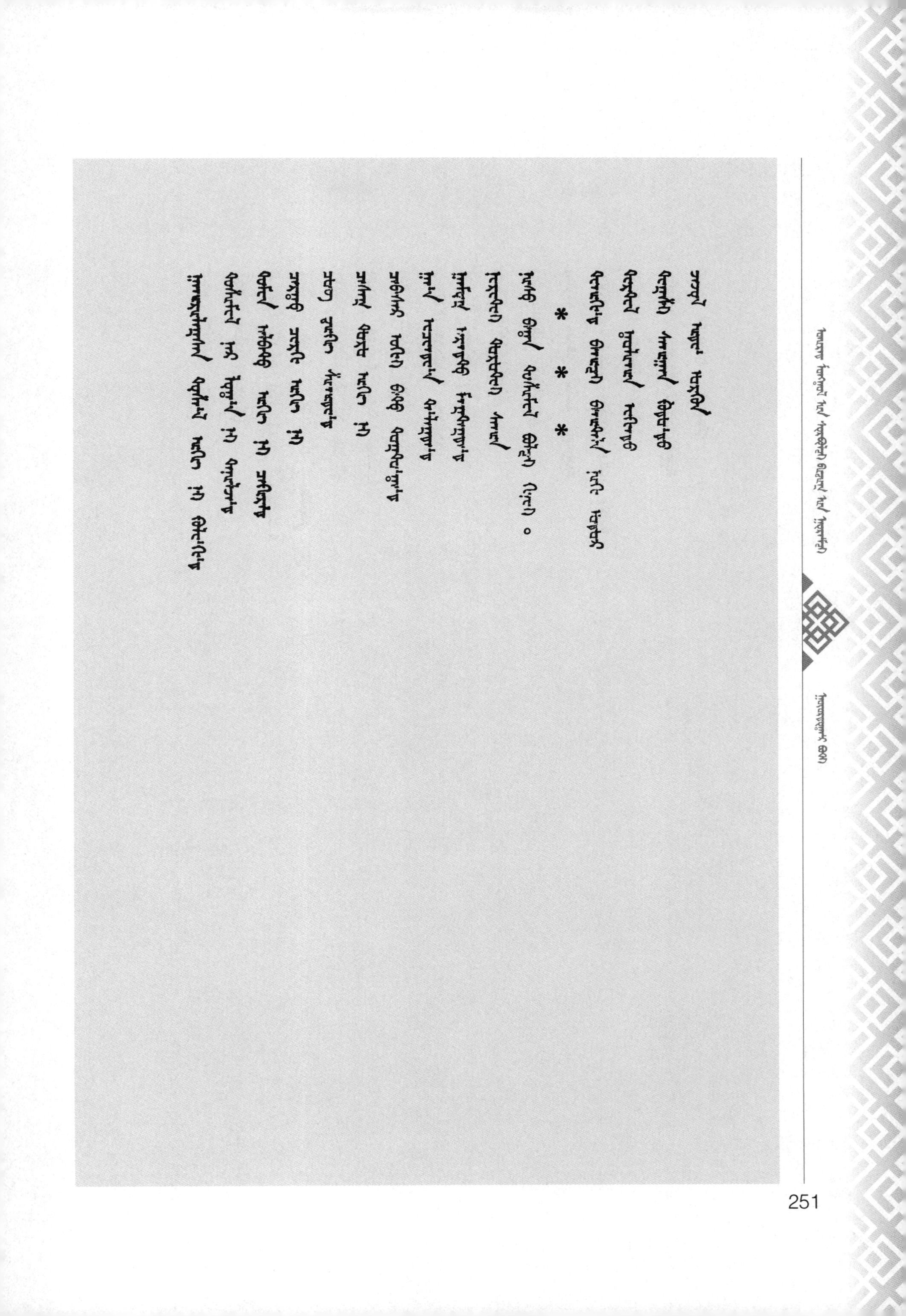

[illegible]
[illegible]
[illegible]
[illegible]

* * *

[illegible] ᠃
[illegible]
[illegible]
[illegible]
[illegible]
[illegible]
[illegible]
[illegible]
[illegible]
[illegible]
[illegible]

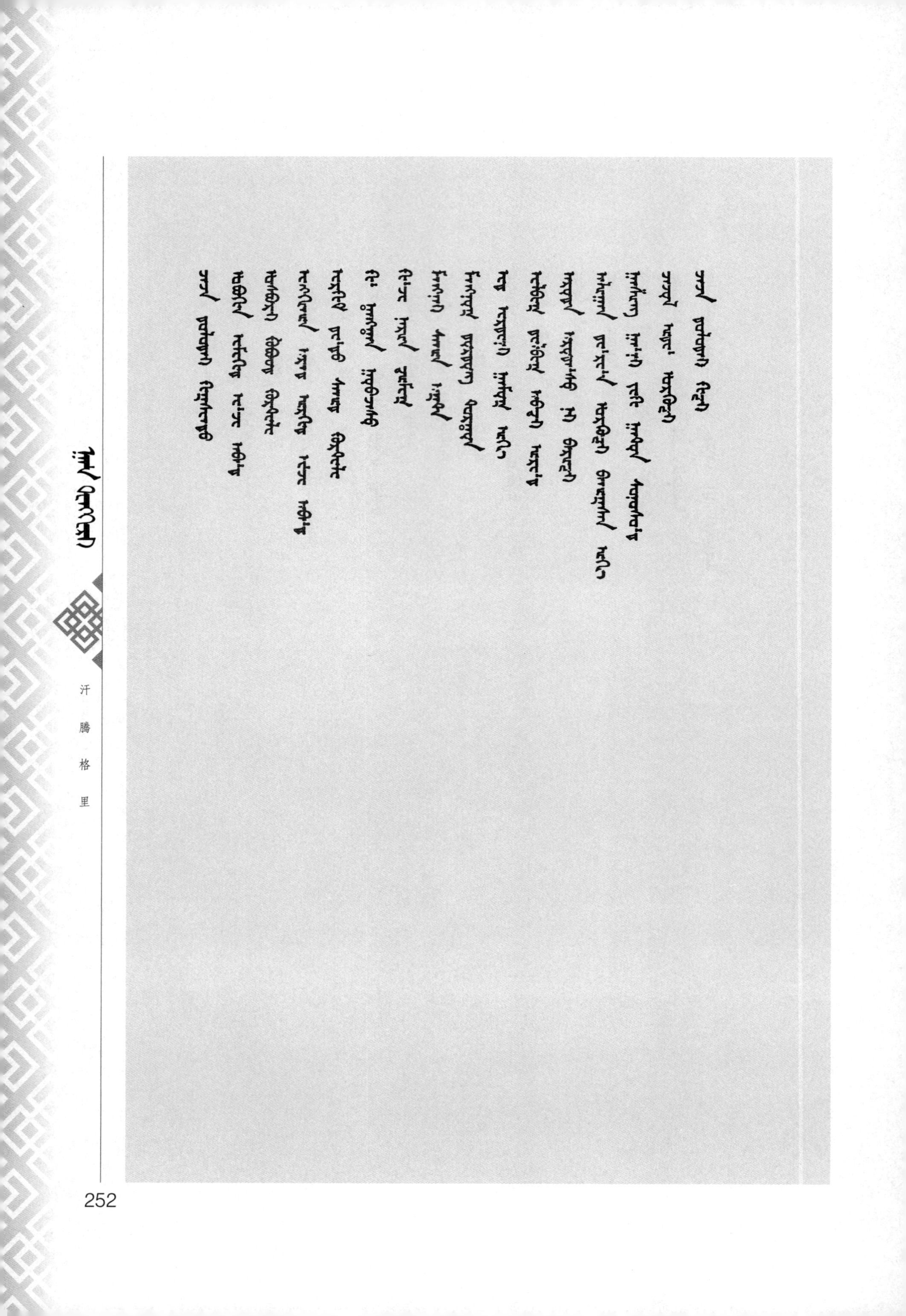

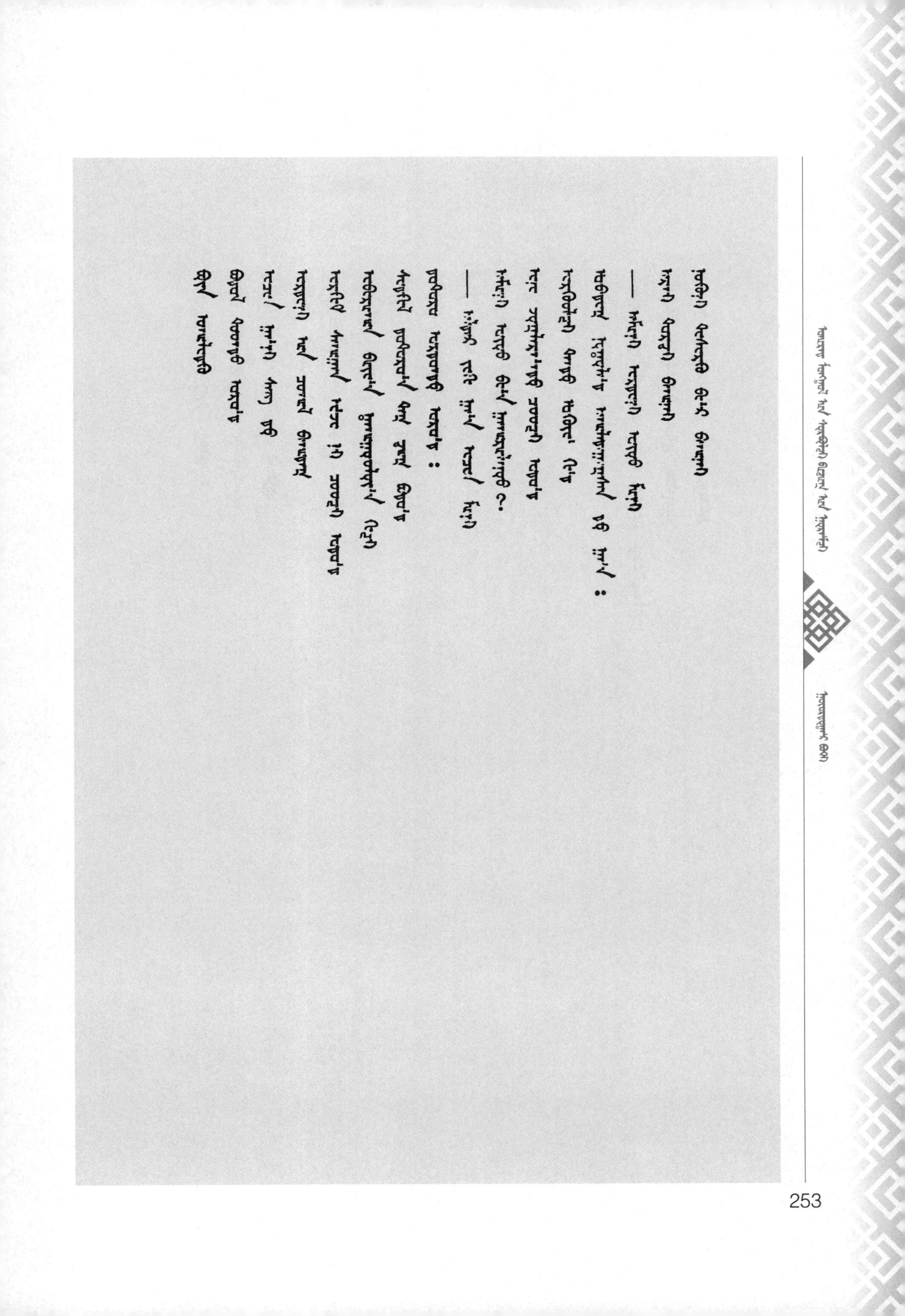

ᠰᠦᠷᠯᠢᠭ ᠬᠠᠨ ᠲᠡᠩᠭᠡᠷ ᠦᠨ ᠪᠠᠷᠠᠭᠠᠨ ᠳᠤ
ᠪᠠᠭᠤᠭᠰᠠᠨ ᠴᠠᠰᠤ ᠰᠢᠩᠭᠡᠭᠡᠳ ᠲᠣᠭᠲᠠᠭᠤ ᠳᠤ
ᠪᠠᠢᠭᠠᠳ ᠪᠠᠢᠭᠠᠳ ᠪᠦᠲᠦᠭᠡᠯᠢᠨ ᠴᠢᠮᠡᠭᠡ
ᠭᠠᠢᠬᠠᠮᠤᠭ ᠪᠠᠷᠢᠮᠲᠠ ᠰᠣᠭᠲᠠᠭᠤ ᠳᠤ
ᠭᠠᠷᠤᠨ ᠪᠦᠲᠦᠨ ᠪᠣᠳᠤᠨ ᠭᠠᠯᠪᠤᠨ
ᠬᠠᠷᠠᠩᠭᠤᠢᠯᠠᠭᠰᠠᠨ ᠲᠣᠭᠣᠰᠤᠨ ᠴᠦ ᠭᠡᠷᠡᠯᠲᠡ
ᠪᠠᠯᠠᠨ ᠲᠡᠩᠭᠡᠷ ᠰᠣᠨᠢᠨ ᠦᠨᠡᠨ 。
ᠪᠠᠶᠠᠰᠬᠤᠯᠠᠩ ᠲᠡᠮᠡᠭᠡᠨ ᠪᠣᠯᠤᠭ᠎ᠠ ᠳᠤ
ᠪᠠᠢᠨ ᠴᠢᠮᠡᠭᠡ ᠲᠠᠰᠤᠷᠠ ᠲᠡᠩᠭᠡᠷ ᠡᠴᠡ
ᠪᠢᠴᠢ ᠲᠠᠪᠠᠭ᠎ᠠ ᠳᠤ ᠰᠣᠷᠢᠪᠠᠯ
ᠪᠦᠲᠦᠨ ᠭᠠᠯᠪᠤᠨ ᠶᠢᠨ ᠲᠠᠯ᠎ᠠ ᠳᠤ
ᠭᠠᠷᠤᠰᠤ ᠲᠠᠷᠢᠶ᠎ᠠ ᠳᠤ ᠦᠨᠳᠦᠭᠡᠯᠡᠨ
ᠭᠠᠯᠪᠤᠨ ᠰᠦᠷᠯᠢᠭ ᠦᠭᠦᠯᠡᠯᠲᠡ ᠳᠤ
ᠮᠡᠳᠡᠭᠰᠡᠨ ᠳᠤ ᠶᠢ ᠪᠡᠶ᠎ᠡ ?᠂ ᠡᠨᠡᠴᠢ ᠴᠢᠭᠯᠠᠭᠤᠯ ᠪᠦᠲᠦᠭᠡᠭᠰᠡᠳ
ᠮᠡᠳᠡᠷᠡᠭᠦᠯ ᠲᠡᠪᠴᠢᠭᠡᠷᠡ ᠳᠤ ᠡᠨᠡᠴᠢ ᠲᠣᠭᠲᠠᠪᠠᠯ
ᠲᠠᠯᠠᠭᠤᠨ ᠶᠢ ᠮᠠᠷᠲᠠᠭᠰᠠᠳ ᠪᠣᠯᠤᠨ ᠪᠢᠷᠠᠯᠠᠨ

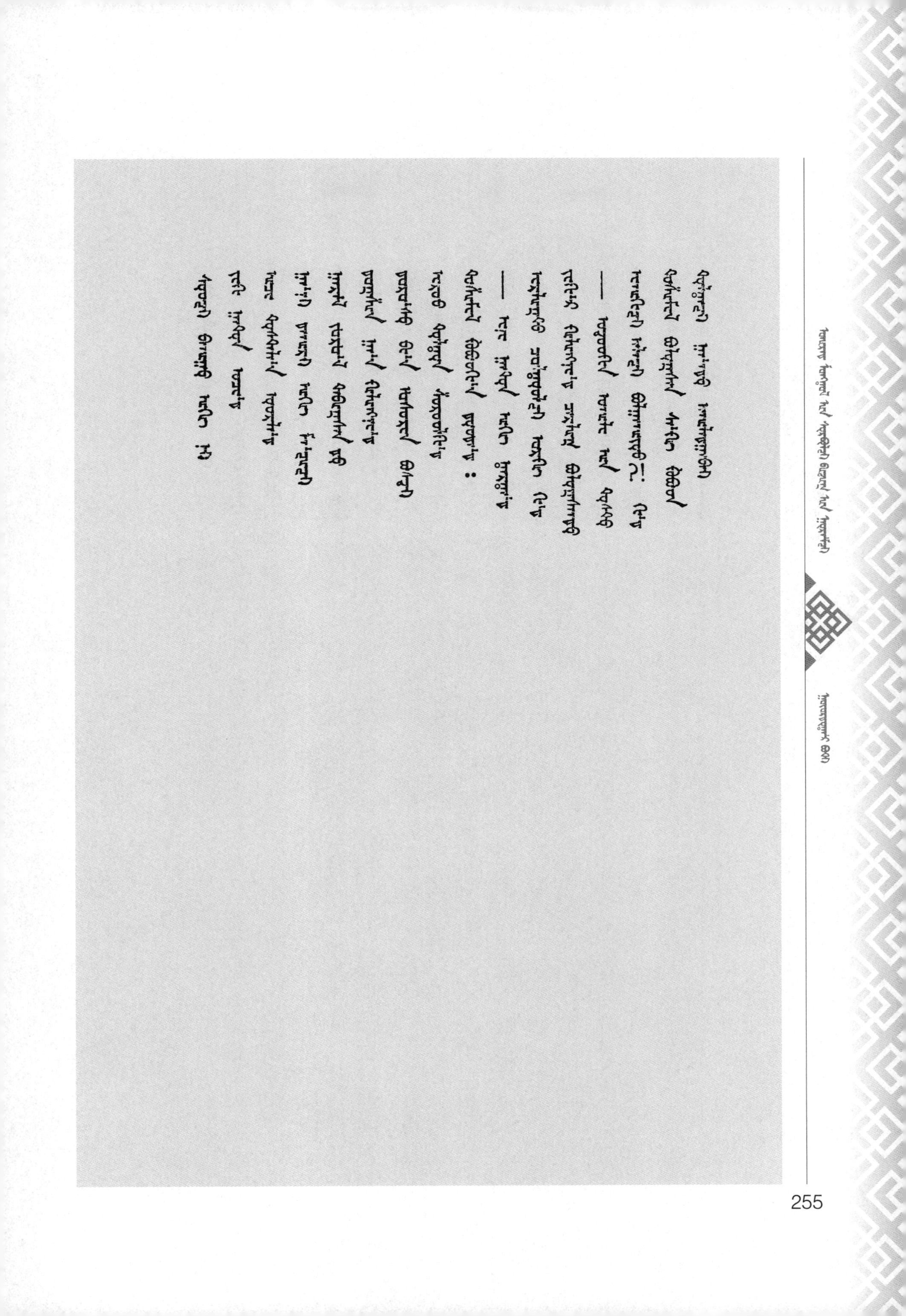

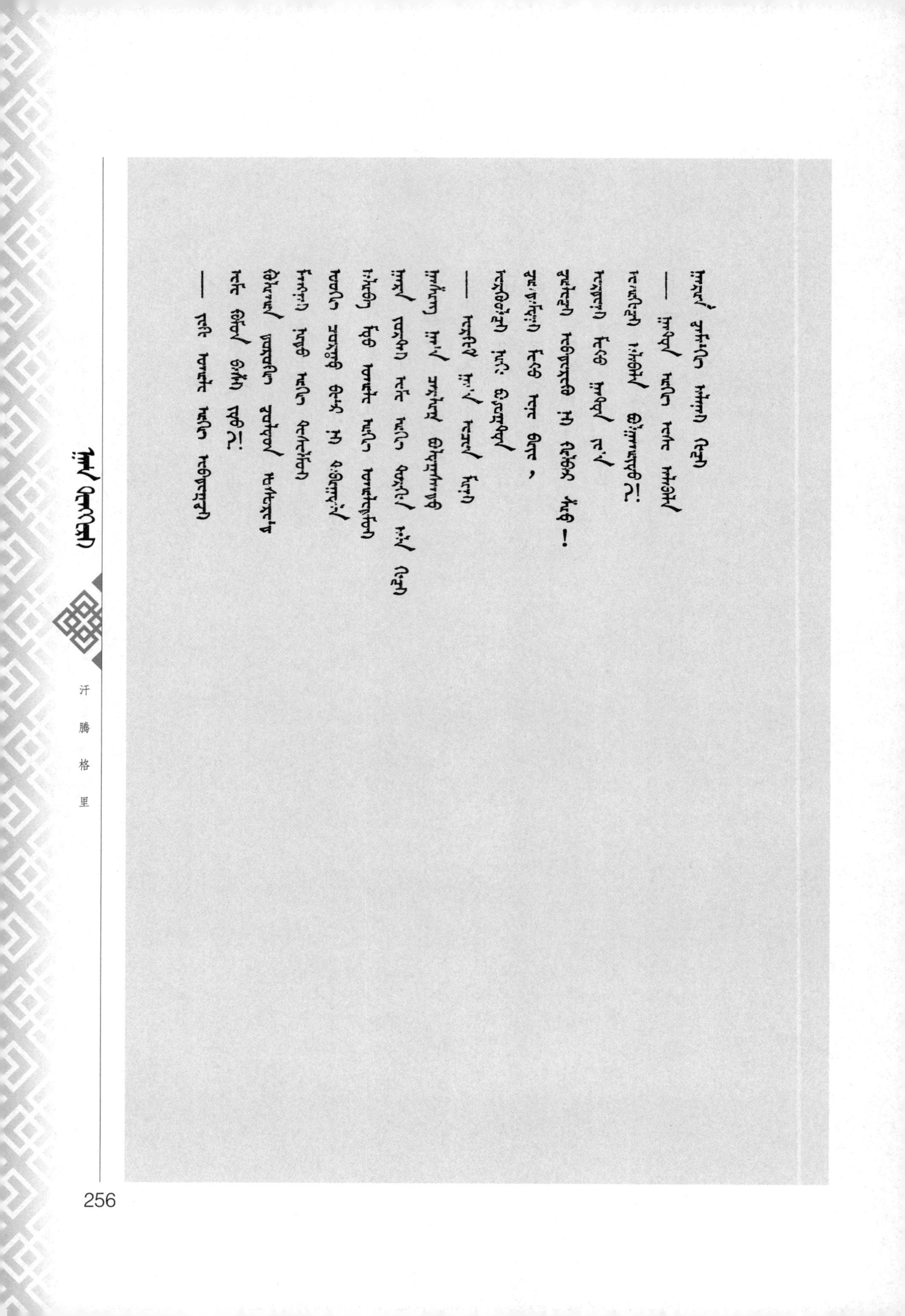

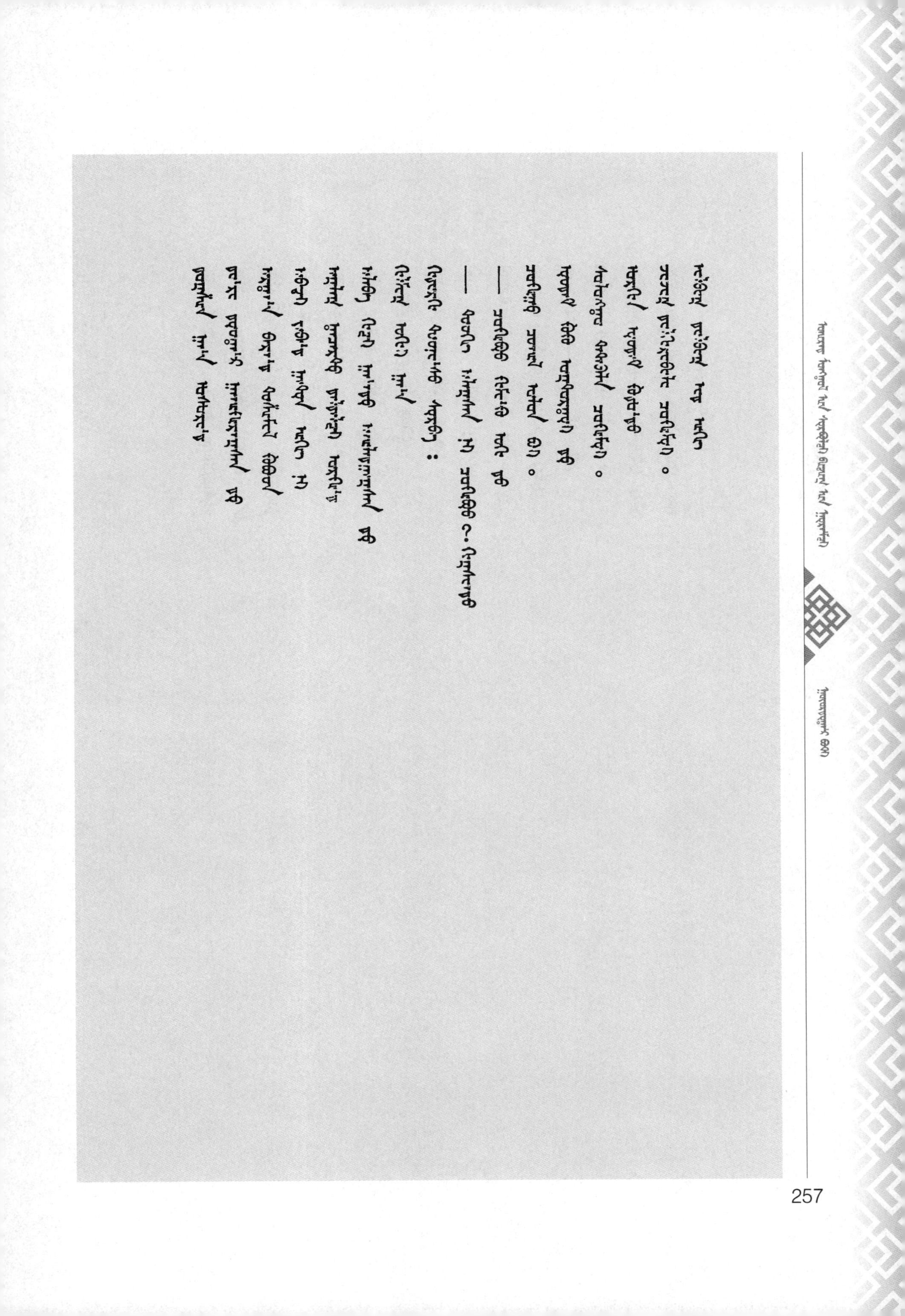

ᠬᠠᠨ ᠲᠩᠷᠢ

ᠲᠡᠭᠦᠨ ᠳᠤᠷᠠᠰᠬᠠᠯ ᠲᠤᠭᠤᠯᠭᠠᠨ 。

ᠲᠡᠷᠢᠭᠦᠨ ᠪᠡᠷ ᠬᠠᠷᠢᠭᠤ ᠪᠠᠰᠠ ᠲᠡᠭᠡᠭᠡᠳ ᠬᠡᠯᠡᠪᠡ ᠭᠡᠵᠦ ᠭᠡᠪᠡ

ᠬᠡᠯᠡᠯᠴᠡᠭᠰᠡᠨ ᠪᠣᠯᠤᠨ ᠳᠠᠭᠤᠰᠬᠠᠭᠠᠳ ᠭᠡᠪᠡ

ᠪᠣᠯᠬᠣᠷ ᠪᠣᠯᠪᠠ ᠬᠡᠯᠡᠪᠡ ᠪᠠᠷ ᠲᠡᠷᠡ 。

— ᠬᠡᠷᠪᠡ ᠲᠡ ᠪᠢᠳᠡ ᠪᠠᠶᠠᠷᠯᠠᠬᠤ

ᠪᠠᠶᠠᠷᠯᠠᠭᠠᠳ ᠪᠠᠶᠢᠭ᠎ᠠ ᠲᠡᠷᠡ ᠭᠡᠪᠡ ! ᠭᠡᠪᠡ

ᠬᠡᠷᠬᠢᠨ ᠮᠡᠳᠡᠭᠰᠡᠨ ᠪᠣᠯᠤᠭᠰᠠᠨ ᠪᠣᠯᠤᠨ

— ᠬᠡᠷᠪᠡ ᠪᠠᠶᠠᠷᠯᠠᠬᠤ ᠭᠡᠵᠦ ᠭᠡᠪᠡ

ᠲᠡᠭᠡᠭᠡᠳ ᠳᠠ ᠲᠡᠷᠡ ᠲᠡᠷᠢᠭᠦᠨ

ᠬᠡᠯᠡᠭᠰᠡᠨ ᠪᠣᠯᠬᠣᠷ ᠪᠣᠯᠤᠨ ᠭᠡᠪᠡ

ᠬᠠᠮᠤᠭ ᠬᠦᠮᠦᠨ ᠪᠠᠶᠠᠷᠯᠠᠭᠠᠳ ᠭᠡᠪᠡ

ᠪᠠᠶᠢᠭᠠᠭ᠎ᠠ ᠪᠣᠯᠪᠠ ᠭᠡᠵᠦ 。

— ᠬᠡᠷᠪᠡ ᠪᠠᠷ ᠪᠠᠶᠠᠷᠯᠠᠬᠤ

ᠬᠡᠯᠡᠭᠰᠡᠨ ᠲᠡᠭᠦᠨ ᠪᠡᠷ ᠪᠣᠯᠤᠨ ᠶᠠᠭᠤ ᠭᠡᠪᠡ ? ᠭᠡᠪᠡ

ᠬᠡᠷᠪᠡ ᠶᠠᠭᠤ ᠬᠡᠯᠡᠬᠦ ᠪᠠᠷ ᠲᠡᠷᠡ ᠭᠡᠪᠡ

ᠬᠠᠮᠤᠭ ᠬᠦᠮᠦᠨ ᠪᠠᠶᠠᠷᠯᠠᠬᠤ ᠪᠣᠯᠤᠨ ᠳᠠᠭᠤᠰᠬᠠᠭᠠᠳ

ᠬᠠᠷᠢᠭᠤ ᠬᠡᠷᠡᠭ ᠪᠠᠶᠠᠷᠯᠠᠬᠤ ᠪᠣᠯᠤᠨ

汗腾格里

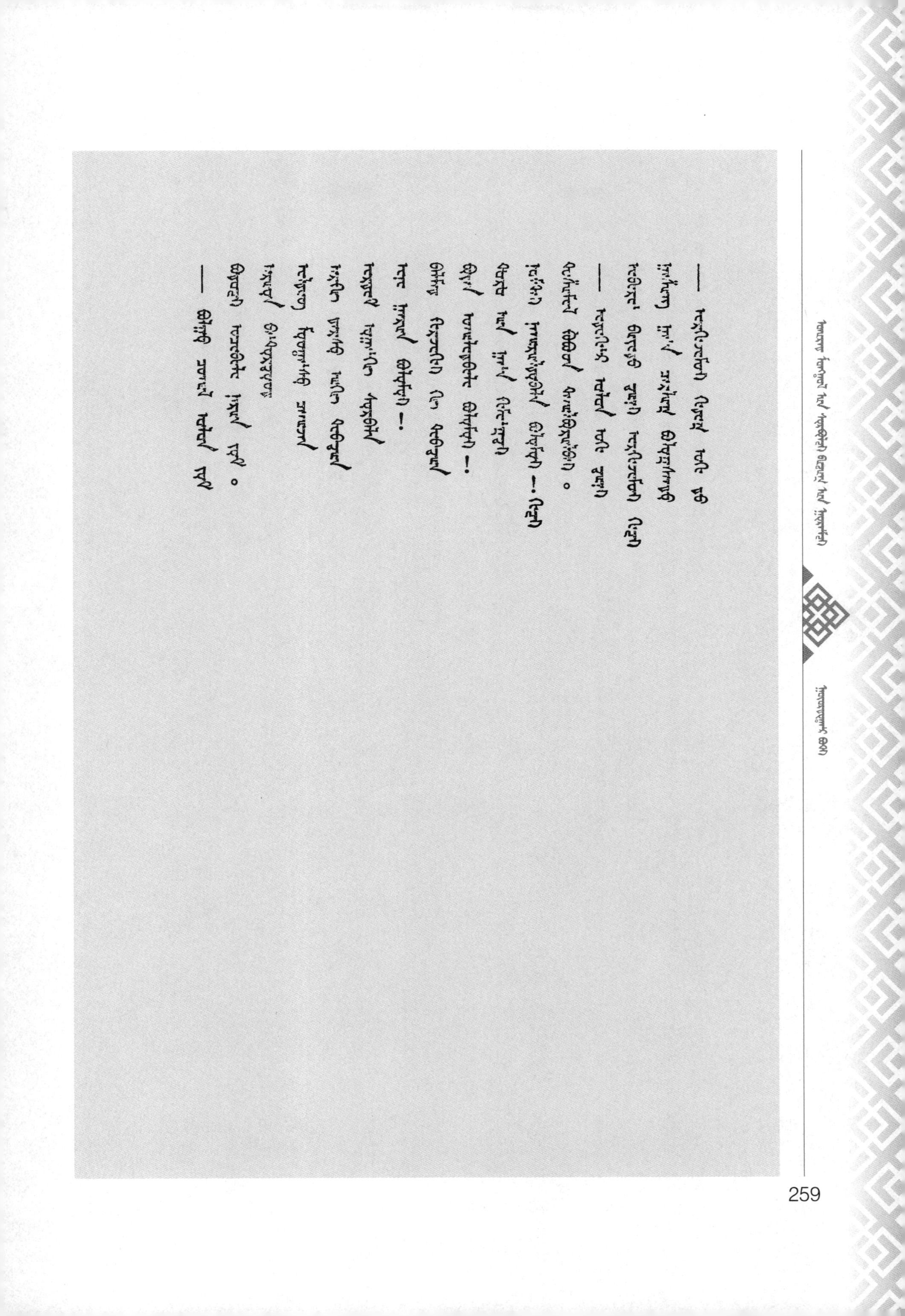

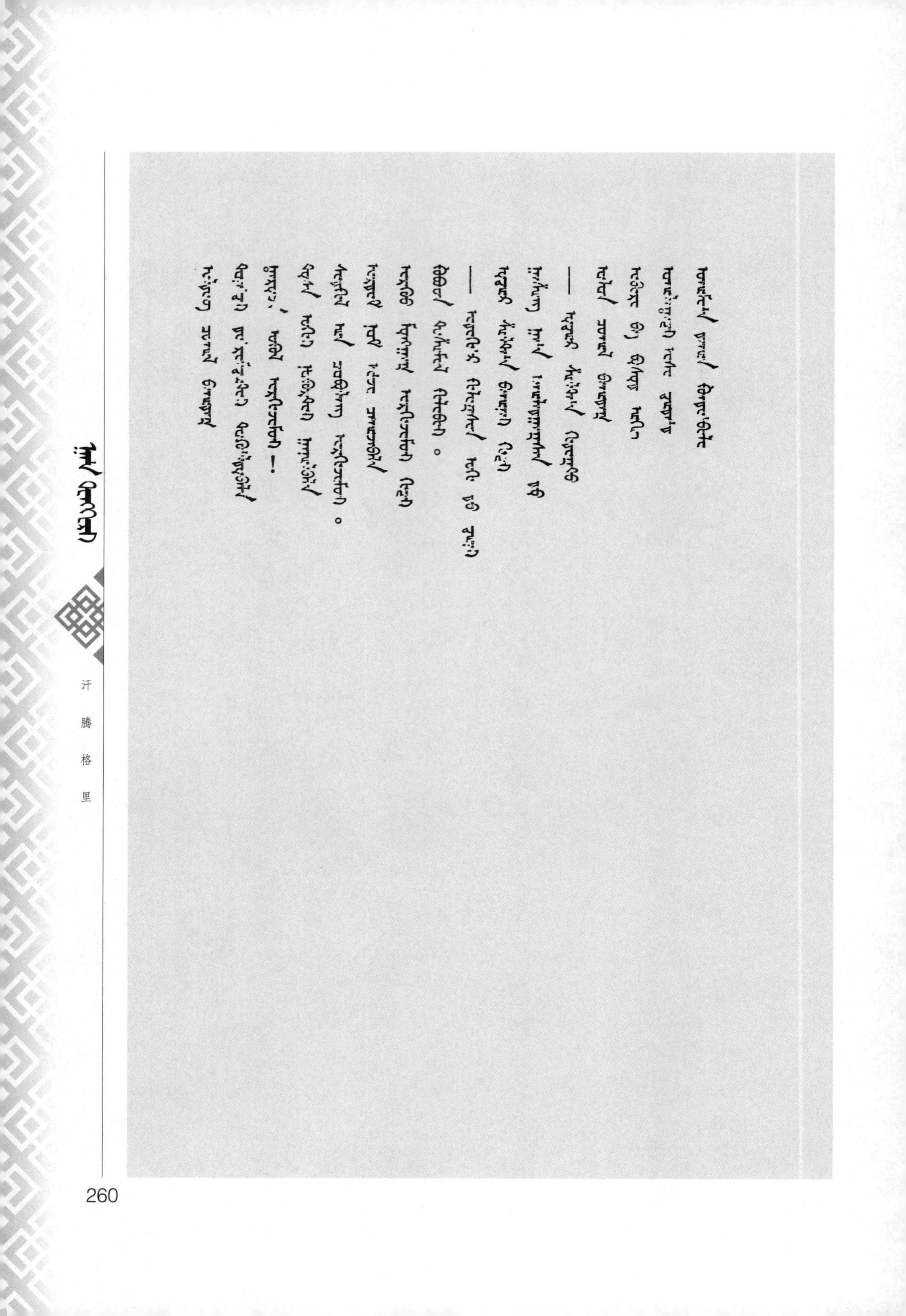

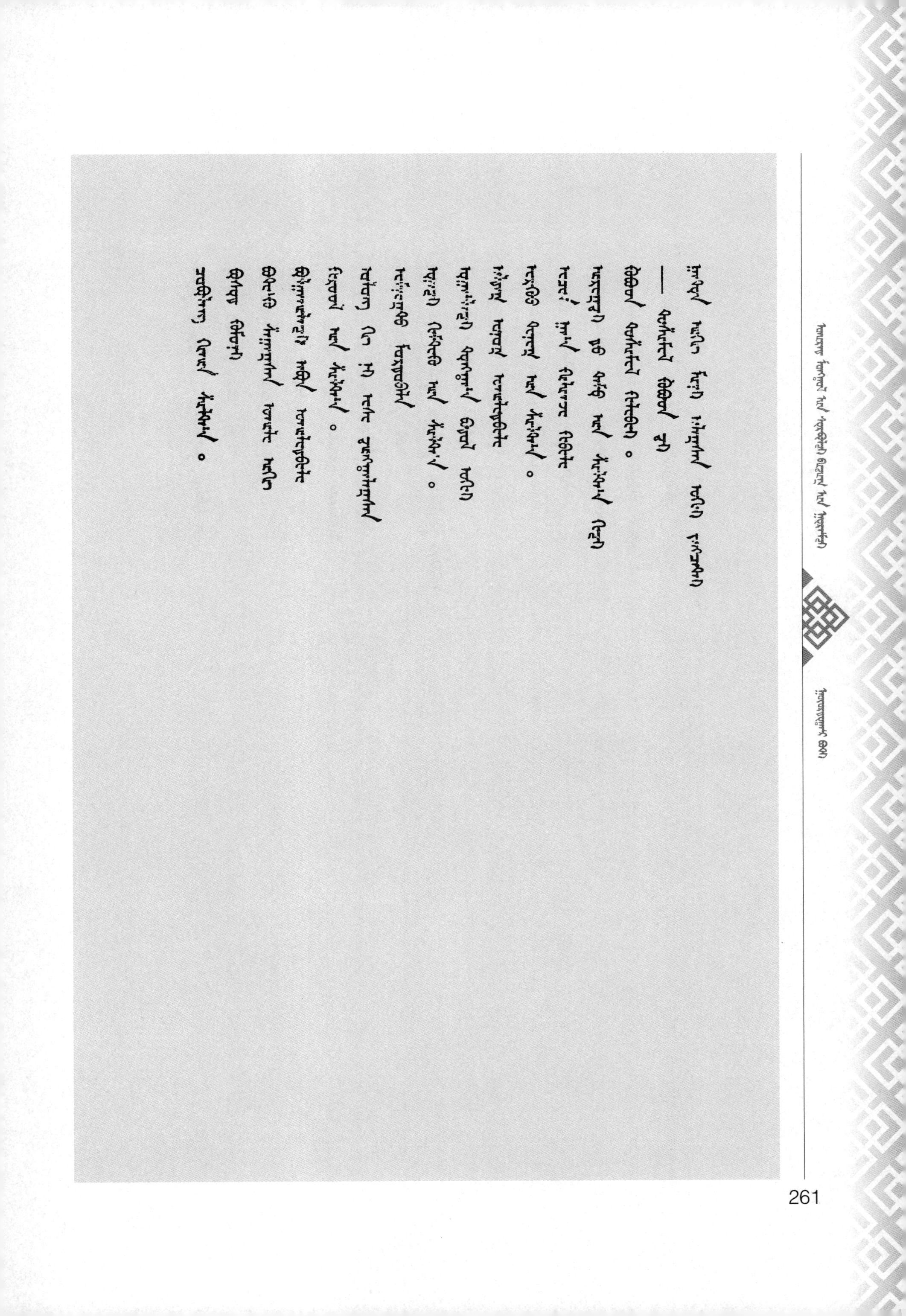

[illegible]
—— [illegible]
[illegible] 。
[illegible]
[illegible]
[illegible] 。
[illegible]
[illegible]
[illegible] 。
[illegible]
[illegible]
[illegible] 。
[illegible]
[illegible]
[illegible]
[illegible] 。

ᡍᡇᠮᡇᠨ ᡑᡆᠯᡆᡎᡇ ᠨᡅ ᡋᠠᡕᡅᡎᠰᠠᠨ ᠰᠠᠨᡓᡅ ᠃
ᡍᠠᡔᡅ ᡑᠣᠰᡂᡅᠨ ᡍᡇᠮᡇᠨ ᠨᡅ
ᡎᡆᠰᡆᠨ ᠠᠯᡑᠠᠷᡇᠯᠠᠨ ᡍᡅᠮᠠᠯᠠᠨ
ᡎᡅᠷᡅᠨ ᠠᠯᡑᡇᡋ ᡍᠠᠷᡍᡅ ᡑᡅᠨ
ᡍᡅᡑᡆᡋ ᡐᡆᡑᡆᡋ ᡍᡇᠯᠠᠨ ᡍᡅᠯᡆᠨ ᡋᠠᡕᡅᡍᡇ
ᡍᡅᠨ ᡐᡆᠷᡆᡋ ᡋᡅᠯ ᠰᠠᡕᡅᠨ ᡋᠠᡕᡅᡍᡇ
ᡍᠠᠷ ᡎᡆᡋᡆᠨ ᠰᡆᠷᡎᡆᠯ ᡋᡆ
ᡍᠠᠷᠠ ᡍᠠᠷᠠ ᡎᡆᡋᡆᠨ ᠰᡆᠷᡎᡆᠯ ᡋᠠᡕᡅᡎᠰᠠᠨ ᠰᠠᠨᡓᡅ
"ᡍᠠᠷᡅᠷ ᡍᡆᠷᠠᠯ ᠠᠯᡑᡇᡋ
ᡍᡆᡆᠨ ᡑᠣᡋᡅᠨ ᡐᡅᠯᡆᡋᡅᡎᡇ ᠄
ᡍᡅᠯᠠᡋᠠᠷᡆᠯᠠᠨ ᡍᡆᠯᡆᠨ ᡎᠠᠷᡅᠨ ᠁
ᡍᡆᡐᡆᠨ ᡋᡆᠯᡆᠯᠠᠨ ᡐᡆᠯ ᡍᡇᠯᠠᠨ
ᡍᡅᡑᡆᠯ ᡍᡇᠯᠠᠨ ᡑᡅᠨ ᡍᡅᠯᡅᡋ ᡍᡅᠯᠠᠨ
—— ᡍᡅᠨ ᡑᡅᠨ ᡍᡅᡑᡆᡋ ᠠᠯᡑᠠᠷ ᠠᠯᡅ
ᡍᡅᠯᡅᠨ ᡍᡅᠨ ᠠᠯᡑᠠᠷ ᡋᡅᠯᡑᠠᠯᡋᡅ
ᡍᡅᡑᡆᠯ ᡍᡇᠯᠠᠨ ᡍᡅᠨ ᡑᡆᠷᡅᠯ ᡎᡆᠷᡆᠨ ᡍᠠᠷ ᡑᡅᡍᡇ

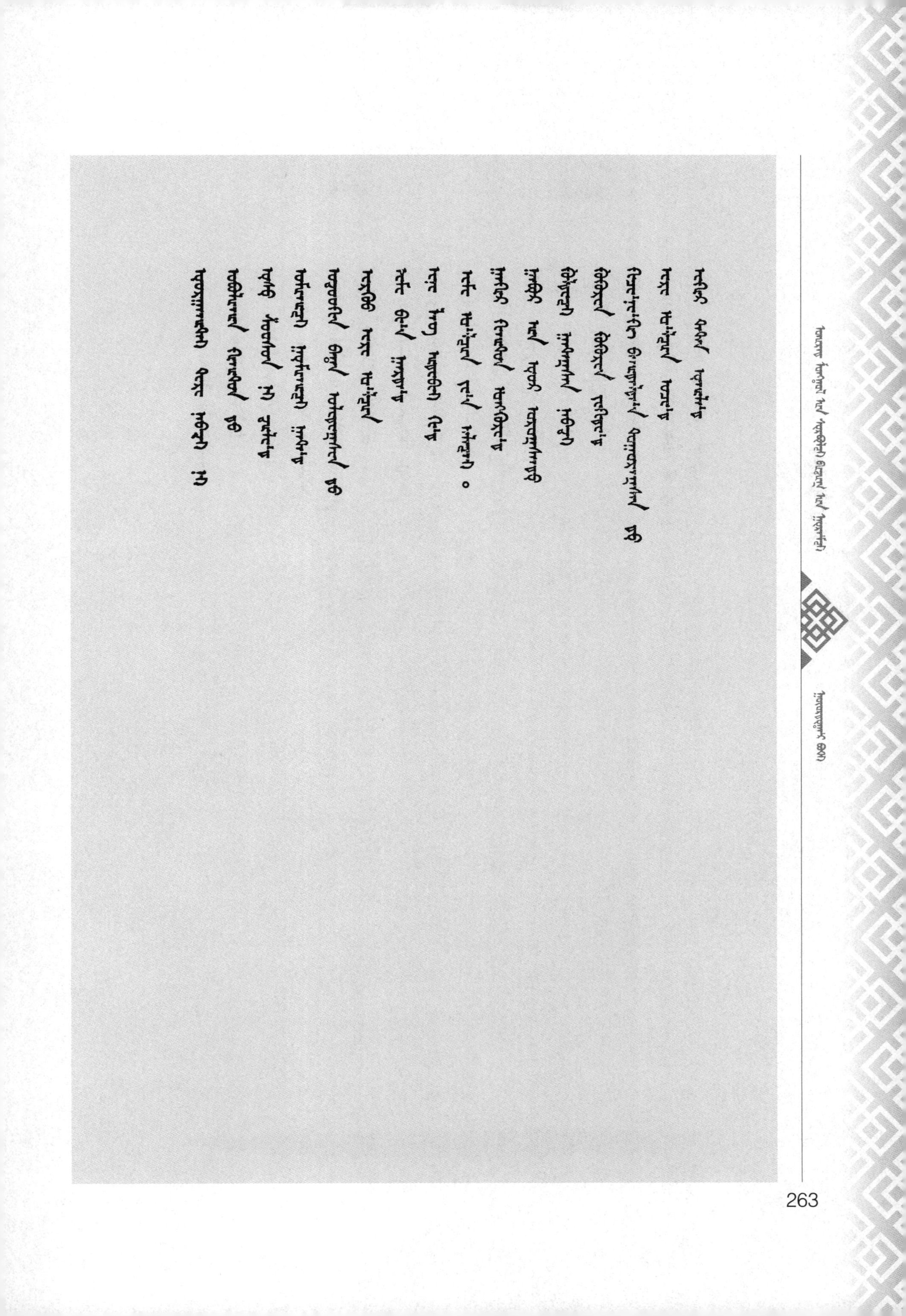

[illegible] ᠳᠦ

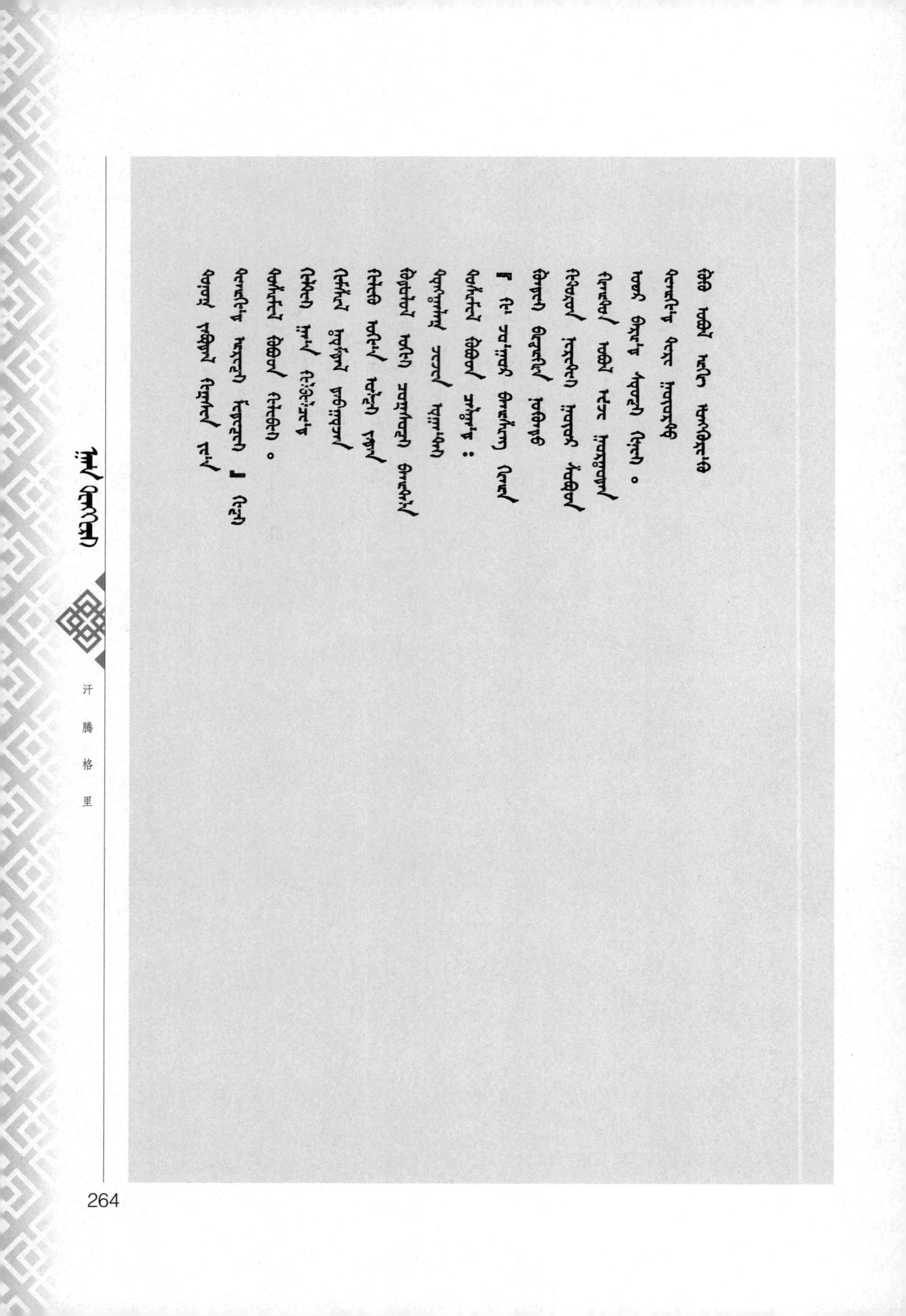

[illegible]
[illegible]
[illegible]
[illegible]
[illegible]
[illegible]
[illegible]
[illegible]
[illegible]
[illegible]
[illegible]
[illegible]
[illegible]
[illegible]
[illegible]
[illegible]

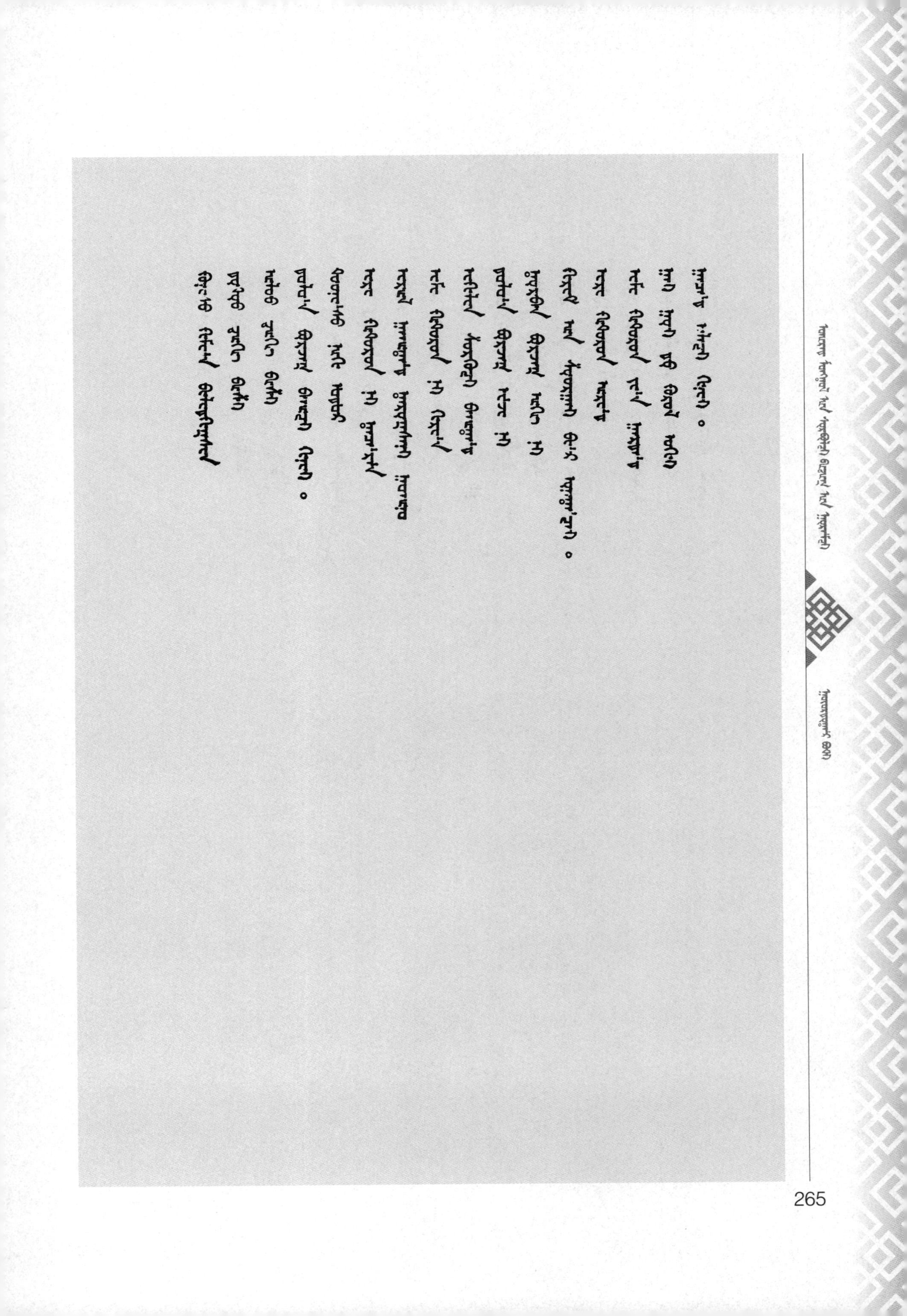

[illegible] 。
[illegible]
[illegible]
[illegible]
[illegible] 。
[illegible]
[illegible]
[illegible]
[illegible]
[illegible]
[illegible]
[illegible]
[illegible] 。
[illegible]
[illegible]
[illegible]

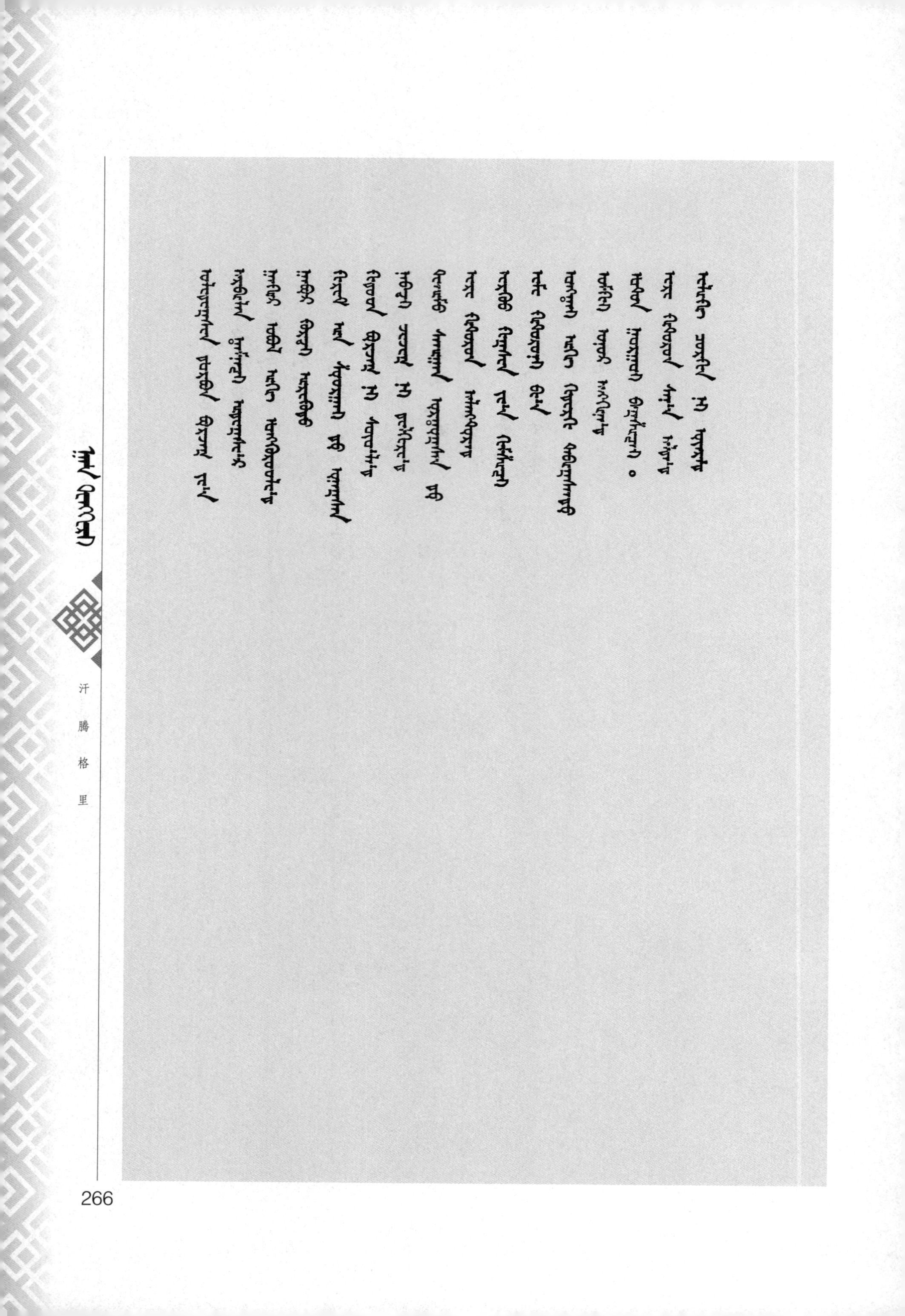

[illegible]
[illegible]
[illegible] 。

[illegible]
[illegible]
[illegible]
[illegible]
[illegible]
[illegible]
[illegible]
[illegible]
[illegible]
[illegible]
[illegible]
[illegible]
[illegible]

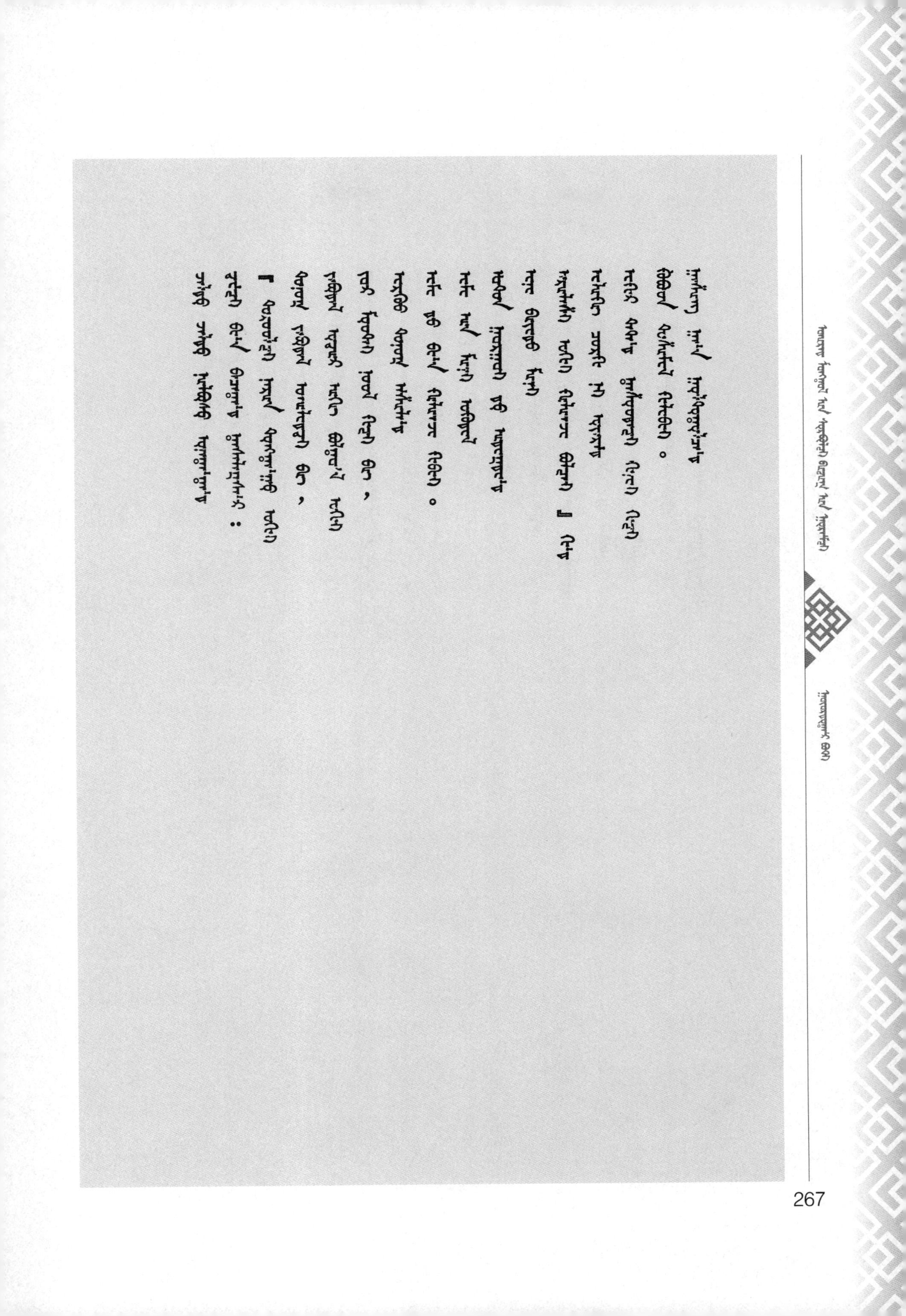

[illegible]
[illegible] ᠄
『 [illegible]
[illegible] ᠂
[illegible]
[illegible] ᠂
[illegible]
[illegible] 。
[illegible]
[illegible]
[illegible]
[illegible] 』 [illegible]
[illegible]
[illegible]
[illegible] 。
[illegible]

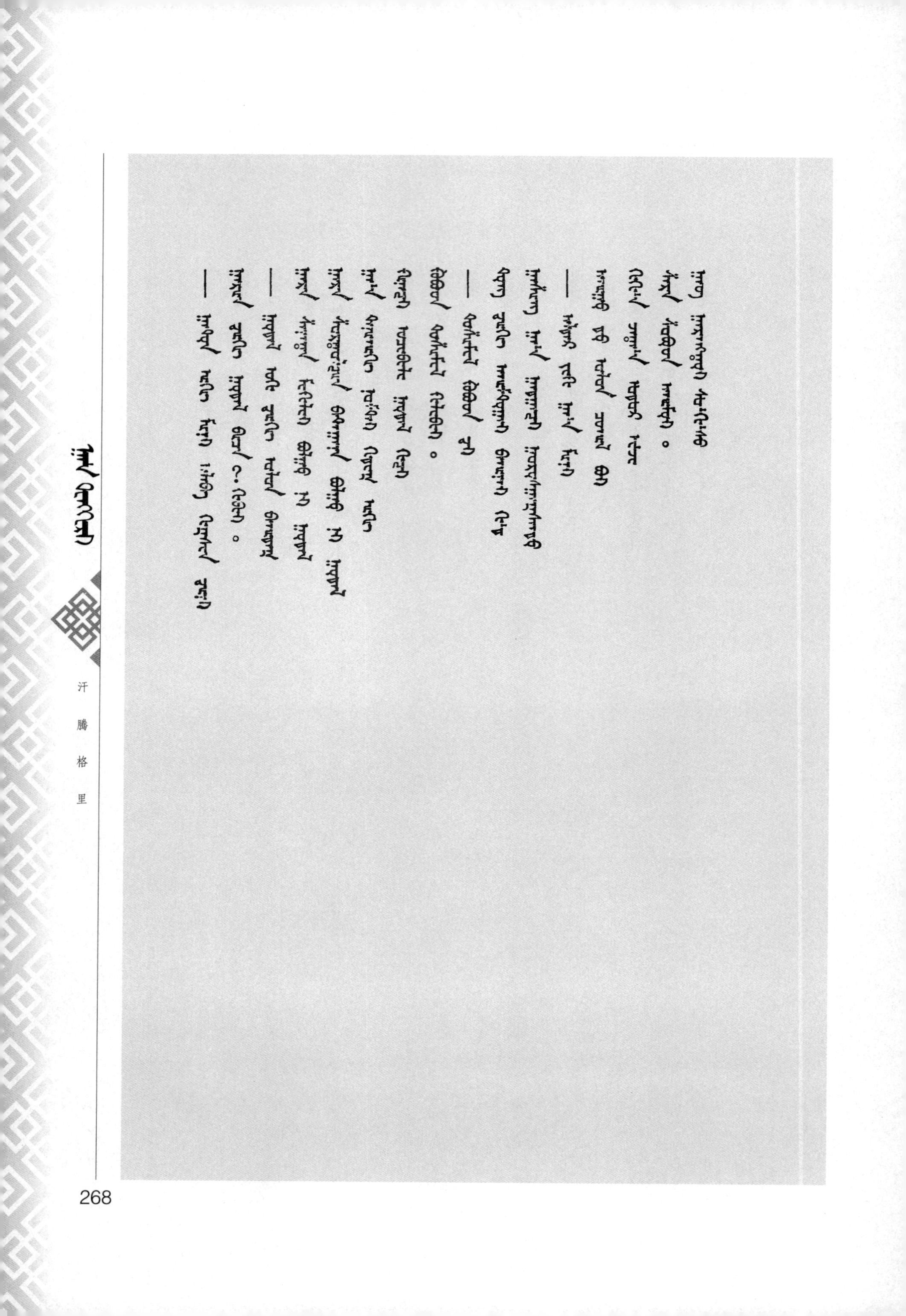

[illegible]
[illegible] 。
[illegible]
[illegible]
— [illegible]
[illegible]
[illegible]
— [illegible]
[illegible] 。
[illegible]
[illegible]
[illegible]
[illegible]
— [illegible]
[illegible] ?· [illegible] 。
— [illegible]

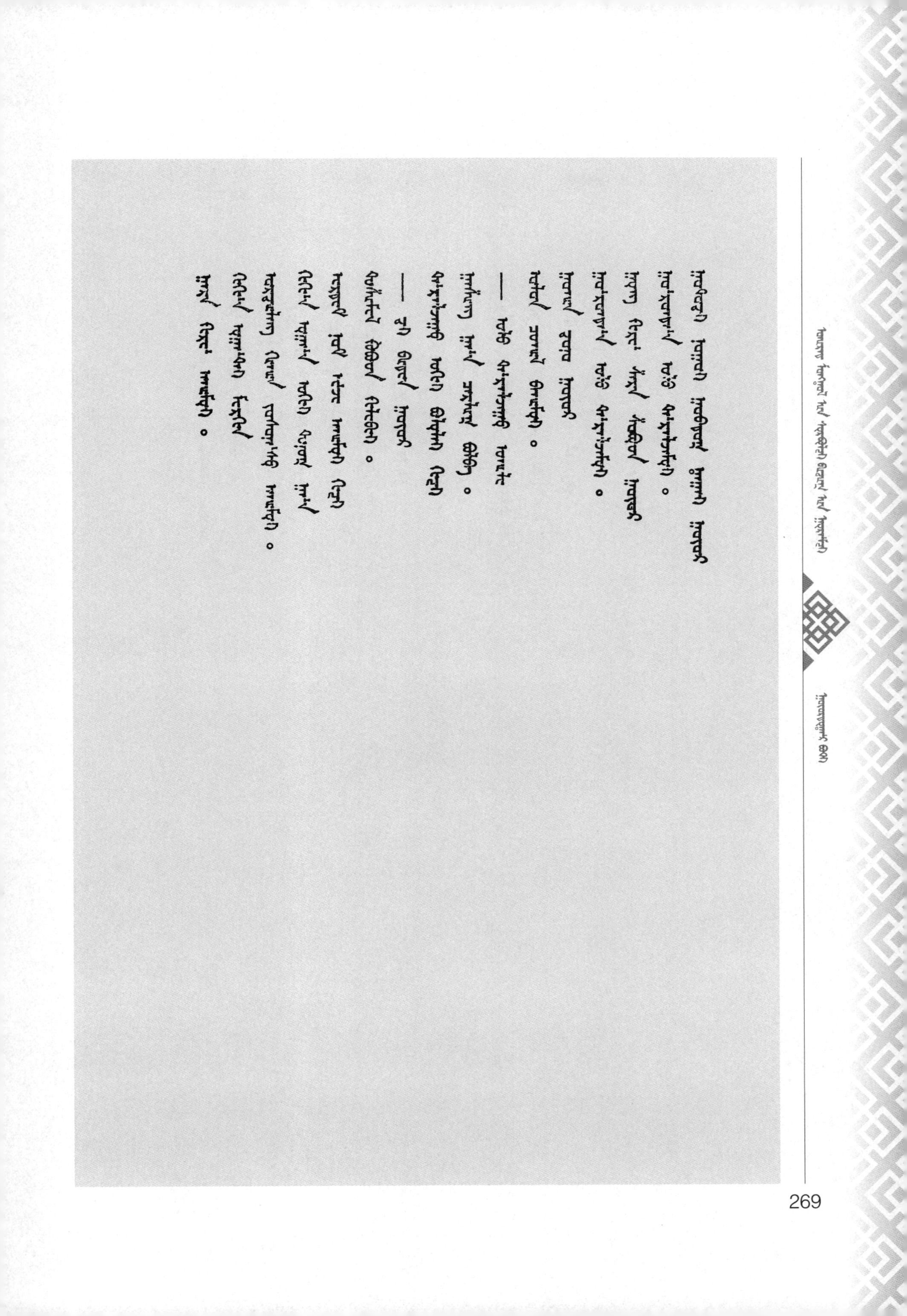

[illegible]
[illegible] ᠃
[illegible]
[illegible] ᠃
[illegible]
[illegible] ᠃
—— [illegible]
[illegible] ᠃
[illegible]
—— [illegible]
[illegible] ᠃
[illegible]
[illegible]
[illegible] ᠃
[illegible]
[illegible] ᠃

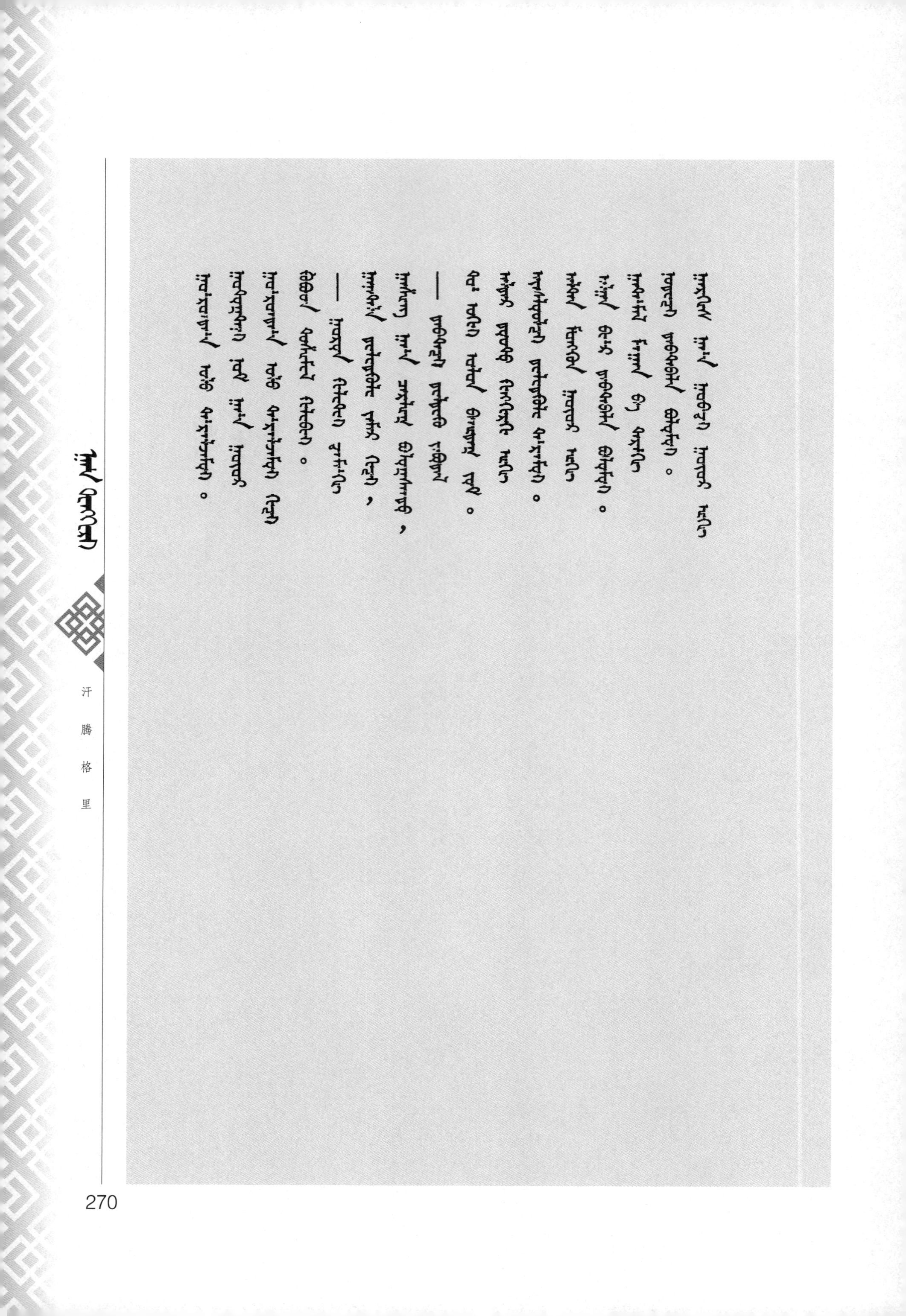

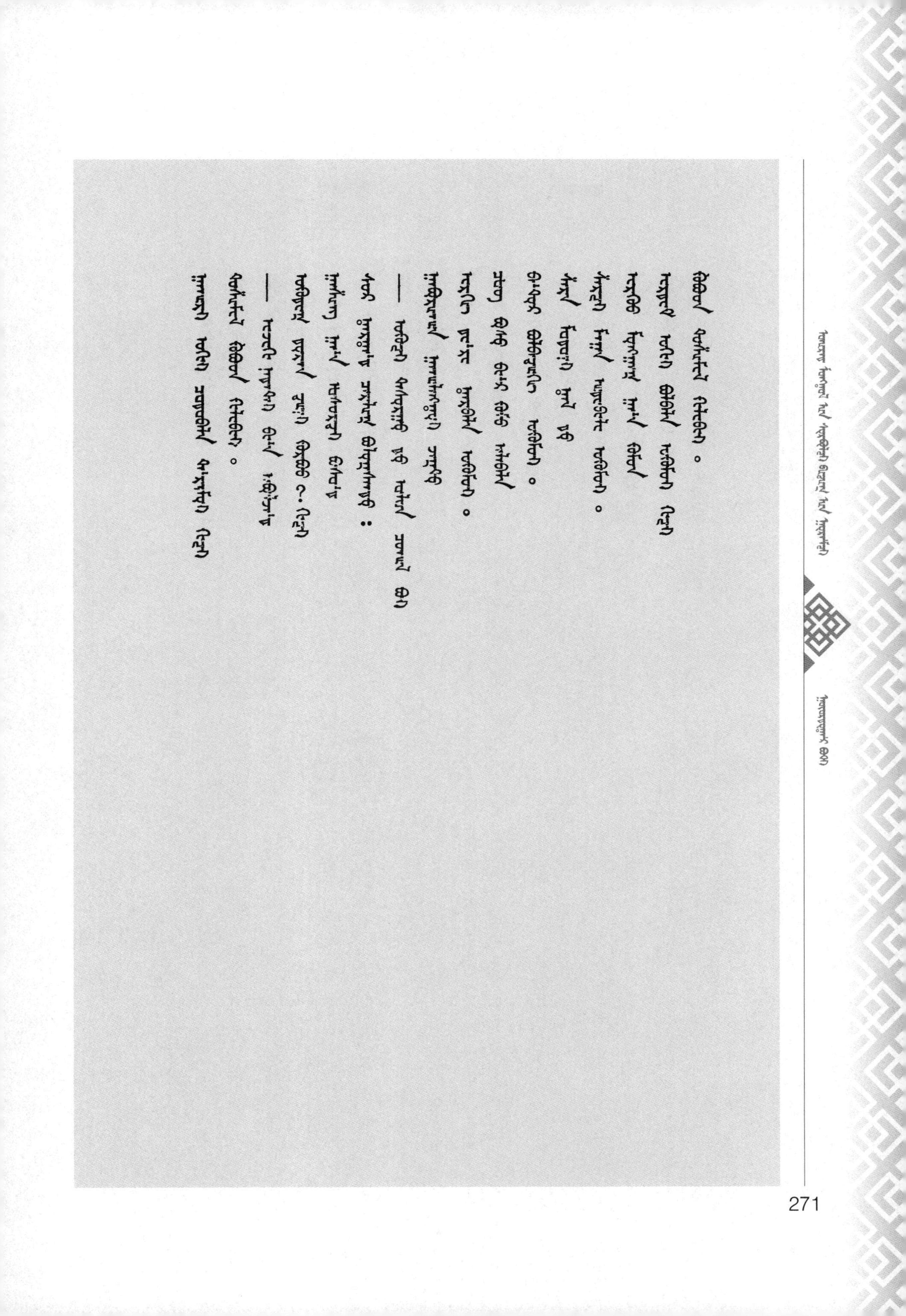

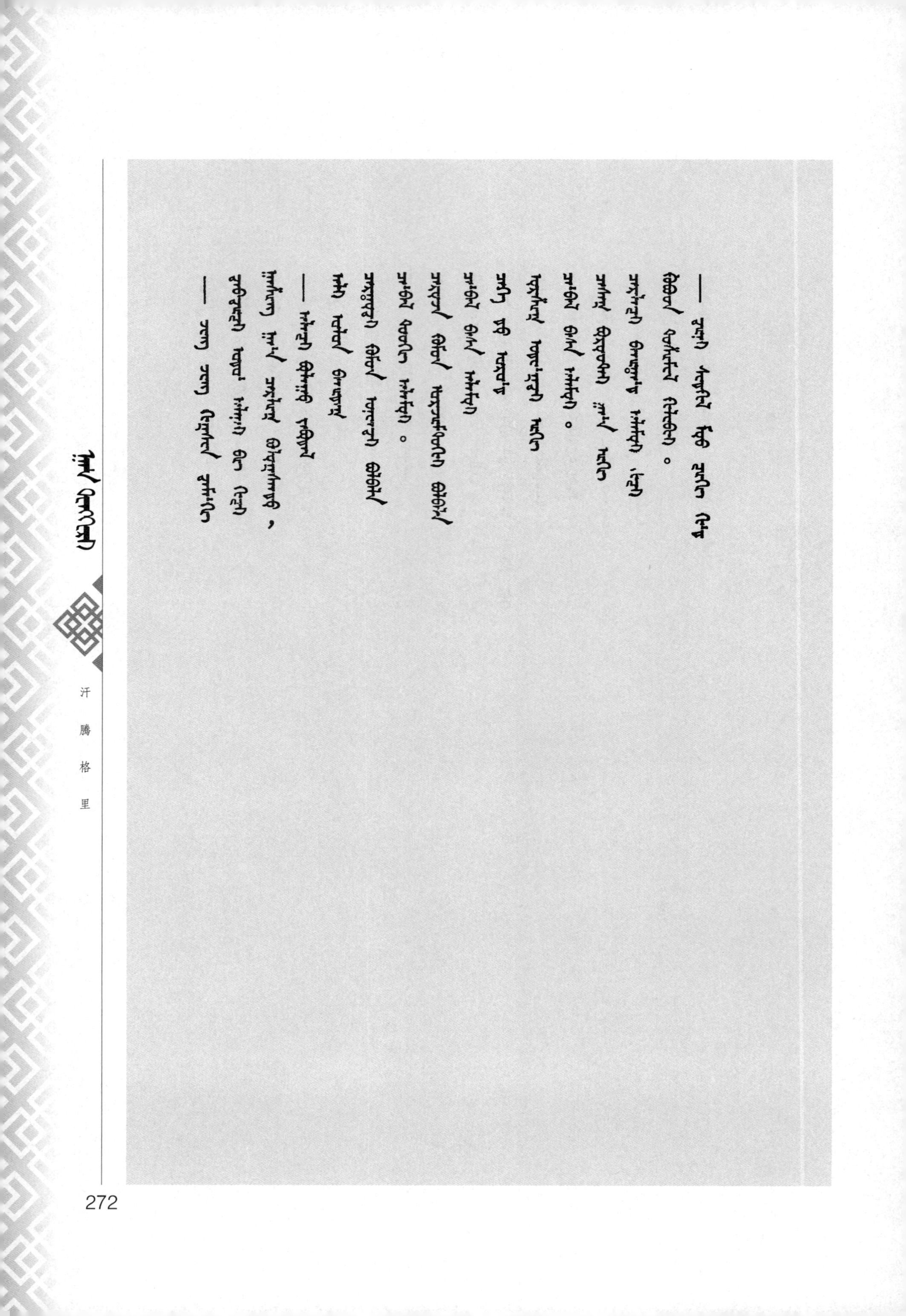

—— [illegible]

[illegible]

—— [illegible]

[illegible]

[illegible]

[illegible]

[illegible]

[illegible]

[illegible]

[illegible]

[illegible]

[illegible]

[illegible]

[illegible]

—— [illegible]

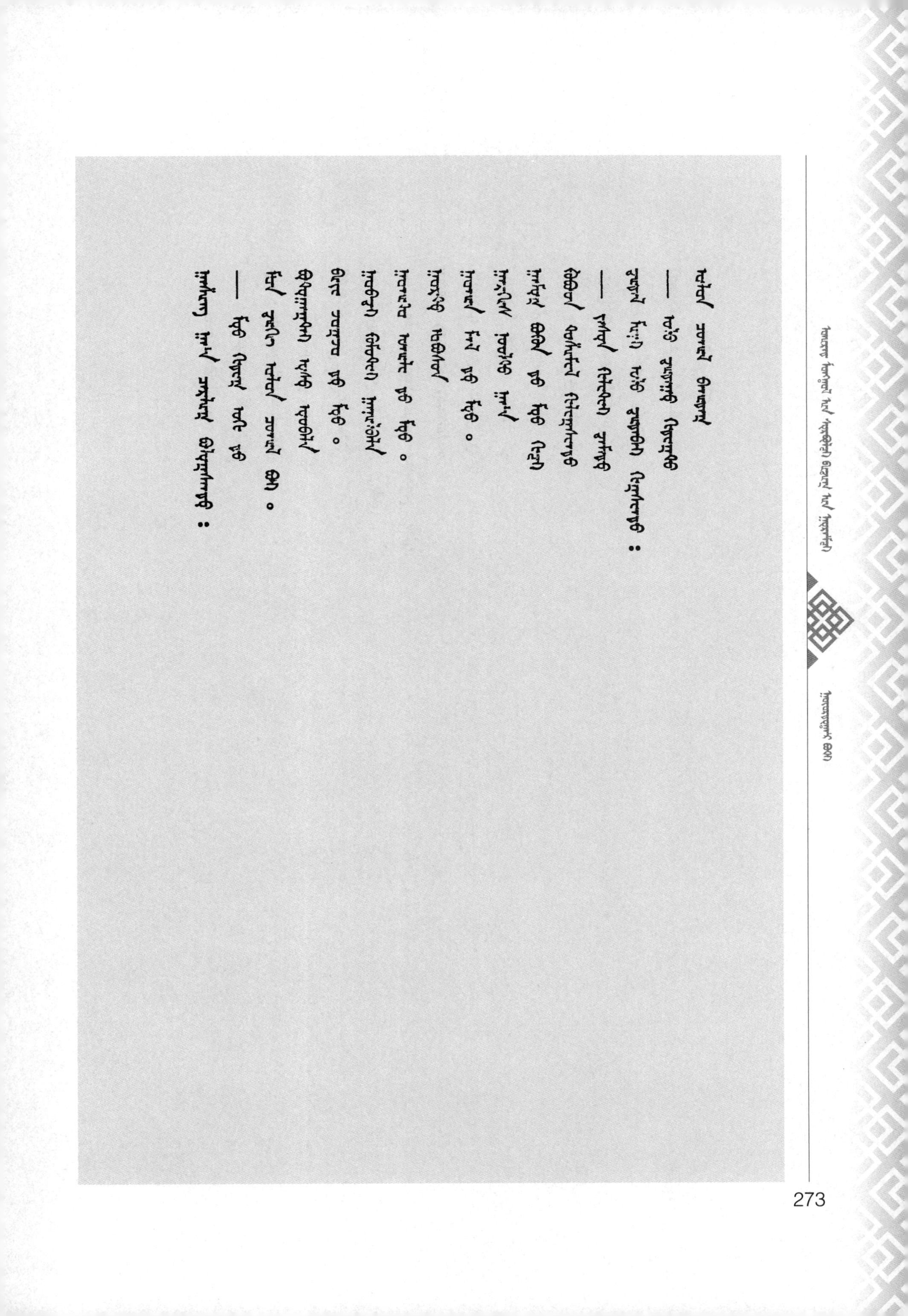

[illegible]
— [illegible]
[illegible] :
— [illegible]
[illegible]
[illegible]
[illegible]
[illegible] ∘
[illegible]
[illegible] ∘
[illegible]
[illegible] ∘
[illegible]
[illegible] ∘
— [illegible]
[illegible] :

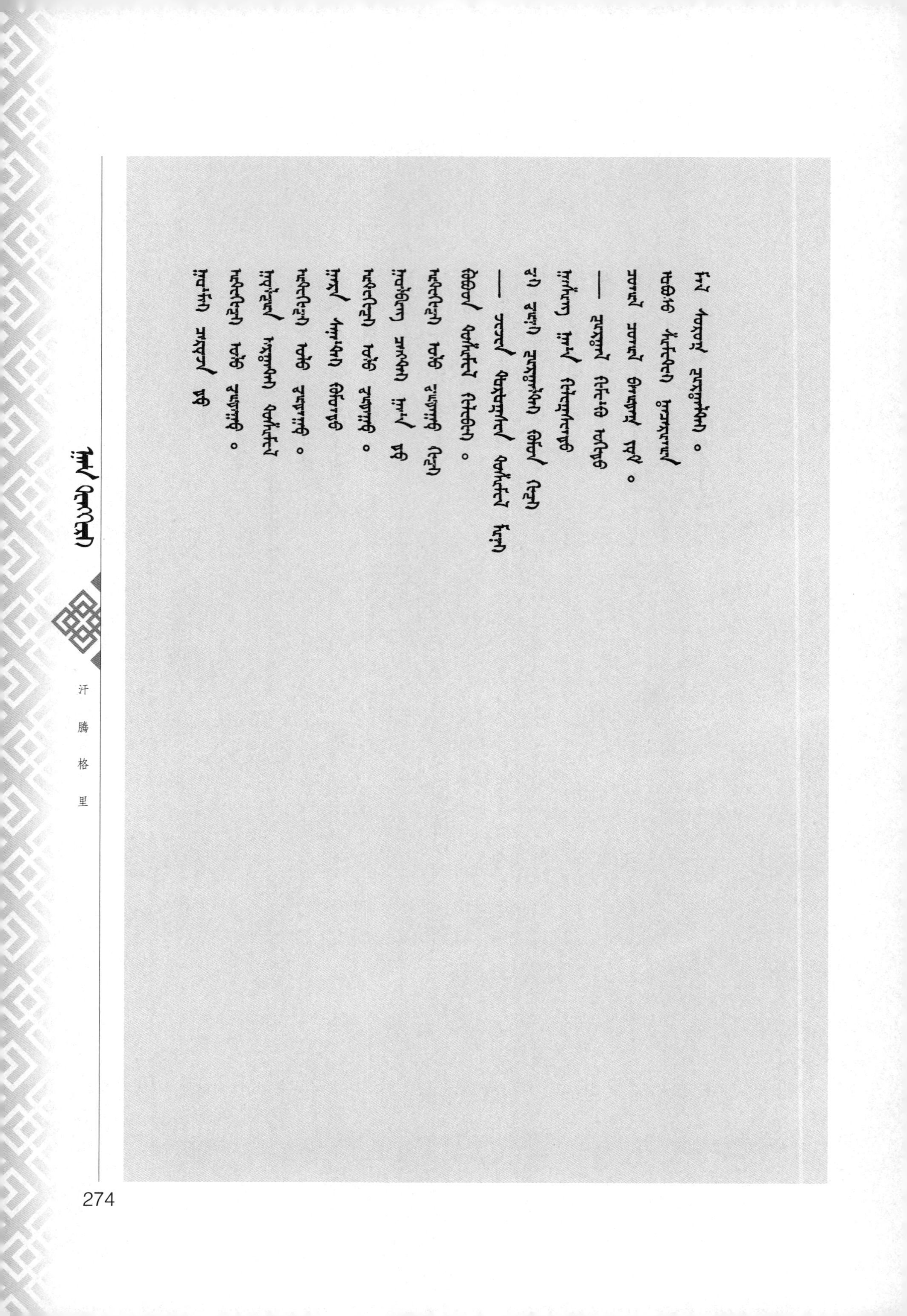

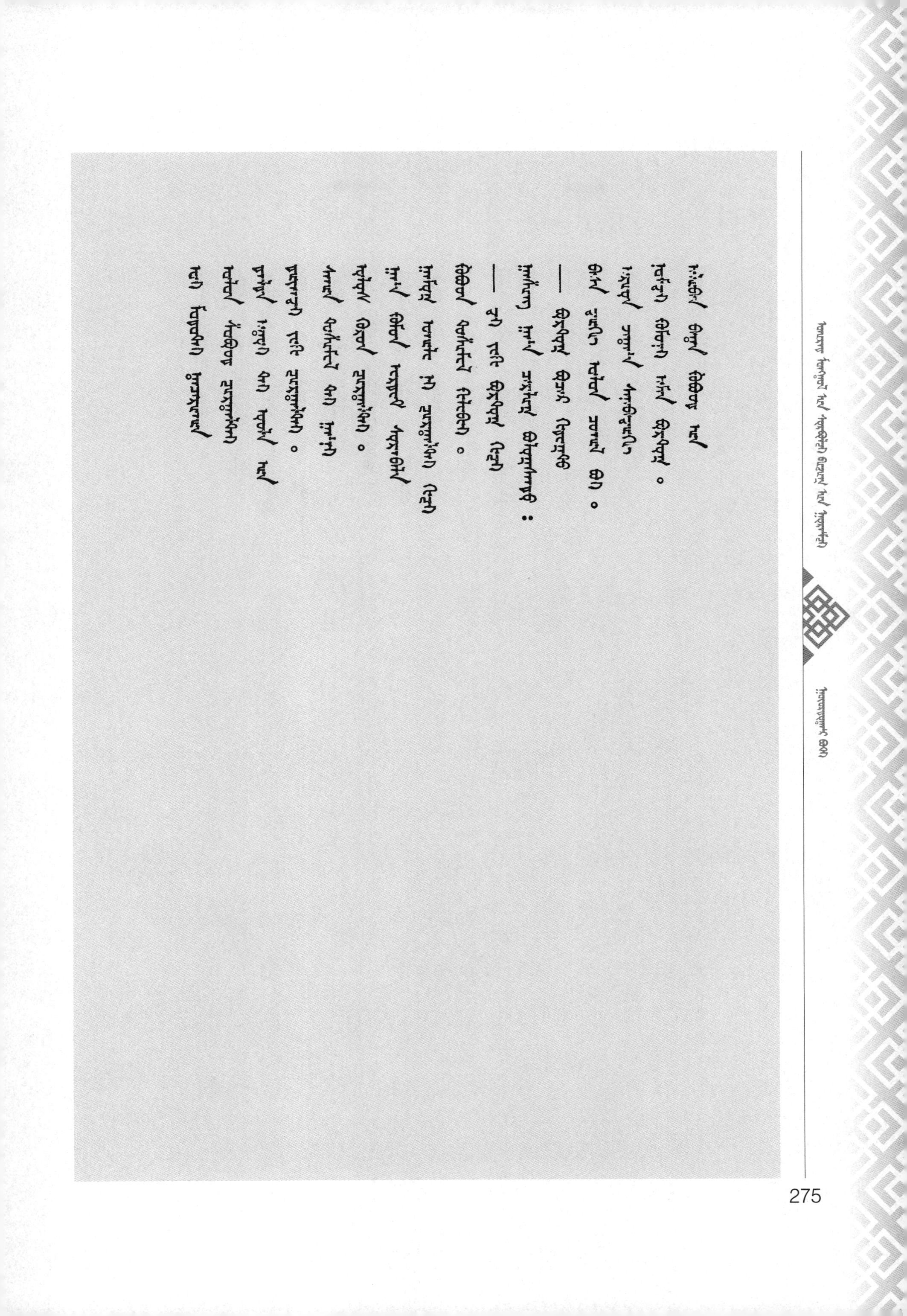

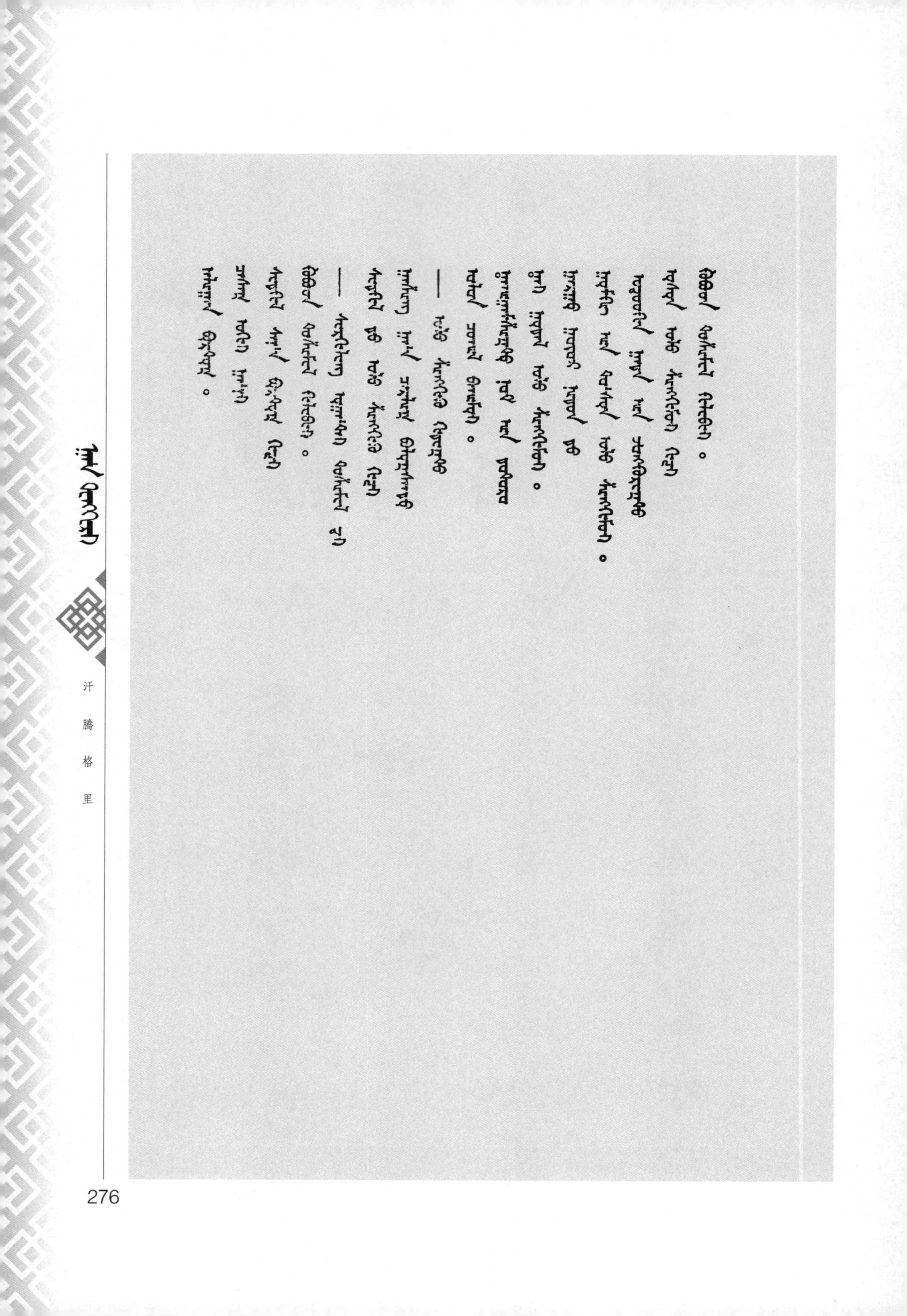

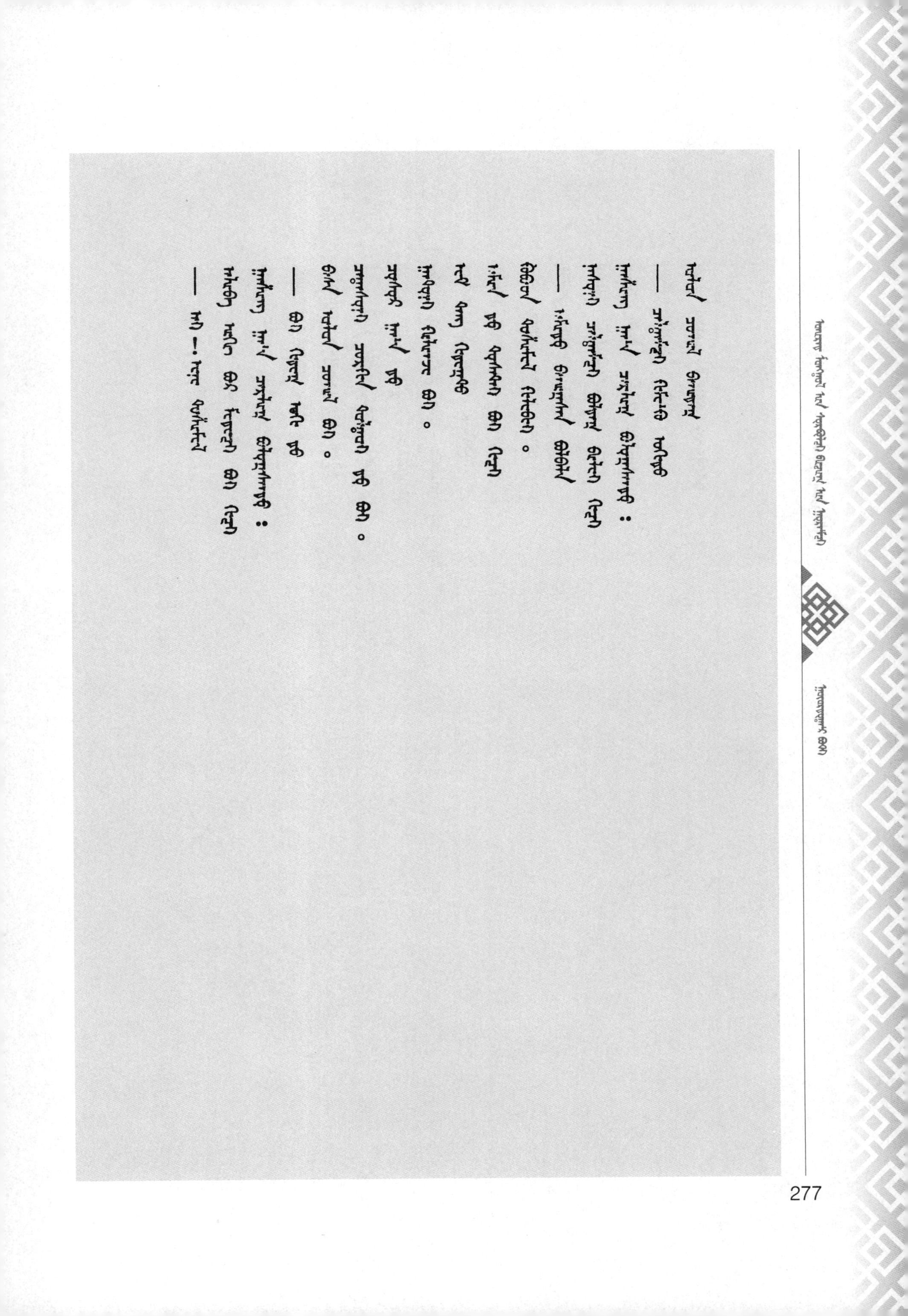

[illegible] [illegible] [illegible]

—— [illegible] [illegible] [illegible]

[illegible] [illegible] [illegible] [illegible] :

[illegible] [illegible] [illegible] [illegible] [illegible]

—— [illegible] [illegible] [illegible]

[illegible] [illegible] [illegible] ·

[illegible] [illegible] [illegible] [illegible] [illegible]

[illegible] [illegible] [illegible]

[illegible] [illegible] [illegible] ·

[illegible] [illegible] [illegible]

[illegible] [illegible] [illegible] [illegible] [illegible] ·

[illegible] [illegible] [illegible] [illegible] ·

—— [illegible] [illegible] [illegible] [illegible]

[illegible] [illegible] [illegible] [illegible] :

[illegible] [illegible] [illegible] [illegible] [illegible] [illegible]

—— [illegible] — · [illegible] [illegible]

ᠬᠥᠪᠡᠭᠦᠨ ᠦ ᠬᠡᠯᠡᠭᠰᠡᠨ ᠃
ᠬᠠᠷᠠᠭᠤᠯᠴᠢᠨ ᠬᠠᠷᠢ ᠬᠠᠮᠠᠭ ᠰᠠᠶᠢᠬᠠᠨ
ᠬᠠᠷᠠᠯ ᠰᠠᠨᠠᠭᠠ ᠲᠠᠶᠢᠪᠤ ᠪᠢᠶ᠎ᠡ
ᠬᠠᠮᠠᠭ ᠰᠠᠶᠢᠬᠠᠨ ᠬᠡᠷᠡᠭᠲᠡᠢ
ᠬᠤᠪᠢᠰᠤᠯ ᠳᠤᠷᠠᠰᠬᠠᠯ ᠪᠠᠨ ᠲᠠᠶᠢᠪᠤ
— ᠮᠢᠨᠢ ᠲᠡᠷᠡ ᠬᠡᠯᠡᠭᠰᠡᠨ ᠭᠡᠨ᠎ᠡ
ᠮᠢᠩᠭᠠᠨ ᠮᠢᠨᠢ ᠰᠠᠨᠠᠭᠰᠠᠨ ᠪᠣᠯᠤᠭᠰᠠᠨ ᠪᠣᠯᠪᠠ ：
ᠬᠠᠷᠠᠯ ᠲᠡᠪᠴᠢᠭᠡᠷᠯᠡᠬᠦ ᠪᠠᠶᠢᠨ ᠬᠢᠵᠦ ᠪᠠᠶᠢᠨ ᠳᠡᠭᠡᠷ᠎ᠡ
ᠬᠤᠷᠠᠭᠠᠨ ᠬᠣᠶᠠᠷ ᠰᠠᠢᠬᠠᠨ ᠬᠠᠮᠲᠤ ᠪᠡᠷ
ᠲᠣᠭᠣᠣᠨ ᠪᠢᠯᠡᠭ ᠳᠦᠷᠰᠦ ᠰᠠᠭᠤᠨ ᠃
— ᠲᠣᠭᠣᠣᠨ ᠬᠡᠯᠡᠭᠡᠳ ᠬᠠᠷᠢᠨ ᠭᠡᠨ᠎ᠡ
ᠪᠢᠯᠢᠭ ᠳᠤᠷᠠᠰᠬᠠᠯ ᠳᠡᠯᠭᠡᠷᠡᠨ ᠃
ᠮᠢᠩᠭᠠᠨ ᠰᠠᠶᠢᠬᠠᠨ ᠪᠣᠯᠤᠭᠰᠠᠨ ᠳᠡᠭᠡᠷ᠎ᠡ
ᠬᠡᠯᠡᠭᠡ ᠮᠢᠨᠢ ᠬᠡᠯᠡᠭᠰᠡᠨ ᠲᠥᠷᠥᠭᠰᠡᠨ
ᠮᠢᠩᠭᠠᠨ ᠰᠠᠶᠢᠬᠠᠨ ᠪᠣᠯᠤᠭᠰᠠᠨ ᠃
ᠪᠣᠯ ᠬᠠᠷᠢᠨ ᠬᠣᠷᠢᠭᠠᠨ ᠪᠣᠯᠪᠠᠰᠤᠷᠠᠯ

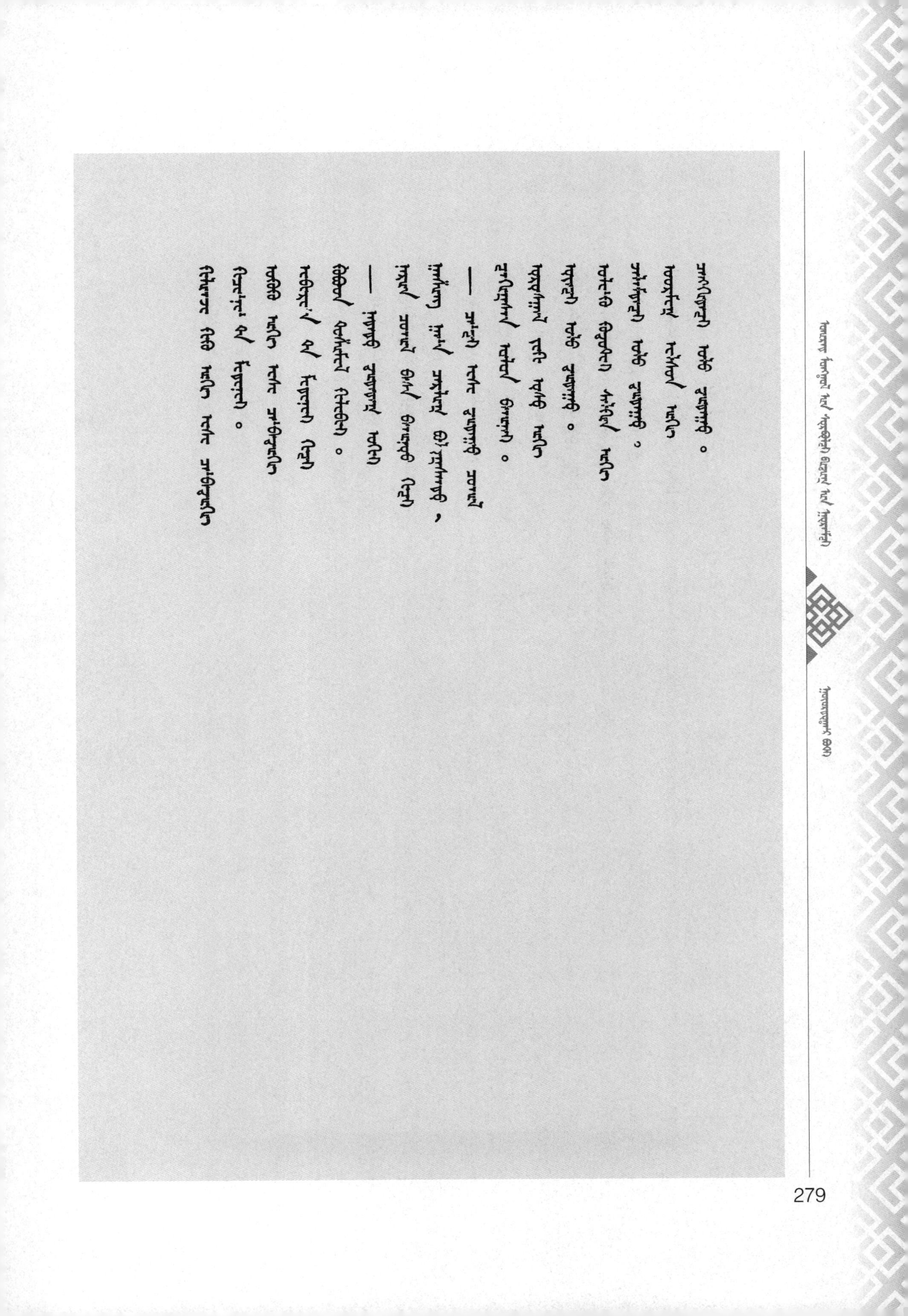

[illegible] [illegible] [illegible] [illegible] [illegible]
[illegible] [illegible] [illegible] 。
[illegible] [illegible] [illegible] [illegible]
[illegible] [illegible] [illegible] [illegible]
[illegible] [illegible] [illegible] 。
— [illegible] [illegible] [illegible]
[illegible] [illegible] [illegible] [illegible] [illegible]
[illegible] [illegible] [illegible] [illegible] ᠂
— [illegible] [illegible] [illegible] [illegible]
[illegible] [illegible] [illegible] 。
[illegible] [illegible] [illegible] [illegible]
[illegible] [illegible] [illegible] 。
[illegible] [illegible] [illegible] [illegible]
[illegible] [illegible] [illegible] ᠂
[illegible] [illegible] [illegible]
[illegible] [illegible] [illegible] 。

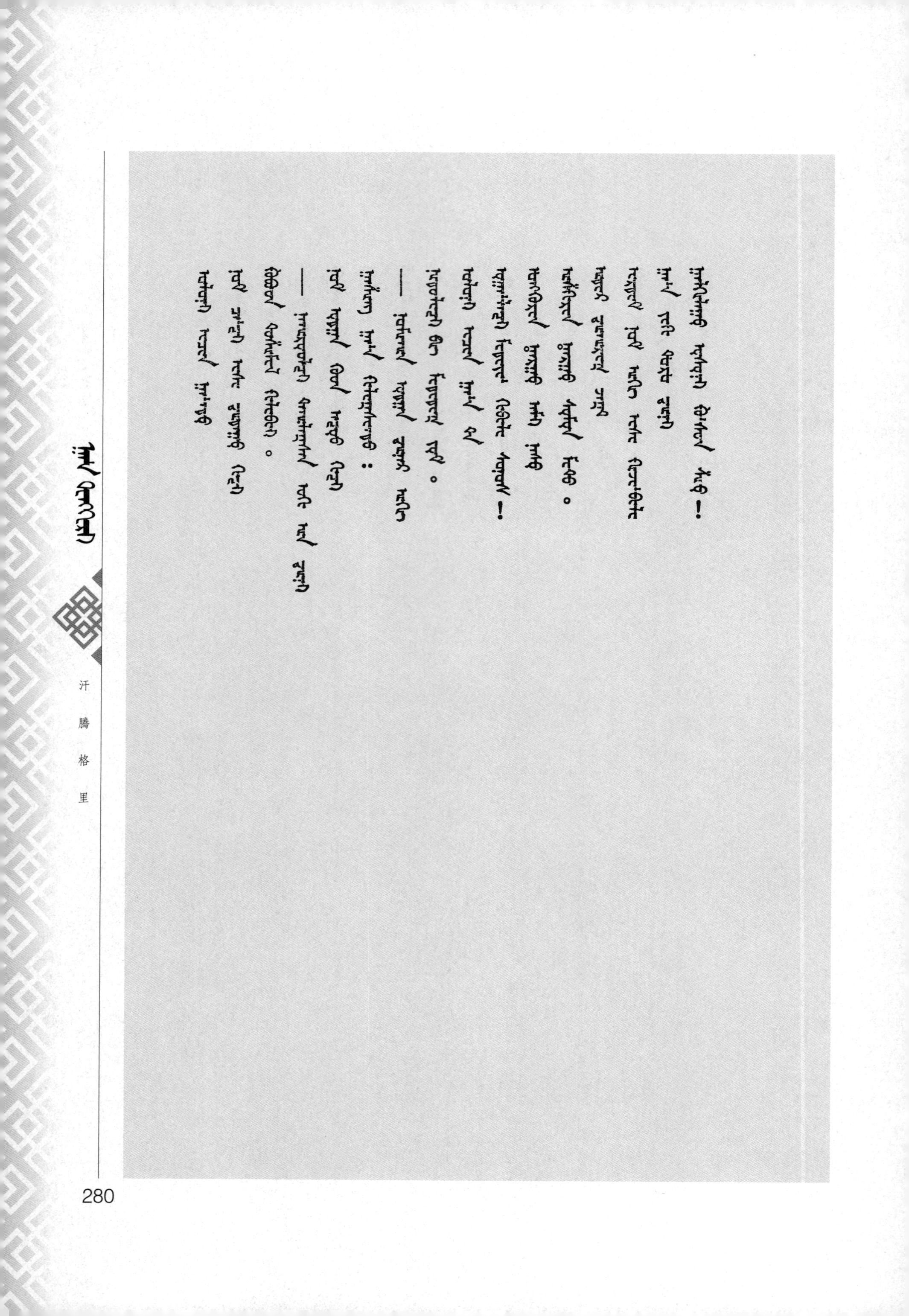

[illegible]

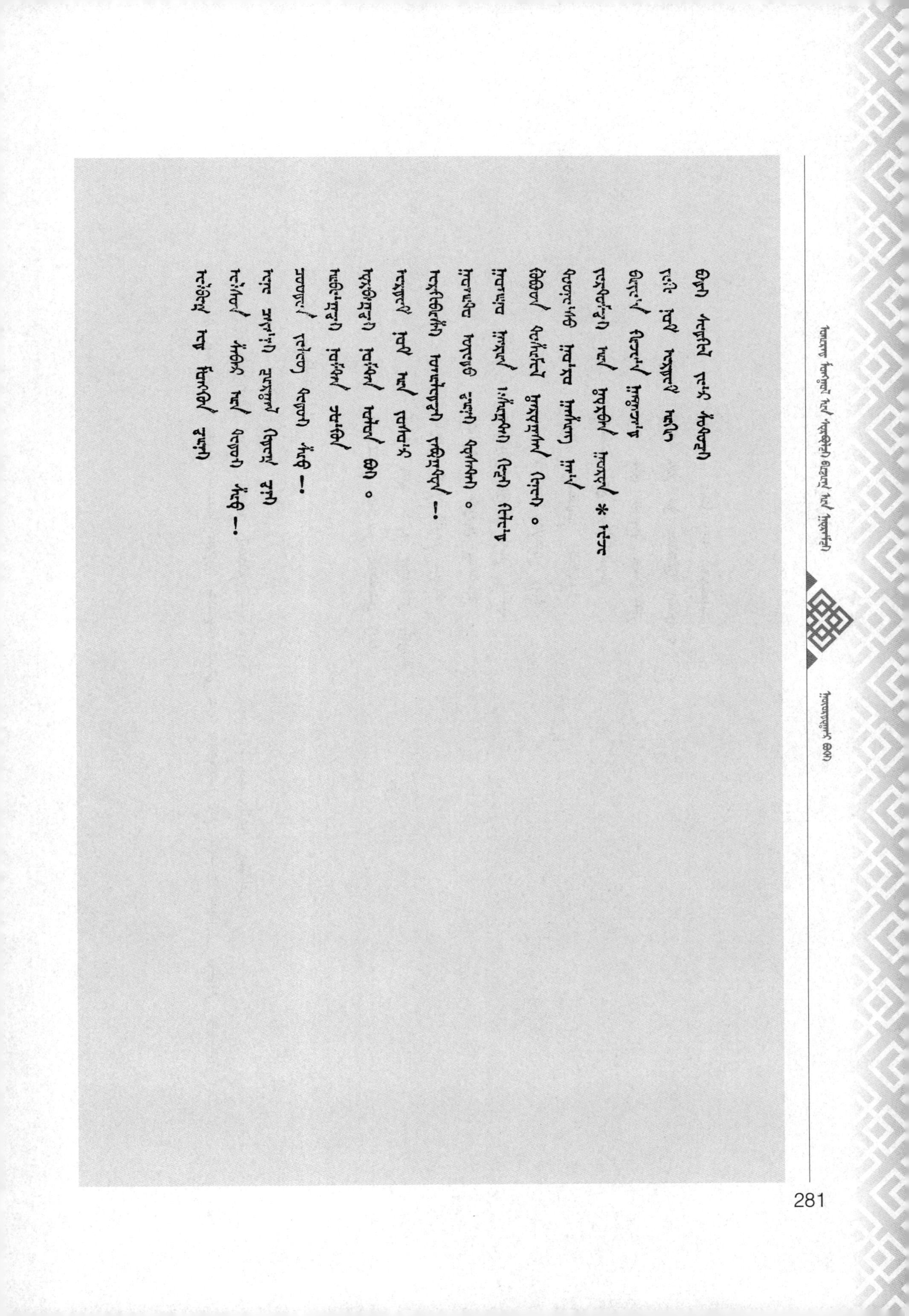

[illegible]
[illegible] ᠪᠢ。
[illegible]
[illegible] —!
[illegible]
[illegible] —!
[illegible]

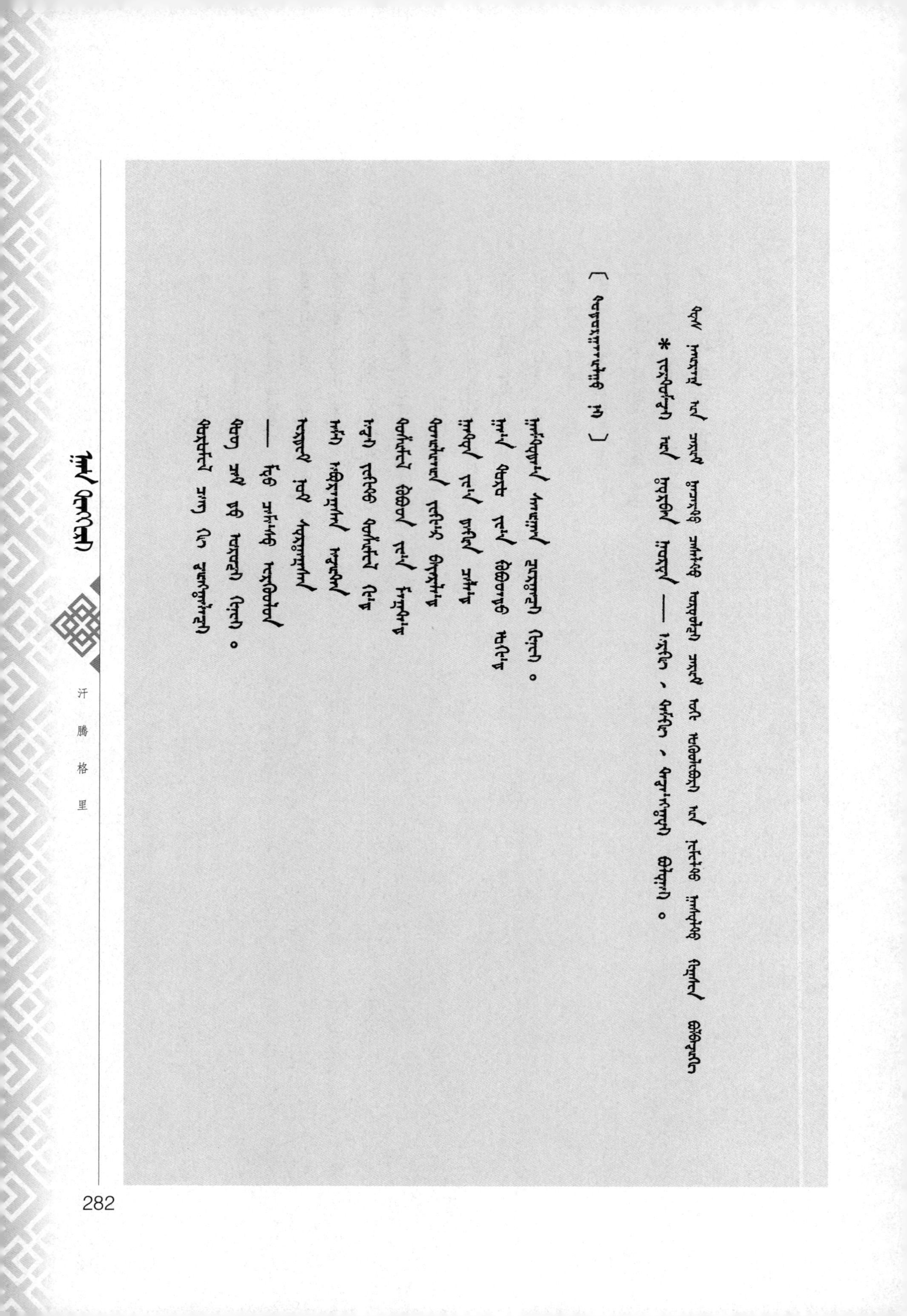

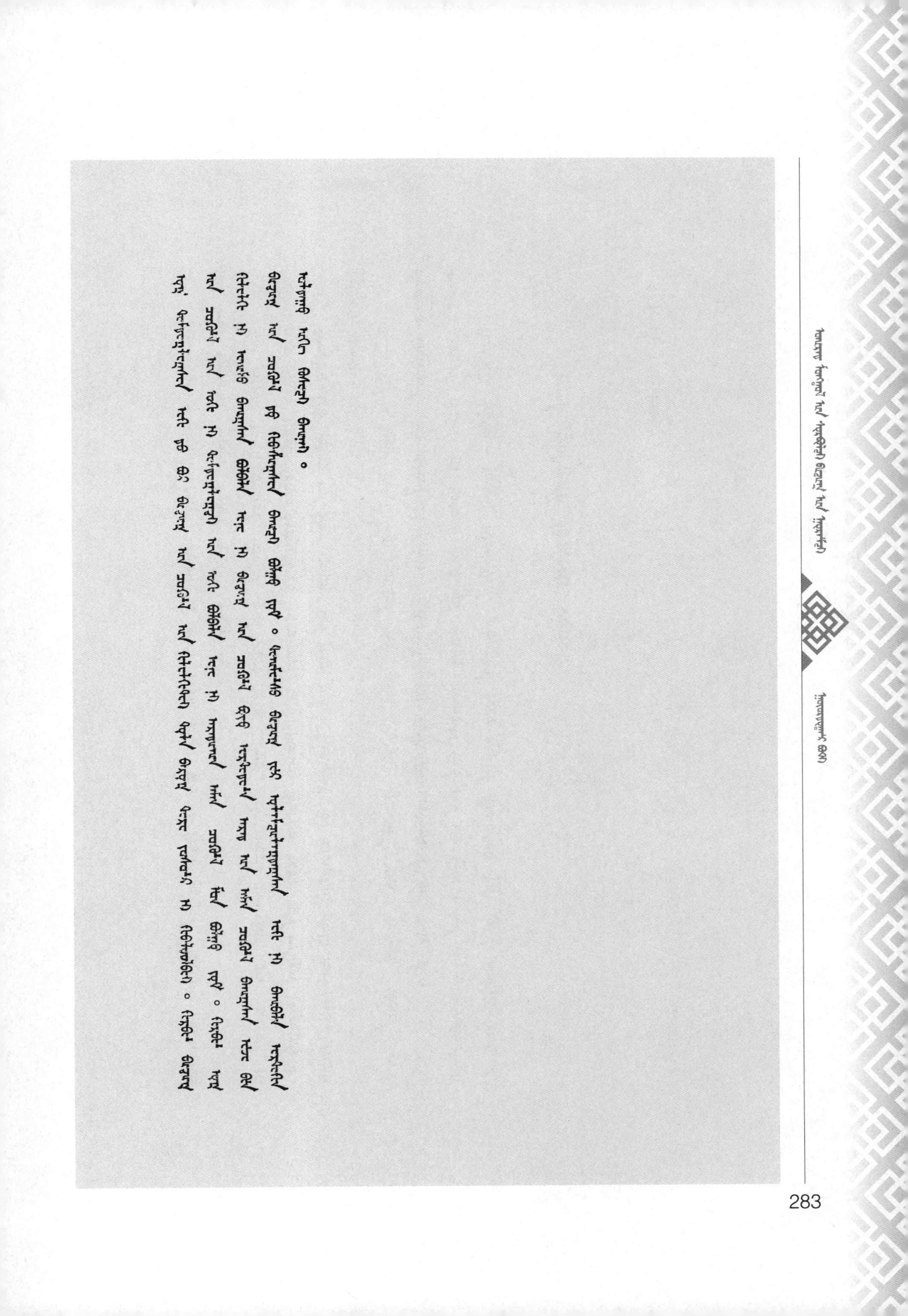

[illegible]

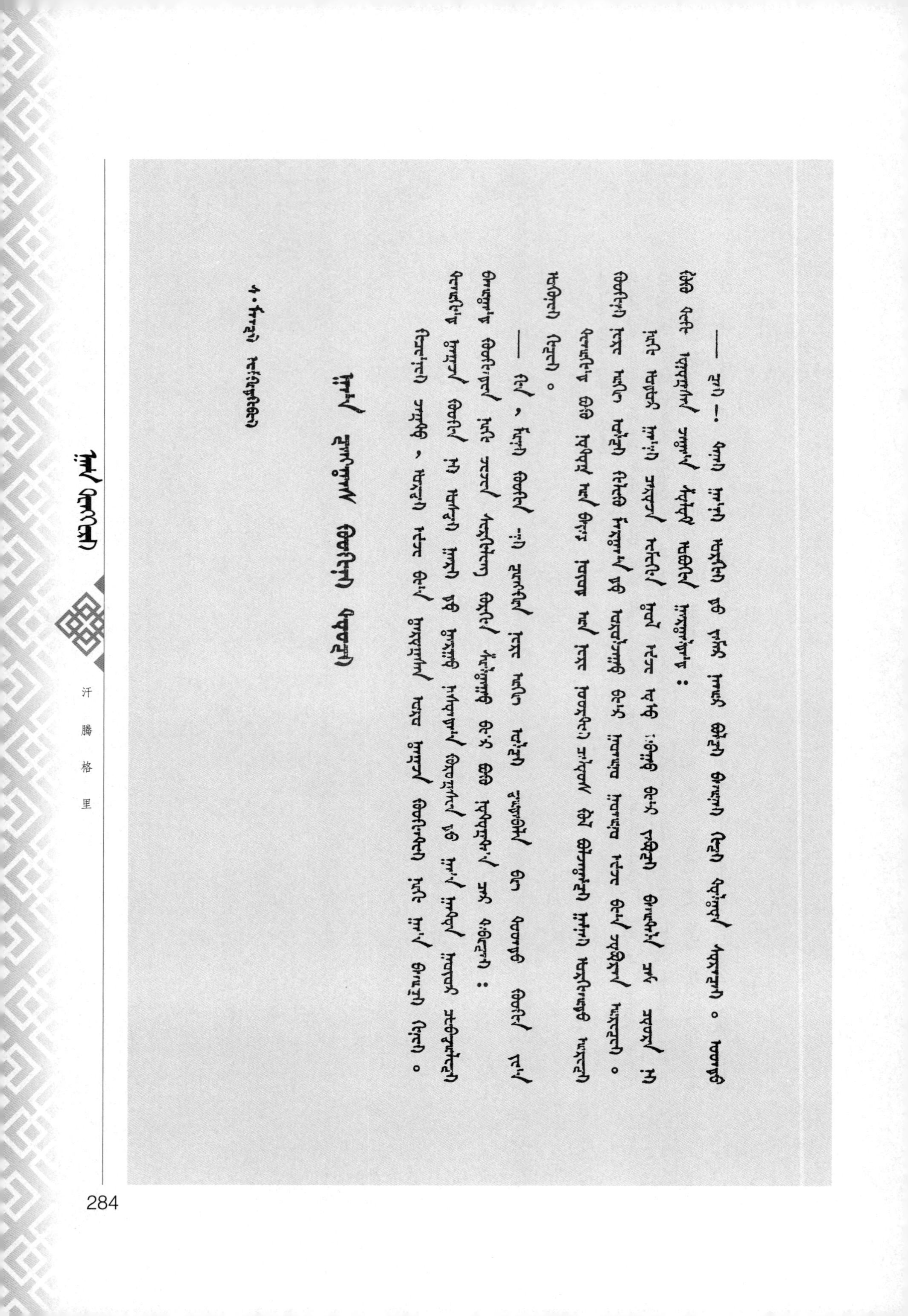

4· [illegible]

[illegible]

[illegible]

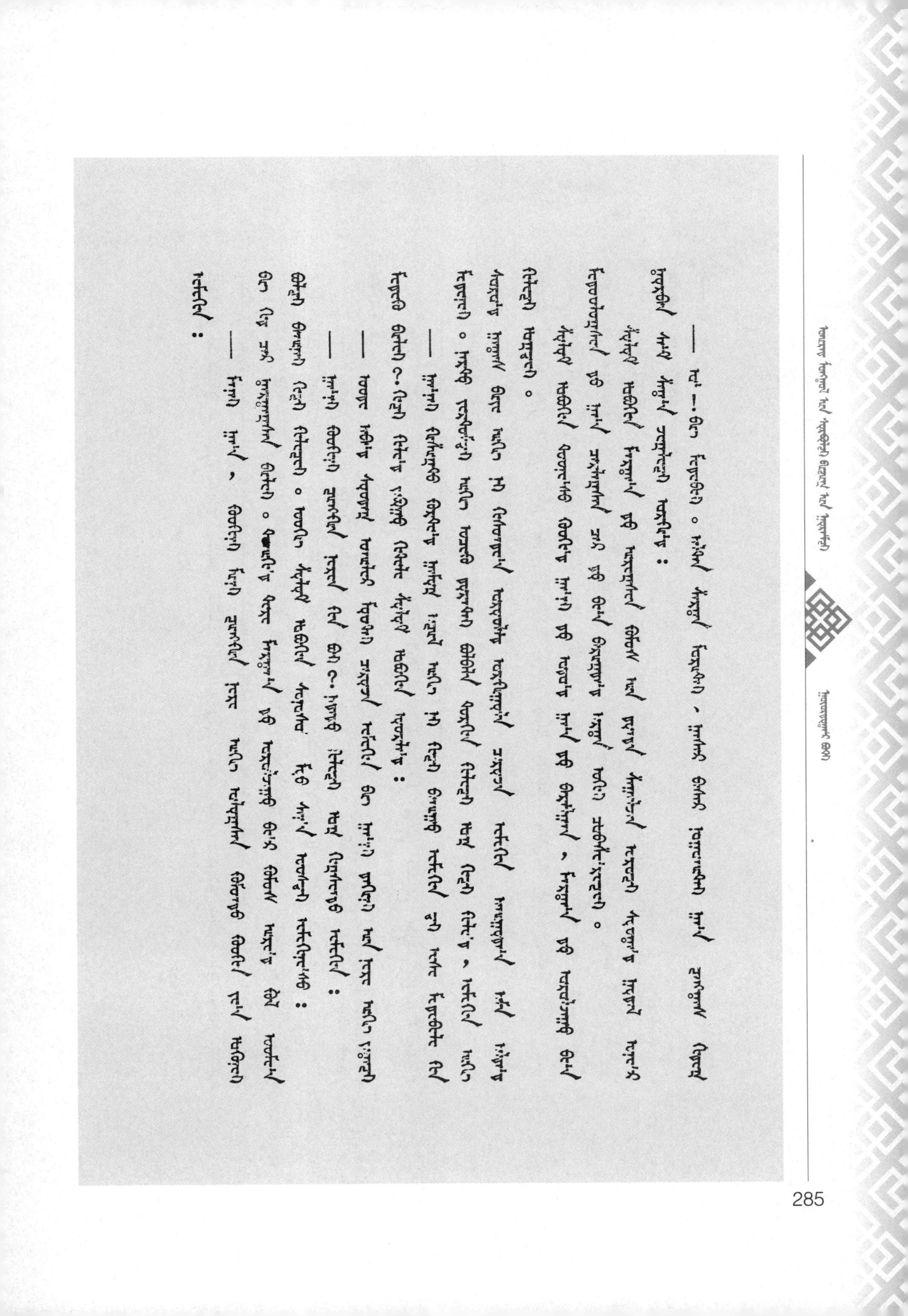

— [illegible] :

[illegible] ᠃

[illegible] ᠃

[illegible] ᠃

— [illegible] :

— [illegible]

— [illegible] :

[illegible] :

[illegible]

— [illegible] :

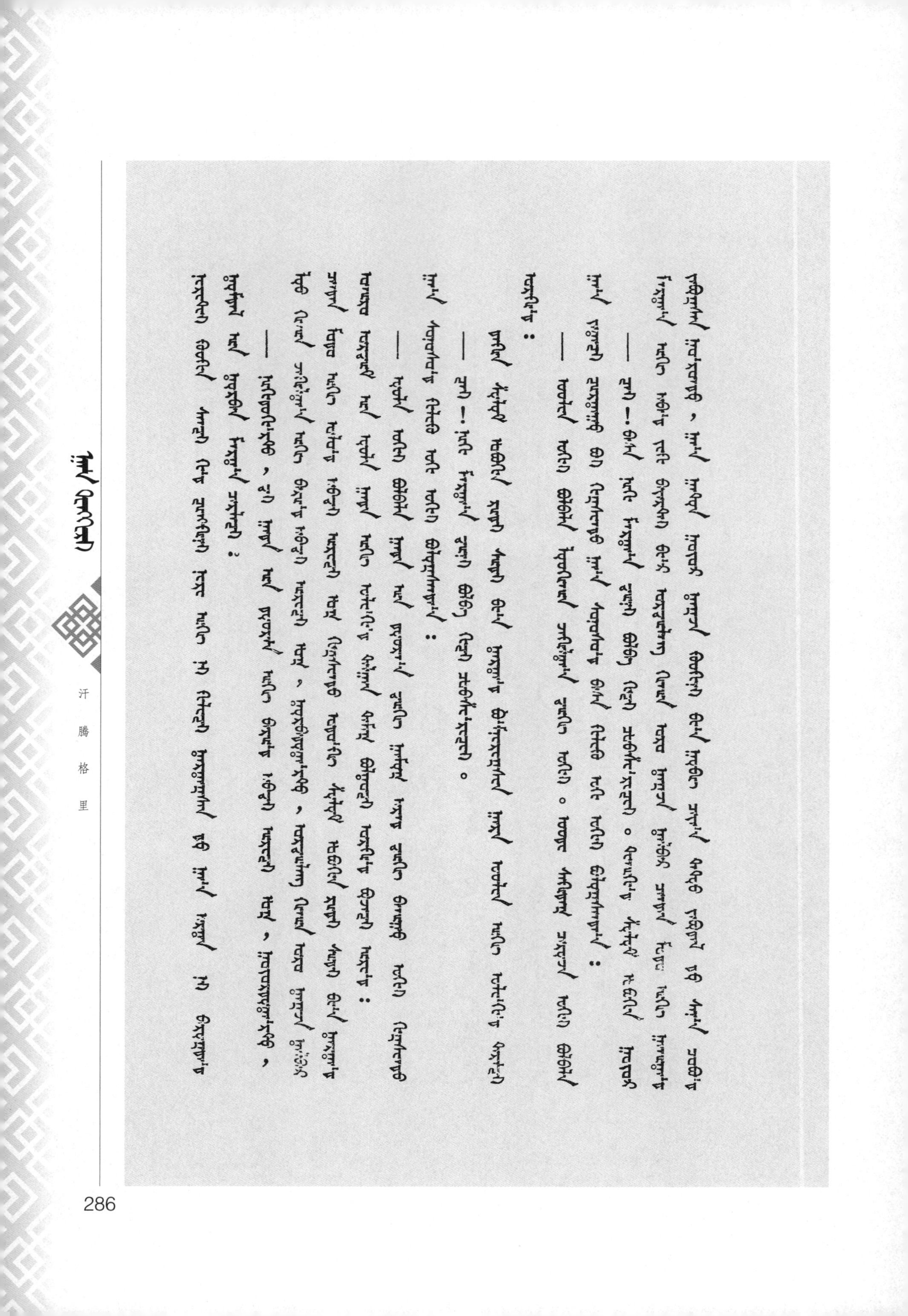

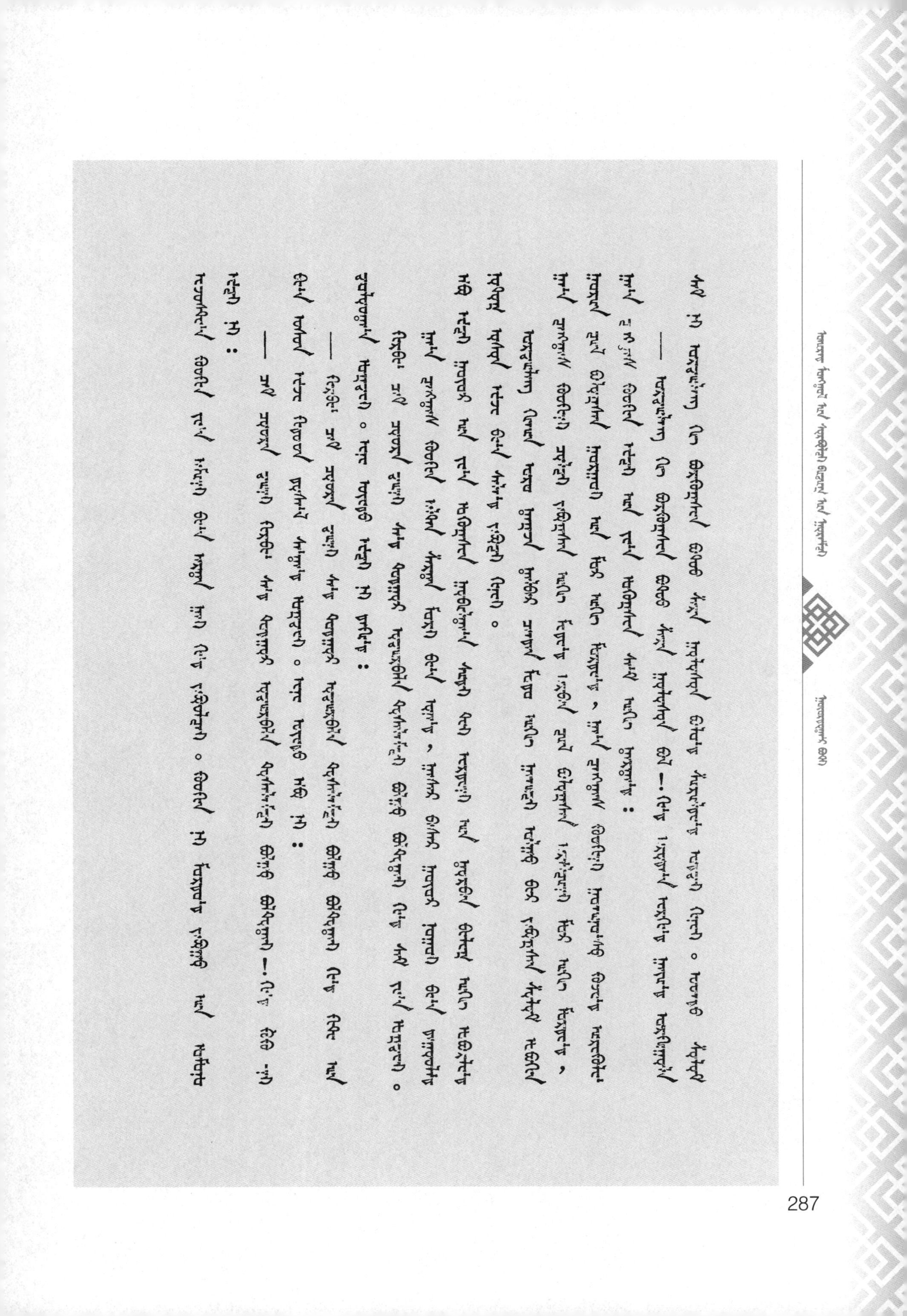

[illegible] ◦ [illegible]

— [illegible] —◦ [illegible]
[illegible] :

[illegible] ~ [illegible] ~ [illegible] ~

[illegible] ◦

[illegible]

[illegible] ~ [illegible]

[illegible] ◦
[illegible] ◦ [illegible] :

— [illegible] ◦ [illegible] :

— [illegible] —◦ [illegible] :

[illegible] ◦ [illegible]

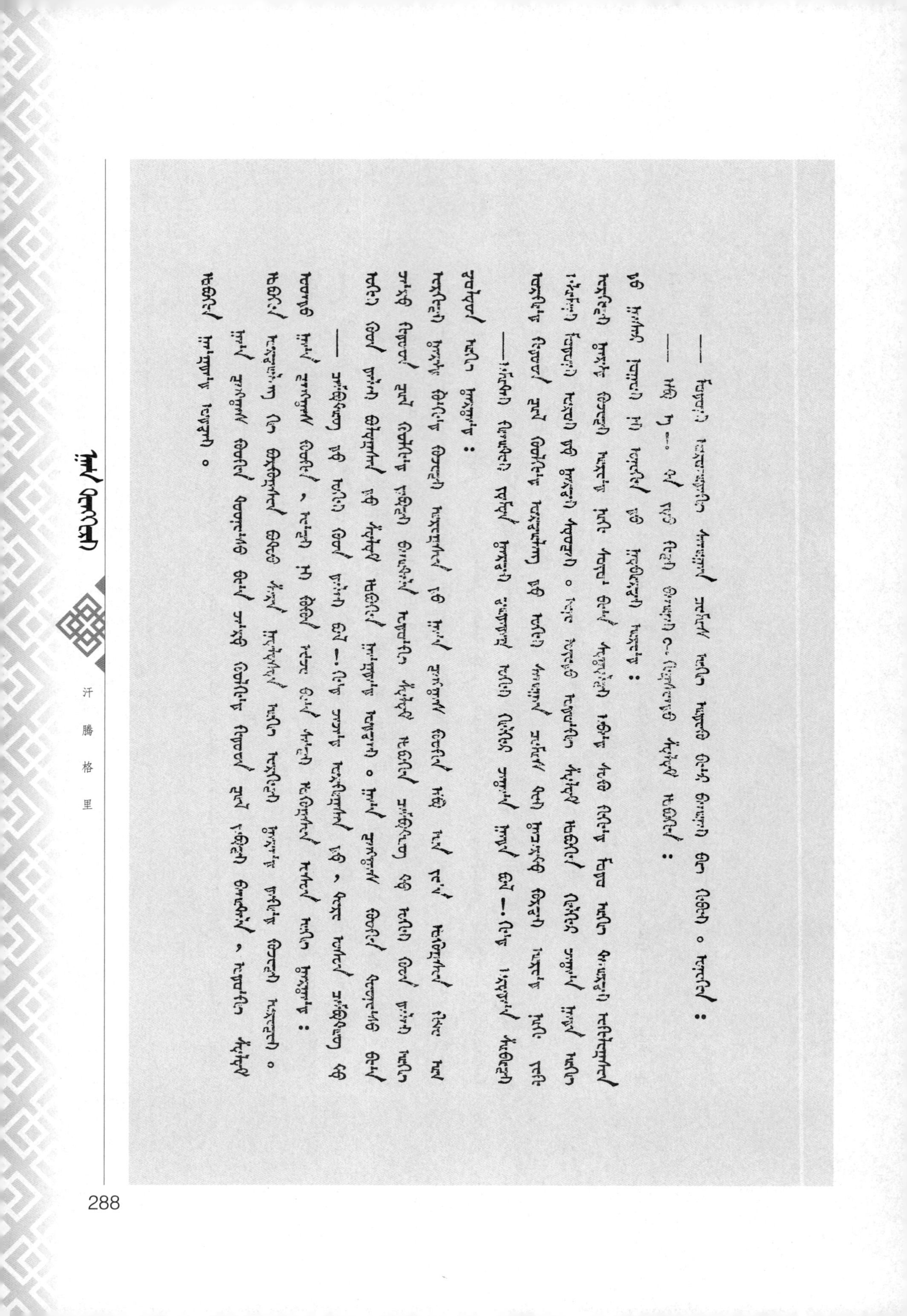

[illegible]

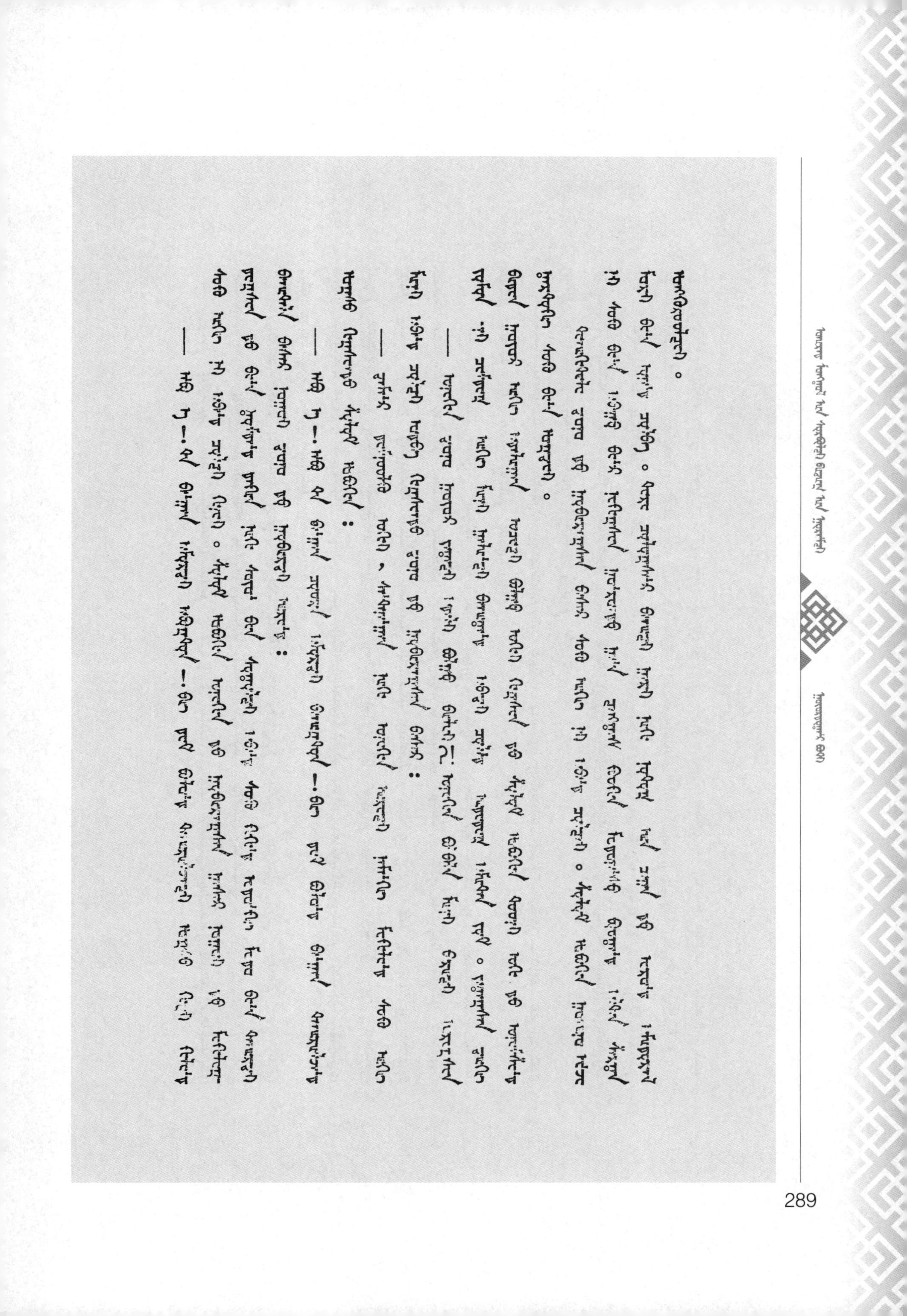

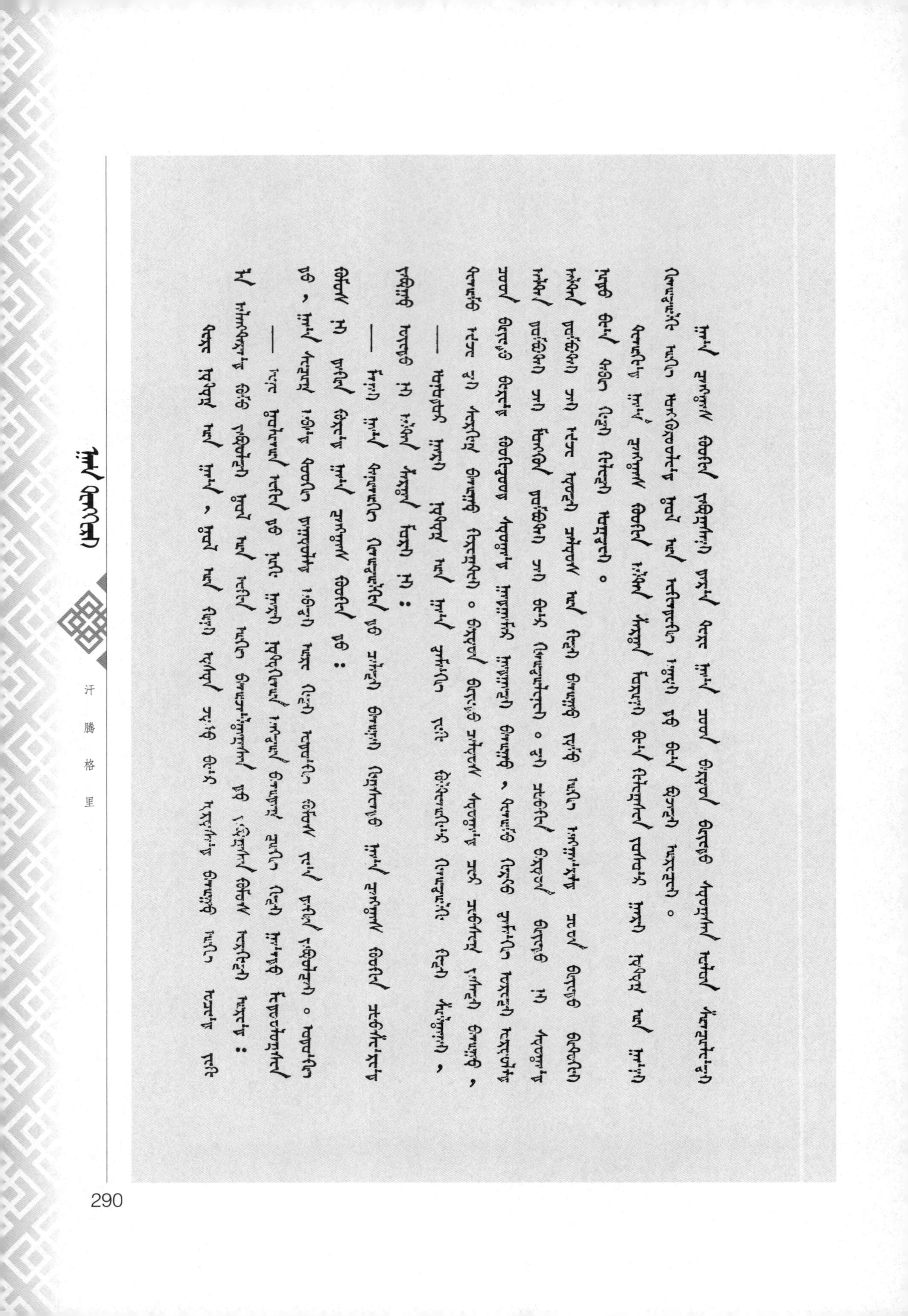

[illegible]

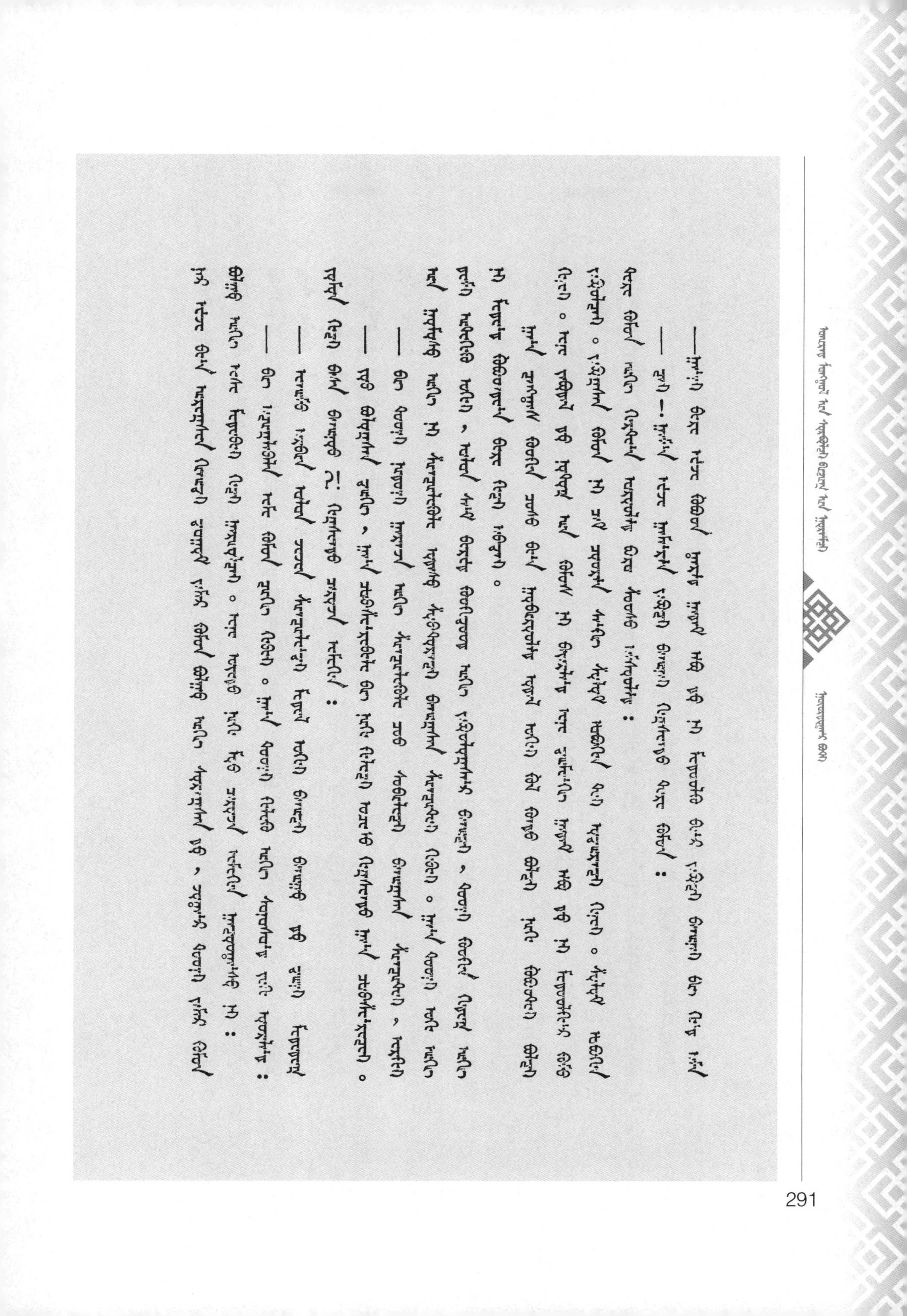

[illegible]

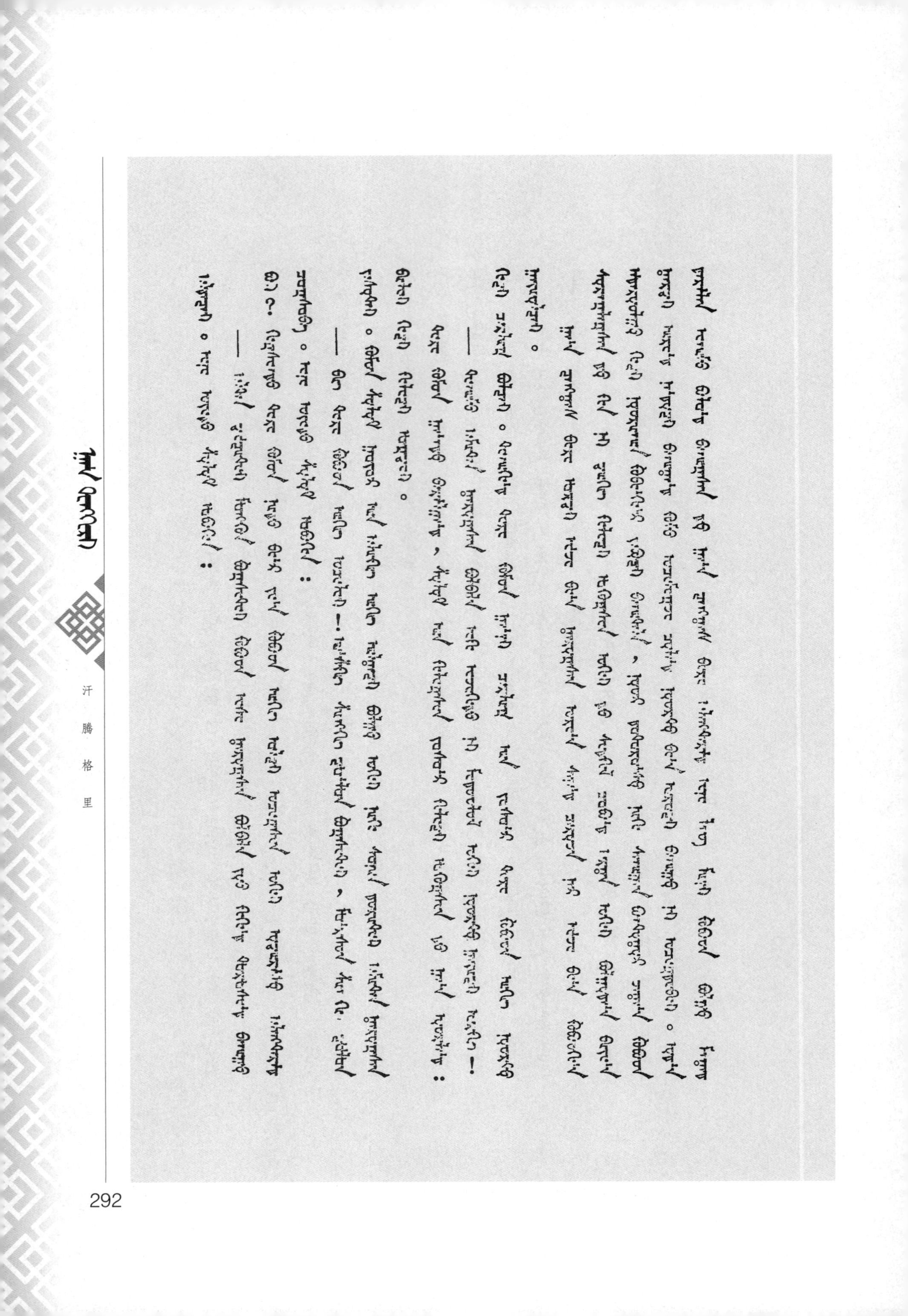

[illegible]

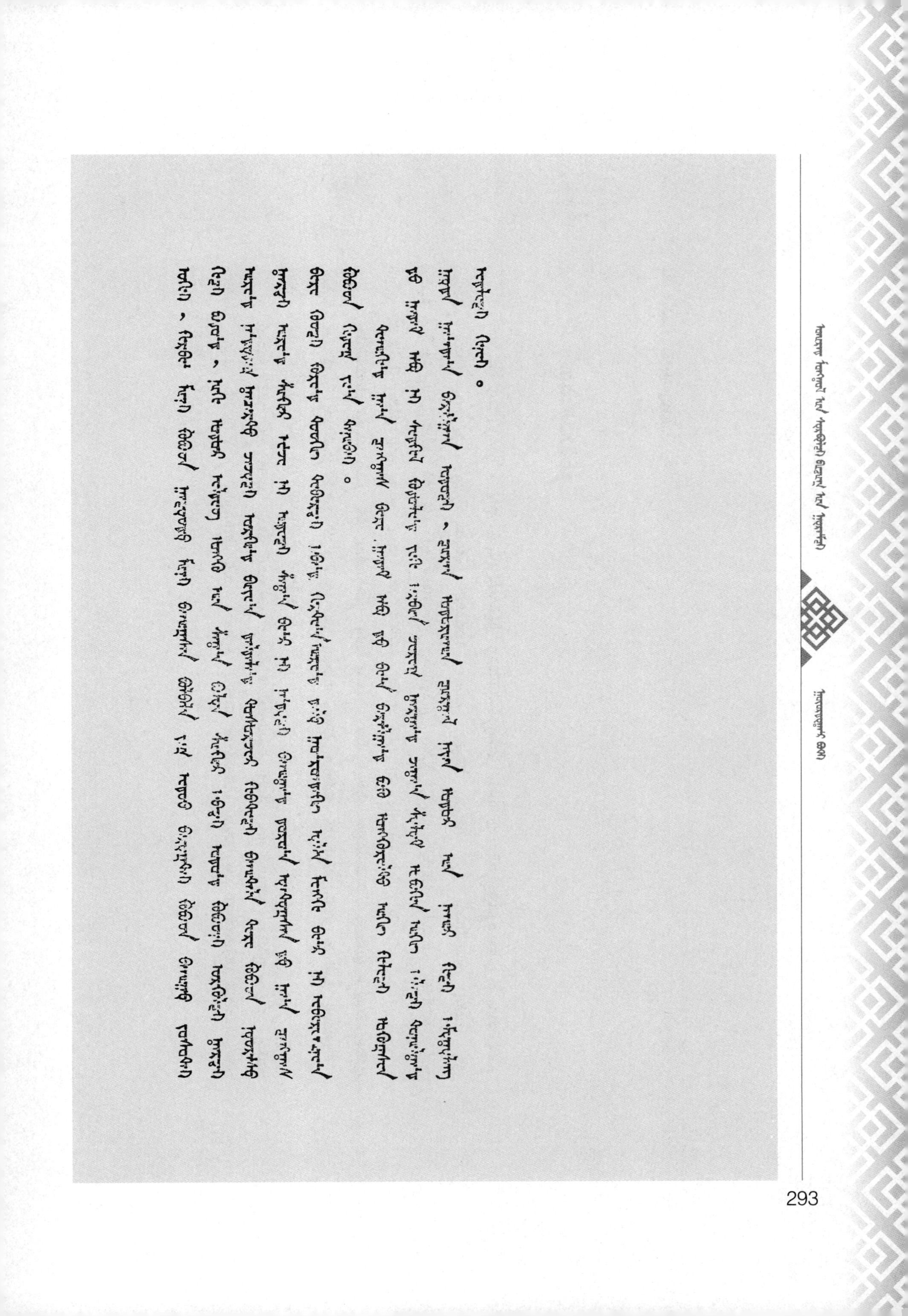

ᠴᠢ · ᠪᠠᠶᠠᠷ ᠮᠡᠨᠳᠦᠪᠠᠶᠠᠷ

ᠳᠤᠷᠠᠰᠬᠠᠯ

[illegible]

[illegible]

[illegible]

[illegible]

[illegible]

[illegible]

[illegible]

[illegible]

[illegible]

[illegible]

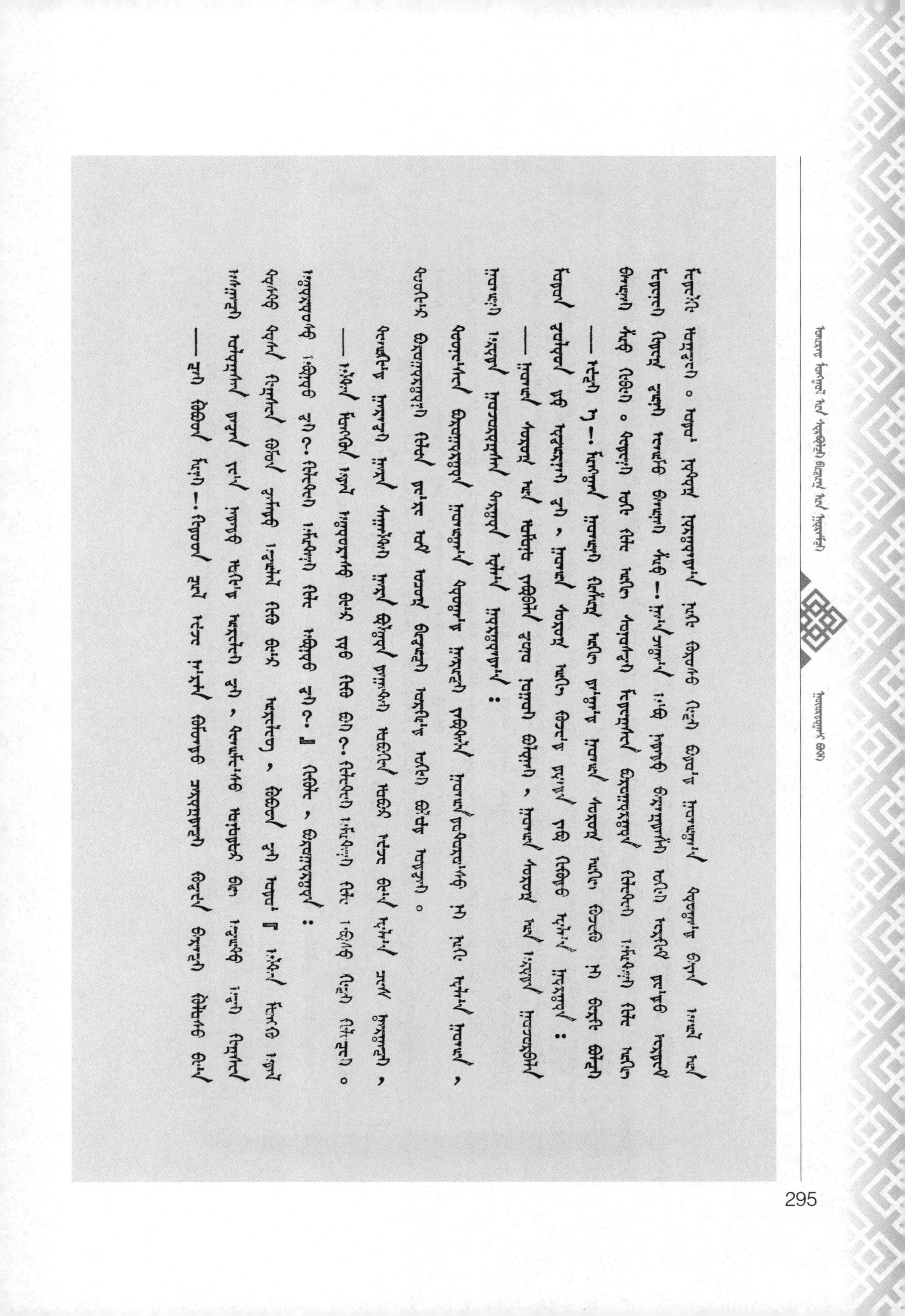

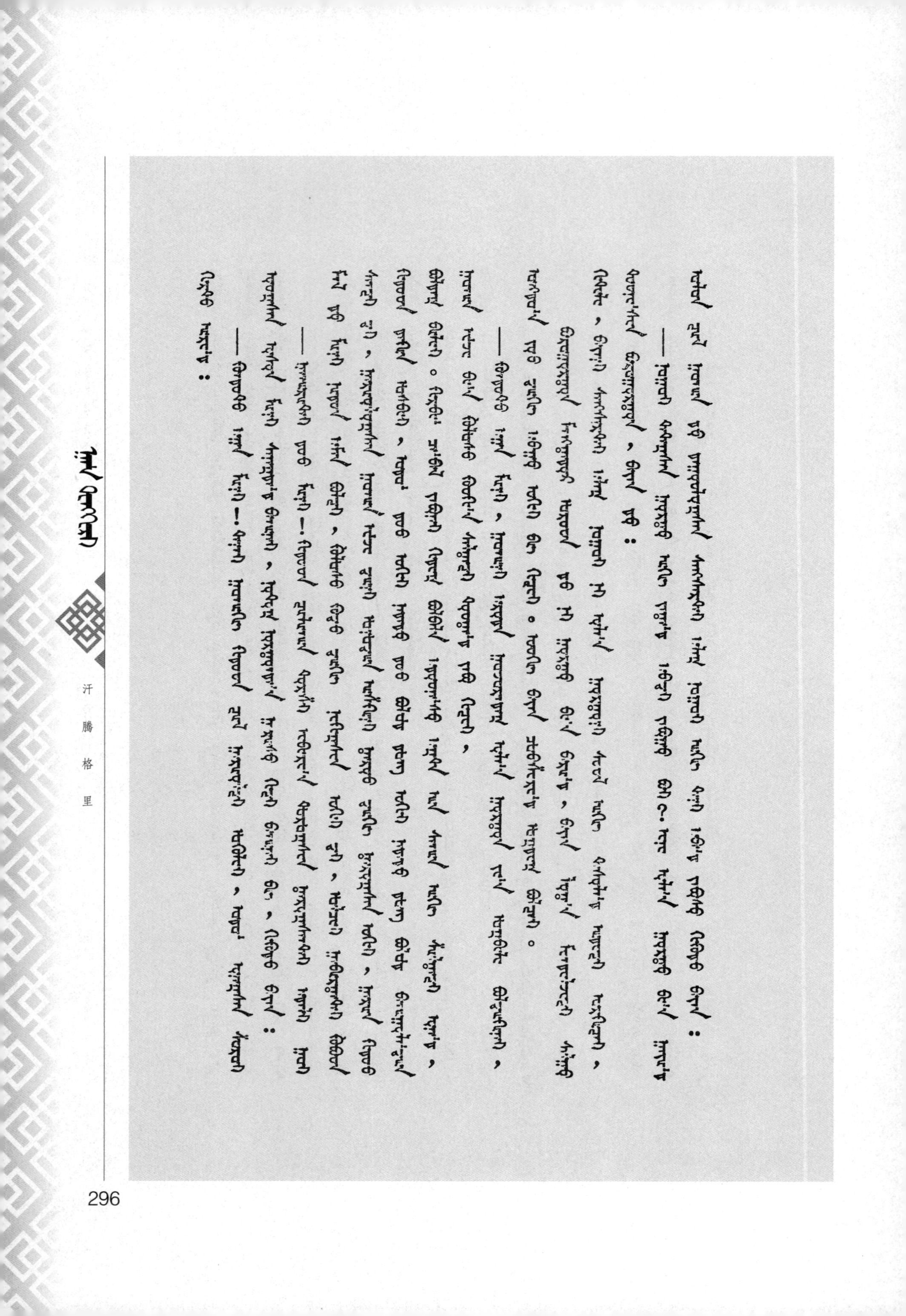

[illegible]

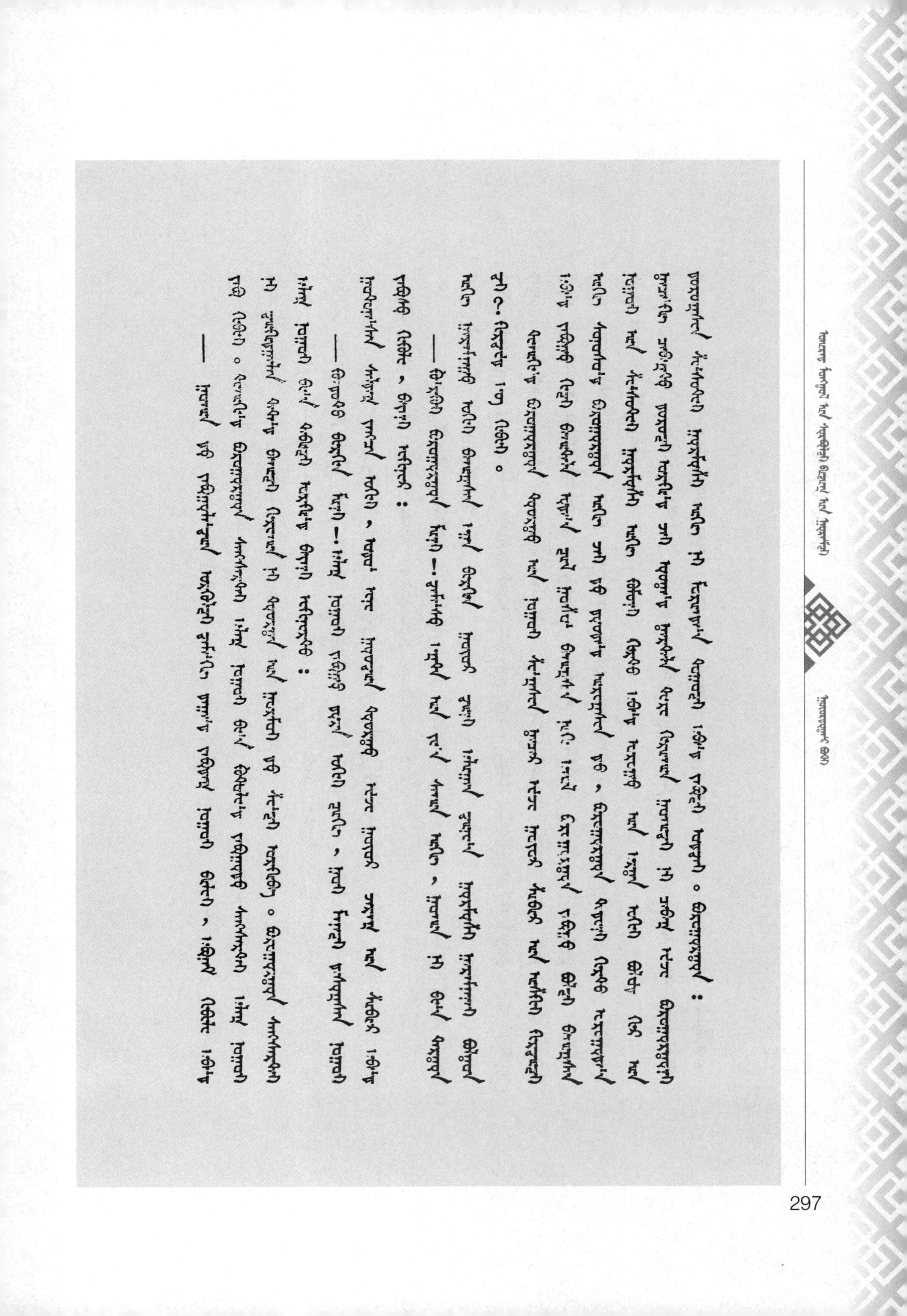

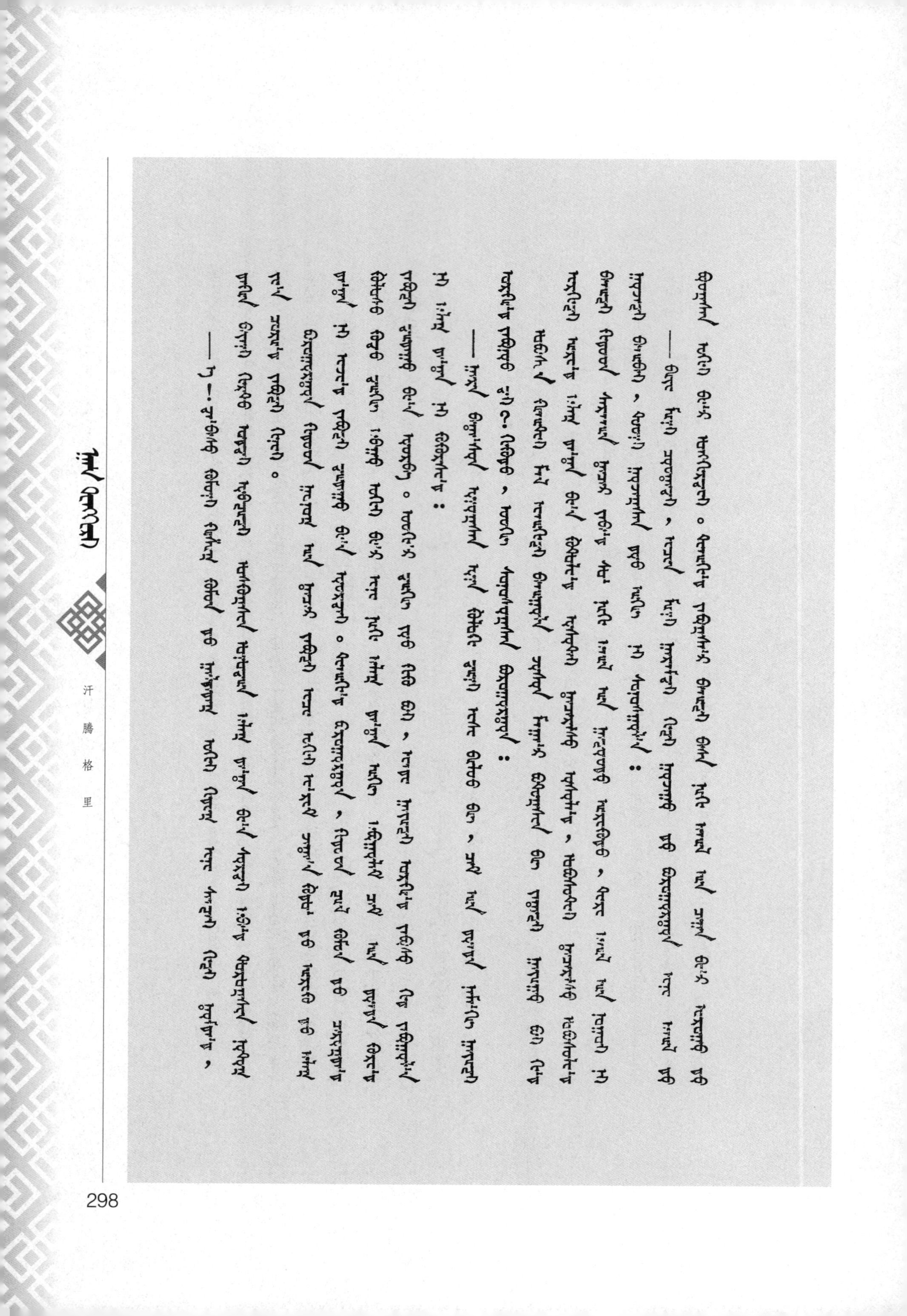

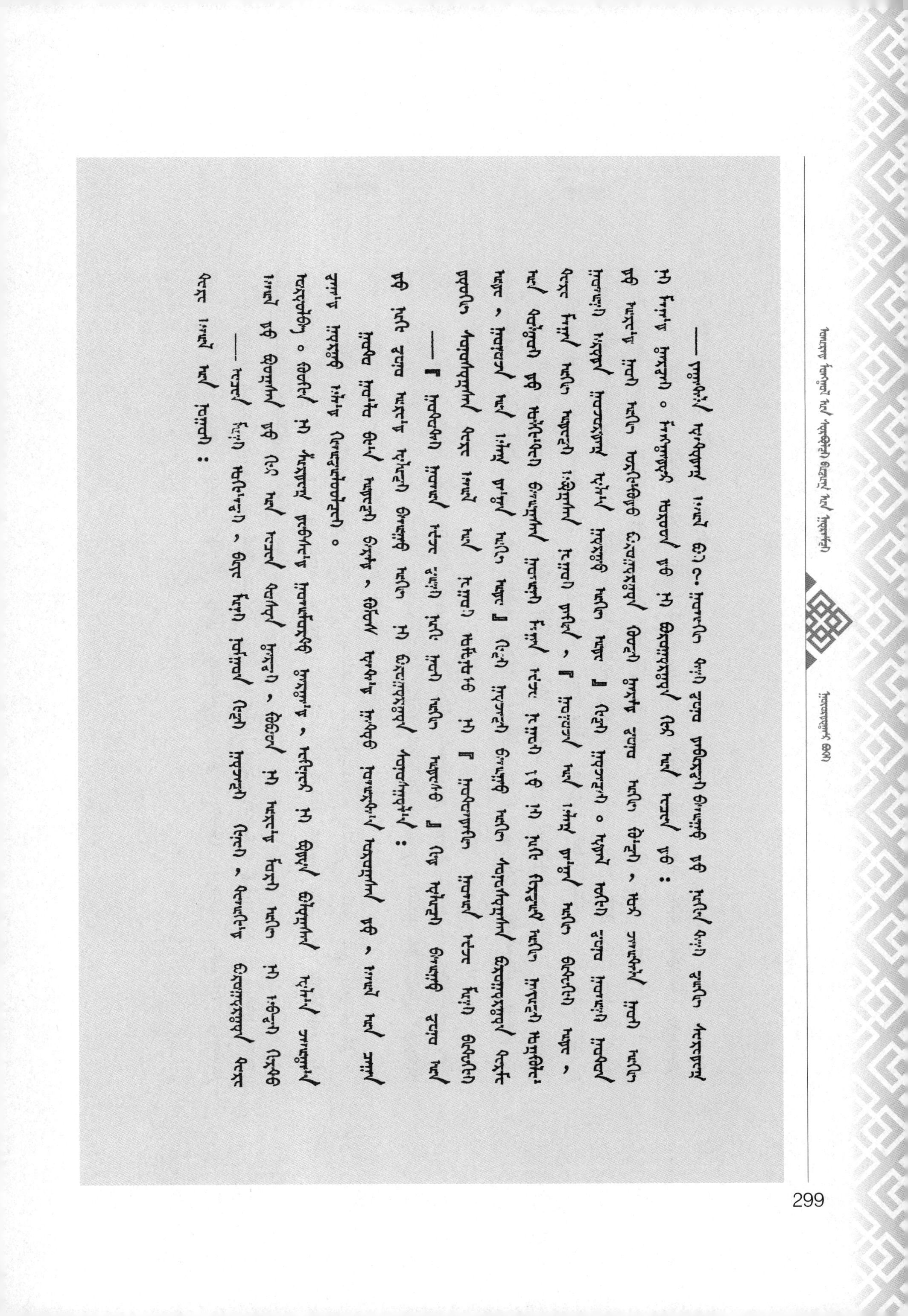

[illegible]

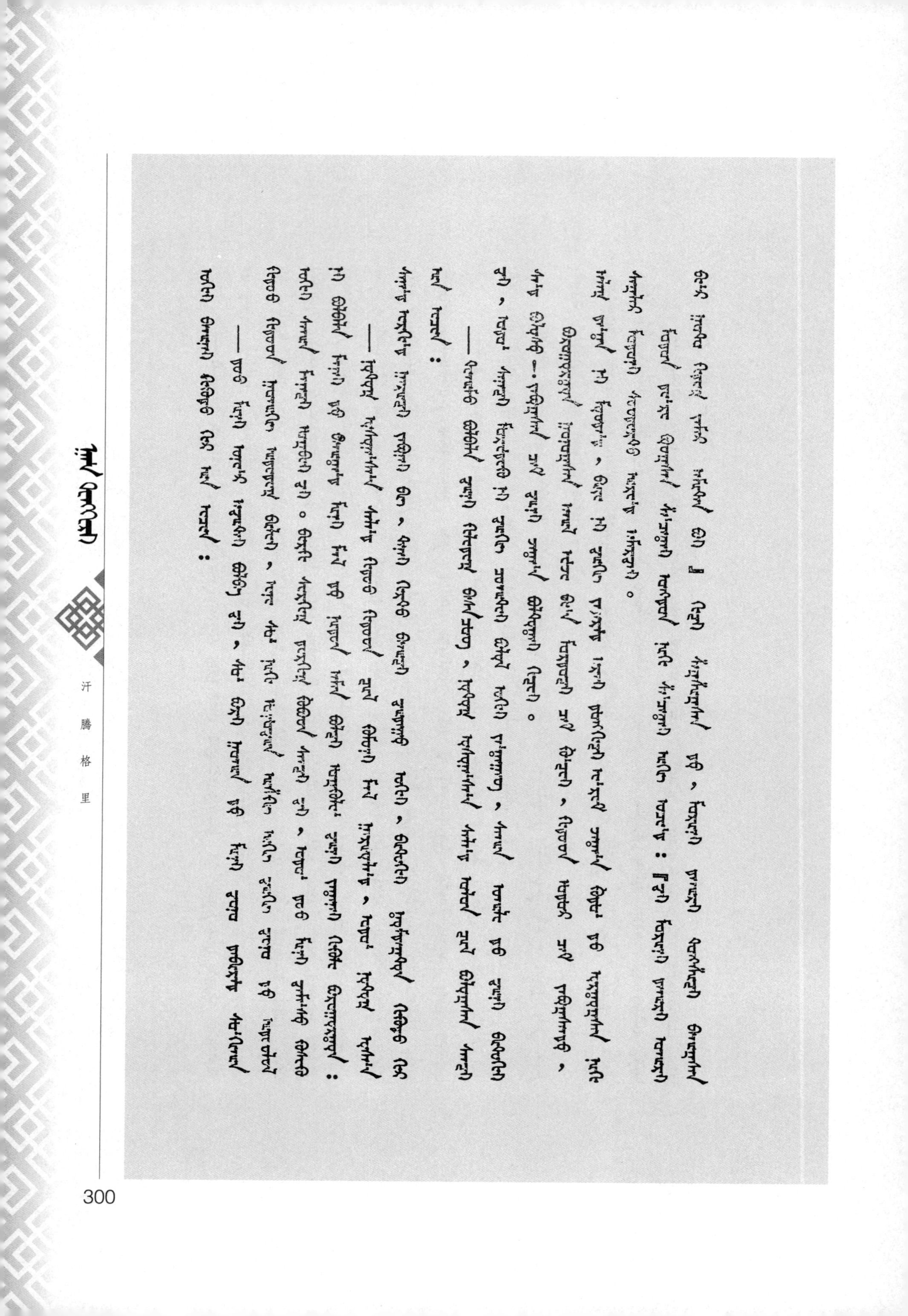

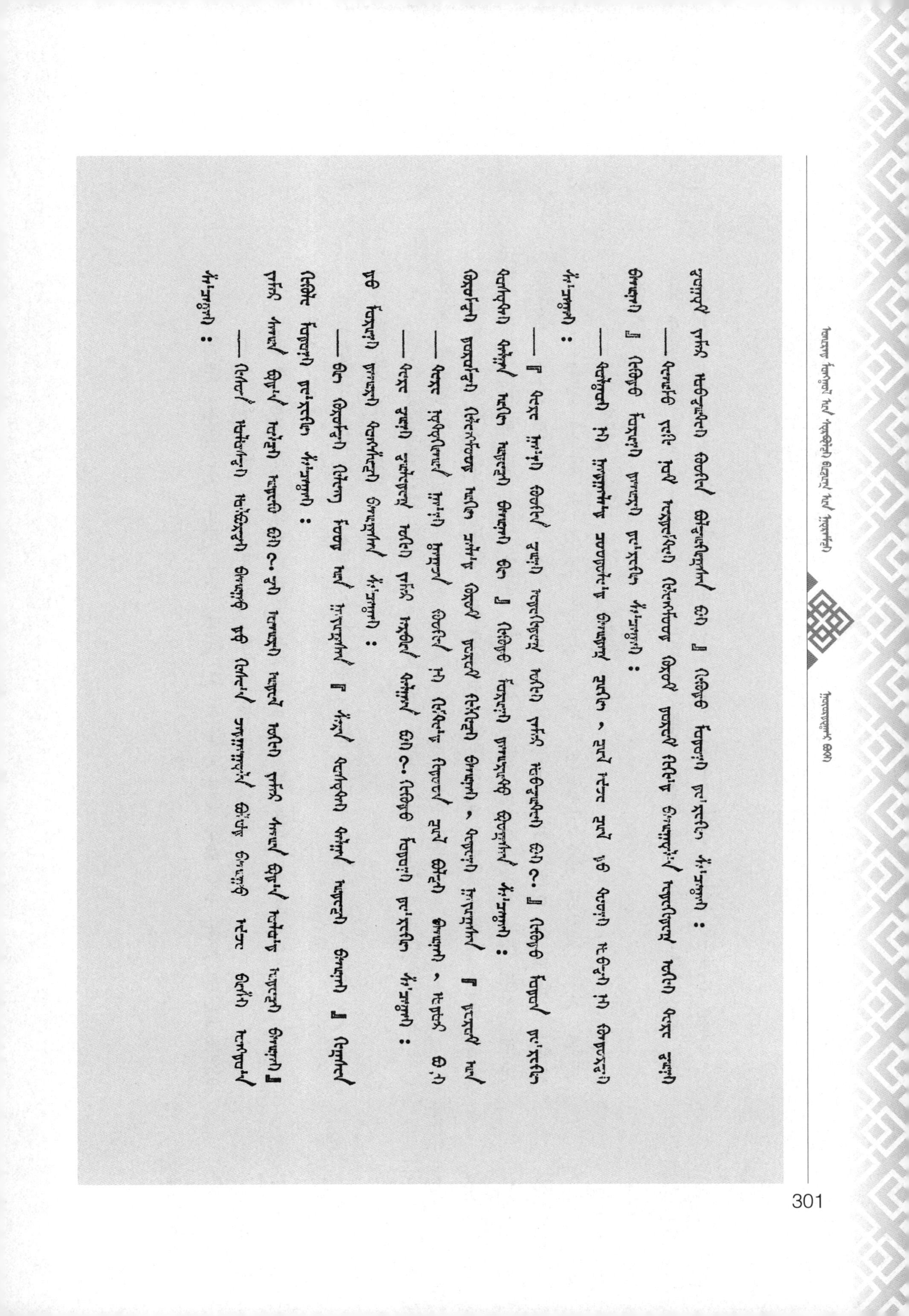

[illegible]

[illegible]

[illegible]

[illegible]

[illegible]

[illegible]

[illegible]

[illegible]

[illegible]

[illegible]

[illegible]

[illegible]

[illegible]

[illegible]

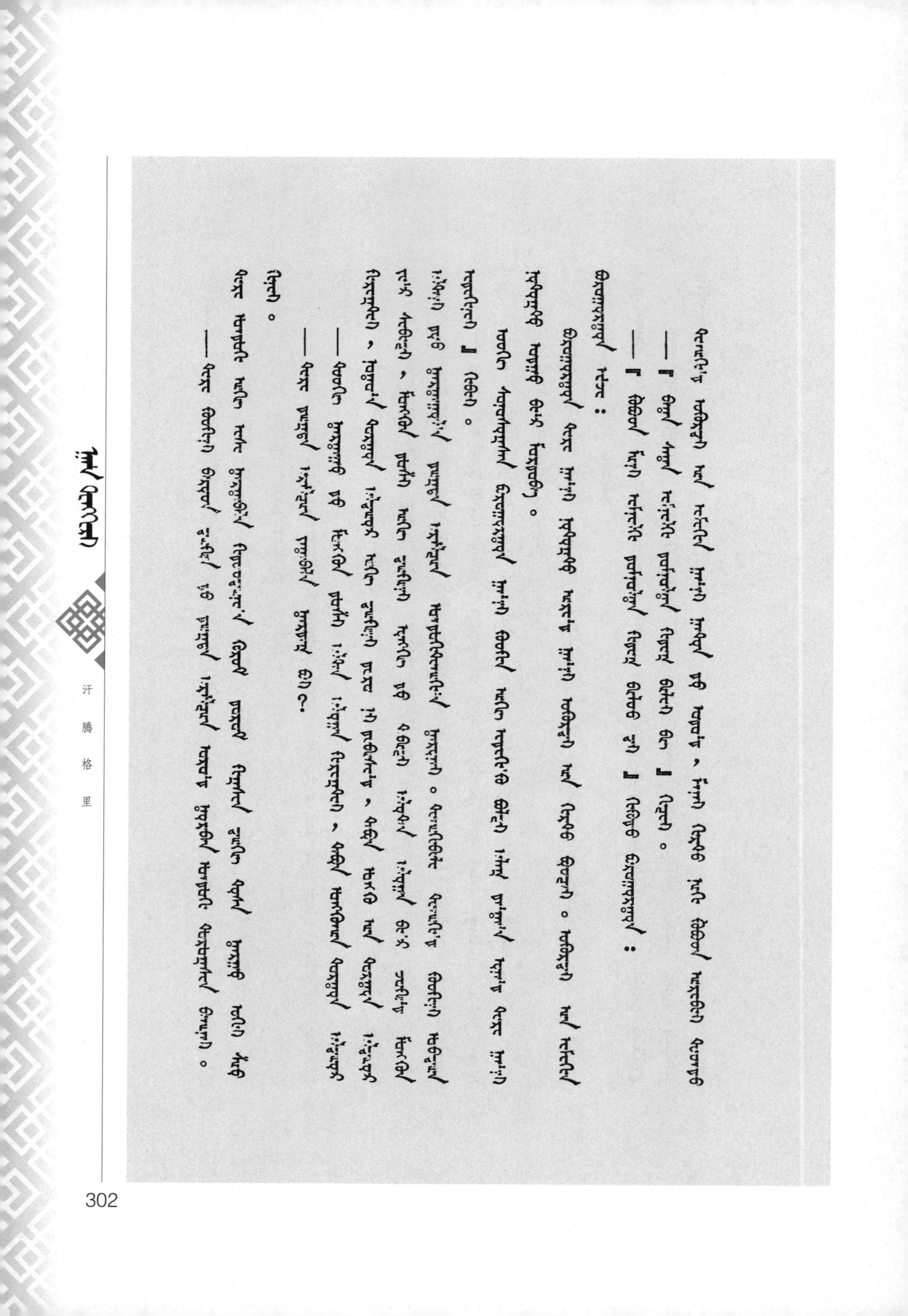

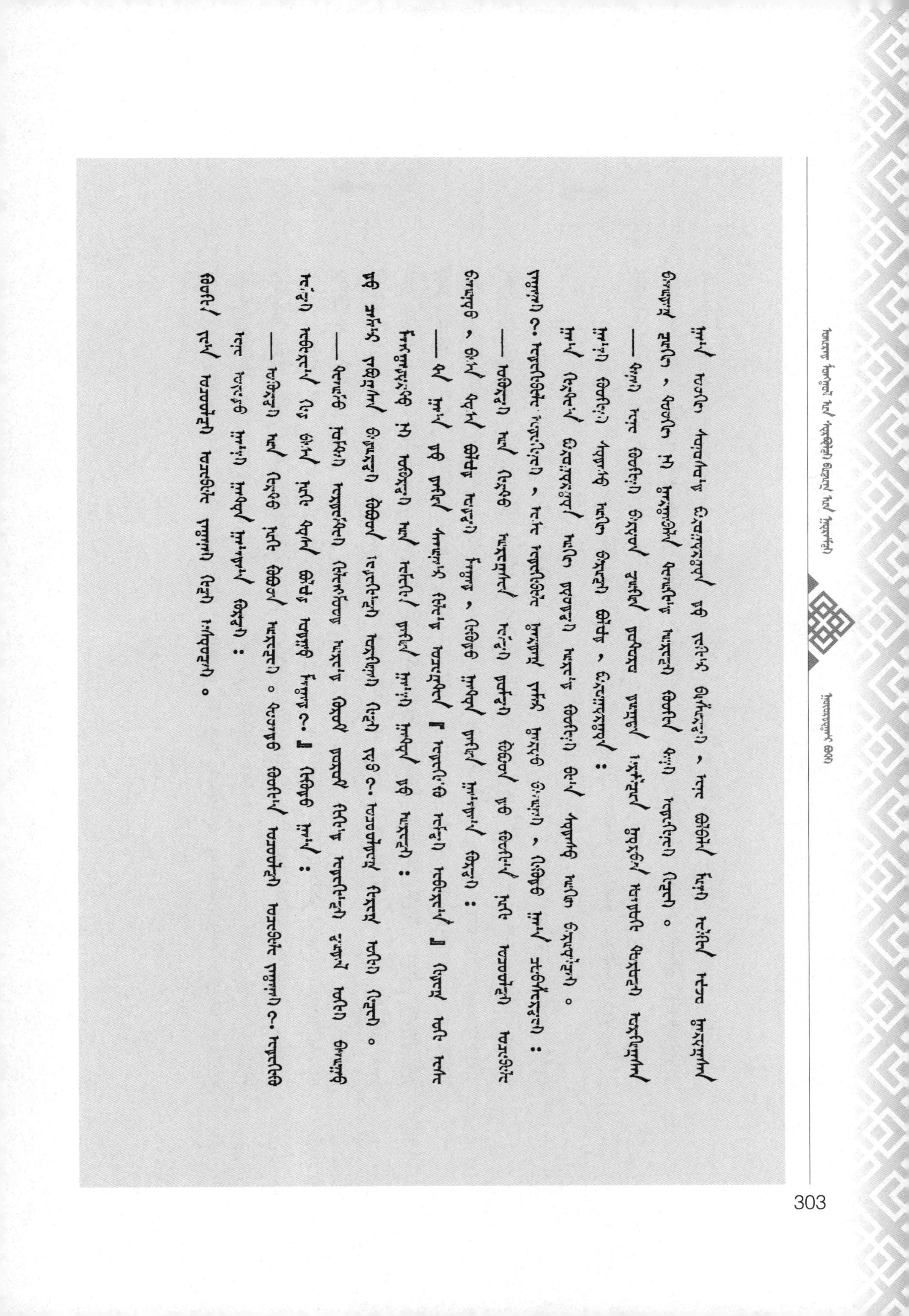

[illegible] ◦

—— [illegible] :

[illegible] ◦

[illegible] :

—— [illegible] :

—— [illegible] 『[illegible]』 [illegible] :

[illegible] ◦

—— [illegible] 』 [illegible] :

—— [illegible] :

[illegible] ◦

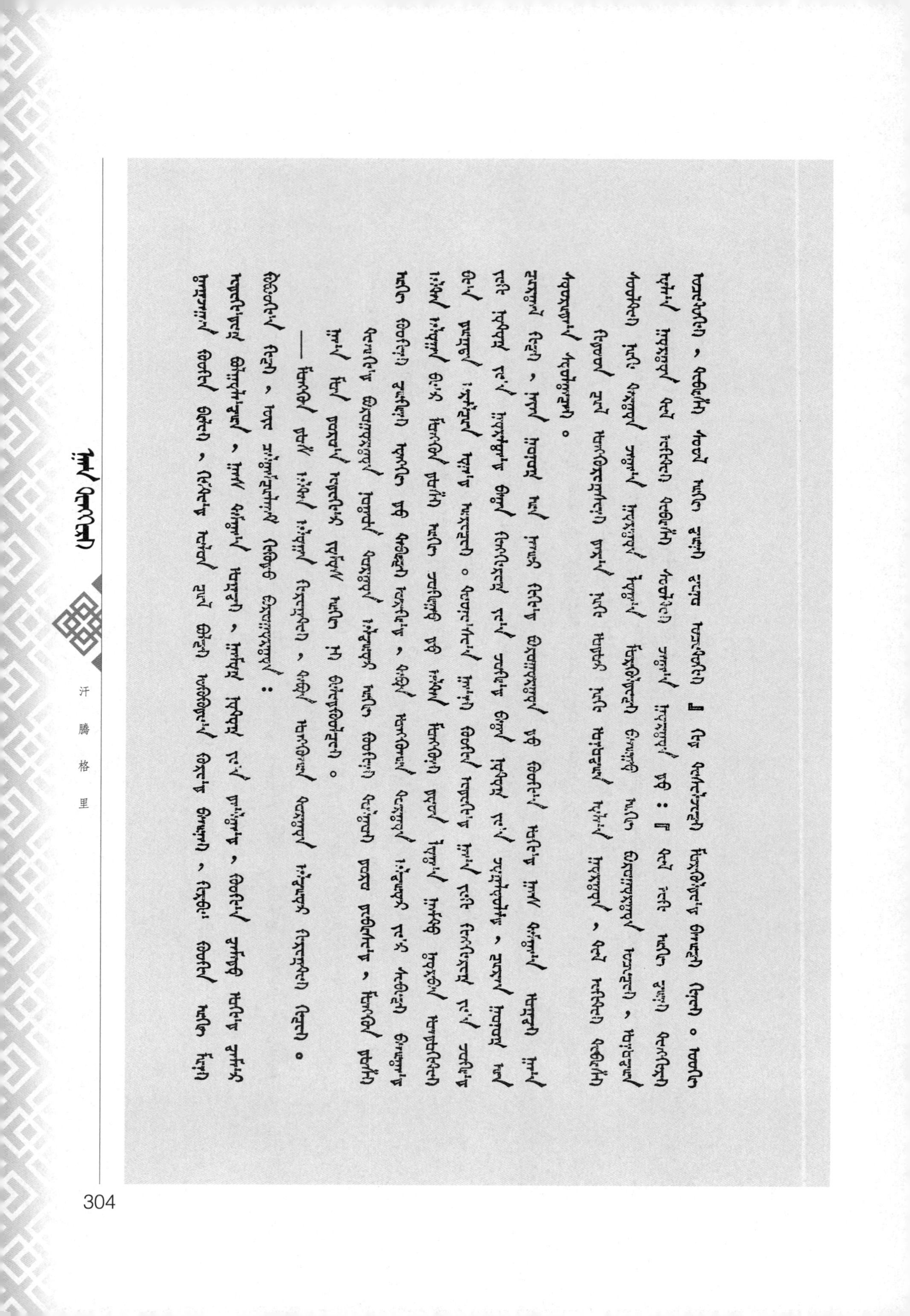

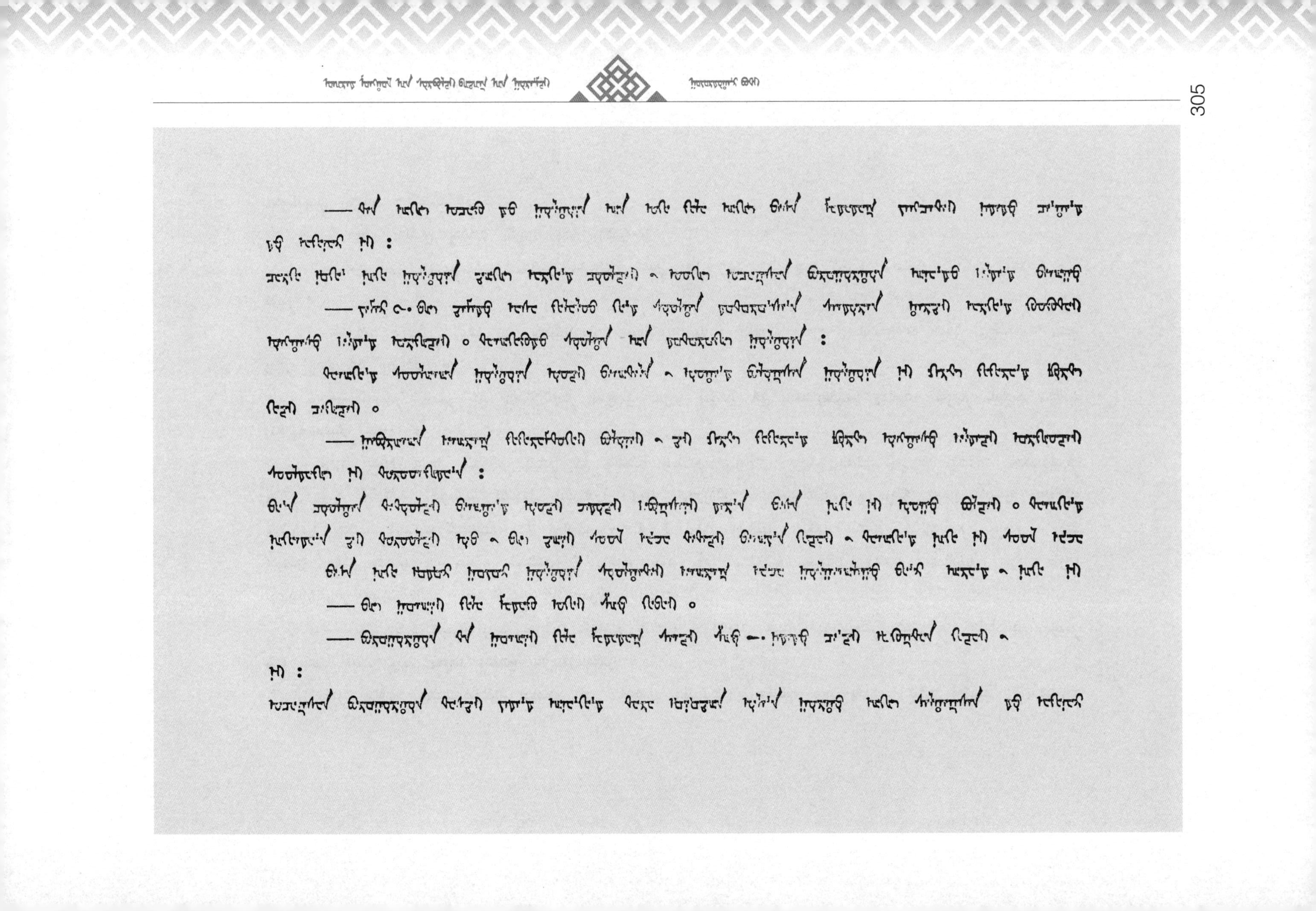

— [illegible]
[illegible] :

[illegible]
— [illegible]
[illegible] :

[illegible]
[illegible] 。

— [illegible]
[illegible] :

[illegible]
[illegible]
[illegible]
— [illegible] 。
— [illegible]
[illegible] :

[illegible]

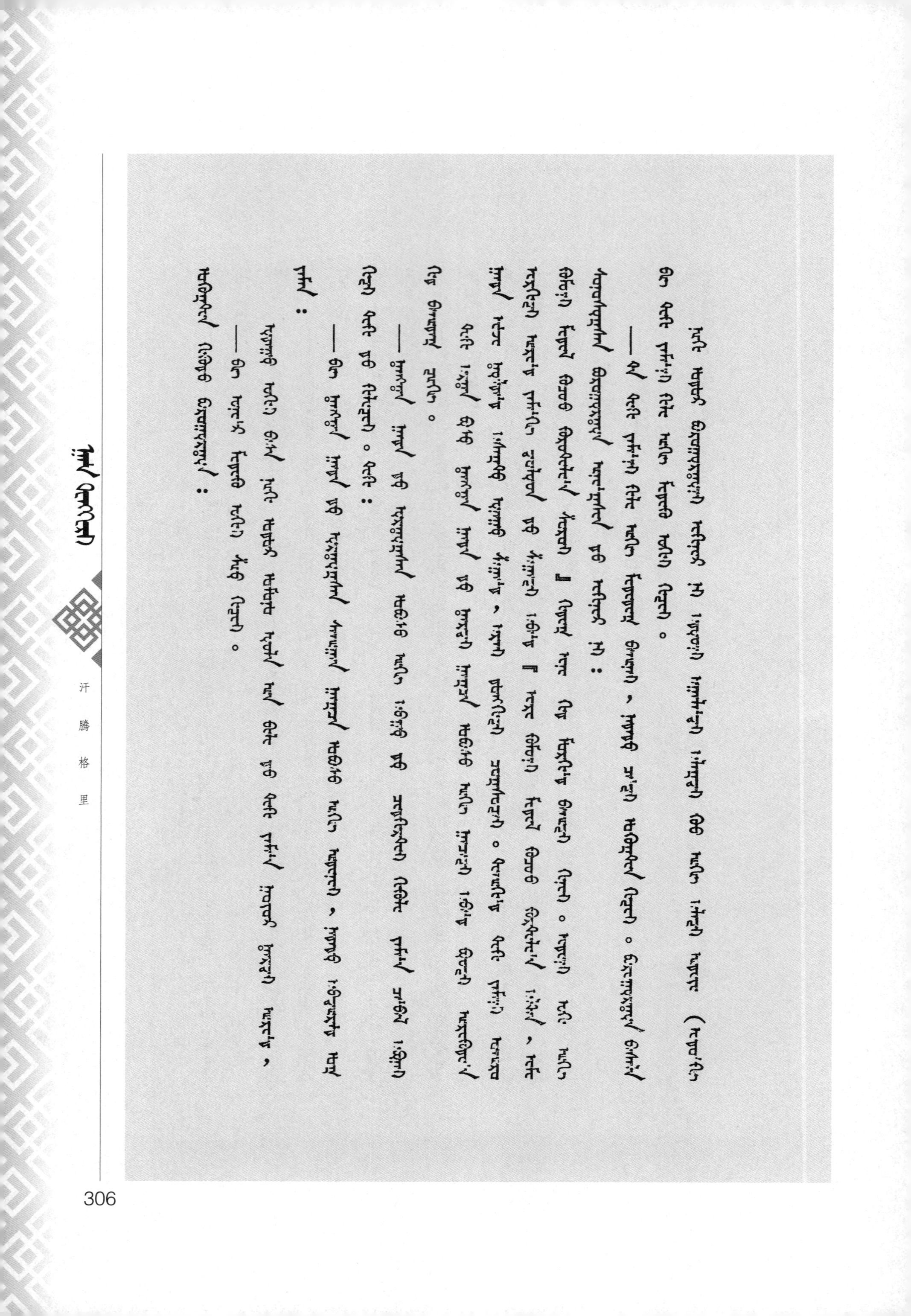

[illegible]

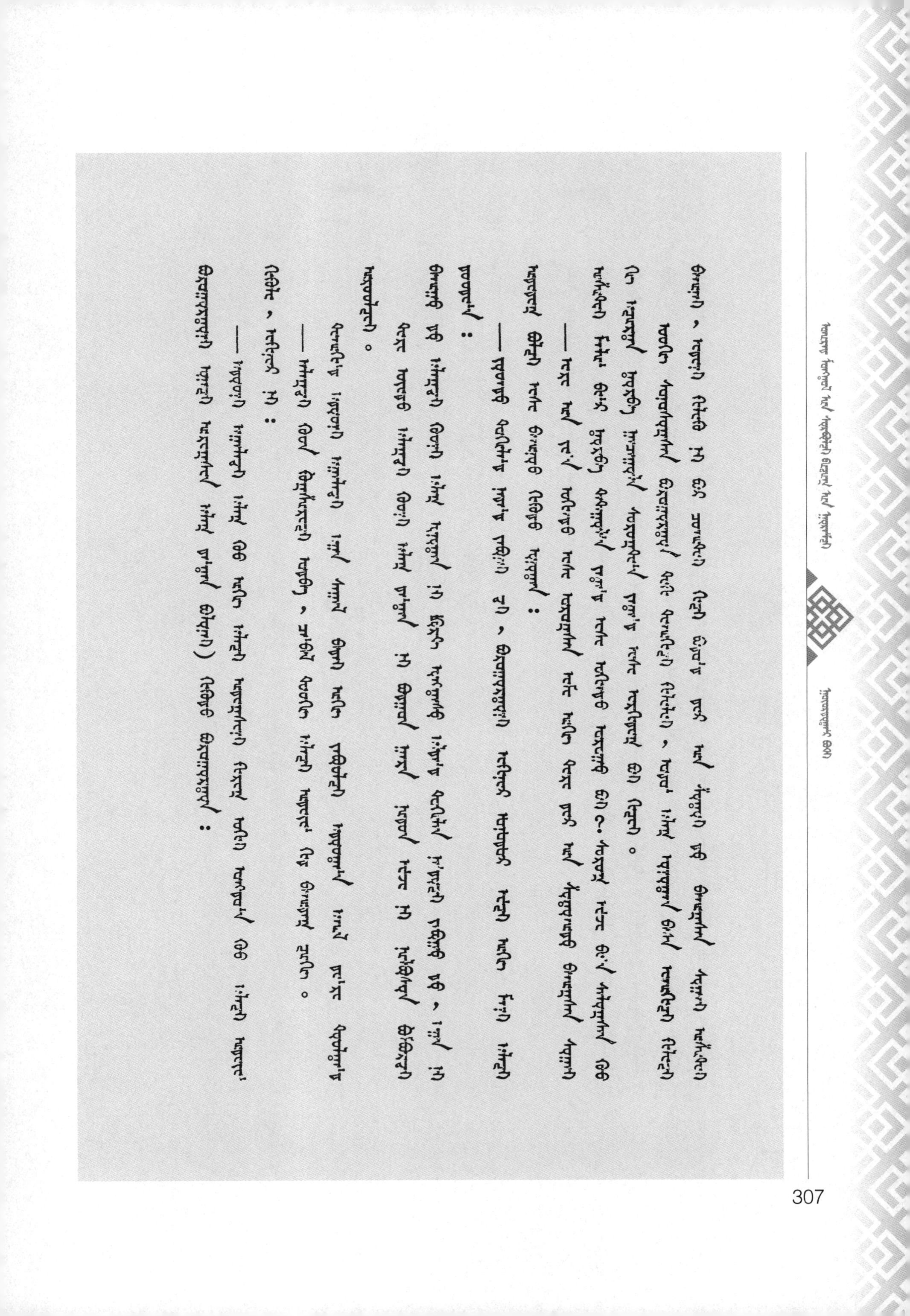

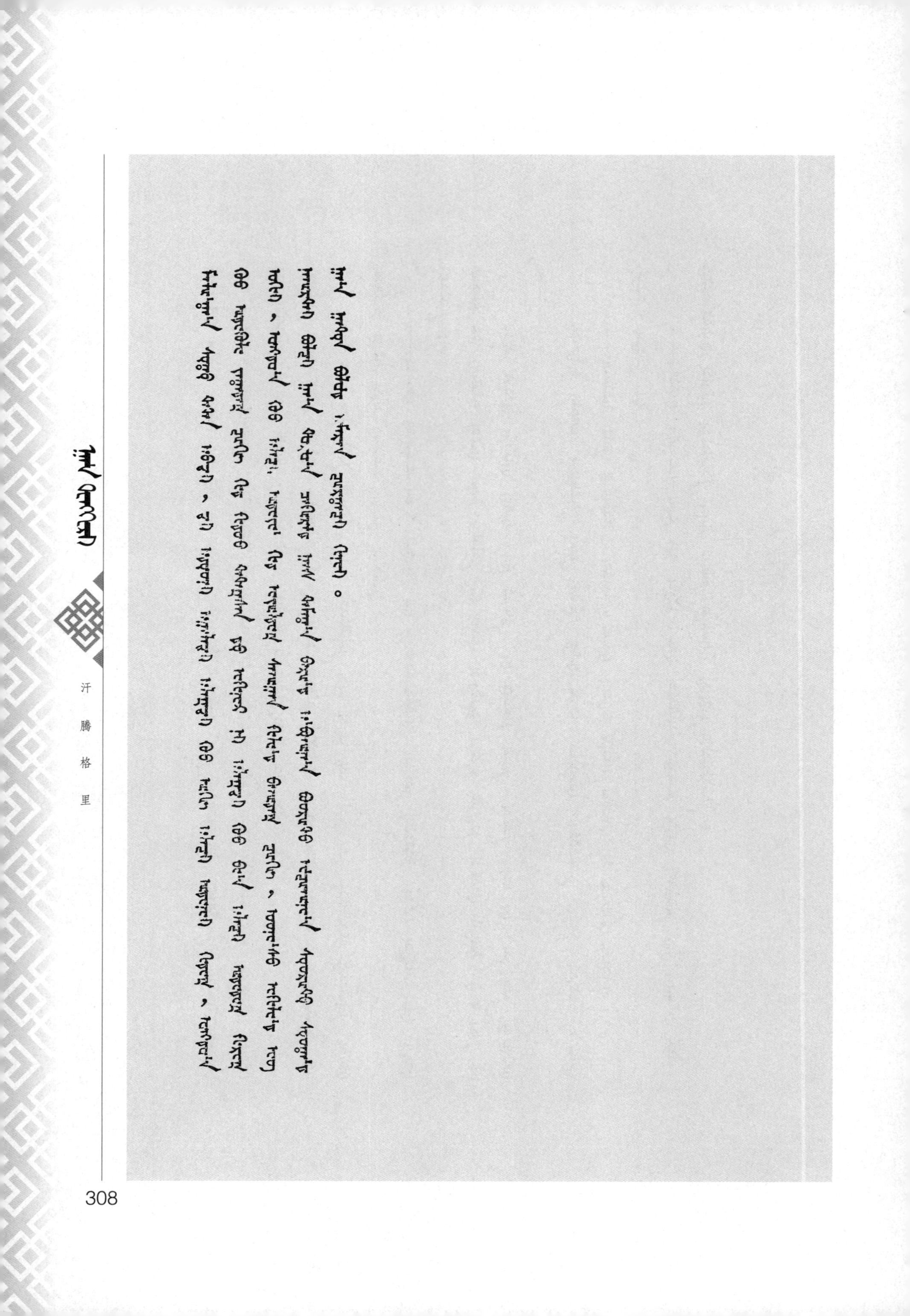

[illegible]

ᠳ᠋ᠠ · ᠪᠠᠶᠠᠷ [illegible]

ᠠᠷᠠᠳ ᠤᠨ ᠠᠮᠢᠳᠤᠷᠠᠯ [illegible]

[illegible]

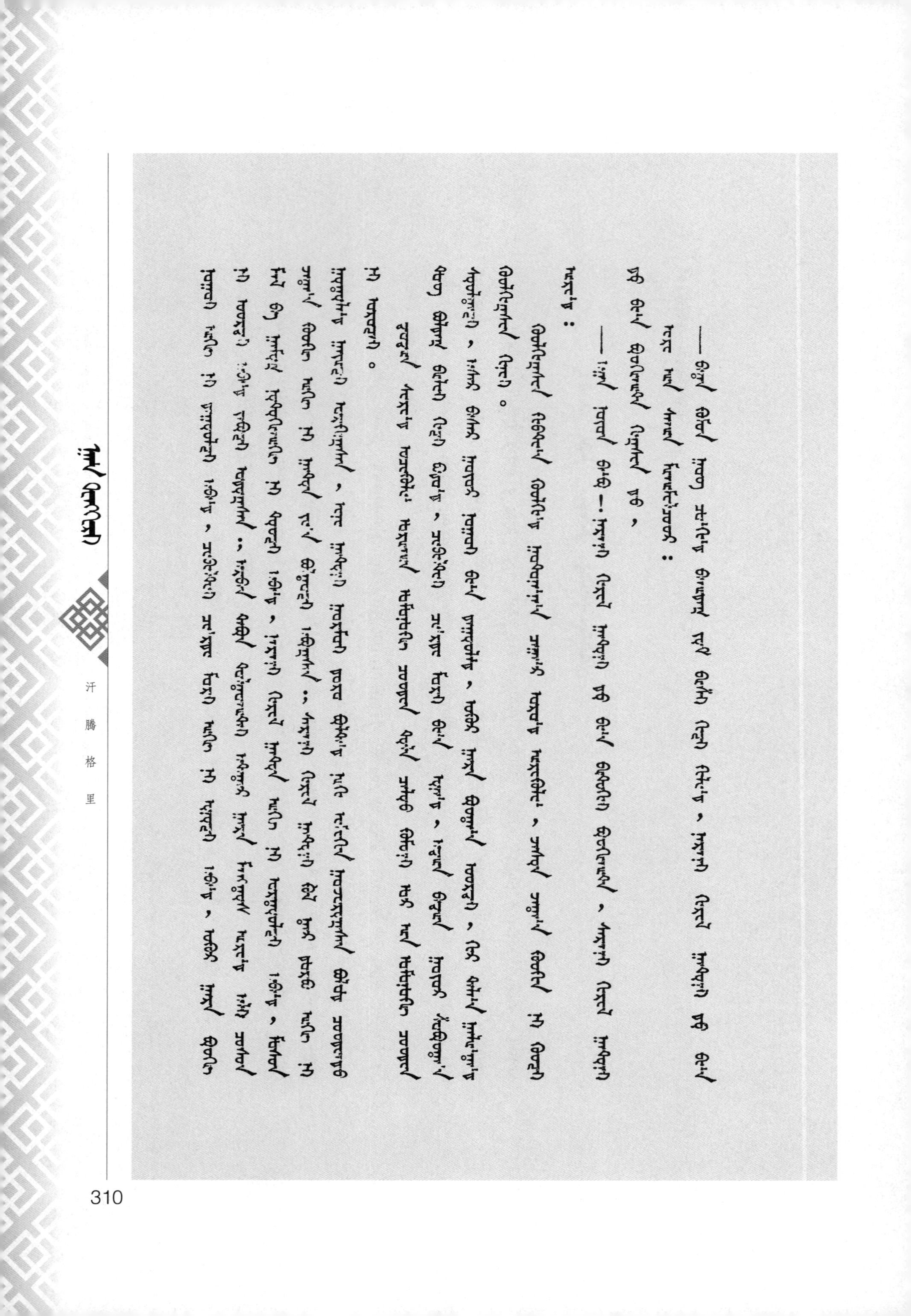

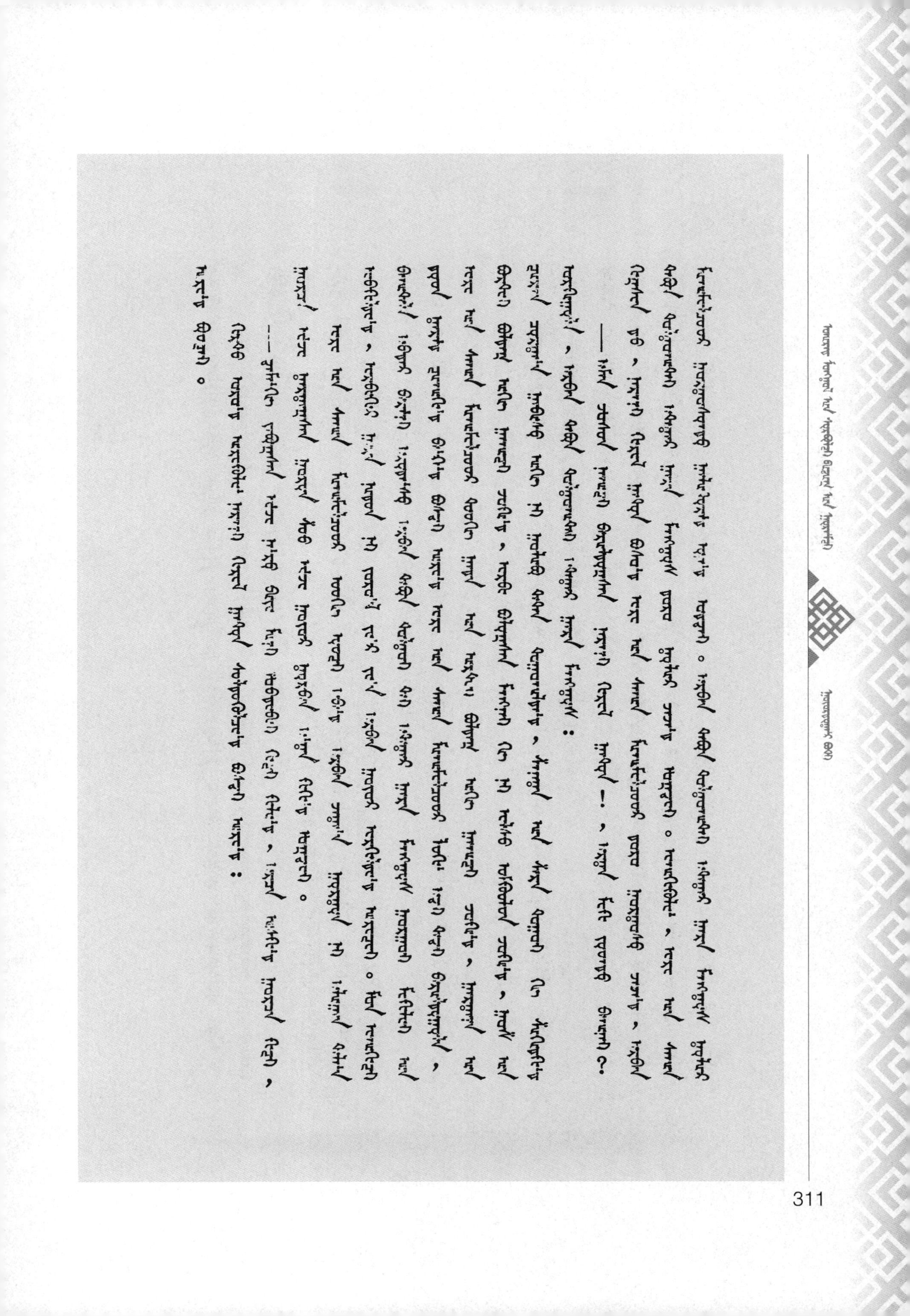

[illegible]
[illegible]
[illegible]
[illegible]
[illegible]

[illegible]
[illegible]
[illegible]
[illegible]
[illegible]
[illegible]
[illegible]
[illegible]

[illegible]
[illegible]
[illegible]

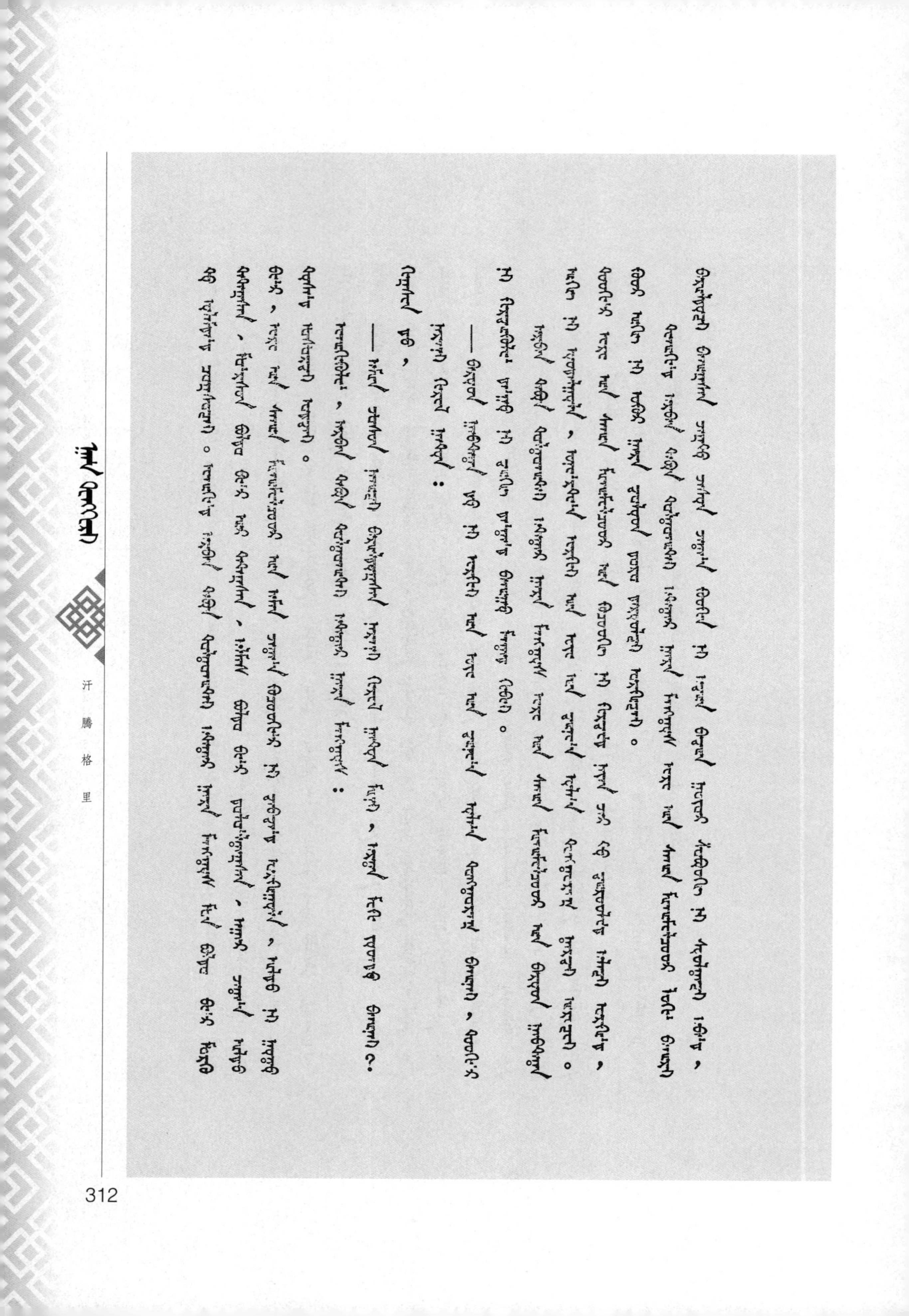

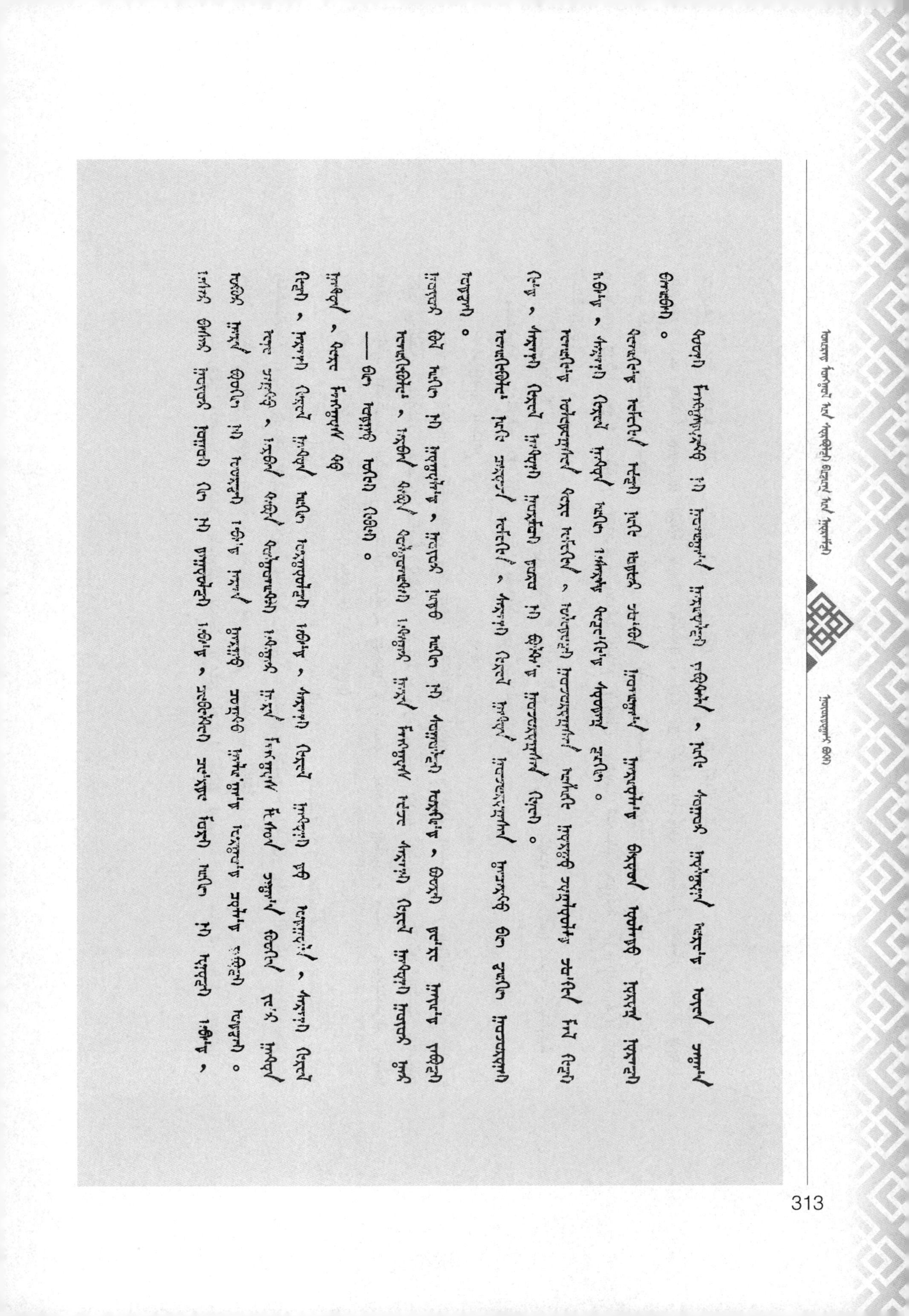

[illegible]

[illegible]

[illegible]

[illegible]

[illegible]

[illegible]

[illegible]

[illegible]

[illegible]

[illegible]

[illegible]

[illegible]

[illegible]

[illegible]

[illegible]

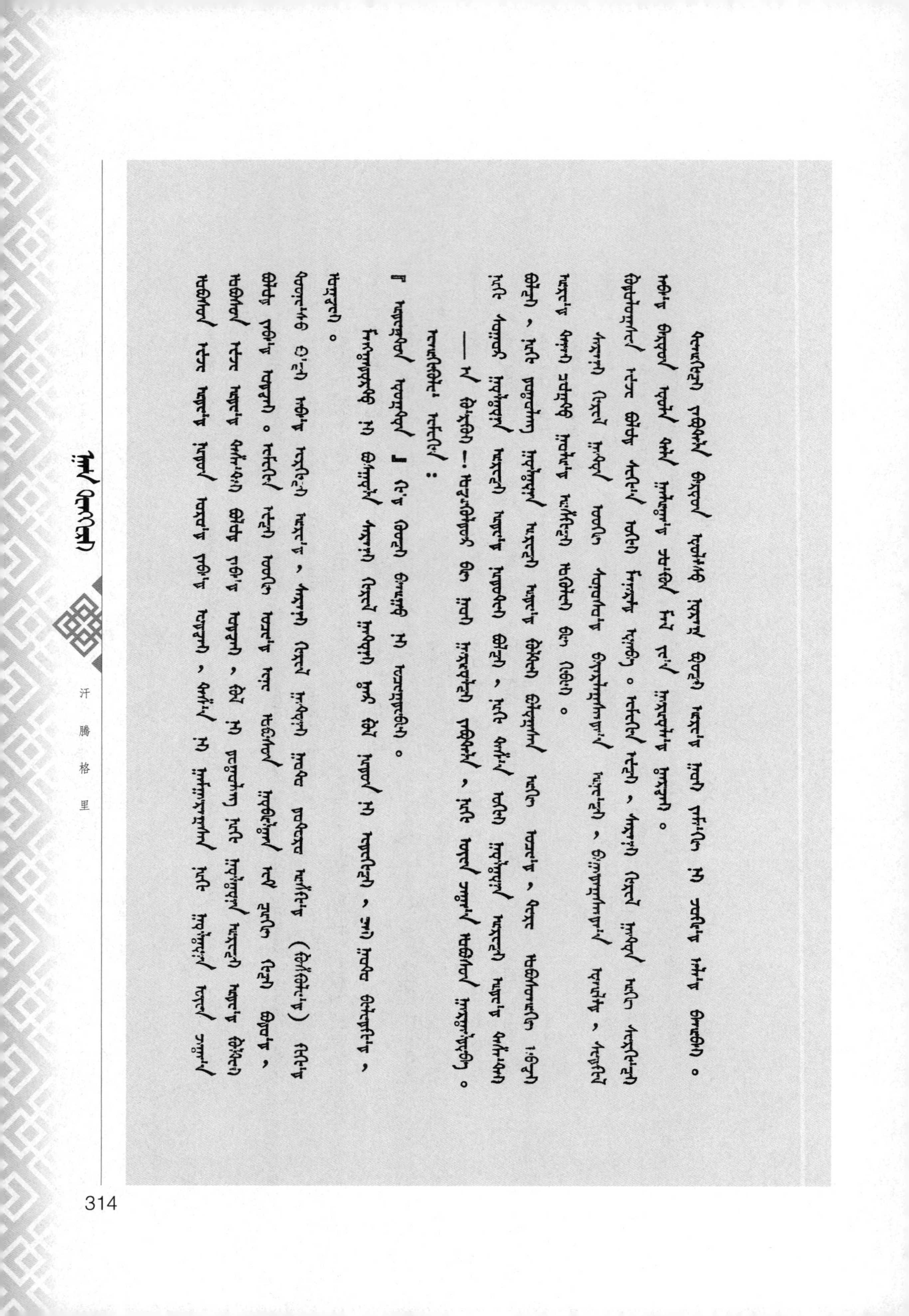

[illegible]

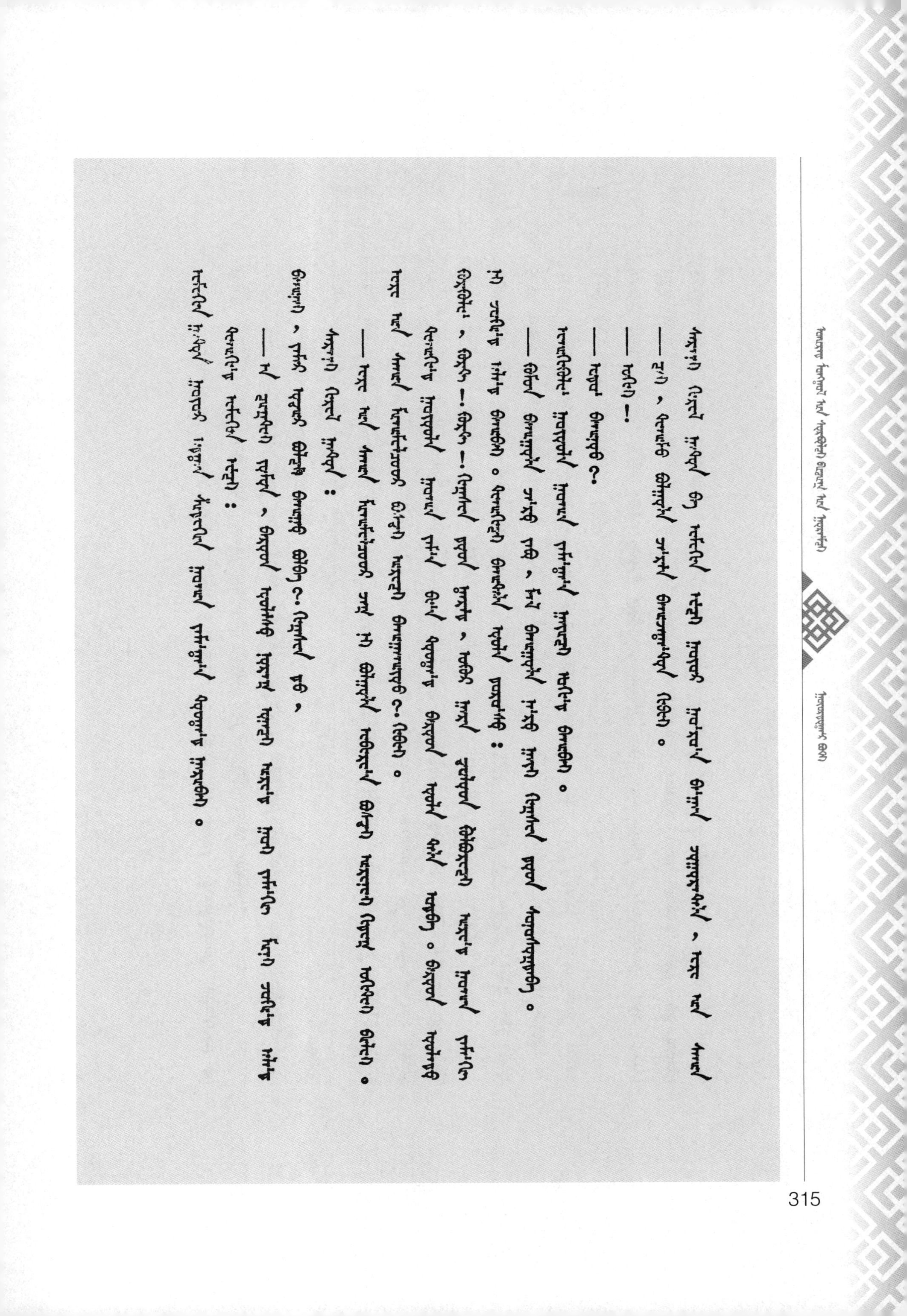

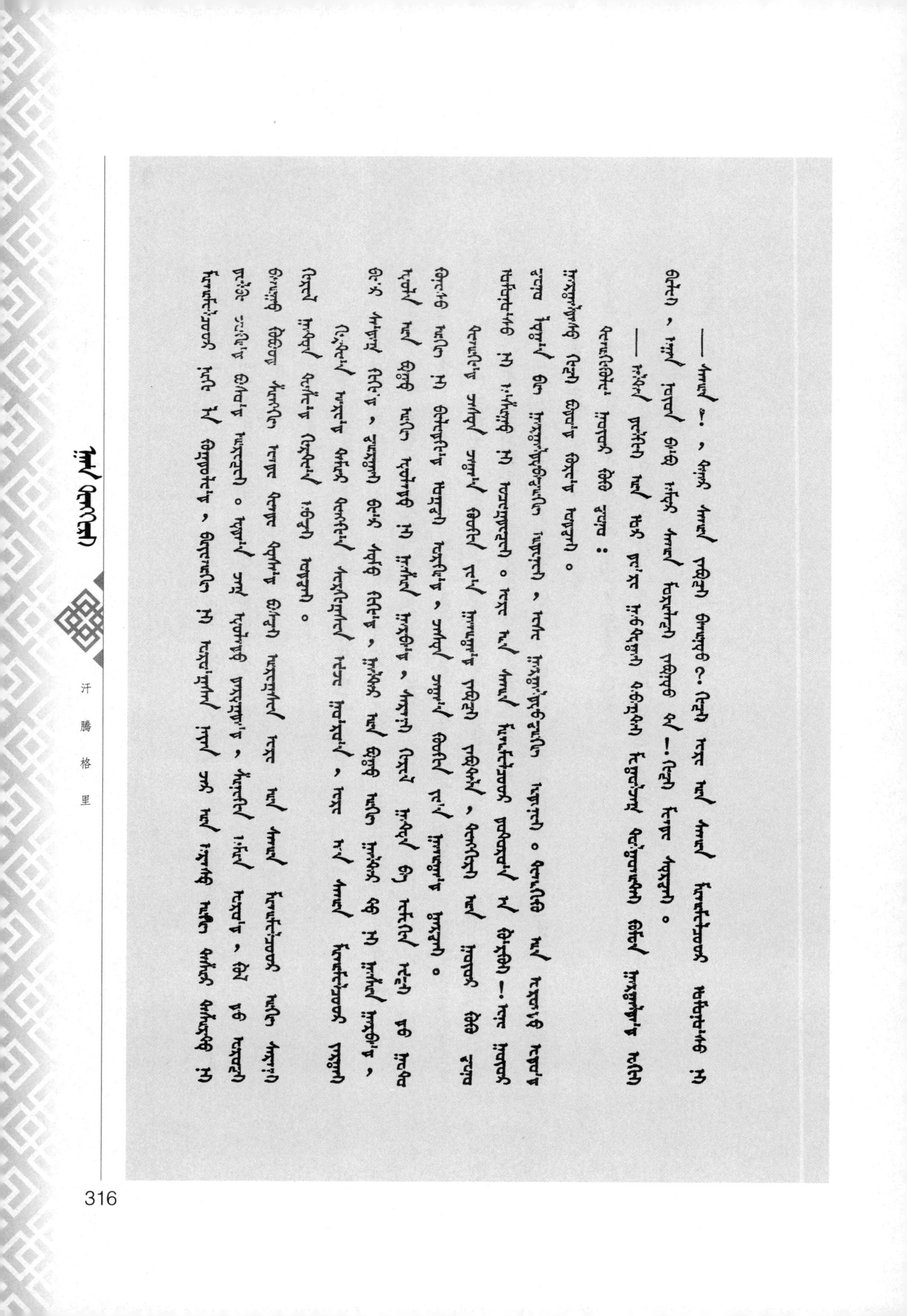

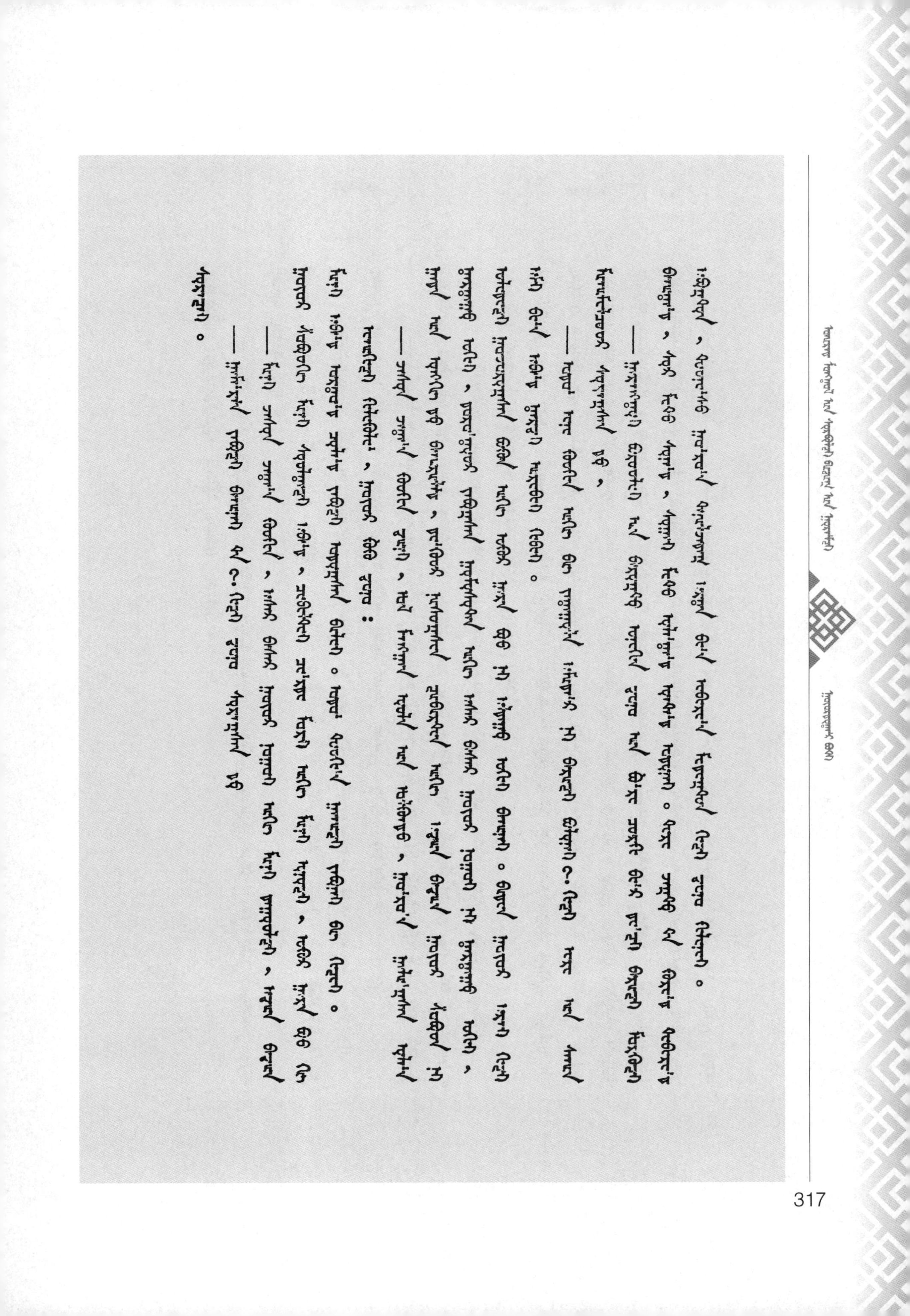

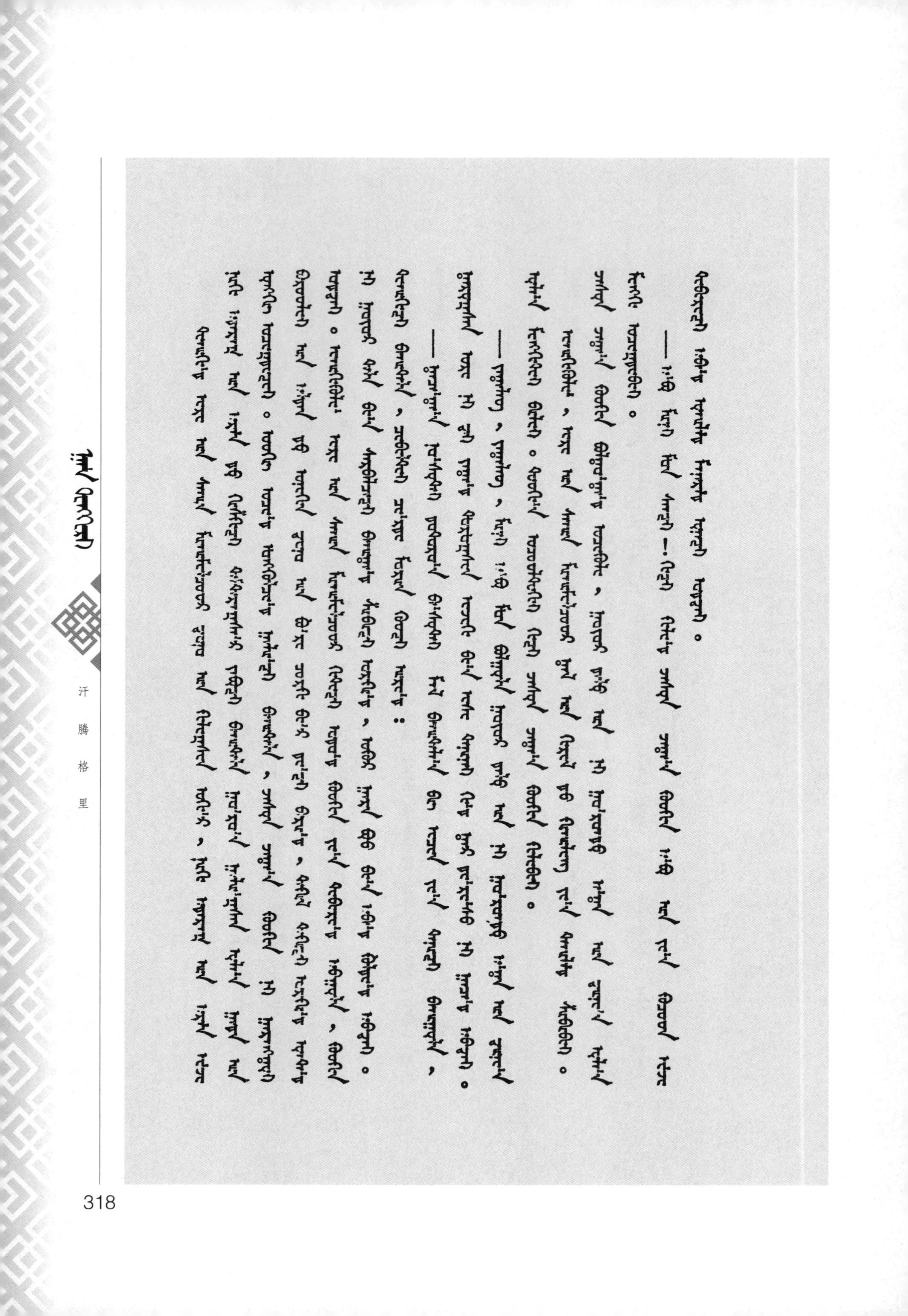

[illegible]

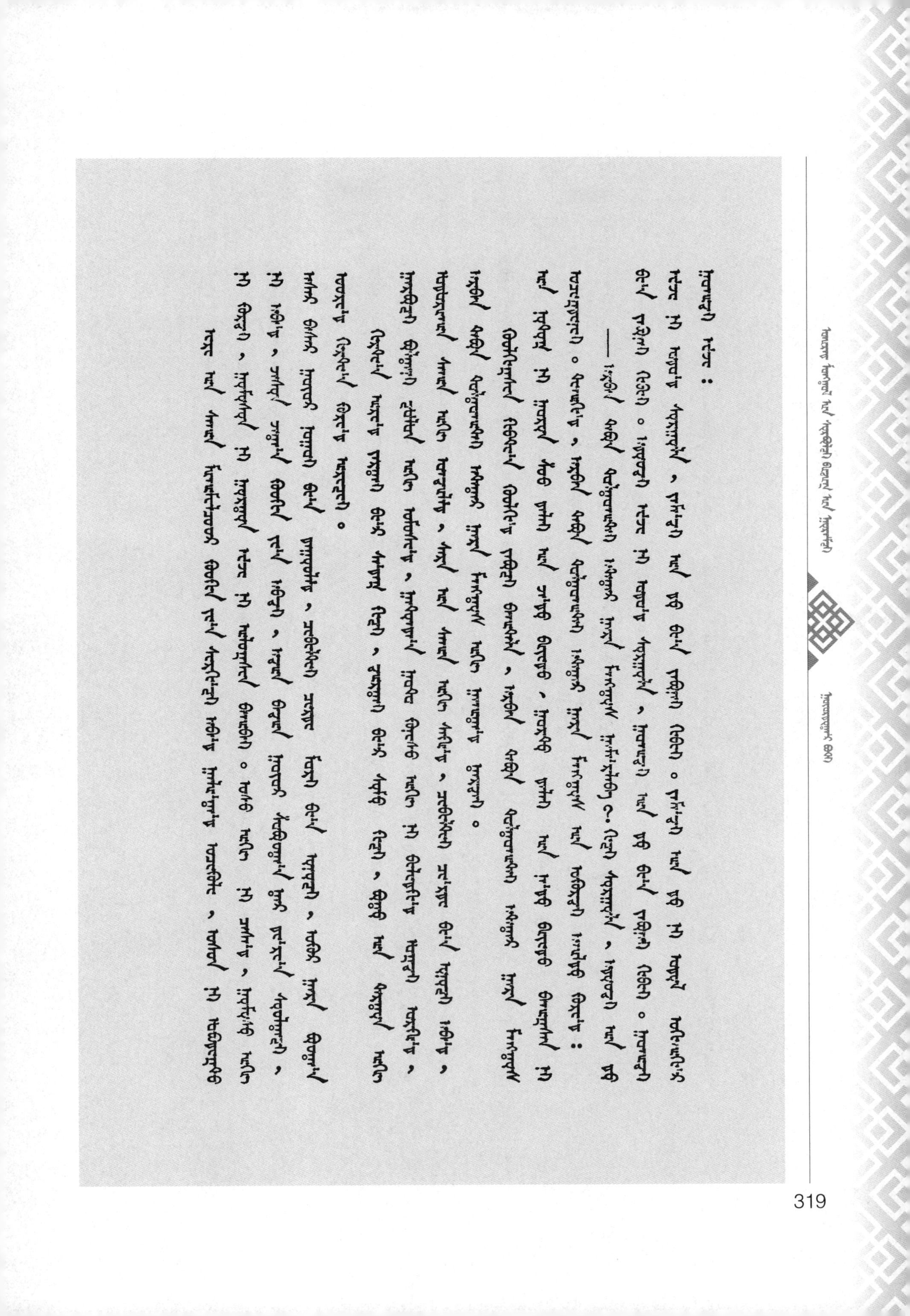

[illegible] :

[illegible]
[illegible]
— [illegible]
[illegible] :

[illegible]
[illegible]
[illegible] 。

[illegible]
[illegible]
[illegible]
[illegible] 。

[illegible]
[illegible]
[illegible]
[illegible]

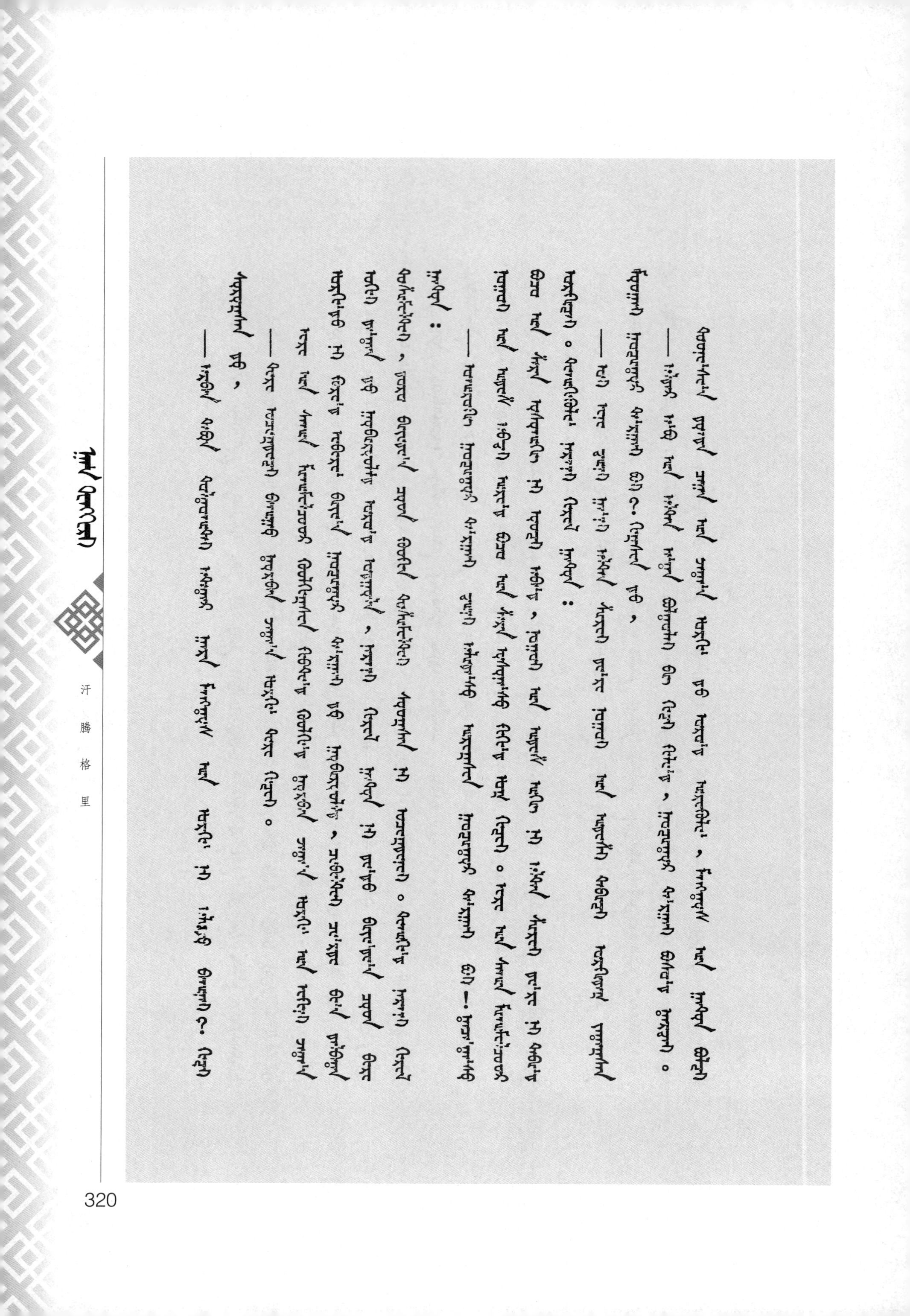

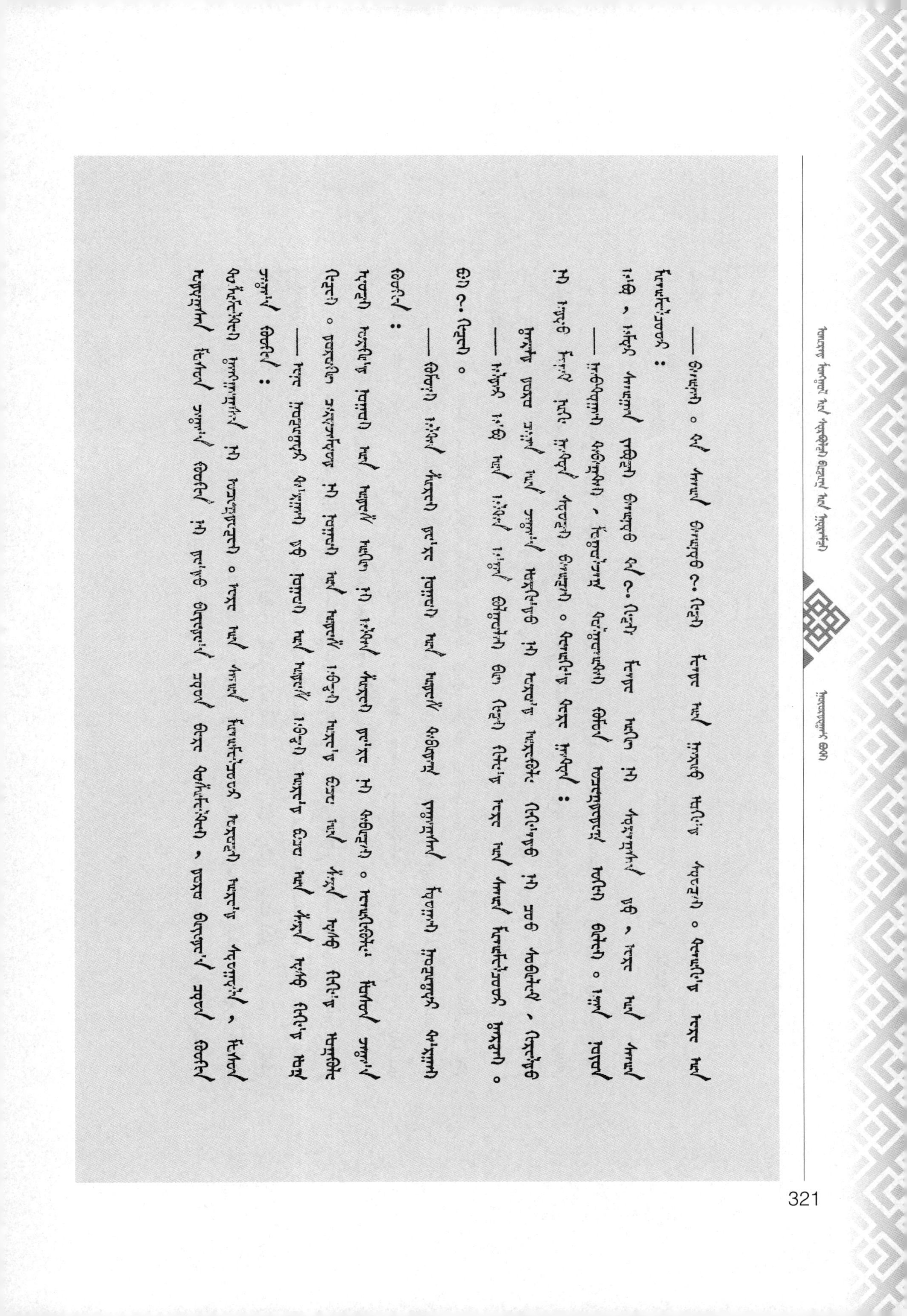

—— [illegible] :

[illegible] ,
—— [illegible] :

[illegible]
—— [illegible] ◦

—— [illegible] :

[illegible]
—— [illegible] :

[illegible]

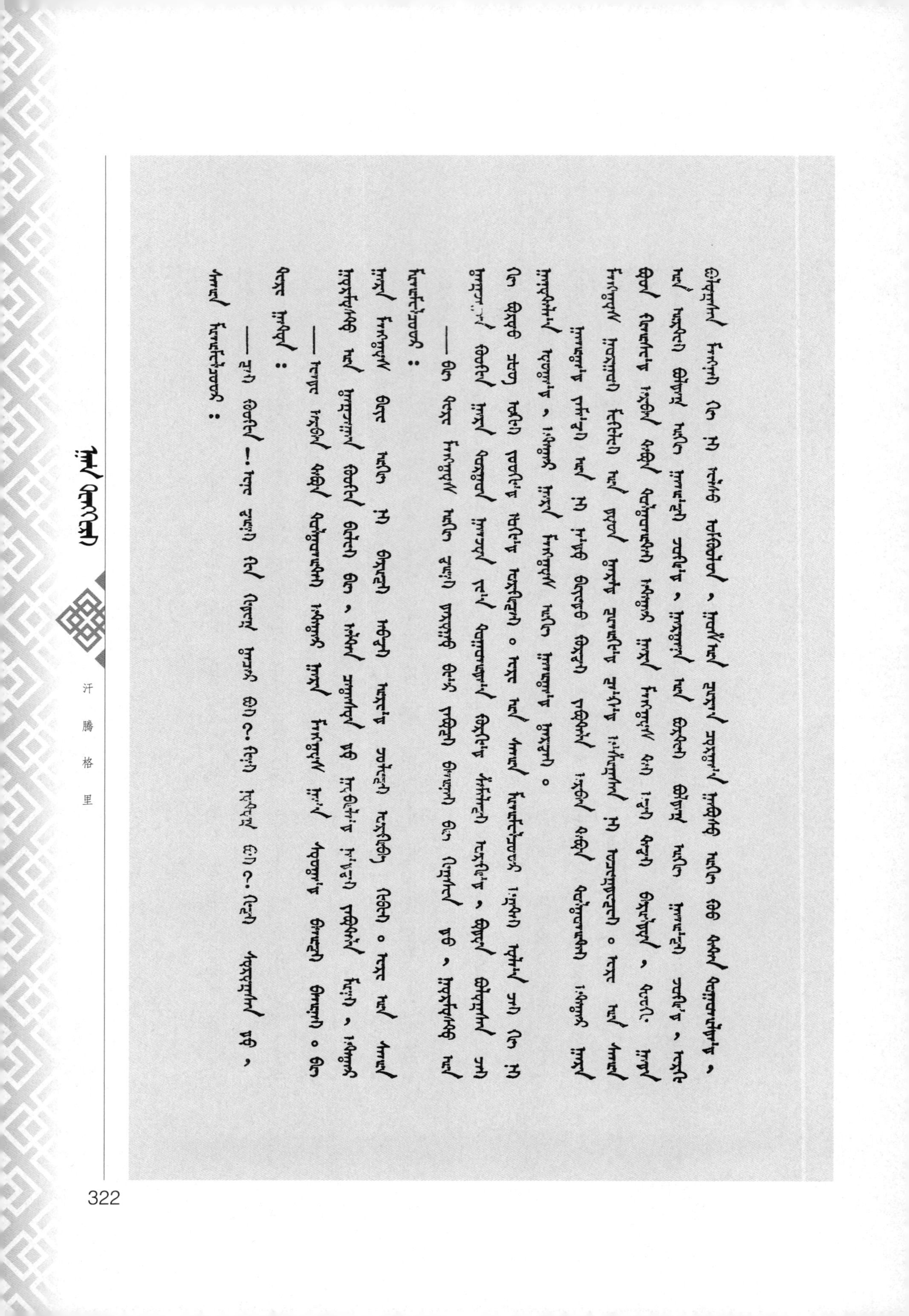

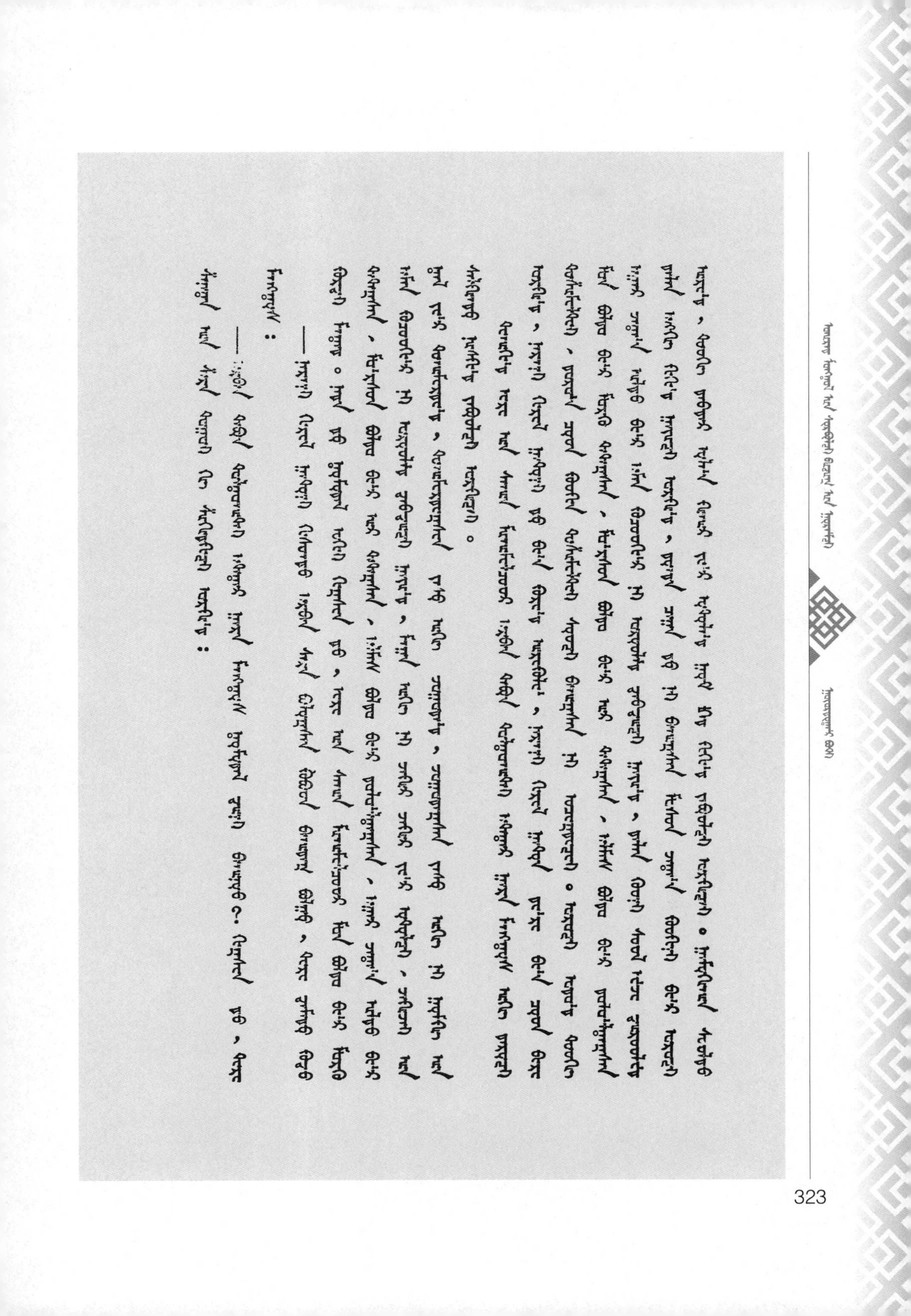

[illegible]
[illegible]
[illegible]
[illegible]
[illegible]
[illegible]

[illegible]
[illegible] ᠃

[illegible]
[illegible]
[illegible]
[illegible]

—— [illegible]
[illegible] ᠄

—— [illegible]
[illegible] ᠄

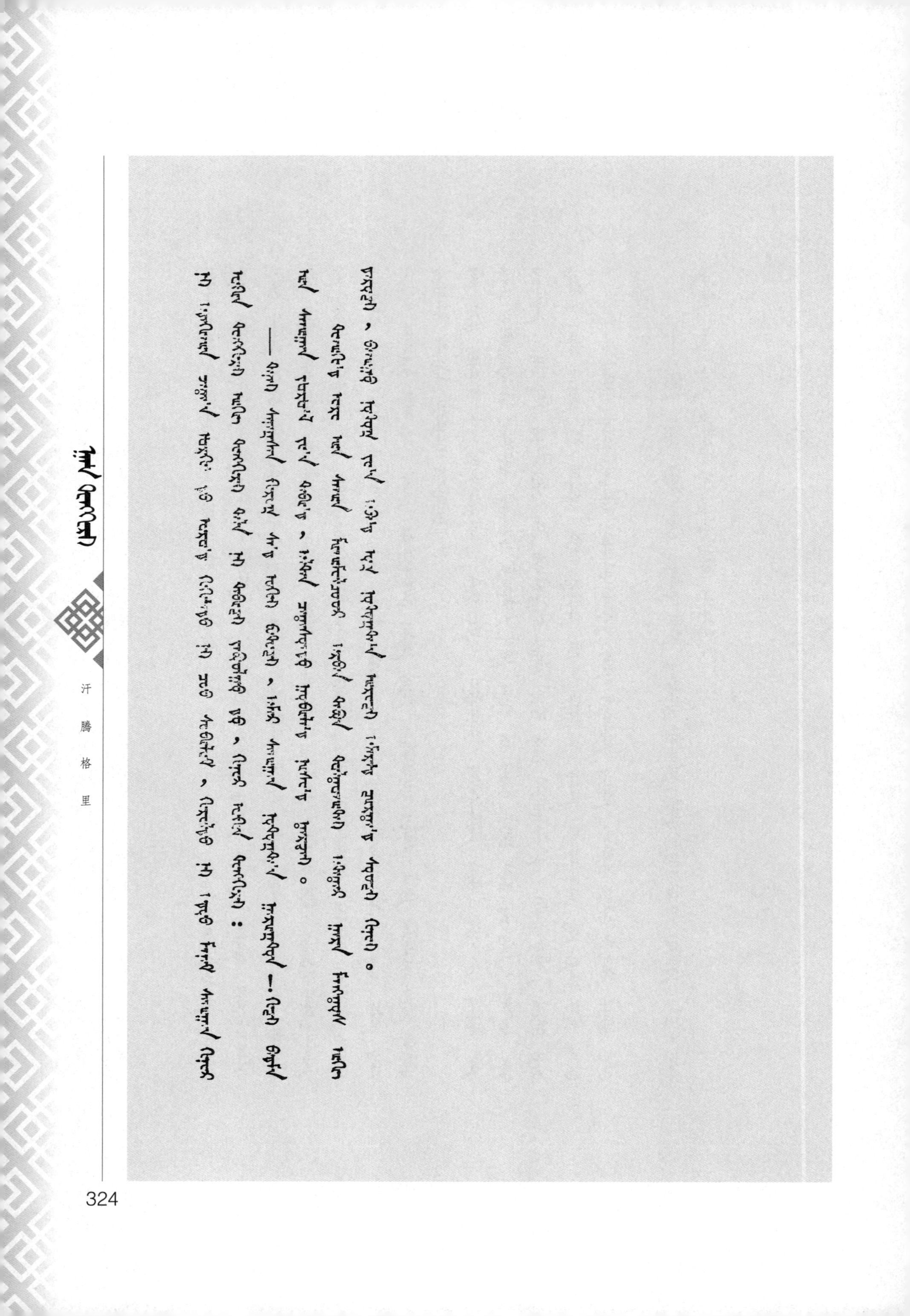

[illegible]

[illegible]

— [illegible]

[illegible]

[illegible]

[illegible]

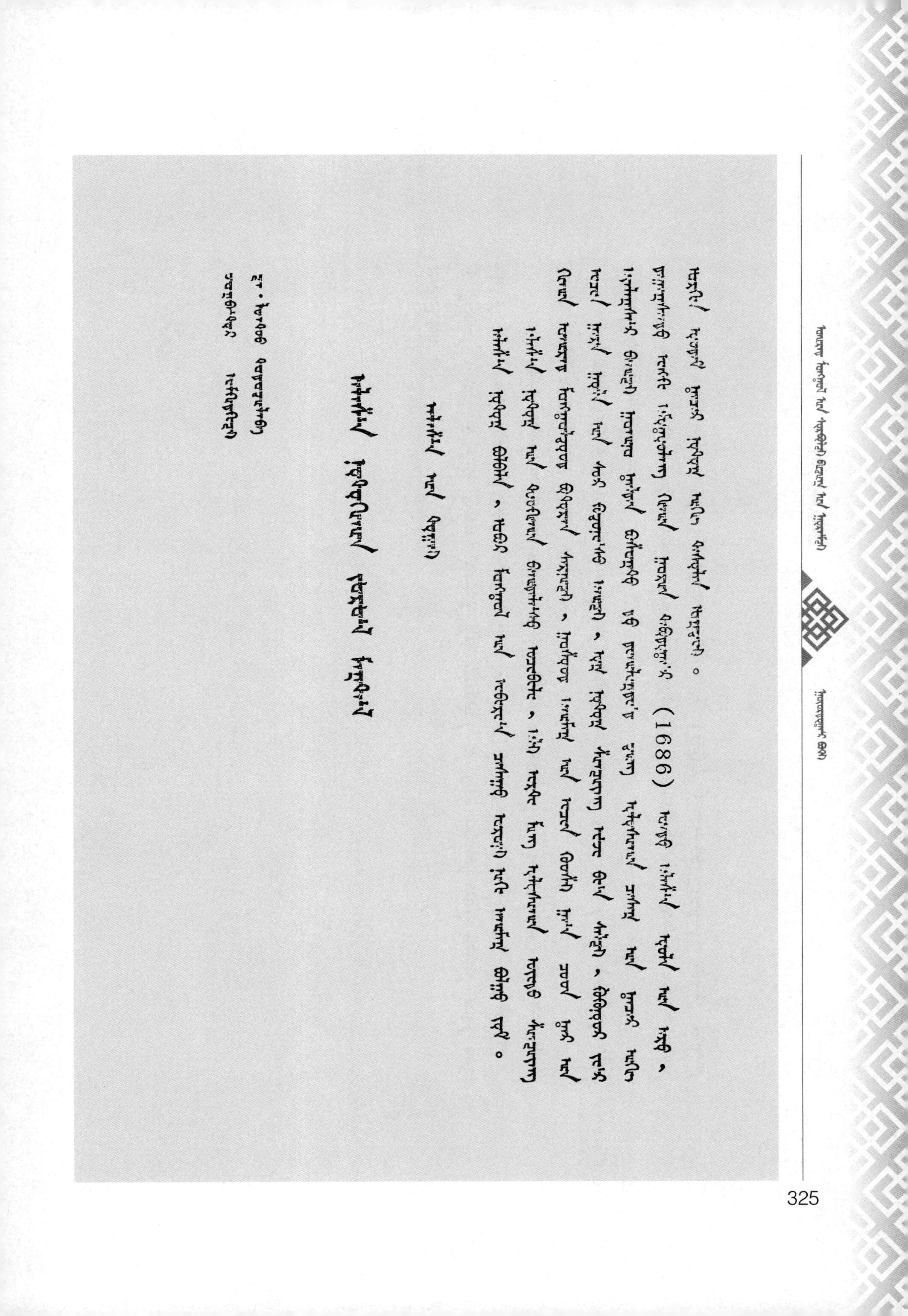

[illegible] ◦

[illegible] (1686) [illegible]

[illegible]

[illegible] ◦

[illegible]

[illegible]

[illegible]

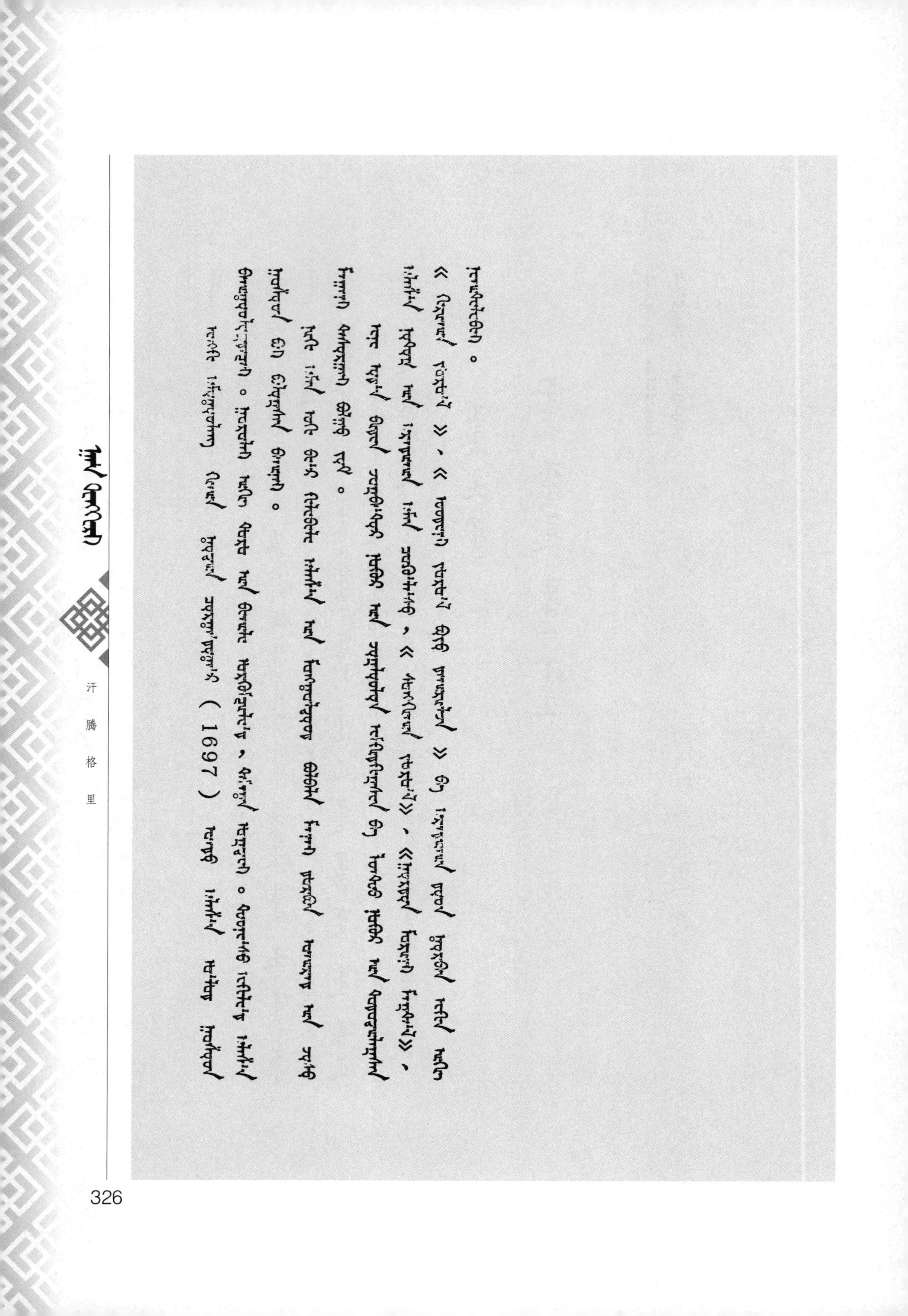

[illegible] ᠃

« [illegible] [illegible] » ᠂ « [illegible] [illegible] [illegible] [illegible] » ᠶᠢᠨ [illegible] [illegible] [illegible] [illegible] [illegible] [illegible] [illegible] [illegible] [illegible] [illegible] [illegible] ᠂ « [illegible] [illegible] » ᠂ « [illegible] [illegible] [illegible] » ᠂

[illegible] [illegible] [illegible] [illegible] [illegible] [illegible] [illegible] [illegible] ᠶᠢᠨ [illegible] [illegible] [illegible] [illegible] [illegible] [illegible] [illegible] [illegible] ᠃

[illegible] [illegible] [illegible] [illegible] [illegible] [illegible] [illegible] [illegible] [illegible] [illegible] [illegible] [illegible] [illegible] [illegible] [illegible] [illegible] [illegible] [illegible] ᠃

[illegible] ᠃ [illegible] [illegible] [illegible] [illegible] [illegible] [illegible] ᠂ [illegible] [illegible] ᠃ [illegible] [illegible] [illegible]

[illegible] [illegible] [illegible] [illegible] [illegible] (1697) [illegible] [illegible] [illegible] [illegible]

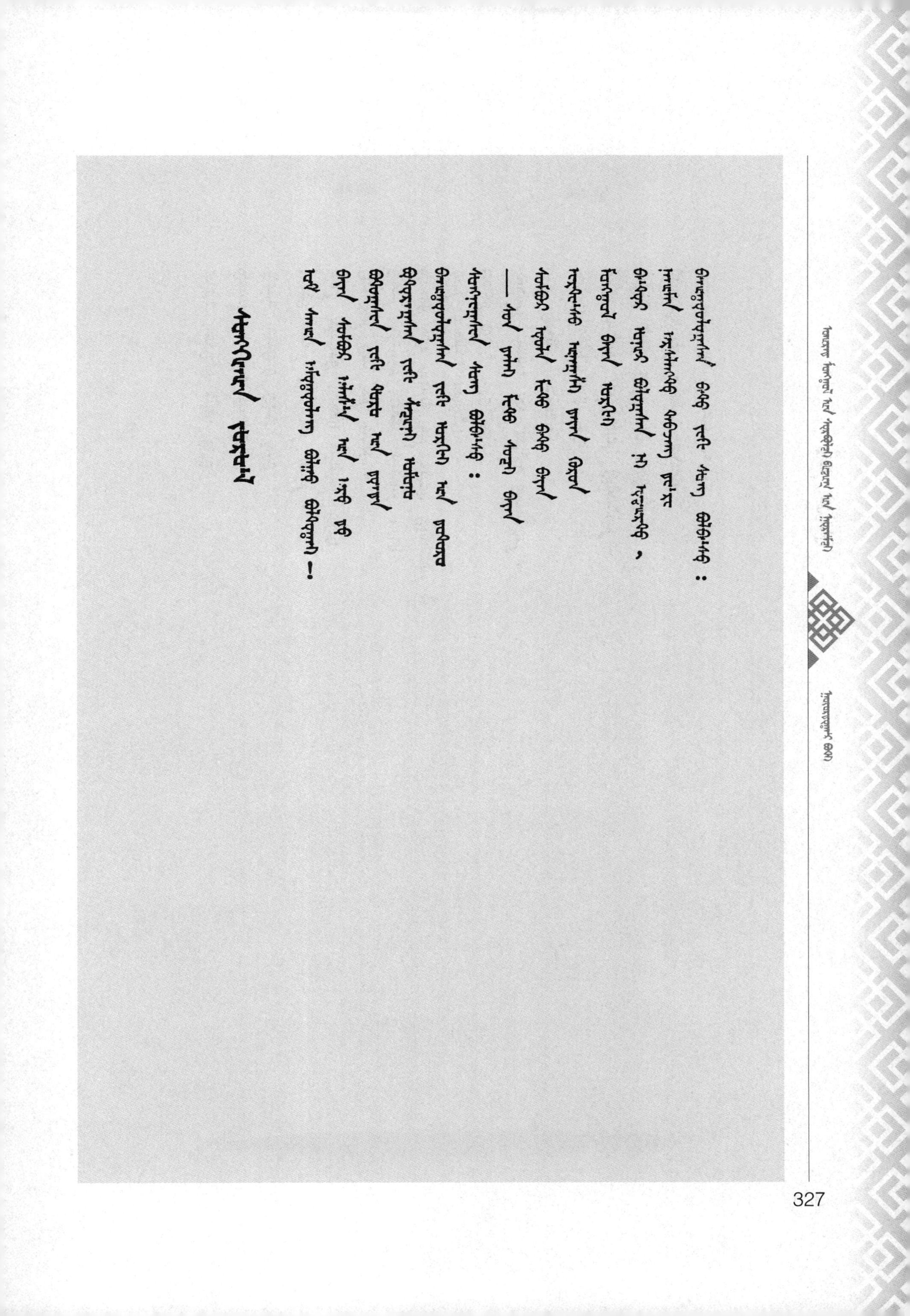

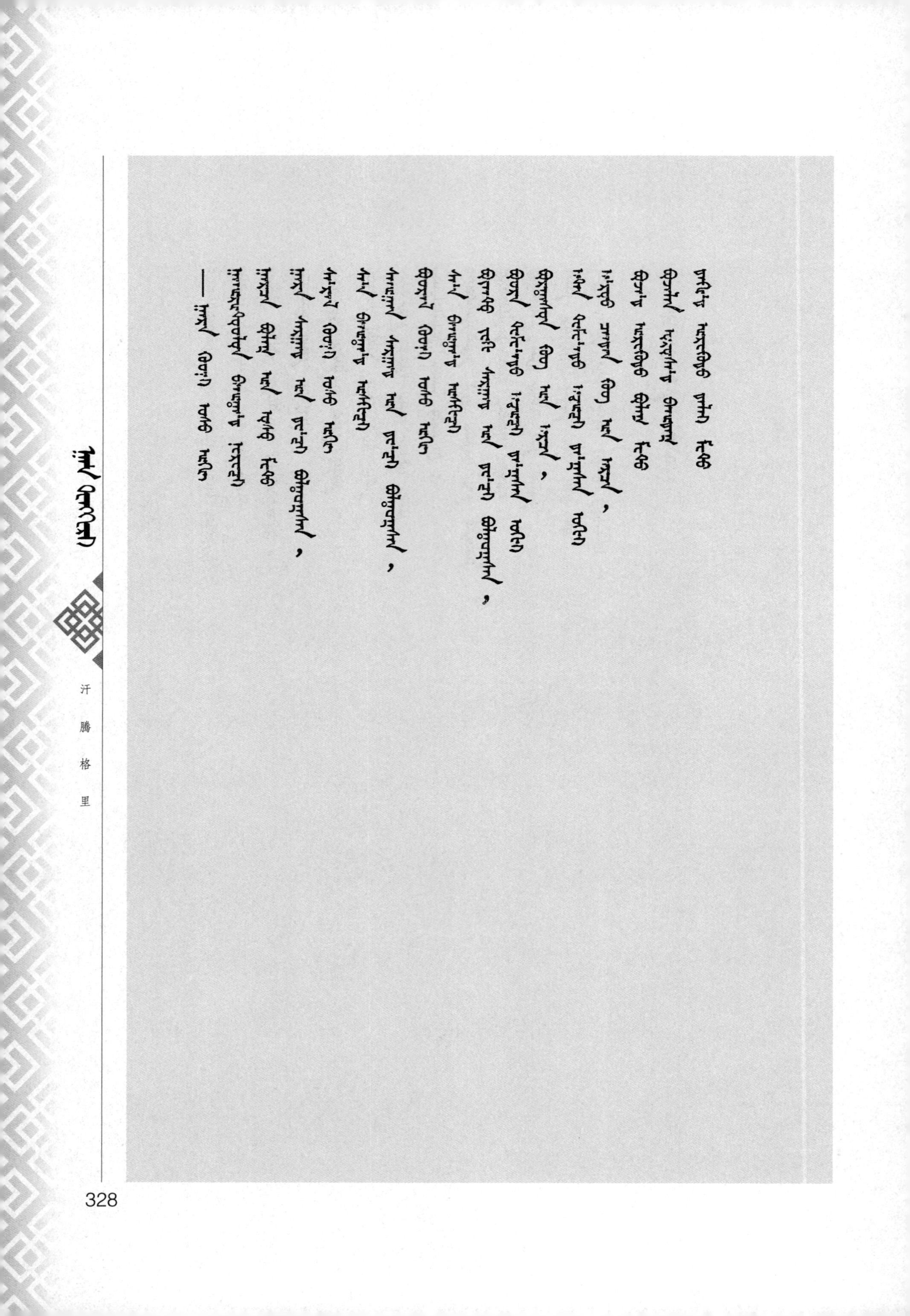

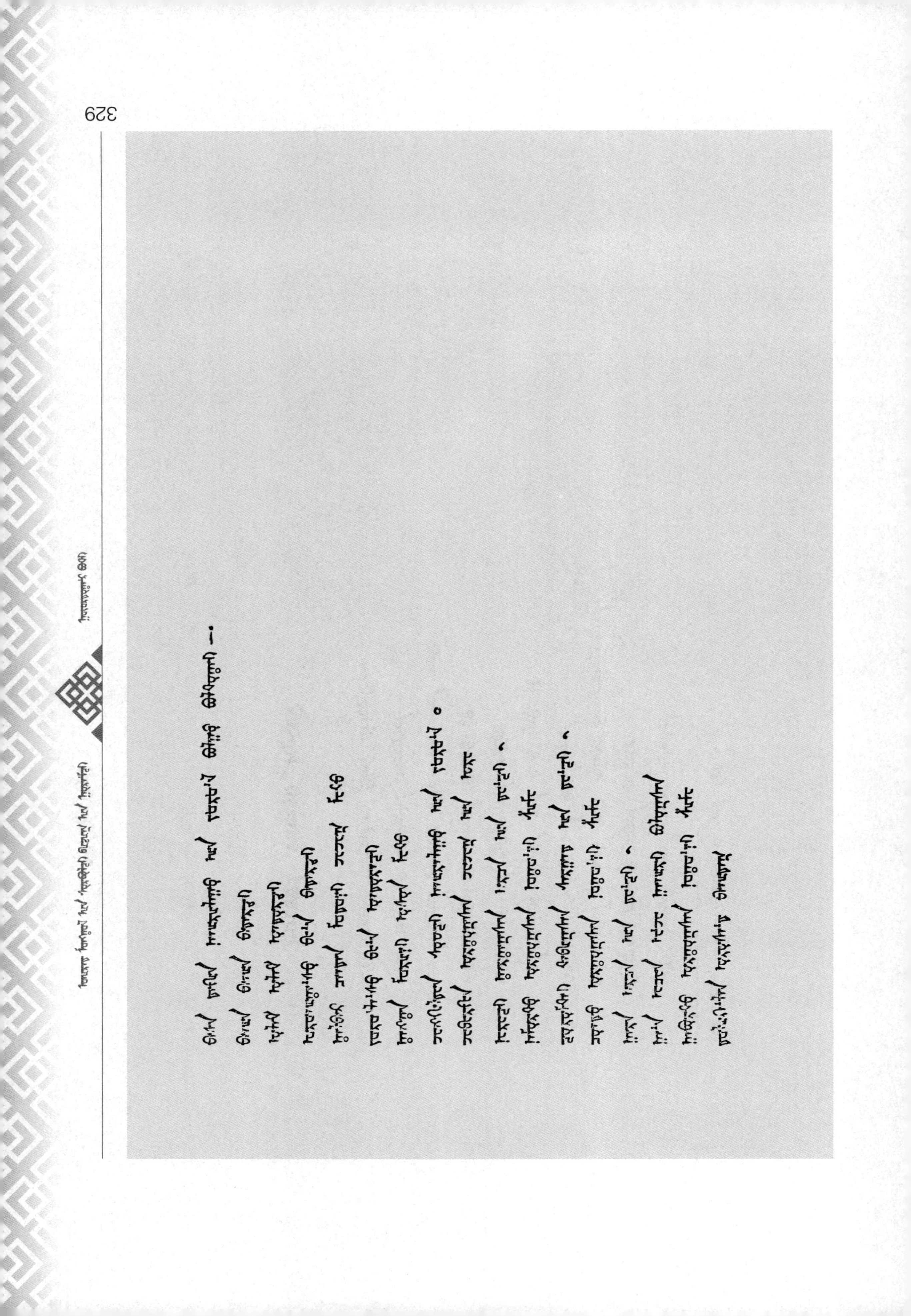

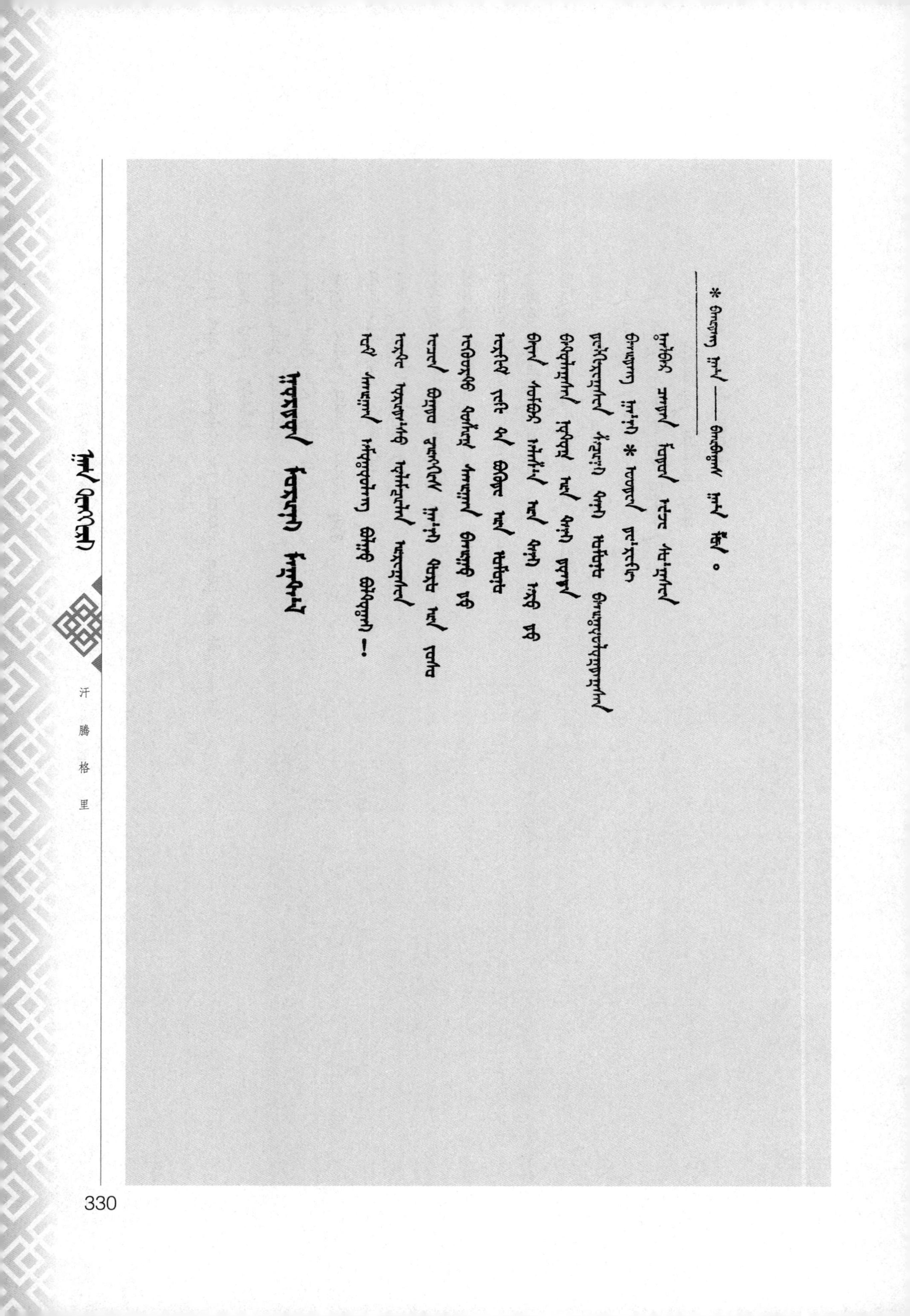

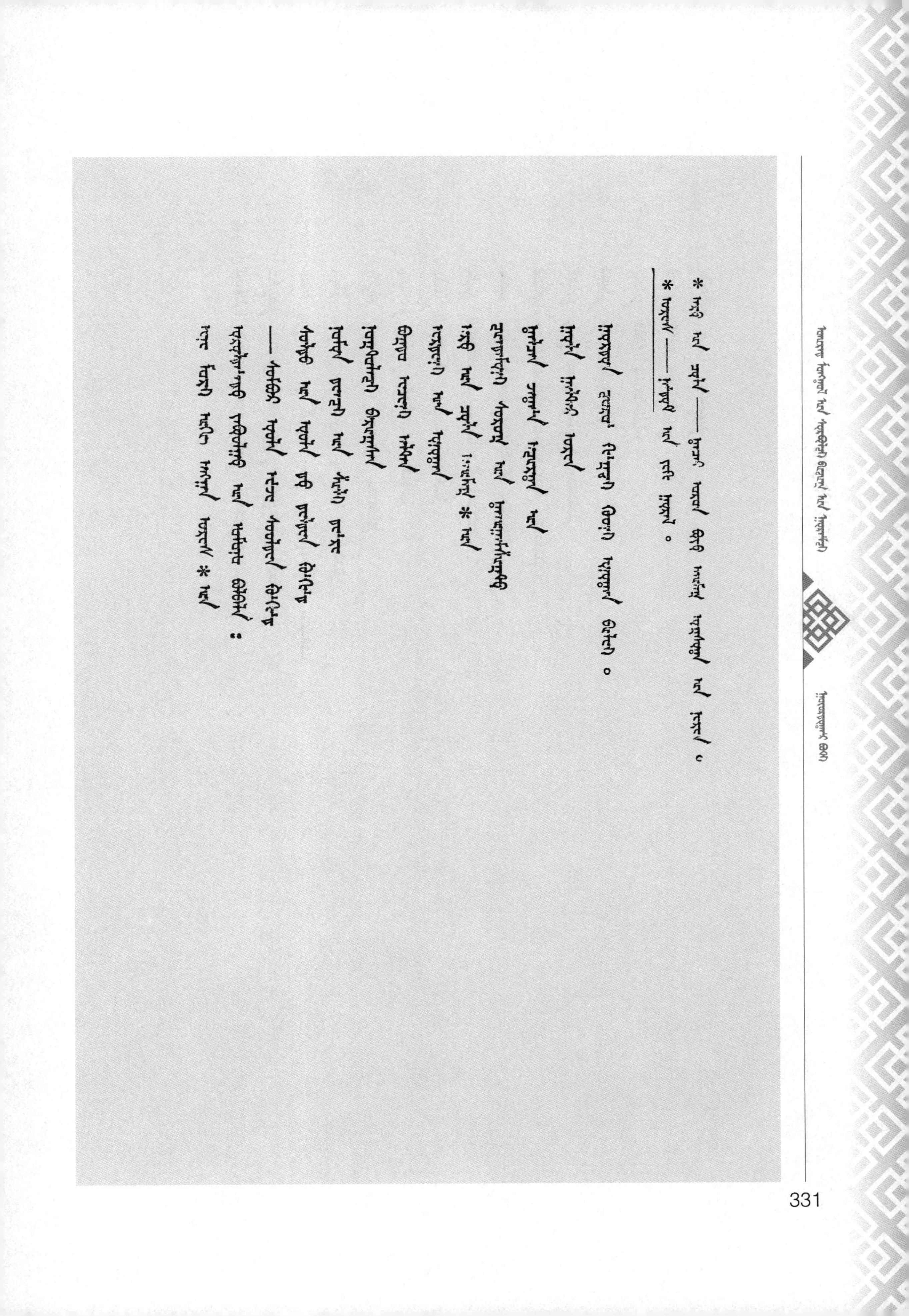

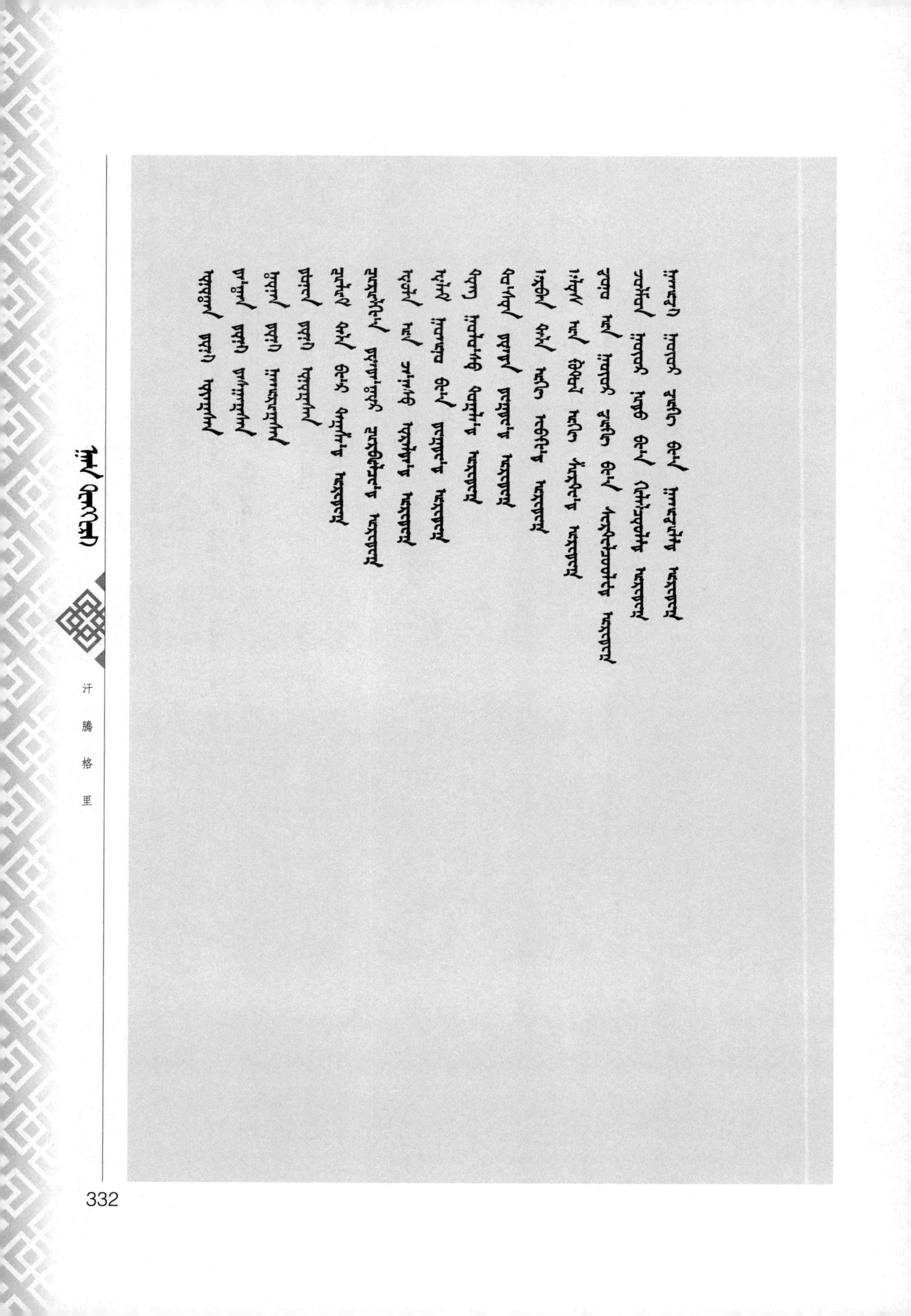

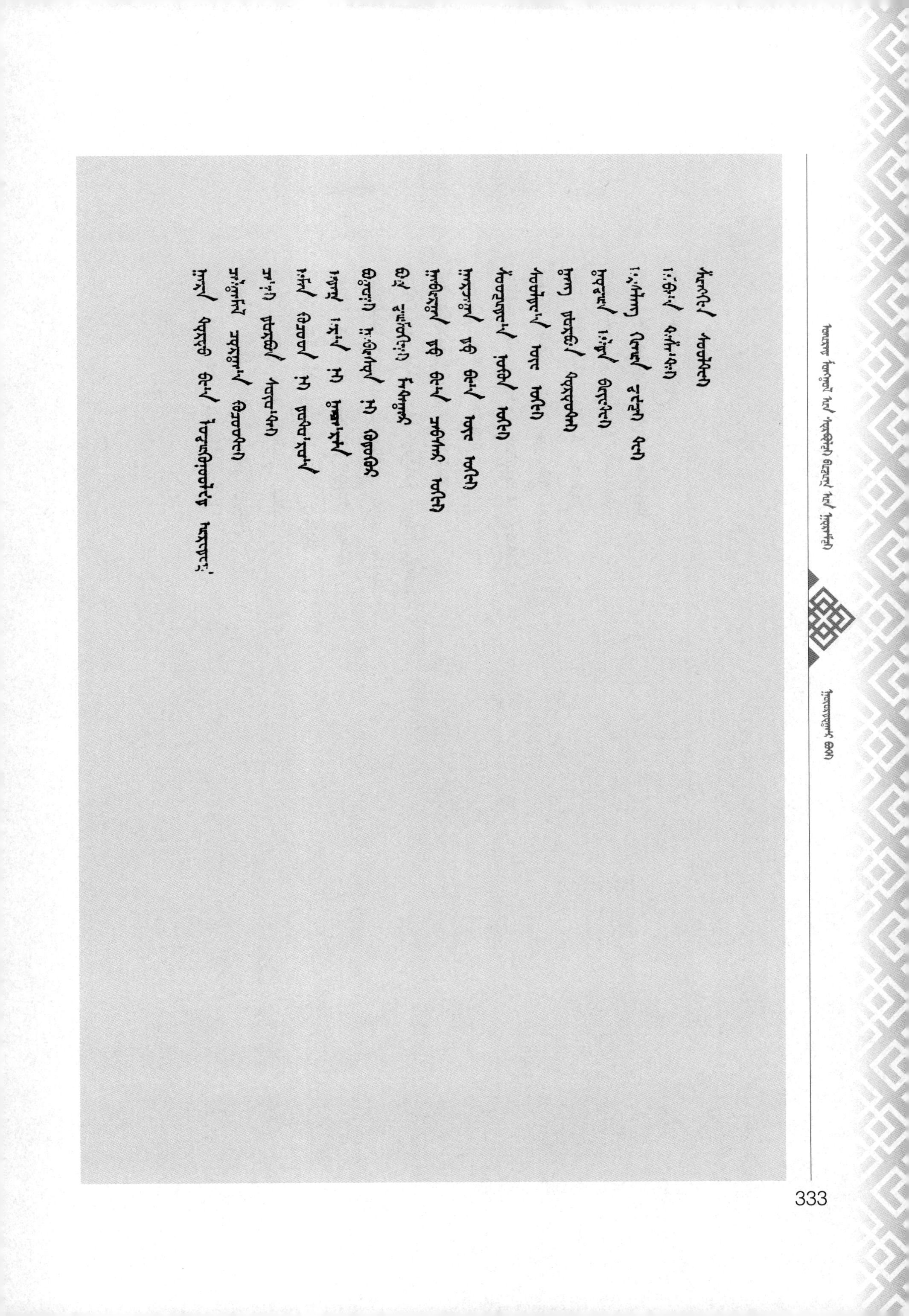

[illegible]
[illegible]
[illegible]
[illegible]
[illegible]
[illegible]
[illegible]
[illegible]
[illegible]
[illegible]
[illegible]
[illegible]
[illegible]
[illegible]
[illegible]
[illegible]

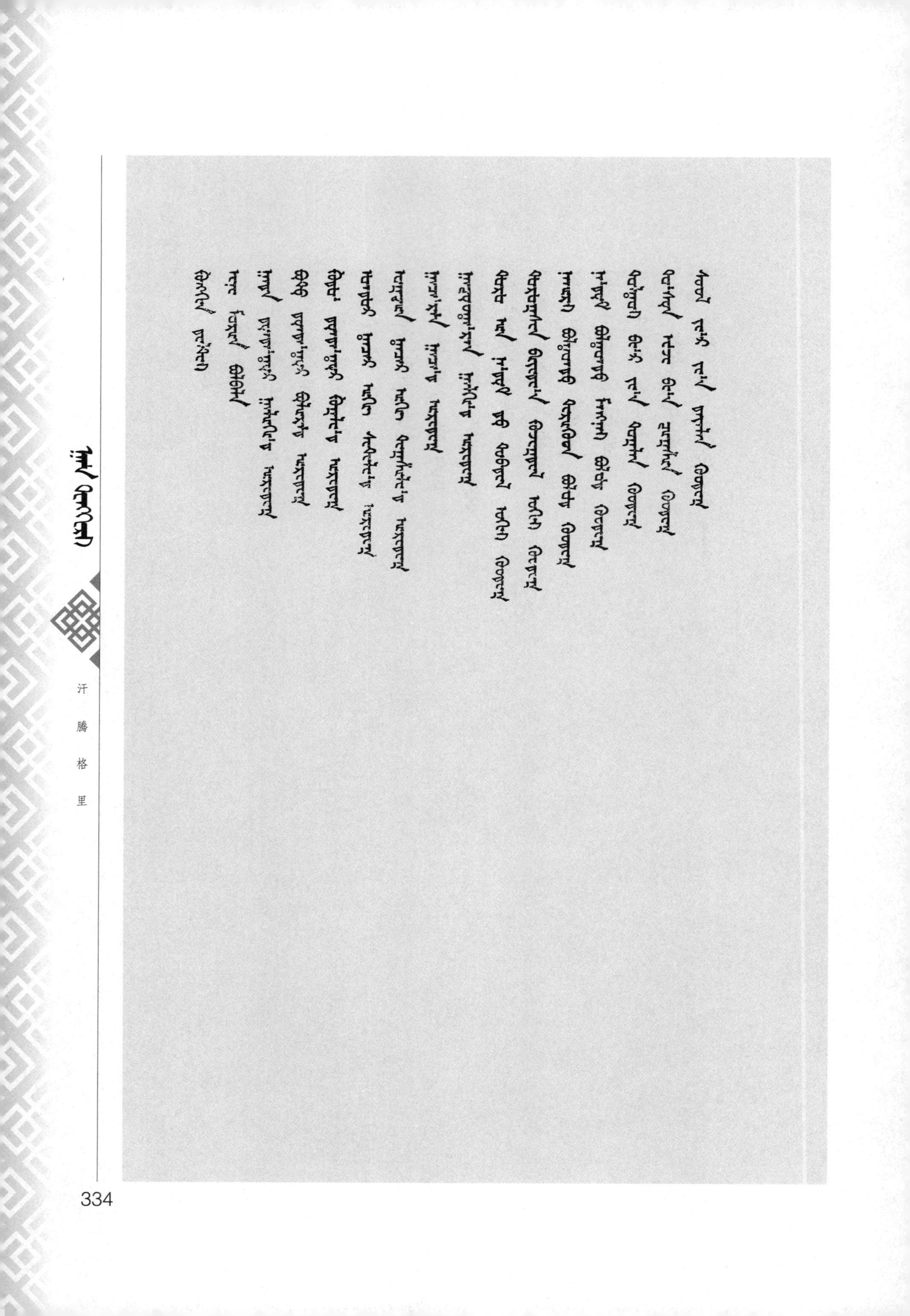

[illegible]

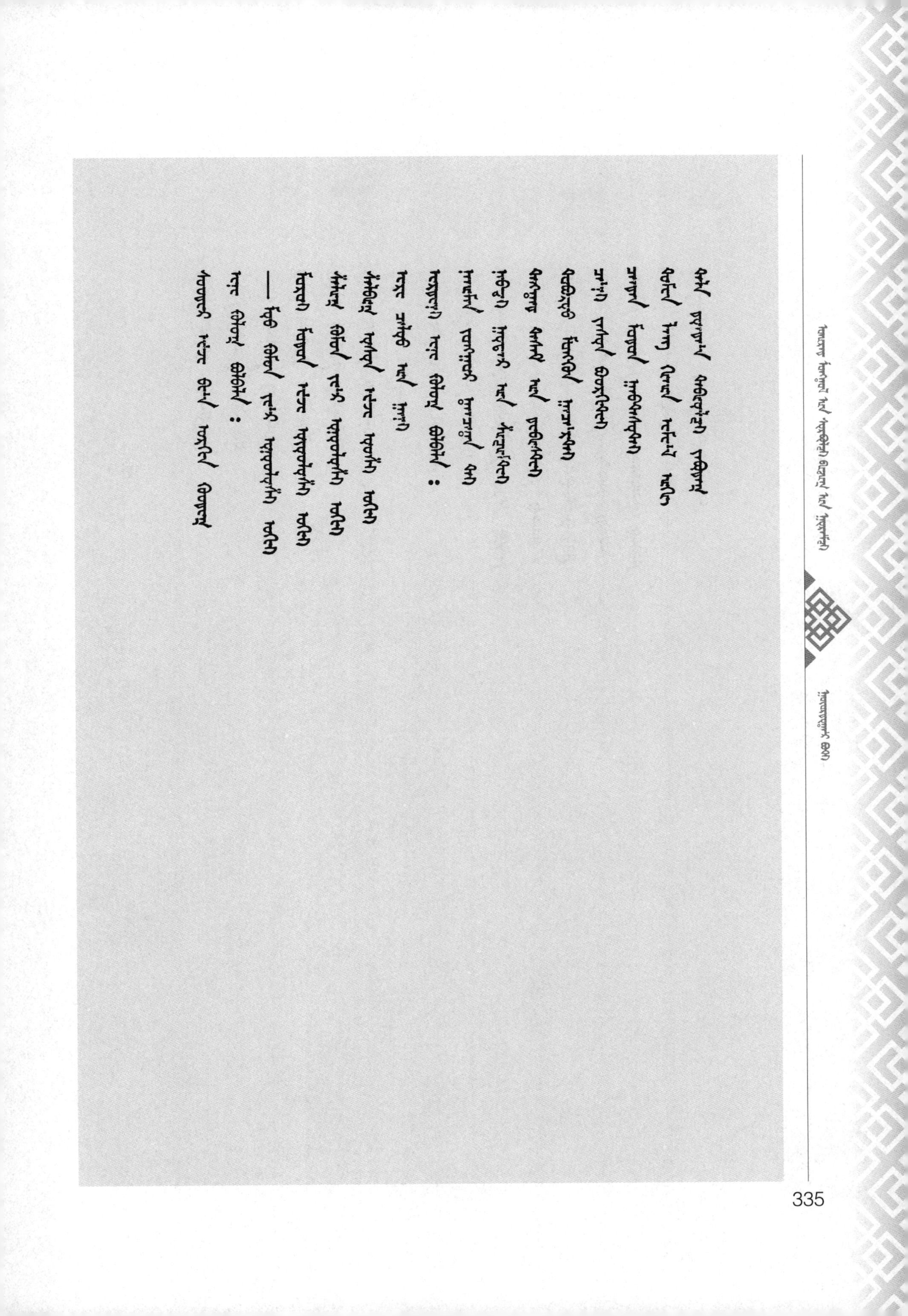

[illegible]

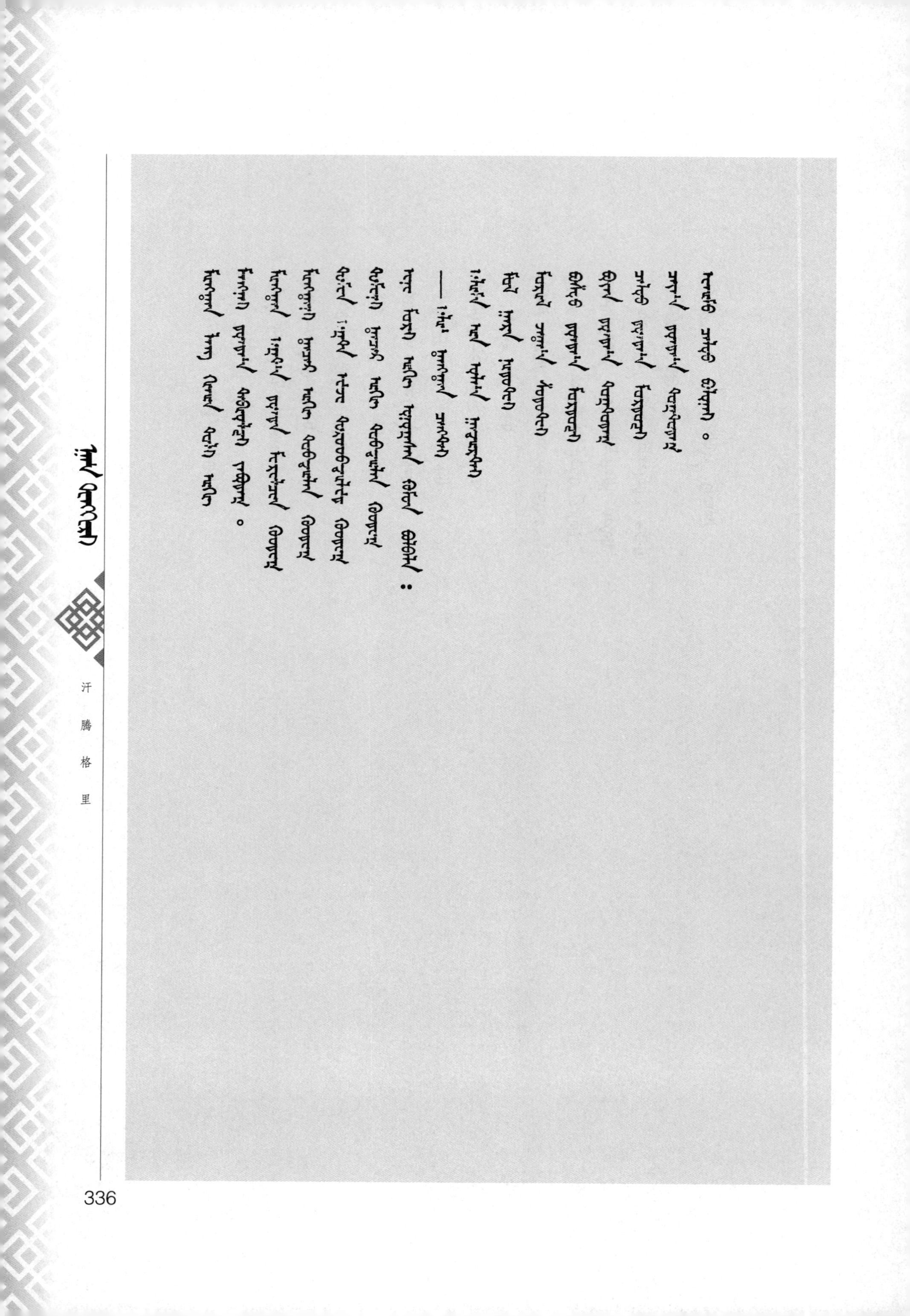

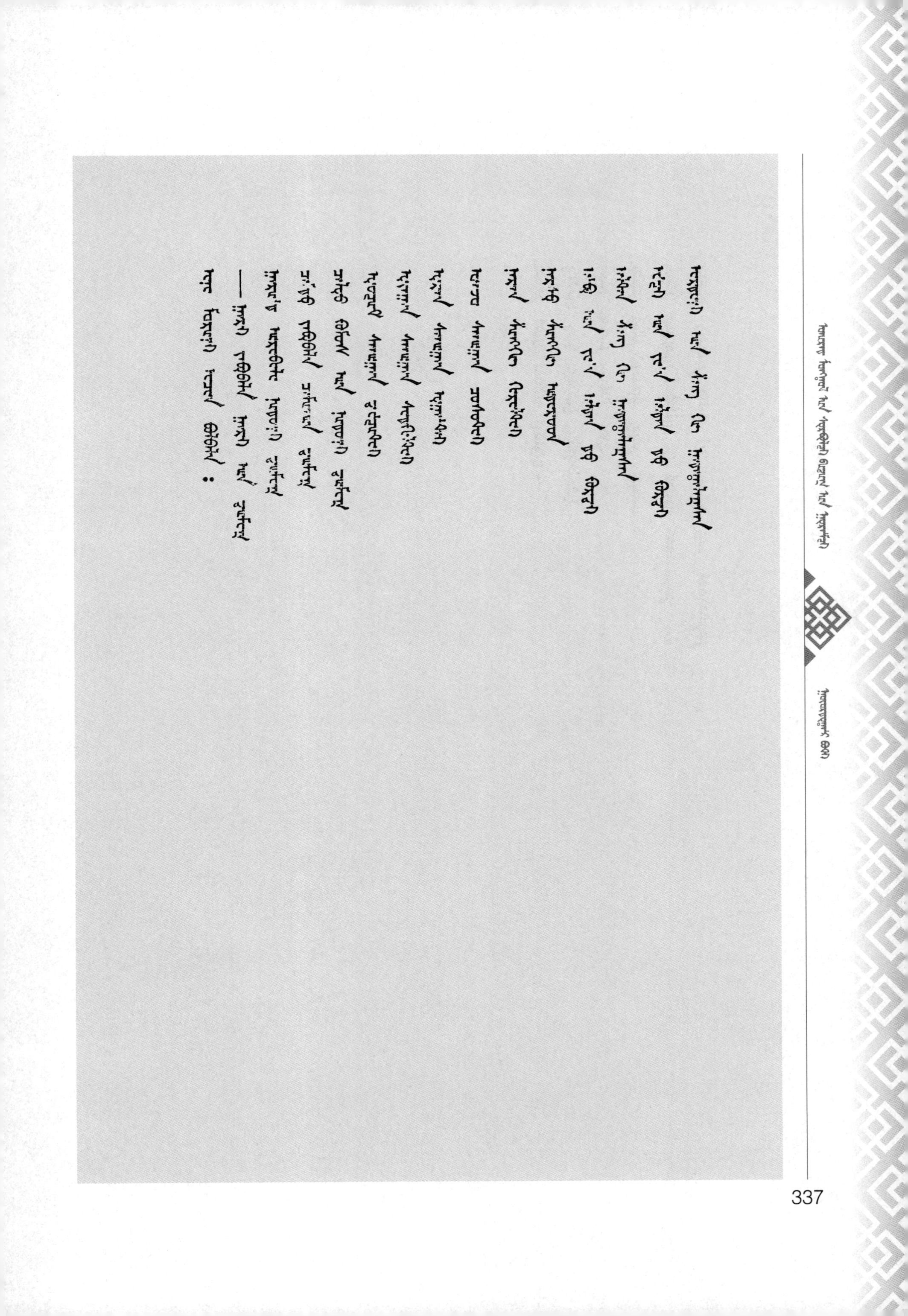

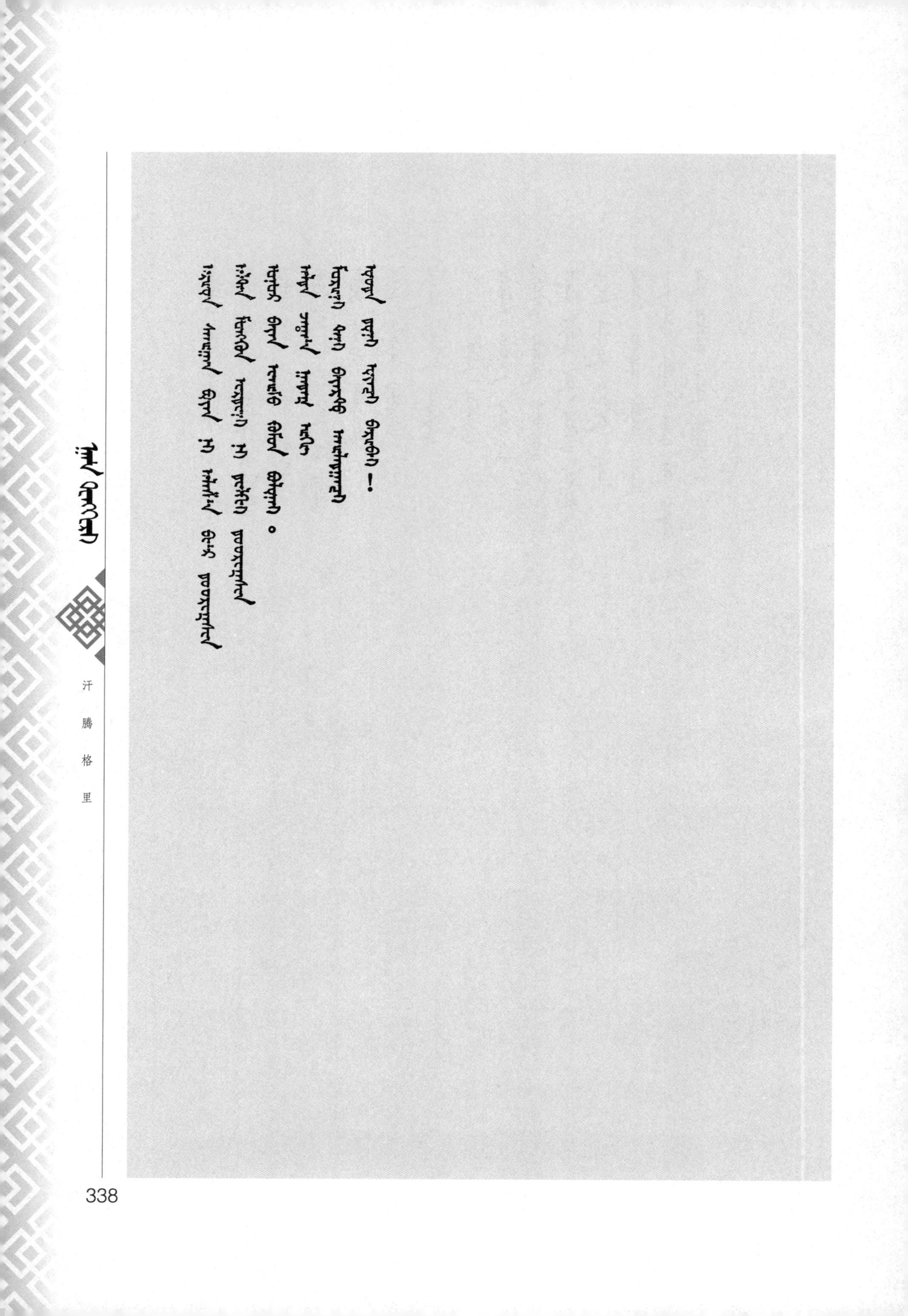

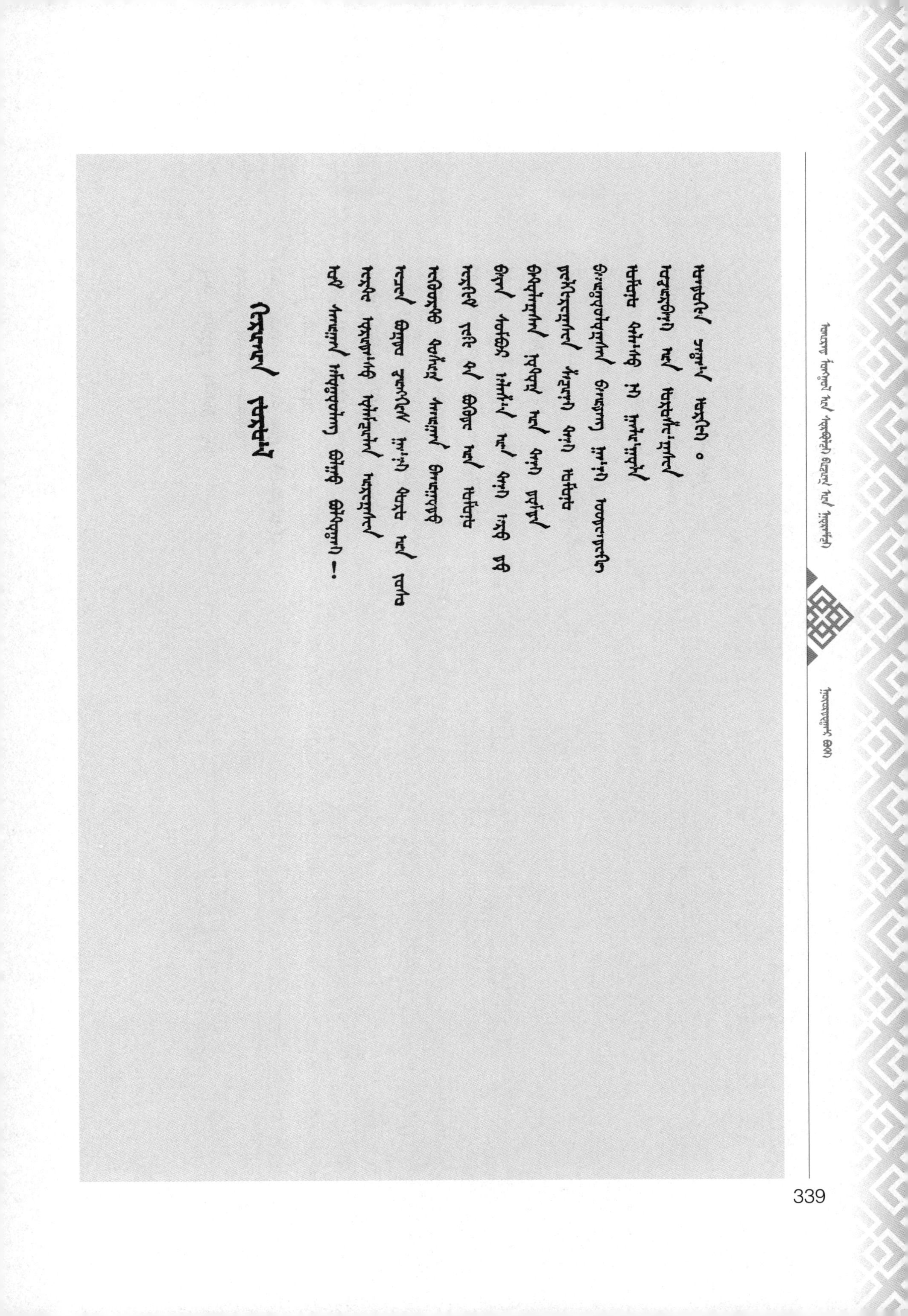

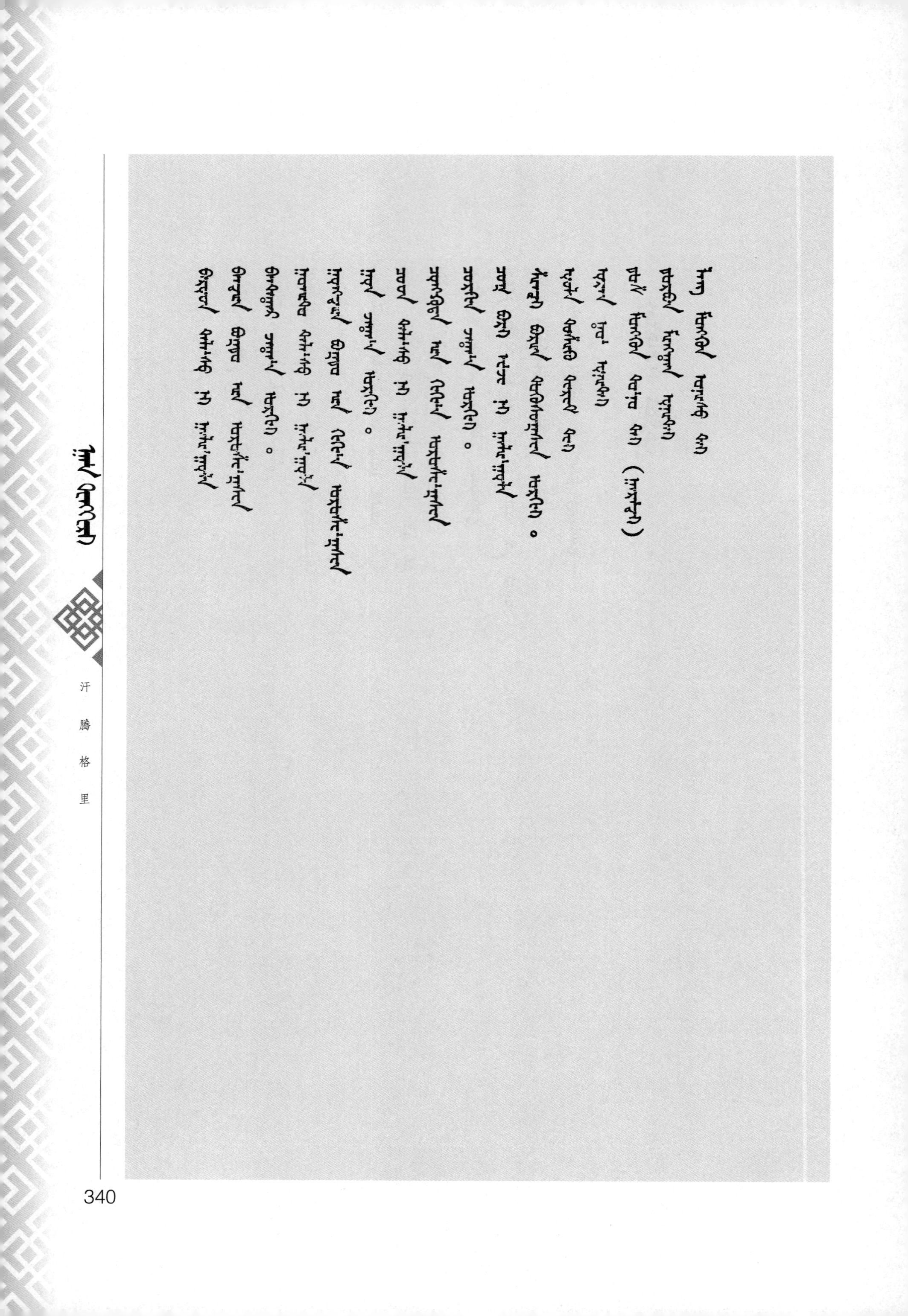

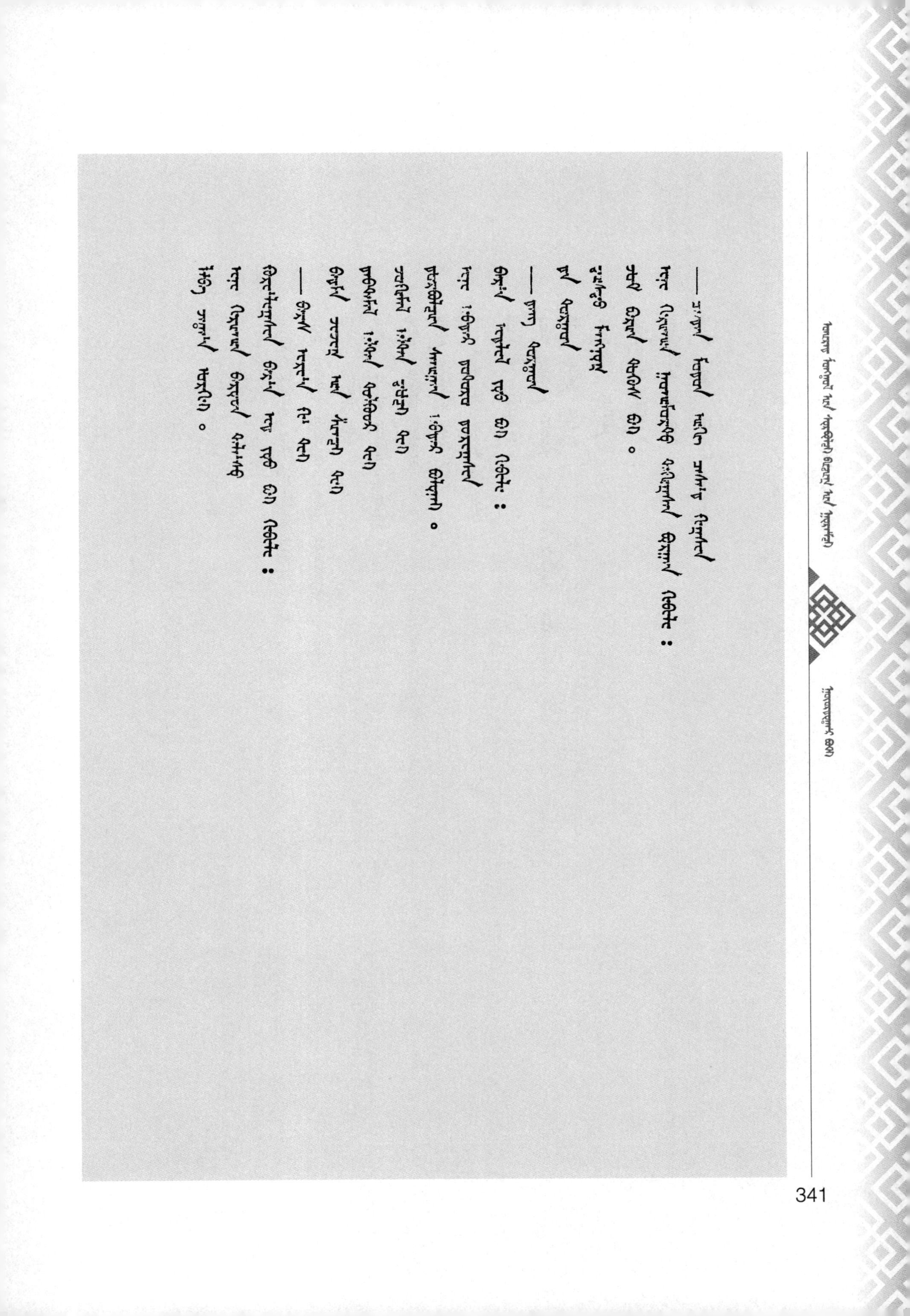

—— [illegible]
[illegible] ᠄
[illegible] ᠃
[illegible]
[illegible]
—— [illegible]
[illegible] ᠄
[illegible]
[illegible] ᠃
[illegible]
[illegible]
[illegible]
—— [illegible]
[illegible] ᠄
[illegible]
[illegible] ᠃

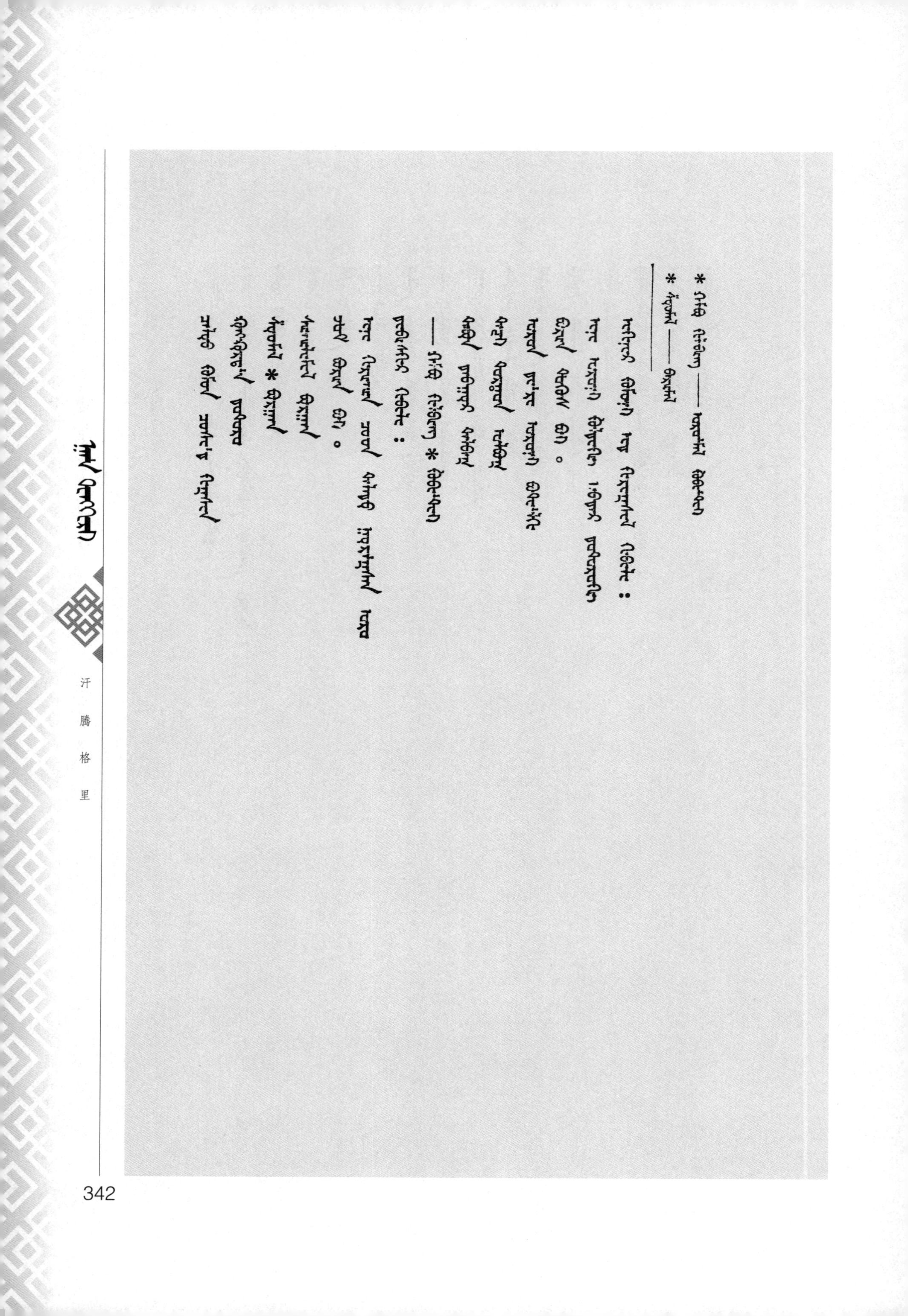

[illegible]
[illegible]
[illegible]
[illegible]
[illegible]
[illegible]
[illegible]
[illegible]
[illegible]
[illegible]
[illegible]
[illegible]
[illegible]
[illegible]
[illegible]
[illegible]

---

* [illegible]
* [illegible]

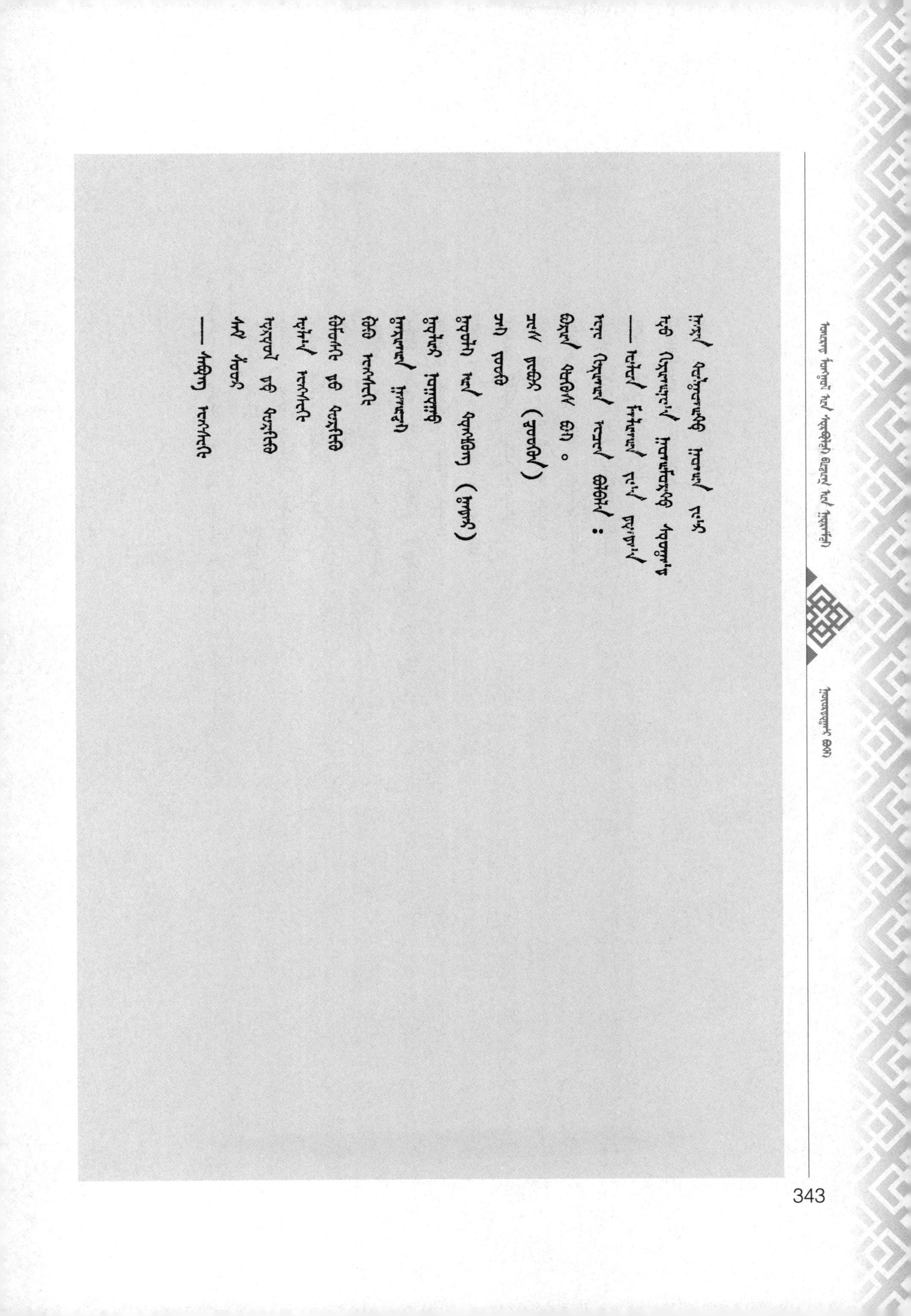

[illegible]
[illegible]
— [illegible]
[illegible] :
[illegible] 。
[illegible] ([illegible])
[illegible]
[illegible] ([illegible])
[illegible]
[illegible]
[illegible]
[illegible]
[illegible]
[illegible]
[illegible]
— [illegible]

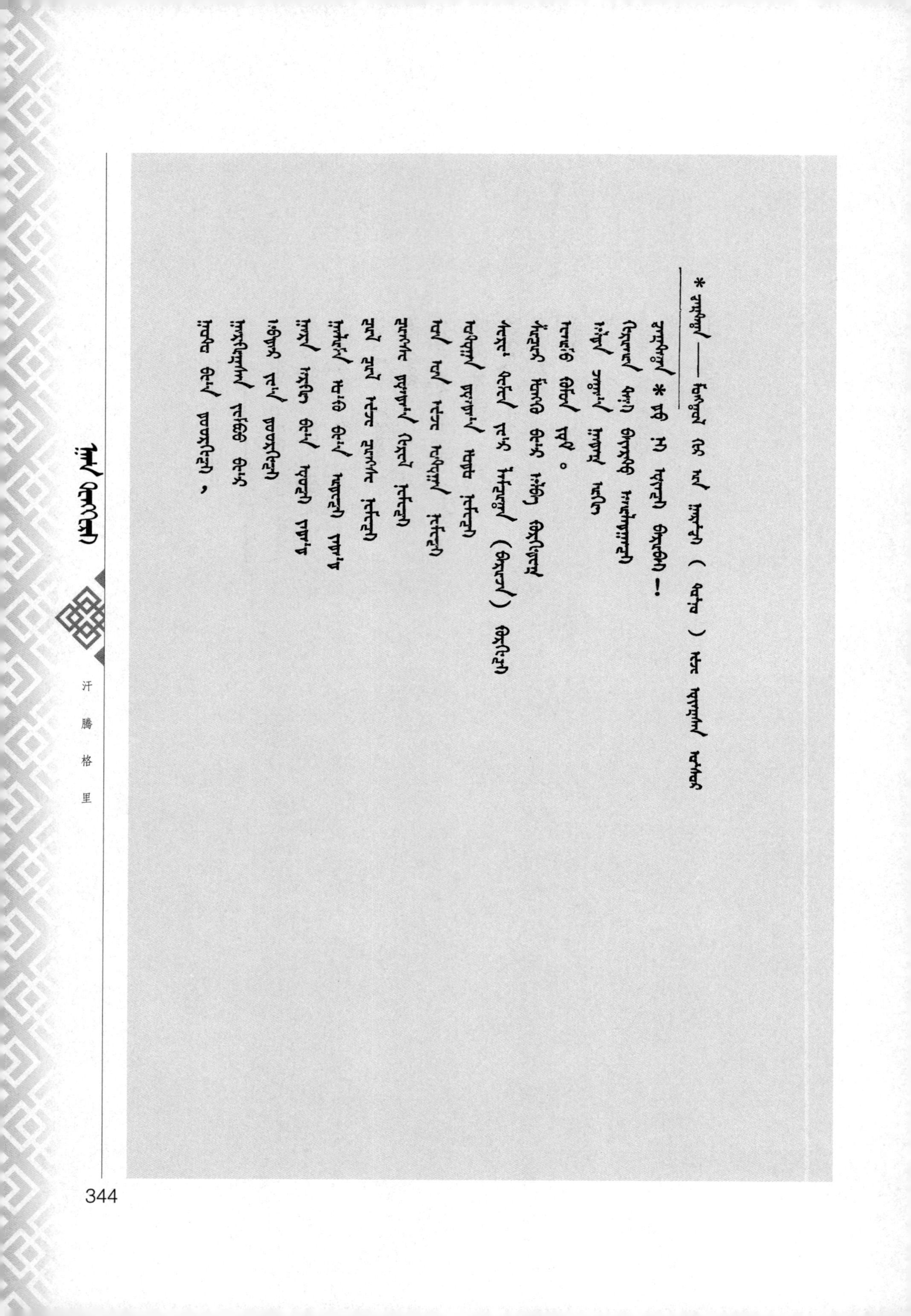

ᠳᠠᠭᠤᠯᠠᠭᠰᠠᠨ [illegible] ◦
ᠳᠡᠭᠡᠷ ᠪᠣᠯᠣᠭᠰᠠᠨ [illegible] ᠪᠠ
[illegible]
[illegible]
[illegible] ([illegible]) ᠪᠣᠯᠣᠭᠰᠠᠨ
[illegible]
[illegible]
[illegible]
[illegible]
[illegible]
[illegible]
[illegible]
[illegible] —
[illegible] —

[illegible]

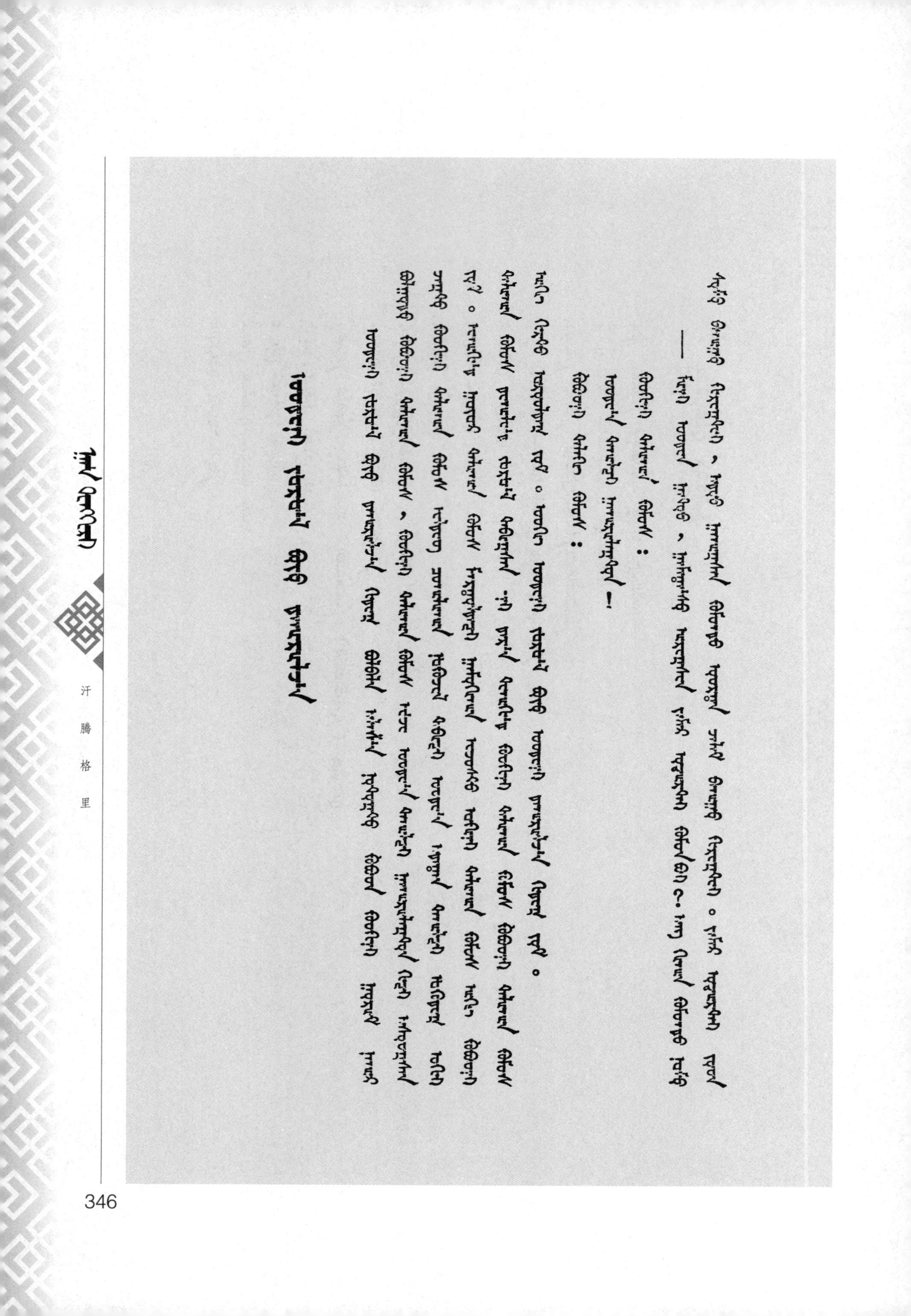

[illegible]

[illegible]

[illegible]

[illegible]

[illegible]

[illegible]

[illegible]

[illegible]

[illegible]

[illegible]

[illegible]

[illegible]

[illegible]

[illegible]

[illegible]

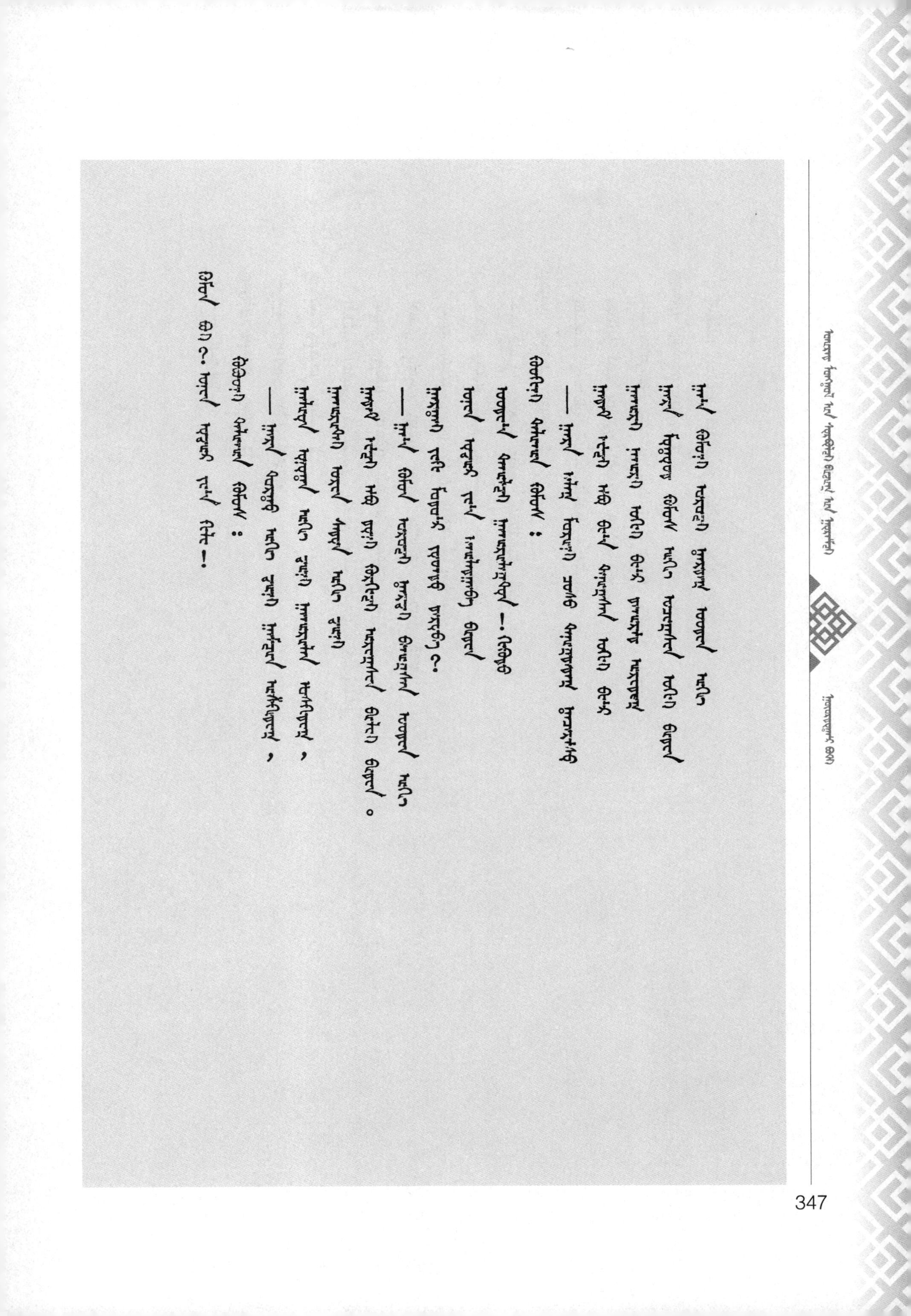

[illegible]
[illegible]
[illegible]
[illegible]
— [illegible]
[illegible] :
[illegible]
[illegible]
[illegible] ?
— [illegible] 。
[illegible] 。
[illegible]
[illegible] ,
— [illegible] ,
[illegible] :
[illegible] ? [illegible] !

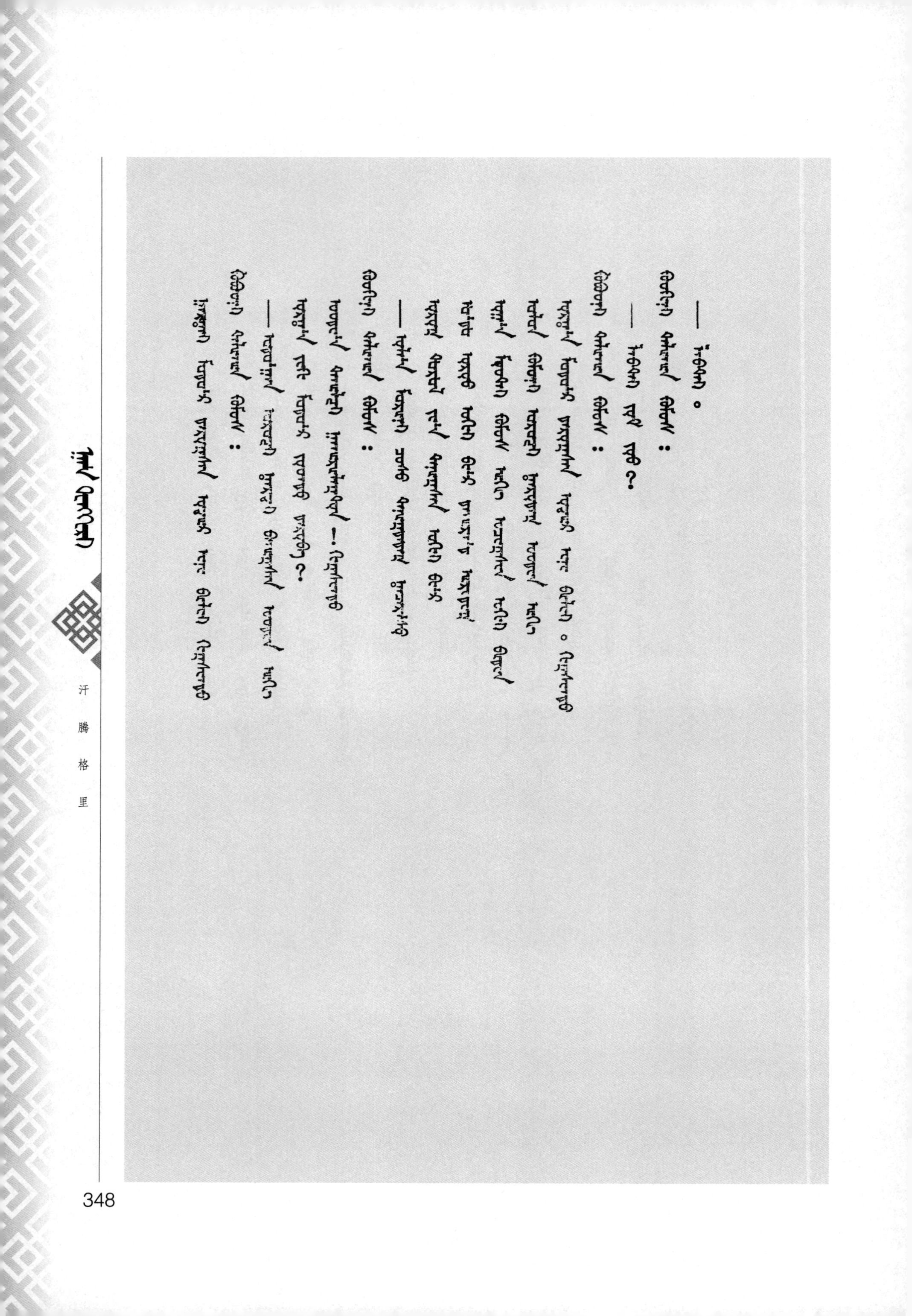

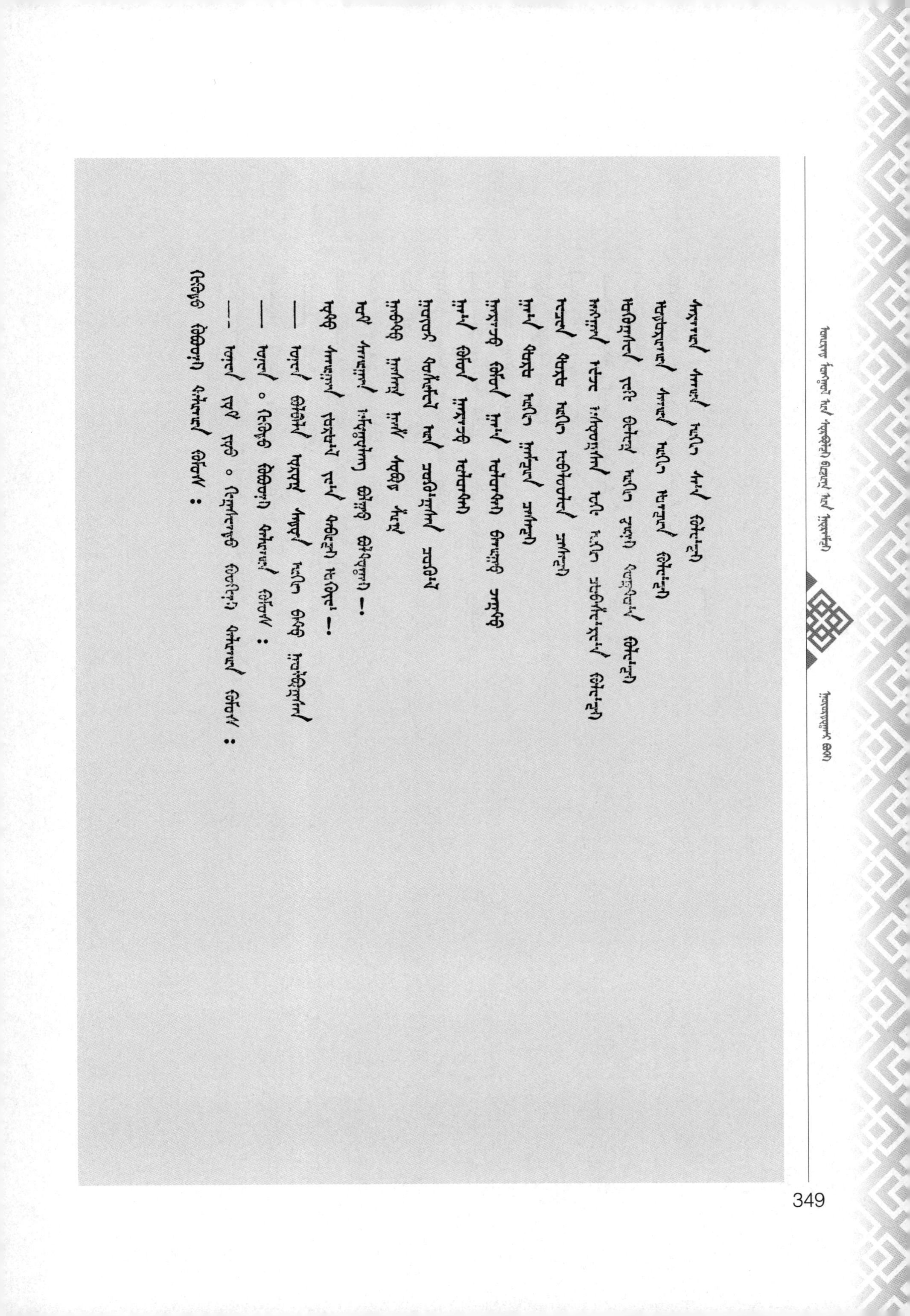

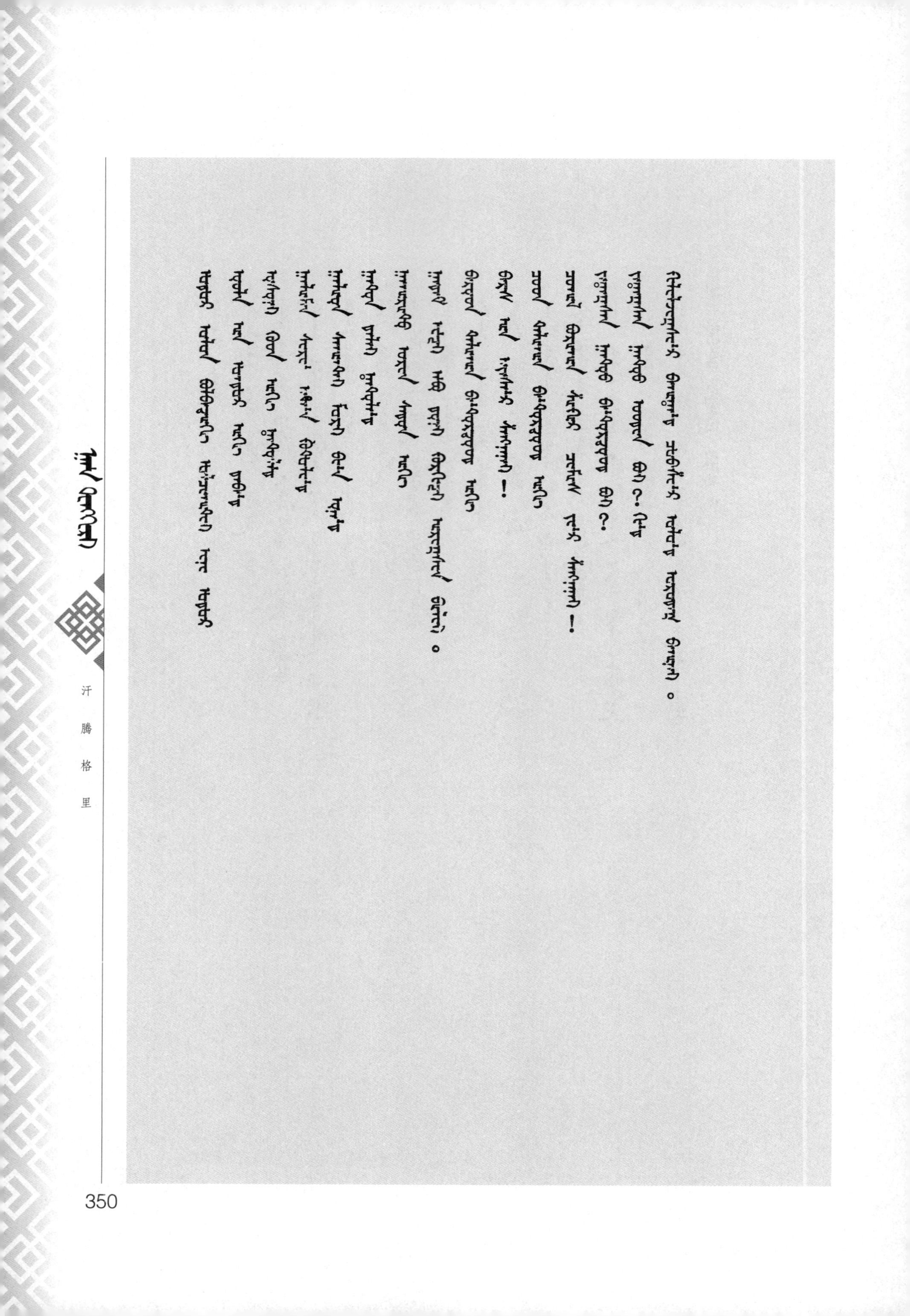

[illegible]
[illegible]
[illegible]
[illegible]
[illegible]
[illegible]
[illegible]
[illegible] 。
[illegible]
[illegible] !
[illegible]
[illegible] !
[illegible] ?
[illegible] ?
[illegible] 。

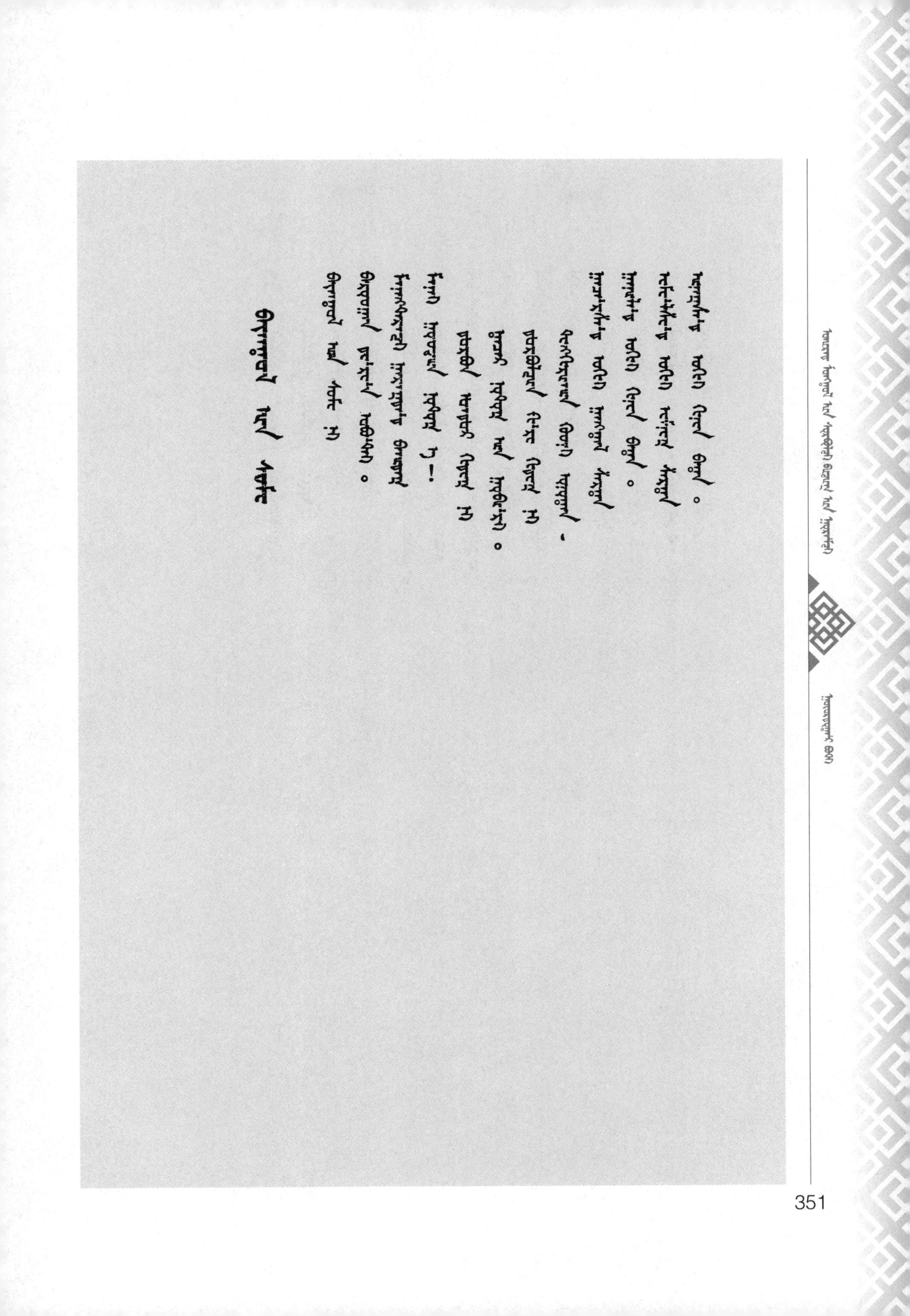

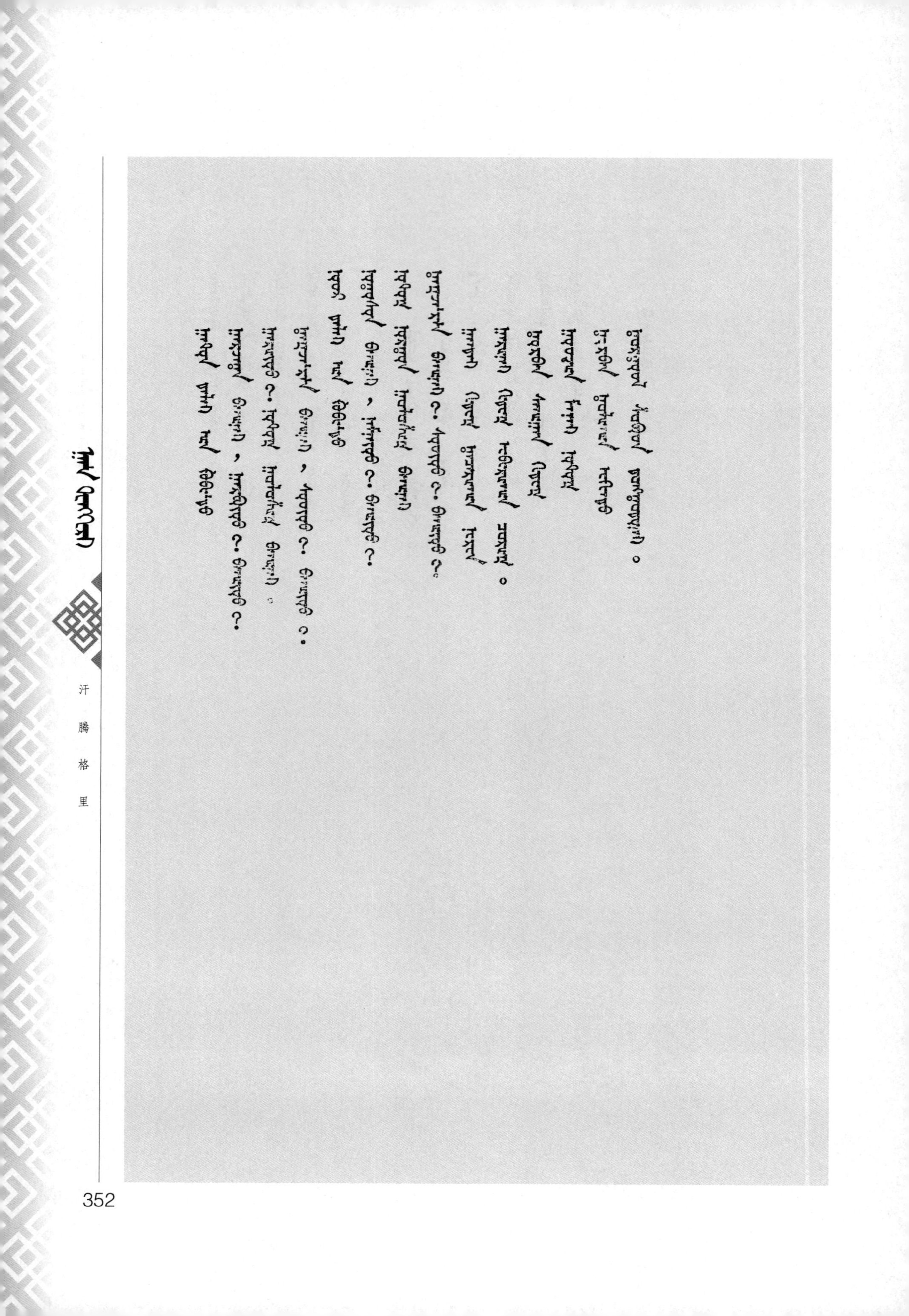

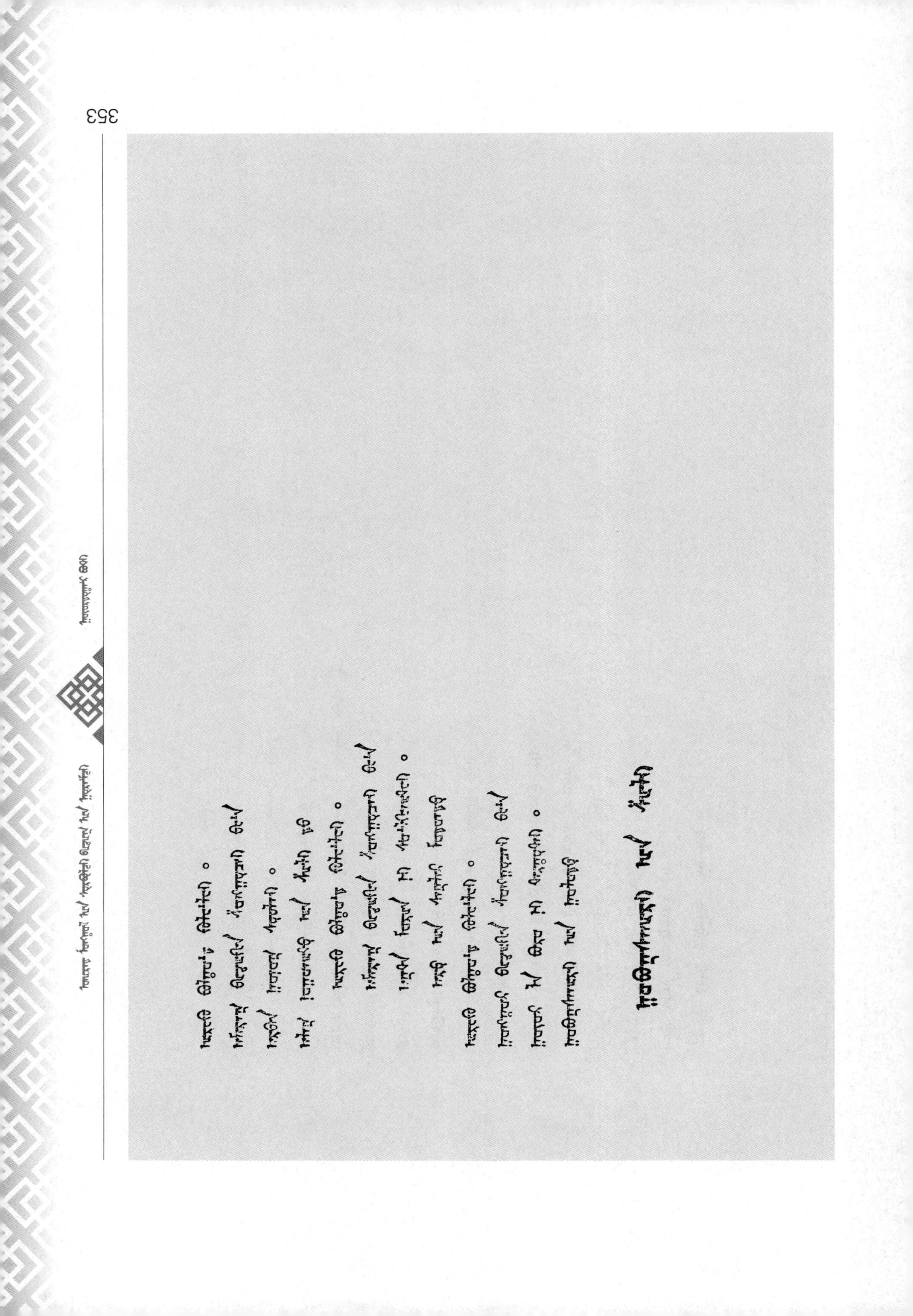

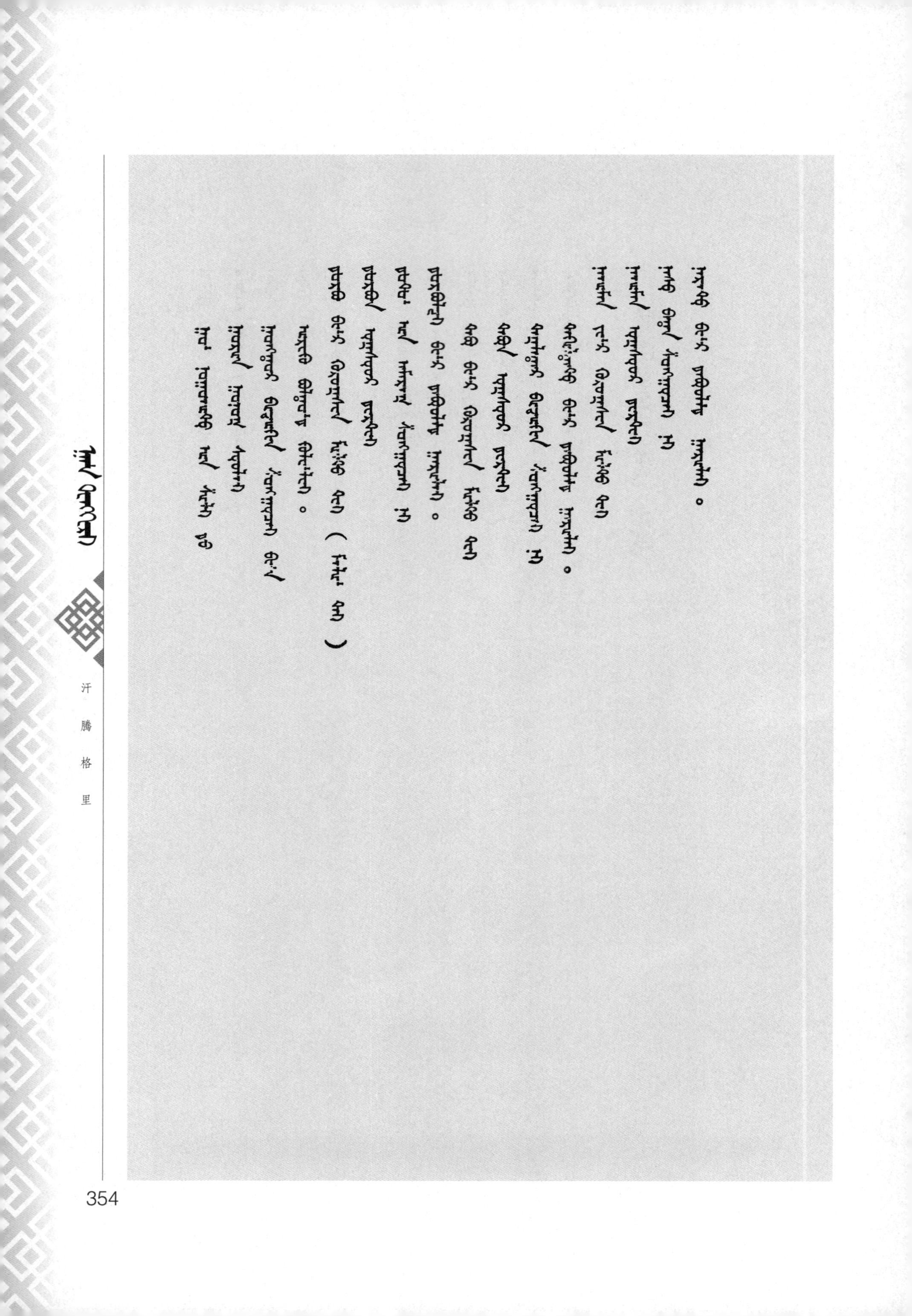

[illegible]

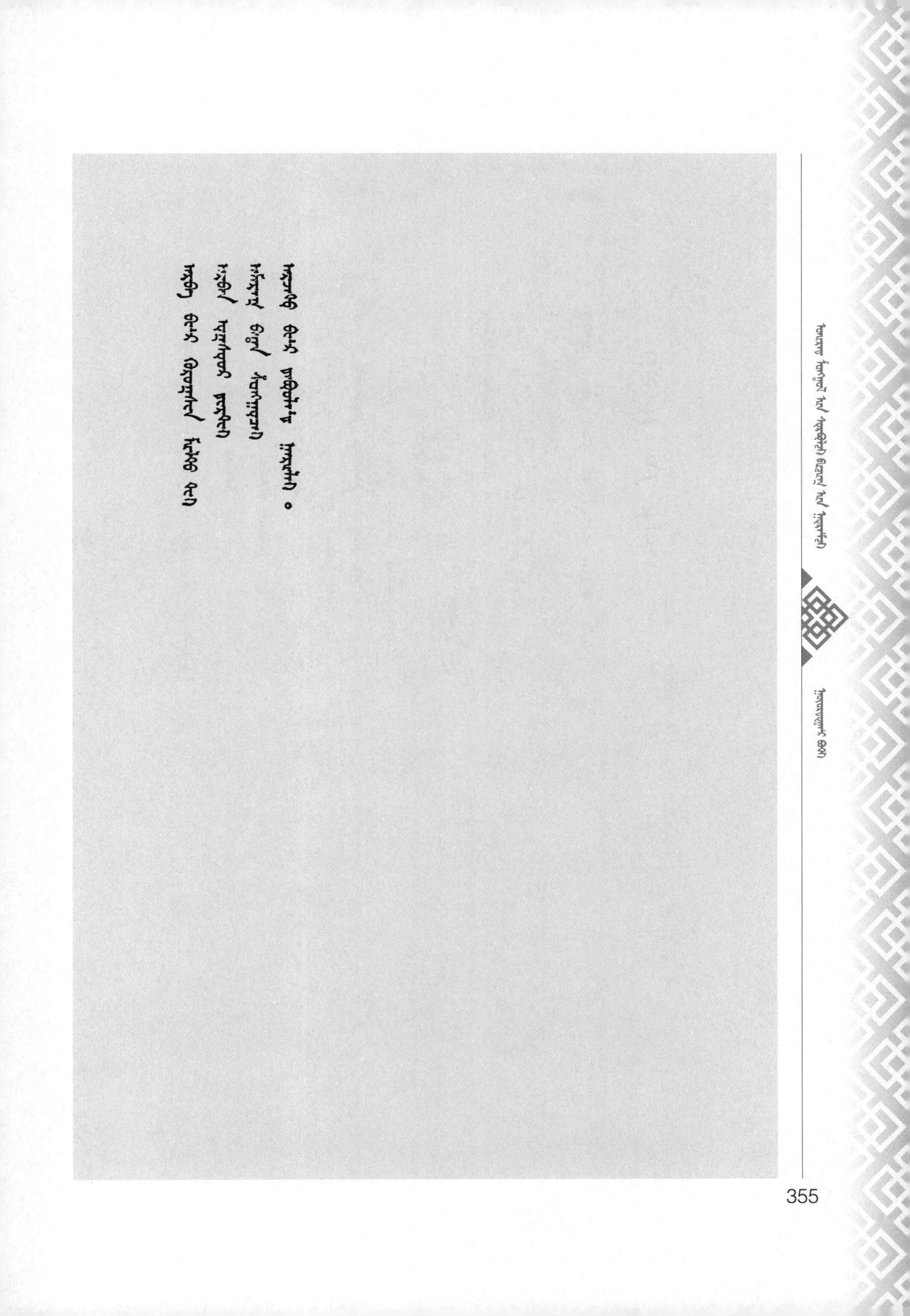

* ᠨᠤᠲᠤᠭ ᠮᠠᠨᠤ —— ᠡᠨᠡ ᠮᠦᠷ ᠢ ᠳᠠᠪᠲᠠᠨ ᠳᠠᠭᠤᠯᠠᠨᠠ ◦

[illegible] [illegible] [illegible] ᠪᠢᠯᠡ ◦
[illegible] [illegible] ᠬᠠᠨ [illegible] ᠨᠤᠲᠤᠭ ᠮᠠᠨᠤ
[illegible] [illegible] [illegible]
[illegible] [illegible] ᠬᠠᠨ ᠲᠡᠩᠭᠷᠢ ᠶᠢᠨ ᠨᠤᠲᠤᠭ ᠮᠠᠨᠤ
[illegible] [illegible] [illegible] ᠪᠢᠯᠡ ◦
[illegible] [illegible] ᠬᠠᠨ [illegible] ᠨᠤᠲᠤᠭ ᠮᠠᠨᠤ
[illegible] [illegible] [illegible]
[illegible] [illegible] ᠬᠠᠨ ᠲᠡᠩᠭᠷᠢ ᠶᠢᠨ ᠨᠤᠲᠤᠭ ᠮᠠᠨᠤ
[illegible] [illegible] [illegible] ◦
[illegible] [illegible] [illegible] ᠶᠢᠨ ᠨᠤᠲᠤᠭ ᠮᠠᠨᠤ
[illegible] [illegible] [illegible]
[illegible] ᠬᠠᠨ ᠲᠡᠩᠭᠷᠢ ᠶᠢᠨ ᠨᠤᠲᠤᠭ ᠮᠠᠨᠤ *

[illegible] ᠬᠠᠨ ᠲᠡᠩᠭᠷᠢ

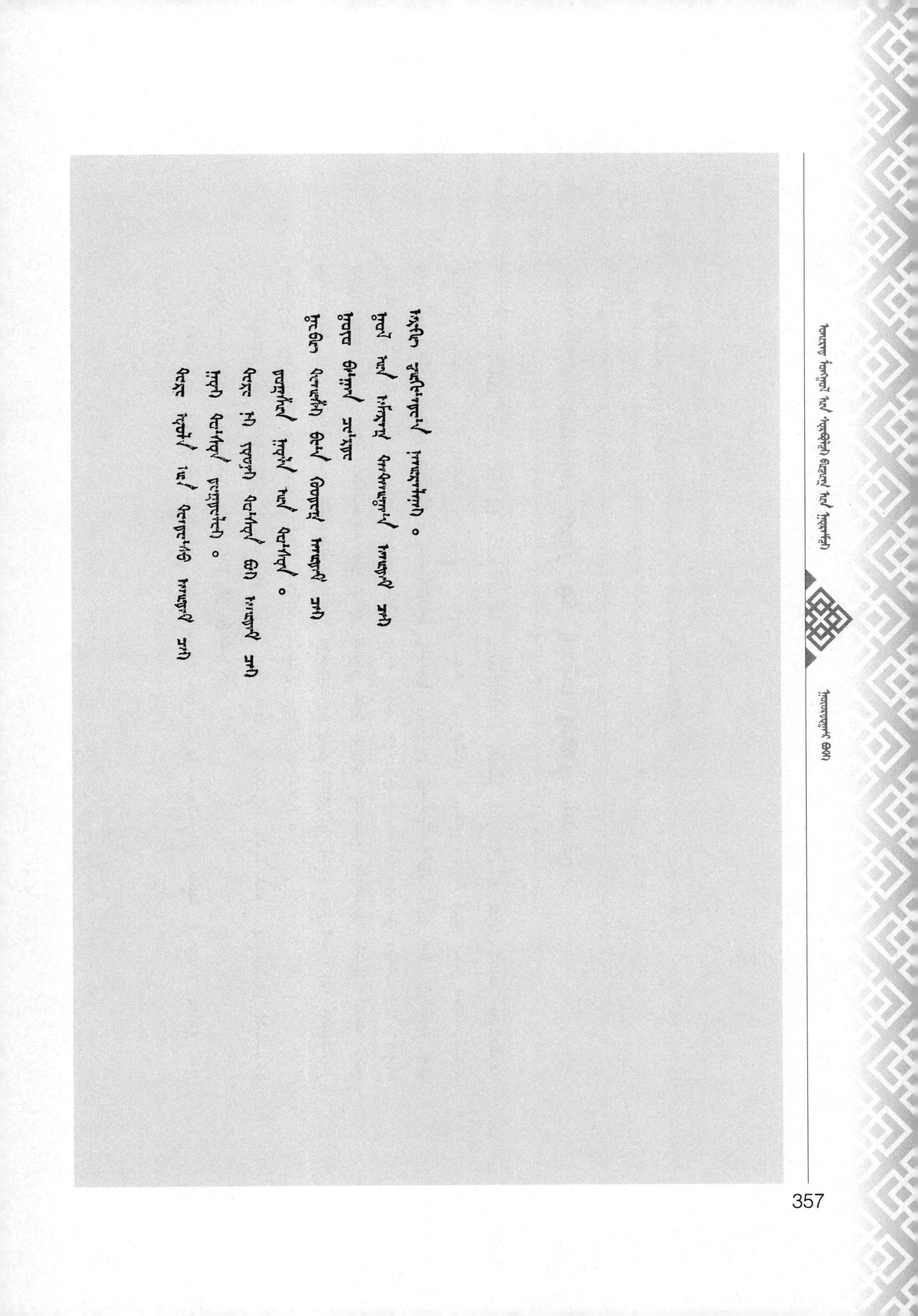

[illegible] ᠃

[illegible]

[illegible]

[illegible]

    [illegible] ᠃

    [illegible]

    [illegible] ᠃

    [illegible]

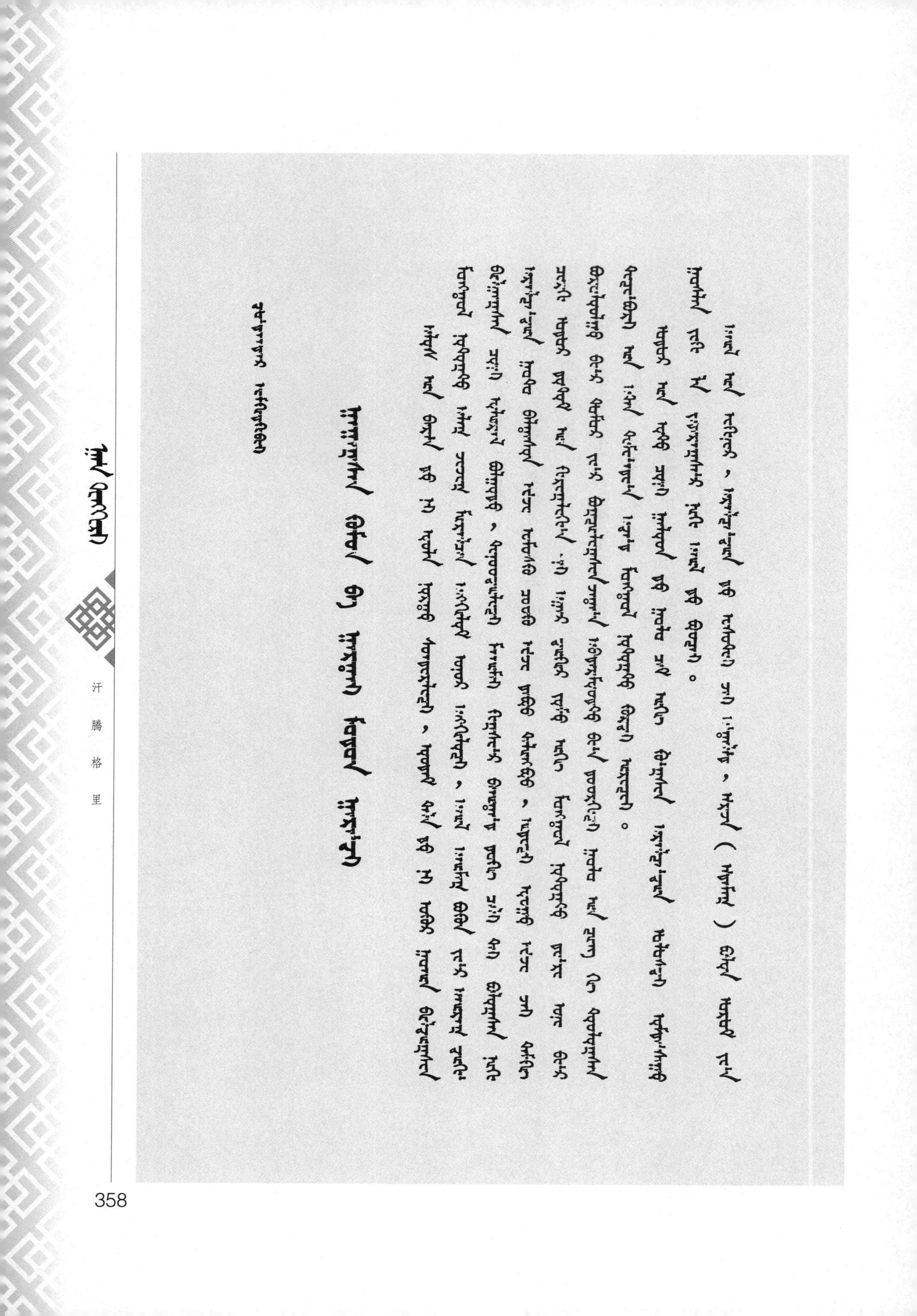

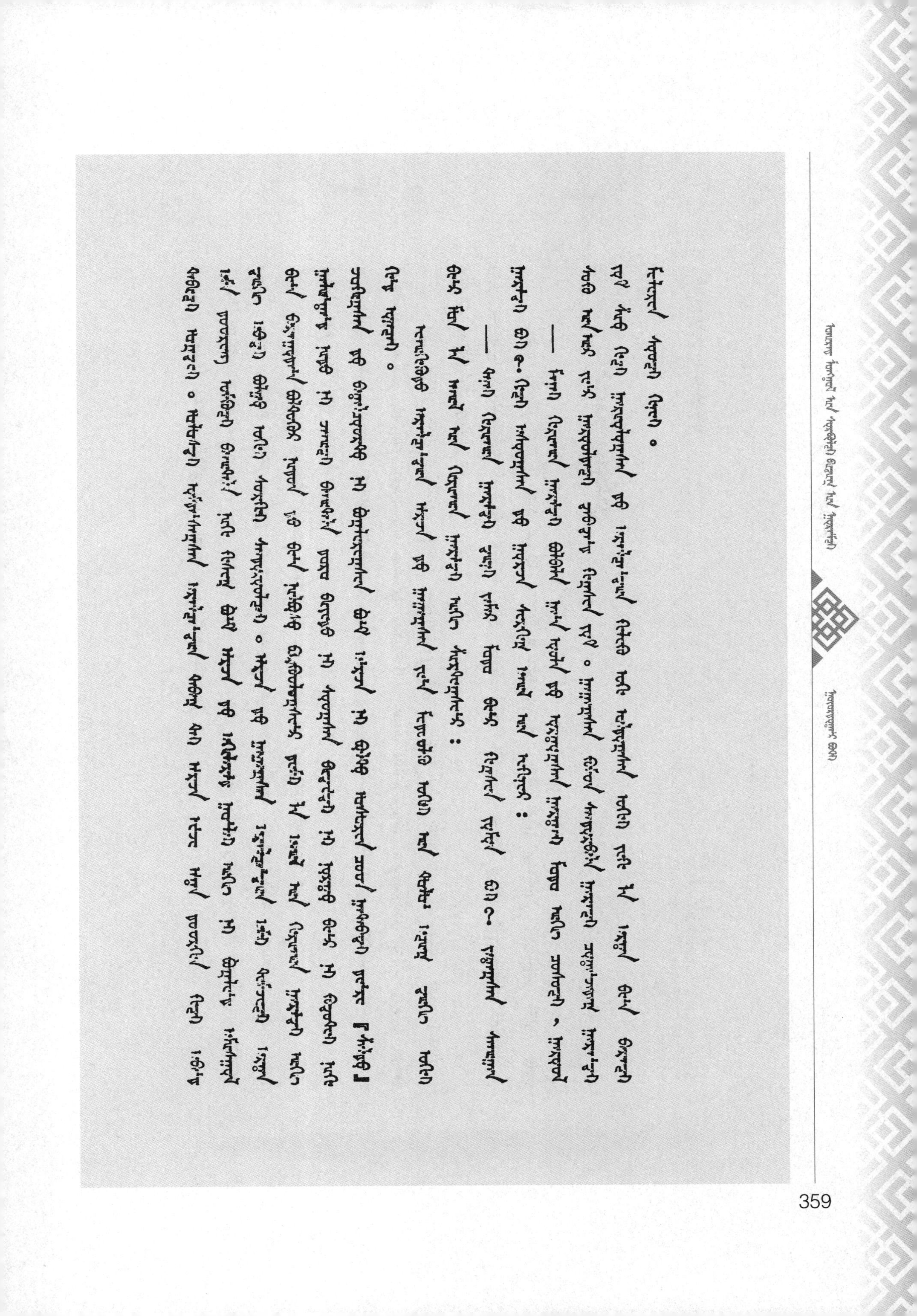

[illegible]

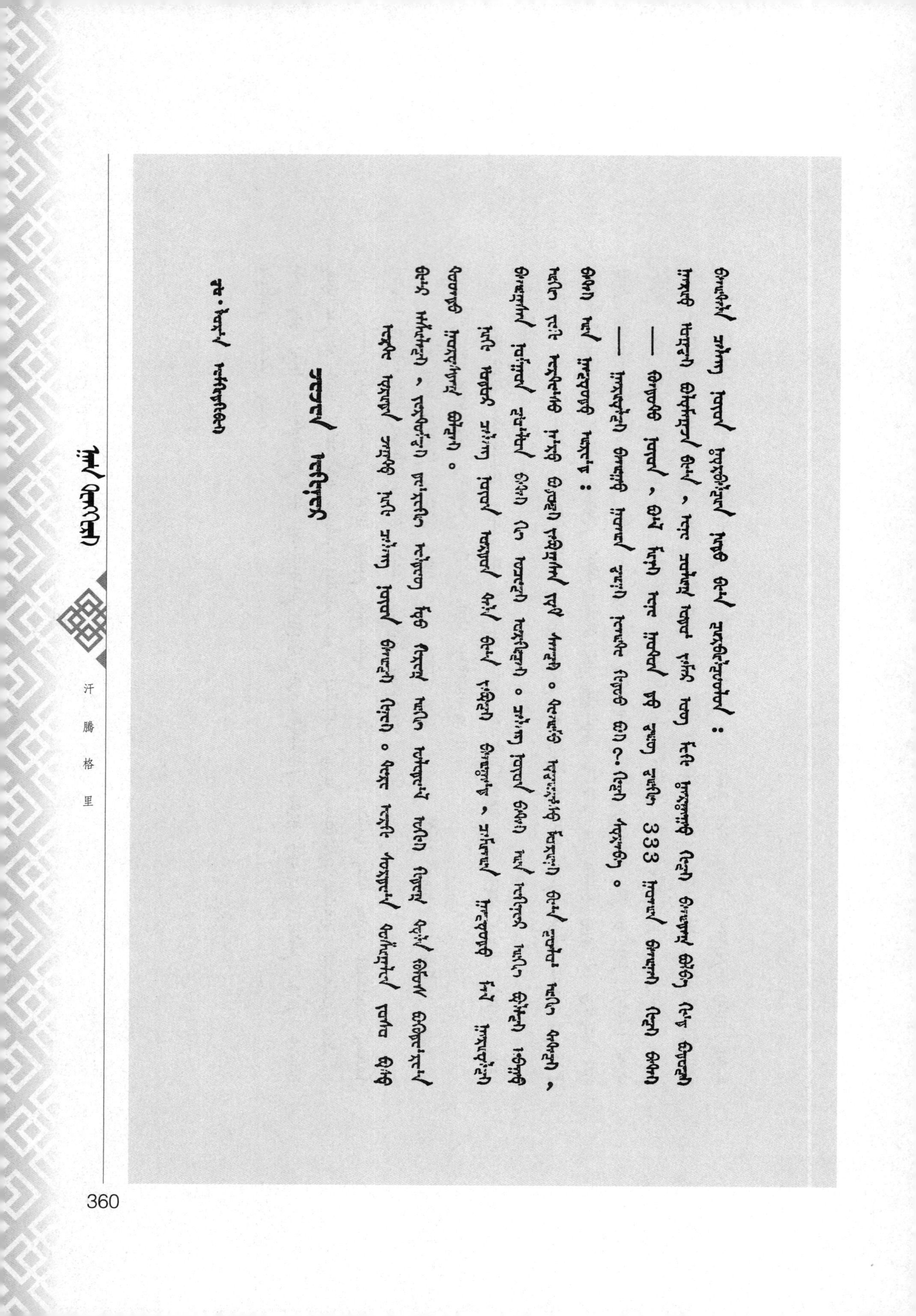

[illegible] :

[illegible]

— [illegible] 333 [illegible]

— [illegible] 。

[illegible] :

[illegible]

[illegible] 。

[illegible]

[illegible]

[illegible]

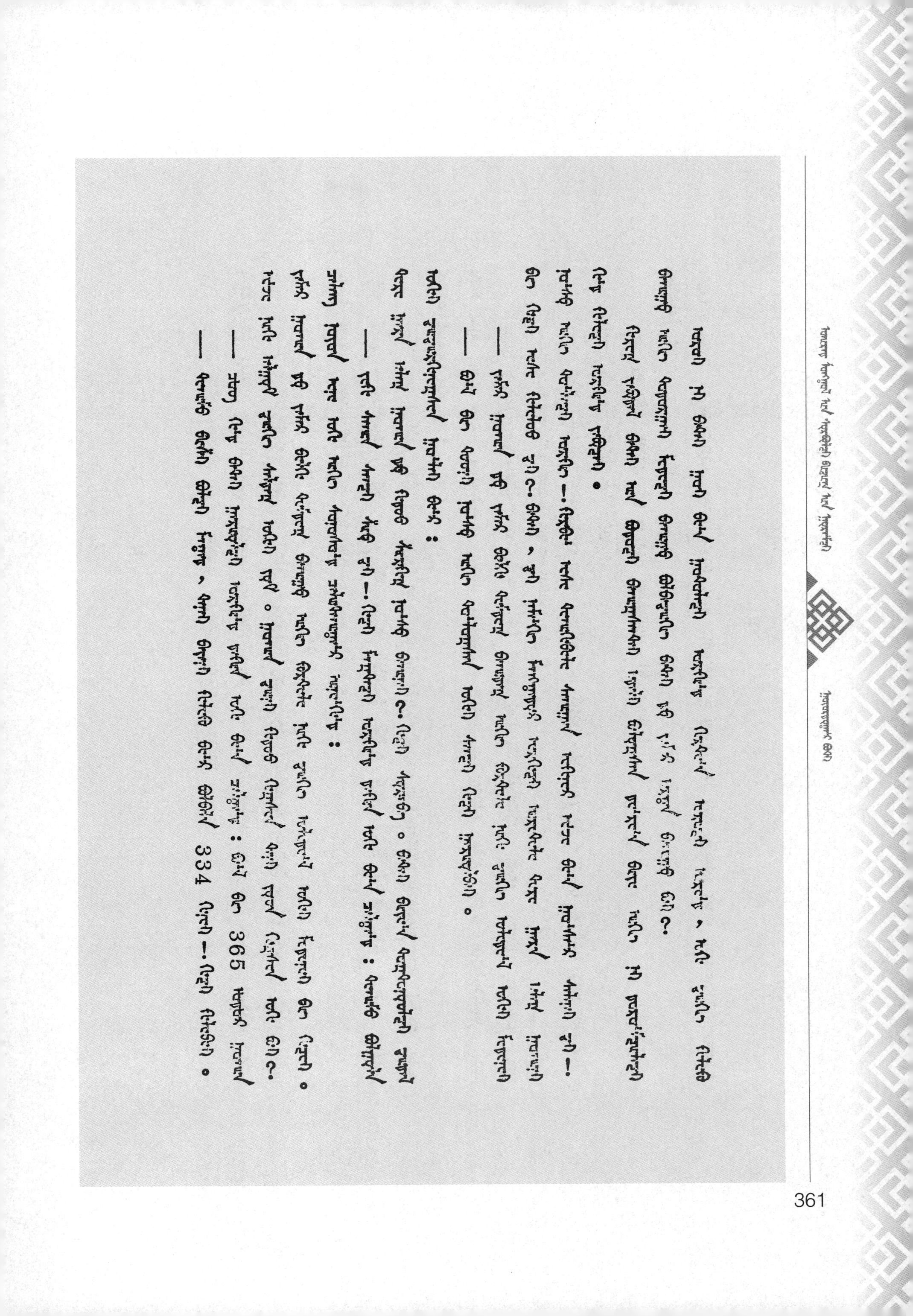

[illegible]

— [illegible] 365 [illegible]

— [illegible] 334 [illegible]

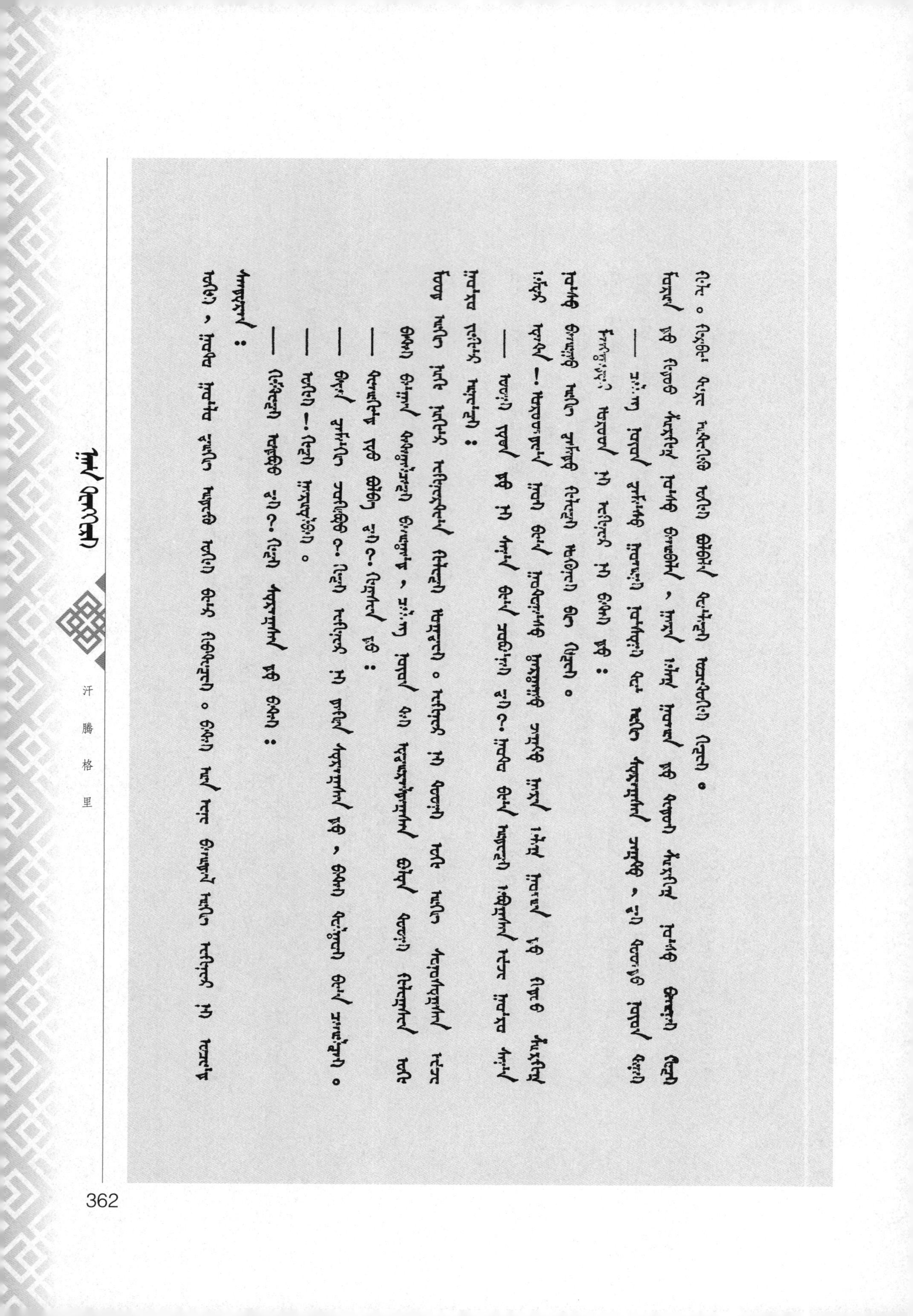

[illegible]

[illegible]

— [illegible]
[illegible]

[illegible]

[illegible]

— [illegible]

[illegible]

[illegible]
[illegible]

— [illegible]

— [illegible]

— [illegible]

— [illegible]

[illegible]

[illegible]

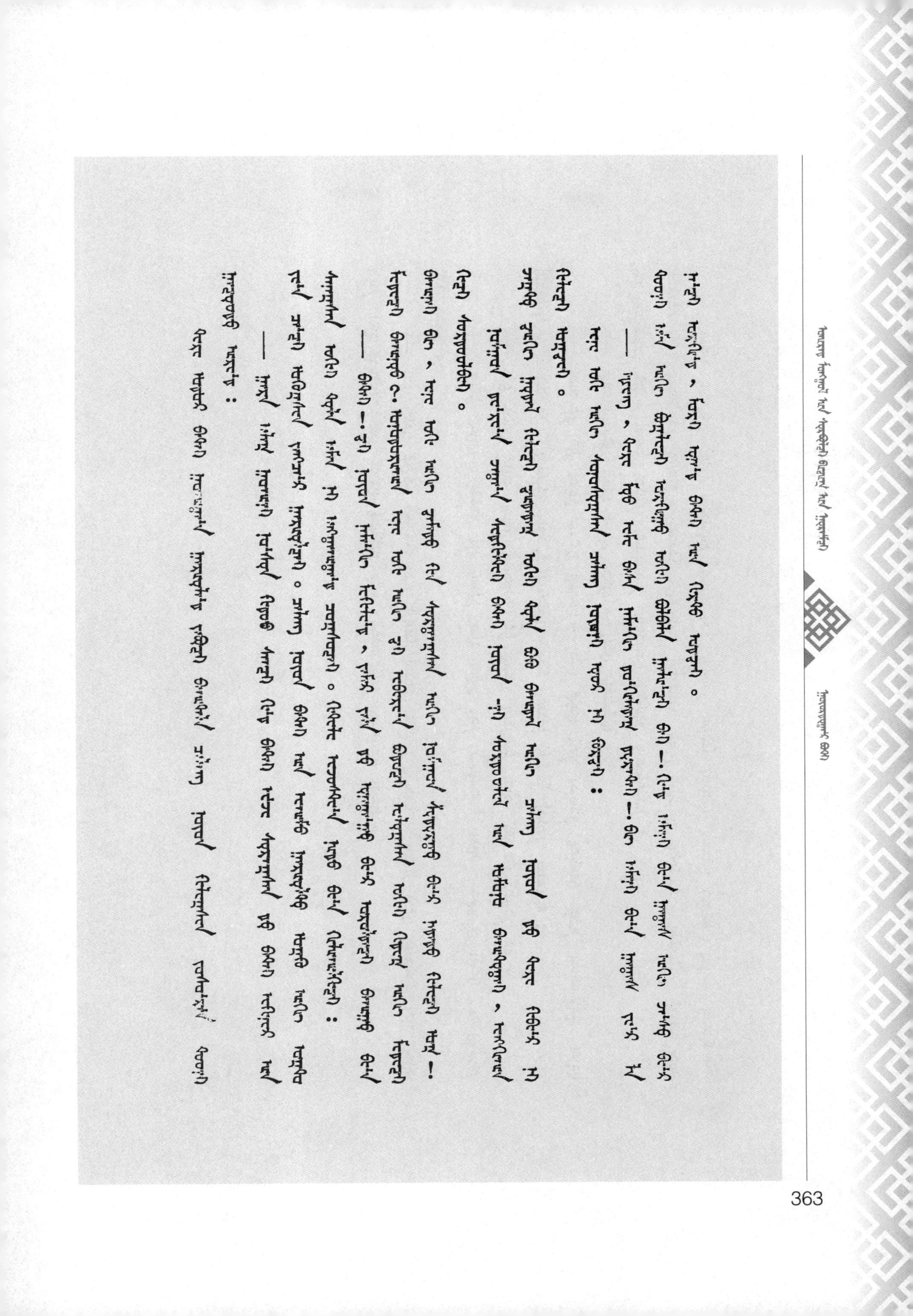

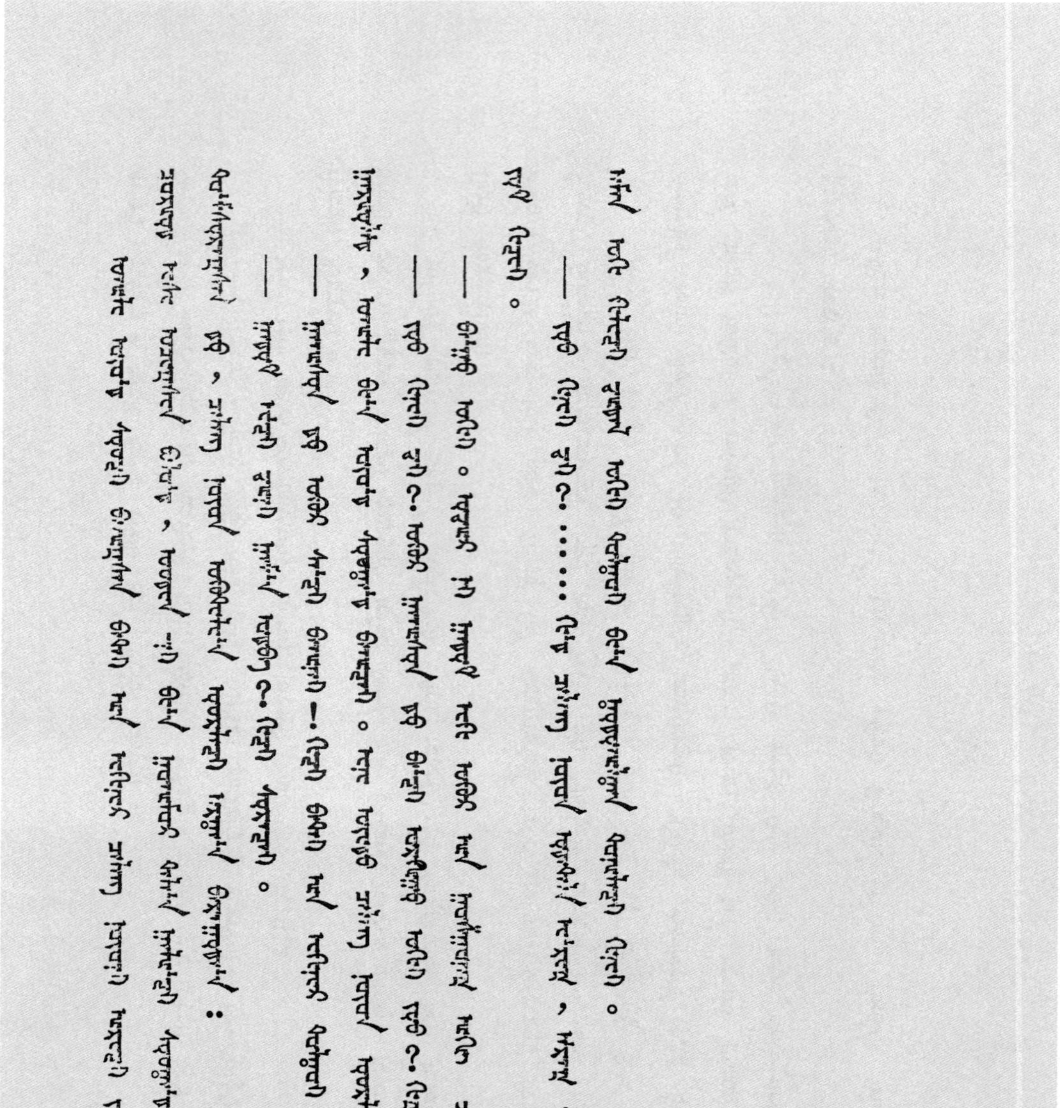

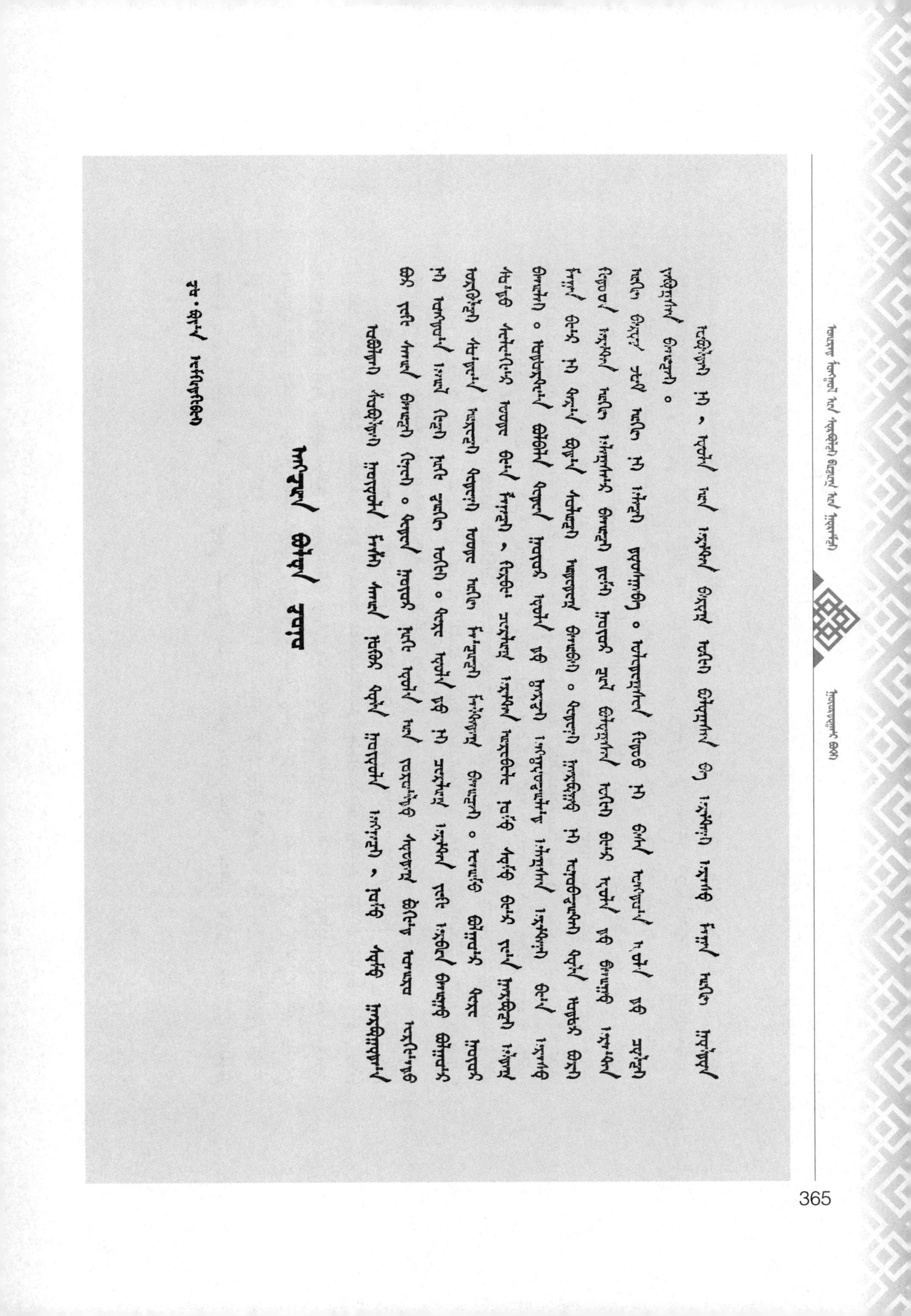

[illegible]

[illegible]

[illegible]

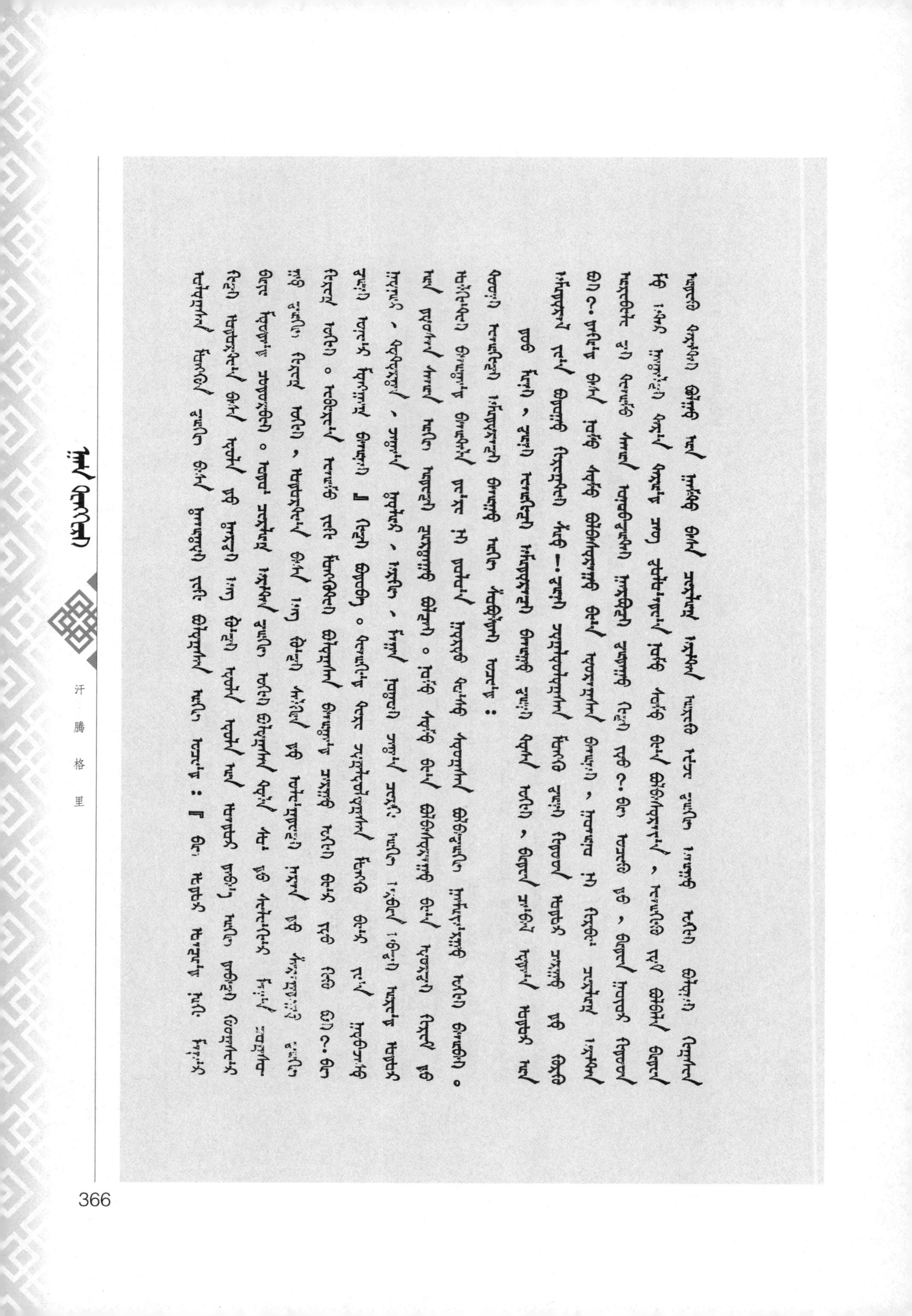

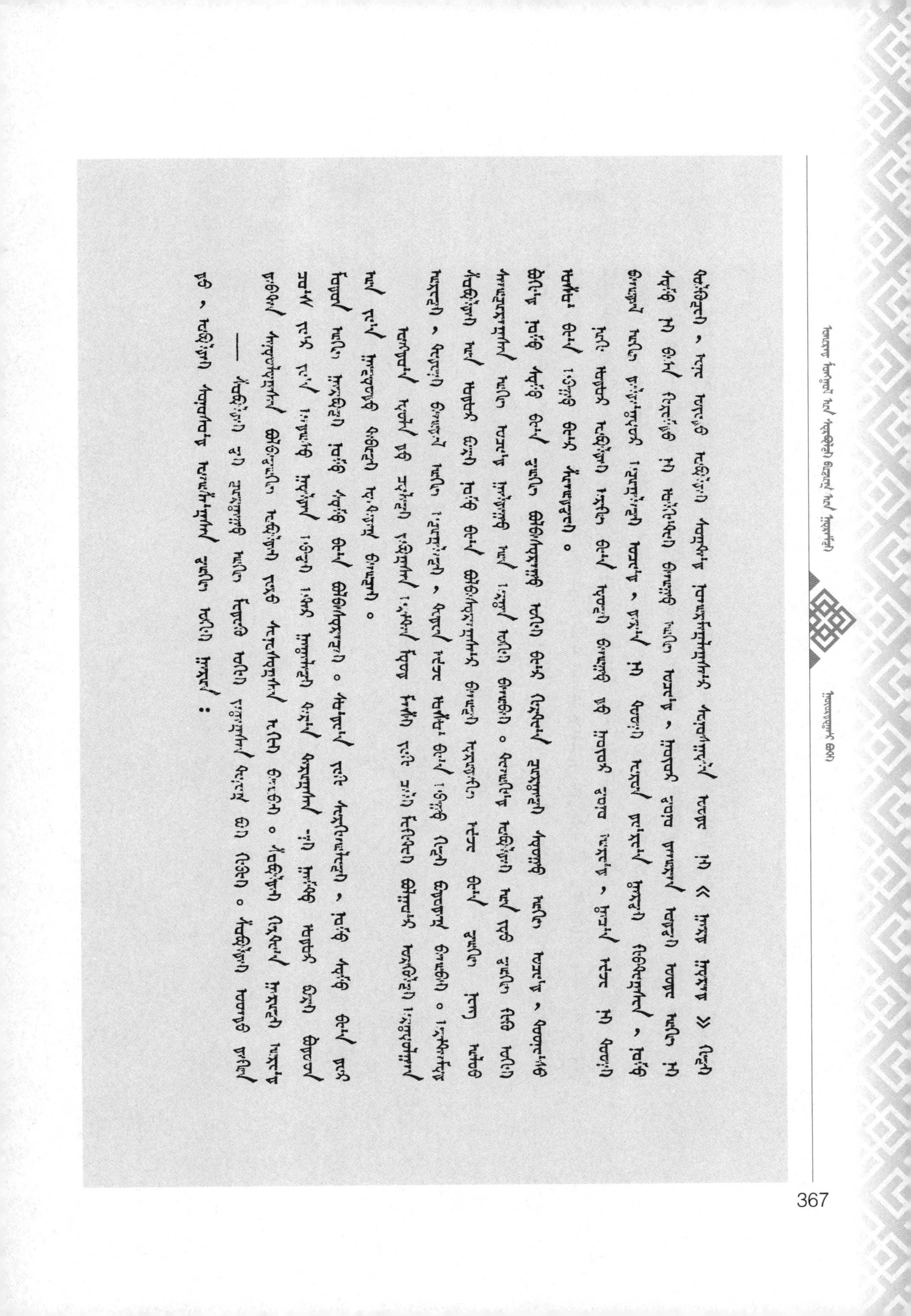

[illegible]
[illegible]
[illegible]
[illegible]
[illegible]

[illegible]
[illegible]
[illegible]
[illegible]
[illegible]
[illegible]

[illegible]
[illegible]
[illegible]

—— [illegible]
[illegible]

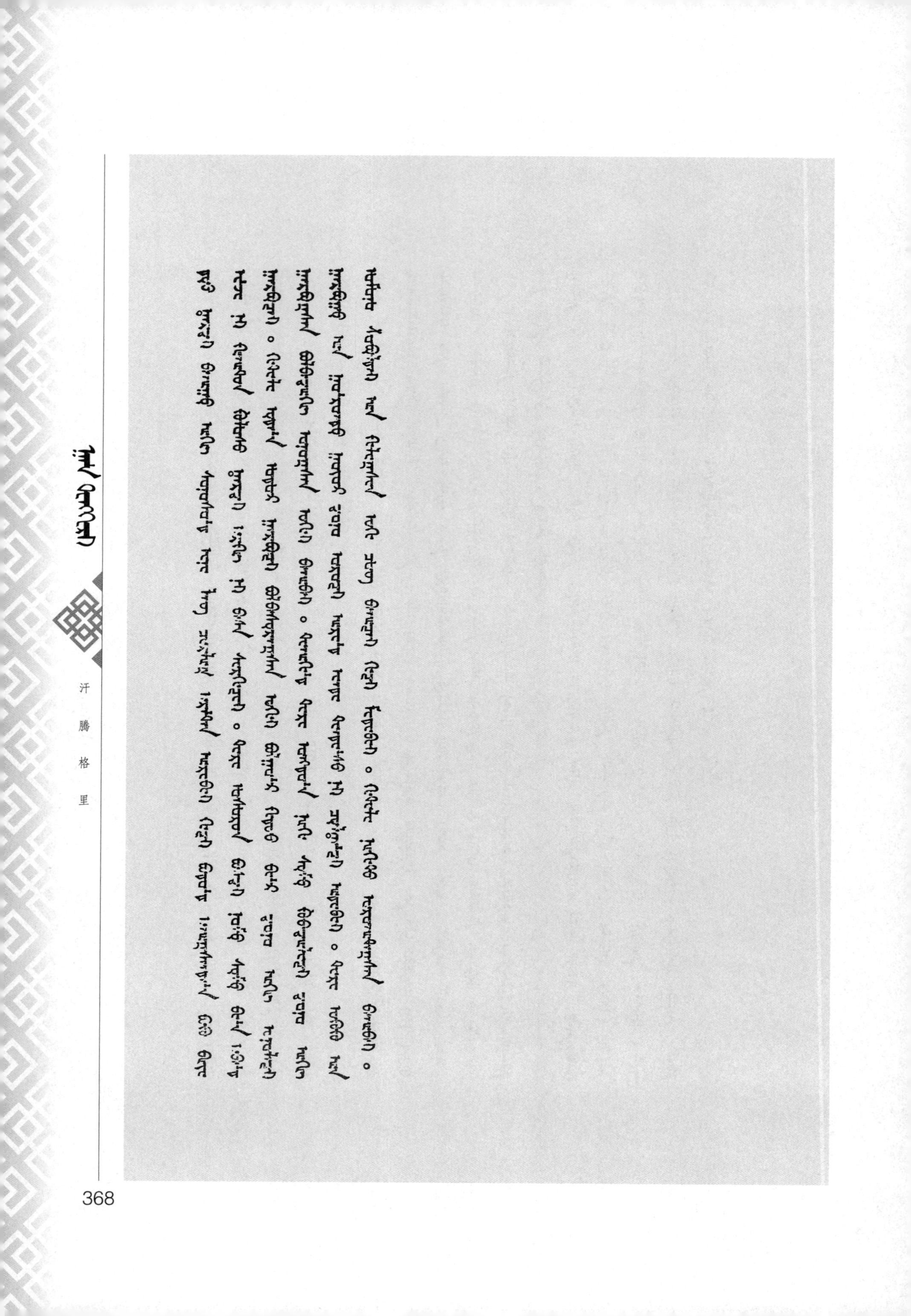

[illegible]

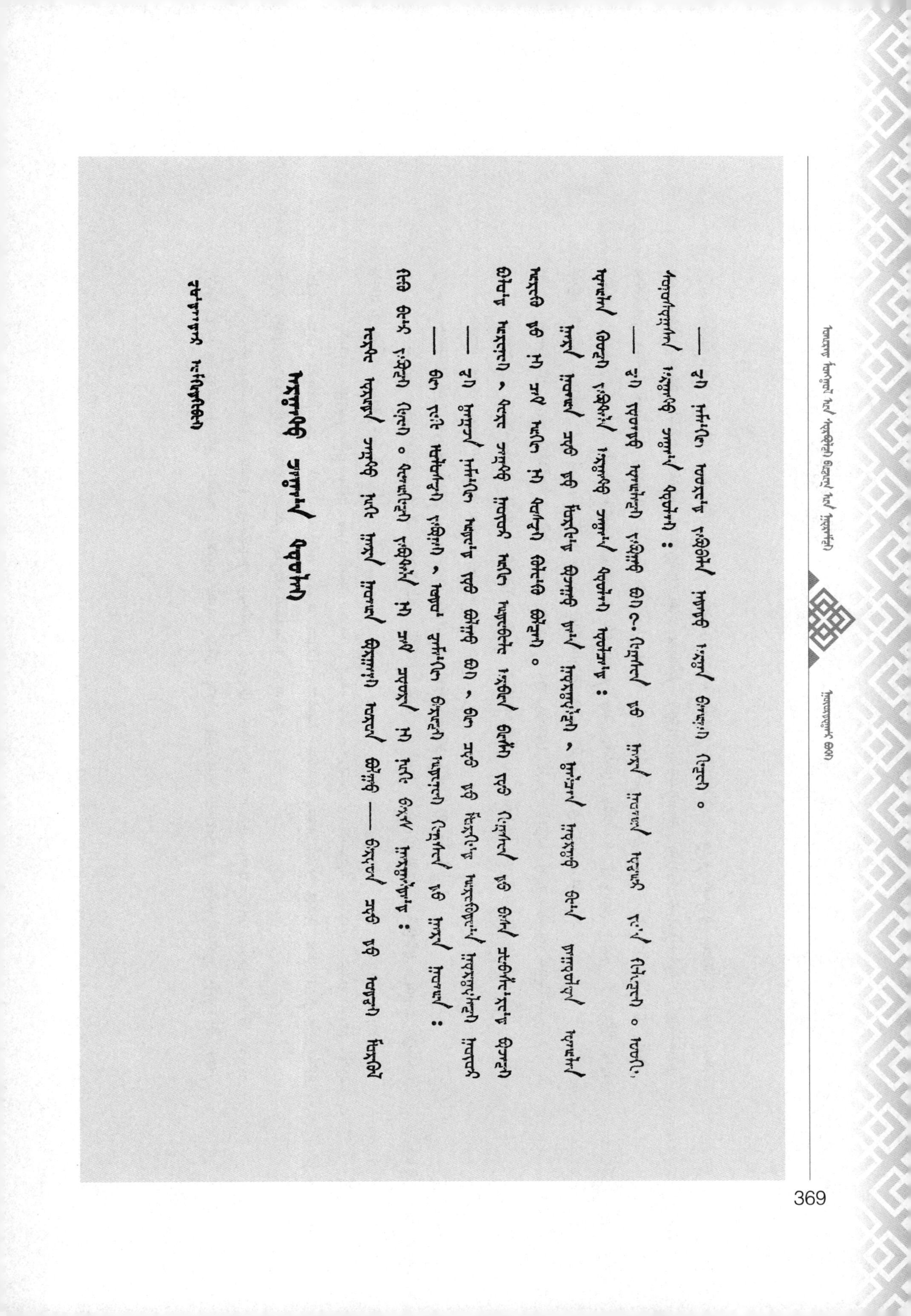

— [illegible] 。
[illegible] :
— [illegible] 。 [illegible]
[illegible] :
[illegible] ᠈ [illegible]
[illegible] 。
[illegible] ᠈ [illegible]
— [illegible] ᠈ [illegible]
— [illegible] ᠈ [illegible] ᠈ [illegible] :
[illegible] 。 [illegible] :
[illegible] — [illegible]

[illegible]

[illegible]

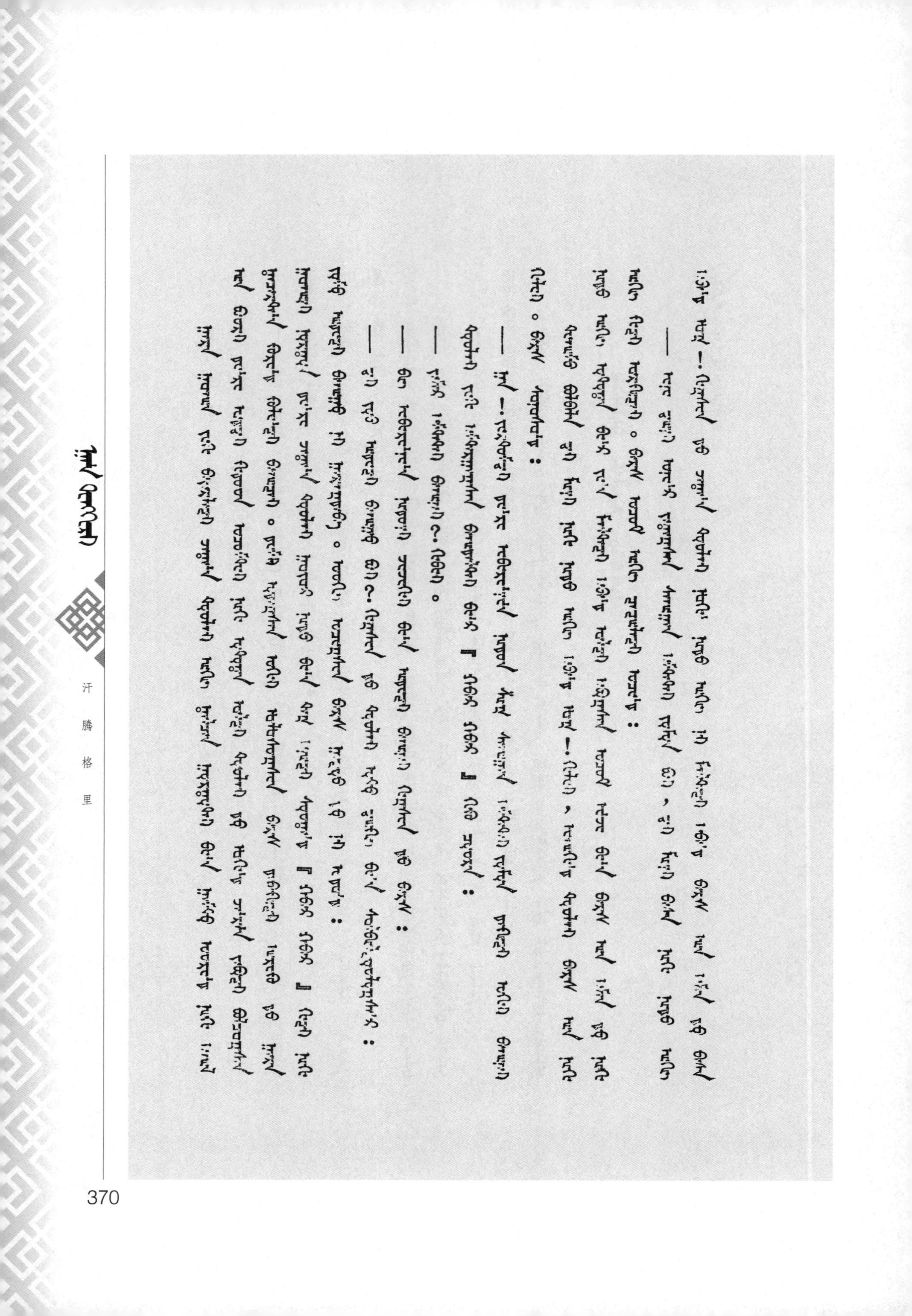

[illegible]

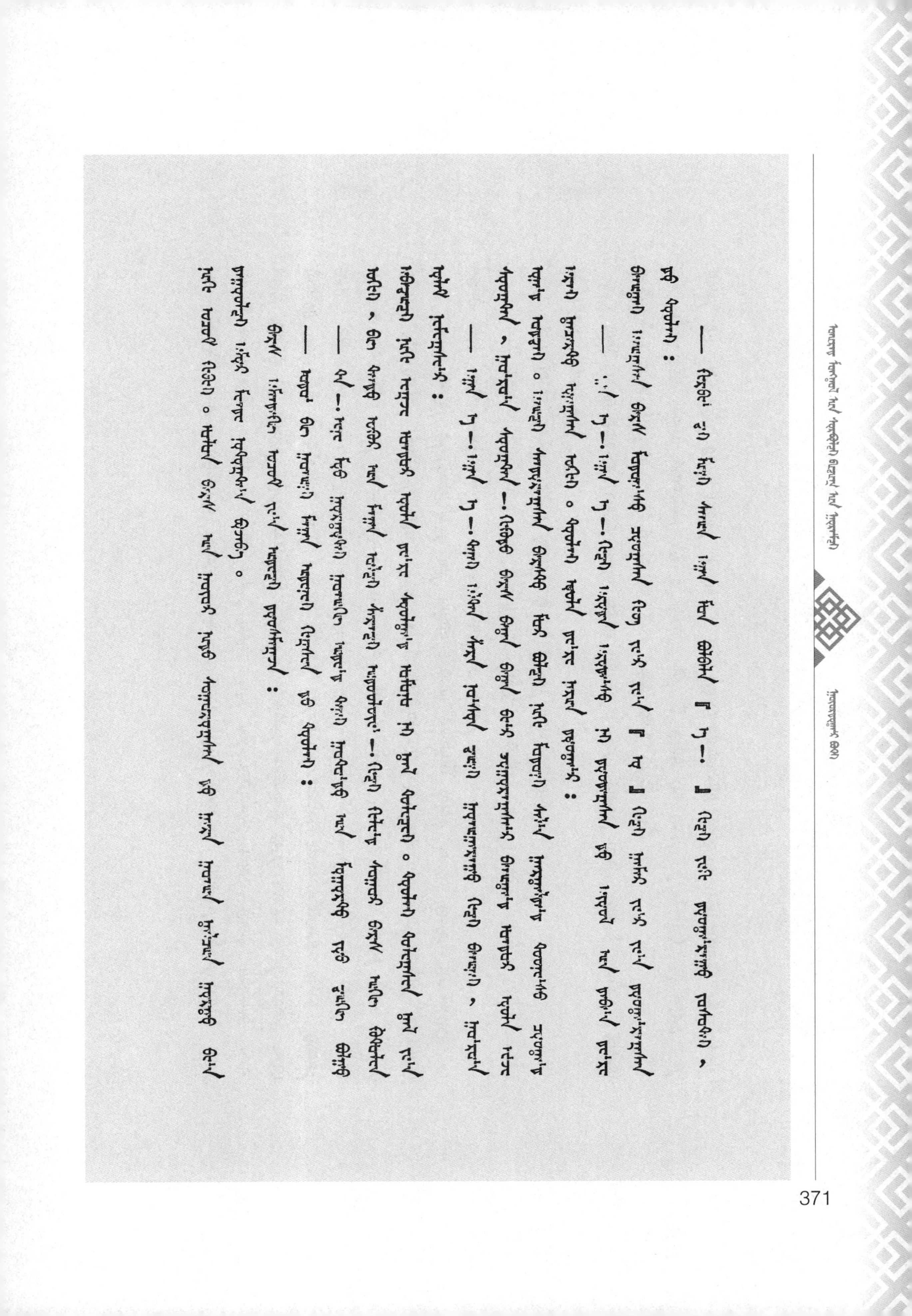

[illegible]

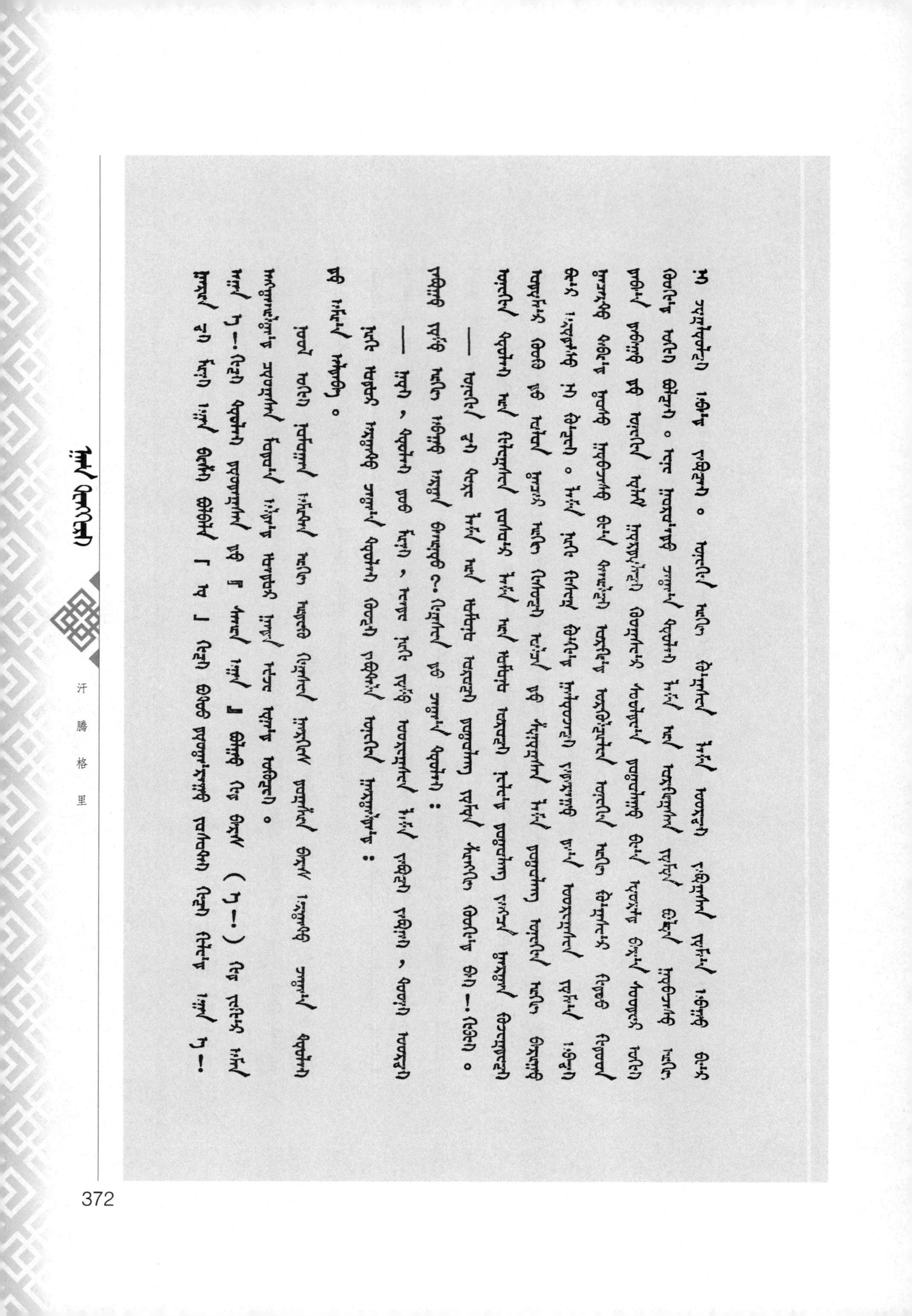

[illegible]

— [illegible]

[illegible]

— [illegible]

[illegible]

[illegible]

[illegible]

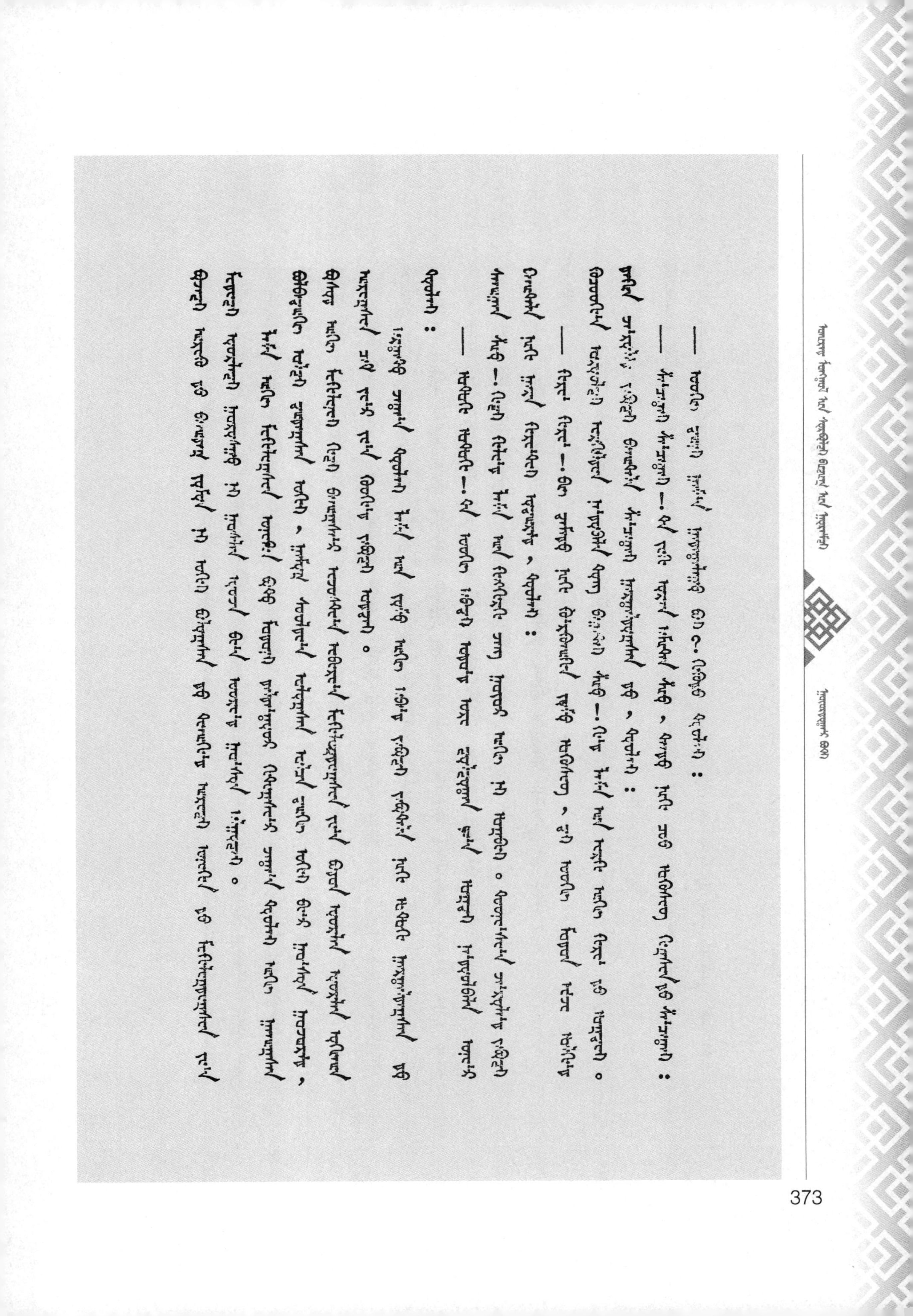

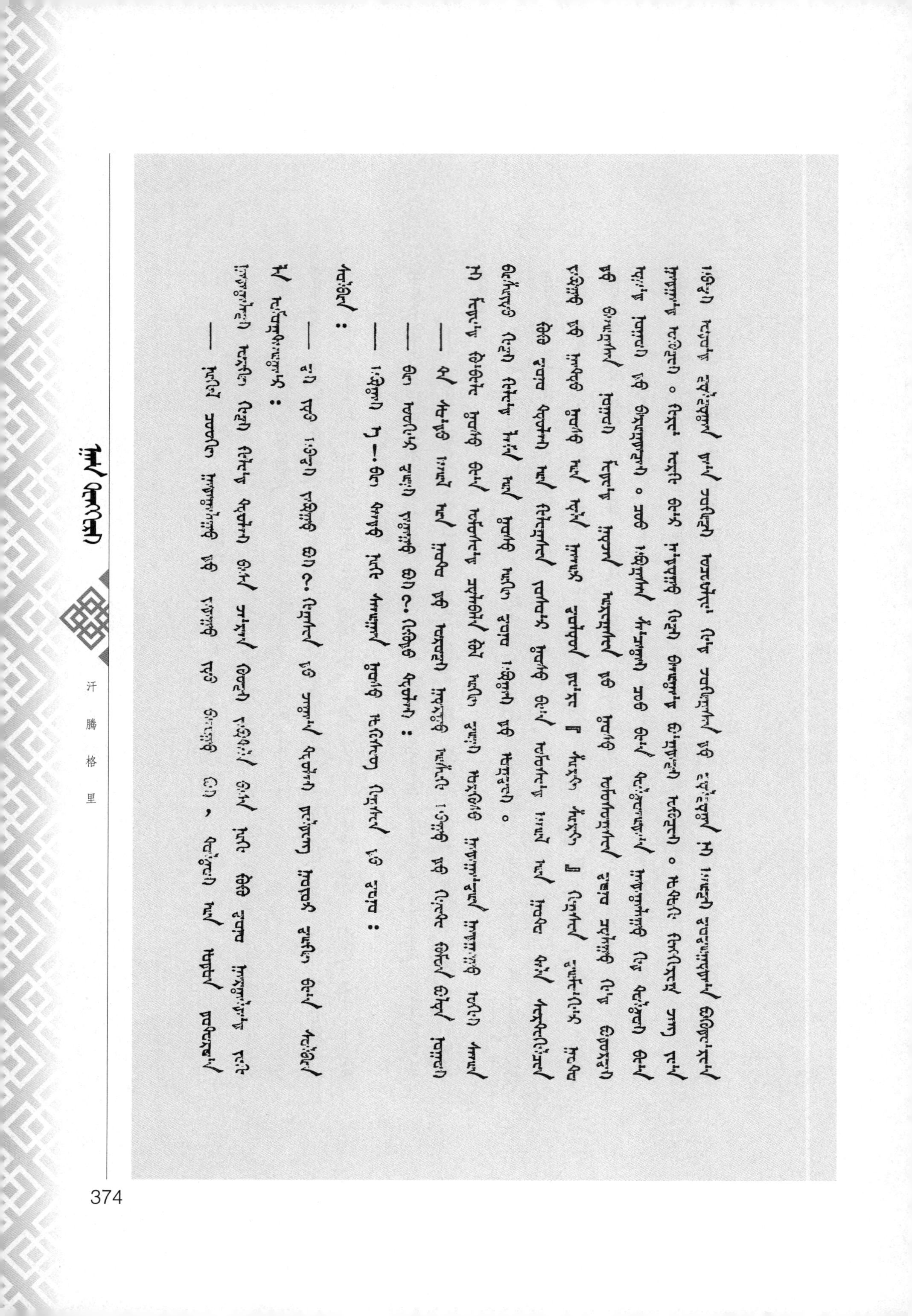

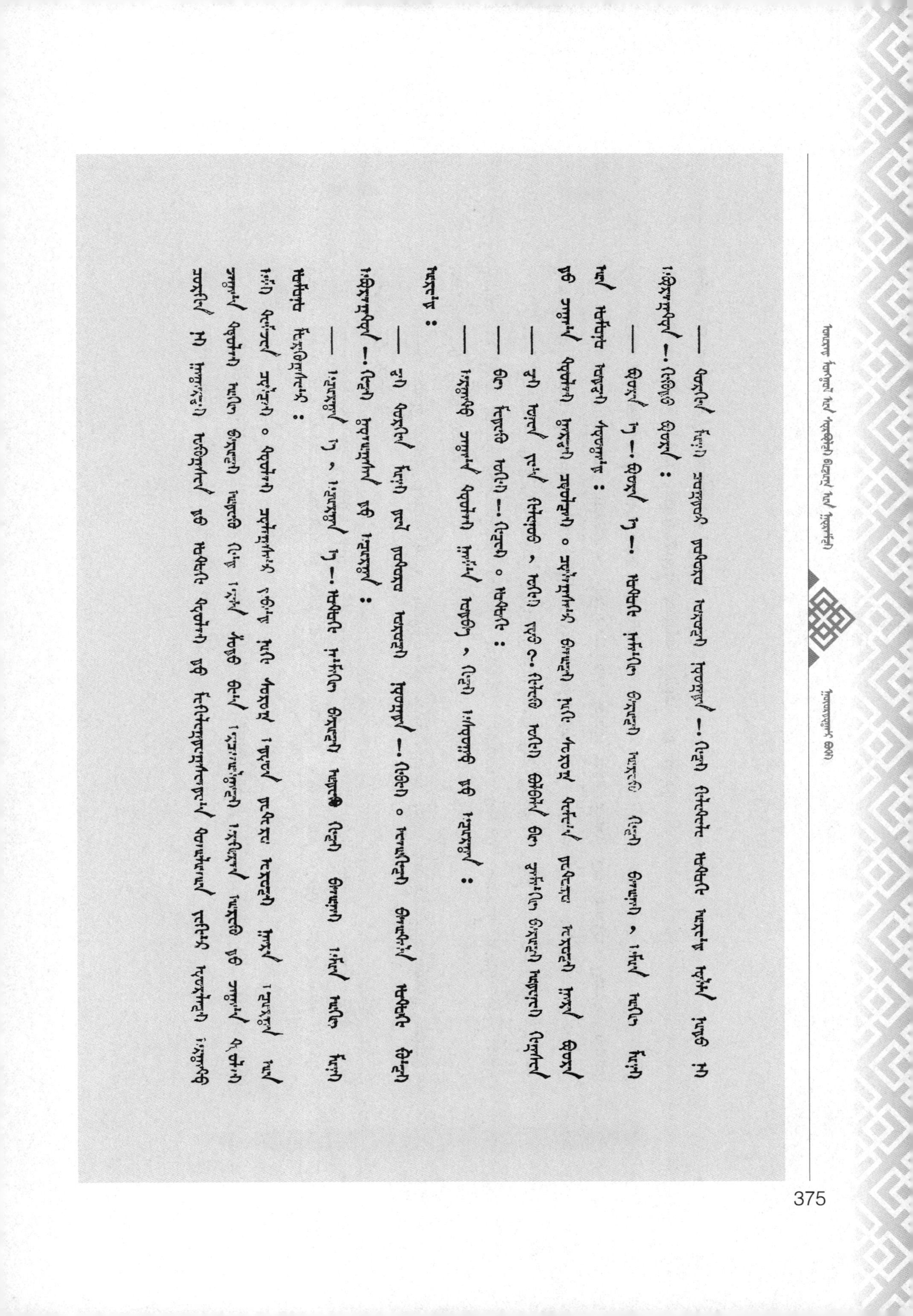

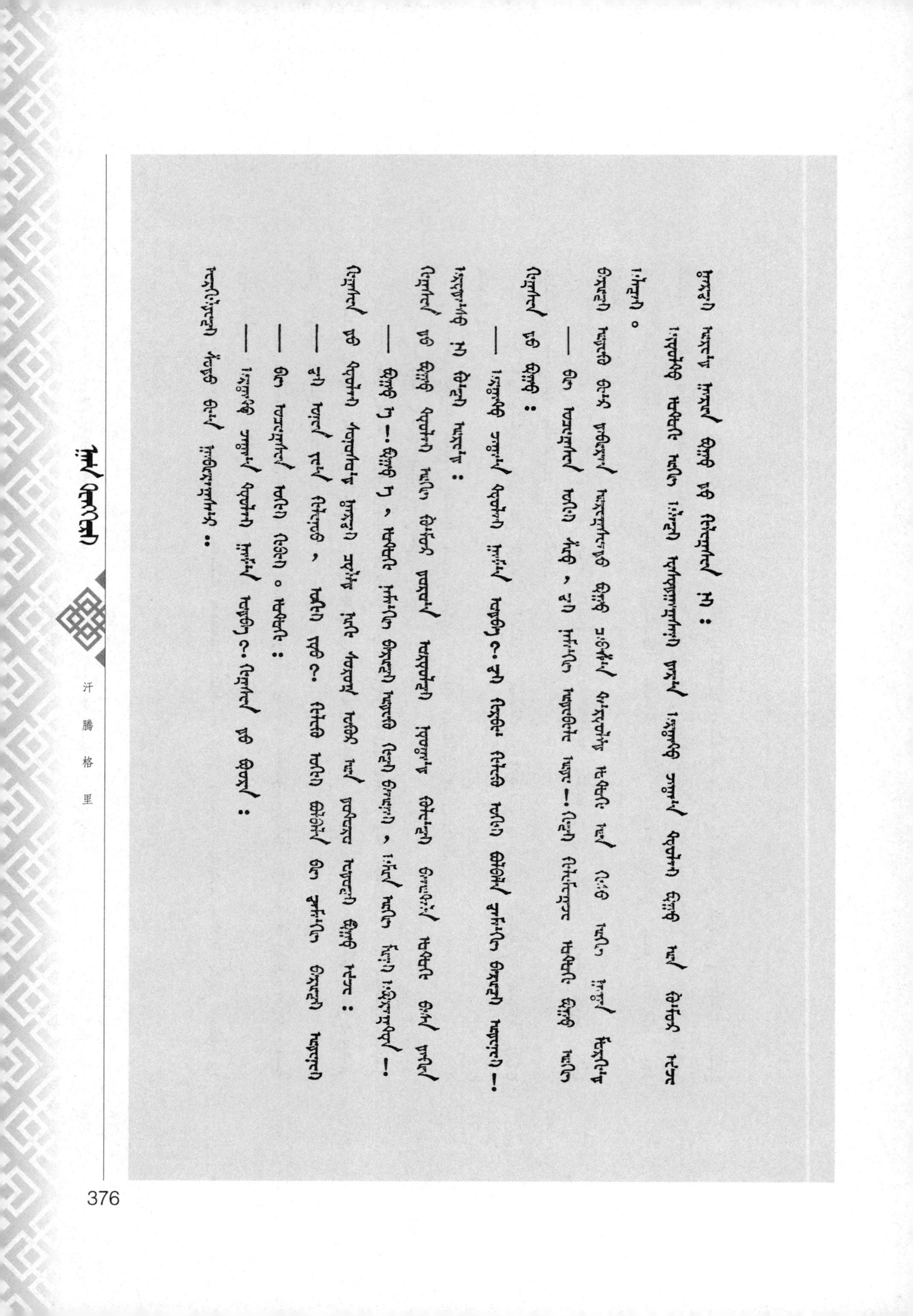

[illegible]

[illegible]

— [illegible]

— [illegible]

— [illegible]

— [illegible]

— [illegible]

— [illegible]

— [illegible]

[illegible]

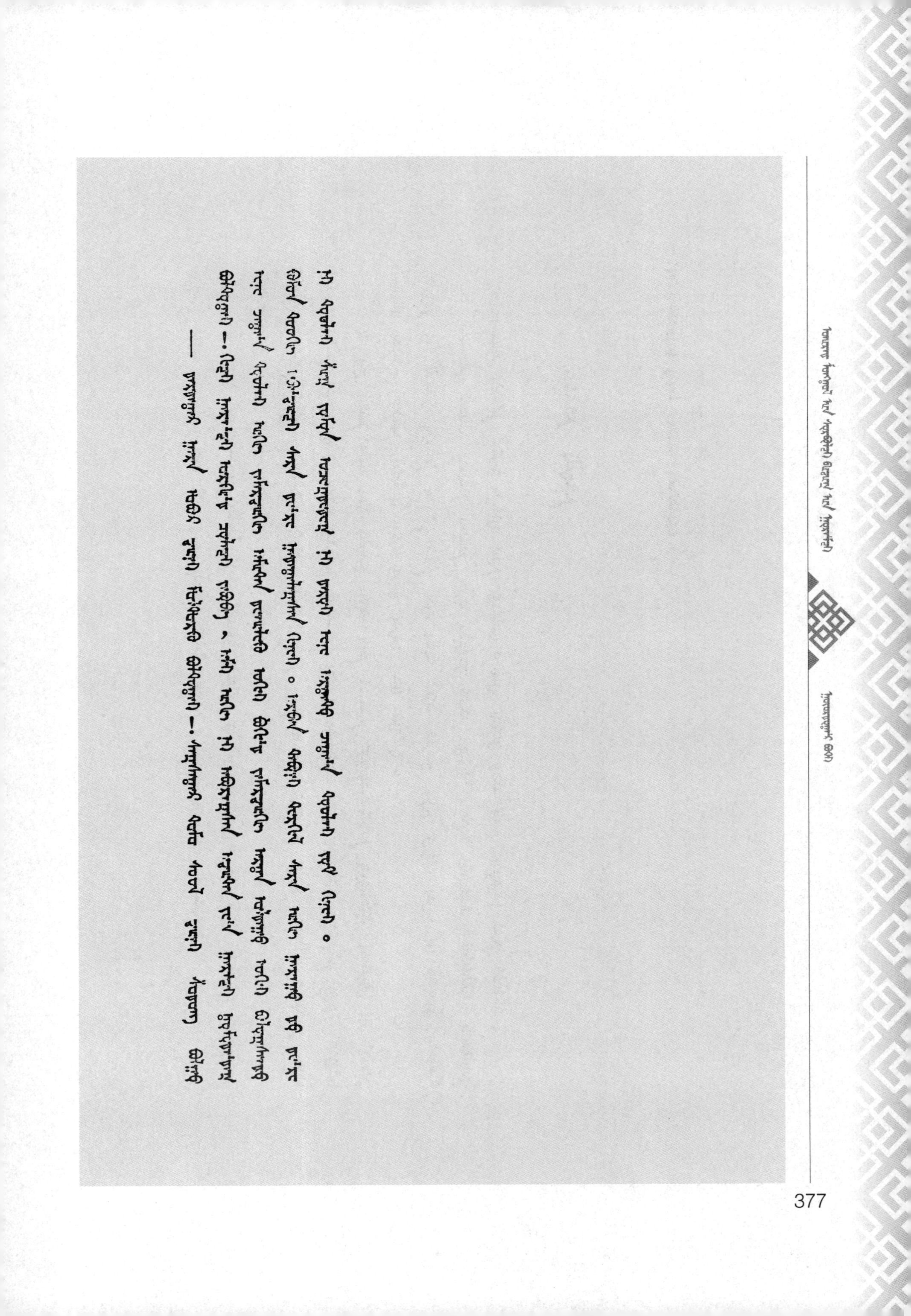

[illegible]

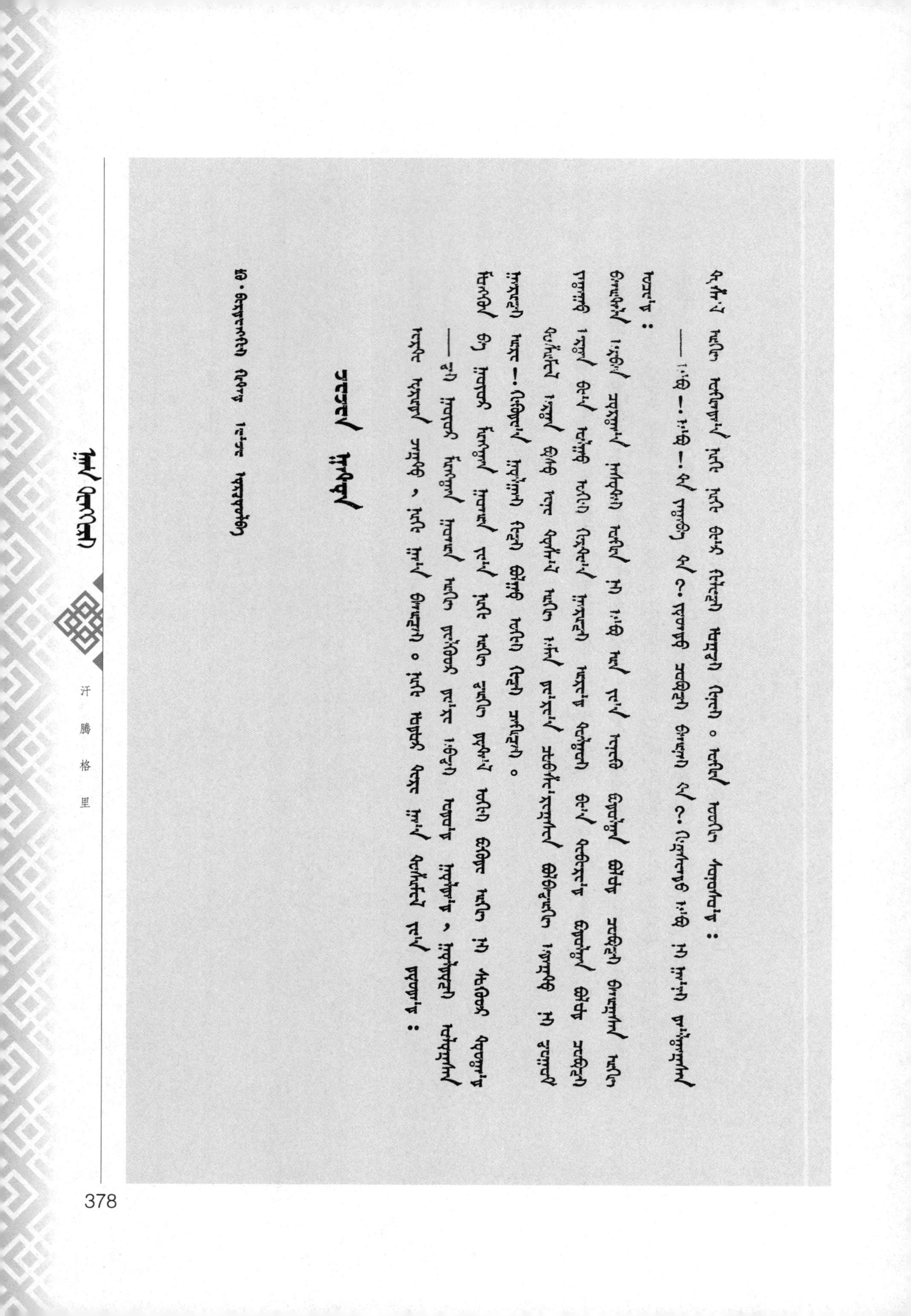

[illegible]

[illegible]

[illegible]

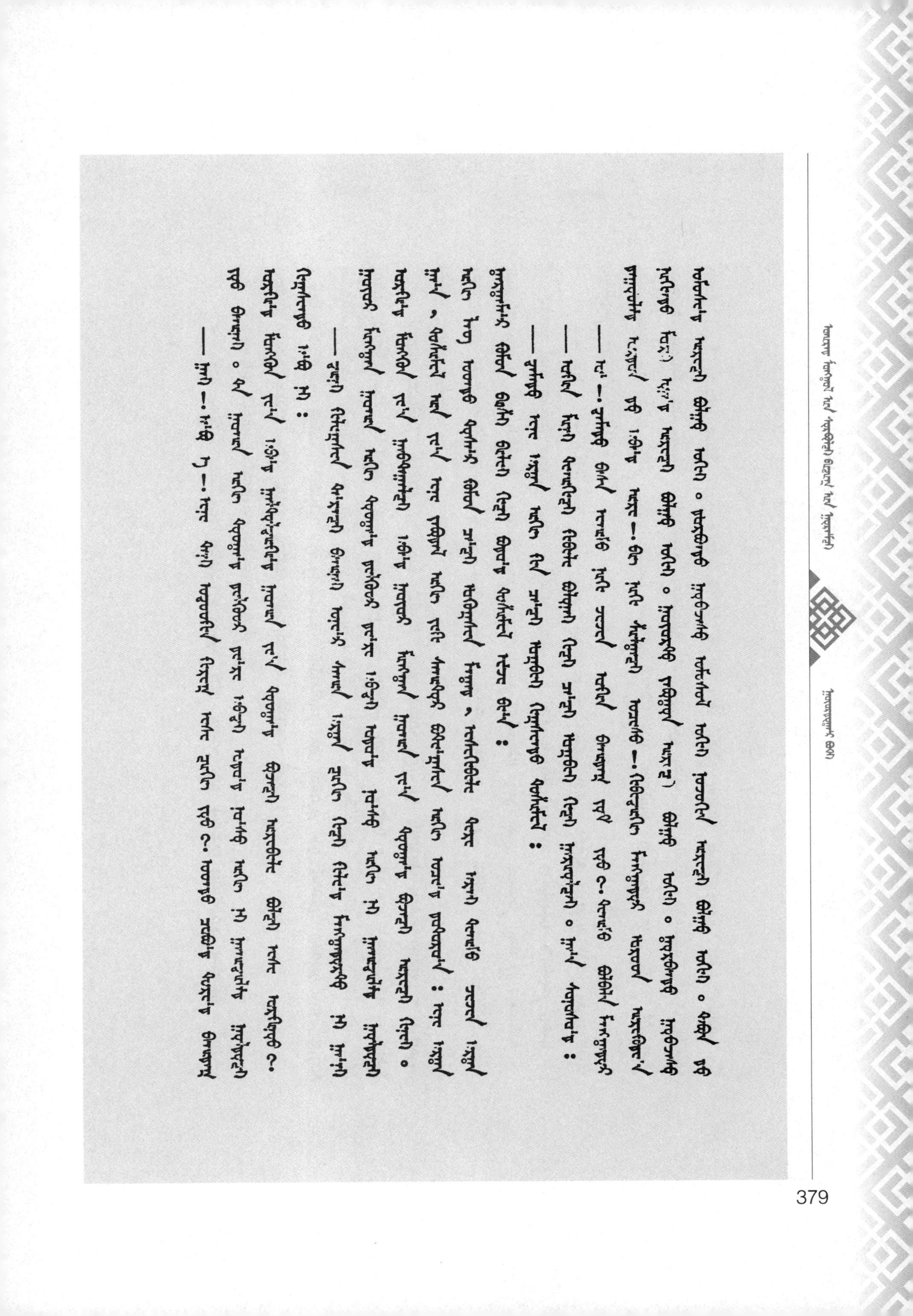

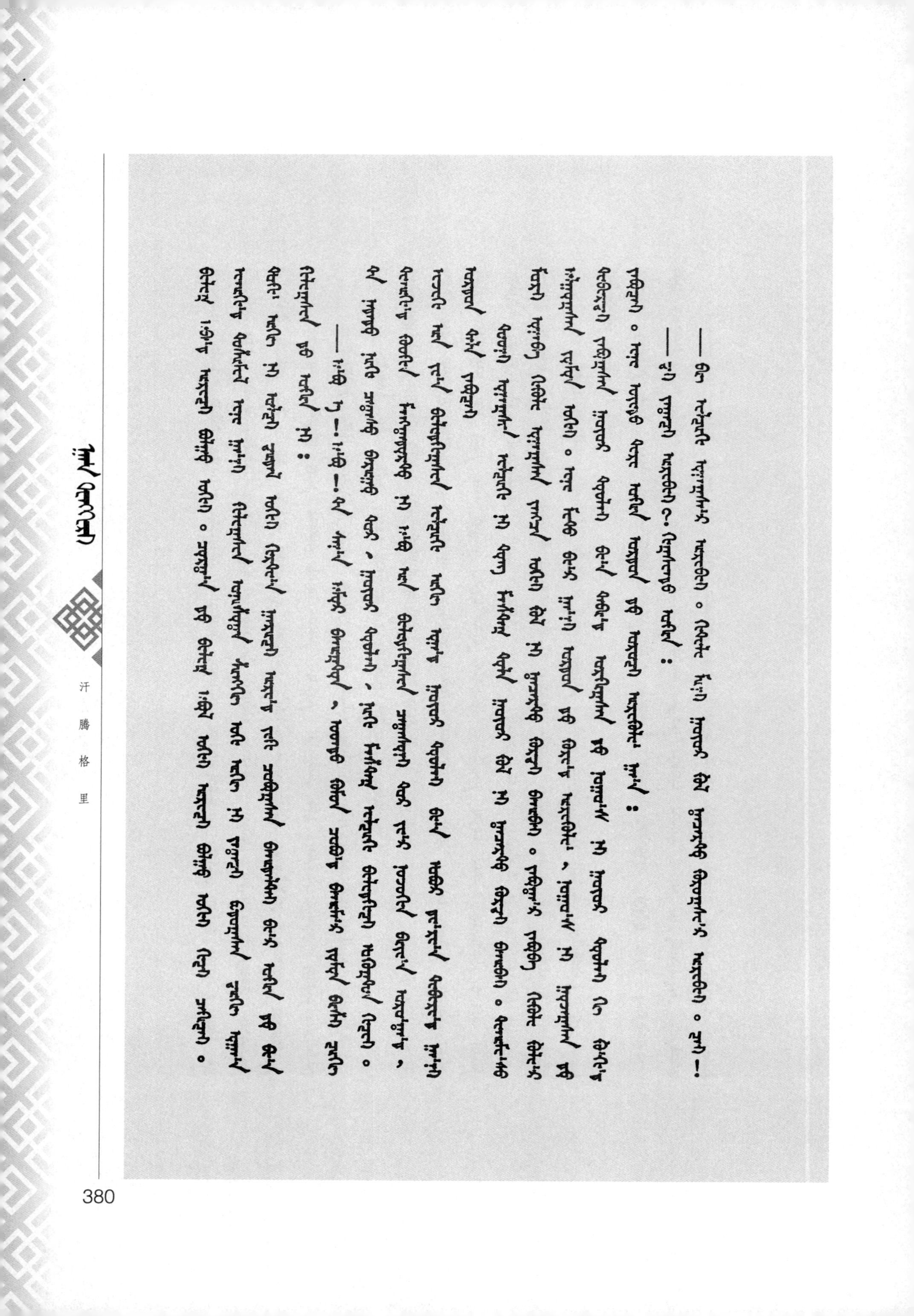

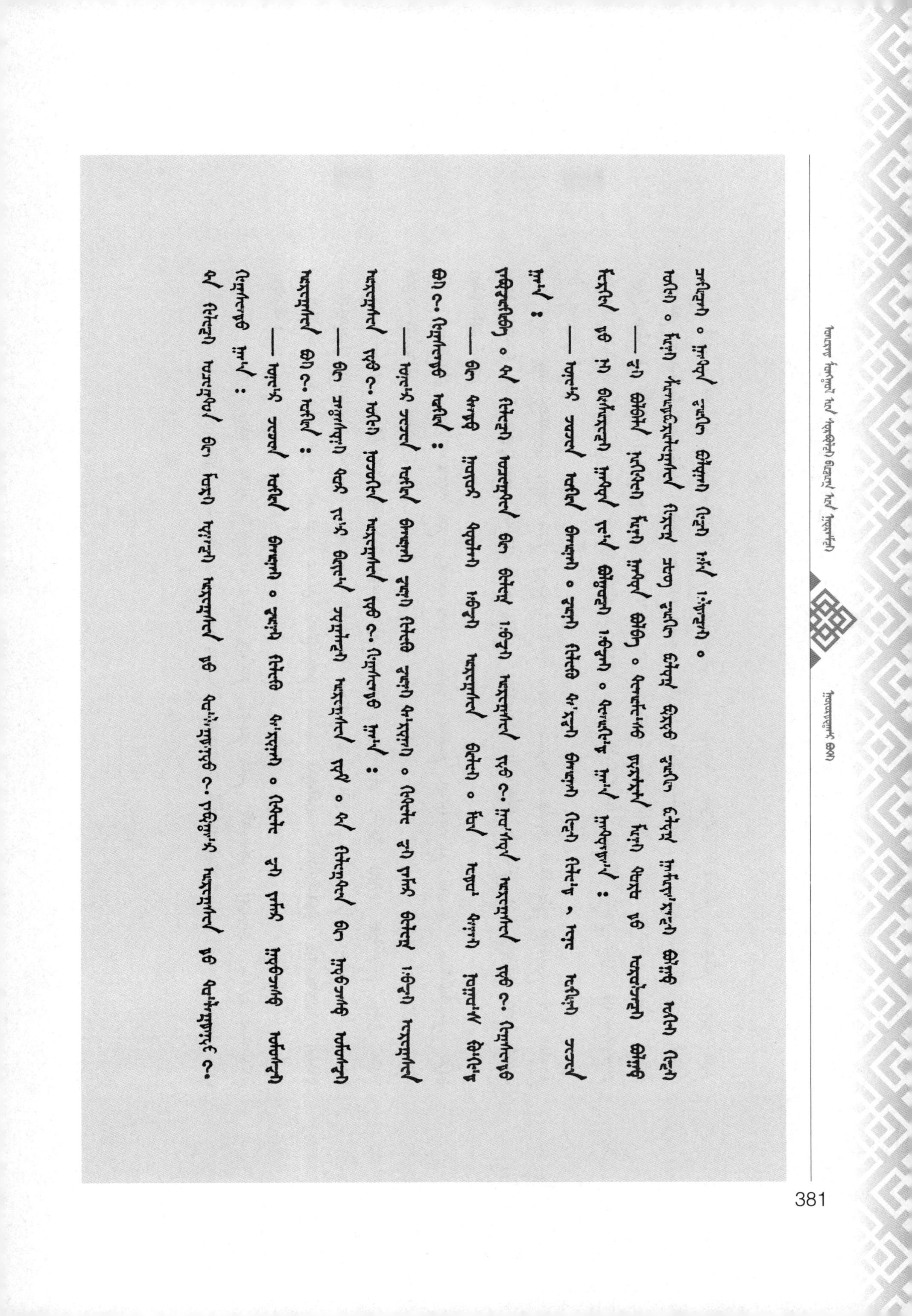

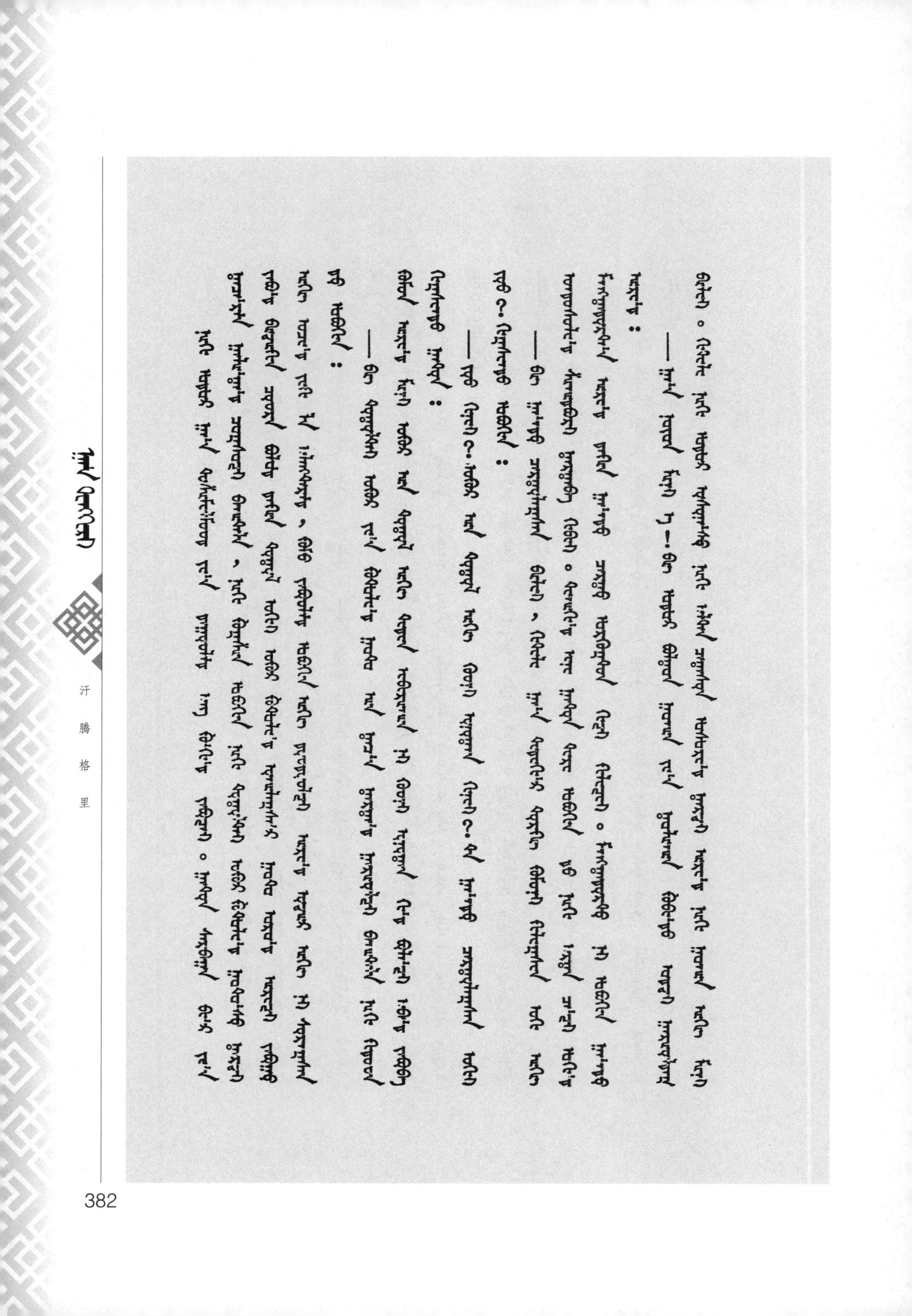

[illegible]

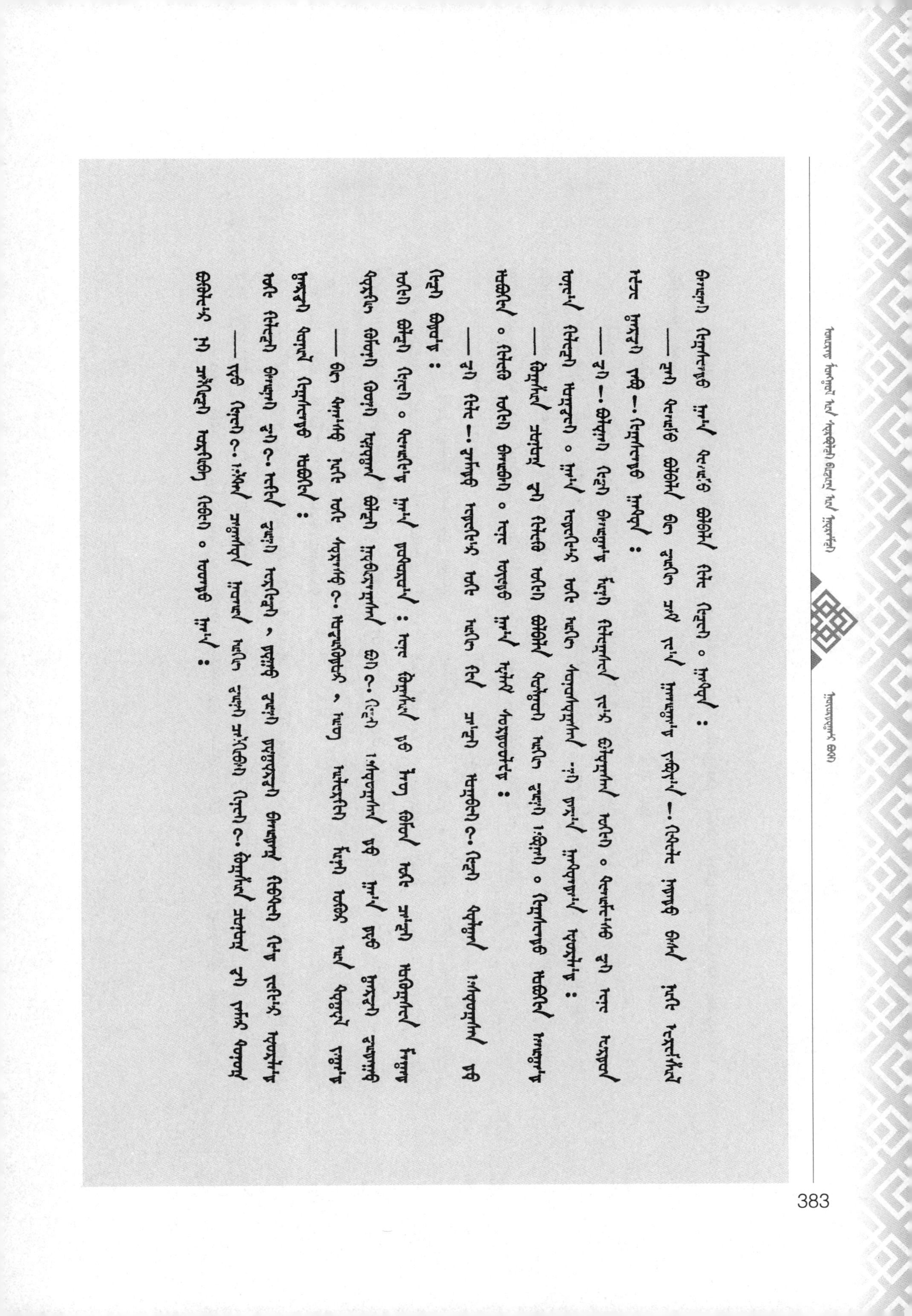

[illegible] :

— [illegible]
[illegible] :

— [illegible]
[illegible] :

— [illegible]
[illegible] :

— [illegible]
[illegible] :

[illegible] :

— [illegible]
[illegible] :

[illegible]

— [illegible]
[illegible] :

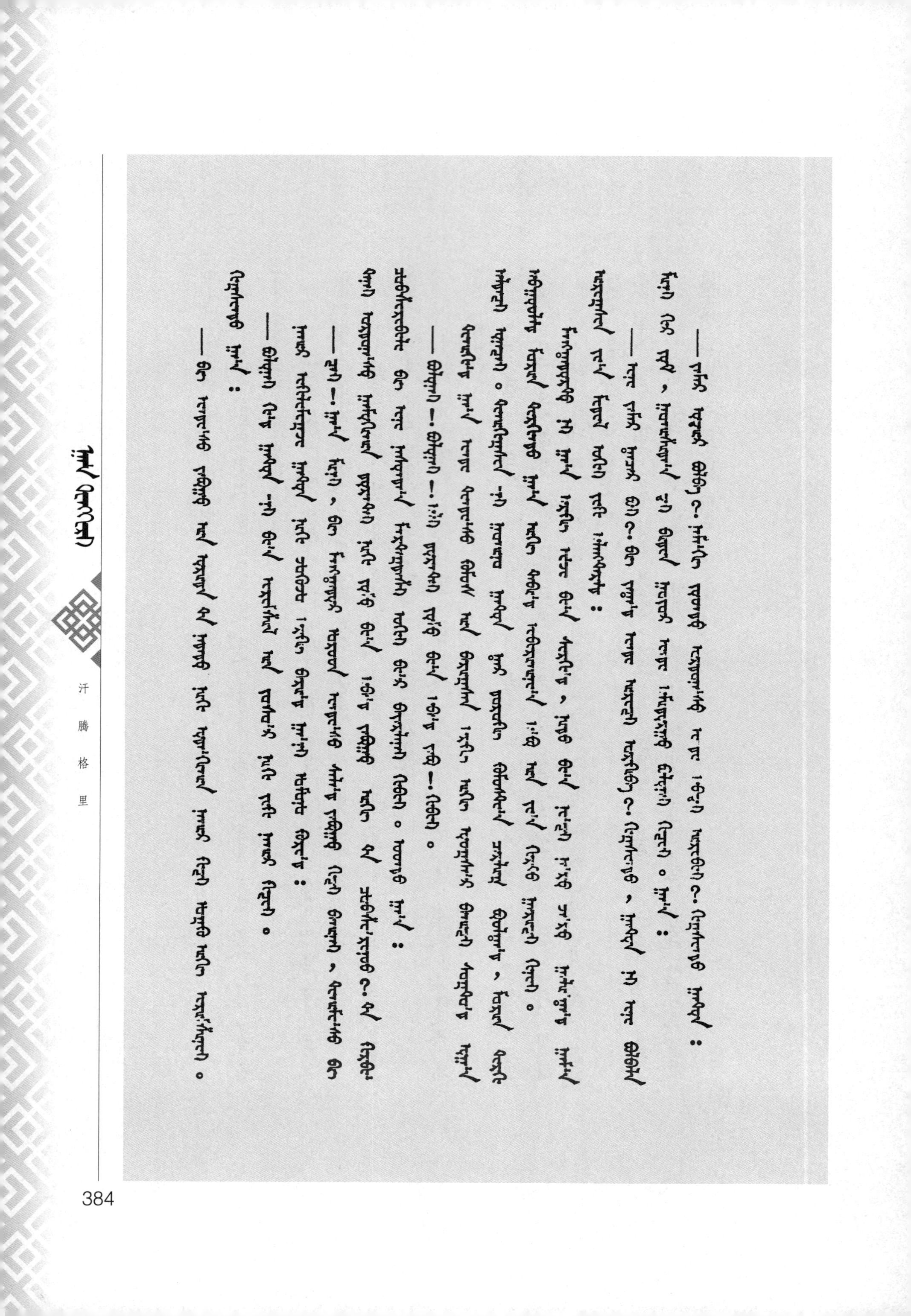

[illegible]
[illegible]

[illegible]
[illegible]

[illegible]
[illegible]
[illegible]
[illegible]

[illegible]

[illegible]
[illegible]

[illegible]
[illegible]

[illegible]
[illegible]

[illegible]

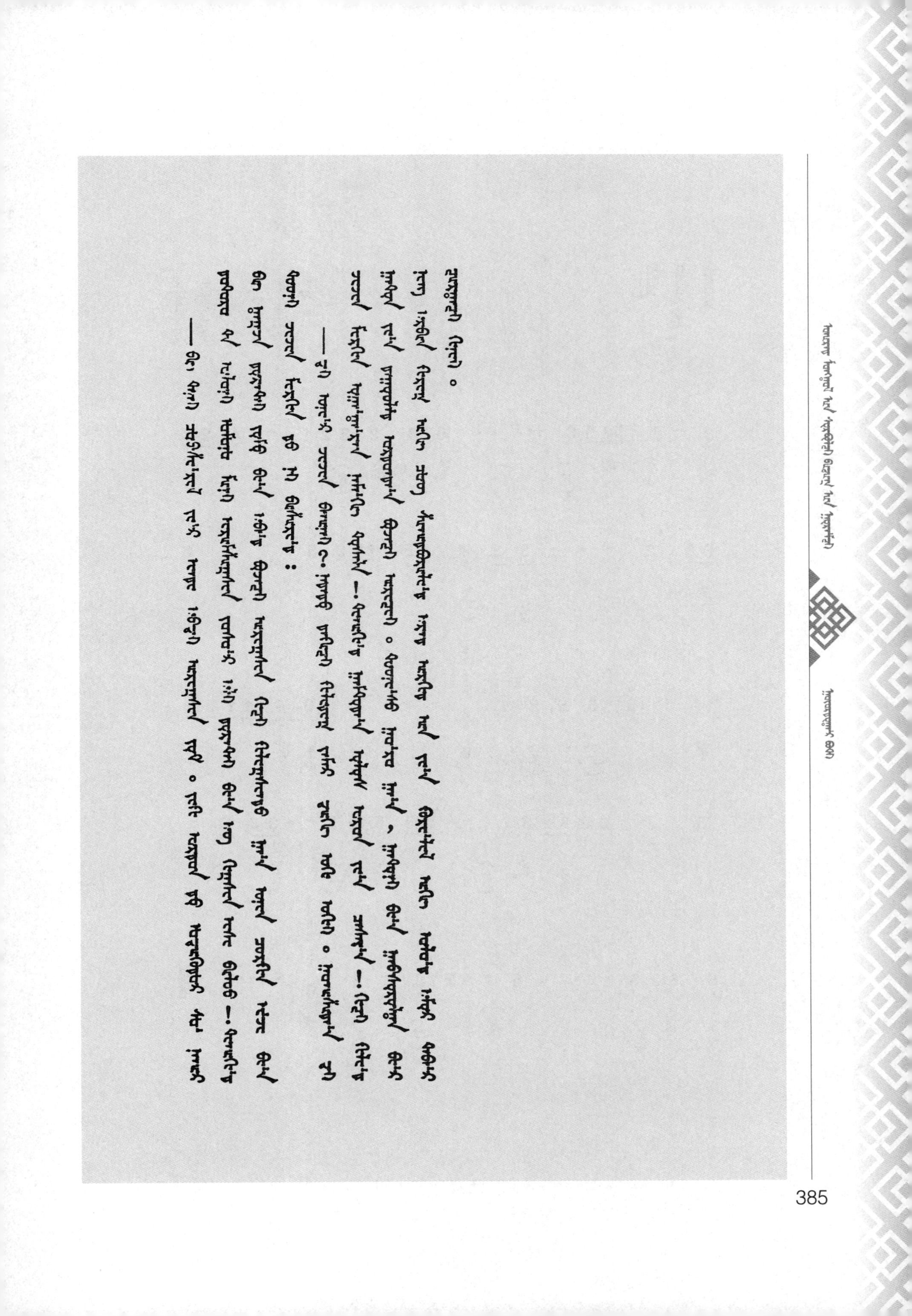

[illegible]

[illegible]

[illegible]

[illegible]

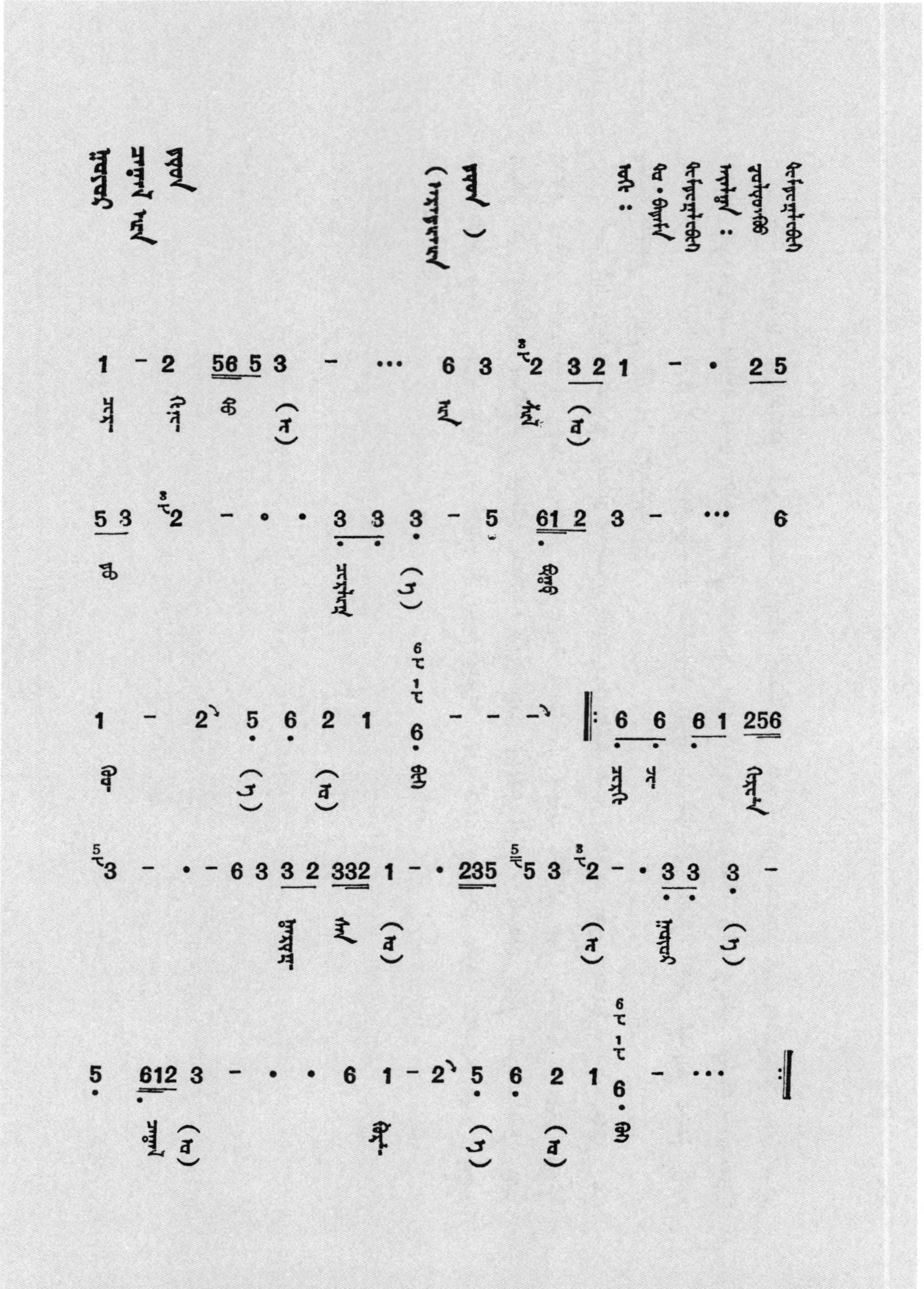

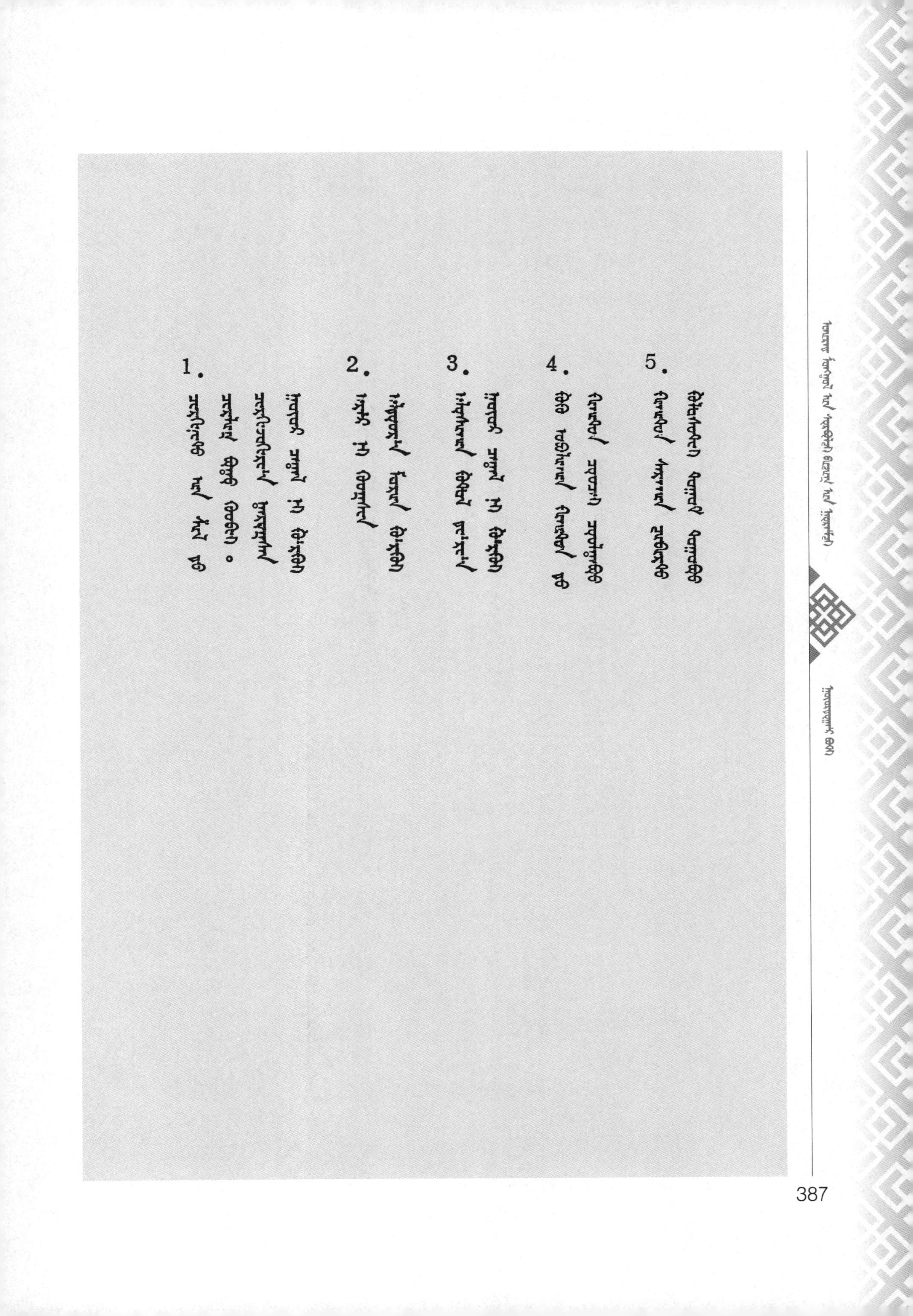

1. [illegible]

2. [illegible]

3. [illegible]

4. [illegible]

5. [illegible]

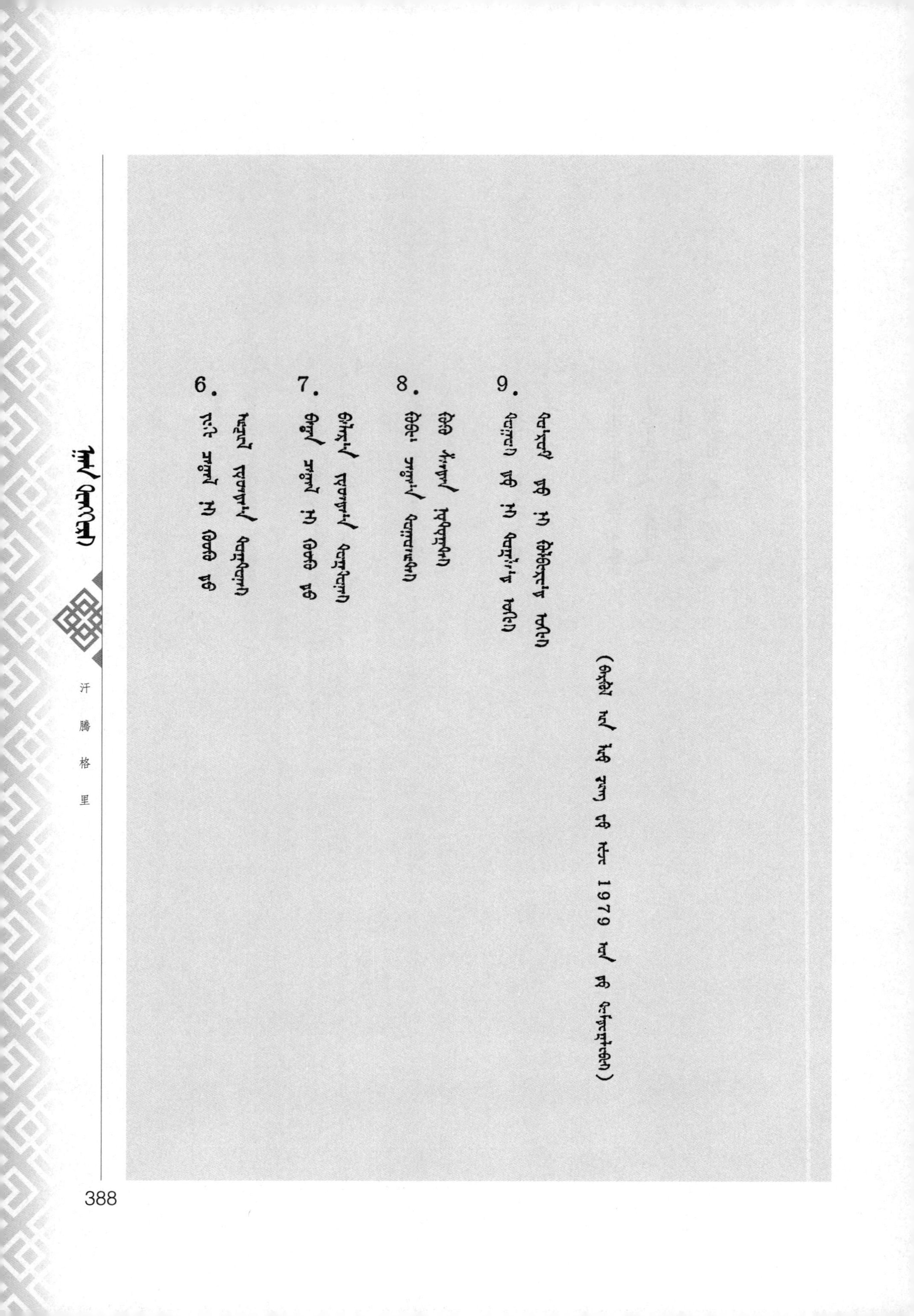

6. [illegible]
[illegible]

7. [illegible]
[illegible]

8. [illegible]
[illegible]

9. [illegible]
[illegible]

([illegible] 1979 [illegible])

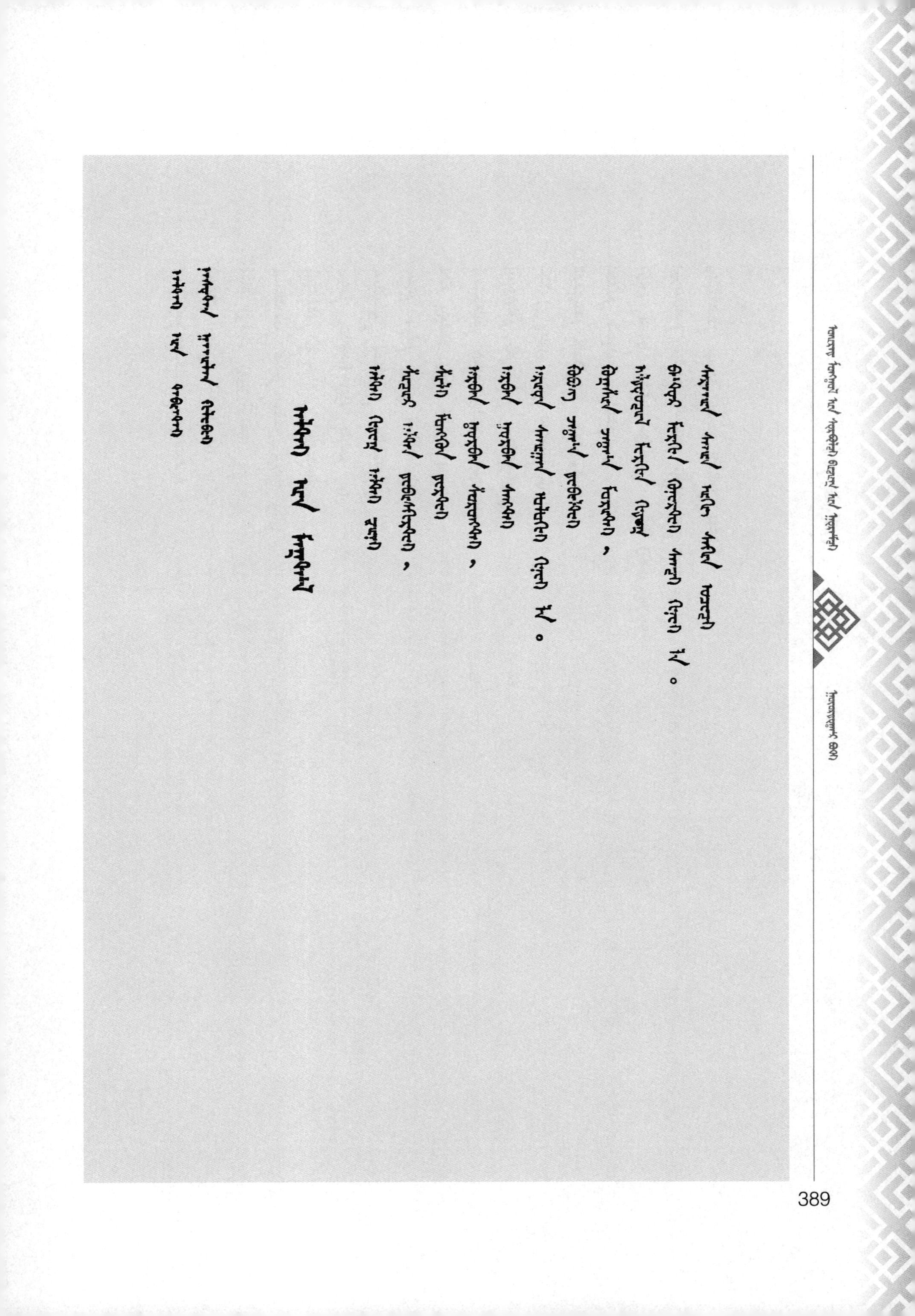

[illegible]
[illegible] ᠃
[illegible]
[illegible] ᠂
[illegible]
[illegible] ᠃
[illegible]
[illegible] ᠂
[illegible]
[illegible] ᠂
[illegible]

[illegible]

[illegible]
[illegible]

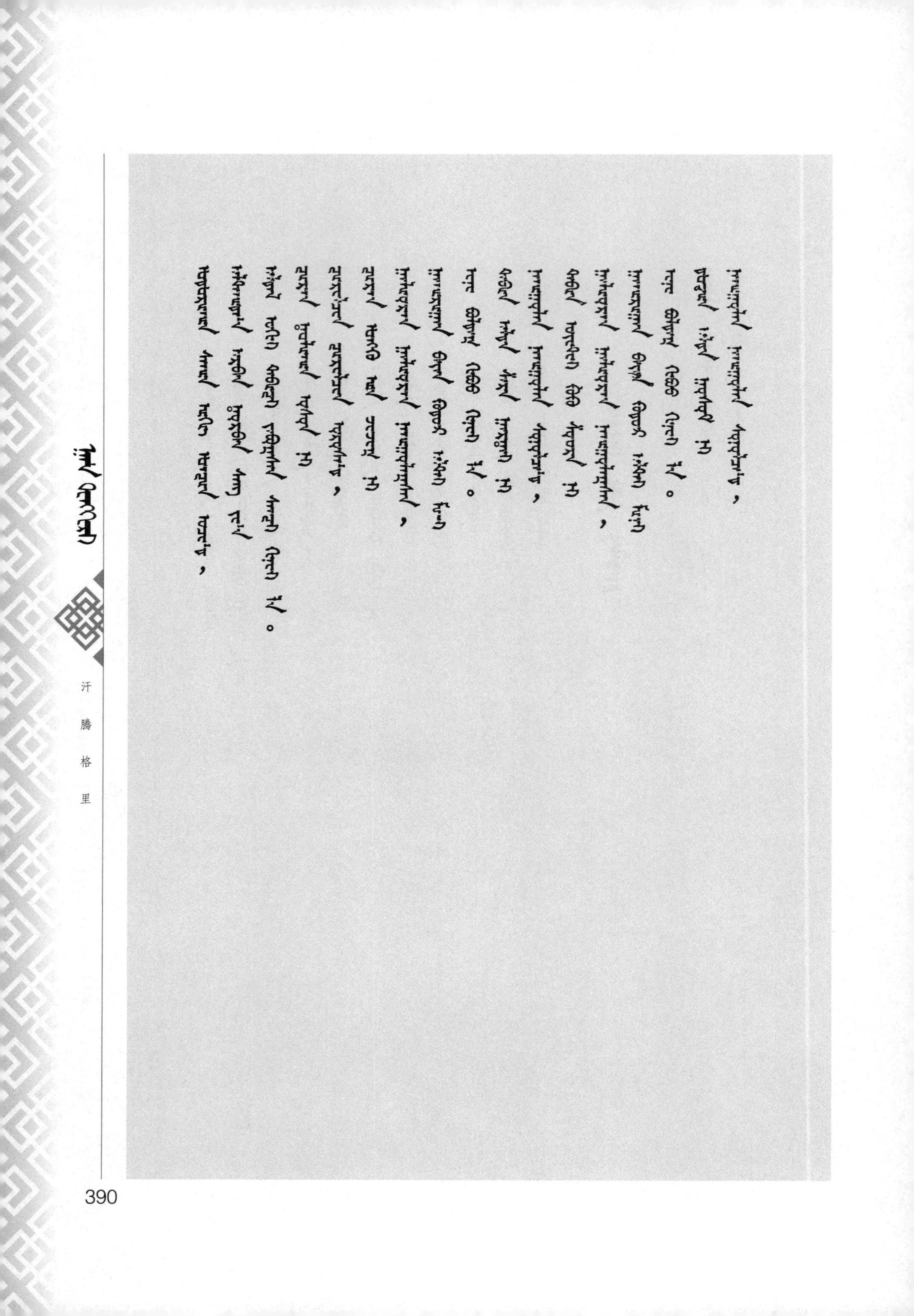

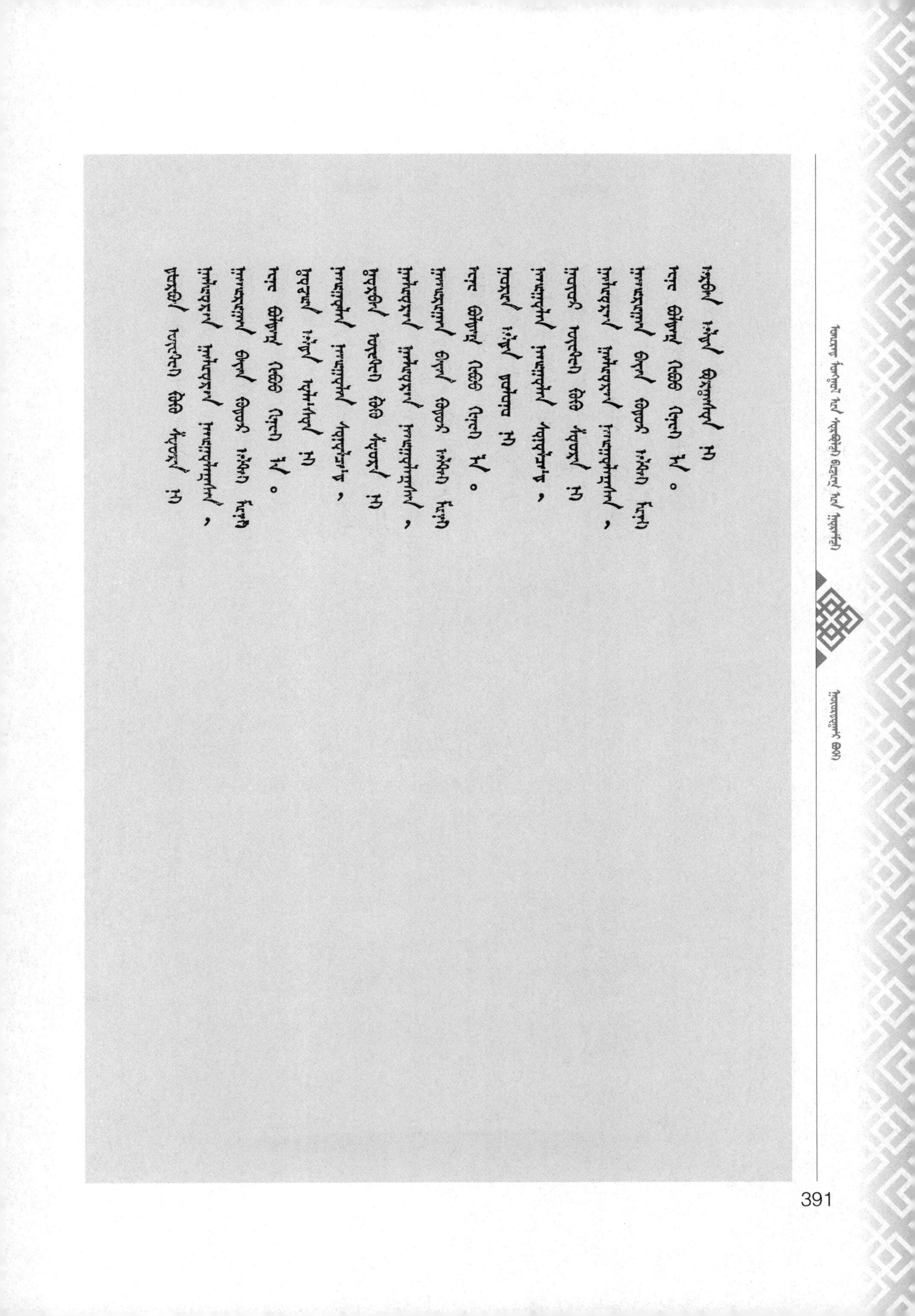

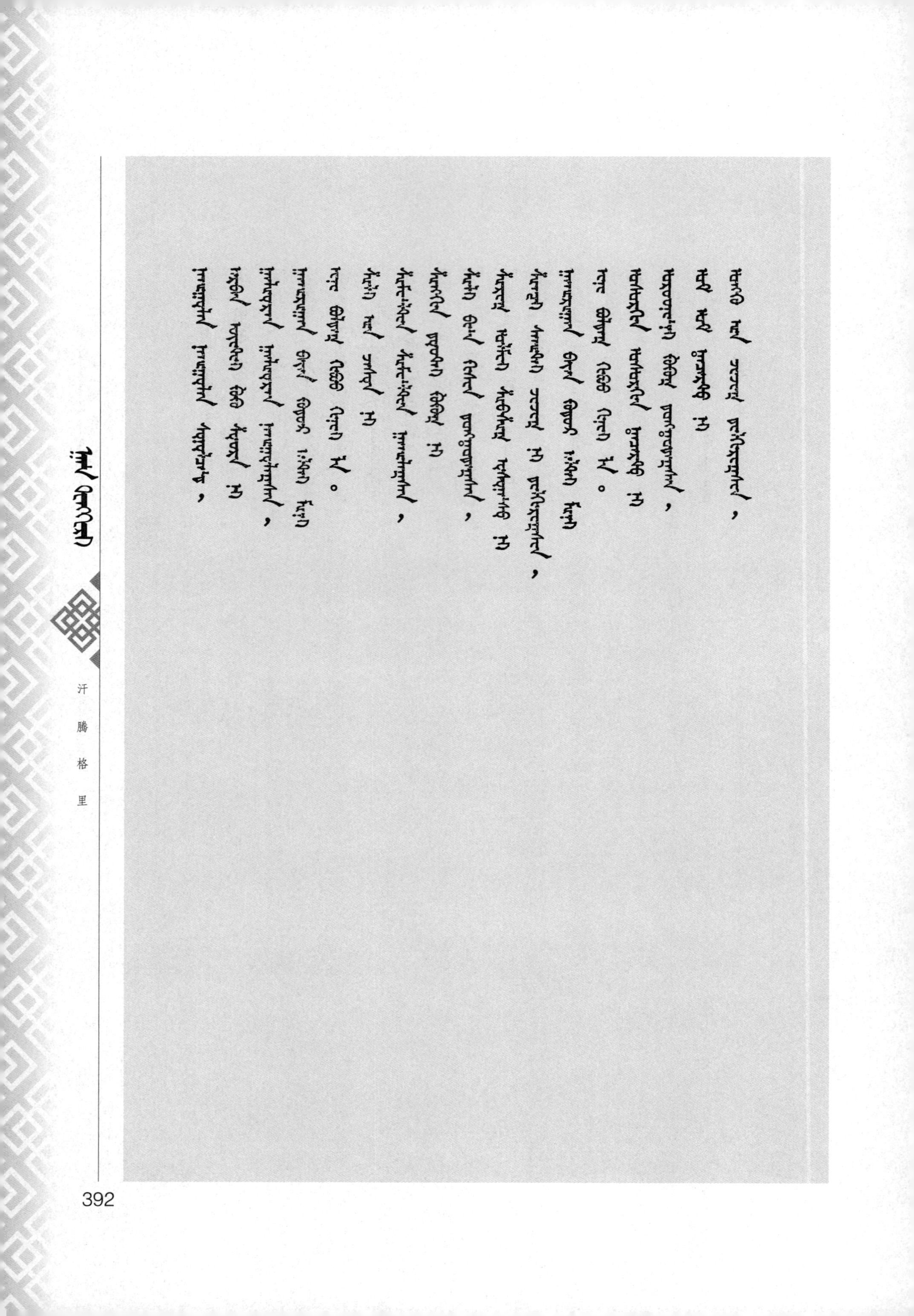

[illegible] ,
[illegible]
[illegible] ,
[illegible]
[illegible] 。
[illegible]
[illegible] ,
[illegible]
[illegible] ,
[illegible]
[illegible] ,
[illegible]
[illegible] 。
[illegible]
[illegible] ,
[illegible]
[illegible] ,

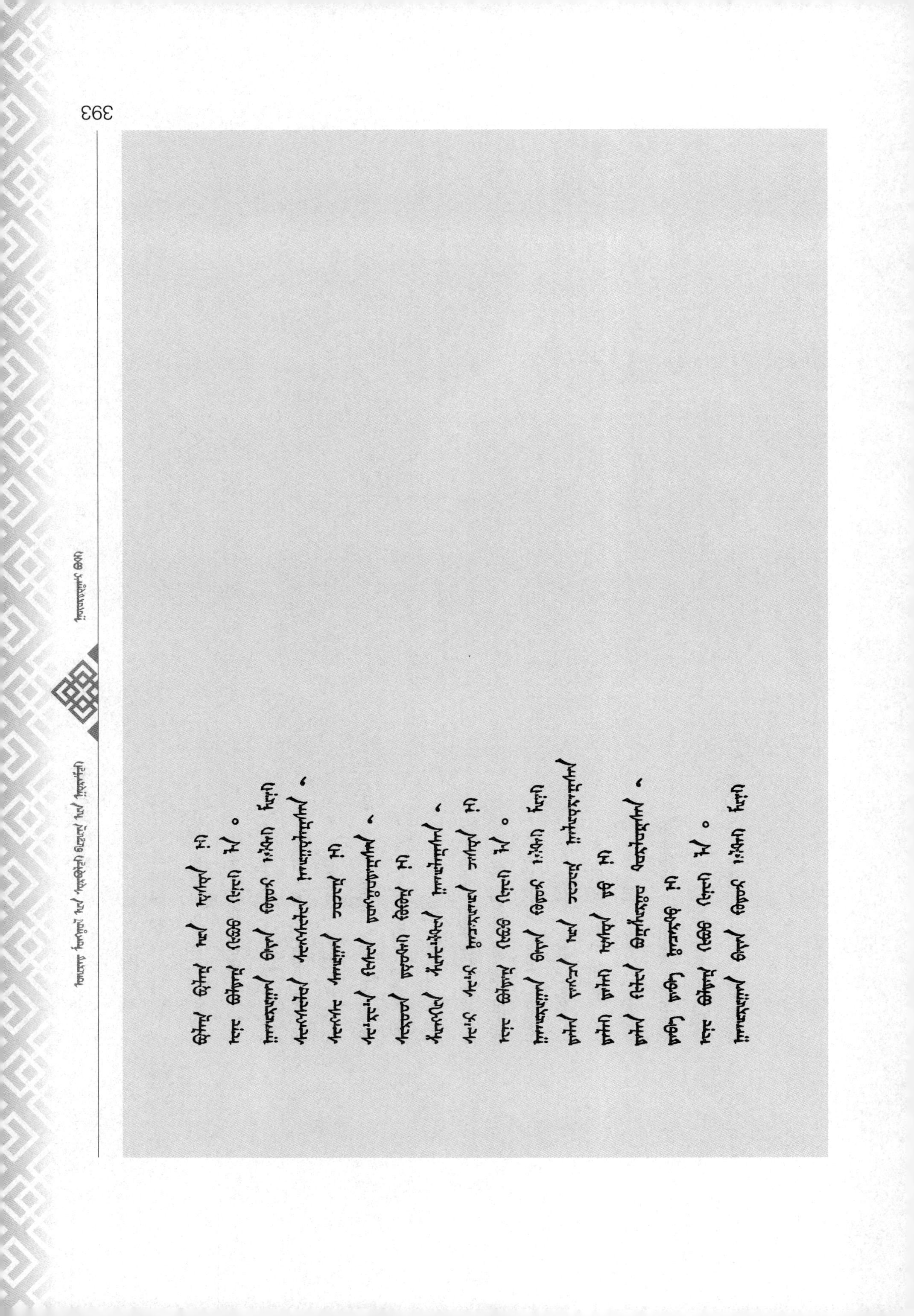

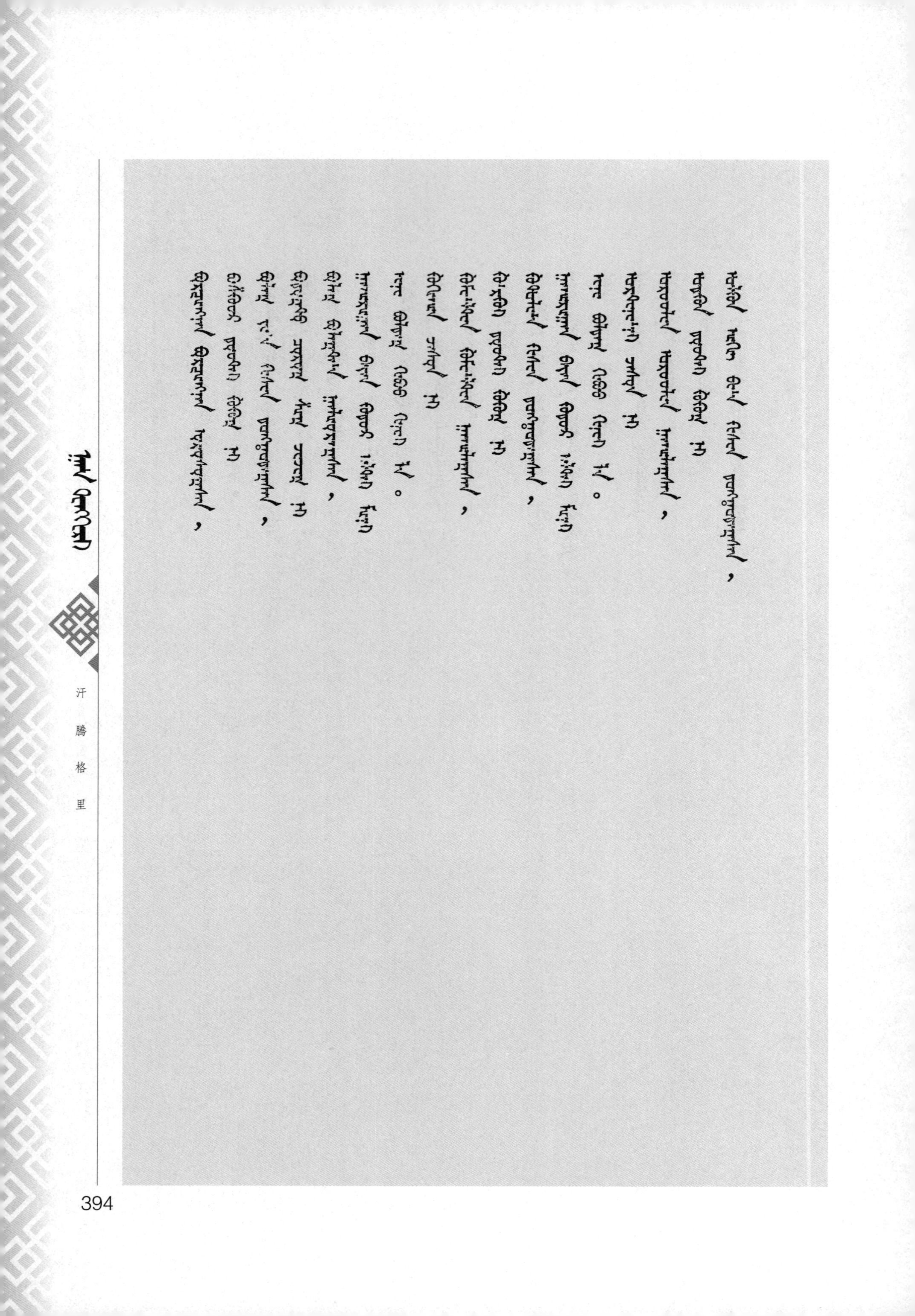

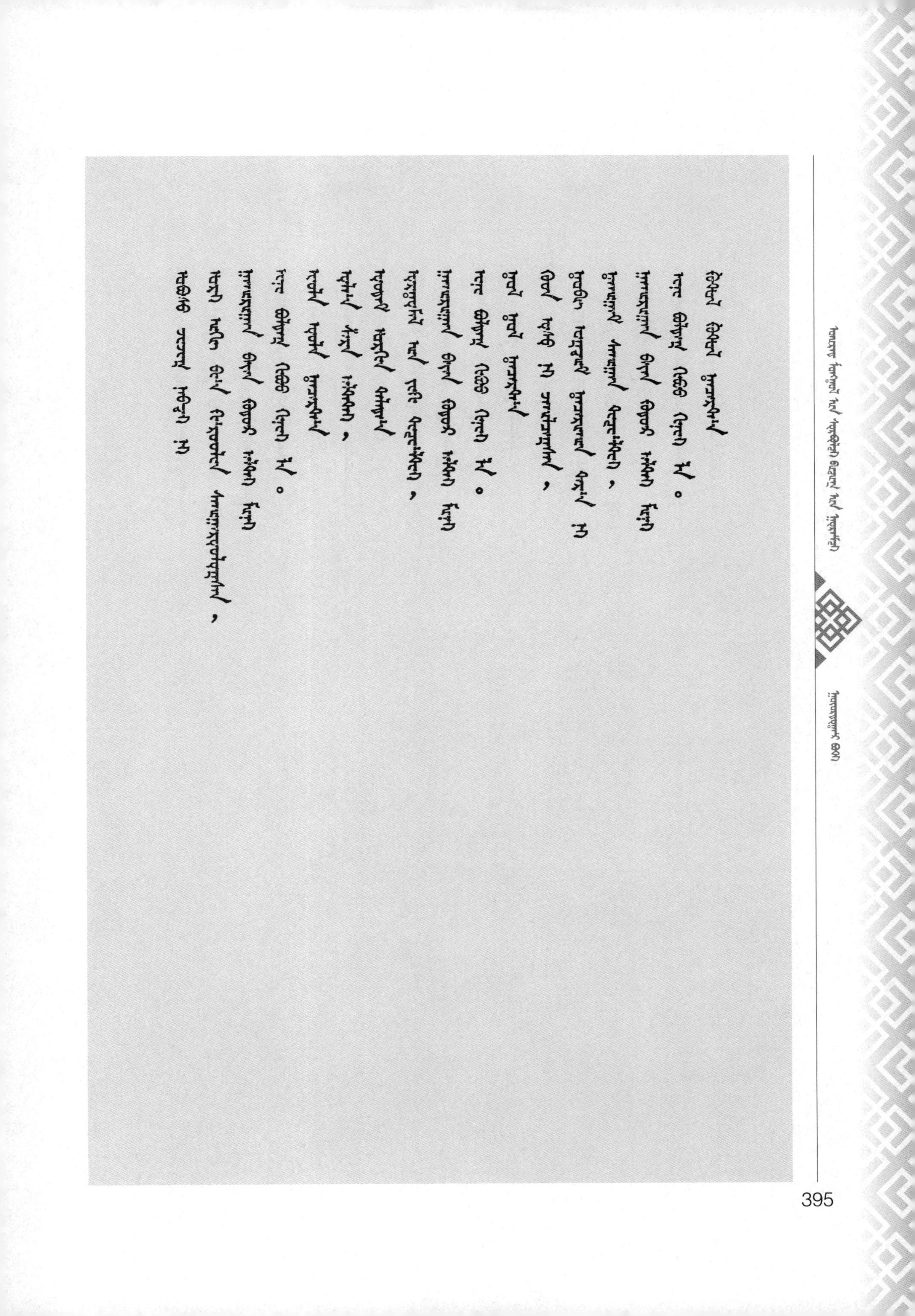

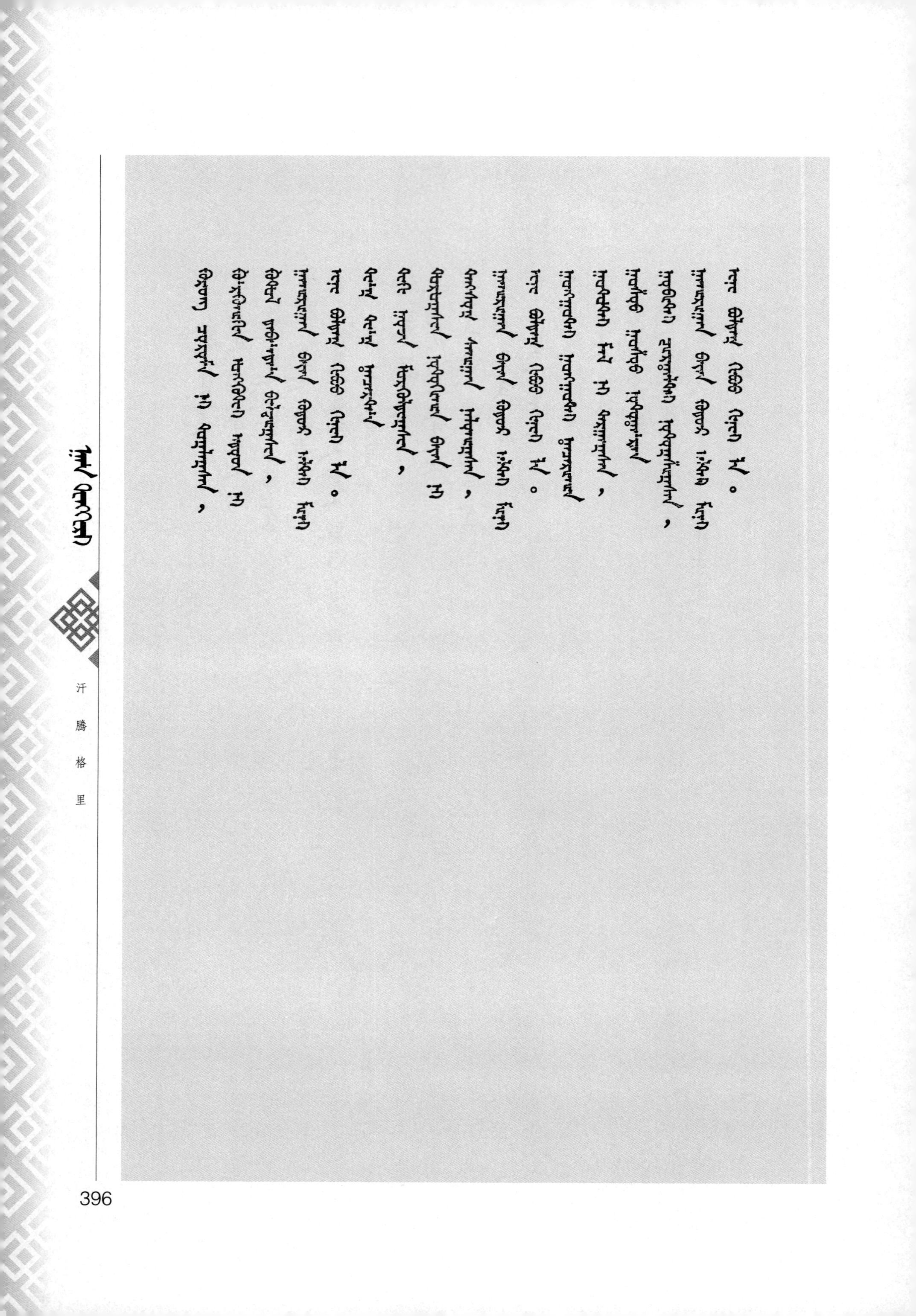

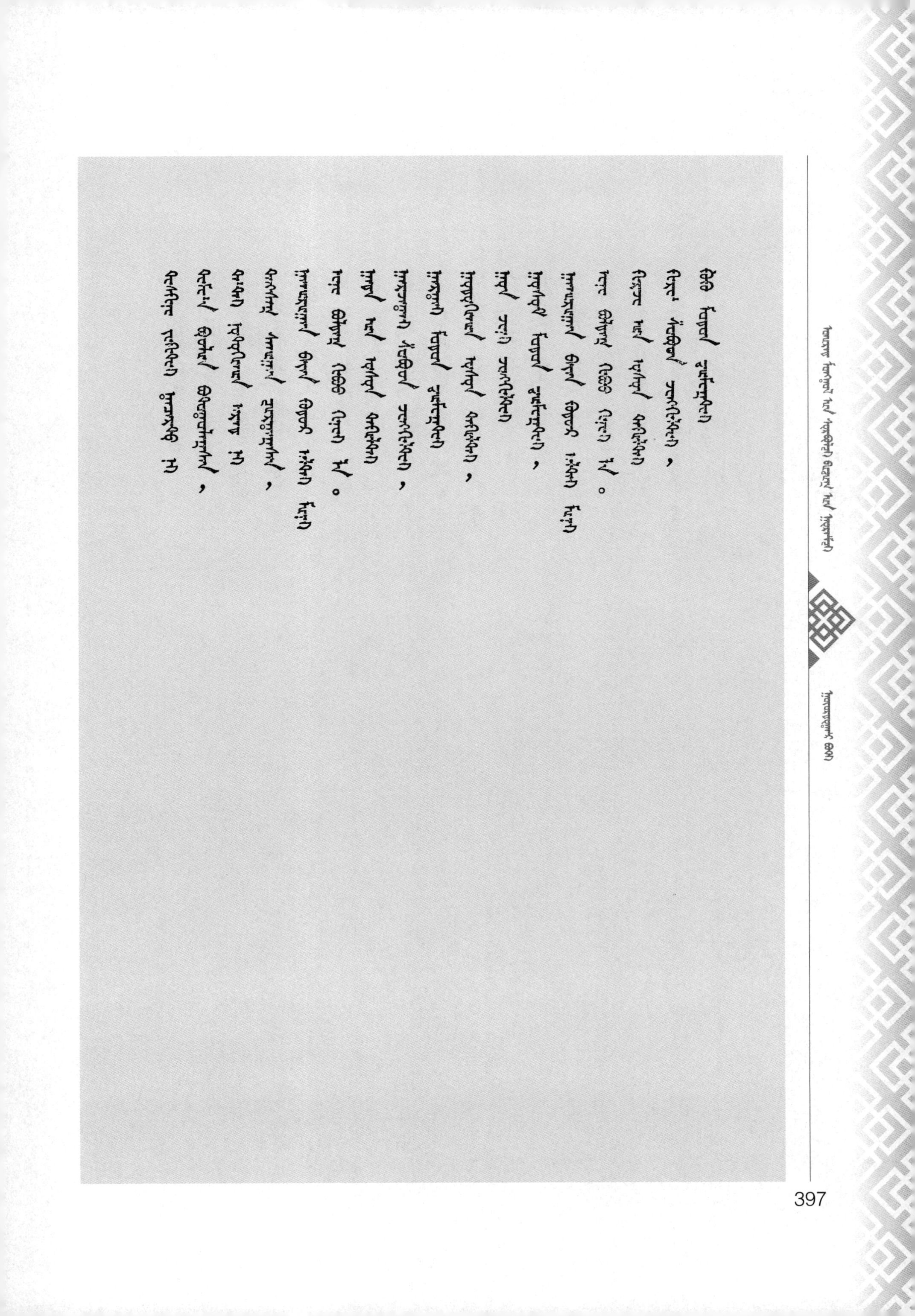

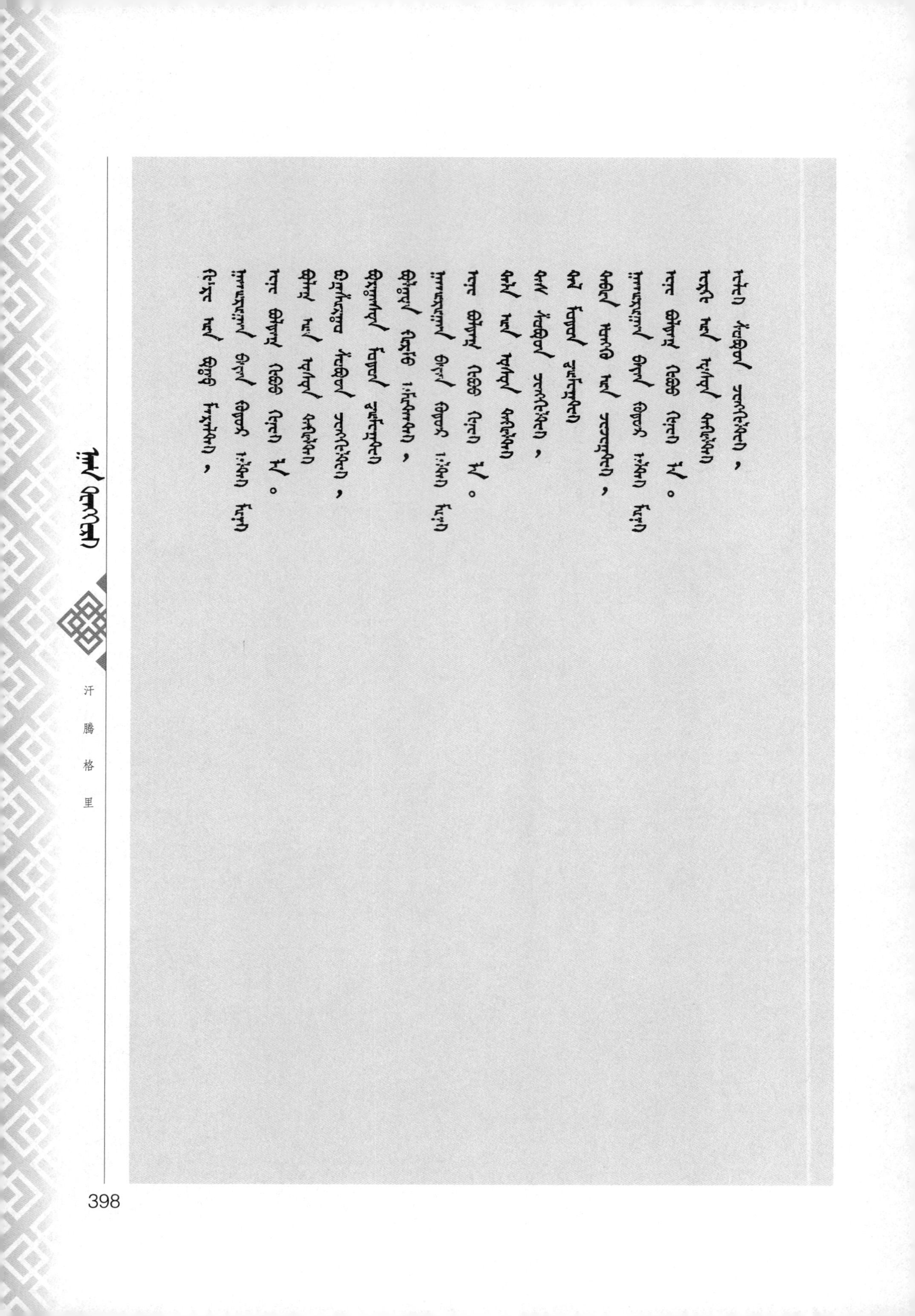

[illegible]
[illegible]
[illegible]
[illegible]
[illegible]
[illegible]
[illegible]
[illegible]
[illegible]
[illegible]
[illegible]
[illegible]
[illegible]
[illegible]
[illegible]
[illegible]
[illegible]

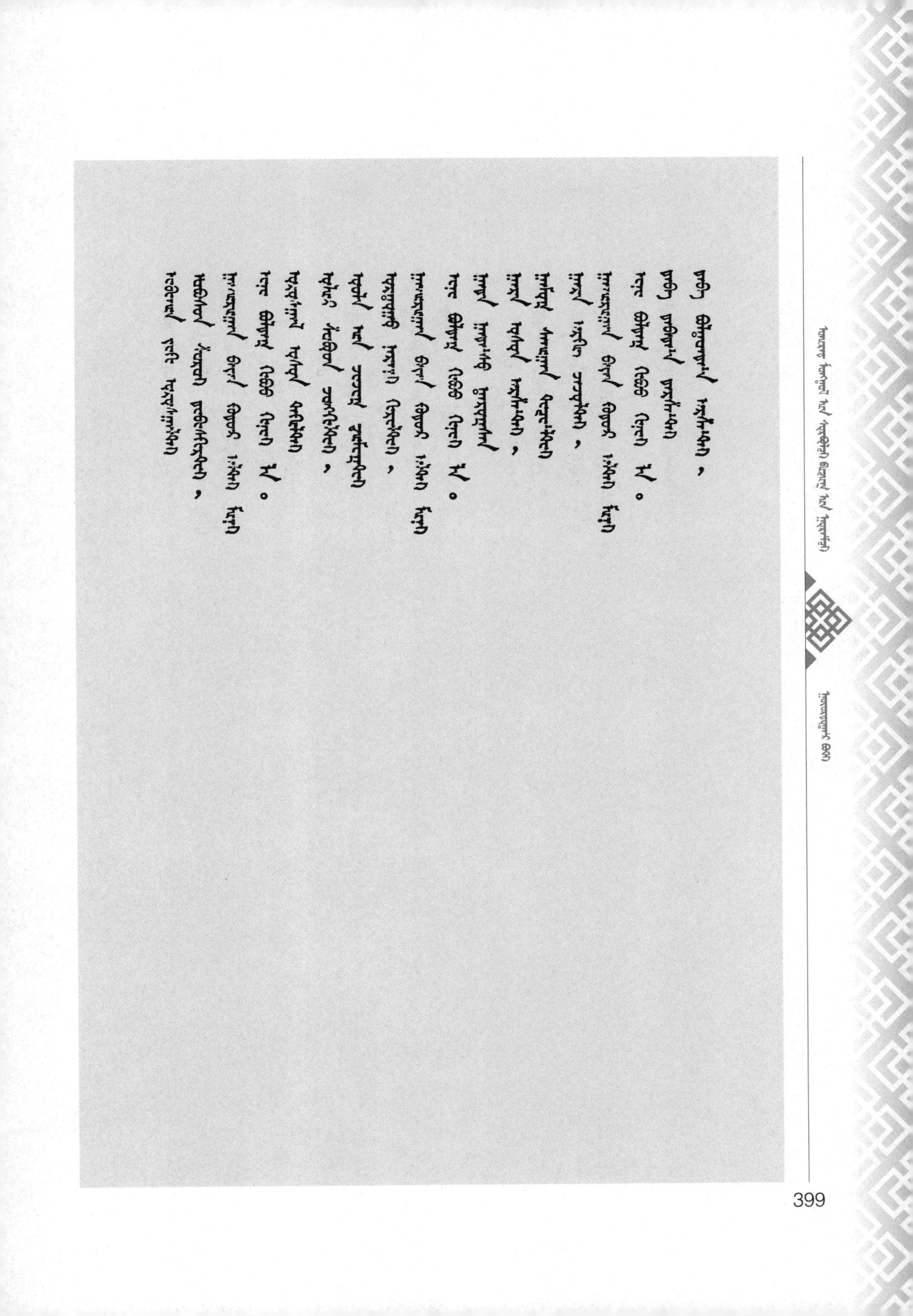

[illegible]
[illegible]
[illegible]
[illegible]
[illegible]
[illegible]
[illegible]
[illegible]
[illegible]
[illegible]
[illegible]
[illegible]
[illegible]
[illegible]
[illegible]
[illegible]
[illegible]
[illegible]

[illegible]
[illegible] ᠂
[illegible]
[illegible] ᠂
[illegible]
ᡍᠠᠨ ᡐᡄᡊᡎᡄᠷᡅ ᡇᠯᠠ ᡇᠷᡅᠨ ᠪᡅ ᠃
[illegible]
[illegible] ᠂
[illegible]
[illegible] ᠂
[illegible]
ᡍᠠᠨ ᡐᡄᡊᡎᡄᠷᡅ ᡇᠯᠠ ᡇᠷᡅᠨ ᠪᡅ ᠃
[illegible]
[illegible] ᠂
[illegible]
[illegible] ᠂
[illegible]
ᡍᠠᠨ ᡐᡄᡊᡎᡄᠷᡅ ᡇᠯᠠ ᡇᠷᡅᠨ ᠪᡅ ᠃

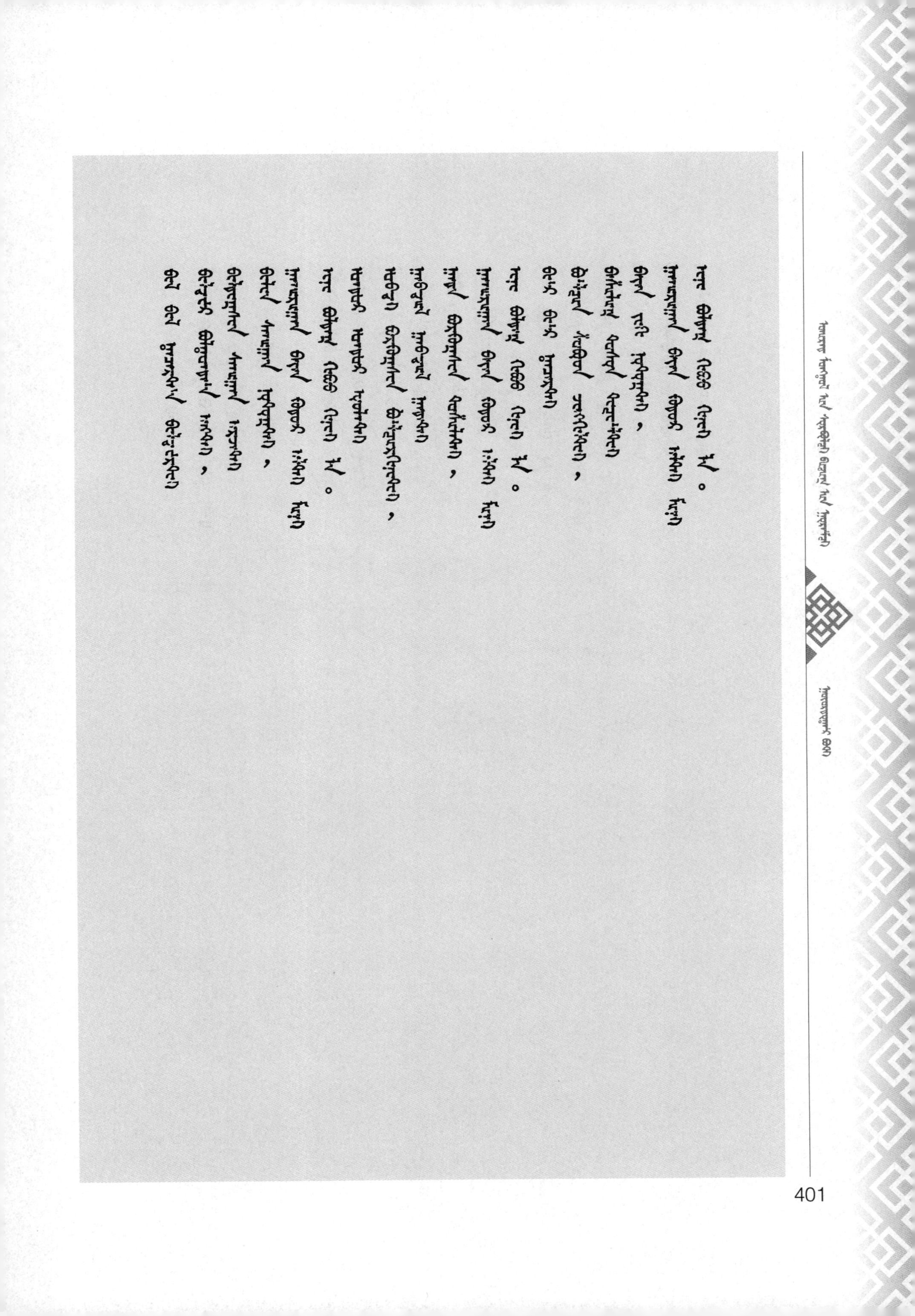

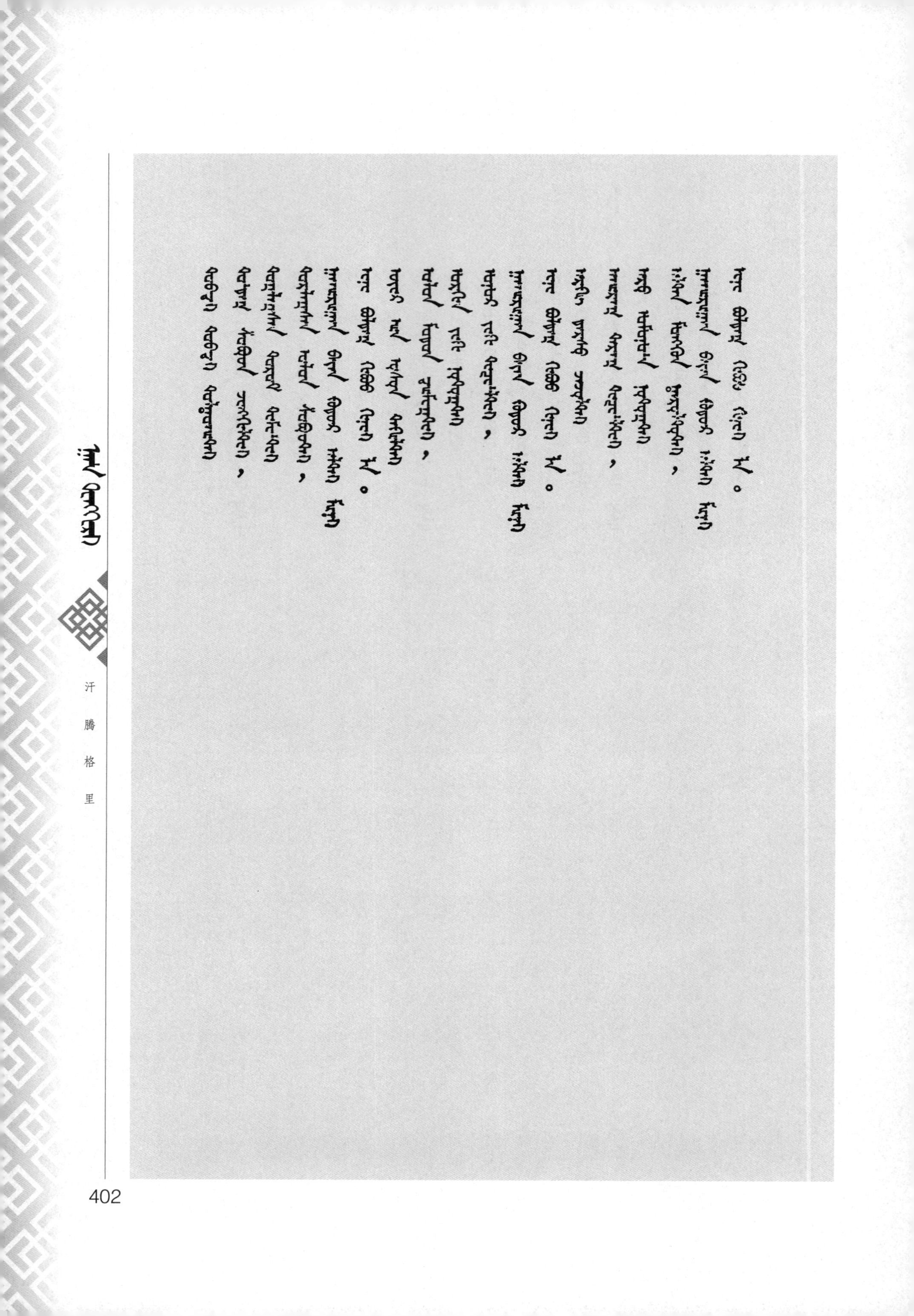

[illegible]
[illegible]
[illegible]
[illegible]
[illegible]
[illegible]
[illegible]
[illegible]
[illegible]
[illegible]
[illegible]
[illegible]
[illegible]
[illegible]
[illegible]
[illegible]
[illegible]
[illegible]

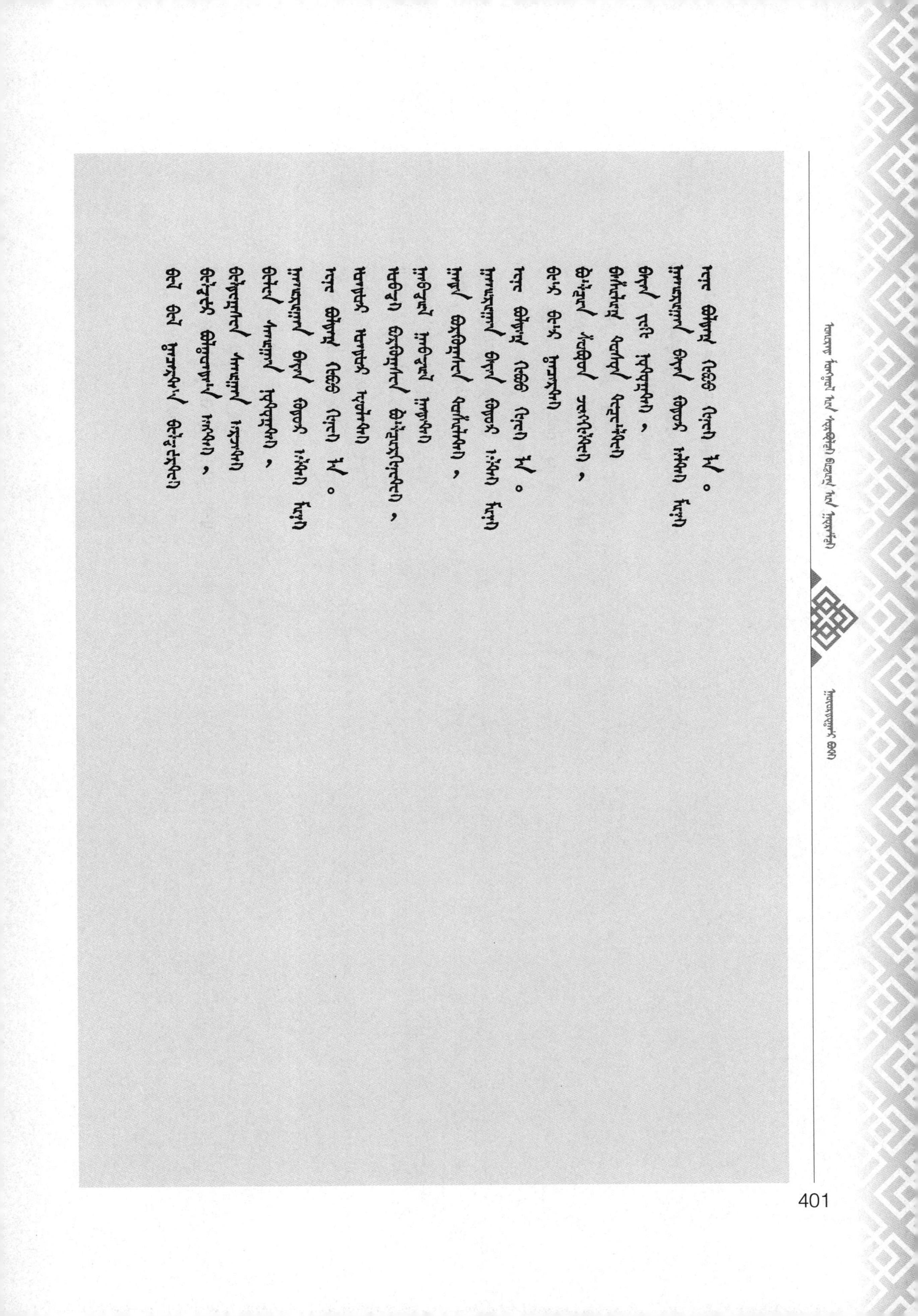

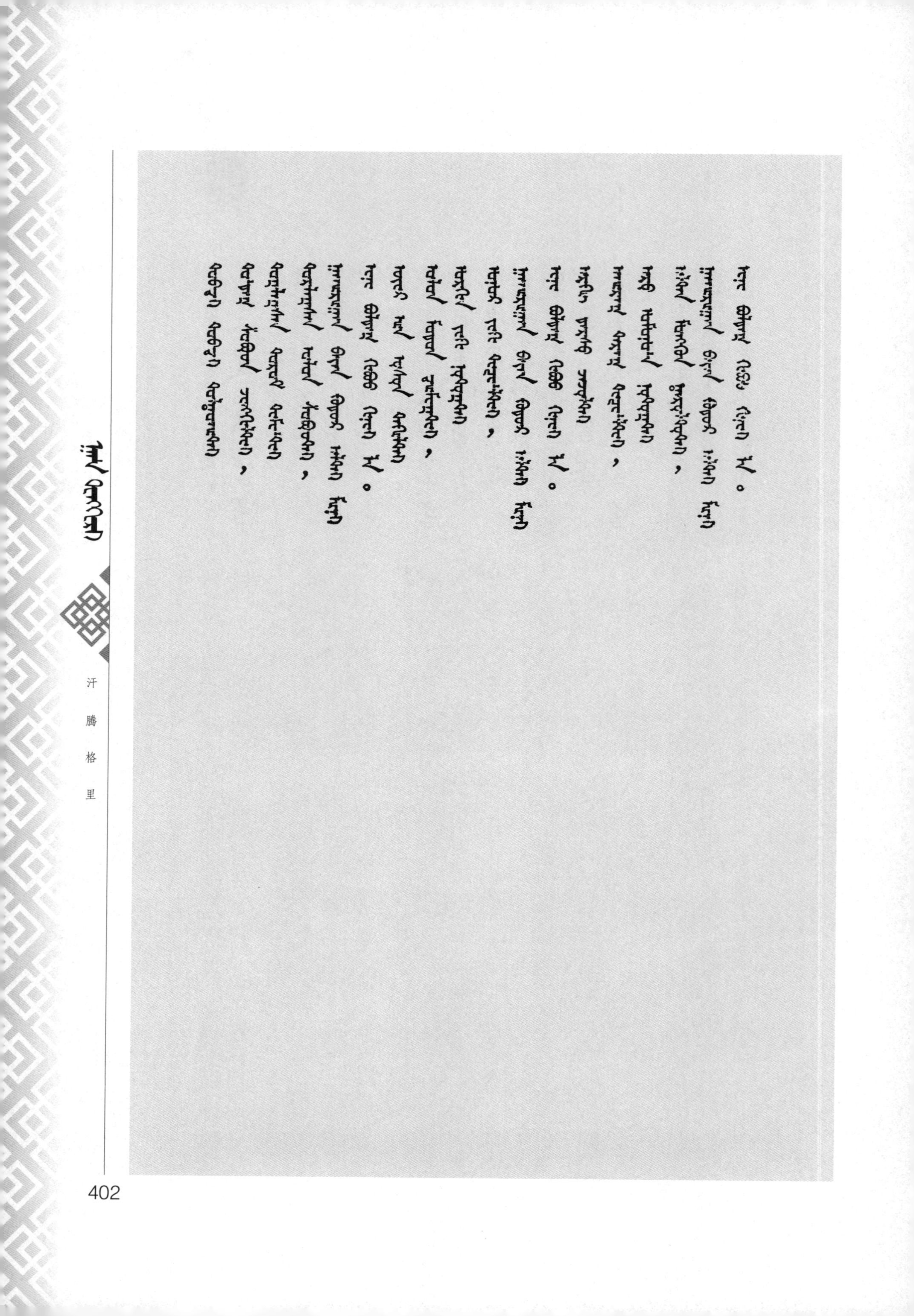

[illegible]

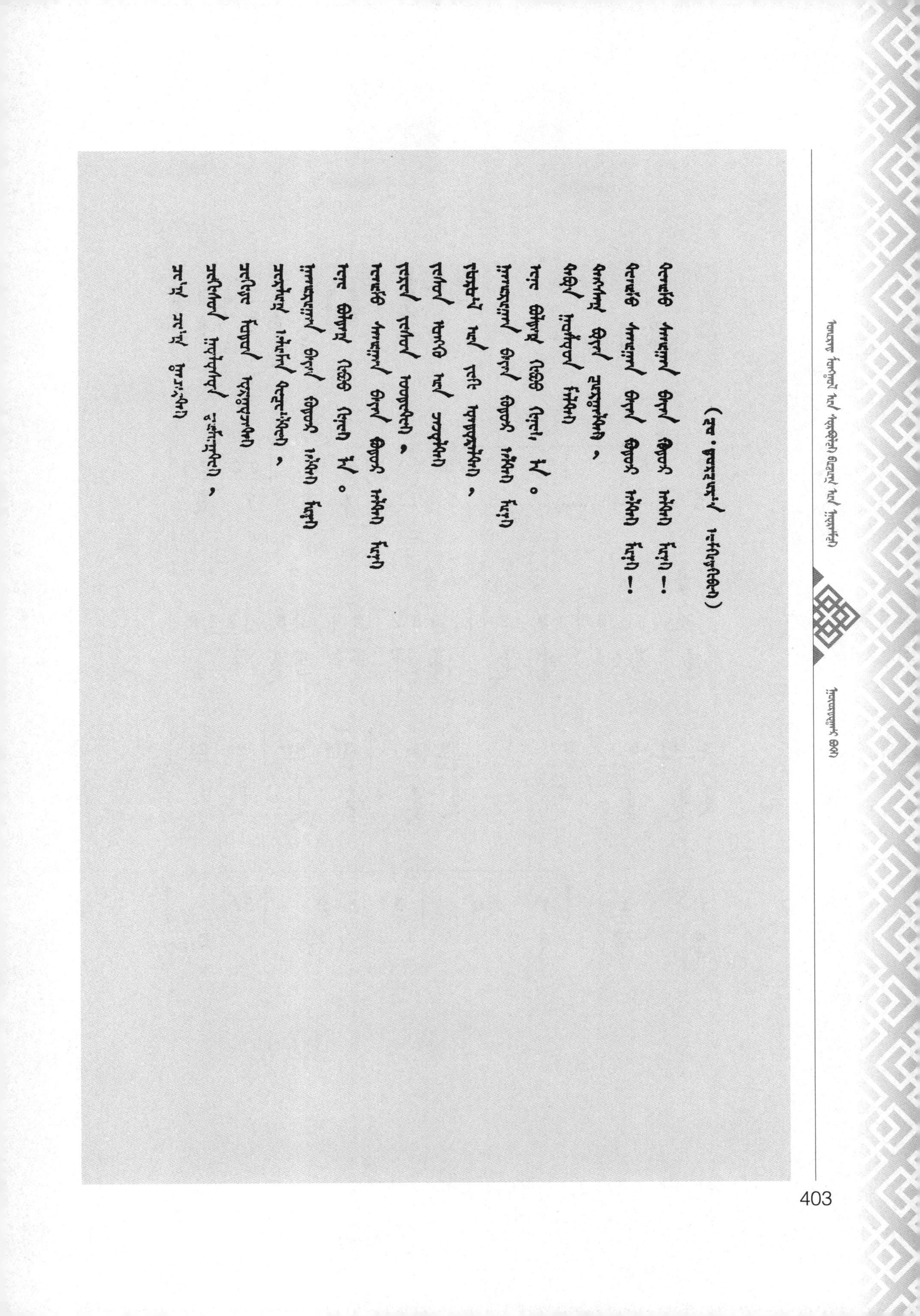

([illegible])

[illegible] !
[illegible] !
[illegible] ,
[illegible]
[illegible] .
[illegible]
[illegible] ,
[illegible]
[illegible] ,
[illegible]
[illegible] .
[illegible]
[illegible] ,
[illegible]
[illegible] ,
[illegible]

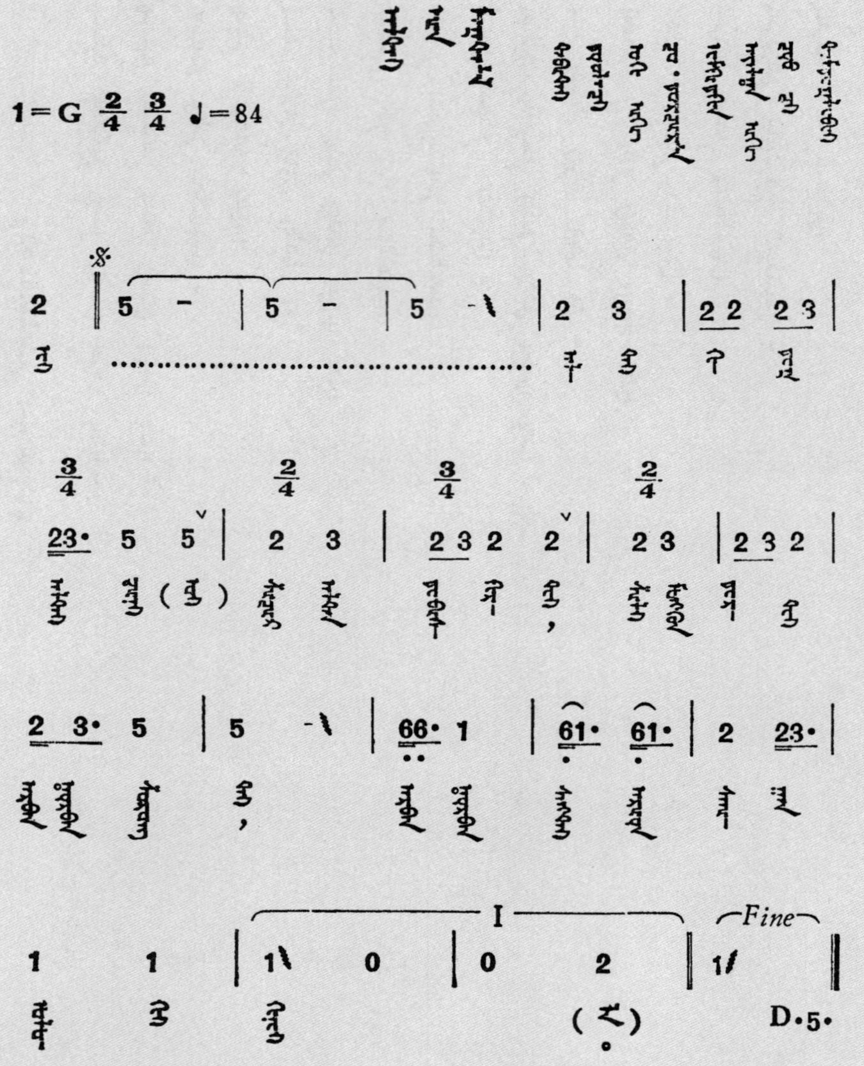
1=G 2/4 3/4 ♩=84
Fine
D.S.

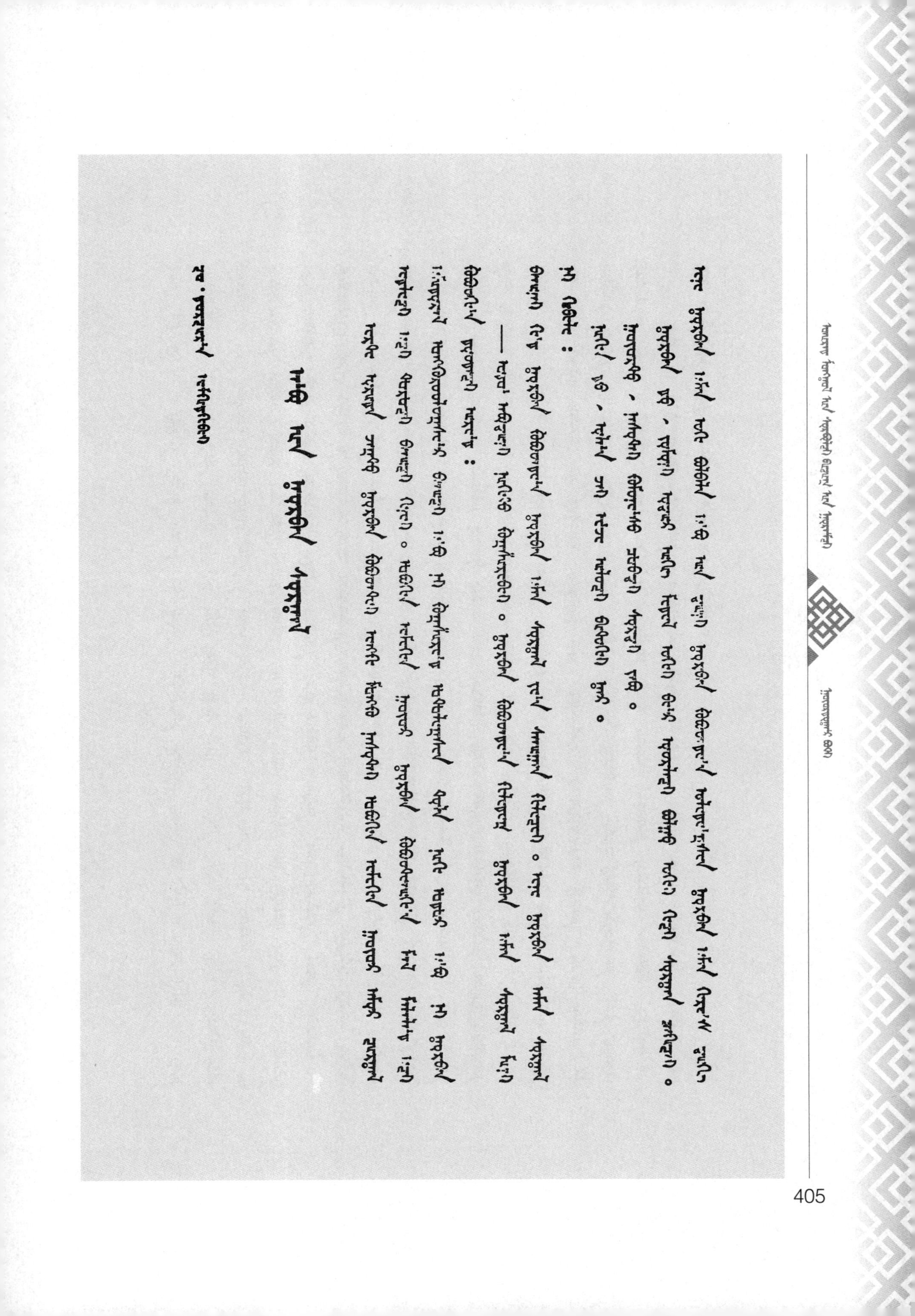

[illegible]

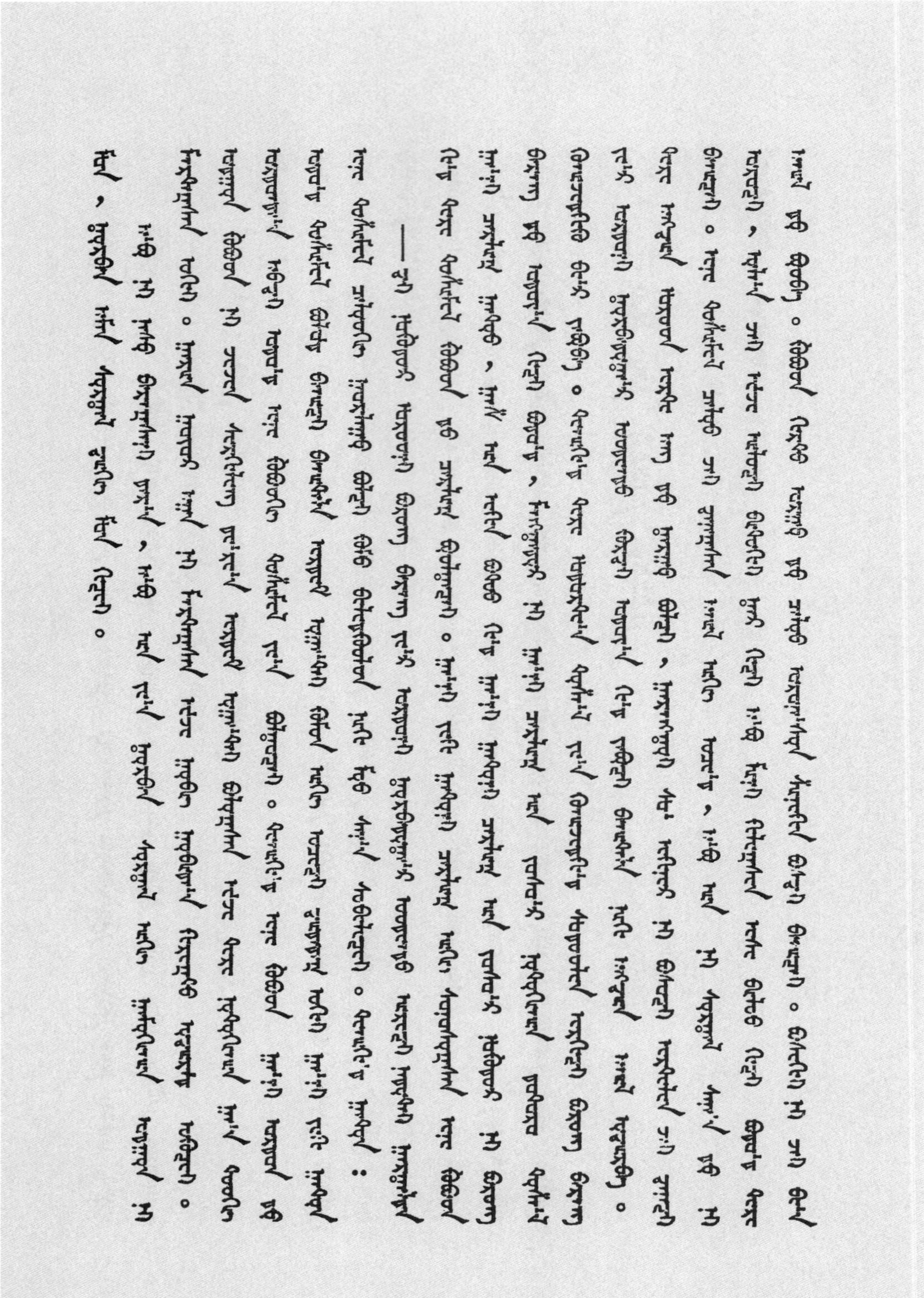

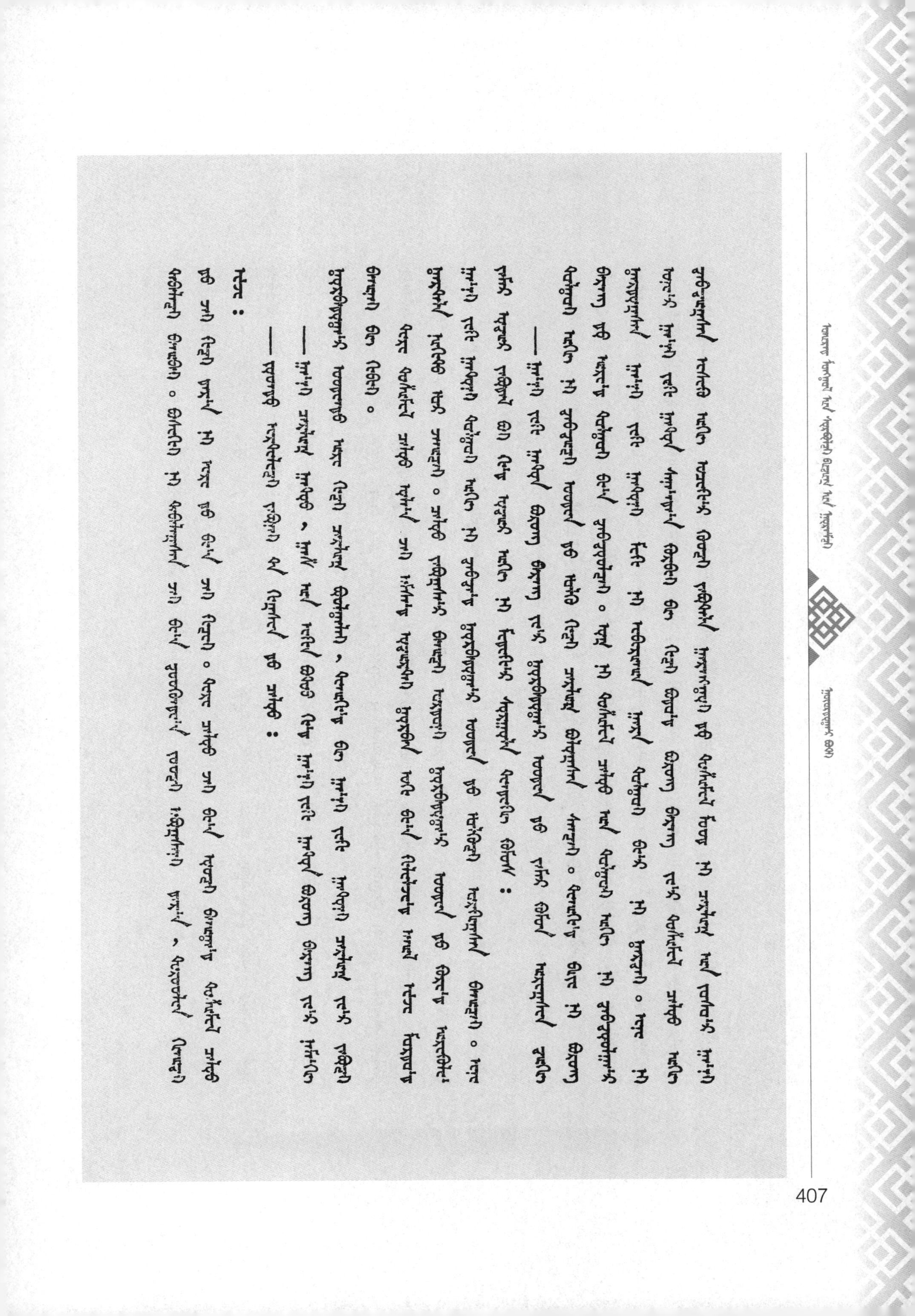

[illegible]

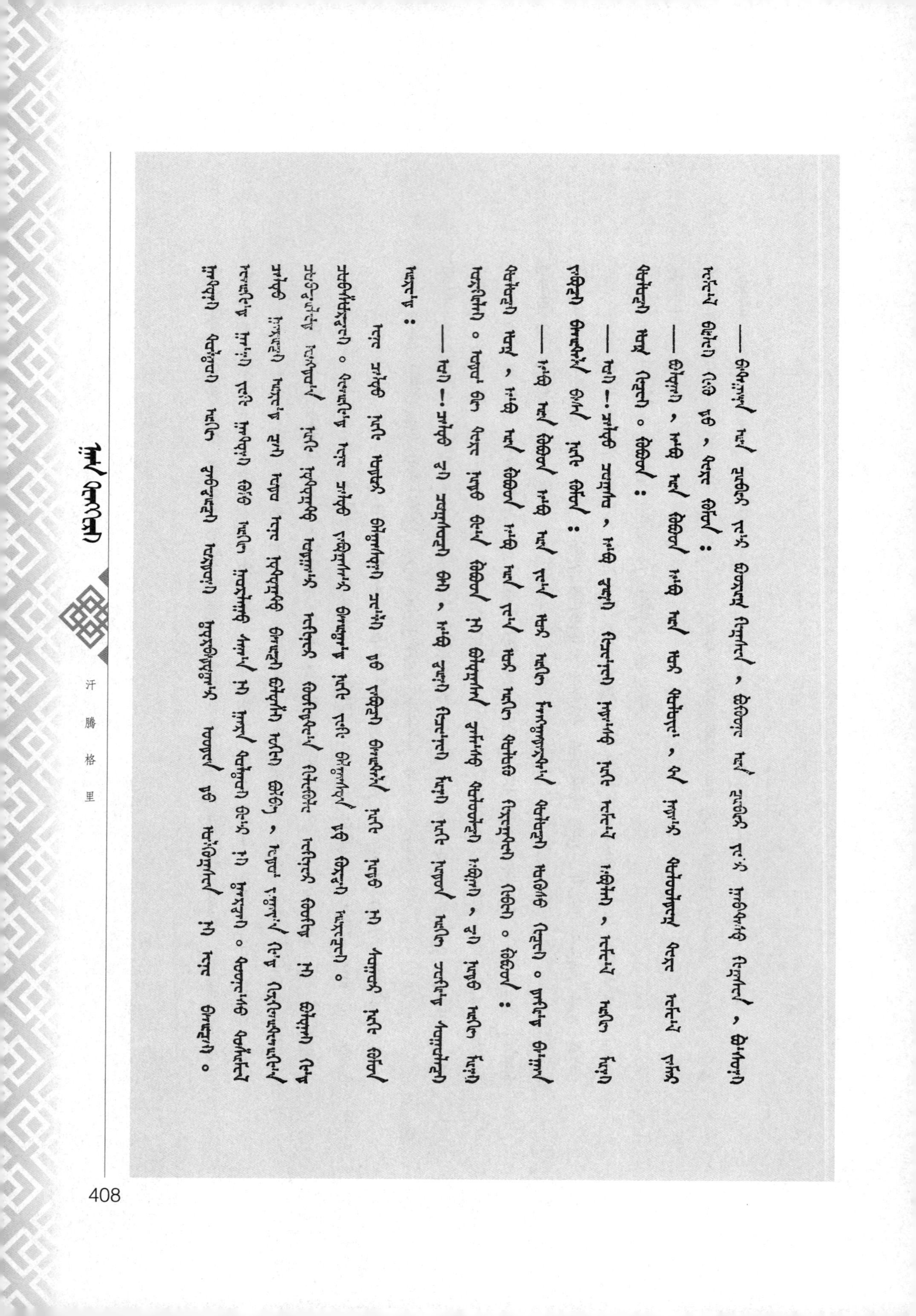

[illegible]

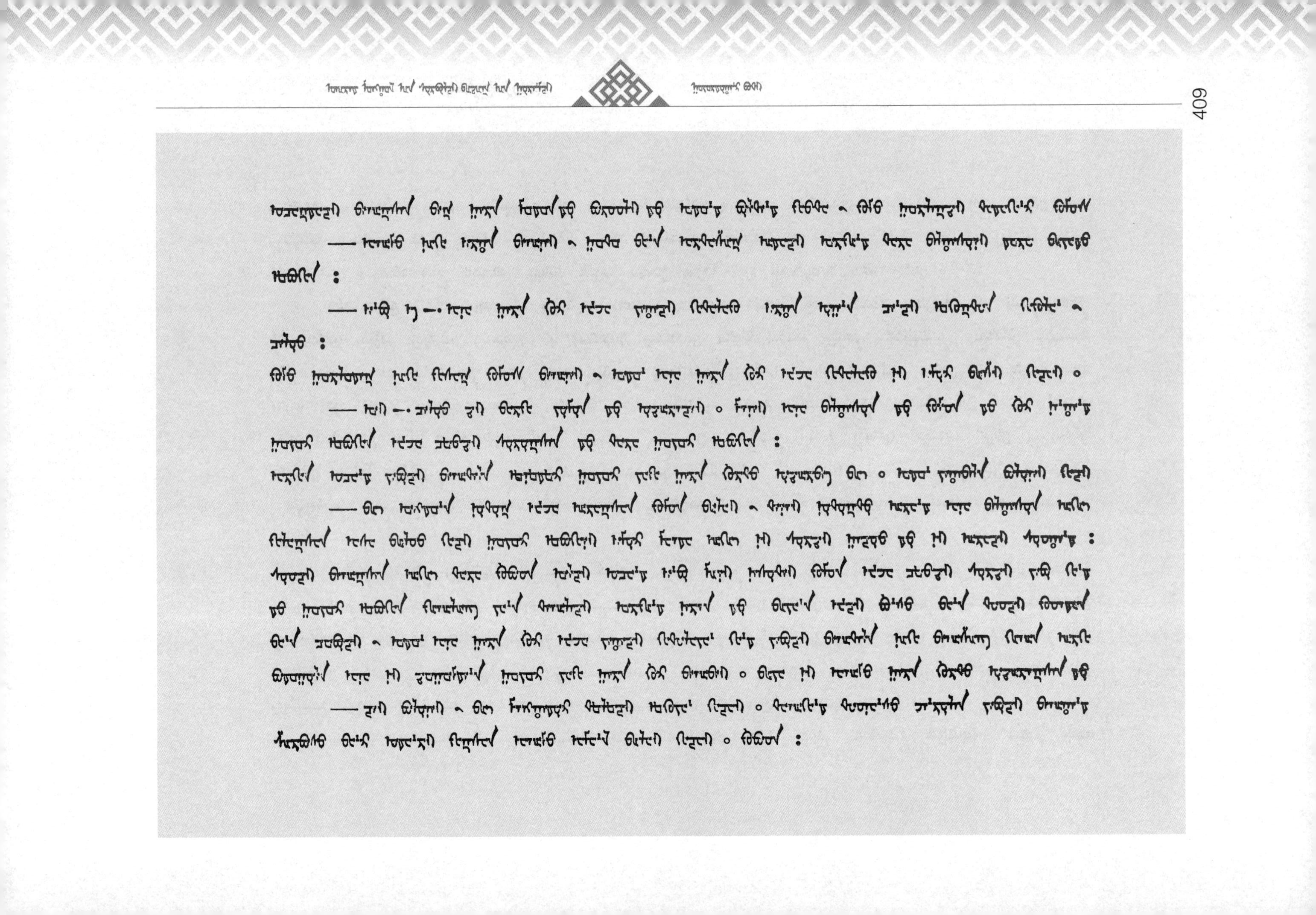

[illegible]

— [illegible] :

— [illegible] :

[illegible]

— [illegible] :

[illegible]

— [illegible] :

[illegible]

— [illegible] :

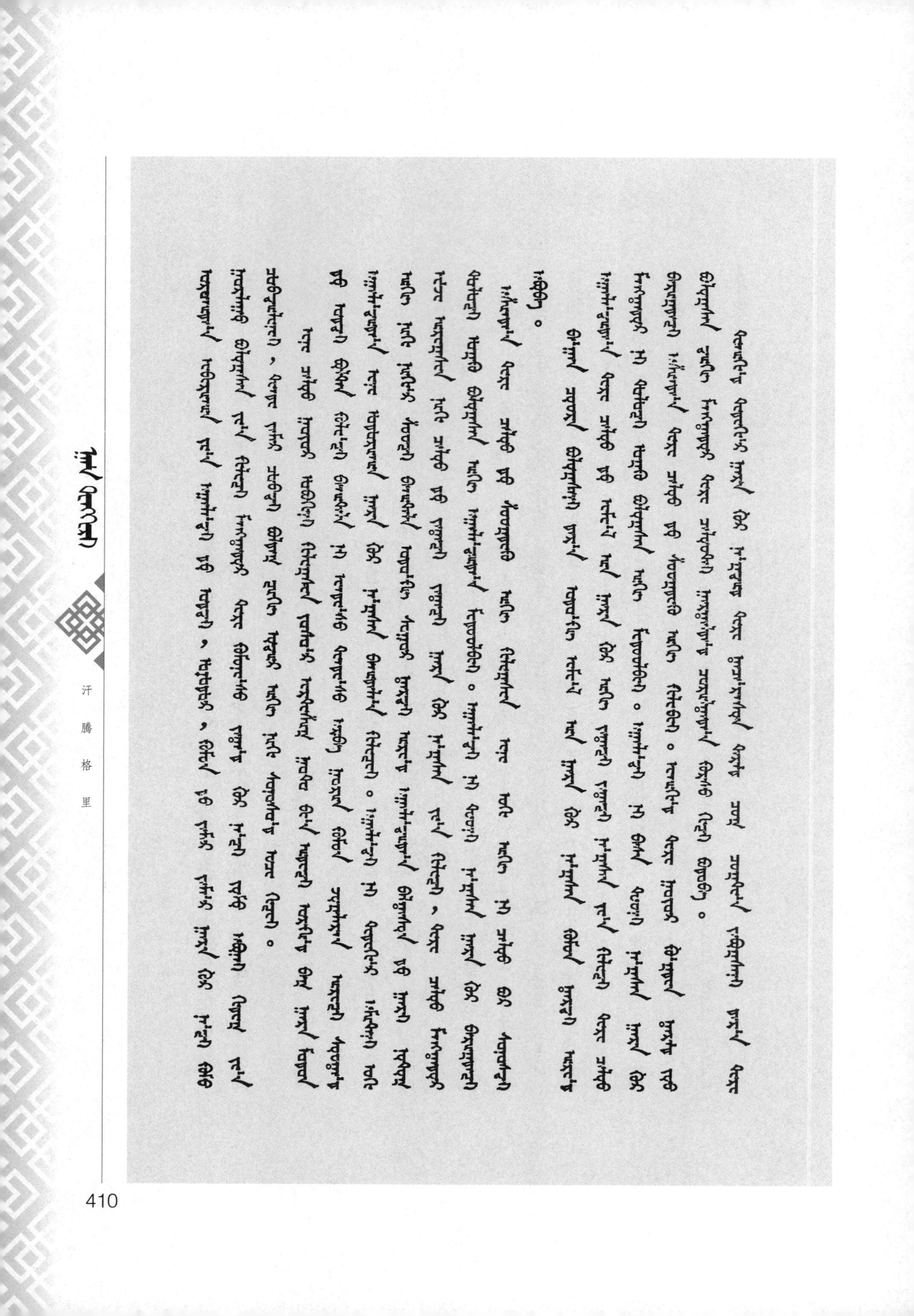

[illegible]

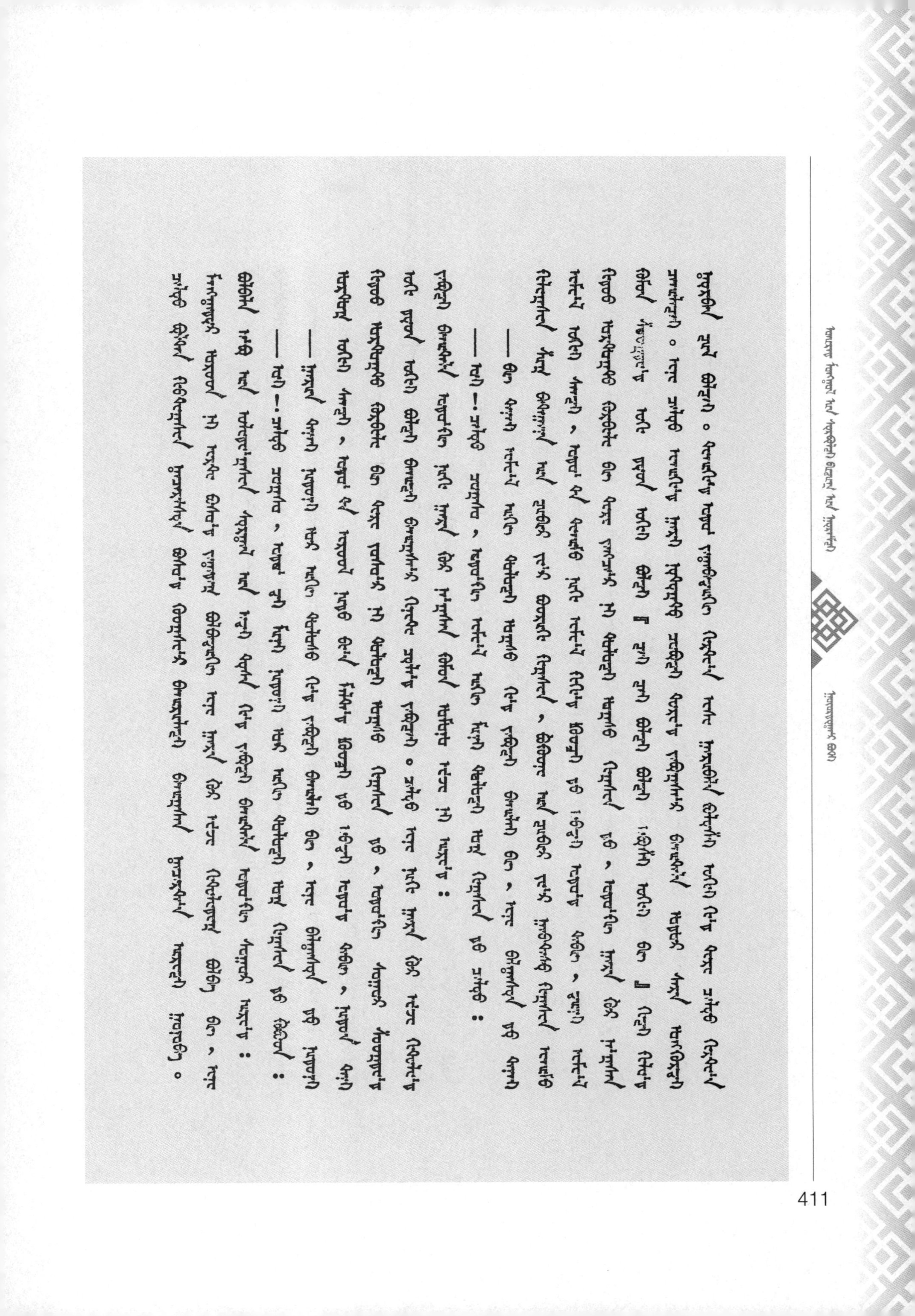

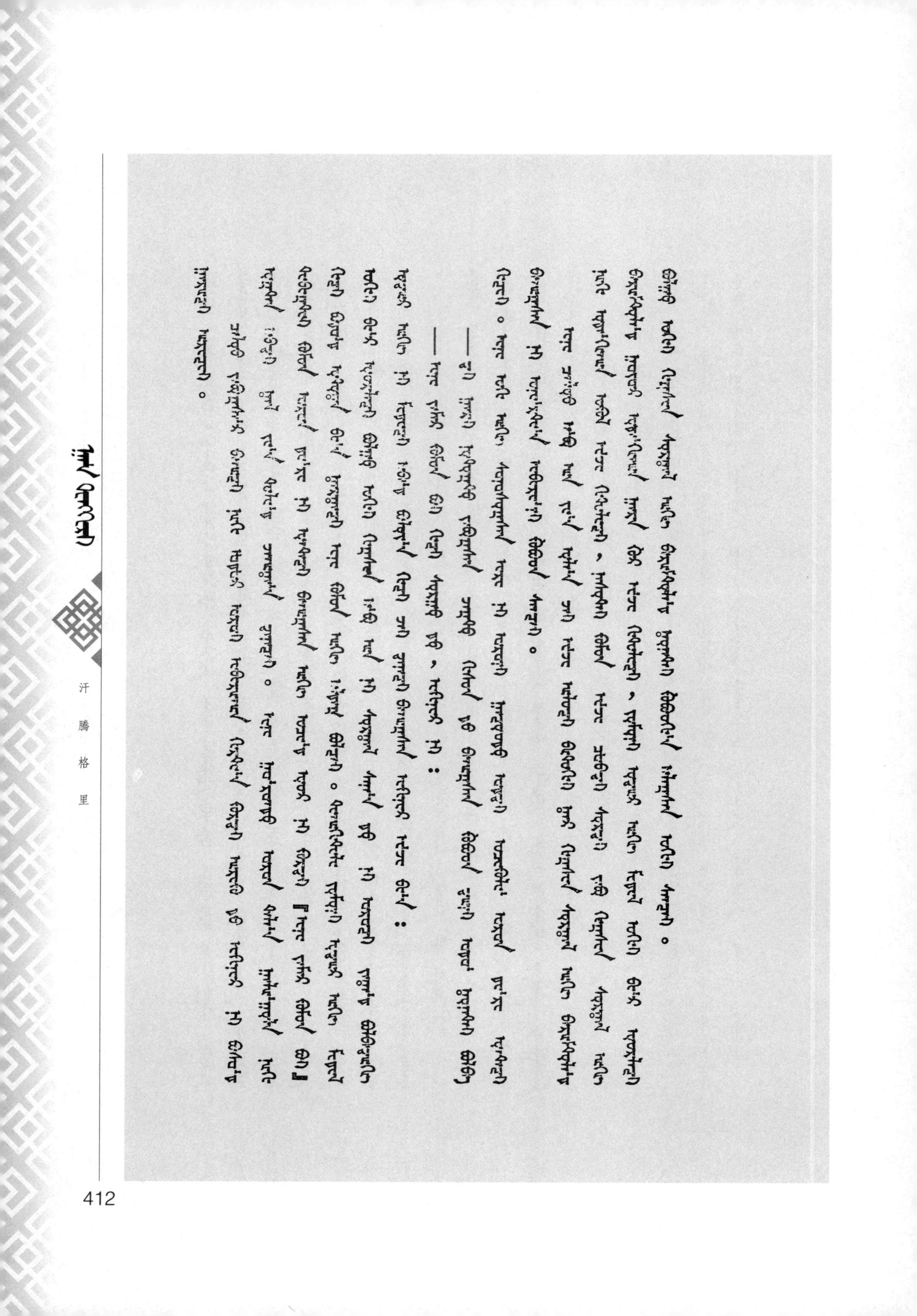

[illegible]

[illegible]

[illegible]

[illegible]

[illegible]

[illegible]

[illegible]

[illegible]

[illegible]

[illegible]

[illegible]

[illegible]

[illegible]

[illegible]

[illegible]

[illegible]

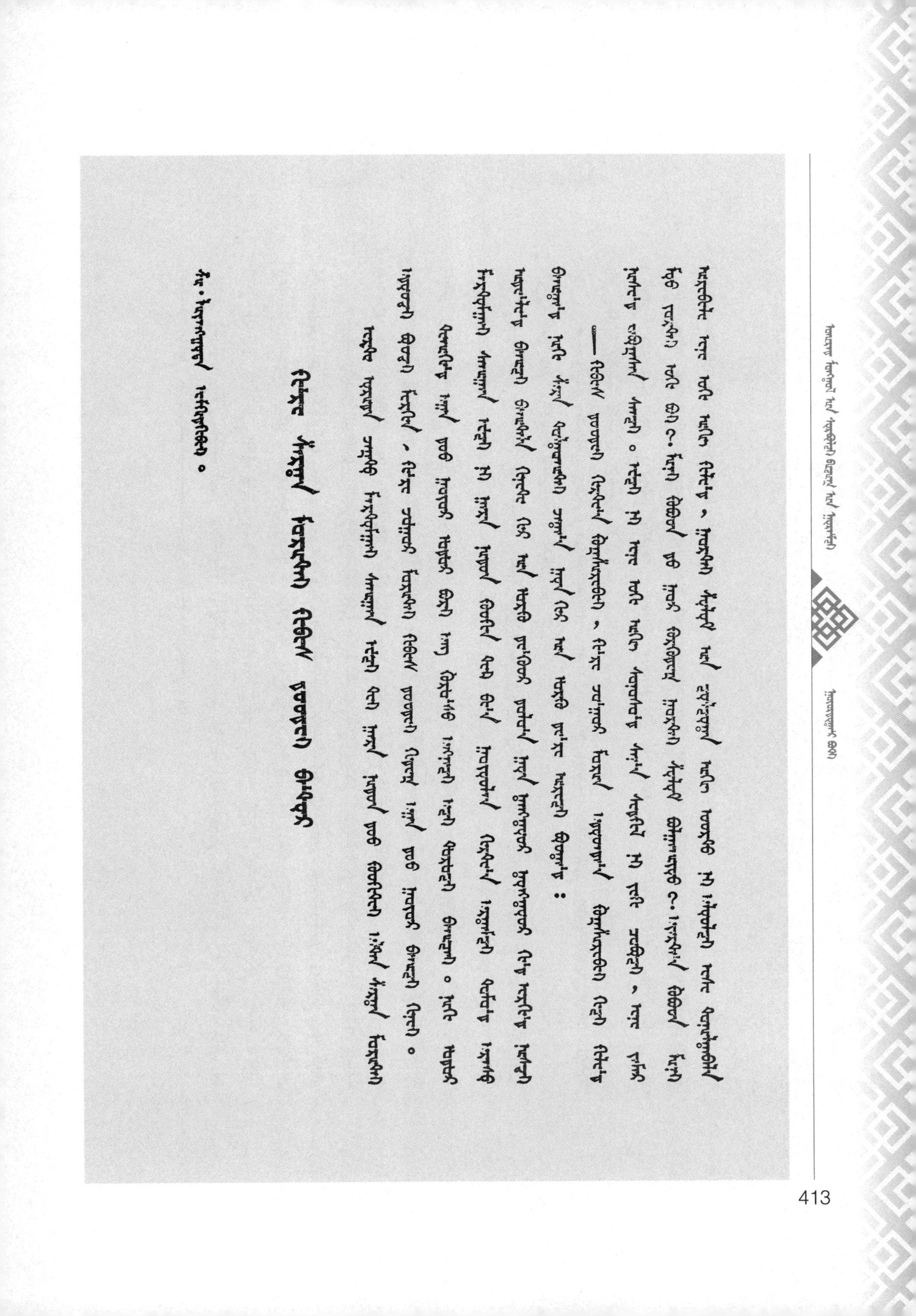

[illegible]

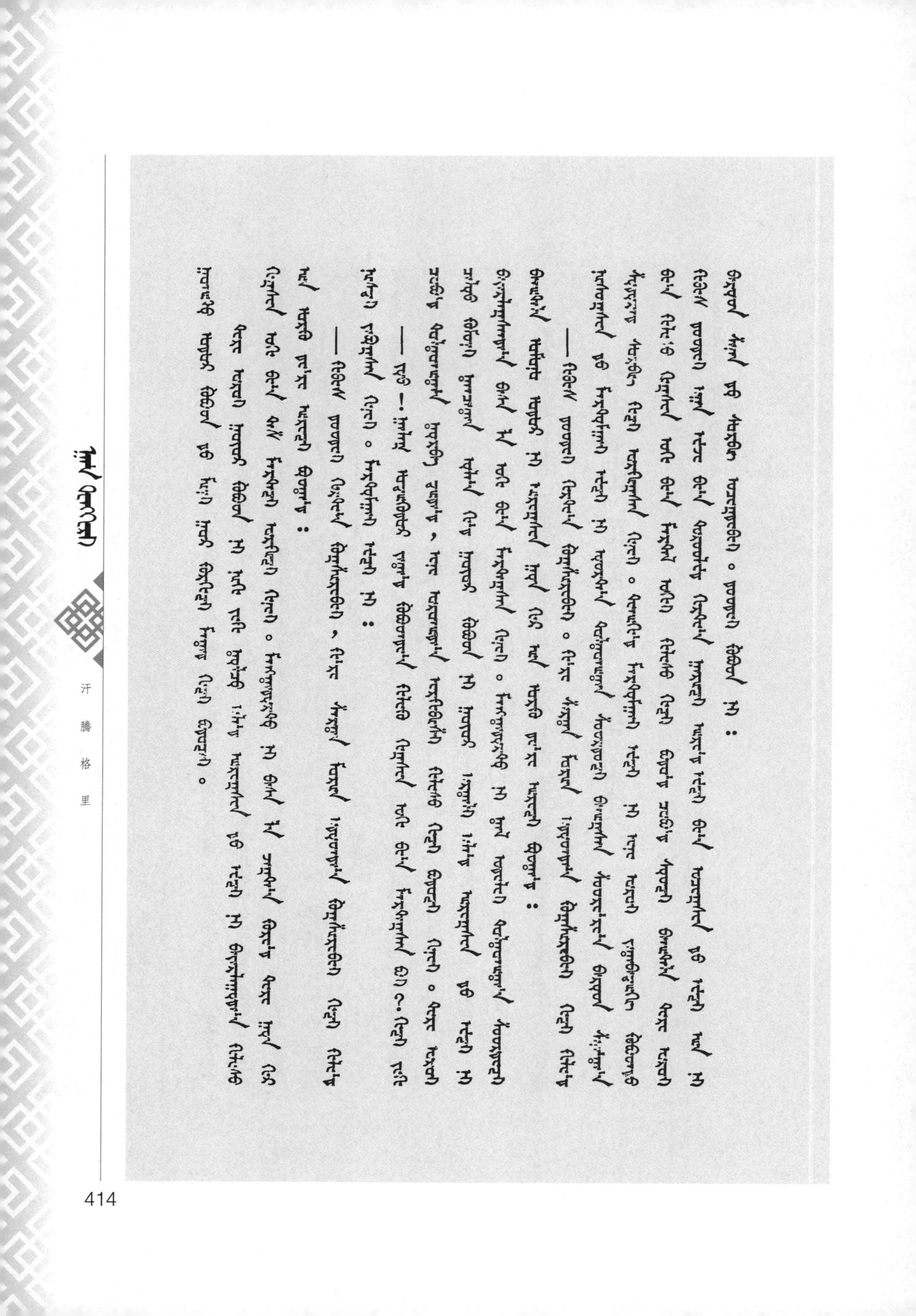

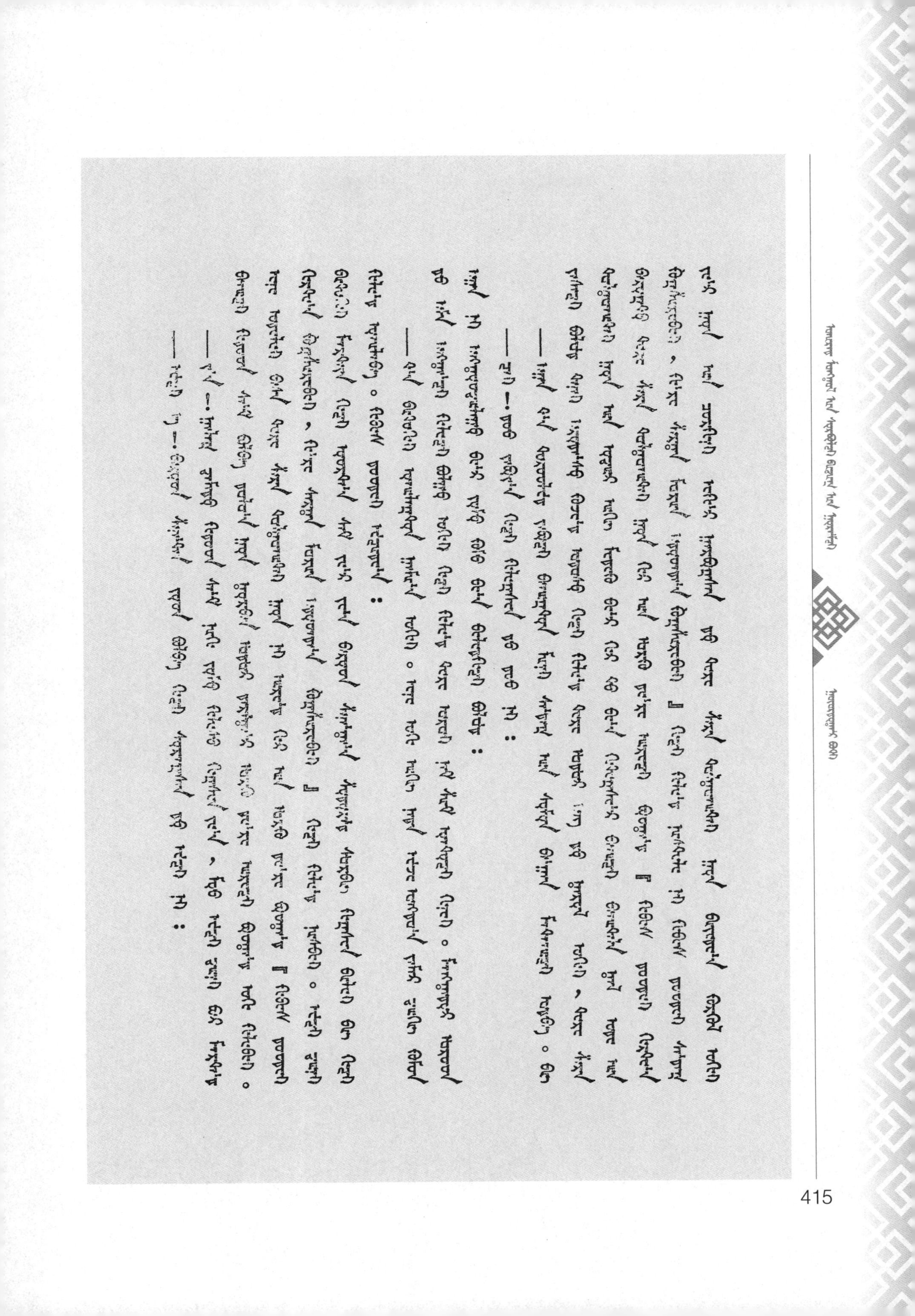

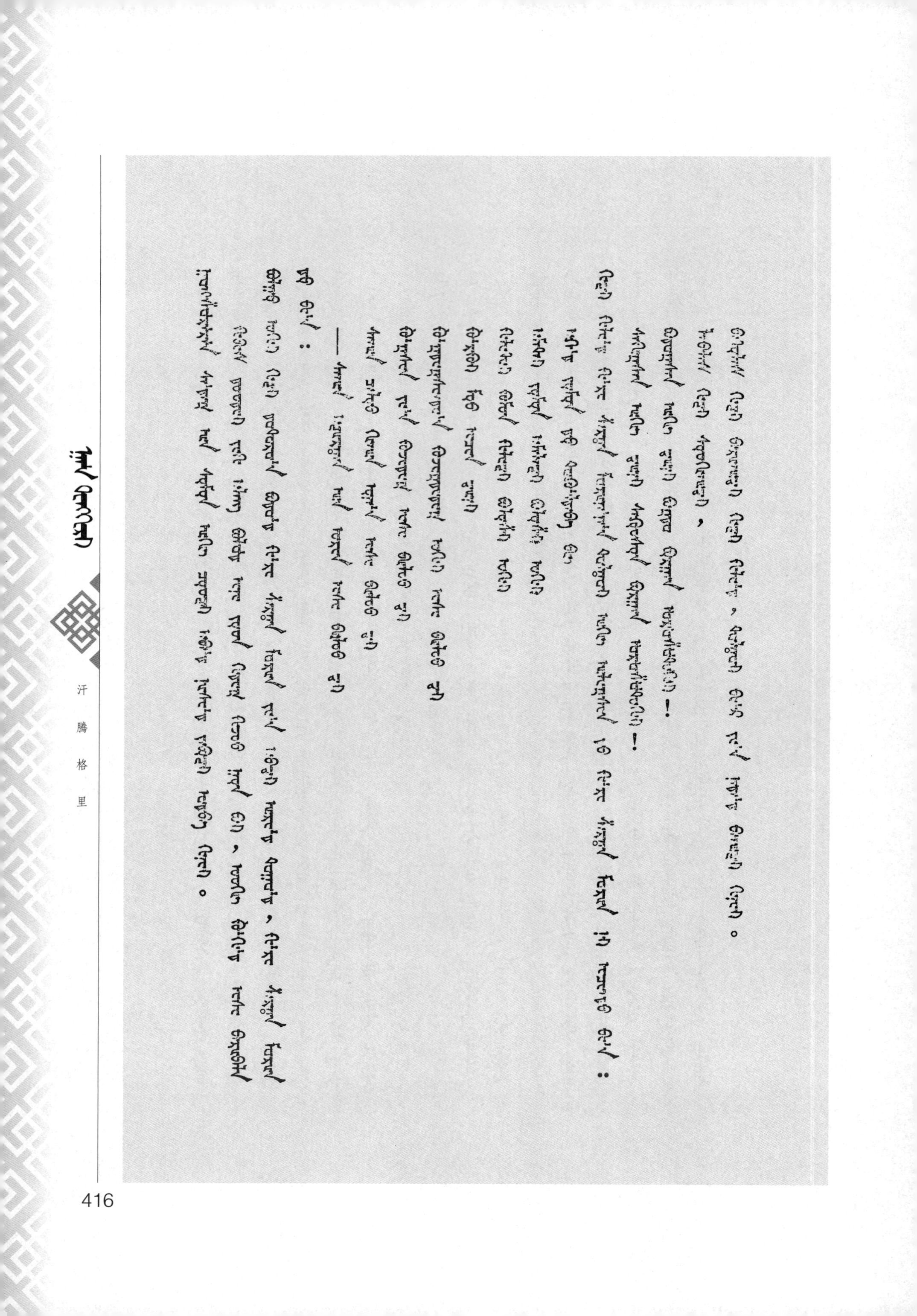

[illegible]
[illegible]
[illegible] !
[illegible] !
[illegible] :
[illegible]
[illegible]
[illegible]
[illegible]
[illegible]
[illegible]
[illegible]
—— [illegible]
[illegible] :
[illegible]

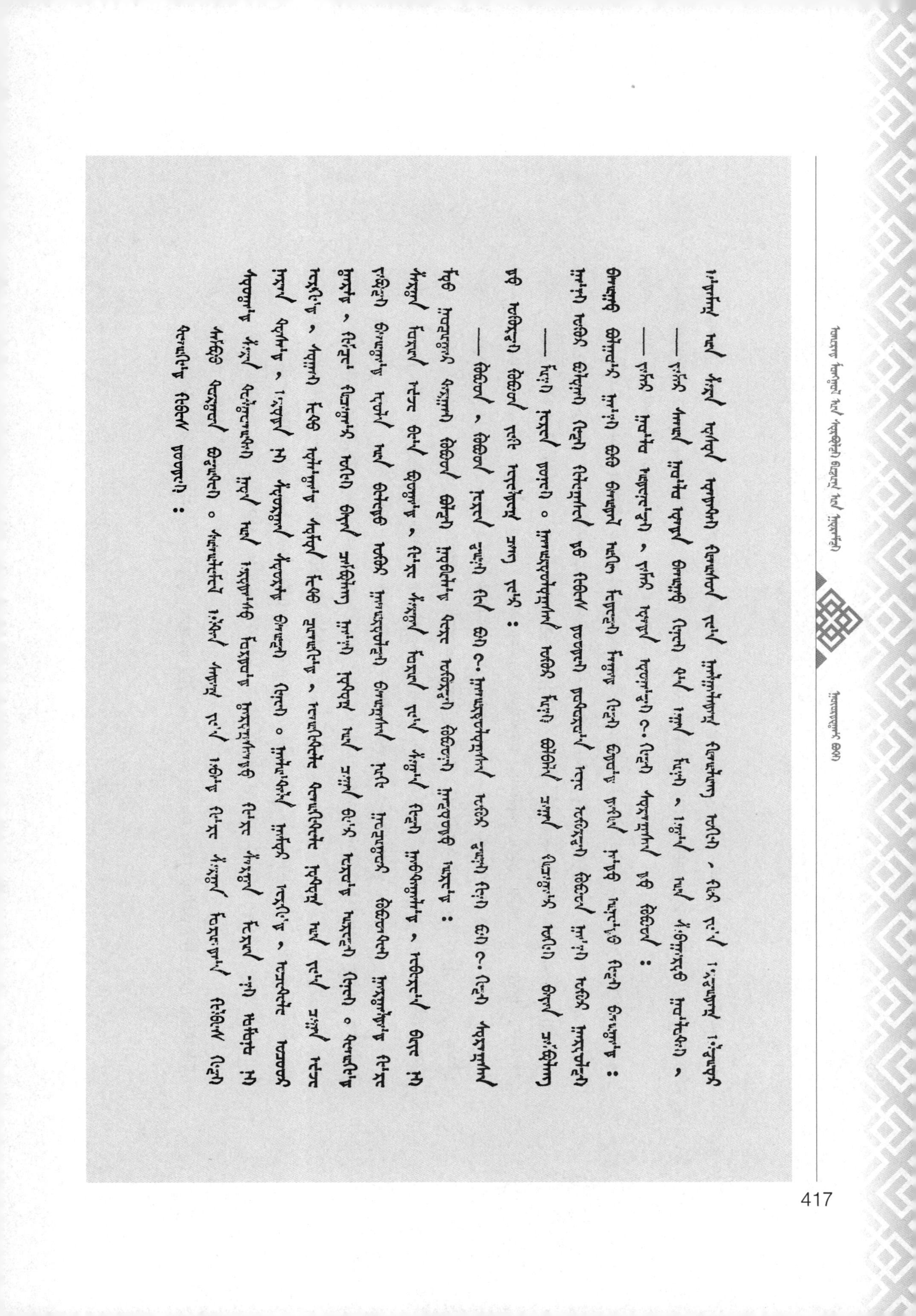

[illegible]

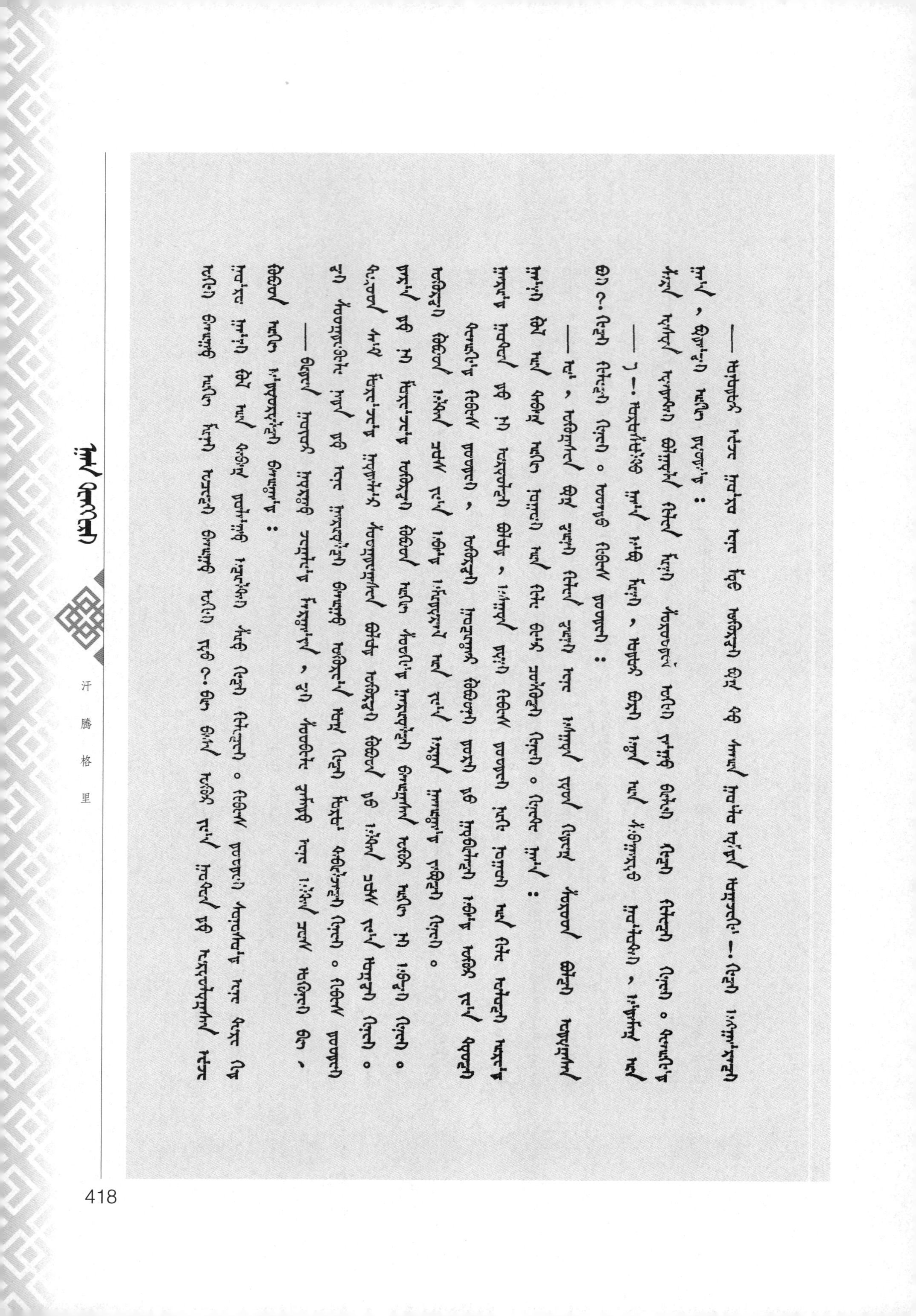

[illegible]

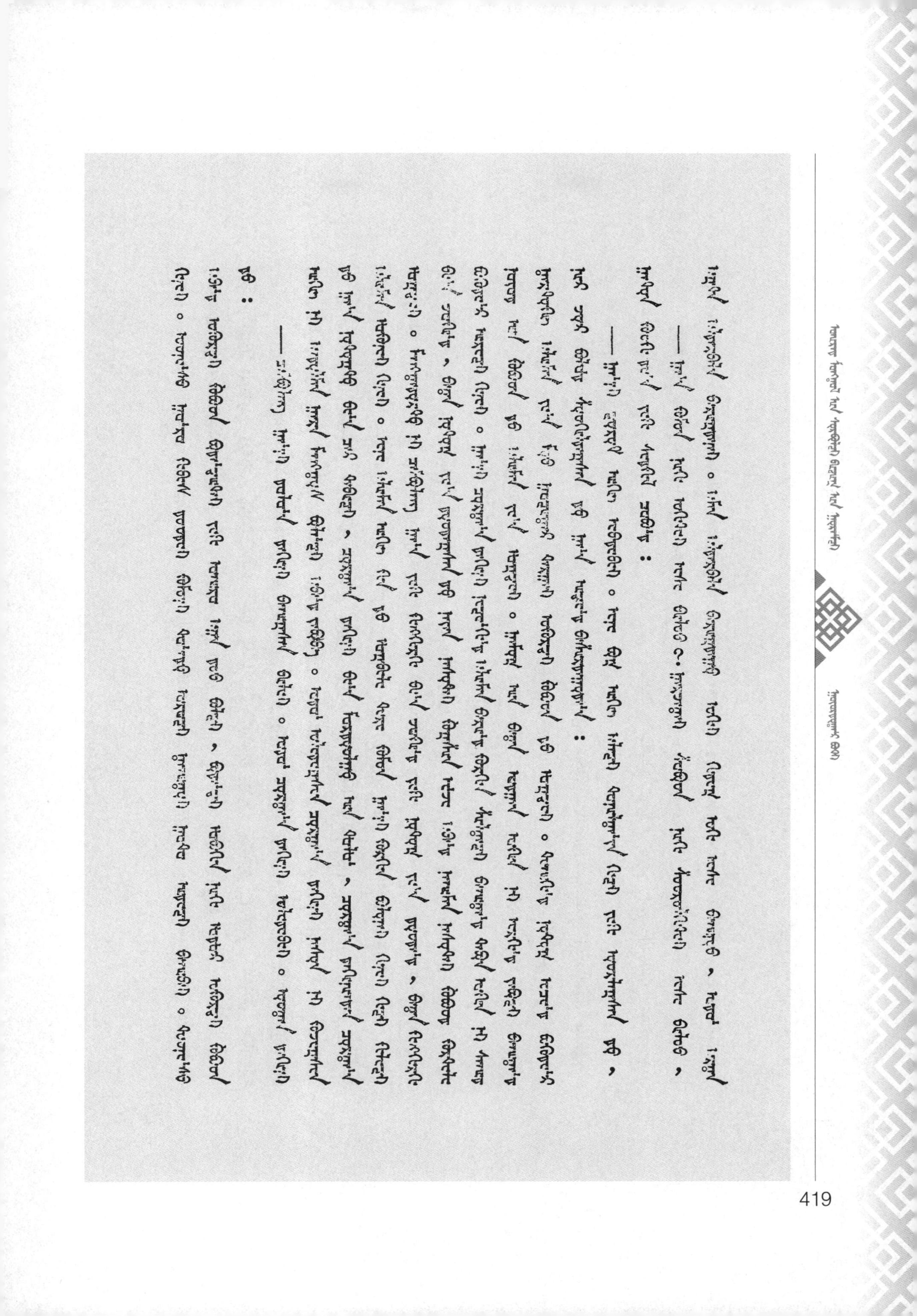

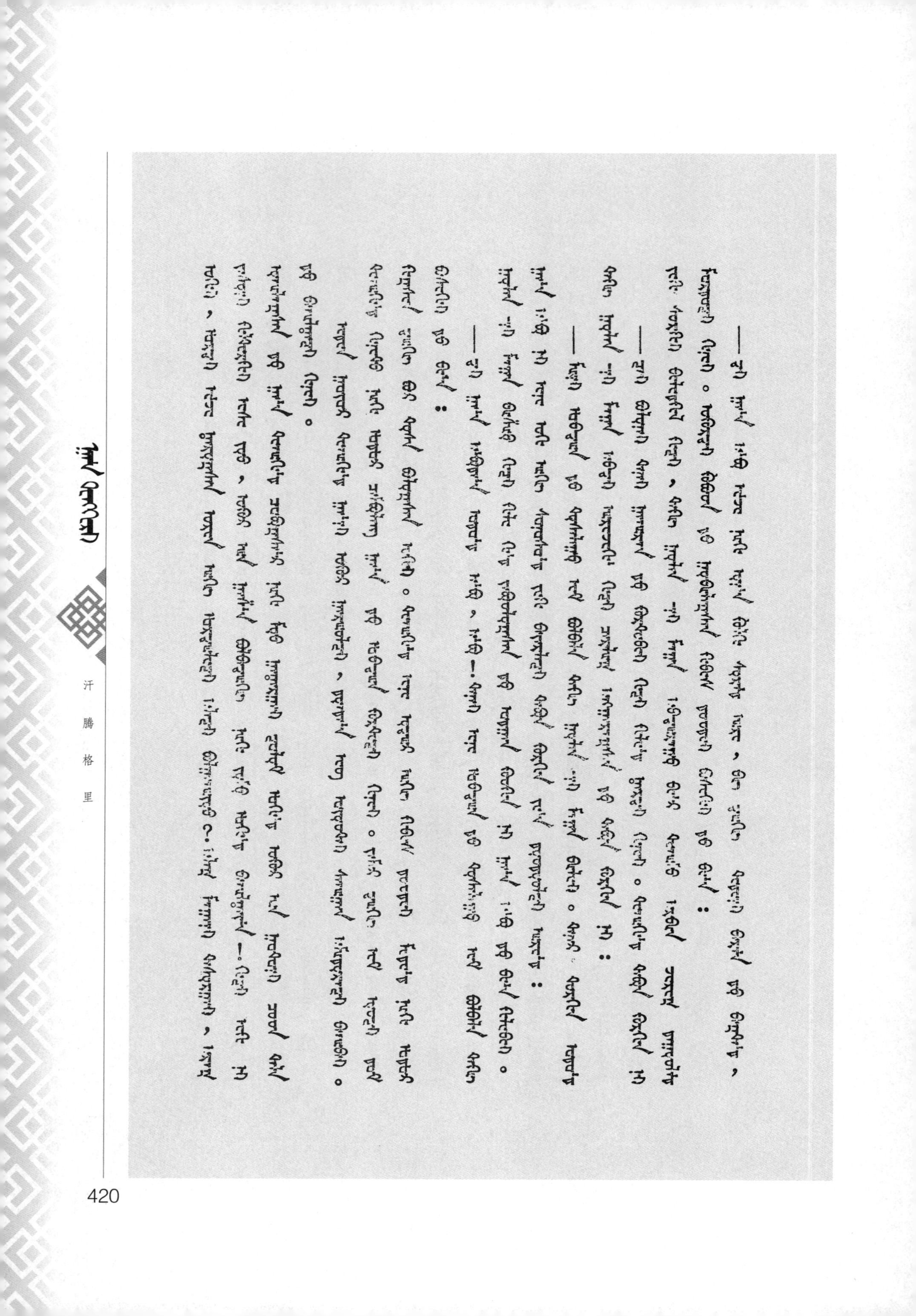

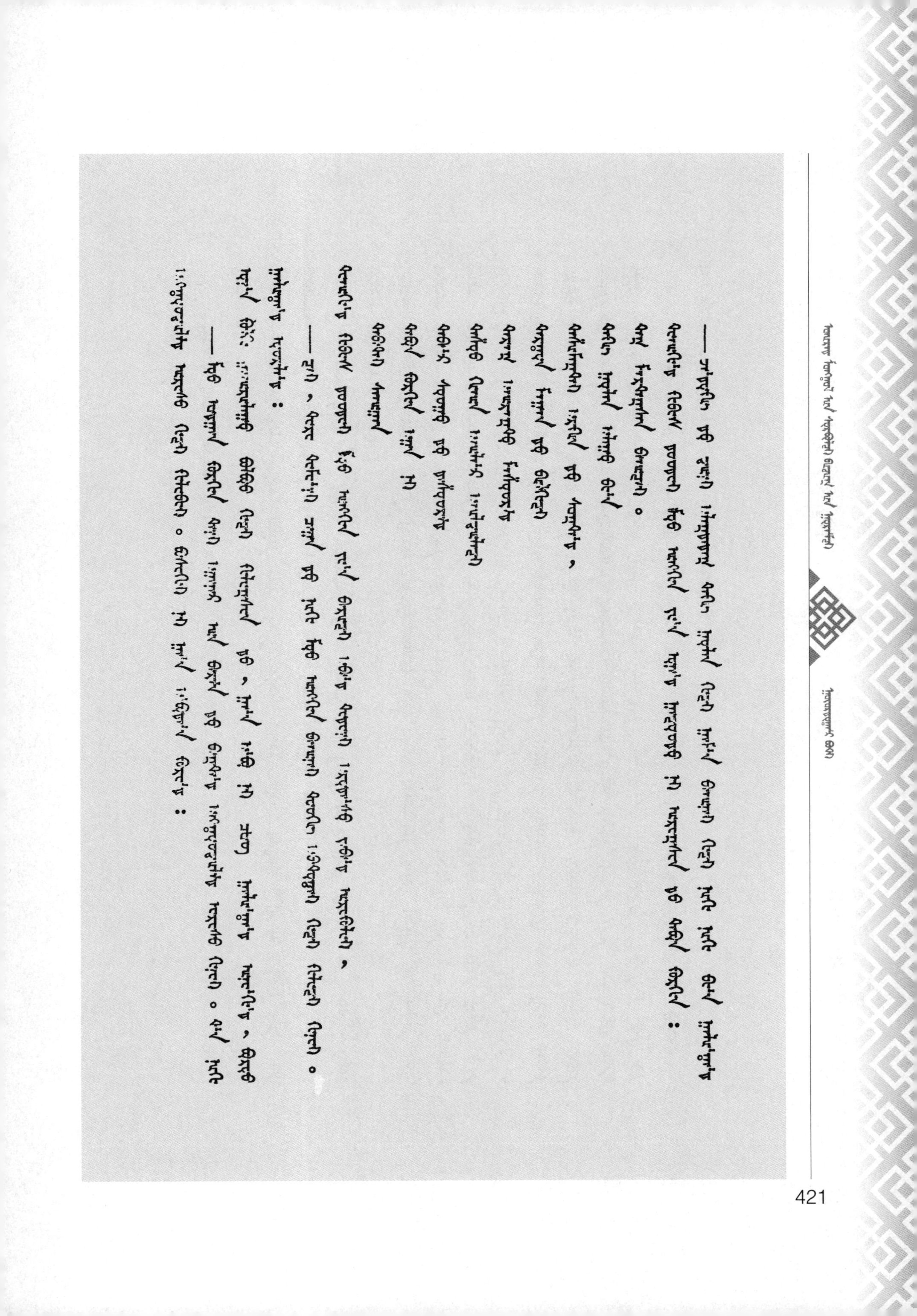

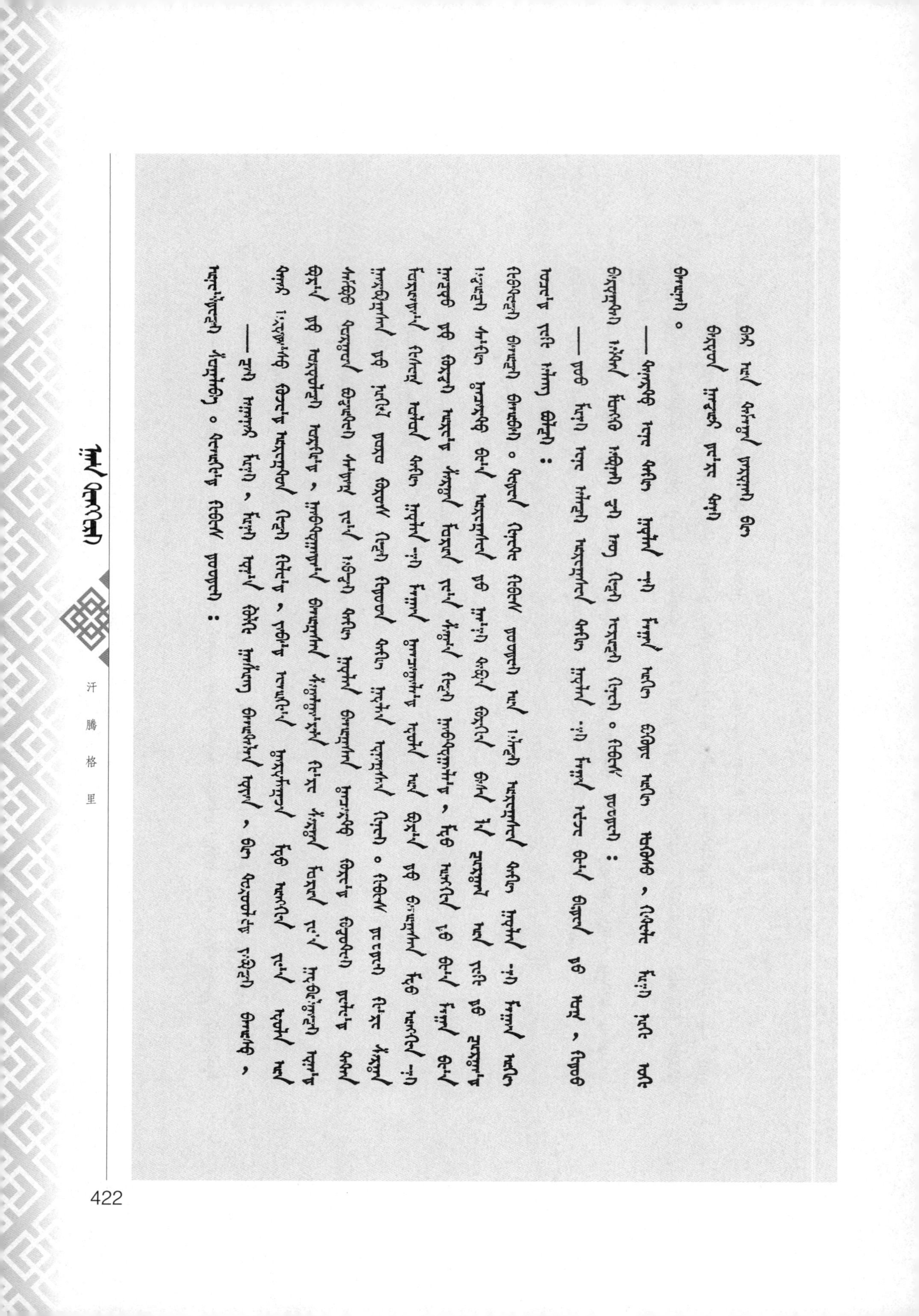

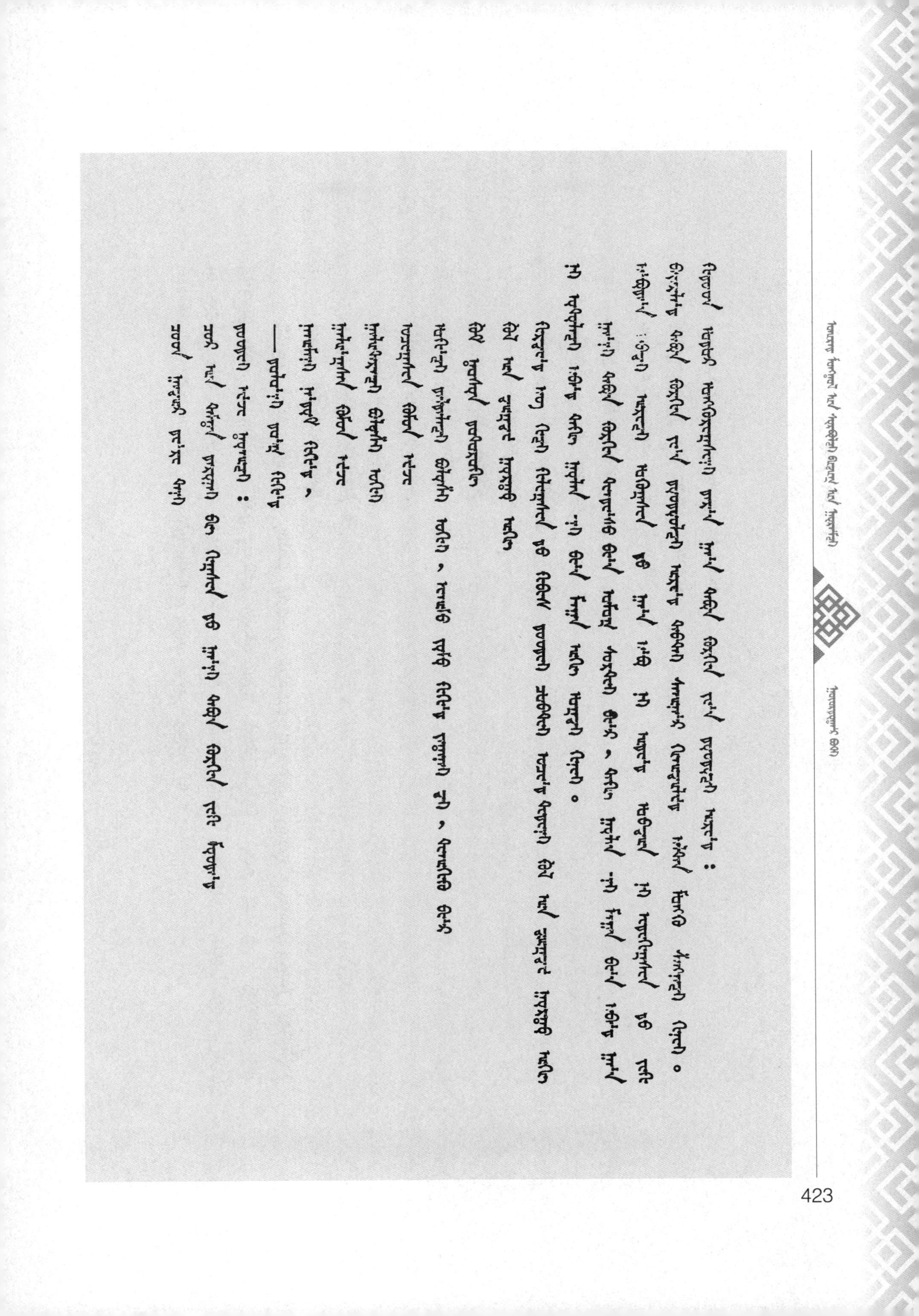

[illegible]

[illegible]

[illegible]

[illegible]

[illegible]

[illegible]

[illegible]

[illegible]

[illegible]

[illegible]

[illegible]

[illegible]

[illegible]

—— [illegible]

[illegible] :

[illegible] ᠃

[illegible] :

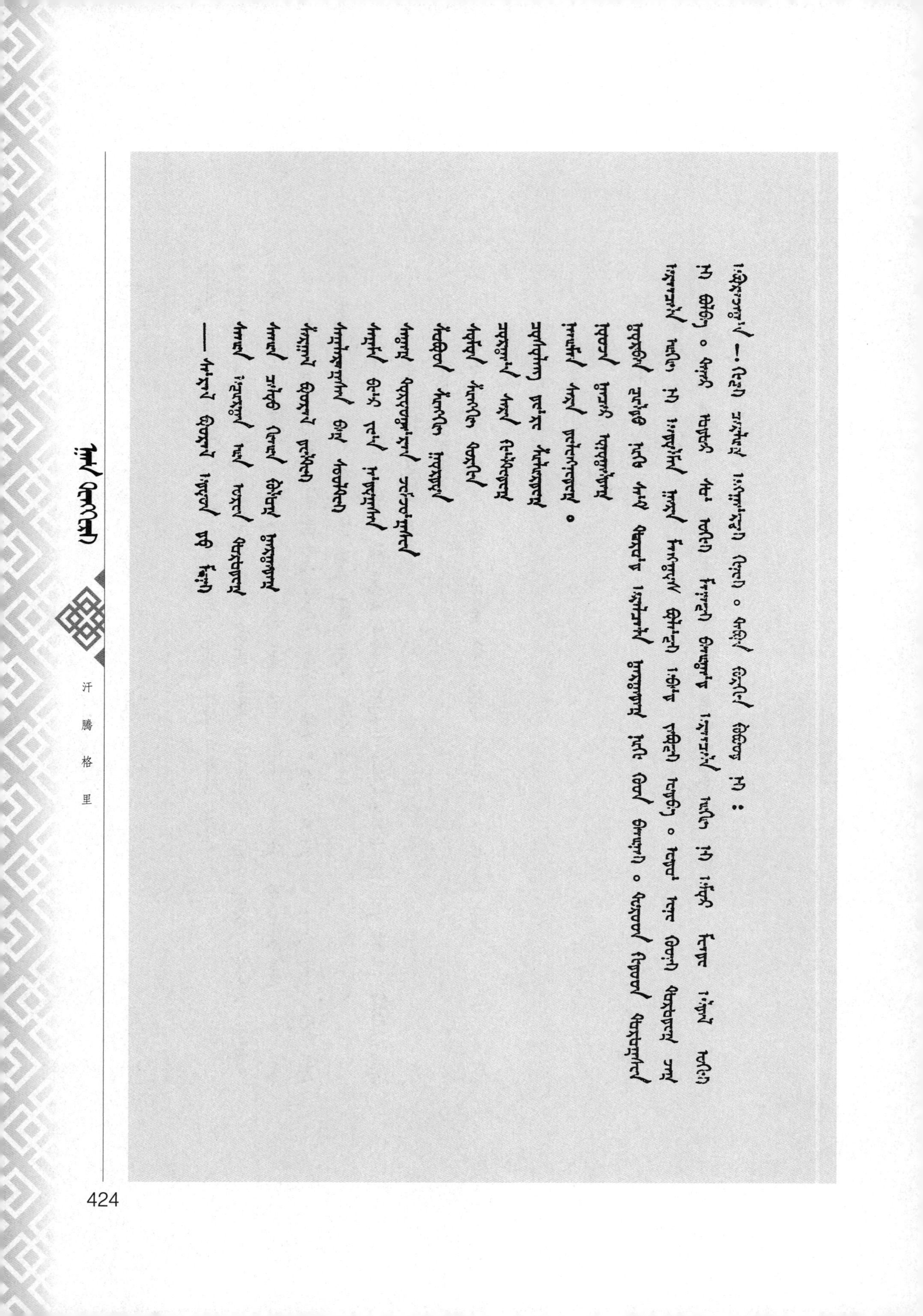

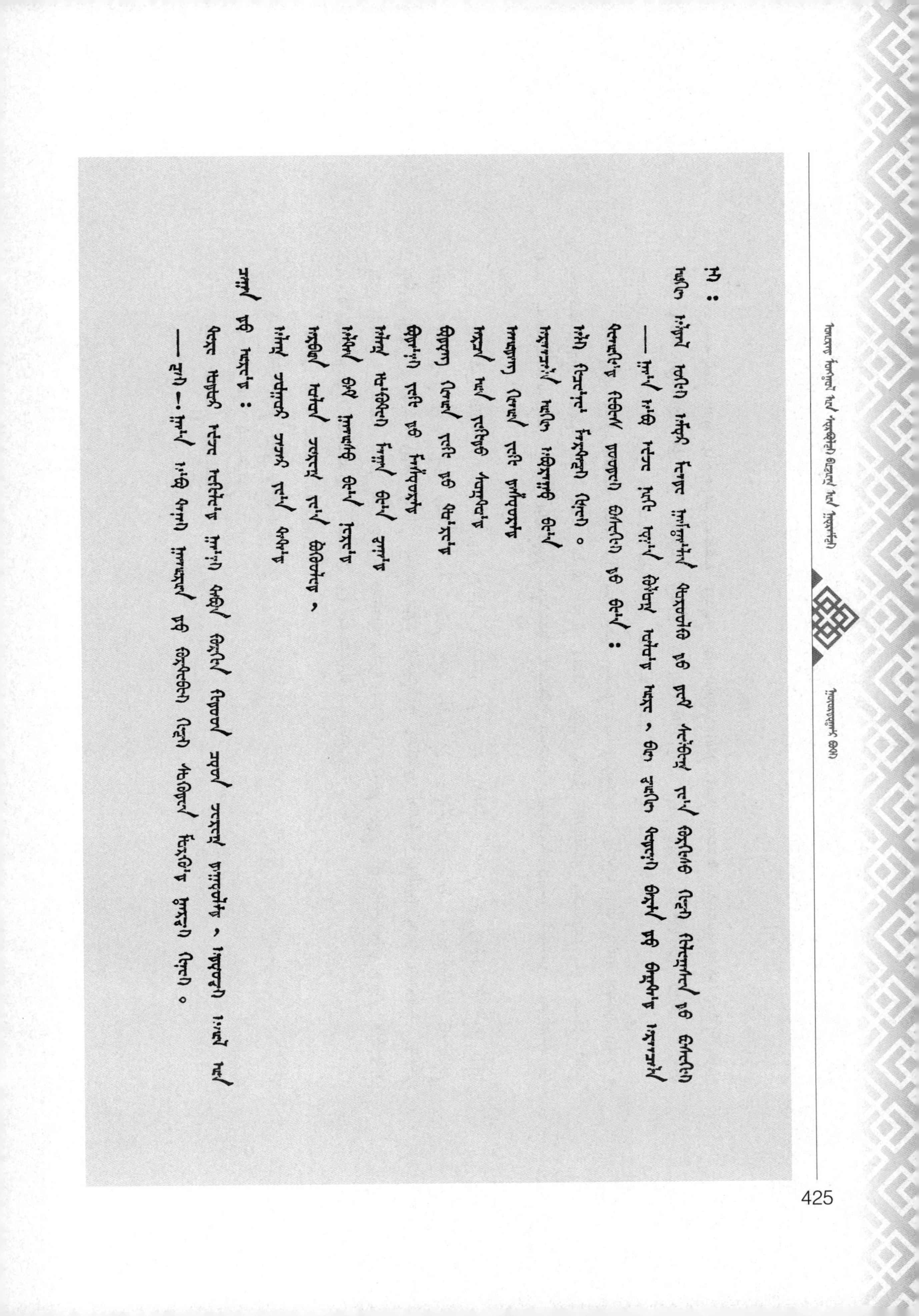

[illegible]

[illegible]

[illegible]

[illegible]

[illegible]

[illegible]

[illegible]

[illegible]

[illegible]

[illegible]

[illegible]

[illegible]

[illegible]

[illegible]

[illegible]

[illegible]

[illegible]

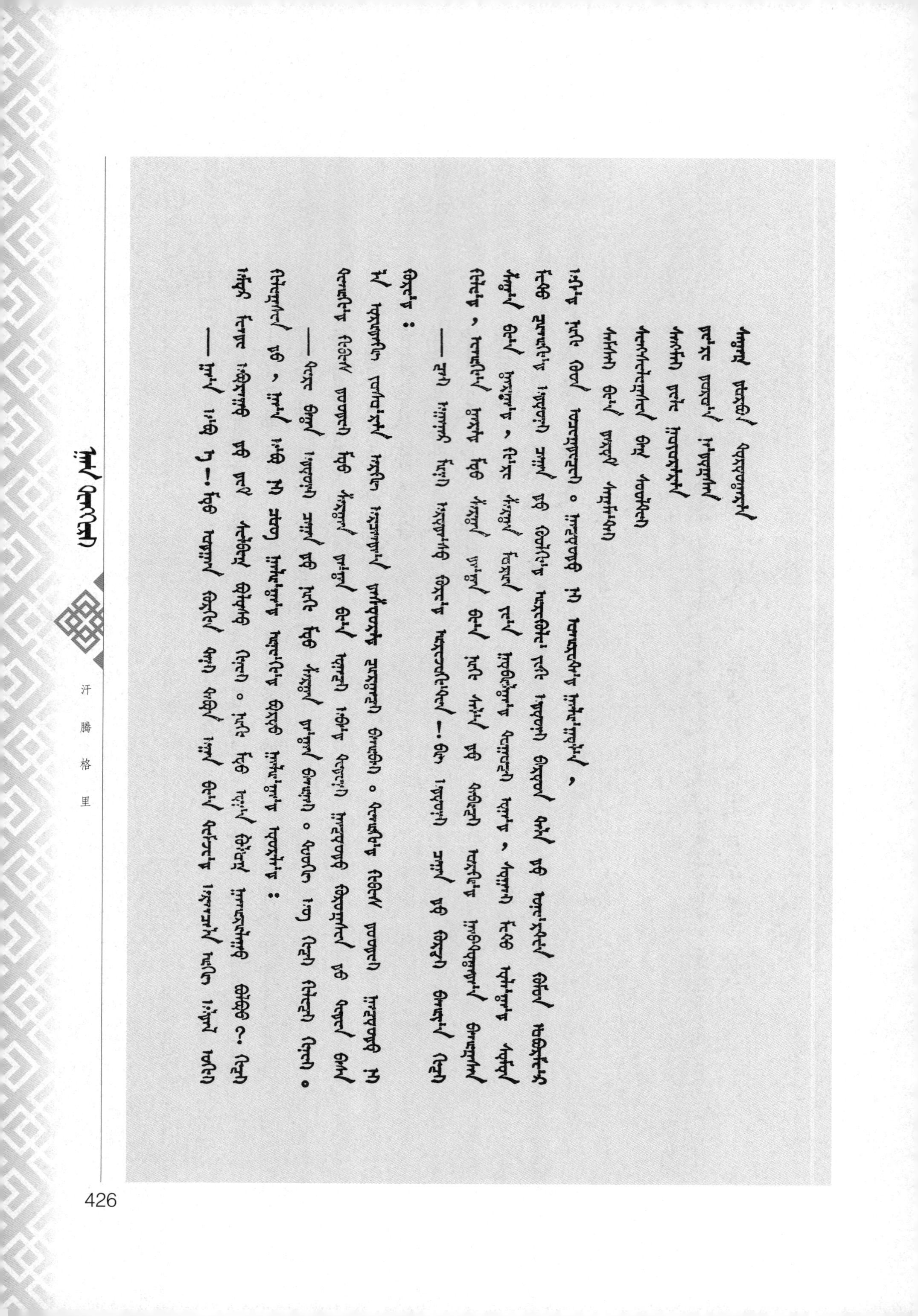

[illegible]

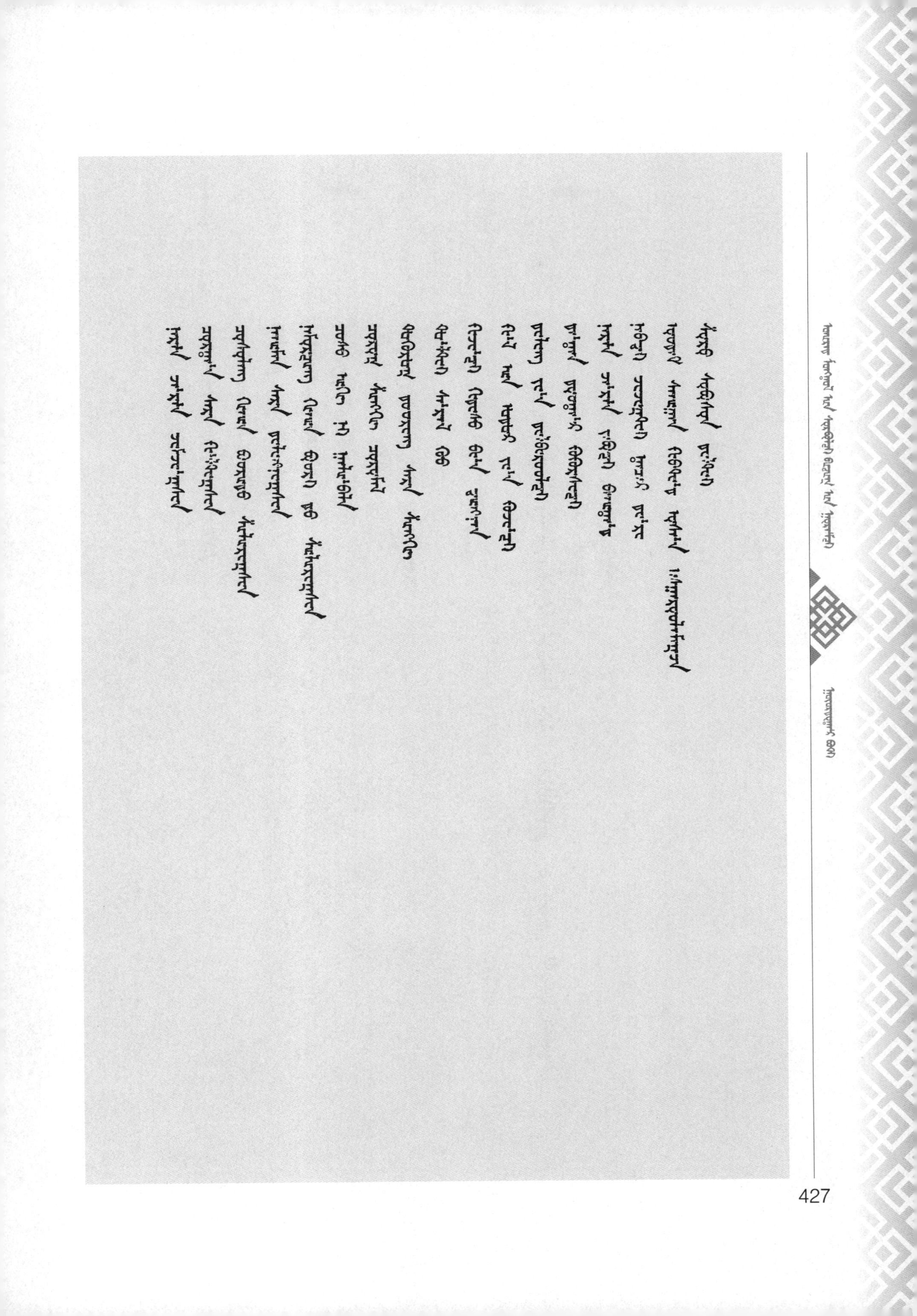

[illegible]
[illegible]
[illegible]
[illegible]
[illegible]
[illegible]
[illegible]
[illegible]
[illegible]
[illegible]
[illegible]
[illegible]
[illegible]
[illegible]
[illegible]
[illegible]
[illegible]

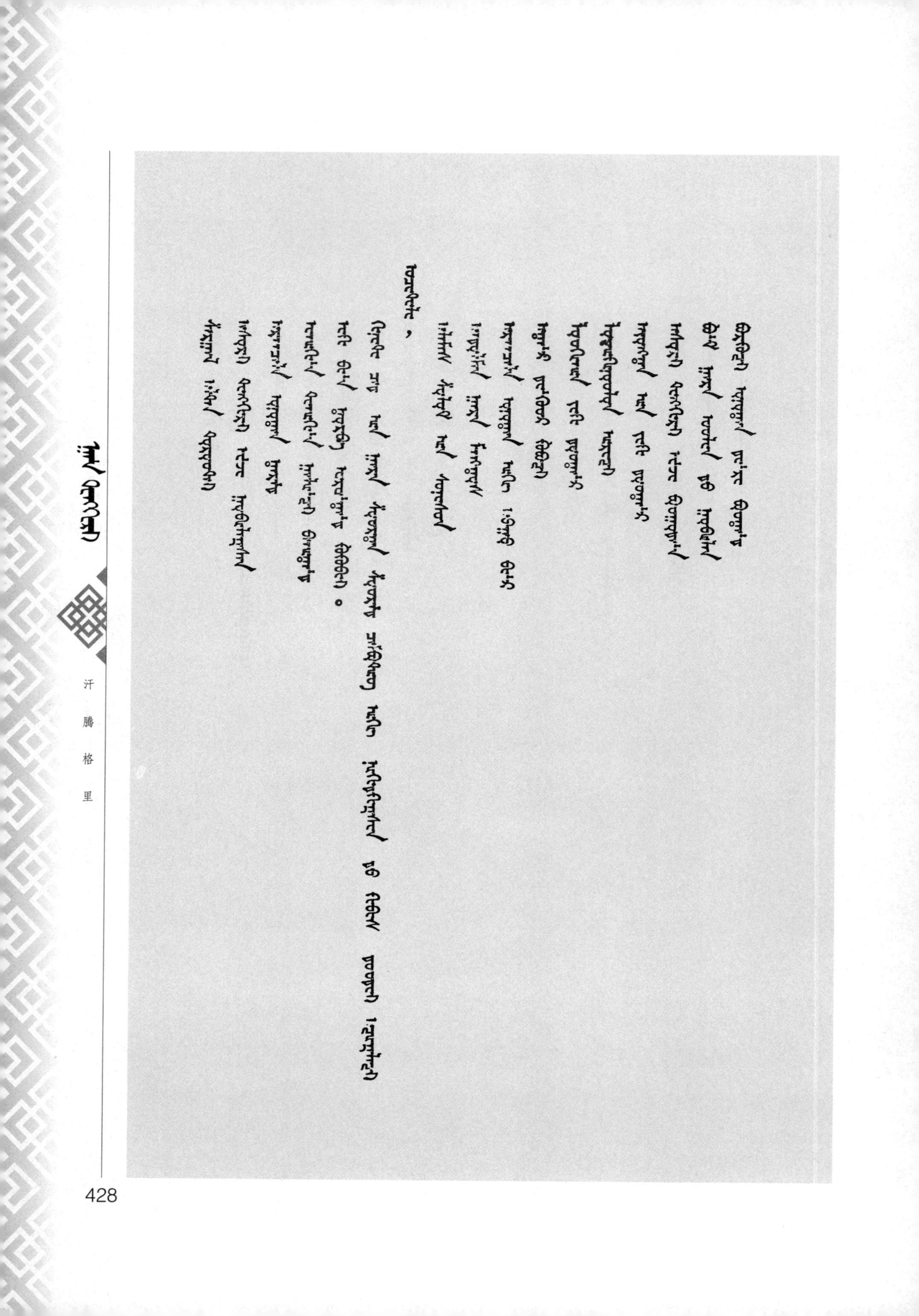

[illegible]
[illegible]
[illegible]
[illegible]
[illegible]
[illegible]
[illegible]
[illegible]
[illegible]
[illegible]

ᠲᠠᠶᠢᠯᠪᠤᠷᠢ ᠄

[illegible]
[illegible]
[illegible]
[illegible]
[illegible]
[illegible]

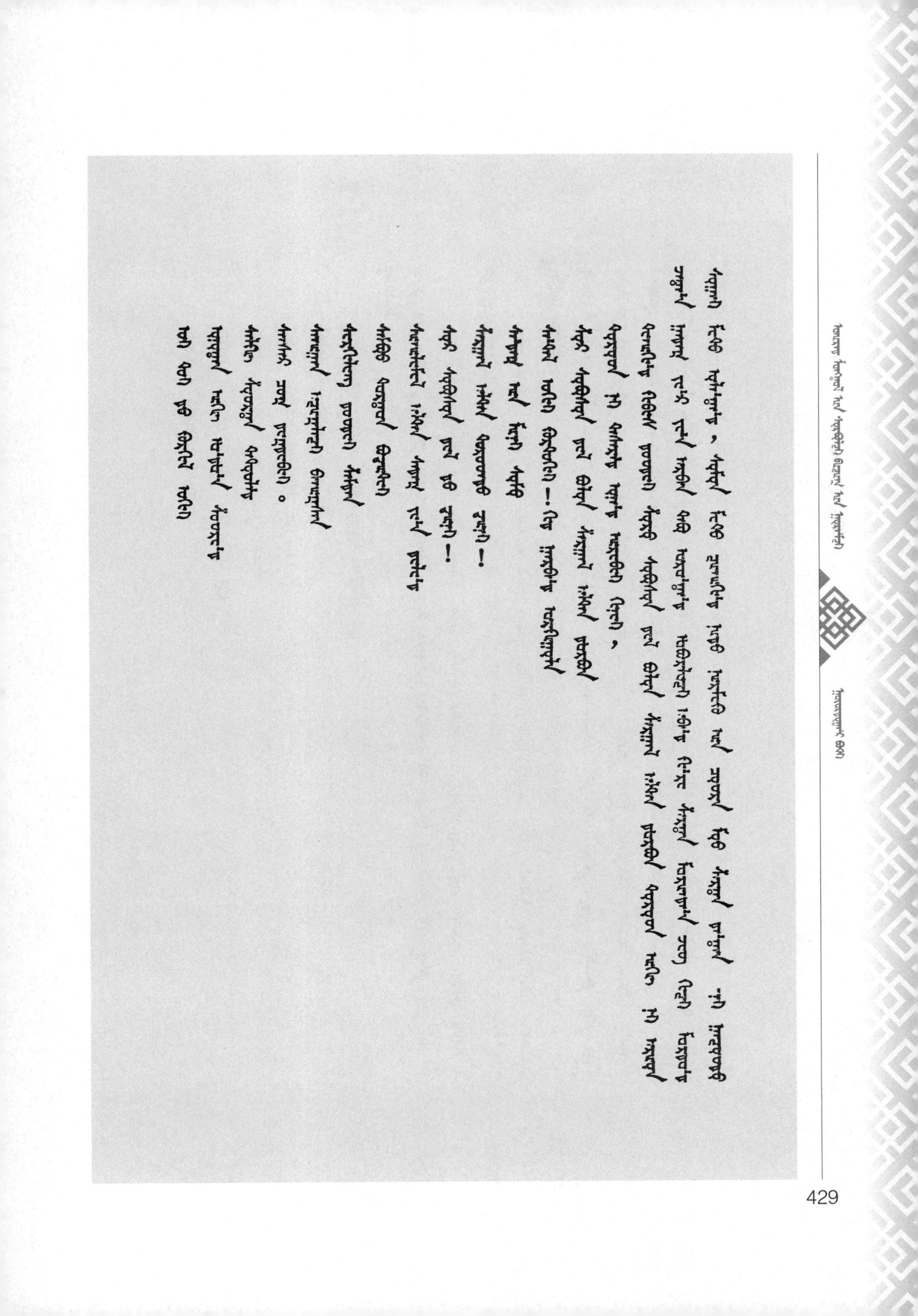

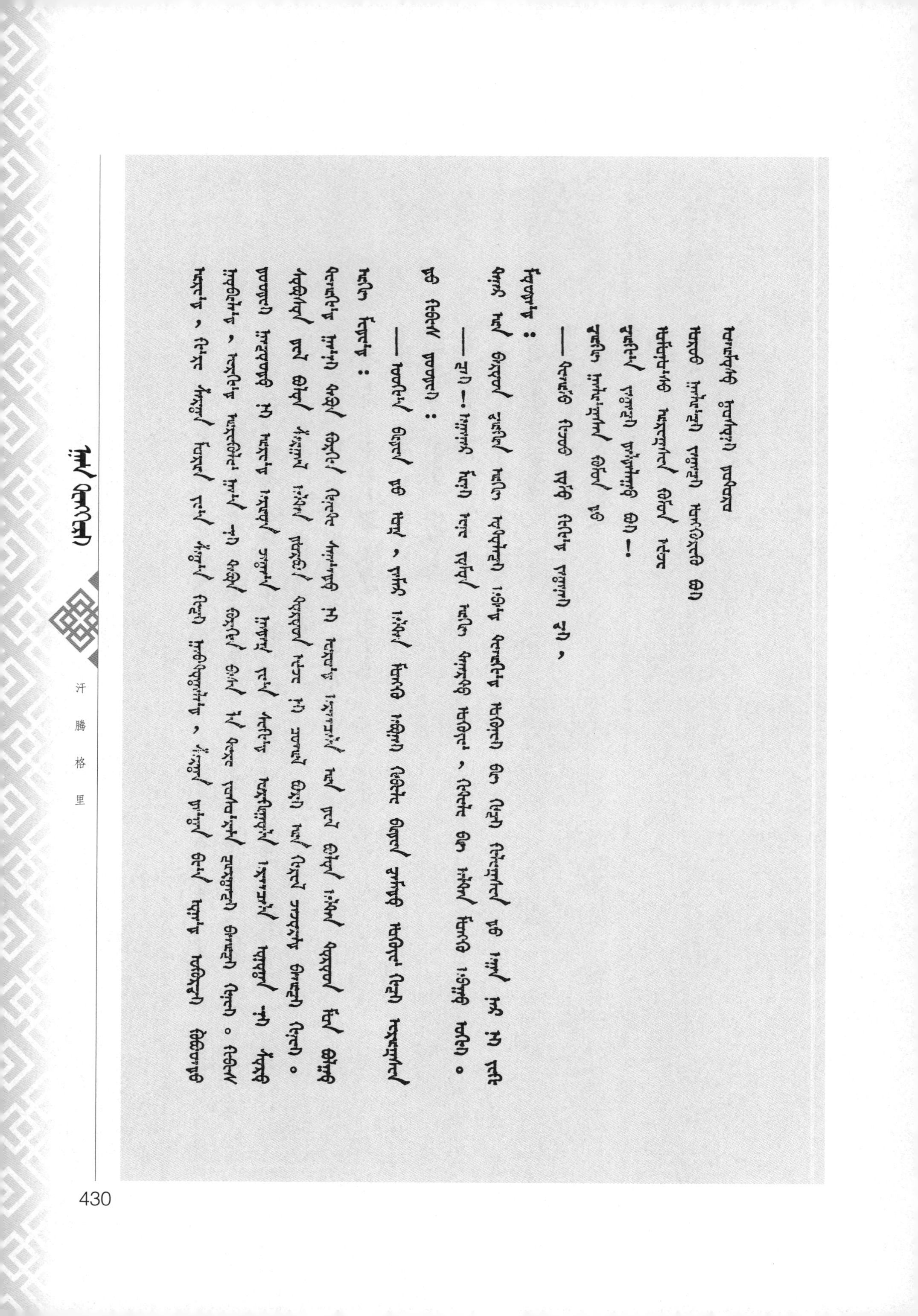

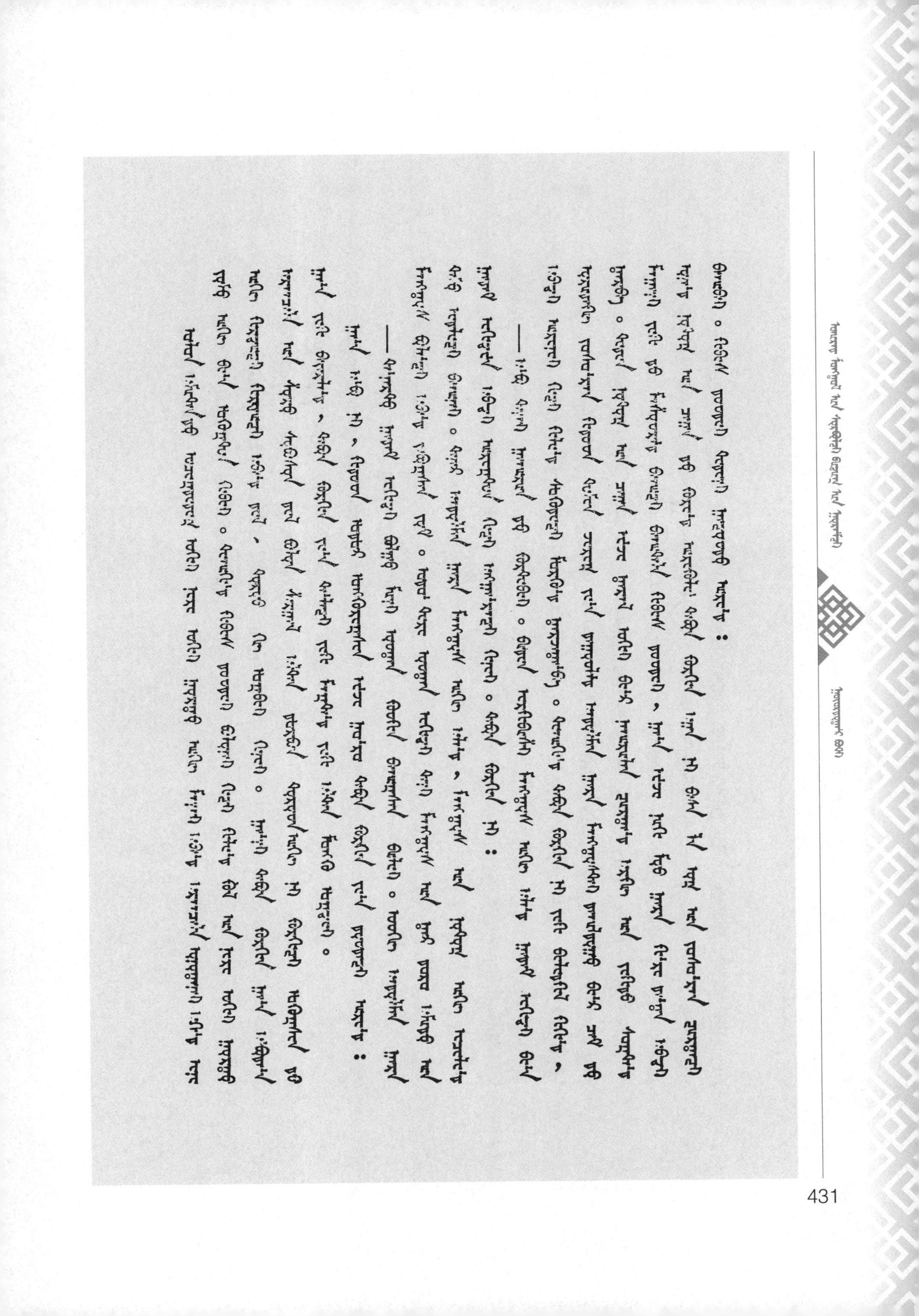

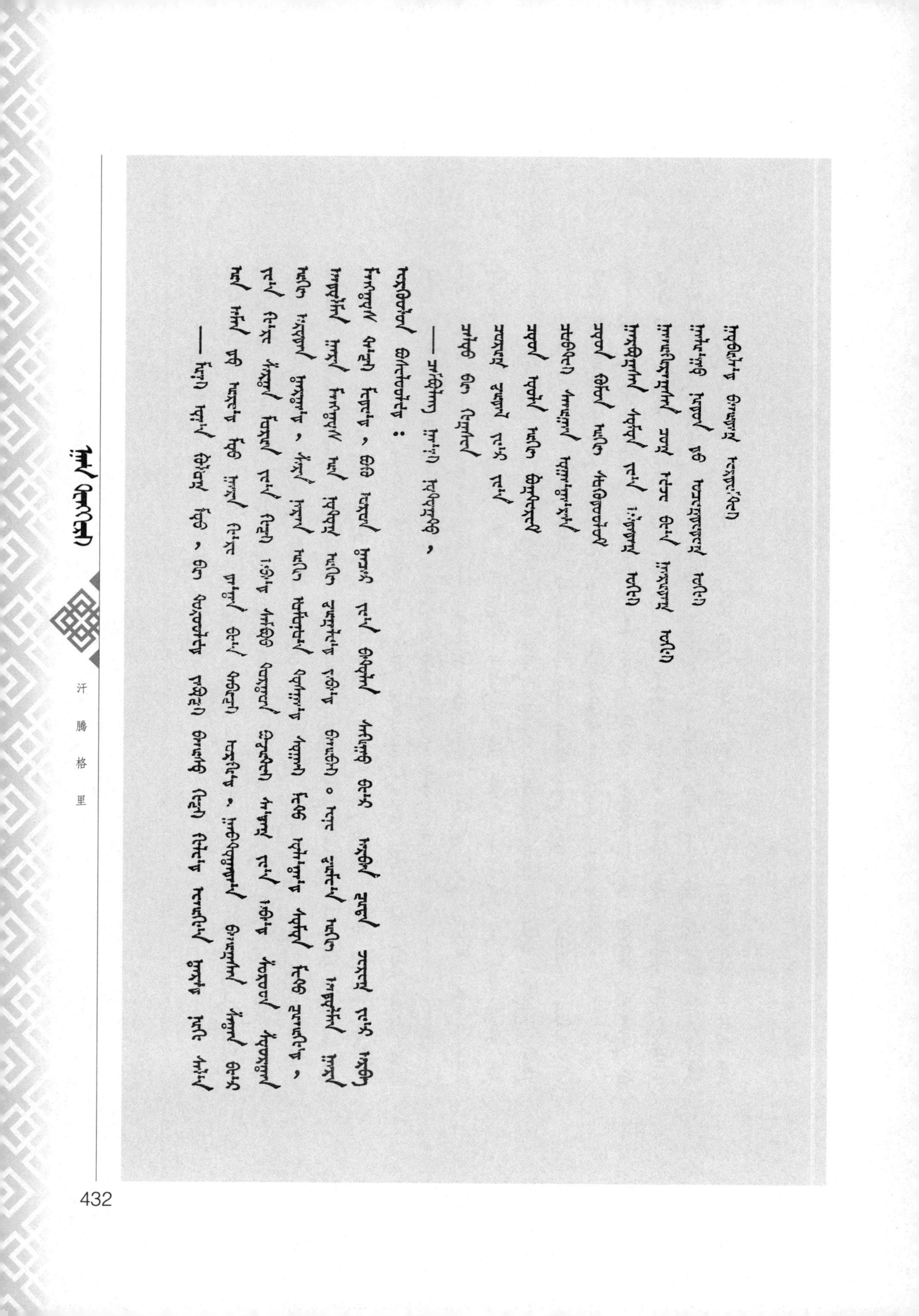

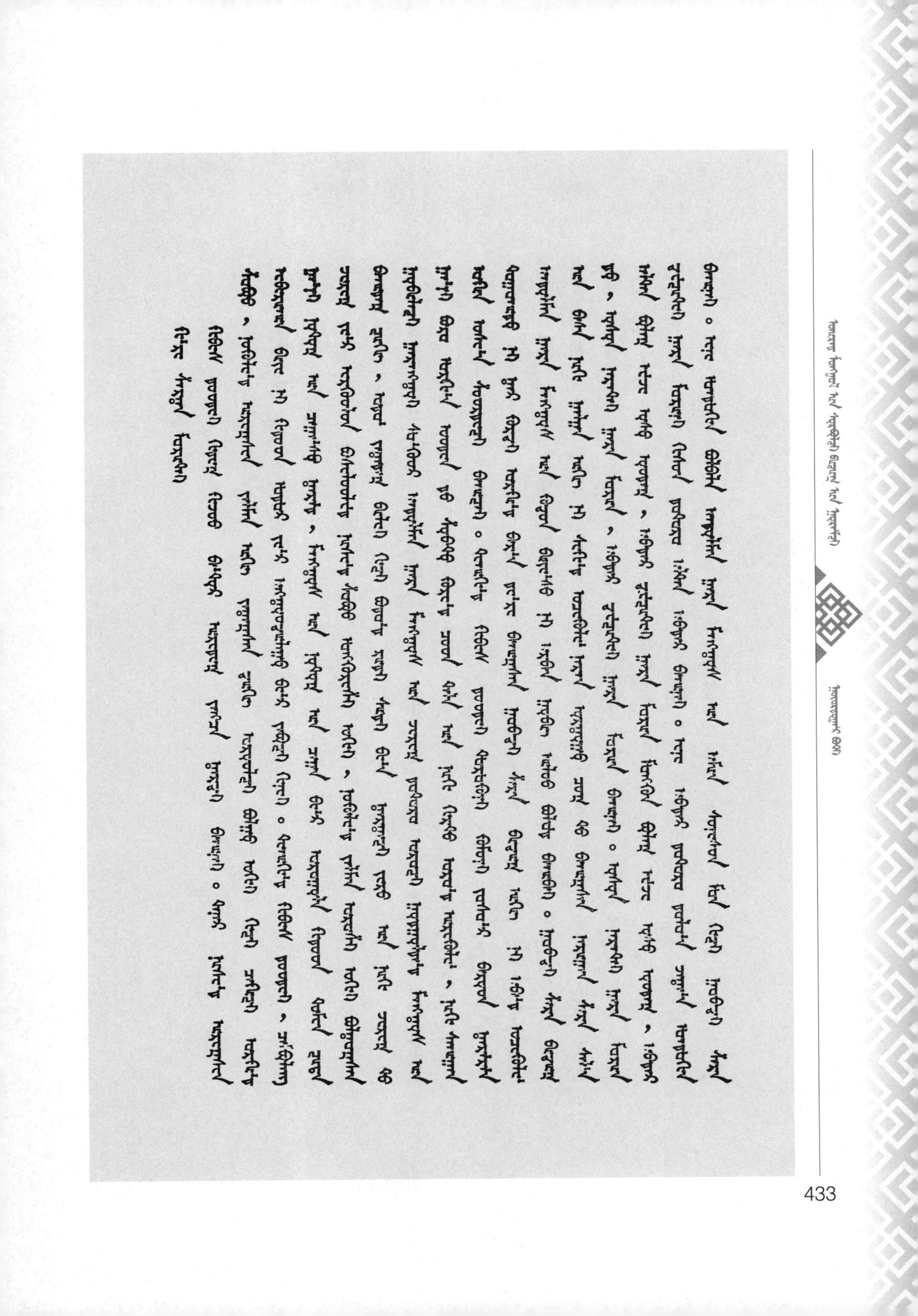

[illegible]

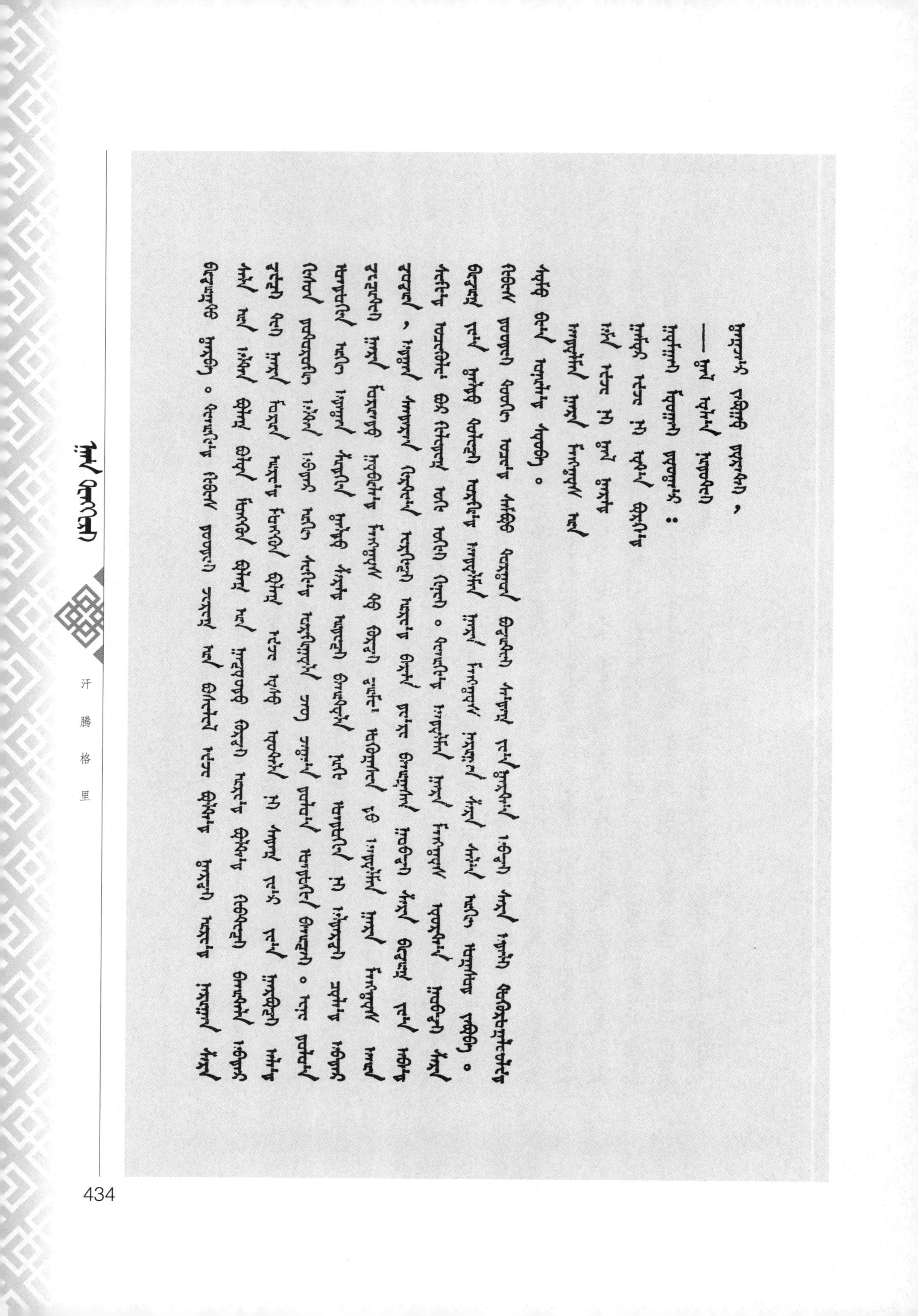

[illegible]

[illegible]

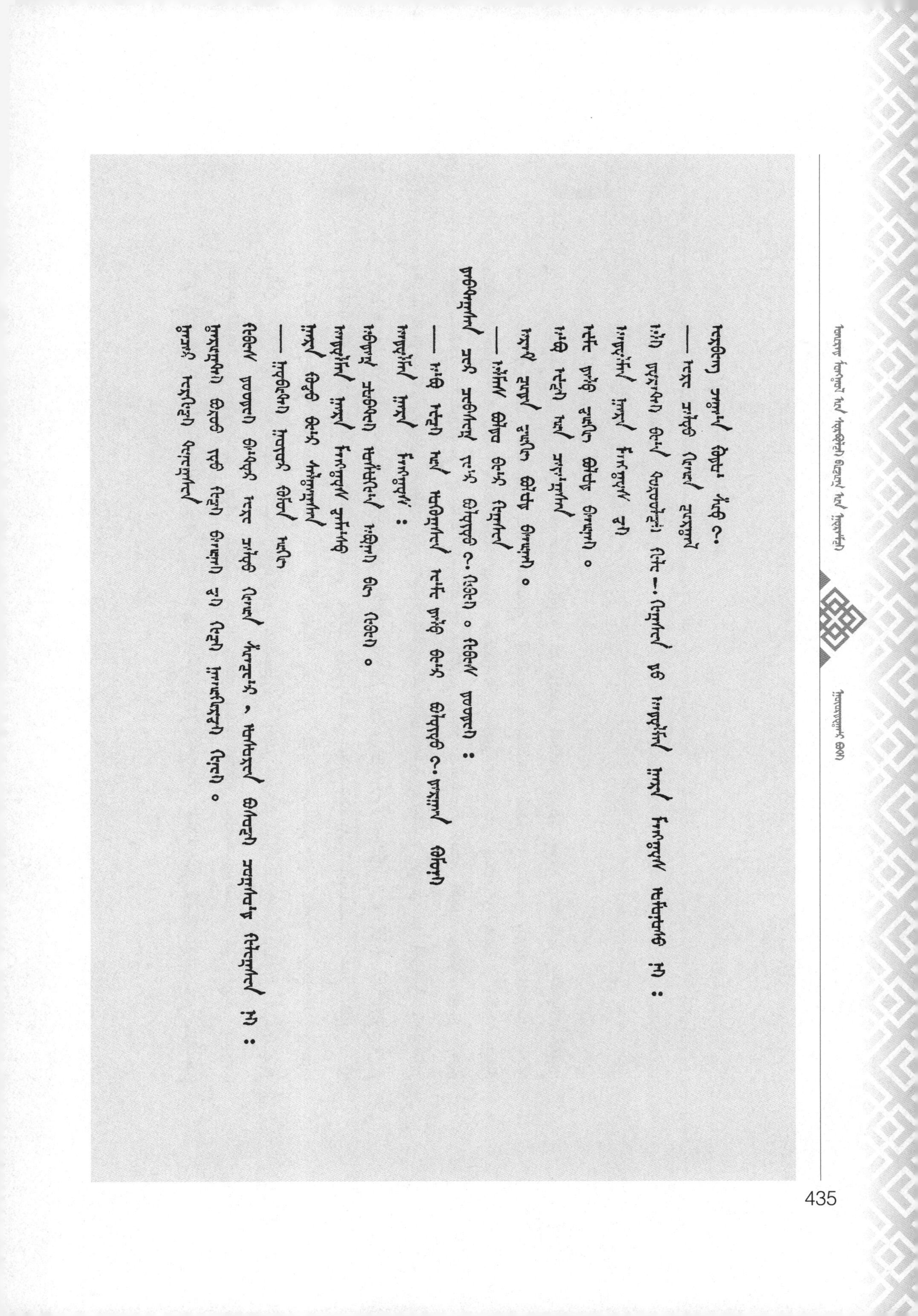

[illegible]

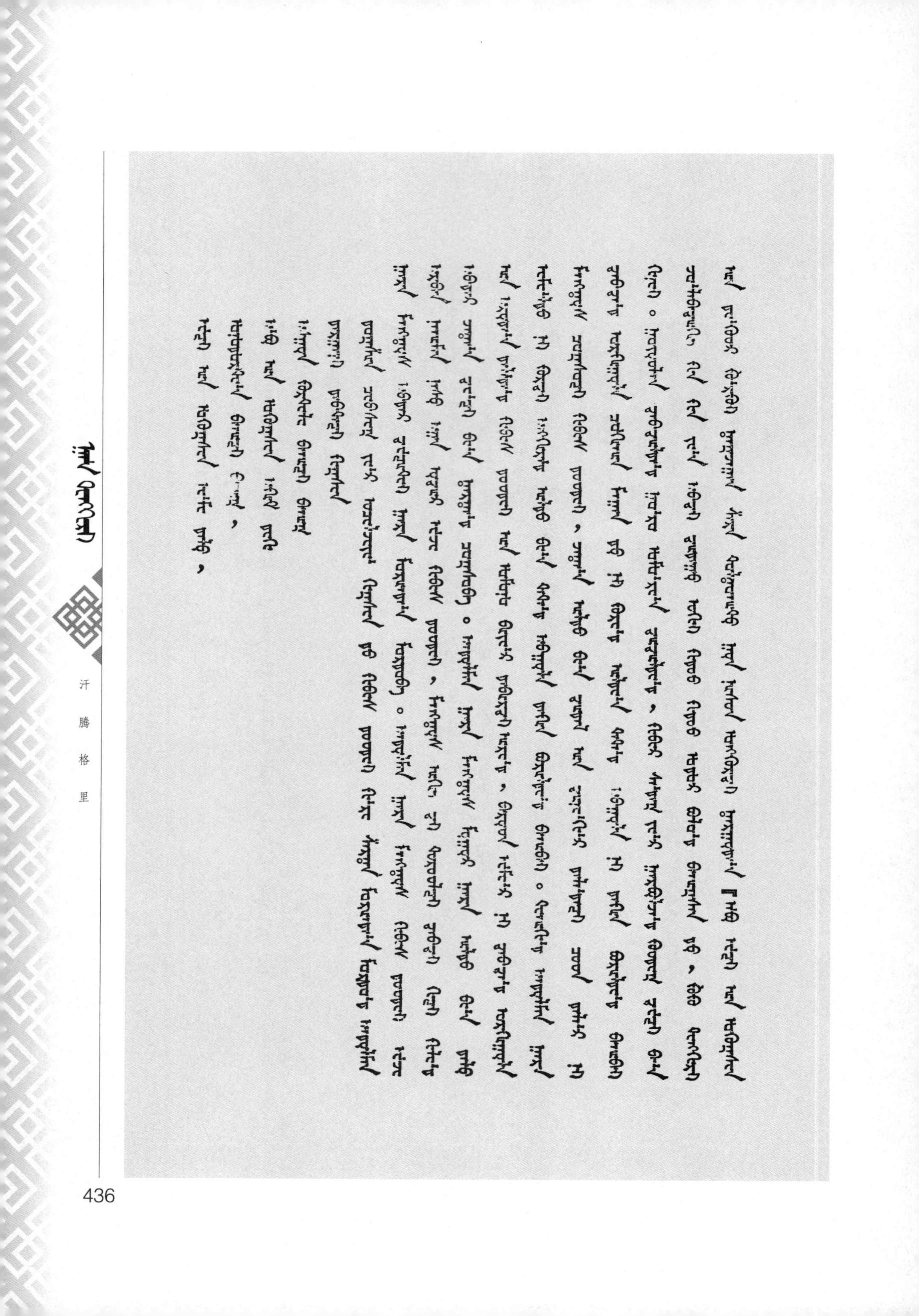

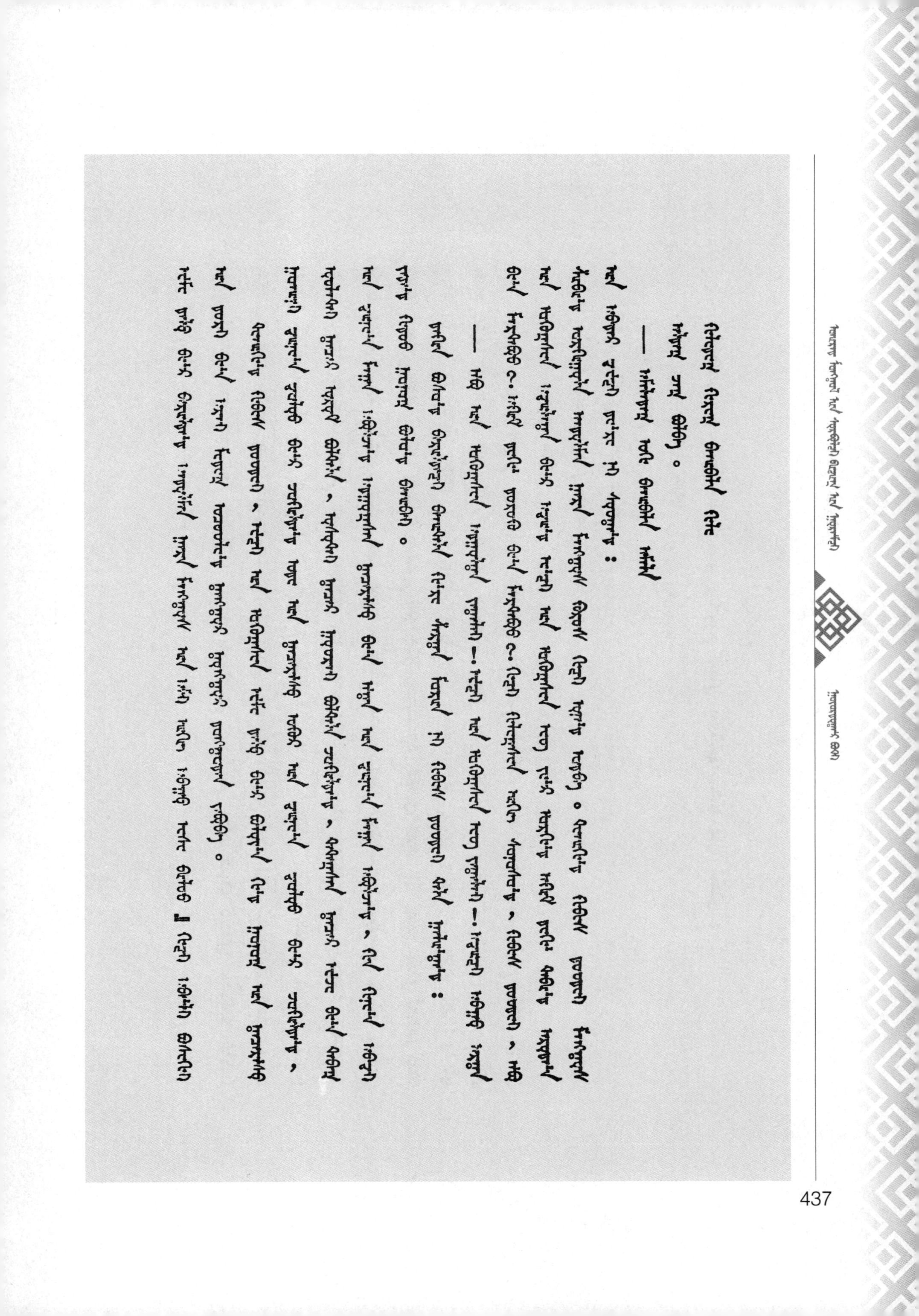

[illegible]

[illegible]

— [illegible]

[illegible]

[illegible]

[illegible]

[illegible]

— [illegible]

[illegible]

[illegible]

[illegible]

[illegible]

[illegible]

[illegible]

[illegible]

[illegible]

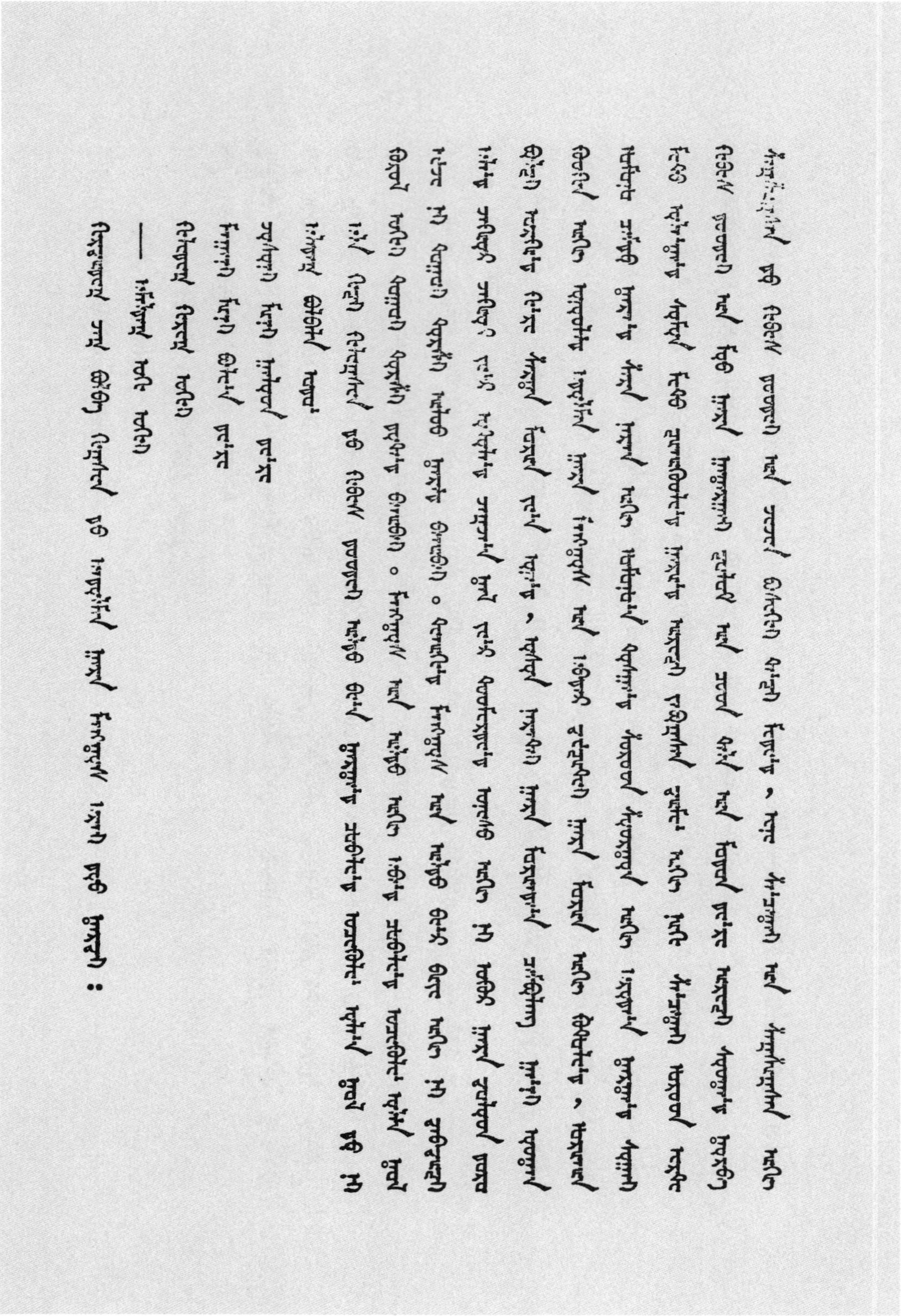

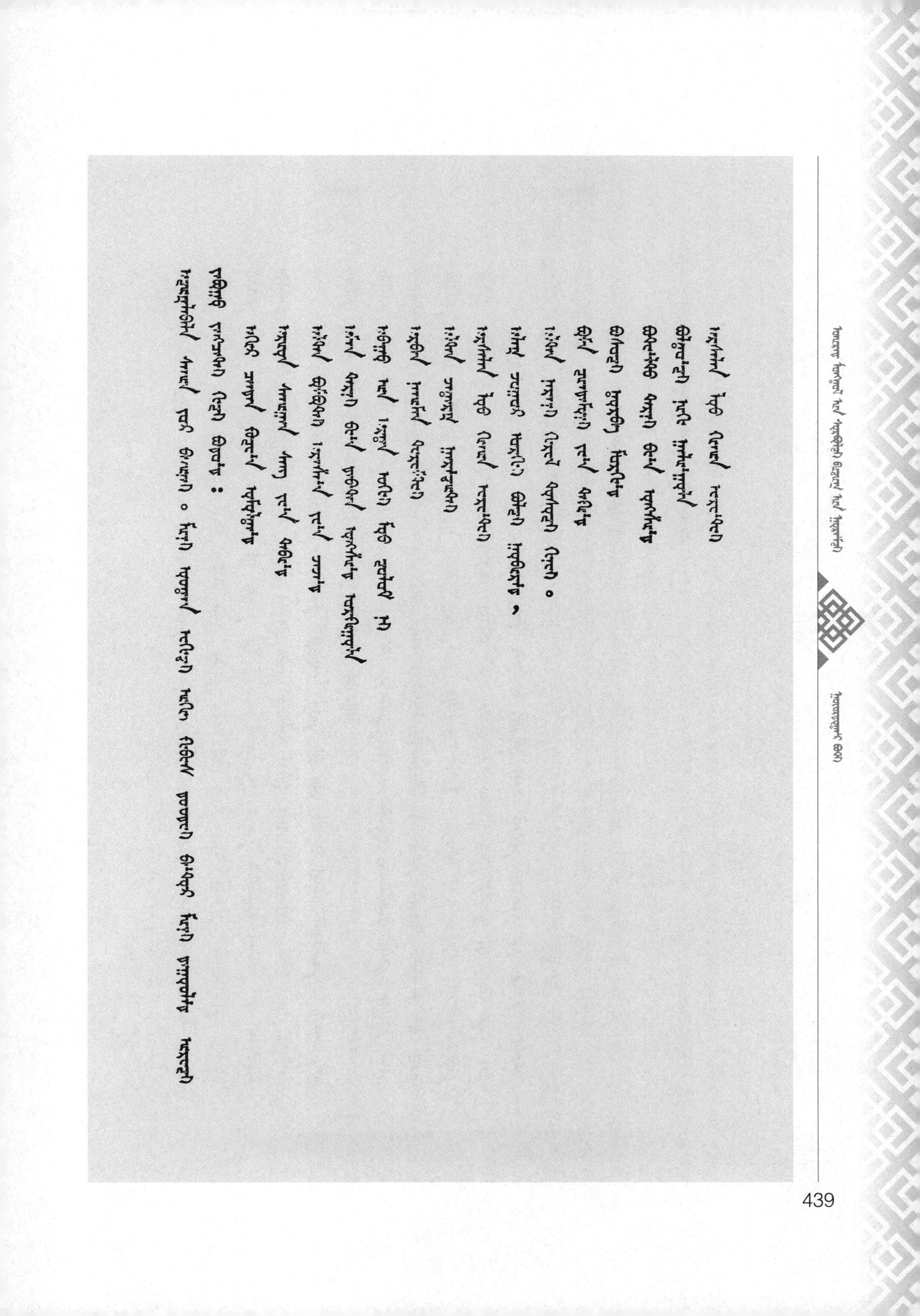

[illegible]
[illegible]
[illegible]
[illegible]
[illegible]
[illegible] ᠃
[illegible] ᠂
[illegible]
[illegible]
[illegible]
[illegible]
[illegible]
[illegible]
[illegible]
[illegible]

[illegible] ᠄

[illegible] ᠃ [illegible]

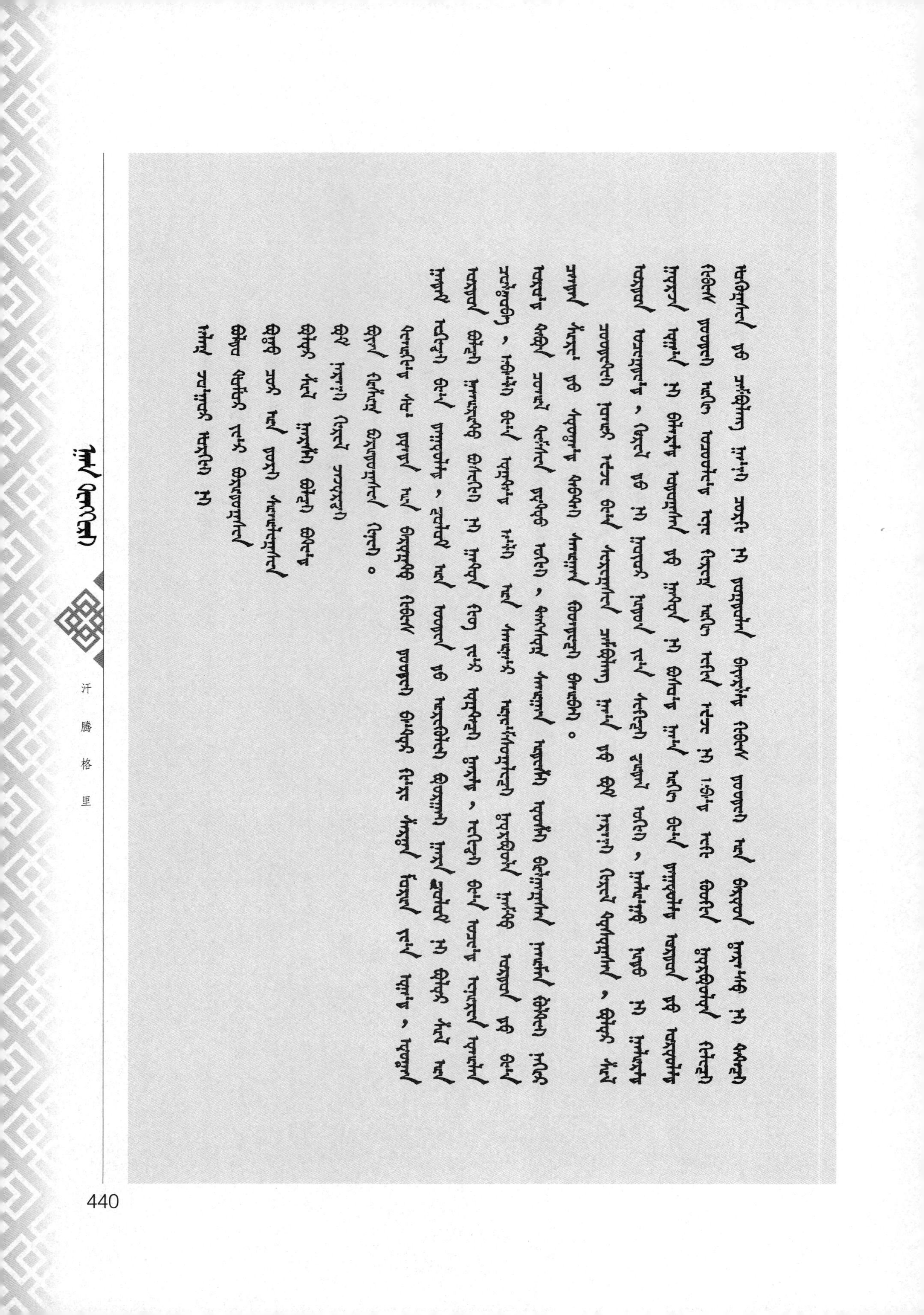

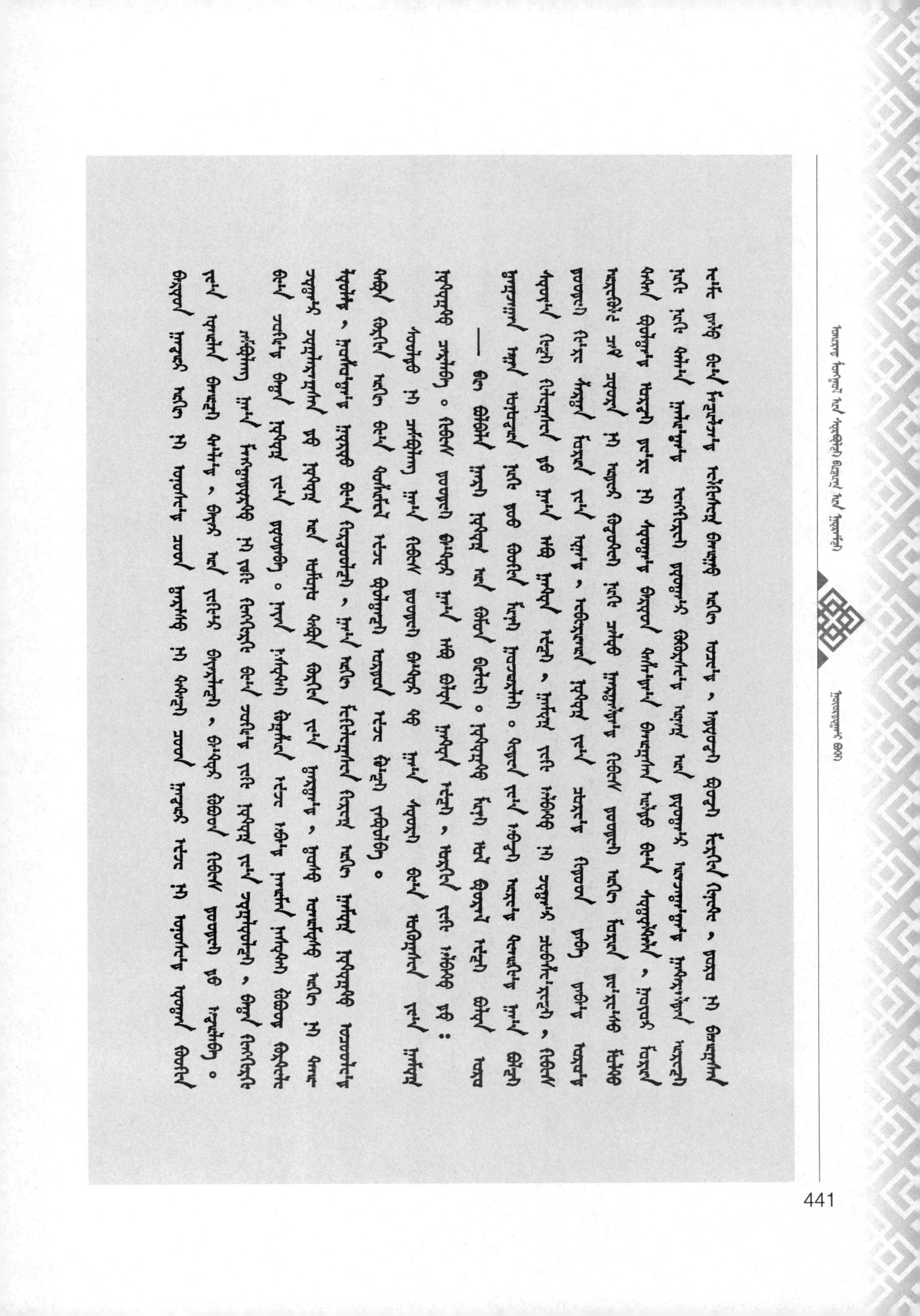

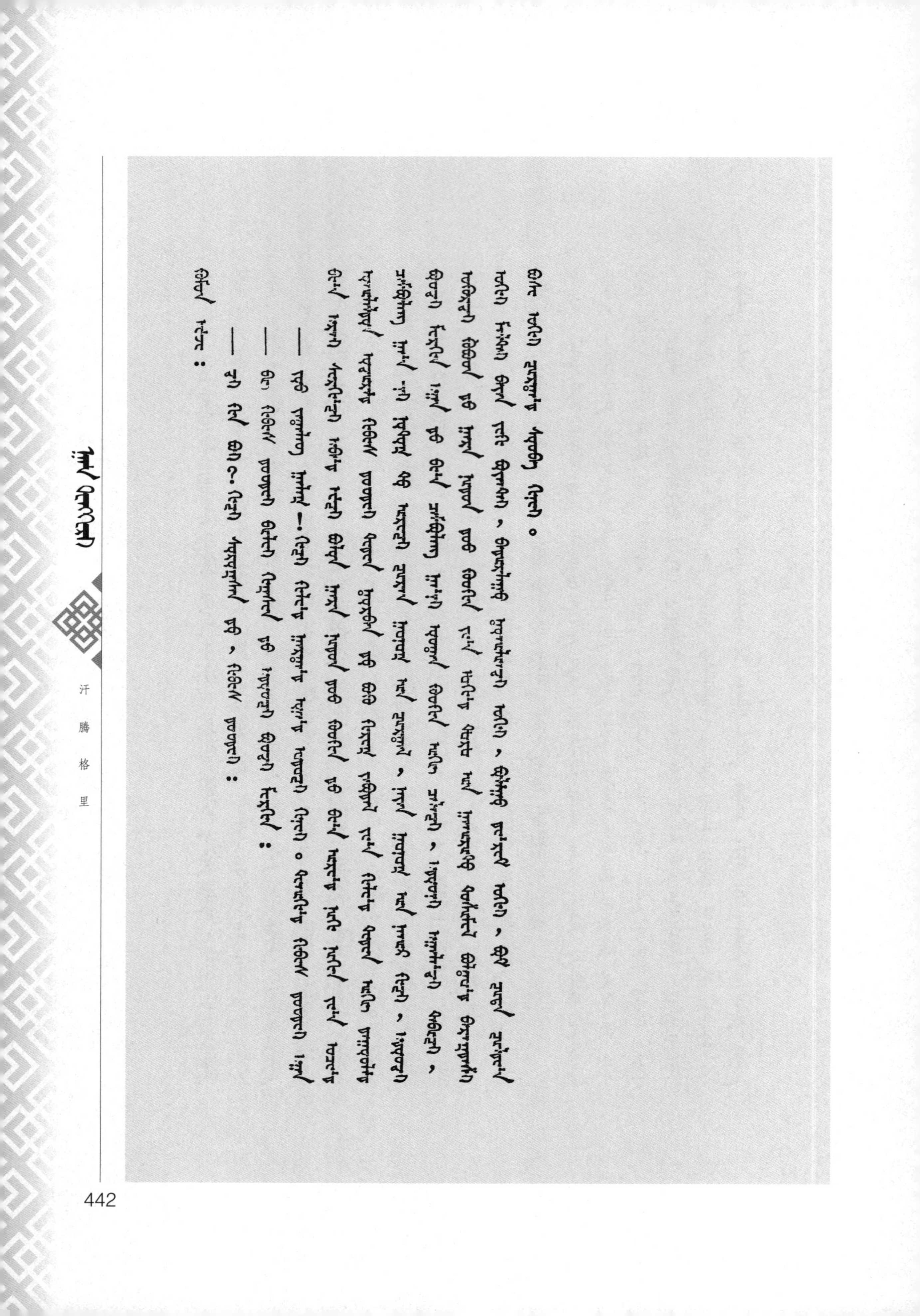

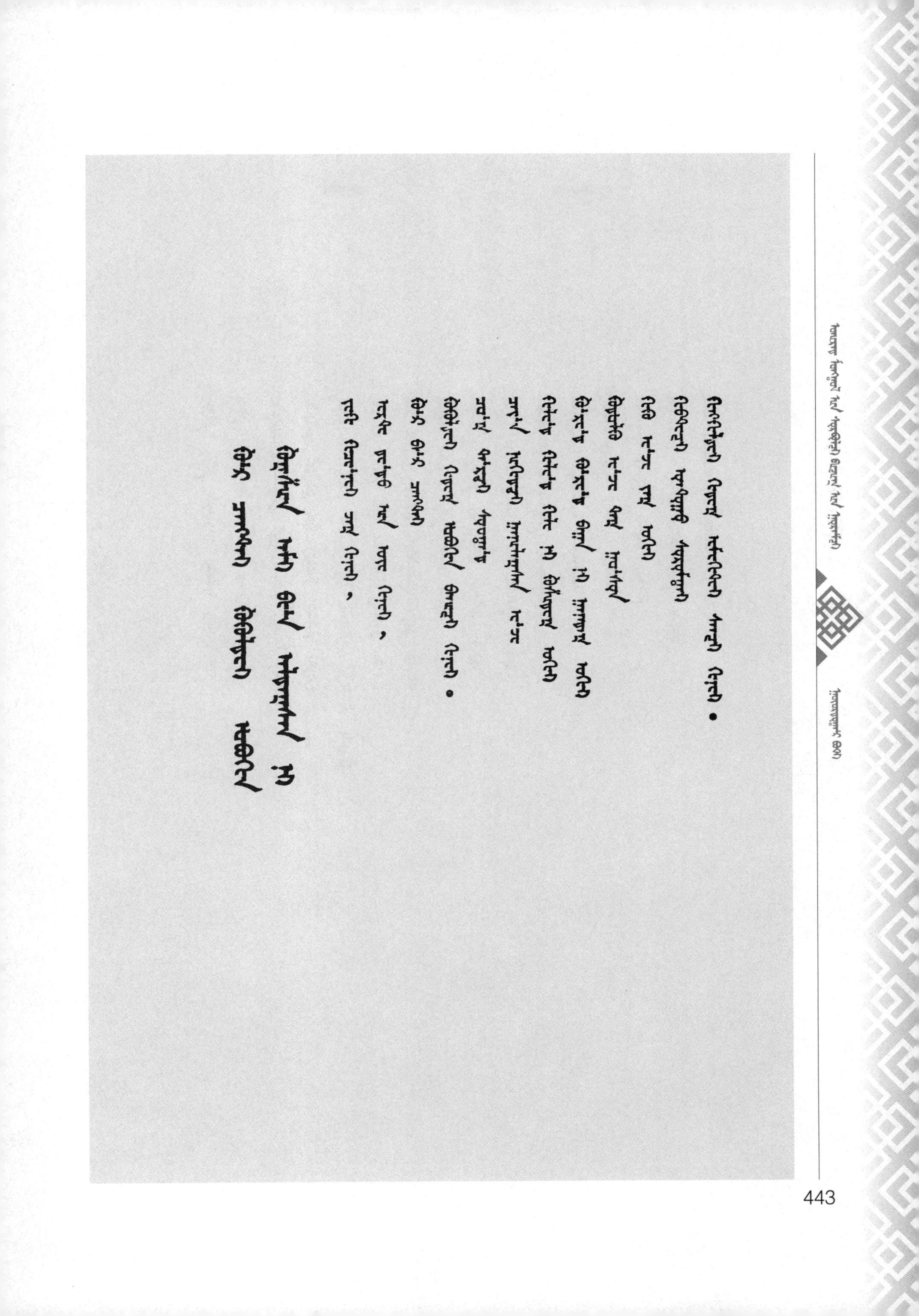

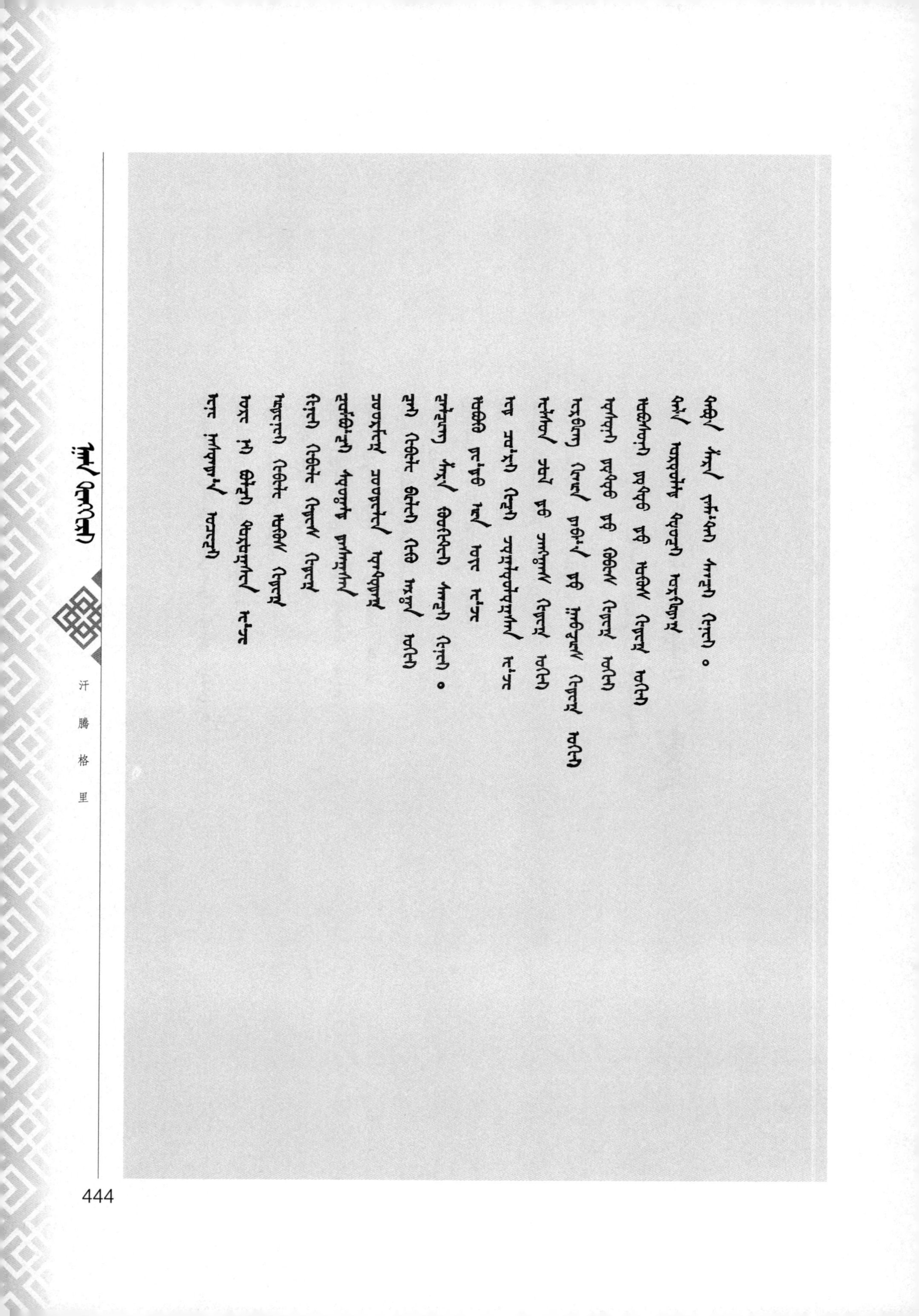

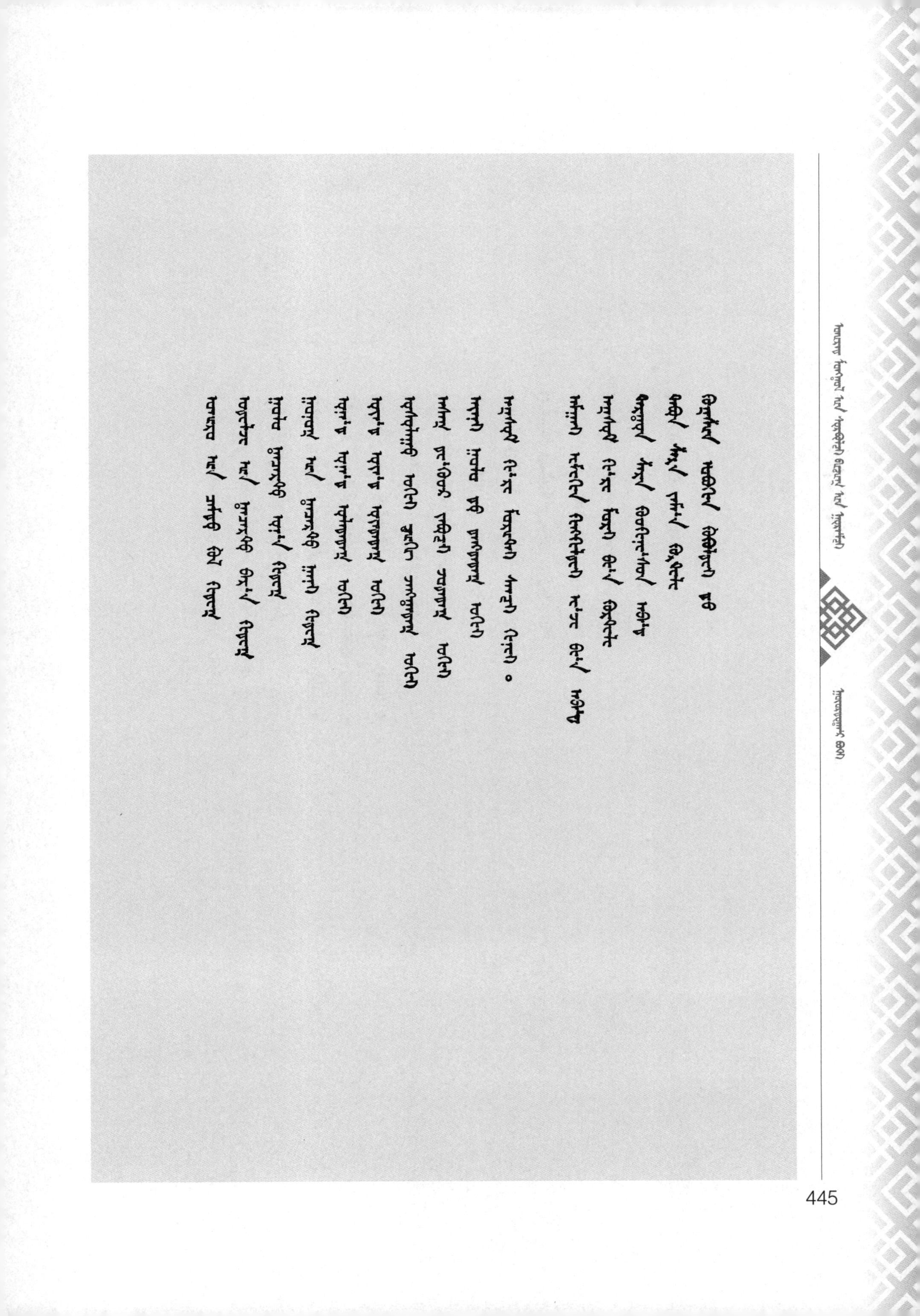

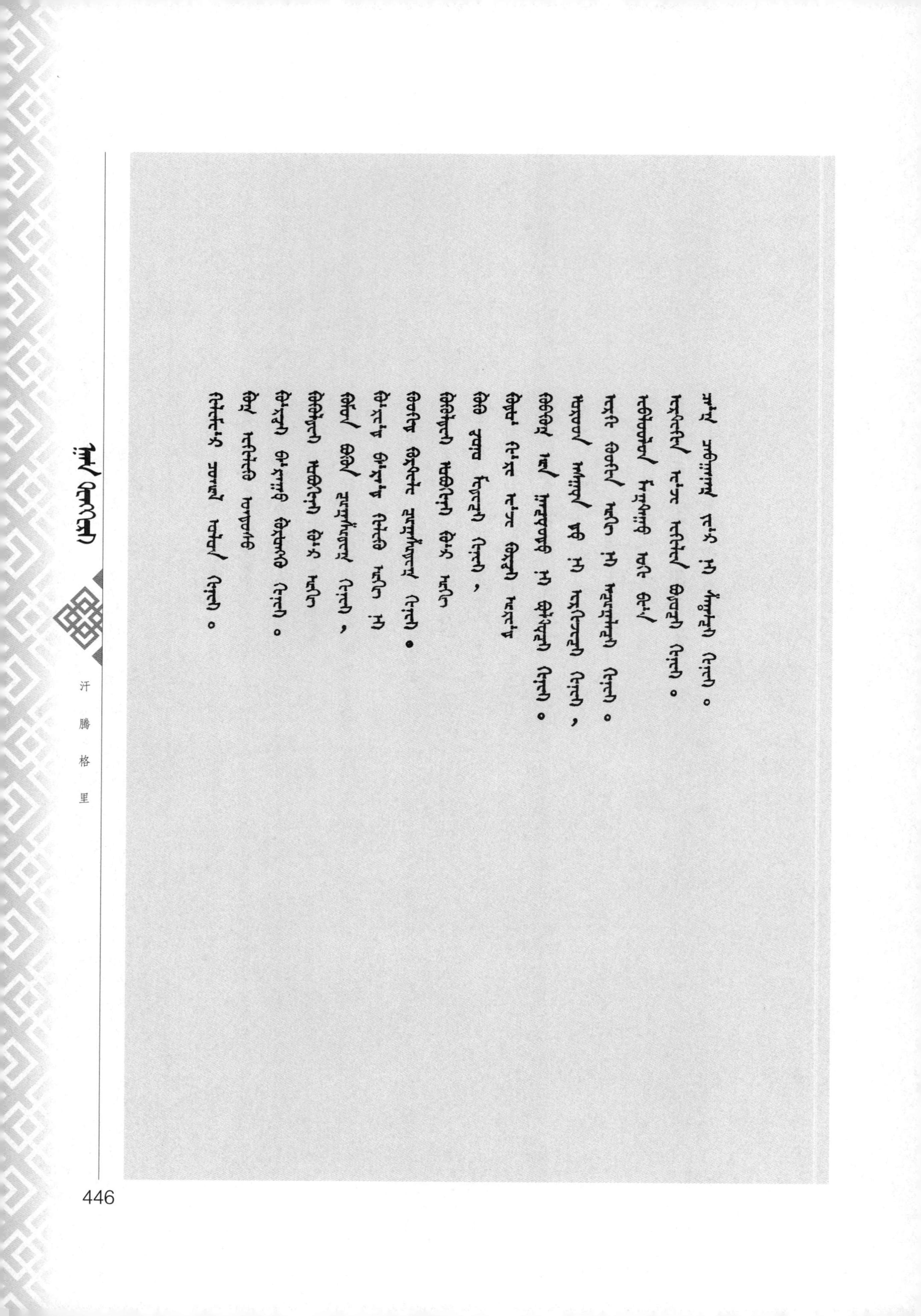

[illegible]
[illegible]
[illegible]
[illegible]
[illegible]
[illegible]
[illegible]
[illegible]
[illegible]
[illegible]
[illegible]
[illegible]
[illegible]
[illegible]
[illegible]
[illegible]
[illegible]

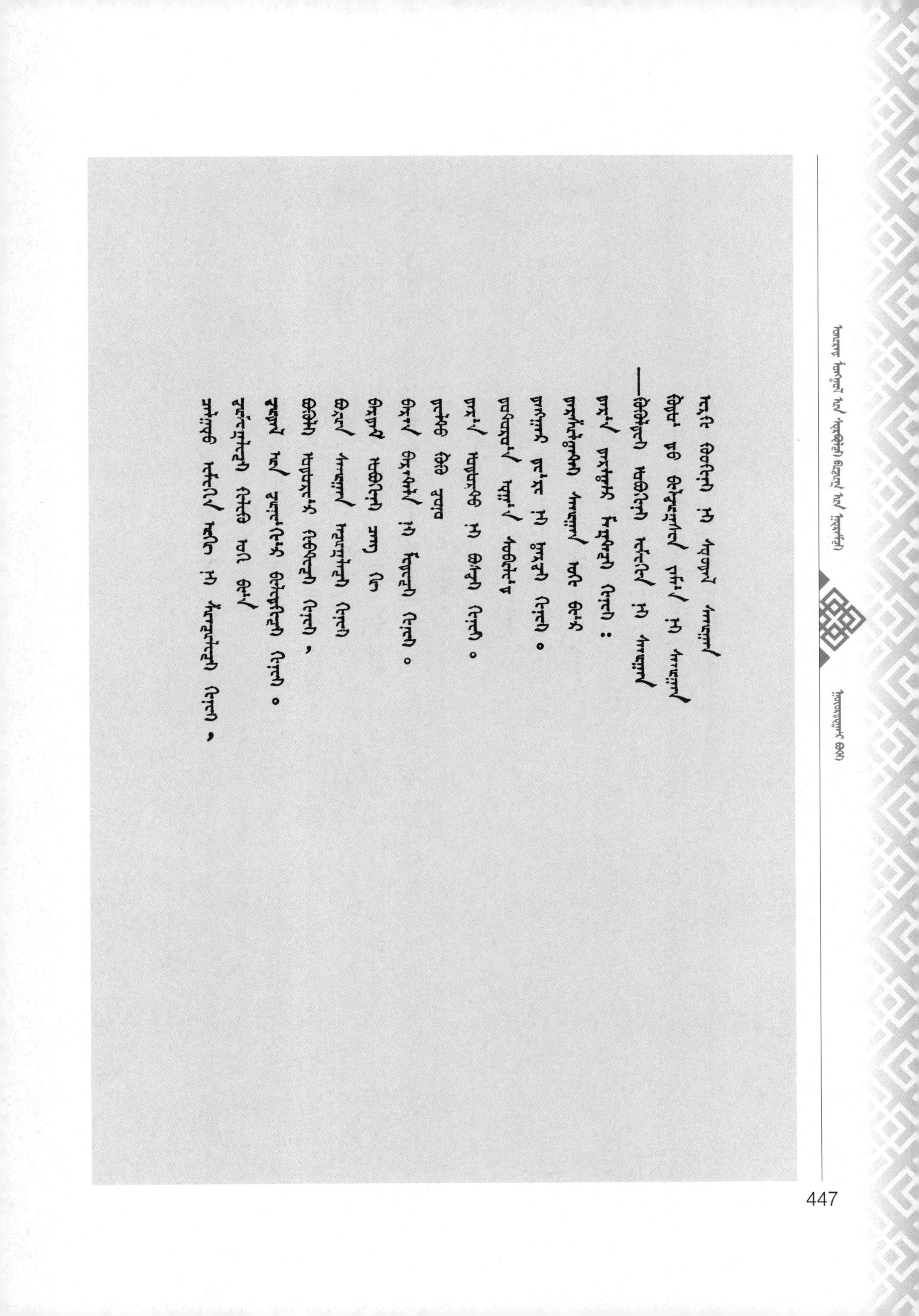

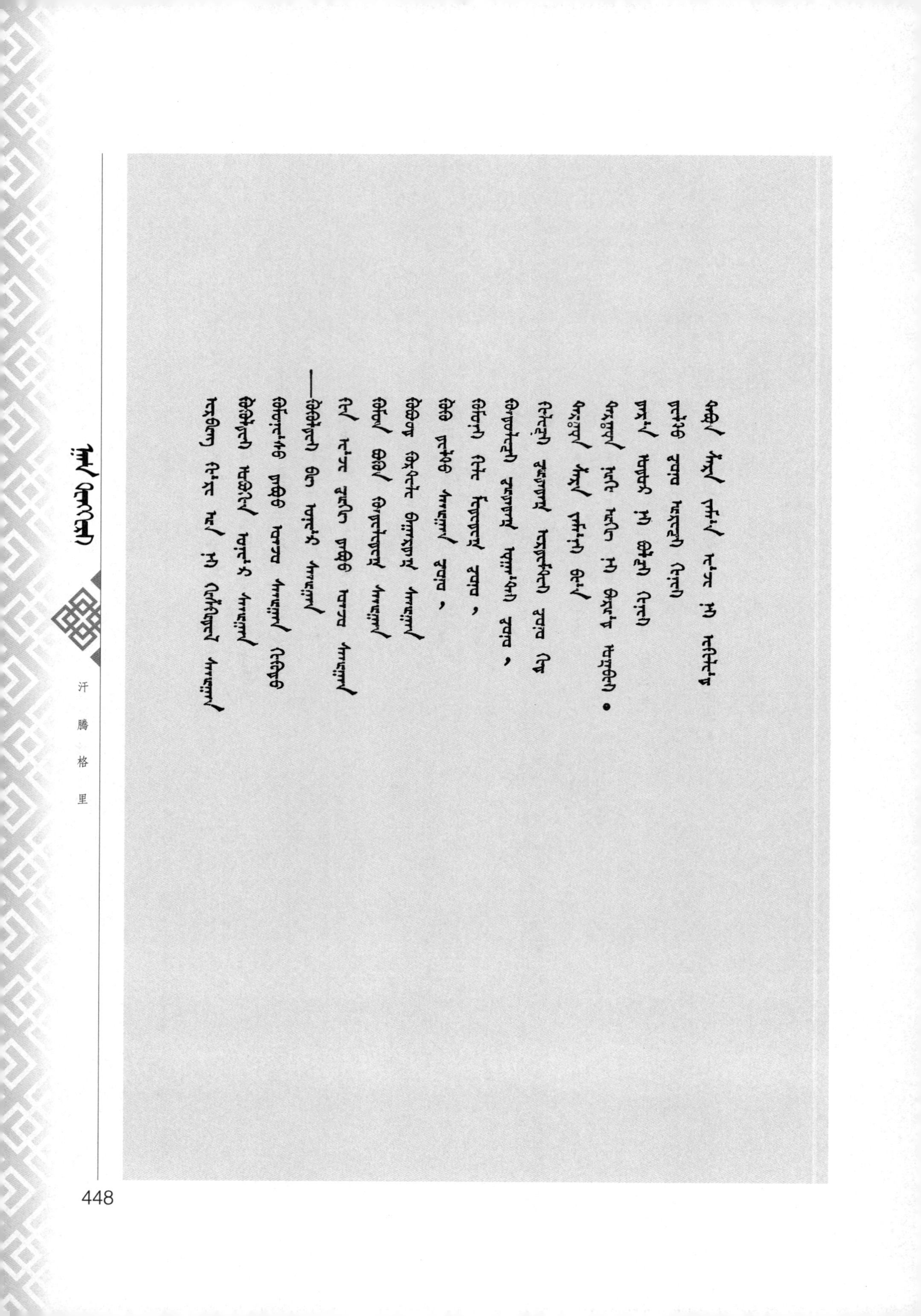

[illegible]
[illegible]
[illegible]
[illegible] •
[illegible]
[illegible]
[illegible] ,
[illegible] ,
[illegible] ,
[illegible]
[illegible]
[illegible]
——[illegible]
[illegible]
[illegible]
[illegible]

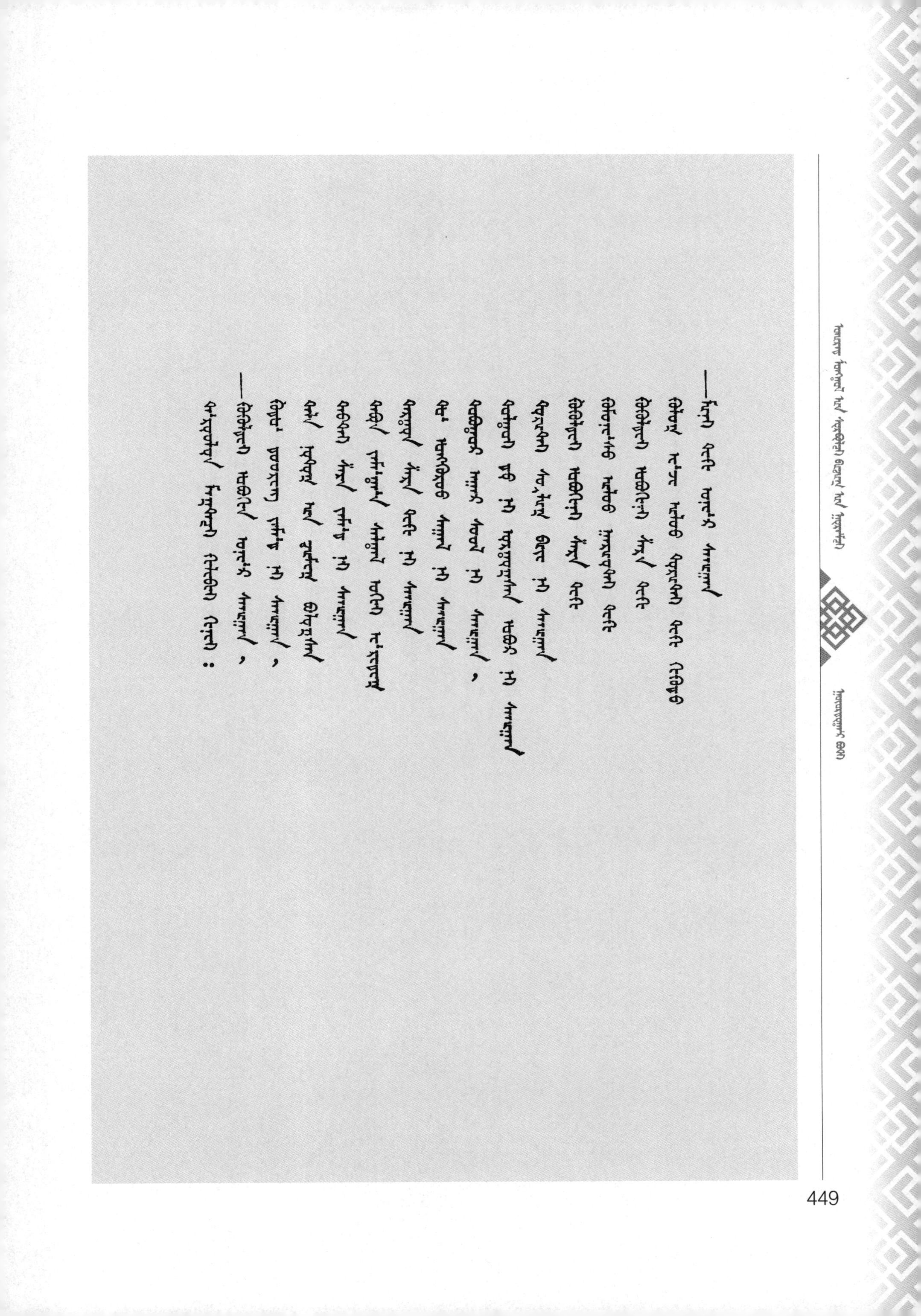

—[illegible]
[illegible]
[illegible]
[illegible]
[illegible]
[illegible]
[illegible]
[illegible] ᠂
[illegible]
[illegible]
[illegible]
[illegible]
[illegible]
[illegible] ᠂
—[illegible] ᠂
[illegible] ᠄

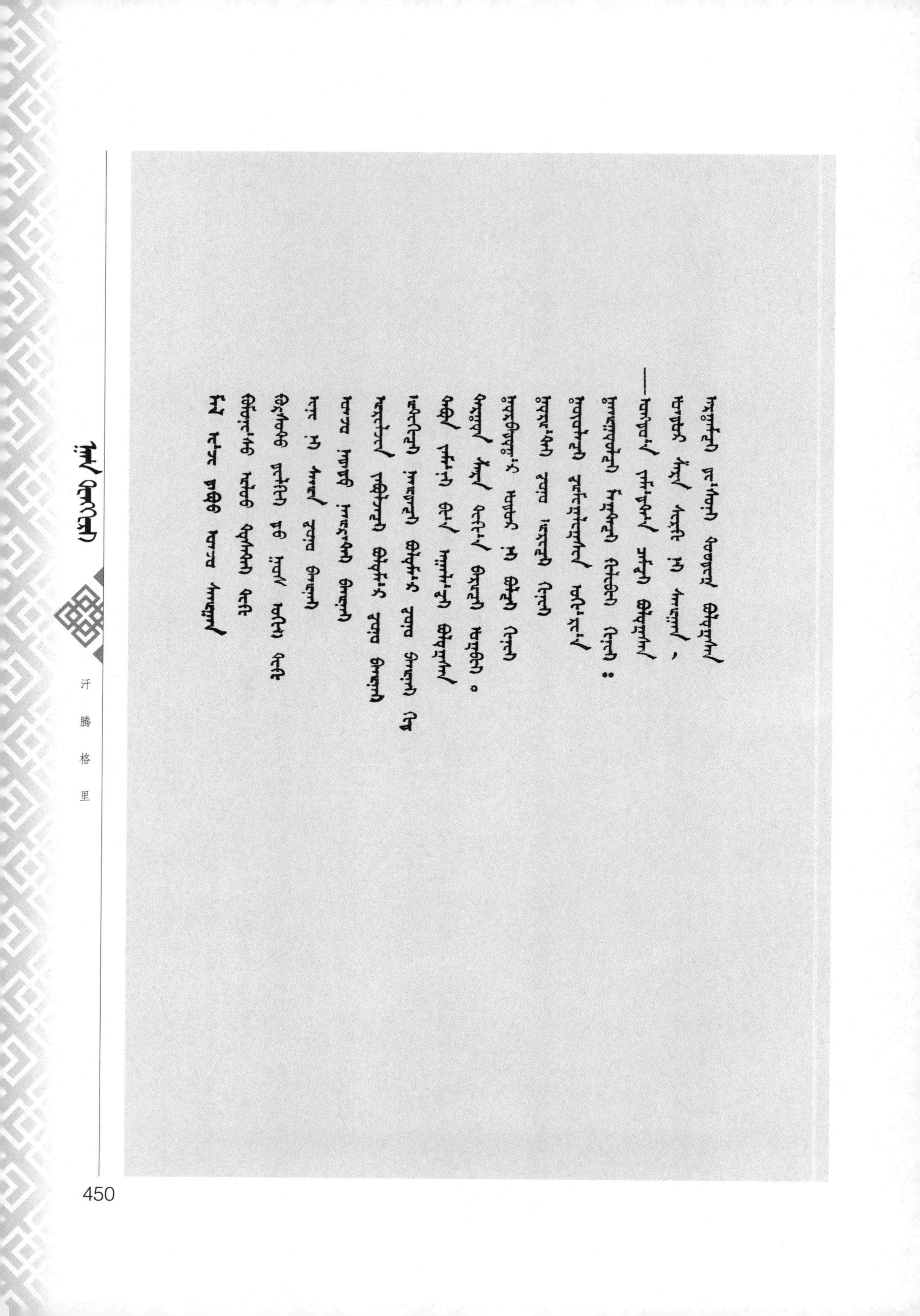

[illegible]
[illegible]
[illegible]
[illegible]
[illegible]
[illegible]
[illegible]
[illegible] 。
[illegible]
[illegible]
[illegible]
[illegible]
[illegible] ：
——[illegible]
[illegible] ，
[illegible]

ᠠᠨᠠᠭᠠᠯ ᠮᠣᠷᠢᠨ ᠢᠯᠡᠭᠡᠳ ᠲᠠᠭᠤᠯᠠᠭᠠᠳ
ᠠᠯᠳᠠᠭᠰᠠᠨ ᠳᠠᠷᠤᠢ ᠠᠯᠢᠰᠢ ᠳᠤᠷᠤᠢ ᠪᠠᠷᠠᠭᠠᠳ ,
ᠰᠠᠷᠠᠯ ᠬᠡᠯᠡᠭᠡ ᠳᠠᠷᠤᠢ ᠰᠠᠷᠠᠢ ᠰᠢᠯᠢᠭᠡᠭᠡ ᠪᠠᠷᠠᠭᠠᠳ
ᠬᠠᠨ ᠡᠷᠬᠡᠮ ᠳᠦ ᠦᠭᠡᠢ ᠮᠣᠷᠢᠨ ᠠᠯᠳᠠᠭᠰᠠᠨ 。
—ᠬᠡᠪᠡᠳ ᠰᠠᠷᠠᠢ ᠠᠯᠢᠰᠢ ᠠᠯᠳᠠᠭᠰᠠᠨ ,
ᠬᠠᠨ ᠡᠷᠬᠡᠮ ᠳᠦ ᠪᠡᠯᠡᠳᠬᠡᠭᠰᠡᠨ ᠲᠣᠬᠢᠶ᠎ᠠ ᠲᠠᠷᠤᠭ ᠮᠣᠷᠢᠨ ᠡᠯᠡᠭᠡ
ᠬᠡᠪᠡᠳ ᠪᠣᠪᠣᠭᠠᠨ ᠤᠨ ᠰᠠᠷᠠᠯ ᠠᠯᠢᠰᠢᠶᠠᠨ
ᠮᠣᠷᠢᠨ ᠪᠠᠷᠠᠭᠠᠳᠤᠯ ᠬᠡᠳᠡᠷ ᠳᠠᠷᠤᠢ ᠲᠡᠷᠬᠡᠷ ᠡᠷᠬᠢᠨ ,
ᠬᠠᠷᠠᠨ ᠦᠭᠡᠷᠬᠡᠭᠡᠳ ᠪᠡᠨ ᠪᠡᠷᠬᠡᠨ
ᠦᠨᠡᠬᠡᠷ ᠲᠣᠭ ᠬᠡᠳᠡᠷ ᠳᠠᠷᠤᠢ ᠲᠡᠷᠬᠡᠷ ᠡᠷᠬᠢᠨ ,
ᠦᠬᠡᠷ ᠤᠨ ᠲᠣᠯᠭᠣᠢ ᠬᠠᠷᠠᠯ ᠬᠠᠷᠠᠭᠳᠠᠯ
ᠬᠡᠪᠡᠳ ᠲᠡᠷᠭᠡᠨ ᠪᠡᠨ ᠦᠭᠡᠢ ᠠᠯᠳᠠᠭᠰᠠᠨ 。
ᠬᠡᠪᠡᠭᠡᠳ ᠪᠡᠳᠡᠷᠢᠨ ᠬᠤᠭᠤᠷᠠᠯ ᠮᠣᠷᠢᠨ ᠲᠡᠬᠡᠭᠡᠳ
ᠬᠡᠪᠡᠭᠡᠳᠦ ᠪᠣᠳᠤᠯᠠᠯ ᠪᠡᠳᠡᠭᠡ ᠦᠭᠡᠢ ᠠᠯᠳᠠᠭᠰᠠᠨ ,
ᠬᠡᠪᠡᠯ ᠦᠷᠡᠯ ᠳᠦ ᠦᠨᠡᠭᠡᠳᠡᠭᠡᠯ ᠮᠣᠷᠢᠨ ᠬᠡᠯᠡᠪᠡᠷᠬᠡᠭᠡᠳ
ᠬᠡᠪᠡᠭᠡ ᠪᠡᠳᠡᠭ ᠡᠯᠡᠭᠦᠯᠡᠭ ᠦᠭᠡᠢ ᠠᠯᠳᠠᠭᠰᠠᠨ ,

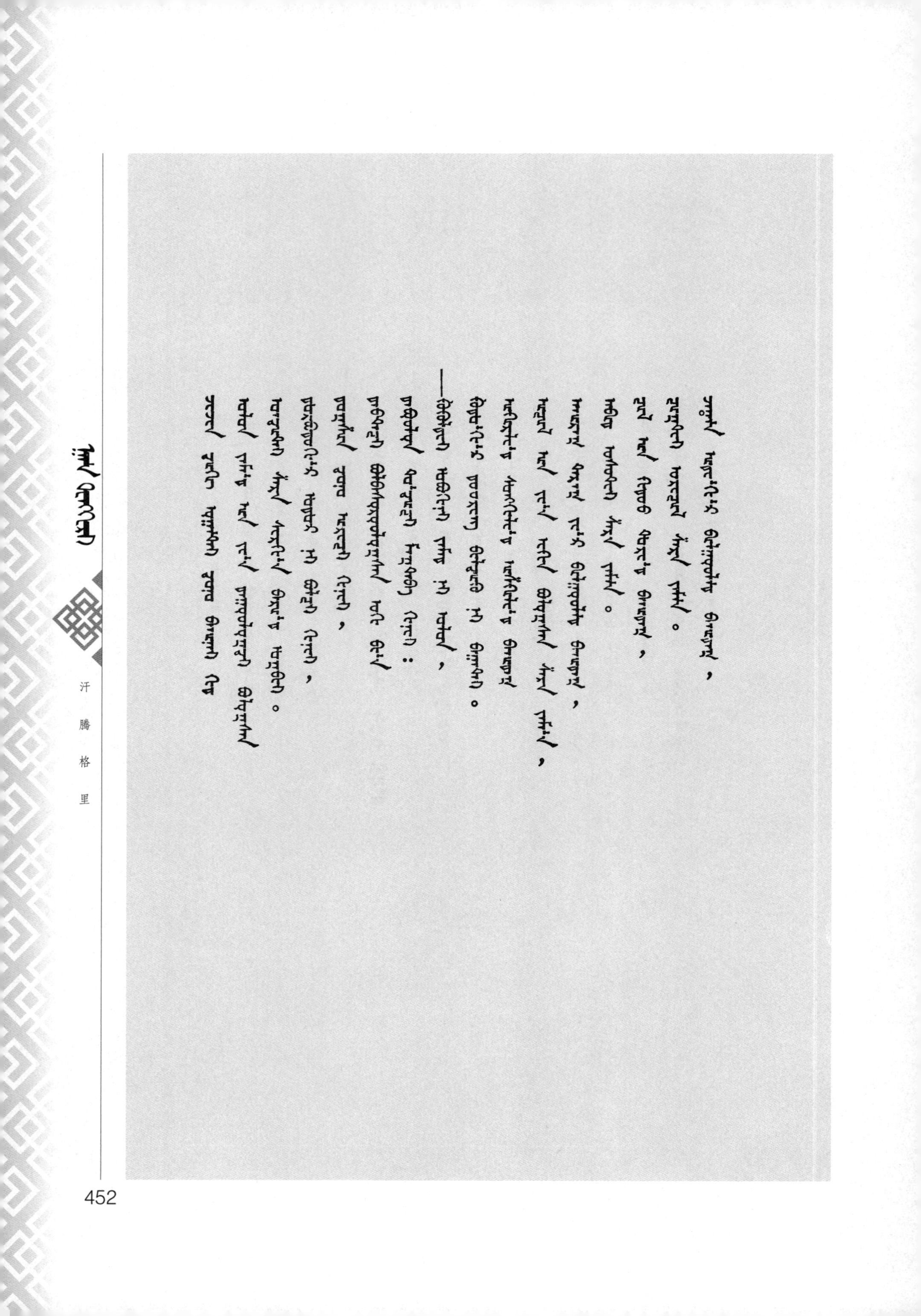

[illegible]

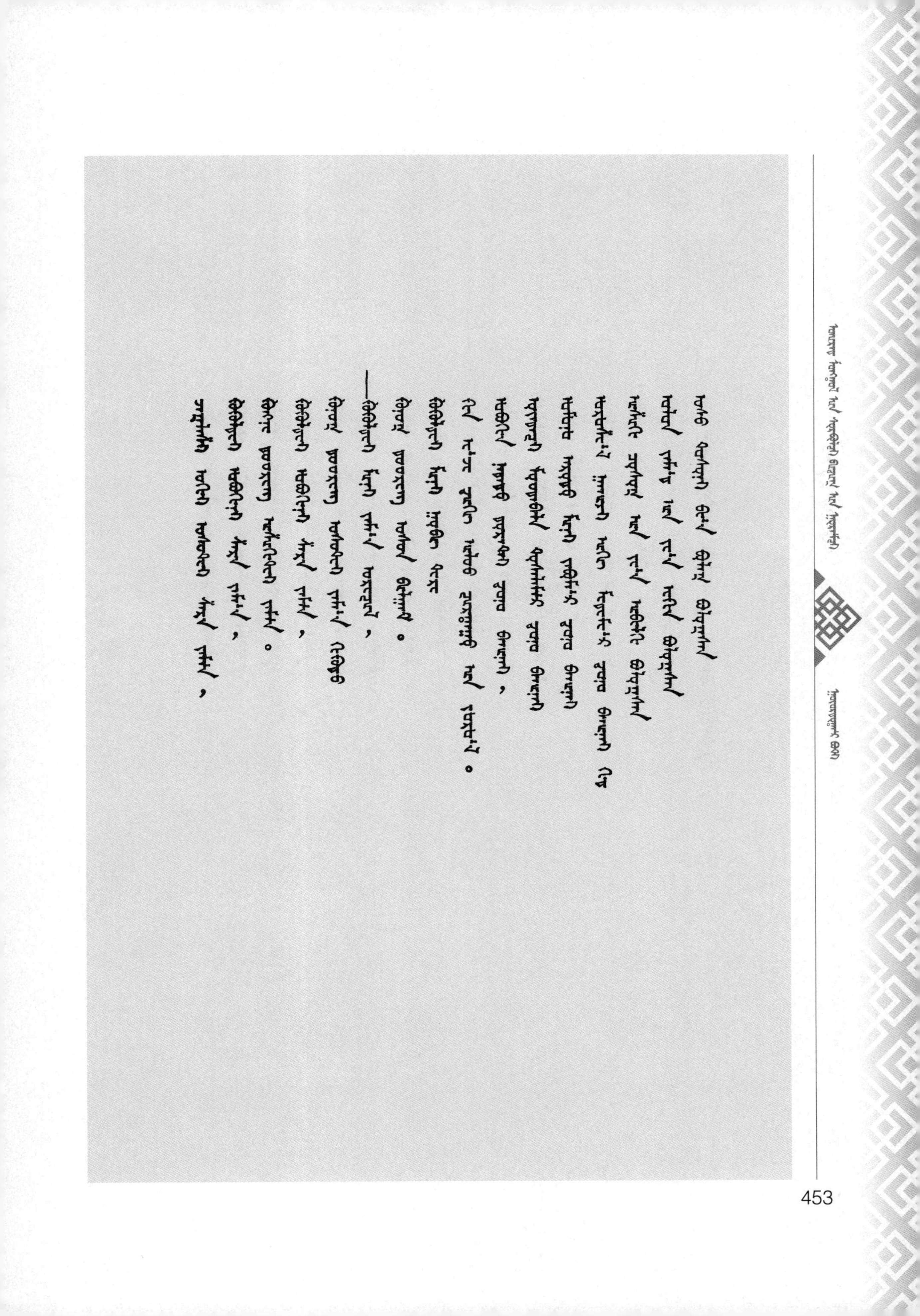

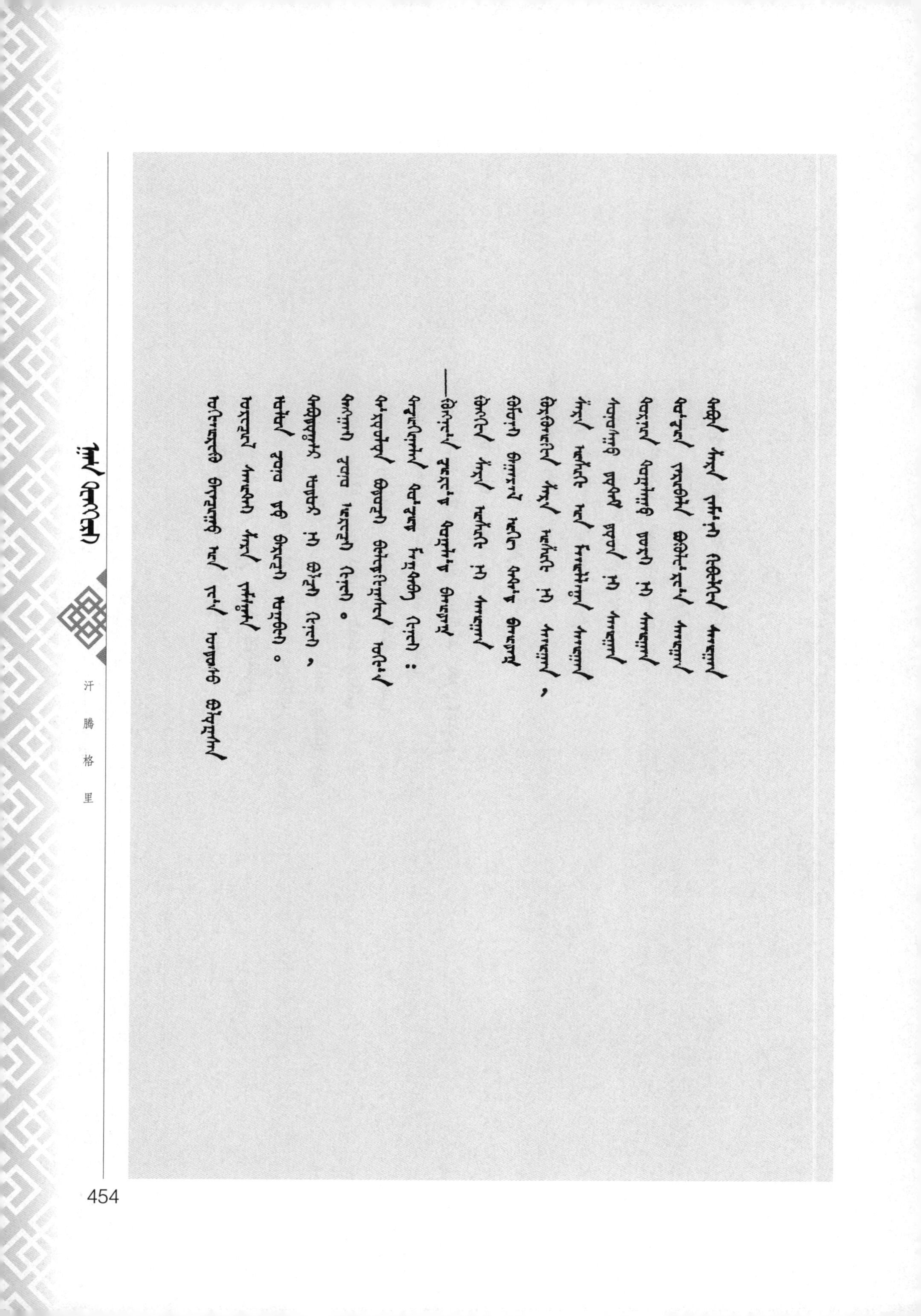

[illegible]
[illegible]
[illegible]
[illegible]
[illegible]
[illegible]
[illegible] :
——[illegible]
[illegible]
[illegible]
[illegible]
[illegible]
[illegible]
[illegible] ,
[illegible]
[illegible]

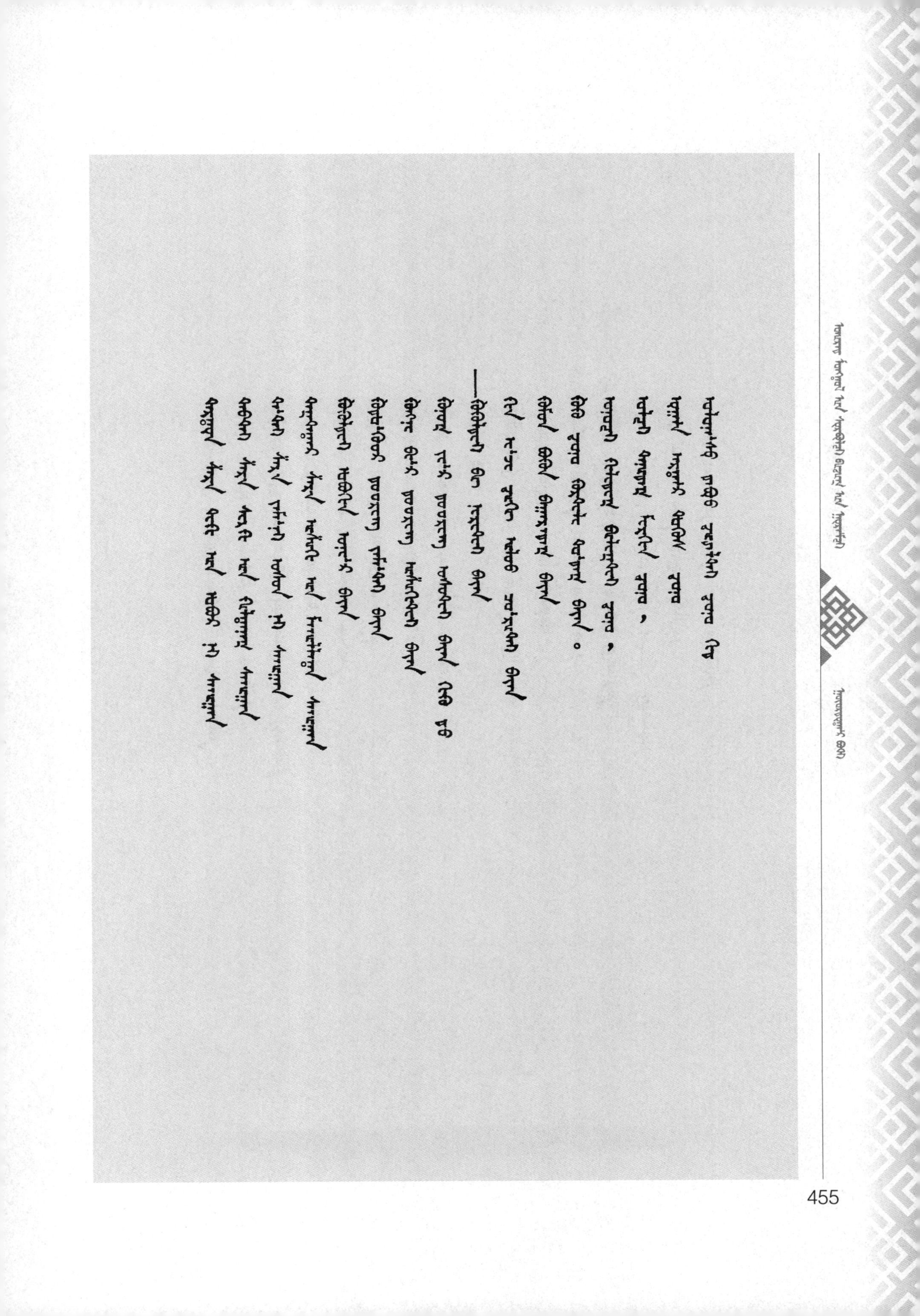

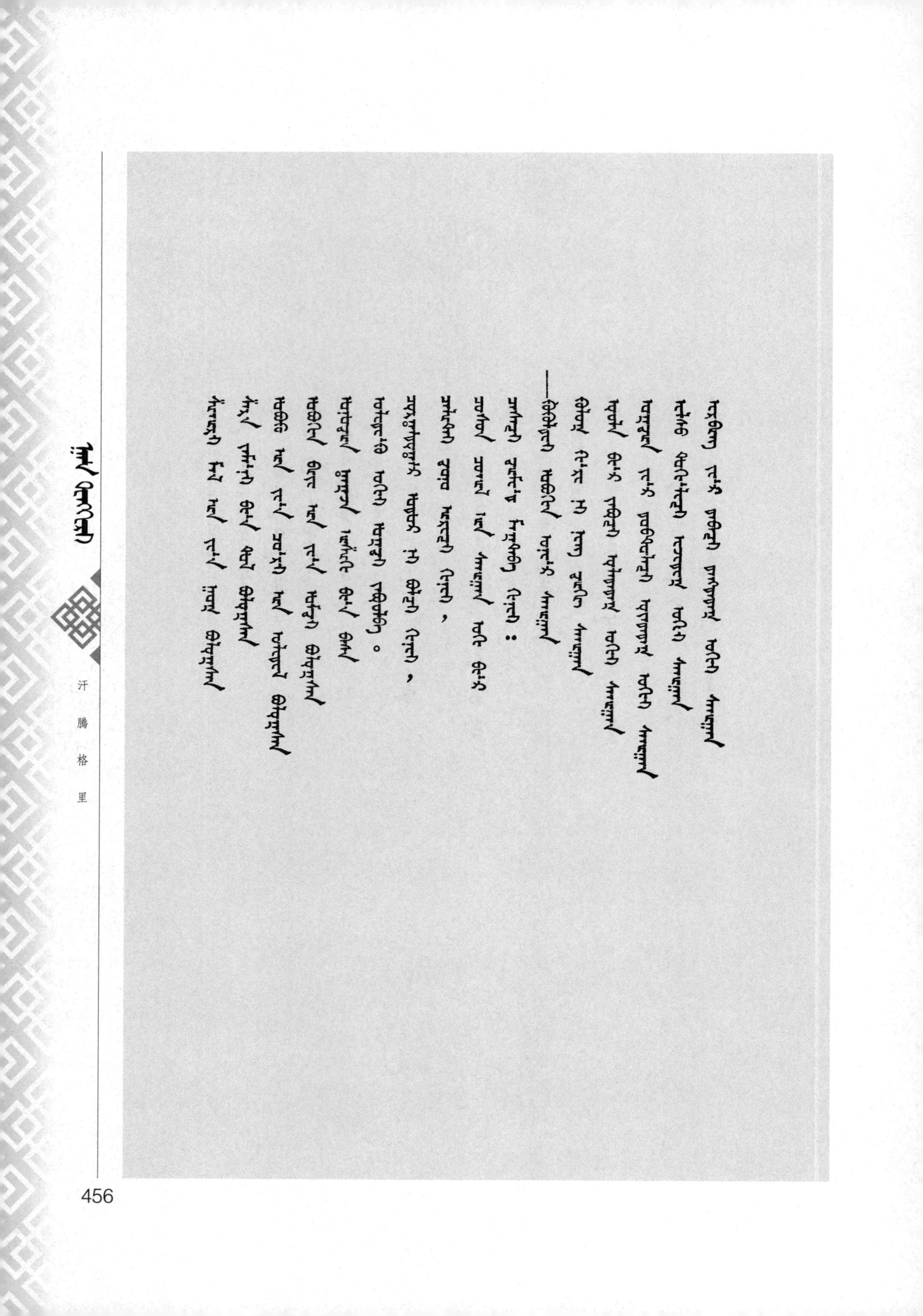

[illegible]

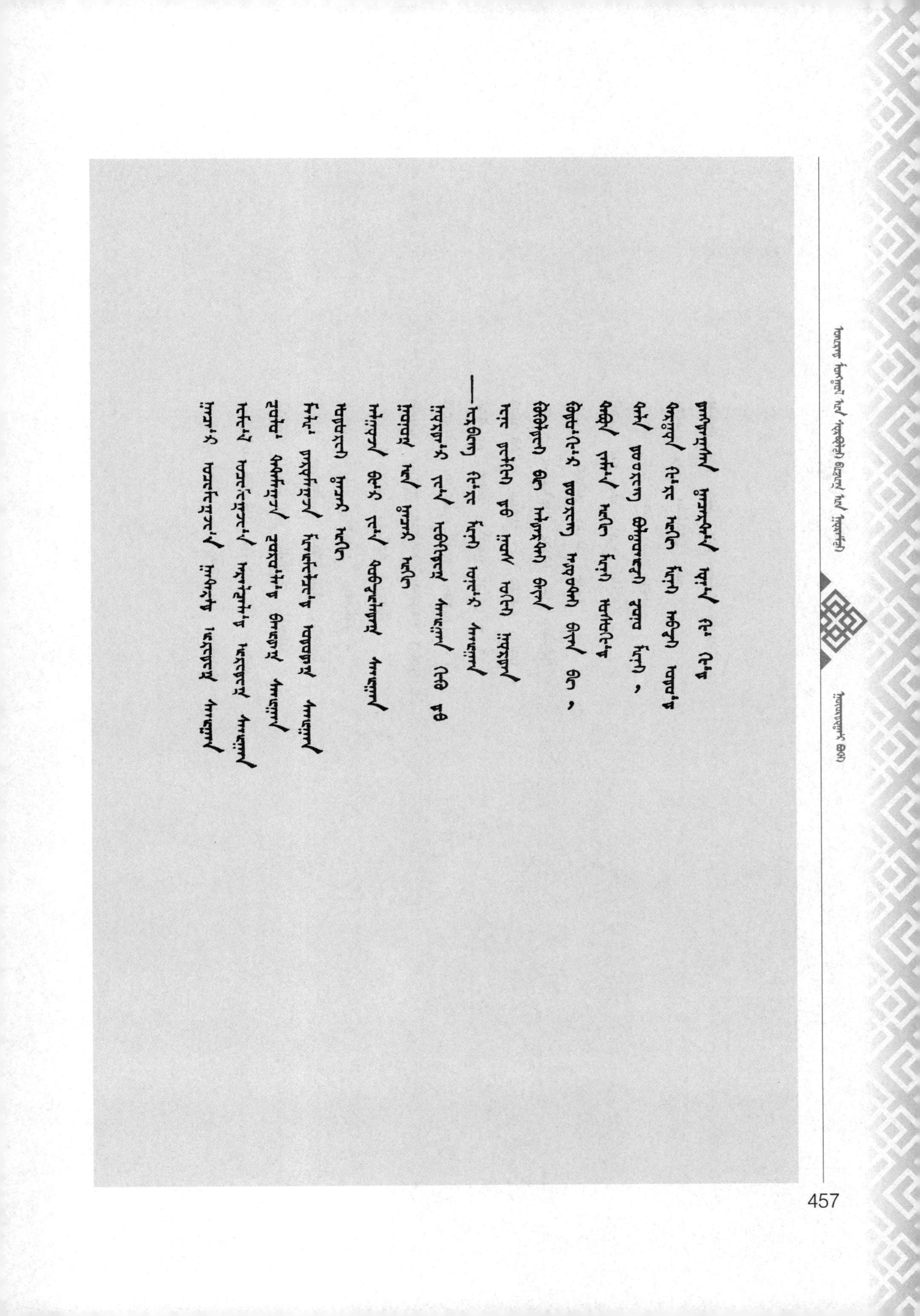

[illegible]
[illegible]
[illegible]
[illegible]
[illegible]
[illegible]
[illegible]
——[illegible]
[illegible]
[illegible]
[illegible]
[illegible]
[illegible]
[illegible]
[illegible]
[illegible]
[illegible]

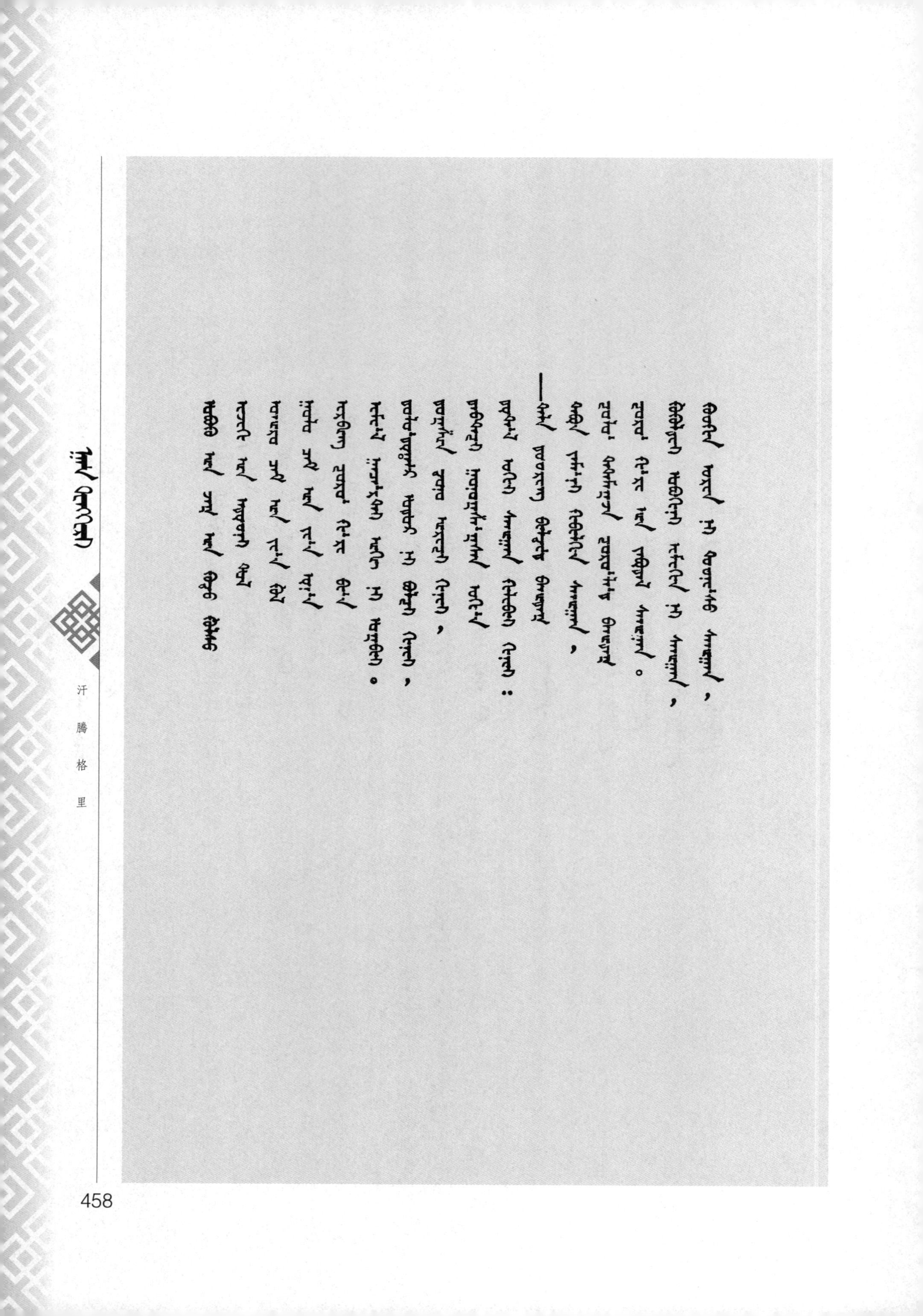

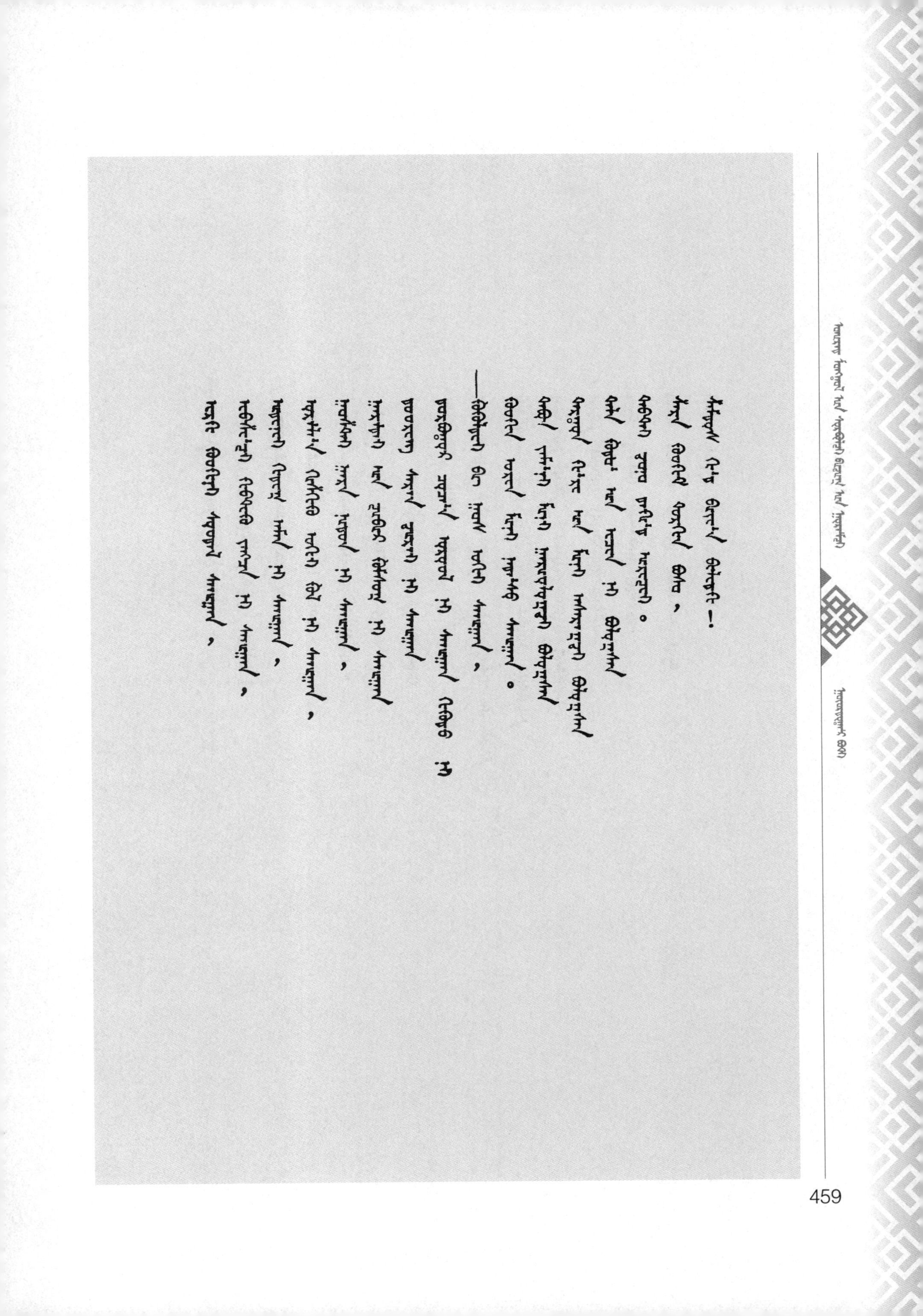

[illegible]!
[illegible],
[illegible]。
[illegible]
[illegible]
[illegible]
[illegible]。
—[illegible],
[illegible]
[illegible]
[illegible]
[illegible],
[illegible],
[illegible],
[illegible],
[illegible],

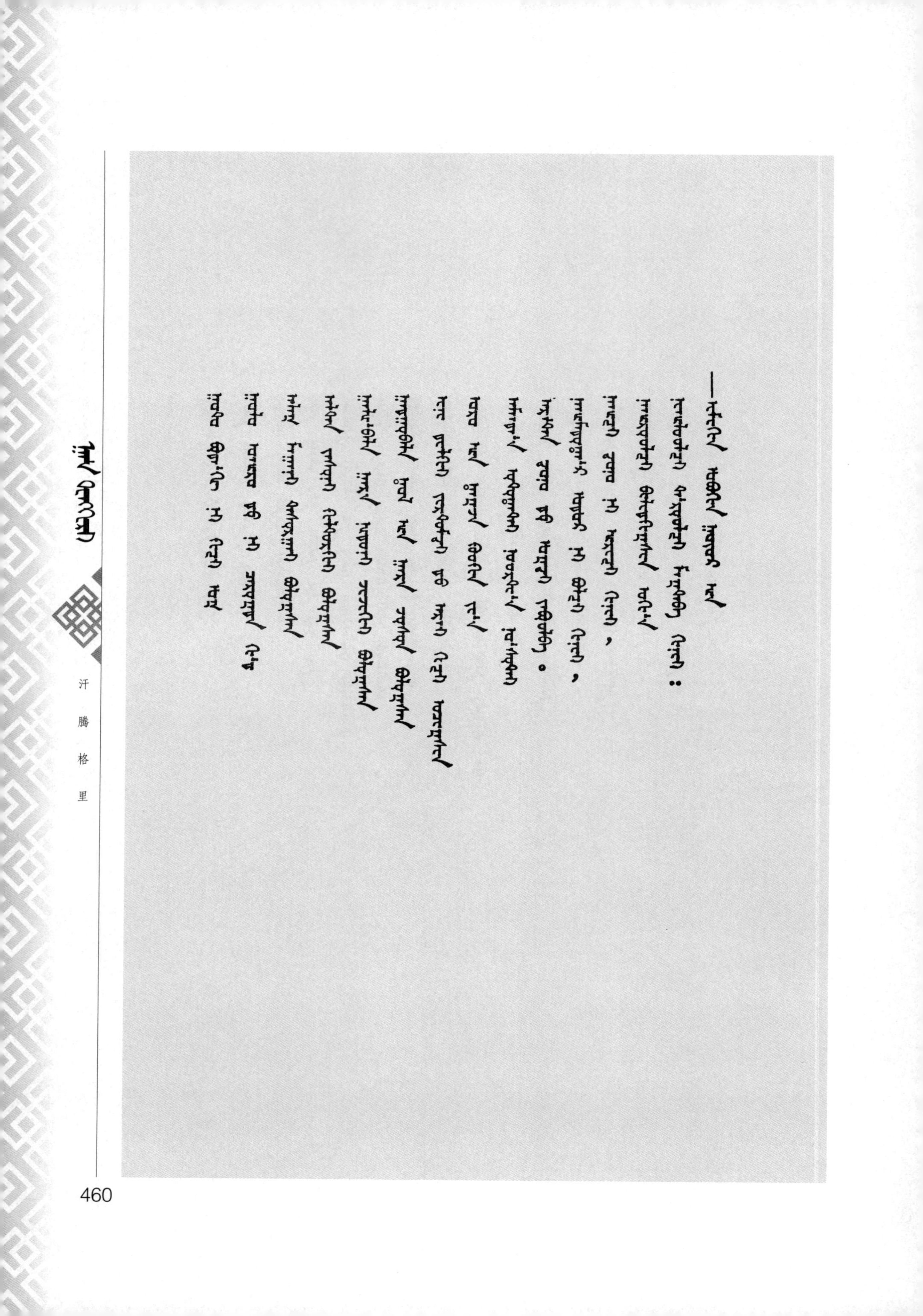

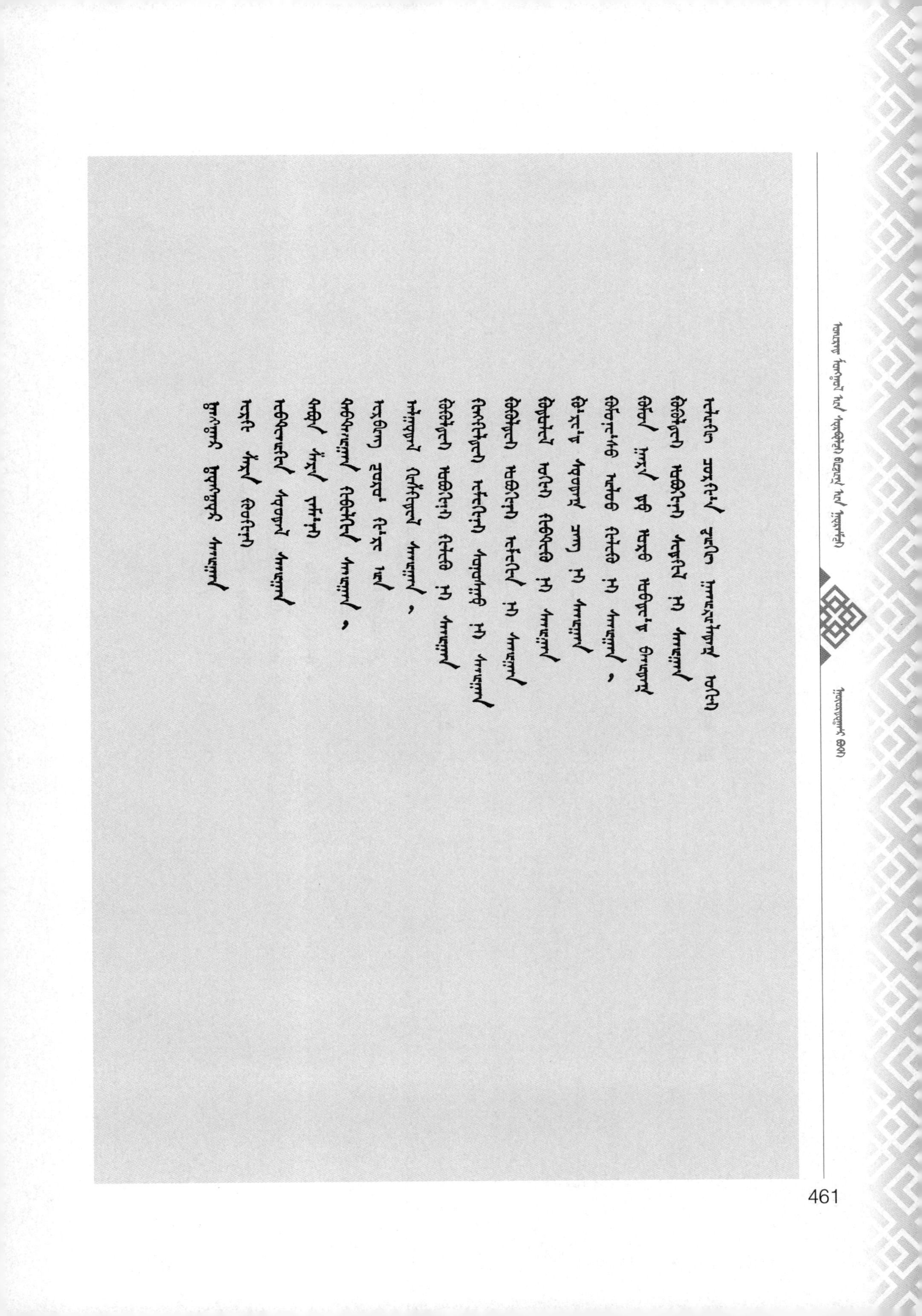

[illegible]
[illegible]
[illegible]
[illegible]
[illegible]
[illegible]
[illegible]
[illegible]
[illegible]
[illegible]
[illegible]
[illegible]
[illegible]
[illegible]
[illegible]
[illegible]

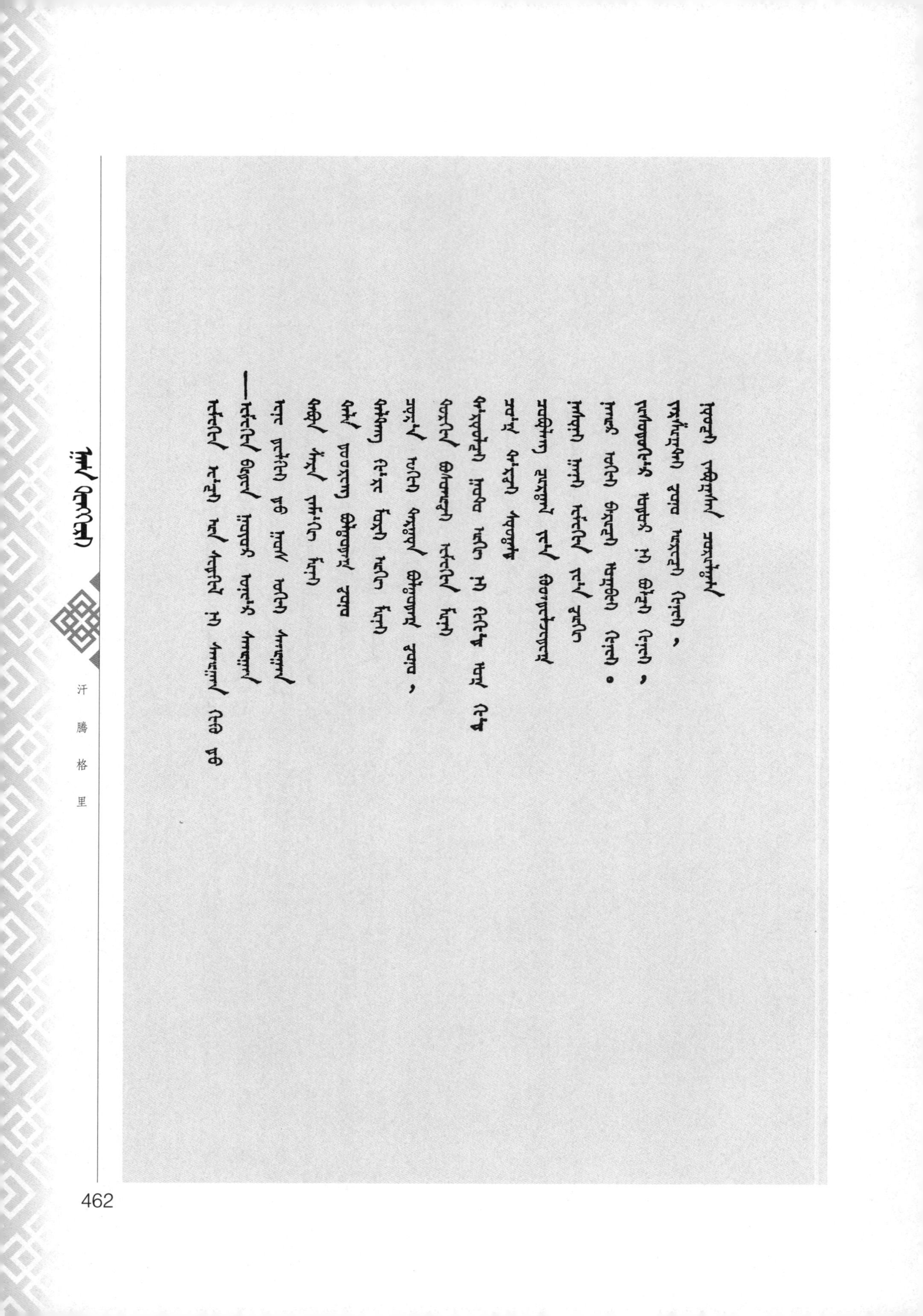

[illegible]
[illegible]
[illegible]
[illegible]
[illegible]
[illegible]
[illegible]
[illegible]
[illegible]
[illegible]
[illegible]
[illegible]
[illegible]
[illegible]
[illegible]
[illegible]
[illegible]

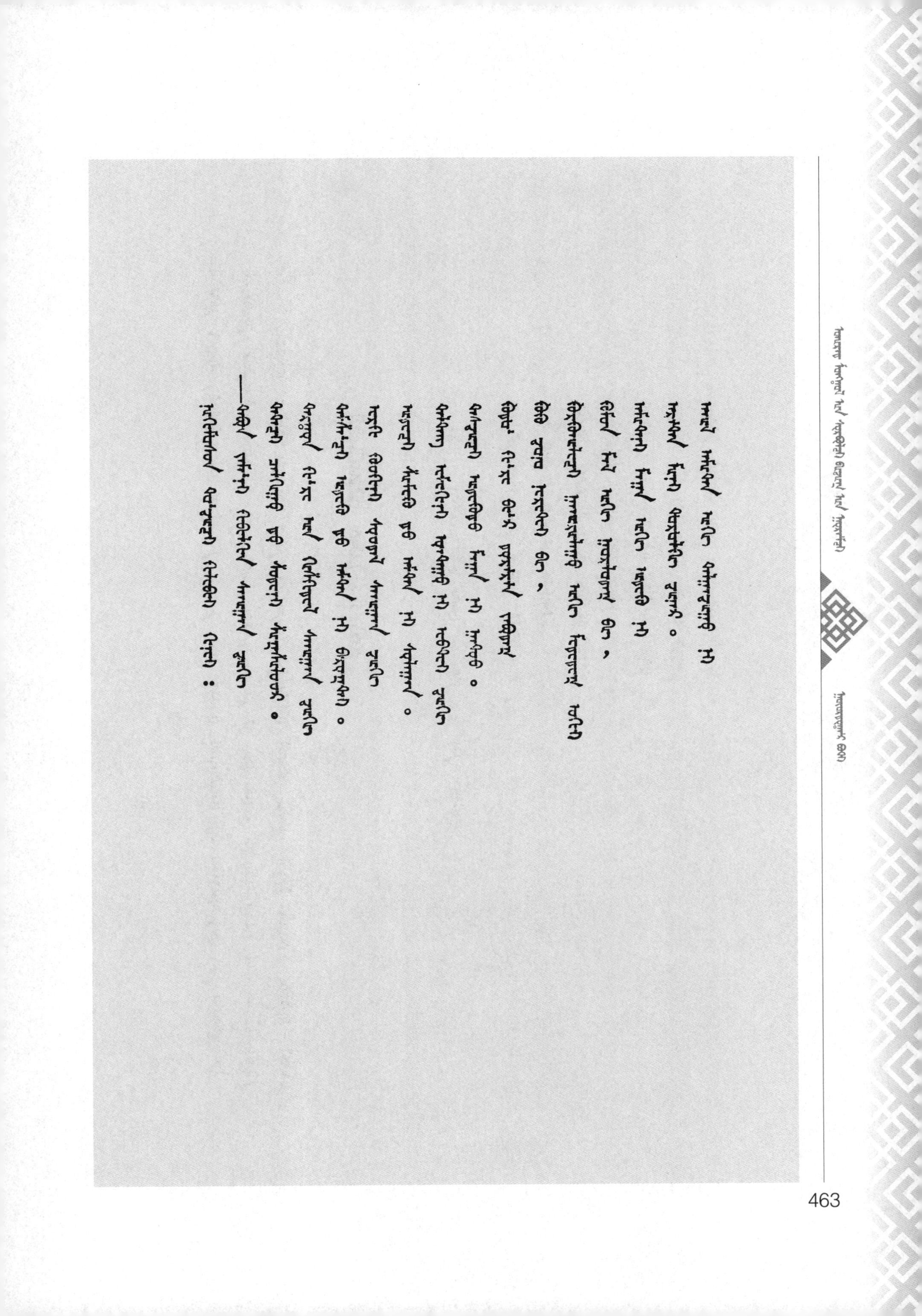

[illegible]
[illegible]
[illegible]
[illegible]
[illegible]
[illegible]
[illegible]
[illegible]
[illegible]
[illegible]
[illegible]
[illegible]
[illegible]
[illegible]
——[illegible]
[illegible]

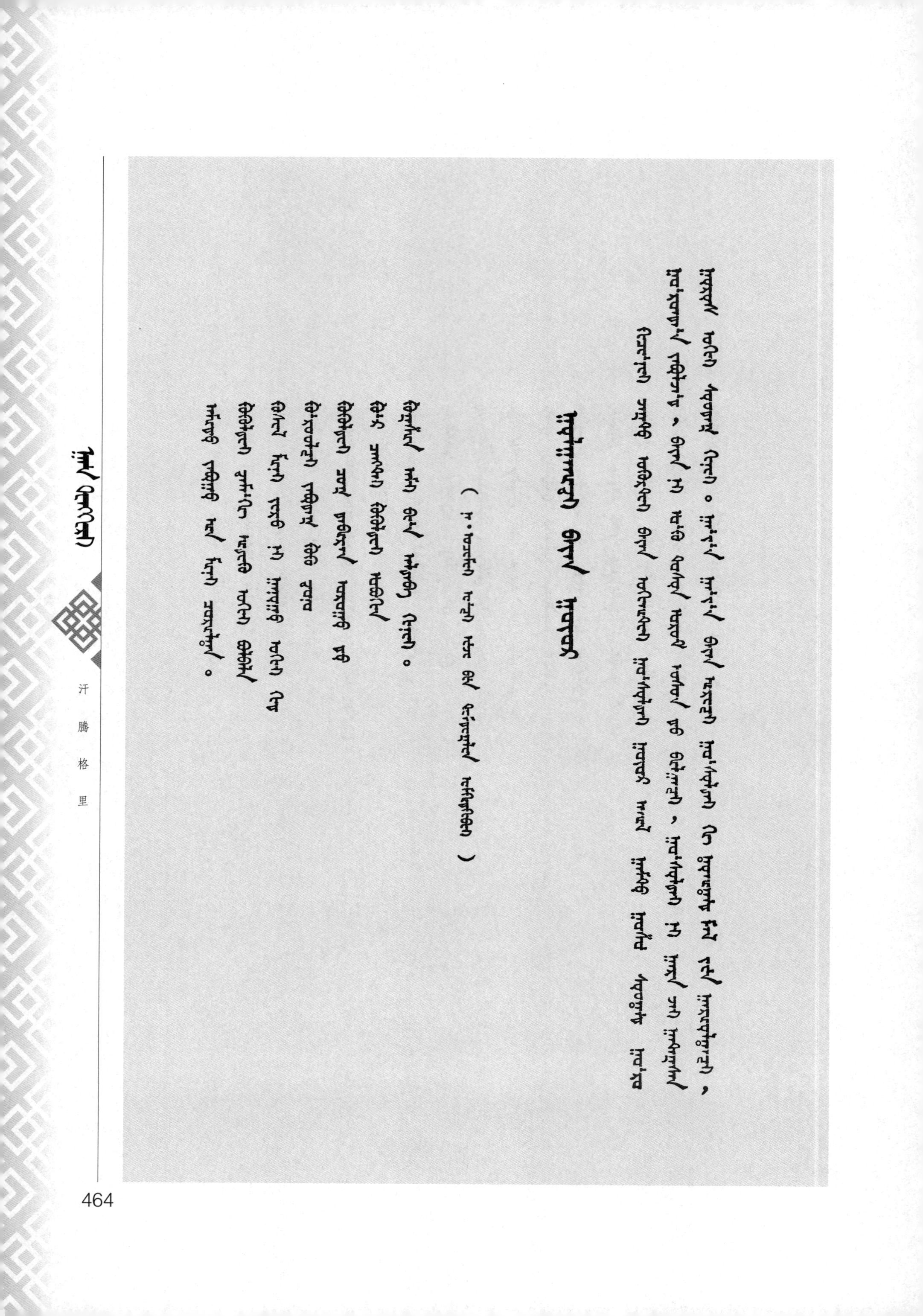

[illegible]

[illegible]

([illegible])

[illegible]

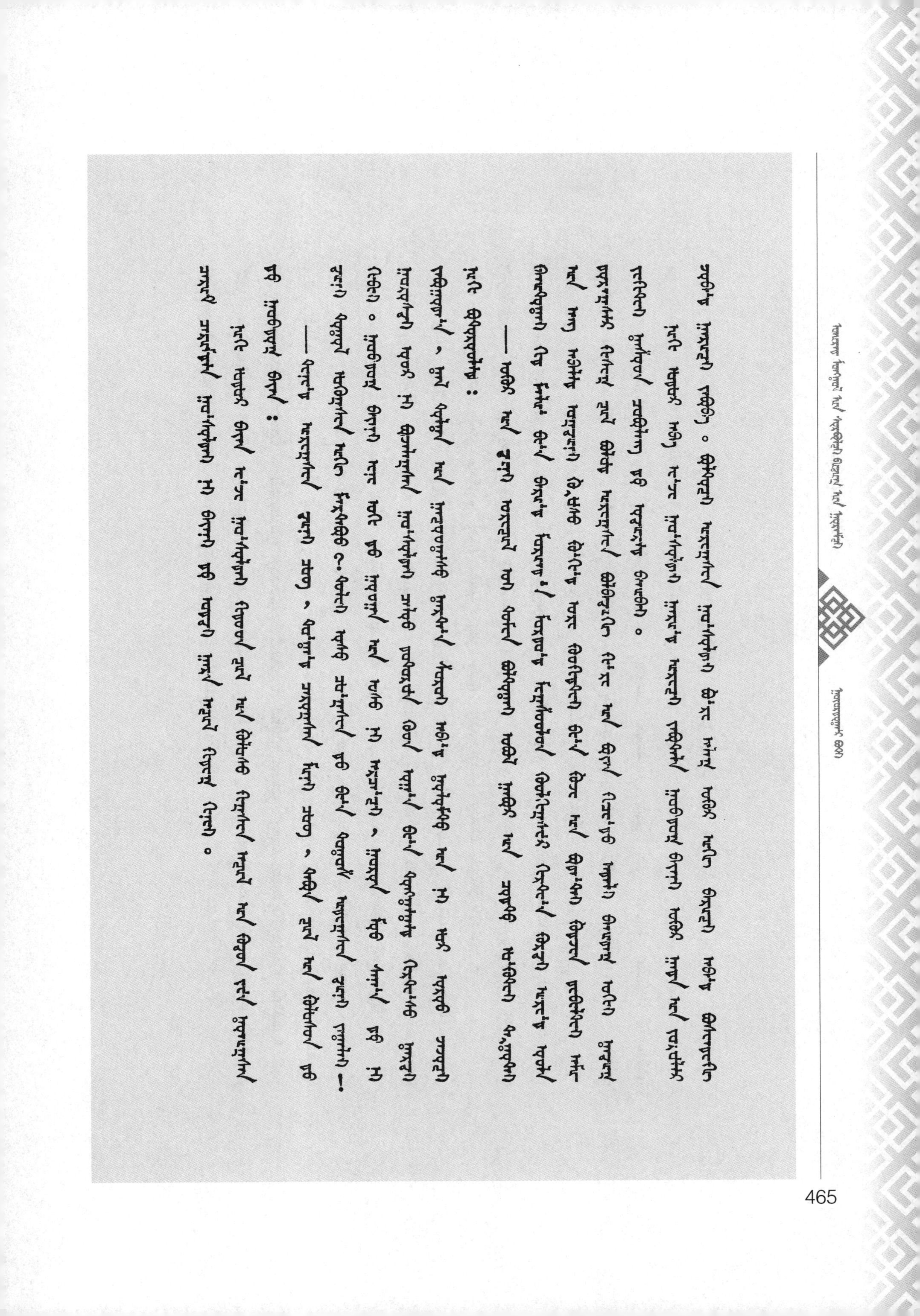

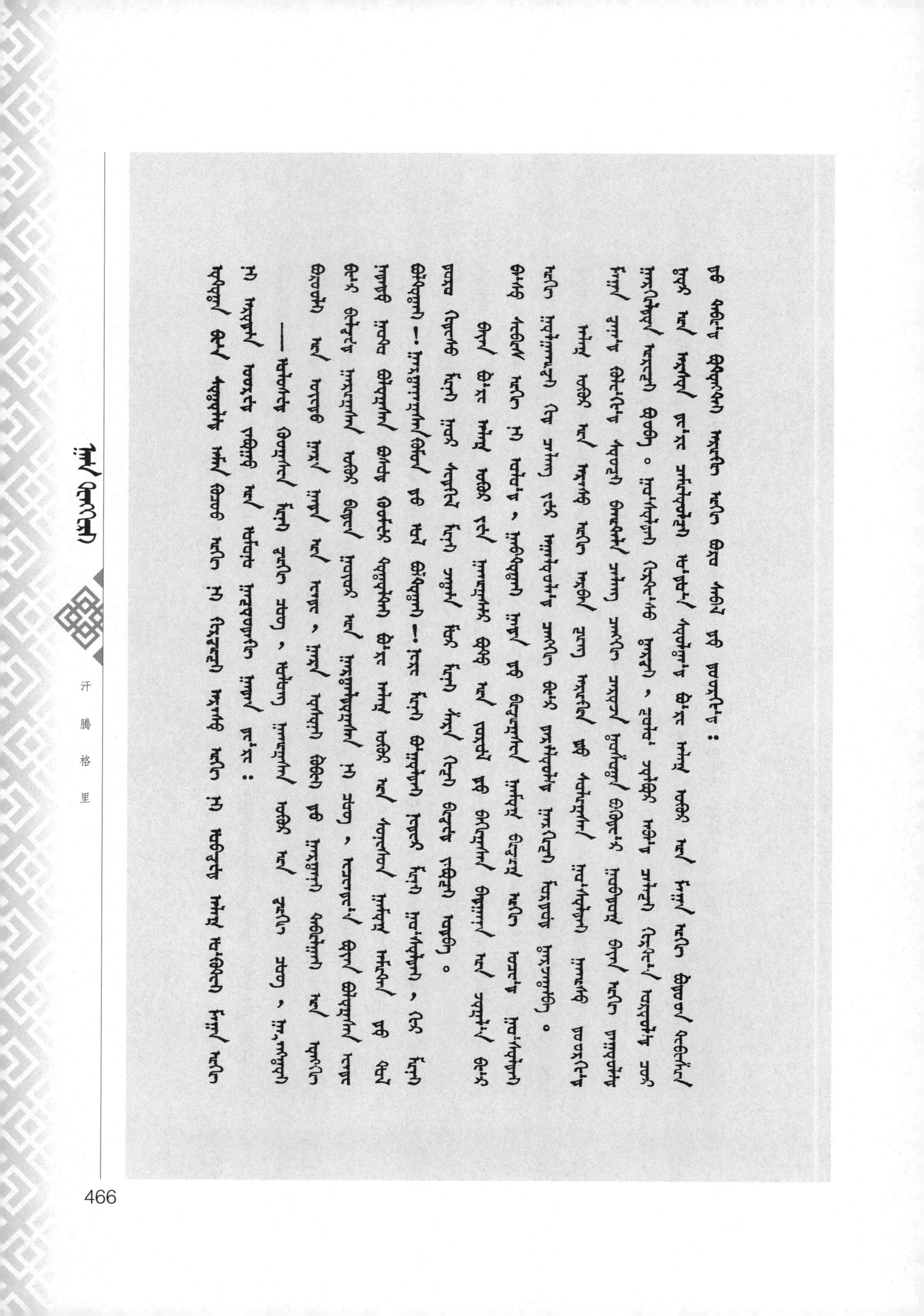

[illegible]

[illegible]

[illegible]

[illegible]

[illegible]

[illegible]

[illegible]

[illegible]

[illegible]

[illegible]

[illegible]

[illegible]

[illegible]

[illegible]

[illegible]

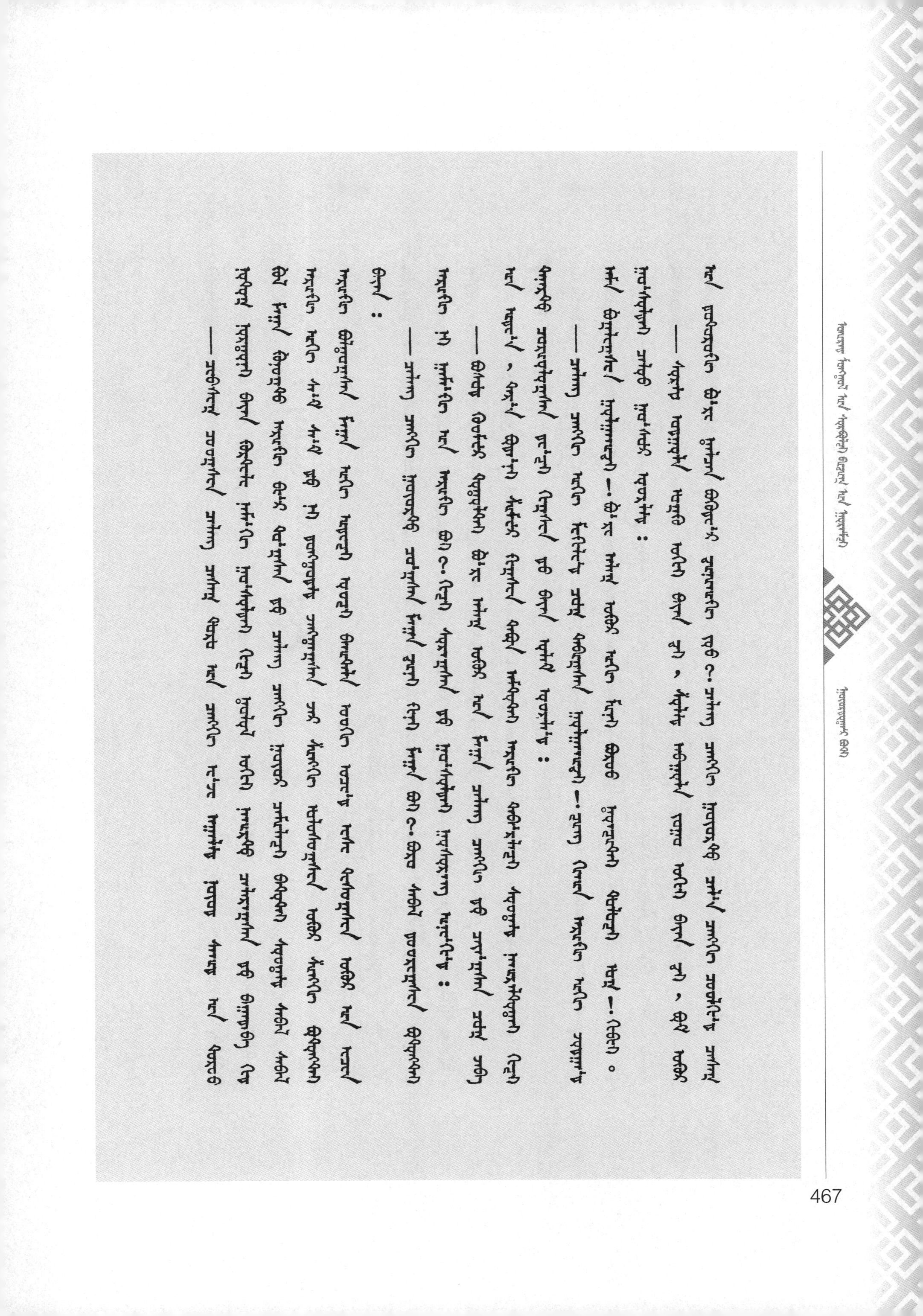

—— [illegible]
[illegible]
[illegible]
[illegible]
[illegible]
[illegible] :

—— [illegible]
[illegible] :

—— [illegible]
[illegible]
[illegible] :

—— [illegible]
[illegible]
[illegible] :

—— [illegible]
[illegible]

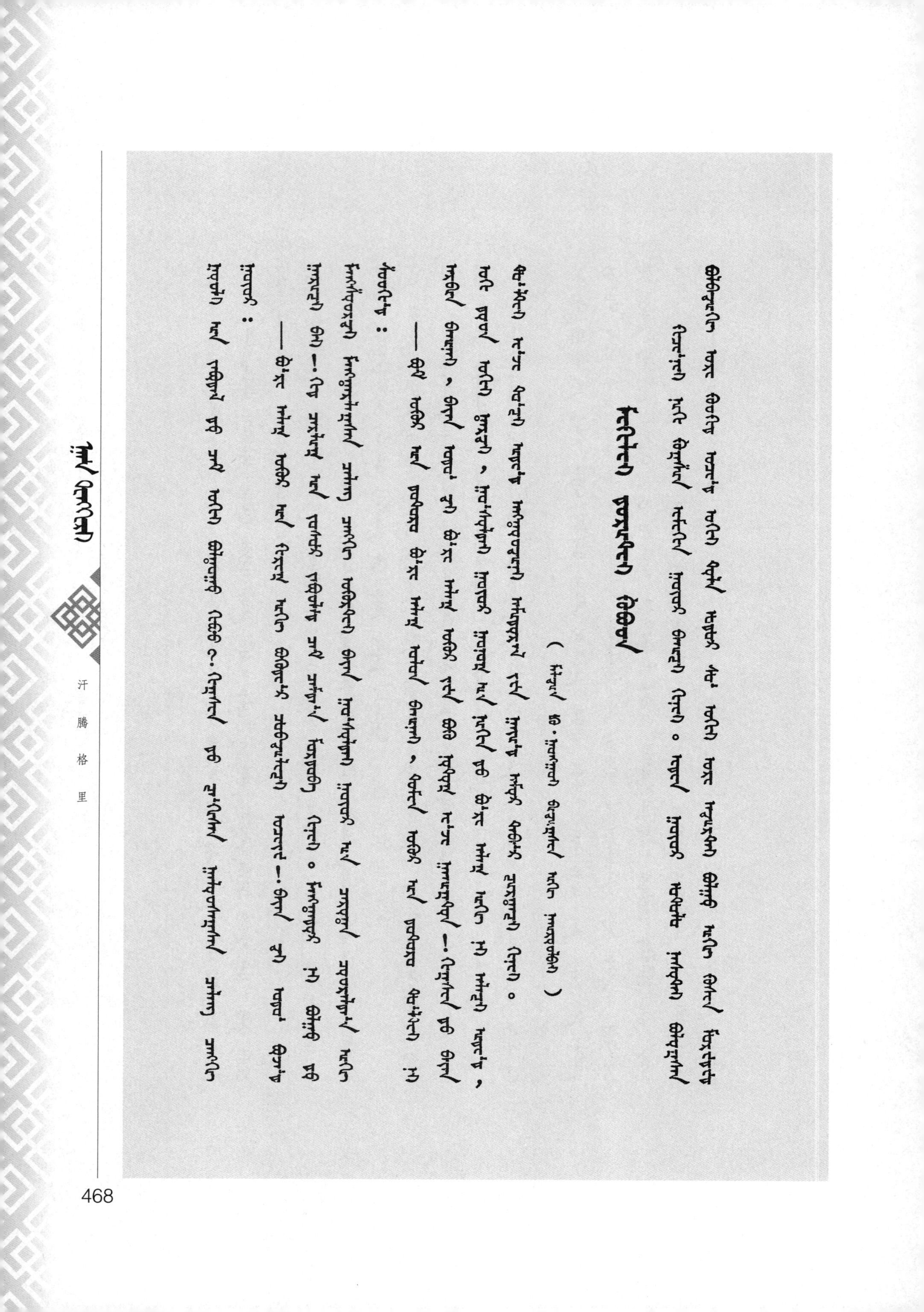

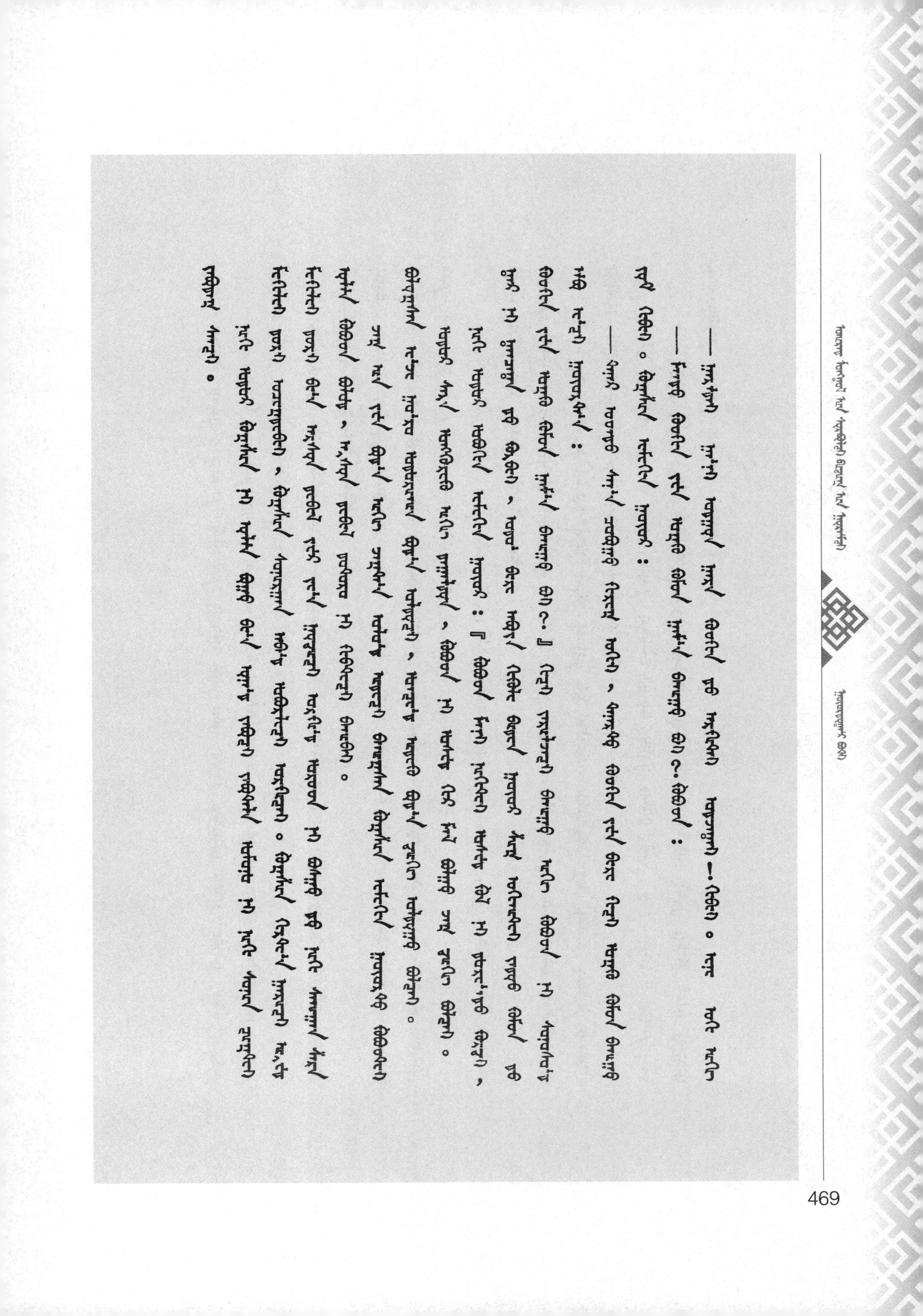

— [illegible]

— [illegible]

[illegible]

— [illegible]

[illegible]

[illegible]

[illegible]

[illegible]

[illegible]

[illegible]

[illegible]

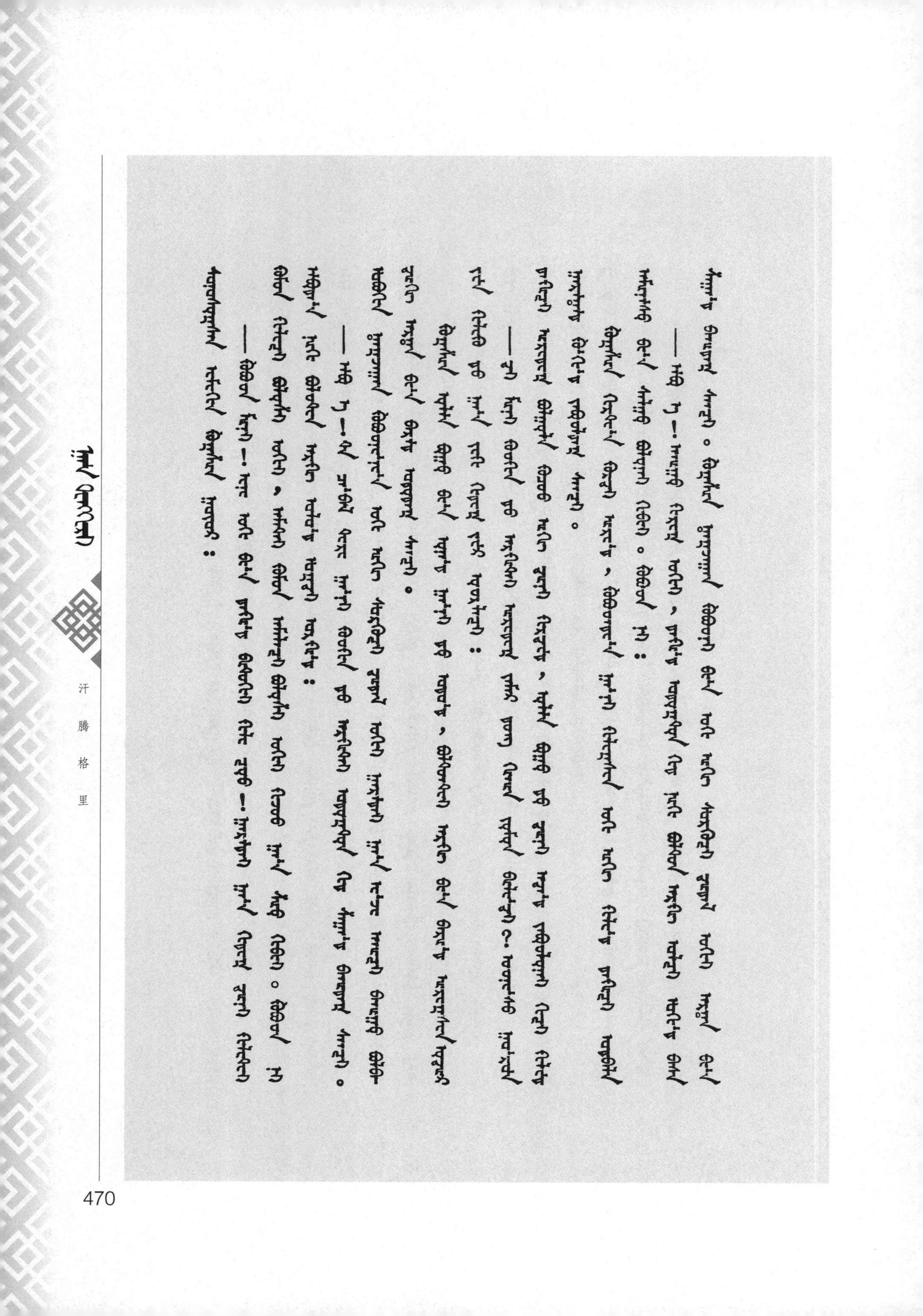

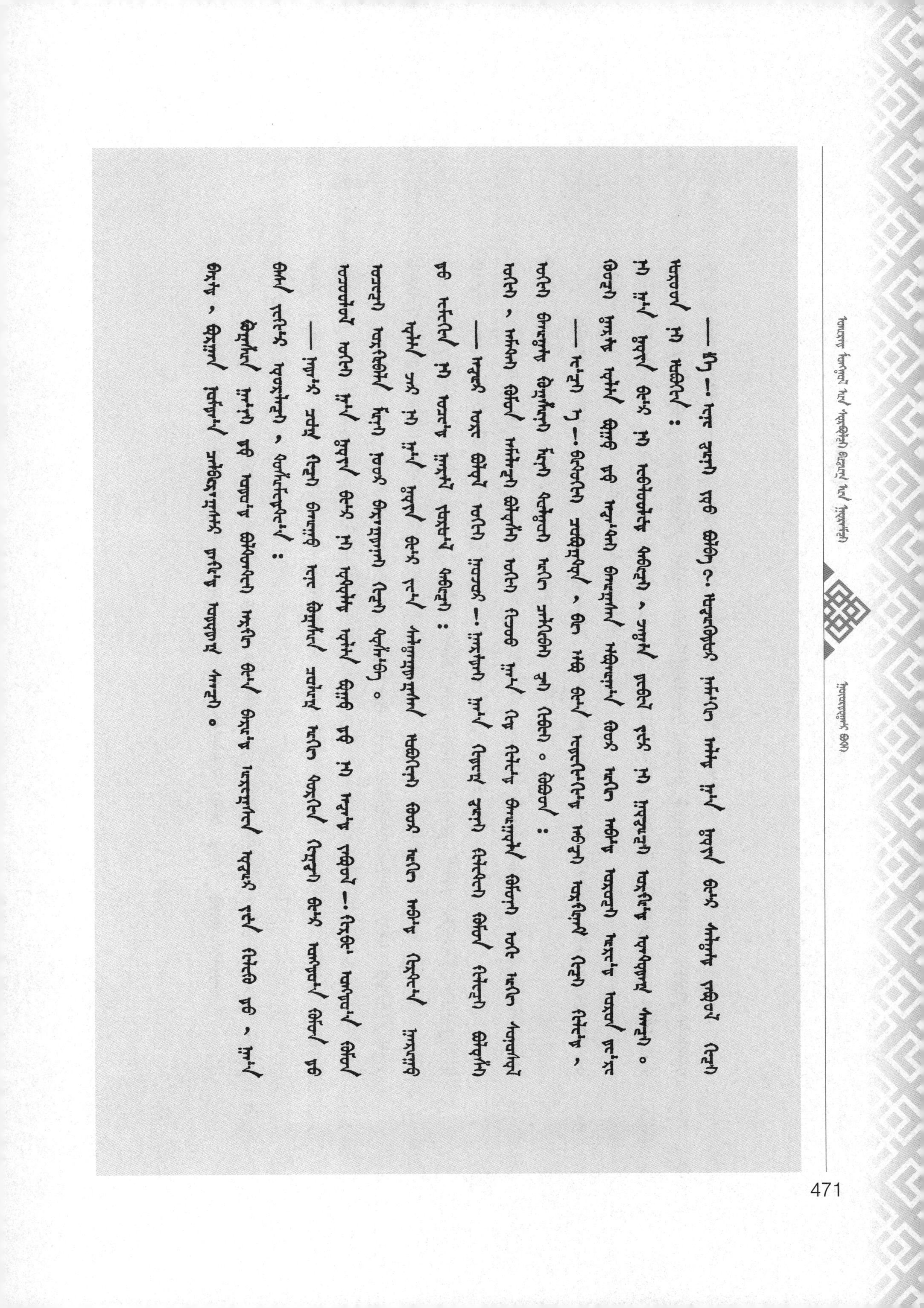

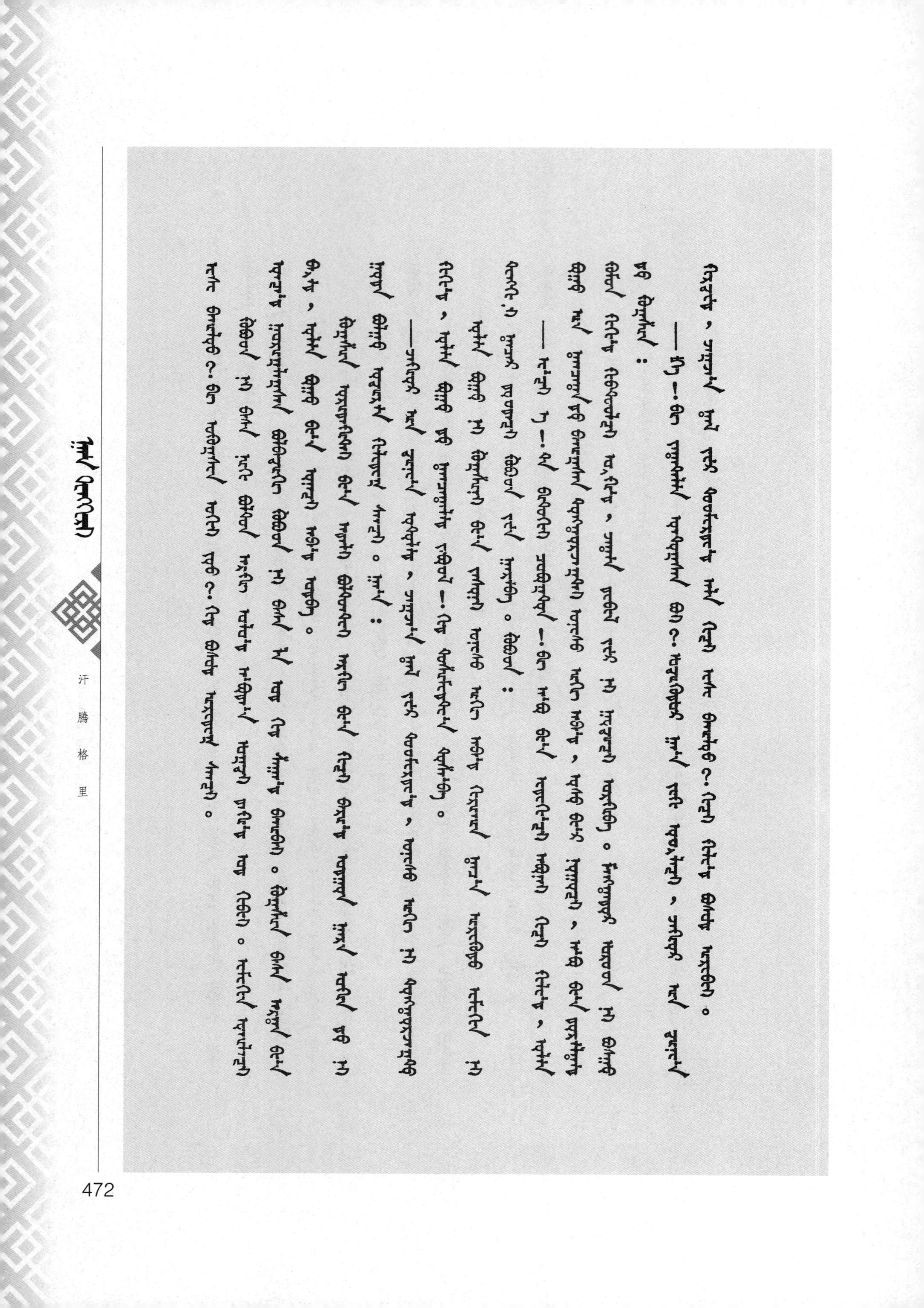

[illegible]

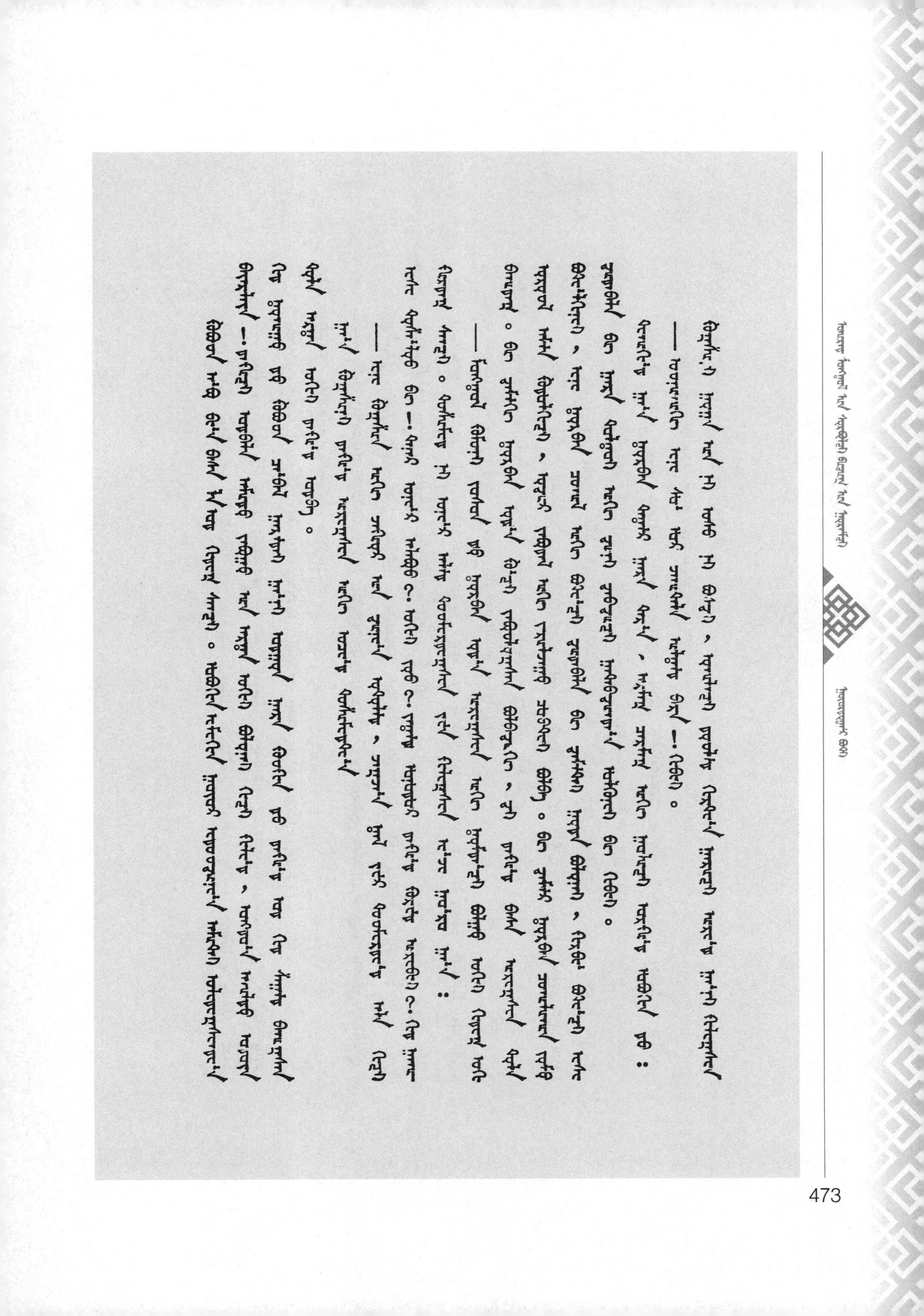

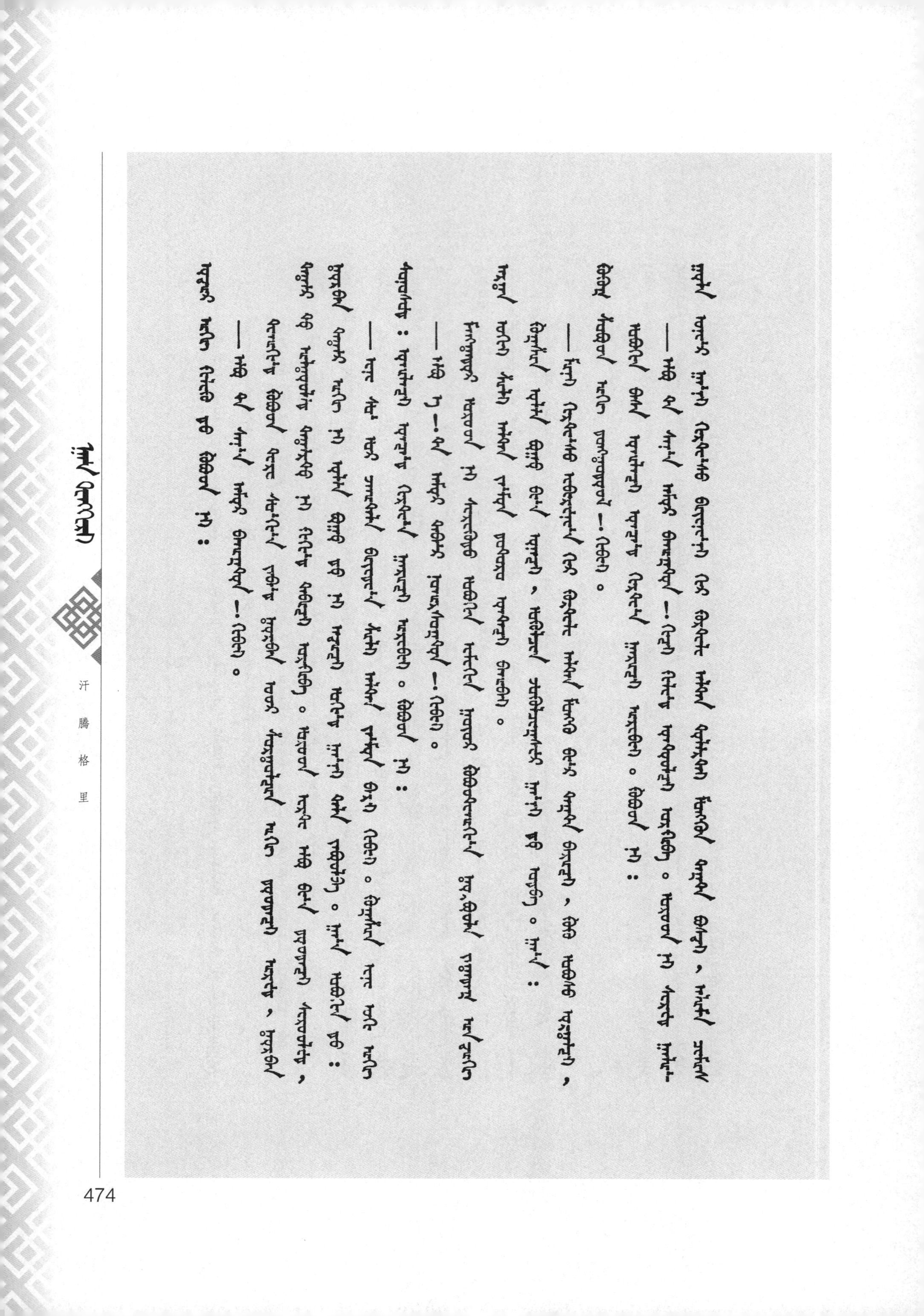

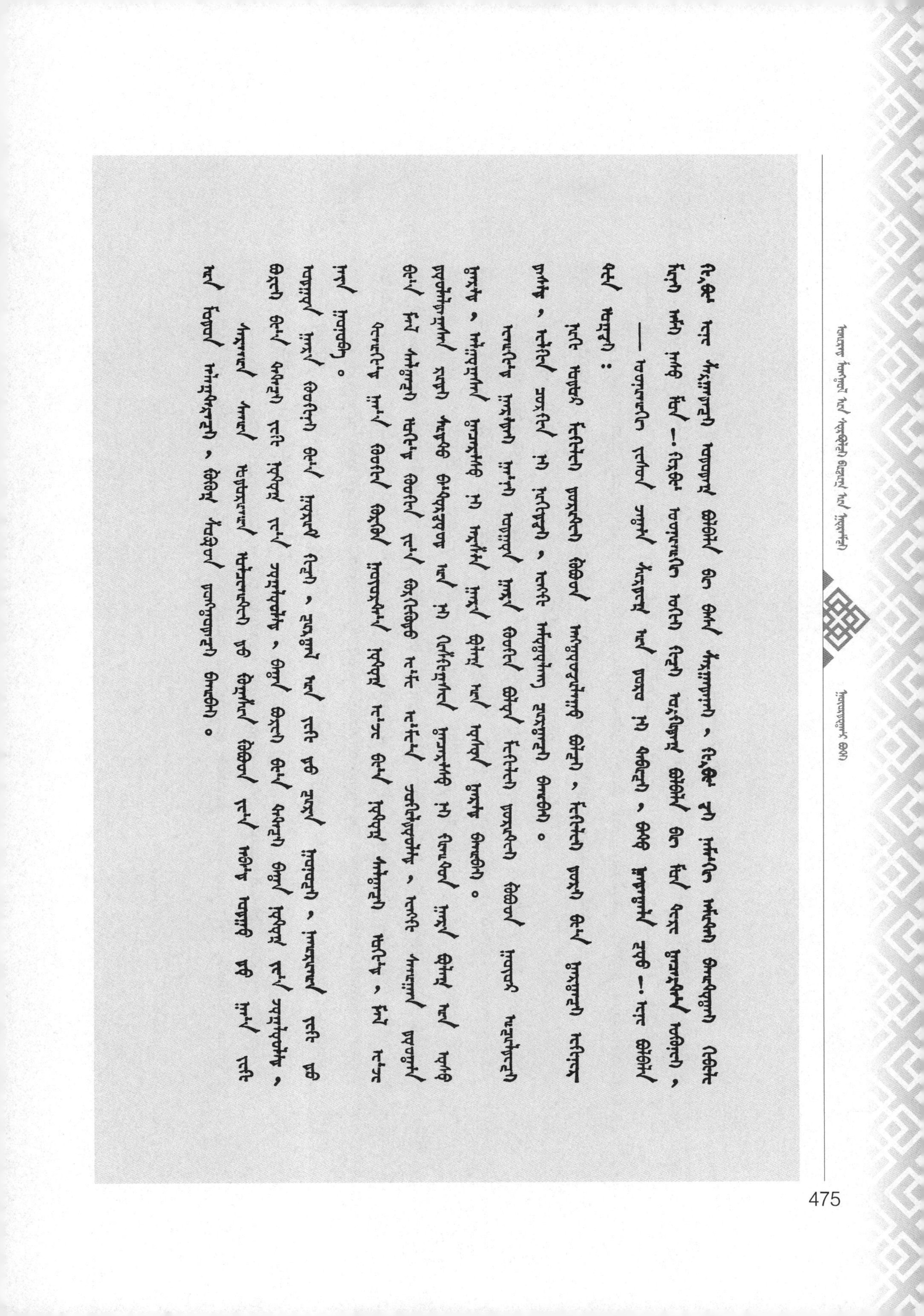

ᠪᠣᠯᠣᠭᠰᠠᠨ ᠪᠣᠯᠤ ᠶᠢ ᠰᠠᠢᠢᠨ ᠬᠦᠮᠦᠨ ᠳᠤ ᠪᠣᠯᠭᠠᠭᠰᠠᠨ ᠪᠠᠶᠢᠨ᠎ᠠ ᠪᠣᠯᠪᠠᠴᠤ ᠬᠡᠯᠡᠭᠰᠡᠭᠡᠷ ᠪᠠᠶᠢᠭᠰᠠᠨ ᠡᠴᠡ ᠳᠠᠷᠤᠢ ᠬᠡᠯᠡᠪᠡ ᠯᠡ᠃

ᠨᠢᠭᠡ ᠪᠣᠯᠪᠠᠯ ᠪᠣᠯᠣᠭᠰᠠᠨ ᠶᠠᠭᠤ ᠬᠡᠷᠡᠭᠲᠡᠢ ᠪᠣᠯᠪᠠᠰᠤ ᠬᠡᠯᠡᠪᠡ ᠯᠡ ᠪᠣᠯᠤᠭᠰᠠᠨ ᠠᠭᠠᠰᠢ᠃ ᠬᠡᠯᠡᠪᠡ ᠪᠣᠯᠤ ᠶᠠᠭᠤᠮᠠ

ᠪᠣᠯᠪᠠᠰᠤᠷᠠᠯ ᠪᠠᠶᠢᠬᠤ ᠶᠠᠪᠤᠳᠠᠯ ᠪᠣᠯᠭᠠᠭᠰᠠᠨ ᠰᠠᠢᠢᠨ ᠪᠣᠯᠭᠠᠭᠰᠠᠨ ᠬᠡᠯᠡᠭᠰᠡᠨ ᠪᠠᠶᠢᠭ᠎ᠠ ᠪᠣᠯ ᠬᠡᠯᠡᠯᠴᠡᠭᠡ᠃ ᠬᠡᠯᠡᠪᠡ ᠯᠡ:

—— ᠪᠣᠯᠣᠭᠰᠠᠨ ᠪᠣᠯᠤ ᠶᠠᠭᠤ! ᠭᠡᠵᠦ ᠪᠠᠨ ᠬᠡᠯᠡᠭᠡᠳ ᠲᠡᠭᠦᠨ ᠪᠠᠶᠢᠨ᠎ᠠ ᠤᠤ? ᠲᠡᠷᠡ ᠪᠢᠳᠡ ᠬᠡᠯᠡᠭᠰᠡᠨ ᠰᠠᠨᠠᠭᠰᠠᠨ ᠬᠡᠯᠡᠭᠰᠡᠨ ᠬᠡᠯᠡᠪᠡ

ᠲᠡᠷᠡᠭᠦᠨ ᠪᠣᠯᠭᠠᠭᠰᠠᠨ ᠬᠡᠵᠢᠶ᠎ᠡ ᠪᠣᠯᠭᠠᠭᠰᠠᠨ ᠬᠣᠣᠰᠣᠨ ᠰᠠᠶᠢᠬᠠᠨ ᠨᠢᠭᠡ ᠲᠡᠢᠮᠦ ᠪᠠᠶᠢᠨ᠎ᠠ ᠤᠤ? ᠪᠣᠯᠣᠭᠰᠠᠨ ᠪᠣᠯᠤ ᠯᠡ:

—— ᠲᠡᠢᠮᠦ ᠰᠠᠶᠢᠬᠠᠨ ᠪᠠᠶᠢᠨ᠎ᠠ ᠤᠤ? ᠲᠡᠢᠮᠦ ᠰᠠᠶᠢᠬᠠᠨ ᠪᠣᠯᠣᠨ ᠭᠡᠵᠦ ᠪᠠᠶᠢᠨ᠎ᠠ᠃ ᠬᠡᠯᠡᠪᠡ ᠯᠡ:

—— ᠪᠢᠳᠡ ᠲᠡᠷᠡᠭᠦᠨ ᠡᠴᠡ ᠨᠢᠭᠡ ᠨᠢᠭᠡ ᠪᠣᠯᠭᠠᠭᠰᠠᠨ ᠪᠣᠯᠣᠨ ᠪᠠᠶᠢᠬᠤ ᠭᠡᠭᠡᠳ ᠲᠡᠷᠡ ᠦᠭᠡ ᠪᠠᠨ? ᠰᠠᠶᠢᠬᠠᠨ ᠲᠡᠷᠡ ᠬᠡᠯᠡᠪᠡ ᠬᠡᠯᠡᠪᠡ

ᠰᠠᠢᠢᠨ ᠪᠣᠯᠤ ᠰᠠᠶᠢᠬᠠᠨ ᠬᠦᠮᠦᠰ ᠪᠣᠯᠭᠠᠭᠰᠠᠨ ᠲᠡᠷᠡ ᠲᠡᠭᠦᠨ ᠲᠡᠭᠦᠨ ᠪᠣᠯᠭᠠᠭᠰᠠᠨ ᠰᠠᠶᠢᠬᠠᠨ ᠰᠠᠶᠢᠬᠠᠨ ᠬᠡᠯᠡᠪᠡ ᠪᠢ ᠶᠠᠭᠤ᠂ ᠰᠠᠶᠢᠬᠠᠨ

ᠪᠣᠯᠣᠭᠰᠠᠨ? ᠲᠡᠢᠮᠦ ᠪᠠᠶᠢᠨ᠎ᠠ ᠤᠤ? ᠲᠡᠷᠡ ᠪᠠᠶᠢᠭᠰᠠᠨ? ᠪᠣᠯᠣᠨ᠂ ᠪᠢ ᠰᠠᠶᠢᠬᠠᠨ ᠰᠠᠶᠢᠬᠠᠨ ᠪᠣᠯᠭᠠᠭᠰᠠᠨ ᠰᠠᠶᠢᠬᠠᠨ ᠪᠢ ᠰᠠᠶᠢᠬᠠᠨ ᠰᠠᠶᠢᠬᠠᠨ

ᠨᠢᠭᠡ ᠨᠢᠭᠡᠨᠲᠡᠭᠡᠨ ᠲᠡᠢᠮᠦ ᠪᠣᠯ ᠪᠠᠶᠢᠨ᠎ᠠ ᠤᠤ? ᠭᠡᠵᠦ ᠳᠤ ᠰᠠᠶᠢᠬᠠᠨ ᠬᠣᠣᠰᠣᠨ ᠨᠢᠭᠡ ᠲᠡᠢᠮᠦ ᠪᠠᠶᠢᠨ᠎ᠠ ᠲᠡᠷᠡ ᠰᠠᠶᠢᠬᠠᠨ ᠰᠠᠶᠢᠬᠠᠨ ᠪᠠᠶᠢᠨ᠎ᠠ᠃

ᠪᠣᠯᠣᠭᠰᠠᠨ ᠪᠣᠯᠤ ᠯᠡ ᠬᠡᠯᠡᠭᠰᠡᠨ ᠲᠡᠷᠡ ᠰᠠᠨᠠᠭᠰᠠᠨ ᠪᠣᠯᠣᠨ ᠳᠤ ᠬᠡᠯᠡᠭᠡᠳ ᠯᠡ ᠪᠣᠯᠭᠠᠭᠰᠠᠨ ᠪᠣᠯᠤᠨ ᠲᠡᠷᠡ ᠰᠠᠨᠠᠭᠰᠠᠨ᠃ ᠬᠡᠯᠡᠪᠡ ᠯᠡ:

—— ᠰᠠᠨᠠᠭᠰᠠᠨ ᠰᠠᠶᠢᠬᠠᠨ ᠰᠠᠨᠠᠭᠰᠠᠨ ᠪᠣᠯᠤ ᠬᠡᠯᠡᠭᠰᠡᠨ ᠨᠢᠭᠡ ᠪᠠᠶᠢᠨ᠎ᠠ ᠤᠤ? ᠪᠠᠶᠢᠨ ᠪᠢ ᠤᠤ? ᠪᠢᠳᠡ ᠪᠣᠯᠣᠨ! ᠰᠠᠨᠠᠭᠠᠨ᠃

ᠪᠣᠯᠣᠭᠰᠠᠨ ᠪᠣᠯᠤ ᠲᠡᠷᠡᠭᠦᠨ ᠬᠡᠯᠡᠪᠡ ᠰᠠᠨᠠᠭᠰᠠᠨ ᠪᠢ ᠲᠡᠷᠡ ᠪᠣᠯᠭᠠᠭᠰᠠᠨ ᠰᠠᠨᠠᠭᠰᠠᠨ ᠪᠣᠯᠣᠨ ᠪᠠᠶᠢᠨ ᠰᠠᠶᠢᠬᠠᠨ ᠬᠡᠯᠡᠭᠰᠡᠨ

ᠪᠣᠯᠤᠭᠰᠠᠨ᠃ ᠬᠡᠯᠡᠪᠡ ᠯᠡ ᠰᠠᠨᠠᠭᠰᠠᠨ ᠪᠠᠶᠢᠨ᠎ᠠ:

—— ᠯᠠᠮ! ᠪᠢᠳᠡ ᠲᠡᠷᠡ ᠰᠠᠨᠠᠭᠰᠠᠨ ᠶᠠᠭᠤ ᠪᠣᠯᠭᠠᠭᠰᠠᠨ ᠲᠡᠢᠮᠦ ᠤᠤ? ᠪᠠᠶᠢᠨ ᠰᠠᠶᠢᠬᠠᠨ ᠪᠠᠶᠢ ᠳᠤ ᠰᠠᠨᠠᠭᠰᠠᠨ ᠪᠣᠯᠭᠠᠭᠰᠠᠨ᠃

ᠪᠣᠯᠣᠭᠰᠠᠨ ᠪᠣᠯᠤ ᠯᠡ ᠰᠠᠨᠠᠭᠰᠠᠨ ᠪᠠᠶᠢ ᠲᠡᠷᠡ ᠰᠠᠨᠠᠭᠰᠠᠨ ᠰᠠᠢᠢᠨ ᠳᠤ ᠰᠠᠨᠠᠭᠰᠠᠨ ᠪᠣᠯᠭᠠᠭᠰᠠᠨ ᠰᠠᠨᠠᠭᠰᠠᠨ ᠪᠠᠶᠢ ᠯᠡ ᠰᠠᠨᠠᠭᠰᠠᠨ ᠪᠣᠯᠤᠨ᠃

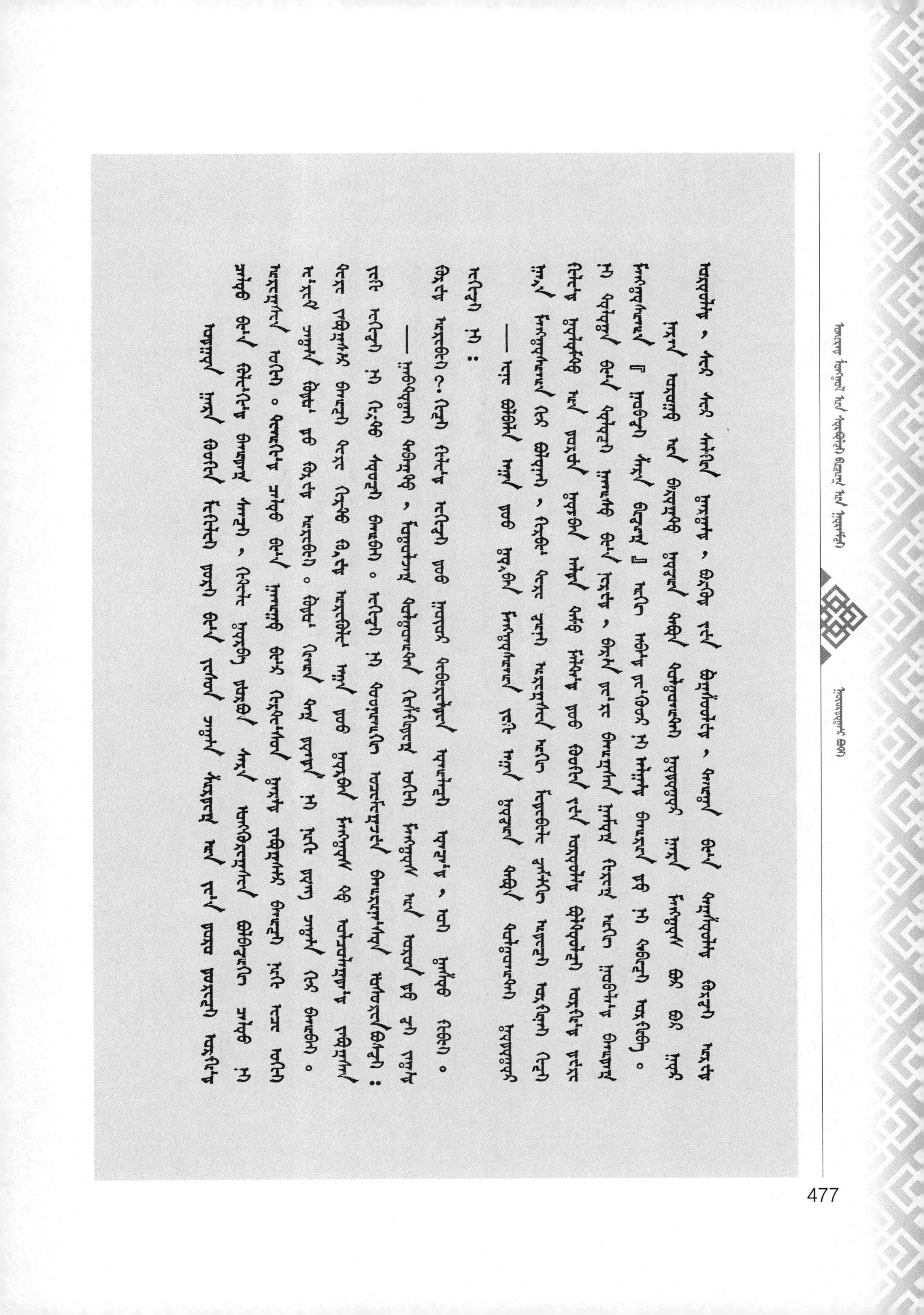

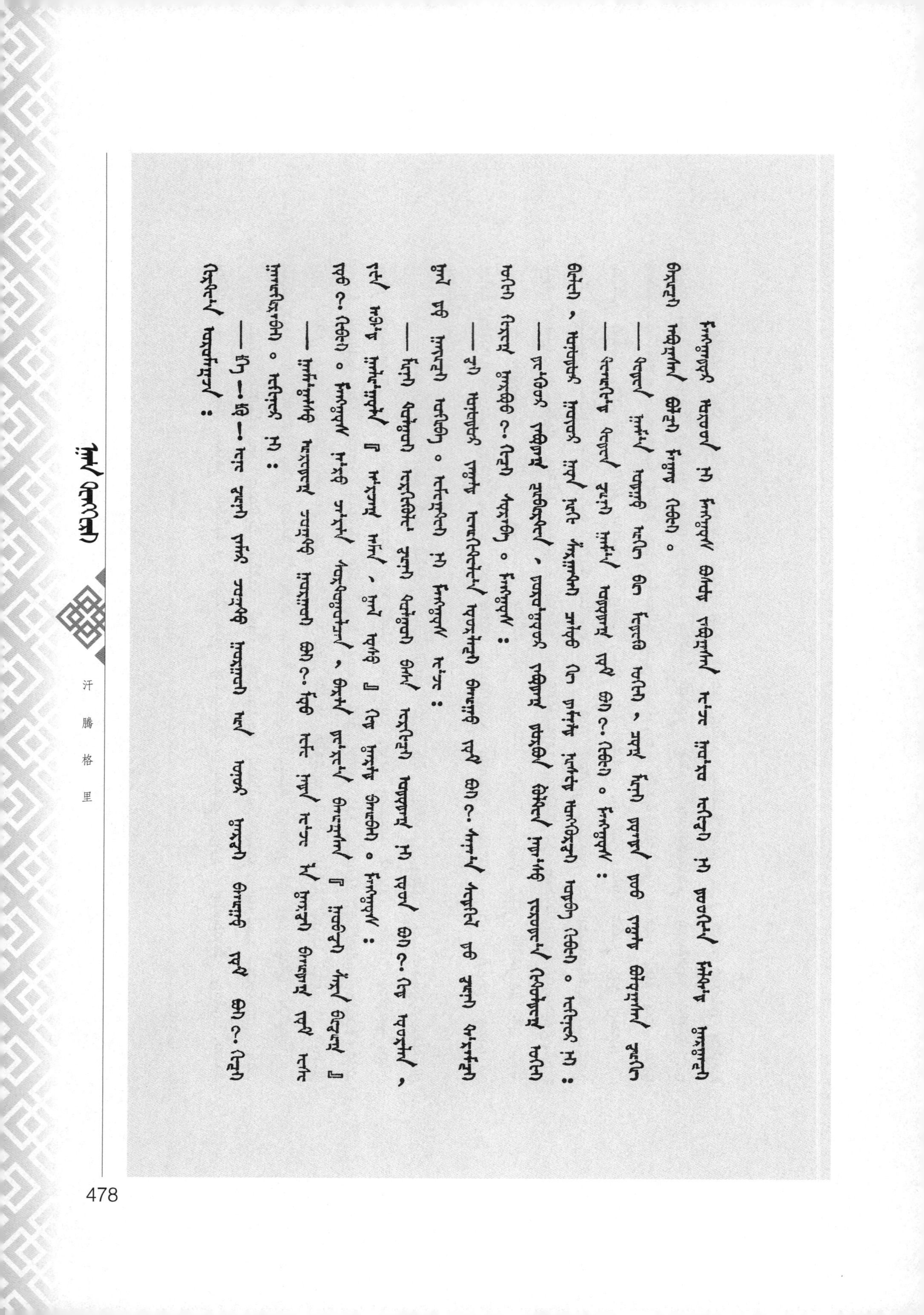

[illegible]

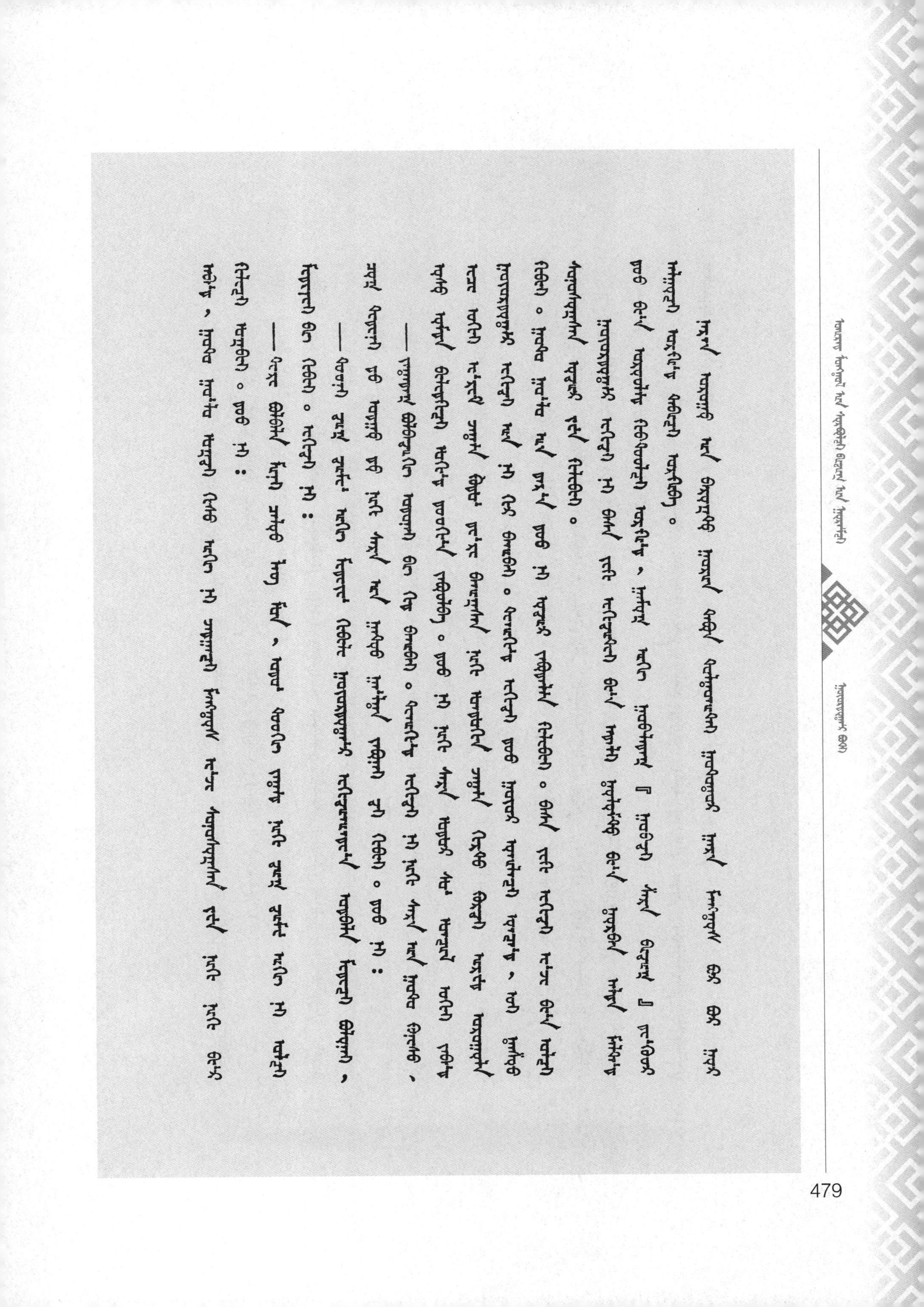

— ᠪᠢ ᠰᠠᠶᠢᠨ ᠬᠦᠮᠦᠨ ᠪᠣᠯᠤᠨ᠎ᠠ᠂ ᠮᠠᠭᠤ ᠬᠦᠮᠦᠨ ᠪᠢᠰᠢ ᠪᠣᠯᠪᠠᠯ ᠬᠡᠷᠬᠢᠨ ᠲᠡᠭᠦᠨ ᠢ ᠪᠠᠰᠤᠷᠠᠭᠤᠯᠤᠭᠰᠠᠨ ᠪᠣᠯᠤᠭᠰᠠᠨ ᠰᠠᠶᠢᠨ ᠪᠠᠶᠢᠨ᠎ᠠ

— ᠲᠡᠭᠡᠳ ᠴᠢᠨᠢ ᠬᠡᠨ ᠪᠣᠯᠬᠤ ᠪᠡ ᠤᠤ? ᠬᠡᠯᠡᠯᠦ ᠬᠡᠷᠡᠭᠲᠡᠢ ᠪᠣᠯᠤᠭ ᠤᠤ? ᠭᠡᠪᠡ᠃ ᠭᠡᠵᠦ ᠪᠠᠶᠢᠨ᠎ᠠ:

ᠬᠡᠯᠡᠨ ᠪᠣᠯᠤᠯᠴᠠᠬᠤ ᠰᠤᠷᠭᠠᠯᠢ ᠬᠡᠷᠡᠭᠲᠡᠢ ᠭᠡᠪᠡ᠃ ᠬᠡᠯᠡᠵᠡᠢ ᠰᠢ:

ᠪᠠᠶᠢᠭᠠᠯ ᠪᠢᠴᠢᠭᠡᠳᠦᠨ ᠮᠢᠨᠦ ᠰᠢ ᠴᠢᠮᠠᠢ ᠪᠠᠰᠤᠷᠠᠭᠤᠯᠤᠭ ᠬᠦᠮᠦᠨ ᠪᠣᠯᠢ᠂ ᠬᠡᠷᠡᠭᠰᠡᠨ ᠰᠤᠷᠤᠭᠠ ᠰᠠᠶ᠋ᠢ ᠰᠠᠶᠢᠨ ᠠᠰᠠᠭᠤᠭᠤᠯᠤᠯᠬᠤ ᠪᠣᠯᠤᠪ

— ᠪᠣᠯᠤᠨ ᠮᠠᠭᠤ ᠪᠣᠯ ᠰᠤᠷᠤᠭᠤᠯᠢ ᠬᠡᠨ ᠰᠠᠶᠢᠨ ᠲᠡᠷᠡ ᠪᠠᠷᠢᠮᠲᠠ ᠰᠤᠷᠭᠠᠭᠤᠯᠬᠤ ᠴᠠᠭᠠᠨ ᠪᠠᠷᠢᠯᠲᠠ᠂ ᠪᠣᠯᠤᠭᠰᠠᠨ ᠰᠠᠶᠢᠰᠠᠨ

ᠬᠦᠮᠦᠨ ᠲᠡᠭᠦᠨ ᠰᠤᠷᠤᠯᠴᠠᠬᠤ ᠤᠤ? ᠭᠡᠪᠡ᠃ ᠭᠡᠵᠦ ᠪᠠᠶᠢᠨ᠎ᠠ:

— ᠲᠡᠷᠡ ᠪᠣᠯ ᠬᠡᠯᠡᠯᠴᠡᠬᠦ ᠶᠠᠭᠤ ᠴᠢᠬᠤᠯᠠᠢ ᠬᠡᠷᠡᠭᠲᠡᠢ ᠴᠢ ᠤᠤ? ᠪᠠᠰᠤᠷᠠᠭᠤᠯᠤᠭ ᠠᠷᠪᠢᠨ ᠰᠠᠶ᠋ᠢ ᠪᠣᠯ ᠴᠢᠨᠢ ᠲᠡᠭᠦᠨᠴᠢᠯᠡᠨ

ᠲᠡᠷᠡᠭᠦᠨ ᠪᠠᠶᠢᠨ ᠪᠣᠯᠤᠭᠰᠠᠨ ᠰᠤᠷᠤᠯᠴᠠᠭᠠᠷᠠᠢ ᠲᠡᠷᠡ ᠲᠡᠭᠦᠨ ᠢᠶᠡᠨ ᠪᠣᠯ ᠬᠡᠯᠡᠵᠡᠢ ᠰᠢ:

ᠬᠡᠷᠡᠭᠲᠡᠢ ᠴᠢᠨᠢ ᠲᠡᠭᠦᠨᠢ ᠴᠢᠨᠢ ᠪᠠᠶᠢᠨ ᠬᠡᠷᠡᠭᠲᠡᠢ ᠬᠡᠯᠡᠯᠦ ᠰᠢ ᠲᠡᠷᠡ ᠪᠢ ᠤᠤ?』ᠲᠡᠷᠡ ᠰᠠᠶᠢᠨ ᠪᠣᠯ ᠰᠤᠷᠭᠠᠨ ᠬᠡᠷᠡᠭᠲᠡᠢ᠃

ᠮᠢᠨᠦ『ᠰᠠᠶᠢᠨ ᠪᠣᠯᠤᠨ᠂ ᠮᠠᠭᠤ ᠬᠦᠮᠦᠨ』ᠲᠡᠷᠡ ᠪᠣᠯᠤᠭᠰᠠᠨ᠃ ᠭᠡᠵᠦ ᠪᠠᠶᠢᠭ᠎ᠠ ᠲᠡᠷᠡ ᠰᠢ ᠪᠢᠴᠢᠭ᠄『ᠰᠠᠶᠢᠨ ᠲᠡᠭᠦᠨ

ᠪᠠᠶᠢᠭᠠ ᠪᠣᠯᠤᠯᠴᠠᠬᠤ ᠪᠣᠯᠤᠭᠰᠠᠨ ᠰᠠᠶᠢᠨ ᠬᠡᠯᠡᠨ ᠰᠤᠷᠤᠭᠤᠯᠤᠨ『ᠰᠤᠷᠤᠯᠴᠠ ᠮᠠᠭᠤ ᠪᠣᠯᠤᠭᠰᠠᠨ』ᠲᠡᠷᠡ ᠬᠡᠷᠡᠭ ᠰᠠᠶᠢᠬᠠᠨ ᠪᠠᠶᠢᠨ

ᠰᠤᠷᠤᠯᠴᠠᠬᠤ ᠰᠠᠶᠢᠬᠠᠨ ᠰᠤᠷᠤᠯᠴᠠᠭᠠᠨ ᠲᠡᠭᠦᠨᠢ᠂ ᠪᠣᠯᠤᠭᠰᠠᠨ ᠲᠡᠭᠦᠨᠴᠢᠯᠡᠨ ᠪᠢᠰᠢ ᠬᠡᠷᠡᠭᠲᠡᠢ ᠤᠤ? ᠭᠡᠪᠡ᠃ ᠭᠡᠵᠦ ᠪᠠᠶᠢᠨ᠎ᠠ

— ᠪᠣᠯ ᠬᠡᠨ ᠰᠠᠶ᠋ᠢᠬᠠᠨ ᠰᠤᠷᠤᠭᠤᠯᠢ ᠪᠠᠶᠢᠨ ᠬᠦᠮᠦᠨ᠂ ᠬᠡᠷᠡᠭᠰᠡᠨ ᠰᠤᠷᠤᠯᠴᠠᠬᠤ ᠰᠤᠷᠤᠭᠤᠯᠢ ᠪᠢ ᠤᠤ? ᠮᠠᠭᠤ ᠪᠠᠶᠢᠨ ᠰᠠᠶᠢᠬᠠᠨ

ᠰᠠᠶᠢᠬᠠᠨ ᠰᠤᠷᠭᠠᠭᠤᠯᠤᠨ᠃ ᠬᠡᠯᠡᠵᠡᠢ ᠰᠢ:

— ᠲᠡᠭᠡ ᠴᠢᠨᠢ ᠬᠡᠨ ᠪᠠᠷᠢᠯᠲᠠ ᠰᠤᠷᠤᠭᠰᠠᠨ ᠬᠡᠨ ᠪᠣᠯᠤᠨ ᠪᠢ ᠤᠤ? ᠲᠡᠷᠡ ᠪᠣᠯᠤᠭᠰᠠᠨ ᠮᠢᠨᠦ ᠬᠡᠷᠡᠭᠰᠡᠨ ᠪᠣᠯᠤᠭᠰᠠᠨ

ᠬᠡᠷᠡᠭᠰᠡᠨ᠂ ᠲᠡᠨ ᠲᠡᠨ ᠰᠠᠶᠢᠬᠠᠨ ᠰᠤᠷᠤᠭᠤᠯᠢ ᠪᠠᠶᠢᠭ᠎ᠠ ᠬᠡᠷᠡᠭᠲᠡᠢ᠃ ᠲᠡᠭᠡᠳ ᠲᠡᠷᠡᠭᠦᠨ ᠬᠡᠷᠡᠭᠰᠡᠨ:

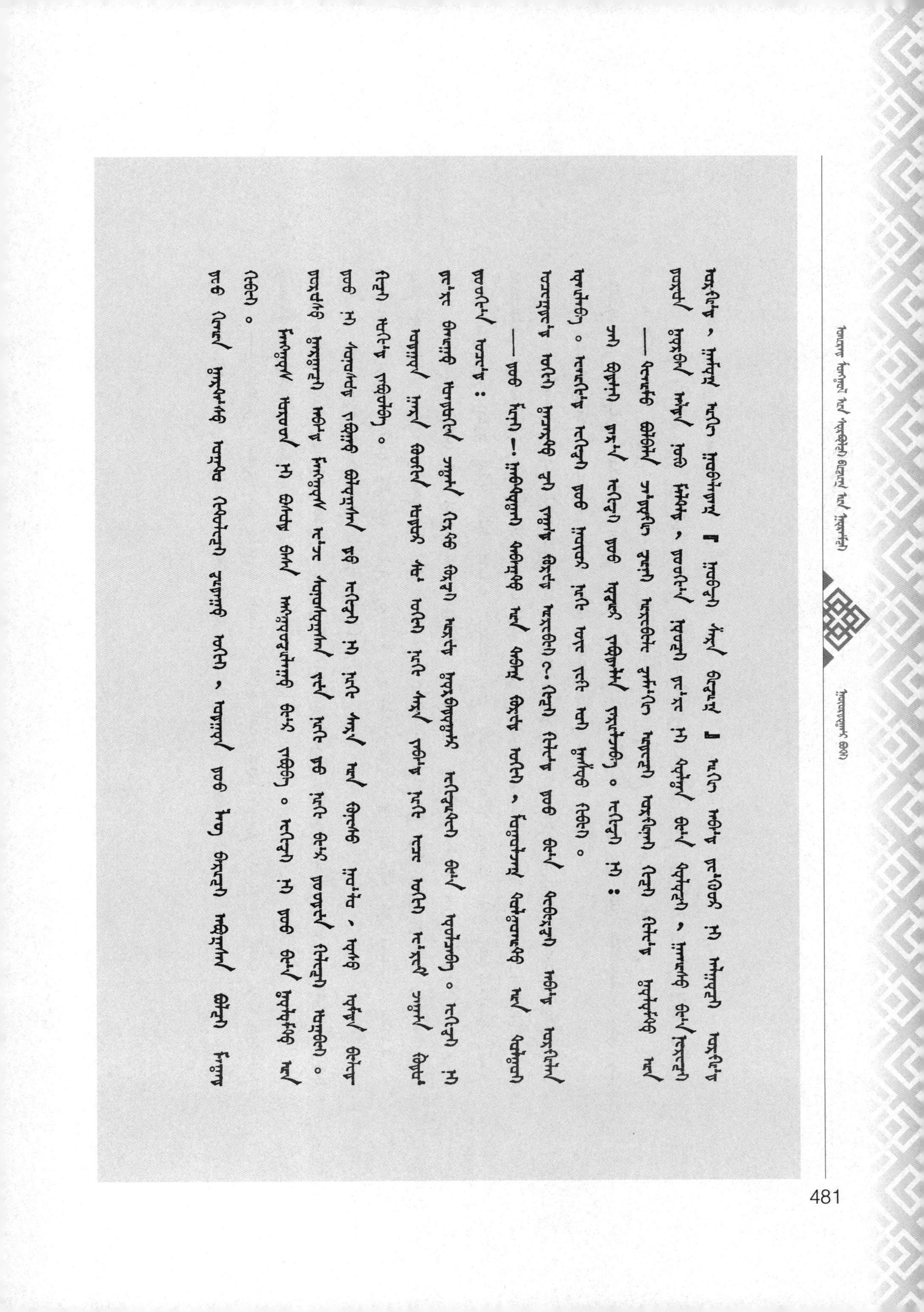

[illegible]

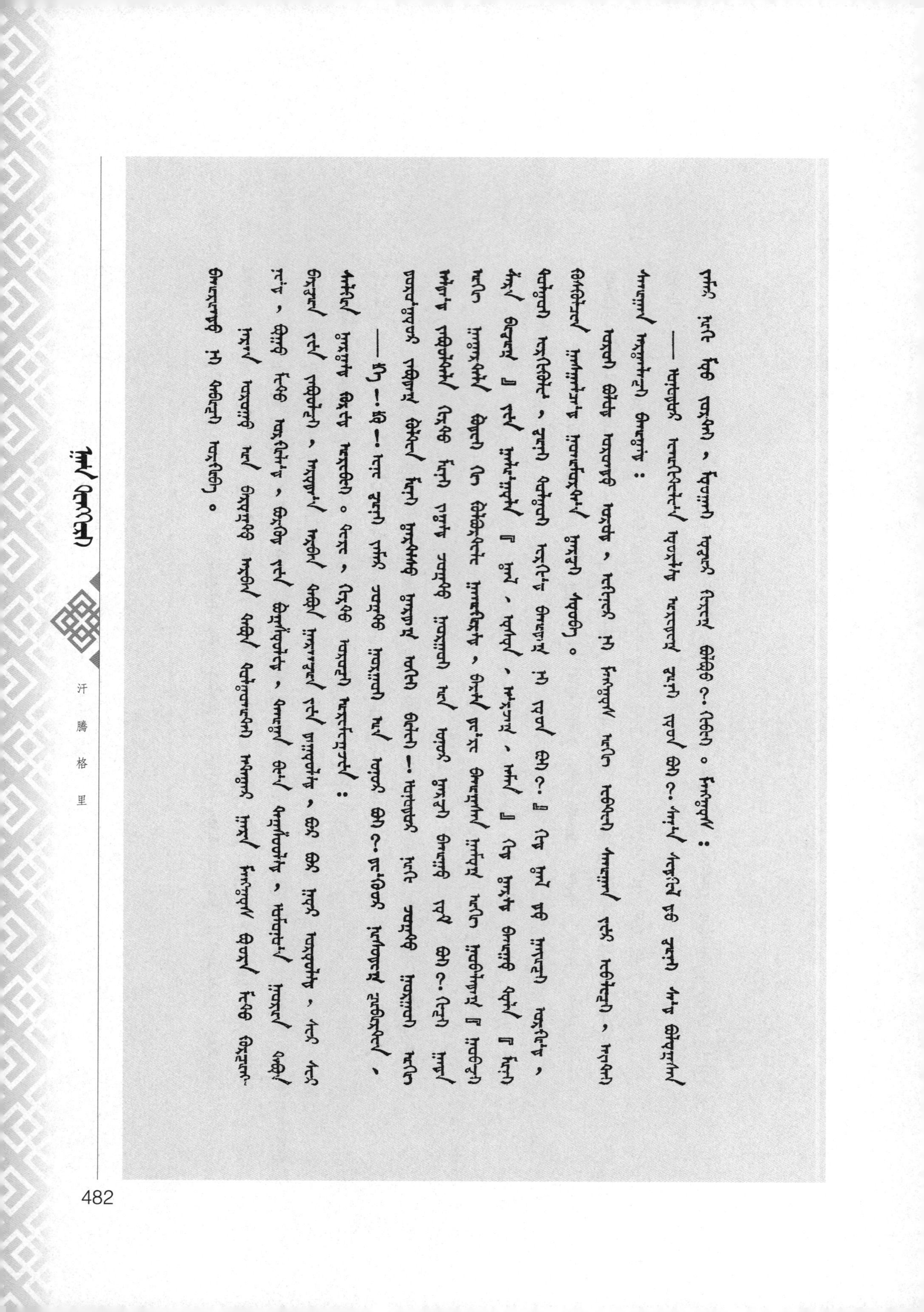

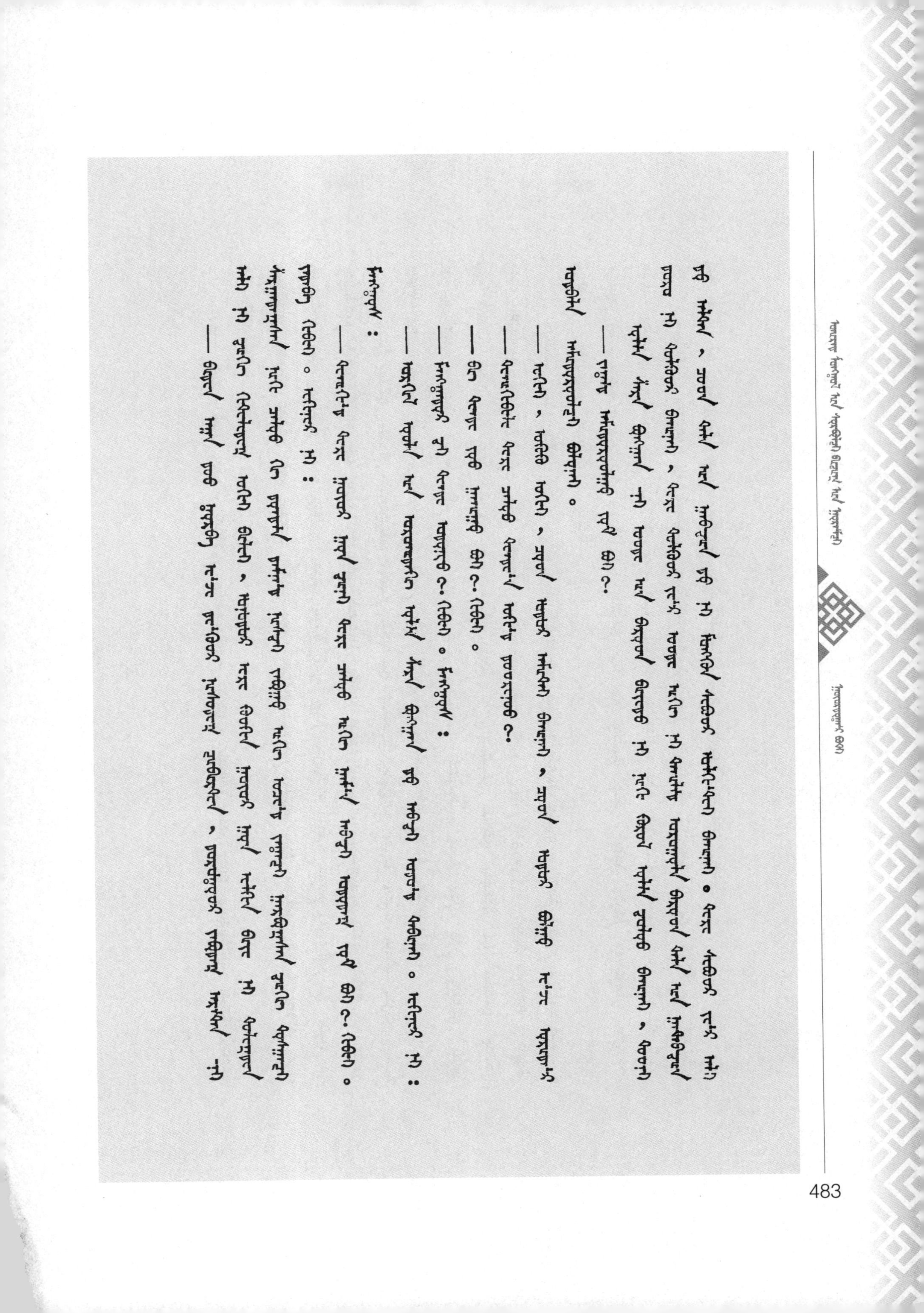

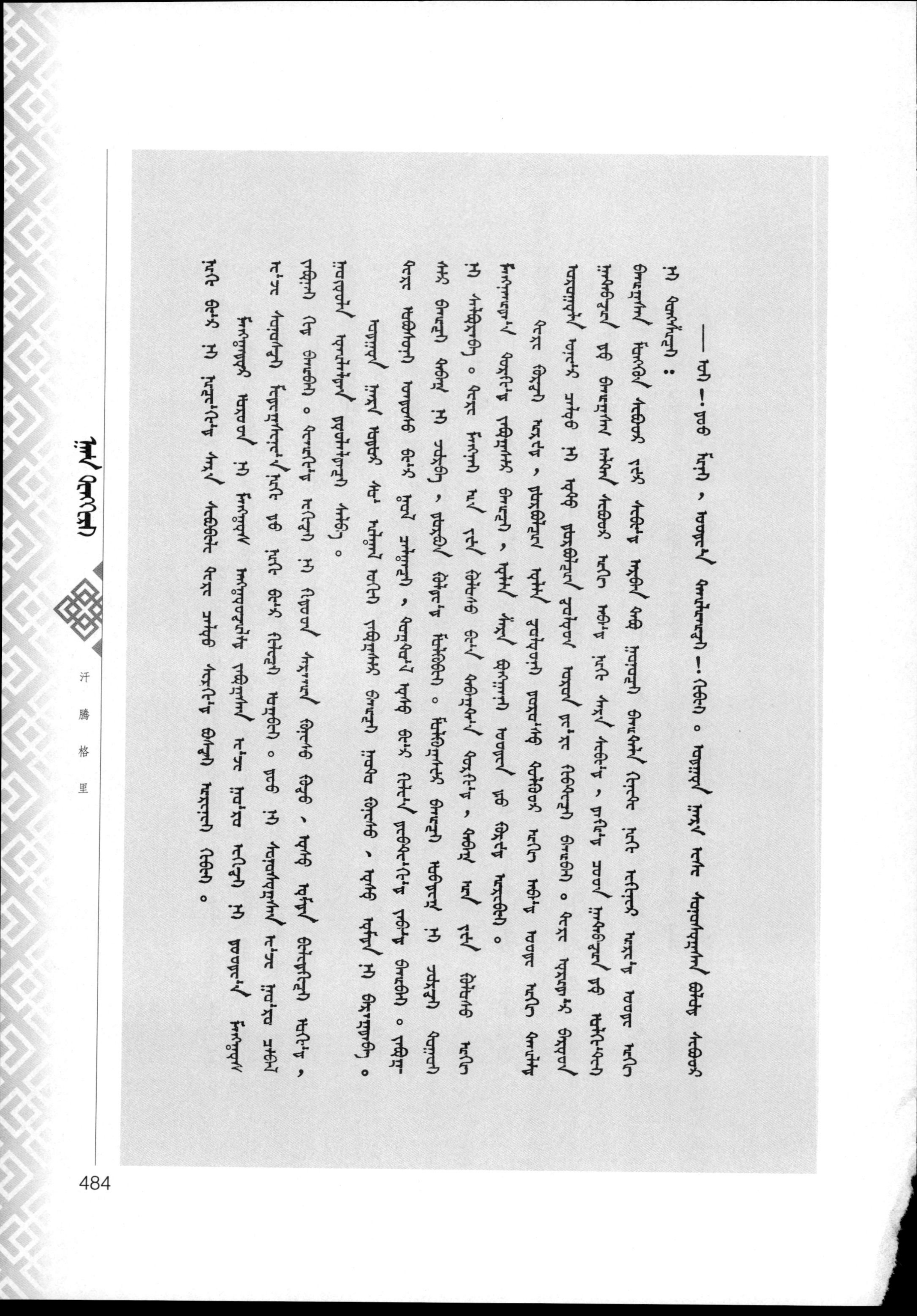

[illegible]

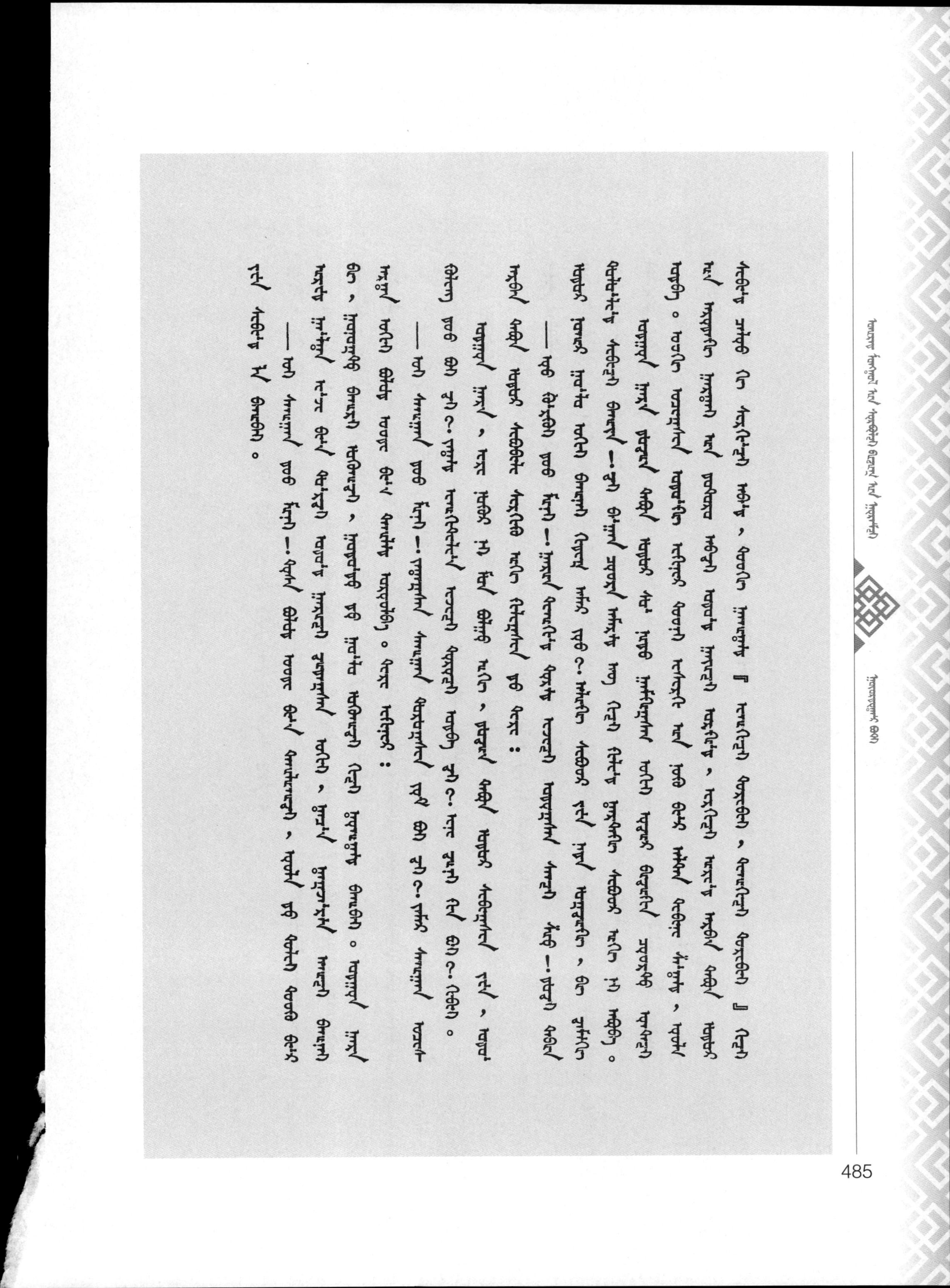

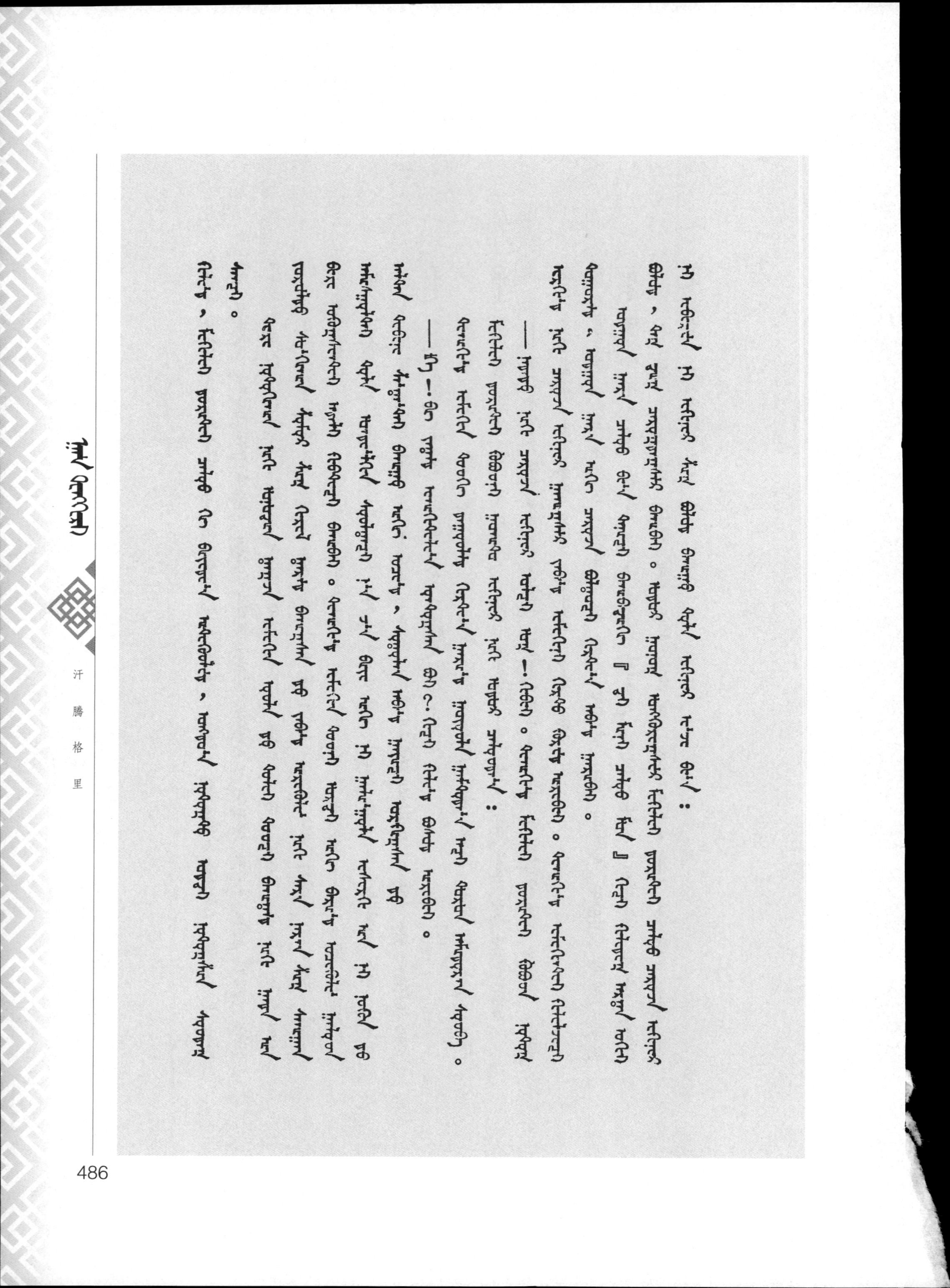

[illegible]

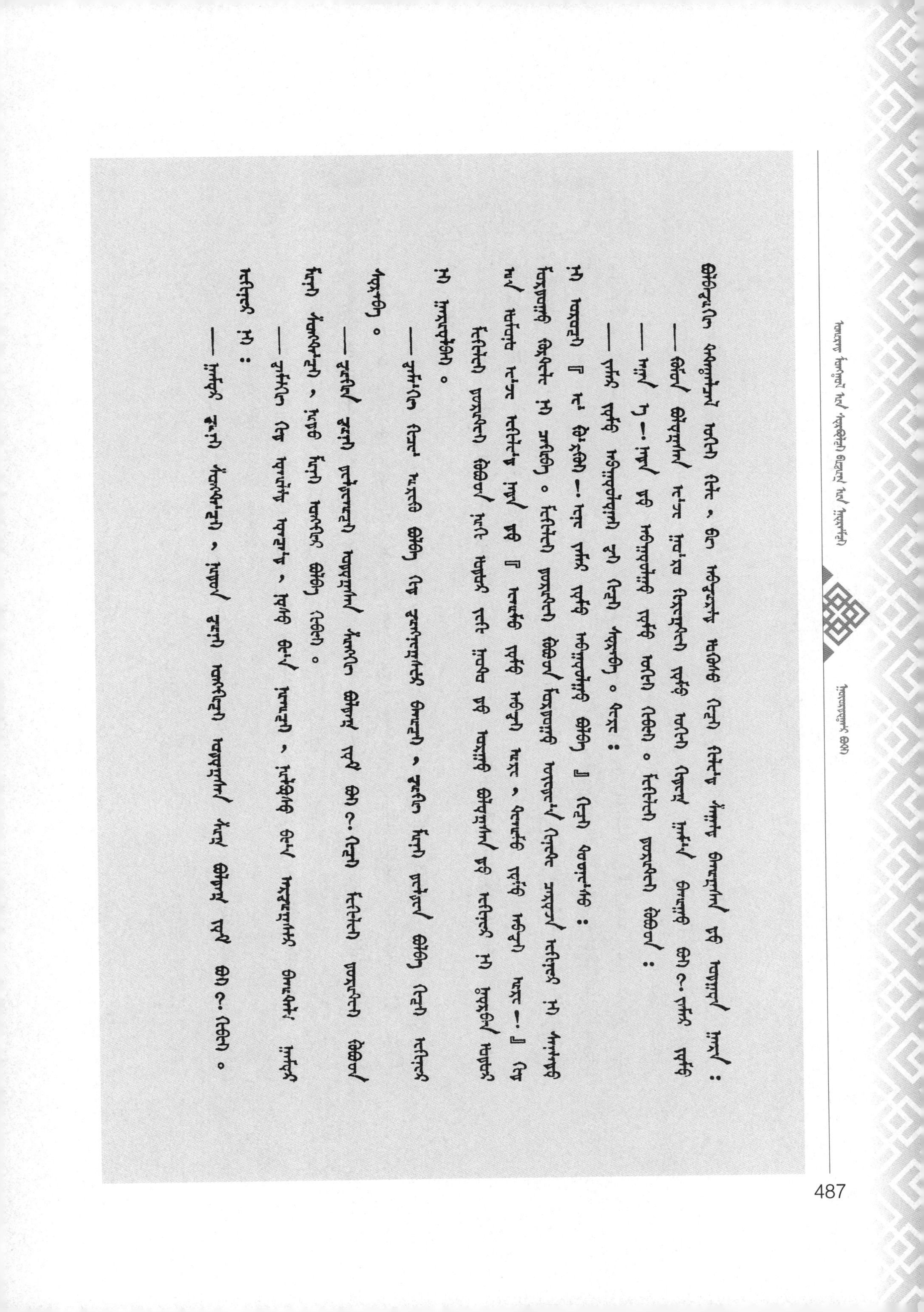

[illegible]

— [illegible]

— [illegible]

— [illegible]

[illegible]

— [illegible]

— [illegible]

— [illegible]

— [illegible]

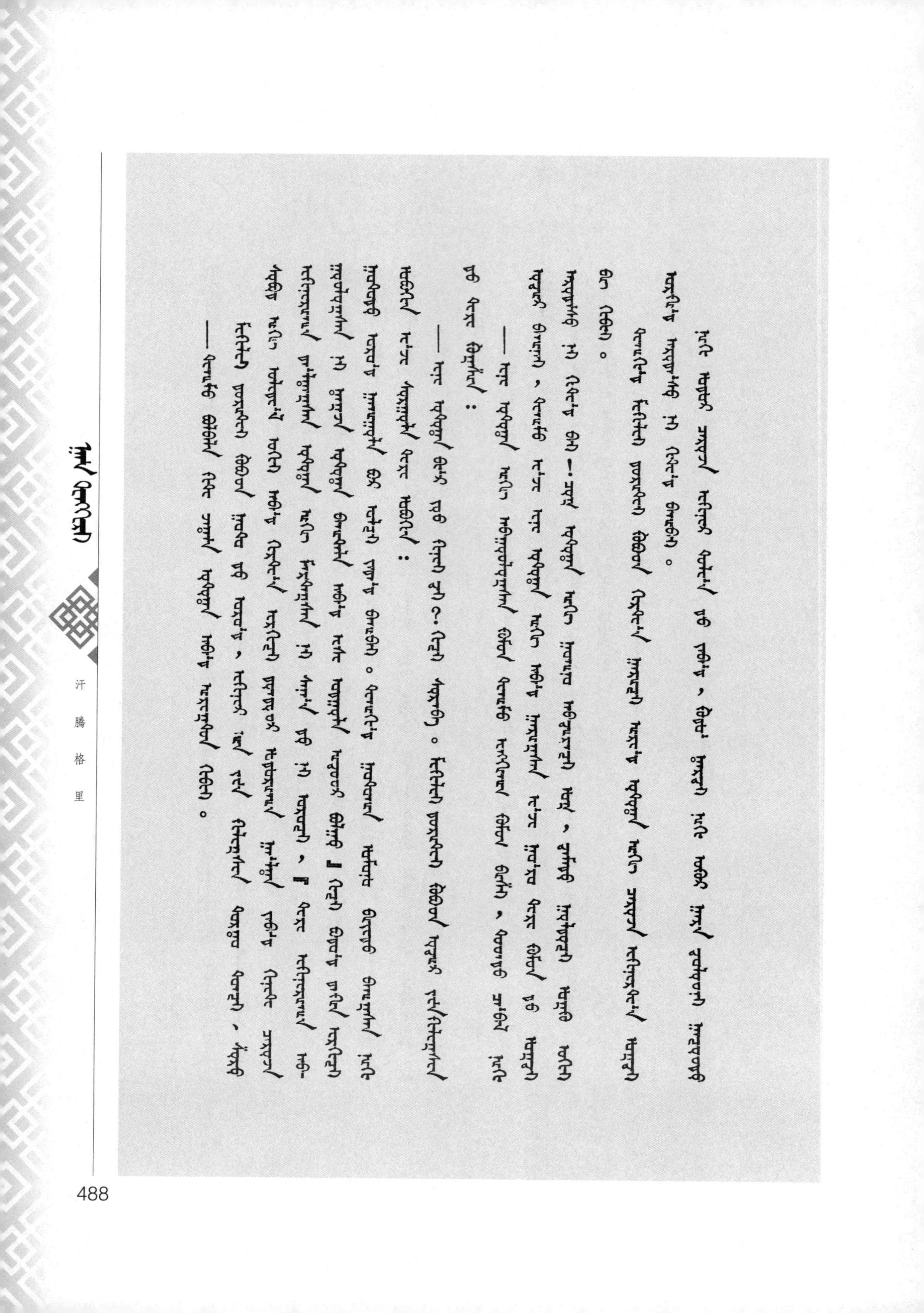

[illegible]

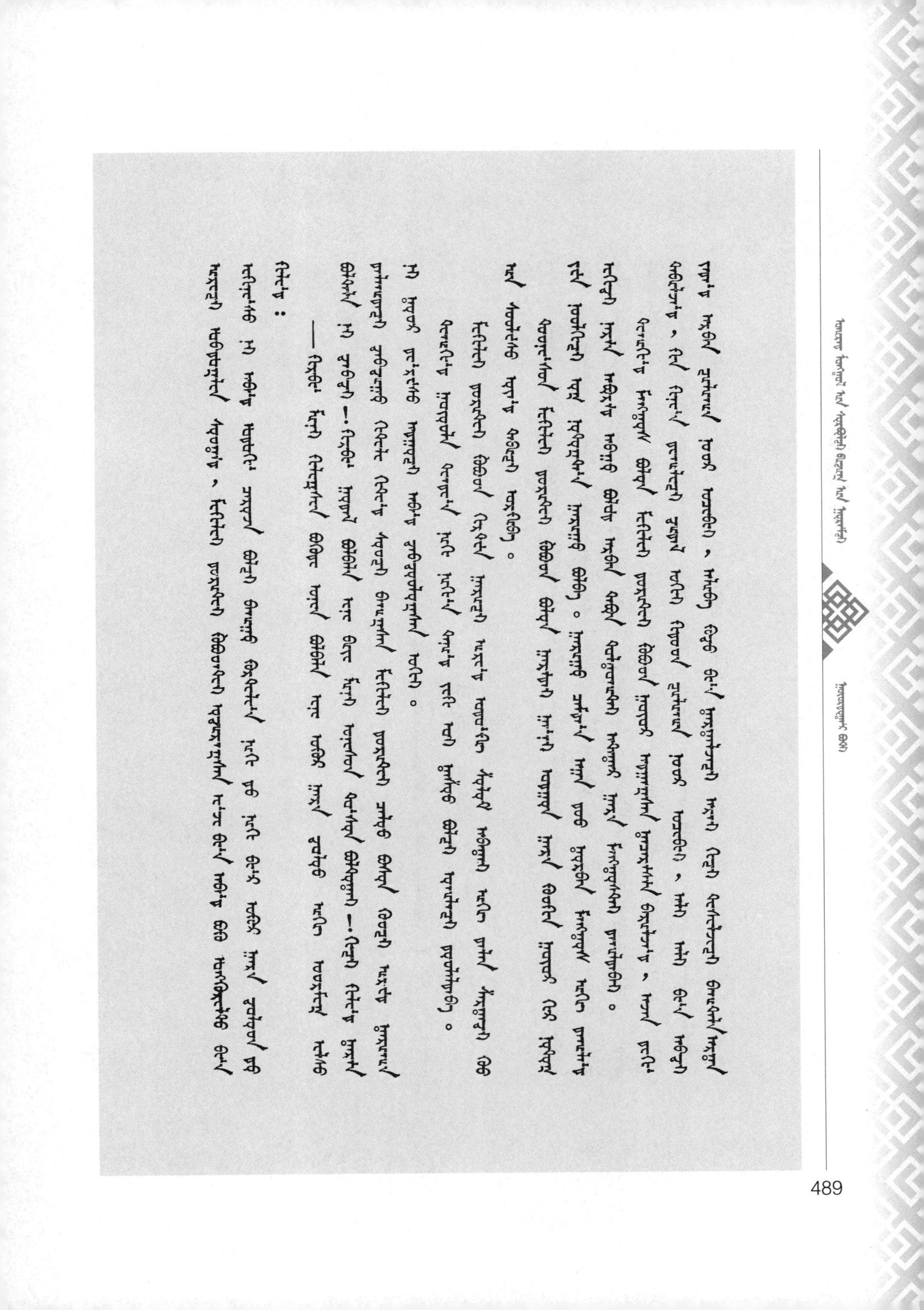

[illegible]

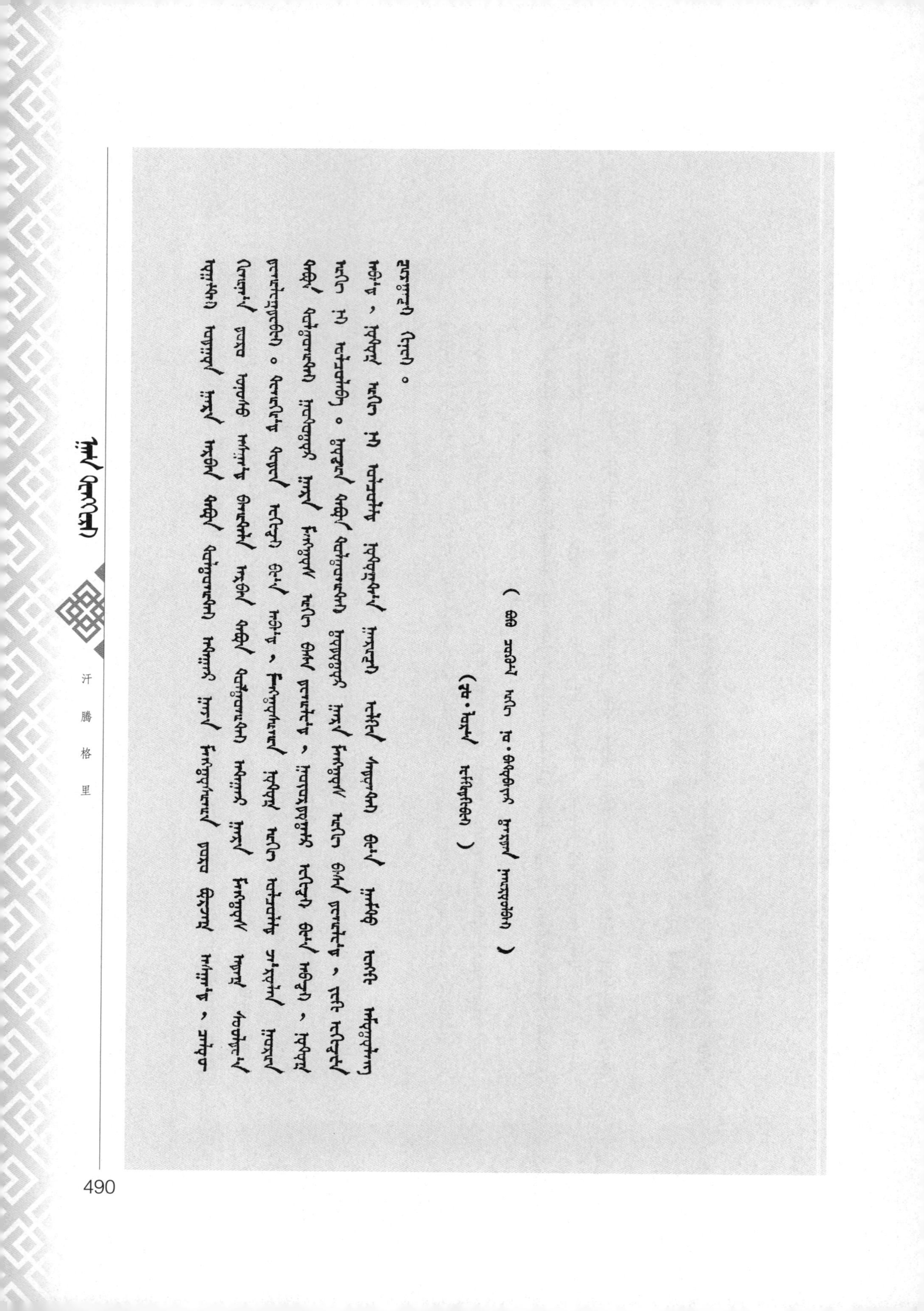

[illegible]

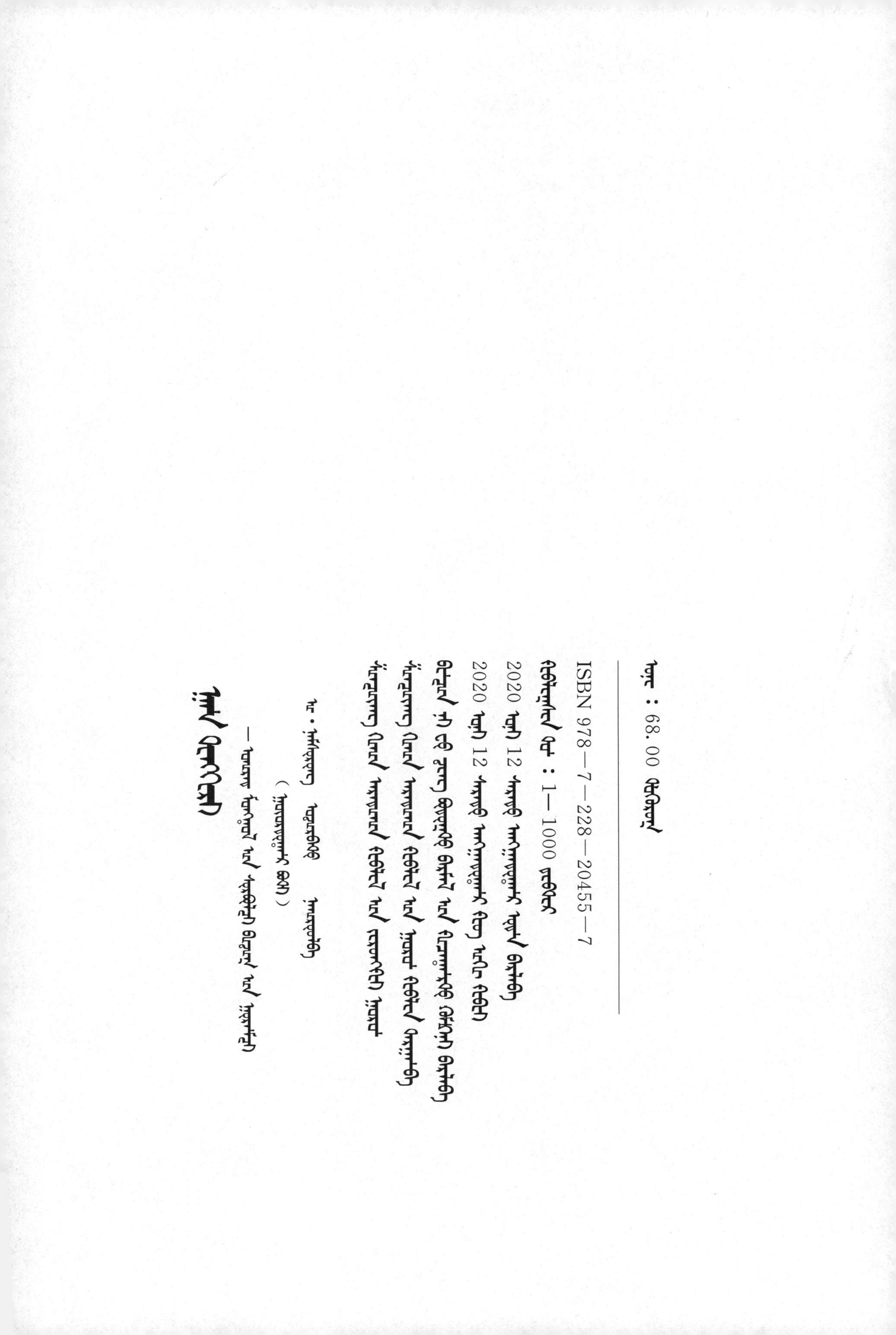

ISBN 978—7—228—20455—7
